CATHERINE FRADIER

Née en 1958, Catherine Fradier s'est essayée à différents métiers – fonctionnaire de police et agent de sécurité entre autres – avant de consacrer tout son temps à sa véritable passion : l'écriture. Entre deux romans et la rédaction de scénarios de courts et longs métrages, elle anime des ateliers d'écriture. Elle est notamment l'auteur d'*Un poison nommé Rwanda*, *Les carnassières* (Éditions Baleine) et *La colère des enfants déchus* (Éditions Après la Lune), Grand prix de littérature policière 2006. Son dernier roman, *Camino 999* (Éditions Après la Lune), a été couronné par le prix SNCF du polar français 2008. Catherine Fradier vit aujourd'hui dans la Drôme.

LA COLÈRE DES ENFANTS DÉCHUS

DU MÊME AUTEUR
CHEZ POCKET

CATHERINE FRADIER

LA COLÈRE DES ENFANTS DÉCHUS

ÉDITIONS APRÈS LA LUNE

Le papier de cet ouvrage est composé de fibres naturelles, renouvelables, recyclables et fabriquées à partir de bois provenant de forêts plantées et cultivées durablement pour la fabrication du papier.

ISBN : 978-2-266-18490-8

À Vera, Jérémie, Marine, Allison, Valentin,
Boris, Luca, Lena, Elliot et Nina

Mes amours décomposés ? Non, des enfances décomposées. Ni héros, ni saint, et à mon corps défendant, il m'arrive de souhaiter aux pédophiles le sort d'Abélard.

René Gaillard

Certaines sociétés dont les institutions sont devenues incapables de distinguer clairement le bien du mal, encourent un risque majeur d'indifférenciation morale qui peut susciter des réactions violentes.

Antoine Garapon

in *Déni d'enfance* de Paul Ariès

1

Pourquoi tu étais en retard ? Pourquoi tu n'étais pas là ?

Romain avait mal au ventre à en pleurer. Il ne leur donnerait pas ce plaisir. Où était sa mère en ce moment ? Avec son père et son frère, espérant toujours son retour. C'était certain. Il les imaginait tous les trois dans le salon, assis près du téléphone. Non, pas son frère. Lui devait continuer à le chercher, dans le bois derrière le lotissement, sur le chemin entre l'école et la maison. Dans la ville. Dans les caves, les hangars. Partout. Ce jour-là, il était en retard.

Maman, jamais on ne me retrouvera. Pas vivant…

Romain n'avait pas peur de mourir, il l'avait tellement souhaité, imploré. Quelques jours auparavant, un coma de quelques heures l'avait emporté. Juste avant qu'il ne bascule dans le trou noir, la douleur de ses blessures avait disparu et il s'était dit qu'il n'aurait plus mal. Pourtant, il avait repris connaissance et, de nouveau, il avait subi. Mais aujourd'hui, c'était la fin, il le savait. Ils n'avaient plus besoin de lui et allaient s'en débarrasser.

La lumière lui brûlait les yeux, il enfonça son visage dans le matelas posé à même le sol. Allongée à côté de lui, Kadidja gémissait dans son sommeil. Elle était petite, Kadidja, bien plus petite que lui. Et si gentille. Elle ne lui en avait pas voulu quand il lui avait fait mal devant la caméra, quand les claques et les coups de poing avaient eu raison de sa détermination. Il avait cédé, fait ce qu'on lui demandait, puis avait vomi. Les hurlements de la petite fille résonnaient encore dans ses oreilles. Sa main effleura les boucles brunes répandues sur le matelas taché. Pleure pas, Kadidja, bientôt, tout sera terminé.

Aujourd'hui, ils allaient mourir.

Il sursauta quand la porte s'ouvrit sur Gros porc. C'était Laurie qui lui avait trouvé ce nom, Romain avait presque failli en rire. Il l'aimait bien, Laurie, une grande de quinze ans, qui n'était jamais revenue. Gros porc balança un sac en plastique bleu.

— Levez-vous, les merdeux, et qu'ça saute, sinon c'est la torgnole.

Gros porc était gras et immense, mal rasé, avec plein de taches sur un pull qu'il ne quittait jamais. C'est lui qui s'occupait de les emmener sous la douche, de les nourrir et de les frapper. Kadidja se colla contre Romain, le corps tremblant. Ses pleurs redoublèrent. Gros porc frémit, il l'empoigna par les cheveux et la plaqua contre le mur. Sa grosse main enserra la tête de la gamine et il serra. Kadija suffoquait, Romain hurla.

— Lâche-la, Gros porc, lâche-la !

Gros porc lâcha.

— Il a quoi, la petite frappe ? On se rebelle ? Viens ici. Au pied. Couché, le minus. Couché !

Le gros bavait et avançait pas à pas. Ses chaussures écrasaient le matelas, il était à une portée de main de Romain.

Quelqu'un cria.

— Dégage, sale con, fous-leur la paix et fais en sorte qu'ils soient potables. On a du beau monde aujourd'hui. C'est fête.

Du beau monde. Romain s'agenouilla, ses jambes ne le portaient plus. Une douleur aiguë lui cisailla l'entrejambe, ses doigts s'y portèrent instinctivement. Son slip était poisseux, il s'était encore chié dessus. Il ne se contrôlait plus depuis quelques jours, cela coulait en le brûlant si fort que sa respiration se bloquait. « Fissures anales, avait dit le docteur. Il faut le soigner, et vite. »

Après que le docteur l'eut ausculté, Barbara lui avait caressé le front en secouant la tête. Un gosse si mignon. Qu'est-ce que je vais faire de toi ? Barbara avait des yeux bleu glacé et de longs cheveux blonds. Tout le monde la craignait, les hommes comme les enfants. Pourtant, elle n'élevait jamais la voix, il suffisait qu'elle vous fixe. Barbara était sur le seuil de la cellule et Gros porc rampait. Romain aurait voulu lui dire un truc méchant mais il souffrait trop, il se recroquevilla sur le sol en se tenant le ventre. Barbara le releva et l'allongea sur le matelas, elle lui tendit un petit comprimé qu'il avala sans qu'on insiste. Il n'aurait pas longtemps à attendre avant que la douleur s'en aille. Barbara lui effleura la joue.

— Aujourd'hui, c'est ta dernière journée parmi nous, ensuite tu pourras rentrer chez toi.

Romain ne la crut pas un instant, Gros porc leur avait dit que les enfants qui venaient ici ne retournaient jamais chez eux. Le médicament allait bientôt faire de l'effet. Juste patienter un peu.

— Vous allez me tuer, n'est-ce pas ?

Elle le regarda avec intensité, un sourire méchant déforma ses lèvres noires. Ce rouge à lèvres était vraiment affreux, jamais sa mère ne l'aurait mis. L'image de sa mère devant la glace de la salle de bains s'anima dans sa tête. Il la voyait appliquer du rose sur ses joues et sur ses lèvres. C'était tellement léger qu'il se demandait pourquoi elle en mettait puisqu'on ne le remarquait pas. Deux jours avant qu'on l'enlève, il lui avait posé la question mais ne se souvenait plus de sa réponse. Des larmes brouillèrent sa vue. Barbara était maquillée comme une pute.

— Tu as encore mal, mon lapin ?

— Non. Je pensais juste à ma mère.

Le sourire sur les lèvres noires disparut. Ne resta que la méchanceté.

— Tu vas te doucher puis t'habiller. C'est une journée importante et je veux qu'elle soit réussie. Tu as compris ?

Il la regarda sans lui répondre, s'imaginant lui enfoncer un bâton dans le cul jusqu'à la gorge devant la caméra. Elle détourna les yeux et se leva tout en pointant un index menaçant vers Gros porc.

— À dix heures précises, je les veux propres, habillés dans le salon bleu. Assure-toi qu'ils mangent quelque chose, ils doivent être en forme. Fais gaffe aux vêtements.

Elle ramassa le sac en plastique et en sortit deux paquets. Ce n'étaient pas des gros paquets, ils allaient avoir froid.

Kadidja était vêtue d'une robe de velours rouge qui tombait sur des ballerines de la même couleur. Autour de la taille, une grosse ceinture avec des pierres bleues et vertes. Une couronne de diamants emprisonnait ses longs cheveux noirs et lui donnait l'allure d'une princesse. Romain le lui dit. Elle renifla, une larme dévala sa joue, traçant un sillon noir sur la peau poudrée.

— Et toi, on dirait Robin des Bois.

Le costume de Romain était ridicule. Il avait dû enfiler des collants verts sous une jupe qui lui couvrait à peine les fesses. Une tunique en daim était ouverte sous son petit torse où les côtes saillaient. Le pire, c'était le chapeau avec une plume, retenu sur sa tête par un élastique qui lui serrait le cou. Ils étaient plantés là, au milieu du salon bleu, sous la surveillance de Gros porc qui guettait par la fenêtre. Romain détestait le salon bleu. Il se souvenait de la première fois où il en avait franchi le seuil. Un homme vieux, en costume, était assis sur le canapé. Barbara l'avait présenté comme un gentil petit garçon, docile et bien élevé. L'homme lui avait parlé, il sentait mauvais de la bouche. Puis Barbara l'avait laissé seul avec lui. Romain avait eu mal, très mal, sans comprendre ce que l'homme lui avait fait. Plus tard, Laurie avait donné un nom aux choses et aux actes. Des mots d'adultes, qu'il avait parfois entendus sans vraiment en connaître la signification. Des semaines plus tard, il ne saurait dire combien, toute chose portait un nom, des noms qui lui salissaient le corps, le dégradaient, le mutilaient. Romain haïssait les hommes en costume sombre.

Deux voitures puissantes roulaient dans l'allée du parc. Gros porc grogna, Romain se glissa derrière lui. Pas de costume noir aujourd'hui, peut-être parce qu'il faisait jour. Des hommes habillés comme des soldats descendirent des véhicules. Barbara avait revêtu une robe identique à celle de Kadidja, sauf qu'elle n'avait pas l'air d'une princesse mais bien d'une pute. Romain avait pensé trop fort, Gros porc le gifla tout en lui donnant raison. En bas, Barbara allongeait une main que deux soldats baisèrent. Les autres inclinèrent la tête.

On avait amené des chevaux. Sur une table recouverte d'une nappe noire dont les pans léchaient le gravier, étaient posés des arcs et des flèches. Les soldats caressèrent les arcs, puis les chevaux. Ils souriaient. Barbara les entraîna dans la maison.

Gros porc s'écarta de la fenêtre, poussa les enfants au milieu du salon et ajusta leurs vêtements. Des gouttes de sueur perlaient sur son front et sur le dessus de sa bouche. Romain rigola.

— T'as les foies, hein, Gros porc ?

Le gros retint une main, un œil rivé sur la porte.

— P'tit con, tu feras moins le malin tout à l'heure dans la forêt. T'as intérêt à courir vite…

La porte s'ouvrit sur les soldats, précédés de Barbara. Elle claqua des doigts, Gros porc se fondit dans un recoin du salon. Deux soldats avancèrent, Romain reconnut l'un d'entre eux. Les autres l'appelaient « le Toubib ». Pas Romain, à qui on avait appris à dire « monsieur » à coups de trique.

Le Toubib ignora Kadidja et s'attarda sur Romain qui sentit son regard visqueux le parcourir. Ses rangers noires luisaient, il les fixa. Le Toubib lui souleva le menton, l'obligeant à lever la tête. Il suait, sa main moite lui répugnait.

— Mais qu'il est mignon, vêtu de la sorte. Chère amie, votre imagination est sans limites.

— Au-delà de ce que vous pouvez penser.

— Cela me coûte assez d'argent pour le savoir. Oui, je sais, ne soyons pas vulgaires. Nous y allons, ma chère ?

— Les petits vont y aller. Un brunch vous a été préparé.

— Mais nous allons les perdre ?

— C'est pas Tony l'Anguille que vous allez traquer. Faut leur laisser un peu d'avance. Sinon, où est le plaisir ?

Le Toubib saisit la main de Barbara et la porta contre ses lèvres molles et humides.

— Plaisir. Le mot est si excitant dans la bouche d'une femme aussi cruelle.

Les règles d'un nouveau jeu étaient posées. Les arcs, les chevaux, la traque. Romain avait compris. Kadidja se mit à pleurer, elle réclamait sa maman.

Barbara s'agenouilla et lui prit le visage avec une douceur feinte.

— Tu vas la retrouver, ta maman. Mais pour cela, il va falloir courir vite, très vite. Tu me comprends ?

La petite fille renifla, puis se frotta les yeux. Du noir mêlé à des paillettes bleues lui barbouilla les joues.

— C'est vrai, je vais retrouver maman ? C'est vrai, Romain ?

Elle était encore un bébé à qui on promettait un dessin animé après le bain. Il aurait tant voulu y croire lui aussi. Un « cours vite » s'étrangla au fond de la gorge, Romain se pencha pour l'embrasser et lui murmura :

— Je vais t'aider. On va s'en sortir.

Il y crut le temps de le lui dire. Le sourire de Barbara lui affirma le contraire. Elle fit un signe de tête à l'attention de Gros porc.

— Assure-toi qu'ils partent dans la bonne direction.

Le manoir était perché au sommet d'une colline cernée par une forêt qui s'étendait à perte de vue. Une seule fois, Romain avait tenté de s'y fondre. Les chiens l'avaient retrouvé à la tombée du jour. Les cicatrices sur les bras et le ventre attestaient de la correction. Aujourd'hui, il n'y avait pas les chiens, seulement deux hommes, vieux de surcroît. Romain se mit à y croire. Deux types vêtus de bottes et de blousons les rejoignirent, c'étaient des employés du manoir. Romain ne comprit pas les consignes que leur marmonna Gros porc.

Il commençait à claquer les dents. L'air était vif, les branches des arbres, grises, nues, menaçantes. Verrait-il à nouveau croître les feuilles ? Jouerait-il encore au ping-pong avec son frère ? Regarderait-il son père installer la piscine ronde au milieu du jardin la dernière semaine de l'école ? Son chien le reconnaîtrait-il, même sale et malade ?

Un filet chaud et humide se fraya un chemin entre sa peau et le collant. La brûlure se réveilla, preuve qu'il était encore en vie. Les deux types en blouson les saisirent par le bras et les entraînèrent dans deux directions opposées. Kadidja disparut rapidement derrière les arbres. Si l'autre le lâchait, il pourrait encore la retrouver. Sans cesse, il se retournait, tentant de s'arracher à la prise de l'homme qui tenait bon. On ne voyait plus le manoir. Ils marchaient d'un pas rapide, trop rapide. Un point lancinait dans le creux de l'aine, Romain s'essoufflait, il demanda à se reposer.

— Se reposer, c'est mourir plus vite.

Le type le lui dit sans tourner la tête et accéléra le pas, portant presque Romain. Au milieu d'une petite clairière, il lui banda les yeux et le fit tourner sur lui-même. Un tour, dix tours, vingt. Tout chavirait, il tituba et s'effondra sur un tapis de feuilles mortes. Ses gestes étaient désordonnés, il ne parvenait pas à enlever le bandeau. D'abord se calmer. Sa respiration devint plus fluide, le bandeau glissa enfin sous ses doigts. Il était seul au milieu de la forêt et incapable de repérer par où il était arrivé. Le froid le pétrifiait, engourdissait ses membres. Il fallait qu'il bouge. Mais quelle direction prendre ? Il en choisit une au hasard et s'engouffra sous les arbres. La forêt l'avait avalé.

Courir. Courir sans se retourner. Les branches nues des arbustes le griffaient, happant au passage des lambeaux de sa tunique ou de sa peau. Le froid devenait moins mordant, il finit par l'oublier. Le point à l'aine cisailla sa course, il s'effondra sur une souche. Il leva le nez vers le ciel. Une lumière blanche jetait une pluie de piques lumineuses entre les branches. Le soleil était nulle part et partout. Romain était seul, perdu. Il pleurait.

Une masse sombre traversa son champ de vision, un léger brassage de feuilles et des craquements de bois sec signalaient une présence. La masse s'immobilisa, il tendit le cou. Une biche. Elle lui fit un battement de cils et s'enfuit.

De nouveau un bruit. Un galop sourd qui faisait vibrer le sol. Ce ne pouvait être la biche. Romain s'écrasa contre la souche et tourna la tête en tous sens, il ne parvenait pas à déceler d'où venait le bruit qui s'amplifiait.

Un hennissement le fit se redresser. Ils étaient là, devant lui. Le Toubib et la pute. Elle souriait, le vieux ricanait. De la sacoche accrochée à la selle, la pute sortit une minicaméra, Romain allait passer un sale quart d'heure. Tout ce qu'il avait subi devant leurs objectifs n'était que souffrances et humiliations qui l'enfonçaient chaque fois un peu plus dans une mare de désespoir où son corps était de trop.

Sans lâcher Romain du regard, le Toubib attrapa l'arbalète qu'il avait dans le dos, prit une flèche et l'ajusta. Il visa.

— Cours, petit, cours.

Barbara avait glissé de son cheval sans cesser de filmer.

— Cours !

Elle le contourna et recula pour prendre du champ. Il secoua la tête, les yeux embués de larmes acides. Courir. Le sourire de sa mère se figea dans sa tête. Une seule certitude. Il ne la reverrait plus. Courir pour en finir. Sous ses doigts, l'écorce rêche d'un tronc. Il le contourna et s'enfonça dans un massif épineux qui le dépeça. La douleur lui arracha un hurlement, il se retourna, écarta les branches et détala.

Sa course s'acheva contre un arbre dans un claquement sec.

Il ne comprenait pas comment il tenait encore debout alors que ses jambes ne le soutenaient plus. Une douleur lui comprimait la poitrine, hachant menu son souffle. Il crut entendre la pute féliciter le Toubib. Impossible de bouger le corps, juste la tête. Il la tourna. Quelques secondes avant de comprendre. Une flèche lui avait traversé l'épaule et s'était fichée dans le tronc, le retenant prisonnier. La terreur le disputait à la douleur, ses oreilles bourdonnaient, il n'entendait plus. Ne voyait que la caméra.

Des mains arrachèrent son collant, un corps colla le sien et le força, arrachant sa chair. La lumière l'aveugla avant qu'il ne sombre dans une eau noire qui lui broya les poumons.

2

À travers le cuir, il sentait la douce chaleur de Depa, une fille qui parlait peu mais juste. Elle était si jolie. Le savait-elle seulement ? Il en doutait. Peut-être que d'autres garçons le lui avaient dit mais il était certain qu'elle s'en moquait. Parce que, entre eux et les autres, il y avait un océan sans fond, infranchissable.

La main de Depa exerça une pression sur l'épaule, ce qui lui fit tourner la tête vers la maison. La cible sortait. Il faisait encore sombre mais il devinait l'homme, le sentait, le humait, le reniflait. La combinaison blanche tassait la silhouette. L'homme paraissait encore plus petit, plus insignifiant. Il avait appris à se méfier des insignifiants, de ceux qu'on ne voyait que par transparence. Un jour ou l'autre, ils vous le faisaient payer. L'homme monta dans la camionnette, mit le moteur en route.

Yoda fit ronronner la moto et suivit la camionnette qui s'ébranlait dans le petit jour. Depa avait enroulé ses bras autour de sa taille, il sentait son buste contre son dos, son corps collé au sien, souple, qui allait au gré des courbes de la route.

La camionnette les distançait. C'était sans importance, il savait où la retrouver.

Une brume ouatée s'effilochait au-dessus de la végétation mouillée, qu'enluminaient les rayons rasants.

Les premières maisons du bourg avalèrent la camionnette. Il ralentit, longea la rue principale encore déserte, puis s'engouffra dans une impasse envahie par les herbes. La maison en contrebas était en vente, comme en attestait la pancarte rouge accrochée au grillage. Ils laissèrent la moto sous son auvent.

Toujours casqués, main dans la main, Yoda et Depa remontèrent la rue principale. Devant une boutique qui vendait des tissus provençaux, du miel et de l'huile d'olive, il considéra leur silhouette dans le reflet de la vitrine et ne put s'empêcher de penser qu'ils avaient de l'allure dans leur cuir noir.

Traîné par un chien, un ancien les croisa, le regard en coin. Depa serra la main de Yoda, il y répondit par une pression. Ils ne risquaient rien, leur visière était baissée.

Il était toujours très vigilant quand il opérait avec elle. Une promesse. Plus personne ne lui ferait du mal. Et elle l'avait cru parce que c'était ça ou se laisser mourir. Avec le temps et les entraînements, Depa était devenue forte, en dépit de son apparente fragilité, redoutable malgré une illusoire candeur. Rien à voir avec le premier jour, le jour de l'accident de son vieux.

Sous son casque, Yoda laissa filer un sourire.

À l'intersection d'une rue qui descendait vers la rivière, ils s'arrêtèrent tout en scrutant les environs. La camionnette était garée à une vingtaine de mètres, devant la porte d'une maison en cours de rénovation. Un bruit de tuiles qu'on manie leur fit lever la tête, il était déjà sur le toit.

La vieille porte en bois était entrouverte. Il poussa le battant et entra, Depa sur ses talons. Ils levèrent le nez vers ce qui allait être la montée d'escaliers. Trois échelles se succédaient jusqu'au toit. Ils ôtèrent leur casque et les posèrent à même le sol contre un mur. Depa rabattit le loquet pour condamner la porte. Les lieux leur étaient familiers, cela faisait quelque temps déjà qu'ils surveillaient l'évolution des travaux. La dépose de l'ancien toit, les nouvelles poutres, le revêtement, la livraison des tuiles. Parti du faîtage, l'homme progressait vers la corniche, à douze mètres au-dessus du sol.

Yoda entraîna Depa vers l'escalier provisoire, ils montèrent en silence. Au-dessus de leur tête, le raclement des tuiles qu'on ajustait. Au dernier niveau avant le toit, ils s'immobilisèrent. Prenant appui sur une margelle en béton, une échelle était dressée vers le ciel. Les bruits étaient proches et distincts. Il était là, à quelques mètres d'eux seulement.

Yoda ouvrit son blouson et posa la main sur le Taser X26, une arme sub-létale qui ne tuait pas, ne blessait pas mais laissait l'adversaire K.O. pendant quelques secondes. L'arme des *sky marshalls*, un petit bijou de technologie. Yoda sortit le Taser et gravit lentement les marches, ne s'aidant que d'une main. Depa progressait sur ses talons, ses genoux dans le creux des siens, son ventre sur ses fesses. En protection. Ils n'opéraient jamais seuls, toujours par deux, ou plus selon la mission. Aucune perte dans leurs rangs n'était envisageable, ils étaient entraînés dans ce sens. Plutôt renoncer à une cible que de perdre l'un d'entre eux. Un jour ou l'autre, ils la retrouveraient. Forcément.

Un souffle d'air frais lui parcourut la nuque à l'instant où sa tête émergea du toit. L'homme leur tournait le dos, agenouillé près de la corniche. Les mains en appui sur le revêtement, Yoda se hissa, posa le bout de ses fesses et fit pivoter ses jambes avec la rapidité et la souplesse d'une danseuse. Depa exécuta la même figure de l'autre côté de l'ouverture. L'homme se retourna au moment où ils se dressaient dans un même élan. Un duo synchronisé et harmonieux. En d'autres lieux, l'œil d'un esthète aurait apprécié. La cible n'en était pas un. Stupeur et incompréhension s'inscrivaient sur son visage, puis la peur quand il aperçut les Tasers pointés vers lui. Sans lâcher la tuile qu'il s'apprêtait à placer, il se redressa doucement, le regard rivé sur les armes. Il dévisagea Depa, puis Yoda, semblant fouiller dans les tréfonds de sa mémoire comme à la poursuite de quelque chose qu'il savait tordu sans pour autant se le rappeler.

— Vous voulez quoi ?

Sa voix était rauque, mal assurée.

— Rien.

Yoda ne put s'empêcher de sourire. Rien. Il aimait leur jeter ce mot. Rien. Comme si rien ne s'était jamais passé. Comme si rien pouvait tout effacer, tout annuler.

— Qu'est-ce que vous foutez là ? C'est un chantier privé.

Yoda avança d'un pas, l'homme fut tenté de reculer mais un coup d'œil en arrière l'en dissuada. Yoda fit un autre pas dans sa direction.

— Ton procès a été révisé. Tu as été jugé coupable, tu es donc condamné.

L'homme secouait la tête. Une lueur voila soudain son regard, il venait d'appréhender l'indicible, l'inenvisageable. Une certitude. Il allait mourir. Yoda le perçut. Il lui sourit, une façon de lui signifier qu'il ne se trompait pas.

Le genou de l'homme se mit à trembler. La main crispée sur la tuile, il tangua un bref instant d'avant en arrière.

— J'ai pas été condamné, y a eu non-lieu.

— Pas pour Mélodie. Tu savais qu'elle a décidé de cesser sa trithérapie ? Elle a compris une chose. L'arrêter signifie la mort à courte échéance, elle l'a tellement souhaitée, cela fait des mois qu'elle y songe. Nous sommes pourtant parvenus à la convaincre de continuer le traitement. Et tu sais en échange de quoi ? En échange de ta mort.

Un rictus déforma sa bouche, un rictus de mépris et de suffisance auquel Yoda avait été confronté, sur un autre, il y avait longtemps. Yoda effaça le rictus de sa tête et celui du visage de l'homme sur le toit qui s'apprêtait à lancer la tuile. Yoda tendit le bras, visa, appuya sur la détente.

La munition le heurta en pleine poitrine et le choc électrique le projeta en arrière, dans le vide. La tuile et la cible s'écrasèrent au même moment sur le bitume. Il ne s'était pas vu mourir, Yoda le regretta un instant. Il se tourna vers Depa, lui sourit puis alla récupérer la munition en bordure de corniche. Personne dans la rue, c'était une question de secondes. Il fallait partir.

3

L'enveloppe blanche format 16 × 23 émergeait de la demi-douzaine de lettres adossées contre le fond de la boîte. Kara saisit l'enveloppe et scruta les deux faces. Comme l'autre : aucune inscription, pas de nom d'expéditeur, ni même celui du destinataire. Elle fit quelques pas en direction de la porte du hall et tira sur la poignée sans presser le bouton qui débloquait la gâche. Fermée. Soit le facteur apocryphe avait le nouveau numéro de code, soit c'était quelqu'un de l'immeuble. Peut-être la givrée du troisième. Kara se mit à regretter la concierge, que les locataires à l'unanimité avaient échangée contre un hall plus large et des boîtes aux lettres neuves.

L'enveloppe semblait vide. Et pour cause. Un fait divers de quelques lignes découpé dans un journal ne pesait rien. Ou presque.

Chaos dormait sur le fauteuil. Elle posa le courrier sur le bureau, attrapa le chat aux longs poils fauves et le coucha sur le canapé. La manœuvre ne l'avait pas réveillé.

Facture EDF, propositions d'abonnement à des magazines, relevé bancaire. Sans ouvrir, elle devinait le contenu de chacune des lettres, qu'elle laissa tomber sur une pile de courrier pas encore traité. Restait l'enveloppe sans inscription. Elle introduisit la lame du coupe-papier dans l'un des angles et trancha d'un geste vif. L'expéditeur anonyme était un lecteur assidu de la rubrique faits divers du *Dauphiné Libéré*.

Après l'accident de chasse, il s'agissait d'un accident du travail.

Un ouvrier décède à La Garde-Lormar

Un ouvrier victime d'une chute mortelle de douze mètres hier matin sur un chantier d'une maison en cours de rénovation dans le centre du village de La Garde-Lormar (Drôme). Alors qu'il était occupé à poser les tuiles, le malheureux a glissé. Patrice Meunier, 46 ans, n'a pas survécu à ses terribles blessures.

Patrice Meunier, ouvrier du bâtiment, quarante-six ans. Le nom lui disait vaguement quelque chose.

Elle lissa d'un revers de main le fait divers et le relut plusieurs fois mais elle ne découvrit rien entre les lignes. Son portefeuille était sur le bureau, elle l'ouvrit et contempla sa carte de presse. Journaliste. Elle était journaliste. Un rêve de petite fille qui parfois se travestissait en cauchemar.

Elle pensa à l'autre fait divers reçu trois jours plus tôt. Son premier réflexe avait été d'attribuer l'envoi à un antichasseur. Mais là…

Kara bouleversa la pile de courrier, trouva l'article et le relut.

Un chasseur a été tué dans un accident de chasse lundi dans le Vercors. Le corps d'un homme de 52 ans a été trouvé dans les bois au-dessus de Peyrus (Drôme). Il est tombé sur un terrain rendu glissant par la pluie, le coup serait alors parti accidentellement et l'homme a été mortellement touché à la gorge.

Sur aucun des deux articles ne figurait la date. Celui relatant l'accident de chasse ne pouvait avoir été publié que pendant la période de chasse. Et le couvreur, quand était-il tombé du toit ?

D'un geste las, elle repoussa les articles sur un coin du bureau. D'autres priorités pour l'instant. Et puis, entreprendre des recherches serait faire le jeu de l'expéditeur anonyme. Qu'il se manifeste, et elle aviserait.

La comtoise égrena sa plus longue litanie. Douze coups, suivis aussitôt du chant d'un coucou qui se dévissait les cervicales du haut de son petit chalet. Si sa jeunesse devait se réduire à des sons, le coucou et la comtoise étaient de ceux-là. Ils symbolisaient les mercredis après-midi passés chez sa grand-mère. Kara n'avait mesuré la dimension de l'amour qu'elle portait à cette femme que lorsque celle-ci avait disparu. La veille de ses vingt ans. Elle en avait déduit que si les anniversaires comptabilisaient les années qui passaient, ils faisaient aussi le compte de celles qui l'éloignaient des êtres chers. Le téléphone sonna. Un bruit qui ne rappelait en rien son enfance.

— Oui.

Kara fit répéter le nom de son interlocuteur. Un peu par peur de se tromper, davantage pour contrôler son souffle.

— Quintilius !

Des mois qu'elle n'avait prononcé ce prénom. Quintilius. Prénom donné au cinquième et dernier enfant de la famille Perrier par une mère professeur de grec et de latin.

— Quelle surprise ! Tu vas bien ?

Mieux. Qu'il aille bien l'eût étonnée. Mieux annonçait une rémission qui pourrait peut-être les réunir à nouveau. Tout comme elle, Quintilius était journaliste. Quelques mois plus tôt, ils avaient publié un livre dans lequel ils avaient investi leur énergie et leurs croyances, et qui, au bout du compte, s'était soldé par l'anéantissement de leurs illusions. Ils vivaient dans un monde symbolisé par huit lettres grasses. *No Future*. La machine à broyer les chevaliers avait eu raison de leur crédulité et de leur jeunesse, on ne jouait pas impunément dans la cour des pourris.

Trois années de patientes recherches, investigations et reportages avaient enfanté *Dossier réseaux pédocriminels*. Un livre bien documenté selon les uns, subversif et mensonger pour les autres, une minorité puissante et manipulatrice. Kara s'en était sortie avec la rage au cœur, Quintilius avec une mise en examen et une condamnation pour détention de matériel pédophile. Un CD contenant des images pornographiques mettant en scène des enfants avait été saisi à son domicile. Le procureur ne l'avait pas retenu comme étant du matériel destiné à la documentation d'un livre. Une certaine presse avait relayé le fait. Le journaliste avait été cloué au pilori. Six mois avec sursis. Depuis, il travaillait pour l'AFP, secteur Politique en Amérique du Sud. Kara avait tenté à plusieurs reprises de le revoir, avait même squatté son paillasson jusqu'à ce qu'il débranche sa sonnette et la menace d'appeler les flics. Lors de leur dernière conversation téléphonique, il avait lâché le morceau. Kara avait été indigne de son amitié, elle l'avait abandonné et livré aux charognards. Une campagne de déstabilisation contre laquelle elle avait lutté mollement. Nuit après nuit, elle avait tenté de se convaincre qu'il était un sombre crétin puis, un matin, debout devant la glace, avait admis qu'elle avait eu peur. La pression, les coups de fil anonymes, les articles de confrères qui lui avaient arraché des larmes de dépit, de frustration. Malgré de structurels problèmes d'argent, Kara n'avait pas dépensé un euro de ses droits d'auteur, abandonnés sur un plan d'épargne. Un lynchage médiatique bien mené, et le livre s'était vendu à quelques milliers d'exemplaires. Un des paradoxes de l'édition.

Quintilius voulait la rencontrer. Oui, maintenant. Non, il n'avait par encore déjeuné.

À la demie, il était devant sa porte. La comtoise puis le coucou saluèrent l'entrée du revenant.

— Comment peux-tu supporter cette cacophonie ?

Il était en forme, elle serra ses bras autour de son cou.

— T'aurais pas rapetissé ?

Kara était une grande bringue plutôt massive. Musculation et marathons avaient moulé ses épaules et ses cuisses dans du bronze. Façonner son corps pour ne pas être monolithique, elle n'avait pas le choix. Il la repoussa et balaya le salon-bureau-cuisine avec circonspection. Son regard bloqua sur le matériel informatique. Il s'y dirigea et pianota sur le clavier d'une seule main.

— Tu as changé de matos.

— Cadeau de Micro Achat.

— Tu piges toujours pour eux ! Avec les conneries que tu racontes.

— Les lecteurs y croient, ils en redemandent. Je pense que c'est mon côté ménagère obstinée qui chaque matin se persuade qu'elle va finir par comprendre. Je suis spécialiste en rien et j'écris sur tout. Va comprendre…

— C'est le ton. Nécessairement. Tu l'as toujours eu, du reste. Pourtant, quand on te pratique au quotidien, on ne peut pas dire que tu sois une comique.

Kara le regarda avec tendresse. C'était si bon de retrouver son ami.

— On passe à table ?

— Tu as tué la vache ?

— Plus qu'à faire chauffer la poêle !

Sur le bar carrelé séparant le salon de la cuisine et faisant office de table, elle versa du vin dans deux verres de cristal ciselé. Elle aimait le vin et, mieux encore, servi dans de beaux verres. Un luxe auquel elle n'avait jamais renoncé, et qu'elle entretenait avec une obsession frisant la manie de vieille fille. Au-dessus, des dizaines de verres, qu'elle achetait six par six – nombre d'invités qu'elle ne dépassait pas –, s'exhibaient sur les étagères d'un haut placard vitré. Quintilius en fit un inventaire muet.

— Des nouveaux ?

— Non, je les ai changés de place. Tiens. À nous !

Il saisit le verre tendu, huma, puis goûta. Kara fit de même et claqua la langue.

— Un peu jeune, mais il a du corps.

— Une jeunesse prometteuse. Tu aurais dû le garder quelque temps.

— C'était juste pour goûter. Avec toi. Je suis heureuse de te revoir, Quint.

— Moi aussi. Tu m'as manqué, mais j'étais tellement en colère contre toi. Tiens, revoilà Sac à puces. Salut, toi !

Chaos vint se frotter contre la jambe du journaliste, ne se laissa pas caresser et alla terminer le thon qui agonisait dans une coupelle.

— Moi aussi j'ai un chat.

— Tu rigoles, je croyais que tu étais allergique.

— Allergique aux poils de chat, pas aux chats.

— Il a des plumes ?

— Toujours aussi con ! Non, il n'a pas de poils.

Kara imagina une seconde un chat sans poils et grimaça.

— Ne me dis pas qu'il est rose !

Quintilius renonça à le décrire et sortit de la poche de son blouson un portefeuille, qu'il ouvrit et tendit à Kara.

— Pour l'instant, il est chez ma mère, c'est encore un bébé.

— Tu te promènes avec la photo de ton chat…

À côté du chaton rose, une autre photo.

— Tu gardes toujours la nôtre.

Une louche de souvenirs enfouis émergea. La fac, les bringues, la Saint-Valentin. Ils s'étaient juré que, quoi qu'il arrive, vie de couple, vie de famille ou mourants, ils seraient toujours ensemble pour la Saint-Valentin. Promesse qu'ils s'étaient faite le soir où ils s'étaient rencontrés. Largués et oubliés par leur amoureux du moment, le maître d'hôtel avait fini par les installer à la même table. Ils avaient d'abord pleuré, s'étaient racontés, avaient bu, beaucoup, et s'étaient retrouvés dans le même lit. Cinq minutes plus tard, ils avaient admis dans un éclat de rire que l'entreprise était impossible. La dernière Saint-Valentin, il n'était pas là, elle en avait pleuré pendant dix minutes.

— J'espère que tu ne le sors jamais, ton chat.

— Pourquoi ?

— Sérieux, il est vraiment trop moche.

4

La bavette était tendre et les échalotes confites. Quintilius félicita Kara en se servant une nouvelle fois de tagliatelles fraîches. Elle n'avait pas touché aux pâtes et observait le journaliste qui avait la tête de celui qui veut dire une chose importante et se retient car il ne sait pas par quel bout l'attraper. Kara posa un Tupperware entre les assiettes et souleva le couvercle. Le munster avait pris le dessus, même si le camembert était bien placé juste derrière. Le roblochon, lui, avait encore de la marge. Quintilius chassa l'air devant lui, tout en mimant un début d'évanouissement.

— Ouahhh ! Ne me dis pas que tu les trouves dans le commerce.

— Non, pas dans cet état. C'est tout un art d'affiner un fromage.

Elle coupa trois morceaux qu'elle aligna dans son assiette, posa la pointe du couteau sur un morceau de pain et enfonça son regard dans celui de Quintilius.

— C'est quoi, le problème ?

Il soutint le regard, inspira longuement par le nez, puis regroupa en tas les miettes égarées sur le carrelage.

— Valeo a été assassiné.

— Le Brésilien. Où ?

— Chez lui. Dans sa salle de projection. Le capitaine Marquez, qui l'a trouvé, n'a pas eu le temps de sortir pour gerber.

Kara ne parvint pas à imaginer le capitaine en train de vomir. Un homme froid, cynique, que rien ne semblait atteindre. Craint par sa hiérarchie, par ses hommes, il imposait le respect et dirigeait le commissariat du quatrième district de Rio de Janeiro d'une main de fer. Les deux journalistes l'avaient approché quand ils avaient enquêté sur Juan Valeo, un industriel de l'agro-alimentaire, mannequinat et porno. Des rumeurs circulaient qu'il commercialisait sous le manteau des films où l'on assistait au viol, à la torture puis à la mise à mort de femmes. On avait bien retrouvé l'une de ces cassettes mais des experts avaient démontré qu'il s'agissait d'un film avec des effets spéciaux plutôt réussis. Valeo avait fini par être épinglé pour pornographie enfantine mais un juge indulgent l'avait rapidement relâché. L'affaire Valeo avait pendant quelques jours fait la une des journaux brésiliens, avant d'être reléguée à la rubrique faits divers. Quand Kara et Quintilius avaient quitté le Brésil, on n'en parlait plus du tout, sauf le capitaine qui, à l'aéroport, leur avait assuré qu'il finirait par le coincer une fois pour toutes. D'autres s'en étaient chargés.

Le deuxième chapitre de leur livre était consacré aux activités de l'homme d'affaires brésilien.

— Pourquoi le capitaine a-t-il vomi ?

— J'ai eu Dominguez au téléphone, il m'a raconté.

Dominguez était l'adjoint du capitaine. Un homme qui paraissait au premier abord timide mais qui, en fait, pratiquait l'écoute active jusqu'à son paroxysme.

Discret, efficace, il marchait dans l'ombre du capitaine sans jamais le perdre de vue.

— Dominguez t'a raconté ! Serait-il devenu bavard ?

— Bavard, non, toujours aussi laconique. On a retrouvé Valeo ficelé sur un fauteuil de sa salle de projection, éviscéré, l'intestin enroulé autour d'une bobine de film. Aucun organe vital n'était touché, tout était programmé pour faire durer. C'est finalement le cœur qui a lâché.

— Il était seul dans son hacienda ?

— Il y avait deux cents personnes, c'était le jour de la fête du vin. Une fête qu'il offre chaque année à son personnel. La musique, le bruit, le vin qui coule à flots. Personne n'a rien vu, rien entendu. Le pire, c'est que sa mort a été filmée. On a retrouvé le matos sur place, une caméra avec le film.

— Le film ? Il y a un film de sa mort ?

Quintilius acquiesça d'un léger signe de tête, le regard ailleurs. Kara comprit que, pour lui, rien n'était terminé. Elle demanda d'une voix mal assurée :

— C'est quoi, tes projets ?

— À ton avis ?

— Pour nous, elle est finie, cette affaire.

— Pas pour moi. J'ai été traîné dans la boue, vilipendé, et je veux savoir qui a tiré les ficelles.

— Quint, j'ai dû déménager, trouver d'autres journaux. J'ai dû prendre un pseudo pour signer mes articles. Je ne veux pas revivre toute cette merde.

— Trop facile, fallait pas commencer à y mettre le nez. Laisse-moi terminer. J'ai vu Luc…

Luc. Les silhouettes d'un passé proche, mais dont elle voulait s'éloigner à grande vitesse, surgissaient entre le munster et le café, ce jour où elle n'aurait voulu retrouver que Quintilius. Plus jamais les choses ne seraient comme avant. Luc était un agent d'Interpol, ce genre de flic que l'on voit dans les séries télévisées. Beau mec, sensible, intelligent, drôle. Irrésistible. Il appartenait corps et âme à une autre femme, que Kara aurait découpée à la tronçonneuse si cela avait été convenable. Luc les avait aidés, bien au-delà de ce qui était permis par l'agence internationale. Il s'y était brûlé le bout des ailes. Kara l'avait rencontré une fois sur une terrasse de la place des Tertres en compagnie de sa Lara Croft. Il l'avait invitée à prendre un verre, la superbe créature avait insisté, Kara avait refusé. Ils ne s'étaient plus revus.

— Comment va-t-il ?

— Plutôt bien. Il va être papa.

Kara avala une triple gorgée de vin, alluma une cigarette et cracha une bouffée.

— Lara Croft enceinte ? Son corps de rêve déformé…

— Ils ne sont plus ensemble. Elle s'est tirée avec un Anglais, un lord avec Rolls, château et yacht. La femme de Luc s'appelle Virginie, elle est aussi à Interpol, au secrétariat général. Une gentille fille. Ils se sont mariés à Noël, j'étais le témoin de Luc.

Un pincement de jalousie fragmenta le souffle de Kara. Ils s'étaient vus sans elle. Luc s'était marié avec une fille qu'elle ne connaissait même pas et, de surcroît, il ne l'avait pas invitée.

— Fais pas cette tête. On était quatre au mariage. Les mariés et les témoins.

— Qui était l'autre témoin ?

— La sœur de Virginie. Patricia.

— Patricia ! Tu l'appelles par son prénom. J'imagine que vous êtes devenus inséparables tous les quatre ?

— Tu fais chier, Kara, avec ta jalousie à trois balles. Arrête et respire. Je peux continuer ? Je te parle de cette histoire parce que, quelque part, tu es concernée !

— Et en quoi, je te prie ?

Le téléphone. Kara décrocha pour faire cesser le bruit. Contrariée, elle répondit sèchement. C'était sa mère. Allongée sur un transat entre la France et New York. Le *Queen* était un beau bateau, quoiqu'un peu grand. Kara l'écouta, tout en surveillant Quintilius qui s'était levé pour faire l'état des lieux de l'appartement. Devant le bureau, il s'arrêta, se pencha et lut. Décidément, toujours aussi fouille-merde, il n'avait pas changé. Le *Queen* avait évité de peu une effroyable tempête et le commandant était un homme possédant une classe folle. Comme Quintilius se relevait, un fait divers dans chaque main, Kara souhaita une bonne traversée à sa mère avant de raccrocher.

— Toi aussi, tu les as reçus, constata Quintilius. Quand ?

— Un ce matin, et l'autre lundi.

— Comme moi.

— Je croyais que c'était une connerie de ma voisine.

— Elle a pour habitude de t'envoyer des faits divers ?

— Non, mais chaque fois qu'elle me croise, elle me parle de catastrophes, d'attentats, de carnages. Elle est persuadée que les journalistes ne disent pas tout et dissimulent un vaste complot organisé par les sectes qui ont le pouvoir et l'argent, et dont l'objectif est d'éliminer tous les gens ordinaires.

— Elle n'a peut-être pas tout à fait tort, ta voisine.

— Tu as donc reçu une copie de ces articles ?

— Non. Comme les tiens, j'ai eu droit aux originaux découpés dans le journal. C'est qui, ce mec ? Il achète deux fois le même journal, découpe les articles, puis fait la distribution. Pourquoi ? On connaît même pas les accidentés.

— Je ne sais pas. Meunier, ça ne te dit rien ?

Quintilius haussa les épaules.

— Pas vraiment. Mais si tu le connais, il est peut-être dans un de tes fichiers. Lance une recherche.

Kara s'installa devant l'ordinateur, réfléchit quelques secondes puis pianota.

Elle leva soudain les doigts du clavier.

— Merde. On le connaît.

Il la scruta tout en fronçant les sourcils.

— C'est un pote à nous ?

— Pas vraiment. Avignon. Souviens-toi. Meunier était le père de trois fillettes.

— Tu parles du salopard qui prostituait ses gamines.

Elle n'eut pas le temps de confirmer, Quintilius avait retrouvé la mémoire. Kara, elle, ne l'avait jamais perdue. Trois gamines blondes, chétives, au regard éteint. Au début des faits, la dernière avait cinq ans. Son âge ne l'avait pas épargnée et elle avait subi le même sort que ses deux sœurs à peine plus âgées. À la même époque, la mère s'était jetée du cinquième étage, abandonnant ses filles aux mains d'un pervers. Les violer ne lui avait plus suffi, il les avait prêtées à son voisin de palier, un infirmier en psychiatrie, qui en échange fournissait des psychotropes. Le cercle s'était élargi quand le père avait eu l'idée de les vendre à des types qui organisaient des soirées très spéciales. Une limousine venait les chercher puis les ramenait à l'aube. Où et chez qui ? Personne n'avait jamais su. Les témoignages étaient contradictoires, on les avait traitées de menteuses et de fabulatrices. Le père et l'infirmier avaient été relaxés pour insuffisance de preuves. Le seul carnet d'adresses trouvé dans l'appartement avait disparu du bureau du juge pendant l'instruction. Kara et Quintilius s'étaient intéressés à l'affaire, pensant qu'il s'agissait d'un réseau, mais ils n'avaient rien trouvé qui puisse le prouver. Trois articles de presse rédigés au conditionnel, et l'affaire avait été classée. Les filles avaient été placées dans un foyer, le père s'était volatilisé dans la nature, pour réapparaître deux ans plus tard. Mort. Ce que la justice des hommes n'avait pas honoré, le destin s'en était chargé.

Quintilius brandit l'autre fait divers.

— Et lui, c'est qui ?

— On va le savoir, il suffit d'appeler Valence.

Le standard de l'agence du *Dauphiné Libéré* à Valence décrocha à la première sonnerie, Stéphanie Paulin, fait-diversière du journal, à la douzième. Kara se présenta, la Valentinoise la situa dès la troisième phrase. « Le livre sur les réseaux, c'est vous ? » Kara contint un soupir d'agacement. Rien de pire que d'être marquée au fer rouge. Elle lui lut l'article sur l'accident du chasseur.

— C'est vous qui l'avez rédigé ?

Silence.

— Allô…

— Je suis là. En quoi cet article vous intéresse ?

— Quelqu'un me l'a envoyé, je voudrais savoir pourquoi.

À nouveau le silence de la fille. Un scanner hachait une voix d'homme à l'accent du Sud, des gens s'interpellaient. Stéphanie Paulin était toujours au bout du fil.

— On peut se voir ?

— Là, tout de suite ? Attendez, on est à Lyon.

— Quintilius est avec vous ?

Kara couvrit de la paume de la main le combiné et chuchota en direction de Quintilius.

— Stéphanie Paulin, tu connais ?

Il secoua la tête. Non, il ne la connaissait pas.

— Elle veut nous voir.

— On y va.

— T'es dingue ! C'est à cent bornes.

— On y va. Tu me dois bien ça, non ?

Le ton était sans appel et Kara n'avait pas envie de lutter contre lui. Pas aujourd'hui. Elle remit le combiné sur son oreille.

— OK. À quelle heure ?

— Je finis à 18 heures.

Kara regarda l'horloge. 15 h 35.

— On y sera.

— Je vous attends au journal.

Stéphanie Paulin n'en dit pas davantage. Kara raccrocha, songeuse, effleurant du regard les coupures de presse.

— Je la sens mal, cette histoire. L'impression d'avoir un truc pas net qui me colle au train. Et toi, comme par hasard, tu es là. Pile poil aujourd'hui.

— C'est pour Valeo que je suis là, pas pour les faits divers.

Elle scruta un long moment son ami retrouvé, puis lui sourit.

— Elle te connaît d'où ?

Il écarquilla les yeux tout en en faisant la moue.

— Si je devais retenir le nom de toutes les filles que je rencontre…

Kara lui proposa de ranger avant de tenter d'en faire un inventaire fastidieux. Elle vida le jus de la poêle dans l'évier, un filet couleur sang teinta la faïence blanche. Elle frissonna. Il est des métiers où la mort est omniprésente. Même si on se blinde, on ne s'y habitue jamais. Sciences-po, école de journalisme, elle s'était dirigée vers l'écrit après quelques mois passés à RFI où des heures durant elle avait avalé de l'information sur plusieurs écrans de télé à la fois. Son rôle consistait alors à repérer les infos qu'elle dispatchait ensuite aux journalistes selon leur teneur. Économie, politique, social, sport. Des flots sur lesquels elle avait surfé. Des flots qui l'avaient grisée tout en la laissant sur sa faim. L'écrit la rassasiait davantage. Elle avait débuté dans un journal local puis s'était tournée vers les hebdomadaires et les mensuels. Elle travaillait maintenant en free-lance et écrivait des articles à la demande. Quelquefois pour des magazines d'informatique, le plus souvent pour des généralistes qui lui commandaient des articles de fond sur un sujet donné. Certains nécessitaient des semaines de recherches. Ce travail lui plaisait, elle s'était taillé une solide réputation. Son côté fourmi, son assurance, et surtout son flair l'avaient assise au rang des journalistes d'investigation. Elle aimait son métier.

Kara lava la poêle, le saladier, la plaque, tandis que Quintilius remplissait le lave-vaisselle. Chaos sauta sur la table puis enfouit sa tête dans la boîte à fromage. Le journaliste écrasa le couvercle sur le chat qui détala en miaulant. Kara rouspéta.

— Arrête de faire le Jacques, on dirait un gosse.

— Tu ne sais pas ce que je donnerais pour en être un aujourd'hui et tout recommencer.

— Tu ferais quoi ?

— Je ne sais pas, pompier, astronaute, bibliothécaire. Quelqu'un d'autre…

Kara lâcha l'éponge, l'attrapa par les épaules et le serra contre elle.

Il mima une suffocation.

— Tu m'étouffes avec tes gros bras.

Elle le dépassait d'un seul centimètre. À l'écouter, elle en mesurait trente de plus. Peut-être la voyait-il ainsi. Elle n'était pas grosse. Juste charpentée ou carrée, selon les points de vue. On n'avait encore jamais tenté de l'agresser dans un parking souterrain, encore moins de lui piquer son sac. Dès la grande section maternelle, elle avait entrepris de baffer les garçons qui embêtaient ses copines. Des exploits qui lui avaient collé à la peau pendant toute sa scolarité. Elle en avait pris son parti et avait rapidement renoncé aux jupes. Elle s'habillait au rayon homme et l'assumait. Les hommes fantasmaient sur son look GI qu'elle cultivait. Rangers, treillis, gilet multipoches et débardeur, elle aurait pu être grand reporter en Sierra Leone.

Plus rien ne traînait dans la cuisine, il était temps de partir. Kara tendit un trousseau de clés à Quintilius.

— Tu conduis.

5

La circulation était dense sur l'A7, Quintilius ne quitta la file de gauche que pour sortir à Valence nord. Ils se rendirent directement au *Dauphiné Libéré*, situé au milieu des boulevards, dans l'immeuble qui autrefois hébergeait un magasin de Manufrance, la manufacture de Saint-Étienne.

Textes et photos numériques occupaient les écrans, odeurs de cigarettes et de café, bruits de clavier, de téléphone. Un scanner grésillait, il suffisait de le localiser pour repérer les faits-diversiers. En l'occurrence, ici, à Valence, il s'agissait d'une petite nana aux cernes accusatrices. Elle rédigeait un texte tout en consultant des notes sur un calepin. Le scanner racontait que Poisson rouge rentrait à la maison. Toujours la même voix du Sud.

Stéphanie Paulin les accueillit avec un peu plus d'enthousiasme qu'elle n'en avait laissé filtrer au téléphone. Elle rappela à Quintilius où ils s'étaient rencontrés. Une soirée organisée par Reporters sans frontières, cinq ans auparavant à Paris. À l'époque, elle était brune. Stéphanie Paulin laissa tomber pour ne pas gêner davantage Quintilius en proie à une intense réflexion qui n'aboutissait nulle part. Elle changea de registre.

— Franchement, il y a des journalistes à qui on devrait retirer leur carte de presse. C'est dégueulasse ce qu'ils ont raconté sur vous. Mais vous avez remarqué, il s'agissait des Parisiens. À force de côtoyer les politiques dans les cocktails et les garden-parties, ils sont maintenant à leur botte. Je suis écœurée. Vraiment.

Stéphanie était sincère.

— Votre enquête n'est donc pas terminée ?

— Elle l'est. Nous voulons juste savoir qui est le chasseur.

Les cernes de la Valentinoise se creusèrent, son sourire était crispé.

— Un salopard qui a eu ce qu'il méritait. Quand la justice ne fait pas son boulot, d'autres s'en chargent.

Décidément.

Stéphanie regarda sa montre et ferma son fichier. Elle se massa les reins.

— Vous n'auriez pas une petite envie de moules frites ? Je sais que c'est un peu tôt, mais j'ai la dalle. J'ai passé la nuit devant la maison d'un type retranché qui menaçait de se faire sauter le caisson. Le GIGN lui en a fait passer l'envie. Isabelle, prends mes messages, je suis à l'annexe.

Isabelle acquiesça sans lever le nez de son écran. Stéphanie les entraîna à la brasserie voisine où elle commanda d'autorité trois moules frites. Le serveur lui tapa la bise et leur apporta un viognier blanc, un vin ardéchois dont la première gorgée les vivifia. Stéphanie, elle, semblait vivifiée de nature.

— Vous écrivez le tome 2 sur les pédocriminels ?

— On y réfléchit, répondit Quintilius un peu sèchement.

— C'est pour cela que vous enquêtez sur la mort de René Montagut ?

Kara et Quintilius, assis côte à côte en face de la Valentinoise, échangèrent un regard. Elle les scruta tour à tour.

— Je vois, vous n'êtes pas au courant. Mais il faut que je vous prévienne, vous n'allez pas faire un pavé avec l'affaire Montagut.

Stéphanie motiva sa réponse. Montagut était un pauvre type qu'on trouvait plus souvent au bistrot qu'au boulot. Ajusteur de métier, il ne s'était jamais habitué à l'évolution des machines-outils et avait enchaîné périodes de chômage et arrêts maladie. Sa femme, aide-soignante à l'hôpital de Valence, avait fini par demander le divorce. Un jour, alors qu'elle était au travail, il s'en était pris à leur fille, qu'il avait frappée et violée. Il y avait eu jugement mais le viol n'avait pas été retenu, la défense avait argué que la gamine l'avait inventé de toutes pièces, manipulée par la mère. Trois mois plus tard, on avait retrouvé Montagut dans les bois, tué par son propre fusil. Il avait presque deux grammes d'alcool par litre de sang. La gendarmerie avait conclu à un accident.

Virginie s'attaqua à une grosse moule aillée et persillée, Kara croqua une frite.

— La thèse de l'accident n'a pas l'air de vous convaincre.

— Elle arrangeait tout le monde. Montagut était un sale con qui s'était mis à dos la moitié de Chabeuil, une petite ville à côté de Valence. Au moment de l'accident, la mère était soi-disant chez une amie, sauf que l'amie en question avait rendez-vous chez son dentiste à ce moment-là. J'ai vérifié, je suis la seule, d'ailleurs, à l'avoir fait. Vous voulez que je vous fasse part de mon intime conviction ?

Ils firent oui de la tête, Virginie se lécha les doigts.

— La mère est pour quelque chose dans la mort de son mari. Je suis allée la voir le lendemain de l'accident. Une poule de la ferme voisine se serait cassé une patte en tombant du perchoir que cela ne lui aurait pas fait plus d'effet. J'ai vu l'éclat dans son regard, il en disait plus long que n'importe quel aveu signé.

— Ce n'est pas une preuve en soi.

Virginie termina à la cuillère le jus des moules, étouffa un rot puis s'essuya la bouche.

— Il n'y a pas eu de relevé d'empreintes, pas d'expertise balistique, même pas une autopsie. J'ai entendu un gendarme dire à la gosse que sa mère et elle allaient enfin vivre tranquilles. La mort du vieux arrangeait tout le monde et elle a joué là-dessus. Vous savez, une incroyable solidarité s'était formée autour des deux femmes. Élus et gendarmerie compris. Surtout après le procès. Personne n'avait accepté le verdict. Bernadette Montagut est passée à l'acte avec la bénédiction de la population.

Comme Stéphanie Paulin leur avait tout dit sur les Montagut, elle se mit à parler des faits divers qui commençaient à lui oxyder le cerveau. Elle avait besoin d'air, d'horizons autres que ceux du Vercors ou des Cévennes. De plus, son mec venait de la larguer. « Vous comprenez, je n'ai plus rien à gratter ici. » Kara lui donna le numéro de téléphone du rédacteur en chef d'un magazine « people ». Elle remercia chaleureusement puis se leva sans tenter d'étouffer un bâillement volubile. Sur le trottoir, elle demanda à Quintilius s'il était toujours célibataire. Il bafouilla quelque chose qui ressemblait à un oui. Dans la voiture, Kara lui confirma qu'il était toujours aussi niais avec les filles.

Ils n'étaient pas loin du lieu de l'accident de Patrice Meunier. Kara appela le correspondant du *Dauphiné Libéré* qui, selon les indication de Stéphanie Paulin, s'appelait Henri Chastagnier. Le pigiste sortait tout juste d'une réunion de la commission des finances, il était le premier adjoint du maire de La Garde-Lormar, une commune à l'est de Pierrelatte. Naturellement, il acceptait de les rencontrer.

Le premier adjoint les attendait au pied des remparts du village haut perché. Il monta dans la Clio de Kara et les guida le long de venelles que sciait parfois une impasse mourant dans une cour intérieure bordée de façades sombres. Ils se garèrent sur la placette devant une église romane. Plus haut, sur fond de ciel turquoise, un paratonnerre luisait sous le couchant.

Le bureau dans lequel ils s'installèrent était en harmonie avec l'odeur de soupe qui stagnait dans la maison. Tapisserie aux fleurs dévoreuses d'espace, mobilier 1930, tableau en canevas représentant une biche aux abois. Kara pensa à sa grand-mère.

Quelques jours plus tôt, Patrice Meunier était tombé du toit à 7 heures du matin. Il retapait une maison pour le compte d'un Parisien. Quatre murs et une toiture que l'ouvrier rénovait. Il avait plu la veille, les tuiles étaient neuves. Il n'en fallait pas plus pour dégringoler d'un toit.

Ce qui était une évidence pour le premier adjoint ne l'était pas pour Kara.

— Vous le voyiez ?

— De temps à autre. Il logeait chez la Janine. À deux kilomètres d'ici, elle tient un gîte.

— Sept heures du matin, Meunier commençait tôt.

— C'était un matinal.

— Vous le connaissiez bien ?

— Bonjour, bonsoir, sans plus. C'était pas un gars causant. Et puis, quand on n'est pas du pays, c'est difficile de lier connaissance.

— Le Parisien l'avait recruté comment ?

— Une agence d'intérim, je crois…

Henri Chastagnier se mit soudain à froncer les sourcils, il les scrutait à travers le verre épais de ses lunettes.

— Pourquoi il vous intéresse autant, ce Patrice Meunier ? Ce n'est qu'un banal accident du travail. Tragique mais banal. Dans le département, il en arrive un tous les trois jours. Qu'a-t-il de particulier, celui-ci ? Vous voulez quoi, au juste ?

— Connaître les circonstances exactes de sa mort. Rien de plus. Avec mon collègue, nous enquêtons sur les accidents du travail dans le bâtiment. Un dossier que doit publier un journal syndical.

Chastagnier admit l'explication par défaut, une moue sceptique creusait son menton. Il se leva, signifiant la fin de l'entretien.

Sur le pas de la porte, Kara demanda comment se rendre au gîte. Il leur dit qu'ils n'en sauraient pas plus. « Permettez-nous d'en juger par nous-mêmes. » Il haussa les épaules et fit un geste vague en direction de l'est. Ils n'eurent pas à remercier, le premier adjoint avait claqué la porte.

Le feuillage clairsemé des amandiers distillait les dernières lueurs fauves du crépuscule. Le gîte du Val des Fées nichait dans un vallon aux rondeurs dociles, en phase avec celles de Janine, la patronne.

Sa méfiance s'édulcora quand Kara l'informa qu'ils venaient de la part de l'adjoint au maire. Elle crut un instant qu'ils étaient de la famille du défunt.

— Vous comprenez, j'attends qu'on vienne chercher ses affaires.

— Elles sont toujours dans sa chambre ?

— Non, j'ai dû la libérer, mais je les ai rangées dans la buanderie.

— On peut les voir ?

Dans un sac de sport étaient rassemblés des effets personnels, des vêtements de travail, une paire de chaussures maculées de ciment et de peinture, des magazines de voitures de sport et, tout au fond, un porte-photo de voyage. Kara l'ouvrit. Amandine, Mélodie et Floriane, trois blondinettes au regard pétillant. Celui d'avant.

La propriétaire du gîte se pencha.

— Qui sont ces petites filles ?

— Les siennes. Il ne vous en a pas parlé ?

— Non. J'ai toujours cru qu'il était célibataire. Il restait là le week-end. De plus, ce n'était pas un grand bavard. Bon, c'est pas tout, mais j'ai un repas à servir à mes hôtes.

Kara reposa le porte-photo au-dessus des vêtements, bousculant une chaussure qui s'échappa du sac. Une figurine en plastique échoua sur le carrelage.

Kara la ramassa et la fit tourner entre ses doigts. Haute d'une dizaine de centimètres, elle représentait une sorte de judoka avec une cape de moine sur les épaules. Un jouet de gosse. Kara la montra à Janine.

— C'est quoi ?

— On l'a trouvée sur lui, dans sa salopette.

— Vous l'aviez déjà vue ?

— Non. Je l'aurais remarquée, c'est moi qui fais les chambres.

La propriétaire des lieux s'agita soudain. Un couple stationnait devant la porte de la buanderie, tout sourire aux lèvres. Elle se dirigea vers eux.

— *Ich komme. Ich komme.*

Puis à l'attention des journalistes :

— Vous devez partir, c'est l'heure du dîner.

Kara tira la glissière du sac et se releva. Quintilius lui fit les gros yeux. Il l'avait vue enfouir la figurine dans la poche de son blouson.

Durant toute la remontée vers Lyon, ils tentèrent de trouver une réponse à certaines questions qu'ils se posaient, et d'envisager d'autres réponses aux questions que d'autres ne se posaient plus, ou ne s'étaient jamais posées.

Aux portes de Lyon, ils se mirent d'accord sur une évidence, quelqu'un avait attiré leur attention sur deux accidents mortels dont les victimes étaient des pédocriminels que la justice avait relaxés faute de preuves. Dans les deux cas, il n'y avait pas eu d'enquête. Dans les deux cas, ils étaient les seuls, ou presque, à émettre un doute sur la théorie de l'accident.

Au moment de se quitter, Quintilius avoua à Kara que Luc voulait la voir.

— À quel propos ?

— Il voudrait ton avis sur la mort de Valeo, une information a été ouverte. Il veut que tu voies le film.

— Je n'ai pas d'avis sur la question. Un pourri a été exécuté, cela ne me concerne pas.

— Évidemment. Pourquoi serais-tu concernée ? Ce n'est pas toi qui as été condamnée, humiliée, jetée aux chiens. Tu es le genre à faire équipe seulement quand tout va bien mais dès qu'il y a un peu de grabuge, basta ! Ton équipier peut crever la gueule ouverte, c'est chacun pour soi. Je te reconnais bien là, Kara.

Quintilius avait fait mouche, là où la plaie ne s'était pas tout à fait refermée. Les doigts crispés sur le volant, elle se tourna vers son ami.

— Qu'espères-tu trouver, Quint ? Crois-tu vraiment qu'il faille se replonger dans cette saloperie de bourbier ?

— Nous n'en sommes jamais sortis. J'ai besoin de toi, Kara. À deux, on y verra plus clair. Luc nous attend demain à la Forteresse, je passe te prendre à 18 heures.

6

Saesee l'attendait devant la gare du Nord, un peu à l'écart de la file des taxis. Pas un mot ne fut échangé, juste un signe de tête pour se saluer. Il enfila le casque que lui tendait Yoda puis s'installa à l'arrière.

Yoda prit le périphérique, respecta les limitations de vitesse et sortit à Nanterre À cette heure-ci, la circulation était dense mais il ne s'inquiétait pas, ils étaient dans les temps. L'élevage de truites se trouvait en bordure de zone industrielle, côté campagne. Yoda gara la moto à l'ombre d'un château d'eau qui le surplombait. La cible était là, seule, sans son équipier. Et pour cause, cette nuit on avait brûlé sa voiture. Une torche qui avait illuminé un quartier pourtant réputé tranquille.

La clôture de l'élevage de truites était en cours de rénovation. Entre deux bassins, la cible agenouillée, concentrée sur l'enrouleur de fil de fer qu'il utilisait depuis le début des travaux et qui ne fonctionnait plus. Yoda savait pourquoi. Au fond de sa poche, il sentit le fusible à travers le cuir de ses gants.

L'homme s'assit sur la margelle d'un bassin, calant l'enrouleur entre ses genoux.

À travers la visière de son casque, Yoda balaya d'un regard le périmètre. À l'écart des bassins, le bâtiment de conditionnement. Personne sur le parking.

Yoda et Saesee se dirigèrent vers l'homme qui soudain leva la tête dans leur direction, suspendant ses mouvements. Yoda imagina l'effet que produisait sur lui leur apparition. Deux types casqués, visière baissée, entièrement vêtus de cuir noir.

Yoda s'arrêta devant lui, à portée de main. Saesee à deux pas derrière, en protection. Se concentrer seulement sur la cible qu'il dominait de sa hauteur.

D'un geste mesuré, il tendit le bras, ce qui fit sursauter l'homme, puis ouvrit la paume de la main, exposant le cylindre gris au creux du cuir.

— Essaye avec ça !

L'homme hésita, prit le fusible du bout des doigts et le contempla. Il les scruta tour à tour, tentant de deviner derrière les visières quel type de menace il devait affronter. Sans les quitter des yeux, il posa l'enrouleur sur la margelle, le fusible, s'essuya la paume des mains sur le bleu puis fit mine de se lever.

Plaquant les deux mains sur ses épaules, Yoda l'en empêcha.

— Assis !

L'homme déglutit en grimaçant.

— Vous êtes qui ?

Yoda ouvrit son blouson, posa la main sur la crosse du Taser.

— Remets le fusible. C'est tout ce qu'on te demande pour l'instant.

L'homme fixait les visières aveugles.

— Vous voulez quoi ?

— Répare l'enrouleur, on te dira.

La voix de Yoda était posée, presque apaisante, sans l'ombre d'une défi.

De la sueur perla sur le front de l'homme. Avec fébrilité, il attrapa l'enrouleur, le cala sur ses cuisses, ouvrit un clapet sur une chambre vide, saisit le fusible sur la mousse de la margelle puis l'enfourna dans la chambre avant de refermer le clapet. Un bourdonnement se fit entendre, l'enrouleur fonctionnait à nouveau. Il rabaissa un interrupteur qui fit cesser le bruit et posa l'appareil à ses pieds. Son regard heurta à nouveau la visière de Yoda. « Et maintenant ? » semblait-il vouloir dire.

La main en appui sur le Taser, Yoda le dévisagea. Rien dans son attitude ne laissait croire qu'il s'agissait d'un vicelard. Pour la plupart, ils n'avaient pas le profil de leur perversion, ce serait si simple. Yoda contrôla son inspiration.

— Il y a un mois aujourd'hui que Kevin s'est donné la mort.

— Vous connaissiez mon fils ?

Yoda se retint de lui arracher la langue rien que pour avoir prononcé le mot fils. Comment pouvait-il ? Kevin. Son regard qu'il ne pourrait jamais oublier. Marqué au fer rouge par le tourment et l'ignominie. Ainsi que par le mépris qu'il avait de lui-même et qu'on ne percevait pas de prime abord, sauf par ceux qui avaient subi. Kevin s'était pendu à la branche d'un platane chétif, sous une fenêtre de l'appartement de son père. Un père que le remords n'avait même jamais effleuré.

— Kevin était notre ami, et tu l'as tué.

L'homme frémit, tenta à nouveau de se redresser. Yoda l'en empêcha d'une claque magistrale. Il se mit à pleurnicher.

— Vous n'avez pas le droit. J'ai été acquitté, la justice m'a reconnu innocent.

— Pas nous.

La même voix posée. Yoda savait maintenant se contrôler, il avait compris que le sang-froid prévalait à toute intention, que la façon d'en user le maintiendrait en vie et qu'il n'y avait rien de tel pour désarçonner l'adversaire.

Avant que le type ne le voit venir, il pointa le Taser et tira à bout portant. D'une détente, il rattrapa l'homme avant qu'il ne sombre dans le bassin. La décharge électrique ne faisait effet qu'une poignée de secondes. L'homme reprit ses esprits au moment où Yoda enroulait le fil autour de son cou. Il était parfaitement lucide quand il appuya sur l'interrupteur. Un mètre de fil avant le bobineau. Il se griffait la gorge, tentant de glisser ses doigts entre le fil et la peau. Trop de tension, la tâche était impossible. L'homme se débattait, enfonçait à grands coups ses talons dans la terre battue. En vain. Il haletait, la respiration entravée par le fil qui lui sciait la gorge, par sa langue qui bleuissait et enflait. Des larmes dévalèrent ses joues, la fin était proche. Yoda scruta les alentours, Saesee lui fit un signe de tête. Il était temps de quitter les lieux.

Un râle rauque les accompagna jusqu'à la clôture.

7

Luc les attendait dans le hall de la Forteresse. Son sourire radieux fit chaud au cœur de Kara. Il lui tendit les bras, dans lesquels elle se laissa bercer de longues secondes. Quintilius se mit à siffloter en tapant du pied, elle se dégagea de l'étreinte. Quelques cheveux blancs sur les tempes, d'autres rides, un regard océan plus grave, plus mûr. Son amour pour lui était demeuré intact. Un amour impossible qui lui laminait les tripes. Ne rien laisser paraître. L'amitié, même contrainte et forcée, devenait une valeur intemporelle. L'assurance de toujours le voir.

— Il paraît que tu vas être papa. Alors ?

— Oups ! Si tu savais…

Elle aurait tant voulu savoir. Un enfant de lui et le monde aurait été tout autre. Serait-elle un jour une mère ? Elle en doutait.

Ils prirent l'ascenseur dans un silence gêné, fait de non-dits, de sourires inachevés et de regards fixés sur les diodes qui comptabilisaient les étages.

Un long couloir vide, des fortes fermées. Sauf une. La salle de vidéo. Un homme les attendait. La cinquantaine, grand, les épaules puissantes, le cheveu ras et blanc, les lèvres fines, la mâchoire carrée. Quelques cicatrices sur le visage. Une caricature de mercenaire.

Luc fit les présentations.

— Paul Kadinsky, du bureau des recherches.

Kara serra la main tendue, résista à l'étau sans ciller. Premier contact physique, elle s'en était bien sortie. Kadinsky parcourut sa silhouette, une ébauche de sourire collée aux lèvres, puis planta son regard dans le sien. Elle soutint le faisceau gris métallisé. Pas de commentaires, juste un signe de tête. Elle s'en contenta.

Luc installa les journalistes au premier rang et s'assit entre eux. Kadinsky prit place deux rangs derrière, sur le bord, dans l'axe de leur profil. La lumière s'éteignit, Luc activa le lecteur de CD. Une image sur le grand écran plat se figea. Luc avait mis sur pause, il se tourna vers Kara.

— C'est raide, je te préviens. On interrompt quand vous voulez.

La fête battait son plein. Des hommes buvaient, des femmes ondulaient, découvrant des gorges lisses à la peau brune. De la musique aux accords sud-américains, des fusées multicolores. Plusieurs mois déjà que Kara n'avait pas fait la fête. Juste un jour de l'an assaisonné de trop de confettis et de pas assez d'amour. Soudain le silence. La pénombre d'une salle de projection un peu similaire à celle où ils se trouvaient. Seuls les murs différaient. Pas de moquette mais de grosses pierres de taille. Une masse sur un fauteuil. Zoom avant. Stabilisation. Le visage défait de Valeo s'immobilisa dans l'œil de la caméra. Zoom arrière. Il était sanglé sur un fauteuil de velours rouge qu'on avait pris soin de fixer sur le béton. Une poudre grise autour des rivets, l'installation était récente. Valeo était nu. Son ventre flasque reposait sur ses cuisses et cachait son sexe. Un projecteur l'éblouissait.

Un scalpel tenu par une main gantée de cuir noir apparut en gros plan. Kara sursauta. Selon son inclinaison, le scalpel renvoyait des éclats de lumière. La lame s'approcha du sternum, Valeo supplia. Un filet de sang glissa entre les poils, la lame s'enfonça et ouvrit la chair jusqu'au pubis. En sourdine, les chants et les pétards alternaient avec les cris du Brésilien qui perdit connaissance. Le scalpel disparut pour laisser place à une seringue tenue par la main gantée. Un liquide jaunâtre s'écoula dans la veine, Valeo reprit conscience dans un râle. Les gants écartèrent la peau du ventre, l'épiderme, le derme, la couche graisseuse, les muscles. Ils saisirent à pleines mains une masse grouillante et fumante, puis l'extirpèrent. Des mains expertes de tricoteuse qui démêlaient l'écheveau. Le souffle court, bouche ouverte, Kara regardait un *snuff moovie* que Valeo, même dans ses crises de sadisme intense, n'aurait jamais imaginé. Zoom arrière. À deux mètres du magma qui filait entre les doigts gantés, un trépied surmonté d'une bobine vide. Un drap noir masqua une partie de l'écran. La créature, vêtue d'une cape noire, était entrée dans le champ de la caméra. Sa stature laissait croire qu'il s'agissait d'un homme. On le voyait de profil, une capuche couvrait son visage. Zoom sur la main gantée, l'homme étira l'intestin et l'enroula avec soin autour de la bobine, reliant corps et âme Valeo avec l'un des instruments qui avait contribué à sa fortune. L'intestin fumait sous le cuir. Kara déglutit une bile acide qui lui brûla le larynx. Elle plaqua sa main contre sa bouche pour étouffer un spasme. Luc appuya sur la télécommande. L'écran devint noir. La lumière revint dans la salle. Luc lui tendit un mouchoir en papier.

— Tu vas ?

— Je te le dirai plus tard. Valeo était le dernier des pourris mais jamais je ne lui aurais souhaité un truc pareil. Son agonie a duré combien de temps ?

— Quatre heures et douze minutes.

Elle s'étonna.

— Sa mort a été filmée jusqu'au bout ?

— Compression numérique. Du matériel sophistiqué.

— On a une idée sur l'identité du tueur ?

— Aucune.

— Et le film, c'est Marquez qui vous l'a transmis ?

— Pas vraiment. C'est à Quint qu'il l'a envoyé.

Quintilius se mit à fixer un point sur le mur. Kara allongea le bras et saisit l'oreille du journaliste, l'obligeant à tourner la tête vers elle.

— Bravo, mon Quinty ! Dans le genre « je vais voir les flics dès que je reçois un document qui concerne mon métier de journaliste », t'es pas mal.

— Tu as vu la gueule du film, je n'ai pas pu aller plus loin que la première image sur le scalpel. Tu voulais que je l'envoie à Pujadas pour qu'il le passe aux infos de vingt heures ? Quant à le garder, pas question. Le dernier CD que j'ai conservé m'a valu une condamnation, ce qui n'est pas ton cas, je te le rappelle. Alors, tes considérations sur mon éthique, tu peux te les mettre où je pense. Et je te prie de lâcher mon oreille.

Collé contre son siège, Luc repoussa le bras de Kara et se dégagea de l'emprise des journalistes, qui s'étaient parlé nez contre nez, pratiquement contre le sien.

— Kara, Quint n'avait qu'une chose à faire, nous remettre le film. Que voulais-tu qu'il en fasse ?

— M'en parler d'abord. Marquez a appelé Quint, pas Interpol. La mort de Valeo arrange tout le monde au Brésil. C'était un véreux qui tenait par les couilles des politiques, des juges, et ce n'est pas Marquez qui va faire du zèle pour retrouver son assassin. Le film, il l'a envoyé à Quint pour information, par pour complément d'enquête. Cela dit, je ne vois pas bien ce que je fous ici.

— Korloff a été exécuté.

Kara n'était pas sûre d'avoir bien entendu.

— Pardon ?

— On a exécuté Korloff dans des conditions similaires. Sa mort aussi a été filmée. Quand Quint nous a remis le film, on a fait le rapprochement avec le Russe. Il y a deux mois, le BCN de Moscou nous a envoyé le film. Korloff résidait souvent en France, il a un appartement sur les Champs-Élysées et une villa du côté de Cannes.

Korloff. Un nom de la mafia russe. Trafic de femmes, prostitution, cassettes pornographiques mettant en scène des enfants très jeunes, parfois des bébés. Des films vendus sur catalogue. Il y en avait pour tous les goûts : *snipe* et *poose* ; des images soft, CP ; les collections privées et, les plus violentes, les *snuff* et *necro pedo*.

Kara avait visionné quelques-unes de ces cassettes et s'était dit à partir de là que, quoi que pût lui réserver le reste de sa vie, elle ne verrait jamais rien de plus immonde, de plus insoutenable, de plus abject. Et la vidéo sur Valeo que lui avait montrée Luc, aussi monstrueuse soit-elle, était loin d'égaler par son infamie celles des bébés torturés à mort.

Propriétaire d'une chaîne de télé et bénéficiant de protections indéfectibles dont celles d'ex-kagébistes,

Korloff n'avait jamais été coincé, pas même interrogé en tant que témoin. Pour en parler, les journalistes avaient utilisé des faux noms et y étaient allés sur la pointe des pieds. Quelque temps après la parution du livre, ils avaient chacun reçu un cercueil miniature. Des menaces qui les avaient contraints à envisager d'autres perspectives d'avenir.

Kara se pencha vivement vers Quintilius.

— Tu savais pour Korloff ?

Luc ne lui laissa pas le temps de répondre.

— Non, il ne savait pas. On attendait de vous avoir tous les deux. Je suis conscient de ce que je vous demande, mais vous devez voir le film de la mort du Russe.

— Donne-moi une seule bonne raison, Luc.

L'agent d'Interpol opina de la tête, comme à regret. Il se dirigea vers une armoire métallique, l'ouvrit et en sortit une poche en plastique qui contenait un livre. Kara reconnut sans hésitation la couverture. Il s'agissait d'un exemplaire de leur essai. Luc tendit la poche vers eux.

— On a retrouvé ce livre sur la scène du crime. Tout le chapitre consacré aux réseaux pédocriminels en Russie est maculé du sang de Korloff.

Écran blanc. Un homme hurlait mais on ne le voyait pas. Zoom arrière. La caméra pivota et balaya l'espace sur cent quatre-vingts degrés. Les lieux étaient vastes, le sol et les murs couverts de carrelage. De longues tables en inox zébraient la salle. Kara crut d'abord qu'il s'agissait d'un institut médico-légal, jusqu'à ce qu'elle identifie certains outillages. Pendant la période chaude de la vache folle, elle avait réalisé un reportage sur une boucherie industrielle, ce type d'endroit lui était familier. La caméra s'immobilisa sur un appareil ; un hachoir de la taille d'un bœuf. Zoom avant sur le hachoir qui cliquetait. Dans le champ apparut un pied fouettant l'air, puis un autre, qui descendaient vers la gueule béante. Zoom arrière. L'homme était nu. Elle identifia le Russe à ses cheveux. Des cheveux blonds qui battaient ses épaules larges. Son bronzage contrastait avec la blancheur des lieux, le soleil des îles Caïmans avait hâlé le corps musclé. Korloff gesticulait au bout de la chaîne. Ses hurlements résonnaient et cognaient contre les murs immaculés. Soudain, un pied buta et la jambe s'immobilisa. On ne voyait plus la cheville, le mollet disparut à son tour. Kara se couvrit les oreilles, les cris lui lacéraient les tympans. Un voile opaque lui obscurcit la vue une fraction de seconde. Les hurlements cessèrent quand disparut le ventre dans la gueule du hachoir qui broya jusqu'au dernier cheveu. Nouveau champ de caméra, un tapis roulant emportait une masse sanguinolente dans laquelle brillaient des éclats couleur ivoire.

Un spasme éperonna l'estomac de Kara, elle eut juste le temps de se jeter en avant.

Écran noir, lumière dans la salle, un rouleau de Sopalin qu'on lui tend. Kara s'essuya la bouche, nettoya ses chaussures, arracha d'autres feuilles pour couvrir les vomissures. Elle scruta le bas du pantalon de Luc, qui la rassura.

— C'est bon, tu m'as épargné.

Elle n'eut pas même droit à une remarque désobligeante de la part de Quintilius. Ce dernier était renversé dans le fauteuil, le teint cireux, le regard fixe. Luc appela d'un poste fixe, un homme en salopette verte vint nettoyer, Kara le pria de l'excuser. « Il avait l'habitude » fut sa réponse.

Luc les emmena à un distributeur de boissons. Les journalistes optèrent pour le Coca, Luc prit un café. Kadinsky ne les avait pas suivis. Kara demanda les toilettes où elle se rinça la bouche avec la boisson gazeuse. La canette y passa.

Elle les rejoignit devant le distributeur et reprit une boisson. Sa main tremblait, elle se sentait fiévreuse.

— Je dois m'asseoir, on retourne dans la salle.

Kadinsky y était encore, à la même place. Un téléphone à l'oreille, il s'exprimait par borborygmes. Son regard accrocha celui de Kara qui tenta d'y faire une lecture. En vain. Elle se laissa tomber dans le fauteuil. Luc resta debout, face à eux.

— À ce jour, ces deux personnages ont été exécutés. Par qui ? On peut affirmer au moins une chose, il s'agit du même homme…

— Et le cameraman, ils sont au moins deux ! coupa Kara.

— Il est seul. Le zoom est activé au moyen d'une télécommande qu'il actionne avec le pied. Un système artisanal. D'autre part, sur le film de Korloff, on a isolé une silhouette dans le reflet du hachoir. La même que celle du type en noir sur le film de Valeo. Le mode opératoire est identique. Un assassinat prémédité, organisé, préparé. L'homme est plutôt ingénieux et dispose de moyens conséquents. Il ne laisse pas de traces, sauf celles qu'il veut bien nous laisser, je parle du matériel vidéo. De plus, il s'attaque à des criminels que la police et la justice de leur pays respectif n'ont jamais pu coincer. Éléments qui vous concernent, le premier chapitre de votre bouquin est consacré aux réseaux tenus par la mafia russe. Même si vous ne le nommez pas, les initiés savent qu'il s'agit de Korloff. Chapitre deux, Valeo. Ses activités, sa vie, tout y est décrit. À ce jour, les protagonistes de vos deux premiers chapitres ont été exécutés.

— Chapitre trois, le procureur, intervint Kara.

— Je sais. On a pris nos dispositions.

— Qu'attends-tu de nous ?

— Prendre connaissance de ce qui n'a pas été rapporté dans le livre. C'est-à-dire étudier vos notes, les comptes rendus de vos rencontres, les interviews, les enregistrements, tout.

— Dans quel but ?

— Essayer d'identifier un tueur.

La requête de Luc contrariait Kara. L'impression d'être redevable, Luc les avait aidés. Souvent. Au-delà de ses prérogatives. Cependant…

— Je ne sais pas, Luc, je dois réfléchir. Des gens ont parlé, ont témoigné parce que j'étais journaliste. Pas flic. Certains de ces témoins risquent gros. Quint et moi devons en discuter.

— Quint a déjà pris sa décision.

— Pardon ?

— Il nous a tout remis.

Kara se tourna vers Quintilius qui tripotait son bracelet-montre. Leurs notes se recoupaient, néanmoins elle avait gardé les bandes magnétiques, les témoignages, des documents confidentiels. Quint n'avait pas assez de place chez lui. Une chance.

— Je vais faire le tri, voir ce qui peut vous concerner. Laissez-moi un peu de temps.

Luc accepta de si bonne grâce qu'elle se demanda s'il y tenait autant que cela. Non, elle se trompait. Le policier avait une extraordinaire capacité à ne rien révéler de ce qu'il pensait, éprouvait. Toujours d'humeur égale, jamais d'états d'âme. Il se tourna vers Kara.

— Quint m'a informé pour les faits divers que vous avez reçus.

— Le contraire m'aurait étonnée.

— Laisse-moi continuer. Je me suis procuré les rapports de gendarmerie. À aucun moment l'homicide n'a été envisagé, même si les faits sont troublants…

— On peut dire que tu as le sens de la litote, ironisa Kara. Il s'agit de deux violeurs d'enfants, tous deux relaxés, et qui, quelques mois plus tard, sont victimes de fâcheux accidents. Un qui tombe d'un toit et l'autre qui s'affale sur son fusil. On a du bol, il a pris la décharge dans la gorge. Imagine s'il était tombé sur le dos.

L'agent d'Interpol l'avait écoutée en souriant.

— Décidément, tu ne changeras jamais. Il n'y a que toi pour démarrer au quart de tour. Je n'avais pas terminé ma phrase. Ce que je voulais dire, c'est que, tout comme vous, nous avons du mal à croire à l'accident.

— Faut rouvrir les enquêtes.

— Il n'y a pas eu d'enquête. Et pour en faire ouvrir une, il nous faut des éléments tangibles pour convaincre le procureur. On n'a rien, et les articles que vous avez reçus ne sont pas une preuve.

— Les corps peuvent parler, qu'on exhume les cadavres.

— Impossible, il y a eu crémation, et personne n'a été foutu de dire de qui venait l'ordre. Pour Meunier, on parle d'erreur administrative. À ce jour, il ne reste que des cendres.

Kara soupira et se renversa dans le fauteuil.

— C'est étrange. Valeo et Korloff se font massacrer, deux violeurs d'enfants trouvent la mort dans des accidents plutôt suspects. Sale temps pour les pédos.

Elle l'avait pensé à voix haute. Un mouvement dans son champ de vision lui fit tourner la tête. Paul Kadinsky venait de s'éclipser. Une ombre qui n'avait pas dit un mot. Un froissement à peine audible se dissipa dans le couloir.

— Interpol a son muet ? demanda Kara. C'est pour respecter le quota d'handicapés.

— Kadinsky ne parle que s'il a quelque chose à dire.

— C'est délicat pour nous. Il y a longtemps que tu bosses avec lui ?

— Assez.

— C'est qui par rapport à toi, un chef, un collaborateur, un subordonné ?

— On n'est pas dans le même service.

Luc se leva, entraînant les journalistes dans le mouvement. Il éteignit la salle de vidéo et ferma à clé.

Kara se posta devant lui, l'empêchant d'avancer dans le couloir. Luc affecta un air surpris.

— Quoi ?

— Tu arrêtes de me prendre pour une bille. Dans la police, il y a des grades. Certes, vous êtes des flics détachés, mais vos grades comptent.

Trois plis verticaux entre les sourcils le trahirent. Il s'interrogeait. Kara anticipa.

— Je sais, tu vas dire pourquoi tant de questions sur un homme que je ne connais pas, mais j'aime bien savoir à qui j'ai affaire, surtout quand c'est un type qui m'a vue vomir.

— Il te plaît ?

— Le genre Bob Dénard qui a fait toutes les guérillas d'Afrique subsaharienne, ce n'est pas trop mon genre. Mais je peux te parler de mon type d'homme.

Quintilius fut le premier à réagir.

— Je ne suis pas certain que cela l'intéresse.

— Quint, tu es gentil, mais Luc n'a pas besoin d'une nounou. Alors ?

L'agent d'Interpol la fixait, un sourire écrasé entre les mâchoires.

— Alors quoi ?

— C'est ton chef ?

— Tu aurais dû être flic. Kadinsky est commissaire.

— Comme toi ?

— Non, lui c'est un divisionnaire. Il est le patron de toute la section recherche pour l'Europe.

Kara lui offrit un large sourire.

— Ben voilà, quand tu veux…

8

La nuit était définitivement tombée, ils avaient vu tous les films. Luc leur proposa de manger un bout ensemble. Elle accepta. Chez lui. Elle faillit refuser. Quintilius lui pinça le bras et l'entraîna vers le parking tandis que Luc appelait sa femme de son mobile. Sa voix se fit tendre, ses traits s'adoucirent. Luc était amoureux, Kara en eut mal au ventre. Pourquoi cela n'avait-il pas fonctionné, tous les deux ? Une seule nuit dans une chambre d'hôtel peut-elle dessiner les courbes d'une vie ? Habillés et douchés, prêts à partir, Luc lui avait soulevé le menton et s'était excusé. Ils n'auraient pas dû. Juste un moment d'égarement. Sans doute avaient-ils un peu trop bu la veille et n'avaient pas mesuré leur acte. Kara avait détourné le regard en direction du lit. Il avait eu la pudeur de tirer le couvre-lit, masquant toute trace de leur étreinte. À quel moment leur histoire s'était-elle atomisée ? Mille fois, elle avait ressassé les dits, les non-dits, les caresses, les baisers, les soupirs. Que s'était-il passé cette nuit-là pour qu'il n'y en ait plus d'autres ?

Elle soupira et se laissa traîner par Quintilius. Luc les précédait. En route, Kara repéra un fleuriste. Une jungle humide aux senteurs suaves. Kara tournait sur elle au milieu du magasin, elle ne lui ferait pas l'affront de la plante fleurie qui dure des mois si l'on s'en occupe bien. Des seaux hébergeaient des dizaines de bouquets de fleurs coupées, elle les souleva un à un, certains plusieurs fois. Elle opta pour un bouquet rond dans les dominantes jaune orangé duquel émergeaient des tournesols. « Frais et champêtre » lui assura la vendeuse, qui l'emballa façon œuvre d'art. C'était presque trop beau. Kara se traita de petite joueuse. De l'épicerie du bout de la rue, Quintilius rapporta deux bouteilles de vin, dont une de rosé. Kara lut l'étiquette.

— On ne va pas à un barbecue, que je sache.

— C'est pour Virginie, elle aime le rosé.

Virginie était une rousse décolorée aux yeux noisette et à la bouche bien rouge qu'habitait un sourire généreux. Très Julia Roberts. Après s'être jetée dans les bras de Quintilius, elle ignora la main tendue de Kara et lui claqua une bise sur chaque joue, puis elle lui enleva le bouquet des mains, massacra à grands coups de ciseaux l'emballage œuvre d'art que la vendeuse avait mis dix minutes à façonner et planta les fleurs dans un vase orange cerclé de cuivre qui atterrit au milieu de la table du salon, sur laquelle Luc avait disposé un apéro. Elle leur proposa Suze, pastis, whisky, porto. Kara demanda un verre de vin blanc. Pas de vin blanc, mais il y en avait à la cave. Luc se proposa d'aller en chercher une bouteille, Quintilius le suivit. Les deux femmes restèrent seules, Virginie s'installa sur le canapé à côté de Kara et lui tendit une coupelle d'olives.

— Je suis contente de te rencontrer, j'ai l'impression de te connaître depuis pas mal de temps. C'est chouette de te voir ici avec Quint, vraiment chouette. Il était malheureux, tu sais, il a beaucoup d'affection pour toi.

Kara reprit une olive, histoire de se donner une contenance. Incroyable, le nombre de personnes qui avaient pour elle de l'affection. Elle avait une tête qui n'inspirait pas l'amour mais l'affection. Tout simplement. Il faudrait qu'elle en parle à son psy.

— Tu es à Interpol, toi aussi ?

— Au service des recherches.

— Tu es donc collègue avec Kadinsky ?

— Je suis sa secrétaire.

— Depuis longtemps ?

— Assez.

Un assez qui annonçait la couleur et clôturait la conversation sur Interpol. On ne parlerait pas boulot. Kara balaya du regard les meubles du salon.

— C'est mignon chez vous, vous vous meublez chez Ikea ?

Virginie écarquilla les yeux et fixa ses meubles un à un. Une moue incertaine lui déformait la bouche.

— On dirait des meubles Ikea ?

Kara se mordit la langue. C'était dingue, il fallait toujours qu'elle enquiquine quelqu'un. Une femme enceinte, de surcroît. Un jour, elle finirait par ressembler à sa mère. Luc effaça cette perspective en apparaissant sur le seuil, il brandissait deux bouteilles. Kara identifia aussitôt l'étiquette, c'était du chablis. Il n'avait pas oublié.

— J'ai tapé dans la réserve de ma belle-mère, elle adore le chablis.

Admettre un jour qu'elle n'était pas le nombril du monde. Luc s'assit entre les deux femmes.

— On va fêter nos retrouvailles. Vous avez fait connaissance, c'est bien. Quint, passe-moi le tire-bouchon.

Dans la cuisine intégrée qui donnait sur le salon délimité par une table en forme de bulle, Quintilius se dirigea vers le troisième élément en partant de la gauche, ouvrit un tiroir et sortit l'ustensile qu'il rapporta à Luc. Les lieux lui étaient connus, ils devaient souvent se retrouver dans le petit appartement douillet du quai des Célestins.

Le chablis était honorable et l'apéritif s'éternisa jusqu'à ce que les coupelles d'amuse-gueules soient vides. Une odeur aillée flottait dans la pièce. À plusieurs reprises, Virginie s'était levée pour arroser un plat dans le four. Quintilius aida Luc à dresser le couvert sur la bulle. Virginie sortit du frigo une salade d'endives couverte de fines lamelles de saumon et de parmesan. Dans le four finissait de cuire un gigot. Le repas était prévu. Kara eut le sentiment de s'être fait manipuler. Elle faillit en avoir de l'amertume mais en les regardant s'activer autour de la table, elle en ressentit une forme de bien-être, saupoudré d'une pincée de jalousie. Elle était heureuse de les retrouver. Quant à Virginie, elle décida de lui laisser une chance. Son petit ventre rond l'avait convaincue, et surtout sa façon d'être. Elle était nature et souriante, du genre à savoir contourner les problèmes existentiels et rendre le quotidien acceptable. Luc avait toutes les chances d'être heureux avec cette fille. Kara s'étonna de sa compassion, qu'elle mit sur le compte du chablis.

Le repas fut drôle et animé. Au fromage, Virginie rapporta de la chambre un accordéon et se mit à chanter du Piaf. Tonalités rauques et justes, elle avait une voix de gouailleuse formée par la cigarette et l'alcool. Enceinte, elle ne cédait ni à l'un, ni à l'autre, s'étant juste permis un fond de rosé. Kara s'était abstenue de fumer pendant tout le repas, elle en grilla une sur le minuscule balcon qui donnait sur Fourvière. À la troisième chanson, Luc lui retira son accordéon, qu'il jugeait trop lourd pour elle et le bébé. Elle rit en se massant le ventre.

— Menteur ! Tu as peur qu'il y prenne goût, hein ? Mon fils ne sera jamais un flic. Il sera musicien.

Kara éteignit sa cigarette sous le robinet et chercha la poubelle. Entre le grille-pain et une corbeille de fruits s'étalaient des photos glissées dans des cadres en bois sur lesquels circulaient des oies, des poussins et des lapins bleus et jaunes. Virginie avait ce côté enfantin qu'elle ne perdrait jamais, sans doute avait-elle eu une jeunesse choyée et couvée. Sur l'une des photos, les deux journalistes lors d'une dédicace de leur livre dans une librairie de Lyon. Entre eux deux, Luc les tenant par les épaules. Kara ne serait pour lui qu'une amie, jamais une amante. Elle le soupçonna d'avoir effacé de sa mémoire leur unique moment d'intimité. Virginie n'en savait rien, c'était certain, et son attitude envers elle laissait supposer qu'à aucun moment elle ne considérait Kara comme une rivale. C'était presque vexant. Il est vrai que Kara avait eu plus de bons copains, plus d'amis que d'amants. Rien en elle ne symbolisait la femme qui, sans être fatale, aurait pu être au moins désirable.

Un jour, il faudrait qu'elle s'achète une robe avec des marguerites.

Durant la soirée, les films n'avaient pas été évoqués, comme si le temps passé à les visionner n'avait pas existé. Le ventre rond de Virginie y était peut-être pour quelque chose. La conversation s'éteignit. Virginie, roulée en boule, s'était endormie sur le fauteuil. Ils se levèrent. Luc la couvrit puis suivit ses invités jusqu'à la voiture. Il s'assit à l'arrière, ouvrit une fenêtre et alluma une cigarette. Il tendit son paquet à Kara.

— J'ai arrêté de fumer pour soutenir Virginie, mais parfois, c'est vraiment dur.

Kara agréa. C'était tellement dur qu'elle avait renoncé à arrêter. Elle avait juste espacé les cigarettes.

— Virginie est au courant pour les films ?

— Oui, mais elle ne les a pas visionnés. Paul le lui a interdit, en arguant qu'on avait notre compte de dégénérés.

— Sous des aspects de mercenaire, ton Paul est plutôt du genre prévenant et attentionné. Il était où, avant Interpol, au service social du ministère ?

Elle se tourna vers Luc vautré sur la banquette arrière, sa blonde coincée entre les lèvres. Le bout incandescent lui éclairait le bas du visage.

— Alors, dans quel service ?

— Tu lâches jamais le morceau, toi ! Tu as l'intention de faire un reportage ?

— Non merci, j'ai déjà donné. Dorénavant, je me cantonne aux articles sur la dernière imprimante, les règles douloureuses et les candidats provinciaux pour Pop Stars. Tu vois le genre. Les mômes qu'on bousille, je le laisse aux autres.

— Vous ne trouvez pas cela étrange ? demanda brutalement Quintilius.

— Quoi ?

— En quelques heures, on a eu connaissance de quatre morts violentes. D'accord, les modes opératoires diffèrent, mais il y a des points communs. Tous les quatre, à des degrés divers, étaient des pédocriminels. Tous les quatre se sont soustraits à la justice. Et ce qui me gêne le plus, c'est que Kara et moi en ayons eu connaissance. Quelqu'un a décidé que nous devions le savoir. Pourquoi ? Tu veux que je te dise, Luc ?

— Oui…

— C'est le début. Le début d'une longue série, je le sens. Et tu vas avoir besoin de deux journalistes intègres et sérieux pour relayer l'information.

Kara se redressa si violemment que sa tête heurta le montant de la vitre.

— T'es marteau ! Quoi, deux journalistes ? Tu entends les conneries que tu racontes, Quint ? Tout ce bordel, c'est pas notre affaire. Ils se démerdent, les flics. Des salopards se font hacher menu, éviscérer, balancer des toits, c'est le problème des flics. Oh ! Quint, tu m'entends, ce n'est plus notre combat.

— Pour toi, peut-être, mais pas pour moi. J'exige réparation, et je l'aurai.

Un bip hargneux résonna dans l'habitacle, faisant sursauter Quintilius. Il actionna son mobile. Un texto. Des mots défilaient dans la petite lucarne verte.

— Merde.

Il tendit son portable à Luc. Kara lut par-dessus son épaule.

Un Nanterrien tué dans un accident du travail à Ris-Orangis.

Elle relut le message.

— C'est tout !

— Le nombre de caractères est limité, on a juste le titre.

Quintilius reprit son mobile.

— Pourquoi c'est moi qui reçois le message, et pas toi ?

Kara le considéra quelques secondes, fouilla dans la poche de son blouson et sortit son téléphone.

— Je l'avais éteint.

Ses doigts glissèrent sur les touches. Quelques secondes. Un double bip.

— Tu peux être content, j'ai le même.

Elle se tourna vers Luc.

— Quint a raison, il s'agit seulement du titre. Le contenu de l'article est ailleurs. Tu paries qu'il est dans ma boîte aux lettres ?

9

Un quart d'heure plus tard, Kara, accompagnée de Luc et de Quint, garait sa voiture dans le parking souterrain d'un immeuble situé à deux cents mètres du sien, une place qu'elle avait négociée avec un écolo qui ne circulait plus qu'à vélo.

Tous trois se tenaient devant la rangée de boîtes aux lettres, le regard rivé vers l'une d'entre elles, qu'une enveloppe blanche encombrait. Kara glissa deux doigts dans la fente.

Une dépêche AFP reprenait le texte envoyé aux deux journalistes. Il s'agissait bien d'un titre. Un fait divers.

Un homme de 42 ans domicilié à Nanterre (92), a trouvé la mort hier après-midi, alors qu'il était en train de rénover une clôture pour le compte d'une société de travaux publics de Créteil. Les faits se sont produits au quartier de Fayolles, près de la serre abritant l'élevage de truites de Nanterre. Laurent Michat actionnait un système automatique d'enrouleur de fil de fer lorsque, pour une raison indéterminée, il s'est trouvé pris entre le bobineau et le fil. Il est mort étranglé. Une enquête a été ouverte.

La dépêche datait de la veille.

Kara émit un ricanement.

— On est même informés avant que les journaux ne soient en kiosque. Au train où vont les choses, on sera bientôt conviés sur la scène du crime.

Luc sortit son portable.

— Kara, on monte chez toi, je dois passer un coup fil. On va finir par réveiller l'immeuble si on reste là.

Chaos se mit à grogner quand elle entra dans l'appartement, des grognements rauques et furieux. Elle le prit dans ses bras et tenta de l'apaiser.

— On se calme. Tu ne vas quand même pas me faire une scène, je suis avec des amis. Tu peux le comprendre, gros égoïste.

Le chat ne voulut rien entendre et se dégagea des bras, toutes griffes dehors, harponnant une main dans sa chute, et courut se réfugier sous le canapé.

Interloquée, Kara se lécha le dessus de la main qui saignait.

— Qu'est-ce qui lui prend ? Pourquoi il est dans cet état ?

Luc récupéra sur le bureau un bloc et un stylo, puis s'installa sur le canapé, téléphone en main.

— Je n'aime pas les chats, il doit le sentir.

Il composa un numéro.

— Léo ? Luc. Donne-moi le téléphone du commissariat de Nanterre.

Quinze secondes plus tard, Luc notait un numéro, qu'il composa après avoir remercié Léo.

Luc se présenta et obtint une réponse à chaque question, les hiéroglyphes qui couvraient les trois pages du bloc l'attestaient. Il remercia le chef de poste.

Kara et Quintilius, assis cuisse contre cuisse en face de lui, attendaient qu'il parle. L'agent d'Interpol survola ses notes.

— Laurent Michat a été retrouvé hier en fin de matinée, la carotide sectionnée par le fil de fer qu'il rembobinait. L'accident ne fait pratiquement aucun doute, je cite.

— Pratiquement ?

— Le problème est que les lieux ont été piétinés par les témoins et les secours. L'enquête n'a été ouverte que quelques heures plus tard, quand le capitaine a pris connaissance de l'identité de la victime. Il y a deux ans, Laurent Michat a été mis en examen pour viol sur mineur de moins de quinze ans et ce, sur la période 97-98. Son fils avait lâché le morceau au moment du divorce de ses parents. Mais le procès n'a pas eu lieu. Fausses allégations, le gamin était manipulé par la mère.

Kara renversa la tête contre le canapé et se massa la nuque du bout des doigts.

— Luc, explique-moi pourquoi, Quint et moi, on reçoit ces faits divers.

— Vous avez écrit un bouquin sur le sujet.

— Pas vraiment. On a traité des réseaux organisés internationaux, de criminels de la stature de Korloff, ou de Valeo. Pas de ces petites frappes qui massacrent leurs gamins au sein du cocon familial. Du reste, si on l'avait fait, c'est une encyclopédie en douze volumes qu'on aurait publiée, pas un essai de quatre cents pages. Alors pourquoi nous ? Tu en penses quoi, Quint ?

— C'est peut-être mon karma. Dans une autre vie, je devais être Gilles de Rais.

Kara et Luc échangèrent un bref regard.

— Quel rapport ? demanda Luc.

— Aujourd'hui, quelqu'un me demande de me mettre sur la piste de violeurs et de tueurs d'enfants, ce que moi-même j'étais dans une autre vie.

— Personne ne te demande une chose pareille.

— Alors, pourquoi ces faits divers atterrissent dans notre boîte aux lettres ? Il y a bien une raison. Nous sommes des journalistes d'investigation, des chroniqueurs judiciaires, et on nous demande de traquer les dysfonctionnements d'une société où l'on assassine les gosses en toute impunité. Si on ne le fait pas, d'autres types vont tomber des toits, des pylônes, du haut des donjons…

La tête tournée du côté du hall, Luc s'était déconnecté.

— Tu n'as plus ta cave ?

Il dut le répéter avant qu'elle ne comprenne. Kara se leva d'un bond et, face au clou planté dans le mur, constata que la clé de sa cave avait disparu. Elle chercha sur le sol, sous un meuble, dans un tiroir, un peu partout où la grosse clé en bronze aurait pu se trouver.

— Tu ne l'as pas laissée sur la porte ?

— Impossible ! Quelqu'un est entré chez moi. Cela explique pourquoi Chaos était dans tous ses états.

Luc inspecta la pièce, et les autres. Un vrai flic.

— À part la clé, il ne te manque rien ?

— À première vue, non.

— Vérifie.

— Et la cave ?

— Après. Vérifie d'abord ici.

Elle alla dans sa chambre et se dirigea vers la commode. Du premier tiroir qui contenait des sous-vêtements, elle sortit une boîte en nacre noire qu'elle ouvrit. Elle la referma quelques secondes plus tard en secouant la tête. Un bracelet en or, deux bagues, des boucles d'oreilles et un pendentif ayant appartenu à sa grand-mère. À côté du coffret, des bracelets, qu'elle portait en fonction du temps et de son humeur. C'était de gros bracelets en argent massif, certains lisses, d'autres gravés. Un plaisir un peu fou qu'elle s'octroyait quand ses finances le lui permettaient. Elle referma le tiroir en affirmant que rien ne lui avait été volé. Le regard dans le vide, elle laissa quelques instants la main repliée sur la poignée puis l'ouvrit à nouveau. Des culottes et des soutiens-gorge alignés et pliés par couleur. Du noir, du kaki, et du blanc. Elle saisit un slip en coton blanc, puis le déplia lentement. Dans son dos, Quintilius se mit à siffler.

— Kara, c'est d'un érotisme torride. Ôte cette culotte de ma vue, je t'en prie, ou je ne réponds plus de rien.

Elle haussa les épaules. Le confort était l'une de ses priorités. Les dentelles qui grattent et les froufrous ne l'avaient jamais convaincue.

— On a fouillé mon tiroir.

— Ne me dis pas que tu as trouvé des empreintes sur le slip.

— Il était plié en quatre.

— Un slip plié en quatre. Quelle horreur !

— Je les plie toujours en trois.

Quintilius adopta une mine affligée.

— Kara, c'est dans l'armée que tu aurais dû entrer.

Luc tourna sur lui-même.

— Continue à vérifier.

Elle ouvrit d'autres tiroirs, des placards, inspecta le bureau, les étagères, sous le tapis. À part le slip et la clé manquante, rien ne semblait anormal.

— C'est juste la cave qui devait les intéresser.

— Allons-y !

Le couloir au sol en terre battue était sombre et étroit. Sa cave était la dernière. La grosse clé était dans la serrure. Kara poussa la porte et s'effaça devant Luc qui entra le premier. Il trébucha et tomba.

Plantée sur le seuil de sa cave, elle balaya le sol d'un coup de torche. Le policier se releva.

— Moi qui pensais que tu étais une maniaque du rangement.

L'armoire avait dégueulé son contenu. Des boîtes en carton, toutes éventrées, avaient dispersé des centaines de feuilles, documents, coupures de presse, rapports, photos. Elle braqua sa torche vers les étagères, sur lesquelles étaient alignées des bouteilles de vin.

— On n'a pas touché au vin.

— J'aurais préféré, dit Luc.

— Tu appelles l'Identité judiciaire ?

— Non.

— Tu as raison, c'est juste un petit cambriolage de rien du tout. Mon cadavre en trois morceaux qu'on aura passés à la moulinette sera bien plus excitant.

— Kara, je ne suis pas un flic de quartier, et je ne peux pas intervenir sur ce cambriolage. On peut appeler le commissariat, ils vont nous envoyer une équipe qui va conclure à un acte de vandalisme.

— Et les empreintes ?

— Ils n'en trouveront pas.

Luc s'approcha jusqu'à lui toucher le nez et lui prit les épaules.

— N'attire pas l'attention sur toi. Pour l'instant, on contient l'affaire, mais si cela s'ébruite, tu seras en première ligne.

Les deux journalistes avaient squatté la une des journaux et la couverture des magazines pendant quelque temps, elle ne voulait pas revivre tout ce cirque.

Luc demanda des sacs-poubelle. Tout ramasser afin d'évaluer s'il manquait des documents. Ils remplirent une dizaine de sacs de cinquante litres, qu'ils montèrent à l'appartement et répandirent au milieu du salon après avoir poussé canapé et fauteuils. Kara souffla en disant que c'était au-dessus de ses forces. Luc s'assit au milieu des feuillets en promettant qu'ils en auraient terminé avant le lever du jour.

Une barre à mine se fraya un chemin entre ses lobes temporaux. Elle se leva, ouvrit un tiroir et jeta un Effe-ralgan dans un grand verre. Les bulles lui décapèrent la langue et le palais.

Le chat se remettait de ses frayeurs, il jouait côté cuisine en donnant des coups de pattes dans un objet métallique qu'il faisait rouler contre les meubles. Kara, à genoux au milieu des feuilles éparses, des pochettes cartonnées vidées de leur contenu, se demandait ce qu'il avait encore pu dénicher. Ses bonds désordonnés et saccadés les amusèrent un moment, puis ils se mirent au travail en suivant les instructions de Kara. En dépit du désordre apparent, les documents n'avaient pas été trop brassés et la hauteur des tas progressait assez vite.

Le chat se mit soudain à miauler, assez fort pour agacer Quintilius qui alla voir. Il revint en brandissant un tube.

— Le chat joue avec ton vibromasseur.

Elle se redressa et lui prit l'objet. C'était un tube de métal plutôt lourd, long d'une vingtaine de centimètres, couvert en son milieu par une gaine en plastique mat. Un bouton poussoir saillait près d'une extrémité. Un objet qui ne lui appartenait pas. Elle les fixa un à un.

— C'est quoi, ce truc ?

Quintilius pointa un index.

— Si on appuie sur le bouton, il se passe quelque chose ?

Kara recula.

— Et si c'était une bombe ?

Luc se fendit d'un sourire narquois.

— On va vérifier.

Joignant le geste à la parole, il saisit le tube à pleine main et appuya sur le bouton.

Kara fit un bond en arrière, écrasant ses omoplates contre le mur. Un faisceau de lumière bleue venait de jaillir du cylindre. Luc le lâcha, la lumière disparut.

Tous trois fixaient l'objet sur le tapis. Quintilius le ramassa, appuya, et tournant sur lui-même, se mit à battre l'air à grands coups de lumière bleue comme s'il combattait un adversaire invisible. Il criait.

— En garde, Dark Maul ! Je suis un chevalier Jedi et je vais te désintégrer. Allez, montre-toi !

Kara et Luc se regardèrent, circonspects. Quintilius cessa soudain de fendre l'air et éteignit le tube, il le scruta de longues secondes avant de demander à Kara :

— La figurine, tu l'as mise où ?

— Tu veux reformuler, s'il te plaît ?

— La figurine que tu as piquée dans le sac de Meunier.

— Je n'ai rien piqué.

— Arrête, je t'ai vue.

— Bon, si tu m'as vue, c'est que je dois l'avoir.

Elle alla dans sa chambre et revint avec la figurine qu'elle remit à Quintilius. Il la fit tourner entre ses doigts.

— Incroyable !

— Quoi ?

— Je ne le crois pas. C'est Qui-Gon Jinn.

— Un pote à toi ?

— Si on veut, mais il ne le sait pas. Qui-Gon Jinn est un maître Jedi.

— Quint, je suis fatiguée. Va à l'essentiel.

Quintilius tendit les bras. La figurine dans une main, le tube cylindrique dans l'autre, les agitant tour à tour.

— Alors ?

— Alors quoi.

— Qui-Gon, le sabre laser, les Jedi. Cela ne vous parle pas ? Je vous aide. Le côté obscur de la Force, Dark Vador. Toujours pas ?

Kara jeta un regard inquiet vers Luc qui affichait une sérénité déstabilisante, comme si les propos du journaliste étaient relatifs à la météo du lendemain. Elle n'était pas sûre que Luc ait bien suivi la conversation jusqu'à ce qu'il parle.

— *La Guerre des étoiles*.

— Gagné !

— Quoi, gagné ?

— Kara, tu ne connais pas *La Guerre des étoiles* ?

— Le film pour les gosses. Jamais vu, j'ai passé l'âge.

— C'est à voir, pourtant.

— Les blockbusters hollywoodiens, j'ai un peu de mal, mais tu vas tout m'expliquer.

— Tout, peut-être pas, parce que *Star Wars*, c'est six films sur vingt ans, reprit Quintilius. Pour faire court, Qui-Gon est un chevalier Jedi. C'est lui qui a repéré Anakin Skywalker sur Tatooine, il est persuadé que le destin du jeune Anakin est lié à celui de la galaxie, il va donc l'imposer au grand conseil pour qu'il devienne un Jedi. Qui-Gon sera tué par Dark Maul, un Sith. Les Siths tirent leur puissance du côté obscur de la Force, leur ordre est né il y a deux mille ans…

— Du temps de Jésus-Christ !

— Kara, tu fais un effort. Je te parle de l'époque de *Star Wars*, c'est de la science-fiction. Quant à Anakin Skywalker, il basculera du côté de la Force obscure et deviendra le fameux Dark Vador.

— Et le sabre-laser ?

— Le sabre est l'arme des Jedi. Pour se défendre, pas pour attaquer.

Ce disant, Quintilius actionna le bouton, faisant surgir le faisceau bleu. Kara ne put s'empêcher de sursauter.

— Merde ! Arrête de faire le con avec ce truc, tu vas finir par blesser quelqu'un.

— Ce n'est pas un jouet de gosse. C'est lourd et sophistiqué. Je ne crois pas que l'on puisse le trouver dans le commerce. Luc, c'est quoi toute cette mise en scène ? Qu'est-ce qu'on nous veut, à Kara et à moi ?

— Je n'en sais rien, mais on va tenter de comprendre. La première chose est de vérifier s'il manque des documents, ensuite on avisera. On se remet au travail.

Une heure passa dans le bruissement du papier. Kara se redressa la première en se massant les reins.

— Ils ont pris ce qui concernait les réseaux pédocriminels. Tout a disparu.

Le constat était douloureux, elle s'en voulut de n'avoir pas pris des mesures plus adaptées à la sécurité de ces documents qu'elle avait mille fois lus, entendus et étudiés. Leur perte n'était pas dramatique en soi, tout était gravé dans sa mémoire et sur des CD qu'elle avait mis en lieu sûr chez sa mère. Le danger résidait dans l'utilisation qu'en feraient les voleurs.

Elle se lamenta.

— Pourquoi ?

— En volume, cela représente quoi ? demanda Luc.

— L'équivalent d'une demi-douzaine de boîtes d'archives. Des boîtes bourrées de témoignages, de comptes rendus, de procès-verbaux, d'expertises, d'enregistrements. Ces documents sont ultra confidentiels, tout n'a pas été utilisé, et il en va de la sécurité de ceux qui ont bien voulu témoigner. C'est la cata, Luc. La cata.

L'agent d'Interpol en était convaincu, les muscles de son visage le confirmaient. Elle attendait en vain un mot, un geste qui la rassurerait.

— Le voleur de mes archives a un rapport avec les tués de ces dernières heures, n'est-ce pas, Luc ? Il n'y a pas besoin d'être flic pour le comprendre.

Luc ne répondit pas, son mobile sonnait. Il vérifia l'écran et décrocha.

— Oui, ma chérie…

Il écarta soudain le téléphone de son oreille puis braqua son regard sur le téléphone fixe de Kara. Il ne dit qu'un mot à sa femme.

— Raccroche !

L'index perpendiculaire sur les lèvres, il leur fit signe de se taire et se dirigea vers le poste fixe. Un sans-fil fixé contre le mur au-dessus du bureau. Il l'ôta de son support et mima à Kara un tournevis. Elle lui rapporta une boîte en fer qui contenait des petits outils couleur argent destinés à l'informatique. Sur la table du salon, Luc démonta le combiné et en sortit un objet de la taille d'une pièce d'un centime. Il le fit rouler au creux de la main et l'éventra d'un coup de tournevis. Il rappela Virginie.

— C'est bon, ma chérie. Je viens de faire un peu de nettoyage dans l'appartement de Kara. Tu vas bien ?

Elle allait bien et voulait juste qu'il lui rapporte du pain et des melons. Il appela un autre correspondant à qui il parla encore de nettoyage. Il donna l'adresse et raccrocha.

— On a un problème, Kara.

— De ménage. Je sais.

— Arrête avec ton humour à un euro.

— D'habitude je suis plus subtile. J'ai les foies, Luc.

— Je comprends.

Il la prit dans ses bras et la berça avec tendresse. Elle imagina le bébé qui, dans quelques semaines, serait dans ces bras-là.

Deux brefs coups de sonnette la firent sursauter. Luc ouvrit et laissa entrer un homme en combinaison noire qui portait une valise métallique et un casque de moto. Il les salua d'un signe de tête, posa le casque puis serra la main de Luc qui lui parla à voix basse. L'homme, un rouquin aux cheveux ébouriffés, la trentaine, opina quatre fois du menton sans dire un mot, ouvrit la valise sur le tapis, en sortit un boîtier mat, le connecta à une oreillette et, centimètre par centimètre, entreprit de sonder toutes les surfaces verticales et horizontales de l'appartement. Kara proposa de faire du café, seul Quintilius répondit. Elle en fit pour douze et étala sur un plateau biscottes, pain de mie, beurre, gruyère et confiture, qu'elle apporta sur la table du salon.

« Négatif » fut le premier mot que prononça l'ébouriffé. Il n'avait rien trouvé d'autre, ce qui ne fit ni chaud ni froid à Kara. Son cerveau avait la consistance du pâté et surtout, elle avait faim. Le rouquin examina le matériel que Luc avait extrait du téléphone. Il le nomma. Une succession de chiffres et de lettres. Luc traduisit :

— Du matériel qu'on trouve en vente libre. Pas besoin d'avoir fait une école d'ingénieur pour l'installer.

Kara coupa de fines lamelles de gruyère qu'elle aligna sur une biscotte beurrée. Elle la tendit à Quintilius puis renouvela l'opération pour elle-même. Luc et l'ébouriffé prirent seulement du café.

— Pourquoi on m'espionne ? demanda Kara. De plus, on laisse des indices. Pourquoi ? Qu'est-ce qu'on attend de moi ?

Pour toute réponse, Luc but son café à petites gorgées, il posa la tasse.

— Allons dormir un peu. Quint et Kara, on se revoit demain à la Forteresse, on fera le point. Dix-huit heures trente, c'est bon ?

Une heure à laquelle les salariés avaient déserté leur poste. Moins on les verrait, mieux ils se porteraient. Une évidence pour Kara. Elle acquiesça, Quintilius lâcha un borborygme difficile à interpréter tandis qu'il se traînait vers la sortie, suivi de Luc et de l'ébouriffé. Plus bas, un camion poubelle remontait la rue, incursion barbare dans le sommeil des vivants. Kara, elle, était morte. De fatigue.

10

Un couvercle renversé sur le carrelage la sortit de son cauchemar. Pour une fois, elle n'en voulut pas à sa voisine du dessus, madame Ruiz, une petite femme bourrée d'énergie, qui ne passait pas une journée sans laisser s'écraser un objet sur le sol. Incroyable, la vaisselle qu'elle bousillait ! Kara avait fait un mauvais rêve, un rêve de guerre. Le couvercle était tombé au moment où le soldat lui appliquait un pistolet sur la tempe, quelque part entre la Palestine et Israël. Madame Ruiz lui avait sauvé la vie. Chacun de ses cauchemars était toute une vie en soi, et il lui arrivait parfois de se demander si sa véritable existence ne se trouvait pas au creux de ses nuits.

Dans le contre-jour du soleil que filtraient les stores des fenêtres, elle aperçut sur le sol de petites flaques qui s'étalaient çà et là. Elle resta sous la couette, les yeux rivés sur les flaques en question, tentant de les identifier. Chaos sortit de la cuisine, marcha vers elle tout en les contournant. Sa démarche était incertaine, il émit un miaulement malade. Kara s'arracha du lit, le saisit et le souleva à hauteur d'yeux. Une odeur de rance lui souleva le cœur, le chat en était complètement imbibé. Elle percuta. Le con ! Il s'était tapé la plaquette de beurre qu'elle avait laissée sur la table du salon. Les autres partis, elle avait remis à plus tard le rangement des reliques du petit déjeuner qu'elle leur avait offert, et avait oublié le beurre. Un cadeau inespéré pour le matou morfale. Son chat était un voleur toutes catégories ; à la tire, à l'arraché ou à la ruse, et Kara avait pris l'habitude de ne rien laisser traîner qui puisse se manger, pain compris. Sur le tapis traînait le papier d'emballage du beurre. Dans le hall, elle trouva celui du gruyère. Elle les ramassa et appela le vétérinaire qui lui conseilla de lui donner du Primpéran et de le mettre à la diète pendant trois jours. Elle ramassa le chat inerte, le coucha sur un coussin dans un coin près du lit et entreprit de nettoyer les flaques d'huile.

Le téléphone sonna. Quintilius lui proposait de passer la prendre avant d'aller à la Forteresse. Elle lui raconta la crise de foie du chat. Qu'elle ne sorte pas, il lui apportait le médicament.

Il lui fallut deux bonnes heures pour reclasser ses archives, qu'elle rangea dans de nouvelles boîtes. Quintilius l'aiderait à les descendre. Elle n'avait pas envie de retourner seule dans la cave. Elle finissait de lacer ses rangers quand arriva le journaliste. Une joie neuve lui brassa le cœur, balayant avec vigueur les dernières traces de son cauchemar, qui lui avait laissé un goût métallique sous la langue. Elle détestait ces rêves où on lui appliquait le canon d'une arme sur la tête. C'était de plus en plus fréquent ces derniers temps. Sans doute la fin du printemps.

Très professionnel, Quintilius attrapa le chat et lui fit ingurgiter un comprimé. Le félin n'opposa aucune résistance et garda les yeux mi-clos pendant l'opération.

Kara s'inquiéta.

— Je devrais peut-être l'hospitaliser.

— Mais non. C'est juste une bonne crise de foie. Tu voudrais me faire du café ? demanda-t-il après une longue salve d'éternuements.

Des cercles violets, marrons et jaunes lui enfonçaient les yeux dans les orbites, accentuant la maigreur de son visage. Il était visible que lui n'avait pas eu le temps de rêver.

Elle mit en route une cafetière.

— Tu ne t'es pas couché ?

— J'ai bossé, j'avais un papier à rendre. L'Amérique latine, bonjour l'ambiance. Entre les famines, les grèves, les dévaluations, les enlèvements, les coups d'État et le reste. Je crois que je vais demander une autre région, Winnipeg ou le Lichtenstein m'iraient très bien.

Le téléphone scia les projets du journaliste. C'était Luc.

— Quintilius est avec toi ?

— Oui.

— Dis-lui de retourner chez lui et de préparer un sac. Pareil pour toi. On part à Nice.

— Luc, je n'ai pas prévu de prendre des vacances. De plus mon chat est malade et…

— Kara. Tais-toi et écoute-moi. On a descendu le proc. Votre proc. Celui du chapitre trois.

— Comment as-tu su ?

— Une dépêche AFP.

— Je ne vous confierais pas mon chat, côté protection, vous êtes limite…

— Dans une heure chez toi, ensuite on récupère Quint à son domicile.

Il avait raccroché sans même entendre sa réponse. Elle regarda Chaos qui n'avait pas bougé d'un pouce. Quintilius la fixait avec inquiétude.

— Que voulait Luc ?

— Edgar Surel est mort. On part à Nice.

Madame Ruiz était une femme qui prenait un plaisir évident à rendre service, elle avait déjà gardé Chaos à plusieurs reprises et criait à qui voulait l'entendre qu'elle adorait les chats, même si elle n'en voulait plus. Tous ceux qu'elle avait eus avaient disparu ou péri de mort violente ; écrasement, chute dans le vide, étranglement, étouffement… Kara lui coupa la parole en lui donnant la posologie du Primpéran adaptée à son chat et son numéro de portable. Chaos ne se rendit même pas compte qu'on l'avait monté un étage plus haut. À aucun moment il n'ouvrit un œil. Un rosbeef exhibait sa chair rouge sang au milieu de la table de la cuisine. Kara rappela que son chat était un voleur. Madame Ruiz se martela le front.

— Sur la vie de ma sœur qui est morte dans la Casbah dans des conditions jamais élucidées, je vous jure que les voleurs, c'est l'œil de Moscou qui les surveille. Même les sauvageons ne m'ont jamais volée.

Kara la crut sur parole et abandonna son chat à cette femme qui traînait tant de macchabées dans son sillage.

Un des avantages de toujours être habillée de la même façon était qu'on ne mettait pas trois jours pour faire un sac, il suffisait de prendre sur les piles. Elle déconnecta l'informatique, enclencha le répondeur et ferma les volets. Une odeur de pot-au-feu flottait dans le couloir. Il fallait manger, l'heure du prochain repas s'annonçait fantaisiste. Elle retourna dans l'appartement et se confectionna un sandwich au jambon. Sans beurre.

11

Un gros 4X4 aux vitres fumées attendait en double file. Elle hésita. La porte avant s'ouvrit sur Luc. Il lui prit son sac et le jeta dans le coffre. Elle s'installa à côté de lui. Une bise sur la joue et il démarra.

Elle se cala contre la portière, contempla la ville. À un feu, elle ouvrit une vitre que Luc referma aussitôt d'un doigt sur une commande électrique. « On est en ville. » Une justification laconique dont elle se contenterait.

La journée était terminée pour les gens qui avaient une activité normale, ils rentraient chez eux ou buvaient une bière à la terrasse des bistrots. Elle pensa à sa mère, quelque part au milieu de l'Atlantique avec l'un de ses amants. Des seniors, pour la plupart fortunés, pas toujours divorcés. Les mariages sous la communauté ne favorisant pas toujours l'envie de recommencer une nouvelle vie. Ses parents avaient divorcé quand elle était entrée en fac. Sa mère était restée à Lyon et son père avait émigré dans la capitale, où il avait rapidement épousé une autre femme qui lui avait donné un fils dès la première année. Alexis, un petit bonhomme qui venait d'entrer en sixième, et qui se déguisait en Batman.

Quintilius les attendait sur le trottoir, il grimpa à l'arrière. Les premiers mots furent échangés à la hauteur de Feyzin. Luc leur expliqua que le corps du magistrat avait été découvert chez lui par sa femme qui rentrait de voyage. Le chef de groupe de la Brigade criminelle de la Sûreté urbaine de Nice les attendait au domicile du défunt. Kara demanda des explications sur sa mort. Luc se contenta d'un « même mode opératoire ». Il paraissait soucieux et fatigué. Elle insista.

— Je croyais qu'il était sous surveillance.

— Quand l'équipe est arrivée, c'était trop tard.

Elle l'aurait parié sans miser un euro, même si ce n'était pas correct. Ils n'en dirent pas plus jusqu'à Sénas, où ils s'arrêtèrent pour acheter des sandwiches qu'ils mangèrent dans la voiture garée à l'ombre d'un pin parasol. Elle fuma une cigarette le temps d'un aller-retour aux toilettes.

Ils avaient fait la moitié du chemin.

Les néons du péage de Nice fragmentèrent son sommeil. Elle mit plusieurs kilomètres à émerger. Une lune pleine projetait son double dans le noir de la mer. Le port, les bateaux, la promenade des Anglais, le Negresco ; une carte postale qui parlait de vacances. Le 4X4 traversa la photo et gagna les hauteurs de Nice, où il s'immobilisa devant le portail d'une résidence cossue dont on n'apercevait que le toit. Une lumière vive illumina le véhicule, et les battants de l'entrée s'ouvrirent. Luc enclencha la première et parcourut une allée que balisaient des lampadaires en fer forgé. Un Scenic gris administration stationnait devant les marches qui conduisaient à une terrasse encerclée par des fuchsias et des hibiscus. Deux types surgirent dans le halo des phares, un brun à la peau mate vêtu d'un costume sombre et d'un col roulé noir. L'autre, le plus jeune, portait jean et blouson en cuir. Luc coupa le moteur et descendit. Ils parlèrent une minute, puis Luc leur fit signe de les rejoindre. Des mains serrées, des noms échangés, dont elle ne retint que les grades, capitaine pour le costard noir, lieutenant pour le blouson. Les présentations achevées, le capitaine les invita à les suivre dans la maison.

Une belle demeure aux meubles anciens et aux tableaux qu'elle devinait très chers. Le parquet couvert de tapis gémissait sous leurs pas, ils traversèrent de vastes pièces aux tentures moirées qui dégringolaient le long des fenêtres. La bibliothèque sentait le cuir, la cire et le cigare froid, l'odeur lui souleva le cœur. Même si ce lieu lui était inconnu, elle connaissait l'homme qui l'avait occupé. Aperçu à deux reprises au tribunal, il avait toujours refusé de parler aux journalistes, les menaçant même de les poursuivre pour harcèlement s'ils persistaient dans leur démarche. Le commissaire de la Sûreté urbaine les avait convoqués pour confirmer l'intention du procureur. Un matin à l'aube, Quintilius et Kara avaient quitté la ville, ayant admis qu'ils n'étaient pas de taille.

La bibliothèque comptait quelques milliers de livres rangés par époque et par genre, de la couverture glacée au cuir craquelé. Sept vies n'auraient pas suffi à les lire tous. Quels étaient ceux que le procureur avait eu le temps de parcourir ? Le capitaine stoppa devant un rayonnage, glissa une main derrière un livre et recula. Tout un pan d'étagères pivota, découvrant un escalier de pierre qui descendait en colimaçon, dans lequel ils s'engouffrèrent. Les marches étaient couvertes d'un tapis chiné maintenu par des tringles de laiton. Des rampes d'ampoules rouges indiquaient le chemin. L'ambiance feutrée du luxe s'estompa au profit de celle des bars à filles des quartiers chauds de n'importe quelle capitale.

L'escalier débouchait sur un hall occupé dans le fond par un vestiaire. De part et d'autre étaient disposées des cabines d'essayage. Quintilius colla ses lèvres contre l'oreille de Kara.

— On se croirait au BHV.

Elle haussa les épaules. Le lieutenant ouvrit une armoire en noyer. Le journaliste avait raison, c'était le rayon textile des BHV. Toutes sortes de tenues en drap clair, en velours cramoisi ou en soie transparente pendaient sur des cintres. Le capitaine en décrocha une et étira le tissu sur son buste. Le genre de fringue qui paraissait compliquée à enfiler mais vous laissait à poil au moindre courant d'air.

Kara manipula le vêtement.

— On dirait des toges.

— Tout juste. Edgar Surel était l'empereur de la fête romaine. Quand il recevait, les invités se changeaient ici.

— Pour aller où ? Pas en ville, quand même.

— Mieux que ça. Venez !

À l'opposé du vestiaire s'étirait un long couloir aux lumières indirectes, bordé de statues antiques en pied, des éphèbes à la poitrine glabre et au cheveu ondoyant.

Kara attrapa Quintilius par le cou.

— Tu vas enfin pouvoir te décomplexer, vise leur quéquette.

Il pouffa et lui fila un coup de coude dans l'estomac.

Luc leur demanda de cesser de faire les cons.

Au bout du couloir, derrière une tenture qui léchait le sol, une porte blindée avec un fenestron. De cet alliage que les Romains ne fabriquaient pas.

Le capitaine sélectionna une clé sur un trousseau pénitentiaire, ouvrit la porte et les invita à entrer. Dans l'immense pièce trop chauffée stagnaient des effluves de mort et de merde qui indisposèrent Kara. Entre le vomi rance et le caca fétide, elle avait eu sa dose. Quintilius lui tendit un mouchoir en papier qu'il avait pris soin de déplier. Elle se l'appliqua sur la bouche et les narines, son ami fit de même. Ils avancèrent à pas lents jusqu'au centre de la pièce. Rome te salue ! Des kilomètres de tissu vaporeux flottaient sur les murs, tombaient du plafond, encerclaient des lits clinquants couverts de coussins dodus qui s'étalaient entre des statues de plâtre et des colonnes de marbre. Des dizaines de tapis enchevêtrés couvraient la dalle. Les uniques objets métalliques étaient des caméras montées sur des socles pivotants fixés en haut des colonnes.

Le capitaine les entraîna vers une autre porte, blindée d'un côté, capitonnée de l'autre. Elle comprit pourquoi quand elle découvrit le contenu de la pièce, une cave voûtée aux pierres grises et saillantes. *Exit* Rome, on était au Moyen Âge pendant les heures sombres de l'Inquisition. Des chaînes scellées dans le mur, des appareils faits de métal et de bois à l'architecture complexe mais dont la destination ne faisait aucun doute une fois que l'on avait compris comment on entravait chevilles et poignets. Au centre, une table en aluminium avec des chaînes. Sur une autre table métallique, plus petite, étaient alignés par ordre de grandeur des instruments qui allaient du scalpel à la tenaille. Une chape de béton couvrait le sol, incurvée en son centre, où on avait installé une bouche d'écoulement des eaux usées. Kara traversa la cave. Un sentiment de déjà vu. Où ? Quand ? Elle interrogea Quintilius. Non, il ne connaissait pas les lieux. Alors, un de ces lieux entraperçus dans l'un de ses rêves maudits ? Peut-être…

Deux caméras étaient fixées dans des angles opposés. Plus bas, montée sur deux trépieds, une caméra numérique semi-professionnelle et une webcam. À même le sol, un ordinateur portable, un modem. Du matériel vidéo qui n'appartenait pas au Romain, selon le capitaine. Des traces humides sur la dalle et la table laissaient croire qu'on avait procédé à un nettoyage récent.

Le capitaine désigna la table.

— On l'a trouvé là. Dans un sale état, croyez-moi. J'en ai encore mal au cul.

Personne ne demanda pourquoi. Le capitaine du SRPJ de Nice savourait son effet.

— Ils l'ont empalé.

— Ils sont plusieurs ? demanda Kara.

— Rien ne le prouve. Mais si le tueur a fait ça tout seul, il est sacrément costaud.

Il était clair que le capitaine n'avait pas vu les autres films, ni évalué de quoi il était capable.

— Le labo ? demanda Luc.

— Pour l'instant, ils trient les poils de cul. Beaucoup de monde est passé par là, et le ménage n'était pas souvent fait. Quelle bande de tarés !

Luc montra la caméra.

— On peut voir le film ?

— Vous voulez le visionner ici ?

Kara n'eut pas le temps de dire qu'ils pouvaient attendre, l'agent d'Interpol avait donné son accord. Elle se glissa entre lui et le mur, pas sûre de pouvoir encaisser un troisième film. L'épaule de Luc amputait l'écran d'un tiers. Le Niçois manipula une télécommande. Premier plan de quatre secondes sur le visage du procureur. Kara avait connu Edgar Surel en meilleure forme. Zoom arrière. Allongé sur le ventre, il était sanglé sur un banc métallique haut d'une vingtaine de centimètres, fixé lui-même sur la table par des chaînes. Bras et jambes étaient étirés presque à la perpendiculaire du corps par d'autres chaînes. Une position grotesque. Le premier ouvrage du tueur était celui de l'anéantissement de la dignité de sa proie. À cet instant, Kara se persuada qu'il avait dû sacrément morfler pour orchestrer des scènes aussi tordues.

Zoom avant sur un amas de chair sanguinolente. Le capitaine les éclaira.

— La verge et les testicules de monsieur Surel. Enfin, ce qu'il en reste. Je vous ai épargné la scène de l'émasculation et du dépeçage.

Un simple regard de Luc vers le capitaine le contraignit à se justifier. Il grimaça.

— On vous en a fait une copie, vous pourrez la visionner autant de fois que vous le souhaitez.

Changement de caméra. Zoom avant. Une main gantée de cuir noir écarta la fesse gauche sur un anus dilaté.

— Quelle vieille pédale ! Il a dû s'en prendre des kilomètres dans la raie pour être dans cet état. Le javelot, ça n'a pas dû trop le gêner.

Kara observa le profil du capitaine. Il était réellement outré.

Zoom arrière. Peau blême sur fond noir, le bourreau apparaissait. Le capitaine fit un arrêt sur image.

— C'est le seul moment où on en voit autant de l'assassin. Voyez ! Il est revêtu d'une sorte de cape. C'est pareil dans les autres films ?

— Il semblerait, répondit Luc.

Le capitaine le fixa, dans l'attente d'une information complémentaire. Rien de plus pour l'instant. Il actionna la télécommande, le film continua. Quand la pointe du javelot déchira l'anus, Kara détourna les yeux, avança d'un pas et se réfugia derrière Luc. Quintilius, lui, contemplait ses chaussures. Les trois fonctionnaires de police regardaient toujours l'écran. Flic. Un drôle de métier, qui permettait de voir tous les films.

Un « qu'est-ce qu'il fait ? » lancé par Luc contraignit les journalistes à lever la tête. Les doigts gantés incisaient la fesse gauche, séparée de la droite par la hampe du javelot qui sortait de quelques centimètres de l'anus. La peau fripée ne facilitait pas la calligraphie, les doigts gantés étiraient avant d'inciser. Le corps était mou. Mort ou évanoui ? Pas encore mort, la peau saignait sous les marques du scalpel. Des cercles, des traits, *idem* sur l'autre fesse. L'homme en noir s'appliquait et prenait son temps. Et pour cause, il avait l'éternité devant lui. Le corps de Surel se raidit soudain en un soubresaut convulsif. Le sang cessa de couler, le procureur venait de mourir. Exécuté pour avoir abusé, violé, torturé des gosses pendant près de quarante ans. Une infâme ordure venait de crever sous ses yeux. Un tremblement la parcourut, elle tentait de rassembler des mots qui s'étaient vidés de leur sens ; pardon, compassion, rédemption, rémission.

Exécution.

L'homme en noir essuya le sang avec des mouchoirs en papier. Les bonnes vieilles méthodes.

Des signes apparurent.

JE SUIS sur la fesse gauche. TON PÈRE sur la droite. Kara répéta les quatre mots à voix haute.

— Le père de qui ? Du proc ?

— À moins d'être devenu un mort-vivant, précisa le capitaine. Le père de Surel a disparu dans les années 70, foudroyé par une rupture d'anévrisme.

— Quelqu'un se serait substitué à l'autorité parentale pour le châtier ? Et à qui s'adresse ce message ? Pas à Surel, il est mort.

— Il s'adresse à ceux qui visionnent le film, osa Luc. Le modem, la webcam, tout indique qu'il l'a diffusé en direct sur Internet.

Kara regarda le bas des murs.

— Il n'y a pas de connexion au réseau.

— Il l'a fait par satellite.

— C'était le cas pour Valeo et Korloff.

— Même si on n'a pas retrouvé le matériel informatique, c'est probable.

— Pourquoi le laisserait-il à la troisième exécution ?

— Un nouvel indice, il sait qu'on piétine. Il devient hardi. Jusqu'à maintenant, il s'en tenait à la mise en scène : la cape, la torture, la mort. Aujourd'hui, il en dit un peu plus sur son mode opératoire. Il va jusqu'à signer son méfait.

— Il fait peut-être référence à Dieu.

— Ou à Dark Vador, proposa Quintilius. Il y a une ressemblance, quelque chose dans l'attitude. Avant d'être ce personnage sinistre et menaçant qui hante les couloirs de la Flotte impériale, Vador était un Jedi, ayant du respect pour la vie. Puis tout a basculé quand on a tué sa mère.

— Comment est habillé Dark Vador ? demanda Kara.

— Une cape noire, des gants.

— Une capuche ?

— Non, il porte en permanence un casque qui lui couvre entièrement la tête. Il a eu le crâne endommagé lors d'un combat contre son ancien professeur Obi-

Wan Kenobi. Une grande partie de son corps est remplacée par des composants de machine.

— Rien ne nous prouve, dit Luc, que nous sommes ici dans la configuration du film.

— Rien, effectivement. Mais c'est suggéré. Je le sens.

Les Niçois demandèrent une explication, Luc leur parla du sabre laser trouvé chez Kara.

Le capitaine se tourna vers les journalistes.

— Vous avez écrit là un drôle de livre, vos personnages se font dégommer un à un, et ce n'est pas de la science-fiction. Dites, promettez une chose, ne parlez jamais de moi. Même en abrégé. Vous êtes trop dangereux.

Le capitaine croyait fermement à ce qu'il venait de dire. Un mal à l'aise étreignit Kara. Luc semblait l'avoir perçu, il lui prit la main et la serra.

— Surel a mis combien de temps à mourir ?

— Vingt minutes après l'introduction du javelot, pendant la page d'écriture. Une hémorragie est la cause du décès. Tout a été filmé, enregistré sur un CD à haute compression numérique et, en parallèle, la diffusion sur le Net. Notre service informatique est sur la piste de ceux qui ont pu se connecter.

Un silence se condensa sous la voûte. Kara réagit la première.

— N'importe quel internaute pouvait y accéder ?

— Non. Seuls ceux qui possèdent la clé. Nos experts s'y cassent les dents. La séance était réservée aux initiés.

— Qui sont-ils ?

Pas de réponse. Kara balaya du regard la cave, les hommes, la table métallique sur laquelle avait péri le procureur. Elle frissonna et suggéra d'aller continuer ailleurs leur conversation.

Ils retournèrent dans la salle romaine. Elle demanda quel genre de fêtes s'y déroulaient, tout en connaissant la réponse, mais elle voulait connaître celle du capitaine.

— Des sauteries orgiaques.

— Avec des mineurs ?

— Probable, mais on n'a jamais pu le coincer.

Kara montra les caméras.

— Il doit bien y avoir des traces quelque part.

— On les cherche.

Le regard sombre du capitaine devenait fuyant. Ses questions le gênaient, elle lui prit le bras et l'entraîna hors de portée de voix.

— Vous avez subi des pressions, n'est-ce pas ?

Il se dégagea et lui fit face.

— Vous comptez écrire la suite de vos aventures ?

— Certainement pas. Actuellement, je travaille sur la vie sexuelle des caribous durant l'hiver boréal. Je ne voulais plus entendre parler de cette histoire, mais on est venu me chercher. Et je vais vous dire une chose, capitaine. Le tueur peut démolir mes personnages un à un jusqu'au dernier chapitre, c'est bien fait pour leur gueule. Rien n'a été fait contre ces ordures, alors, que Dark Vador, Lagardère ou les Inuits décident de s'en charger, je m'en bats les ovaires.

Il lui sourit, découvrant des dents qui auraient fait la joie d'un orthodontiste. Des canines chevauchaient les incisives. Kara le soupçonna d'en avoir plus de trente-deux.

Ils décidèrent de remonter et d'aller manger un bout quelque part. Le capitaine récupéra le film, qu'il remit à Luc. Le lieutenant mit les scellés sur les portes, les blindées et celle de l'entrée. « Sa femme ? » demanda Quintilius. Chez une amie. C'est elle qui avait découvert le corps à son retour des Seychelles, au moment même où l'équipe chargée de la protection de son mari se mettait en place. Sa première préoccupation avait été de savoir ce que les médias feraient de cette mort. Pour l'instant, rien n'avait été dévoilé. Pour des raisons de patrimoine, le couple avait choisi de ne pas divorcer, et chacun menait sa vie à sa façon. Son mari faisait dans la fête patricienne, elle dans le gladiateur. Pour les gosses susceptibles de participer aux agapes, non, elle n'en savait rien. Ou ne voulait pas savoir. Son univers était celui de la nuit, au bras d'hommes à la musculature développée et à la peau hâlée par les embruns. Des hommes qui avaient l'âge de leur fille. Kara s'étonna. Le couple avait une fille ! Jamais nulle part l'existence d'un enfant n'avait été mentionnée. Et pour cause, très jeune, elle avait été confiée à la grand-mère maternelle. Aujourd'hui, Audrey était déléguée médicale et travaillait pour un laboratoire américain. Elle vivait à Paris, où elle avait fondé une famille. Audrey n'avait jamais revu ses parents.

— L'a-t-on prévenue pour son père ?

— On tente de retrouver sa trace.

Les Niçois les emmenèrent dans un bar à tapas au cœur de la vieille ville. Les hommes de la Criminelle étaient connus du patron, qui leur libéra une table à l'écart de la salle pleine à craquer où stagnait une fumée bleutée sur fond de flamenco. Les saveurs épicées et odorantes firent saliver Kara. Des verres, du vin, des coupelles de gambas, de moules, de calamars, d'anchois vinrent rapidement encombrer la table en bois sans que personne ait passé commande. Cuisse contre cuisse, coincée entre Quintilius et le capitaine qui se prénommait Marc, Kara but, mangea et fuma. Une lumière sirupeuse rendue par la flamme de bougies rouges et de petites lampes surmontées d'un abat-jour aux couleurs chatoyantes adoucissait les traits, transformait les iris. Une fatigue molle la grisa, elle se laissa aller. Quintilius y alla de son répertoire d'anecdotes et d'histoires invraisemblables qui les secouèrent de rires et de cris de protestation. Au bout du bar, le patron devait être équipé de jumelles à infrarouge car les pichets de vin étaient sans cesse renouvelés. Sous des airs prétentieux, Marc se révéla être un homme prévenant, à l'humour caustique. Deux fois divorcé, père de quatre gosses, il travaillait pour payer ses pensions alimentaires. Kara émit un « tu t'en sors comment ? » un rien soupçonneux. Il se marra et lui dit qu'il jouait au poker pour arrondir ses fins de mois. L'idée qu'il avait d'autres sources de revenus lui traversa l'esprit. L'interrogation était muette mais il la devina.

Il avoua l'héritage d'une vieille tante.

Assis en face d'elle, Luc avait posé à terre son armure, Kara le surprit plusieurs fois en train de rire aux éclats. Pas l'un de ces sourires inachevés, mais de vrais rires qui transformaient son visage. Deux ou trois fois elle capta son regard posé sur elle. Un regard doux et bienveillant, que toutes les frangines de la terre aimeraient recevoir de leur frère. Elle en aurait pleuré.

Le lieutenant partit le premier. Kara réalisa qu'ils n'avaient pas échangé un seul mot. Ondes courtes et modulation de fréquence ne se trouvaient pas sur les mêmes canaux. Quant à Marc, il caracolait sur la fréquence de Kara qui repoussa une main égarée sur sa cuisse. « T'emballe pas, mon canard », lui susurrat-elle à l'oreille. Le capitaine n'insista pas et leur proposa de les accompagner à leur hôtel. Le bar à tapas était presque désert, le serveur mettait les chaises sur les tables. Luc demanda l'addition, Marc dit que c'était pour lui sans régler pour autant. Peut-être passerait-il plus tard…

Chambre 204. Affalée sur son lit, Kara tenta de se rappeler s'ils avaient pris les escaliers ou l'ascenseur. Elle ferma les yeux. Une tempête menaçait et la cabine commençait à tanguer. Elle alla vomir. En se brossant les dents, elle eut une pensée pour Chaos et se traita de mère indigne. Elle n'avait même pas appelé madame Ruiz. Elle s'y reprit à trois fois avant d'accéder à la boîte vocale de son portable. Un seul message. Le chat allait bien, madame Ruiz lui avait fait avaler du Coca et du riz.

12

Quelques utilitaires étaient alignés devant l'entrepôt. À l'écart sur une place réservée à la direction, une C5 métallisée. Tous les salariés avaient quitté la fabrique de meubles, sauf le gérant. Yoda gara la moto sous le hangar des livraisons. Yaddle pilotait une moto identique, il l'avait rejoint une heure auparavant à l'entrée de Nice. Il se plaça à côté de lui, dans le même sens, prêt à partir lui aussi. Ils se firent face quelques secondes, s'observant à travers la visière opaque de leur casque intégral, puis s'étreignirent. Leur dernière mission remontait déjà à quelques mois et avait failli mal tourner, les cibles étaient plus nombreuses que prévu et des enfants les accompagnaient. Atteindre les uns tout en évitant les autres, l'affaire s'était révélée plus compliquée qu'à l'ordinaire, mais un allié de taille les avait aidés ; l'alcool dont étaient imprégnées les cibles. Le compagnon de Yoda, plus petit, semblait inachevé. Une adolescence qui s'éternisait, et qu'il compensait par des entraînements soutenus.

Ils se dirigèrent vers une étroite montée d'escaliers qu'ils gravirent deux à deux. La porte en fer surmontée d'un panneau « Accès réservé au personnel » était ouverte. Yoda la poussa.

Ils traversèrent un hangar encombré de meubles emballés et étiquetés, puis s'engagèrent dans un long couloir vitré donnant à gauche sur des ateliers déserts. À droite, une enfilade de bureaux fermés, sauf celui du fond. Un rayon de lumière oblique poudroyait les tommettes devant la porte ouverte. Une voix d'homme leur parvint. Ils suspendirent leur pas. La cible était au téléphone.

Dos contre le mur, ils attendirent la fin de la communication, puis entrèrent dans le bureau.

L'homme leva la tête, capuchonna son stylo d'un geste sûr, se renversa dans son fauteuil en ricanant.

— Mais je vous en prie, entrez !

À peine un trémolo dans la voix.

— Si c'est pour un braquage, c'est raté. Il n'y a pas un centime dans l'entreprise, hormis peut-être quelques euros dans la machine à café.

Yoda et Yaddle attendaient, raides, immobiles, scrutant l'homme à travers leur visière.

Le sourire goguenard disparut de la face du gérant qui se rapprocha insensiblement de son bureau, faisant mine de se gratter le bras droit, qu'il laissa tomber le long du fauteuil. Le débit de ses paroles s'accéléra.

— Enlevez votre casque, que je vois votre gueule de p'tits branleurs. Je parie que vous êtes encore mineurs et que c'est votre premier braquage. Je me trompe ?

Tandis que son bras remontait doucement le long du fauteuil, Yaddle contourna le bureau, passa derrière le fauteuil et balança un grand coup de pied qui s'écrasa dans un craquement d'os et de bois. L'homme hurla, retira son bras du tiroir tout en se tenant le poignet devenu rouge écarlate. Yaddle plongea la main dans le tiroir et en retira un revolver. Il vérifia le contenu du barillet, le referma puis leva le chien. Le doigt sur la détente, il appliqua le canon sur la tempe du gérant qui gémit.

— Fais pas le con, ça part tout seul ces trucs-là.

Yaddle appuya un peu plus fort sur la tempe.

— PAN !

Un pan annoncé sur un ton neutre, mais qui fit sursauter l'homme. Il avait perdu de sa superbe et le sang s'était retiré de ses joues. Son poignet, qu'il soutenait de l'autre main valide, enflait à vue d'œil.

— Vous voulez quoi ? bégaya-t-il.

— C'est l'heure des comptes, dit Yoda.

— Quels comptes ? Je vous dois quelque chose ?

— À nous, non. À Mélanie certainement.

L'homme frémit.

— Vous êtes barges ! C'est encore un coup de ma sœur, hein ? Elle vous a donné combien, je vous file le double ! Le triple, même. J'ai de l'argent.

Yaddle retira le canon de la tempe de l'homme et vint se placer un pas derrière Yoda, un déplacement qui encouragea le gérant.

— Allez, je vous donne votre fric et vous filez. Ni vu ni connu, je ne vous ai jamais vus. Combien ?

— Ta vie !

Yoda se pencha vers lui au-dessus du bureau, son casque frôlait le front moite.

— Tu es mort, peine capitale. Il y a eu révision du procès.

L'homme secouait la tête, les yeux exorbités. Il le croyait sur parole.

— Vous n'avez pas le droit, il y a eu un non-lieu.

C'est à peine s'il l'avait murmuré.

— Debout !

Il secouait toujours la tête. Yoda saisit le poignet meurtri, le tordit. Un nouveau craquement se fit entendre et un hurlement couvrit le ronflement du moteur d'un camion qui passait devant la fabrique.

— Debout.

Tout en sueur, l'homme s'exécuta, à deux doigts de tourner de l'œil. Hébété, la démarche poussive, il suivit Yoda. Yaddle fermait la marche.

Ils remontèrent le couloir sur quelques mètres, entrèrent dans l'atelier. L'homme se figea sur le seuil. Yoda attrapa son poignet et l'entraîna à travers une rangée de squelettes de commodes et d'armoires sans porte. De la belle fabrication française, celle du temps des rois et de l'empereur. Une odeur de bois et de vernis s'immisça dans leurs narines. L'homme geignait et courait à petits pas derrière Yoda qui maintenait le poignet cassé. Ils s'arrêtèrent devant un plateau de sciage. L'homme le fixa comme s'il le découvrait pour la première fois puis les regarda tour à tour.

— Vous comptez faire quoi ? Me couper en petits morceaux ?

— Deux suffiront.

Yoda l'avait dit sans rire.

Plus vif qu'il ne le paraissait, l'homme démarra un sprint, que Yaddle interrompit trois foulées plus loin, d'un violent coup de pied dans les reins. L'homme s'affala dans la sciure. S'aidant des coudes, il parvint à se mettre à genoux. Une tache sombre noircissait le drap de son pantalon à la hauteur de l'entrejambe.

Ses suppliques répugnèrent Yoda. Quelles que fussent les méthodes utilisées par eux pour neutraliser ces charognes, elles seraient toujours trop douces. Yoda ignora l'homme qui implorait et s'approcha du plateau de sciage à commande électrique. Un épais protège-lame en Plexiglas recouvrait la lame circulaire, il préleva un tournevis sur un établi, dévissa les rivets qui maintenaient la protection sur le plateau puis libéra la lame circulaire aux dents serrées et affûtées. À l'aide d'une manette, il régla son inclinaison, appuya sur un interrupteur. Le cri strident de la lame fit sursauter le gérant qui s'effondra dans la sciure, se recroquevillant. Il pleurait à chaudes larmes. Avait-il prêté attention seulement une fois à celles de Mélanie durant cette croisière de l'enfer, Yoda en doutait.

Ils attrapèrent le gérant chacun par un bras et le couchèrent sur la table. Yaddle maintint les jambes qui gigotaient tandis que Yoda saisissait à pleines mains sa tignasse, tirant sa tête en arrière pour offrir son cou à la lame qui entailla la peau, puis la chair et enfin la carotide. Sa visière s'assombrit, Yoda arrêta la machine. Le sang jaillissait par saccades régulières et un bouillonnement encombrait la gorge de l'homme qui glougloutait. À distance raisonnable, ils l'observèrent durant les deux minutes et quelques secondes qu'il mit à mourir. Yoda se remémora la masse sanguine de l'homme, 4 litres 7. Un de moins chez la femme. Il semblait que la sciure autour du plateau de sciage en avait absorbé bien plus.

Du sang avait giclé sur son casque et sur son cuir, il l'essuya avec des chiffons secs, qu'il jeta ensuite dans un bidon d'huile de vidange. Yaddle brassait la sciure pour effacer leurs traces de bottes. Yoda jeta un dernier regard sur l'homme au cou à demi tranché, puis glissa un objet dans la poche de son pantalon.

Une 607 aux vitres fumées remonta à vive allure l'avenue qui desservait la fabrique de meubles et traversait la zone industrielle déserte. Dans l'ombre du hangar de livraison, Yoda et Yaddle attendirent qu'elle s'éloigne. Ils se serrèrent longuement la main, sans un mot, et enfourchèrent chacun leur engin. Le ronronnement des mécaniques couvrit celui, lointain, de l'autoroute. Au péage, ils prirent les directions opposées, après s'être salués d'un signe de la tête. Le casque rentré dans les épaules, Yoda fonça dans le couchant avec une seule pensée, celle du sourire éteint de Mélanie.

13

— Passé une bonne nuit ?

— Je ne sais pas, je dormais.

Kara secoua la tête de dépit en regardant Quintilius qui venait de répondre au capitaine.

— Faites pas gaffe, Quint a un don inné pour les vannes les plus nazes. Il s'en est fait une spécialité.

Le journaliste bomba le torse tout en beurrant une tartine, l'air satisfait de celui qui agrée. Marc s'installa à leur table et demanda un café. Cinq minutes plus tard, Luc les rejoignait.

Marc les invita à se rendre au commissariat pour assister à l'audition de la veuve du procureur. Quant à leur fille, qu'ils avaient fini par retrouver, elle refusait tout net de se rendre à Nice, se déclarant orpheline de père et mère depuis trente ans.

Une odeur de tabac froid contrariait celle, âcre, de l'ammoniaque. Longs couloirs à la peinture écaillée, traces d'origines diverses sur les murs, bureaux en enfilade sur fond de scanner inaudible pour l'oreille qui n'appartenait pas à un flic, impacts de balles perdues, ils se trouvaient bel et bien dans un hôtel de police.

La veuve était là, impériale dans son tailleur rouge et ses talons aiguilles. Ils pouvaient l'observer derrière la vitre sans tain d'une pièce adjacente. Assise sur le bout des fesses, elle croisait et décroisait les jambes tout en martelant la table de ses ongles acérés, longs et foncés. Le chignon laissait échapper des mèches blondes qui lui donnaient un air de lionne en chasse. Quintilius chuchota dans l'oreille de Kara.

— Tu paries qu'elle en est à son quatorzième lifting.

— Comment tu sais ?

— Regarde ses mains. On dirait des pommes reinettes qu'on a oubliées dans un placard.

Le visage lisse, le menton ferme contrastaient avec le plissé des mains constellées de taches de soleil. Marc entra dans la pièce noire où ils se trouvaient et tendit un émetteur à Luc, tandis que lui-même se fixait une oreillette dans le creux du pavillon.

— Pour les questions que je n'aurais pas posées. Intervenez quand vous voulez.

On apporta un café à la veuve qui alluma une cigarette. Kara constata qu'elles fumaient les mêmes. Marc commença l'interrogatoire.

Jeux de bras, déplacements du corps, intonation, tout était travaillé. Ses vêtements noirs, différents de ceux de la veille, ses cheveux sombres et bouclés qui lui couvraient la nuque, une fossette sur le menton, une lippe gourmande lui donnaient un je-ne-sais-quoi de virilité brutale propre aux Latins. Pendant qu'il interrogeait la veuve, Kara l'imagina nu dans les bulles d'un jacuzzi, sous des draps de soie, contre les vagues, debout sur la commode.

La veuve avait passé sa vie dans les palaces, les Relais et Châteaux, les avions, les paquebots, les plages blanches des Caraïbes ou du Pacifique, les thalassos, les instituts de beauté, les coiffeurs, les bijoutiers, les couturiers. Toujours accompagnée. Des hommes par dizaines qui depuis quarante ans en comptaient toujours trente. Elle aimait la chair fraîche et la viande rouge, le champagne et le caviar. Le Beluga de préférence. Son mari ? Un homme qui cultivait les huit péchés capitaux. Vous voulez dire sept ? Le connaissant, il en avait certainement inventé un. Empalé ! Il était mort par où il avait péché. Croyante ? Non. C'était juste une façon de parler. Les mineurs qui participaient aux orgies ? Elle l'avait appris en lisant le livre des deux journalistes. Bien sûr, ils n'avaient pas cité de nom mais pour qui connaissait le magistrat, il était facile de l'identifier. En quoi ? Seuls ceux qui savaient pouvaient le reconnaître, elle-même ne l'ignorait pas, alors… Une main anonyme lui avait envoyé le livre avec une dédicace accusatrice. Non, elle ne l'avait pas gardé. Elle et les livres, vous savez… L'histoire des autres ne l'intéressait pas, il y avait bien assez de la sienne. Non, elle ne connaissait pas les journalistes, des paparazzi en mal de notoriété. Kara tressaillit. La veuve avait toujours refusé de les rencontrer. Les vidéos ? Jamais vu. Les amis du procureur ? De vieux vicieux qu'elle connaissait sans les fréquenter. Leurs noms ? Elle n'avait pas retenu.

De toute façon, le capitaine connaissait les réponses, alors pourquoi poser les questions ? Marc ne répondit pas, c'était lui le flic.

Sa fille ?

Une déglutition difficile imprima un rictus sur les lèvres de la veuve, gonflées au silicone. Il y avait si longtemps. La petite avait été confiée à la grand-mère. Pourquoi ? Une vie plus calme, mieux adaptée. Aussi pour la protéger ? La veuve fixa le capitaine, elle savait qu'il savait. Pourquoi n'avait-elle rien dit ? Trop jeune à l'époque pour affronter le scandale, la vindicte populaire. Son mari était déjà un personnage et en ce temps-là, on ne croyait guère les enfants. L'éloigner définitivement suffisait. La veuve émit un rire bref et rauque, une façon de quitter le terrain.

— Je ne sais pas qui est son meurtrier, mais croyez-moi, il m'impressionne. Si un jour vous le coincez, faites-moi signe. J'aimerais assez le rencontrer.

— Dark Vador, vous connaissez ?

— C'est son nom ?

— Peut-être…

— Pas quelqu'un de notre entourage. C'est un nom turc, non ?

Le capitaine regarda en direction de la glace sans tain et interrogea du menton. Kara leva le doigt vers Luc.

— Demande-lui si elle connaît Korloff.

Il transmit. Marc répondit d'un signe de tête et se pencha vers la veuve.

— Une dernière question. Connaissez-vous Igor Korloff ?

Elle changea de position et se gratta l'intérieur de la paume. Touché ! Le nom évoqué la paniquait.

— Pourquoi ?

— Il est mort dans des conditions similaires à celles de votre mari. On s'interroge. Le connaissiez-vous ?

— Vous voulez dire qu'il a été empalé ?

— Haché menu par une moulinette de la taille d'un frigo américain. Vous voyez ?

Un sourire illumina le visage, dont la peau semblait tirée par des élastiques invisibles. La mort du Russe la réjouissait.

— Je l'ai croisé une fois dans la bibliothèque, mon mari me l'a présenté. Igor Korloff, je m'en souviens très bien. Je n'oublierai jamais son regard.

Elle expira un soulagement altéré par une terreur contenue.

Kara se rappela soudain. Elle connaissait la cave pour l'avoir vue sur l'une des cassettes saisies chez le Russe. Marc enchaîna.

— Que faisait-il chez vous ?

— Allez savoir…

Protégé nuit et jour par une escouade de gardes du corps ne circulant qu'en voiture blindée, le Russe avait été enlevé et réduit à de la pâtée pour chats. Quel homme avait pu y parvenir ?

L'audition était achevée et on raccompagna la veuve. Marc les rejoignit derrière la vitre sans tain. La police n'avait avancé que sur un seul point. Le procureur et le Russe se connaissaient. Le beau ténébreux paraissait en colère.

— Dire qu'on aurait pu coincer ce putain de gros pervers. On avait bien trouvé quelques cassettes, mais on n'a jamais pu lui en imputer la paternité. Il nous fallait une commission rogatoire pour perquisitionner son domicile, on n'a pas pu l'obtenir, ils se couvrent tous ici. Quand je pense qu'on avait même repéré un compte numéroté dans les îles.

— Vous avez tenté de le bloquer ?

— Bloquer le compte de Surel, vous rigolez ! Je me retrouvais direct à la circulation.

— De toute façon, vous n'y seriez pas parvenu, les paradis fiscaux bénéficient de protections. Tant que les États n'auront pas adopté une position commune, l'argent sale continuera à être blanchi en toute impunité.

Luc l'avait annoncé comme une fatalité, le ton était désabusé.

Kara connaissait ces constats. Journalistes et flics en avaient une conscience aiguë et lucide.

Le capitaine emmena Luc et les journalistes dans une pizzeria où ils commandèrent du thon grillé accompagné d'une anchoïade.

On les avait placés sur une terrasse face à la mer. L'air était doux, caressant. Kara quitta son blouson, elle portait un débardeur kaki qui découvrait ses épaules aux muscles longilignes, à la courbe ferme. Elle en était plutôt fière et ne manquait pas une occasion de les exhiber. Des années de musculation et des tonnes de poids soulevées avaient façonné son corps et son identité. Une revanche sur la féminité inaccessible de sa mère. Marc loucha sur son torse.

— Vous allez faire quoi, maintenant ?

— Rentrer, puis aller au théâtre, grignoter les petits fours dans des expos, me promener en barque sur la Saône, inviter des amis. Mener une vie normale. Tous ces cadavres m'assèchent, effacent les couleurs que j'ai dans la tête. Il faut que je fasse un break.

— Vous n'êtes pas ici par hasard. Ce bouquin, c'est vous qui l'avez écrit, c'est vous qui avez enquêté. Peut-être n'êtes-vous pas allés assez loin.

— Si la justice et la police faisaient véritablement leur boulot, on ne l'aurait pas menée, cette enquête, croyez-moi. Mais parlons d'autre chose, si vous le voulez bien.

Marc lui sourit et remplit les verres de rosé frais, puis il quitta sa veste. Dans la manœuvre, un objet tomba et roula sous la chaise de Quintilius, qui se baissa pour le ramasser.

Entre ses doigts, une figurine en plastique coloré haute d'une dizaine de centimètres. Il la scruta un moment puis demanda à Marc :

— C'est à vous ?

— Pourquoi, tu en fais la collection ?

Marc avait répondu un peu sèchement. Luc tendit la main vers Quintilius, qui la lui remit.

— On dirait la même que celle trouvée dans le sac de Meunier, n'est-ce pas, Quint ?

— La même collection, oui. Pas le même personnage.

— Explique-toi.

— La première représentait Qui-Gon. Là, il s'agit d'Obi-Wan Kenobi.

— Celui contre qui s'est battu Dark Vador.

— Bravo, Kara ! Obi-Wan Kenobi est un Jedi, tout comme Qui-Gon.

Tous se tournèrent vers le capitaine, dans l'attente que l'un d'entre eux se décide à poser la question.

— Vous l'avez trouvée où ?

Marc fixait Luc, l'expression de son visage oscillait entre l'arrogance et la décontenance.

— Sur un macchabée, pourquoi ?

— Quel macchabée ?

— Le patron d'une menuiserie qui s'est vautré sur une scie.

— Un accident ?

— Un accident. Le personnel était parti. Restait le patron dans l'atelier, qui réglait une scie circulaire. On pense qu'il a eu un malaise pendant un essai, la scie lui a tranché net la carotide.

— Ces machines ne sont pas pourvues d'un système de sécurité ?

— Oui, et qui d'ailleurs a fonctionné, mais c'était trop tard pour lui.

— Il y a eu enquête ?

— Qui a conclu à l'accident du travail, le légiste l'a confirmé. Pourquoi toutes ces questions ?

— On a retrouvé une figurine de la même série dans la chambre d'hôtel d'un ouvrier du bâtiment qui a fait une chute mortelle de douze mètres, juste à côté de Pierrelatte.

— Quand Quintilius parle des Jedi, cela a un rapport avec *Star Wars*, tout comme Dark Vador ?

— Tout juste.

— La mort de Surel serait donc liée à celle du patron de menuiserie. C'est insensé.

Le capitaine l'avait dit pour lui, tout en fixant la figurine que Luc avait reposée sur la table.

Une brise s'était levée, accentuant le frémissement argenté de la surface de la mer. Garder les couleurs. Kara lâcha l'horizon pour le capitaine.

— Votre patron de menuiserie, il était clair ?

— Vous entendez quoi par là ?

— Kara demande s'il ne traînait pas des casseroles, dit Luc.

— Des casseroles comme des histoires avec des gosses ?

Le dernier mot leur raidit la nuque. La serveuse fit diversion en leur proposant les desserts. Café pour tous.

Marc sucra et remua. Il ne cessa de remuer que lorsqu'il eut terminé, son café était froid et il en avait renversé la moitié dans la soucoupe.

Jacques Charvet était l'oncle d'une petite Mélanie, qu'il emmenait tous les ans à Pâques sur son bateau pour une balade en Méditerranée. Jusqu'au jour où Mélanie n'avait plus voulu monter sur un bateau, quel qu'il soit. La mère l'avait conduite chez un psychiatre qui avait vite repéré le problème. Au dernier voyage, la gamine avait été violée par son oncle. Elle avait huit ans. Il y a eu dépôt de plainte, instruction et procès. Suivi d'un non-lieu. Juste avant que l'affaire n'éclate, Jacques Charvet avait engagé une procédure contre sa sœur, la mère de Mélanie, pour spoliation d'héritage. Au procès, l'avocat de la défense a fait valoir que la mère avait manipulé Mélanie, qui aurait accusé son oncle afin que ce dernier abandonne les poursuites.

Le capitaine avala son café et reposa la tasse. Sa main tremblait.

— Vous pensez que la gosse a été manipulée ? demanda Kara.

— Non. À l'époque, une de mes collègues de la Brigade des mineurs s'était occupée de l'affaire. Elle m'avait parlé des dessins. Alors je vais vous dire une chose, accident ou pas accident, je m'en tamponne le coquillard. Pour le service, l'affaire est close, et pas un de nous ne fera rouvrir le dossier, pas même Interpol. Un dernier point, Surel, le Russe, Charvet, celui de Pierrelatte, et les autres dont vous ne m'avez pas parlé, cela ne fait pas trop pour un seul homme ? Vous avez envisagé qu'ils soient plusieurs. Comme les Jedi.

Personne ne répondit. Luc régla l'addition et tous se levèrent. Ils marchèrent sur le front de mer puis se serrèrent la main devant le 4X4. Marc proposa à Kara de venir le voir quand elle le souhaiterait, il avait un petit cabanon dans une crique oubliée du monde. Elle esquissa un sourire.

— Je pourrai venir avec mon chat ?

Kara demanda à prendre le volant. Luc s'installa à côté d'elle et téléphona à Léo. Il lui parla des figurines et mentionna des noms de villes. Celles de Nanterre et de Chabeuil, puis remercia. Quand Luc donnait des ordres, il restait aimable. La vie avec lui devait être douce et facile. Kara pensa au ventre de Virginie lorsqu'elle passa le péage.

Le téléphone de Luc sonna à la hauteur d'Aix-en-Provence. Luc répondit plusieurs fois oui avant de noter quelque chose sur son calepin. Il se tourna vers Kara.

— On sort à Valence sud, la gendarmerie de Chabeuil a trouvé une figurine dans la poche du chasseur, sa femme avait argué qu'elle ne pouvait appartenir à son mari. Un gendarme l'a récupérée, il la tient à notre disposition.

Luc signait des documents administratifs tandis que Quintilius roulait entre ses doigts la figurine. Un peu les mêmes vêtements que les deux autres, sauf que celle-ci représentait une femme qui portait une coiffe d'où pendaient une demi-douzaine de rubans clairs. Le gendarme ne posa pas de questions, ne fit pas de commentaires. Il arborait l'attitude de celui qui est dans la confidence d'un « secret défense ».

— Alors ?

Luc et Kara l'avaient dit de concert, une fois installés dans la voiture.

— Le sabre laser qu'elle porte à la ceinture ne fait aucun doute, il s'agit bien d'un Jedi, mais je ne connais pas son nom. Il faudrait revoir les films.

Kara se tourna vers Luc.

— Sur le type de Nanterre, on a trouvé quelque chose ?

— Oui, dans son vêtement de travail. Un coursier est parti de Paris, on l'aura à notre arrivée à Lyon.

— TU l'auras. Moi, je me dépose direct à la maison.

— Pas tout de suite, Kara. Je te propose une soirée cinéma, tu vas adorer. N'est-ce pas, Quint, qu'elle va adorer *Star Wars ?*

— Aucune chance. Kara est une fan des films gnangnan-mimis-sur-la-bouche-regards-dans-le-vague.

Une odeur de gasoil stagnait dans le sous-sol d'Interpol. Kara tituba lorsqu'elle posa le pied à terre. La fatigue, la faim et la soif la rappelaient à l'ordre. Elle prit un Mars au distributeur, Luc leur dit qu'une collation était préparée à leur intention.

— Si on emmenait tout chez moi, les films et la collation, je n'ai vraiment pas envie de rester dans ce bâtiment.

Les deux hommes étaient d'accord. Sur le bureau de Luc, trois plateaux repas emballés sous vide. Dans une pochette plastique se dessinait la silhouette d'une figurine. Plus petite, plus trapue, de couleur verte, un sabre laser dans la main. Luc tendit le sachet à Quintilius.

— C'est Yoda.

Kara lui sourit.

— Yoda, naturellement.

— Rigole pas, Yoda est le plus sage des Jedi du Grand Conseil. Tu te rends compte, il a plus de huit cents ans ! Il a visité des centaines de mondes, vu toutes les formes de vie et, surtout, il a découvert bien des aspects de la Force.

— Quint, tu as trente ans passés, l'âge de fonder une famille, et tu te comportes comme un ado. C'est curieux, mais tu ne m'as jamais parlé de *La Guerre des étoiles*.

— Il faut être initié pour en parler.

Il reprit sur un ton plus bas.

— Et si on s'était plantés ?

— On ne s'est pas plantés, et tu le sais très bien. Notre enquête était béton, on a mal assuré nos arrières, c'est tout.

Luc feuilletait un magazine, elle reconnut Yoda sur la couverture. Les dernières pages étaient un catalogue de commande. Affiches, DVD, monstres en tous genres, vaisseaux, figurines, tee-shirts, casquettes, jeux. Le grand bazar de *Star Wars*. Elle pointa un doigt sur un objet qui lui était familier.

— C'est l'engin qu'on a retrouvé chez moi. N'est-ce pas, Quint, là… La vache ! Cinq cent vingt euros. Laisse-moi lire. « Sabre laser FX d'Anakin Épisode II. Limité à cinq mille exemplaires. »

— Super ! Il n'y a plus qu'à demander la liste des cinq mille acheteurs et on les vérifie un à un.

Quintilius avait repris le magazine, il examinait la page des figurines.

— Yoda, Obi-Wan Kenobi, Qui-Gon Jinn. Ah ! Le Jedi trouvé sur Montagut est Adi-Gallia.

— Ils sont nombreux, les Jedi ?

— Une dizaine de milliers…

— Dix mille ! Ils ont tous leur figurine ?

— Non, seulement les membres du Grand Conseil et quelques maîtres comme Obi-Wan ou Qui-Gon. Eux ne siègent pas au Grand Conseil. Adi-Gallia et Yoda, oui.

— Tout cela me paraît un peu compliqué.

— On va visionner les films, tu comprendras mieux.

14

Six épisodes de deux heures. Kara mit un peu de temps à comprendre que les trois premiers films sortis dans les années 80 étaient en fait les trois derniers épisodes, les premiers ayant occupé l'affiche dans les années 2000. Les deux hommes discutèrent un moment sur l'ordre dans lequel il fallait les visionner. Quintilius l'emporta. Ce serait dans l'ordre de leur sortie. Madame Ruiz fit diversion quand elle descendit le chat. Kara dut faire preuve de tact et de diplomatie pour signifier à sa voisine qu'elle ne pouvait participer avec eux à « la choirée chinéma ».

Ils dînèrent le temps du premier épisode, Kara s'endormit au début du deuxième, Quintilius la réveilla à la fin du troisième. Il criait « Je suis ton père ! Je suis ton père ! » Elle se frotta les yeux et attrapa la bouteille d'eau. De longues gorgées achevèrent de la réveiller. Luc enclencha la marche arrière du lecteur en mode manuel. Les images défilaient, saccadées. Quintilius cria « stop ! ».

Le crâne déformé, les yeux rouges, le teint cireux, un homme gisait sur le sol d'un vaisseau spatial. Il portait une ample cape noire. Luke Skywalker, penché au-dessus de lui, entendait son dernier souffle. « Je suis ton père. »

Luc bloqua l'image. Quintilius se pavana.

— Dans le mille. Le tueur se prend pour Dark Vador, j'avais raison.

Kara aussi avait fait le lien avec Surel, sur les fesses duquel l'assassin avait confessé sa paternité, mais elle n'en saisissait en rien le sens. Quintilius tenta un raisonnement.

— Au moment de mourir, Dark Vador avoue à Luke Skywalker qu'il est son père. Or, on le saura dans les épisodes suivants, plus jeune, Vador a été un Jedi. Son nom était Anakin Skywalker. Le gamin que Qui-Gon a repéré sur Tatooine. En fait, Anakin a basculé du côté obscur quand sa mère a été torturée et tuée par les hommes des sables. Elle est morte dans ses bras. Rongé par le chagrin, la culpabilité, la douleur, il est devenu ce personnage sinistre et menaçant qui hante les couloirs de la Flotte impériale. Vador est un homme redoutable qui peut tuer sur simple suggestion…

— C'est possible ?

— Kara, il s'agit d'un film.

— Il est nul, ton film. Je préfère Guédiguian. Moins d'effets spéciaux mais un peu plus d'humanité.

— Ce qui confirme la thèse du justicier, dit Luc d'une voix rauque, indifférent aux considérations cinématographiques des journalistes.

Un frisson la parcourut.

— Putain, je ne le crois pas. Quand je pense qu'il est venu chez moi.

— Rien ne le prouve.

— Et le sabre laser qu'il a oublié, c'est bien le sien, non ?

Kara agita sous le nez de Luc une page du magazine *Star Wars*.

— Là. Il y a bien écrit « Sabre laser Anakin », je me trompe ?

— Tu as raison. Mais il ne l'a pas oublié, il l'a laissé volontairement.

— Ne compte pas me rassurer avec cette trouvaille.

— Ne panique pas, Kara.

— Pile poil ce qu'il ne fallait pas dire.

— On a laissé cet objet chez toi comme on laisse un message. Tout comme les figurines trouvées auprès de chaque cadavre des faits divers.

— Il nous veut quoi, ce type ?

— Vous mettre sur sa piste.

— Sur LEUR piste, dit Quintilius. Ils sont au moins deux, c'est certain. Dark Vador qui traque le gros gibier avec tout un luxe de mise en scène, de matériel vidéo, de grands moyens. Et l'autre qui travaille dans l'ombre. Moins spectaculaire mais tout aussi efficace. Chacun a son rayon, sa spécialité.

— Alors, pourquoi prendre la peine de déguiser un meurtre en accident pour aller dans les heures qui suivent insinuer qu'il s'agit d'assassinat ? C'est idiot de se donner autant de mal.

— Il n'y a que nous pour douter de l'accident parce qu'on a bien voulu nous faire douter. Mais dans les commissariats, on s'en tient à la thèse de l'accident. Et même s'il y a doute pour les enquêteurs ou les fonctionnaires, ils l'occultent. La mort d'un pervers ne leur pose pas de problème. Bien au contraire, on en a eu la confirmation à Nice et à Chabeuil. Même Interpol s'en fout, pour dire…

— C'est faux, intervint Luc. Mais ces accidents ne dépendent pas de notre juridiction, ils sont purement locaux. Aucune demande d'information n'a été ouverte, il n'y a aucune instruction. Que veux-tu qu'on fasse ?

— Rien. Tu as raison. On en est à trois cadavres par jour et nous n'avons pas l'ombre d'une piste, sauf celle d'un fou furieux qui se prend pour le personnage de la plus grosse production qu'Hollywood ait jamais fournie, utilisant de surcroît du matériel de dernière génération.

— Je te rappelle que cette piste, nous l'exploitons. On est sur le point d'identifier le matériel vidéo.

Luc regarda sa montre.

— Il est tard et la journée a été longue. On va se coucher.

Les deux hommes l'aidèrent à ranger les reliques du repas. Ne rien laisser traîner. Le fond de l'œil encore jaune, Chaos épiait chacun de leurs gestes. Par acquit de conscience, Quintilius emporta le sac poubelle.

Kara éteignit les lampes et alla se brosser les dents. Comme elle sortait de la salle de bains, l'écran de l'ordinateur attira son attention. Une enveloppe virevoltait sur fond bleu. Un message. Elle hésita un instant puis cliqua.

Expéditeur inconnu. Peu prolixe. Juste un lien avec un site. Elle s'y rendit. Un film.

Une cave, une estrade, un fauteuil en bois, un type attaché.

Le film était *en live*, elle en eut la certitude.

Zoom avant. Des palpitations désordonnées comprimèrent sa poitrine. Elle attrapa le téléphone.

— Quint, Luc est avec toi ? Où ? Ramenez-vous ! Vite. On en est au chapitre quatre.

Elle introduisit un CD vierge dans le graveur.

La tête de Van der Been couverte de sueur. Une écume blanchâtre encombrait les commissures des lèvres. Drogué ? Sans doute, la pupille était instable.

Un bref coup de sonnette la fit sursauter. Quintilius s'annonça dans l'interphone. Elle appuya pour déverrouiller et laissa sa porte ouverte. Le temps de s'installer, Luc était dans son dos. Il se pencha cinq secondes sur l'écran puis appela pour donner l'adresse du site, des instructions de pistage, et ordonna qu'on prévienne la police belge.

Van der Been n'en menait pas large. Les fois où il avait eu peur devaient se compter sur les doigts de la main. Même si Kara avait l'impression de le connaître depuis toujours, elle ne l'avait jamais rencontré. Elle s'en était bien gardée. À plusieurs reprises, des témoignages, des accusations, quelques preuves l'avaient mis en cause sans pour autant le compromettre. Personne, en tout cas, ne s'y était risqué. Le zoom s'activa, découvrant Van der Been nu et ficelé sur un large fauteuil de bois fait d'un caisson et d'un dossier plutôt haut. Fabrication artisanale. L'endroit était une cave, de l'eau ruisselait sur les pierres qui luisaient sous une lumière blanche, celle d'un projecteur. Seule la tête du prisonnier était mobile, une corde maintenait son cou, son torse et ses jambes sur le fauteuil au confort rudimentaire. Son regard fixa soudain la caméra comme s'il venait de la remarquer. Sa bouche se mit à former des mots qu'il expulsa avec une froide violence. Kara détourna les yeux une seconde ou deux, l'impression qu'il s'adressait à elle. « Enculé, enlève ton déguisement et approche. Je te jure que… »

Il se tut, son regard avait ripé sur autre chose. Le Belge apparut soudain de dos, une seconde caméra avait pris le relais. En face de lui, au-dessous de la première, un écran de télévision baigné d'une lumière verte. Zoom avant, écran dans l'écran. Stabilisation.

Des rats.

Des rats trottaient dans l'écran. Ils étaient enfermés dans une caisse en bois, filmés avec une caméra à infrarouge. Leur museau s'agitait vers le haut de la caisse, l'un d'eux parvint à monter sur un congénère et gratta le plafond de leur prison. Le Belge se mit à gueuler, un panneau de bois grand comme un couvercle de boîte à chaussures glissa soudain, libérant un espace dans lequel s'affaissa une matière compacte et arrondie. Zoom arrière. Le Belge hurla de nouveau tout en se mettant à gesticuler. Zoom avant, couvert par les hurlements du prisonnier. Un des rats enfouissait son museau pointu dans la masse qui ballottait. Sa tête disparut soudain. Quatre secondes plus tard, elle réapparaissait, le museau encombré d'une substance sombre qui dégoulinait sur les autres rats. Ils se mirent tous à couiner, à grimper les uns sur les autres, à s'exciter, un seul objectif en tête : bouffer le cul du Belge.

Changement de caméra. Zoom avant. Van der Been tentait de s'extraire de ses liens avec un acharnement qui faisait saillir ses côtes. Sa tête brinquebalait dans tous les sens, se cognant au dossier du fauteuil scellé dans le sol. Les cris muaient, alternés de fréquences aiguës et graves. Les cordes vocales faiblissaient.

Dans l'écran vert, la confusion était totale ; du sang, des sections d'intestins et de la matière molle recouvraient les rats. Kara cessa de tenter d'identifier ce qu'elle voyait. Des spasmes secouèrent le corps du Belge, Kara ravala une bile acide quand le ventre se déforma, puis se déchira. Un museau noir et luisant venait de gagner l'air libre de la cave.

Impuissants, ils assistèrent à l'agonie de Van der Been qui prit fin au moment où un rat s'engouffrait dans la cage thoracique.

Changement de caméra. Zoom avant sur l'écran de télévision. Les rats avait disparu. Une silhouette noire se profila, des lettres défilèrent.

Que la Force soit avec toi !

Kara pâlit.

— Pourquoi il me dit ça ?

— C'est la devise des Jedi. Il s'adresse à son complice.

15

Une lumière blanche cuirassait les toits de la ville. Couleur de fin de matinée. Kara avait dormi d'une traite jusque-là. Elle enleva les boules de mousse enfouies dans ses oreilles, le brouhaha de la cité la rassura. Deux messages sur son répondeur. Le premier de Luc qui lui donnait rendez-vous dans le salon d'un hôtel de Saint-Jean, le second de Quintilius qui lui annonçait qu'il passait la prendre à 18 h 30. Luc devait leur présenter quelqu'un.

Elle scruta de longues secondes l'écran de son ordinateur. Le fauteuil et les deux chaises alignés devant le bureau attestaient qu'elle n'avait pas rêvé. Quelques heures auparavant, quelque part au fond d'une cave, des rats avaient dévoré vivant un avocat de stature internationale. Un homme de loi spécialisé dans les procédures d'adoption d'enfants provenant d'orphelinats de Chine, de Malaisie et de Thaïlande.

Une centaine d'entre eux avaient franchi la frontière belge et s'étaient évanouis dans la nature. Van der Been avait argué qu'il n'était pas chargé de suivre à la trace les familles adoptives. La police avait fini par mettre la main sur trois films tournés dans le sous-sol de sa propriété. Kara avait rencontré l'un des gendarmes qui avaient visionné les films. Le brigadier lui avait parlé de jeunes enfants d'origine asiatique, violés, torturés et exécutés. Peu de temps après, on avait retrouvé le corps du gendarme flottant sur la Senne, au nord de Bruxelles. Sa femme avait alerté les médias en prétendant que son mari avait été assassiné parce qu'il n'avait pas renoncé à poursuivre son enquête malgré les pressions. Quelques jours plus tard, on la retrouvait pendue.

Quant au juge chargé de l'instruction, il s'était immolé dans son bureau, emportant avec lui dans les flammes le dossier, les preuves, les films. Aucune copie n'avait été faite. Van der Been avait été relaxé.

Jusqu'à ce que les rats le dévorent.

Qui était Dark Vador ?

Luc les attendait dans l'un des salons de l'hôtel de la Cour des Loges. Kara y venait parfois pour un brunch ou un cocktail, invitée par des sociétés lors du lancement d'un nouveau produit.

Si les journalistes avaient récupéré, il n'en était pas de même pour Luc. Des cernes violets creusaient ses orbites et le vieillissaient. Kara lui en fit la remarque.

— On a retrouvé Van der Been, annonça Luc. Enfin, ce qu'il en reste… dans l'une de ses propriétés. Le BCN de Bruxelles a réagi au quart de tour mais ils sont arrivés trop tard, l'avocat se trouvait dans l'une de ses propriétés qui n'était pas répertoriée.

— On a du nouveau sur l'identité de Dark Vador ?

— Non. En revanche, on a identifié le matériel vidéo, il provient d'un fret volé il y a quelques mois sur une aire d'autoroute au sud d'Avignon. Du matériel arrivant tout droit du Japon. Je me suis procuré une copie du PV de la déclaration du chauffeur. Tiens…

Kara attrapa le document administratif et le lut avec Quint.

Quelque chose clochait dans le rapport. Rien de tangible, juste une fausse note.

— Le vol aurait été commis par quatre jeunes Arabes à l'accent marseillais qui auraient menacé le chauffeur avec un fusil à pompe, avant de s'emparer du camion. C'est étrange.

— Pourquoi ?

— À cause du changement dans le scénario. On n'est plus dans *Star Wars*.

— Tu voulais peut-être qu'ils arraisonnent le camion à bord d'une navette spatiale !

— Exactement.

Luc les écoutait se chamailler. Le ton montait.

— Elle a raison.

— Pour la navette ?

— Pour la méthode. Je ne vois pas Dark Vador commanditer le vol du fret à quatre jeunes qui peuvent tout faire capoter. Notre tueur règle minutieusement les détails, le temps des actions, leur déroulement. Il ne peut pas se permettre d'introduire une inconnue, telle que des Marseillais, dans une mécanique si bien huilée.

— Le chauffeur aurait menti ?

— Va savoir… Nous allons le vérifier.

— Qui, nous ?

— Toi et moi.

— Tu n'as pas de flics dans ton service pour ce boulot ? Je te rappelle qu'on est des journalistes.

— Des journalistes qui ont commencé une investigation sans jamais la terminer, provoquant de fait un sacré bordel. Vous vous êtes conduits comme des amateurs et aujourd'hui on vous propose d'aller au bout, alors faites-le, faites votre boulot !

Ce n'était pas tant ce qu'il venait de dire qui la cisailla, mais le ton qu'il avait employé. Jamais Luc ne lui avait parlé de cette façon. Jamais. Elle en aurait pleuré.

Une ébauche de sourire estompa la tension des muscles de sa mâchoire. Il continua d'une voix douce.

— De plus, tu connais le transporteur, Kara. Il y a trois ans, tu as réalisé un reportage sur les pirates de la route et…

Luc s'interrompit. Un homme vêtu d'un costume sombre et d'une chemise blanche venait d'être introduit dans le salon. La cinquantaine, le cheveu poivre et sel. Son col romain attestait de son statut de prêtre. Luc se leva, lui serra la main et l'invita à s'asseoir. L'homme remercia d'un hochement de tête et expira un souffle de lassitude quand il prit place. Posé sur ses genoux, un cartable au cuir râpé. Des vaisseaux éclatés dans le blanc de l'œil accusaient une grande fatigue. Luc le nomma. Padre Carmina. Il était le président d'une association qui traquait les pédocriminels sur Internet. Il avait fait plonger des chefs de réseaux.

Les pupilles noires naviguèrent un moment sur les journalistes. Un sourire creusa deux rides de part et d'autre de la commissure des lèvres. Le regard du prêtre s'adoucit.

— Vous avez fait du bon travail, j'ai lu votre livre avec grand intérêt. Dommage, mais vous avez tiré une roquette et le recul vous a blessé la poitrine. C'est un missile qu'il aurait fallu lancer. Vous n'avez pas réuni assez de preuves, vous deviez aller plus loin dans vos investigations.

Décidément, c'était leur jour. Kara observa l'homme qui parlait le français à la perfection, c'est à peine si l'on sentait les syllabes trempées dans le miel de l'Italie. Le prêtre était en guerre. Contre qui ? Kara n'avait pas encore identifié l'ennemi.

— Nous sommes allés aussi loin qu'il était possible. Le pot de terre contre le pot de fer. Tout était verrouillé, les réseaux ont des ramifications à tous les niveaux, qu'ils soient politiques, judiciaires, policiers, religieux. Que pouvait-on faire ? Même Interpol a été muselé. N'est-ce pas, Luc ?

Luc acquiesça. Le prêtre dit « je sais » et ajouta :

— Ce que vous n'avez pu dénoncer, d'autres se chargent d'y mettre une fin définitive.

Joignant le geste à la parole, le prêtre sortit de son cartable un paquet de la taille d'un annuaire téléphonique, qu'il posa sur la table, puis il fouilla la poche de sa veste. Des figurines. Huit en tout. Il les poussa vers eux.

— Toutes trouvées sur des scènes de crimes, qui n'en sont pas officiellement. Huit regrettables accidents. Dans ce paquet, il y a leur dossier. Les circonstances sont similaires à celles des accidents dont vous avez eu connaissance. Moi aussi, j'ai reçu des coupures de presse relatant les faits.

Sans être une spécialiste de la saga des étoiles, il était aisé de constater que les personnages étaient issus de la même série. Mêmes proportions, même esprit. Le prêtre poussa le paquet vers eux. Kara le considéra un moment avant d'accrocher le regard de Luc.

— Ces documents te reviennent.

— Il est préférable que vous vous en occupiez, dit Luc. Je ne peux mettre personne sur le coup, parce qu'on ne trouvera rien. Les rapports de police sont sans équivoque, il n'y a pas eu homicide. Vous, peut-être, vous trouverez une piste.

— Mais tu ne leur as pas dit, pour les articles, les figurines ?

— Kadinsky l'a fait. Ils disent qu'on fait fausse route et que nous devons exclusivement nous focaliser sur les exécutions filmées.

— Qu'attends-tu de nous ?

— Éplucher le dossier du padre et celui que j'ai apporté.

À son tour, Luc sortit un dossier de son cartable. Il le posa sur celui du padre.

— Vous devez trouver le fil conducteur. Toutes les victimes ont un passé de pédocriminels, aucun d'eux n'a été condamné. La plupart ont abusé de leurs propres enfants. Mais pourquoi les a-t-on choisis ? Pourquoi eux ? Qu'est-ce qui les unit ?

— Et vous, padre, vous vous êtes fait une idée ?

— Je n'en ai pas eu le temps, les Russes sont sur mes traces. J'ai échappé à l'explosion de ma maison et à deux tentatives d'enlèvement.

— Que fait la police ?

— Ce qu'ils peuvent, ou ce qu'ils veulent. Ils ont des priorités ; les clandestins, les terroristes, la drogue. Mais le trafic des gosses, qui cela peut-il intéresser ? Ils ne sont même pas des électeurs. Pour vous dire, un réseau vient d'être démantelé grâce à mon équipe. On les a traqués pendant des mois, infiltrés, on a recueilli des photos, des films. Des centaines d'enfants étaient concernés. Il y a eu des arrestations, des Russes et des Italiens. Soixante-douze en tout. À ce jour, la quasi-totalité d'entre eux ont été relâchés. Vice de procédure, désinformation, manipulation de preuves, et surtout, un désintérêt total de la magistrature russe. Quelques associations comme la nôtre se battent jour après jour pour arracher des enfants à leurs bourreaux, mais les pouvoirs publics s'en désintéressent, ils minimisent nos chiffres, nos actions. On se bat à la fois contre les réseaux et contre l'Institution. On n'est pas assez nombreux, nous ne disposons pas de moyens suffisants. Notre action est limitée, Kara. Très limitée. Vous comprenez alors que ces accidents ne font pas partie de mes priorités, j'ai d'autres combats à mener.

Le padre en était convaincu. Elle soutint son regard sans couleur. Comme elle, il avait vu. Des bébés, des enfants. Violés, déchirés, écartelés, dépecés vivants devant l'objectif des caméras, des centaines de caméras, autant de films qui alimentaient un marché destiné à des pervers. Il fallait que cela cesse. À n'importe quel prix.

Le contenu des cassettes, des CD-rom, hantait ses nuits et la poursuivait longtemps après le réveil, durant ces journées où elle souhaitait parfois sombrer dans un sommeil noir, vide, définitif.

— Padre, tout comme nous, vous avez constaté les carences de nos institutions. Tous ces mômes à qui on a refusé le statut de victimes. Finalement, peut-être qu'une sorte de justice divine est incarnée sous le glaive de Dark Vador.

— Ne dites pas cela. Vous parlez d'un homme qui fait preuve d'autant de barbarie et de cruauté que les pédocriminels. Il ne s'agit pas ici de justice divine mais d'assassinats.

— Vous avez vu les films des exécutions ?

— Dieu du ciel ! J'ai vu assez d'horreurs dans ma vie. Non. Luc m'en a parlé. De plus, cet homme dessert notre cause. Un jour, quelqu'un va faire l'amalgame entre lui et tous ceux qui luttent contre les réseaux. C'est dangereux et inutile. Nous devons le localiser et le persuader de cesser de tuer. Je sais qu'Interpol met tout en œuvre pour le retrouver.

Une femme en jean, blouson et baskets apparut dans le salon, elle se dirigea vers le prêtre et chuchota à son oreille. Tandis qu'elle dessinait les mots sur ses lèvres couleur sang, pas un instant son regard n'avait quitté celui de Kara. L'iris mordoré lui parla de contrées où les aigles et le vent sont les maîtres. Tout quitter pour s'extraire de ce cloaque. L'idée ne fit que la frôler. Le padre Carmina se leva, la fille resta en retrait, ne perdant pas de vue les occupants du petit salon, la porte, la fenêtre. La main droite dans la poche de son blouson, elle marcha dans les talons du prêtre.

Quintilius la suivit d'un regard rêveur.

— Mon prochain reportage, je le fais sur les escort-girls.

Luc ricana.

— Si tu arrives à interviewer Maria, je mange un rat.

— Tu la connais ? demanda Kara.

— Tu parles, une terreur. Une fille redoutable. Cinquième dan de karaté, escrimeuse, tireuse d'élite. Elle pilote avion et hélicoptère.

— Et en broderie, elle donne quoi ?

Kara n'avait pu s'en empêcher.

— C'est sûr qu'elle n'a pas encore tricoté de pull au padre, elle lui a juste sauvé la vie une demi-douzaine de fois.

— Escort-girl, c'est son métier ?

— En quelque sorte…

Luc n'en dirait pas plus sur Maria. Il savait d'autres choses sur elle, qui le fascinaient. En disaient long sa façon de serrer les mâchoires, cette lueur dans la pupille. Avaient-ils eu une aventure ? Kara se mordit la langue de dépit. Luc avait capté sa pensée, il secoua la tête d'un air navré.

— Tu es incorrigible, Kara. Le jour où tu te maries, je plains ton mec.

Elle faillit lui lancer que le seul prétendant jusqu'alors acceptable était assis en face d'elle, et qu'il n'avait jamais rien compris.

Ils burent un macon blanc au bar de l'hôtel puis se quittèrent quelques olives vertes plus tard.

Rendez-vous était pris pour le lendemain à 9 heures chez Kara. Quintilius resterait à l'appartement pour commencer à étudier les dossiers des accidentés. Quant à Kara et Luc, ils se rendraient à Saint-Vallier dans la Drôme, auprès de l'entreprise Berthier où travaillait le chauffeur à qui on avait volé le fret de vidéo. Kara connaissait le transporteur. Trois ans plus tôt, elle avait fait un reportage sur les pirates de la route exerçant dans le sillon rhodanien. Le délégué syndical des transports Berthier l'avait aidée dans son enquête en lui ouvrant quelques portes. Il était prévenu de leur visite, elle et son photographe.

16

Le délégué les attendait sur le quai de déchargement désert. Présentations faites, il lui tapa trois bises comme s'il s'agissait d'une vieille copine qu'il retrouvait de temps à autre dans les Routiers qui bordaient les nationales. Il serra la main de Luc, tout en tenant Kara par les épaules.

— Alors ça, c'est de la fille. Pas froid aux yeux, la gonzesse, je l'embauche quand elle veut.

Kara écrasa le sourire de Luc d'un coup de pied dans le tibia. Fred – pour Alfred et non pour Frédéric, fallait pas confondre – les entraîna dans un bureau mal aéré. Sur les murs, des calendriers plus qu'il n'en fallait pour compter les jours, des posters de types en short et de filles nues, des notes de service.

Fred leur proposa une bière. Ils avaient de la chance de le trouver là car il était en heures de délégation. L'ARTT était devenue une grosse daube qu'il fallait encore négocier avec les patrons. Mais lui, Fred, veillait au grain avec les camarades. Ils parlèrent de la déréglementation qui touchait le transport international, du ferroutage, de la flambée des prix depuis le passage à l'euro. Les journalistes demandèrent la nouvelle adresse d'Henri.

— Pourquoi ?

Un éclair de méfiance dans le ton, Kara posa une main amicale sur le bras velu.

— On fait un nouveau reportage sur les pirates de la route, cette fois-ci axé sur les victimes et la réparation qui a été faite.

— Réparation, mon cul ! Ils sont sortis avant que tu n'aies eu le temps de t'en remettre, et la marchandise, t'y cours toujours après. C'est pas Riton qu'il faut voir, mais Dédé. C'est dingue, ce qui lui est arrivé…

Kara lui coupa la parole.

— Pourquoi pas Henri ?

— Cette histoire l'a secoué et il y a des tiroirs sous le chapeau qui ne se ferment plus. Les experts disent qu'il ne pourra plus conduire un bahut. Remarque, il était bientôt à la retraite.

— C'est lui que nous devons voir, Fred, s'il te plaît.

Fred donna l'adresse, un peu à contrecœur. « De toute façon, t'aurais fini par l'avoir, je te connais. »

Dans la voiture, Luc demanda des éclaircissements sur « je te connais ».

— Un muet que j'ai fait parler.

— En couchant ?

— En frappant.

Elle battit des cils tout en lui faisant la scène de la biche près de la cabane du pêcheur.

Henri Chalamet habitait une maison coquette nichée au cœur d'un vallon quadrillé par des prés et des bosquets. L'air était doux et la vie paraissait paisible pour le traumatisé accoudé au portillon, un sécateur à la main. À ses pieds, un panier de lilas mauves.

Il les attendait, Fred l'avait prévenu. Ils s'installèrent sous une tonnelle couverte d'une vigne vierge qui promettait d'être ombrageuse. Madame Chalamet, une femme robuste au tablier fleuri, leur proposa une boisson. Kara opta pour un café et demanda les toilettes. « À l'étage, au fond du couloir en face de la salle de bains. » La maîtresse de maison avait trop vite répondu, Kara le lut dans la moue désapprobatrice du routier. Elle remercia d'un sourire et s'engouffra dans la maisonnée.

Les aménagements intérieurs contrastaient avec la simplicité de l'extérieur. Le salon-salle-à-manger-cuisine s'étalait sur toute la surface du rez-de-chaussée. Cuisine intégrée, plaque à induction, frigo américain, téléviseur écran plat à plasma incorporé dans le mur avec son home vidéo, canapés en cuir, meubles en noyer, tableaux avec de la vraie peinture, aquarium géant dans lequel trempaient des petits poissons rayés rouge et blanc. Au premier étage, la fenêtre de la salle de bains donnait sur l'arrière de la maison. Plus bas, dans le garage ouvert, se pavanait un Mercedes cabriolet.

De retour sous la tonnelle, elle interrogea Henri sur les séquelles. Perte du sommeil, hallucinations, troubles de la mémoire, sueurs froides. Le routier en avait les larmes au yeux, son épouse lui massait la main avec tendresse.

— À quoi ressemblaient vos agresseurs ?

Kara avait posé la question avec une douceur pleine de compassion.

— Quatre Beurs qui portaient des bas de survêtement et des casquettes. C'est tout ce que j'ai vu, il faisait sombre. Tout s'est passé très vite. Un des types a braqué sur moi un fusil à pompe, un autre m'a fait tomber et les deux autres se sont jetés sur moi pour prendre la clé dans mon blouson.

— Vous dites qu'il faisait sombre. Comment avez-vous pu identifier un fusil à pompe ?

— Je regarde les films américains.

— Et ce film, vous l'avez vu ? demanda Luc.

De la poche intérieure de sa veste, il sortit une photo extraite du film de Surel qui montrait la silhouette de l'homme en noir et la posa devant le routier. Henri secoua la tête, chercha une explication dans le regard larmoyant de sa femme. Luc reprit encore un ton en dessous. La voix était froide, posée.

— Il n'y avait pas quatre agresseurs mais un seul, celui sur la photo, n'est-ce pas, monsieur Chalamet ? Et vous ne l'avez pas dit aux gendarmes. Sans doute pour une bonne raison, une raison qui ne nous concerne pas, et je vous comprends.

Exit l'interview. C'était un interrogatoire de flic. Kara n'osait intervenir, le sentiment qu'Henri allait se mettre à table. Il fixait la photo.

— Vous l'avez retrouvé ? C'est lui qui vous a parlé de moi, hein ? Il sait où j'habite.

Une réponse qu'il redoutait, et le cœur du routier allait faire une embardée. Luc le rassura. Rien de tout cela, il voulait juste qu'il lui raconte la véritable version.

— C'était la nuit. Je m'étais arrêté sur une aire de repos, un peu avant Mornas. L'endroit était désert, pas une bagnole. Je suis allé pisser puis je suis retourné au bahut. C'est là qu'il m'attendait. Il a surgi de l'avant et s'est planté devant la portière. Un type immense, avec une grande cape noire sur le dos. Et une capuche. Une capuche qui lui tombait jusqu'au menton. C'était pas un type normal, je vous assure. J'ai jamais eu autant les jetons.

Kara le croyait.

— Puis il a tendu la main. Et là, je lui ai donné les clés du bahut. Il est monté, il l'a fait démarrer, il est parti. Avec tout le chargement. Dix tonnes de matos, du japonais que j'avais chargé à Marseille.

Henri Chalamet n'en revenait toujours pas. Kara non plus.

— Il vous a menacé ?

— Il n'a pas dit un mot. Que dalle. Il a juste tendu la main. J'vous dis, il était pas humain.

— Il portait des gants ?

— Ouais, en cuir.

Kara devinait pourquoi il avait falsifié la réalité des faits, elle voulut cependant en avoir le cœur net.

— Raconter cette histoire aux flics, vous n'y pensez pas. Un type seul, sans arme, à qui je remets les clés du camion. On raconte pas ces choses-là. Jamais…

Le routier pointa un doigt.

— J'vous préviens, n'en parlez pas dans votre article, ou je vous attaque pour diffamation.

Il ricana.

— De toute façon, personne ne vous croira. C'est tout ce que j'ai à dire sur lui. Maintenant, vous devez partir, c'est l'heure de manger, et j'ai des médicaments à prendre. Salut.

Henri les abandonna sous la tonnelle. Une porte claqua. Sa femme ramassa les tasses et les posa sur un plateau, le geste incertain. Elle loucha vers eux.

— Il est très fatigué. Laissez-nous.

À mi-chemin sur l'allée qui menait au portail, Kara se retourna, l'impression d'être épiée. Le rideau blanc à dentelles d'une fenêtre du premier fut plaqué contre la vitre. Sacré Riton !

— Et s'il avait vendu son camion ? Chez lui, tout est neuf. Il a même un coupé Mercedes planqué derrière la maison.

Luc ouvrit le portail et lui céda le passage. À sa tête, elle sut qu'elle avait dit une connerie. Gagné.

— Ne jamais se fier aux apparences, Kara. L'hiver dernier, Henri Chalamet a gagné au loto. Dans les cinq cent mille euros. On a vérifié ses comptes, tout est clean.

— Pourquoi tu me le dis maintenant ?

— Ce n'était pas utile.

— C'est quoi, déjà, ton job ? Flic ? Ne change pas, tu as les compétences.

Ils s'arrêtèrent à Chanas, où ils mangèrent une entrecôte frites salade. Luc trouva une limace dans la frisée. « Mieux vaut ça qu'un poil de cul. » C'est tout ce qu'avait trouvé Kara pour le réconforter.

17

Yoda roula toute la nuit, ne s'arrêtant que pour faire le plein, se restaurer, boire, aller aux toilettes. Comme chaque fois qu'il se déplaçait, il avait dû brider la moto. Surtout, ne pas se faire arrêter par les flics. À la hauteur d'Auxerre, il avait résisté à l'envie d'appeler Adi Gallia. Attendre. Rester prudent.

Ils avaient baissé leur garde ces dernières semaines, transgressant leurs préceptes, leurs règles, le Code.

L'euphorie, le sentiment d'être invincibles, l'assurance d'une totale impunité. Il sourit sous son casque. Une attaque de première classe. Le casse électronique du siècle. Du grand art.

Cependant, ils avaient sous-estimé le risque de repérage et, pendant le transfert, une backdoor avait été forcée.

Eath Koth était formelle, on les avait pistés.

Sa poitrine se serra.

Ki-Adi-Mundi était injoignable, le contact avait échoué. C'était la première fois que le contact échouait.

L'idée qu'ils s'étaient attaqués à trop gros l'effleura et ce n'était pas faute d'avoir été prévenus. IL les avait mis en garde.

Le jour se levait lorsqu'il entra dans Viry-Châtillon, il éteignit ses phares. À l'intersection de sa rue, il s'arrêta une bonne minute, examinant les voitures en stationnement, les façades noires.

De fines rayures jaunes striaient le volet de la cuisine, sa mère était déjà debout. S'était-elle seulement couchée ? Il actionna la télécommande du garage, la porte pivota dans un chuintement à peine audible, que seule sa mère percevrait.

Sur la table, du pain, du beurre, du café chaud. Un peignoir douillet blanc renflouait sa silhouette trop fine, tout en accentuant son teint chlorotique. Elle avait encore maigri, ses joues s'étaient creusées. Son regard sonda le sien, juste quelques secondes pour s'assurer que tout allait bien. Il savait qu'elle aurait aimé le prendre dans ses bras, lui caresser le visage, le dos, lui embrasser les cheveux. Comme avant. Il y avait si longtemps. Elle lui sourit avec bienveillance, parvenant à masquer une inquiétude depuis longtemps enracinée.

— Hier, en début de soirée, deux types sont venus, ils t'ont demandé.

— Quels types ?

— Ils ne se sont pas présentés. Grands, costauds, les cheveux rasés. Bien habillés, dans une grosse Mercedes.

— Tu leur as dit quoi ?

— Que tu n'habitais plus ici, que je ne savais pas où tu te trouvais.

— Ils t'ont crue ?

— Ces hommes m'ont fait peur, ils sont dangereux. Pourquoi sont-ils à ta recherche ?

— Je ne sais pas.

— Le type qui posait les questions avait un drôle d'accent.

— Quel accent ?

— Yougoslave, peut-être…

— La Yougoslavie n'existe plus.

— De la région, c'est certain.

— Russe ?

— Difficile à dire. Que se passe-t-il, Loïc ? Je dois savoir. Cela fait des années que tu ne me parles plus.

— Je te parle.

— Tu dis des mots. De temps en temps pour meubler mais c'est tout.

Elle se pencha au-dessus de la table, rapprochant son visage du sien. Il perçut qu'elle se serait mangé la main juste pour s'empêcher de le toucher.

— Pas un jour ne passe sans que j'y pense, je sais ce que tu as subi…

— Non, maman, tu ne sais pas. Tu ne sais rien. Alors je t'en prie, ne pose pas de question. Il s'agit de ma vie et elle ne te concerne plus.

Une larme coula, elle s'essuya d'un geste brusque, comme pour s'excuser.

— Tu veux un peu de café ?

18

Quintilius s'était tapé deux boîtes de thon, celles du chat. Les reliques gisaient dans l'évier. Du Chinois d'en bas, Kara lui avait rapporté du porc au caramel et du riz cantonnais. C'était encore chaud. Il mangea à même les barquettes, à la baguette.

— Vous voulez que je vous dise ? On est en train de talonner les Ricains. La communauté européenne peut se targuer d'abriter en son sein un tueur en série hors pair. Cinquante-huit affaires. Italie, Belgique, Suisse, France, Angleterre, Luxembourg. Le padre a fait un sacré boulot. Chaque fois, le même topo. Un cas d'agression sexuelle sur mineur, une mise en examen, une relaxe, et le pédocriminel est victime d'un accident dans les semaines ou les mois qui suivent.

— Quels types d'accidents ?

— Accident de moto, de voiture, de chasse, du travail, empoisonnement au monoxyde de carbone, à la mort aux rats, au cyanure, agression crapuleuse, noyade, étouffement, pendaison. Que des accidents, ou des suicides relégués à la rubrique des faits divers. Aucun rapport de police n'a validé la thèse de l'homicide dans le cas où celle-ci avait pu être évoquée dans un premier temps. Et tous ces accidents ont eu lieu ces deux dernières années… Cependant, il y en a deux qui méritent notre attention. Regardez !

Quintilius leur tendit à chacun un rapport qu'ils parcoururent en silence. Kara lut le sien, un constat d'accident du travail, un homme mort étouffé dans un silo à grains dans la Somme. Luc et Kara échangèrent leurs documents, l'autre relatait le suicide d'un cadre commercial qui s'était jeté du haut d'un barrage, quelque part dans le nord de l'Italie.

— Et alors ?

Ils l'avaient dit en chœur.

— Quoi, et alors ! reprit Quintilius. Il n'y a rien qui vous saute à la figure ?

Luc et Kara se regardèrent en haussant les épaules, il agita son index.

— Non non, vous cherchez, je ne dis rien.

Épaule contre épaule, rapports étalés l'un à côté de l'autre, ils se prêtèrent au jeu imposé par le journaliste. Luc réagit le premier.

— L'heure de la mort ! À vingt minutes près, c'est la même. Deux morts à plus de mille kilomètres de distance.

— Et alors ! Dark Vador s'en est fait un, et son complice a exécuté l'autre, dit Kara.

— Pas sûr, reprit Quintilius. Je ne vois pas Dark Vador faire dans le meurtre camouflé en accident.

— Tu as raison, dit Luc. D'autant plus que chacun des crimes dont nous avons eu connaissance, et bien au-delà de leur propre mode opératoire, exige une préparation, des repérages, des moyens humains. Ils sont plus de deux. Marc, à Nice, a évoqué cette possibilité.

— Il y en a peut-être autant qu'il y a de figurines ! proposa Kara. On a trouvé d'autres figurines, n'est-ce pas, peut-on établir une position géographique de chacune d'entre elles ?

— Hormis les quatre dont on dispose pour la France, et dont on peut avec précision établir leur localisation, ce n'est pas le cas pour celles du padre, qui nous les a remises en vrac. Quant aux autres accidents, les rapports de police ont mentionné des jouets en plastique, des Play Mobil, des personnages de dessins animés, enfin bref, un recensement qui nous prendrait trop de temps. Autre point commun. Toutes les victimes d'agressions sexuelles mentionnées sur les dépôts de plainte se trouvaient être de la famille ou du voisinage de l'accidenté, sinon elles fréquentaient une paroisse, un foyer ou un établissement scolaire dans lesquels l'accusé exerçait. Ce que je veux dire, c'est que victimes et accusés étaient parfaitement identifiables et repérables.

Le journaliste cessa de parler, contenant avec difficulté un sourire de satisfaction, ses pupilles pétillaient. Kara connaissait trop sa façon de fonctionner, il leur avait gardé le meilleur pour la fin.

Il traversa le salon sans lâcher les baguettes, fouilla dans le vrac de feuilles qui jonchaient le bureau et en retira une qu'il leur tendit.

— J'ai trouvé un Jedi.

— Une figurine ?

— Non, un vrai, un qui parle. Tenez.

Kara se pencha sur la feuille.

Répéré je suis. Sando. La procédure Oscar Fox nous devons activer.

Kara examina le document.

— Quintilius, rassure-moi. Comment as-tu fait pour obtenir ce courrier ? Tu l'as volé ? Tu sais comment ça s'appelle, ça ? Piratage. Une infraction aujourd'hui qualifiée de crime. Et tu l'as fait de chez moi !

— Ne t'inquiète pas, tu me connais.

— Justement. Souviens-toi de ton intrusion dans le fichier central. Du bol que ce soir-là je n'étais pas chez moi et que dix personnes ont pu l'attester, sinon je serais encore au trou.

— J'ai fait des progrès. Tu connais mon nouveau pseudo ? L'homme invisible.

Luc reprit la feuille des mains de Kara.

— Qu'est-ce qui te fait dire qu'il s'agit d'un Jedi ?

— La syntaxe. En l'occurrence, ici, il s'agit de Yoda. Vous ne vous souvenez pas, dans le film ? Yoda s'exprime ainsi, les verbes à la fin des phrases, un peu comme les Allemands.

— À qui appartient l'adresse ?

— À une certaine Chantal Moreau habitant Viry-Châtillon. Le dossier Moreau est plutôt raide. L'histoire d'un gosse violé pendant des années par son père. Comme les autres, il y a eu non-lieu. L'expertise a conclu à une manipulation de la part de la mère dans le cadre du divorce, et à une homosexualité précoce pour le gamin. Deux mois plus tard, le père, Alain Moreau, a été écrasé par sa propre voiture alors qu'il ouvrait la porte du garage. Frein à main oublié. L'accident n'a fait aucun doute, d'autant plus que l'analyse toxicologique a révélé plus de deux grammes d'alcool par litre de sang.

— La procédure Oscar Fox, demanda Kara, c'est un truc des Jedi ?

— Non, répondit Luc. Je pense qu'il s'agit de O, deux F pour OFF. Ils vont sans doute se mettre hors-circuit pour échapper à Sando.

— Qui est Sando ?

— Un aqua-monstre de Naboo. Effroyable, féroce et sans pitié.

— Quelqu'un qui représente donc une menace pour eux. Autre chose, Quint ?

— La cerise sur le gâteau. Dans le carnet d'adresses de Chantal Moreau *alias* Yoda, j'ai retrouvé l'adresse e-mail de Bernadette Montagut.

— La femme du chasseur qui est tombé sur son fusil ?

— Tout juste. Une chose est sûre, les deux femmes, toutes deux mères d'enfants abusés, toutes deux veuves aujourd'hui, échangent des courriers *via* le net. Elles se connaissent.

— À qui s'adressait le message que tu as extrait du disque dur de Chantal Moreau ?

— À plusieurs correspondants, c'est sûr, mais je n'ai pas pu les identifier. Impossible. Il faudrait voir avec le serveur. Interpol peut le faire.

— Il y a un lien entre Dark Vador et les dossiers ?

— Je n'ai rien trouvé, Luc. Je crois qu'il faut approfondir du côté d'Internet, isoler ceux qui l'ont, interroger les serveurs, et je suis sûr que quelque part il sera fait mention de Vador. Il y a forcément un lien.

Kara prit un dossier sur la pile, celui de Chantal Moreau. Elle le parcourut.

— Tu crois que ces mères de famille ont purement et simplement exécuté leur mari parce que justice n'a pas été rendue ?

— On peut l'envisager.

— Pourquoi les Jedi ? Ce n'est pas de leur âge. Elles auraient pu choisir *Les Tontons flingueurs*.

— Détrompe-toi. Les premiers sont sortis à la fin des années 70. Ces femmes avaient vingt ans, à l'époque.

— Des mères de famille qui s'allient pour éliminer leur mari abuseur de leur progéniture, c'est un peu fort ! Et les autres dossiers, aussi des ménagères exterminatrices ?

— Rien ne le prouve, dit Luc. Il faut avancer. Quint et toi, vous allez vous rendre à Chabeuil rencontrer Bernadette Montagut. On doit se faire une idée.

— On y va avec quelle casquette ?

— Votre carte de presse, tout simplement.

— Et le sujet du reportage sera « Les cent trucs pour maquiller un meurtre en accident ». Génial ! Il faut un port d'arme pour le sabre laser ?

— Je vous demande juste une chose. Qui est réellement Bernadette Montagut ?

— D'accord. Et si d'aventure, on croisait le chemin de Dark Vador.

— Cela me paraît impossible. En théorie…

— Encourageant. Et le sujet de notre reportage, j'insiste.

— Je ne sais pas, le rapport que la ménagère de vingt-cinq à soixante ans entretient avec son ordinateur.

— Je comprends mieux pourquoi tu es flic. Journaliste, tu n'avais aucune chance. Une dernière question. Kadinsky est au courant ?

— J'ai carte blanche.

Luc les laissa, refusant l'invitation de Kara qui lui proposait de passer cette fin de journée avec eux pour visionner *La Menace fantôme*. Quintilius avait retrouvé ses marques dans l'appartement de Kara, la cafetière, le fauteuil et la porte ouverte quand il allait aux toilettes lui permettant ainsi de continuer à discuter. Invariablement, il se rinçait les mains à l'évier et s'essuyait sur le torchon réservé à la vaisselle. Immanquablement, Kara lui en faisait le reproche.

Le film ne leur apprit rien de plus, n'était que les Jedi, en dépit des grands principes qui les animaient, se trouvaient être de redoutables combattants.

Après le film, Kara prépara un carpaccio de bœuf assaisonné de baies roses, d'un filet d'huile d'olive mélangé à du citron et agrémenté d'un assortiment de ciboulette, d'estragon et de menthe sorti tout droit du congélateur. Quintilius lui assura qu'on faisait à peine la différence avec celles de son jardin, en plein sixième arrondissement. Kara le crut modérément.

Ils s'installèrent ensuite devant l'ordinateur pour rédiger le questionnaire destiné à madame Montagut. Kara dut menacer physiquement Quintilius afin de l'empêcher d'y glisser des questions pour le moins incongrues.

Dans le doute, elle confia Chaos à madame Ruiz. « Encore un reportache ! Ma pauvre chérie, mais vous travaillez trop. » Kara lui expliqua pour la ménagère et l'ordinateur. La voisine plaqua ses mains dodues sur ses hanches généreuses. « Eh ben, dites donc, il doit être bien fait, le ménache ! »

19

Si Bernadette Montagut était une meurtrière, alors Kara était danseuse étoile à l'Opéra de Paris. Il s'agissait d'une petite femme menue qui devait s'habiller au rayon douze ans. Un jean rouge et un polo à l'effigie de Sinsemilia lui donnaient l'allure d'une lycéenne mais, à y regarder de plus près, cette époque était révolue. Des rides avaient creusé son visage décharné aux joues parcheminées. La joie de vivre ne transpirait pas de la personne de la Chabeuilloise qui les fit entrer sans avoir compris l'objet de leur visite, d'ailleurs il était clair qu'elle s'en moquait.

Ils avaient garé la voiture sur le parvis de la mairie et avaient demandé au garde municipal la rue Villeneuve. Ce dernier la leur avait indiquée, non sans avoir tenté de leur extirper le nom des administrés à qui ils rendaient visite. Les journalistes avaient tenu bon, métier oblige.

C'était une maison de village à trois niveaux. Le dernier, qui faisait office de salon, donnait sur une terrasse carrelée de tommettes rouges, aux deux tiers couverte d'une bâche rayée bleu et blanc que dépliait madame Montagut à l'aide d'une commande électrique. Elle ouvrit en grand la baie vitrée, laissant pénétrer une chaleur estivale. Sur un bureau, un ordinateur et ses périphériques.

Les journalistes prirent place sur des chaises en tek sous la bâche. Madame Montagut leur demanda de répéter l'objet de leur visite. Kara sortit le questionnaire qu'ils avaient préparé la veille. Les instituts spécialisés auraient sans doute trouvé à y redire mais le sondage n'était pas leur métier, juste le prétexte qu'ils avaient trouvé pour approcher les Jedi. L'idée que madame Montagut en fût un décontenançait Kara. Où donc et à quel moment avaient-ils merdé ? Ne pas se fier aux apparences. Elle rappela l'intitulé de leur enquête. « Les internautes en milieu rural. »

C'était vraiment n'importe quoi. Pas pour Bernadette, qui afficha un air intéressé tout en se concentrant. Oui, elle répondrait en toute sincérité, non, elle ne le ferait pas au hasard. Conditions qu'elle n'appliqua pas dès la cinquième question, après celles des noms et prénoms des autres utilisateurs du foyer. Bernadette Montagut était la maman d'une Marjorie de dix-sept ans qui s'intéressait à tout sauf à l'informatique. La mère était la seule utilisatrice, une utilisatrice qui leur fournit des réponses des plus fantaisistes. Quand Kara lui demanda la marque de son ordinateur, elle se leva jusqu'au bureau et revint avec la marque du moniteur. Quant à la capacité du disque dur, du microprocesseur et de la mémoire vive, Kara eut l'impression de lui parler en langage papou.

Ils avaient en face d'eux une femme qui n'avait jamais posé un index sur un clavier, hormis peut-être pour y passer un chiffon. Kara interrompit la première partie du questionnaire qui en comportait cinq et se pencha vers Quintilius.

— Et si son adresse avait été squattée ?

— Impossible. J'ai vérifié.

Kara insista.

— Madame Montagut, vous êtes sûre que personne à part vous n'utilise l'ordinateur ? Un voisin à qui vous auriez confié la clé de votre maison, un neveu, que sais-je ?

Le regard de la petite femme s'assombrit tandis que son menton se creusait.

— Qu'est-ce que ça peut bien vous faire ? Je croyais que vous étiez journalistes, on dirait des policiers. Vous cherchez quoi ici ? Que me voulez-vous ?

Le changement de ton était radical, elle s'était levée, les poings crispés.

— Allez-vous-en ! Vous n'avez rien à faire chez moi.

Kara ramassa ses affaires, elle songea un instant de tenter une explication mais elle savait par avance que c'était peine perdue, la détermination de Bernadette Montagut semblait inébranlable. Ils la suivirent sans dire un mot jusqu'au rez-de-chaussée, où elle leur ouvrit la porte d'entrée sans même leur adresser un regard. Sur le perron, ils butèrent contre une adolescente qui s'apprêtait à ouvrir la porte avec un trousseau de clés. Sans doute Marjorie. Une jeune fille grande et mince qui portait une jupe noire sur laquelle était peint un gros ours en peluche de couleur orange. C'était bien la seule chose qui sur elle trahissait une enfance récente. Comme sa mère, Marjorie avait le visage grave et fermé. Kara tenta d'imaginer ce que les deux femmes avaient pu endurer pour avoir effacé de leurs lèvres toute trace de sourire. La fille les dévisagea et interrogea du regard sa mère, qui lui répondit par un hochement de tête à peine perceptible. Marjorie s'engouffra dans la maison, la porte claqua derrière elle.

Dans la voiture seulement, ils s'autorisèrent à échanger leurs impressions. Quintilius donna un coup sur le volant.

— Bordel de merde ! Mais qu'est-ce qu'on fout ici ? Bernadette Montagut, un Jedi ! J'hallucine. T'imagines cette femme d'un mètre douze en train d'organiser un assassinat ? Moi pas. Une chose est sûre, elle n'y entend strictement rien en informatique. Pour aller sur Internet, il faut un minimum, bon sang !

— On la soupçonne quand même d'avoir tué son mari.

— Et alors, il n'y a aucune preuve.

— Sa fille ?

— Une gamine de dix-sept ans, que veux-tu qu'elle fasse ? Non, on est sur une fausse piste. Allez on rentre, on a assez perdu de temps.

Quintilius enclencha la première et entreprit de traverser la petite ville aux allures tranquilles. À une intersection, il prit la direction de Valence. Kara lui ordonna de s'arrêter, il pila sur la chaussée.

— Quoi, je me suis planté ?

— Gare-toi, je veux vérifier un truc. Viens avec moi.

Kara l'entraîna dans un magasin qui louait des cassettes et des DVD, et dont une bonne moitié, au fond, était plongée dans une pénombre bleutée. C'était un cybercafé du nom de Space Games. Ils s'installèrent au comptoir et commandèrent un Coca et des frites. Le patron, qui pouvait avoir leur âge, était un homme avenant. Des gamins d'une douzaine d'années jouaient en réseau. Kara les désigna du menton.

— On dirait qu'il y a des adeptes, ils viennent souvent ?

— Dès qu'ils ont quelques euros, ils les dépensent ici.

Le patron secoua la friteuse, loua une cassette porno à un type qui consultait l'étagère du haut depuis qu'ils étaient entrés dans le magasin, puis égoutta les frites qu'il renversa dans deux barquettes.

— Ketchup ou moutarde ?

— Les deux, s'il vous plaît. Et du sel.

Kara avala une frite chaude qui lui brûla le palais, Quintilius suspendit la course de la sienne.

— Marjorie Montagut, vous devez l'avoir comme cliente ?

Le patron s'étonna.

— Vous la connaissez ?

— Tu parles, c'est ma nièce.

— Du côté de son père ?

Le journaliste dit que c'était du côté de la mère, ce qui parut rassurer le propriétaire du cybercafé. Marjorie était une cliente occasionnelle, elle ne jouait pas en réseau, elle venait surtout pour chatter. Oui, elle se débrouillait plutôt bien, trop bien, d'ailleurs, il avait dû la rappeler à l'ordre.

— Pourquoi ?

— Une fois, elle s'est introduite dans une banque de données où elle ne devait pas se trouver. Le lendemain, j'avais les flics au magasin. Je lui ai passé un savon, à la Marjorie, elle ne l'a plus refait, croyez-moi. De toute façon, maintenant, elle a ce qu'il faut chez elle, et du bien meilleur matos qu'ici. Le dernier Penthium, je crois.

Plus de mille euros le microprocesseur, la gamine avait les moyens. Kara montra les cassettes.

— Elle dévore toujours autant de films ?

— Action, fantastique et science-fiction, elle adore. *Le Seigneur des anneaux, Terminator, Matrix*. Incollable sur *Star Wars*.

La boucle était bouclée. Ils avaient repéré un Jedi. Ce petit bout de femme avec un ours en peluche sur sa jupe était une délinquante, peut-être même une complice de criminel. La mère la couvrait. De quoi au juste était-elle au courant ? Tenter d'en savoir plus, mais comment ? Madame Montagut les avait chassés, et il paraissait peu probable qu'elle leur ouvre à nouveau sa porte. Il fallait appâter l'adolescente. Kara commanda un kebbab et loua un ordinateur.

Quintilius acquiesça et alla sur le poste que lui désigna le patron.

Il se connecta et se pencha vers Kara qui s'était assise à côté de lui.

— Si c'est bien la gamine qui utilise l'ordinateur, ce n'est pas avec Chantal Moreau qu'elle se connecte, mais avec son fils, Loïc.

Elle n'avait pas eu le temps d'y songer mais paria que son ami avait vu juste. Il demanda :

— On lui met quoi ?

— Faut lui montrer qu'on est du même bord. Elle doit nous faire confiance. Parle-lui Jedi, avec le verbe à la fin.

— Il n'y a que Yoda qui s'exprime ainsi.

— On s'en fout, Quint. C'est juste pour lui montrer qu'on a des infos.

— Quelles infos ? Tu rigoles, on n'a rien.

— Fais comme si. Parle de Sando.

— Je vois. *Sando vous a repérés. Nous rencontrer il est urgent. Chez Space Games, nous vous attendons.*

À l'attention de Kara.

— Comme ça ?

Elle hocha la tête, il envoya. Ils attendirent devant l'écran où clignotaient des messages publicitaires. Kara mangeait son sandwich. Une lassitude sournoise s'insinuait, elle pensa à son chat. Que n'aurait-elle donné à cet instant précis pour être sous la couette, avec un bouquin et une tablette de chocolat noir aux écorces d'orange, Chaos roulé en boule sur ses pieds. Et puis dormir. L'écran émit un dong d'aéroport. Un message était arrivé.

— *Qui êtes-vous ?*

— *Des journalistes, on enquête sur Sando.*

— *Qui est Sando ?*

— *Vous savez.*

— *Qu'attendez-vous de moi ?*

— *Parler.*

— *Je ne comprends pas ce que vous voulez, je ne sais pas de quoi vous parlez. Laissez-nous.*

C'était le dernier message et il n'y en aurait pas d'autre. Kara et Quintilius se fixèrent, impuissants. Ils n'avaient rien contre Marjorie, aucune preuve, ils savaient tout au plus qu'elle était une inconditionnelle de *Star Wars* et qu'elle recevait des messages d'une adresse appartenant à une certaine Chantal Moreau, mère d'un Loïc qui parlait comme le Jedi du nom de Yoda. Tous deux abusés par un père mort à ce jour, chacun victime d'un banal accident. Cela ne les désignait pas pour autant comme coupables. Juste des faisceaux de présomptions. Quintilius chuchota dans l'oreille de Kara, le regard rivé vers le patron affairé derrière son comptoir.

— Occupe-le, je vais tenter de la pister. À tous les coups, elle est en train d'alerter son copain.

Kara se leva avec nonchalance et s'assit sur l'un des tabourets près de la caisse, là où se trouvait le patron, elle lui offrit une cigarette qu'il accepta avec un sourire chaleureux.

— On dirait que le virus est dans la famille.

— Vous avez raison, pour le décoincer de l'écran, c'est plutôt raide. Vous avez des desserts ?

— Des esquimaux.

Il désigna un congélateur à deux mètres de la chaise de Quintilius. Elle refusa à regret, ils parlèrent de films, des performances françaises, des navets à grand budget, des caméras numériques, du printemps capricieux, des vins de la vallée du Rhône. Ils avaient bu deux Coca et fumé trois cigarettes. Kara allait mettre sur le tapis les sites touristiques de la Drôme quand son ami se leva et lui dit que c'était bon. Ils payèrent et s'en allèrent.

Quintilius marcha d'un pas vif jusqu'à la voiture, l'ouvrit et s'affala sur le siège. Ses phalanges blanchirent sous la pression trop forte exercée sur le volant. Kara fixa ses mains puis son profil.

— Du nouveau ?

Il la regarda sans la voir, fixant un ailleurs improbable.

— Je les ai trouvés sur la toile invisible. Une demi-douzaine. Ils squattent un laboratoire universitaire et, tiens-toi bien, la gentille Marjorie sait qui nous sommes, ses copains aussi. Ils nous connaissent. Ils ont parlé de quelqu'un qu'ils appellent IL, en majuscules. À tous les coups c'est Vador, ils se connaissent tous. On a affaire à une putain de vaste organisation.

— Faut retourner chez elle.

— Tu ne vas pas bien. Je n'ai pas envie de me retrouver nez à nez avec Dark Vador. Il est sans pitié. Faut décrocher, cette histoire va trop loin, une fois de plus. Mais bordel, est-ce qu'on s'en sortira un jour ?

Une panique sourde hachait ses phrases. Quintilius avait peur, Kara lui saisit le bras et colla son nez contre le sien.

— Quint, c'est quoi le problème ?

— Le problème, tu veux le connaître. C'est une bande de gosses complètement déjantés. Une chose est sûre, certains sont mineurs et il y a bien longtemps que l'innocence de l'enfance les a abandonnés. En tant que victimes, certes, mais pas seulement. J'ai enregistré leur chat et l'ai transféré sur ta messagerie, je n'ai pas tout compris. On le lira à Lyon. Maintenant on rentre, il faut se casser d'ici.

20

Le kebbab après les frites, elle n'aurait pas dû. Dès qu'ils posèrent les pieds dans l'appartement, Kara entreprit de préparer une salade de tomates et de concombres qu'elle coupa en dés avec une échalote, le tout arrosé de tabasco. Elle braisa quatre endives coupées avec un oignon et sortit le camembert du réfrigérateur. Quintilius, lui, avait imprimé le chat des Jedi, il tendit une feuille à Kara.

— Tu fais quoi ? Ça sent bon.

— Dès qu'on fait rôtir de l'oignon…

— Lis et dis-moi ce que tu comprends.

Kara lut.

Depa Billapa :

Je convoque le Grand Conseil des Jedi en réunion extraordinaire, il y a une urgence. Les Gungans sont venus chez moi aujourd'hui.

Saesee Tiin :

Ils voulaient quoi ?

Depa Billapa :

Ils ont parlé à ma mère, je crois qu'ils remontent sur nos adresses électroniques. Ils ont tenté d'établir le contact avec moi.

Eath Koth :

Si les Gungans remontent jusqu'à nous, les troopers ne vont pas tarder.

Yarael Pool :

IL doit les neutraliser. Yoda, tu vas lui en parler.

Yoda :

Le calme vous devez garder. Dangereux les Gungans ne sont pas. Juste inquiétants. Les laisser continuer nous devons. Eux aussi une mission ils ont. Avant que jusqu'à nous ils remontent, téléportés nous serons.

Eath Koth :

Que fait-on pour Jersey ? Sando a envoyé des pisteurs ; les Bulgares. Ils sont très forts, je ne suis pas sûre de les semer.

Yoda :

Cesser tout mouvement nous devons. Dangereux cela devient.

Obi Wan :

Malte, des nouvelles ?

Eath Koth :

TRACFIN a renoncé. Stoppé par les derniers firewalls. De l'acier !

Yoda :

De prudence tu dois faire preuve. Trop de risques tu prends, Eath.

Eath Koth :

T'inquiète pas Yoda, I am the number one.

Yoda :

Où en sont Adi Gallia et Yaddle ?

Obi Wan :

Le dossier est en cours de traitement. La préparation a été plus longue que prévue, la cible difficile à approcher. Les troopers sont sur les dents. Mais avec la taupe, ça devrait fonctionner.

Yoda :

Ki-Adi-Mundi, un contact ?

Yoda :

La connexion nous devons couper. Que la Force soit avec vous !

Que la Force soit avec toi !

Les cinq Jedi avaient répondu à Yoda.

Après deux lectures, Kara leva les yeux vers Quintilius.

— *Un dossier en cours de traitement*. Tu comprends quoi ?

— La même chose que toi. Il faut prévenir Luc.

Kara l'appela et entreprit de lui lire le chat. Luc l'interrompit dès la première phrase.

— Pas au téléphone. J'arrive.

Kara proposa à Quintilius de passer à table en attendant Luc. Ils toussèrent en mangeant la salade, elle avait eu la main lourde avec le tabasco. Luc arriva après les endives, il avait fait vite. Quintilius lui remit le chat.

Luc se frottait le menton tout en le lisant. La barbe naissante crissait sous ses doigts. Kara se souvint de cette nuit où cette même barbe lui avait irrité les lèvres et le visage, elle en avait gardé leurs brûlures durant de longues heures. Connaîtrait-elle à nouveau cette sensation avec celui à qui elle n'avait jamais renoncé ? Elle ne le croyait plus. Luc intercepta son regard, il lui sourit avec bienveillance. Elle s'en contenterait, à défaut d'amour.

— Alors ?

— Je lis plusieurs choses… Un. Une exécution est programmée, c'est clair. Pour l'honorer, deux Jedi bénéficiant d'une complicité intérieure. La cible, apparemment, est sous surveillance, policière ou privée. Qui ? Difficile de le dire, mais il semblerait que les Jedi ne se polarisent pas seulement sur les cibles anonymes. Deux. Ils vous ont repérés et savent qui vous êtes. Quint, c'est quoi, un Gungan ?

— Les Gungans sont des créatures amphibies qui occupent des cités sous-marines cachées dans des lacs profonds.

— Ils sont considérés comme hostiles ?

— Non, au contraire, on dit qu'ils sont proches de la nature.

— Bon, cela peut vouloir dire qu'ils ne vous considèrent pas comme une menace. C'est rassurant. Je continue. Trois. Yoda est le chef des Jedi et fait office d'intermédiaire entre eux et IL. Une forte probabilité qu'IL soit Dark Vador. Quatre. Ils ont une position de repli. Cinq. Ils ont un problème. Une nouvelle fois on voit apparaître le nom de Sando, accompagné des Bulgares, des gens qui représentent une menace pour les Jedi.

— Et Tracfin ?

— Apparemment, ils sont pistés aussi par l'agence internationale qui traque l'argent sale. Je mets la Financière sur le coup.

Luc composa un numéro sur son portable. Les hommes se connaissaient bien, Luc le prévint qu'il lui envoyait un document *via* le net. Il raccrocha et donna à Kara une adresse électronique en lui demandant d'y envoyer le contenu du chat. Kara s'exécuta.

Moins d'une minute plus tard, le mobile de Luc sonnait. Le même interlocuteur. Ils évoquèrent Tracfin, l'unité centrale de la famille Montagut, puis se donnèrent rendez-vous pour le lendemain. L'heure parut tellement tôt à Kara qu'elle se demanda s'il ne s'agissait pas de l'après-midi.

Luc raccrocha.

— La Financière nous accompagne chez les Montagut, ils sont détachés auprès de Tracfin. Il semblerait que l'une de leurs affaires ait un point commun avec la nôtre.

Kara était sceptique.

— Ce n'est pas un peu prématuré ?

— Leur aide nous sera précieuse. Ne t'inquiète pas.

Rien de tel pour inquiéter Kara. Les nouvelles perspectives de l'affaire la déroutaient et elle ne parvenait plus à conserver une vision globale des derniers jours. Quintilius, lui, paraissait avoir balayé sa terreur de la veille, n'ayant en tête qu'un seul objectif.

— Luc, on est bien d'accord. Quels que soient les orientations et le dénouement, on est les seuls journalistes sur le coup, tu t'y engages, n'est-ce pas ? Juste l'assurance de ne pas me retrouver à nouveau en première page.

— Je confirme, vous êtes les seuls. Quoi qu'il en soit, rien ne doit transpirer dans les médias tant qu'on n'a pas bouclé l'enquête et arrêté les protagonistes. Bon, au lit. Je vous récupère à 4 h 30, dormez bien.

Il quitta l'appartement après avoir embrassé Kara sur la joue.

Debout derrière la porte, elle compta. Moins de cinq heures de sommeil, trop peu pour elle après une si longue journée, et les effets d'une fatigue chronique commençaient à se faire ressentir. Elle apporta un oreiller et une couette à Quintilius avachi sur le canapé. Il avait cessé de lutter et s'était endormi, les yeux entrouverts.

21

Le réveil sonna alors qu'elle avait à peine posé la tête sur l'oreiller. Elle dut ramper pour s'extraire du lit. Vitamines, Efferalgan, café, douche tiède. Le cocktail lui donna la pêche et fut presque sans effet sur Quintilius, qui continuait à dormir debout.

Luc était à l'heure, comme à son habitude. Le Nissan aux vitres fumées guettait dans la rue. Kara monta à côté de lui.

— La Financière ?

— Ils nous attendent au péage de Vienne.

Une Velsatis noire stationnait dans l'ombre d'un camion aux rideaux tirés. Luc freina à la hauteur de la berline. Les portières avant s'ouvrirent de concert. Deux types sortis tout droit d'un conseil d'administration marchèrent vers eux. Veste croisée, pantalon au pli acéré, cravate en soie, lunettes cerclées or, pas un cheveu ne dépassait. La Financière employait des gens propres sur eux.

Kara eut le temps de marmonner.

— Ils sont au courant de ce qu'on va faire ce matin ?

Luc lui sourit.

— L'habit ne fait pas le moine.

— Quelquefois, si.

Quintilius ronchonna, il détestait être au milieu. Les costumes s'étaient assis à l'arrière. Luc fit les présentations, Alexis Vernon et Yves Vaison. Parfois on se trompait. Sourire moqueur et regard vif complétaient la panoplie. On échangea des poignées de main franches et amicales. Alexis garda la main de Kara plus qu'il n'était nécessaire pour se saluer. Les deux fonctionnaires de police de la Financière étaient de drôles de zèbres.

Le portable de Luc sonna. C'était Paul. Luc lui dit où il se trouvait et avec qui. « Difficile de te joindre, où étais-tu passé ? »

Question suivie aussitôt d'un quoi, d'un quand, puis d'un merde.

Il raccrocha. Ses yeux luisaient dans la pénombre de l'habitacle.

— Marjorie Montagut, à quelle heure l'avez-vous vue pour la dernière fois ?

— Milieu d'après-midi, quand elle rentrait chez elle. Pourquoi ?

— Dans la soirée, elle est sortie juste après un coup de fil. Personne ne l'a revue depuis. Sa mère a prévenu la gendarmerie vers minuit, un avis de disparition a été lancé.

— Peut-être une fugue.

— Selon Kadinsky, impossible. On en saura plus sur place. Attachez vos ceintures.

Quintilius mit dix minutes à attacher la sienne. Dix minutes où il s'en prit à ces putains de constructeurs de bagnoles qui n'en avaient rien à battre du cinquième passager, celui qui à défaut de se retrouver au service des grands brûlés, était projeté dans le pare-brise pour finir écrabouillé sous les roues d'un gros cul.

Kara lui demanda de la fermer.

Marjorie Montagut avait disparu. Kara pensa à l'adolescente, à l'ours sur sa jupe. À ses amis qu'elle retrouvait sur Internet. Des gosses. Ils n'étaient que des gosses. Elle en était certaine. Qu'avaient-ils donc enduré pour qu'à leur tour ils décident de la vie ou de la mort de leur bourreau ?

Luc, le regard concentré sur la route, devait se poser les mêmes questions.

Kara n'aurait pas parié revoir Chabeuil aussi vite. Un ancien, accompagné par son chien, clopinait sur le pont. Le patron du PMU installait sa terrasse en donnant des coups de torchon sur les chaises et les tables à mesure qu'il les disposait. Elle eut envie d'un café. Le Nissan passa sous la porte monumentale, une tour moyenâgeuse crénelée, et s'engouffra dans le cœur somnolent de la petite ville. Luc roulait au pas, la rue était semi-piétonne. Devant une boulangerie-pâtisserie appartenant à un certain Dominique Brun, Kara ordonna que l'on s'arrête. « Elle est fermée », dit Luc. « Il y a toujours quelqu'un dans une boulangerie à six heures », lui répondit-elle.

Quatre hommes drapés dans du coton blanc s'affairaient autour du fournil. À l'aide d'une longue pelle, un apprenti défournait des pains ronds à la croûte épaisse tandis qu'un autre alignait des croissants sur une tôle.

Sur un tour en inox près de la porte, un homme était penché sur des biscuits en forme de bonshommes et dessinait des lettres à l'aide d'un cornet de papier qui déversait un mince filet sucré, figeant des mots sur la pâte dorée. Kara lut par-dessus son épaule. *À ma factrice préférée, À ma maman, À notre Simone.*

— Pourquoi vous écrivez sur les gâteaux ?

L'homme ne leva pas la tête, il s'appliquait sur celui réservé à Simone.

— Je dédicace mes suisses.

— Quels suisses ?

— Là, les biscuits…

— Vous pouvez m'en dédicacer un ?

Le boulanger lâcha le cornet et la dévisagea.

— Vous en avez déjà goûté ? Non ! C'est une pâte sablée parfumée à l'orange. Une spécialité locale, en souvenir des gardes suisses qui avaient escorté le pape Pie VI en exil à Valence, où il mourut d'épuisement en août 1799. Votre prénom ?

— Kara. K.A.R.A.

Il saisit le cornet, un suisse de belle taille et écrivit.

À Kara, la belle étrangère de l'aube.

Il le lui emballa dans du papier transparent, elle paya et remercia par trois fois.

Luc avait arrêté le diesel, un voisin avait gueulé.

— Mais qu'est-ce que tu foutais ?

— Regarde, le boulanger m'a dédicacé un suisse. Lis !

Luc lut. « N'importe quoi ! ».

Elle raconta l'histoire des Suisses et de Pie VI. Seul Alexis Vernon s'y intéressa. Un homme poli et cultivé. Luc avait remis le moteur en route. Quelqu'un frappa contre la vitre. C'était un des apprentis boulangers, Kara ouvrit sa portière.

— Oui ?

Le jeune lui tendait un suisse, plus petit, emballé à la va-vite dans son emballage transparent.

— Une BMW noire. Un type bizarre qui traînait autour d'elle.

Des mots lancés à la volée avant de s'enfuir. Elle sortit le biscuit de son emballage et déchiffra les lettres inscrites au sucre blanc. Un numéro d'immatriculation.

— 454 ABF 38. Il a repéré une BMW avec ce numéro d'immatriculation. C'est une piste, non ?

— Qu'est-ce que tu leur as dit dans la boulangerie ? demanda Luc en lui enlevant des mains le suisse qu'il enfourna dans la boîte à gants.

— Qu'on était des US marshalls à la recherche d'un fugitif.

Luc la fusilla du regard. Kara haussa les épaules.

— T'as vu la caisse qu'on se trimballe, la dégaine que vous avez. Comme dans *US Marshall*, mais sans Tommy Lee Jones. Dommage. Il était bien, ce film, hein ?

À l'arrière, Quintilius s'agita.

— Ce n'est pas un film de Guédiguian, que je sache.

Kara se retourna vivement, et renonça. Lui balancer *Star Wars* dans la figure aurait été de mauvais goût.

Une Clio de la gendarmerie stationnait devant la maison des Montagut. De la lumière brillait à tous les étages. La rue était étroite, Luc gara le Nissan un peu plus loin, sur une petite place que trouaient trois platanes. Une mamie en peignoir promenait son caniche, elle rajusta ses lunettes et les dévisagea avec ostentation, tandis que la bête de taille réduite déposait sur la chaussée un étron orangé qui fuma dans l'aurore du matin frais.

Bernadette Montagut faillit ne pas les laisser entrer, « Vous croyez que c'est le moment ? » La carte tricolore des agents de la Financière l'en dissuada. Sur le canapé du salon, un jeune gendarme buvait du café. Kara lorgna sa tasse. Sous ses doigts, le papier du suisse crissa. Le malheur n'avait pas tué les bonnes manières, Bernadette leur offrit du café, Kara partagea son suisse. Personne ne fit de commentaires sur la dédicace adressée à la belle étrangère de l'aube.

Pas même Quintilius.

Yannick était le prénom du jeune gendarme, son gentil sourire et son regard amical contrastaient avec le port de l'uniforme. Il était un ami de Marjorie qui, selon lui, n'avait pu fuguer. On l'avait enlevée, c'était certain. Maintenant, ils devaient attendre que se manifestent les ravisseurs. Yannick s'étonna que des policiers de la Brigade financière enquêtent sur une affaire d'enlèvement. Alexis avança une explication qui laissa Kara perplexe, une histoire de faux-monnayeurs qui enlevaient des adolescents. L'attitude des autres laissait croire qu'ils se trouvaient dans le même état dubitatif. Les Chabeuillois, gendarme compris, s'en contentèrent. Madame Montagut leur donna la permission de se rendre dans la chambre de Marjorie.

C'était une vaste pièce avec salle de bains attenante, qui occupait tout le premier étage. Au-dessus d'un grand lit, une banderole noire aux lettres blanches.

Un Jedi ne doit pas connaître la peur ni l'amour.

— C'est leur devise ? demanda Kara à Quintilius.

— Presque. Il manque la vengeance.

Près de la fenêtre, un fauteuil en cuir, un meuble en acajou à multiples tiroirs. En face, tout un pan de mur couvert d'étagères sur lesquelles étaient alignés des dizaines de livres. Sur trois tables basses disposées de part et d'autre dans la chambre s'étalaient des lampes indiennes, des ours en peluche, des bouddhas, une télé avec lecteur DVD et, sur un bureau en bois exotique, du matériel informatique sophistiqué.

Alexis s'y installa, alluma et pianota. Évidemment, il fallait un code d'accès, l'agent alla le chercher sur le disque dur. Il le trouva sans problème.

Kara fit l'inventaire des livres. Science-fiction, BD, romans policiers, et des essais traitant d'informatique, de cybercriminalité. Et de pédocriminalité. Tout ce que Kara avait lu sur le sujet se trouvait sur les étagères de Marjorie, y compris le livre que Quintilius et elle avaient écrit.

Kara le feuilleta, les pages étaient cornées, certaines froissées. L'ouvrage avait été consulté mille fois.

La mère attendait dans le chambranle, Kara désigna la pièce d'un geste ample.

— Votre fille a une très belle chambre. Rien qu'en informatique, CD, DVD, il y en a pour une petite fortune. C'est assez inhabituel de trouver tout cela dans une chambre d'adolescente.

Bernadette se raidit.

— Marje fait du baby-sitting. C'est une fille très sérieuse, elle ne sort pas, ne fume pas, ne boit pas. Tout ce qu'elle gagne passe dans ses bouquins et ses disques.

Kara évalua qu'il aurait fallu garder quelques centaines de bébés rien que pour s'offrir l'informatique dotée du dernier Penthium.

Ils laissèrent Yves et Alexis explorer le disque dur, Quintilius observait et donnait parfois son avis. Luc et Kara entreprirent de consulter le contenu des pochettes cartonnées et des classeurs rangés avec soin sur les étagères. Marjorie était une élève douée et studieuse, bonnes notes et appréciations valorisantes ponctuaient les devoirs couverts d'une écriture régulière et adulte.

Le contenu des pochettes cartonnées n'avait rien de scolaire. Des articles découpés dans des journaux locaux ou nationaux, ou recueillis sur le net, étaient classés avec soin et méthode. Affaires anciennes ou de dernière actualité, en France ou dans le monde, tout ce qui traitait de violences sexuelles exercées contre des enfants se retrouvait inventorié, rangé dans les chemises.

Bernadette était toujours sur le seuil. Kara désigna la pile colorée.

— Vous savez à quoi Marjorie passe son temps ?

— Oui. Et alors ! Si ça peut l'aider à oublier ce qu'elle a subi…

Marjorie avait des méthodes radicales et irréversibles pour oublier. L'idée que toutes les victimes de violences sexuelles deviennent des Jedi lui traversa l'esprit. Luc annonça que Léo avançait dans ses recherches auprès des providers, certains Jedi avaient été localisés.

Kara posa la main sur la pile des dossiers.

— On n'a pas changé l'ordre, n'est-ce pas ?

— Non. C'est rangé tel qu'on l'a trouvée.

Kara prit celui du haut, une chemise verte, et l'ouvrit. Un article découpé dans *Libération* du 21 mars titrait :

L'ÉGLISE AMÉRICAINE EN ODEUR DE PÉDOPHILIE.

La hiérarchie catholique aurait couvert des centaines d'affaires. Kara connaissait le cas, elle avait été dévoilée récemment, un scandale qui éclaboussait l'Église catholique aux États-Unis, où la plus haute autorité du pays, le cardinal Daw et plusieurs autres dignitaires religieux avaient couvert des prêtres soupçonnés d'abus sexuels sur enfants au cours des cinquante dernières années. Le nom du cardinal qui apparaissait à plusieurs reprises dans l'article était chaque fois surligné.

Kara montra l'article à Luc.

— J'ai lu que le pape a convoqué le cardinal. La rencontre n'était pas prévue à Rome ces jours-ci ?

Luc prit l'article. Son regard navigua entre Kara et la photo du cardinal. On le voyait entouré de plusieurs policiers et gardes du corps. Luc réagit un quart de seconde avant elle.

— Et si Daw était la prochaine cible ?

Il plongea la main dans sa poche pour en retirer son portable et composa un numéro. Kara l'imita. L'AFP semblait plus facile à joindre que le service auquel s'adressait Luc. La réponse tomba sans préambule : Daw s'était noyé dans la baignoire de l'un des appartements du Vatican. Le correspondant de l'AFP demanda à Kara comment elle avait pu savoir pour le cardinal puisque la dépêche venait de tomber. Elle raccrocha.

Luc l'interrogeait du regard, il lut la réponse.

— Comment ?

— Dans une baignoire. En plein cœur du Vatican.

— Comment y sont-ils parvenus ?

— Si la police internationale ne sait pas…

Quintilius demanda ce qui se passait. Ils l'informèrent. La nouvelle le survolta.

Il leur tendit deux photos.

— On les a trouvées dans un fichier. Regardez !

Les deux clichés représentaient Dark Vador.

— C'est quoi, la différence entre les deux ? demanda Quintilius.

— Sur celle-ci, il n'y a pas d'accessoires, répondit Kara. Il porte juste la cape, la capuche et les gants.

— Tout juste. Et sur celle-ci, il porte en plus le torse blindé, le plastron de contrôle, une ceinture avec boucle électromagnétique et tout le tralala. Cette dernière photo est tirée du film.

— L'autre ?

— C'est celle du tueur, dit Luc.

Alexis les appela.

— Dites donc, la gamine fait dans le gore, venez voir.

Ils se penchèrent sur l'écran, Kara reconnut les rats dans le caisson qui s'attaquaient au cul du Belge.

— Plus aucun doute, Dark Vador exécute bien avec la complicité passive des Jedi. Nom de Dieu ! Putains de gamins !

L'agent d'Interpol venait d'intégrer une évidence que tous redoutaient.

Kara tourna la tête vers le seuil de la chambre, Bernadette n'y était plus. Elle était au salon et téléphonait, elle raccrocha en essuyant une larme.

— J'ai appelé le lycée, ils ne l'ont pas vue.

Un sanglot ébranla sa poitrine, elle se laissa tomber sur le canapé.

— Où peut-elle être ? Vous croyez qu'on va la retrouver ? Tous ces pervers qui traînent dans les rues.

— Ils sont d'abord dans les familles, madame Montagut, et vous le savez.

Elle ricana.

— Il a eu son compte, l'autre salopard, et croyez-moi, s'il n'était pas tombé sur son fusil, c'est moi qui l'aurais abattu.

— Vous êtes au courant des activités de votre fille ?

— Quelles activités ?

— Sur Internet.

— Elle s'amuse, où est le mal ?

— Vous savez à quels types de jeux elle s'adonne ?

— Pas vraiment, elle ne veut pas que je rentre dans sa chambre quand sa porte est fermée. Je vois bien la lumière sous la porte mais je n'entre pas. C'est le contrat.

— Quel contrat ?

— Après le procès, Marje était très mal. À deux reprises, elle a tenté de se suicider. L'hôpital, les sondes, les lavages d'estomac. Je suis aide-soignante aux urgences et j'ai vu des gosses ne jamais se réveiller. Je vivais dans la terreur de la perdre. Puis un jour, elle s'est fait de nouveaux amis, elle allait mieux. Elle m'a promis de ne plus tenter de se tuer si je respectais ses silences, si je ne posais pas de questions. Je serais devenue muette si elle l'avait exigé.

— Où a-t-elle rencontré ses nouveaux amis ?

— Chez Space Games, sur Internet. Oui, je sais, vous allez dire que ce ne sont pas des vrais amis.

Jamais Kara ne l'aurait affirmé, elle le croyait fermement.

— Elle passait des heures là-bas, je préférais, du reste. On avait quitté la maison, une vieille tante nous hébergeait dans l'attente d'un logement, et l'endroit n'était pas très gai. Puis il y a eu l'accident. Et Marjorie s'est remise à vivre. On a trouvé cette maison, on a aménagé sa chambre comme elle le voulait. Je suis consciente qu'elle passe beaucoup de temps sur l'informatique, parfois je l'entends rire, alors cela me convient. Elle travaille bien à l'école et elle est gentille avec moi.

Il était clair que madame Montagut ne tenait pas à se poser de questions sur les activités de sa fille. Qu'elle vive sans menacer de se tuer lui suffisait et était devenu sa propre raison de vivre.

Où était Marjorie à cette heure-ci ? Kara ne parvenait pas à imaginer le pire.

22

De la chambre de Marjorie, Luc l'appelait. L'agent d'Interpol stationnait devant l'imprimante qui ronronnait. Il saisit une feuille, la parcourut et la tendit à Kara.

— Les providers n'ont pas été des plus coopératifs mais ils ont lâché le morceau. On les tient.

Douze noms suivaient. Ceux des Jedi.

En face de chaque pseudo, un nom et une adresse. Toutes en Europe. Deux en France, celles de Marjorie et de Loïc. Deux en Belgique, une en Russie, deux en Italie, une au Luxembourg, une en Suisse, une en Roumanie, deux en Grande-Bretagne. Pour ce dernier pays et l'Italie, deux prénoms pour un même nom, ils étaient de la même famille.

— Ils parlent tous le français ?

— Ou l'anglais, j'imagine. S'ils sont tous aussi doués que Marjorie, la langue ne doit pas leur poser de problèmes.

— Seulement deux Jedi en France…

— Alors ?

— Pour l'instant, on a recensé en France dix-huit pédophiles ayant été victimes d'un accident ou d'un suicide, dont les pères de Marjorie Montagut et de Loïc Moreau. Qui s'est chargé d'eux ? Les Français ? Avec la complicité des autres ou de Dark Vador ? Cela veut dire qu'ils se déplacent, alors…

— Le Luxembourg, la Suisse, la Belgique, ce n'est pas le bout du monde. Et Paris-Londres, c'est deux heures en TGV.

Madame Montagut avait réapparu dans le chambranle, elle regardait, les bras serrés sous la poitrine, ces étrangers qui avaient investi la chambre de sa fille. L'inquiétude avait creusé ses traits, elle était épuisée. Kara lui suggéra d'aller se reposer, l'attente pouvait durer. Tout en lui parlant, elle remarqua dans le couloir une étagère avec des coupes et des médailles.

— Marjorie pratique un sport ?

— Le tir.

— Elle a une arme ?

— Sous la table, là.

Une petite mallette noire rectangulaire était coincée entre les pieds du bureau et le mur. Personne n'y avait prêté attention. Kara l'ouvrit sur le lit. C'était un pistolet de compétition, à plombs et à air comprimé. À peine dangereux pour les moineaux. La mère se mit à sourire.

— Je crois qu'elle se débrouille pas trop mal.

— Elle ne tire qu'aux plombs ?

— Au club, de temps en temps, ils la laissent tirer au 22. Elle n'a pas l'âge de posséder des vraies armes.

Une remarque qui amusa Kara.

Luc appela Léo, le remercia pour la liste, et lui demanda de chercher qui composait les foyers des adresses à l'étranger, âge, nom, sexe de tous les membres de la famille, et de vérifier si, dans l'entourage, il y avait eu des morts violentes, établissements scolaires et paroisses inclus. « Oui je sais, c'est pas de la tarte, mais le temps presse. »

— Bingo !

Du plat de la main, Alexis venait de taper sur le capot du moniteur. L'attitude triomphante, il se tourna vers eux.

— On le tient, votre Sando, il s'agit de Vladimir Poliakine. Les Jedi se sont attaqués aux Russes. Poliakine est le successeur de l'organisation de Korloff. La vache ! Ce sont eux. Il y a un moment qu'on est sur leur piste, pas moyen de les loger. Ils sont sacrément doués, ces gamins, vous savez. Ils ont pillé les comptes des Russes, tous basés dans les paradis fiscaux, Aruba, Caïmans, Antigua, Malte, Jersey… Un hold-up de plusieurs centaines de milliers de dollars.

— Comment c'est possible ?

— Avec du matériel, des complicités intérieures et un peu de génie, on peut tout détourner. Mais à Jersey, ça a merdé. Poliakine a mis une équipe de Bulgares sur le coup, et les Jedi se sont faits repérer.

— Pourquoi des Bulgares ?

— C'est parmi eux que l'on trouve les crackers et les carders les plus expérimentés. Poliakine a constitué une équipe et a mis à leur disposition des moyens considérables en matériaux et en hommes. Ils ont travaillé au sein même des banques. Les Jedi se sont fait pister, il semblerait qu'ils aient manqué de prudence lors des derniers détournements.

— Et la police, elle fait quoi, pendant ce temps ?

— Rien. La police n'intervient que si on le lui demande. Ni les banques, ni les Russes n'ont bougé. Très mauvais pour leur image, les uns comme les autres. Les agents de Tracfin se sont donc contentés d'observer, de surveiller, d'enregistrer. Jusqu'à la semaine dernière. Une multinationale de l'électronique dont les comptes sont basés à Jersey a déposé plainte pour hacking et détournement de fonds. Une information est en cours, le service a été sollicité.

— Les Jedi s'attaquent aussi aux fonds des sociétés ?

— Nous ne le croyons pas. On pense que l'auteur du détournement dans cette société d'électronique est le directeur financier, il y a de fortes présomptions contre lui. Disons qu'il nous a juste fourni un prétexte légal pour ratisser large. Et Interpol nous offre aujourd'hui d'autres pièces du puzzle, il y a encore du boulot mais on tient le bon bout. Incroyable !

Alexis Vernon n'en revenait toujours pas. Il se pencha au-dessus de l'épaule de son collègue, qui tapait à une vitesse vertigineuse.

Kara s'assit sur le lit, la tête lui tournait. Trop d'informations à la fois, elle n'était pas sûre de tout imprimer. Inspirer, souffler, se recentrer. Elle relut la liste des Jedi.

— Comment ont-ils pu se connaître ? Qui les a mis en relation ? Des gosses abusés, blessés dans leur chair, humiliés, renfermés sur eux-mêmes et qui, un jour, ont décidé de soigner leurs blessures en communiquant avec d'autres. Puis en organisant des assassinats, avant de piller des comptes appartenant à de redoutables mafieux. Comment se sont-ils connus ?

— Ils se sont peut-être rencontrés au hasard des forums de discussion, proposa Quintilius sans réelle conviction.

— OK. Tu as été abusé sexuellement, t'as la tête à l'envers et tu vas sur le Net. Là, tu balances des messages du genre : Marjorie, quinze ans, violée par mon père, mais ne vous inquiétez pas, le salaud est mort écrasé sous sa bagnole.

Quintilius interrompit la tirade de Kara.

— Tu te trompes, l'accident c'est après.

— Exact. Le père de Marjorie est mort après qu'elle a rencontré ses nouveaux amis.

— Et là, ils l'aident à le tuer.

— Probable. Mais la question essentielle demeure. Qu'est-ce qui a fait que des gosses du même âge, ayant connu l'horreur la plus absolue se retrouvent sur un site à chatter. Attends, ils ne parlent pas du dernier jeu vidéo !

Pour Kara, cette question était primordiale. Et Dark Vador, quel était son véritable rôle ? À quel moment et comment était-il entré en contact avec les jeunes ? Un téléphone sonna, c'était celui de Luc. L'identité de son correspondant ne faisait aucun doute, il n'y avait que Paul Kadinsky qui pouvait susciter pareil étonnement sur une personne *a priori* rompue à toutes formes d'informations. Il remit le mobile dans la poche intérieure du blouson en cuir, qu'il n'avait pas quitté.

— On a retrouvé Marjorie. Elle est vivante.

Tous se tournèrent vers madame Montagut, qui ne se laissa aller à aucune effusion. Elle serra simplement le poing sur son sein gauche, tout en fermant les yeux.

Luc continua.

— Un hélico nous attend à deux kilomètres au nord à la sortie de la ville, il nous conduira sur les lieux.

Pas d'autre précision. Ils s'en contenteraient.

La mère demanda à les accompagner.

— Impossible, répondit Luc. Vous aurez très vite de ses nouvelles, je vous le promets. Restez près du téléphone.

Alexis et Yves rentraient avec l'unité centrale de Marjorie. Sur place, il leur était difficile d'aller plus loin dans leurs investigations électroniques. Kara leur signala la présence d'un second ordinateur à l'étage au-dessus. Ils l'emportaient aussi. Madame Montagut protesta pour la forme, l'éviction de la probabilité du pire l'ayant rendue plus conciliante.

Luc donna à Alexis la clé du 4X4, il le remontait à Lyon.

Yannick, le jeune gendarme qui avait disparu depuis le partage du suisse dédicacé, apparut sur le seuil de la chambre, essoufflé, en sueur.

— Venez. Je dois vous accompagner à l'héliport. Un Alouette vous attend.

Alouette, gentille alouette, alouette, je te plumerai... Kara l'avait fredonnée à voix basse. Quintilius lui pinça une fesse. « T'as les foies, ma grande ! » Oui, Kara avait peur de tout ce qui était suspendu dans l'air et ne semblait y tenir que par l'opération du saint Esprit. Elle ne prenait l'avion que contrainte et forcée, et sous l'emprise de tranquillisants. Quant à l'hélicoptère, c'était SA phobie. Elle suggéra qu'elle allait rentrer à Lyon avec Alexis. Refusé. Et de quel droit ? Leur enquête.

Elle demanda à Bernadette s'il était possible de visiter sa pharmacie. La mère de Marjorie, qui avait grandi de vingt centimètres depuis la nouvelle, la conduisit jusqu'à un placard mural dans le couloir du rez-de-chaussée. Kara n'eut que l'embarras du choix, elle opta pour le Tranxène et en avala un, résistant à l'envie d'ingurgiter le reste du tube.

L'insecte monstrueux les attendait en battant des ailes. Tchac, tchac, tchac, tchac. Elle détestait ce bruit. Le Tranxène commençait à faire effet. Son organisme réagissait vite aux anxiolytiques car elle n'en prenait jamais. Sauf quand elle montait dans un aéronef. Quintilius la poussa jusqu'au tarmac, un rond de béton courbé dans l'herbe folle. La manche était presque à l'horizontale. Calcul rapide. Un vent de près de vingt nœuds. Vallée du Rhône oblige. Avant de grimper dans l'hélico, le journaliste lui rappela que si elle avait l'intention de rendre l'âme, c'était maintenant. Luc leur tendit des casques. Elle ferma les yeux quand l'engin se souleva du sol.

Elle pensa à Chaos qui se remettait doucement, à sa mère déambulant dans les coursives du *Queen*, à son petit frère qui adorerait être à sa place, à la fornication des coccinelles en milieu urbain. Elle avait lu dans *Nature* un article édifiant sur le sujet. Prévoir de renouveler l'abonnement. Elle pensa au trou dans la couche d'ozone, et à celui sur son compte bancaire. Les derniers verres en baccarat, elle n'aurait pas dû. Un coup de cœur. Le dernier, peut-être. Aussi bien, l'hélico allait tomber, et le trou dans la couche aurait bonne mine. Ne pas penser qu'on allait s'écraser, ne pas penser.

Au-dessus des collines du nord de la Drôme, l'engin se mit à tanguer. Le pilote les avait prévenus, cependant elle refusa d'ouvrir les yeux, persuadée qu'ils volaient la tête en bas.

À sa descente de l'appareil, le pilote l'aida à s'extraire et lui adressa un clin d'œil narquois. Elle regretta aussitôt ne pas lui avoir fait un pâté dans le cou.

Paul Kadinsky les attendait dans un 4X4, un Nissan en tout point identique à celui laissé à Chabeuil. Elle vérifia le numéro d'immatriculation, c'était le même. Elle le salua et lui demanda comment il avait fait pour récupérer l'auto, il lui dit qu'il avait deux véhicules à sa disposition.

— Avec la même immatriculation, c'est possible ?

— Ce n'est pas la même.

Juste le sentiment d'être passée pour une tanche. Laisse tomber, le temps de la vérification viendra bien un jour.

Ils avaient atterri à Saint-Rambert-d'Albon, à une cinquantaine de kilomètres au sud de Lyon. Paul suivait un Scénic de la gendarmerie sur un chemin de halage de la rive gauche du Rhône. Un chemin cahoteux tracé sur un terre-plein, entre fleuve et canal, les amena dans un grand champ de luzerne, en bordure duquel était planté un bâtiment agricole. Kara adorait la luzerne, et plus encore les bâtiments agricoles. Elle détestait juste grimper dans un avion. Ils contournèrent le hangar. Des véhicules étaient garés. Un fourgon de la gendarmerie, un SAMU, les pompiers, des voitures blanches banalisées immatriculées dans le Rhône, elle paria pour la police scientifique.

Il y avait donc des morts.

Paul lui tendit un masque. À cause de l'odeur.

Ils entrèrent. On aurait dit un terrain de golfe miniature ; des petits drapeaux jaunes étaient plantés un peu partout sur le sol en terre battue. On en avait fixé d'autres sur les tracteurs et autres matériels. Chaque petit drapeau balisait des objets qu'elle n'identifia pas au premier coup d'œil. Elle s'approcha de l'un d'eux.

Se pencha. Une remontée de bile lui brûla le larynx, le suisse devenait agressif.

C'était de la viande.

Elle sortit. Kadinsky la rejoignit. Kara demanda :

— Où est la gamine ?

— À l'hôpital de Valence. Sa mère est en ce moment à ses côtés. Elle n'a rien, enfin presque. Juste une phalange amputée.

— Amputée ?

— Au sécateur. Des types l'ont enlevée, séquestrée. La phalange, c'était un début. Ils étaient sur le point de la torturer.

— Et les morceaux de viande, c'est quoi ?

— Ce qu'il reste de trois individus. On a pu les dénombrer grâce aux chaussures. C'est tout ce que le légiste pourra reconstituer, du reste. Leur agresseur s'est servi de la moissonneuse-batteuse pour les mettre en pièces.

— Un seul agresseur ?

— Marjorie n'en a repéré qu'un.

— Elle a assisté au spectacle ?

— On lui a bandé les yeux, elle n'a rien vu. Juste entendu les cris.

— Elle a vu le boucher ?

— Non. Elle a seulement compris qu'il lui avait sauvé la vie.

— Qui vous a alerté ?

— Un coup de fil anonyme au secrétariat d'Interpol. Les gendarmes du coin ont reçu le même appel.

— Pourquoi Interpol ?

— Je ne sais pas, Kara, je ne sais pas.

Paul posa son regard « tempête dans la Manche » sur le visage de Kara, il s'attarda un moment sur ses lèvres puis lui sourit. Sa silhouette massive disparut dans l'ombre du hangar inondé de soleil. Pourquoi les ombres paraissaient-elles si sombres quand la lumière était si intense ? Nul sur la scène du crime n'y aurait répondu, leurs préoccupations étaient tout autres.

23

Les mouches avaient un sacré pif. Déjà, elles affluaient par centaines dans un bourdonnement d'escadrille un jour de débarquement. Ne manquaient que les requins, les hyènes et les urubus. Pas un mètre carré n'avait été épargné par les petites balises jaunes. Kara regarda sous ses semelles par acquit de conscience, puis alla les frotter contre la luzerne. Au bout du champ voguait un bateau chargé de touristes en train de déjeuner sur le pont. Les fourchettes restèrent en suspens le temps du passage devant le hangar. Les gyrophares et les voitures de pompiers avaient toujours eu un effet magique, même sur les enfants. Kara leur fit coucou, quelques mains s'agitèrent. Le bateau s'éloigna sur le large ruban gris constellé de crêtes dorées qui ondulaient sous la brise. Un beuglement lui fit tourner la tête, Quintilius rendait à la terre suisse et café. Elle fit quelques pas vers lui et sortit de son sac un paquet de mouchoirs en papier, elle en déplia un et le lui agita sous le nez, d'où sortait un long filet de bave. Il se moucha.

— J'en ai plein le cul de cette histoire de merde, Kara. Moi, je me tire.

— Finis tranquillement de vomir, et on en reparle. Tu es journaliste, tu en as vu d'autres.

Quintilius se releva et s'adossa contre la tôle du hangar, il haletait en se tenant le ventre.

— Tu vois, il y a toujours un moment dans la vie où tu connais plus de morts que de vivants. Mais c'est quand tu es vieux, très vieux… Sauf pour nous, Kara, ce moment-là est arrivé.

Il se laissa glisser contre la tôle et s'affala dans l'herbe haute. Kara s'assit à côté de lui, le visage tourné vers le soleil qui obligeait à garder les paupières baissées. Elle pensa aux fourchettes des touristes sur le bateau.

— Tu n'aurais pas une petite faim ?

— Tu es ignoble, comment peux-tu penser à manger ? Il existe un moment dans la journée où tu ne penses pas à bouffer ?

— Quand je sors de table. Tu sais quoi, je me taperais bien une grosse bavette bleue aux échalotes, et attention, dans l'aloyau le morceau ! Bien tendre, qui fond sous le palais.

— C'est une idée !

Quintilius et Kara sursautèrent. Ils durent mettre leur main en visière pour distinguer Kadinsky qui était là, devant eux. Elle ne l'avait pas entendu venir. Un homme à la démarche de félin. Il tendit une main à Kara pour l'aider à se relever, puis plaqua l'autre dans le creux de ses reins. Elle ne put apercevoir son regard derrière les lunettes noires. Il était rasé de près, une odeur de poivre et de musc émanait de son torse, on ne la décelait que si l'on se trouvait très proche. Un mètre sous eux, Quintilius s'agitait.

— Ne faites pas attention à moi, je vais juste terminer d'agoniser. Avec un peu de chance, je serai mort ce soir.

Le photographe prenait des clichés des amas de chair qu'il trouvait au pied des balises jaunes. Avant chaque photo, il mettait un double décimètre puis le retirait pour le déposer près d'une autre balise. Les pompiers attendaient que l'Identité judiciaire et la police scientifique en aient terminé, une pile de sacs en plastique noir posée à leurs pieds.

Kara demanda à Kadinsky :

— Avec quoi ils vont ramasser les morceaux ?

— Des spatules.

Le légiste coupa son magnétophone de poche et enleva le casque-micro qu'il s'était mis sur le crâne, Britney Spears avait le même quand elle chantait.

— *A priori*, ils étaient trois. Trois hommes de race blanche. Je pencherais pour des Slaves, mais c'est à confirmer.

— Des Slaves ! s'écria Kara en scrutant un petit amas de chair. Vous êtes vraiment très fort !

— Leurs chaussures sont de fabrication russe. Leur agresseur est un homme plutôt ingénieux.

— Qu'est-ce qui vous fait croire qu'il était tout seul ?

— La méthode. Pas d'empreintes de pied, pas de traces de lutte, il a pris son temps, tout son temps. Il est parvenu à soulever l'engin avec un palan, le mécanisme tournait dans le vide tandis qu'il descendait le corps suspendu à une poulie. Les trois y sont passés l'un après l'autre. Je n'aurais pas voulu être le dernier.

Des méthodes qui ressemblaient à celles de Dark Vador.

— On a retrouvé du matériel vidéo ? demanda Luc, qui les avait rejoints.

Le légiste interpella un homme de l'Identité judiciaire. Pas de vidéo. Pas d'indice, rien sur l'agresseur. Restaient les particules qu'ils pourraient trouver sur les lieux, mais il en doutait. Pour l'heure il fallait reconstituer les cadavres pour tenter de les identifier. La perspective de l'entreprise semblait rebuter par avance le médecin.

Luc fit un signe à un brigadier de la gendarmerie qui vint vers eux.

— Vous étiez les premiers sur les lieux, où était la gosse ?

— Là-bas, derrière les sacs d'engrais, elle était attachée, les yeux bandés. On a même pris soin de lui mettre des oreillettes, vous savez, celles qu'utilisent les tireurs dans les clubs de tir pour protéger les tympans.

— Quand vous l'avez trouvée, qu'est-ce qu'elle a dit ?

Le brigadier consulta ses notes. Marjorie avait dit qu'elle avait été enlevée au moment où elle sortait de chez elle. On l'avait enfermée dans un coffre de voiture jusqu'au hangar. Puis les types l'avaient attachée sur une chaise et lui avaient mis des claques. Ils lui avaient posé des questions qu'elle n'avait pas comprises. Ensuite ils lui avaient coupé la phalange du petit doigt avec un sécateur, en lui promettant de couper toutes les autres une à une. À ce moment-là, quelqu'un était entré dans le hangar. La fille n'a rien vu, rien entendu.

Le brigadier se grattait la tête tout en relisant ses notes. Il eut un regard circonspect.

— Pourquoi l'a-t-on enlevée ? Que voulaient-ils lui faire avouer ? Vous croyez que la gamine est impliquée dans un trafic ? Un trafic de drogue, peut-être. Pour que la PJ de Lyon s'en occupe. Hein ? Je brûle…

Un sourire de connivence étirait les lèvres du brigadier qui brûlait d'incertitudes. Luc et Kadinsky s'étaient fait passer pour des fonctionnaires de la DCPJ de Lyon et n'avaient pas dévoilé leur véritable identité. Les agents d'Interpol étaient de drôles de clients. Kara se promit de le leur dire plus tard, ce n'était pas beau de mentir à ses collègues, même s'ils étaient de la gendarmerie.

Avant de quitter le terrain, Kadinsky prit à part le légiste et lui parla quatre bonnes minutes. Le médecin hochait la tête à intervalles réguliers. Les journalistes attendaient dans le 4X4 et les observaient. Kara se pencha vers la nuque de Luc assis au volant.

— Ton chef est un menteur.

Elle chercha le regard de Luc dans le rétroviseur, et le trouva. Il n'exprimait rien. Depuis qu'il était tout petit, Luc devait s'entraîner à ne rien laisser paraître. Et il était très fort.

— Nous sommes tous des menteurs.

— Lui plus que les autres.

— Ah oui…

— Il dit que l'immatriculation de ce Nissan n'est pas la même que celle sur le véhicule de ce matin.

Un large sourire éclaira le visage de Luc, qui secoua la tête sans pour autant répondre. Kara insista.

— Alors ?

— La vérité ne s'aperçoit et ne s'engendre que dans la fermentation des idées contraires.

— C'est cela, et pendant ce temps la marmotte emballe les tablettes de chocolat chez Milka.

Au troisième restaurant dans la zone industrielle de Chanas, ils trouvèrent une carte affichant de la bavette au menu. Kara leur brandit un poing triomphant, elle en salivait par avance.

Sauf que la vache, le cuistot venait juste de l'abattre. La bête était hargneuse et exigeait de longues et fatigantes mastications. Les trois hommes, eux, avaient opté pour les filets de rouget sur leur lit de légumes de printemps.

Ils mangèrent en silence. Quintilius repoussa le premier son assiette, il l'avait à peine touchée. Kara lorgna les filets de poisson.

— Je peux ?

Il lui tendit son assiette en soupirant.

— Rien ne t'arrête, toi.

Elle ignora la remarque et planta son regard dans celui gris acier de Paul Kadinsky.

— On fait quoi, maintenant ?

— Il faut récupérer Loïc Moreau. On doit le mettre au vert tant qu'on n'a pas formellement identifié Sando.

— Comment ça, le mettre au vert ? Vous devez l'arrêter ! C'est un criminel, non ?

— On n'a pas de preuves.

— Pas de preuves ! Et les faits divers, les chats sur Internet, les diffusions de films, les pseudos et les figurines découvertes sur les scènes de crime, les menaces de mort contre Quint et moi…

— Vous n'êtes pas en danger.

— Que vous dites ! Vous avez visionné les exploits cinématographiques de Dark Vador, hein ? On ne peut pas dire qu'il fasse dans le comique.

— Vous devez récupérer Loïc Moreau et nous le ramener. On avisera ensuite sur sa culpabilité. Pour l'instant, il est en danger.

— Une chose est sûre, à Interpol, vous ne risquez pas l'erreur judiciaire. Et d'abord, pourquoi nous ? Envoyez vos hommes.

Quintilius lui saisit le bras.

— Putain, Kara, tu es niaise ou quoi ! On la tient, notre revanche. Tous les enculés qui m'ont hué, sali, enfoncé vont devoir réviser leur position, faire leur *mea culpa*. Et je vais exiger des excuses, tu entends, ma grosse caille, des excuses ! On va aller le chercher le Jedi, on le ramène et on l'interviewe. C'est le boulot.

Elle détestait qu'il l'appelle sa grosse caille devant des gens. Surtout devant Luc. Penser à le lui dire.

— C'est le rouget qui t'a dopé ? Il y a moins d'une heure, tu voulais tout lâcher. Une vraie girouette.

Kara se pencha vers Kadinsky.

— Que va-t-il se passer si on trouve la preuve que Dark Vador tue avec la complicité des Jedi ? Si on prouve que les Jedi sont pour quelque chose dans tous ces accidents. Que va-t-il leur arriver ?

— Ils seront arrêtés, retirés de leur foyer et internés, prison ou hôpital psychiatrique, selon les diagnostics des experts. Et ce, dans l'attente de leur jugement.

— Vous avez l'air de le regretter.

— Ce n'est pas la sanction que je regrette, mais ce qui a pu les amener à devenir ce qu'ils sont.

— De dangereux criminels avec encore des boutons d'acné sur le visage. Vous pouvez le dire.

Luc les écoutait, Kara lui demanda son avis. Il n'en avait pas. Il était juste un flic qui faisait son boulot.

24

Ils s'arrêtèrent à Lyon pour prendre une douche et un sac de linge propre. Madame Ruiz jura que Chaos finirait par ne plus la reconnaître si elle continuait à faire la reporter aux quatre coins du monde sans s'arrêter pour souffler. Chaos dormait au centre d'un plaid étalé sur un fauteuil dodu, Kara le caressa. Le chat ouvrit un œil et se rendormit sans même lui adresser un ronronnement. Elle lui rappela qui payait les boîtes de thon.

Quintilius s'était assis à côté de Luc, Kara dormit sur la banquette arrière et se réveilla au cœur de la Bourgogne. D'engageantes Charolaises ruminaient dans les prés. Quintilius lui demanda quel effet cela lui faisait de voir tous ces steaks à perte de vue.

Il était trop tard pour se rendre chez le jeune Loïc. Luc localisa la maison au moyen du GPS de bord, ils s'arrêtèrent le long du trottoir. C'était une maison des années trente dans un quartier tranquille du vieux Viry-Châtillon. Une glycine sulfureuse courait sur la clôture et répandait ses senteurs sucrées dans le soir qui tombait. Rien ne filtrait de la maison aux volets fermés.

Ils dînèrent et dormirent dans un hôtel où l'on avait réservé leur chambre.

La nuit fut plus longue que les précédentes, et Kara y plongea comme dans un rêve. Huit heures de sommeil à venir. Du bonheur à la pelle. Elle regretta presque de ne pas s'être réveillée au moins une fois, juste pour avoir le plaisir de se dire qu'il n'était pas l'heure et qu'elle pouvait se rendormir.

Loïc Moreau avait une tête de premier de la classe. Grand, dégingandé, lunettes rondes cerclées métal, le cheveu raide et propre, il portait un sac à dos. Deux rues plus loin, il s'arrêta sous un abribus désert, après avoir jeté à plusieurs reprises des regards derrière lui. Kara pensa qu'il les avait repérés. Luc stoppa à sa hauteur, la vitre baissée. « Monte ! » D'un rapide coup d'œil, l'adolescent évalua les occupants de la voiture, scruta une nouvelle fois les environs et grimpa, défiant toutes les règles de sécurité élémentaires ânonnées par les mamans depuis l'aube des temps, dont celle de ne jamais monter dans la voiture d'un inconnu. Kara lui en aurait mis une baffe.

Il quitta son sac, qu'il posa entre Kara et lui, après quoi il attacha sa ceinture. Luc roula quelques minutes et immobilisa le 4X4 sous le cèdre centenaire d'un square. Il remonta les vitres, coupa le contact et mit les clés dans sa poche, puis se tourna vers le nouveau passager, qu'il jaugea quelques instants.

— Tu vas bien, Loïc ?

— Et vous ?

Cela commençait fort.

— Tu sais qui nous sommes ?

— Qui vous êtes je sais.

— Et comment ?

— Je sais, c'est tout.

Loïc cessa net de parler. Le regard accroché un peu plus haut dans la rue, il détacha sa ceinture. Ses fesses glissèrent sur la banquette jusqu'à se retrouver assis entre les sièges avant et arrière, les genoux coincés sous le menton.

Une Mercedes blanche aux vitres fumées les croisa au ralenti, tourna autour du square et passa une nouvelle fois. Les vitres du 4X4 étaient également opaques. Aucun des occupants des deux véhicules ne pouvait identifier ceux de l'autre. Luc nota le numéro d'immatriculation et composa un numéro de téléphone. Une préfecture. On le fit patienter une minute ou deux. La voiture appartenait à une société d'import export basée à Nice. Luc nota un numéro et appela une autre personne d'un autre service, à qui il donna le nom et l'adresse de la société. Le jeune n'avait pas bougé d'un cheveu, le nez coincé entre ses genoux. Kara posa la main sur son épaule, il leva les yeux vers elle. Un regard qui avait vieilli prématurément, bien avant que les cartilages n'aient fini d'achever leur croissance.

— Partis ils sont ?

— Tu les connais ?

— Non.

Luc raccrocha.

— Tu devrais pourtant. Toi et tes petits copains, vous pillez régulièrement ses comptes bancaires. Vladimir Poliakine, cela ne te dit rien. Sando, alors…

Le gamin accusa le coup, il devait s'entraîner dans la même école que Luc. Rien ne transpira quand il déclara :

— Ce que vous dites je ne comprends pas.

Kara eut soudain la certitude qu'il ne parlerait jamais, les adultes ne l'impressionnaient pas. À quel moment l'enfance l'avait-elle totalement abandonné ?

Seule cette question la troublait.

Loïc finit par remonter sur la banquette. Le regard fixe devant lui, les mains sur les cuisses, il ne bougeait pas. Luc le regardait et réfléchissait. L'idée que la situation le dépassait effleura Kara. Elle le laissa parler.

— Tu as déjà vu cette voiture ?

— Hier, devant l'école.

— Quelle école ?

— L'INSA, une école d'ingénieurs. En première année je suis.

— Cette voiture pouvait attendre n'importe qui.

— C'est moi qu'ils surveillent. Devant chez moi, je les ai vus. Un moment ils sont restés puis ils sont partis. Ensuite votre voiture j'ai vu.

— Qu'ont-ils après toi ?

— Je ne sais pas. Erreur sur la personne il y a.

Kara ne tint pas trente secondes de plus, l'impression d'y passer la journée si elle n'intervenait pas.

— Cesse de te foutre de nous et de parler comme un débile. Tu sais très bien pourquoi ils vous en veulent, à toi et à Marjorie. Tu connais Marjorie.

Ce n'était pas une question, juste une affirmation dans l'attente d'une confirmation.

Loïc secoua la tête.

— Je ne la connais pas.

— Peut-être la connais-tu mieux sous le nom de Depa Billapa ?

Il daigna enfin la regarder. Son regard s'assombrit.

— Comment va-t-elle ?

— Bien, mais elle a eu chaud aux fesses. Juste un doigt tranché au sécateur. Du bol. Sando est à vos trousses, l'aqua-monstre, tu vois de quoi je parle ?

Loïc Moreau ne voyait pas. Il regarda sa montre.

— Mon cours je vais manquer. Je dois y aller.

Il tira la poignée de la portière, qui ne s'ouvrit pas. Luc avait verrouillé l'habitacle.

— Demain, c'est les vacances, tu vas pas rater grand-chose. On ne peut pas te laisser seul dans la nature. Les Russes ont pour toi des projets comme ils en ont eu pour Marjorie. Elle s'en est sortie, de justesse. Tu n'auras peut-être pas la même chance.

Luc parlait dans le vide, Loïc ne manifestait rien, pas même l'impression d'écouter. Kara observait son profil ; l'artère sur la gorge battait peut-être un peu vite. Elle aurait donné l'un de ses verres en baccarat, juste pour prendre sa tension qui devait être au plafond, sans que rien y paraisse. Elle se mit à envier sa maîtrise.

— Comment vois-tu l'avenir, Loïc ? Je parle des heures qui viennent. Que comptes-tu faire ?

— Trouver un vaisseau je dois.

— Pour aller où ?

— Sur Coruscant.

— Tu connais quelqu'un là-bas ?

— Le temple des Jedi il y a. En protection nous serons. C'est là-bas que vous devez m'emmener.

Kara l'écoutait parler et contenait tant bien que mal une colère qui montait. Elle le saisit par le col de son blouson, colla son nez contre le sien.

— Bordel de merde ! C'est Houston qui te parle. Tu m'entends ? Tu as un problème. Parce que, ici, tu te trouves en plein Viry-Châtillon sur la planète Terre. Et c'est pas les Gungans que t'as au cul, mais les Russkofs. Alors, le plan de retrouver ton temple des Jedi, tu laisses tomber et on t'emmène. Reçu ?

Reçu. Il demanda juste qu'on aille chez lui chercher des affaires et laisser un mot à sa mère.

— Ta mère ne va pas s'affoler ?

— Non. Elle a confiance.

Quintilius, qui n'avait pas dit un mot depuis l'irruption de Loïc dans la voiture, maugréa. « Y a vraiment des claques qui se perdent ! »

Personne ne releva. Kara se retourna et inspecta le square, puis la rue.

— Elle est passée où, la Merco ?

— Je ne sais pas, ils attendent peut-être devant l'école. Allez, on file chez lui et on se tire.

Les Russes n'attendaient pas devant l'école. La Mercedes stationnait devant la grille de la maison de Loïc. Les occupants du 4X4 l'observaient à travers la vitrine d'un fleuriste qui siégeait à l'angle du carrefour. Un frisson parcourut la nuque de Kara.

— Merde, on fait quoi ?

— Demi-tour et on file.

Loïc s'agita.

— Mes affaires je dois récupérer.

— On t'en achètera.

— De mon ordinateur je parle. Je ne peux pas le laisser.

— Ta bécane n'est pas à l'ordre du jour. Luc, on se tire, je la sens mal, cette histoire. Tu connais les Russkofs, ce sont des tarés. Aussi bien, ils ont un lance-roquettes et ils nous pulvérisent.

Luc l'observait dans le rétro.

— Tu as sûrement raison, mais on doit récupérer l'ordinateur. Loïc, on peut rentrer chez toi d'une autre façon ?

— C’est possible si la maison d’une voisine nous traversons. Au fond nos jardins sont mitoyens.

Ils se rendirent dans une rue parallèle. Même rue, mêmes portails, mêmes maisons. Loïc désigna l’une d’elles. « C’est là. »

Kara sonna. Luc et Quintilius étaient restés dans le Nissan. Une rousse débraillée apparut sur le perron, elle reconnut le jeune et s’avança vers la grille, un sourire dans un coin des lèvres. Du coin opposé pendait une cigarette.

— Alors, Loïc, je parie que tu as encore oublié tes clés.

— Vous pariez bien, madame Chalon. On peut traverser votre jardin ?

Kara se tourna vers lui et demanda vivement :

— Pourquoi tu lui parles comme ça à elle ?

— Sur cette planète, incognito je vis.

— Je vois…

La rousse ouvrit la grille et s’effaça.

— C’est qui, elle ?

— Ma prof de sciences physiques fondamentales. Elle veut voir mes poissons exotiques.

— Tu as des poissons exotiques, toi ?

— Oui, madame Chalon. Et des très rares. Je vous les montrerai un jour.

Si poissons il y avait, ils étaient cachés sous roche et à sec. Pas l’ombre d’un aquarium dans la maison. Kara le suivit en haut des escaliers. La sophistication du matériel informatique s’imposait dès que l’on franchissait le seuil de la chambre, qui ressemblait à celle de Marjorie. Même banderole accrochée au mur. « Les Jedi ne connaissent ni l’amour ni la haine. » Manquait la vengeance. Forcément. Un grand bureau, des étagères couvertes de livres, revues, classeurs, CD, du mobilier en bois exotique, un téléphone, pas de peluches, mais des posters sur les murs. Deux, épinglés côte à côte au-dessus du lit. Luc Skywalker enfant et Dark Vador. Sur le mur perpendiculaire, un poster de même dimension représentait Yoda. Dans un cadre sur la table de nuit, une photo. Kara la saisit et l'observa à la lumière qui filtrait à travers le store. La même que celle trouvée dans le fichier de Marjorie. Dark Vador sans les gadgets. Que représentait-il pour que les Jedi pratiquent le culte de sa personne ? Elle glissa la photo dans son sac. Après avoir démonté le capot de l'unité centrale, Loïc préleva le disque dur, l'emballa dans une serviette éponge et le rangea dans un sac de sport. Il y ajouta un ordinateur portable et du matériel qu'elle n'identifia pas. Dans un autre, plus petit, il mit des vêtements. Il ferma les sacs puis alla observer la rue. Kara tendit le cou, les Russes étaient toujours là. Au moment de quitter la chambre, une mallette posée derrière la porte attira son attention.

— Toi aussi, tu fais du tir ?

— Oui.

Rien de plus. Elle aurait dû formuler sa question autrement.

Sur la table de la cuisine, il griffonna sur un bloc sténo. *Maman, je pars quelques jours. Prends soin de toi et fais comme on a dit.*

Kara lut.

— Que va-t-elle faire ?

— Sans intérêt pour vous.

Sans aucun mal, Loïc parvenait à faire oublier qu'il n'était pas encore un adulte. Avait-il seulement été un enfant ? Il empoigna les deux sacs et sortit côté jardin. Madame Chalon les attendait de l'autre côté du portique qui séparait les jardins. Elle lorgna les sacs.

— Tu t'en vas ?

Il lui fit un gentil sourire.

— Non, madame Chalon, c'est juste qu'on emmène les poissons pour les montrer à la classe.

La voisine allait dire autre chose mais il ne lui en laissa pas le temps, Loïc s'engouffrait dans la maison de la rousse pour la retraverser.

25

Kara prit le volant à deux cents kilomètres au sud de Paris. Conduire la distrayait. Luc appela Paul et lui fit un rapport laconique, il prit des notes sur des directions à prendre. Il dit oui à trois reprises et raccrocha. Kara attendit bien cinq minutes avant de demander :

— Alors ?

— Paul prépare le nid, Marjorie vient d'arriver.

— Elle est déjà sortie de l'hôpital ?

— Son état ne nécessitait pas qu'elle y reste.

Kara fit une brève plongée dans le rétro, son regard croisa celui de Loïc. Pas un éclat, pas un battement de cils. Rien. Elle expira et se concentra sur la route. Quintilius s'était endormi, elle alluma la radio et se cala sur Radio Trafic qu'elle écouta jusqu'au péage de Villefranche, où Luc reprit le volant.

Elle pensa à son chat quand ils eurent traversé Lyon, et à son avenir quand ils quittèrent l'autoroute à Tain l'Hermitage.

Direction est.

— Où va-t-on ? osa Kara.

— Là où les Boches ne sont jamais parvenus à déloger les Résistants.

Le Vercors. Ils allaient dans le Vercors. Qui était l'ennemi ? Les Jedi. Un des leurs était assis sur la banquette arrière. Dark Vador ? C'était leur pote. Les Russes, alors. Elle frissonna. Combattre la terre entière sauf eux. Surtout pas les Russes.

Romans-sur-Isère était une ville où les gens déjeunaient en terrasse à midi. Elle les envia et suggéra qu'ils fassent de même. Pourquoi était-elle toujours la seule qui leur rappelait trois fois par jour qu'ils devaient s'alimenter ?

Ils optèrent à l'unanimité pour du produit local. Ravioles du Royans. Merci. Ni dessert ni café. L'addition, je vous prie. Luc l'avait décidé ainsi, le temps pressait.

Du gris et du vert à perte de vue, sur fond de ciel bleu.

Kara tenta de les imaginer, tapis au creux des roches au fond des forêts, ces hommes et ces femmes qui n'avaient jamais renoncé. Saint-Nazaire-en-Royans, Pont-en-Royans, Sainte-Eulalie-en-Royans, Les Grands-Goulets, La Chapelle-en-Vercors Saint-Agnan-en-Vercors. Dernier bastion appartenant encore aux hommes qu'ils laissèrent derrière eux quand Luc attaqua la montagne pour s'enfoncer dans cet inconnu qui effaçait les perspectives d'un avenir serein.

La route forestière était sinueuse et les ravioles en suivaient les méandres des tréfonds de son estomac. Enfin, un chemin succéda à la route pour s'achever quelques kilomètres plus loin devant un portail. Tout autour, un mur de trois mètres de haut serti de barbelés.

À peine arrêtés, les battants s'ouvrirent. Deux caméras surveillaient l'accès. De l'autre côté, un homme en treillis noir, pistolet à la ceinture, leur fit un vague salut et leur indiqua le chemin du tranchant de la main. Le 4X4 avança au pas dans la propriété qui s'étendait sur deux ou trois hectares. D'un coup d'œil circulaire, on en faisait le tour. La nudité des lieux surprenait et contrastait avec la forêt qui les cernait. Pas un arbre, pas un massif, pas un buisson à l'intérieur du mur d'enceinte. Une pelouse rase, sur laquelle était planté un bâtiment de béton, de verre opaque et d'acier. L'esthétique n'avait pas été l'une des priorités de l'architecte.

Kara se tourna vers Luc.

— Tu connais cet endroit ?

Il fit non de la tête, lentement. Tout comme elle, il découvrait les lieux, elle en eut la certitude.

Kara identifia la silhouette qui les attendait sur le perron, si on pouvait appeler perron la dalle coulée devant une porte blindée. Kadinsky ouvrit la portière de son côté.

— Bienvenue au bunker.

Elle sauta sur la dalle, fit un tour sur elle-même en s'extasiant.

— Quel endroit ravissant, commissaire. C'est à vous ?

— Cela a-t-il de l'importance ?

Il l'avait dit en toute sincérité. Ses yeux brillaient sous le soleil qui plombait le Vercors, Kara eut le sentiment qu'il était heureux de la retrouver. Elle s'arracha à son regard accalmie après la tempête.

— J'espère que vous avez au moins votre BAFA, parce que les jeunes d'aujourd'hui, je vous préviens, ce n'est pas de la tarte.

— Il a été pénible ?

— Pénible, non. Je pourrais en garder une douzaine dans son genre. À condition d'être autiste. Juste une question de communication.

Luc s'avança vers Kadinsky, tandis qu'un homme en treillis ouvrait le coffre pour prendre les bagages. Les deux commissaires d'Interpol se serrèrent la main, sans ciller, sans un mot. Luc avait tout de celui qui venait de tomber de l'armoire.

Loïc attendait toujours dans la voiture. Quintilius, lui, s'étirait face à la pelouse avec force gestes circulaires. Kadinsky ouvrit la portière, libérant le garçon, qui descendit d'un bond souple et silencieux. Le commissaire s'avança et lui tendit une main raide, que Loïc prit avec une hésitation à peine marquée. Il tenait ses épaules droites et les chevilles jointes. Ne lui manquait que l'uniforme. Kadinsky secoua la main.

— Bonjour, Loïc.

— Bonjour, monsieur.

Les mains restèrent jointes plusieurs secondes, ce genre de poignée de mains que se font les politiques le temps que les médias immortalisent le moment. Ici, pas de photographe. Seulement deux hommes qui se rencontraient et se disaient des choses avant même d'ouvrir la bouche.

La porte blindée donnant sur le perron s'ouvrit. En surgit un autre homme en treillis, il tendit un téléphone à Kadinsky, qui dit oui, l'oreille scotchée au mobile. Son visage se ferma. On ne lui annonçait pas une bonne nouvelle. Il écouta une bonne minute et finit par laisser tomber « je m'en occupe », avant de couper la transmission. Il rendit le portable à l'homme en treillis, qui n'avait pas bougé le bout des rangers.

— Kara, je vous présente Boris. Un des hommes chargés de la sécurité du site. Si vous avez besoin de quoi que ce soit, c'est à lui que vous devez vous adresser.

Ils se fixèrent. Boris hocha la tête, Kara fit de même. Un type dans le style du locataire des lieux, vingt ans de moins. À l'heure qu'il était, le regard de Boris devait être à la frontière italienne, il l'avait traversée sans manifester la moindre expression. Kara faillit lâcher une vanne. Elle se tourna vers Kadinsky, les iris s'étaient assombris sous le front plissé.

— Un problème, commissaire ?

— On a perdu la trace de Harding Gruber.

Harding, le Luxembourgeois. Elle se rappelait son nom sur la liste mais n'avait pas mémorisé son pseudo.

Kadinsky scruta le ciel et la forêt.

— Suivez-moi.

Ce n'était pas une suggestion. Juste un ordre. Il fit signe à Luc et appela Quintilius, qui faisait maintenant des pompes sur l'herbe. Kara secoua la tête. Il fallait toujours qu'il fasse son intéressant. Boris posa la main sur l'épaule de Loïc et le poussa devant lui, l'adolescent marcha de bonne grâce. Ils entrèrent dans la maison. Kara les suivit et s'immobilisa dans un vaste hall quadrillé par plusieurs portes closes. Boris et Loïc avaient disparu derrière l'une d'elles.

Une porte s'ouvrit. Un homme en noir surgit et se posta dans le hall, les jambes écartées, les mains dans le dos. À un mètre au-dessus sa tête, une caméra était pointée dans la direction de Kara, qui agita trois ou quatre doigts vers l'objectif.

Kadinsky, suivi de Quintilius et de Luc, apparut enfin dans le hall, il les entraîna le long d'un couloir étroit. Tout au bout, une porte blindée. À sa droite, un boîtier sur lequel il pianota à l'abri des regards indiscrets. Une gâche se libéra dans un clic presque aphone et la porte pivota sur ses gonds d'acier, dévoilant un escalier menant sous terre. Ils descendirent deux rafales d'une dizaine de marches qui s'enroulaient autour d'une colonne d'ascenseur. À nouveau une porte blindée et son boîtier à code. Un couloir, ils le longèrent jusqu'à la dernière porte. Kadinsky s'effaça pour les laisser entrer.

C'était une salle de réunion. Une vingtaine de chaises recouvertes d'un drap chiné gris bordeaux s'étalaient autour d'une table ovale couleur ébène. Rien sur les murs, hormis des lampes indirectes qui éclairaient le plafond en béton brut. Paul s'installa à l'une des deux extrémités de l'ovale, sur laquelle étaient empilées des chemises contenant des documents, il leur fit signe de s'asseoir autour de lui. Ils s'exécutèrent. Et attendirent, les mains à plat sur la table. Kadinsky les regarda tour à tour puis leva la main, un signe qui s'adressait à un invisible. Un des murs s'illumina et une carte apparut. C'était une carte de l'Europe avec les contours des pays, un point noir situait les capitales sans les nommer. Dans certains états, des points rouges. Une dizaine en tout. Sur le territoire français, deux. Un pratiquement à cheval sur le point noir, l'autre dans le sud-est. Pas difficile d'interpréter qu'il s'agissait de la localisation de Marjorie et de Loïc. Deux autres points en Belgique, un en Russie, deux en Italie, un au Luxembourg, un en Suisse, un en Roumanie, deux en Grande-Bretagne.

Kara fut la première à le signaler à voix haute.

— Il semblerait qu'il n'y ait aucun doute sur leur localisation. Que comptez-vous faire, maintenant ? Qu'attendez-vous de nous ?

— Aller les chercher et les ramener ici.

Quintilius se redressa si vivement qu'il fit sursauter Kara.

— Vous êtes dingue ! Ces gosses sont soupçonnés d'assassinat, et on va tous les amener ici. Mais c'est complètement illégal.

Kara était contente que Quintilius intervienne sur ce point. Elle était plutôt d'accord. Pourquoi s'en chargeraient-ils ? Ne devraient-ils pas être confiés aux polices des différents pays concernés ? Elle en fit la remarque.

— C'est prématuré. Nous n'avons aucune preuve contre eux, je parle de preuve concrète et matérielle, si ce n'est un vague lien avec un certain tueur qui se déguise en Dark Vador. Tout au plus des interrogations concernant des détournements de fonds sur des comptes dont les propriétaires sont des mafieux. En revanche, nous avons une certitude, la seule en l'occurrence : ils sont en danger, et nous devons les protéger.

— Contre qui ?

— La mafia.

— Les Russes ?

— Entre autres.

Kara se tassa au fond de son fauteuil en se lamentant :

— Commissaire, je n'ai pas l'impression que vous sachiez vraiment à qui on s'attaque. J'ai lu des tas de choses sur la mafia russe. Rien ne les arrête. S'ils vous retrouvent, votre résidence secondaire, ils vont en faire un clafoutis. Vous ne pensez pas que cette affaire nous dépasse un peu ?

— Quelle autre alternative proposez-vous ?

— Allez voir un procureur, tout lui raconter. Il va nommer un juge qui va diligenter une enquête et…

— Et pendant ce temps, les gamins vont se faire descendre un à un. Deux manquent à l'appel.

— Nom de Dieu ! Ces chérubins ont détourné des millions de dollars, sont complices d'assassinats. Et maintenant, c'est l'heure de passer à la caisse, vous ne croyez pas ?

— En les laissant se faire massacrer, Kara.

Kara pensa à Marjorie, à Loïc, aux autres qu'elle ne connaissait pas. Des gosses qui avaient souffert dans leur chair et leur âme, et qui avaient demandé réparation. Certes, la note était salée. Si salée au point de les laisser se faire tuer par des plus pourris ? Elle ne pouvait l'envisager.

— D'accord, on va vous aider à les récupérer, le temps de clarifier la situation avec les Russes. Mais promettez-moi une chose, dès que c'est possible, vous les remettez aux autorités concernées. Vous êtes des fonctionnaires de police, nous sommes des journalistes. Pas des hors-la-loi. Vous promettez ?

Il la dévisagea avec intensité. Ses lèvres remuèrent et promirent. Kara n'eut pas l'intime conviction qu'il y avait cru. Kadinsky saisit la première chemise et vérifia le contenu.

— Katia Willebroek. Habite Anderlecht à côté de Bruxelles. Pseudo, Eath Koth. Dix-huit ans. Surdouée de l'informatique, on suppose que c'est elle qui pirate les banques.

— Son histoire, c'est quoi ?

Paul parcourait la fiche sans vraiment lire. Il connaissait le parcours de chacun d'eux sur le bout des doigts, Kara en était sûre.

— Violée par son oncle et son grand-père depuis l'âge de huit ans. La mère fermait les yeux, elle connaissait ce traitement pour l'avoir vécu. Katia a fini par être signalée par une voisine. Dépôt de plainte, enquête et non-lieu pour preuves insuffisantes.

— Sa famille ?

— La mère, l'oncle et le grand-père ont péri dans l'incendie de leur maison. Un chauffage défectueux.

Kadinsky y croyait autant qu'au père Noël. Il ouvrit un autre dossier.

— Konrad Barkheven. Habite La Panne, une petite ville en bordure de la mer du Nord, pas très loin de Dunkerque. Pseudo : Yarael Poof. Dix-huit ans. À l'université, il étudie les langues orientales. On a retrouvé le curé de sa paroisse pendu au clocher. Le prêtre a été poursuivi pour agressions sexuelles. Non-lieu suivi d'une mutation à Charleroi. Il s'apprêtait à s'y rendre. On pense que Konrad et son petit frère ont été abusés par l'ecclésiastique.

— Le curé a pu se suicider, objecta Quintilius.

— Les mains liées dans le dos, je ne crois pas.

Il referma le dossier, le posa sur la pile et prit le suivant. Direction le Luxembourg. Kadinsky marqua une pause de plusieurs secondes avant d'attaquer la lecture de la fiche. Il paraissait inquiet.

— Harding Gruber. Vit au Luxembourg. Dix-neuf ans. Bac scientifique. Étudie le droit international. Pseudo : Saesee Tiin. Abusé par son père pendant l'exercice de ses droits de visite, les parents étaient divorcés. Quand la mère l'a découvert, elle a porté plainte et soustrait l'enfant aux visites. Résultat des courses, la mère a été condamnée pour non-présentation et déchue de ses droits maternels. Harding a dû retourner chez son père. Pour trois mois seulement, John Harding est tombé sur la voix ferrée et a été décapité par un train. La thèse du suicide a été retenue, on a retrouvé une lettre où il demandait pardon à son fils et à sa femme.

— Dimitri Khalkov. De Moscou. Vingt ans. Étudie l'informatique. Pseudo : Ki-Adi-Mundi. A débité son prof de maths à coups de hache puis a donné les morceaux à une meute de chiens errants. L'enseignant était réputé pour ses penchants pédophiles mais l'institution ne bougeait pas. Aucune charge n'a été retenue contre Dimitri, les témoins s'étant rétractés. De plus, le corps avait été dévoré. Le contact avec Dimitri a été rompu, on fait des recherches.

— Enzo Berini. Dix-sept ans. *Alias* Yaddle. Napolitain. A perdu ses parents très jeune et a été placé dans un orphelinat où les éducateurs avaient pour habitude de prendre un enfant chaque nuit avec eux. Pratiques initiées par le chef d'établissement qui revendiquait son appartenance à la communauté des Boys Lovers, militant pour l'abaissement de la majorité sexuelle à l'âge de dix ans. Se définissent comme amoureux des enfants. Le cirque a duré pas mal de temps, jusqu'à ce qu'une éducatrice le dénonce. Virée sur-le-champ. À peine une enquête, aucune inculpation. Direction et éducateurs ont été mutés. Neuf personnes. Tous exécutés. La piste de la mafia a été abandonnée.

— Fabia Berini. Sœur d'Enzo. Dix-huit ans. Pseudo : Adi Gallia. A connu le même sort que son frère. Aujourd'hui, tous deux étudient aux Beaux-Arts.

Yaddle et Adi Gallia. Le dossier en cours de traitement. Les Jedi absents au moment du chat que Quintilius avait enregistré. Et pour cause, ils étaient occupés à descendre le cardinal Daw.

— Les Italiens. Ce sont eux qui ont exécuté le cardinal, n'est-ce pas ?

— Il semblerait, mais une fois encore, il n'y a aucune preuve.

— Les recherches sur l'ADN, c'est pour les lapins ?

— Aucune trace n'a été trouvée sur les lieux. Aucune. Pour conclure sur les Italiens, je précise que le frère et la sœur ont participé aux derniers championnats du monde de tir à la carabine. À plombs, j'entends.

— Marjorie et Tomas pratiquent aussi le tir sportif.

— De même que tous les autres.

— Il est possible qu'ils se soient connus lors des championnats.

— Identifiés physiquement, certainement, mais leur premier contact a eu lieu sur le Net.

— Avant ou après les accidents des pédophiles ?

— Avant.

Kara s'étonna.

— Il y a quelques heures à peine, on ne connaissait même pas leur e-mail. Le résultat de vos recherches est stupéfiant !

— Nos moyens d'investigation sont considérables, Kara.

— NOS. Ceux d'Interpol ?

— Et d'autres services…

— Comme celui où nous nous trouvons en ce moment.

— Par exemple. Je peux continuer ?

— Je vous en prie.

Elle soutint son regard trois secondes avant d'abandonner le terrain.

— Guénia Lutz. Habite Genève. Vingt ans. Inscrite dans une école de finance internationale. Pseudo : Oppo Rancisis. Le père possédait un empire. On a retrouvé son corps dans le box du garage d'un palace, asphyxié par les gaz d'échappement de sa Rolls. Il avait pour habitude d'emmener sa fille dans des soirées privées où il la prêtait à certains de ses gros clients. Un jour, la gamine a parlé. On l'a traitée de menteuse et de fabulatrice après quelques heures d'interrogatoire. Le pédopsychiatre qui s'en était chargé avait contracté un gros emprunt auprès de la LutzBank. Quelques mois plus tard, il a fini noyé dans un lac. À ce jour, Guénia gère la fortune de son père.

Tandis que Kadinsky prenait un nouveau dossier, Kara consulta sa montre. Avant qu'elle n'ouvre la bouche, il la rassura.

— On fait la pause bientôt, une collation a été préparée.

Une collation. Elle n'avait pas faim, juste soif. Très soif. Il continua.

— Valéria Tibor. Bucarest. Seize ans. Lycéenne. A été placée dans un orphelinat à la mort de sa mère. Un établissement où bébés et jeunes enfants étaient violés, torturés, parfois tués, par des touristes sexuels bien informés. Les enfants étaient répertoriés et classés selon leurs spécialités, et vendus à des fonctionnaires, des cadres, des éducateurs et des médecins de tous pays. Ils étaient sélectionnés dans des milieux pauvres puis achetés à des parents complaisants. Les pourvoyeurs avaient mis en place un système de vidéoconférence qui permettait d'assister en direct et à distance aux violences sexuelles faites aux enfants et d'entrer en contact avec les abuseurs pour leur demander des actes particuliers. L'été dernier, le directeur, son adjoint, les hommes de main, plusieurs membres du personnel, des clients ont été abattus les uns après les autres. Trente-deux au total. Plus ceux qui n'ont pas été découverts.

— Ce fait n'a jamais été révélé au grand public, s'étonna Kara.

— Verrouillé à tous les niveaux. Des membres du gouvernement roumain étaient impliqués. L'orphelinat a été fermé.

— Les enfants ?

— Dispatchés dans d'autres établissements.

Kadinsky s'arrêta une minute, le temps pour les journalistes d'intégrer le calvaire de Valéria.

Tous ces enfants brisés, humiliés, avilis, détruits. Kara comprenait la rage avec laquelle certains s'étaient acharnés contre leurs bourreaux. Avaient-ils au moins retrouvé la paix ? Avaient-ils retrouvé leur dignité ? Elle pensa à Loïc et Marjorie, abusés par ceux-là mêmes qui étaient censés les protéger et leur avaient volé leur enfance.

Kadinsky poursuivit. Restaient les Anglais. Tous deux originaires de Londres. Issus de la même fratrie, comme pour Enzo et Fabia.

— Clint et Kelly Lawson, *alias* Obi-Wan Kenobi et Evan Piell. Dix-sept et dix-huit ans. Banlieue sordide, fins de mois difficiles, les parents les prostituaient en les vendant à des notables du coin. On a retrouvé le père et la mère dans la Tamise.

Kara imagina les corps flottant sur l'eau grise, masqués par la brume d'un matin d'hiver. Ils avaient eu ce qu'ils méritaient. Les Jedi avaient décidé de régler eux-mêmes leurs comptes parce que l'Institution n'avait su les protéger.

Devaient-ils le faire ? Si pendant longtemps Kara avait cru que rien ne devait se substituer à la Justice, aujourd'hui elle en doutait. Elle tourna la tête vers Quintilius, qui avait l'air de celui qui se remet mal d'un coup de pelle à déblayer la neige.

L'exposé était terminé, Kadinsky rangeait les dossiers sur la pile.

— Kara, vous partez récupérer les Italiens.

— Pardon ?

— Boris vous accompagne.

— Et pourquoi irais-je en Italie ?

— Parce que vous le devez.

— Au nom de quoi ?

— De ce que vous savez. Votre contact là-bas sera Maria, vous l'avez rencontrée à Lyon. Un Falcon décolle de Saint-Étienne-de-Saint-Geoirs à 19 heures. Il vous ramènera.

La paume de ses mains devint moite, elle les essuya contre son pantalon.

— Le 4X4 me convient bien, et puis, ce n'est pas si loin, l'Italie…

Quintilius vint à son secours.

— Commissaire, l'avion pour Kara n'est pas une bonne idée. Quand elle ne gerbe pas, elle s'évanouit, et je ne parle pas des diarrhées incontrôlées ou des jets de bile impromptus.

Kara saisit le bras du journaliste.

— Merci, Quint, c'est bon, n'en rajoute pas. C'était bien tenté. Je vais m'en sortir, je te promets.

Elle ouvrit le dossier que venait de lui remettre Kadinsky. Deux photos. Le cheveu noir et le regard sombre, Enzo et Fabia se ressemblaient. Une fiche de signalement, des rapports de police, trois numéros de téléphone, une adresse. Elle parcourut les documents. Tous les cadavres avaient été retrouvés nus, tous atteints d'une première balle dans l'orbite de l'œil et d'une seconde dans les parties génitales. Le message était limpide, presque enfantin.

Quintilius irait en Belgique. Luc en Roumanie et en Suisse. Une équipe se chargerait des Anglais. Une autre tenterait de retrouver Harding au Luxembourg.

— Et vous, commissaire ?

— Je reste ici et je coordonne.

Kara s'en contenta et consulta sa montre.

— Vous avez parlé d'une collation.

— Dans vos quartiers. Un de mes hommes va vous conduire à vos chambres.

Kara se leva sans claquer des talons, elle était bien trop lasse.

— Et Loïc, où est-il ?

— En compagnie de Marjorie.

Elle s'étonna.

— Si l'on avait une seule petite chance de tirer quelque chose d'eux, là c'est raté. Bravo !

— Ils sont dans un secteur où tout est filmé et enregistré. Si déclaration ou confidence il y a, nous serons informés.

Quintilius pouffa.

— Ce sont des petits malins, et à mon avis vous n'êtes pas au bout de vos peines.

Un certain Marcial la conduisit jusqu'à leurs quartiers situés à l'étage en dessous, soit deux niveaux sous la surface.

Une cellule, plus qu'une chambre, lui était attribuée. Sur le matelas nu et propre étaient pliés et empilés une couverture, une paire de draps et trois serviettes éponge. Une salle de bains avec cabine de douche, des toilettes, un placard, un chevet sur lequel étaient posés un cendrier, une lampe et un téléphone. Sur la table, un plateau repas tout droit sorti des frigos de la voiture

4 d'un TGV. Elle décrocha le téléphone, un homme lui répondit. *Sven à votre service*.

— Papa Tango Charlie à Sven pour un essai. RAS. Fin de transmission.

Kara raccrocha en souriant. Pas sûre que le bunker soit une annexe du Club Med, les G.O. avaient de curieux costumes et ne faisaient pas dans le gag ébouriffant. Elle s'enferma dans la salle de bains pour se déshabiller, après avoir vérifié qu'aucune caméra ne la matait.

26

Boris l'attendait sur le perron, elle lui dit « repos » quand elle arriva à sa hauteur. Devant le bunker stationnait le 4X4. Au moment de monter dans le véhicule, le soldat leva le nez. Kara suivit son regard. À l'ouest, un hélicoptère évoluait dans le ciel. Il l'observa quelques secondes puis se mit au volant. Kara monta à son tour quand l'appareil devint un petit point noir. « Nous sommes en guerre », songea-t-elle lorsqu'ils franchirent le mur d'enceinte.

Le décollage se passa plutôt bien, Kara n'eut qu'un spasme bileux. Pas de quoi remplir le sac en papier que le copilote avait mis à sa disposition, avec des serviettes humides. Assis de l'autre côté de l'allée, Boris avait la tête dans le hublot. Discrétion ou indifférence, Kara ne sut sur quel compte attribuer son attitude. Quelle qu'elle fût, cela l'arrangeait, il était pénible de causer en vomissant.

Lorsque le Falcon atteignit son plafond de vol, Boris disparut une dizaine de minutes. Il s'était changé. Kara le préférait en treillis noir et rangers. Rien à voir avec le prestige de l'uniforme, juste qu'il était sapé comme un invité de Davos. Même avec le crâne rasé, Boris était un bel homme. Il quitta sa veste un rien trop grande, et pour cause, deux holsters contenant des pistolets nichaient contre sa poitrine. Kara fit un peu de ménage côté serviettes et sacs en papier, puis se rendit aux toilettes. Elle cessa de se brosser les dents quand saignèrent ses gencives. Un peu de blush sur les joues, un jet de déodorant sous les bras, un coup de peigne, et elle se sentit mieux. Un quart d'heure pendant lequel elle avait oublié qu'elle se trouvait à bord d'un engin suspendu dans les airs. Quand elle regagna sa place, elle hésita un instant puis s'installa en face de Boris, qui leva un sourcil. Rien d'expansif ou d'extraverti, à peine un étonnement discret. Kara pointa l'index vers l'une des armes.

— Je peux voir ?

Il ne bougea pas.

— Je n'ai jamais touché une arme. Et vu les circonstances…

Question armes à feu, Boris était intarissable. Il se montra un initiateur patient et pédagogue. Ses explications étaient claires, les réponses à ses questions concises. Quand le Falcon atterrit sur la piste de Livourne, Kara savait démonter un Glock, le remonter, le charger, l'armer et tirer. Restait juste l'histoire de la précision de la visée. Boris lui promit de l'entraîner quand ils reviendraient au bunker. De tout cet apprentissage, elle avait retenu deux choses ; les armes à feu étaient dangereuses, et quand on en pointait une, c'était pour tirer.

Une silhouette en jean et blouson de cuir noir les attendait sur le tarmac, Kara la reconnut. Boris s'y dirigea. Deux poignées de main, pas de présentation, ils se connaissaient. Avaient-ils eux aussi couché ensemble ? Kara se serait mise une claque rien que pour l'avoir envisagé.

Maria conduisait vite, Livourne semblait n'avoir aucun secret pour elle. Les rues défilaient. Puis ce fut la périphérie, les cheminées des raffineries, la campagne. La nuit tombait sur la Toscane. Dans un hameau de cinq maisons, Maria pila devant un petit restaurant aux nappes rouges où flottaient des senteurs d'épices et d'huile d'olive.

Ils parlèrent peu et mangèrent davantage. Maria paya avec des euros qu'elle sortit d'une enveloppe en papier kraft. Elle la replaça dans la poche intérieure de son blouson. La lumière de la bougie qui se consumait buta contre l'éclat mat du métal.

Les deux personnages assis en face de Kara étaient armés jusqu'aux dents, ce qui la rassurait moyennement.

La nuit les encerclait, Maria la scruta, la main dans son blouson tout en faisant un tour sur elle-même. Quand tous trois furent installés, elle verrouilla les portières en actionnant la commande centrale située à côté du plafonnier. « Attachez vos ceintures » furent ses seuls mots jusqu'à ce qu'ils arrivent à destination, une bourgade avec en son centre un petit hôtel, en bordure d'une place sur laquelle des hommes jouaient aux boules. Des femmes assises sur des bancs piaillaient tout en brodant ou tricotant. L'hôtel faisait office de café, des jeunes chahutaient sur la terrasse. Personne ne leur prêta attention. Ils suivirent Maria à l'intérieur de l'établissement, passèrent devant une réception déserte où plusieurs clés pendaient au tableau. La plupart des chambres n'étaient pas louées. Ils grimpèrent deux étages, traversèrent un couloir jusqu'à une porte devant laquelle Maria s'arrêta sans hésiter. Chambre 24. Elle frappa un coup long puis deux brefs. De l'autre côté, le plancher craqua et la porte s'ouvrit.

La chambre était plongée dans la pénombre, et la minuterie du couloir venait d'achever son cycle, la seule lumière venait de la rue, à travers la fenêtre voilée que deux silhouettes noircissaient. Boris referma la porte derrière eux après avoir vérifié le couloir. Maria se plaça dans l'ombre des rideaux, sans les toucher, et sonda la rue. Elle parlait à voix basse, en italien. Cela s'adressait donc aux hôtes de la chambre. Fabia et Enzo répondirent chacun à leur tour. Le ton de leur voix était fluide et posé, Enzo avait déjà une voix d'homme même s'il n'en avait encore ni la largeur d'épaule ni la taille. On ne distinguait pas leurs traits, juste la pâleur de leur visage, accentuée par les néons des réverbères. Le débit des paroles de Maria s'éleva, entraînant le ton dans les aigus. Kara connaissait suffisamment la langue pour comprendre qu'ils parlaient des Russes, d'une embuscade et d'un cadavre. Boris n'avait pas bougé de la porte, probable qu'il ne comprenne pas l'italien. Kara fit trois pas dans la chambre et s'assit au pied du lit qui gémit sous ses fesses. Le carré de lumière dispensé par la fenêtre s'étirait jusqu'aux limites du couvre-lit. Kara ramena une jambe et heurta quelque chose qui dépassait de dessous le lit. Elle se pencha. C'était une chaussure. Elle toucha. Une chaussure avec un pied dedans. Elle se leva d'un bond, courut se coller contre Boris et lui chuchota à l'oreille.

— Il y a un type sous le lit.

— Un Russe. Les gamins l'ont refroidi.

— Qu'ils disent… Il est peut-être encore vivant.

— Impossible.

Plus personne ne parla dans la chambre. Fabia et Enzo prirent chacun un sac et l'enfilèrent sur les épaules. Maria fit un signe de la main, Boris entrouvrit la porte et écouta une longue minute. Il la referma. Un chuchotis de scratch qu'on défait, il tendait un Glock à Kara.

— Avec Maria, on y va en éclaireur. Vous comptez jusqu'à dix et vous sortez. Les gosses derrière, et vous en couverture.

— Elle est bien bonne, celle-là. De nous tous, je suis la seule à ne pas traîner de cadavres dans mon CV, et c'est moi qui dois les protéger. Vous rigolez. C'est *niet*. Ils peuvent se débrouiller seuls, moi je me tire.

Kara tenta de faire un pas, Boris l'en empêcha d'un déplacement de hanches. Il lui enfonça le Glock dans la paume de la main. Elle put sentir la chaleur de son souffle glisser sur ses lèvres.

— Vous faites exactement comme on vous dit. D'accord ? Comptez jusqu'à dix.

— C'est si gentiment demandé…

Le noir de l'hôtel avala Boris et Maria. Kara referma la porte et se mit à compter. Elle eut peur d'avoir compté trop vite et rajouta quatre, puis se tourna vers les adolescents.

— On sort. Vous ne me lâchez pas d'une semelle. Compris ?

Ils hochèrent la tête, ajustèrent leur sac et suivirent Kara dans le couloir. À peine s'y trouvaient-ils qu'à l'opposé, vers les escaliers, des ombres s'agitaient. Des lumières jaunes et fugaces, suivies d'une avalanche de bops déformèrent la profondeur du couloir. À vingt mètres, on se canardait à coups de silencieux.

Un cri, un bruit sourd sur le tapis. Quelqu'un venait de tomber sous le feu. Kara fit volte-face et poussa les jeunes dans la chambre. Plaquée contre la porte qu'elle venait de fermer à clé, elle serra les mâchoires. « Bordel ! C'est quoi, ce merdier ? Putain, fait chier ! On doit nous tirer de ce trou. J'appelle les flics ! »

Elle attrapa son téléphone niché dans une poche sur la hanche et, le doigt en l'air au-dessus des touches, demanda aux Italiens le numéro des secours.

Fabia lui enleva le portable, l'éteignit et, dans un français correct, lui annonça qu'ils allaient passer par la fenêtre. Kara secoua la tête.

— Je ne suis pas Spiderman.

Enzo avait déjà ouvert la fenêtre. Il l'enjamba, s'assit sur le rebord et tendit une main en direction de la journaliste qui secoua la tête. « Il faut appeler la police ! » Soudain, le panneau de la porte s'effrita, faisant voler des éclats de bois. Une balle perdue venait de s'y loger. Kara se jeta du côté de la fenêtre, attrapa la main d'Enzo et l'enjamba à son tour, suivie de Fabia. Ils se trouvaient sur une étroite margelle suspendue dans le vide. Deux étages plus bas, sous les arbres, les joueurs de boules et les brodeuses. Ils avancèrent au pas de crabe, se servant des aspérités qu'offrait la façade, et la parcoururent ainsi dans toute sa longueur. Ils atteignirent un escalier de secours qui surplombait une ruelle perpendiculaire à la place.

Ses pieds touchèrent enfin le bitume.

Fabia jeta un cri bref. D'un bond, elle atterrit sur le trottoir, un bras tendu vers la façade. La main tenait une arme vers un homme qui dévalait l'escalier métallique. Dans la lumière blanche d'un réverbère, Kara vit l'index s'enfoncer. Une flamme, un bruit assourdissant, un corps qui bascule. Un mètre plus à gauche et

Kara le prenait sur la tête. Enzo lui aussi avait sorti une arme. Kara sortit la sienne, il n'y avait pas de raison. Fabia se tourna vers elle, saisit le canon du Glock et l'écarta. « Jamais dans ma direction. » La voix était rauque, ses yeux noirs luisaient. Kara le prit comme une menace.

Mon cul, les protéger, ils étaient bien assez grands pour se protéger tout seuls.

Elle fit trois pas dans la ruelle quand une voiture surgit à l'autre bout. Pleins phares, moteur rugissant. Le véhicule fonçait sur eux.

Fabia saisit à pleines mains Kara et la plaqua contre le mur de l'hôtel, puis les deux gamins se jetèrent sur la chaussée, jambes fléchies et écartées, mains enroulées autour de leur arme. Ils firent feu en même temps, en direction de la voiture qui s'emballait. Encore quelques dizaines de mètres et elle les percuterait. Kara imita leur position, arma la culasse comme le lui avait apprit Boris et appuya sur la détente. Le coup lui assourdit les tympans, le recul du Glock la déstabilisa. Elle affermit sa position et tira à nouveau. Avant le cinquième coup de feu, la voiture faisait une embardée et terminait sa course sur le flanc, jusqu'à percuter une benne de gravats. Le feu s'empara du moteur, l'habitacle s'enflammait. Prisonniers à l'intérieur, deux corps embrasés gesticulaient. Puis ce fut l'explosion. Les gamins démarrèrent un sprint vers le haut de la ruelle. Malgré le poids des sacs qui leur battaient les épaules, ils couraient vite. Kara peinait à les suivre. Au bout de la ruelle, une voiture pila. C'était l'Alfa de Maria. La portière arrière s'ouvrit, les Italiens s'engouffrèrent dans le véhicule, Kara se jeta sur eux. La voiture démarra avant que la portière ne soit complètement refermée.

En moins d'une minute, ils avaient franchi les portes de la bourgade, après avoir longé la place. Boulistes et tricoteuses regardaient à l'opposé, là où flambait la voiture.

Quand disparurent les lumières des dernières habitations, Maria ralentit et prit un chemin de traverse. Elle éteignit les phares avant de stopper le véhicule.

— On fait quoi ? demanda Kara.

— On soigne les blessés. Fabia, tu te postes sur la butte et tu fais le guet. Enzo, en protection derrière la voiture. Kara, dans le coffre, la trousse et la couverture.

Dans la pénombre de l'habitacle, Kara observait Boris assis à l'avant. Son souffle était rapide et haché. Il était blessé. Elle déglutit et tenta de se souvenir de ce que venait de lui dire Maria, qui ouvrait la portière du côté de Boris.

— Dépêche, Kara. Apporte la trousse et la couverture, on va le sortir de la voiture.

Boris avait pris une balle dans le ventre. Le sang imbibait la chemise jusqu'au col. Elles l'allongèrent au milieu du chemin sur une toile molletonnée. Maria tendit une Maglite à Kara.

— Dirige le faisceau sur mes mains et ne t'en écarte pas un instant.

Kara saisit la lampe au faisceau acéré et balaya le visage de Boris qui serrait les dents et transpirait en abondance. Maria s'énerva.

— Tu écoutes, je parle pas assez bien français. Mes mains !

Elles étaient couvertes de sang. Elle ouvrit un cartable noir lourd et joufflu, vida un flacon de désinfectant sur ses mains, les essuya avec soin puis entreprit de soigner le blessé. Si Kara douta une minute ou deux des compétences de l'Italienne, ses incertitudes s'envolèrent quand elle planta une aiguille de perfusion dans le bras de Boris. Les différents produits qu'elle injecta firent leur effet, le souffle de Boris devint régulier, ses gémissements cessèrent. Kara aurait parié qu'il s'était endormi mais n'osa pas le vérifier. Maria lui tendit un flacon.

— Tiens-le en l'air de la main droite. Fais gaffe à la lampe. Sur mes mains !

Maria découpa la chemise, nettoya. Un trou rouge, net et rond apparut sur le ventre. Elle souleva le flanc du blessé pour examiner le dos, la balle n'était pas ressortie. Les mains palpèrent. Maria se laissa aller.

— Tu as eu chaud aux fesses, soldat.

Puis à l'attention de Kara.

— Pas d'organes vitaux touchés. On va enlever cette merde. Quel con ! Pourquoi n'a-t-il pas mis son pare-balles !

Kara s'étonna qu'on n'ait même pas pensé à lui en proposer un à elle aussi. Son interrogation muette s'estompa quand Maria enfonça une pince dans le trou fait par la balle, tandis que l'autre main malaxait la chair. Elle éructa un « Santa Celestina ! » en retirant la pince qui serrait le projectile dans ses fines mâchoires d'acier. Maria l'essuya et l'observa.

— Du 9 mm. Il a eu de la chance. D'autres fois, ils utilisent des charges explosives. Bon, on le finit. Gaffe à la perf, tiens bien le flacon en l'air.

Maria ne lui adressait que des ordres. Journaliste indépendante depuis ses débuts dans la profession, Kara abhorrait tout ce qui ressemblait de loin ou de près à une injonction. Sauf cette nuit-là, perdue au milieu de la Toscane avec deux adolescents et un blessé grave. Que se serait-il passé si l'Italienne n'avait pas été là ?

Du sparadrap de suture, un pansement puis un bandage. Dans un sac en plastique noir, elle glissa les compresses, les emballages et la chemise ensanglantée. Boris commença à se réveiller quand elles lui enfilèrent un sweat. Il grogna et tenta de se débattre, Maria l'engueula en italien. Boris sourit et se laissa faire.

L'aube éclaircissait le ciel quand la voiture freina devant l'escalier du Falcon. Le copilote et un homme qu'elle ne connaissait pas attendaient sur le tarmac, ils ouvrirent la portière et aidèrent Boris à se hisser jusque dans l'appareil. Sac sur le dos, Enzo et Fabia suivaient. Kara se tourna vers Maria.

— Tu es une fille étonnante, je suis heureuse de t'avoir connue. Si nos chemins se croisent à nouveau, j'aimerais que ce soit autour d'un thé et d'une tarte au citron.

Maria écarquilla ses grands yeux noirs agrandis par l'effort qu'elle faisait pour imaginer la situation. Elle tendit une main à la journaliste.

— Fais gaffe à toi et surveille toujours tes arrières, avec encore un peu d'entraînement, tu seras un bon soldat.

— Je ne suis pas certaine d'avoir envie de faire la guerre.

— Tu y seras plongée malgré toi.

Elle lui tendit une tablette de comprimés.

— C'est pour Boris. Un toutes les vingt minutes. Le premier au décollage. Autre chose, dis à Luc que pour le cardinal américain, on n'a rien pu faire. Ils ont été plus rapides. Dis-lui.

Elle le lui dirait. Kara lâcha à regret la main fine et descendit de l'Alfa, Maria avait la première détourné le regard. Les doigts sur la clé de contact, elle démarra. Kara resta plantée sur le tarmac jusqu'à ce que disparaisse l'Italienne, derrière les hangars bordant la piste.

Enzo et Fabia avaient pris place côte à côte. Boris était à moitié allongé sur le fauteuil central. On l'avait couvert, seule dépassait sa tête. Un peu fatigué, le combattant, il avait reçu une sacrée secousse. Ses lèvres remuaient, il voulait lui parler. Kara se pencha.

— Tu veux quelque chose ?

— Bienvenue au club.

Elle fronça les sourcils.

— Comprends pas.

— C'est par rapport à ton CV. Toi aussi, tu traînes tes cadavres, maintenant.

— Tu rigoles, ce sont les gosses qui ont tiré.

Elle se mordit aussitôt les lèvres. Juste l'impression d'être une cafteuse qui dénonçait des enfants.

— Je ne sais pas viser.

— J'ai vu. Beaucoup trop bas. Tu as juste explosé les pneus, c'est pour cela que la Mercedes a fait une embardée. Les balles ne pouvaient pas l'atteindre, la carrosserie était blindée, pas les roues.

Elle mit plusieurs secondes avant de réaliser qu'elle était directement responsable de la mort de deux hommes qui avaient brûlé vifs dans leur voiture. Et elle était partie en courant, sans même essayer de les libérer. Elle secoua la tête.

— Je suis une criminelle.

D'une grimace, il réprima un rire.

— Cas de légitime défense. Dès que je suis sur pied, je t'entraîne. Tu ne devrais pas être mauvaise.

La montée en puissance des réacteurs fit taire Boris. Elle glissa un comprimé entre les lèvres blêmes puis s'installa de l'autre côté de l'allée sur le fauteuil qui faisait face au blessé, histoire de ne pas le perdre de vue.

Pour la première fois, elle n'eut pas de nausée.

27

Le troisième sous-sol du bunker était un hôpital ; pharmacie, bloc opératoire, salle de radiographie, salle de réveil. Blanc, propre, aseptisé. Kara avait demandé à accompagner Boris. Après une brève hésitation, Kadinsky avait répondu « pourquoi pas. »

Un homme en blouse verte et rangers auscultait le blessé. Kadinsky et Kara les observaient à travers une paroi vitrée. Elle demanda :

— Il est médecin ?

— Cesare est chirurgien.

Kara désigna les lits vides de la salle de réveil.

— Et quand il n'opère pas, il joue au curling ?

Le sourire aux lèvres, Kadinsky la toisa quelques secondes.

— Les hommes ont toujours quelque chose à faire.

— Combien ? Combien d'hommes dans le bunker ? Et sur leur fiche de paye, il y a écrit quoi ? C'est qui leur employeur ? Vous, commissaire ? L'État, une armée obscure, le Sénat intergalactique ? Et ces gosses, qui sont-ils ?

Elle tenta de contrôler un tremblement de la lèvre, il ne souriait plus.

— Ce sont des enfants que nous devons protéger. Des tueurs sont à leurs trousses.

— Arrêtez. Nous sommes tous des tueurs. Vous, moi, Boris, Maria, Enzo, Fabia, et tous les autres. Tiens, peut-être même Quintilius. Où est-il en ce moment ?

— Sur le chemin du retour. Ils atterrissent dans moins d'une heure.

Il l'avait dit en regardant sa montre, un bel objet en métal mat. Kara retint le poignet, c'était du platine. Elle relâcha l'étreinte et plongea dans le regard gris tranquille.

— Vos moyens sont colossaux, Quintilius dirait même sidéraux. Qui finance le bunker, les hommes, les avions ?

— Vous le saurez bientôt.

Le dernier mot la fit frissonner. Elle le ressentit comme une menace.

— Nous sommes journalistes, notre métier est d'informer. Informer les gens sur ce que vous leur cachez.

Kadinsky lui sourit à nouveau, il approcha la main du visage de Kara, effleura sa joue et glissa deux doigts dans ses cheveux.

— Vous êtes une fille surprenante, Kara. Déterminée, courageuse et, sous vos allures de garçon raté, très séduisante.

Kara tenta de se rappeler le dernier homme qui l'avait trouvée séduisante. Elle n'y parvint pas. Merde, il n'allait pas l'embrasser devant tout le monde ! Si, il le fit. Un baiser chaud et tendre. Sans la langue. Elle le regretta quand il décolla les lèvres de sa bouche. Il souriait encore, et Kara eut envie de le voir nu. Nu sur elle. Nue contre lui. Le chirurgien ramena l'église au milieu du village, il franchissait la porte en ôtant des gants en latex qu'il jeta dans une poubelle.

— Elle a fait du bon boulot. Nickel. La balle est passée à deux centimètres du foie, il aurait pu y passer.

— C'est un p'tit con. La prochaine fois, il mettra son pare-balles.

— Il a compris. Je le garde un jour ou deux puis il remonte. Je te fais passer mon rapport.

Kadinsky et Kara prirent l'ascenseur et remontèrent au niveau zéro. Les rayons du soleil matinal noyaient de lumière les vitres opaques du hall où il la laissa pour disparaître derrière l'une des portes. Avant qu'il ne la referme, elle avait eu le temps d'apercevoir plusieurs écrans de contrôle et des hommes en treillis noir. Elle voulut sortir sur le perron. Impossible, la porte était condamnée. Pas de poignée, pas de serrure. Elle fit deux pas en arrière, tentant de comprendre. Refusant d'admettre qu'elle était prisonnière dans le bunker. Un bourdonnement lui fit lever les yeux, une caméra l'observait. Un déclic dans le métal. Elle n'eut qu'à pousser.

Un homme accompagné d'un gros chien brun marchait sur le chemin, le chien stoppa et tourna la gueule dans sa direction. L'homme regarda à son tour puis lança un ordre à la bête. Ils reprirent leur marche. Elle fit quelques pas sur la pelouse et entreprit de contourner le bunker. Sur le côté, un homme faisait brûler des documents dans un bidon en fer rouillé. Il leva les yeux vers Kara qui lui dit bonjour. Il ne répondit pas. Peut-être que plus tard, après quelques coups de feu, une blessure par balle et un vol en Falcon, il la saluerait. Elle haussa les épaules et continua sa balade dans l'herbe rase. Ses rangers s'enfonçaient dans la moquette qui dégageait une odeur de terre mouillée et de thym frais.

Le bunker était une bâtisse rectangulaire avec pour ouvertures des portes blindées sur chacune des façades. Seule celle du perron s'offrait le luxe de quelques vitres opaques. Des caméras fixées à la lisière du toit balayaient l'espace à 180°. Elle contourna le bâtiment. Côté ouest, une pente bétonnée s'enfonçait sous terre. Le garage. La porte était aux trois quarts fermée. Elle descendit, c'était un parking souterrain. Une quinzaine de véhicules, cinq motos ; des grosses cylindrées et une douzaine de 125.

Parmi les véhicules, trois 4X4 Nissan noirs aux vitres fumées. Leur numéro d'immatriculation était identique, elle ne s'était pas trompée. Deux Patrol, même numéro. Une BMW noire immatriculée dans l'Isère. Le suisse ! Elle tenta de se rappeler les chiffres inscrits sur le sablé par l'apprenti pâtissier. Seul le département lui revenait à l'esprit. Journaliste mais pas flic. Elle leva le nez, des caméras dans tous les angles. Elle quitta les lieux après leur avoir adressé un coucou de la main.

Un homme en uniforme juché sur un tracteur tondait la pelouse. Deux autres, torse nu, en pantalon et chaussures de guerre, couraient le long de l'enceinte. Kara les suivit des yeux. Les hommes en uniforme noir l'intriguaient. À quel corps de police ou d'armée appartenaient-ils ? Luc était policier à Interpol, de cela elle était certaine. Mais Kadinsky ? Qui était-il ? Un général de l'armée des fantômes.

Une seule certitude le concernant, il était lui-même une ombre. Elle ne sentit sa présence que lorsqu'il la frôla. Il lui prit le bras.

— On prend l'air ?

— M'oxygéner pour ne pas tomber. Je n'en peux plus, je vais rentrer chez moi.

— Non.

Elle dégagea son bras avec violence et lui fit face.

— Comment, NON ?

— Vous ne pouvez pas rentrer chez vous, Kara. Vous êtes en danger.

— Et qui me menace, à part vous ?

— Les Russes. Je vous rappelle que cette nuit, vous avez tué deux des leurs.

L'impression de prendre un coup de poing dans l'estomac. Elle chancela.

— Pardon ?

— Ils vous ont identifiée. On a intercepté ça sur le Net.

Il lui tendit une feuille. Sa tête. Son nom, son adresse écrits en anglais. Une photo d'elle, genoux fléchis, bras tendus, brandissant une arme. De nuit, au cœur de la Toscane. Kara ne comprenait pas. Kadinsky lui reprit la feuille.

— C'est un contrat.

— C'est-à-dire…

— Vous avez très bien compris. Venez, on rentre. Vous devez vous reposer, on dirait que vous êtes ivre.

Il lui mit la main sur l'épaule et l'entraîna vers la porte qui trouait la façade arrière. Un déclic, le panneau blindé pivota de quelques centimètres. De l'autre côté, un couloir sombre perçait le bunker. Ils descendirent au niveau – 2, il la raccompagna jusqu'à sa chambre. Elle en fit le tour, quelqu'un avait nettoyé la salle de bains et mit des serviettes propres. Quelqu'un avait fait le lit. Paul alluma la lampe de chevet et éteignit le plafonnier. Kara lorgna vers le lit, elle n'en pouvait plus. À ce moment précis, elle ne pensait qu'à une chose. Dormir. Dormir ou mourir. Kadinsky la poussa vers le lit, tira le drap puis posa les mains sur ses épaules, l'obligeant à s'asseoir. Il se baissa aux pieds de Kara et entreprit de défaire ses lacets. Une chaussure, la deuxième, il quitta ses chaussettes. Se leva, lui ôta son sweat, son tee-shirt, dégrafa son soutien-gorge. Des effluves l'auréolaient, elles n'étaient pas de toute fraîcheur. Percevait-il les odeurs, son odeur ? Elle s'en moquait et s'allongea. Il déboutonna le bouton de la braguette de son pantalon et le fit glisser sur ses jambes. Sur le dos, elle n'avait plus que son slip. Allait-il le lui ôter aussi ? Elle sombra dans un sommeil mat.

Quand elle se réveilla, la lampe de chevet était toujours éclairée. Elle regarda l'heure sur la montre qui ne quittait jamais son poignet. Deux heures dix. Du matin ou du soir, elle n'en savait rien. Rien dans cette chambre ne permettait de savoir s'il faisait jour ou nuit. Elle tendit l'oreille. Rien ne filtrait. Pas un chant d'oiseau, pas une voiture, pas un bruit de chasse d'eau. Elle pensa aux dernières minutes avant qu'elle ne sombre. Kadinsky. Elle glissa la main sous le drap jusqu'à son bas-ventre. Le coton ne la rassura qu'un moment. Et si… Ses doigts tâtèrent son entrejambe, elle les remonta jusqu'à son nez. Pas d'odeur ou de substance qui aurait pu trahir un acte sexuel, mais il était temps de prendre une douche.

Elle se doucha, se sécha et enfila des vêtements propres. Ceux qu'elle portait avant de dormir ne se trouvaient plus dans la chambre. On les avait emportés. Elle chercha ses rangers. Nulle part. On lui avait piqué ses pompes. Elle décrocha le téléphone, l'envie de passer un savon au premier qui se trouverait sur sa route.

— Sven à votre service.

— Tu tombes pile poil, Sven. Où sont mes chaussures ?

— Devant votre porte.

— Comme fakir, tu n'es pas encore au top. J'ai retourné toute la chambre et elles n'y sont pas.

— Je parlais de l'autre côté de la porte. Dans le couloir.

La voix était neutre. Kara demanda :

— Il est quelle heure ?

— Quatorze heures quarante-deux.

— Merci, Sven.

Elle ouvrit la porte, les chaussures se trouvaient dans le couloir. Cirées et lustrées. À côté, un sac en toile noire contenant ses vêtements. Lavés, repassés, pliés. La décoration n'était pas des plus audacieuses mais côté intendance, il n'y avait rien à redire.

Dans le hall du niveau zéro, elle trouva Kadinsky qui l'attendait. Il l'accompagna à la salle à manger, à l'étage au-dessous. Une grande salle avec des travées de tables et de chaises, comme dans les cantines. Cent personnes pouvaient s'y asseoir sans se bousculer. Quatre hommes en uniforme étaient attablés. Ils traversèrent la pièce et ouvrirent des réfrigérateurs métalliques, dont certains étaient vitrés. Kara opta pour une assiette de rosbif, des crudités et deux yaourts. Elle n'osa pas le camembert.

Ils s'assirent face à face au bout d'une table. Kara planta le couteau dans la viande.

— Quintilius est arrivé ?

— À midi, avec le Belge.

Kara suspendit sa fourchette et agrippa son regard qui, de gris souris, virait à l'anthracite. Son cœur s'emballa.

— *Le* Belge ! Je croyais qu'ils étaient deux.

— Ils sont tombés dans une embuscade. Katia Willebroek est morte.

Kadinsky baissa la tête. Sa voix se fit plus rauque.

— J'ai aussi perdu un homme.

Elle lâcha sa fourchette.

— Qui ?

— Vous ne le connaissez pas.

— Quintilius…

— Seulement égratigné.

— Une balle ?

— Non, pas une balle. Il a sauté dans un fourré, il est un peu griffé.

— Tout le monde est arrivé ?

— Presque, les Anglais sont dans la vallée. Une question de minutes. Harding a disparu. Pour le Russe, l'équipe est arrivée trop tard. Il était mort. Ils l'ont torturé et tué. Je sais qu'il a parlé.

— Comment le savez-vous ?

— Plus de phalanges à la main droite, il en manquait une seule à la gauche.

— Commissaire. Qu'est-ce qu'il a pu avouer qui vous fasse si peur ?

Le regard anthracite s'assombrit encore.

— La bataille va être rude, je peux vous l'assurer.

Kara balaya d'un geste ample la salle à manger.

— Quelle bataille ? On est dans un bunker. Fort Knox est à peine mieux gardé.

— Vous ne savez pas à qui on s'est attaqués. Mais on se battra. Jusqu'au bout.

— Quoi, on se battra jusqu'au bout ! Vous êtes marteau. On n'est pas dans le fin fond d'une forêt de la Colombie avec les FARC à nos portes. On est en France, Paul ! À cent bornes de Lyon. Avec une caserne de gendarmerie à un quart d'heure d'ici.

— Il ne faudra pas compter sur eux.

— Pourquoi ?

— Je vous expliquerai quand vous en serez à ce chapitre.

— Quel chapitre ?

— Du livre que vous allez écrire, vous et Quint.

— Vous plaisantez. Un livre sur quoi ?

— Sur ce que vous êtes en train de vivre, sur ce qui vous est arrivé, sur les jours qui vont venir. Et surtout, sur les réseaux.

— On a déjà tout dit.

— Pas tout.

— On n'avait pas les preuves.

— Je les ai.

Kara le scruta, flairant un piège qu'elle ne parvenait pas à localiser.

— Écrire sur le bunker, les Jedi ? Écrire sur vos méthodes ? Vous risquez gros. Je ne suis pas sûre que votre hiérarchie vous couvre.

— On vous a installé un bureau.

— Attendez ! On n'écrit pas un livre avec un crayon et du papier. J'ai besoin de mes notes, mes sources, mon matériel.

— Tout est ici. On a tout récupéré.

Des semelles couinèrent dans son dos. Elle se retourna, Quintilius venait d'arriver. Elle le reconnut à ses cheveux et à sa veste.

— Quint ! Mais c'est affreux…

Elle avait dit affreux pour ne pas dire sanglant, gore ou terrifiant. Il avait la tête du type qui s'est fait attaquer par une horde de chats sauvages une nuit de pleine lune. Son visage, son cou, ses mains étaient striés de traits rouges, les lèvres avaient gonflé et les yeux étaient injectés de sang. Il s'assit. Kara lui proposa une tranche de rosbif. Mécaniquement, comme pour lui faire croire qu'elle n'avait rien remarqué.

— Non merci. La viande saignante, j'ai donné.

Elle alla lui chercher à manger, juste pour respirer, se donner une contenance, ne pas s'évanouir. Elle prit au hasard dans le frigo, évita la viande rouge. Pizza, salade, camembert, qu'elle rapporta sur un plateau.

— Raconte.

— Te raconter quoi ? On venait de récupérer Konrad. Katia nous accompagnait. Une voiture est passée, vitres ouvertes. Des types pointaient vers nous des pistolets mitrailleurs. J'ai hurlé et me suis jeté dans un fourré au moment où ils se sont mis à tirer. Katia et Denis, qui montaient dans la voiture côté rue, ont été touchés, criblés de balles. Je crois qu'ils sont morts sur le coup. J'ai embarqué le Belge et on a rejoint l'aéroport à toute allure. T'aurais vu la gueule de la voiture, des trous de partout. Je me demande comment je n'ai pas pris une balle perdue.

Kara scrutait son visage.

— Qui t'a fait les points de suture ?

— Cesare. Il porte bien son nom, celui-là.

Se tournant vers Kadinsky :

— C'est vraiment son prénom ?

Il confirma. Elle demanda :

— C'est étrange. Que ce soit en slave, en germanique ou en latin, tous les prénoms de vos hommes signifient guerrier ou combattant.

— Et le combat cessa, faute de combattants, déclama Paul en se levant.

Il lui prit la main et effleura ses doigts du bout des lèvres. Son regard gris mer Baltique un soir d'été se perdait sur son visage.

— Quand vous aurez terminé, rejoignez-moi au niveau – 3. Je vais vous présenter les jeunes. Ensuite, vous pourrez commencer à travailler.

Une fois de plus, il s'esquivait.

Le treillis noir ne laissait aucun doute sur l'ampleur des épaules, le galbe des fesses et des cuisses. Kara ramena son regard vers Quintilius quand disparut le commissaire.

Le journaliste fronçait les sourcils, épaissis par des fils de suture.

— Je rêve, ou il te branche ?

— Qu'est-ce qu'il est bien foutu, fit Kara, rêveuse.

— Il n'est pas mal. Juste son lifting qui a un peu foiré.

Kara dévisagea son ami, qui bientôt en aurait besoin d'un lui aussi. Il paraissait surpris.

— Ne me dis pas que tu n'as pas remarqué les petites cicatrices, dit-il en désignant plusieurs points sur son visage.

— Ouais… une ou deux. Quand je lui parle, je ne vois que ses yeux.

— Eh bien, regarde-le de plus près, ton commissaire, il est tout refait.

28

Ils terminèrent de manger tout en parlant. Kara apprit qu'il y avait aussi un contrat sur son ami. Les Russes le recherchaient. Ils se demandèrent pourquoi Kadinsky ne leur avait pas parlé du second contrat, qui les touchait l'un et l'autre. Kara lui parla de son périple en Italie, du cadavre sous le lit, de l'embuscade, des deux Russes qui avaient flambé dans la voiture, de la blessure de Boris, de Maria. Quintilius louchait sur le dessus de ses mains tout en soufflant dessus. Certaines égratignures suintaient encore.

— Kadinsky nous lâche les infos au compte-gouttes. Et seulement certaines infos. De plus, je ne sais pas si tu l'as réalisé, mais nous sommes tous deux aujourd'hui hors la loi. Si maintenant on allait dans un commissariat, les flics nous garderaient. Et il le sait. Pour bétonner, je me demande même si c'est pas lui qui a inventé cette histoire de contrats.

— La seule façon d'en avoir la certitude, c'est de rentrer chez nous et d'attendre. Si personne ne vient, c'est effectivement du bidon. En revanche, si on y reste, il aura raison. Tu veux vraiment savoir ?

Quintilius ne voulait pas savoir. Il était las et souffrait. Il sortit une boîte de pilules roses et en avala deux. Rien n'était écrit sur la boîte cylindrique. Kara le vérifia.

— Même les médocs sont anonymes. Tu sais ce que nous propose Kadinsky ?

— Vas-y.

— Écrire nos aventures.

— Je sais.

— Tu ne m'en as rien dit.

— Il devait d'abord t'en parler. J'avais promis.

— C'est idiot, cette manie de promettre à tout bout de champ à n'importe qui.

— Je sais, mais au moins cela a le mérite d'éviter des discussions inutiles, je finis toujours par céder.

— Qui va publier ?

— Je ne me fais pas de souci pour l'édition. Kara. Je n'ai pas l'impression que tu réalises l'ampleur de ce que nous sommes en train de vivre. Il n'y a pas un journaliste en France qui ne voudrait pas être sur ce coup-là. On n'a pas encore toutes les données mais je pressens qu'elles vont être époustouflantes. Nous sommes au cœur de l'investigation comme journalistes, mais aussi comme acteurs. Un vrai coup de tonnerre. Nos détracteurs vont enfin admettre que nous avions raison, sur toute la ligne. Nous sommes des grands reporters, des vrais, pas des bidonneurs, comme certains l'ont prétendu.

— Tu as raison, Quint, et on en aura la confirmation quand on sera derrière les barreaux, quand on sera condamnés pour meurtre, complicité d'assassinats, non-assistance à personne en danger, dissimulation de preuves.

— La seule façon de s'en sortir, c'est d'aller jusqu'au bout. On n'a plus le choix. Bon, on va voir les enfants terribles.

Au niveau – 3, l'ascenseur et l'escalier débouchaient dans un hall sur lequel donnaient trois portes blindées. Deux étaient closes, dont celle de l'unité de soins, celle de droite était ouverte. Ils la franchirent et suivirent un couloir. Dans un premier bureau vitré qui surplombait un étage inférieur, Kadinsky discutait avec deux de ses hommes. Kara ne les connaissait pas. Comme les informations et les certitudes, les hommes en noir apparaissaient au compte-gouttes. Il les invita à entrer et fit les présentations. Lutz et Marc. Encore des prénoms en rapport avec le dieu Mars. Avec la guerre. Et si tous ces noms étaient des pseudos ? Cela voudrait dire alors que ces hommes n'existaient que dans le bunker. Le bureau ressemblait à une tour de contrôle. En contrebas, derrière les vitres, les adolescents évoluaient dans une sorte de loft. Les seules cloisons cernaient les toilettes et la salle de douche. Du bureau, on en apercevait les pommeaux.

Kara les compta. Neuf. Ils étaient tous là, enfin ceux qui restaient. Certains visages lui étaient familiers. Les Français Marjorie et Loïc, les Italiens Enzo et Fabia, qui lisaient tous deux sur un canapé, épaule contre épaule. Les autres se trouvaient dans le coin informatique, leurs doigts courant sur les claviers, le nez contre l'écran. Apparemment, ils jouaient en réseau. Kara s'inquiéta.

— Ils passent par le Net ?

— Certainement pas. Tout le système est en interne, rien ne sort.

— Marjorie et Loïc ont des ordinateurs portables équipés de modem.

— Leur matériel a été consigné.

Le regard de Kadinsky dérapa sur l'horloge murale. Il saisit sur une table un magnétophone qu'utilisaient les journalistes de radio et deux blocs notes, qu'il leur tendit.

— Les crayons sont sur la table. On y va, ils sont prévenus.

— On va faire quoi ?

— Eh bien, les interviewer. C'est votre boulot, non ?

Hésitante, Kara fixa Quintilius qui la poussa vers la porte. Lui aussi aurait voulu préparer les questions.

Ils descendirent un escalier en colimaçon dont la dernière marche butait sur une nouvelle porte blindée. Kara se demanda comment le bâtiment ne s'était pas encore enfoncé dans le sol sous la pression des tonnes d'acier que comptait le bunker. Un bourdonnement connu, une gâche qui claque. La porte pivota. Les jeunes avaient déserté le coin informatique et s'étaient regroupés autour d'une table ovale noire, les mains à plat sur le plateau. Personne ne parlait, aucune forme d'expression sur leur visage. Ils observaient et attendaient. Devant chacun d'eux était posé un chevalet noir sur lequel était inscrit leur nom de chevalier Jedi. Manquaient Harding, Katia et Dimitri, *alias* Saesee Tiin, Eath Koth et Ki-Adi-Mundi. Les journalistes les saluèrent, Kadinsky leur désigna leur chaise. Seulement deux étaient disponibles. Kara s'étonna.

— Vous ne restez pas ?

— C'est votre interview.

— De combien de temps disposons-nous ?

— Du temps qu'il vous sera nécessaire.

— Des questions censurées ?

— Celles qui sont relatives à Luc, au bunker, à mes hommes. À moi.

— Bien.

— À tout à l'heure.

Il tourna les talons pour réapparaître moins de trente secondes plus tard derrière les vitres de la salle de contrôle, une cigarette entre les dents. Kara revint à la table ovale, prit un stylo posé devant elle et nota. Qui, quoi, où, comment, pourquoi. Cinq questions pour lui donner un temps de réflexion. Elle consulta Quintilius du regard. Hochement de tête. Comme d'habitude. Elle interrogeait, il observait et écrivait. Elle se racla la gorge et enclencha la touche du magnétophone. Pas un n'avait bougé. L'intensité de leurs regards braqués sur elle faillit la mettre mal à l'aise. Quelques pompes mentales la mirent en condition. Après tout, ils n'étaient que des p'tits cons qui piquaient du fric à des mafieux russes et qui avaient dans leurs relations un tueur impitoyable. Encore fallait-il qu'ils l'avouent. Elle attaqua.

— Je sais que la devise qui vous unit est *Un Jedi ne doit pas connaître la peur ni l'amour*. Alors ma première question sera la suivante : qu'est devenue la vengeance, dans la devise ?

La réponse fusa, sans préambule. Marjorie répondit.

— Notre bras armé.

Aucune réaction de la part des autres.

— Contre qui vous vengez-vous ?

— Ceux qui font du mal aux enfants.

— Marjorie, sais-tu que…

— Mon nom est Depa Billapa.

— Pardon, Depa Billapa. Sais-tu que nous vivons dans une démocratie, avec sa police, sa justice…

— Faux.

Valéria Tibor *alias* Mace Windu s'était manifestée. Kara l'invita à continuer.

— Si, comme vous le dites, il existait une justice, ces hommes auraient été jugés et condamnés. Cela n'a été le cas pour aucun d'entre eux.

Son français était parfait, sans accent, sans hésitation.

— Qui, eux ?

— Vous savez.

— Bien. Je sais que chacun d'entre vous a été meurtri dans sa chair. Je sais que vos agresseurs sont morts. Reconnaissez-vous votre responsabilité dans ces accidents ?

Une main se leva. C'était Loïc *alias* Yoda. Âge : huit cents ans, il était l'aîné du Grand Conseil. Yoda était censé être le Jedi le plus avisé.

— Notre responsabilité nous reconnaissons. Des criminels ces hommes étaient. Aujourd'hui ils sont neutralisés.

— Comment les avez-vous tués ? Vous a-t-on aidés ?

— Avec nous la Force était.

Kara fixa tour à tour les visages de chacun d'entre eux. Des visages mûrs, des regards inflexibles, la stature droite. Ces gamins l'impressionnaient et l'effrayaient à la fois. Qui les avait conditionnés ?

— Qui vous a aidés ?

— Personne.

— J'ai pu constater que certains d'entre vous étaient de remarquables tireurs, et je crois que vous l'êtes tous. N'est-ce pas, Fabia, pardon, Adi Gallia ?

— Pour savoir tirer, il suffit d'être dans un club de tir et d'avoir sa licence.

— C’est quand même étrange que vous y soyez tous.

Personne ne répondit, ce n’était pas une question.

— Bon, revenons à la Force, au moment de la mort des hommes de votre entourage, de ces fâcheux accidents. Depa Billapa, ton père est mort d’une décharge dans la poitrine. Calibre 16, celui réservé aux sangliers.

— C’était un gros porc. Comme un gros porc, il est mort.

— D’accord. Et comment t’y es-tu pris ?

— Dark Vador m’est venu en aide.

— Qui l’a tué ? Lui ou toi ?

— Ni l’un ni l’autre. Le porc a pris sa carabine et a tiré.

— Se tirer une balle en pleine poitrine avec un fusil, c’est plutôt compliqué, non ?

— Nous l’avons aidé.

— Comment ?

Un sourire enfantin éclaira le visage de Marjorie, découvrant ses dents un peu avancées.

— Dark Vador a des moyens persuasifs.

— Quels moyens ?

— Il fait peur.

— À toi aussi ?

— Non. Il protège les Jedi.

La bande du magnétophone tournait. Kara imagina des flics en train de l’écouter, elle était bonne pour l’asile.

— Bien. Et toi, Adi Gallia ? Neuf morts dans le foyer où tu étais placée avec ton frère. Que leur est-il arrivé ?

— Des accidents.

— Tu es responsable ?

— Oui.

— Tu les as tués ?

— La Force les a tués.

— Vador ?

— La Force !

Pas un d'entre eux ne sortirait autre chose que ces conneries. Les journalistes devaient bien les amuser. Rester dans la ronde.

Guénia Lutz *alias* Oppo Rancisis. Le Jedi était un spécialiste des tactiques militaires. Dans le film.

— Oppo, quelles sont les circonstances de la mort de ton père ?

— Il souhaitait mettre un terme à sa vie. La Force l'a aidé.

— Comment ?

— Pourquoi attacher autant d'importance aux moyens, n'est-ce pas la finalité qui importe ?

— Voulait-il vraiment de se suicider ?

— À terme, il l'aurait voulu.

Kara fit un tour de table muet. Tous soutenaient son regard. Pas d'agressivité, ni de moquerie. À peine de la curiosité. Peut-être.

Une dernière tentative.

— Yarael, connaissais-tu le prêtre qu'on a retrouvé pendu dans son clocher ?

— Oui.

— Qui l'a tué ?

— La Force.

— Tu y étais ?

— La Force est avec moi. Avec les Jedi. Avec Dark Vador.

— Passons à Dark Vador. Autant que je me souvienne, il fut un temps où il n'était pas dans les grâces des chevaliers Jedi.

Kara chercha dans les regards celui qui allait répondre. Ce fut Yoda.

— Jedi, Dark Vador l'a toujours été. Au côté obscur de la Force il a renoncé. Aujourd'hui à nos côtés il combat.

— Qui est Dark Vador ?

— Dark Vador il est.

Kara fixa Loïc. Le Jedi commençait à lui taper sur le système. Encore une réponse de naze et une claque dans la tronche il allait prendre. Elle sentit la pression de la cheville de Quintilius contre la sienne. Inspiration. Bloquer l'air. Expiration.

— Très bien. Je reformule ma question. Qui a vu Dark Vador ?

Une secousse dévala sa colonne vertébrale. Tous avaient levé la main sauf Yoda. Et pour cause, il allait prendre la parole.

— Tous nous l'avons vu. Dark Vador ne se cache pas.

— Un instant.

Kara sortit de son sac le poster du Dark Vador tiré du film *Le Retour de Jedi* et le leur montra.

Yoda sourit avec indulgence.

— Dark Vador lui n'est pas.

Kara déglutit et montra la photo récupérée sur la table de nuit de Loïc. Elle se leva, la donna à Loïc et retourna s'asseoir.

— Alors ?

— Lui c'est.

Kara les scruta un à un. Schizophrénie collective aiguë, il n'y avait que cette possibilité. Croire en leur folie, les croire jusqu'au bout. De ce magma surgiraient peut-être les contours d'une vérité.

Elle balaya la tablée d'un regard circulaire. Des visages qui ne se résolvaient pas encore à être des adultes. Boutons, points noirs, barbe naissante et clairsemée l'attestaient. Quand leur vie avait-elle basculé dans le désespoir, la honte, la souillure ? Qui les avait sauvés au point d'en faire des meurtriers et des complices d'actes de barbarie ?

Autant de questions auxquelles ils ne répondraient pas. Elle désigna la photo posée devant Loïc.

— Bien. Quelqu'un peut-il me dire qui il est, puisqu'il n'est pas le personnage du film, comme celui du poster ?

À nouveau un sourire indulgent sur les lèvres de Yoda. Ces morveux les prenaient vraiment pour des truffes.

— Je t'écoute, Yoda.

Il pointa son doigt sur le poster.

— Personnage de film lui il est.

— Évidemment, nous le savons tous, mais lui, là ? dit Kara en glissant vers le milieu de la table pour récupérer la photo et la leur montrer à tous.

— Qui est-il, lui, dans la vraie vie ?

— Dark Vador il est.

Yoda l'avait dit sans rire, un respect sans bornes noyait ses cordes vocales quand il prononçait son nom.

— Tout à l'heure, tu as dit que Dark Vador ne se cachait pas. Là, il cache bien son visage, non ?

— Pour les autres, il le cache.

— Qui ne fait pas partie des autres ?

— Les chevaliers Jedi.

Le pouls de Kara s'accélérait, les merdeux étaient en train de lui dire qu'ils connaissaient le véritable visage du meurtrier. Elle souffla. Ne pas paniquer.

Rester calme, posée, professionnelle. Les rassurer. Elle était journaliste et ce n'était pas sa première investigation. Si. Celle-ci était en soi une première. Son regard ne quittait pas celui de Loïc. La peur qu'il le tourne vers les autres, la peur qu'il ne parle pas.

— Yoda. Tu connais donc le vrai visage de Dark Vador ?

Elle avait failli dire l'assassin, avait retenu le mot du bout de la langue. Une brève lueur traversa l'iris du garçon. Il remua les lèvres.

— Le vrai visage de Dark Vador nous connaissons.

— Bien. Qui est-il ?

— Le dire nous ne pouvons.

— Pourquoi ?

— C'est le secret des Jedi.

Un nouveau tour de table du regard. Une seule certitude. Pas un ne parlerait. Elle leva les yeux vers la tour de contrôle, Kadinsky fumait une cigarette debout contre la vitre. Il lui sourit. Que savait-il ? C'était un flic. Il avait bien une idée sur l'identité du bourreau. Les Jedi lui avaient-ils lâché le morceau ? Elle en doutait, sinon elle ne se trouverait pas autour de la table avec eux. La séance était terminée. Elle arrêta le magnéto et se leva, imitée par Quintilius qui ramassa le bloc. La première page était couverte d'annotations. Beaucoup de points d'interrogation.

Les Jedi restaient assis. Kara les salua d'un hochement de tête.

— Je vous en prie, restez assis !

De sales mioches à qui on n'avait pas appris les règles élémentaires de la politesse.

Kadinsky les attendait en haut des escaliers. À la dernière marche, Kara l'entreprit.

— Vous savez, vous, qui est Dark Vador ?

Il secoua la tête.

— Je les ai interrogés, en groupe, en individuel. Pas un n'a avoué.

— C'est quoi, ce bordel ? Ils connaissent le cinglé qui exécute des types à coups de hachoir industriel et vous, le super flic, n'êtes pas foutu de leur extirper un simple nom. Entre nous, vous n'êtes pas très doué. Vous avez essayé la torture, le sérum de vérité, la gégène, les annuaires, enfin, vos méthodes habituelles. Merde, vous avez bien un moyen pour les faire parler !

Il la prit par le bras et l'entraîna dans le couloir.

— Je sais que vous n'êtes pas sérieuse, mais je vais vous dire une chose. Ils ont une incroyable résistance à la douleur, ils se laisseraient mourir plutôt que d'avouer.

Kara stoppa au milieu du hall et se tourna vers lui.

— Qu'est-ce qui vous en rend aussi sûr ?

— Nous en reparlerons. Bien, je vais vous conduire à votre salle de travail. Un surprise vous y attend.

Kara détestait les surprises. L'ascenseur les emmena au niveau – 2. Paul les précéda dans un couloir opposé à celui des chambres, s'arrêta devant une porte, l'ouvrit et s'effaça. Une lumière de cinq heures de l'après-midi en Provence un jour de fin d'été veloutait le bureau. Jeu subtil de lumières indirectes. Une table de travail, sur laquelle était disposé du matériel informatique. C'était le sien avec ses archives.

Et son chat. Chaos était roulé en boule sur l'un des deux fauteuils. Des fauteuils en cuir noir et un canapé. L'excentricité n'était pas encore à l'ordre du jour. Kara attrapa le félin et le serra contre sa poitrine. Les retrouvailles n'étaient pas des plus chaleureuses, elle allait avoir droit à la gueule pendant quelques heures. Question d'habitude. Chaos se dégagea d'un coup de reins et atterrit sur le sol, il alla se frotter contre les jambes de Kadinsky, le dos arqué, le ronronnement indécent. La queue du chat ingrat se lovait autour de la ranger de l'homme en uniforme. Kara les observait.

— Vous avez fait quoi à mon chat ?

— Je lui ai donné une boîte de thon.

— Quelle marque ? Il y en a qu'il n'aime pas…

Quintilius intervint.

— Kara, fais pas chier avec ta boîte de thon, on a le matos, les archives. Un gros boulot nous attend.

— Quint, t'es gentil, tu ne voudrais pas tourner la tête de l'autre côté, je crois que tu fais peur à mon chat.

D'accord, c'était mesquin, mais il ne fallait pas être désagréable avec elle, pas en ce moment.

Les archives. Elle ouvrit la première boîte, examina le contenu puis ouvrit les autres. Des documents, des disquettes, des bandes magnétiques, des rapports. *A priori*, tout ce qui lui avait été volé une semaine plus tôt se trouvait là. Elle se tourna vers Kadinsky.

— Comment ?

— On a retrouvé vos cambrioleurs.

Elle inclina la tête tout en tapant dans ses mains.

— Bravo, commissaire ! Quand vous le voulez, vous savez être un remarquable policier.

Une ironie à trancher au couteau, Paul en prit une part sans commentaire. Un homme en treillis noir fit diversion, il portait six boîtes et les aligna à côté de celles contenant les documents retrouvés. L'homme se retira, Kadinsky couvrit de la main les nouvelles venues et expliqua.

— Là, vous trouverez des noms, des photos, de fonctionnaires, de secrétaires, de policiers, de besogneux. Des rapports, des aveux, des éclaircissements.

Des preuves, surtout. Sur la façon dont on a dissimulé des faits de la plus haute importance. Ce que nous n'avez pas pu prouver dans votre premier livre, vous le pourrez dans le second. Je vous en donne les moyens.

Kara évalua à la vitesse transluminique deux ou trois de leurs investigations qui n'avaient pas abouti, faute de preuves. Si elles devaient se trouver dans ces cartons et qu'ils aient la possibilité de les exploiter… elle n'osait y croire.

— Très bien, nous allons examiner tout cela. Juste une question, comment vous avez fait pour récupérer mon chat chez madame Ruiz ?

— Un billet de deux cents euros.

La salope.

29

Kadinsky les laissa, ils se mirent au travail. Chacun prit un carton d'archives, celles de Kara, étant convenus qu'ils devaient au préalable faire l'inventaire de ce qu'ils n'avaient pu traiter faute de preuves, avant de s'attaquer aux documents de Kadinsky.

Ils passèrent le reste de l'après-midi à trier, classer, organiser en piles. Lorsque les six boîtes d'archives appartenant à Kara furent vides, ils ouvrirent une première boîte, doucement, et répandirent son contenu sur le bureau.

Des documents officiels pour la plupart, des photos, des disquettes informatiques. Le nom d'une ville lui brisa l'inspiration. L'affaire Lipari, ou comment un juge avait couvert un procureur compromis dans une affaire de partouzes avec des gosses qui avaient tout juste quitté la maternelle, et que les parents louaient pour la nuit.

Kara avait vu un commandant de gendarmerie, lui avait expliqué. À l'époque, il lui manquait encore trop d'éléments. Des portes qui claquaient, des témoins qui refusaient de parler, des lieux qu'on leur interdisait. Elle avait tenté de convaincre le fonctionnaire d'enquêter. En vain. Son intime conviction ne l'avait pas fait fléchir. Et là, entre ses doigts, une photo avait fixé pour la postérité le commandant dubitatif. Torse nu, pantalon sur les cheville, slip à mi-cuisses, la main posée sur la tête d'une petite fille en train de lui faire une fellation. Le corps encore rondouillard, nu, des mains potelées. Un de ces grands bébés à qui on apprenait à dessiner leur prénom.

Kara ne parvenait pas à détourner les yeux du cliché. Des larmes dévalèrent ses joues, s'agrippèrent au menton. Elle renifla. Quintilius lâcha une feuille, lui prit la photo des mains.

— L'enculé…

Le commandant n'était pas n'importe quel fonctionnaire de police. Son beau-père était chef de cabinet d'un ministre en place.

— Tu veux que je te dise, Kara. Il va y avoir du remaniement ministériel dans l'air.

— Pourquoi Dark Vador n'a pas réglé son compte à ce salopard ?

— Peut-être qu'il ne peut pas tous les éliminer. Mais nous, on le peut. On a une arme qui défie toutes les autres. Crayon et papier.

La porte s'ouvrit. Marcial poussait un chariot. Des assiettes fumantes, un plateau de fromages, des verres, une bouteille de vin. Il l'avança à leur hauteur, devant le canapé. Quintilius le remercia. Kara se moucha et considéra des manchons de poulet accomodés dans une sauce brune à l'odeur de caramel. Elle y trempa son doigt et goûta. C'était bon. La peine, le dépit, la désillusion faisaient partie de ces états qui lui exacerbaient l'appétit. Quintilius empila les documents sur le tapis au bout du canapé. Elle servit le vin. Un gigondas lourd et foncé, qui ne parvint pas à crypter la photo imprimée dans son cerveau.

Kara posa sur le bord de son assiette un os du poulet caramélisé et se lécha les doigts. Elle n'avait pas dit un mot de tout le repas. Quintilius rompit le silence quand elle repoussa son assiette.

— Tu te rappelles l'affaire des disparues de Bayonne, la PJ avait conclu à des fugues. Ce qu'on avait lu, c'était un second rapport. Le premier est là.

Il pointa un doigt vers la pile.

— La lingère avait témoigné. Une nuit, elle avait entendu des cris. Un fourgon était garé sous sa fenêtre, elle a tout vu quand les types ont embarqué les trois filles. Un enlèvement pour le compte des réseaux méditerranéens. On pressentait qu'il s'agissait de cela. Même *modus operandi*, toujours dans des institutions catholiques, mais on n'a jamais pu le prouver. Les flics le savaient aussi, on a fait pression sur eux. *Via* le préfet. Une histoire de services rendus. Je te raconte pas la gueule du service. Ces pourris se couvrent tous les uns les autres.

Kara s'attaqua au fromage, un reblochon retranché aux limites d'un âge respectable.

— Quint. Explique-moi… On se trouve dans un bunker à dix mètres sous terre. À part un missile air-sol, je vois pas ce qui pourrait nous déloger d'ici. Le chef du camp est un des chefs d'Interpol. Il détient des documents explosifs. Pourquoi ne révèle-t-il pas et ne montre-t-il pas toutes les preuves qu'il détient ? À ce que je sache, Interpol n'est pas à la botte de la France, c'est une police internationale…

— C'est là le problème. Parce que justement elle est internationale, ses agents ne peuvent pas agir directement. La justice, la police sont souverains. Ils peuvent ou non enquêter, faire inculper, c'est à la discrétion de chaque État. Certains niveaux sont gangrenés, et Paul sait qu'on va tenter d'étouffer le départ de feu.

— Et nous, qu'est-ce qu'on va faire de mieux ?

— Relayer. Il agit comme certains juges d'instruction qui, sur les grosses affaires, mettent les médias dans le coup pour être sûrs que le dossier ne leur sera pas retiré. Kara, c'est une affaire gigantesque. Des pans entiers de nos institutions sont contaminés, à l'échelle européenne et jusqu'aux États-Unis. Rien ne bouge, et ce sont des gosses par milliers qui trinquent. On va écrire ce bouquin, avec photos et documents officiels.

— Jamais il ne sera édité.

— Tout est prévu. Paul me l'a dit. L'éditeur, l'imprimeur, la diffusion. Même les rendez-vous médias.

— Combien ?

— Tu parles de fric ?

— De temps, je parle de temps. Quand doit-on le rendre ?

Quintilius déglutit. Kara le sentait à plein nez, il lui avait fait un petit dans le dos.

— Dix jours.

— T'es pas un peu naze ! Un bouquin de trois à quatre cents pages en dix jours, on fait comment ?

— Trente à quarante pages par jour.

— Quarante pages. Tu es complètement à la masse !

— Kara… Écrire, c'est notre métier. Souviens-toi de certains reportages. On pouvait sortir cinquante pages dans la journée.

— Et on mettait deux jours à se repomper. C'était exceptionnel. Question de bouclage. Mais là… Merde, Quint, c'est un bouquin !

— Simenon mettait dix jours pour écrire un polar. Ici, il n'y a même pas à se casser la tête pour l'intrigue, on a déjà le synopsis.

— Là n'est pas le problème. Pourquoi doit-on travailler dans l'urgence ? Pourquoi tant de précipitation ? Que va-t-il se passer ?

— Les Russes nous cherchent, et ils vont finir par nous trouver.

Kadinsky l'avait presque crié. Il se tenait dans l'encadrement de la porte. Sur ses talons, Marcial entrait récupérer son chariot. Kara saisit au vol les verres et le gigondas, un quart de reblochon coincé entre les dents. Elle posa le tout sur une petite table en verre au bout du canapé. Paul referma la porte et s'assit sur le fauteuil, il leur faisait face.

— Il est indispensable que cet ouvrage soit achevé avant qu'ils ne nous trouvent.

— Quel rapport ?

Kara pressentait une chose improbable, au contenu opaque. Une angoisse diffuse dénatura dans son palais le goût du fromage. L'homme répondit.

— Les gamins ont amputé de dizaines de millions de dollars la trésorerie de quelques bandes russes très organisées. Toutes leurs recherches avaient jusqu'à ces derniers jours échoué. Ils ont uni leurs forces. Même les Tchétchènes, victimes eux aussi de piratage, les ont rejoints. Du jamais vu depuis la première invasion en Tchétchénie. Ils ont fini par les localiser. Trois ont déjà payé de leur vie. Ils ne cesseront la poursuite que lorsqu'ils les auront exterminés, après avoir récupéré leurs billes.

— Ils sont en sécurité, ici. Comment les Russes pourraient-ils remonter jusqu'au bunker ?

— Dimitri a parlé.

— Il connaissait l'endroit ?

— Oui.

— Comment est-ce possible ?

— Je vous expliquerai. Plus tard. Pour l'heure, on doit protéger les Jedi.

Kara s'étonna, Kadinsky prononçait pour la première fois le mot Jedi.

— Vous les appelez *Jedi* ?

— Que dire d'autre ? Grands enfants, adolescents ? Je ne vois pas d'autre mot.

Agacé, Quintilius se tourna vers elle. *Arrête de gaver avec tes questions à la con.* Kara comprit qu'il avait rallié le camp du commissaire. Un mec restait un mec. Elle en avait marre de tous ces hommes qui déambulaient autour d'elle. Elle rêvait de la présence d'une bonne copine avec qui elle parlerait cinoche, chiffons et câlins.

— Ils sont en sécurité ici ?

— En principe. Tout dépend de ce qu'ils utiliseront comme force de frappe.

— Vous rigolez ! À la première balle tirée, vous avez toutes les gendarmeries du coin qui vont rappliquer par dizaines d'escadrons.

— Ne le croyez pas, Kara. Personne ne se déplacera. Nous occupons des locaux expérimentaux au centre d'un vaste terrain militaire classé secret défense. Il faut être habilité pour pénétrer sur le terrain.

— Eh bien, on les appelle… Allô la police, il y a la mafia russe qui nous attaque avec des SCUD. Vous ne croyez pas que la cavalerie va rappliquer illico ?

Kara s'excitait. Les yeux gris mer Baltique lui souriaient. Elle s'interrogea sur leur couleur après l'amour.

— Il y a un point sur lequel je voudrais revenir. Comment un agent d'Interpol peut-il occuper un terrain militaire classé secret défense ?

— Un vieux général excentrique et mégalo que j'ai su convaincre.

— Ne m'en dites pas plus. Autre question, qui est habilité à pénétrer sur le terrain ? Attention, commissaire, soyez très convaincant parce que là, toute suite, je n'ai qu'une envie, c'est de me tirer d'ici.

— Le GIGN est habilité à intervenir.

— En voilà une nouvelle qu'elle est bonne ! Quand les Russes attaquent, on les appelle, ils arrivent dans les gros hélicoptères et…

— Ils arriveront une dizaine d'heures plus tard. Question de procédure.

Kadinsky avança le fauteuil et prit les mains de Kara. Une chaleur douce l'irradia jusqu'aux épaules. Pas plus loin. Il avait rompu le charme quand il s'était remis à parler.

— Kara. Quint et vous êtes notre seule chance d'éradiquer enfin, et pour un bon bout de temps, quelques dizaines de pourris et de corrompus. Écrivez ce livre. Vite. Je vous en prie.

Une intonation nouvelle nuança la voix du fonctionnaire. Kara hésitait entre le désespoir et la peur.

Elle promit. Juste pour ne plus entendre cette voix-là.

— Les Jedi. Que vont-ils devenir ?

— Programme réservé aux témoins. Changement d'identité, d'adresse, de visage, pour certains.

— Sont-ils réellement des témoins ?

— Des victimes.

Les yeux gris ne l'incitèrent pas à débattre davantage. Question de point de vue. Elle devait conserver toute son énergie à l'écriture du livre. Elle retira ses mains de l'emprise de Paul et les rabattit sur le reblochon qu'elle croqua à pleines dents. Luc entra à ce moment-là. Il serra la main des hommes puis déposa une bise sur la joue de Kara. Il pointa vers elle un index oblique.

— Ne dis rien. Je devine… Reblochon !

Et merde.

Abandonner un jour l'idée de devenir une femme envoûtante à l'haleine mentholée.

Une barbe de deux jours perçait le visage de Luc. Il n'était pas passé chez lui, c'était certain. Sa femme était sur le point d'accoucher et lui s'occupait de gosses qui, pour la plupart, avaient flingué leur géniteur.

Il but une gorgée de vin dans le verre de Kara, puis se laissa aller contre le dossier. La fatigue le mangeait de l'intérieur.

— Les Jedi ont une fiche rouge au cul.

Kadinsky réagit au moment où Kara se rappelait que la fiche rouge était un avis de recherche d'Interpol.

— Si tôt, je ne pensais pas. Quel service ?

— Tracfin. Ils les ont tous localisés. Ils ont lancé l'avis de recherche dès qu'ils ont constaté que Loïc et Marjorie avaient quitté le nid.

— Vous allez les remettre à la justice ? demanda Kara.

— Non. Pas maintenant.

— Pourquoi ?

— Trop de risques pour eux.

— Vous parlez des Russes ? Ils ne vont quand même pas les exécuter dans leur cellule !

— Eux ou d'autres, ils en sont capables.

— Alors, vous allez les garder là. C'est illégal.

— C'est à nous de juger ce qui est légal et ce qui ne l'est pas. On doit préparer leur sortie du bunker et bétonner toutes les garanties qui feront qu'ils resteront en vie jusqu'au procès.

Il y aurait donc un procès. Une évidence pour Kadinsky, même s'il les considérait tous comme des victimes. Kara ne l'avait pas cru jusqu'à cet instant, persuadée que le policier d'Interpol mettait tout en œuvre pour les soustraire à la justice.

— Selon vous, quels seront les chefs d'inculpation ?

— Ceux que vous connaissez.

— Meurtre compris ?

— On doit l'envisager. La défense ne mettra pas un mois avant de découvrir que chacun d'entre eux a perdu un proche de mort violente. Leur passé va être disséqué, mais je ne suis pas certain que leur culpabilité soit reconnue. Il n'existe à ce jour aucune preuve contre eux.

— On a quand même la preuve que Dark Vador leur balançait à chacun d'eux le film de l'exécution. Si ce n'est pas de la complicité…

— Et alors ? Les Jedi visionnent les meurtres. Pour autant, ils n'y participent pas.

— Vador, on le trouvera un jour ?

— Qui sait.

Les yeux gris chaloupaient, Kara suivit le mouvement. Juste quelques secondes.

Kadinsky se leva en désignant les boîtes d'archives.

— Écrivez ce livre.

30

Kara et Quintilius écrivaient sans relâche. Nuit et jour. Ne s'arrêtant que pour se doucher et manger. Dormir, ils le faisaient à tour de rôle. À peine quelques heures. Quand l'un regagnait le bureau après le repos, il lisait ce qui avait été écrit par l'autre durant son temps de sommeil. Depuis longtemps, on ne distinguait plus leur style propre, ils écrivaient de la même façon. Des phrases courtes, concises. Des développements qui allaient à l'essentiel. Avec le temps, les différences s'étaient délitées, ils s'en étaient rendu compte le jour où un directeur de rédaction avait appelé Quintilius pour un article rédigé par Kara. Kadinsky leur rendait des visites régulières, il prenait les derniers feuillets, les lisait, crayon en main. Il modifiait un nom, ajoutait un détail, éclaircissait une explication. Pendant ces temps de correction, il s'installait dans le fauteuil. Dès le premier jour, Chaos avait pris l'habitude de se coucher sur lui, avec force ronronnements. Kara regardait son chat se vautrer sur un parfait inconnu. Puis l'agacement avait fait place à l'acceptation, face à cette nouvelle amitié dont les racines devaient s'étendre bien au-delà d'une banale boîte de thon. Kadinsky n'utilisait les documents que pour les convaincre, il connaissait les affaires sur le bout des doigts. Tous les personnages sur les photos avaient un nom, tous les noms un visage. Un travail de recherche, de labeur et de patience. Luc y participait, Kadinsky l'appelait parfois pour qu'il lui confirme un détail. Un puzzle gigantesque dont les rares pièces manquantes étaient retrouvées. Au fil des jours, une petite musique ronronnait dans la poitrine de Kara. Une question prenait forme. Quelle était sa motivation ? Quelle quête poursuivait-il ? La protection des enfants. Un désir effréné de justice. La mise hors circuit des réseaux pédocriminels, des pervers qui s'en abreuvaient. Elle en doutait. Kadinsky semblait contenir une rage mêlée de souffrance, que le temps n'avait pas érodée.

L'acharnement et le travail de titan payaient, les feuillets grossissaient la pile. Le choix des photos et des documents se posa très vite. Lorsqu'ils n'étaient pas d'accord, Kadinsky tranchait. Kara admettait quelques heures plus tard qu'il avait raison. De temps en temps, elle remontait à l'air libre. À l'aube ou au crépuscule, entre chien et loup. Le plein jour la mettait mal à l'aise et ébranlait ses convictions. Les patrouilles avaient été renforcées et, chaque jour, elle croisait de nouvelles têtes. Bruits de bottes et de rafales, les hommes s'entraînaient. Ce qui ne la rassurait pas quant à la nature du danger qu'ils couraient.

La tête dans le chapitre en cours, elle marchait dans le couloir en direction de sa chambre. Dans le hall, un mouvement accrocha son regard, Chaos descendait les escaliers. Kara l'appela, le chat l'ignora. Elle le suivit jusqu'au niveau inférieur, où il s'engagea dans un couloir qu'elle ne connaissait pas. Le chat restait toujours au bureau, ne faisant des incursions en territoire inconnu que de façon sporadique. Et là, Chaos déambulait, la démarche tranquille et la queue droite. Tout au fond, il disparut soudain dans l'entrebâillement de la dernière porte. Kara attendit quelques secondes, interloquée. Pour qui se prenait-il ? Un gardien de parking. Elle longea le couloir et s'arrêta devant la porte entrouverte. Elle frappa. Personne ne répondit. Il y avait du bruit à l'intérieur ; une radio en sourdine couverte par le ruissellement d'une douche. Et ce con de chat qui ne rappliquait pas. Elle poussa la porte, appela en vain puis entra. Un grand lit, un chevet, un bureau. Un treillis noir sur une chaise. Elle se trouvait dans la chambre d'un garde. La porte de la salle de bains était close. Kara avança au milieu de la pièce, repéra le chat qui s'était faufilé sous le drap. L'eau coulait toujours. Elle avança vers le lit, se pencha vers le félin, les bras tendus. Sur la table de chevet, deux photos, elle prit la première et l'exposa à la lumière. Un cliché en noir et blanc, celui d'un garçon d'une dizaine d'années. Une vieille photo. L'autre était plus récente. Une petite fille sur le bras d'un homme tenant une femme par les épaules. Tous les trois souriaient, le sourire des gens heureux. Kara ne connaissait pas l'homme sur la photo, même s'il lui rappelait quelqu'un. Dans son dos, un froissement l'alerta. Elle se retourna. Devant elle, nu et dégoulinant d'eau, Kadinsky fixait le cadre, qu'elle n'avait pas lâché.

La lampe de chevet et celle du bureau baignaient la pièce d'une lumière orangée. Le mal à l'aise qu'éprouvait Kara se mua alors en totale incompréhension. Son regard parcourait le corps de Paul, elle distinguait mal et s'approcha, tendit la main vers le torse glabre. Un torse à la peau fripée, tourmentée, dont la tiédeur seule rappelait qu'il s'agissait d'un épiderme humain. Elle le contourna, son dos était éclairé par le néon de la salle de bains. Des brûlures. Le corps de Paul avait été brûlé du haut des épaules jusqu'à mi-cuisses. Dans la salle de bains, elle ramassa une serviette, épongea la peau meurtrie puis lui enroula la serviette autour de la taille. Elle leva les yeux vers lui et accrocha son regard qui lui souriait. Gris désir avant l'amour. Il lui prit le menton et écrasa ses lèvres contre les siennes. Un baiser pour l'éternité. Une serviette qui tombe, des vêtements enlevés à la hâte. Ses lèvres sur sa peau, l'odeur du latex. Elle aima dès la première étreinte le corps mutilé, embrassa chaque parcelle jusqu'à la dernière. De lionne, elle devint chatte et s'abandonna entre les bras qui comprimaient son souffle. La tête sur sa poitrine, elle entendait les battements trop rapides du cœur de Paul. Comment avait-il survécu à cette souffrance, et à quel prix ? Que s'était-il passé ? La question au bord des lèvres, elle la retenait pour ne pas briser l'instant. Un instant de tendresse et de quiétude. Il lui caressait les cheveux, la nuque et le dos, du bout des doigts, à peine un effleurement. Les battements devinrent plus réguliers. Elle ouvrit les yeux. Assis au milieu de la chambre, le chat les observait.

— Je crois que Chaos a tout vu.

— Je sais.

— Qui sont ces gens sur les photos ?

— Ma famille…

Kara se détacha de lui, attrapa le cadre de la femme avec la fillette et l'orienta vers la lampe.

Le regard de l'homme lui était familier.

— Ton frère ?

— Sur la photo en noir et blanc, oui… Pas sur celle-ci.

Kara se redressa, rampa sur lui jusqu'à ce que leurs mentons se touchent. C'était le même regard. Un gris juste un peu plus tendre. Il lui prit le cadre des mains et regarda la photo à son tour. Il déglutit avant de parler.

— Ma femme et ma fille.

— Et l'homme ?

Elle sentait que les prochains mots qu'il dirait allaient anéantir le soldat. Le sang s'était retiré de son visage. Il contractait les mâchoires qui saillaient sous la peau cireuse.

— C'est moi.

D'un coup de reins, Kara se retrouva à genoux sur lui, l'impression d'avoir pris un coup de poing dans le sternum. Ses oreilles bourdonnaient, des bribes d'infos écoutées à la radio quelques années plus tôt lui revenaient en mémoire. Le visage lui était familier pas seulement par le regard. Elle l'avait déjà vu. Dans les journaux, à la télé. Elle serra le drap contre sa poitrine, qu'un hoquet ébranla.

— L'affaire Polakovits. Tu es Vincent Polakovits.

Un flot d'images submergea Kara. Bientôt dix ans. C'était à Lille. Elle sortait tout juste de l'école de journalisme et avait envié ceux qui avaient couvert l'affaire. Une sale histoire où un commandant des mœurs avait péri avec sa femme et sa fille dans un accident de voiture. Le véhicule avait brûlé puis explosé avec ses trois passagers. Certains journalistes avaient avancé qu'il s'agissait de meurtres car le policier enquêtait sur une affaire de ballets bleus impliquant des personnalités. Les pouvoirs publics avaient vite démenti en publiant le résultat de l'enquête. Il ne s'agissait que d'un dramatique accident de la route. Quinze jours plus tard, on ne parlait plus du tout de la famille carbonisée. Kara se souvenait, elle avait gardé les articles de presse, persuadée que des révélations compromettantes et fracassantes allaient mouiller les notables belges et français. Aucune de ses prévisions ne s'était révélée exacte.

Inerte, Paul fixait le plafond. Kara approcha son visage de celui entièrement refait, elle souleva la lampe de chevet et la promena sur le cou. Un trait fin et translucide dessinait sur la peau un collier diaphane. D'autres cicatrices, derrière les oreilles et sous les cheveux ras, trahissaient la marque du bistouri.

— Tu n'as pas été brûlé au visage, n'est-ce pas… Toutes ces cicatrices, comment est-ce possible ?

— Un impact de balle a brisé la vitre de mon côté et m'a permis de garder la tête dehors pendant que je me dégageais.

— Que s'est-il passé, Paul ?

Elle ne parvenait pas à l'appeler Vincent, c'est avec Paul qu'elle avait fait l'amour.

Il se leva, tendit la main vers elle et l'entraîna dans la salle de bains, où il fit couler une douche. Le moindre de ses gestes faisait saillir les muscles sous la peau, entraînant avec eux, d'un simple regard, une force et une énergie palpables. Sous le jet d'eau chaude, elle se blottit contre lui, une étreinte d'acier se referma sur ses hanches, une étreinte qui lui coupa le souffle. Il la souleva et la plaqua contre le mur carrelé. Elle enroula ses jambes autour de sa taille. L'eau qui ruisselait sur leur tête la contraignait à garder les yeux fermés. Elle aurait tant voulu se plonger dans les siens. À ce moment-là, de quel gris étaient-ils ?

Quand elle retourna au bureau, Quintilius était en train de manger une tranche de viande froide avec les doigts, tout en lisant un feuillet. Il interrompit sa lecture et la détailla de la tête aux pieds. Plantée devant lui, elle le laissa terminer son inspection. Il posa la tranche déchiquetée dans l'assiette.

— D'accord. Je vois.

Elle s'assit en face de lui et but dans son verre de vin. Elle reposa le verre, sa main tremblait. Elle alluma une cigarette puis affronta son regard.

— Quoi ?

— T'as vu ta tête ?

— Oui.

— Non, t'as pas vu. Tu sais ce qu'il y a d'écrit sur ton front de grosse cochonne : je viens de me faire sauter, j'ai beaucoup aimé et j'en ai redemandé. C'est qui ?

Elle ne parvenait pas à répondre à son ami, partagée entre l'envie de la confidence et celle de garder un secret qui lui labourait le ventre.

— Kara, rassure-moi. Ce n'est pas Luc, n'est-ce pas ?

Elle secoua la tête. Quintilius soupira de soulagement. Soudain, la glotte retint les dernières particules d'air.

— Merde. Ne me dis pas que c'est…

Elle hocha la tête. Il secoua la sienne d'un air navré.

— Je n'ose même pas imaginer la scène.

— Surtout, ne le fais pas.

— Alors ?

Elle ouvrit la bouche puis la referma. Ses yeux balayèrent le plafond et les murs. La certitude que s'y trouvaient des micro-caméras. Elle chuchota enfin.

— Je ne pense qu'à une chose. Recommencer. Quinze fois par jour, jusqu'à en mourir.

31

Kara avait un mal fou à se concentrer. Ses repères oscillaient entre l'abomination des révélations contenues dans les documents qu'elle compulsait depuis leur assignation dans le bureau du bunker et la marque brûlante du corps de Paul sur le sien. Après la douche, ils s'étaient séchés, habillés puis allongés sur le lit. Le policier lui avait raconté dix ans plus tôt. L'attentat. L'attentat dans lequel sa femme et sa fille avaient péri. Grièvement brûlé, on l'avait maintenu dans un coma artificiel durant plusieurs semaines. Le temps des greffes, le temps que la peau se reconstitue. Et le temps avait œuvré. Les experts avaient parlé de miracle. Paul avait demandé un nouveau visage, une autre identité. Naissance d'une autre vie, avec pour géniteurs la souffrance et la douleur. Paul avait rejoint Interpol. Luc, alors au service du personnel, lui avait créé un passé professionnel, de l'École d'inspecteur de la Police nationale jusqu'à son entrée dans la police internationale. Pourquoi l'avait-il fait ? Il prenait des risques.

Par amitié. C'était l'explication de Paul.

Chaque jour, elle se rendait dans le bureau de contrôle qui surplombait le loft des Jedi. Ils passaient le plus clair de leur temps devant les écrans, où ils jouaient en réseau. Des drôles de jeux, dans lesquels des humains s'entretuaient au M4. Quand les écrans étaient éteints, ils lisaient ou s'entraînaient dans la salle de musculation qui leur était réservée. Leur intendance était assurée par des gardes. Jamais les Jedi ne sortaient à l'air libre. Kara en fit la remarque à Paul, sous peu ils ressembleraient à des endives. Mieux vaut avoir l'allure d'une endive qu'être refroidi, lui avait rétorqué Paul. Chacune de leurs retrouvailles dans la chambre sous terre était ponctuée de corps à corps qui la laissaient chaque fois inerte et pantelante.

Kara n'avait revu Paul que vingt-quatre heures après leur premier contact physique, des heures qui avaient piétiné sur sa montre et dans toutes les horloges blanches dispersées dans chaque salle du bâtiment. Durant tout ce temps où elle n'avait pas dormi, elle était parvenue à se persuader qu'il l'évitait. Luc l'avait rassurée en lui apprenant que Paul avait quitté le bunker pour quelques heures. Kara s'était inquiétée :

— Où est-il ?

Il l'avait contemplée avec un sourire amusé.

— Tu ne serais pas un peu mordue, par hasard ?

Pour toute réponse, elle avait haussé les épaules, ne sachant quelle attitude réserver à cet amant d'une nuit trop courte, aux côtés de qui elle aurait voulu vivre toute une vie, et qui se trouvait aujourd'hui être l'ami d'un homme qu'elle venait de découvrir. Ce dernier serait-il lui aussi l'amant d'une seule étreinte ?

Il la surprit alors qu'elle était devant l'ordinateur. Quintilius l'avait abandonnée peu avant minuit pour aller dormir. Paul était entré dans le bureau, le sourire las, les yeux gris brouillard, les cernes, les traits altérés par la fatigue. Elle le regarda venir vers elle. Il la contourna, saisit ses épaules et l'embrassa dans le cou. Ses lèvres couraient sur sa peau.

Elle figea ses doigts sur le clavier. Il alla éteindre. Puis un bruit métallique signifia que l'accès de la pièce était interdit. Le bureau fut plongé dans un noir absolu, dans lequel se dilua le silence. Paul était toujours dans la pièce, elle le savait mais ne parvenait pas à le localiser. Le jeu du chat et de la souris. La distribution des rôles était sans équivoque. Son pouls s'accélérait, altérant son souffle, l'impression de grimper une côte à vélo. Le désir ou la crainte, ou les deux à la fois. Envie de rire ou d'attendre en serrant les mâchoires. Il fallait choisir. Pas un bruit, pas un froissement, pas un glissement. Soudain, des doigts se mirent à dessiner les contours de son visage, de sa bouche. Un souffle, un baiser, des mains qui cherchent, les bras de Paul qui la soulèvent de la chaise, puis la portent jusqu'au canapé, où il se couche sur elle. Une odeur de musc, mêlée à celle de la sueur et du désir. Il mangea ses lèvres tandis que les mains, fébriles, arrachaient les vêtements. Kara jura de ne plus faire de double nœud aux lacets de ses rangers. Un jour, ne porter que des robes à bretelles, qui se dénouent d'un simple mouvement, entre le pouce et l'index. Juste pour se retrouver à poil en quatre secondes.

La langue de l'homme dans sa bouche étouffa les gémissements. L'impression de faire l'amour dans une tranchée à trois mètres des lignes ennemies.

À tâtons, elle chercha sur la table ses cigarettes. Il lui enleva le briquet des mains. Pas de lumière. Elle en déduisit pas de bruit non plus. Micros et caméras veillaient. Elle tenta de se rappeler si elle s'était gratté le nez ou autre chose, gestes primitifs que l'on exécutait à l'abri des regards.

Le bureau était équipé de toilettes et d'une douche. Elle se noya sous le jet d'eau tiède pour calmer les brûlures, les éraflures sur la chair, dans sa chair. Pouvait-on désirer sans forcément aimer ? Aimer le corps de l'autre signifiait-il aimer son âme ? Elle en douta. L'âme ne se découvrait jamais assez pour être discernée. On pouvait se perdre à aimer dans l'ignorance, ou dans l'urgence.

32

Encore une affaire à traiter, et le livre était bouclé. Paul la rejoignit à l'aube. Un corps à corps, comme s'il s'agissait du dernier. Puis une douche froide pour pouvoir continuer, achever.

Quintilius la releva à six heures. Il l'observa un moment.

— C'est dingue avec toi, on ne sait jamais si tu es fatiguée parce que t'as baisé ou travaillé.

— Les deux, mon général.

Lard ou cochon, il hésitait. Elle lui tendit le dossier.

— Tu te souviens de l'affaire Hachem, ce père parti se réfugier aux États-Unis avec sa gamine, la petite Élodie ?

— Qui avait obtenu l'asile politique aux US, oui, je l'ai parcourue en diagonale.

— La mère d'Élodie avait été mise en examen pour avoir obligé sa fille à participer à des partouzes avec l'élite cannoise. Vise la photo, je n'avais pas remarqué. Là, tu reconnais ?… Belmont, le procureur qui avait fait condamner Hachem. Tu vois…

— L'ordure !

— Eh oui. Il viole Élodie puis fait condamner son père pour harcèlement, enlèvement et diffamation.

C'est la justice. À gerber. Tu sais quoi, Quint ? Parfois je rêve que Dark Vador soit cloné et que se mette en place un escadron qui irait empaler tous ces putassiers avant de les passer à la moulinette. Je rêve de leur mort. Là, maintenant, on fait un référendum sur la peine de mort, je vote pour. Avec tortures, mutilations et ablation de tout ce qui dépasse de ces êtres immondes qui détruisent des mômes. Quoi qu'on écrive, Quint, on n'éradiquera jamais cette vermine de la planète. Ils grouillent, tapis dans l'ombre, derrière leur écran d'ordinateur, dans les maisons, les bordels, les sacristies ou les écoles. Un crayon pour arme, tu rigoles ! C'est au napalm qu'il faut les désintégrer. Tous, sans exception. Et surtout, parce que je deviens haineuse. Jamais je n'ai autant haï. Cela me bouffe de l'intérieur. On vient de passer des nuits et des jours à ressasser, à comptabiliser ces ignominies. Crois-tu vraiment qu'on va changer la perception de ce monde pourri ? J'en doute.

Un sanglot libéra sa poitrine. Quintilius la prit dans ses bras et la berça. Pas de futur. Il n'y en aurait pas dans ce monde qui agonisait, se décomposait. Qui étaient ces humains, peut-être seuls dans cet univers aux milliards de galaxies ? Pourquoi agissaient-ils ainsi ? Peut-être pour prouver que la vie était possible sur une planète, quelle qu'elle soit, seulement si l'homme en était exclu.

Kara regagna sa chambre et s'écroula sur le lit, tout habillée, tétanisée par le sommeil. Épuisée.

Elle ne sut si elle dormit une heure ou dix, une sirène l'extirpa d'un songe où couraient des enfants nus. Elle se redressa, les fesses sur l'oreiller, le cœur battant. Une lampe rouge clignotait au-dessus de la porte. Une alarme stridente, hachée, résonnait dans le bunker. La porte de la chambre s'ouvrit brutalement, la silhouette de Paul dans le chambranle.

— Habille-toi ! Prends tes affaires et rends-toi au niveau – 5. Dix minutes.

— Que se passe-t-il ?

— Les Russes. Ils nous ont trouvés.

Il disparut aussitôt. Kara ignorait l'existence d'un niveau – 5. Les touches dans l'ascenseur s'arrêtaient au – 4. Un sac sur le dos, elle descendit les escaliers, une porte qu'elle n'avait pas vue s'ouvrait sur d'autres aux marches plus abruptes. Elle le dévala, accompagnée du bruit des sirènes et des clignotants rouges installés à intervalles réguliers. Trois gardes la doublèrent au pas de charge, ils portaient des cartons et un ordinateur, elle reconnut le sien. L'air à ce niveau était confiné, humidité et moisissures le saturaient. Au fond du couloir, une porte ouverte. Les gardes s'y engouffrèrent, elle les suivit.

Un abri anti-atomique. Elle ne voyait rien d'autre. Une vaste salle aux murs gris et rugueux, des conteneurs, des malles métalliques, des bidons, des étagères couvertes de boîtes de conserve, de bouteilles d'eau et de rouleaux de papier hygiénique, des couchettes suspendues. Derrière des vitres, des écrans de contrôle, des ordinateurs, des soldats qui parlaient dans des casques-micros. Tous armés.

C'était la guerre. Un cauchemar. Elle voulut rebrousser chemin, un garde l'en dissuada d'un geste de la main. Il la repoussa. Allô, Houston, répondez. On a un réel problème.

Les sirènes se turent, demeurèrent les flashes à l'éclat rouge. Puis la terre se mit à trembler, provoquant les arrêts des néons muraux qui grésillèrent, avant de redonner leur pleine lumière.

Quintilius débarqua à son tour, des boucles humides de sueur collées sur le front. Il s'affala à côté d'elle, à même le sol, ses yeux hagards lui avaient tout dit. Contre lui, son unité centrale. Une peur à la mauvaise odeur le faisait trembler de tout son être. Kara lui prit l'ordinateur et le posa à côté de lui. La douceur de ses gestes contrastait avec la peur panique qui l'envahissait. Elle eut à ce moment-là le sentiment qu'ils ne s'en sortiraient pas vivants.

Un garde fit irruption dans l'abri. Boris. Rien dans sa démarche ne laissait supposer qu'il s'était pris une balle dans le ventre une quinzaine de jours plus tôt. Un gilet pare-balles sur le torse, un fusil d'assaut dans une main, un casque à visée laser dans l'autre. Rien de commun avec l'homme en costume ample et seyant avec qui elle avait convolé. À trois reprises, il l'avait entraînée au tir dans un tunnel le long du mur d'enceinte. Il n'y aurait pas de quatrième séance, parce qu'elle ne le reverrait plus.

Plus jamais…

Une nouvelle secousse ébranla le bâtiment et fit grésiller les néons. La quatrième. La cinquième les éteignit définitivement. Ne restaient que les clignotants rouges. Kara ne quittait pas des yeux les gardes, qui demeuraient impassibles. Si les hommes en noir ne paniquaient pas, c'est que la situation était sous contrôle. Elle tenta de s'en persuader. Trente secondes dans la quasi-obscurité, et les ampoules s'allumèrent. Une lumière plus terne, plus faible. Quintilius parla d'un groupe électrogène. Combien de temps allaient-ils rester dans ce trou à rats ? Niveau – 5. Ils se trouvaient à quinze mètres sous terre. Si le bunker s'écroulait sur eux, ils mourraient étouffés avant que les secours ne les atteignent. Pourquoi les Jedi n'étaient-il pas dans l'abri avec eux ?

LE CHAT !

Elle avait oublié son chat. Kara était atterrée de ne pas y avoir pensé plus tôt. Si un jour elle avait envisagé d'avoir des enfants, il était temps d'y renoncer. Elle n'était pas une personne fiable.

— Quint, Chaos est toujours dans le bureau ?

— Si cet endroit existe encore, y a des chances.

— Je vais le chercher.

— T'es pas marteau ! Tout s'écroule en haut.

— À plus forte raison. J'y vais.

Elle se leva. Les gardes, au nombre de six avec Boris, s'agitaient dans le bocal de verre devant leurs écrans de contrôle. Difficile d'interpréter les images à dominante vert fluo. Pour la plupart, des images de l'extérieur, la forêt, les murs d'enceinte, les environs du bunker. Un va-et-vient permanent de caméras balayait tout le périmètre. Sur un écran, une caméra prit en charge une silhouette. Le garde parlait dans le micro, il indiquait sa position en heures. Soudain, la silhouette sombre trébucha, puis tomba. C'était un ennemi, le commentaire du soldat le confirma. Kara ne s'attarda pas. Boris lui tournait le dos. Il s'appliquait à fixer des petites flèches en plastique rouge et noir contre une carte murale. Elle se baissa et sortit de l'abri à quatre pattes.

Le couloir était désert. Ses semelles crissaient sur la dalle. Pas de bruit. À se demander si dehors il se passait quelque chose. Personne dans l'escalier. Personne nulle part. Niveau – 4. Les portes du couloir conduisant à la section hôpital étaient grandes ouvertes. Tout au fond, des voix d'hommes, un treillis noir couché sur un brancard. Un autre venait vers elle, un bandage immaculé autour de l'avant-bras. Tout en marchant, il enfilait un gilet pare-balles. À sa hauteur, il vérifia le contenu du chargeur d'un fusil d'assaut. Le soldat était prêt à retourner à la guerre. Pour se donner une contenance, Kara appela l'ascenseur et se planta devant la porte.

— Ne le prenez pas. Il peut rester coincé.

L'homme disparut dans l'escalier qui conduisait en surface. Quelle conne ! À tout moment, le bâtiment risquait de se retrouver plongé dans la pénombre, et elle allait utiliser un ascenseur. Elle imagina son squelette desséché dans la cabine, et que personne n'aurait trouvé, pas même les asticots. Dans le couloir du niveau – 2 menant au bureau, une poussière blanche couvrait le sol. Un peu comme une première pellicule de neige à l'aube d'un jour d'hiver, et que nul n'avait encore foulée.

Sauf son chat. Elle croisa ses empreintes dans le couloir. Il en était donc parti. Par acquit de conscience, elle vérifia la pièce. La mince pellicule de poussière recouvrait les meubles et le sol. Fauteuils et canapé s'étaient teintés de gris. Un sandwich entamé, un verre aux deux tiers plein, Quintilius avait tout lâché à la première alerte. Des feuilles jonchaient le sol, elle les vérifia. De simples feuilles blanches. Toutes les archives avaient été transportées à l'abri. En pleine attaque, Paul avait mobilisé trois de ses hommes pour mettre en lieu sûr documents et informatique.

Pas de chat dans le bureau. Il n'y avait plus qu'à suivre les traces des pattes. Dans le hall, c'était la confusion. Des dizaines d'empreintes de pas avaient dispersé la poussière. Deux couloirs. Dans l'un, elle était intacte. Dans l'autre, le sol avait était foulé par des pieds. Et des coussinets. Elle suivit les uns et les autres, tous allaient dans la même direction. Tous s'arrêtaient devant une porte. Chaos avait suivi le flot. Elle ouvrit la porte. Et la referma aussitôt. Une montée d'adrénaline lui avait foudroyé les tempes. Elle haletait, à deux doigts de perdre connaissance. Putain, c'était quoi ce bordel ? Dark Vador était dans le bunker et elle était la seule à s'en être rendu compte. Elle tenta de se rappeler si l'homme en noir avait, de près ou de loin, fait du mal aux animaux. Comment avait-il pu amener les Jedi jusque-là ? Depuis leur arrivée au bunker, ils étaient consignés dans le loft, sous étroite surveillance. Tous les gardes avaient sans doute été mobilisés et les p'tits cons en avaient profité pour se barrer.

Prévenir Paul. Tout de suite. Lui donner des indications précises. Garder son sang-froid. Comme un vrai petit soldat.

Elle entrouvrit la porte. Une grande salle. Des étagères couvertes de livres, d'encyclopédies. Au fond, des bureaux, un grand tableau blanc. Une salle de classe. Assis chacun derrière un bureau, les Jedi. Un, deux, trois, quatre, cinq, six, sept, huit, neuf. Neuf. Ils étaient au complet. Dark Vador leur faisait face, sa capuche lui couvrait la moitié du visage. La partie visible révélait une peau noire. Meeerde ! Dark Vador était black. Black, dark. Personne n'avait fait le rapprochement. Un Black qui parlait anglais. Peut-être venait-il du Bronx. Elle avait vu un reportage sur les bandes du Bronx. Des gens terribles et impitoyables. Elle referma la porte, s'adossa contre le mur. Le Nokia. Le numéro de Paul était programmé. Une sonnerie, deux. Il répondit à la troisième.

— Paul, tu ne vas pas me croire. Dark Vador est dans le bunker. Niveau – 2, avec les Jedi, dans la salle de classe. Rappelle tes hommes, faut le coincer… Paul ? Tu m'entends… Allô, Paul… Paul… Putain d'appareil !

Elle lâcha le mobile, se laissa glisser contre la paroi et allongea les jambes en travers du couloir. La porte s'ouvrit. Un léger appel d'air. Elle leva la tête. Il était là. Au-dessus d'elle. Gigantesque.

Il lui tendit une main couverte d'un gant en cuir épais. Avec une attache métallique sur le dessus. Kara ferma les yeux. Trente-trois ans. C'était un peu jeune pour mourir. Le dernier à qui c'était arrivé, on en parlait encore deux mille ans plus tard. L'étoffe lui effleura les épaules, Dark Vador se penchait vers elle, il la souleva par la taille. Fragrances de musc et de poivre, elle ouvrit les yeux. Une fois debout, il n'était pas si immense. Juste une tête de plus. Comme Paul. Son parfum…

— Paul.

Dans la salle de classe, les Jedi s'étaient levés. Paul Kadinsky leur donna l'ordre de rejoindre l'abri, de se préparer et de l'attendre. Les Jedi quittèrent la salle, Loïc en tête. Le port haut, le buste droit, le regard fixe. Tous vêtus d'un treillis noir un peu trop large au niveau des épaules.

Elle gardait la tête baissée. Son ventre se serra. Elle avait des jours durant fait l'amour avec un tueur. Comment cela avait-il pu arriver ? Tant de douceur au creux de ces mains qui l'avaient caressée, ces mêmes mains qui avaient torturé et tué.

Un gant lui souleva le menton, Paul avait ôté sa capuche. Tout son visage était barbouillé de noir. Les yeux paraissaient plus clairs, un gris brume d'automne sur la forêt flamboyante. À quoi ressemblait l'automne dans le Vercors ? Elle demanda :

— Pourquoi ?

Une question générique, qui en appelait des dizaines. Ils s'assirent de part et d'autre d'une table de travail. Paul avait enlevé sa cape. Dessous, le treillis noir. Chaos miaula et sauta sur les genoux de l'homme, qui le caressa. Dans une autre vie, son chat avait été un Jedi.

Puis Paul raconta.

Il les traquait depuis dix ans, depuis qu'il était devenu Paul Kadinsky. Traquer ou mourir. Le cadre de la loi était devenu inopérant, malgré son acharnement, malgré ses investigations qui avaient pourtant abouti, et que des instances supérieures avaient falsifiées, occultées, détournées. La machine s'était retournée contre lui et sa famille. Il avait alors trouvé d'autres moyens, radicaux et définitifs.

Tout au long de sa traque, il avait rencontré des dizaines de ces gosses. Abîmés, traumatisés, déconstruits. Il avait voulu leur donner une nouvelle chance, celle de se reconstruire en refusant de demeurer des victimes. Il leur avait offert la possibilité de poursuivre leurs bourreaux, et de les neutraliser. Une bonne fois pour toutes. La plupart des hommes du bunker étaient des anciens Jedi.

— Puis un jour, il y a quelques mois, Eath Koth s'est introduite dans le système du padre Carmina. Tous les Jedi connaissaient votre livre, naturellement, mais n'avaient pas décrypté les noms, et pour cause. Ils ont alors décidé de sanctions spectaculaires. Je n'étais que leur exécuteur.

— Personne ne t'y obligeait.

— Si, c'était eux ou moi. Une sorte de chantage… Ils n'auraient pas fait un pli face à un Korloff ou un Valeo.

— Et l'argent ?

— Ils ont pillé les comptes des mafieux russes. Cela nous a permis d'équiper le bunker, le Temple, comme ils l'appellent, et de financer les armes, les hommes, l'informatique, les avions et le reste. Il fallait beaucoup d'argent. Eath s'en est chargée en s'attaquant aux fonds de la mafia russe. Cette gamine était une prodige de l'informatique. Elle a détourné des millions de dollars. Transférés sur des comptes qu'on annulait après leur transfert. L'argent volé étant d'origine frauduleuse, les banques ont tardé avant de saisir Interpol. Mais c'était sans compter la mobilisation des Russes, qui ont consolidé leurs équipes en intégrant les Bulgares. Ils sont parvenus à remonter sur Eath Koth, puis sur les autres. Le premier Jedi qu'ils ont intercepté est celui de Moscou, Ki-Adi-Mundi. Ils l'ont torturé jusqu'à ce qu'il lâche le morceau. Tous les Jedi connaissent le bunker. Et aujourd'hui, les Russes sont dans le Vercors.

— Pourquoi se sont-ils appelés les Jedi ?

— Ils l'ont voulu. Sans doute parce qu'ils avaient cette faculté de trouver la force en eux. Les hommes qui composent l'humanité sont des êtres superficiels, égocentriques, soumis à leurs pulsions. Par facilité, ils ont renoncé à comprendre l'essence même de leur être. Les Jedi, eux, ont tenté d'y accéder. Bel exemple de résilience, n'est-ce pas ?

Une explication qui ne se trouvait pas être d'une portée philosophique exaltante, mais jusque-là, elle suivait, elle pouvait comprendre.

Pas tout cependant.

— Comment as-tu pu torturer ces types de cette façon ? Comment as-tu pu ?

— La torture… Un art dans lequel excellent les hommes. Depuis toujours. L'Inquisition, les camps de la mort, le Vietnam, l'Algérie, le Rwanda, la Yougoslavie, la Palestine, le Tibet, la Tchétchénie. Pas un jour, pas un pays, pas un lieu où la torture ne soit présente. Une seconde nature de l'être humain. Pour Valéo, Van der Been, Korlof, Surel, ce fut sans état d'âme. Un juste retour.

— Il était indispensable de l'exhiber auprès de ces gosses ?

— Indispensable, non. Réparateur, peut-être. Ils n'ont pas été les seuls à les visionner. D'autres en ont profité. Ces films ont valeur d'exemple, d'avertissement. Ne plus leur faire de mal.

— Le vol de mes archives, c'est toi ?

Elle pensa au tiroir qui contenait ses sous-vêtements mais n'aborda pas le sujet. Trop intime.

— Je devais les consulter pour des recoupements avec mes propres sources. Être sûr…

— Pourquoi avoir laissé le sabre laser ?

— Pour vous mettre sur la piste. Le temps pressait, il était nécessaire que vous vous appropriez l'enquête.

— Pourquoi ?

— Pour la vivre de l'intérieur, la comprendre afin d'écrire ce livre. Parce que je savais aussi que le temps pressait.

— Luc, son rôle ?

— Luc ignore encore certaines choses.

— Mais il t'a couvert. C'est un flic !

— Lui aussi a été un môme. Peut-être qu'un jour il te racontera.

— Quelle est ta quête, Paul ?

— Trouver la paix…

Une secousse ébranla le bunker, les néons clignotèrent. Il se leva.

— Nous en reparlerons, Kara. Achève le livre et publie-le.

— En disant tout ?

— Tout.

— Tu seras poursuivi.

— Ils ne me trouveront pas, et le monde saura. Quint et toi allez être évacués. Nous descendons.

Une nouvelle secousse la déstabilisa. Elle vacilla et se rattrapa au bras de Paul. Des particules de poussière blanche tombaient du plafond.

— Bordel de merde ! Ils nous envoient quoi sur la gueule ? Des bombes à neutrons !

— Des roquettes. Ils essaient de forcer le bunker.

— Ils vont y parvenir ?

— Non, on va les piéger. Allons-y.

Kara regarda autour d'elle, affolée. Chaos avait disparu.

— Mon chat. Je ne pars pas sans mon chat.

Paul l'empoigna par les épaules, chercha sa bouche et l'embrassa. La même tendresse, le même désir. « Je retrouverai ton chat et je te le ramènerai. C'est une promesse. » Elle le crut sur parole.

Le baiser avait effacé le noir autour de ses lèvres. Elle se marra.

— Pense à te repoudrer le nez.

Les Jedi préparaient des sacs, des armes. Boris ramassa deux sacs à dos, en donna un à Kara et en jeta un dans la direction de Quintilius qui le prit sur la tête. En temps normal, le journaliste aurait tenté une protestation. Là, rien, pas une réaction. Assis contre le mur, il gardait son visage enfoui entre ses genoux. Kara s'agenouilla et le prit par les épaules.

— Quint, on nous évacue.

Il leva le nez vers elle et se mit à rire.

— T'as léché une cheminée.

Il dit « Je vois » quand il aperçut Paul. « Rien ne te dérange, toi… »

Paul s'affairait autour des sacs. Il emballa dans des pochettes en plastique bulle les disques durs qu'il avait extraits des unités centrales. Il fit de même avec les disquettes, les CD, le manuscrit et les archives, qu'il répartit dans trois sacs à dos. Il y ajouta des bouteilles d'eau et des sachets lyophilisés. Kara demanda :

— Tu viens avec nous ?

— Yoda vous accompagne.

Kara le chercha des yeux. Loïc venait de traverser l'abri et composait un code sur un boîtier, à droite d'une porte blindée qui se rétracta dans le mur. Kara le suivit. Les galeries Lafayette de l'armement toutes catégories. Manquaient les chars d'assaut et les F16. Elle connaissait peu de choses en matière d'armes, mais dans cette salle, du puissant matériel était stocké. Loïc évoluait entre les travées avec l'air du consommateur qui a étudié toutes les pubs. Il sélectionna des armes de poing, des fusils d'assaut, des casques et des munitions. N'ayant pas de caddie, il disposait les armes sur une table roulante. Très vite, Kara s'aperçut qu'il comptait par trois. Nom de Dieu, on n'allait quand même pas lui apprendre à se servir d'un fusil d'assaut ! Elle se tourna vers Paul qui continuait à remplir les sacs, elle identifia des couvertures de survie. Où allait-on les parachuter ?

Boris entraîna Kara dans l'armurerie et appela Quintilius. Sur la table roulante, il saisit un engin de guerre et commença à le manipuler. C'était un SABR – *Selec-*

table Assaut Battle Rifle – un système individuel deux en un qui associait une carabine de calibre 5,56 mm et un lance-grenades de 20 mm en configuration superposée. Une conduite de tir particulièrement performante, des grenades intelligentes, qu'on pouvait faire exploser au-dessus de l'ennemi. Portée mille mètres. Boris parlait de l'arme comme s'il l'avait lui-même conçue, avec précision et fierté.

— Là, en haut à droite, vous avez le sélecteur d'arme. Le sélecteur de tir à l'arrière. Et, sur le pourtour du pontet, les commandes du télémètre à laser. Là, le levier d'armement.

Robocop était bon pour la casse.

Kara demanda si les Russes avaient le même matériel.

— Négatif. Ces armes sont des prototypes qui ne sont pas censés être sur le marché.

Boris était formel. Il plaqua le SABR contre la poitrine de Kara, recommença les explications et les lui fit répéter. L'arme était bien plus légère qu'elle ne le paraissait. Polymères, fibres de carbone, titane. Boris avait réponse à tout. Il renouvela l'explication pour Quintilius qui tenait l'engin du bout des doigts. Loïc, lui, se passerait d'explications. La façon dont il maintenait l'arme laissait croire qu'au-delà de la théorie il avait une bonne pratique.

Paul fermait les sacs, il distribua aux journalistes treillis et blousons noirs. Kara les superposa sur ses habits. Tandis qu'elle s'habillait, elle demanda à Paul :

— Pourquoi tout ce cirque. Où va-t-on ?

— Traverser les lignes ennemies. Elles sont doubles.

— Doubles !

— Les Russes, et derrière eux, les sections de l'URH 27, l'Unité de recherches humaines. Vous devez les traverser. Yoda vous guidera.

— Pourquoi pas l'un de tes hommes ? Loïc est un gamin.

— Il vous permettra de finir le livre.

— Tu crois que je n'en sais pas assez ?

— Il répondra aux dernières questions que tu te poses encore.

Paul l'avait noyée de son regard gris dans l'œil du cyclone. Désirait-elle poser d'autres questions ? Un frisson lui parcourut l'échine. Le reverrait-elle ? Oui. Il avait promis de lui ramener son chat.

Il l'aida à enfiler son blouson, puis le sac à dos. Il lui remit le SABR.

— Yoda ne vous lâchera pas d'une semelle. Fais-lui confiance.

— Pourquoi doit-on partir, puisque tu m'as assuré qu'ils ne parviendraient pas à investir le bunker ?

— Ta mission. Publier le livre.

— Quel qu'en soit le prix, n'est-ce pas…

Il la prit dans ses bras et la serra contre lui. Il lui embrassait les cheveux. Ses lèvres frôlèrent son oreille.

— Je te retrouverai.

Puis il la repoussa.

— Allons-y !

Les Jedi s'étaient dispersés dans l'armurerie. Pour eux aussi, c'était jour de marché. Elle se retourna une dernière fois avant de quitter l'abri. Marjorie lui fit un sourire qu'elle accompagna d'un geste de la main, celle-là même qui comptait une phalange en moins. Qu'allait-il advenir de tous ces gamins ? Cette question la hantait.

33

Au niveau – 3, ils empruntèrent une galerie creusée dans la terre, et qui permettait à peine de se tenir droit. Des étaiements rudimentaires consolidaient la voûte à intervalles réguliers, la galerie suivait une faible pente montante. Kara calcula qu'il faudrait parcourir des centaines de mètres avant de gagner la sortie. Un système de ventilation permettait de respirer sans s'essouffler, des lampes traçaient leur chemin dans l'obscurité. Paul terminait la marche, sa main accrochait parfois la sienne le temps d'un pas.

La montée devint plus raide, ils la gravirent lentement. La roche suintait, le sol devenait glissant. Elle forçait sur les cuisses et les bras pour rester debout. La montée était longue et laborieuse, ils avançaient en silence, bouche ouverte et souffle court.

Un air frais s'insinua dans la galerie, la sortie était proche. Une centaine de mètres plus loin, ils gagnaient l'air libre. Enfin, presque, c'était une grotte dont l'entrée était voilée par une chute d'eau. Comme dans Zorro. Loïc était toujours en tête, une lampe au faisceau puissant conduisait leurs pas. Un sentier pierreux entre la roche et la chute les amena à l'extérieur de la grotte. C'était la nuit. Une nuit troublée de lueurs sporadiques, qu'accompagnaient des sifflements suivis d'explosions. Moins de deux kilomètres en contrebas, le bunker profilait sa carcasse de béton et d'acier, trouée et déchiquetée par endroits. Des véhicules en flammes cernaient le bâtiment. Quelques silhouettes figées pour l'éternité tachaient la surface herbeuse. Kara se tourna vers Paul.

— Vous allez tenir combien de temps ? Ils vont vous massacrer.

— Ne te fie pas aux apparences, nous les tenons. C'est une question d'heures, maintenant. Tiens, l'adresse de l'imprimeur. Mémorise-la.

Paul lui tendit une lampe dont l'extrémité n'était qu'un point lumineux concentré. Elle lut l'adresse. Une imprimerie au nord de Lyon, qu'elle ne connaissait pas. Paul précisa :

— Impression, diffusion, il s'occupe de tout. Vous avez trois jours pour vous y rendre. Vous bouclerez les dernières corrections là-bas. Tout est prévu. Soyez dans les temps.

— Sinon…

— Sinon le projet sera annulé.

— On publiera ailleurs.

— Personne ne s'y risquera. Pas même un éditeur militant. Quint, mémorise l'adresse.

Quint rendit la fiche à Paul qui l'enflamma. En bas, autour du bunker, l'assaut était ininterrompu, les Russes persistaient à progresser, malgré ceux qui s'affaissaient. Des mitrailleuses lourdes brisaient leur avancée. Elle scruta le ciel.

— Je ne le crois pas. Ces lueurs sont visibles à des kilomètres, toute la région devrait être en état d'alerte.

Paul se mit à rire.

— Tous les villages à cette heure-ci pétaradent. Nous sommes le 14 juillet, sauf qu'ici le feu d'artifice durera plus longtemps.

— Tu parlais des sections de l'Unité de recherches humaines. Elles sont où ?

Il fit un geste large.

— Quelque part autour de nous, ils attendent.

— Pourquoi n'interviennent-ils pas ? Ils prendraient les Russes à revers.

— Ils ne veulent pas de prisonniers. Des prisonniers impliqueraient des auditions, des procès, des extraditions, des révélations dont personne ne veut. Quel que soit le camp. Tu comprends, Kara ? Tu comprends l'importance de ce livre ?

— Vous allez vous en sortir, n'est-ce pas ?… Y a les gamins, toi. Et mon chat…

— Partez, maintenant… Suivez Yoda. Il sait où il va…

Avant que Kara ait pu répondre, Paul avait disparu derrière la chute d'eau. Loïc donna l'ordre d'avancer. Une explosion. Plus violente que les autres. L'aile ouest du bunker s'embrasait. Un crépuscule infernal auréolait la nuit. Ils s'enfoncèrent dans les bois, tournant le dos au feu qui donnait assez de lumière pour qu'ils progressent sans lampe pendant encore quelques dizaines de mètres jusqu'au sommet de la colline. De l'autre côté, le versant était plongé dans l'obscurité. Au loin, dispersés sur le plateau, des bouquets de lumière vert, jaune, rose et bleu coloraient le ciel, le temps d'une poignée de secondes. Kara pensa à ces gens qui dansaient, riaient ou buvaient. Il y avait si longtemps qu'elle ne s'était trouvée dans une fête.

Passer ses journées le nez plongé dans les remugles du monde ne prédisposait pas à se trémousser sur la chenille qui redémarre.

À la lisière du bois, Loïc stoppa si brutalement que Kara le heurta. Sa main levée se découpait dans la nuit. Devant eux s'étendait une clairière sur une centaine de mètres, de l'autre côté, à nouveau un bois. Des explosions sourdes et lointaines altéraient le silence. Roquettes ou feux d'artifice, difficile de les distinguer. Quintilius se colla contre Kara.

— Pourquoi on s'arrête ?

— J'en sais rien, c'est…

— Chuuuut ! ! !

Loïc s'agenouilla, épaula le SABR et balaya à 180 degrés. La lunette de visée laser permettait de voir dans l'obscurité. Il refit un tour d'horizon, le SABR s'immobilisa soudain droit devant. Loïc se tassa. De la main, il leur faisait signe de s'agenouiller eux aussi. Kara ne voyait rien, cependant, il lui semblait entendre des voix monter au-dessus des arbres, de l'autre côté de la clairière.

Elle se pencha vers Loïc.

— Ils ne sont pas très discrets…

— Les soldats.

— Quels soldats ?

— Les Unités de recherche, de l'autre côté du bosquet en bordure de route ils sont. Les ordres ils attendent.

— Et pendant ce temps, les Russes jouent à la guerre, c'est dingue, non !

— Pas avant l'aube ils n'interviendront.

— Au bunker, ils ne tiendront jamais jusque-là.

Loïc se tourna vers elle. À l'ouest, le ciel était clair, la lune devait guetter derrière une montagne. Elle ne distinguait pas ses yeux, juste les contours de son visage gris bleu, qu'un sourire modifia.

— À l'aube, plus un seul Russe debout il n'y aura.

S'il le disait.

Loïc scruta à nouveau la nuit à travers la lunette à visée laser. Kara le sentait hésiter.

— On fait quoi maintenant ?

— On va les contourner. À moins d'un kilomètre de là, juste en face, un véhicule nous attend.

Juste en face, eh ben voyons ! Et entre, il y avait des soldats armés jusqu'aux dents qu'il fallait éviter, eux trois, un gamin boutonneux équipé d'un lance-grenades et deux journalistes morts de trouille. Loïc avait parlé d'un bosquet. Bien malin qui aurait pu distinguer un bosquet d'une forêt touffue en regardant la rangée d'arbres qui leur faisait face. L'adolescent évoluait sur le terrain, sans carte, et sans hésiter. Combien de fois était-il venu ici ? Plusieurs, à n'en pas douter. Tandis que d'autres gosses allaient en colo à Palavas-les-Flots, on enseignait aux Jedi des techniques de guerre. Le bunker était leur camp d'entraînement.

Loïc donna le signal de départ. Ils rebroussèrent chemin de quelques mètres et marchèrent à l'ombre des arbres qui contournaient la clairière. La traverser aurait été plus simple, mais marcher à découvert était risqué.

Loïc ne s'était pas trompé, il s'agissait bien d'un bosquet en bordure de route. Allongés sur un lit de fougères à l'abri des feuillages, ils observaient le va-et-vient des hommes et des camions. Deux douzaines de véhicules stationnaient en file indienne de chaque côté de la route, des fourgons transportant des hommes, des camions bâchés, des voitures de liaison, des ambulances. La lune s'était dégagée de la montagne et donnait une pleine lumière sur tout ce qui se trouvait à découvert, renforçant l'ombre des sous-bois.

Kara consulta sa montre. Dans quatre heures, le soleil se lèverait. Elle donna un coup de coude à Loïc, qui observait à la lunette les mouvements militaires.

— On fait quoi, maintenant ?

— On traverse. Là-bas.

Dans la direction opposée aux soldats, Loïc montra la route qui s'enfonçait sous des hauts sapins noirs. Ils se levèrent et marchèrent jusqu'aux grands arbres. Progresser dans l'obscurité des bois n'était pas chose aisée. Les branches, les ronces, les jeunes pousses, les troncs coupés, tout n'était que ruses pour les gifler ou les faire trébucher. Kara était lasse de marcher dans les bois qui sentaient le champignon. Elle rêvait de sable blanc, de palmiers, d'eau tiède couleur émeraude. Elle se retourna à plusieurs reprises. La distance qui les séparait des soldats augmentait. On ne les entendait plus, c'est à peine si on les distinguait.

La route s'autorisa enfin un lacet, ils le franchirent. Marcher sur le macadam lui redonna espoir. Un espoir de courte durée. De l'autre côté, à nouveau la forêt, les branches, les souches, les champignons. Elle avait faim et aurait donné son couteau suisse contre une omelette. Sans champignons.

Un oiseau cria au-dessus de leur tête, ce n'était pas une perruche.

Loïc suivait le cap, il s'arrêtait régulièrement pour consulter le GPS et continuait sans commentaires. Un jeune garçon qui parlait peu. Mais elle préférait, sa syntaxe l'horripilait. Chaque fois qu'il ouvrait la bouche, de le secouer une grosse envie elle avait.

Ils tombèrent enfin sur un chemin. Kara devina dans l'attitude de Loïc les frémissements d'une jubilation contenue. De soulagement ou de fierté, elle ne sut l'interpréter. Marcher dans la forêt devenait acceptable, il n'y avait qu'à suivre le chemin forestier. Une voie en surplomb revenait vers les soldats. Loïc les prévint, pas de bruit ni de lumière pendant une centaine de mètres, ensuite, ils s'éloigneraient d'eux à nouveau. Le chemin grimpait en lacets contre un flanc de montagne. Encore six cents mètres et ils y seraient.

Ils y furent plus vite qu'elle ne l'aurait imaginé. Quand elle aperçut le pare-chocs chromé d'un Patrol, elle sauta de joie. Loïc lui sauta dessus aussitôt et la fit tomber, face contre terre. Au moment où elle se dégageait, une rafale siffla au-dessus de sa tête, suivie d'autres, ininterrompues. Elle rajusta son casque et ne bougea plus, le menton planté dans la terre, incapable de faire un geste vers le SABR accroché à son épaule. Comment savoir de quel côté l'orienter ? Elle ne se posa pas longtemps la question, Loïc, encore couché sur elle, lui arracha le fusil de l'épaule, manipula deux ou trois boutons et le lui colla entre les mains.

— Vise et tire !

Son doigt chercha la détente, elle appuya. En face d'elle, un tronc d'arbre explosa dans une gerbe de flammes qui embrasa le faîte cisaillé par la déflagration. Des lourdes branches rougeoyantes s'abattirent sur le sol. Un homme hurla, ses vêtements s'enflammèrent, éclairant le sous-bois. À trente ou quarante mètres, une douzaine de silhouettes tiraient dans leur direction. Un feu nourri faisait voler la végétation, Kara se mit à ramper sous les fougères et tira à nouveau en fermant les yeux. À nouveau une explosion, puis des cris. Elle se retourna et vit Loïc coller le SABR entre les mains de Quintilius, qui tira.

— Plus bas ! se mit à gueuler le Jedi. Plus bas !

Il tira à son tour. Kara l'imita.

Sous elle la terre vibrait, le bruit était assourdissant, intenable. L'odeur, âcre. Elle leva la tête. Ils étaient en train de décapiter la forêt. En face les rafales cessèrent, Kara le comprit quand Loïc lui ôta l'arme des mains.

— C'est bon. Morts ils sont. Maintenant vite partir, les soldats arrivent.

Ils coururent jusqu'au Patrol et s'y engouffrèrent. Loïc avait pris le volant. Kara lui demanda :

— Tu as le permis ?

— Conduire je sais.

Le gamin savait conduire, cela ne faisait aucun doute. Derrière, Quintilius tentait de retrouver son souffle. Concernant ses esprits, cela demanderait un plus gros travail. Ses yeux hagards et ses tremblements le certifiaient. Kara chercha l'attache sous son menton.

— Quint, enlève ton casque. On est à l'abri, ici.

Il ne l'entendait pas et se grattait les bras et le torse avec fureur.

— Bordel de merde ! Qu'est-ce qui s'est passé ? Pourquoi ils veulent nous tuer ? Maintenant ils sont morts… tous morts !

Fesses contre le pare-brise, Kara lui saisit les mains, l'empêchant de se gratter.

— Quint, calme-toi. Arrête ! C'est fini maintenant !

Elle avait parlé fort, presque crié. Quintilius se calma. Dans la pénombre de l'habitacle, le regard du journaliste se mit à briller. Il pleurait. Elle lui caressa la joue et se rassit. À plusieurs reprises, elle vérifia la route derrière eux, personne ne les suivait. Un incroyable clair de lune éclairait le plateau, on pouvait presque distinguer les couleurs. Loïc roulait feux éteints.

Ils traversèrent Saint-Agnan qui s'agitait encore au son des flonflons. Loïc roulait au pas. Un type tenant une canette de bière heurta la voiture, trébucha, se rattrapa au rétro. Loïc freina, le type se mit à l'insulter. La main de Kara se crispa sur le SABR, Loïc la retint.

— Ivre il est. Pas nécessaire de l'éliminer.

Elle se tourna violemment vers lui, les mots prêts à jaillir, il se mit à rire.

— À la maison nous rentrons.

La traversée de la place lui parut une éternité. Des jours et des jours, avec pour seul horizon des hommes marchant au pas, l'avaient déstabilisée. Cette foule chamarrée et bruyante lui faisait peur. Elle regarda le SABR couché sur ses genoux. Tout à l'heure, elle avait été à deux doigts de tirer sur un pauvre type qui avait trop bu. L'aurait-elle vraiment fait ? Le doute qui l'envahissait la consterna. Combien de cadavres pouvait-elle désormais aligner sur son CV ? Les deux grillés vifs en Italie, c'était de l'acquis. Et dans la forêt, combien ? Si en face ils étaient une douzaine, tous morts à cette heure-ci, combien en avait-elle dégommé ? Elle tenta de se rappeler. En supposant que Loïc à lui tout seul en ait décimé la moitié, il en restait au moins six. Trois pour Quintilius et trois pour elle. Ajoutés au deux autres, cela faisait au moins cinq. Cinq cadavres dans son sillage. Elle pensa au livre. De cela, il ne faudrait jamais parler.

Ils avaient franchi le dernier col du plateau et devant eux apparut la vallée du Rhône. Dans leur dos, l'horizon se teintait de mauve, il allait faire jour. Kara prit le volant.

— Quelle direction ?

— Lyon. À Lyon nous allons. Par la route.

Elle ne posa pas d'autres questions. Les réponses viendraient en leur temps. Ils remontèrent la vallée par la Drôme des collines. Ce n'était pas le chemin le plus court mais le plus sûr. Quand ils atteignirent le sud de Lyon, Loïc dit de prendre par l'est. À l'arrière, Quintilius s'était endormi sur son sac.

34

Chaos avait réapparu un jour de juin, à la veille de l'été.

Un coup de sonnette. « J'ai un paquet pour vous. » Le couinement des semelles en caoutchouc dans l'escalier. Un homme en noir, casqué, la visière baissée, lui avait tendu une cage de transport. Un rapide coup d'œil à l'intérieur. Son chat était de retour.

Kara avait fixé la visière.

— Comment va-t-il ?

— Bien.

Puis à nouveau le silence. Le silence de l'absence.

Il avait tenu sa promesse et l'avait retrouvée. Malgré le changement d'adresse, d'identité, de physionomie. Elle avait perdu quelques kilos, abandonné les culottes en coton au profit des strings, qu'elle portait sous des jupes, des robes à bretelles fines ou des pantalons moulants. Ses cheveux avaient poussé. Elle avait l'allure d'une femme. Une femme qui avait reçu le prix Albert Londres pour un livre qui avait fait l'effet d'une bombe.

Pendant des semaines, les médias s'étaient relayés sur l'affaire qu'ils avaient synthétisée, disséquée, analysée.

Le livre avait été traduit en vingt-cinq langues et s'était vendu à des millions d'exemplaires.

Des têtes étaient tombées. Par dizaines. Dans la magistrature, la police, le gouvernement. L'Église avait décidé de ne plus appliquer le secret du confessionnal en matière de pédophilie. D'autres têtes étaient tombées en Europe et aux États-Unis. Les pays d'Asie spécialisés dans le tourisme sexuel appliquaient enfin la Convention de Stockholm. Une police européenne de veille informatique avait été créée, dotée de moyens conséquents. Une police qui traquait les marchands de fruits verts, les pourvoyeurs d'images, les voyeurs pervers. Une police qui fermait des sites et condamnait les providers trop laxistes.

Des marches blanches, gonflées par des centaines de milliers de personnes dans des dizaines de villes de par le monde, avaient contraint les politiques, les législateurs, les juges à une chose : se donner les moyens de lutter durablement et efficacement contre les réseaux pédocriminels.

Paul avait tenu sa promesse mais ne s'était pas montré.

Paul, tu me manques tant. Où es-tu ?

Quintilius lui aussi avait disparu. Dans une île des Caraïbes. Aux dernières nouvelles, il servait des langoustes dans un cabanon au bord d'une plage.

Luc avait été muté au Japon, avec femme et bébé. Ils étaient convenus de ne plus se contacter, le temps que revienne un semblant de sérénité.

Elle était seule, seule avec son chat.

Seule et amoureuse d'un homme qui avait été reconnu coupable de plusieurs dizaines d'assassinats. Le plus grand serial killer de l'humanité. Après Dieu. Et il l'avait retrouvée. Quant aux Jedi, on n'avait jamais repéré leurs traces. Avaient-ils seulement existé ?

Chaos avait mis du temps avant de reconnaître ses marques, avant de lui quémander des caresses. Trois jours durant, le chat avait miaulé devant la porte.

Les flics, eux aussi, savaient où la loger. Son téléphone était sur écoute, sa boîte aux lettres sous surveillance, elle avait dû se déconnecter de la toile pour cause d'intrusions répétées. Ils cherchaient Paul. Ils la surveillaient, persuadés qu'il la contacterait. Un jour.

Il y parvint le 12 septembre à midi, dans un bouchon lyonnais du côté de Saint-Georges où elle se rendait deux à trois fois par semaine. Le chef l'avait appelée.

— Kara, j'ai un problème avec ta bavette, viens voir !

Elle le sentait venir gros comme un camion mais avait joué le jeu. C'était le jour de son anniversaire, et Henri devait l'attendre dans la cuisine, embusqué, avec à la clé un tour de con. C'était sa spécialité.

Paul l'attendait entre le frigo et la petite porte qui donnait sur la cour intérieure. Une gerbe de roses dans les mains. Il les posa sur la friteuse. Henri gueula un coup. Il lui tendit les bras.

Puis tout était allé très vite. Une main qu'on saisit, la cour intérieure, des traboules en enfilade, la traversée de cours pavées et l'hôtel.

Un hall feutré, des fleurs, une clé, la chambre. À nouveau des fleurs, une bouteille dans un seau, des fruits dans une corbeille. Ils cessèrent soudain de courir, là, dans cette chambre perdue dans la ville. Face à face, haletants, ils se dévisageaient.

Il ôta les lunettes solaires, la cravate, la veste. Elle tendit les doigts vers la chemise, défit un bouton, deux, trois, glissa la main sous le tissu, caressa la peau.

Déboucla le ceinturon.

Il l'avait retrouvée.

35

Les graviers crissaient sous ses talons et rendaient sa démarche instable. Elle trébucha, il la retint par le bras.

Quelques mètres derrière, les hommes en bleu marine. Ceux des sections de l'Unité de recherches humaines. Ils les avaient débusqués dans la chambre de l'hôtel.

Kara avait cent fois imploré, supplié qu'ils changent d'établissement, de ville. Il avait argué qu'il ne voulait pas d'un autre nid. Qu'il était fatigué de courir.

Une nuit, le panneau de la porte avait volé en éclats, ils l'avaient ceinturé dans son sommeil. Aujourd'hui, ils lui accordaient une dernière volonté avant de l'emmener.

Le cimetière était désert. On ne rend pas visite aux morts le soir de Noël.

Allée H, travée 5. Un secteur où les tombes étaient plus petites, où les fleurs étaient blanches. Il s'arrêta devant l'une d'elles. Dans un cadre de marbre, une vieille photo. Celle d'un enfant, celui aperçu sur un autre cliché dans la chambre de Paul, au bunker.

Un prénom et un nom, Romain Polakovits.

Les dates s'affichaient en lettres dorées sur la stèle de granit blanc.

14 octobre 1969 – 24 décembre 1979

Dix ans. Le frère de Paul était mort à l'âge de dix ans d'une flèche dans la poitrine qui l'avait cloué contre un arbre.

Il déposa le livre sur la tombe et rajusta son manteau.

Le ton de sa voix devint rauque.

Dors en paix, petit frère. Ils ont eu leur compte.
Je vais maintenant me reposer et ne penser qu'à ce
[jour-là.
Ce jour où tu m'attendais.
Ce jour où je suis arrivé en retard.

Composé par Nord Compo
à Villeneuve-d'Ascq (Nord)

Imprimé en Espagne par
Litografia rosés
à Gava
en février 2010

POCKET – 12, avenue d'Italie – 75627 Paris cedex 13

Dépôt légal : mars 2010
S18490/01

Die fünf Märchen vom Gastmahl in Neapel, erzählt von Pompeo Sarnelli

Insel Verlag

Die Originalausgabe erschien 1684 unter
dem Titel *Posilecheata* in Neapel.
Übersetzt, herausgegeben und mit einem
Nachwort versehen von Johannes Pögl.
Mit einem Vorwort von Felix Karlinger

Erste Auflage 1988

Satz: MZ-Verlagsdruckerei, Memmingen
Druck: Nomos Verlagsgesellschaft, Baden-Baden
Printed in Germany

INHALT

VORWORT

Zu den Rätseln, an denen die Literaturgeschichte nicht arm ist, gehört die Frage des Erfolgs und der Rezeption bestimmter Werke. Hierher ist auch Pompeo Sarnellis *Posilecheata* zu rechnen, ein Werk, das in Italien binnen eines Jahrhunderts immerhin vier Auflagen erlebt hat und auch später noch nachgedruckt worden ist, an dem aber die deutsche Forschung und ebenso das Leserinteresse total vorübergegangen sind. Diese Tatsache ist um so erstaunlicher, als man andererseits zahllose französische Feenmärchen von Epigonen Perraults übersetzt und kommentiert hat; Geschichten, die zu erheblichen Teilen manieriert und fade erzählt sind und gar nichts von der Faszination Sarnellis ausstrahlen.

Freilich hat Mitteleuropa auch über zwei Jahrhunderte benötigt, ehe das *Pentameron* von Giambattista Basile entdeckt und übersetzt worden ist, wobei Clemens Brentano, den Brüdern Grimm und schließlich Felix Liebrecht entscheidende Verdienste zuzuerkennen sind.

Der Name Sarnelli hingegen taucht bis in die Gegenwart herein selbst in der so weitgespannten Märchenforschung nicht auf, so wie er auch für Italianisten kein Begriff ist. Dabei hatte bereits Benedetto Croce aufmerksam die *Posilecheata* gelesen und sich dazu geäußert: »... il Sarnelli segue con imitazione intelligente ed elegante il Basile, superandolo forse in facilità e correttezza.« (»Saggi sulla letteratura italiana del Seicento«; Bari 1924, S. 76.)

Ähnlich lautet das Urteil in der ausgezeichneten Arbeit von Ursula Klöne – »Die Aufnahme des Märchens in der italienischen Kunstprosa von Straparola bis Basile« (Marburg 1961, S. 160) –: »Hat sich auch Sarnelli äußerlich eng an sein Vorbild angelehnt, so wirkt doch sein Stil im ganzen gemäßigter als der Basiles, seine Bilder schweifen nicht ins Maßlose aus. Zweifellos wirkt Sarnelli eleganter, sein Stil ist leichter verständlich.«

Ursula Klöne kommt aus der Literaturwissenschaft – der Schreiber dieser Zeilen aus der Feldforschung zur Volkserzählung. Das erlaubt die Feststellung: Stil und Sprache urbaner Erzähler weichen von den rustikalen Erzählern erheblich ab, wie überhaupt Unterschiede zwischen dem Hörerkreis im Mittelmeerraum beträchtlich sein können. Wer noch mündliche Tradition in Bari, Neapel, Catanzaro, Palermo, Catania, Cagliari erlebt hat, konnte beobachten, wie sehr die Motive denen jener Geschichten gleichen, die auch auf dem Lande erzählt werden, wie ganz anders jedoch die Eigenart des Erzählens ist. In die erzählte Prosa hinein wirken noch die Puppenspiele und die Volksepen. Von daher – wie auch von Erscheinungsformen des inzwischen ausgestorbenen Schattentheaters – mag der sagenhafte Zug mancher Märchen, den wir auch bei Sarnelli finden, beeinflußt sein. Es gilt nicht ein fernes »Es war einmal ...«, sondern die erzählten Ereignisse werden in mittelbarer Nachbarschaft angesiedelt, ähnlich wie Cervantes seinen Don Quijote nicht in einem fernen Phantasie-Lande, sondern in der Landschaft der Mancha leben läßt.

Volker Klotz hat Sarnelli in »Das europäische

Kunstmärchen« hervorragend interpretiert, aber er hat es eben dennoch den Kunstmärchen zugewiesen. Wenn man von den bei uns gewohnten (und betont schlichten) Volksmärchen ausgeht, mag diese Zuweisung zu Recht bestehen. Im Süden indes ist trotz sprachlicher Differenzen in der Gattung kein Unterschied zwischen der Erzählwelt von »Gebildeten« und »Ungebildeten«. Beide Gruppen stehen sowohl dem Leben wie dem Phantastischen näher. Essen und Trinken spielen zumeist eine viel größere Rolle als in unsern Märchen, ja es kann geradezu ein Rezept mitgeteilt werden, wie man eine Speise zubereitet, und ein korsisches Märchen beschreibt genau den wohlsortierten Inhalt einer Speisekammer.

Die sich am Speisen und Schmausen äußernde Lebensfreude des Neapolitaners nimmt Sarnelli folgerichtig auch als Rahmen seiner Märchen.

Treffend meint Klotz: »Hier geht es also nicht ums Leben, sondern um Lebensmittel.«

Sarnelli weiß jedoch nicht nur um die Freuden, sondern er kennt ebenso die Leiden seiner Mitbürger, die Pest, die in Neapel besonders schlimm gehaust hatte. Und er ist nicht nur ein guter Beobachter und Schilderer, sondern ebenso ein kluger Psychologe und warmherziger Mensch. Es fällt dabei auf, daß er – der Zölibatär – stets Frauen zu seinen Märchenheldinnen wählt, und daß die Männer im Vergleich eher schlecht abschneiden. Beim spanischen Dramatiker Tirso de Molina hat man gemeint, seine so warm und treffend gezeichneten Frauengestalten seien aus seinen Erfahrungen im Beichtstuhl erwachsen. Es ginge zu weit, wollte man Sarnelli Ähnliches unterstellen. Aber gegenüber den französischen Feenmärchen wirken die Geschichten der *Posilecheata* lebensnäher und nicht so typisiert.

Daß Sarnelli auch in die mündliche Überlieferung weitergetragen worden ist, läßt sich leicht nachweisen, wenn man den Märchenfundus der süditalienischen Volkserzählungen durchsieht. Dabei müssen wir bedenken, daß die *Posilecheata* ja primär vorgelesen worden ist, so daß eine entsprechende Rezeption in die Oraltradition ohne weiteres möglich war. Daß Sarnelli im neapolitanischen Dialekt geschrieben hat, war eine weitere Erleichterung für die Aufnahme seiner Texte in breiteren Kreisen.

Manche seiner Motive sind jedoch auch ins Literarische weitergewandert und haben in Norditalien (Gozzis Märchenspiel »L'augellin bel verde«), Spanien und Frankreich ihre Spuren hinterlassen.

So ist es sicher an der Zeit, die im Original schwierig zu lesende *Posilecheata* auch dem deutschen Publikum zugänglich zu machen. Die folgende Übersetzung hat das komplizierte Umsetzen aus dem Barock ins Heute und aus der Mundart in die Schriftsprache vorzüglich gelöst, und die Originalität des Autors und seiner Welt wird gut ahnbar.

Möge Sarnelli viele Freunde finden!

Felix Karlinger

AN DIE TUGENDHAFTEN LESER

Es ist schon recht töricht von manchen Männern, die immerhin Verstand aufweisen, zu glauben, sie schrieben Bücher in einer Weise, daß niemand daran etwas auszusetzen hätte, und alle müßten mit großer Ehrerbietung den Hut vor ihnen ziehen. Denn auch die bedeutendsten Männer sind kritisiert worden; ist es doch unmöglich, daß ein zerbrochener Balken nicht knarrte und ein zerrissenes Schnürband noch zu gebrauchen wäre, im Gegenteil, handelt es sich um Bücher, so hört man selbst den Kot (voll Respekt vor euch) sagen: »Auch ich schwimme.« So sagte zu mir ein Schreiberling, als er mich zu gewissen Stunden des Tages an dieser Kurzweil schreiben sah: »Und deinesgleichen schämt sich nicht, die Zeit mit diesen Spielereien zu verschwenden? Du hast so viele ernsthafte und bedeutende Werke geschrieben, und nun besudelst du dich mit diesen Menschenfressergeschichten? Und außerdem, hättest du wenigstens in toskanischer Sprache geschrieben oder in irgendeiner anderen Sprache; denn wahrlich, die neapolitanische Sprache taugt nur für die Possenreißer der Komödien.«

Da mir aber diese Sonaten zum Halse heraushängen und ich von diesen Eseleien schon so viele gehört habe, antwortete ich, auch um nicht nachzugeben: »Wer kann abstreiten, daß sich der gelehrte Mann irgendeinem statthaften und würdigen Zeitvertreib widmen soll? Und welch anderes Vergnügen bleibt dem Meister, als die ernsthaften Studien einmal zu unterbrechen und sich an diesen heiteren zu ergötzen? Abgesehen davon, ist das Schreiben von Geschichten keine Sache für Bürschchen. Denn wie schon jener Specht bemerkte, der besser als eine Nachtigall sang, kostet es nicht weniger Mühe, eine Statue aus Ton zu machen als eine aus Gold und Silber. Im Gegenteil, um diese zu schaffen, ist es nötig, das Modell jener anfertigen zu können. Und außerdem habt ihr mit dieser toskanischen Sprache der halben Welt in den Hintern getreten.«

Ein kräftiges neapolitanisches Wort ist mehr wert als das ganze Wörterbuch der Crusca[1]; und welch andere Sprache vermag dem Vergleich standzuhalten? Wer wird sagen, daß die lateinische Sprache keine große Sprache sei? Und dennoch vergaß Pompeus Magnus, als er nach Neapel gekommen war und sich in unsere Sprache verliebt hatte, das Lateinische; und als ihm Cicero deswegen eine Kopfwäsche ohne Seife verabreichte, erwiderte er, er verstehe nicht, was jener gesagt habe, denn wenn er in Neapel heimisch wäre, würde auch er die lateinische Sprache der neapolitanischen wegen aufgeben, die nichts anderes sei als eine Vermengung des Griechischen und des Lateinischen, die in schöner Einigkeit den Mund, den Gaumen und die Kehle versüßten. So habe er es in Ciceros Epistel *Ad Atticum* gelesen, schreibt unser Sommonte, der Ruhm Neapels, im fünften Kapitel des ersten Buches seiner so berühmten *Storia*[2].

Und außerdem, was ist das für eine Unverschämtheit, zu behaupten, die neapolitanische Sprache sei nur für die Possenreißer der Komödien brauchbar? All dies kann nur geschehen, weil die Fremden, die das sagen, unsere Sprache nicht studieren; sonst sähen sie, wie schön diese ist und wie häßlich die ihren sind. Einstmals, als ein gewisser Philosoph vom Posillipo durch die Lombardei wanderte, lachten ihn alle aus, weil er ein kräftiges, wuchtiges Neapolitanisch sprach. Er aber, um sie den Schwanz mit den Händen fassen zu lassen, sprach zu einem, der den Anführer spielte: »Laß uns doch einmal sehen, ob eure Wörter besser sind oder die unseren! Wir sagen *Capo*, und wie sagt ihr?« – »Wir sagen *Co*«, erwiderte der andere. Und er: »Wir sagen *Casa*, und ihr?« – »*Ca*«, sagte der andere. »Wir sagen *Io*, und ihr?« – »*Mi*«, antwortete der Lombarde. Hierauf befahl der Philosoph: »Sprich nun rasch meine Wörter in deiner Sprache: *Io, Casa, Capo.*« Und der Lombarde sogleich: »*Mi Ca-Cò*!« – »Und wenn man dich bekackt hat«, sagte der Neapolitaner, »so hast du's verdient! Denn in dem Land, das nicht das meine ist, pflegt man zu sagen: *Verstehst du eine Sprache nicht, so bekacke sie*. Nun siehst du, wer dumm daraufIosredet, wir oder ihr?«

Und um die Wahrheit zu sagen, gleichen sie nicht Zwiebeln, jene schönen Wörter, so groß und dick? Nicht ein Buchstabe davon fehlt. Du weißt nicht, was man von einem armen Mann erzählt, der von Neapel, wo man das Brot *pane* nennt, aufbrach, in ein anderes Land gelangte und fand, daß man dort *pan* dazu sagte. Er ging ein wenig weiter, und man nannte es *pa*[3]. Da sprach er zu seinem Gefährten: »Laß uns umkehren, denn wenn wir noch weitergehen, werden wir kein Brot mehr finden und Hungers sterben!« Aber lassen wir diese Diskussionen und es rede jeder, wie ihm beliebt. Wer mit den Toskanern einen Vertrag geschlossen hat, ihre Sprache zu sprechen, der möge verzeihen: Ich habe es nicht getan, und deshalb will ich in der Sprache meines Landes sprechen. Und wer sie nicht hören mag, soll sich die Ohren zustopfen. Ich hoffe, daß meine Landsleute ihr mit Freuden zustimmen werden; schon deswegen, weil sie etwas Neues ist. Denn obwohl Tausende von tüchtigen Männern nach Cortese[4] neapolitanische Verse schrieben, hat nach Giannalesio Abbatuto[5] niemand mehr Geschichten verfaßt. Und wenn es der Zufall will, daß meine Geschichten, die ich beispielhalber in Druck gebe, gefallen, werde ich auch ein großes Buch schreiben; denn ich kann auf den Posillipo zurückkehren, wann immer ich will, um dort hundert und mehr Posilecheate zu verfassen. Nun, da der Abbatuto bloß zur Unterhaltung der Kinder geschrieben hatte und dann auch von jung und alt gelesen wurde und, besser durchgekocht, gar noch von den Fremden, hoffe ich, daß mein Büchlein denselben nicht ungenehm sein wird. Und wenn alles schiefgeht, soll es den Familienvätern, die viele Kinder haben, nützlich sein. Denn wenn sie am Abend daraus vorlesen, sommers im Kühlen, draußen auf der Terrasse oder beim Ofen im Winter, werden nicht nur die Kinder, sondern auch die Großen einschlafen, der vielen Albernheiten überdrüssig, die darin vorkommen; und da alle zu Bett gehen, werden sie sich das Essen ersparen und die Seele desjenigen preisen, der es geschrieben hat. Jener, der euch die Hände küßt, so ihr sie gewaschen habt, empfiehlt sich.

EINLEITUNG
DER POSILECHEATA UND DAS FREUNDSCHAFTSMAHL AM POSILLIPO

Ein langes Leben ohne jegliche Zerstreuung auf dieser Welt ist wie eine lange Reise ohne eine Taverne, in der man sich stärken, und ohne eine Unterkunft, in der man sich ausruhen kann. Weshalb selbst sittenstrenge Männer, die mit großer Umsicht und Klugheit vorwärtsschreiten, dann und wann eine Ausfahrt unternehmen, einen Sprung hinaus aus dem Bau, um Luft zu holen und um nicht nach Abgestandenem und Faulem zu riechen. Ich nun, obwohl ich nicht zu jenen Leuten gehöre, die so korrekt sind, daß sie mit ihrem Essig anscheinend all die Salate auf den Tischen der anderen zu würzen begehren, und vielmehr eine Neigung zur Häuslichkeit besitze, so daß ich es vorziehe, zurückgezogen zu leben, verspürte nun eines Tages das Verlangen, einen Spaziergang auf den Posillipo zu unternehmen; denn ich hatte einen gelehrten Mann sagen hören, daß Posillipo ein griechisches Wort sei und in unserer Sprache soviel wie *Medizin gegen Schwermut* bedeute. Außerdem lebte auf dem Posillipo ein Freund von mir, der Petruccio hieß, Ausländer war und, nach Neapel gekommen, sich diesen Sommer ein Haus hinter dem Pallazo di Medina als Aufenthalt erwählt hatte, um jederzeit nach Ischia fahren zu können, wo er gewisse Bäder nahm, die für seine Gesundheit vonnöten waren. Dieser Herr Petruccio wurde mein Freund, als ich einstmals in der Welt umherzog und mich in seinem Land aufhielt. Und als er nach Neapel kam, begab er sich geradewegs in mein Haus, wo er den ganzen Frühling über blieb. Im Sommer dann zog er sich auf den Posillipo zurück und schrieb mir immer, ich solle ihn besuchen und einige Tage mit ihm verbringen. Aber weil mir das Gedränge nicht allzusehr behagt, nahm ich eine Feluke und erschien mutterseelenallein an jenem Ort und kam ganz genau zur Essenszeit an. Und dies begab sich am 26. Juli des Jahres 1684.

Ich vermag nicht auszusprechen, welch Vergnügen es dem Freund bereitete, mich zu sehen. Er umarmte mich, ich umarmte ihn, und indem wir uns beide auf die Stirn küßten und die Hände drückten, machten wir uns die gewohnten Komplimente. So sagte mir der Freund, es tue ihm leid, daß ich so unversehens gekommen sei, weil er mich so nicht nach Wunsch bewirten könne. Ich erwiderte, daß es zwischen uns nicht solcher Zeremonien bedürfe und daß, was für einen vorbereitet worden sei, auch für zwei genügen dürfte.

Während wir so plauderten und plauderten, wurde der Tisch von einem alten Weiblein namens Cianna gedeckt, das aus dem Gebirge stammte und als Gemahlin eines reichen Gemüsehändlers dem Freund nicht aus Not, sondern der guten Nachbarschaft wegen diente. So höflich und liebenswürdig und von solch gutem Betragen war diese Frau, daß es schien, als sei sie in ihrer Jugend eine der drei Grazien gewesen. Und während sie den Tisch deckte, sprach sie ein paar Worte mit mir, um sich zu entschuldigen, falls sie, durch mein Eintreffen überrascht, das eine oder andere mangelhaft zubereitet haben sollte.

Der Tisch war gedeckt, wir hatten kaum Platz genommen, als wir neben uns einen ungeschlachten Kerl erblickten, mit einem Röcklein, das er seines dicken Bauches wegen bis zu den Knien hinunter aufgeknöpft trug. Er besaß ein Paar Schultern, die denen eines Gepäckträgers vom Zoll gleichkamen; er hatte einen Mund, so groß, daß er von einem Wolf herzurühren schien, und Nasenlöcher wie von einem Pferd und ein Gesicht, so hart und unverfroren, daß keine Ahle es durchlöchert hätte. Er murmelte: »Freut mich, dich zu sehen!«, drängte sich zwischen mich und den Freund und begann zu sprechen: »Wißt ihr nicht, meine liebenswürdigen Herrn, daß bei einem Gastmahl nicht weniger Leute zugegen sein dürfen, als es Grazien, und nicht mehr, als es Musen gibt? Das heißt: entweder drei oder neun, aber zwei sind zuwenig. Dies um so mehr, als die Zahl drei mehr Tugend besitzt als alle Zahlen zusammengezählt.

Ihr wißt, daß es drei natürliche Prinzipien gibt: Materie, Form und Privation. Drei Gattungen von Tieren gibt es: die vegetativen, die sensitiven und die mit Verstand begabten. Drei sind die wertvollsten Gaben des Menschen: Erinnerung, Intellekt und Wille. In drei Dinge ist jeder Gegenstand zu zergliedern: in Zahl, Gewicht und Maß. Drei sind die Grenzen jedes Dinges: Anfang, Mitte und Ende. Drei Dinge werden nicht geachtet: die Kraft des Gepäckträgers, der Rat des armen Mannes und die Schönheit der Dirne. Drei Dinge sind unausstehlich: der reiche Geizhals, der stolze Arme und der verliebte Alte. Drei Dingen darf man nicht glauben: dem armen Alchimisten, dem kranken Arzt und dem dicken Eremiten. Um drei Dinge steht es schlecht in dieser Welt: um den Vogel in der Hand eines Kindes, um die Strohflasche in der Hand eines Deutschen und um das Mädchen in der Hand eines alten Mannes. Drei Sorten von Menschen sind die Herrn dieser Welt: die Narren, die Überheblichen und die Eiligen. Drei Dinge können nicht verborgen bleiben: die Spindel im Sack, die im Hause eingeschlossenen Weiber und das Stroh in den Schuhen. Drei Dinge muß man im Kopf behalten: daß Liebe keine Schönheit will, daß Appetit keine Sauce will und daß Geschäfte keine Freunde wollen. Und noch etwas: Wer einkauft, muß wissen, daß man das Öl von oben, den Wein aus der Mitte und den Honig vom Boden weg kauft. Elfmal drei Dinge machen eine Frau schön, und zwar: drei lange Dinge und drei kurze; drei breite, drei schmale und drei dicke; drei dünne, drei runde und drei kleine; drei weiße, drei rote, drei schwarze; und wenn ihr sie wissen wollt, lest die *Erschaffung der Welt*[1]. Aber wer vermag all die Tugenden der Drei aufzuzählen? Denn drei sind die Kerzen, die man anzündet, wenn man nachts eine Urkunde aufsetzt. Drei Spannen Seil genügen, um einen Mann aufzuhängen. Drei Dinge jagen den Mann aus dem Haus: Hunger, schlechter Geruch und ein lasterhaftes Weib. Drei Dinge richten das Haus zugrunde: Hefekuchen, warmes Brot und Maccheroni. Drei Weiber und eine junge Gans geben einen Markt ab. Drei *f* verlangt der Fisch: *fritto*, *friddo* und *futo* (gebraten, ausgekühlt und fest). Drei *s* braucht der Verliebte: *sulo*, *solliceto* und *secreto* (allein, hurtig und geheim). Drei *m* sind jene, von denen jedermann seinen Teil hat: *matto*, *miedico* und *museco* (Narr, Arzt und Musiker). Drei Sorten von Menschen unterhalten das lasterhafte Weib: Prahler, hübsche Burschen und Verschwender. Drei Dinge ruinieren die Jugend: Spiel, Weib und Taverne. Drei Dinge sind dem Höfling nützlich: die Fähigkeit zu heucheln, Phlegma und viel Glück. Drei Dinge benötigt der Kuppler: ein weites Herz, viel Geschwätz und wenig Schamgefühl. Drei Dinge beobachtet der Arzt: den Puls, das Gesicht und den Nachttopf. Aber nun ist's genug! Laßt uns essen und glücklich sein!« Und mit diesen Worten ergriff er, da die Speisen noch nicht aufgetragen worden waren, das Viertelstück eines Brotlaibes, und verschlang es mit einem Bissen, wobei er das Riesenmaul, das er hatte, bis zu den Ohren aufriß und die Augen verdrehte wie eine Wildkatze.

Als ich nun sprachlos und verblüfft die Bescherung sah und ohne Brot dasaß, sagte ich zu mir selbst: »Unheilstifter, Lump, den Pips sollst du kriegen!« Aber Petruccio, der mir ein Zeichen gab, sagte: »Sei vergnügt, mein lieber Masillo, denn an diesem Morgen beehrt uns unser Doktor, der mich in den Bädern in der Kur hat; und dem Gespräch kannst du entnehmen, welch gebildeter und tugendhafter Mensch er ist. Ich bedaure nur, daß die Vorräte knapp sind, aber wo das gute Aussehen des Fisches fehlt, wird es meine freundliche Miene ersetzen. Ich wollt, heute wäre ein Fleischtag, denn dann könnte dem Herrn Doktor die Achtung zuteil werden, die er verdiente.« »Dies ist nicht so wichtig«, antwortete Marchionno (denn so nannte sich der Arzt). »Wißt ihr nicht, daß Fisch appetitlicher ist als Fleisch? Gerade deswegen nannten die alten Römer heikle Menschen *Ichthiophaghi*, das heißt Fischesser. Nun auf, meine kleine Cianna, bringe etwas zum Waschen.« Cianna kam mit dem Krug und dem Becken, und während Marchionno sich wusch, fragte er mich, welches das beste Wasser der Welt sei. Ich erwiderte: »Wenn du mich nach den Wässern Neapels fragtest, könnte ich es dir sagen, aber nach dem besten der Welt zu fragen, das ist zu viel.« – »Wollt ihr wissen«, wiederholte er, »welches das beste Wasser der Welt ist? Es ist jenes, das man bringt, um vor dem Essen darin die Hände zu waschen, denn es geht dem Wein voran.« Unterdessen war eine Erbsensuppe aufgetragen worden. Marchionno zerbröckelte einen Laib Brot und schüttete ihn auf den Teller, denn es war viel Fleischbrühe darin; sodann ließ er, nachdem er gekostet hatte wie ein Jagdhund, der vom vielen Laufen hungrig wie ein Wolf ist, die Suppe im Handumdrehen verschwinden, indem er sie, ohne zu kauen, hinunterschlang und ein Bissen nicht auf den anderen wartete; und es war immerhin doch ein königlicher Teller, der einem Waschbecken glich! Auf diese Weise blieben kaum zwei Bissen für jeden von uns beiden. Nun fragte Petruccio den Doktor: »Was hältst du von der Suppe? Ist sie gut?« – »Sie ist gut«, antwortete er, »aber sie taugt nicht als Fundament. Wißt ihr nicht, daß die Spanier sagen: *Sopra una cosa rotonda non si alza buon edificio*?«[2] – »Wenn das so ist«, sprach Petruccio, »dann bringe die

Meeräschen, meine Cianna.« – »Ausgezeichnet!« sagte der Doktor, »*cèfaro*, Meeräsche, bedeutet im Griechischen Kopf, und mit dem muß man beginnen. Aber zunächst wird erstmal etwas zu trinken gebracht.« – »Hier ist der Krug«, sagte Petruccio. »Nimm das Glas, damit ich dir einschenken kann. Aber laßt uns zuvor ein wenig Wasser hinzugeben, denn es ist ein starker Wein.« – »Wasser?!« rief der Doktor. »Weißt du nicht, daß der verwässerte Wein den Mann zum Verschwender macht? Aber ich will, um dir zu dienen, nicht das Wasser, sondern den Brunnen wählen. Reich mir den Krug, denn ich will das Brünnlein spielen.« Und nachdem er sich des Kruges bemächtigt hatte, schickte er mit lautem gluck, gluck mehr als die Hälfte davon hinunter, das heißt drei und eine halbe Karaffe. »So«, sagte er, nachdem er getrunken hatte, »so wird die Feuchtigkeit des Fisches wiederhergestellt.« Und ich: »Hier ist es nötig, den Doktor zu korrigieren, der noch nicht begonnen hat, den Fisch zu essen, und sich schon um die Feuchtigkeit Sorgen macht.« – »Ach du liebe Zeit«, erwiderte er. »Wißt ihr nicht, daß es von Vorteil ist, schon fertig zu haben, was binnen kurzem bereit sein soll? Also laßt uns schnell alle Vorkehrungen treffen.« Und während er so sprach, ergriff er eine Meeräsche, die er hinunterschluckte wie einen Eidotter. Mit der Entschuldigung, es habe sich eine Gräte in seiner Kehle quergelegt, verlangte er sodann zu trinken und schüttete den im Krug verbliebenen Rest in sich hinein. »Gutes Mittel, um die Gräten aus der Kehle zu schaffen!« sagte ich, »natürlich das von Meister Grillo!«[3]

Es wurde nun ein großer Teller voll gebratener Sardinen gebracht, dazu eine Brühe, deren Duft man eine Meile weit riechen konnte, so daß die Katzen mit ihrem *miau-miau* einen ohrenbetäubenden Lärm machten. Da begann diese Meerkatze von einem Marchionno (Woher kommt er? Von der Mühle!)[4] die Hände wie ein Pfeifenbläser zu bewegen, und indem er sich eine Handvoll Sardinen griff, schickte er sie Hals über Kopf hinunter, so wie man irgendeine Falkonette oder Kanone laden würde. Dann füllte er den Sack von neuem, während uns kaum Fett und Zähne blieben. »Oh, welch feine Sache!« rief er. »Dies sind genau die richtigen Kugeln, um den Hunger mit Kanonen zu beschießen, auf daß er uns fernbleibe. Gehe in den Krieg, wer da wolle, um sich von den Bleikugeln den Bauch durchlöchern und aufreißen zu lassen! Dies ist die wahre Schlacht! Denn jener bringt den Tod und diese das Leben. Ja, gebt mir ein wenig Lebenssaft, auf daß ich dieses Leben besser ertrage.« So sprach er und ergriff den anderen Krug, der mit Weißwein gefüllt war. »Was hältst du von diesem Wein?« fragte hierauf Petruccio. Und er: »Er scheint mir ein guter Pferdeschweif zu sein.« Und ich: »Wahrlich, nach dem Sardinenkrieg verlangt es uns nach keinem anderen Pferd; nur mißfällt mir, daß uns nach einem weiteren Schluck von dir weder Pferd noch Schweif verbleiben werden.« Und der Doktor: »Nun«, sprach er, »sind die Kugeln zu Ende, so ist's auch der Krieg.« Inzwischen war ein Teller mit gebratenen Seezungen aufgetischt worden, und der Doktor, der die Leitsprüche nur so aus dem Ärmel schüttelte, sagte: »Mit dieser Schaufeln

Hilfe allein, kann man der Kugeln bald ledig sein[5]. In anderen Ländern nennt man sie Zungenreizer, weil wir sie mit der Zunge vereinigen.« Und nach diesen Worten begann er, mit den Kinnladen zu arbeiten und den Platz derart zu säubern, daß nach viermaligem Hinlangen die Glasur des Tellers sichtbar wurde. Hierauf griff er schnaubend nach dem Krug, soff ihn aus und schüttelte ihn, bis man auf den Grund sehen konnte. Und ich: »Was hältst du davon, Doktor? Ist sie nicht ein guter Fisch, die Sardine?« – »Ausgezeichnet!« erwiderte er. »Und zu Recht nennen sie andere *sfuoglio*, Blätterteig, denn sie entblättert sich wie eine Pastetenkruste. Andere nennen sie *sòla*, die Einzige, weil sie allein unter den Fischen triumphiert. Wieder andere wollten sie *pernice de lo maro*, Rebhuhn des Meeres, nennen, da ein wenig Pomeranzensaft ihr als Sauce genügt.«

Als Nachspeise wurde ein tiefer Teller voll gebratener kleiner Fischchen gereicht, und der Doktor begann, eines nach dem anderen beim Schwanze zu fassen, um alle an seinen Kopf zu halten; zuerst an den Mund, dann an das Ohr. Diese Gebärden verwunderten uns, und deshalb verlangten wir von ihm, da wir neugierig waren, er möge uns das Geheimnis offenbaren. Und er: »Ihr müßt wissen«, erklärte er, »daß mein Vater, die gute Seele, Gott habe ihn selig und gebe uns Gesundheit, durch Ertrinken den Tod fand, so daß sein Leichnam nicht mehr gefunden werden konnte. Ich habe deshalb diese Fischlein gefragt, ob sie ihn jemals gesehen hätten. Und sie gaben mir zur Antwort, sie wüßten nichts davon, da sie gestern erst geboren worden seien; aber ich solle den fetten Meeraal, der sich in der Küche befindet, fragen.« (Denn der Herr Vielfraß hatte den Duft gerochen und sah vom Tisch aus sogar, was man in der Küche tat.) Aber Petruccio, der ihm einen Seitenhieb verpassen und ihm den Bissen in die falsche Kehle rutschen lassen wollte, erwiderte: »Ich stimme diesem Sprichwort: Junges Fleisch ist alter Fisch, nicht zu; denn diese Fischchen schmecken mir. Und du, mein lieber Doktor, hast dich geirrt, entweder mit den Augen oder mit der Nase. Deshalb iß diese kleinen Fischchen, wenn sie dir schmecken, wenn nicht, möge das Obst aufgetragen werden.« Als der Doktor diese Neuigkeit vernahm, stopfte er wie ein Esel, der Heu frißt, den bis zum Rand gefüllten Teller in sich hinein, ohne etwas zu erwidern. Denn er hatte sich Hoffnungen auf den Meeraal gemacht; nicht weil ihm die Fischlein nicht gemundet hätten, sondern weil er sich mehr an der Quantität als an der Qualität zu erfreuen pflegte. Und er vergaß nicht einmal das Gehäuse auszusaugen, so als ob er Gläser leerte.

Als die Fischchen aufgegessen waren, bat Petruccio Cianna, sie möge das Obst und noch etwas Brot auftragen, da der Doktor all das auf dem Tisch bereits verputzt hatte. Und Cianna, die ihn verstand, brachte eine Handvoll kleiner Schwarzbrotlaibe und teilte mit, daß es vom weißen keines mehr gäbe; denn man habe an diesem Morgen so viel davon gegessen, wie der Herr in einer Woche zu verzehren pflege. Als der Doktor das Brot vor sich sah, sprach er: »Ich befürchte, daß der Bäcker gestorben ist und das Brot seinetwegen Trauer trägt. Dies sind keine kleinen Laibe, sondern Schatten kleiner Brotlaibe. Bitte, liebe Cianna, bringe nicht mehr davon, andernfalls wäre es nötig, die Kerzen anzünden zu lassen.«

Inzwischen kamen der Käse und das Obst auf den Tisch, und der Doktor, der nach einem der kleinen Schwarzbrotlaibe griff, sprach: »Ich habe sagen hören, das schwarze Brot sei appetitlich; das will ich ausprobieren, indem ich es mit diesem schmackhaften Käse vermähle und ihnen diese Birne als Mitgift gebe.« Aber diese Mitgift sah so aus, daß eine Birne die andere mit sich riß, so wie die Kirsche, und in einem Augenaufschlag verschwanden das Brot, der Käse und das Obst. Der Doktor erhebt die Stimme: »Nach dem Groben das Feine!« Und da kam Cianna, die Wein zu trinken brachte. Aber der Doktor, der das Maul verdrehte, obwohl er ihn ohnehin getrunken hätte, verlangte zu wissen: »Was ist denn das für ein Wein? Bin ich vielleicht eine Kanone, unfähig, zehn Schüsse einen nach dem anderen abzufeuern, ohne mit Essig gewaschen zu werden?« – »Wie? Mit Essig?« fragte Petruccio und rief die alte Cianna, um zu erfahren, was für ein Wein dies gewesen sei. Und Cianna: »Sie sind zu Ende«, sagte sie, »die zwölf Flaschen, die draußen waren. Der Wein, den ich ihm gebracht habe, ist jener, der gestern übrigblieb.« – »Du hast recht«, sagte Petruccio, »und da es nicht regnet, sondern in Strömen gießt[6], nimm hier, dem Freund Doktor zuliebe, den Schlüssel zum anderen Keller.« »Verzeihe«, sagte Marchionno, »denn gestern habe ich nichts gegessen.« (So pflegen die Fresser zu sprechen.) »Außerdem ist, wie ihr wißt, die Bewegung gegen Ende hin am heftigsten, und darum bitte ich euch, mich nicht aufzuhalten, denn das Rad, sobald es in Gang gesetzt ist, dreht sich noch einmal zurück, wenn man seinen Lauf hemmt. Aber sag' mir, mein lieber Petruccio«, fuhr er fort, »wir sind auf dem Posillipo und haben keine Feigen gegessen?« – »Das hast du dir selbst zuzuschreiben!« antwortete dieser. »Denn durch die Hast, die du beim Essen zeigtest, hat Cianna sie vergessen.« – »Nun so ist's«, sprach der Doktor, »denn wenn man bei der Reihenfolge Irrtümer begeht, muß es der Substanz der Dinge noch lange nicht schaden.« Und als er einige Feigen erblickte, die dort lagen, das Gewand ganz zerrissen, wie das eines Bettlers, mit dem Hals eines Gehängten und mit Weibertränen, die an der Nase herumführen wollen, streckte er die Hände danach aus, schlang sie hinunter und fragte: »Was sind das für Feigen?« – »Trojanische Feigen«, sagte ich. Und er: »Wahrlich, sie gleichen dem trojanischen Pferd, und die Kerne der Heerschar, die sich darin befand; mit dem Unterschied, daß es vonnöten war, die Mauern einzurennen, um es nach Troja hineinzuschaffen, und hier nicht. Aber jenes war die Ursache des Brandes von Troja, und diese machen mir den Magen heiß.«

Aber da der Doktor aß, als würde er eben mit dem Essen beginnen, fragte ich ihn, warum die Vorfahren den Käse, das Obst und ähnliche Dinge *seconna tavola*, Nachtisch, nannten. »Wißt ihr, warum?« antwortete er. »Weil die Alten viel aßen, und sobald der Käse und das Obst kamen, schien es, als begännen sie noch einmal von vorne. Nun sagt ihr mir: Welche ist die Speise, die den Gästen am wenigsten mundet?« Wir gaben zur Antwort: »Dem einen diese, dem anderen jene.« Und er: »Die schlechteste Speise«, erklärte er, »ist der Käse, denn nach ihm werden keine Speisen mehr aufgetragen.«

Und Petruccio: »Ich will, daß diesmal der Käse seine Reputation nicht verliere. Wohlan, liebe Cianna, bringe den gebratenen Fisch.« Und siehe da, Cianna kam mit dem gerösteten Meeraal. Da sprach der Doktor: »Seht ihr nun, daß ich wahr gesprochen habe, als die kleinen Fischchen kamen.« Petruccio erwiderte: »Euer Wohlgeboren sagte, daß es ein Meeraal sei, aber in unserem Land nennen wir ihn nicht so.« – »Dies«, gab der Doktor zurück, »ist eine Frage der Namen, die sich für die Philosophen nicht lohnt; denn man muß die Substanz der Dinge geprüft haben, so wie ich es tue.« Und während er so sprach, setzte er die Zähne in Bewegung, so als hätte er bis dahin noch nichts gegessen, und ließ die Kiefer mit solcher Heftigkeit auf der Stelle treten, daß der arme Meeraal verschwand, als sei er verzaubert worden. »Man muß den Magen versiegeln«, sagte Marchionno, und mit dieser Bürste reinigte er den Tisch von allen Brotstücken, die darauf verblieben waren, so daß Cianna nichts anderes zu tun übrig blieb, als die Weinkrüge fortzutragen.

Aber bevor sie das Tischtuch wegnahm, sprach der Doktor: »Wenn es hier was zum Ausspülen gäbe, ich hätte Bedarf dafür.« Und Petruccio: »Diesmal«, sprach er, »will ich dir den Wein zu trinken geben, der dir am besten schmeckt. Schreib du, und ich halte.« Und Marchionno begann aufzuzählen: »Der *Asprinio* schmeckt mir nicht, denn die Herbheit, die er in seinem Namen trägt, die hinterläßt er am Gaumen. Der *Raspata*, der kratzt dich, wo es dich nicht juckt; der

Mazzacano haut auf den Kopf wie ein Stein; der *Mangiaguerra* ist gut, weil der Krieg von verdrießlichen Gedanken lebt; der *Lagrema* auch, denn er macht dich vor Freude weinen. Und von diesem – wenn es dir recht ist – gib mir ein Glas, denn ich will euch alle zusammen hochleben lassen.« – »Cianna«, befahl Petruccio, bringe die Flasche *Lagrema de li Galitte* und kredenze sie dem Doktor.« Der Wein wurde gebracht und ein Glas, das aussah wie eine Lampe, damit gefüllt, und so extemporierte also Freund Marchionno:

»Auf euer Wohl,
O Petruccio, o Masillo, seid mir verehrt.
Gott gebe euch Glück und Gesundheit,
Soviel ihr begehrt.
Es möge euch bekommen,
Senkrecht und haargenau auch,
Wie jener Wein, drinnen in meinem Bauch.«

Wir lachten über den schönen Schluß des Liedes. Und als man das Tischtuch weggeräumt hatte, gingen wir auf eine Terrasse hinaus, steil über dem Meer. Und dorthin führte Cianna auch die vier Töchter, die sie hatte, von denen die erste Cecca hieß, die zweite Tolla, die dritte Popa und die vierte Ciulletella. Die ersten beiden hatten zwei Tamburine, die dritte Kastagnetten, die vierte sang. Und indem sie sich bei ihrem Auftritt abwechselten, sang die eine und die anderen spielten. Aber wer kann jetzt noch die schönen Lieder vortragen, die sie zum besten gaben?

1. Diese wurden von Cecca vorgetragen:

I

Oh, wie viele Male zu später Stund
Ging man bummeln mit all den Mädchen,
Auf der Klippe des Herrn Lonardo!
Dort fingen wir Austern und Schnecken!

II

Wer hat dir die schönen Schühchen gemacht?
Und du hast sie nicht bezahlt? Nein?
Von hinten höre ich rufen:
Kehr' um, kehr' um und bezahl sie, oh!
Anhängsel und Flitter!
Bändchen und Broschen!
Spindeln und Kochlöffel von Mercogliano!
Was macht mein Weib, daß es nicht kommt?

Das war wirklich schön. Und so das nächste:

III

Öffne mir, mein Guter, denn wir sind sieben,
Und wir alle sieben haben keine sechs Körner!
Steh'auf, Peppo, Peppo, steh'auf!

2. Und Tolla, mit dem Stimmchen einer Sirene, trug das nächste vor:

IV

Mein Geliebter, wohin ist er gegangen,
Dieser prahlerische Bursche?
Gibt er von der Schneide oder von der Spitze?
Macht er Scherz oder macht er Ernst?
Ist er aus Neapel oder ist er ein Fremder?
Er sagt, er sei Baron,
Aber da ist niemand, der es glaubt,
Weil man ja doch sieht,
Daß er ein armer Bursche ist.
Unseliger, geh zugrunde!
Sag doch die Wahrheit!
Weißt du, was er gemacht hat?
Um ein Schwein zu schlachten,
Nahm er Degen und Dolch mit sich!

Und diese noch:

V

Oh, wie viele Blumen, oh, wie viele Glocken, etc.

VI

Mein rotes Äpfelchen, rotes Äpfelchen, etc.

VII

Mein kleines Sängerlein, Sängerlein,
Du willst dich mit mir im Singen messen?

Gib acht! Denn ich besieg dich, ich, der Hut!
Morgen ist Festtag, und du
Hast nichts aufzusetzen!

3. Popa, die den Schwestern in nichts nachstand, sang so:

VIII

Wer will die Glucke spinnen sehen
Und die Kücklein den Flachs aushülsen?
Wer will Cicco, den Schankwirt, sehen,
Wie er ohne Krug den Wein ausschenkt?

IX

Oh, schönes Lied, das die Lerche singt
Des Morgens, vor Tagesanbruch!
Oh, welch gute Speise ist das Schäfchen,
Das frisches Gras findet, ohne danach zu laufen!

4. Ciulletella, die lieblicher war als die anderen, sang diese schönen Lieder:

X

Als die Alte den Spinnrocken verlor,
Ging sie den ganzen Montag suchen;
Am Dienstag fand sie ihn ganz zerbrochen;
Den ganzen Mittwoch reparierte sie ihn;
Am Donnerstag kämmte sie den Werg;

Am Freitag wickelte sie ihn auf den Spinnrocken;
Am Samstag wusch sie sich den Kopf;
Am Sonntag spann sie nicht, weil Festtag war.

XI

Und am nächsten Abend, als das Fest war,
Nahm ich die Hacke und ging zum Säen.
Ich fand einen Holunderstrauch mit Haselnüssen.
Wieviele pflückte ich von jenen Granatäpfeln!
Es kam hierauf der Herr der Fische:
»Gib acht, iß nicht diese Pfirsichquitte!«
Der Esel, der auf den Kirschbaum stieg,
Um ein Achtel Feigen zu pflücken,
Er fiel zur Erde und schlug sich die Nase an:
Die Wölfe konnten sich kaum halten vor Lachen.
Dem Fuchs, der Maccheroni kochte,
Mausten die Kinder den Käse;
Die Katze flickte die Bettücher,
Die Mäuse kehrten das Haus.
Es stieg eine Schnake aus der Tonne,
Nahm das Schwert und ging zu Hof:
»Oh, Hauptmann, tue mir einen Gefallen:
Nimm die Fliege und stecke sie ins Gefängnis!«
Die Fliege entkam durch das Gitter ...
Ein Stückchen Brot für einen armen Blinden! ...

Äußerst amüsant war die Musik dieser drei Sängerinnen, vorgetragen nach Art der Gebirgler. Aber weil der Klang der Tamburine und der Kastagnetten sehr geräuschvoll war und uns, da wir ihn nicht gewohnt waren, das Trommelfell zu platzen drohte, sprach Petruccio: »Ich habe sagen hören, Cianna, die Erzählungen in eurer Sprache seien etwas so Außergewöhnliches, daß davon ein Buch gedruckt wurde[7]. Es gibt keinen Menschen, und sei es ein Ausländer, der eine andere Sprache spricht, der nicht froh wäre, es zu besitzen, schon wegen der Buntheit der Handlung, der Wunderlichkeit der Gestalten und der Anmut der Sprache. Habe darum die Güte und erzähle uns eine davon, so du sie kennst.« – »Darin sind wir geübt!« sagte Cianna. »Ja, wenn es euch angenehm ist, wird auch jede von den Töchtern eine davon erzählen. Jedoch, seid nachsichtig, wenn sie nicht jenen aus dem Buche gleichen, die ersonnene Dinge sind. Wir erzählen sie nach ländlicher Art, so, wie wir sie von unseren Vorfahren erzählt bekommen haben.« »Um so mehr werden sie nach unserem Geschmack sein!« versicherte Petruccio. So saßen wir also draußen auf der Terrasse, die Männer auf der einen, die Frauen auf der anderen Seite; da brachte Ciulletella, die die jüngste war, ihre Schürze in Ordnung, spuckte noch einmal aus und begann mit den offenen Händen auf den Knien und mit viel Liebreiz, der durch eine kleine Flamme der Schamröte noch gesteigert wurde, zu erzählen:

Erstes Märchen

DIE BELOHNTE BARMHERZIGKEIT

Wahr hat der gesprochen, und ich könnte es nicht besser ausdrücken, der sagte: Tue Gutes und vergiß es. Denn je weniger der Mensch es sich erhofft, um so gewisser findet er Vergeltung: wenn nicht durch die Menschen, so durch den Himmel selbst. Und umgekehrt: Wer Schlechtes tut, den erwartet Schlechtes; denn es ist nicht möglich, Korn zu säen und Brennesseln zu ernten, oder Brennnesseln zu pflanzen und Sprossenkohl zu ernten; denn was man sät, das erntet man, wie ihr durch die folgende Geschichte erfahren werdet, so ihr den Mund schließt, und die Ohren öffnet.

Man erzählt, es war einmal eine herzensgute Frau, eine Bäuerin namens Pacecca. So gut war sie, daß sie kein Wasser trüben konnte: ein Stück Brot, ein Honigkuchen war sie, wie Pomade, und so voller Mitleid gegenüber den Armen (wie die Leute aus diesen Dörfern es meistens zu sein pflegen), daß man es gar nicht aussprechen kann. Sie hätte das Brot aus dem Mund genommen, um ein armes Kind nicht sterben zu sehen. Es geschah nun, daß diese gute Frau, die sich im heiratsfähigen Alter befand, in die Hände eines Kochs geriet, des größten Bösewichtes, den man unter dem Himmelsgewölbe findet: ein gefräßiger Tagedieb, ein leerer Beutel, ein Schleusenhals, dem man den Spitznamen Meister *Cocchiarone*, Schöpflöffel, gegeben hatte. »Aber was soll man machen?« sagte jene gute Zwiebel, die, mit dem Hals über einer Stange hängend, zu keimen begann. Niemals fingen sich im Netz oder im Vogelleim Falken oder Sperber, sondern nur die armen Drosseln und die unschuldigen Zaunkönige. So geriet dieses arme Täubchen in das Netz jenes Schurken und auf den Vogelleim jenes Gauners, der als guter Koch sich allein die besten Häppchen zukommen ließ und die Gemahlin vom Rauch ernährte. Bis eines Tages die Ärmste zu ihm sprach: »Ach, mein Gemahl! Wie ist es möglich, daß der Dampf aus dem Kochtopf meines Elends so gar nicht das Mitleid deiner Augen erregt? Du siehst, daß ich von früh bis spät arbeite, und doch muß ich barfuß gehen wie eine Henne. Habe ein wenig Mitleid und lasse mir wenigstens ein Paar Schuhe machen. Ich verlange von dir nicht, wie andere Ehefrauen, Halstuch, Handschuhe, Manschetten, Halsketten, Ohrringe und all den anderen unnützen Tand, ich verlange und erbitte nur das, was vonnöten ist.« »Ja, meine Gemahlin!« gab Meister Schöpflöffel zur Antwort. »Morgen werden sie fertig sein.« – »Der Himmel vergelte es dir, mein Gemahl!« rief Pacecca. »Hundert Jahre mögest du leben!« Aber die Arme, sie merkte nicht, daß der Gemahl sie belog und all dies nur gesagt hatte, um sie zu foppen. So war sie fröhlich, und da gerade eine arme Frau vorüberkam, die mit nackten, wunden Füßen einherging, um zu zeigen, wie sehr sie dem Glück nachgelaufen war, das ihr davoneilte und dabei höher sprang als eine Hirschkuh, gab Pacecca ihr, die noch nicht den Mund geöffnet hatte, um ein Almosen zu erbitten, voll Mitleid ihre Schuhe, so alt sie auch waren; denn sie hoffte, der Gemahl werde ihr andere bringen. Aber etwas Langes hat man gesucht, und etwas Kurzes hat man gefunden: Denn als der Gemahl kam und sie barfüßig sah, fragte er: »Was denn? Hast du vielleicht Hühneraugen auf den Füßen, so daß du deine Schuhe nicht tragen kannst?« – »Nein, nein!« antwortete sie. »Ich habe sie einer Armen gegeben, die barfuß ging und deren Füße ganz mit Wunden bedeckt waren; denn ich weiß gewiß, daß du mir neue bringen wirst.« Und er, der seine Gemahlin auslachte und sie für dumm wie ein Tier hielt, sagte: »Gewiß, meine Gemahlin! Und verschenke auch die Strümpfe, denn ich werde dir nagelneue bringen.« – »Sei gesegnet!« erwiderte Pacecca. »Der Himmel möge dich reich belohnen! Ich weiß, daß du mir selbst Vogelmilch nicht vorenthalten würdest, wenn ich sie verlangte.«[1] – »Von Nachtvögeln«, spottete der Gemahl und ging lachend seinen Geschäften nach.

Als nun ein armer Schlucker vorüberkam, der mit nackten Beinen umherlief, um zu zeigen, welch Lavastrom von Mißgeschicken ihn getroffen habe, rief sie ihn und sagte: »Da, mein Armer, nimm diese Strümpflein.« – »Der Himmel sei dir gewogen!« dankte der Bettler und verkaufte sofort die erhaltenen Strümpfe; denn ich glaube, sie paßten ihm nicht so recht.

Als der Gemahl hierauf nach Hause kam, verlangte sie von ihm sogleich die Strümpfe und die Schuhe. Und als er fragte: »Was hast du mit deinen gemacht?«, antwortete sie: »Ich habe sie einem Armen gegeben.« – »Und warum«, fragte Schöpflöffel, »gibst du ihm nicht auch das Röcklein? Denn es traf soeben eine Schiffsladung Tuch aus Flandern ein, und da lasse ich dir gleich ein neues machen, eines mit Falten.« – »Oh, daß dir Gott Glück und Gesundheit schenken möge!« rief Pacecca. »So sollen die Ehemänner sein!« Und es begab sich, daß ein Weilchen später ein armes Weib einherkam, das das Abbild der Armut zu sein schien; denn das Stückchen Lumpen von einem Rock, den es trug, war so zerrissen und übel zugerichtet, daß er einem Fisch glich, der, aus dem Meer des Reichtums vertrieben, sich im Netz der Armut verstrickt hatte, um auf dem Bratrost der Not mit dem Essig des Elends begossen zu werden. Und die gute Pacecca, die dieser Anblick mit Kummer erfüllte, sagte der Alten, sie wolle ihr ein Almosen geben. Und ihr das Röcklein durch das Fenster reichend, entließ sie sie mit Gott. Als Meister Schöpflöffel kam und sie im Hemd sah, glaubte er, sie habe das Röcklein gerade in der Wäsche, und sprach zu ihr: »Was hast du, meine Gemahlin? Ist dir zu heiß, da du dich so im Haus aufhältst?« – »Ach, mein Gemahl!« erwiderte Pacecca. »Ich warte auf das Röcklein, die Strümpfe und die Schuhe.« – »Und dein Rock?« fragte der Mann. »Was hast du damit gemacht?« »Ich habe ihn einer Armen gegeben, die arge Not litt.« – »Ja freilich, denn du bist reich!« spottete Schöpflöffel. »Weißt du, was du machen wirst? Gib auch das Hemd, wenn du willst; auf die Art wirst du dich ganz neu einkleiden!« – »Ja, ja, mein Gemahl, aber mach schnell, was du zu machen hast, denn nun werde ich nackt sein.« – »Ich fliege, ich fliege, bin dir zu Diensten!« erwiderte der Mann, und den Kiel wendend, wälzte er sich die Treppe hinab und dachte bei sich, daß er ein schlechtes Geschäft gemacht habe. Gift und Galle spuckte er beim Gedanken an das, was die ärmste Gemahlin in ihrer übergroßen Einfalt getan hatte. Und als nun Pacecca hinter dem Fenster hervorspähte, ob irgendein Bettler vorüberkäme, sah sie eine arme Frau, die, um mit der Hand greifen zu lassen, wie alteingesessen ihr Geschlecht in der Bettelei sei, ihren Adelsbrief vorwies. Und während sie durch die Gassen ging, rief sie: »Brot, Brot für eine Arme, die halbtot vor Kälte und Hunger ist! Irgendein altes Hemd, um der Liebe des Himmels willen!« Pacecca rief ihr zu: »Warte, warte!« Und nachdem sie sich nackt ausgezogen hatte, reichte sie, um nicht ihre entblößten Arme sehen zu lassen, das Hemd mit einem Stöckchen hinaus.

Nun war die Arme also nackt. Da hörte sie den Gemahl an der Tür klopfen; und um sich nicht in diesem Zustand sehen zu lassen, hüllte sie sich in einen Überwurf des Gemahls, aber sie getraute sich nicht zu öffnen. Schöpflöffel, nicht faul, klopfte und läutete zum Fest, und sie rief: »Ich kann nicht öffnen!« »Und warum nicht?« fragte Schöpflöffel. Und sie: »Hast du mir die neuen Schuhe mitgebracht, die Strümpfe, das Röcklein und das Hemd? Denn ich bin so nackt, wie mich Mutter geboren hat!« Als der Gemahl diese gute Botschaft vernahm, überkam ihn ein solcher Grimm, daß er sie niedergemetzelt hätte, wäre sie ihm in seiner Raserei in die Klauen geraten. Aber sie war in Sicherheit. Als indessen Freund Schöpflöffel sah, daß der Himmel, nachdem er das Laubwerk der Erde mit den

Sonnenstrahlen versengt und diese, als sie erloschen, wie ein brennendes Stück Kohle gegen Westen geschleudert hatte, schwarz wie ein Schornstein zu werden begann, klopfte er von neuem und rief: »Los, Pacecca, mach auf! Es reicht nun!« – »Hast du die Kleider mitgebracht?« fragte Pacecca. »Darauf kommt's nicht an«, erwiderte er. »Wirf dir irgend etwas über und komm mit mir! Denn ich habe dir den Stoff gekauft, und nun muß der Meister bei dir Maß nehmen; aber er selbst kann nicht kommen.« Sie, die leichtgläubig war und dem Gerede Schöpflöffels Glauben schenkte, öffnete die Tür und machte sich, so wie sie war, mit dem Gemahl auf den Weg, eingehüllt in jenem Lumpen von einem Überwurf, so daß sie einer gerupften Wachtel in einem Haarnetz glich.

Als man aber ein gutes Stück Weges zurückgelegt hatte, zeigte es sich, von welcher Art die Werkstatt des Schneidermeisters war, der sich nirgends zeigte: Um Mitternacht, gerade zu jener Stunde, in der die Sterne wie vergoldete Steine auf die andere Hälfte des Himmels zu rollen beginnen, gelangten sie zu einem weitab gelegenen Gehöft, dessen verfallene Gebäude, älter als der Neid, den Häusern der Zeit glichen, von denen jener toskanische Dichter zu sagen wußte:

All dies bedeckte zuletzt der Sand und das Gras[2].

Denn es war so viel Gras auf jenen schroffen Hügeln gewachsen, daß es einem Wald glich. Hier hinterlegte jener teure Schöpflöffel seine Frau und ließ sie in einer Höhle zurück, als habe er Futterkleie hineingeschoben. Und nachdem er ihr versprochen hatte, sogleich mit den Kleidern zurückzukehren, machte er sich schleunigst aus dem Staub. Aber die arme Pacecca wartete und wartete. Und als sie den Gemahl, der den Weg des Raben genommen hatte[3], nicht mehr zu Gesicht bekam, obwohl sie die ganze Nacht über wachte, sehnte sie sich trotz allem nach diesem Schurken. Sie, die nicht wußte, an welchem Ort sie sich befand und wer ihn bewohnte, merkte nun, daß der Morgen graute. Denn soeben erhob sich der Tag, um zu rufen: »Kundmachung und Befehl des Meisters Chiommiento an all die Vögel, Menschen und Tiere, sie mögen aufstehen, um die Sonne zu begrüßen, die nun erscheint.« Sogleich sah man hier einen Bären, dort eine Meerkatze hochspringen; von der einen Seite stürzte ein Monstrum, von der anderen ein Gänsegeier herbei, die ihr aber dank des Himmels, der die Verlassenen nie vergißt, nichts antaten, denn ihre Unschuld verbarg sich unter den Flügeln. Und vielleicht empfanden jene Tiere Mitleid mit einer Unglücklichen, die in diese mißliche Lage geraten war, weil sie zuviel Erbarmen mit anderen gehabt hatte, und hoben ihre Zähne und Klauen für jene auf, die undankbar und grausam sind.

Aber das arme, im Stich gelassene Ding wußte weder, was es anfangen, noch wohin es sich wenden sollte, obgleich es bei jedem Schritt, den es tat, über jene Ruinen stolperte. Als es hell wurde, bemerkte Pacecca, daß nahebei ein Palast stand. Und da sie glaubte, er sei von einem wohlhabenden Herrn bewohnt, ging sie hin und klopfte, um ein Almosen zu erbitten. Aber da konnte man klopfen, so lange man wollte, denn niemand öffnete. Und durch das allzuheftige Schlagen und Klopfen fiel eine kleine Luke aus dem Tor, die einen solchen Lärm machte, daß ein armes Täubchen in einem Mauerloch des Außenhofes ganz erstaunt und erschrocken von seinem Nest aufflog. Und sieh da: aus jenen Ruinen, in denen sich Pacecca befunden hatte, stieg plötzlich ein großer, häßlicher Vogel auf, der sich auf das Täubchen stürzte und es mit den Krallen zerriß. Da warf Pacecca in ihrem Mitleid einen Stein, der zum Glück das Untier traf, so daß es das Täubchen aus seinen Krallen fallen ließ. Die Taube stürzte auf ein Bündel Kraut, und kaum hatte sie es berührt, da schlug sie ein paar Purzelbäume, wälzte sich ein wenig auf dem Boden und flog wieder auf, so schön und gesund, als sei sie niemals abgeschlachtet worden.

Pacecca, die den Vorfall mitangesehen hatte und zu dem Täubchen geeilt war, um es zu fangen, sah, als sie stehenblieb und das Kraut betrachtete, daß das Bündel dick und an der Stelle, wo es die Taube berührt hatte, verwelkt war. Da kam es ihr in den Sinn, das Kraut könnte die Fähigkeit besitzen, die Toten durch seinen eigenen Tod zum Leben zu erwecken. Und nachdem sie eine gute Handvoll davon gepflückt hatte, um es an ihrer Brust aufzubewahren, sprach sie: »Es könnte zu nichts Besserem verhelfen! Diese Kraft ist immer nützlich.«

Sie konnte nun in den Palast gelangen, da ja das Türchen herausgefallen war; so verlor sie keine Zeit mehr, trat ein und sah einen großen Hof, der rundum von Säulen aus Porphyr umgeben war. Auf beiden Seiten befanden sich prächtige Treppen, über die man in vier Wohnungen gelangte, deren Fenster auf vier, den Palast umgebende Balkons hinausführten. Pacecca begann, die Treppe emporzusteigen, die sich rechter Hand befand; aber sie hatte Angst, da sie keine Menschenseele sah oder hörte. So hob sie an, zu rufen: »Mitleid und Erbarmen!«, um ein Almosen zu erbitten, falls jemand antworten sollte. Aber nachdem sie eine gute Stunde lang geschrien hatte wie die Elstern, faßte sie sich ein Herz und stieg hinauf.

In der ersten Wohnung befand sich ein Salon, der so groß war, daß man nicht bis an das andere Ende sehen konnte. Von dort gelangte sie in ein Gemach, sodann ins nächste, hierauf in zwei weitere und danach noch in vier andere Gemächer. Und in einem außergewöhnlich großen Raum fand sie schließlich einen Schrank aus Nußholz, vollgestopft bis zum Rand mit Schuhen aller Art: aus Korduanleder, aus Kalbsleder, aus Marokinleder, mit weißen Sohlen, mit roten Sohlen, auf französische Art geschnitten, mit dem Ferschen nach Fischerinnenart, geschlossene Schuhe nach spanischer Art, ausgeschnittene, mit gehäkelten Spitzchen, Hausschuhe und Pantoffeln, die Hausschuhe innen bestickt. Daneben befand sich ein anderer Schrank aus Birnbaumholz, randvoll mit einer Menge von Strümpfen, aus Garn und aus Seide, gestrickt und gewebt, nach englischer Art, nach neapolitanischer Art, nach römischer Art, die Ränder in Seide und Gold gearbeitet, und noch viele andere Sorten, so daß man ganz verwirrt davon wurde. Diesem gegenüber befand sich ein anderer Schrank, voll wie ein Ei mit kostbaren Kleidern. Da gab es Röcklein, Kleider, Unterkleider, Unterhemden, Oberteile, Jacken, *Cavardine*[4], Kittel, spanische Reifröcke, Kleider, nach der Mode ausgeschnitten, Überzieher und auch gewöhnliche Reifröcke. Neben diesem stand ein Schubladenschrank, voll bis zum Rand mit Hemden aus hauchdünnem Linnen, aus flandrischem Leinen, aus holländischem, aus Orleans, aus Cambrai, aus der *Cava*[5], Hemden aus Zweiunddreißiger-Leinen, aus Melissenleinen, bestickt, mit dem Stich auf der Rückseite genäht, mit der Zwei und der Drei, mit Fransen, mit Spitzen in Pyramidenform, in Hundezahnform, in Katzenkrallenform und aus lauter Seide und Gold gestickt, so viele, daß selbst die Herrschaften hier gesagt hätten: »Oh, Mutter, ich sterbe!«

Als nun Pacecca, die Bedauernswerte, arm und nackt, wie sie zwischen den Knien der Mutter hervorgekommen war, so viele schöne Sachen sah, konnte sie nicht ruhigen Herzens bleiben: sie mußte sich damit ausstatten. Schließlich und endlich ist in der Zeit äußerster Not alles Gemeingut. Und außerdem nahm die Arme nur von den schlichtesten Dingen, da sie nur dem Mangel abhelfen, nicht aber die Eitelkeit anstacheln wollte. So gekleidet, durchschritt sie einige andere Gemächer und gelangte in einen Raum, der ganz mit Arabesken gleich einem Mosaik, mit Schreinen, Nippesschränkchen, kleinen Amphoren aus Silber, mit Blumen und anderen schönen Dingen so üppig ausgeschmückt war, daß darin ein gekrönter König hätte residieren können. Und wirklich: da war auch der Sohn eines Königs. Denn als sie eines schönen Baldachins gewahr wurde, näherte sie sich ihm und fand darunter einen wunderschönen Jüngling, der ermordet worden war, Gott erlöse uns! Mit einer Wunde in der Brust; und da war noch eine kleine Schar von Rittern und Prinzen, alle massakriert, und jeder lag da, wo er gefallen war.

Als die arme Pacecca diese unglaubliche Verwüstung sah, bekam sie solche Angst, daß sie wie eine Verzweifelte zu schreien begann; und ihre Schreie hallten in den Räumen derart wider, daß es ihr schien, als riefen hundert Stimmen. Daraufhin stürzte die Ärmste, nachdem sie in ein paar Sätzen alle jene Zimmer durchquert hatte, halb betäubt, erstarrt, verrückt und entsetzt die Treppe hinunter, so daß sie, im Hofe angelangt, nicht mehr wußte, wo sie herabgekommen war.

Durch den Lärm und die Schreie erschreckt, flog das Täubchen von seinem Neste auf, und als es Pacecca sah, deren Gesicht gelbsüchtig zu sein schien, sprach es: »Hab' keine Angst, meine Pacecca, denn ich bin hier bei dir, mit Harnisch und Sattel, zu Fuß und zu Pferd, zu Meer und zu Lande. Wisse, daß deine Gutherzigkeit dich an diesen Ort geführt hat, auf daß du Königin werdest. Ich bin jene Taube, die du aus den Krallen des Ungeheuers befreitest, und da ich auf jenes Kraut fiel, wurde ich wieder zum Leben erweckt. Nun will ich dir deinen guten Dienst vergelten. Ich bin die Fee des schönen Jünglings, den du ermordet sahst, zu deinem Heil. Dieser ist der Sohn des Königs von Campochiaro, und da er es sich in den Kopf gesetzt hatte, die Königin von Montaguzzo zur Frau zu nehmen, die die schönste und reichste Dame war, die man seinerzeit fand, und die von ihrem Vater dem Sohn des Königs von Pierdesinno versprochen worden war, duellierte er sich mit diesem, und der von Campochiaro verwundete den von Pierdesinno. Prinz Pierdesinno, der sich rächen wollte und wußte, daß Prinz Campochiaro bei einem Spaziergang zu diesem Palast gelangt war, richtete ihn mit Hilfe einer Schar von Mördern so zu, wie du ihn gefunden hast. Und der Vater ließ aus Verzweiflung darüber den Palast verschließen und wollte, daß niemand mehr einen Fuß dareinsetze. Aber ich, seine Fee, habe ihn erhalten, damit weder sein Körper noch jene der Ritter und Prinzen, die ihm dienten, zerfielen; denn zu gegebener Zeit würde jemand kommen und den Toten auferwecken, würde ihm das Leben wiedergeben, und auch seinem Vater, der nun schon alt und verhärmt ist und nichts als ein kleines Söhnchen hat, denn die Gemahlin brachte nach dem Mord nur mehr weibliche Kinder zur Welt; und zuletzt gebar sie den Kleinen. Wohlan, die Zeit ist gekommen, und du bist jene, die den schönen Preis erringen soll. Denn sobald du ihn mit einem Hälmchen von jenem Kraut berührst, das auch mich erweckte, wirst du ihm und seinen Rittern und Prinzen das Leben wiedergeben. Aber gib gut acht, denn das Kraut verdorrt, sobald es jemanden berührt. Gehe sparsam damit um und hebe davon vier Halme auf, denn du wirst sie noch brauchen. Laufe nun und verliere keine Zeit, um dem Tode zu trotzen. Und weil dir so übel mitgespielt wurde, möge dir meine ganze Zauberkunst zuteil werden: du sollst schöner sein als Kypris, das Glück sei auf deiner Seite und allem Unheil sollst du entkommen, was dir auch immer widerfahre!«

Nach diesen Worten begann die Taube voranzufliegen, und Pacecca, die hinterdrein ging, gelangte in das Gemach mit den Kleidern. Die Taube machte halt und sprach: »Ziehe dir die besten Kleider an, die hier zu finden sind, denn du wirst deren Besitzerin. Und gesegnet seist du, weil du in deiner Wohlerzogenheit nur die schlechtesten Sachen begehrtest; denn irgendein albernes Weibchen hätte sieben von den besten Röcken, die hier sind, angezogen und sich den Busen, die Taschen und die Ärmel so voll wie nur möglich gestopft.«

Nachdem sich also Pacecca wie eine Königin herausgeputzt hatte, begab sie sich dorthin, wo der Königssohn lag, nahm vier Halme von ihrem Kraut und berührte damit seine Wunde. Das Kraut war kaum verdorrt, da schlug der Jüngling die Augen auf, so als ob er aus einem Schlaf erwacht sei. Und als er das Mädchen vor sich sah und erkannte, daß er aus seinen Händen das Leben empfangen hatte, kniete er vor ihm nieder, im Glauben, es sei eine Fee. Da erschien das Täubchen und sprach: »Erhebe dich, König! Denn ich bin die Fee, und diese soll deine Gemahlin sein, da sie dir und mir das Leben geschenkt hat. Du, Pacecca, erwecke auch die anderen Prinzen und Ritter, damit das Fest noch prächtiger werde.« Und sie, die, dem Rat des Täubchens folgend, das Kraut in der Weise aufteilte, daß davon ein wenig übrigblieb, rief, dem Tode zum Trotz, all jene Leute wieder ins Leben zurück.

Als jene sahen, daß sie aus den Händen Pacecca so viel Gutes empfangen hatten, knieten sie sich sogleich zu ihren Füßen nieder, um ihr zu danken; und nachdem sie mit einer Hand über der anderen geschworen hatten, ihr immer dienen zu wollen, begann ein unglaubliches Fest. Um die Freude vollkommen werden zu lassen, überbrachten sie sodann die Nachricht dem König von Campochiaro, der der Vater des Prinzen war und noch lebte. Als dieser nun angekommen war, begleitet von vielen Edelleuten in Kutschen mit sechs Pferden und in Kaleschen, in Sänften, in Wagen, mit Truhen voll Dublonen, und auch das kleine Söhnchen, den Bruder des Wiedererweckten, mitgebracht hatte, wollte er nach all den Handküssen und Umarmungen von A bis Z wissen, wie sich alles zugetragen habe. Und als er hörte, daß Pacecca so viel Gutes getan habe, befahl er dem Prinzen, sie zur Frau zu nehmen. Aber Pacecca bat die Herrschaften, sich zu gedulden und noch einige Monate zuzuwarten, und erklärte ihnen, daß sie nicht eher einwilligen könne, bevor nicht ein gewisser Einfluß der Sterne vorüber sei. Der König, dem das Täubchen versprochen hatte, daß dieser Zeitpunkt nahe sei, versicherte, er werde gerne warten, und fragte, ob es Pacecca genehm sei, währenddessen als Schwägerin auf Renzullo, den kleinen Bruder des Königssohnes, achtzugeben. Und sie willigte mit Freuden ein.

Nachdem sich nun alles derart zugetragen hatte, wie es erzählt worden ist, erinnerte sich Meister Schöpflöffel an seine Gemahlin und begab sich an den Ort, wo er sie zurückgelassen hatte, denn er wollte sehen, ob sie schon tot sei, damit er sich eine andere nach seinem Belieben nehmen könne. Und so gelangte er auch dorthin, wo die Ruinen gestanden waren; aber dort fand er nicht mehr jene eingestürzten Häuser und jenen

Wald von Kräutern. Im Gegenteil, es war alles blank wie eine Handfläche, und da war ein wunderschöner Brunnen erbaut worden, denn Schöpflöffel stand vor dem Palast, vor dem sich auch ein paar Statuen befanden. In deren Mitte aber war eine nackte Frau zu sehen, die mit der einen Hand einem Armen Schuhe und Strümpfe reichte und mit der anderen einer Bettlerin Röcklein und Hemd; auf ihrem Kopf saß ein Täubchen, das ihr mit dem Schnabel einen königlichen Mantel über die Schultern legte, der auf malerische Art die Nacktheit der Statue teilweise verdeckte.

Als Schöpflöffel dies sah, schöpfte er Verdacht. Und nachdem er in der Nachbarschaft herumgefragt hatte (denn innerhalb des Palastes waren all die eingestürzten Häuser, die sich dort befanden, für die Dienerschaft des Hofes wieder aufgebaut worden), wann jener Brunnen gebaut worden sei und was er bedeute, bekam er die ganze Geschichte, die sich schon überall herumgesprochen hatte, erzählt und erfuhr, daß Pacecca bereits Königin geworden sei. Auf das hin beschloß Meister Schöpflöffel voll Verzweiflung, sich zu rächen. Und sogleich suchte er den Haushofmeister auf und fragte ihn, ob er einen Diener brauche. Jener wollte wissen, was sein Beruf sei, und er gab zur Antwort, daß er den Koch abgeben könne, und daß er darin nicht hinter dem Besten der Welt zurückstehen würde, gelte es, eine Pastete aus Innereien vom Schwein zu machen, ein *Ciento-fegliole*, das heißt ein Lendenstück vom Rind mit feinster Brühe, eine Suppe aus feinstem Kohl mit gehacktem Schweinespeck, eine Pfanne getrockneter Saubohnen, ungeschält, ein gefülltes Omelett, einen Teller Blutsuppe mit Raute, eine Pizza aus Kleie, in Honig getränkt, Leckerbissen, köstliche Happen und so weiter. »Die Werke loben den Meister und nicht die Worte!« sagte der Haushofmeister. »Die Melonen nimmt man auf Probe! Komm, und betrage dich gut, damit man sich nicht über dich beklage.«

Da nun Meister Schöpflöffel als Koch des Königs eingestellt war, erkannte Pacecca in ihm sogleich ihren Gemahl, und da sie glaubte, von ihm nicht erkannt worden zu sein, erwies sie ihm tausend Gefälligkeiten, indem sie ihm mehr Vertrauen schenkte als den anderen Höflingen; denn sie hegte die Hoffnung, ihn zu gegebner Zeit dem König und dem Prinzen vorstellen zu können und wieder seine Gemahlin zu werden. Und solch ein gutes Herz hatte die brave Pacecca, daß sie nicht darauf achtete, was er ihr angetan hatte, und sich eher damit begnügte, Gemahlin eines armen Koches zu sein, so wie es ihre Pflicht war, als Königin zu werden, entgegen dem Glauben und dem Gesetz der Ehe.

Aber der Himmel, der sie als Königin wollte und ihr all die guten Werke, die sie vollbracht hatte, zu vergelten gedachte – denn eine gute Tat bleibt niemals unbelohnt –, ließ es geschehen, daß Schöpflöffel, der bemerkt hatte, daß Renzullo, der Bruder des Prinzen, mit Pacecca in einem Zimmer schlief, eines Abends, als alles ruhig war, Pacecca einen Kuchen bringen sollte, da sie sich nicht wohl fühlte und danach verlangt hatte. Und da er sie bereits schlafend fand, kam er auf die Idee, den Knaben zu ermorden und das Messer in die Hand der schlafenden Pacecca zu legen. Renzullo, der wach lag, sah ihn; aber da er glaubte, er käme wie gewohnt, verhielt er sich ruhig, ohne an etwas Böses zu denken. Und jener werte Meister Schöpflöffel setzte ihm ganz leise ein Messer an die Kehle und schlachtete ihn ab wie ein Lamm, um danach das Messer in Paceccas Hand zu legen. Hierauf lief er hinaus und begann mit lauter Stimme zu rufen: »Schnell herbei, schnell herbei! Denn Pacecca hat den Bruder des Prinzen ermordet, das Söhnchen des Königs.« Durch diesen Lärm erwachte der ganze Hof, und als der König und der Prinz selbst gelaufen kamen, fanden sie Pacecca mit dem Messer in der Hand und Renzullo mit durchschnittener Kehle.

Da konntest du nun sehen, wie der Prinz und der Vater in ihrer Empörung die arme Pacecca beschimpften und bedrohten; die aber wußte nicht, wie ihr geschah, und als sie den auf solche Weise massakrierten Knaben sah, wurde sie ganz klein und blieb, zu Eis erstarrt, regungslos wie eine Mumie. Die beiden Gebieter hatten mittlerweile die Wachen vor jenem Zimmer postiert, und ohne lange zu beraten, ordneten sie an, daß am nächsten Morgen ein großer Scheiterhaufen im Hofe aufgeschichtet und Pacecca darauf verbrannt werden solle. So geschah es. Und als jedermann zu dem besagten Platz gekommen war, allen voran der Koch, der mit einer dreizinkigen Eisengabel in der Hand das Brennholz anfachte, damit es der Gemahlin ein schnelles Ende bereite, ließ der König das Tor verschließen, da er Angst vor einem Aufruhr der Nachbarn hatte. Denn alle waren Pacecca zugetan, die niemanden unzufrieden aus ihrem Haus gehen ließ, allen Gutes tat und allen kleinen Kindern Trost spendete.

Nachdem das Tor geschlossen worden war, brachte man Pacecca herab, die mit Stricken derart gefesselt war, daß sie einer Winde glich. Und sie, die sich vor dem König niederkniete, sprach folgendermaßen: »Durchlauchtigste Hoheit, bis zu den Haarspitzen hinauf erschüttert durch das heutige traurige Unglück, schwöre ich dir bei der Seele meiner Großmutter, da ich, behindert durch die Fesseln, nicht mit einer Hand über der anderen schwören kann, daß ich an dieser Missetat unschuldig bin. Denn hätte ich diese Tat begangen, so würde ich mich mit dem Messer in der Hand selbst erstechen, um mich nicht erst zu Asche und Staub werden zu sehen. Für die ehrbare Frau ist die Schande schlimmer als der Tod. Aber wenn die Schwüre einer Frau es auch nicht wert sein mögen, geglaubt zu werden: Wie konntet ihr nur auf den Gedanken kommen, ich hätte dieses schöne Knäblein, das mir nichts getan hat, ermordet? Habe ich doch dem Herrn Prinzen das Leben wiedergegeben und auch all den hier anwesenden Rittern, ohne daß mich jemand darum gebeten hätte; ja, ich hätte sie liegen lassen können, so massakriert, wie sie waren, und hätte mausen, stehlen, plündern, einheimsen und ergattern können, soviel nur da war! Und außerdem: Wie hätte ich, da ich dem Prinzen als Gemahlin versprochen war, wie eine Stiefmutter handeln können, noch ehe ich Mutter war, wie den Lebensfaden dieses Kindes abschneiden, um so den ganzen Weinberg abzubrennen, der mir für das ganze Leben den Wein der Freude geschenkt hätte? Und wenn ihr die Ohren vor meinen erbärmlichen Klagen verschließen wollt, so tut mir doch den einen

Gefallen und laßt den Knaben zu mir bringen und die Fesseln von meinen Händen lösen, damit er selbst euch die Wahrheit meiner Worte bestätige.«

Der König und der Prinz taten, wie ihnen Pacecca geheißen: Sie ließen den Toten bringen und banden ihre Hände los. Pacecca nahm aus ihrem Busen die wenigen Hälmchen, die ihr von dem Kraut übriggeblieben waren, und dankte dem Täubchen, das ihr diesen Rat gegeben hatte. Und als sie das Kraut auf die Wunde des Knaben legte, erwachte Renzullo wie aus einem Schlaf und lief sogleich, um Pacecca zu umarmen, als wäre sie sein Mütterlein. Nun faßte sich die Arme ein Herz und sprach zu Renzullo: »Sag', mein Kind, wer hat dich ermordet? Denn diese Herren halten mich für eine niederträchtige Mörderin.« Dasselbe fragten ihn der König und der Prinz, die beide gelaufen kamen, der eine, um den Sohn, der andere, um den Bruder zu umarmen. Und Renzullo: »Der Koch war es, der mich ermordete.« Nun befahl der König, daß man den Koch bei den Armen packe und ihn mitten hinein in die prasselnden Flammen werfe. Und alle, die anwesend waren, brüllten: »Auf den Wolf, auf den Wolf! Tötet ihn, verbrennt diesen Hund!«

Aber die gute Pacecca kniete sich zu Füßen des Königs und des Prinzen nieder und bat sie beim Leben Renzullos, Meister Schöpflöffel zu begnadigen, da er ihr Gemahl sei. Und wenn ihn, so gab sie zu bedenken, der Teufel geblendet habe, indem er ihn verleitete, jene Torheit zu begehen, so habe er es nicht dem König zum Trotz, sondern ihr zum Trotz getan, da ja sie verbrannt worden wäre; aber da man Gutes für Böses geben müsse, denn der Gemahl sei immer der Gemahl, bitte sie um diese Gnade.

Der König, der sah, welch gutes Herz Pacecca besaß, begann vor Ergriffenheit zu weinen und rief: »Möge es dem Himmel gefallen, daß man von solchen Frauen wenigstens eine in jedem Lande finden möge! Denn das Menschengeschlecht ist verloren, wenn diejenigen, welche die Frauen am wenigsten lieben, die Ehemänner sind!« Und daher befahl er, zur Freude Paceccas, daß Meister Schöpflöffel nicht verbrannt, sondern ins Gefängnis gesteckt werden möge, damit er wenigstens zum Teil für seine Schuld bestraft werde und erkenne, was es bedeutet, eine gute Gemahlin zu haben.

Aber was geschah? Als der Koch hörte, daß der Knabe seinen Namen nannte, floh er, vom eigenen Gewissen getrieben, mit der Gabel in der Hand in die Küche, um sich zu verstecken. Und so blind vor Angst war er, daß er in eine Zisterne fiel, die er in der Eile selbst offengelassen hatte, als er lief, um Pacecca sterben zu sehen. Und mehr durch den Fehltritt erstarrt als durch das Wasser, das sehr kalt war, ertrank er darin. Die Gabel, die ihm in der Hand geblieben war, hielt er fest umklammert. Nachdem ihn die Diener aus dem Brunnen gezogen hatten, wurde er, der steif wie ein Stock war, vor den König gebracht, wobei man ihn so trug, daß er vollkommen aufrecht stand. Nun begann das Täubchen seinen Kopf zu umkreisen, und nachdem es sich dreimal über ihn entleert hatte, wurde der Leichnam zu Marmor; dabei blieb ihm, wie ich euch schon sagte, die Gabel in der Hand.

Mit Tränen in den Augen wollte Pacecca ihn wiedererwecken, aber all ihr Kraut war verbraucht, und so konnte sie nichts mehr für ihn tun. Nun sprach das Täubchen: »Wohlan, laßt uns damit aufhören! Der, dem die Strafe gebührte, hat sie schon bekommen; denn wenn der Koch auch dem Feuer entkam, das er schürte, so konnte er sich doch nicht vor dem Wasser retten. Soll nun der den Preis erhalten, dem er zusteht! Und Ihr, Herr König, gebt Pacecca den Prinzen zum Gemahl, denn der unheilvolle Einfluß der Sterne ist nun vorüber, und seid versichert, daß er eine Gemahlin haben wird, wie man ihresgleichen auf der Welt nicht mehr findet, und dies ohne fürchten zu müssen, er könnte eine andere Krone erlangen als jene, die ihm als Erbteil gebührt. Und laßt jene zu Eis gewordene Statue neben einem Abwasserkanal aufstellen, damit sie mit den Düften beräuchert werde, die sie verdient.« Nach diesen Worten flog das Täubchen davon. Pacecca vermählte sich unter großem Gepränge mit dem Prinzen, und wenige Tage danach brachte man sie mit Kutschen und Kaleschen nach Campochiaro. Auch die Statue Schöpflöffels wurde in jene Stadt geschafft. Aber nach einigen Jahren überführte man sie von Campochiaro nach Neapel und stellte sie über dem Brunnen vor dem Burgplatz, in der Nähe des Hauptkanals auf, so wie es ihr vom Schicksal bestimmt ist. Trotzdem behaupten viele, daß es die Statue des Neptun sei, und wollen die Geschichte als Fabel abtun. Das ist aber nicht wahr; denn in Campochiaro kann man über dem Kanal jenes Platzes, auf dem die Statue gestanden hat, noch immer die folgenden Verse lesen:

Grab und Leichnam befinden sich hier,
Von einem Koch namens Meister Schöpflöffel.
Keiner, der vorbeikommt, soll für seinen Frieden beten,
Denn dieser Erzgauner führte immer Krieg.
Und selbst seine Gemahlin, gut und lieb,
Wollte er ins Verderben stürzen sehen.
Aber jene wurde Königin und war festlich gestimmt,
Er glotzt in den Hauptkanal.

Aber die Schriftsteller sagen nur das, was ihnen behagt; wichtiger ist vielmehr, sich davon zu überzeugen, daß

Wer anderen Böses wünscht, sich selbst schadet,
Und wer Gutes tut, immer Gutes findet.

Die Geschichte Ciulletellas gefiel der ganzen Gesellschaft so sehr, daß man von dem Augenblick an, da sie begonnen, bis zu dem Augenblick, da sie geendet hatte, niemanden ein Wort sprechen hörte. Ja, sie alle glichen Statuen, wie sie so mit offenem Munde dasaßen; und als dann die Geschichte zu Ende war, applaudierte ein jeder von uns, wobei der eine den Liebreiz lobte, der andere das Gedächtnis, der eine dies, der andere jenes. Unterdessen hatte sich Popa bereitgemacht, ihre Geschichte zu erzählen; und ob des großen Lobes, das der Schwester gespendet worden war, halb erstickt, spuckte sie ein wenig. Schließlich säuberte sie sich die Lippen mit einem Taschentuch aus feinem Linnen und begann auf folgende Weise:

Zweites Märchen

DIE TREUE MAGD

Ich wollte, daß jener von den Poeten so geschätzte Sanzaro de Mergoglino[1] noch lebte, der da diese so unartigen Verse sprach:

In den Wellen pflügt und im Sande sät
Und den unsteten Wind mit dem Netz zu umfassen wähnt,
Wer seine Hoffnung auf das Herz eines Weibes gründet.

Denn ich wollte ihn ordentlich beschämen; wurden doch und werden immer noch Frauen gefunden, die nicht nur die Treue und das gegebene Wort halten, sondern noch mehr tun, als sie versprochen haben, wie ich euch nun durch meine Geschichte mit den Händen greifen lassen werde.

Es lebte einmal im Königreich von Terraverde eine Königin namens Jacova, die hochschwanger war. Und da sie, als die Stunde der Niederkunft gekommen war, ein schönes Mädelchen gebar, gab sie ihm den Namen Pomponia; denn vom ersten Tage an ließ es erkennen, daß aus ihm ein Prunkstück der Liebe werden würde, und um es mit schönen Worten zu malen: Es schien mit dem Pinsel geschaffen zu sein und es fand sich kein Makel an ihm, so daß es einem goldenen Reis glich.

Wenn eine Königin ein Kind geboren hatte, so pflegte man zu jener Zeit den ganzen Palast auszuschmücken, wie beim Besuch eines Kaisers. Und sobald sich alle Leute aus dem Haus begeben hatten, kamen die Feen, um ihren Zauber über das Geschöpf zu sprechen, und niemand konnte hören, was sie sagten, außer der Mutter, die, hinter den Vorhängen des Bettes versteckt, durch einen Spalt spähte. Als nun der Palast geschmückt und sauber wie ein Handteller war, geschah es, daß ein nichtsnutziger Page, der ein paar Haselnüsse aß, die Schalen mitten im Vorzimmer fallen ließ.

Unterdessen waren die Feen gekommen, sieben an der Zahl. Und als sie nach Art der Feen barfuß durch das Haus gingen, trat sich die sechste Fee eine jener Schalen in den Fuß. Da dieser besonders weich war, fing er sofort zu bluten an, und wütend wie der Teufel betrat sie mit den Gefährtinnen das Zimmer, in dem sich das Töchterchen der Königin befand. Als nun die Feen begannen, ihren Zauber zu vollziehen, sprach die erste, die sah, daß das Kind ein bildhübsches Ding war, zu ihm: »Paß' auf! Du sollst die schönste Frau sein, die es zu deiner Zeit auf dieser Welt zu finden gibt, und weder die Narben der Pocken noch andere Übel sollen dir dieses schöne Gesichtlein zerstören; die Haare sollen zu gesponnenem Golde werden, dies Antlitz sei ein strahlender Mond, dieses Augenpaar zwei beredte Sterne, dieser Hals immer zart und schmeichelnd, diese Brust weich, diese Hand graziös!« – »Paß' auf!« sprach die zweite: »Du sollst die Blume der Schönen sein, das Staunen der Frauen, der Spiegel und das Zukkerstückchen der Venus und klüger noch als Salomo!« Die dritte sprach: »Paß' auf! Du sollst die Begehrteste dieser Welt sein, hoch wie eine Fahne, ein erstaunlicher

Anblick!« Es folgte die vierte: »Paß' auf! Alles Glück und alle Freuden dieser Welt mögen dir zuteil werden, lotrecht und haargenau!« Und die fünfte: »Paß' auf! Hier soll kein König so reich sein, daß er sich mit dir auf eine Stufe zu stellen vermöchte!«

Aber die sechste, die der Schmerz, den sie in ihrem Fuß verspürte, ganz toll und rasend machte, sprach zu ihm: »In der ersten Nacht, die du mit deinem Gemahl verbringen wirst, sollst du beim Berühren des Bettes zu einer Schlange werden, und die sollst du bleiben, drei Jahre, drei Monate, drei Tage, drei Stunden und drei Minuten lang. Und wenn diese Zeit um ist und du nicht eine treue Magd gefunden hast, die zwei liederliche Schwestern hat und die Tochter einer Mutter ist, die weder Vater noch Mutter, weder Großvater noch männliche Kinder besitzt, und wenn das Gesicht dieser treuen Magd nicht gänzlich dem deinen gleicht, sollst du für immer eine Schlange bleiben!«

Aber die siebte, die voll Mitleid war, weil das arme Mädelchen, das keinerlei Schuld an dem wunden Fuß der sechsten Fee trug, für einen anderen die Strafe erleiden sollte, sprach zu ihm: »Paß' auf! All jenes, das du suchen wirst, um dem Unheil zu entkommen, sollst du auch finden!« Und nach diesen Worten gingen sie. Ganz leise setzten sie einen Fuß vor den anderen, so daß man nicht einmal das Trippeln der Füße hörte; und wären sie über ein Feld mit trockenem Korn gegangen, nicht eine einzige Ähre hätten sie bewegt. Aber der Lavastrom des Blutes der Fee fließt dort noch immer über die Erde.

Die arme Mutter, die diese Unglücksbotschaft mitanhörte, bewahrte sie in ihrem Herzen. Und als die Tochter in die Höhe schoß wie das Unkraut, wurde sie schön, klug, anmutig, beliebt, so wie es dem Zauber der anderen Feen entsprach. Aber sobald die Königin sie sah, rannen ihr zwei Tränenflüßchen aus den Augen, denn dann kam ihr in den Gedanken, welch stinkender Regen die schöne Wäsche dieses in der Sonne aller Liebreize ausgebreiteten Gesichtes zerstören, welch häßliches Stück Kohle auf das allerbeste Brandzeichen dieses Topfes der Liebe fallen, welch unglückseliger Tag eine häßliche Nacht in jenen Himmel wunderbarer Schönheit tragen sollte.

Pomponia, die Ärmste, die sah, daß die Mutter immer erbleichte, sobald sie ihrer ansichtig wurde, drang in sie, um den Grund dafür zu erfahren. Aber es gelang ihr nicht, denn die Mutter brachte es nicht über das Herz, die Tochter so lange vor der Zeit durch diesen düsteren Gedanken zu betrüben. Ist es doch nur zu wahr, daß in den meisten Fällen die Angst vor dem Unglück, das kommen wird, schwerer auf uns lastet als die vor dem Unglück selbst, sobald dieses eingetroffen ist. Da aber die Zeit Riesenschritte macht und die Stunde gekommen war, in der die Königin, vielleicht ihres Herzeleids wegen, dem Tod die erbzinsliche Abgabe für das Haus des Körpers bezahlen mußte, an dem sie sich so lange Zeit erfreut und dafür bloß die Zinsen mit ein wenig Fieber und Kopfschmerz beglichen hatte, rief sie ihr Töchterchen zu sich und sprach zu ihm: »Meine kleine Pomponia, meine gesegnete Tochter, du siehst, daß ich nun nahe daran bin, wegen des Staubes, den die Räder des Todeskarrens im Sande aufgewirbelt haben, die Augen zu schließen. Von heute an mußt du sie offenhalten, denn ich bin nun genötigt, das zu sagen, was ich dir so viele Male vorenthalten habe. Du mußt nämlich wissen: Als du in der Wiege lagst, in Windeln, und ich über dich den Zauber sprechen ließ, riß sich eine der Feen an ein paar Haselnußschalen, die dir so sehr schaden sollten, den Fuß blutig; und in ihrer Wut stieß sie einen Fluch gegen dich aus, demnach du in der ersten Nacht, in der du das Bett deines Gemahls berührst, zu einer Schlange werden sollst, Herr, beschütze uns! Und die wirst du drei Jahre, drei Monate, drei Tage, drei Stunden und drei Minuten bleiben. Und wenn es dir nicht gelingt, in dieser Zeit eine treue Magd zu finden, die dir gänzlich gleicht, die zwei liederliche Schwestern hat und die Tochter einer Mutter ist, die weder Mutter noch Vater, weder Großvater noch männliche Kinder hat, wirst du für immer eine Schlange bleiben. Ich aber wollte es dir nicht vorher sagen, denn der Stich, den ich dir damit zugefügt hätte, wäre eine Schlange gewesen, die dich, mit einem Stich ins Herz, nicht durch die Angst, sondern durch den Schmerz getötet hätte. Aber da ich *›Gute Nacht‹* sage, kann ich dir über diesen Tag nicht Bescheid geben; doch er wird dich nicht ereilen, so du nur darauf verzichtest, einen Gemahl zu nehmen.« Nach diesen Worten brach sie in Weinen aus, und mit dem Lavastrom der Tränen glitt die arme Seele aus dem Körper, während die arme kleine Pomponia in jenem Lavastrom nichts als Nägel des Schmerzes fand, die ihr das Herz durchbohrten.

Da aber nun einmal der Schmerz über verstorbene

Eltern Schlägen auf den Ellbogen gleicht, die zwar sehr weh tun, aber nur von kurzer Dauer sind, begann Pomponia, sogleich nachdem sie das Mittel angewendet hatte, das sich die Heutigen für den Tod ausgedacht haben, das heißt, nachdem sie ihr Mütterchen begraben hatte, an ihre Angelegenheiten zu denken; denn obgleich sie ein Trauerkleid mit einer hundert Spannen langen Schleppe trug, war sie durch den empfangenen Zauber klug genug, auf die Worte der Mutter hin nicht den Mut zu verlieren. Und da sie über ihre Sache Bescheid wußte, wickelte sie von der Garnwinde des Verstandes eine ordentliche Strähne ab, die ihr als Leitfaden dienen sollte, um aus dem Labyrinth, in dem sie sich befand, zu entkommen.

Es geschah nun, daß wenige Monate später einige Gesandte des Königs von Terrarossa zum König, dem Vater Pomponias, kamen. Reich wie das Meer war er, der König von Terrarossa, und obendrein der tapferste und liebenswürdigste junge Mann, den man zu jener Zeit finden konnte. Die Gesandten überbrachten die Botschaft, daß ihr Herr, dem man die große Klugheit und Schönheit Pomponias gepriesen habe, sie zur Gemahlin und Herrin wolle. Und sie fügten noch hinzu, sein Verlangen nach ihr sei so groß, daß all die Schätze und Reichtümer seines Königreiches ohne Pomponia kein Stäubchen wert wären.

Der König von Terraverde sah, daß ihm diese Verwandtschaft sehr gelegen kam, daß er sie nicht besser hätte finden können, wenn er sie mit dem Strohhälmchen gesucht hätte, und daß der Tochter der Sprossenkohl in den Speck fiel und die Nudeln in den Käse;

denn mit dieser Heirat machte er einen Volltreffer, pfropfte er sie auf den Dattelpflaumenbaum[2], kam sie gut weg, gelang es ihr aufs Haar und traf sie genau das Richtige, um so mehr als das Königreich von Terraverde und jenes von Terrarosso benachbart waren und wie die Nase beim Mund lagen. Darum rief er die Tochter und sprach: »Ich weiß, mein Töchterchen, daß du immer all das machen wirst, was dein Papa will, und was ich vorschreibe, wirst du befolgen, denn so machen es die braven Töchter. Und da du nun gewachsen bist wie ein ins Kraut geschossener Sprossenkohl und einer Kirchenfahne gleichsiehst, ist es an der Zeit, einen Gemahl zu nehmen, damit es mir noch vor meinem Tod vergönnt sei, die niedlichen Enkel zu sehen. Außerdem ist der Gemahl, den dir der Himmel geschickt hat, so schön, reich und tapfer, daß sich jede andere Königin nicht lange bitten ließe. Nun, was sagst du dazu, mein Töchterchen? Gott segne dich! Willst du nicht so tun, wie ich dir sage?« »Mein Gebieter«, erwiderte Pomponia, »Ihr wißt, daß ich niemals von Euren Geboten abgewichen bin und immer die Zunge dorthin gelegt habe, wohin Ihr Euren Fuß setztet. Aber weil die Ehe eine Sache ist, die ein ganzes Leben lang dauern soll, muß man sich die Sache gut überlegen. Und obwohl ich weiß, daß Ihr mir die Partie, wäre sie nicht gut, niemals vorgeschlagen hättet, möchte ich Euch doch um einen Gefallen bitten, den Ihr mir, so hoffe ich, nicht verweigern werdet. Und zwar möge sich dieser Herr, zähle ich doch nicht mehr als zwölf Jahre, dareinfinden, noch drei Jahre zu warten, und Ihr könnt ihm das Wort darauf geben, daß ich mir keinen anderen als ihn erwählen werde.« Der Vater, dem diese Bitte zwar unangebracht schien, ließ dennoch durch die Gesandten dem König von Terrarossa diese Antwort überbringen, denn er wollte die Tochter, der er wohlgesinnt war, nicht verdrießen. Der König, der selbst noch ein Jüngling war und sich wirklich in sie verknallt hatte, gab sich mit diesem Versprechen zufrieden.

Indessen hatte Pomponia, um dem Übel, das notwendigerweise eintreten mußte, mit unerschrockenem Herzen abzuhelfen – denn eine starke Brust besiegt das Unglück –, einen Kammerdiener gerufen, und dem befahl sie, er solle durch das ganze Königreich wandern und versuchen, eine Mutter zu finden, die weder Mutter noch Vater noch Großvater habe und keine männlichen Nachkommen, sondern nur drei Töchter ihr eigen nennen dürfe, von denen eine ihr ähnlich zu sehen hätte.

Der Kammerdiener, der diesen Auftrag für einen Unsinn hielt, der aber seiner Herrin nicht widersprechen wollte (denn er verstand sich auf die Gepflogenheit der Höflinge, die bei allem, was der Gebieter spricht, zu sagen pflegen, es sei gut und leicht zu machen, auch wenn es irgendeine Eselei und unmöglich auszuführen ist), sagte, er habe alles im Kopf und fliege bereits, worauf er auch wirklich wegging.

Und da die siebte Fee vorausgesagt hatte, daß Pomponia alles finden werde, wonach sie suche, um dem Unglück zu entrinnen, fand der Kammerdiener, als er in das Dorf Villanova kam, wo er es am wenigsten erwartet hatte, ein altes Weiblein, das drei weibliche Kinder aber keine Knaben hatte und all die Eigenschaften besaß, die vonnöten waren. Die Töchter hießen Livia, Zeza und Petruccia. Und nachdem er der Alten gesagt hatte, er wolle sie sehen, betrachtete er sie und fand, daß Petruccia in allem Pomponia glich, weshalb er rasch zur Herrin zurückkehrte und ihr erzählte, wie ihm alles geraten sei.

Nun ließ die Prinzessin, die sehen wollte, ob die ersten beiden Schwestern liederlich seien (was eine der nötigen Voraussetzungen war), Livia, die älteste der Töchter, zu sich rufen. Weil aber diese bedauernswerten Mädchen solch arme, abgerissene Schlucker waren, daß sich ihre Leiber wie arme Sträflinge an den Fenstern der Röcklein zeigten, um von den Augen derer, die da vorbeikamen, Almosen des Mitleids zu erbitten, ging Livia, die wenig Verstand besaß, so wie sie war zu der Prinzessin.

Pomponia liebkoste sie tausendmal und sprach hierauf zu ihr: »Komm, meine Tochter, nimm diese vier Rollen Flachs, kämme sie mir gut und lasse sie mich morgen gesponnen wiederfinden.« Und mit diesen Worten sperrte sie sie in eine Kammer. Livia zog ein Gesicht, das einem Schweinchen glich, und ohne der Herrin ihre Reverenz zu erweisen, nahm sie den Flachs und schloß sich ein. Und indem sie Fäden spann, die Bootsseilen glichen, sah sie zu, die Sache so schnell wie möglich hinter sich zu bringen, denn sie glaubte, die Pasteten müßten durch die Luft fliegen und die Speisen truhenweise gebracht werden. Aber als die Arbeit beendet war, kam Pomponia. Die machte ihr ein paar zweideutige Komplimente und sprach sodann: »Deine Mühen sollen nicht vergeblich gewesen sein. Nimm dafür diese Nuß hier und geh' mit Gott.« Hierauf kehrte sie sich zu ihrem Kammerdiener um und befahl: »Gehe und begleite sie und passe auf, was sie über mich sagt!«

Die arme Livia wurde ganz gelb vor Wut, als sie sich so behandelt sah. Und so begann sie, die Zunge in Bewegung setzend, wie ein Weib ohne Anstand gegen die Prinzessin zu wettern: daß der Satte dem Hungernden nicht glaube und das Gewicht der Krone so viel Saft in die Augen sinken lasse, daß sie nicht mehr zu sehen vermögen, was Rechtens ist, und noch viele andere Kinderreime, die ihr nicht einmal ein Poet gesagt hätte.

Nachdem der Kammerdiener zurückgekehrt war, erzählte er die ganze Geschichte Wort für Wort der Herrin, die am Tag darauf befahl, Zeza zu rufen, und diese machte sich im Glauben, sie habe dabei mehr Glück, gleich auf den Weg. Aber da sie sich noch rüpelhafter betrug als die Schwester, denn sie besaß noch weniger Takt als sie, bekam sie für ihren Teil sechs Rollen Flachs mit dem Auftrag, sie noch am selben Tag zu kämmen und zu spinnen. Da wurde Zeza wütend und beklagte sich, daß ihr Unrecht zugefügt werde, denn sie bekomme mehr Arbeit aufgeladen und es werde ihr weniger Zeit dafür gegeben, obwohl sie jünger sei als die Schwester. Aber die Prinzessin führte sie unter Komplimenten in das Zimmer, und sie schloß sich ein, ohne auch nur *danke schön* zu sagen. Als sie damit fertig war, Gott weiß wie, denn man wußte nicht, ob es ein Faden oder ein Balken war, den sie gesponnen hatte, gab Pomponia ihr eine Kastanie und ein paar rauhe Komplimente und schickte sie mit dem Kammerdiener nach Hause. Und Zeza, die finster dreinblickte, weil sie sich auf solche Art behandelt sah, begann auf der Treppe des Palastes zu brummen und beschimpfte Pomponia derart, daß der arme Kammerdiener seiner Herrin nicht die Hälfte davon wiedergeben konnte.

Am nächsten Tag befahl die Prinzessin, Petruccia zu holen, und sie, die sich als die klügste der Schwestern erwies, ließ sich, da es ihr ungezogen schien, so zerlumpt vor die Herrin zu treten, von der Mutter ein Schürzchen leihen, das diese besaß. Nachdem sie es angetan hatte, machte sie sich auf den Weg nach dem Schloß. Und dort angekommen, zeigte sie sich der Gebieterin gegenüber so wohlerzogen, daß sich alle wunderten, wie eine Bäuerin sich auf so etwas verstehen konnte. Um sie nun auf die Probe zu stellen, gab ihr Pomponia acht Rollen Flachs und sagte zu ihr: »Mein gutes Töchterlein, heute noch muß dieser Flachs gekämmt und gesponnen werden, und danach laß mich nur machen.« Petruccia küßte zuerst der Herrin die Hand, dann nahm sie den Flachs und sagte: »Herzlichen Dank!« Hierauf schloß sie sich in dem Zimmer ein und arbeitete wie ein Hund, schaffte und brachte so viel voran, daß sie den Flachs am Abend so fein gesponnen vorweisen konnte, daß es eine Freude war, ihn anzusehen.

Als die Prinzessin das Garn sah, sprach sie zu ihr: »Mir scheint es ein wenig zu dick. Aber wie auch immer, ich will nicht, daß du ohne Belohnung ausgehst:

Hier hast du diese Haselnuß.« – »Verzeih mir, meine gute Herrin!« antwortete Petruccia. »Ich habe dir nicht so gedient, wie es dir gebührt hätte, weil ich es nicht besser verstand, und ich danke dir für die Gunst, die du mir gewährt hast, denn hättest du mir einen Schatz gegeben, ich würde ihn geringer schätzen als diese Haselnuß aus deiner Hand. Und für diese Huld werde ich dir zu Fuß und zu Pferde dienen, ohne einen anderen Lohn, als mich deine Dienerin heißen zu dürfen.« Die Prinzessin, die das gute Wesen Petruccias erkannte, fragte sie, ob sie bei ihr bleiben wolle, und das Mädchen ging gern auf diesen Vorschlag ein. »Hör' mich an, meine Petruccia«, sprach Pomponia. »Ich werde deiner Mutter sagen lassen, du seist an der allzugroßen Anstrengung gestorben, und ihr eine Handvoll Dukaten schicken, damit sie den Mund hält. Du aber (denn ich will sehen, ob du wirklich alles für mich tun würdest, so wie du es behauptest) mußt so lange in einem Gemach eingesperrt bleiben, wie es mir beliebt. Was sagst du nun? Wirst du es tun?« Und Petruccia erwiderte: »Ich bin nicht nur damit einverstanden, daß man dir zuliebe sage, ich sei tot, sondern wäre, wenn ich dir damit dienen könnte, überglücklich, wenn nötig auch wahrhaftig zu sterben, und dies nicht ein-, sondern hunderttausendmal. Und ich ließe mich nicht nur in ein Gemach einsperren, solange es dir beliebt, sondern selbst in ein Grab und für immer, wenn du es befiehlst; denn wo man liebt, dort stirbt man.« – »Der Himmel möge es dir vergelten, meine Tochter!« sagte die Prinzessin. »Sei guten Mutes, denn du wirst es nicht bereuen.« Und als man, wie befohlen, der Mutter Petruccias diese Lüge aufgetischt hatte, schluckte diese das Märchen, und mit der Handvoll Dukaten stopfte sie ein gewisses Loch, denn ohne sie wäre sie an jenem Punkt angelangt, wo sie sich die Löcher mit Baumwolle stopfen gesehen hätte[3].

Nun sperrte Pomponia, die wußte, was sie zu tun hatte, Petruccia in ein Gemach und ließ sie ihre Kleider anziehen. Und als sich alle beide in einem Spiegel, der sich dort befand, betrachteten, sahen sie sich so ähnlich, daß man die eine von der anderen nicht zu unterscheiden vermochte. Da begann die Prinzessin große Zuneigung für sie zu empfinden, um so mehr als das Gehaben Petruccias dem einer Königin in allem gleichkam. Von dem Plan der Prinzessin wußte aber niemand im Schloß, und keine Seele außer Pomponia, die ihre Freundin wie ein rohes Ei behandelte und sie bei sich schlafen ließ, betrat jenes Gemach, so daß sie durch ihre Ähnlichkeit und durch ihre Liebe zueinander wie eine Seele und ein Körper erschienen. Und was das Wichtigste war: Sie standen beide im selben Alter und wuchsen heran wie zwei Tauben. Diese zärtliche Vertrautheit währte drei Jahre.

Eines Abends, als die Zeit nahe war, da der König von Terrarossa kommen sollte, um mit Pomponia Hochzeit zu halten, umarmte und liebkoste sie, die davon Nachricht erhalten hatte, Petruccia öfters als sonst und sprach zu ihr: »Meine Schwester (denn wie eine solche habe ich dich immer behandelt), aus der Liebe, die ich dir entgegenbringe und entgegengebracht habe, kannst du ersehen, daß ich dich nicht aus Bosheit eingesperrt habe, sondern weil es vonnöten war. Damit hat es folgende Bewandtnis: Du mußt wissen, daß ich vor drei Jahren dem König von Terrarossa als Gemahlin versprochen wurde, einem schönen Jüngling, tapfer und reich, der sich schon auf der Reise hierher befindet, um sich mit mir zu vermählen. Aber diese Ehe wird nicht zustande kommen können; denn durch den Fluch einer Fee werde ich mich, kaum daß ich das Bett meines Gemahls berührt haben werde, in eine Schlange verwandeln, und in dieser widerwärtigen Haut werde ich drei Jahre, drei Monate, drei Tage, drei Stunden und drei Minuten zubringen. Da du mir nun gänzlich gleichst, soll es mir recht sein, wenn du Königin wirst, damit der Bräutigam seine Absicht verwirklichen könne und du den gerechten Lohn für deine Liebe, die du mir entgegengebracht hast, erhalten mögest. Und deshalb werden wir in der Hochzeitsnacht die Tür, die zum Garten führt, offen lassen, und du wirst unter dem Bett liegen, so daß du, sobald ich mich in eine Schlange verwandelt haben werde, an meiner Statt in das Bett steigen kannst. Nur bitte ich dich flehentlich, mich eingedenk der Zuneigung, die ich für dich hegte, dann und wann im Garten zu besuchen; und sobald die drei Jahre, drei Monate, drei Tage, drei Stunden und drei Minuten um sind, mögest du kommen und mich aus der widerlichen Haut, die mich umhüllt, herausziehen; denn ich werde die Tage, die vergehen, genau im Gedächtnis behalten und sodann um Hilfe rufen. Du brauchst nur jene Haut zu packen, und ich werde heraussteigen, so wie ich jetzt bin.«

Als Petruccia diese traurige Kunde von ihrer Freundin vernahm, war sie vor Schmerz dem Tode nahe, denn sie wollte sich niemals von ihr trennen. Aber weil man dem Zauber nicht entrinnen konnte und die Hochzeit stattfinden mußte, faßte sie sich ein Herz und versprach, so zu handeln, wie Pomponia es ihr aufgetragen hatte. Und da der junge Bräutigam bereits in Terraverde eingetroffen war, wurde er von all den Baronen und Prinzen jenes Landes mit großer Freude empfangen und ebenso vom König, der, da er den großen Edelmut und die Gutherzigkeit des Bräutigams sah, der so lange gewartet hatte, verlangte, daß die Hochzeit sofort stattfinden solle.

Als die Nacht gekommen war, in der sich die Brautleute vereinen sollten, legte sich Petruccia unter das Bett, so wie es ausgemacht war. Und als Pomponia und der König von Terraverde das Gemach betreten und darin den ganzen Hof verabschiedet hatten, befahl der Gemahl der Gemahlin, sich in das Bett zu legen. Und sie: »Nein, mein Gemahl, geht Ihr zuerst ins Bett, während ich noch einige Gebete spreche.« Der Gemahl ging zu Bett, und Pomponia nahm, nachdem sie die Kerze gelöscht hatte, all ihre Kleider und versperrte sie in einer Truhe; sodann näherte sie sich dem Bett des Gemahls. In dem Augenblick, da sie das Himmelbett berührte, wurde sie zu einer Schlange und machte sich auf den Weg in den Garten.

Als es Petruccia rauschen hörte, kam sie unter dem Bett hervor, und der Gemahl, der das Geräusch auch vernommen hatte, fragte: »Pomponia, was war das für ein Rauschen?« Und Petruccia antwortete: »Was mag es gewesen sein? Welch gute Sache ist doch das Gebet! Denn als ich meine Gebete sprach, erschien mir der

Geist meiner Mutter, Gott habe sie selig, und sagte zu mir: ›Ach, meine Tochter, was tust du? Siehst du nicht, daß du in den Tod gehst, während du glaubst, ein Geschlecht zu mehren, das dem Leben zustrebt? Wisse, daß auf dir der Fluch einer Fee lastet, demnach du sofort sterben mußt, so du, nachdem Hochzeit gehalten wurde, nicht drei Jahre, drei Monate, drei Tage, drei Stunden und drei Minuten deinem Gemahl fernbleibst.‹ Und nach diesen Worten verschwand sie und verursachte dieses Rauschen, das du gehört hast. Wenn du also mein Leben erhalten willst, dann warte, nachdem du schon so lange gewartet hast, noch diese weiteren drei Jahre und drei Monate, und wir werden danach um so zufriedener und fröhlicher leben.«

Der arme Gemahl schluckte diese List wie eine Pille, und weil er ihr wahrhaft zugetan war, willigte er ein, jene weiteren drei Jahre zu warten. So ging Petruccia, um sich in einem anderen Bett schlafen zu legen und behielt die Trennung die festgesetzte Zeit hindurch bei; zum einen weil es ihr Freude bereitete, das Pomponia gegebene Wort zu halten, zum anderen in der Hoffnung: Gutes und Schlechtes werde zu einem Ende kommen. Und ansonsten verkehrten sie miteinander wie Mann und Frau.

Petruccia aber, die ihre Herrin nicht vergaß, ging jeden Tag in den Garten, so sie ein Loch gegraben hatte, so groß, daß sich eine Schlange darin aufhalten konnte, und das legte sie nach altmodischer Manier aufs trefflichste mit einer schönen Matratze aus. Und indem sie sie den ganzen Tag an ihrer Brust umhertrug, gab sie ihr Zuckerstückchen und ließ es ihr an nichts fehlen.

Damit aber der Schlange ja kein Leid geschehe, ließ sie anordnen, daß bei Todesstrafe niemand den Garten betreten dürfe. Und der König, der ein gebildeter Mann war und der vermeintlichen Gemahlin eine Freude bereiten wollte, befahl, am Tor jenes Gartens einen Stein aus Marmor aufzustellen, in den der Kopf der Medusa eingraviert werden sollte. Das ist ein schönes Antlitz mit Haaren gleich Schlangen, und dies besagt, daß man demjenigen, der die Anordnung nicht befolgen und hier eintreten wollte, solche Strafen erleiden lassen würde, daß es für ihn besser gewesen wäre, in Stein verwandelt zu werden. Und vielleicht gab es ihm sein Herz ein, ein Ornament, eine Hieroglyphe in Form einer Schlange anfertigen zu lassen.

So fuhr Petruccia fort, die Schlange zu umsorgen, indem sie jene im Sommer am kühlen Busen trug und ihr im Winter warme Tücher bereitete; und die Schlange, die sie aus Dankbarkeit für die ihr entgegengebrachte Liebe leckte und liebkoste, wickelte sich darin ein.

Aber der Teufel, was tat er? Nur mehr acht Tage fehlten, und die festgesetzte Zeit, nach der Pomponia den Balg hätte verlassen können, wäre abgelaufen gewesen (ihr seht, wie es in der Welt zugeht!), da kam ein Prinz, um den König von Terrarossa zu besuchen. Und so war der ganze Hof damit beschäftigt, die üblichen Komplimente zu machen, als die fremden Pagen und Diener, die gerade den Garten betrachteten, die Schlange erblickten, die an die Sonne herausgekommen war. Da sie glaubten, damit eine schöne Probe ihres Diensteifers zu geben, sprangen sie über die

Mauer des Gartens und fielen über die Schlange her, die, obgleich sie zu entwischen trachtete, nicht behende genug war, um einem Schwerthieb zu entgehen, der sie an der Flanke verletzte, und an dem sie unter Qualen gestorben wäre. Als aber Petruccia von dieser bösen Geschichte erfuhr, wurde sie für eine ganze Weile ohnmächtig, so als sei ihr das Haus auf den Kopf gefallen. Als sie danach wieder sprechen konnte, gebärdete sie sich nicht nach Frauenart, sondern wie eine wildgewordene Katze, und sie jammerte, man habe ihr ganzes Geschlecht ruiniert, denn jene Schlange sei die Fee, von der alles Gute komme. Um sie zu besänftigen, ließ nun der König untersuchen, wer der Übeltäter gewesen sei, und da jeder, wie es so üblich ist, behauptete, er wisse von nichts, endete der ganze Spektakel schließlich bei einem kleinen Pagen, der eine gehörige Tracht Prügel abbekam.

Währenddessen ließ Petruccia, ohne Zeit zu verlieren, einen berühmten Wunderdoktor rufen und die Schlange mit einigen Heilpflanzen behandeln, so daß sie dank des Königs der Schlangen und des Zaubers, den sie besaß, in vier Tagen genas. Als sodann die Frist von drei Jahren, drei Monaten, drei Tagen, drei Stunden und drei Minuten abgelaufen war, sagte der König am letzten Tag zu Petruccia, er freue sich, daß der Einfluß der Sterne vorüber sei, und wenn sie nichts dagegen habe, sei es diesen Abend an der Zeit, die Urkunde zu unterfertigen, da die Zeugen schon bereitstünden. Petruccia erwiderte, es sei ihr ganz recht, nur bitte sie ihn, für drei Stunden und drei Minuten und eine weitere Stunde darüber hinaus den ganzen Hofstaat aus dem Schloß zu entfernen und auch selbst nicht vor zwei Uhr nachts nach Hause zurückzukehren, denn sie müsse sich gründlich waschen und gewisse Zeremonien verrichten, die in jenen Zeiten üblich waren. Der König tat so, wie ihm die Gemahlin geheißen hatte, denn er wollte ihr ein weiteres Mal zu Gefallen sein, und zog sich mitsamt dem ganzen Hof zurück. Nun stieg Petruccia in den Garten hinab. Und da vernahm sie aus dem Loch, in dem sich die Schlange befand, diese Worte:

»Wahrhafte Treue, wahrhafte Treue!
Wahrhafte Treue könntest du mir halten!
Nun da du Königin bist,
Was wirst du aus mir machen?«

Als Petruccia dies hörte, näherte sie sich still und leise dem Loch, und als die Schlange wie gewöhnlich hervorkam, packte sie sie beim Schwanz und zog kräftig an der Haut, die ihr wie eine Degenscheide in der Hand verblieb, während daraus Pomponia hervorkam, um vieles schöner als zuvor. Petruccia, die die Kleider der Herrin mitgebracht hatte, kleidete sie sogleich an und hierauf umarmten sie sich so lange und in einer Weise, daß sie der Ulme und der Rebe glichen. Aber wer könnte die Worte wiedergeben, die sie einander sagten? Pomponia dankte Petruccia für all die Wohltaten, die sie ihr hatte angedeihen lassen, indem sie ihr tapfer beistand, ihre tödlichen Wunden heilte und sie aus dem Schlangengefängnis befreite. Petruccia bat um Entschuldigung, falls sie sie nicht so behandelt haben sollte, wie sie es verdient hätte, und sagte, daß das Unglück nicht durch ihre Schuld geschehen und das, was sie getan habe, ihre Pflicht gewesen sei.

Aber da es schon Nacht wurde und keine Zeit mit Worten zu verlieren war, begaben sich alle beide in das Gemach des königlichen Gemahls, wo Pomponia zu der Gefährtin sagte: »Wohlan, meine Petruccia, nun ist es Zeit, daß du mir das vergiltst, was ich an dir getan habe. Du mußt mich in jenem Gemach gefangenhalten, in das ich dich sperrte, und auf dieselbe Weise mit mir verfahren, wie ich es mit dir tat, so lange, bis es dem Himmel gefällt, mich meiner Sittsamkeit wegen daraus zu entlassen.« – »Ich werde alles tun, was du willst«, sprach Petruccia. »Aber da der König ausgegangen ist, mußt du an diesem Abend meinem Bett die Ehre erweisen. Und jetzt geh' ins Bett! Keine Zeit ist zu verlieren, denn du hast es nötig, daß ich dir eine Mahlzeit bereite; und dann werde ich diese Nacht bei dir verbringen. Pomponia tat, wie Petruccia ihr geheißen, und nachdem sie gegessen hatte, schlief sie ein.

Inzwischen hatte es zwei Uhr nachts geschlagen, und der König, dem es zwei Jahre zu sein schienen, kam mit dem Hofstaat in das Schloß zurück. Und da er Pomponia, die er für die andere hielt, schlafend fand, legte auch er sich nieder, worauf jene erwachte. Und der König umarmte sie und sprach: »Nun sind sie um, die drei Jahre, drei Monate, drei Tage, drei Stunden und drei Minuten, die mir wie drei Jahrhunderte erschienen sind! Nun ist der böse Einfluß der Sterne vorüber, der uns schadete und mich umbrachte! Nun bist du mein! Der Himmel hat dich mir erhalten!« Pomponia, die vom Schlaf halb betäubt war und glaubte, es sei Petruccia, sprach: »Vielen Dank für deine große Treue, denn ohne sie steckte ich noch in jenem elenden Balg. Ja, ich wäre bald gestorben, hättest du mir nicht jene Wunden geheilt.« – »Welcher Balg und welche Wunden?« fragte der König. »Ich kann mich an diese Dinge nicht erinnern.« – »Ich weiß«, erwiderte Pomponia, »daß du so sprichst, weil du in deiner Güte nicht einmal für die Gefälligkeiten bedankt sein willst, die du mir erwiesen hast. Aber du kannst mir glauben: sie sind mit goldenen Lettern in dieses Herz geschrieben, und ich danke meinem Schicksal, das gewollt hat, daß mir, wieder zum Weibe geworden, davon das Zeichen verbleibe, damit ich nicht durch irgendeinen Umstand so verblendet würde, deine Wohltaten zu vergessen, meine liebe Petruccia.« – »Welche Petruccia?« fragte der König. »Sag mir, mein Herz, schläfst du oder wachst du? Träumst du oder willst du mich zum besten haben?« Pomponia, die bemerkte, daß sie mit jemand anderem gesprochen hatte, schrie: »Geh' weg! Rühr' mich nicht an! Wer bist du?« – »Ich bin der König, ich bin dein Ehemann«, gab er zur Antwort. »Erkennst du mich nicht mehr, meine Pomponia? Und was sind das für Ausdrücke, was sind das für Worte, die du mir sagst? Zuerst habe ich, um dich zu heiraten, drei Jahre gewartet und danach, verheiratet, noch weitere drei Jahre, drei Monate, drei Tage, drei Stunden und drei Minuten, um diese Früchte zu ernten; und nun scheint es, als sei ich zu einem Dieb geworden und dabei gerade vom Besitzer ertappt worden!« – »Welche weiteren drei Jahre?« fragte Pomponia, die nun die Geschichte zu begreifen begann. Und der Gemahl: »Sagtest du mir nicht«, antwortete er, »daß es durch was weiß ich für welche Einflüsse der Sterne nötig sei, dich drei Jahre, drei Monate, drei Tage, drei Stunden und drei Minuten von mir fernzuhalten? Und weil ich dich liebte, habe ich, was ein anderer vielleicht nicht getan hätte, gewartet, zum Mißfallen meiner Völker, die diese Pimpinelle[4] nicht erblühen sahen, die mit ihren Zweiglein den Wein der Freude versüßen sollte, den sie getrunken hätten, sobald sie des Erben meines Königreiches ansichtig geworden wären; und nun spielst du die Ahnungslose und Zerstreute?«

Da umarmte Pomponia, deren Herz weich wie eine Lunge geworden war, den Gemahl und sprach, weinend vor Freude, zu ihm: »Du hast recht, mein Gemahl! Aber wisse, daß ich nicht jene von heute morgen bin, denn jene war nicht Pomponia, sondern Petruccia. Ich selbst wurde in der Hochzeitsnacht zu einer Schlange, und ich glaube, daß du das Geräusch hörtest, daß ich verursachte, als ich davoneilte. Und weil ich wußte, daß ich in jener jämmerlichen Haut drei Jahre, drei Monate, drei Tage, drei Stunden und drei Minuten werde verweilen müssen, ließ ich, um dich nicht betrübt zurückzulassen, Petruccia, die mir völlig gleicht, sowohl im Aussehen als auch im Wesen, und die würdig ist, Königin zu sein, an meiner Stelle deine Gemahlin werden. Daran war die Bedingung geknüpft, daß sie mich, sobald die Zeit gekommen war, aus jener falschen Haut herausziehen sollte, denn wäre diese einzige Gelegenheit ungenützt vorübergegangen, so hätte ein Augenblick genügt, und ich wäre für immer eine Schlange geblieben. Keine andere als sie konnte mir diesen Dienst erweisen, denn so wollte es der Zauber. Aber sie, die von Gott Gesegnete, blieb mir nicht nur treu, indem sie mich pflegte und mir das Leben erhielt, sondern wollte mir sogar dich erhalten, meinen Gemahl, obwohl sie doch hätte Königin spielen und mich für immer Schlange bleiben lassen können; sie hätte sich auf den Thron erheben und mich auf dem Bauch über die Erde kriechen lassen können; sie hätte Zuckersachen und ich Erde gegessen, sie den Spiegel der Männer geheiratet und ich einen Schlangenkerl. Deshalb, lieber Gemahl, laß' uns diese Nacht an nichts anderes denken, als an den würdigen Lohn, mit dem wir ihr solch wahrhafte Treue vergelten wollen. Und wenn es auch keinen Preis gibt, der hierfür ausreichte, so erkennt die Welt doch, daß wir nicht undankbar gewesen sind.« Bei all den Worten kam Pomponia beinahe nicht zur Zärtlichkeit und der andere nicht zur Zufriedenheit, und so schliefen sie ein.

Am Morgen, kaum daß es Tag geworden, sah man schon Petruccia mit frischen Eiern kommen, um die Eheleute zu stärken. Aber Pomponia, die ihre Arme um den Hals Petruccias warf, wurde nicht satt, sie zu küssen, und dankte ihr für ihre große Treue und für all die Wohltaten, die ihr durch sie zuteil geworden waren. Und Petruccia, die das Gesicht Pomponias mit den Tränen wusch, die ihr vor Freude aus den Augen rannen, erwiderte, daß das Wenige, das sie getan habe, nur ihre Pflicht gewesen sei, da sich die treue Dienerin auf solche Weise ihrer Herrin gegenüber zu verhalten habe. »Was heißt Dienerin?« rief nun der Gemahl. »Du sollst, dem Schicksal zum Trotz, Königin sein! Denn ich habe noch einen jüngeren Bruder, der ist König von Terra-d'Ombra, und heute trifft er mit dem König von Neapel zusammen; der soll dein Gemahl sein! Denn eine bessere Gemahlin als dich kann man nicht finden, auch wenn man durch die ganze Welt zöge; weil kein Juwel zu finden ist, das reicher an Treue und Sittlichkeit wäre. Du bist jene, die allen anderen Frauen zum Trotz ein Beispiel gegeben hat, das unter den Menschen von Mund zu Mund gehen wird, solange die Welt besteht.«

So sprach der Gemahl, und er hielt ihr sein Königswort. Denn nachdem er den Bruder aus Neapel hatte herbeirufen lassen, vermählte er ihn mit Petruccia und ließ Lanzenrennen und Turniere veranstalten, die unbeschreiblich waren. Sodann ließ er ein wunderschönes Musikwerk[5] schreiben, in dem die ganze Geschichte wiedergegeben wurde, und auf diese Weise verbreitete sie sich über die ganze Welt.

Froh über das große Glück, das ihm beschieden worden war, kehrte der König von Terra-d'Ombra mit seiner Gemahlin nach Neapel zurück und nahm sich als Erinnerung den Stein aus Marmor mit, der sich über dem Gartentor befand. In Neapel angekommen, erzählte er das ganze Ereignis dem König der Neapolitaner und ließ mit dessen Erlaubnis den Kopf der Medusa an einer Mauer des öffentlichen Platzes aufstellen. Und darüber wurde ein Brustbild angebracht, das Petruccia glich, die nach der Mode jener Zeit gekleidet war, und dazu eine Inschrift, die so lautete:

PETRUCCIA
Dem Stolz der Frauen,
Die durch ihre Treue
Als Magd zur Königin wurde,
Setzen dieses Denkmal
Drei gekrönte Könige
Terraverde – Terrarossa – Terra-d'Ombra
Im Jahre . . .

Und das ist die reine Wahrheit, denn bis zum heutigen Tage nennt man die Stelle, wo sich der Kopf der Medusa befand und auch noch befindet, Schlangenbrunnen. Das Brustbild der Petruccia wurde auf den Platz gebracht, wo eine Gasse endet, die sich beim Tor befindet und nahe dem Markt ist. Die Leute aber nennen sie den Kopf von Neapel. Von der Inschrift ist uns kein Andenken verblieben, außer dem, was in einigen alten Büchern steht, und es fehlt uns das Jahr. Und so kann man mit dieser schönen Erzählung der Welt klar vor Augen führen:

Wer treu dient, kann auf den Lohn zählen.

Wir hatten alle ein unsagbares Vergnügen an dem schönen Märchen, das von Popa erzählt worden war; aber mehr als allen anderen gefiel es Petruccio, da die treue Frau sich so wie er benannte; denn er machte es sich zur Aufgabe, ein guter Freund zu sein, und das war er in der Tat. Ich kann das sagen, denn ich habe ihn als Freund erprobt, der sich hätte in Stücke hauen lassen; und was die Treue betrifft, so gibt es niemanden auf der Welt, der ihm gleichkäme. Glücklich der, der ihn als Freund haben darf! Denn die Liebe, die zwischen Pylades und Orest bestand, zwischen Damon und Pythia, zwischen Patroklos und Achilles, zwischen Euryalus und Nisus und zwischen Marco und Fiorella[6], war nur ein Funke auf dem Prüfstein seiner Liebe. Aber weil Popa nicht weniger gelobt wurde als Ciulletella, begann Tolla ihren Verstand in Ordnung zu bringen, und von den vielen Märchen, die ihr durch den Kopf gingen, wählte sie das folgende aus, denn sie hielt es für das beste, das sie gehört hatte, vom ersten Tag an, da ihr die Ohren dienten, bis zum heutigen Tag.

Drittes Märchen

DIE BETROGENE BETRÜGERIN

Es gibt meiner Meinung nach keinen schlimmeren Tod als den der Drossel, denn aus ihr macht man den Vogelleim, mit dem sie gefangen wird. Jener Adler des Äsop, der durch einen Pfeilschuß stirbt, leidet deshalb so sehr, weil der Pfeil, der ihn traf, mit seiner Federn Hilfe geflogen war. Und dies beweist, daß alles Mißgeschick des Mitleides würdig ist, außer jenem, das der Mensch selbst verschuldet; denn jedermann sagt: »Er selbst ist's, der es so will.« So geschah es einer bösen Alten, die Hungers starb, weil sie versucht hatte, ein unschuldiges, armes Ding an Hunger sterben zu lassen.

Man erzählt, es lebte einmal im Königreich von Monteretunno ein Edelmann namens Minec'Aniello. Jener war, da ihm die Frau gestorben, mit drei Töchtern zurückgeblieben, die Lella, Cilla und Cicia hießen. Und da die Zeit nahe war, daß auch die reifen Ähren der Jahre des armen Minec'Aniello von der Sichel des Todes gemäht werden sollten, um in die Grube gelegt zu werden, rief er einen Freund zu sich und sprach zu ihm: »Mein Marcone (denn so hieß der Freund), in der Not erkennt man die Freunde; und so wie der Wein bis zum Bodensatz gut ist, so bleibt einem der gute Freund auch nach dem Tode erhalten. Ich lasse nun die Stürme des Lebens hinter mir, und obgleich ich zu landen verstehe, wird diese Seele nicht froh aus dem Nachen dieses Körpers steigen, wenn du, mein Freund, mir nicht das Wort gibst, ihnen mehr als ein Vater zu sein. Hier sind, dem Himmel sei Dank, die Moneten, um diese jungen Fische herauszuputzen, und ich hinterlasse sie mit allen erdenklichen Bequemlichkeiten. Von dir verlange ich nur, daß du sie mir, da sie so schön sind (der Himmel möge sie beschützen!), in den Palast einsperrst, den ich draußen auf dem Gut besitze; und dort lasse sie arbeiten, denn sie verstehen sich auf das Stikken und Herstellen von flandrischen Spitzen, daß es ein wahres Wunder ist. Zwar hätten sie's nicht nötig, vom Tagelohn zu leben, aber die Arbeit ist immer gut, denn Müßiggang und sich die Sonne auf den Bauch scheinen lassen sind die Ursache vielen Unheils. Und ihr, meine gesegneten Töchter, gehorcht dem Paten, denn er wird euer Vater sein.« Auf diese Worte hin konnte keiner von ihnen seine Tränen verbergen: Der Vater weinte aus Ergriffenheit, die Töchter aus Schmerz und der Freund aus Mitgefühl. So sehr weinen nicht einmal die Reben wegen des Schnittes, den der Baumbeschneider ihnen zufügt, wie jene wegen des Schnittes weinten, den der Tod dem Leben des Vaters beibrachte, und so die Mieder der armen Töchter zerspringen ließ.

Da der Vater, die gute Seele, nun tot war, befolgte der Freund pünktlich all das, was ihm Minec'Aniello aufgetragen hatte. Er sperrte die Töchter in den Palast, gab ihnen zu arbeiten und behütete sie, wie es sich ihrem Stand gemäß geziemte. Unterdessen war der König von Monteretunno, ein fescher Kerl und kurioser

Kopf, auf der Jagd vom Mittag überrascht worden, und da er die Sonnenstrahlen, die Pfeile zu sein schienen, nicht ertragen konnte, zog er sich in den Schatten einer Laube zurück, die sich vor dem Tor zum Hofe jenes Palastes befand; und er war allein, weitab von den anderen Jägern. Nun, da er im Hofe flüstern hörte, erspähte er durch eine Ritze des Tores die drei Mädchen, die im Freien saßen und stickten; und mit gespitzten Ohren versuchte er zu hören, was sie schwatzten.

Die Mädchen, die vom Eingesperrtsein schon stanken, sprachen zueinander: »Ich (es war Lella, die Älteste, die sprach) will, um nicht länger in diesem Gefängnis bleiben zu müssen, die Gemahlin des königlichen Kammerdieners werden; denn da ginge ich vergnügt spazieren, würde bedient und könnte all die Wettkämpfe und Turniere sehen, die man vor dem Palast veranstaltet.« – »Und ich«, sagte Cilla, »werde die Gemahlin des Sekretärs; denn da würde ich mehr geachtet, hätte mehr Zerstreuung und wäre nicht mehr hier drinnen eingesperrt, denn nun rieche ich schon ganz ranzig.« Cicia, die die Jüngste, aber auch die Schönste und Pfiffigste war, sprach: »Was seid ihr doch für Eselinnen! Verzeiht mir! Unser Vater war nicht von solch geringem Stand, daß wir, wenn er lebte, diese Hofschranzen beneiden würden; denn wir haben immerhin in unserem königlichen Haus gewohnt! Wenn ich mir einen Gemahl suchen müßte, würde ich mich mit dem König vermählen, der ohnehin Junggeselle ist; denn wenn man durch einen Sturz sterben soll, ist es besser, nach oben zu fallen als nach unten.« So machten die Töchter die Rechnung ohne den Wirt. Aber der

König, der dieses Gespräch mitangehört hatte, und dem der Liebreiz Cicias gefiel, merkte sich den Palast und ging seiner Wege.

Am folgenden Tag, als der Morgen, ganz rot durch die Mühe, die es ihn kostete, dem Karren der Sonne den Weg zu ebnen, dermaßen in Schweiß geriet, daß darin die Blumen und die zarten Gräser badeten, befahl er, die drei Mädchen zu rufen. Der arme Gevatter, der nicht wußte, wie ihm geschah, fragte sie, ob es im Palast jemanden gebe, der ihnen bekannt sei. Sie antworteten, daß sie niemand kennen würden, daß sie sich aber in die Hände des Himmels begäben, der der Unschuld immer beistehe.

Sie begaben sich auf den Weg in Richtung Palast, und als sie mit dem Gevatter vor dem König erschienen, machten sie eine ganz anmutige Verbeugung. Der König fragte sie: »Was spracht ihr gestern Mittag in eurem Hofe, als ihr gerade sticktet?« Lella, die die Älteste und die Einfältigste war, antwortete: »Ich sagte, daß ich die Gemahlin Eures Kammerdieners sein wolle.« »Sehr gern!« erwiderte der König, und nachdem er den Kammerdiener gerufen hatte, übergab er sie ihm, zur vollsten Zufriedenheit des Gevatters; denn wenn es auch nicht so war, daß dieser nicht hätte ablehnen können: die Bitten und Absichten des Gebieters sind eben Befehle. Als die zweite, das war Cilla, gefragt wurde, antwortete sie, sie wolle die Gemahlin des Sekretärs sein, und der König ließ öffentlich und vor dem ganzen Hof die Trauung vollziehen. Die dritte, Cicia, versuchte der Wahrheit aus dem Weg zu gehen. Aber als der König sagte, daß er es mit eigenen Ohren gehört habe, entgegnete sie, daß es jedem erlaubt sei, Luftschlösser zu bauen, denn man müsse niemandem den Pachtzins für das Grundstück bezahlen, und jede wähle sich den Gemahl nach ihrem Geschmack. Sie habe sich dabei einen guten ausgewählt, indem sie sagte, sie wolle den König zum Gemahl. »So sei es!« rief der König. »Wenn sich einer sein Los selbst wählt, und es nicht gut wählt: schlecht für ihn. Dein Herz ist dein Hals!« Und nach diesen Worten heiratete er sie geradewegs, zur großen Freude des ganzen Hofes. Nur der Stiefmutter des Königs, die Pascaddozia hieß, war dieser Bissen in die falsche Kehle geraten. Und sie konnte selbst das Süße nicht hinunterschlucken, so sehr war sie verärgert, obgleich sie sich vor dem Stiefsohn nichts anmerken ließ, indem sie das Gift im Körper ausbrütete, so wie es die Schlangen tun. Auch die arme Cicia, die ihr die Erregung mehr oder weniger an der Nasenspitze ansah, hielt sie hin, so gut sie konnte.

Bald darauf erwartete Cicia ein Kind. Und da sie hochschwanger war, hatte sich der König, der an Blähungen litt und frische Luft schöpfen wollte, auf sein Landgut begeben, das weit entfernt lag. Und als die neun Monate um waren, gebar Cicia, so, als ob sie in dieser Kunst erfahren wäre, gleich beim ersten *In-die-Ölflasche-Blasen*[1] zwei Kinder, einen Knaben und ein Mädchen, die so schön waren, daß sie zwei Juwelen glichen. Und unter anderem hatten sie um den Hals ein Kettchen aus Fleisch, von der Farbe des Silbers und von einem Glanz, daß die Herzen derer damit in Ketten gelegt worden wären, die diese schönen Kinder gesehen hätten, wenn nicht diese verruchte Pascaddozia, grausamer als Medea, sie, kaum geboren, der Mutter genommen und an Stelle der Kinderlein zwei Hündchen in die Wiege gelegt hätte, um sich für die Handlung des Stiefsohnes zu rächen, und auch aus Haß, den sie gegen Cicia hegte.

Als die arme Mutter sah, daß ihre Kinder mit den Ketten aus Silber durch die niederträchtige Verschlagenheit der verdammten Pascaddozia, die ihr immer Wohlwollen vorgetäuscht hatte, zu Hunden geworden waren, die man an die eiserne Kette legt, wollte sie schier sterben vor Schmerz, um so mehr als sie die Angelegenheit nicht rechtzeitig aufzuklären vermochte; denn jene Hündin von einer Pascaddozia ließ, nachdem sie den ganzen Hof zusammengerufen hatte, alle wissen, daß Cicia zwei Hündchen ausgetragen und geboren habe. Hierauf rief sie einen Höfling zu sich, dem sie vertrauen konnte, und befahl ihm, die beiden Kindlein an sich zu nehmen, um sie draußen auf dem Feld zu töten und zu verscharren; und als Beweis für die vollbrachte Tat sollte er ihr ein Fläschchen mit Blut bringen. Außerdem sandte sie sogleich einen Brief an den König, in dem sie ihm die Geburt auf ihre Weise schilderte. Der König, der gehofft hatte zu hören, daß ihm ein Erbe seines Reiches geboren worden sei, las, daß ihm zwei Hunde geboren wurden. Wütend, als hätten ihn diese in das Herz gebissen, kehrte er in die Stadt zurück und ließ die Gemahlin, ohne sie gesehen oder angehört zu haben, in ein dunkles Verlies sperren, mit sieben Riegeln davor, so daß nur ein kleines Loch offen blieb, durch das er ihr einen Becher Wasser und ein Stück Brot hinabreichen ließ. Denn sie sollte möglichst bald sterben, damit er sich wieder vermählen könnte.

Aber der Höfling, dem aufgetragen worden war, die Kindlein zu töten, ließ, von Mitleid mit den kleinen Menschlein bewegt, die man in einem Becher mit Gift ertränken wollte, die beiden am Leben und setzte sie nahe an einem Flusse aus. Sodann füllte er das Fläschchen mit dem Blut eines Schäfchens, das er von einem Hirten gekauft hatte, und brachte es der Herrin. Und nach einigen Monaten nahm er, da er sie auf diese Weise zufriedengestellt und betrogen hatte, seinen Abschied, denn er konnte es nicht mehr ertragen, dieses Gesicht einer Harpyie vor Augen zu haben.

Aber der Himmel, der niemals vergißt, den Unschuldigen zu helfen, ja, der ihnen erst recht hilft, wenn sie verlassen wurden, richtete es so ein, daß die Frau eines Müllers, der nahe am Fluß wohnte, gerade geboren hatte, und da das Kind gestorben war, wußte sie nicht, wie sie es anstellen sollte, ihre Brüste, die voll mit Milch waren, zu entleeren. Und als sie am Ufer entlangging, hörte sie die Stimmchen jener Kindlein. Sie wurde sogleich darauf aufmerksam, und als sie zwei Geschöpfe sah, die so schön waren, daß sie gemalt zu sein schienen, sprach sie zu sich selbst: »Und dieses Hundeherz konnte sich von diesem schönen Teil seiner Eingeweide trennen, ohne seine Augäpfel ausrinnen zu fühlen? Aber was sag' ich? Hundeherz? Diese schönen Kindlein können nicht die Abkömmlinge einer Mutter sein, die so bitterböse ist: denn mir scheinen sie ganz aus Zucker zu sein. An der Patina erkenne ich, daß sie keine rohen Teller aus Ton sind, sondern von feinstem

Majolika aus Faenza, wie es in den königlichen Kredenzen steht. Sie müssen einem guten Geschlecht entstammen.« Und mit diesen Worten nahm sie sie auf den Arm und stillte sie mit großer Freude. Hierbei half sie sowohl sich als auch den Kindern und erledigte mit einem Gang zwei Wege.

Nachdem sie beide Geschöpfe erquickt hatte, brachte sie sie zur Mühle und erzählte dem Müller, was sich zugetragen habe. Er, der keine Kinder hatte, verlangte, daß die Frau sie wie ihre eigenen Kinder aufziehen solle, und nannte den Knaben Jannuzzo und das Mädchen Ninella. Übers Jahr wurde die Müllerin wieder schwanger und gebar einen Knaben, den sie Renzullo nannte und den sie, als er größer wurde, zusammen mit den anderen beiden aufzog. Aber als sie nun so weit herangewachsen waren, daß jeder seine Geschichte erfahren konnte, erzählte die Müllerin eines Tages die ganze Angelegenheit, so wie sie sich zugetragen hatte, und daß nur Renzullo ihr leibliches Kind sei, während sie Jannuzzo und Ninella am Flußufer gefunden habe. Doch eines Tages, als die beiden Burschen zusammen spielten, gab Jannuzzo dem Renzullo – ich weiß nicht, aus welchem Grund – ein Kopfstück, und dieser behalf sich, da er es mit den Händen nicht konnte, mit der Zunge, und um ihn zu kränken, nannte er ihn unter anderem: »Bastard«.

Das war kein Wort, sondern ein katalanischer Degenstoß[2] in das Herz des Jannuzzo, der sich tödlich getroffen fühlte und sich vom Spiel erhob. Und nachdem er die Schwester gerufen hatte, ging er zum Müller und sprach: »Die Dankbarkeit, die wir dir schulden, Väterchen, ist so groß, daß wir sie nicht auszudrücken vermögen; und solange der Geist unsere Körper belebt, werden wir ihrer gedenken. Und so hoffen wir, weder gegen dich noch deine Gemahlin undankbar zu sein: aber mit diesem Wurm im Kopf, als Bastard gelten zu müssen, können wir nicht bleiben. Laß uns durch die Welt ziehen, bis wir Kunde von unserem Vater und unserer Mutter erhalten. Das zu tun, sind wir entschlossen, und wir wollen es nicht anders.« Der Müller, der weniger Verstand besaß als das Maultier der Mühle, oder mehr an seinen eigenen Sohn dachte als an die anderen, gab ihnen die Erlaubnis (obwohl die Frau dagegen war, denn sie hatte die beiden jungen Leute wirklich gern); und sie gingen, wohin die Füße sie trugen, ohne wirklich zu wissen, nach welcher Richtung sie sich wenden sollten.

Als es Abend wurde, kamen sie zu einem Hafen am Meer, und da sie dort eine Strohschütte fanden, legten sie sich schlafen. Am nächsten Morgen, als der anbrechende Tag das Meer zu versilbern begann, krochen sie heraus. Und am Ufer trafen sie auf einen alten Mann mit einem Bart, der ihm über die ganze Brust herabhing. Er lag ganz nackt ausgestreckt auf der Erde und war von außergewöhnlicher Statur. Jannuzzo und Ninella grüßten ihn, und er, der den Gruß erwiderte, fragte sie, was sie denn immer so täten. Die beiden jungen Leute erzählten ihm ihre ganze Geschichte, so wie sie sie von dem Müller gehört hatten; auch sagten sie, daß sie durch die Welt zögen, um herauszufinden, wer ihr Vater und ihre Mutter seien. Da sprach der Alte zu ihnen: »Ihr müßt wissen, daß ich ein alter Mann aus

Marmor bin, und daß ich in Neapel an einem Brunnen liege, gleich wenn man vom Schloß herunterkommt, bevor man zur Küste gelangt, nahe dem Engel am Hafenbecken. Einst war ich ein Seemann; weil ich aber einer Fee eine Kränkung zugefügt hatte, wurde ich im Greisenalter zu Marmor und lag, ganz von Sand bedeckt, in einem Winkel am Ufer, wohin alle jene, die vorbeigingen, kamen, um ihren Bauch zu entleeren. Aber einer eurer Vorfahren (den ich jetzt nicht nennen kann, denn dazu ist es noch zu früh: es betrifft nämlich nicht mich, sondern einen bestimmten Vogel) holte mich aus jenem Unrat heraus und ließ mir ein wunderschönes Becken mit vielen Meeresfischen darin bauen. Dort setzte er mich hin wie unter einen Baldachin, von dem aus ich nun all die Damen und Kavaliere von Neapel beim Spazierengehen beobachten kann. Ich bin eurem Hause sehr zu Dank verpflichtet. Auch müßt ihr wissen, daß eure liebe Mutter lebt, und daß sie schon lange tot wäre, wenn ihr der Vogel nicht zu essen gebracht und sie wie eine eigene Tochter gepflegt hätte. Geht deshalb in die Stadt Monteretunno und mietet euch ein Haus genau gegenüber dem königlichen Palast; dann überlaßt alles dem Himmel, denn ihr werdet, was immer ihr sucht, nach kurzer Zeit finden. Und ich weiß auch, daß ihr Geld braucht. Geht daher und grabt in der Strohschütte, in der ihr diese Nacht verbracht habt; denn jene gehört ein paar schurkischen Matrosen, die darin eine Menge Silbermünzen vergraben haben. Geht und maust sie euch, denn der Himmel hat sie euch zugedacht, und danach kommt und sucht mich wieder auf.« So machten sie es, und da sie Kleider und Geld fanden, versorgten sie sich ausreichend damit.

Als hierauf Jannuzzo mit der Schwester zu dem Alten zurückkehrte, fragte er ihn, was sie tun könnten, um ihm einen Dienst zu erweisen. Und er bat sie, indem er ihnen ein gänzlich zerbrochenes Bein zeigte, nach Neapel zu schreiben und es auf ihre Kosten ausbessern zu lassen; denn es gebe niemanden, der sich seiner annehme. Jannuzzo versprach, alles so zu machen, wie der Alte befohlen hatte, aber da er immer nur in der Mühle gewesen war und sich in der Welt nicht auskannte, fragte er den Alten, ob dieser ihm nicht den Gefallen tun könnte, zu erklären, aus welchem Grunde die Menschen zu Statuen würden.

Der Alte erwiderte: »Mir tut es leid, daß du es selbst wirst ausprobieren müssen. Es wird aber gewiß nur kurze Zeit währen. Nun wisse, daß dies eine Sache ist, bei der man keine Regeln aufstellen kann, denn die Dinge der Welt geschehen, wie es der Himmel will, und niemand kann sich zum Meister aufwerfen und sagen: *Diesen Weg geh' ich nicht!* Wenn du mein Neapel aufsuchst, die Blüte Italiens, den Spiegel Europas, den wertvollen Stein im Ring der Welt, so wirst du so viele dieser Verwandlungen erblicken, daß du sprachlos sein wirst und stocksteif obendrein.

Zuerst wirst du Posillipo sehen, der heute ein Berg ist, immer heiter, immer grün, den einen Fuß auf dem Land, den anderen im Meer; und an der Hand hält er eine schöne Sirene, die die Vorfahren Partenope nannten. Auf ihm gibt es nichts als Gärten und Paläste, und das ganze Ufer ist übersät mit Häusern, in denen Vergnügen und Zufriedenheit wohnen. Das Meer, das seinen Fuß küßt, ist immer voll von Booten hoher Herrschaften, die sich am Abend bei Musik und Spiel ins Kühle begeben, um sich an jener honigsüßen Luft zu erquicken. Da gibt es keinen Winkel, keine verborgene Bucht, in denen nicht Leute zu sehen sind, die sich vergnügen und es vor der Nase des Nächsten tun. Nun, jener war ein so hübscher Bursche, daß es seinesgleichen in der ganzen Stadt nicht noch einmal gab, und zu seinem Unglück verliebte er sich in eine Bäuerin namens Nisida, die sich, undankbar und unfreundlich, niemals von ihm umarmen lassen wollte, ja sogar immer vor ihm davonlief. Und so groß waren die Verzweiflung Posillipos und die Kratzbürstigkeit Nisidas, daß er zu einem Berg und sie zu einer Insel wurde, die das Vergangene noch nicht vergessen hat und sich aus Trotz von ihm fernhält.

Daneben wirst du den Berg Somma erblicken, den man einstmals Vesuv nannte. Dieser war ein Edelmann aus Neapel, der sich auch in eine Dame verliebt hatte. Sie entstammte der Sippe der Capra aus dem damaligen Geschlecht der Seggio. Und da die Eltern nicht einwilligen wollten, sahen die beiden ihre Pläne in dem Maße zunichte werden, in dem ihre Liebe zunahm; ja, die Eltern verbannten die Tochter sogar auf das Kap der Minerva, wo sie ihren Geliebten nun nicht mehr sehen konnte und sich daher eines Tages, als sie in einem Boot spazierenfuhr, in das Meer stürzte und zu einer Insel wurde, die man bis zum heutigen Tage Capri nennt. Als Vesuv davon Kunde erhielt, begann er Seufzer aus Feuer auszustoßen, und allmählich wurde er zu einem Berg, der Somma heißt, und da er immer seine Geliebte sieht, brennt er immerfort und speit unaufhörlich Feuer aus. Und wenn er in Zorn gerät, läßt er die ganze Stadt Neapel erzittern. Die bereut aber vergeblich, daß sie ihm nicht jene gab, die er ersehnte[3].

Und der schöne Fluß Sebeto, der war nichts anderes als ein Jüngling, der gerade zuvor eine wunderschöne Dame namens Megara geheiratet hatte. Eines Abends ließ er sie auf dem Meer spazierenfahren. Als sie sich genau gegenüber dem Pizzofarcone befanden und die Matrosen wenden wollten, kenterte das Boot, und sie, die ertrank, wurde zu einer Klippe. Diese wird heute, da eine Burg darauf erbaut wurde, die Eierburg genannt. Als Sebeto, der arme Kerl, die Nachricht erhalten hatte und in der Ferne seine Gemahlin in eine Klippe verwandelt sah, begann er zu weinen; und er weinte so sehr, daß er zu einem Fluß wurde. Jener läßt bis zum heutigen Tag erkennen, wie schön er als Jüngling war, denn er belebt all die Gärten, an denen er vorbeifließt, und sobald er sich in das Meer ergießt, sucht er seine Gemahlin auf, die er immer noch liebt.

Die alten Leute werden dir erzählen, wie einst ein Fischer, der auf dem Posillipo wohnte, und der die Sirene vorüberkommen sah, die, mit einer Geige in der Hand, singend einherging, sich so in diesen Klang und in dieses Lied verliebte, daß er in der Eile, in der er vom Berg herabstieg, in das Meer fiel, wobei er einen schönen Hechtsprung vollführte. Und nachdem er dreimal aufgetaucht und wieder hinabgesunken war, so als ob er zum Vergnügen unter Wasser schwimme, wurde er zuletzt eine Klippe, die, an den Berg gelehnt, mit diesem ganz eins zu sein scheint. Und zur Erinnerung an diesen Vorfall nennt man sie Mergoglino. Die Sirene, die darüber sehr betrübt war, sprach einen Zauber über ihn, so daß all die Herrschaften aus Neapel in den Karossen ihn vom Land aus umwerben und die Kavaliere in den Booten vom Meer aus; dies kann man alle Jahre während des ganzen Sommers beobachten.

Um euch aber nicht länger aufzuhalten, werde ich nur noch vom *Weißen Stein* erzählen, der einst eine Dame war, die wegen ihrer weißen Haut so geschätzt wurde, daß sie davon noch diesen Namen trägt; von Ischia und Procida, die zwei Schwestern waren: eine davon so böse, daß ihre Eingeweide noch immer von Feuer erfüllt sind, die andere so anmutig, daß sich noch heute dein Herz an ihrem Grün und an ihrer Schönheit erfreut; und auch von Antignano, Amalfi, Sorriento, Pezzulo und Baja, denn sie alle waren zuvor Männer und Frauen und wurden, der eine aus diesem, der andere aus jenem Grund, zu dem, was man noch heutzutage von ihnen sieht.

Aber da ich nun deine Neugierde gestillt habe, so geh', mein Jannuzzo, mit deinem Schwesterlein, und mach es so, wie ich es euch gesagt habe, denn ich werde immer von euren Nöten wissen, und jetzt verschwinde ich.« Und mit diesen Worten löste er sich gleich einem Lichtstrahl vor ihren Augen auf.

Jannuzzo und das Schwesterchen, die dem Himmel dafür dankten, daß es ihm in den Sinn gekommen war, sie den Alten treffen zu lassen, gelangten in die Stadt

Monteretunno, wo sie gleich gegenüber dem königlichen Palast ein Haus mieteten; und da sie sich die schönen Kleider anzogen, die sie gefunden hatten, und das Geld ausgaben, nahmen sie sich wie Herrschaften aus. Sie wurden von Lakaien und von einer guten Frau bedient, die dem Mädchen, das zur schönsten Frau geworden war, die es ringsum gab, Gesellschaft leistete.

Nun geschah es, daß eines Tages, als Ninella am Fenster stand, die Kammerzofe der Stiefmutter des Königs sie sah, und da diese Art von Leuten das Salz immer in die Kochtöpfe der anderen streuen muß, sagte sie zu ihr:

> »Wie bist du schön, meine Tochter!
> Aber noch schöner wärest du,
> Wenn du den Apfel, der singt,
> In deinen Händen hieltest!«

Ninella, die dies gehört hatte, erzählte dem Bruder, als er kam, wie sich die Sache zugetragen habe. Und der Bruder, der sie über alles liebte, versprach ihr, so lange umherzuwandern, bis er den Apfel gefunden hätte. So kam er, nachdem er so um die vierzig Meilen weit gewandert war, in eine Ebene, in deren Mitte ein Baum stand, der mit den gesuchten Äpfeln so beladen war, daß es schien, er würde brechen. Und ringsumher vernahm man einen Wohlklang, der selbst Steine aus den Klauen der Raubvögel befreit hätte, so tief war der Schlaf, in den man durch ihn verfiel. Aber was war das? Der Baum war umringt von bösartigen Tieren aller Art. Da gab es Bären, Löwen, Panther, Ozelote, Krokodile, Skorpione, Schlangen, Drachen und so viele andere Tierlein, daß sie einen Prahlhans zittern gemacht hätten.

Als Jannuzzo diese Bestien sah, bekam er einen solchen Schreck, daß er sich sogleich verdrückte und das Weite suchte, da er fürchtete, wegen einer törichten Laune seiner Schwester den Bauch eines Tieres als Grabstätte zu bekommen, bevor seine Zeit abgelaufen wäre. Und nachdem er sich in eine Art Höhle zurückgezogen hatte, begann er zu überlegen, ob er zurückkehren oder bleiben solle. Da fiel ihm der alte Mann ein, und er empfahl sich ihm von ganzem Herzen, um so mehr als er nach Neapel geschrieben hatte, um dessen Bein ausbessern zu lassen. Und gegen Abend sah er ihn auch wirklich auftauchen, begleitet von vier anderen alten Männern, die sehr trübsinnig einhergingen. Jannuzzo, der wieder Mut faßte, begrüßte den Alten samt seiner Begleitung, und weil er neugierig war und mehr an die Angelegenheiten der anderen dachte als an seine, fragte er, wer die anderen vier seien. Und der Alte antwortete: »Diese waren vormals vier Fischer an der Mole, die jeden Tag mit einem Boot ausfuhren, um die Leute das eine Mal nach der Insel Ischia zu bringen, der Heilkraft der Bäder, der Öfen und des Sandes wegen, und das andere Mal zu einem Spaziergang auf den Posillipo. Und wenn sie des Abends von den Fahrten zurückgekehrt waren, machten sie sich mit ein paar Bottichen auf den Weg, um am Brunnen von Lanternone Wasser zu fassen. Eines Abends waren sie später als gewöhnlich aufgebrochen und hatten ihre Bottiche kaum gefüllt, da legte eine Tartane an, und ein Trupp Türken ging bei der Mole an Land, um Beute zu machen. Die vier hörten den Lärm, und da sie es mit der Angst bekamen, duckten sie sich, die Bottiche zwischen den Beinen, wobei jeder dem anderen den Rükken zukehrte, um nicht erwischt zu werden; denn sie glaubten, es seien bloß Matrosen. Als sie aber plötzlich Türkisch sprechen hörten, erstarrten sie vor Schreck und bekamen einen solchen Schiß und einen solchen Bammel, daß sie sich dem Neptun empfahlen und ihn baten, er möge sie irgendeinen Tod sterben lassen, nur nicht den durch die Hand der Türken. Und sieh da! Im Nu wurden sie alle vier mitsamt den Bottichen zu Marmor, und die Türken mußten, als sie Hand an sie legen wollten, mit langen Nasen abziehen. Die armen Kerle aber, die nun zu Statuen des Brunnens am Ende der Mole geworden waren, behielten, da sie sich daran gewöhnt hatten, die Gepflogenheit bei, den Leuten von Neapel zu Diensten zu sein, und schöpften mit diesen Bottichen immerfort Wasser, um die Städter zu erfrischen. Und jene erwähnten sie in liebevoller Erinnerung bei jedem Wort, so als ob sie ihre Väter wären; und wenn einer fragte: »Wer wird es mir bezahlen?«, antwortete man: »Die vier von der Mole!« und so weiter. Aber den armen Kerlen, die so gerne auf der Mole geblieben wären, wurde befohlen, fortzuziehen, wie lasterhaften Weibern oder lästigen Studenten, und sich zu jenem Fluß zu begeben, wo sich die Sonne des Abends verbirgt; deshalb sind sie so betrübt. Und da ich nicht weit von dort entfernt bin, wo sie standen, habe ich sie als guter Freund bis hierher begleitet. Aber du, mein Jannuzzo, der du nach den Leiden der anderen frägst – und ich glaube, sie hängen dir schon beim Hals heraus –, was machst du hier?«

»Ich bin gekommen«, antwortete er, »um einen dieser Äpfel zu bekommen und ihn meiner Schwester zu bringen; denn sie hat mir diesen Floh ins Ohr gesetzt. Aber dort sind so viele von diesen wilden Tieren, daß ich fürchte, von ihnen gefressen zu werden.« – »Hab' keine Angst«, sagte der Alte, »laß' das nur den Meister machen!« Und was tat er? Er befahl den vieren von der Mole, sich zueinanderzustellen und mit ihren Bottichen einen Brunnen zu bilden; denn jene Tiere, die noch niemals Wasser gesehen hatten, würden dorthin laufen, und Jannuzzo, der freie Bahn hätte, könnte den Apfel mit seinen eigenen Händen pflücken. So tat man auch; und als alle Tiere fortgelaufen waren, um zu trinken, pflückte sich Jannuzzo den Apfel. Als er hierauf um Erlaubnis bat, sich gleich auf den Rückweg machen zu dürfen, gingen auch die Alten ihrer Wege.

Nach der langen Reise zur Schwester zurückgekehrt, überreichte er ihr voll Freude den gewünschten Apfel. Und Ninella schienen tausend Jahre zu vergehen, bis sie die Zofe sah, und so zeigte sie ihr sogleich den Apfel, bevor sie noch ein Wort mit ihr gesprochen hatte. Aber jene sagte zu ihr:

»Nun bist du viel schöner!
Aber noch viel schöner wärest du,
Wenn du jenes Wasser, das tanzt,
In den Händen hieltest!«

Ninella, die sah, daß der Bruder sie wirklich liebte und für sie das Leben riskiert hätte, bat ihn auch um diesen

Gefallen, weil sie sich sonst für das unglücklichste Wesen der Welt gehalten hätte. Denn wenn man einer Frau vom Schönersein erzählt, so ist's, als sagte man ihr, es sei nichts schlimmer, als häßlich und alt zu sein.

Der Bruder, der mit großer Zärtlichkeit an ihr hing, machte sich sogleich auf den Weg, um die Schwester zu ermuntern. Und nachdem er Berge, Täler und Ebenen hinter sich gelassen und Flüsse und Meere überquert hatte, kam er zu einer Grotte, in der jenes Wasser floß. Aber dort befand sich ein Tor, das immerfort auf und zu schlug; und ringsumher lagen viele Männer, die von dem Tor getötet worden waren, denn niemand vermochte es festzuhalten; es war unglaublich. Als sich Jannuzzo, der arme Kerl, dieser Gefahr gegenüber sah, empfahl er sich seinem Alterchen und zog sich in eine nahegelegene Höhle zurück, um von dem Schlagen des Tores nicht betäubt zu werden. Und sieh da! Abermals erschien der Alte, der einem wunderschönen Mädchen, das in vollem Laufe einherkam, den Führer machte. Und als sie die Stelle erreicht hatten, wo sich Jannuzzo befand, begrüßten sie ihn. Kaum hatte er den Gruß erwidert, da fragte er, wer jenes Fräulein sei; und der Alte gab zur Antwort: »Jene war einst ein ehrsames Mädchen und so schön, daß man ihr in Neapel den Spitznamen Venus gegeben hatte; aber in ihrem Herzen glich sie immer der keuschen Diana. Und sie ist die Tochter von einem dieser alten Männer, die du letztens gesehen hast; und die anderen drei sind ihre Verwandten. Nun hatte jene aber ihr Haus am Largo de lo Castiello, gleich gegenüber einem an der Mauer des Wassergrabens gelegenen Brunnen, der Ähnlichkeit mit einem Bogen oder einer kleinen Brücke besaß; und weil sie unter der großen Hitze litt, denn sie war von feuriger Natur, ging sie jede Nacht zu jenem Brunnen, um sich zu waschen. Eines Nachts fand sie dort kein Wasser und schlief unter dem Bogen ein. Aber die Feuchtigkeit ließ sie in solch tiefen Schlaf versinken, daß es darüber Tag wurde. Die Leute kamen vorüber, und sie schlief noch immer so nackt, wie sie die Mutter geboren hatte; und weil sie wunderschön war, blieben alle stehen, um sie zu betrachten. Als sie erwachte und sich den Blicken so vieler Leute ausgesetzt sah, war ihr Beschämen so groß, daß sie Diana bitten mußte, sie jener Verlegenheit zu entreißen, auch wenn es ihr das Leben kosten sollte. Und Diana, durch die Bitte dieses ehrsamen Mädchens gerührt, ließ es zu einer Statue aus Marmor werden, die man bis zum heutigen Tag Venus nennt. Aber als dieses gute Mädchen erfuhr, daß dem Vater und den Verwandten weiß Gott was für ein Unglück zugestoßen sei, erbat es von einem hohen Herrn die Erlaubnis, sie suchen gehen zu dürfen. Und damit die Leute nichts merken, hat dieser Herr an jenem Brunnen einen Ersatz anbringen lassen, der ihm aber ebensowenig ähnlich sieht, wie das Käuzchen einem Phönix. Dies sind die Leiden dieses armen Mädchens. Aber nun berichte mir ein wenig von den deinen, denn du bist in dieses Land gekommen, in das ein Mensch nur dann gelangt, wenn ein arges Mißgeschick ihn leitet.«

»Ich bin wegen meiner unvernünftigen Schwester hier und wegen einer Kammerzofe der Stiefmutter des Königs von Monteretunno, die sie in Versuchung geführt und ihr diese Narretei in den Kopf gesetzt hat; denn meine Schwester hätte gern ein Fläschchen von dem Wasser, das tanzt. Aber ich wage nicht, es zu holen, denn diese Tür, die immer auf und zu schlägt, könnte mir das antun, was sie all den anderen antat, die dort vorne tot umherliegen. Außerdem habe ich Angst, das Wasser könnte auch mich zum Tanzen bringen, wobei es mich bei der Hand nehmen, mich mit einem Luftsprung gleich einem Ziegenbock an diesem Felsen zerschmettern und die häßlichen Reste zurücklassen würde.«

»Wohlan, hab' keine Angst«, sagte der Alte. »Ich werde wieder, so wie ich bin, zu Marmorstein, um das Tor festzuhalten, und dieses Mädchen, das gewohnt ist, im Wasser zu liegen, wird dir das Fläschchen füllen.« So machten sie es, und nachdem alles auf zufriedenstellende Weise abgelaufen war, dankte Jannuzzo den beiden Statuen und drehte den Kiel in Richtung Monteretunno. Dort angekommen, übergab er der Schwester das Fläschchen und erzählte ihr, was ihm alles widerfahren war. Ninella, die vor Freude strahlte, zeigte bei der ersten Gelegenheit, die sich ihr bot, das Fläschchen der Zofe, die, als sie es sah, zu ihr sprach:

»Weißt du, daß du noch viel schöner wärst,
Wenn du den Vogel, der spricht,
In den Händen hieltest?«

Ganz durchdrungen von dieser neuerlichen Andeutung, begann Ninella dem Bruder einzureden, daß alles, was er getan habe, umsonst gewesen wäre, wenn er sich nicht aufmachen würde, um den Vogel, der spricht, zu holen, und daß ihre Seele die Flügel regen und aus dem Körper entfliegen würde, wenn sie den Vogel nicht bekäme. So brach Jannuzzo, der sich an das Reisen schon gewöhnt hatte, auch zu diesem Unternehmen auf; und nachdem er durch die Welt gewandert war und dabei drei Paar Schuhe abgenützt hatte, kam er zu einem Berg, der aussah wie die Werkstatt eines Bildhauers; denn da gab es einen Mann aus Marmor, dort ein Pferd aus Stein, an einer anderen Stelle eine Frau aus *Piperno*[4], und über den ganzen Berg verstreut, standen so viele Menschen und Tiere, die zu Statuen geworden waren, daß man damit all die Galerien der Herrscher hätte ausstatten können, und jene hätten niemals naturgetreuere Statuen bekommen können, denn es fehlte ihnen nichts anderes als die Sprache; ja, sie machten den, der sie sah, durch sein Erstaunen sprachlos, so daß man nicht wußte, wer mehr Statue sei: der Lebende oder der Tote.

Aber auf dem Gipfel dieses Berges stand der Baum, auf dem der sprechende Vogel saß, und jeder Mensch, der ihn sprechen hörte, wurde zu einer Statue. Jannuzzo, der dies nicht wußte und glaubte, Perlen auf die Binsen zu fädeln, wartete, ohne den Alten zu Hilfe zu rufen, den Abend ab, um den Vogel zu ergreifen, sobald er eingeschlummert sein würde. Abends, als sich alle Vögel zusammenkauerten, stellte sich der sprechende Vogel schlafend; und als Jannuzzo, der sich herangeschlichen hatte, gerade die Hand heben wollte, um ihn zu packen, sprach er: »Leb' wohl, Spitzbube!« Und kaum hatte Jannuzzo diese Worte vernommen, da fühlte er es wie Eis durch seine Adern fließen, und im

Handumdrehen wurde er zu einer Statue, die rechte Hand erhoben, so als wollte er zupacken.

Aber Ninella, die sah, daß der Bruder nicht mehr zurückkehrte (es waren schon drei Jahre vergangen und die Taler zu Ende, so daß man in den Geldtruhen bis auf den Grund sehen konnte), beschloß, eine Pelerine anzuziehen und sich, elend umherirrend, auf die Suche nach ihm zu begeben. Und sie kam in viele Städte, durchwanderte viele Länder, streifte durch viele Wälder, bis sie zu jenem Berg gelangte. Und als sie die vielen Statuen sah, blieb sie wie verzaubert stehen. Da es aber, als sie ankam, bereits Abend wurde, hatte sie Angst, inmitten jenes steinernen Volkes umherzugehen. Und als sie nun nicht wußte, was sie beginnen sollte, erinnerte sie sich des Beistandes, den der Alte dem Bruder geleistet hatte, und sie begann mit solch bebender Stimme nach ihm zu rufen, daß sie einem leid tun konnte.

Und sieh da! Im selben Augenblick erschien der Alte vor ihr und sprach: »Es war sehr vernünftig von dir, mein Töchterchen, mich zu rufen, denn auf diesem Berg befindet sich der sprechende Vogel, und es genügt ein Wort, um den, der ihn hört, sogleich zu Marmor werden zu lassen. Und es tut mir leid, daß es deinem Bruder so ergangen ist, weil er nicht genug Verstand besaß, um mich zu rufen. So glaubte er, es einem Jäger gleichzutun, und wurde in Wahrheit selbst gejagt.« Als Ninella diese Nachricht über den Bruder vernahm, brach sie in Tränen aus und schlug sich an die Brust, da sie die Ursache dieses Mißgeschicks war. Aber der Alte sprach zu ihr: »Sei still, meine Tochter, und habe keine Angst, denn ich bin hier bei dir. Wisse, daß jener Vogel ein Freund eures Hauses ist; denn als sich dein Mütterlein auf ihrem Landgut aufhielt und die Netze für den Vogelfang aufgestellt waren, wurde er, der gewisser Angelegenheiten wegen unterwegs war, in jenen Netzen gefangen. Wie er nun die Stimme erhob, um Hilfe herbeizurufen, da wurde das Netz zu Stein, und wenn dein Mütterlein nicht so klug gewesen wäre, jenen gesponnenen Marmor mit einem Hammer zu zerbrechen, hätte er dort sterben müssen. Daraufhin wandte sich dieser Vogel mit der Bitte an Jupiter, die Dinge mögen, wenn er spreche, nicht immer zu Stein werden, sondern nur, wenn er es wolle; und sie wurde ihm gewährt. Und so sehr fühlte er sich eurem Haus verpflichtet, daß er, sobald er nur erfuhr, es sei in Not geraten, sogleich zu Hilfe eilte. Auch sollst du wissen, daß sich deine Mutter so viele Jahre, wie ihr alt seid, im Kerker befindet, und wäre dieser Vogel nicht gewesen, so hätte sie Hungers sterben müssen. Nun, bevor er sprechen wird, mußt du zu ihm sprechen, und beginne zu rufen, sobald du dich den Statuen näherst, damit deine Stimme bis dorthin gelange und ihre Wirkung tue; und sage:

»Guter Vogel!
Ich bin die Tochter der Cice,
Die dich, als du in der Klemme saßest,
Aus dem Netz von Stein befreite.«

Und nach diesen Worten zerging der Alte wie Schnee in der Sonne und verschwand wie Rauch im Wind. Ninella hätte gewünscht, der Alte wäre nicht verschwunden, denn sie wollte ihn bitten, ihr endlich einmal zu sagen, wer ihre Mutter sei. Aber da sie sich erinnerte, daß der Alte einst angekündigt hatte, der Vogel werde es ihr sagen, ließ sie von diesem Gedanken ab und wandte sich den gegenwärtigen Problemen zu. Sie nahm die Sache sogleich in Angriff, indem sie, noch bevor sie bei der ersten Statue angekommen war, aus vollem Hals das Lied zu singen begann. Und sieh da! Der Vogel (der einen goldfarbenen Kopf, einen violetten Hals, fleischfarbene Flügel und einen gelben Schwanz hatte und dessen Brust und Schultern grünlich waren), kam herbei; und nachdem er Ninella begrüßt hatte, bat er sie, keine Angst zu haben, sondern mit ihm auf jenen Berg zu steigen und ihm zu sagen, woran es ihr fehle; denn er diene der Königin, deren Haus er verpflichtet sei. Aber Ninella, die herausfinden wollte, welche der Statuen die ihres Bruders sei, bat den Vogel, ihr zu erklären, wen jene Statuen darstellten, so es gestattet sei, es zu erfahren. Und der Vogel erwiderte: »Wisse, daß diese Statuen von zweierlei Art sind. Die einen sind zur Strafe für irgendeinen Frevel so geworden, die anderen hingegen sind wegen eines Mißgeschicks nur für einige Zeit in jenen Marmorsteinen eingekerkert; die ersteren stehen linker Hand, die anderen rechter Hand. Wenn du daher jemanden von der linken Seite kennenlernen willst – für alle würde die Zeit eines Jahres nicht ausreichen, und bei jenen von der rechten Seite dient es zu nichts –, werde ich dir diesen Gefallen erweisen; ja, ich werde dir sogar erzählen, was mit ihnen geschehen wird.

Siehst du dort den Gepäckträger, der ein Bündel auf

den Schultern hat, das einer Kugel gleicht? Wisse, daß jener ein Dieb war, der einer armen Frau am Lavenaro die Wäsche gestohlen hatte und dafür des Nachts an diesen Ort gebracht wurde, als er glaubte, nach Hause zurückzukehren; und als er mich hörte, wurde er zu Marmor, so wie du ihn hier siehst. Aber diese Statue wird einmal nach Neapel gebracht und am Brunnen der Sellaria aufgestellt werden, und damit diese Schande des Wäscheraubes nicht an ihr haftenbleibe, wird man sagen, sie stelle Atlas dar, der die Welt auf den Schultern trägt.

Komm aber weiter hinauf und sieh jene beiden, einen Mann und eine Frau, nackt, wie sie die Mutter geboren hat. Nun, diese stammten aus Chiaja und waren so geizig, daß sie ihre Kinder nackt gehen ließen; im Sommer von der Sonne versengt, glichen sie den Leuten aus Afrika, wenn sie an den Stränden umherliefen. Aber obgleich sie recht brave junge Leute waren, wurden sie wegen dieser schlechten Gewohnheiten zur Strafe zu diesem Berg befohlen. Und als sie hier ganz nackt ankamen, denn die lange Reise hatte sie ihrer Kleider beraubt, und mich hörten, wurden sie in zwei Statuen verwandelt. Auch sie sollen einmal nach Neapel gebracht und nahe von Sciatamone, am Brunnen von Chiaja aufgestellt werden.

Jene Statue, weiter oben, die eine am Boden ausgestreckte Frau darstellt und auf einem Zweiglein über ihrem Kopf einen Uhu oder Kauz, ebenfalls aus Marmor, erblickt, war eine Hexe aus Veneviento, die mit diesem Käuzchen den Kindern tausend Leiden zufügte. Und als sie nach Neapel gekommen war, um dort dieses Stück zu spielen, bezog sie ein Haus in der Nachbarschaft eines Philosophen, der aus Verdruß über den Gesang oder das Heulen des Käuzchens nachts nicht schlafen konnte. Darum riet er dieser Bordellbrut, von der er wußte, daß sie die Besitzerin des Käuzchens war, sie solle diesen Berg aufsuchen, der auf der ganzen Welt berühmt sei, um eine Feder vom sprechenden Vogel zu erlangen, da diese sie in ihrer Kunst noch erfahrener machen würde. Und sie ließ sich durch Zauberei an diesen Ort tragen, an den sie mit Hilfe des Zauberpulvers gelangte, und hier ließ sie den Beutel zurück, denn sie wurden zu *Piperno*, sie und das Käuzchen. Und auch diese beiden sollen nach Neapel gebracht werden, zu dem Brunnen, der inmitten des Hafens steht; und die Dichter jenes Landes werden sich eine Fabel ausdenken, um niemanden erfahren zu lassen, daß sie eine Hexe gewesen sei. Aber wenn ich die Geschichten dieser Statuen eine nach der anderen erzählte, dann käme ich bis morgen nicht damit zu Ende, nicht bis übermorgen und nicht bis überübermorgen; es genügt, dir zu sagen, daß all die Statuen, die man zukünftig in den Galerien, in den Gärten Roms, Neapels, Mailands, Venedigs und all der anderen berühmten Städte finden wird, von diesem Berg geholt werden. Aber nun sag' du mir, was dich hierherführt!«

»Du mußt wissen«, gab Ninella zur Antwort, »daß eine Zofe der Stiefmutter des Königs von Monteretunno mir gesagt hat, ich würde glücklich sein, wenn ich dich besäße; und deshalb schickte ich meinen einzigen Bruder hierher, der, als er an diesen Ort gelangte, zu einer Statue wurde, ohne deine Bekanntschaft gemacht zu haben. Nun möchte ich dich um den Gefallen bitten, mir zuerst den Bruder wieder lebendig zurückzugeben, um danach ein wenig mit mir zu kommen und mir meine Nöte wie Kettensklaven abzukaufen.« Darauf antwortete der Vogel: »Sei guten Mutes, mein Kind, denn ich will dir Trost spenden. Aber sage mir: Würdest du deinen Bruder wiedererkennen?« – »Aber ja!« gab Ninella zur Antwort. Und als sie die rechte Reihe entlangging und sich dem Baum näherte, sah sie den Bruder, der dort stand, die Hand gegen das Nest des Vogels erhoben. Da lief Ninella, um ihn zu umarmen, und sie küßte den kalten Marmor, daß es schien, als wollte sie ihn mit ihren Seufzern beleben und in ihren Tränen baden. Aber der Vogel sprach zu ihr: »Das Wasser dieser Tränen taugt nicht, um diese Statue zum Leben zu erwecken; hierfür ist ein anderes Wasser vonnöten.« Nach diesen Worten begann der Vogel seine Federn in einem bestimmten Brunnen zu baden, und als er sie über der Statue schüttelte, öffnete diese sogleich die Augen, bewegte die Beine und die Arme und wurde wieder Mensch wie zuvor: der Herr Jannuzzo. Als er die Schwester in seinen Armen erblickte, begrüßte er sie voll Freude, und er erinnerte sich, daß der Alte gesagt hatte, er werde für kurze Zeit eine Statue sein. Und nachdem er sich zuerst bei dem Vogel und dann bei der Schwester für die Befreiung aus jenem Grab bedankt hatte, an dem ihm, obwohl aus Marmor, gar nichts gelegen war, tat er ein paar Schritte, um zu sehen, ob er das Gehen nicht verlernt habe.

Aber Ninella, deren Gemüt so weich wie eine Lunge war, bat, als sie so viele andere Unglückliche sah, die wie Mörserkeulen auf der rechten Seite des Berges standen, den gütigen Vogel, er möge sie, so es in seiner Macht stehe, begnadigen. »Sei gesegnet, meine Ninella!« sprach der Vogel, »Denn du hast wahrlich ein gutes Herz! So will ich denn dir zuliebe alle wieder zum Leben erwecken!« Und nach diesen Worten badete er von neuem sein Gefieder, flog über jene Statuen hinweg und besprengte mit dem Wasser ihre Gesichter. Und im selben Augenblick kam von da das Wiehern eines Pferdes, von dort das Schreien eines Esels, hörte man von der einen Seite ein Gähnen, so als ob ein Mensch erwachte, auf der anderen gähnte eine Frau, daß die Kinnbacken krachten, und es schien, als sei die Zeit des Deucalion und der Pyrrha gekommen. All jenen hielt der Vogel, gleich einem Meister, eine wunderschöne Rede und sagte, daß er ihnen das Leben wiedergegeben habe, Ninella und Jannuzzo zuliebe, denen er verpflichtet gewesen sei, und er bat sie, den beiden mit ganzem Herzen zu dienen, nur fünfzehn Tage lang, denn sie würden es nicht bereuen. »Nicht nur für fünfzehn Tage«, antworteten diese, »sondern selbst fünfzehn Jahre wollen wir ihnen dienen!« Und mit diesen Worten nahm jeder sein Pferd oder seinen Esel, und so gingen sie alle, eine Gesellschaft von Reitern bildend, hinter dem Vogel her. Jener ließ, als sie das Gebiet von Monteretunno erreicht hatten, an Ort und Stelle einen wunderschönen Palast erstehen, mit so vielen komfortablen Gemächern, Vorzimmern, Kabinetten, Ställen, Kellern, Speisekammern und anderen Räumen, daß darin drei gekrönte Könige hätten wohnen können.

Als einige Tage vergangen waren, geschah es, daß der König von Monteretunno, der zur Jagd ausgeritten war, in jenes Gebiet seines Königreiches gelangte und, vom Verlangen nach Beute getrieben, außerhalb der Grenzen von der Nacht überrascht wurde. Da er nun den schönen Palast sah, ließ er dem Hausherrn die Bitte überbringen, er möge so gnädig sein, ihm für diese Nacht Gastfreundschaft zu gewähren. Jannuzzo, der prächtig aussah, kam vor das Tor, begleitet von Edelleuten und Pagen, die allesamt Prinzen glichen, und stellte dem König den Palast mit allem, was sich darin befand, zur Verfügung. Der König dankte ihm für seine Güte und begab sich, mit vielen Komplimenten empfangen, in den Palast, wo er eine Tafel vorfand, die so reich gedeckt war, daß man es nicht besser hätte machen können. Da sah man Mehlbrei, Pastetchen, Blätterteig, Leckerbissen aus Fleisch, Schinkenomeletten, Frikadellen, Blutwürste, Bratwürste, Pfannkuchen, Schmorbraten, Gulasch, Krustentiere, Leber und andere Innereien, gefüllte Kapaune, Näscherein, Mehlklößchen, Maccheroni, Lasagne, verlorene Eier, Frittaten, *Struffole*[5], gebratene Leber, Sulz, *Millinfanti*[6], Kutteln, Gekröse, zerstoßene Bohnen, geröstete Kichererbsen und so vielen anderen Mischmasch, daß es für die ganze Armee des Xerxes gereicht hätte.

Der König stand starr wie eine Statue, als er die Tafel so reich gedeckt sah, und nachdem er die Kinnbacken in Gang gesetzt und so manchen Rülpser losgelassen hatte, befahl Jannuzzo, der ihm mit ein wenig Musik aufwarten wollte, daß man den Apfel bringe. Als der König ihn sah, fragte er: »Wozu ist dieser Apfel nütze?

Wir haben so viele Früchte gegessen, Sellerie, Artischocken, Zwiebeln, Radieschen, Rüben, Frankenthaltrauben, Pfirsichquitten, Zinnoberäpfel, Birnenäpfel, Resinatrauben, Sommatrauben[7], rote Trauben, fleischige und dunkle Kirschen, saure Kirschen, Haselnüsse, Birnen, Pfirsische und vieles andere mehr, so daß es mir schien, als hätte ich alle Jahreszeiten auf einmal gegessen; und nun kommst du mir mit diesem Äpfelchen?« – »Weiß Eure durchlauchtigste Majestät nicht, daß dieser Apfel so schön zu singen versteht?« fragte Jannuzzo. »Wie? Singen?« wunderte sich der König. »Gleich werdet Ihr es hören«, sagte Jannuzzo, und schon entstieg dem Inneren des Apfels eine Harmonie von Stimmen und ein Klang von solcher Süße, daß er dem Vergleich mit Zimbel, Spinett, Flöte, Kornett, Dudelsack, Laute und anderen Instrumenten standgehalten hätte.

Dem König blieb der Mund offen, als er die Musik hörte. Da bat Jannuzzo Ninella, die neben ihm am Tische saß, sie möge das Fläschchen kommen lassen; und als man es gebracht hatte, ließ er es auf den Tisch stellen. Kaum hatten sie es entkorkt, da floß das Wasser heraus und begann mit solch schönen Bewegungen über den Tisch zu tanzen, daß alle ganz verblüfft waren. Hierauf befahl Jannuzzo: »Bringt ein wenig den sprechenden Vogel!« Und als man den Vogel, der das allerschönste Ding von der Welt war, gebracht hatte, betrachtete und bewunderte ihn der König zuerst und sprach sodann zu ihm: »Mein Guter, sprich ein klein wenig!« Und der Vogel antwortete: »Ich spreche nicht nur, denn das tun auch der Papagei und die Sittiche, sondern kann, was viel mehr zählt, auch raten.« – »Nun, so errate etwas über mich!« befahl der König. »Ich weiß«, erwiderte der Vogel, »daß Eure Hoheit, höher als der Eselsturm von Bologna, eine Gemahlin hat, die ohne Grund in einem Kerker eingeschlossen ist; denn Eure Stiefmutter, dieser Hundsfisch, wollte Euch kränken, weil Ihr eine geheiratet habt, die nicht von ihr empfohlen wurde, und aus Haß, den sie deshalb gegen das unglückliche Mädchen hegte, nahm sie, als Cicia niedergekommen war, die beiden Kinder, die sie geboren hatte, aus der Wiege und legte an deren Statt zwei Hündchen hinein. Die beiden Kinder waren ein Knabe und ein Mädchen, die als Erkennungszeichen zwei silberne Kettlein an der Brust hatten; und das sind diese beiden schönen jungen Menschen, die Ihr vor Euch habt, Jannuzzo und Ninella. Die arme Mutter wird sie an den Zeichen wiedererkennen. Ihr, Herr König, habt schlecht gehandelt, als ihr Cicia zu ewigem Kerker verurteiltet, ohne sie angehört zu haben; noch größere Schuld jedoch trägt die verdammte Stiefmutter, die ihr das bißchen Wasser und Brot, das für sie bestimmt war, noch kürzte, so daß es nicht einmal für eine Elster gereicht hätte. Und all dies tat sie, damit sie sterbe, was auch geschehen wäre, wenn ich, der ich Cicia mein Leben verdanke, sie nicht davor bewahrt hätte.«

Als der König dies hörte, war er ganz bestürzt. Und sogleich befahl er, daß Cicia aus dem Kerker zu entlassen sei, und daß die Stiefmutter um jeden Preis vor ihm zu erscheinen habe. Am nächsten Tag ließ Pascaddozia, die glaubte, daß man Cicia mindestens verbrennen wolle, die Arme wie eine Spindel rundum binden und stellte eine Menge Leute als Wachen auf, die sie behandelten, als sei sie eine Magd, die die Speisekammer geplündert hat.

Als sie den Palast erreicht hatten und der König die arme Unschuldige so mißhandelt sah, befahl er, daß man sie sofort von ihren Fesseln befreie; und er umarmte sie und bat sie um Verzeihung, da sie seinetwegen solche Qualen erleiden mußte; denn nicht er trage daran Schuld, sondern seine Stiefmutter, die ihn getäuscht habe. Hierauf bat er sie, ein wenig die Brust jenes Burschen zu betrachten und auch die seiner Schwester. Cicia sah genau hin, und als sie die beiden silbernen Kettchen erblickte, begann sie zu weinen und sagte: »Das sind meine Kinder und nicht die beiden Welpen, die mir jene Hündin von einer Pascaddozia in die Wiege gelegt hat!« Nun befahl der König, daß sowohl Pascaddozia als auch jene, die Cicia mißhandelt hatten, in Stücke geschnitten werden sollten. Aber Cicia, die Böses nicht mit Bösem vergelten wollte, sondern lieber mit Gutem, kniete vor dem König nieder und bat ihn, er möge die Hände nicht mit seinem Blut beflecken, sondern an einem solchen Freudentag die Strenge mildern und das Urteil ändern. Und als der König entgegnete, er wolle nur das Verdorbene vertilgen, beendete der sprechende Vogel jede Debatte, denn er ließ seine Stimme in die Ohren Pascaddozias, der grausamen Zofen und der unbarmherzigen Männer dringen, die Cicia so gequält hatten, und verwandelte sie alle zu Statuen, in deren Gesichtern man noch immer den Schrecken und das Entsetzen zu sehen vermeint.

Der König, der wahrhaftig entrüstet war, wollte die Statuen weder in seinem Schloß noch in seinem Königreich stehen sehen. Um sie aber von hier fortzuschaffen, sandte er sie dem König von Neapel als Geschenk. Der ließ sie bei der Universität aufstellen, wo man sie noch heutzutage sehen kann. So wurde Cicia glücklich, der König hatte Gemahlin und Kinder wiedergefunden, Jannuzzo wurde der Erbe des Königreiches und Ninella mit einem anderen Prinzen vermählt. Und weil sich alle auch des Müllers und der Müllerin entsannen, schenkten sie ihnen so viel Geld, daß sie zu Baronen und zu Besitzern eines Landgutes wurden. Und die böse Pascaddozia stand kalt und eisig, in ein ärmliches Laken gehüllt, auf dem Platz der Wissenschaften, um den Vorübergehenden zu lehren:

Der Betrug fällt auf den Betrüger zurück,
Und wenn es sich auch verspätet,
So bleibt das Unheil doch nicht aus.

So amüsant, merkwürdig und anmutig war die Geschichte Tollas, daß man sie nur das Märchen der Märchen nennen konnte, denn in ihr waren alle Geschichten Neapels eingeschlossen; und deshalb konnten weder Petruccio noch der Doktor noch ich den Mund halten, ehe wir die tüchtige Tolla, die sie erzählte, nicht gebührend gelobt hatten. Denn trotz der vielen Jahre, die wir schon in Neapel lebten, wußten wir nichts von all den schönen Altertümern. Aber Cecca, die nun an der Reihe war, im Erzählen fortzufahren, fehlte der Mut zu sprechen, denn sie hatte all das Lob für die Schwester vernommen, und es schien ihr auch, daß diese die anderen übertroffen habe. Aber als sie von allen gebeten wurde, das gegebene Wort auch zu halten, nahm sie das Herz in beide Hände und erzählte wie folgt:

Viertes Märchen

DAS HÜHNCHEN

Ein großer Gelehrter muß der gewesen sein, der behauptete, daß der Mensch genauso heranwachse, wie er geboren werde. Und wenn jemals ein Rüpel den Edelmann spielte, so war er entweder ein Janitschar oder ein weißer Rabe; denn Käuzchen bringen keine Adler zur Welt und Elstern keine Tauben. Und deshalb pflegt man zu sagen: Verkehrst du mit einem, der mehr ist als du, so zahlst du die Spesen. Denn wer als etwas Höheres geboren wird, kommt besser voran, und wer mit den Hunden schläft, steht nicht ohne Flöhe auf. Davon könnt ihr euch überzeugen, wenn ihr diese Geschichte hört, die ich euch sogleich erzählen werde.

Jene gute Seele von einer Pascarella, die die Großmutter meiner Großmutter war, erzählte eines Abends, als wir uns ein paar Kastanien in der heißen Asche brieten (und ich erinnere mich daran, als wäre es heute, denn als eine der Kastanien zerbarst, sprangen mir so viele Funken in die Augen, daß mir das halbe Augenlid verbrannte), daß es einst in Neapel einen Kaufmann namens Peppone gab, dem seine Gemahlin, Zezolla hieß sie, durch eine einzige Geburt einen Sohn und eine Tochter gebar: das Schönste, das der Pinsel der Natur jemals hervorgebracht hatte, so schön, daß der Vater beschloß, sie Sonne und Mond zu nennen. Und weil

Zezolla wenig Milch hatte, oder weil sie glaubte (wie gewisse Frauen es zu tun pflegen), durch das Stillen der Kinder häßlich zu werden – ein Umstand, der die guten Sippen immer mehr ins Verderben führt –, ließ sie die Kinder von einer Amme stillen, die Cenza hieß und in dem Dorf Grummo lebte, wohin man die beiden Geschöpfe brachte.

Da geschah es, daß nach Verlauf weniger Monate zum ersten Mal jene häßliche Plage nach Neapel kam: die Pest nämlich (fern möge sie uns bleiben). Und da konnte man die Stadt sauber wie ein Barbierbecken werden sehen, denn die Menschen kündigten nach und nach zu Tausenden und verließen das Haus des Körpers, ohne den vierten Mai abzuwarten[1]. Und so wurden ihnen, wie es den mit Gewalt ausquartierten Mietern zu widerfahren pflegt, ihre Kleider zum Fenster hinausgeworfen. Und der Tod mit seinen Vollstrekkern, der nicht die Schergen mit diesen Feuermäulern, die *bubu* machen, mit sich führen wollte, ließ ihnen Beulen wachsen und sie in einem Bett gefangensetzen, mit dem Anschlag: *Kundmachung und Gebot: Es ist bei Todesstrafe verboten, sich zu nähern.* Und viele, die sich nicht an diese Worte halten wollten, blieben dort gefangen; denn wenn der Arzt den Puls des Kranken berührte, wurde ihm das Schnupftuch an das Handgelenk der Schergen des Todes gebunden und er in einem Grab eingekerkert. Wenn der Vater den Sohn umarmte, tat der Tod, der danebenstand, einen Sichelhieb und erledigte mit einem Gang zwei Wege, denn er schnitt beiden den Lebensfaden ab. Und erst die Mutter: Wenn sie die Kinder stillte, vergiftete sie sie, und wenn nicht, so sah man sie schwach werden und Hungers sterben. Man ging, um Totengräber und Gräber zu finden. Jeder machte sich aus dem Staub, denn der Tod hatte, wie ein zweiter Kaiser, ausrufen lassen: *Berührt mich nicht!* Deshalb faßte man die armen Kerle mit Haken und schleuderte sie, halb tot und halb lebendig, auf die Karren, auf denen der Tod, der sich der Fledermausgrotte[2] als Kapitol bediente, triumphierte. Die Stadt war zu einem Brennesselfeld geworden, und wo sonst all die Kutschen fuhren, sah man nun nichts als Karren, voll bis zum Rand mit toten Körpern. So sehr sich zuvor alle Sinne an jenen Straßen ergötzt hatten, so sehr litten sie nun unter dieser Bedrängnis. Denn die Augen sahen nichts als menschliches Fleisch, umhergeschleift und gefressen von Schweinen und Hunden; die Nase hatte man sich mit in Essig getauchter Watte zugestopft, um nicht den Gestank zu riechen, der alles verpestete; die Ohren hörten nichts anderes als das Jammern der armen Sterbenden; der Mund spuckte fortwährend, so als hätte man saure Trauben gegessen, weil sich einem der Magen umdrehte; und man hatte Angst davor, sich an der Luft zu erquicken, da die Gefahr bestand, ganz den Atem zu verlieren; und schließlich und endlich schienen die am Leben Gebliebenen durch Leid und Angst mehr tot zu sein als die Toten. Zu all jenen, die in die andere Welt gingen, stießen auch Peppone und Zezolla, und die Stadt blieb, wie ein geplünderter Hof, ohne Leute zurück, und die unbewohnten Häuser begannen zu verfallen. Die wenigen Städter, von denen ich nicht weiß, ob sie zurückgeblieben waren, um die Toten zu beklagen oder um das

Vorgefallene jenen erzählen zu können, die danach geboren würden, ließen die stehengebliebenen Häuser zumauern, denn ohne Verwandte und ohne Hausrat fanden sich auch keine Erben, so es überhaupt jemanden gab, der die Pest überlebt hatte.

Sole und Luna aber, die von der Amme aus Grummo gestillt wurden, entkamen diesem Unglück und wuchsen auf, so gut es eben ging; denn da die arme Nährmutter aus der Stadt keine Hilfe mehr bekam und magere Zeiten angebrochen waren, weil jeglicher Handel der Pest weichen mußte und es etliche Jahre dauerte, bis er wieder aufgenommen wurde, gedachte sie, die beiden fortzuschicken, sobald sie halbwegs erwachsen sein würden. Und so geschah es. Als sie das Alter erreicht hatten, in dem sie als Diener zu gebrauchen waren und lernen konnten, ihr Brot zu verdienen, ging Cenza mit den Kindern in die Stadt und brachte sie zu dem Haus, in dem deren Vater gewohnt hatte. Da sie es aber verschlossen fand und die Türen und Fenster zugemauert waren, führte sie die Kinder in ein Gewölbe dieses zur Ruine gewordenen Hauses und sprach zu ihnen: »Ich weiß nicht, meine Kinder, wie ich euch weiter erhalten soll, denn ihr seid spannenweise in die Höhe geschossen, Gott segne euch! Und die Hilfe ist meterweise ausgeblieben. Ich bin solch eine arme Schluckerin, daß ich sterbe vor Hunger, und nur Gott weiß, wie ich euch großgezogen habe. Jeder für sich und Gott für alle! Der Himmel möge euch den rechten Weg weisen!« Und während sie so sprach, weinten Sole und Luna und machten eine Szene; aber Cenza, die ebenfalls weinte, ließ sie, nachdem sie sie mit vielen Tränen bespritzt hatte, im Stich und kehrte in ihr Dorf zurück.

Nun geschah es, daß eine Dame, die gegenüber dem Gewölbe wohnte, diese Kinder die ganze Nacht weinen hörte; und es schienen ihr tausend Jahre, bis der Tag anbrechen und sie sehen würde, wer sie seien. Und als die Sonne aufgegangen war, um mit den Strahlenpinseln die Blumen zu bemalen, die alle durch den Ruß der Nacht ihre Farben verloren hatten, erhob sie sich und sah die beiden durch ihren großen Schmerz verkümmerten Blümlein. Da ließ sie die Kinder in ihr Haus kommen, und als sie sie fragte, wer sie seien, wußten die Armen nichts zu sagen, denn die Amme, die ein grober Klotz war, hatte nicht so viel Verstand besessen, ihnen zu sagen, wer ihr Vater und ihre Mutter waren.

Die gute Frau, die in einem gewissen Wohlstand lebte, hätte sich der Kinder angenommen, wenn sie nicht bereits eine Schar Bälger gehabt hätte, die an ihr klebten wie die Blutegel und ihr von früh bis spät das Blut aussaugten. Trotz all dem gab sie ihnen reichlich zu essen und ließ in jenes Gewölbe eine kleine Matratze legen, so daß sie dort die Nacht verbringen konnten, und jeden Tag gab sie ihnen etwas, um sie nicht, ausgehungert wie sie waren, sterben zu sehen. Darüber hinaus gab sie dem Mädchen, das sich aufs Spinnen verstand, immer zu arbeiten, und da es so umsichtig war wie eine alte Frau, half es ihr bei Tag und Nacht. Flink wie ein Sergeant verrichtete der Bruder inzwischen Botengänge, so daß die Frau sie sehr ins Herz schloß und es ihnen an nichts fehlen ließ. Und um sie rufen zu können, nannte sie das Mädchen Cecca und den Burschen Mineco.

Eines Tages sprach diese gute Frau zu Cecca: »Höre, meine kleine Cecca! Ich will die Henne brüten lassen; und weil mir an deinem Wohl gelegen ist, soll ein Ei dein sein, und was auch ausschlüpfen mag, ein junger Hahn oder eine junge Henne, ich will es dir geben, denn du bist ein tüchtiges Mädchen.« Cecca dankte ihr für diese liebevolle Aufmerksamkeit und betete zum Himmel, er möge ihr all das Gute, das sie ihr tat, vergelten. So schlüpften nach Ablauf von zweiundzwanzig Tagen die Küken, und aus dem Ei Ceccas kam eine schöne kleine Henne heraus, mit einem Federschopf vorne auf dem Kopf, so daß sie wie ein kleines Fräulein aussah. Nun rief die Frau Cecca zu sich und sprach: »Hier, meine kleine Cecca, hast du das Hühnchen, denn dieses ist ausgeschlüpft. Ziehe es auf und gib acht, daß du es nicht verlierst, mein Juwel!« Und Cecca dankte ihr tausendmal, trug es in das Gewölbe und zog es mit Brotkrümeln auf, wobei sie es den ganzen Tag im Arm hielt. Wenige Monate später geschah es, daß aus einem kleinen Loch im Gewölbe, das mit dem Haus verbunden war, eine kleine Eidechse heraus an die Sonne kam, denn es hatte einige Tage geregnet. Dieses Tierchen war so schön, daß man es gar nicht zu beschreiben vermochte. Es hatte einen golden gesprenkelten Kopf, die Pfötchen glichen Händchen aus Silber, und die Äuglein waren genau wie Rubine. Als das Hühnchen die Eidechse sah, lief es ihr nach, um sie zu zerhacken und zu fressen; aber Cecca, der sie leid tat – überdies gab sie dem Hühnchen nie von dem Dreck zu fressen, den andere Hühner fraßen –, verscheuchte es, indem sie rief: »Husch, husch! Peitsche!« Und dabei klatschte sie in die Hände und stampfte mit den Füßen, so lange, bis die Eidechse entwischen und in ihr kleines Loch zurückkehren konnte. Das Hühnchen aber flog auf und setzte sich in ein Fenster des Gewölbes, das sich gegen das Haus hin öffnete und das Cecca nie beachtet hatte, weil so viele Spinnweben davorhingen, daß es wie zugemauert aussah.

Aber das Hühnchen, das diese Fliegenfallen durchstoßen hatte, sprang in ein anderes Gewölbe des Hauses, und Cecca, die sich eine kleine Leiter borgen ließ, stieg zu dem Fensterchen hinauf und sah, nachdem sie es von den Spinnweben gesäubert hatte, ein Gewölbe, das einer Galerie gleichsah, so schön war es geschmückt. Da zog sie die Leiter hoch und ließ sie in dieses vornehme Gemach hinab, um selbst hinunterzusteigen. Hierauf fing sie das Hühnchen, das ganz mit rußigen Spinnweben bedeckt war, und begann, den Raum zu betrachten. Da stand zwischen einer Gruppe von Statuen ein Pferd aus Bronze, größer als gewöhnliche Pferde, an dessen Hals ein Schlüsselbund hing; und als sie genau hinsah, gewahrte sie auf der Stirn des Pferdes jene Eidechse, die sie vor dem Hühnchen gerettet hatte. Die Eidechse, die verzaubert war und deshalb sprechen konnte, sagte: »Luna, mein gutes Mädchen, du sollst wissen, daß du nicht ohne die Fügung des Himmels an diesen Ort gelangt bist; denn dies ist das Haus deines Vaters, der Peppone Stipa hieß und zur Zeit der Pest starb, und es ist das deiner Mutter, Zezolla Guadagna, die damals ebenfalls verschied. Und dein Vater war der reichste Händler, den es in diesem Viertel, das Viertel der Waffenschmiede heißt, gab. Ich bin verzaubert, und da mir von deiner Familie viele Gefälligkeiten erwiesen wurden, habe ich dieses Haus gehütet und dir die Stoffe im Warenlager vor den Holzwürmern gerettet, obwohl ich immer in der Sorge lebte, einem Unglück zum Opfer zu fallen und dir nicht mehr behilflich sein zu können, denn ich wußte, daß mich eine Henne in große Gefahr bringen werde. Aber der Himmel sei gelobt! Denn nun ist nicht nur die Gefahr vorüber, sondern ich bin sogar durch deine Händchen davor bewahrt worden. Deshalb will ich dir, da ich in deiner Schuld stehe, Ratschläge erteilen, die du im Augenblick der Not befolgen sollst. Behalte sie in deinem Herzen und vergiß nicht: *Lasse Sole nicht dieses Haus betreten, solange er ohne Vernunft ist. Gib Sole nur ein armes Mädchen zur Frau und verwahre ihre Lumpen, denn sie werden dir von Nutzen sein. Und sollte dir ein arges Mißgeschick widerfahren, so bediene dich der Milch.* Nimm sodann diese Schlüssel, die zu allen Gemächern und Kästen des Hauses und des Warenlagers gehören, und wisse, daß dieses Pferd voll von Geld ist und sich zwischen Hals und Schulter öffnen läßt. Die eine Hälfte des Bauches ist mit Silbermünzen gefüllt, die andere mit Zechinen und Dublonen. Bediene dich ihrer mit Verstand und gib auf dich acht!«

Die gute Cecca, die einen frischen Geist und viel Verstand besaß, verwahrte zuerst die Ratschläge im Schrank der Erinnerungen; hierauf wollte sie sehen, wie das Pferd zu öffnen sei. Und da ihre Kraft nicht ausreichte, denn der Apparat war viel zu groß, nahm sie die Leiter und benützte sie ein wenig als Hebel, indem sie sie gegen den Hals des Pferdes stemmte; und als es sich einen Spalt öffnete, fielen eine Handvoll Silberdukaten heraus, so an die hundert Stück. Da sie sogleich sah, daß jene fürs erste genug waren, nahm sie die Leiter weg, und gezogen vom eigenen Gewicht, das groß war, vereinigte sich der Hals des Pferdes wieder mit den Schultern. Als dies getan war, begann sie, die Schlüssel an den Türen und Truhen zu probieren und sie alle anzumerken, um sich nicht ein weiteres Mal die Mühe machen zu müssen; und da fand sie all die Gemächer herrschaftlich ausgestattet, mit prächtigen Bildern und Silberzeug in Hülle und Fülle, die Truhen vollgestopft und vollgekeilt bis zum Rand mit Wäsche, mit Stoffen und mit so vielen Handelswaren, daß man nur mehr staunen konnte.

Nun, da sie alles gesehen und begutachtet hatte, schloß sie wieder zu und stieg durch das Fensterchen des Hühnchens hinaus, still und verschwiegen, ohne jemandem etwas zu sagen. Aber ihre Taschen waren voller Dukaten, mit denen sie vernünftig umging und davon recht und schlecht lebte, indem sie sich und dem Bruder die eine oder andere Kleinigkeit kaufte.

Als nun aber fast das ganze Jahr vergangen war, ohne daß sie während dieser ganzen Zeit dem Bruder etwas darüber erzählt hätte, obwohl sie keine Woche vergehen ließ, ohne das Haus, die Gemächer und den Hausrat zu putzen, bereitete ihr die Frage Sorgen, ob sie Mineco diesen Reichtum nicht entdecken müsse. Da kam ihr der Rat der Eidechse in den Sinn, dafür zu sorgen, daß Sole nicht jenes Haus betrete, bevor er nicht Vernunft angenommen habe, und sie verfiel auf den Gedanken, daß sie mit Sole den Bruder gemeint haben könnte, denn auch sie war von ihr Luna genannt worden; und deshalb begann sie, die Probe zu machen, ob sich bei dem kleinen Mineco, der nun ein großer Mineco geworden war, der Verstand schon eingestellt habe. Und eines Abends, als sie bei Tisch saßen, fragte sie ihn: »Mein Mineco, was machen wir mit diesem Hühnchen? Ich würde gerne deine Meinung hören.« – »Am besten, wir verspeisen es!« antwortete er. »Wie?« entgegnete die Schwester. »Wir haben es mit so viel Mühe aufgezogen, und nun wollen wir es auf solch gemeine Weise abschlachten? Wäre es nicht besser, Eier zu kaufen und sie brüten zu lassen? Denn so hätten wir die Küken, und sind diese dann zu Hennen geworden, käme ein Hahn dazu, der dem eines Prinzen um nichts nachstünde.« – »Und wer will so lange warten?« fragte Mineco. »Bevor wir diesen Hahn zu sehen bekämen, wären wir Asche. Weißt du nicht, daß man zu sagen pflegt: Besser die Henne heute, als das Ei morgen?« Da sprach Cecca zu sich selbst: »Gar nicht schlecht, daß ich ihm nichts gesagt habe! Denn Sole hätte all das Geld wie Schnee zerrinnen lassen, hat er doch weniger Verstand als ein Pferd.«

Nach einem Jahr fragte sie ihn abermals: »Sag' mir, mein lieber Mineco! Wenn wir einen Sack voll Dublonen fänden, was würdest du damit machen?« – »Was ich machen würde?« erwiderte er. »Ich hinge mir einen Degen an die Seite und spazierte auf den Plätzen umher, um mich zu amüsieren, denn das machen dort viele, die von weit geringerem Stande sind als ich.« –

»Das Schicksal hat gut daran getan, dich einen armen Schlucker werden zu lassen«, sagte Cecca, »denn wenn es dich nicht dazu gemacht hätte, so würdest du selbst dich dazu machen, indem du Gekochtes und Rohes vergeudetest.« Und zu sich selbst sprach sie: »Na, Sole ist ja noch immer nicht zur Vernunft gekommen.«

Als ein weiteres Jahr vergangen war, fragte sie den Bruder abermals: »Was sagst du, Mineco? Wenn du ein wenig Geld hättest, was würdest du damit beginnen?« – »Was ich damit beginnen würde?« erwiderte er. »Ich kaufte mir einen Korb und ginge als Lastenträger, um mir ein paar Möpse zu verdienen; denn nun bin ich ein Mann geworden, und wie stehe ich da? Nackt und roh, ohne einen löchrigen Groschen in der Tasche, armselig, ohne einen Pfennig, trocken wie ein Zwetschgenkern. Da kann ich hundert Meilen weit laufen und kein Pfifferling springt dabei für mich heraus.« – »Und wenn du einen Schatz fändest«, fragte die Schwester, »was würdest du damit machen?« – »Ich würde Handel treiben«, gab der Bruder zur Antwort, »wir würden ehrbar leben und dich hielte ich wie eine Dame.« – »Wohlan«, rief Cecca, »der Schatz kommt gleich, vorausgesetzt, du willst es so machen.« – »So und nicht anders!« sagte Mineco. »Laß uns keine Zeit verlieren, denn auf der Drechselbank macht man die Kreisel. Ich werde dir zeigen, was dieser Meister zu vollbringen vermag!« Nachdem sie sich auf diese Weise geeinigt hatten, begann Cecca darüber nachzudenken, wie sie das Haus ohne Schwierigkeiten öffnen könnte, um so mehr als dafür die Erlaubnis des Gerichtes nötig war.

Als sie nun eines Tages das Haus betreten hatte, um

aufzuräumen, flog das Hühnchen, das ihr wie ein Hündlein folgte, auf einen kleinen Tisch, worauf ein Kästchen stand, und begann ein beschriebenes Blatt Papier aus einer Ritze hervorzuziehen. Cecca verscheuchte die Henne, damit sie es nicht zerreiße, und zog es heraus, völlig in Ordnung und unversehrt. Nachdem sie das Haus in Ordnung gebracht hatte, trug sie das Schriftstück an der Brust zu einem Scholar, um es sich vorlesen zu lassen; denn sie wollte es niemand anderem zeigen, aus Angst, man könnte sie, wenn es etwas Gutes wäre, darum betrügen.

Der Schüler las und stellte fest, daß es das von der Hand eines Notars namens Rechtsverdreher abgefaßte Testament des Vaters war, in dem er verkündete, daß er seinen Sohn als Haupterben einsetze; dieser befinde sich in Grummo, wo ihn die Cenza Vozzolosa[3] aus demselben Weiler als Amme zum Stillen bei sich habe; und bei ebender sei auch dessen Schwester, geboren als Zwilling, für die er als ihren Anteil zehntausend Dukaten bestimmt habe, so sie sich nicht vermähle. Sollte sie aber heiraten, so betrage ihre Mitgift fünfzehntausend Dukaten.

Da Cecca nun das Testament gefunden hatte, ließ sie die Nährmutter aus Grummo holen und wandte sich mittels des Armenadvokaten an das Vikariat, wo man ihr, nachdem das Testament an Klarheit nichts zu wünschen übrig ließ und die Zeugen aus Grummo befragt worden waren, ob jene wirklich die Kinder von Peppone Stipa und Zezolla Guadagna, Händler aus Neapel, seien, die Erlaubnis erteilte, ihr Haus zu öffnen und sich am Erbe des Vaters zu erfreuen. So begannen sie, das Kaufhaus wieder auf die Beine zu stellen, und ließen eine große Geldtruhe anfertigen, die um nichts kleiner als das Bronzepferd war, denn der Handel in der Stadt blühte auf, und die Waren brachten wahre Schätze ein.

Nun war es an der Zeit, daß sich der Bruder verheiraten sollte, und er begann im Geiste höher zu klettern, als die Bäume hoch sind, denn er gedachte, seinem Hause den Glanz eines alten Adelsgeschlechtes zu verleihen. »Da ich das Geld habe, Gott möge es mir erhalten«, sprach er, »und mehr dazu nicht nötig ist, will ich mich unter den Adeligen umsehen; so viele, die von geringerem Stand als ich waren, sind mit weniger Geld als dem meinen zu Ehren gelangt, und ich soll hinten nachhinken? Davon kann keine Rede sein! Wer solch ein Pferd wie das meine hätte, außen aus Bronze, aber innen voll von Dukaten, Zechinen und Dublonen, wäre seit hundert Jahren Ritter. Ein Titel zu irgendeinem Landbesitz darf mir nicht fehlen, denn ich sage mir immer: Ich bin meines eigenen Glückes Schmied!«

Aber die Schwester, die die Warnung der Eidechse im Gedächtnis behalten hatte, war auf der Hut und schnitt ihm das Wort ab: »Schweig, mein Bruder, du redest nämlich Unsinn! Und schone deinen Mund fürs Feigenessen, denn in dieses Haus kommt mir nur ein armes, ehrbares Mädchen; und obschon ich weiß, daß du für das Geld, das ich dir zuteil werden ließ, eine Frau aus dem besten Geschlecht der Stadt haben könntest, würdest du dir mit ihr auf jeden Fall nur Feuer an die Brust legen, den Fuß auf die Kehle setzen und dir mit der Axt eins auf das Bein geben; du würdest eine Gebieterin bekommen und keine Gemahlin; und morgen ginge es los mit den Karossen, mit den Pagen, mit diesem und mit jenem, und was gibt es, das es nicht gibt? Du fändest dich mit leeren Taschen zu ebener Erde wieder. Außerdem ist die Ehe wie ein Joch, und unter dem Joch sollen die Ochsen gleich sein; denn wenn der eine groß ist und der andere klein, so schindet der eine den anderen. Deshalb, mein Bruder, lasse uns in unserem Stande verweilen und keine falschen Schritte tun. Nimm dir ein armes Mädchen aus einer ehrbaren Familie, denn so will es der Himmel. Du wirst in ihr eine Magd haben, eine Gefährtin und eine Gemahlin, und wir werden alle beide ruhig leben. Und dies sage ich mehr deinetwegen als meinetwegen; denn ich könnte heiraten und meine Mitgift an mich nehmen. Aber ich ziehe es vor, bei dir zu bleiben und dir zu dienen.«

Der Bruder, der sah, daß die Ratschläge der Schwester ihm etwas einbrachten, beherzigte diese Worte und heiratete zur großen Freude Ceccas ein armes Mädchen, dessen Mutter zwar angesehen war, aber nichts besaß, um es der Tochter mitzugeben; und so verließ sie mit wenig bis gar nichts das Haus, denn die Kleider waren so schadhaft, daß sie ihr vom Leib fielen, und man wußte nicht, welche Farbe sie einst hatten, so alt waren sie. Cecca aber behandelte sie wie eine Schwester, putzte sie von Kopf bis Fuß heraus und bereitete den Lumpen, die Belluccia (so hieß die Braut) mitgebracht hatte, eine ordentliche Wäsche mit warmem Wasser und legte sie, nachdem sie ein Bündel daraus gemacht hatte, zuunterst in eine Truhe (denn sie erinnerte sich an die Worte der Eidechse: *Verwahre ihre*

Lumpen, denn sie werden dir von Nutzen sein!) und füllte sodann die Truhe mit Wäsche.

Auf die Art lebten sie einige Zeit glücklich. Aber weil an den alten Sprichwörtern immer etwas Wahres ist, sagt man doch nicht umsonst, daß es nichts Schlimmeres als einen zu Reichtum gelangten Bauern gebe, da sich ihm das Fett sogleich aufs Herz lege, und daß ein Pferd, das Gerste und Stroh bekomme, allzusehr ausschlage, begann Belluccia Cecca zu hassen, da diese sich als Herrin gebärdete, die sie ja nun auch wirklich war, und sie sich ihren Anordnungen fügen mußte. Deshalb faßte sie den Entschluß, sie von hier verschwinden zu lassen, und den ganzen Tag tat sie nichts anderes, als auf dem Prüfstein ihres Verstandes Gedanken zu reiben, um zu sehen, welche davon gewichtiger seien.

Und als sie eines Tages ganz in Gedanken versunken war, kam eine Alte, die ihr mit roter und silberfarbener Schminke zu dienen pflegte (man muß sich vor dieser Sorte von alten Weibern, die im Haus verkehren, in acht nehmen, denn diese sind meist wie die Kochtöpfe: solange sie ganz sind, kochen sie das Fleisch auf dem Herd, sobald sie aber gesprungen oder gebrochen sind, gehen sie und tragen das Feuer in die Häuser der anderen, begehen hübsche Betrügereien und Spitzbübereien, und mehr als ein Haus wurde von ihnen ausgeplündert). Diese Alte fragte nun: »Was hast du, daß du so in dich gekehrt bist? In deinem Haus, der Himmel behüte es, fließt der Wohlstand über: euer Warenlager gleicht einem Meer, dem alle Flüsse der Händler mit dem Wasser des Silbers und dem Sand des Goldes zustreben, um sich darein zu ergießen, und du stehst da, wie die Gemahlin, der Übles widerfahren ist[4]. Was ist los? Wie kann ich dir helfen? Gib mir dafür, was mir zusteht, und laß mich nur machen.« – »Was soll schon los sein?« erwiderte Belluccia. »Würde es dir gefallen, Gemahlin zu sein und als Magd leben zu müssen? Denn die Schwester meines Gemahls ist die Gebieterin hier, und ich bin keine drei Groschen wert.« – »Wenn's nichts weiter als das ist«, sagte die Alte, »so laß mich nur machen, und sie wird von nun an verschwunden sein. Weißt du, was du machen mußt? Hör' zu! Ich werde dir einige Schlangeneier bringen; gib sie ihr zu essen, denn auf die Art werden die kleinen Schlangen in ihrem Bauch ausschlüpfen und diesen so anschwellen lassen, daß man meinen könnte, sie sei schwanger. Sodann sagst du zu deinem Mann: ›Hier gibt's einen Skandal!‹, worauf er sie sogleich hinauswerfen wird, und dann ist Feierabend.« – »Ich danke dir, Tante«, sprach Belluccia und gab ihr hinter dem Rücken der Schwägerin einen Sack Mehl und ein Stück Speck: »Da hast du dies fürs erste«, sagte sie, »denn wenn mein Plan gelingt, werde ich dich zu meiner Gesellschaftsdame machen.« Die Alte ging auf dieses Versprechen hin voll Eifer an ihr Vorhaben, und gleich am nächsten Tag, kaum daß die Morgendämmerung wie eine Henne die Sterne aufgepickt hatte, stellte sie sich mit den Eiern des Teufels bei Belluccia ein. Cecca, die Arme, der man sie zu essen gab, fand nach wenigen Tagen ihren Bauch dick wie ein Faß und wußte nicht, wie ihr so etwas zustoßen konnte.

Als der Bruder sie so sah, schien es ihm, als sei sie

hochschwanger. Da begann er, Verdacht zu schöpfen, und tat die ganze Nacht nichts anderes, als mit der Gemahlin zu beratschlagen, wie er sich verhalten solle. Die Gemahlin, schlau, geschwätzig und mit einer solch bösen Zunge ausgestattet, daß sie damit das grüne Gras in Brand gesteckt hätte, begann, ihn aufzuhetzen, indem sie zu ihm sagte: »Nun, was gibt's da viel zu überlegen? Du bist viel zu einfältig, mein Gemahl! Siehst du nicht, daß im selben Maße wie der Bauch deiner Schwester das Horn auf dem Mond deiner Ehre wächst? Gib nicht jenen das Tintenfaß in die Hand, die deine Schande niederschreiben sollen! Sie wird dir das Horn geben, in dem du das Pulver trägst, wenn du auf die Bockjagd gehst; und du solltest eine Flinte laden und ihr den Garaus machen. Besser du schaffst dir eine Hure aus dem Haus, als man zeigt mit den Fingern auf dich wie auf einen Hirsch. Es ist besser, du bindest ihr eine Schlinge um den Hals, als daß du sagen hörst: *Den Mann faßt man bei den Hörnern und die Ochsen leitet man mit Worten.* Sie läßt dir den Knochen wachsen, und du mach Hackfleisch aus ihr! Sie wird dir Horn geben, um Kämme daraus zu machen, und du kämme sie so, daß ihr der Mund gestopft wird! Sie wird aus dir einen Feldherrn machen, weil sie's versteht, dem einen und dem anderen Flügel des Heeres der Frechlinge die Richtung zu weisen, und du stoße ihr ein Messer in die Brust, bis zum Heft, das aus Bein sei!«

Dies waren die guten Ratschläge der undankbaren, emporgekommenen Hungerleiderin. Der Gemahl aber, teils gezogen vom Argwohn, teils gestoßen von der Gemahlin, die den Hunden beim Bespringen half, rief eines Tages die Schwester zu sich und sprach: »Komm mit mir, denn wir haben etwas Wichtiges zu tun.« Sie machten sich also auf den Weg und begaben sich, einen Fuß vor den anderen, an einen vierzig Meilen von der Stadt entfernt gelegenen Ort. Dort war ein kleines Tal, das ein Pferdefriedhof zu sein schien, denn alle toten Esel und Pferde wurden da hinabgeworfen. Und so viele waren es, daß der Boden, ganz mit weißen Knochen gepflastert, einen schaurigen Anblick bot. Dort trennte sich der Bruder von ihr mit den Worten: »Warte ein klein wenig, denn ich komme gleich wieder.« Und indem er den Kiel wendete, ließ er sie dort mittendrin im Stich, eingepflanzt wie einen Kürbis, und machte sich in Richtung Stadt davon. Dort angelangt, wurde er von Belluccia mit großer Freude empfangen; denn als diese sah, daß Cecca nicht mehr zurückgekehrt war, und daher glaubte, der Gemahl habe sie entweder verstoßen oder getötet, begann sie sogleich, sich als Herrin zu gebärden; und nachdem sie die Eierdame, die Colospizia Papara[5] hieß, zu ihrer Gesellschaftsdame gemacht hatte, begann sie, alles auf ihre Art zu verderben, indem sie das Unterste zuoberst kehrte und aus dem Haus einen Stall machte. Und jenes Gewölbe, in dem das Bronzepferd stand, das bereits all das Geld, das in Banken und Geschäfte gesteckt worden war, geworfen hatte und nun den Kopf bis zu den Füßen hinabhängen ließ, räumte sie ganz mit Brennholz und anderem Plunder voll, um Cecca, die es mit so viel Mühe geputzt hatte, einen Tort anzutun.

Aber kehren wir zu der armen Cecca zurück, um sie nicht so allein zu lassen, wie es der Bruder tat. Die Bedauernswerte wartete auf die Rückkehr Minecos; aber warte so lange du willst: wer nicht zurückkehrte, war dieser Mann. Die Arme gab jedoch die Hoffnung nicht auf, weil sie wußte, daß sie nichts Unrechtes begangen hatte, sondern wartete darauf, daß der Himmel ihr die Schnur reichen werde, um aus diesem Labyrinth der Täuschungen herauszufinden; war sie sich doch mehr oder weniger darüber im klaren, daß die ganze Affäre von der Schwägerin ausging. Auf jeden Fall machte es ihr zu schaffen, denn sie verbrachte die ganze Nacht inmitten jener Gerippe, schlimmer als eine tote Stute. Nur gut, daß Sommer war. Aber am Morgen, als der Rauchfangkehrer der Morgendämmerung mit dem Besen des Lichtes den Ruß aus dem Schornstein des Himmels herausholte, in dem die ganze Nacht die Kohlen der Sterne wie in einem Herd gebrannt hatten, kam oben ein Kaufmann aus Foggia des Weges, der sich, vom Himmel geschickt, obwohl er auf der Durchreise zu sein schien, verirrt hatte. Und als er dieses arme junge Mädchen in jenem kleinen Tal erblickte, half er ihm herauszuklettern; und da er es fragte, was ihm zugestoßen sei, erzählte es ihm die ganze Geschichte, wobei es mit einer Hand über der anderen schwor, daß es niemals einen geborenen Mann erkannt habe, und ihm sagte, daß es fürchte, wassersüchtig zu sein.

Der Kaufmann, der Cecca genau betrachtete, sagte darauf: »Gib acht, denn du hast Schlangeneier gegessen, ich sehe es an der gelblichen Farbe deines Gesichtes; und du wirst eine Mütze voll kleiner Schlangen im Körper haben, die, wie ich fürchte, deine Eingeweide zerfressen, so daß du sterben mußt, indem du ihnen, wie die Viper, das Leben schenkst.«

Cecca, die sich in dieser Bedrängnis sah und dachte, daß dies das schwerste der von der Eidechse vorausgesagten Mißgeschicke sei, in dessen Fall sie sich der Milch bedienen sollte, sprach zu dem Kaufmann: »Mein guter Herr, der Himmel möge es dir lohnen! Bringe mich zu irgendeinem Schafstall, denn ich entsinne mich eines bestimmten Geheimmittels, das mir eine verriet, die mir wohlgesinnt war. Hierzu bedarf es nur eines Trankes aus Milch, den ich mir bereiten will.« – »Ich habe dich verstanden«, erwiderte der Kaufmann. »Man trinkt die Milch nicht, aber ich weiß, wie man es macht. Komm' mit mir und laß uns hoffen, das Nötige zu finden.« Und nachdem er sie zu einem Gehöft gebracht hatte, das nicht weit von jenem Tal entfernt stand und das ihm bereits am Hinweg aufgefallen war, bat er die Frau des Schäfers mit großer Höflichkeit: »Tu mir einen Gefallen und nimm dir dafür, was du willst: Fülle mir zuerst einen großen Kessel mit Milch und lasse sodann dieses Fräulein mit den Füßen nach oben und dem Kopf lotrecht nach unten über der Milch hängen, und sieh, was mit ihr geschehen wird.«

Die gute Schäferin, die ihre Sache besonders ordentlich machen wollte, hing Cecca an den Füßen auf, so daß ihr die ganzen Gedärme in die Kehle rutschten. Da krochen die kleinen Schlangen, die den Geruch der Milch verspürten, sogleich beim Mund heraus und fielen in den Kessel, wodurch nicht eine von ihnen im Körper zurückblieb. Hierauf kam die Schäferin ganz bestürzt und entsetzt heraus und erzählte dem Kaufmann, was geschehen sei. Der machte ihr ein wertvolles Geschenk und fand den Zustand der armen Cecca so verbessert, daß sie, im Vergleich zu einst, wie eine andere aussah. Und als er bemerkte, daß sie trotz ihrer Erschöpfung eine Schönheit war, und so aus seinem Mitleid Liebe wurde, fragte er sie, ob sie sich vermählen wolle, denn er würde sie nehmen, ohne eine andere Mitgift als ihre guten Eigenschaften. Sie gab zur Antwort, daß sie einverstanden sei, weil sie ihm das Leben verdanke, und daß sie später auf die Mitgift noch zu sprechen kommen werde, denn zu gegebener Zeit würden fünfzehntausend Dukaten in seinen Besitz übergehen. Voll Freude über diese segensreiche Begegnung verzichtete der Kaufmann, der ein vermögender Mann war, für dieses Mal darauf, nach Neapel zu reisen, und brachte Cecca nach Foggia, wo er sie wie eine Königin behandelte, denn er war reich und es mangelte ihm an nichts. Und nach Verlauf eines Jahres bekam sie eine Tochter, die so schön war, daß sie wie gemalt aussah, und sie gab ihr den Namen Liviella.

Nun geschah es, daß Rienzo (so hieß der mit Cecca verheiratete Kaufmann), der nach Neapel reisen und sich dort einige Monate aufhalten mußte, zu Cecca sprach: »Meine gesegnete Gemahlin, es ist vonnöten, daß ich nach Neapel reise und mich dort länger als einen Monat aufhalte; denn ich muß meine zahlreichen Geschäfte mit den Kaufleuten jener Stadt regeln, und vor allen mit Mineco Stipa, der der reichste ist. Wenn ich nun ohne dich dorthin reisen müßte, wäre es dasselbe, als ginge ich ohne Augen und ohne Herz, denn dein allerliebstes Wesen hat von meiner Zuneigung gänzlich Besitz ergriffen; und deshalb will ich wissen, ob es dir gefiele, mit mir zu kommen, denn ich will nichts tun, was dich verdrießen könnte, und wir werden auch unsere Liviella mitnehmen, da uns, dank des Himmels, die Möglichkeit dazu nicht fehlt, wie du weißt.« Cecca, die den Namen des Bruders vernommen hatte, freute sich über diese Nachricht und erwiderte: »Ich, mein Gemahl, werde mich niemals deinen Anordnungen widersetzen, und um stets an deiner Seite zu sein, würde ich nicht nur barfuß bis nach Neapel gehen, denn das ist meine Heimat, sondern direkt bis nach Indien, so sehr bin ich dir für deine Güte zu Dank verpflichtet.«

Nach dieser Übereinkunft traf man alle Vorbereitungen und machte sich mit einer Mietkutsche zu guter Stunde auf den Weg. Als sie sich schließlich nach dreitägiger Reise Neapel näherten, flüsterte Cecca vor der Ankunft Liviella zu, sie solle, sobald sie bei Mineco zu Tisch säßen, bitten: »Mammilein, erzähle mir eine Geschichte!« Und sie dürfe mit dieser Litanei nicht eher aufhören, bis sie ihr eine Geschichte erzählen würde. Kaum war diese Lockpfeife gestimmt, da langten sie vor dem Hause des Mineco Stipa an, der sie für die ersten Tage eingeladen hatte.

Mineco empfing sie mit großer Freude, und weder er noch Belluccia bemerkten, daß die Gemahlin Renzos Cecca war; der eine glaubte, die Wölfe hätten sie gefressen, die andere, die kleinen Schlangen hätten ihr die Eingeweide zernagt.

Aber als an jenem Abend, an dem sie angekommen waren, der Tisch von Colospizia Papara gedeckt wurde, die, obwohl sie Gesellschaftsdame geworden, immer noch so gemein war, wie sie nur konnte, hörte man aus der Küche Lärm, der daher rührte, daß man soeben das gelockte Hühnchen fangen wollte, um es zu schlachten und zu braten. Aber die Henne flog durch die Küche und ließ sich nicht fangen; ja, sie floh hinaus und gelangte gackernd in den Saal, wo sie, als sie Cecca erblickte, auf diese zueilte und sich sogleich auf deren Schoß setzte (denn sie war die erste, die ihre wahre Herrin wiedererkannte), so als wollte sie gleichsam um Hilfe und Schutz gegen jene Harpyien bitten. Colospizia kam gelaufen, um sie von Ceccas Schoß zu reißen, aber Cecca, die sie beschützte, sprach: »Was ist das für ein Benehmen, mir das Hühnchen vom Schoß zu reißen? Laß es sitzen! Jetzt ist es ohnehin zu spät, es zuzubereiten; heute werden wir eben etwas anderes an seiner Statt essen.« Und so behielt sie ihr Hühnchen auf dem Schoß und liebkoste es.

Unterdessen hatte man sich ans Essen gemacht: Mineco, Renzo, Cecca, Liviella und Belluccia saßen um den Tisch und begannen, die Backen zu füllen. Während man aß, hob Liviella an zu sprechen: »O Mütterlein, erzähle mir eine Geschichte!« – »Eine Geschichte?!« tat die Mutter. »Was ist dir da in den Sinn gekommen?« – »So tu ihr doch den Gefallen!« sagte Belluccia. Und Cecca darauf: »Man darf nicht alles tun, was die Kinder verlangen, denn sonst werden sie zu unverschämt.« Und als man die Mahlzeit fortsetzte, wiederholte Liviella diese Litanei: »O Mütterlein, erzähle mir eine Geschichte!« – »Wirst du wohl damit aufhören?« schalt Cecca. »Du bist wirklich frech und unverschämt!« Als nun das Essen dem Ende zuging und Liviella von neuem anhob: »O Mütterlein, erzähle mir eine Geschichte!« sagte Belluccia: »Erzähl sie ihr, bei deinem Leben! Tu es mir zuliebe!« Und Cecca erwiderte: »Welche Geschichte soll ich ihr erzählen? Ich kenne keine andere Geschichte als die von diesem Hühnchen.« (Und dabei hielt sie ihr Hühnchen im Schoß.) »Und sei es auch von einer Gans!« sagte Belluccia und lachte Colospizia ins Gesicht, die gekommen war, um die Geschichte zu hören. Und Cecca begann:

»Man erzählt, es waren einmal ein Bruder und eine Schwester, die hießen Sole und Luna. Aber der eine war ohne Strahlen und die andere verfinstert, denn sie starben beinahe vor Hunger; bis eines Tages ein Hühnchen, genau wie dieses hier, mit den Füßen kratzend und grabend, einen Schatz fand, der sie reich machte; und Sole wurde zu Gold und Luna zu Silber. Aber der Bruder nahm, als er heiratete, eine arme Bettlerin zur Gemahlin und machte sie zu einer Dame. Sie aber, die undankbar und rücksichtslos, ja grausamer als eine tollwütige Mohrin war, versuchte, die Schwester des Gemahls ihrer Ehre und ihres Lebens zu berauben, um sie aus dieser Welt zu verjagen, denn so konnte sie allein die Hausherrin spielen, während bislang jene den Ton angab. Aber wie? Sie machte es wie der Hund, der den Mond verbellt, das heißt: alle ihre Machenschaften gingen in Rauch auf. Und um es deutlicher zu sagen und es nicht zu sehr in die Länge zu ziehen: Du, Mineco, bist Sole, falls du dich daran erinnerst, und ich bin Luna, dies ist das Hühnchen, und Belluccia ist die

Mohrin, die mir, um mich zu vertreiben, die Schlangeneier zu essen gab, die ihr von der hier anwesenden Colospizia Papara gebracht wurden und die mir den Bauch anschwellen ließen wie ein halbes Faß. Und daran wäre ich gestorben, wenn mich nicht dieser gute Mann gerettet hätte. Dies ist der tausendfache Dank, Frau Belluccia, den du mir dafür schuldest, daß ich dir die Läuse vom Buckel geschafft habe und deine Lumpen zu königlichen Kleidern werden ließ. Aber wenn du dich nicht daran erinnerst, so erinnere ich mich sehr gut daran.« Und Cecca, die sich vom Tisch erhoben hatte, öffnete die Truhe, in die sie die Lumpen Belluccias gesteckt hatte, und sprach, indem sie das Unterste zu oberst kehrte: »Das ist die Erbschaft, die du in mein Haus mitbrachtest; und obwohl ich es war, die dir zu diesem Stand verhalf, hast du so an mir gehandelt, wie du es nicht einmal an deiner Todfeindin getan hättest. Undankbare, Rücksichtslose, Elende, Schwätzerin, Dirne, Ruchlose, Schlampe! Ist dies die Sorgfalt, die du dem Hausrat meines Bruders angedeihen ließest? Hast du doch in all den Jahren nicht ein einziges Mal die Truhe geöffnet und bist dir deiner Schande niemals bewußt geworden.« Und mit diesen Worten warf sie ihr die Lumpen ins Gesicht.

Der Gemahl, der dies sah, und Mineco, der die Angelegenheit durchschaute, standen starr wie Mumien. Die ruchlose Belluccia aber wurde so lange abwechselnd rot und blaß, bis sie, da sie an Gicht zu leiden pflegte, einen Anfall bekam, zu Boden stürzte und mit dem Kopf gegen ein Marmorgesims am Fenster schlug, wo sie den Geist aufgab. Da umarmte der Bruder, bestürzt und voll Reue wegen seines Irrtums, die Schwester, bat sie um Verzeihung und versprach ihr, daß er sie noch mehr in Ehren halten wolle als zuvor; denn an seinem Irrtum sei die vermaledeite Gemahlin schuld gewesen. Und Renzo, der sie mit freundlichen Worten versöhnte, versprach, daß er seine Schwester, die Cecca in inniger Freundschaft zugetan war, Mineco zur Frau geben wolle, und daß er mit der ganzen Familie kommen werde, um in Neapel zu bleiben und mit allen zusammen hier zu wohnen.

Mineco stimmte der Partie zu, um so mehr als die krepierte Belluccia niemals Kinder geboren und das Haus halb zugrunde gerichtet hatte. Und um das an Cecca begangene Unrecht wieder gutzumachen, befahl er den Dienern, Colospizia Papara zu ergreifen. Aber als diese sich aufgedeckt wähnte, denn sie hatte den Wortwechsel mitangehört und die tote Herrin gesehen, und sich den trüben Tag vorstellte, obgleich es Nacht war, lief sie, um sich in dem Pferd aus Bronze zu verstecken; sie glaubte nämlich, darin werde sie niemand vermuten. Als nun alle im ganzen Hause suchten und auch in das Gewölbe mit dem Bronzepferd, dem der Kopf fehlte, hinabgestiegen waren, öffnete die kleine Eidechse, oben auf den Schultern des Pferdes, das Mäulchen und sprach: »Hört auf zu suchen! Denn diese Hexe von einer Colospizia Papara, die all die von Cecca erlittene Unbill angezettelt hat, sitzt hier drinnen. Nehmt also jenen großen Sack, der dort auf dem Boden liegt, holt das Stroh heraus und füllt damit das Pferd, und dann legt Feuer daran, den so soll sie sterben, diese Bordellbrut, diese Hexe, diese Blutsaugerin, diese Kindesertränkerin, diese Mutter des Teufels.« So befahl es die Eidechse, so machten es Renzo und Mineco, und diese Hure krepierte, ertränkt von Rauch und Flammen, wie eine zerborstene Blase. Danach ließen sie den Körper herausholen, in eine Latrine werfen und diese zumauern.

Aber da Mineco jenes Instrument, das der Hexe den Tod brachte, nicht mehr im Haus behalten wollte, verkaufte er den geräucherten Körper des Bronzepferdes an einen Kaufmann in der Glockengasse, der daraus Kanonen und andere Geräte anfertigen ließ. Und als ein angesehener Edelmann in jene Gasse kam und ein Bein des Pferdes sah, fragte er, ob sich auch der Körper dazu finden lasse. Der Händler sagte, daß er ihn habe einschmelzen lassen und daß er ihn noch heil vorgefunden hätte, wenn er eine Woche früher gekommen wäre, wenngleich ihm der Kopf und der Hals fehlte, die sich im Hause des Mineco Stipa befänden. Der Edelmann, den die Neugierde plagte, begab sich zu Mineco, und als er den schönen Kopf sah, fragte er, ob er ihn verkaufen wolle und was er wert sei. Mineco, der mit dem Hause des Edelmannes in Verbindung stand, denn er versah ihn mit Stoffen und hatte an ihm schon einige tausend Dukaten verdient, machte ihm den Kopf zum Geschenk. Und heutzutage befindet sich dieser im Hofe eines schönen Palastes, der, nun zum Sitz des Geschlechtes der Nido geworden, in jener Straße steht, die zum Forum des Nostrianus führt, und dieser Palast hat den Namen des Bronzepferdes erhalten. Um nun aber zum Ende der Geschichte zu gelangen: Cecca hatte die Vergeltung mitangesehen, die der

Himmel an Belluccia übte, und so nahm sie ihre Mitgift von fünfzehntausend Dukaten an sich, um sich mit ihrem Renzo daran zu erfreuen; Mineco nahm die Schwester Renzos, die eine schöne Dame war, zur Gemahlin; Colospizia Papara hatten die Schlangeneier nichts als verderbliches Gift gebracht, und so starb sie durch Feuer, Rauch und Gestank. Die unselige Belluccia, die niemals Hirn besaß, hatte davon dennoch genug, um es aussäen zu können, worauf der Tod es erntete. Und das Leben als Gemahlin eines reichen Kaufmannes hatte ihr nichts anderes eingebracht als einen Stein auf ihrem Grab, der ihr zu ewiger Schande gereichte; denn darauf stand in groben Buchstaben geschrieben:

Nichts ist ärger als ein Bettler auf dem hohen Roß.

Allen gefiel dieses Märchen, das von einer Cecca erzählt wurde und von einer anderen Cecca handelte; denn es war schön, gut beschrieben und mit viel Anmut vorgetragen worden. Und man versicherte, daß sich alle vier Schwestern ausgezeichnet hätten und daß wahrlich keine hinter der anderen zurückstehen müsse. Wir hofften nun, daß Cianna das ihre erzählen und die Unterhaltung zu Ende führen werde; denn es begannen bereits die Feluken auf den Posillipo zuzusteuern, der sich die Sonne wie einen Kürbis in einem Sack über die Schultern warf. Und Cianna, die, wenngleich schon alt, doch noch viel Anmut besaß, gab, ohne sich lange bitten zu lassen, durch ein Kopfnicken zu verstehen, daß sie beginnen wolle, und erzählte wie folgt:

Fünftes Märchen

DER KOPF UND DER SCHWANZ

Obgleich für alle Laster gelten könnte, was einst ein Bauer über die Wölfe sagte, als er nach einer guten Antwort suchte: »Immer wenn es sich um Wölfe handelt, wird das Beste zum Verderben!«, ist selbst der Geiz ein so böses Laster, daß sich der Geizhals bei allen verhaßt macht. Und wenn er in irgendeine Grube des Unglücks fällt, hat niemand Mitleid mit ihm, so wie er kein Mitleid mit jenen hat, denen er helfen könnte. Ja, nicht einmal sich selbst bemitleidet er, indem er darbt, wiewohl er wie ein Herr leben könnte, und im Überfluß Hungers stirbt, wie ich es euch nun mit meiner Geschichte vor Augen führen werde, so ihr mit ebensolcher Geduld zuhören wollt, wie ihr den anderen gelauscht habt. Obschon ich fürchte, daß mich die Mädchen durch ihre anmutige Art, Märchen zu erzählen, übertreffen, während ich ihnen im Zählen der Jahre voraus bin.

Es lebte einmal eine Frau, Rosecachiuove[1] war ihr Spitzname, das größte Dreckstück auf dieser Welt, die neben ihren vielen Schönheitsmerkmalen (die da waren: der Kopf höckerig, die Stirn faltig wie eine Halskrause, die Augenbrauen haarlos, die Ohren lang und hauchdünn, die Augen wie von einer Katze, eine Elsternnase, ein Mund wie ein Hauptkanal, der obendrein, um nicht einem Grab zu gleichen, wie man wegen des Gestankes des Atems hätte glauben können, keinen einzigen Zahn mehr aufwies und faltig war wie eine Börse aus Wildleder; der Hals vertrocknet und lang wie der eines Vogel Strauß und noch viele andere Reize) so viele gute Eigenschaften besaß, daß sich das ganze Dorf darüber den Mund zerriß, und die Nachbarschaft sich darüber lustig machte. Denn hätte sie ein kleines Kind gesehen, das vor Hunger den letzten Atemzug tat, nicht einmal mit ihrem Auswurf hätte sie es gesättigt, solch eine Elende war sie, solch eine Geizige, Knausrige, Gleichgültige, solch eine Schnall-den-Gürtel-enger, Kesselschmiedzange, ausgepreßte Zitrone, solch ein Pflaumenkern, solch eine Mutter des Elends und so weiter; und so betrug sie sich, obwohl sie auf gutes Stroh gebettet war und eine Kleinigkeit besaß, denn sie mästete ein Schwein, hatte einen Esel, nannte ein schönes kleines Gütlein ihr eigen und war vollgestopft wie ein Ei.

Aber (nun seht ihr, wie die Dinge der Welt beschaffen sind) diese hatte eine Tochter, Nunziella hieß sie, die ganz das Gegenteil der Mutter war: ihr Haar war blond wie Gold, die Stirne blanker als ein Spiegel, die Augen ausdrucksvoll, die Nase gut geformt, das Mündchen allerliebst, der Busen aus reinstem Weiß, die Hand weich, der Fuß winzig. Doch das war noch gar nichts, denn dem schönen Gesicht entsprach das gute Herz, und sie war so manierlich, daß jeder davon in Erstaunen versetzt wurde, und so geizig die Mutter war, so großzügig war sie; aber allzu freigebig konnte sie nicht sein, denn Rosecachiuove wich nicht von ihrer Seite, gleich einem Nagel, der ihr durchs Herz drang.

Eines Tages nun standen vier Feen am Ufer eines Flusses. Der lief und zahlte mit seinem Wasser aus Silber das Quartier des Meeres, den Mietzins für das Bett, das ihm die Erde lieh, deren Mieter er war. Und da sie nicht wußten, wie sie sich während der heißen Stunden, die das Gras in seiner Angst vor den glühenden Strahlen der Sonne erblassen ließen, amüsieren sollten, begannen sie, über allerlei Dinge zu schwatzen und zu plaudern (denn von etwas Ernsthaftem sprachen sie nie), um so mehr als sie am Morgen unerkannterweise beim Fest der Göttin Pallas zugesehen hatten, zu dem alle Leute des Dorfes gekommen waren.

Und die erste begann: »Hast du gesehen, meine Schwester, wie häßlich die Frau des Ceccone geworden ist? Und als sie heiratete, sah sie aus wie eine gemalte Taube.« – »Das macht gar nichts«, sagte die zweite, »es genügt ihr jener Liebreiz, den du ihr durch einen Zauber schenktest; denn wärest du auch schöner als Kypris, ohne ein wenig Anmut taugtest du nur für den Ofen! Das strahlende Weiß des Gesichtes sähe aus wie Schnee auf dem Kot.« – »So ist's«, sagte die dritte, »und ich glaube, ihr würdet es bemerkt haben, wenn ihr auf Porziella achtgegeben hättet, der Frau des Sautafuosse[2], die durch einen Zauber, den ich über sie sprach, zur Schönsten des Dorfes wurde, die aber so reizlos aussieht, daß ihr die Kleider auf dem Leibe weinen.« – »Aber, bei eurer Seele, wie dünkt euch Nunziella, die ein gutes Mädchen ist?« fragte die vierte. »Wie gut kann sie schon sein?« erwiderte die erste. »Genügt es doch, daß sie die Tochter der bösen, häßlichen Rosecachiuove ist, um hundertmal von einer

Bohne abzubeißen!« – »Was hat das schon zu sagen?« sprach die andere Fee. »Nicht immer gilt die Regel: *Wie der Baum, so der Ast.* Denn man sieht, daß aus den Dornen Rosen sprießen und aus einem stinkenden Kraut die Lilie erwächst. So ist Nunziella wie eine Rose aus den Dornen des Geizes der Mutter gesprossen, des Kummers wegen, den ihr das Unglück der anderen bereitet; und aus dem stinkenden Kraut jener häßlichen Miene ist sie wie eine Lilie der Schönheit erblüht.« – »Alles ist möglich«, widersprach die eine. »Solche sind nun einmal wie die weißen Raben, und wenn du einen davon findest, kannst du das Hölzchen ins Loch stekken, denn weder gebar eine Mohrin ein schönes Kind, weiß wie Milch, noch warf eine räudige Ziege ein Lamm mit weicher, zarter Wolle.« – »All dieses Geschwätz ist unnütz und in den Wind geredet«, sprachen die anderen, »versuchen wir, diese Angelegenheit zu klären und zu sehen, wie es sich bis ins Kleinste damit verhält.« – »Macht einen Vorschlag, und ich bin dafür!« sagte die zweite. Und die anderen: »Weißt du, was du tun wirst? Du verkleidest dich als alte Bettlerin und gehst zu ihr, um Almosen zu erbitten, sobald die Mutter fort ist. Zeigt sie sich gutherzig, so sprich einen guten Zauber über sie, und wenn nicht, sorge dafür, daß sie sich an dich erinnert.« Als die Sonne gegangen war, um die Pfeile ihrer Strahlen im irdischen Strom zu kühlen, auf daß sie auf der Straße des Zodiak besser laufen könne, zogen sich nach dieser Vereinbarung alle zurück und erwarteten den nächsten Tag, um diesen Sack zu schütteln und zu sehen, ob Staub oder Mehl darin sei.

Anderntags verwandelte die Fee sogleich ihr Gesicht, so daß es dem einer alten Frau von siebzig Jahren glich. Sodann hüllte sie sich in ein Hemd, das so alt und zerrissen war, daß man nicht einmal mehr die Löcher erkennen konnte; und nachdem sie sich vergewissert hatte, daß Rosecachiuove ausgegangen war, begab sie sich zum Hause Nunziellas und rief: »Ein Almosen, um der Liebe des Himmels willen, für ein armes Weib, barfuß und nackt und ohne einen Menschen! Gebt ihr ein Almosen, habt Mitleid mit solch einem Elend.«

Nunziella, die diese gequälte Stimme hörte, stand vom Feuer auf, obwohl sie gerade eine Sardine briet, die vom Vorabend übriggeblieben war (denn die Mutter hatte zu ihr gesagt: »Sieh zu, daß du sie mir kochst, denn danach gehen wir zu unserem Gütchen, um uns unser Brot zu verdienen!«), ließ die arme Frau eintreten und sprach: »Meine gute Frau, wolle der Himmel, daß ich dir das geben könnte, was ich möchte, denn ich gäbe dir auch dieses Herz! Aber ich habe eine Mutter, die ist so böse, daß sie Frikadellen aus meinem armen Leib machen würde, wenn sie erführe, daß ich einer armen Frau etwas gegeben habe; und hier gibt's nichts anderes als diese Sardine. Wenn du den Kopf willst, so sei seine Besitzerin, denn über den Rest kann ich nicht so verfügen, wie ich wollte.«

»Was ist der Kopf anderes als eine Erdbeere im Rachen eines Bären?« sagte die Bettlerin. »Gib mir noch ein wenig mehr!«

»Da hast du auch den Schwanz«, sprach Nunziella, »und wenn meine Mutter etwas sagt, werde ich antworten: *Nimm von meinem Teil.*«

»Gesegnet sollst du sein!« sprach die Arme. »Vielen Dank, der Himmel möge es dir vergelten!« Und nachdem sie sich den Kopf und den Schwanz der Sardine genommen hatte, ging sie zu den Gefährtinnen und erzählte ihnen, was sich zugetragen hatte. Diese waren alle dafür, daß sie einen Zauber nach ihrem Gutdünken über das Mädchen sprechen solle, denn den hätte es sich verdient.

Aber keine Viertelstunde war vergangen, da kehrte plötzlich Rosecachiuove zurück und befahl der Tochter: »Bringe mir die Sardine!« Sie brachte sie ihr in einem Tellerchen aus grobem Ton, so wie sie war, ohne Kopf und ohne Schwanz. Als die Mutter dies sah, fuhr sie herum, wie eine verwundete Bärin, packte sie bei den Haaren und schrie: »Schnell, du Tochter einer Hure, Dirne, Miststück, liederliches Weib, geborstenes Faß, schnell, du Dreck von einem Weib, spucke auf der Stelle den Kopf und den Schwanz aus, wenn du nicht mit dem Kopf gegen eine Mauer geschmettert oder am Schwanz eines Pferdes nachgeschleift werden willst!« – »Ich habe sie nicht gegessen«, sagte das arme Mädchen, »denn ich habe sie einer armen Frau als Almosen gegeben.« – »Was? Almosen? Was für Almosen?« schrie die wütende Großmutter des Satans. »Du Gefräßige, du Ruin meines Hauses, schnell, verschwinde auf der Stelle aus diesem Haus! Vergiß es und sieh es nie wieder, solange die Welt Welt ist! Irre umher, habe weder Ruh' noch Geld, denn es ist besser, dich einsam und verlassen zu sehen, als mein ganzes Haus ruiniert durch dein nichtsnutziges Betragen.« Und mit diesen Worten schlug sie auf das Mädchen ein und ließ es, verprügelt, mit Beulen übersät, geohrfeigt, getreten, geschwollen, krankgeschlagen mit Fausthieben, mit Maulschellen, mit einer Säge, mit einem Viereinhalb, mit dem Handrücken, mit einem Brecheisen, mit einer Ohrfeige, mit einem Fausthieb auf die Brust und einem Stoß mit den Ellbogen, mit bespuckten Augen, mit Kniffen in die Nase und mit verbeultem von Blut schäumendem Kiefer die Treppe hinunterpurzeln. Als sie sodann die Tür mit einem dikken Pflock verriegelt hatte, aß sie die armselige Sardine, wobei sie fünfhundertmal von ihr abbiß; und mit diesem reichen Mahle verbrachte sie den ganzen Tag.

Sobald das arme Mädchen wieder Atem schöpfen konnte, denn es hatte mehr als eine Stunde entkräftet vor der Tür gelegen, verließ es das Dorf; und so lange ging es, bis es am Abend, so gegen elf, zu jenem Fluß gelangte, an dem sich die Feen aufhielten. Und als es sah, daß die Sonne, um den Sternen Gelegenheit zum Spielen zu geben, sich hinter der Tür des Okzidents versteckt hatte, so wie es der Schulmeister mit den Schülern macht, wußte es nicht, wohin es sich wenden sollte. Und da es fürchtete, von den wilden Tieren zerrissen zu werden, begann es zu weinen und sich die Haare zu raufen. »Ach«, sprach es, »wärest du doch nie in mein Haus gekommen, Sardine des Teufels, denn durch dich habe ich meine Gesundheit verloren, und mein Herz brennt vor Zorn und Ärger. Oh, Kopf! Oh, Schwanz! Ihr seid der Anfang und das Ende meines Ruins! Aber was sag' ich? Wohin treibt mich der Schmerz? Was haben der Kopf und der Schwanz der armen Sardine damit zu tun, wenn doch der Grund dafür jener harte Schädel meiner Mutter ist, die, wie ein Pferd, das ausschlägt, lieber ein paar altbackene Brote gäbe als ein Haar vom Schweif[3].«

Und während die Unglückliche auf solche Weise ihre Klage hinausschrie, hörte die Fee, die sich in der Nähe befand, diese Worte. Sogleich verwandelte sie sich in eine Sardine, deren Kopf und Schwanz aus Gold waren und all die Schuppen aus Silber, und da sie sich einen goldenen Ring mit einem Smaragd so groß wie eine Haselnuß in den Mund gesteckt hatte, glich sie, als sie sich dem Ufer näherte, einem Ding, das schier unbeschreiblich war; denn die Sonne, die, sich gegen Westen drehend, gerade mit den Strahlen ihres Antlitzes Purzelbaum schlug und den Kopf, die Schuppen und den Schwanz der Sardine funkeln ließ, verursachte ein solches Gleißen, daß es einem das Augenlicht nahm.

Als Nunziella dieses schöne Ding sah, näherte sie sich ihm, um es zu fangen. Aber jenes warf ihr den Ring in die Hand und sprach, während es sich wieder entfernte: »Weine nicht, mein gutes Mädchen, denn ich bin deinetwegen hier! Ich bin jene alte Frau, der du als Almosen den Kopf und den Schwanz gabst; und damit du weißt, wie sehr dem Himmel gute Werke gefallen und wie reich ein kleines Almosen, das guten Willens gegeben wurde, vergolten wird, spreche ich einen Zauber über dich: Du sollst die Schönste dieses Landes sein und große Klugheit besitzen, begleitet von gutem Geschick, auf daß du allem Unglück entkommen mögest. Und ehe dieser Tag vergeht, wirst du einen Unterschlupf gefunden haben. Wenn aber deine Kräfte nicht ausreichen, so komme hierher und rufe mich, denn dann will ich dir zeigen, was ich alles vermag.« Nach diesen Worten tauchte die wundervolle Sardine in die Tiefen des Wassers und zeigte sich nicht mehr.

Nunziella fühlte sich durch diese Worte so gestärkt, daß sie vermeinte, verglichen mit jener von vorher, eine andere zu sein. Und sogleich begann sie nachzudenken, wie sie es anstellen sollte, den Ring loszuschlagen. Bald darauf sah sie einen Kaufmann auftauchen, der aus der Stadt zurückkehrte. Da begann sie dermaßen zu weinen und zu schreien, daß der Kaufmann seinen Weg verließ und kam, um zu sehen, was hier vor sich gehe. Als er nun herangekommen war, zog sie den Ring vom Finger und begann zu sprechen: »Ach, mein guter Herr, ich bitte dich, wenn du mir helfen kannst, so laß mich nicht an diesem einsamen Ort zurück, denn mich könnten die Wölfe fressen. Ich bin die Tochter eines sehr reichen Herrn, der mich, als er starb, meinem Onkel anvertraute. Dieser hat mich, um sich in den Genuß des Hab und Gutes meines Vaters zu bringen, an das Ufer dieses Flusses gebracht. Und nachdem er mich meiner guten Kleider, die ich besaß, beraubt hatte, hüllte er mich, damit ich unerkannt bliebe, in diese Lumpen und ließ mich hier allein zurück; denn er hoffte, ich würde entweder sterben oder irgendeinem Bären mit diesem Leib den Hunger stillen, während er, dieser Werwolf, sich mit meinem Kram davonzumachen gedachte. Aber zum Glück vergaß er, als er mir alles wegnahm, diesen Ring, der von meinem Vater, der guten Seele, stammte, und von dem ich glaube, daß er einiges wert ist.«

Der Kaufmann, der die Augen offenhielt und noch Junggeselle war, nahm sie mit sich, in der Absicht, sie zur Frau zu nehmen und mit der Zeit diese Erbschaft wiederzuerlangen. Und in der Tat: er brachte Nunziella zu sich nach Hause und heiratete sie zur Freude aller Verwandten, die das Histörchen wie eine vergoldete Pille schluckten. Und so lebten sie einige Monate miteinander.

Eines Tages, als Nunziella gerade recht zufrieden über den Einfall war, der ihr solches Glück gebracht hatte, warf ihr der Gemahl weiß Gott was für Beleidigungen an den Kopf, weil von der Erbschaft noch weit und breit nichts zu sehen war. Und sie gab ihm darauf zur Antwort: »Der Besen in meinem Palast ist mehr wert als dein Bart da!« Als der Gemahl das hörte, geriet er derart in Zorn, daß er sagte: »Wohlan, da der Besen in deinem Palast besser ist als mein Bart, wünsche ich, daß du mich sogleich zu diesem Palast führest, denn ich habe im Sinn, diese Erbschaft zurückzugewinnen und mich mit deinem Onkel zu einigen; andernfalls bringe ich dich wieder dorthin zurück, wo ich dich gefunden habe.« Die arme Nunziella verspürte bei diesen Worten ein Dröhnen im Kopf, und da sie nicht wußte, was sie nun beginnen solle, begab sie sich, auf ihre Fee vertrauend, mit dem Gemahl zum Fluß. Als sie nun in dessen Nähe gelangten, sagte sie zu ihrem Mann: »Warte hier ein Weilchen, denn ich komme gleich wieder.« Auf solche Art vorauseilend, kam sie zum Fluß, und als sie dort Ausschau hielt, ob nicht die Sardine zu sehen sei, konnte sie nicht einmal einen Frosch entdecken. Da begann sie zu klagen: »Und was soll nun werden, da ich dieses Geschichtchen von der Erbschaft erzählt habe, vom Besen und vom Palast, um nun die Erbschaft des Lebens zu verlieren und als Unrat vom Kehrichtsammler des Todes in den Palast des Pluto gekehrt zu werden? Da haben wir den Salat! Ich habe gehört, daß Charon die Seelen über einen bestimmten Fluß zu den Ufern der Hölle geleite; und ich werde mich als Leiche über diesen Fluß hier begeben, denn der Kopf und der Schwanz aus Gold lassen sich nicht blicken.«

Aber kaum hatte sie den Kopf und den Schwanz genannt, da kam sogleich die Sardine an die Wasseroberfläche empor und sprach zu ihr: »Ich weiß nun, was du benötigst, und es steht auch schon bereit. Rufe deinen Gemahl und bringe ihn geradewegs zum Ufer des Flusses, denn eine Meile von hier wirst du meinen Palast finden, so schön und groß, daß darin ein König wohnen könnte: alles mit Samt und Damast ausgeschmückt, die Fenster aus Gold und die Läden aus Silber, und sogar der Boden des Hofes ist ganz mit wertvollen Steinen ausgelegt. Und außerdem steht hinter der ersten Tür ein Besen, dessen Reisig aus purem Gold besteht und dessen Stiel mit Juwelen besetzt ist, die unbezahlbar sind. Geh' dorthin und tu', was dir gefällt. Nun drehe dich um und schaue in jenes kleine Loch, denn darin befindet sich der Schlüssel zum Tor. Und gib acht! Vor dem Palast steht eine Statue aus Marmor, der Riese genannt. Jene werde ich dazu bringen, daß sie so spricht und aussieht, als sei sie dein Onkel, der nicht will, daß du das Tor des Palastes öffnest. Aber weißt du, was du tun mußt? Sobald du ihn siehst, sprich folgendermaßen:

Kopf und Schwanz hat mir befohlen,
Hier einzutreten! Du schweig still!

Und sei unbesorgt, denn er wird wieder zu der Statue werden, die er war. Aber merke dir! Ich gebe dir diesen Schlüssel unter der Bedingung, daß du ihn mir nach Ablauf von acht Tagen zurückbringst und aus dem Palast ausziehst.« Und nach diesen Worten tauchte sie unter, ohne auf den Dank zu warten, obwohl Nunziella ihre Geste des Anstandes selbst dem Wasser gegenüber vollführte, das diese wohlwollende Sardine berührt hatte.

Nun nahm Nunziella den Schlüssel an sich und kehrte dorthin zurück, wo sich der Gemahl befand. Und kaum waren sie gemeinsam eine weitere halbe Meile gegangen, da tauchte vor ihnen der Palast auf; so hoch war er, daß es schien, als berühre er die Wolken, und so schön, daß er die Blicke an sich zog, wie ein Magnet das Eisen.

Vor dem Tore angekommen, wollte Nunziella aufschließen, als der Riese, der davor stand, sie am Arm packte und sprach: »Geh' fort von hier, undankbare Nichte, denn so muß ich dich nun nennen, wiewohl ich dich, als ich dir deine Kleider nahm, selbst ohne diesen Namen zurückließ. Dieser Palast ist mein, und ich bin der Erbe des Besitzes deines Vaters.« Da sagte Nunziella:

»Kopf und Schwanz hat mir befohlen,
Hier einzutreten! Du schweig still!«

Und sieh da! Der Riese wich einen Schritt zurück und

wurde wieder zu einer Statue aus Marmor, die die dreifache Größe eines Mannes besaß.

Der arme Micco (denn so hieß der Gemahl Nunziellas) war vor Verwunderung selbst starr wie eine Statue geworden, und obwohl das Tor offenstand, getraute er sich nicht einzutreten. Aber als ihn die Gemahlin dazu ermunterte, trat er schließlich doch ein. Und da standen schon fünfzehn Lakaien in überaus prächtigen Livrees, ein Dutzend Pagen und etwa fünfzehn Höflinge in bäuerlicher Kleidung, die aber aus Stoffen von purem Gold war. Auch sah man da sechs Hoffräulein mit einer Gesellschaftsdame, die Prinzessinnen zu sein schienen. Sie alle stiegen in den Hof hinab, um Nunziella, die Herrin, zu empfangen. Micco, der dies sah, war durch den Glanz, den die Smaragde, die Rubine, die Lapislazuli und die vielen anderen Flintsteine auf sein Gesicht warfen, einerseits sprachlos, verblüfft und betroffen, anderseits geriet er in Ekstase und schwamm in Seligkeit, weil er einen so schönen Palast erben sollte.

Sie stiegen die königliche Treppe empor, und als sie den Saal betraten, der so groß war, daß er dem Reitplatz an der Brücke[4] gleichkam, hieß Nunziella den Gemahl sich umdrehen und zeigte ihm hinter der Tür den Besen, der zur Gänze aus goldenem Reisig bestand, mit dem Stiel aus vergoldetem Silber, über und über mit Juwelen verziert, worauf jener, nachdem er dreimal damit gekehrt hatte, zu der Gemahlin sprach: »Ich bin dein Diener, und du schuldest mir einen Fußtritt!«

Hierauf gingen sie durch den ganzen Palast, wofür

sie einen halben Tag benötigten. Und sie fanden neben anderem eine Tafel, die so reich gedeckt war, daß man aus dem Staunen nicht herauskam. Da gab es so viel Fisch und Fleisch zu essen: eine Armee wäre davon satt geworden! Ich werde mich aber nicht damit aufhalten, euch aufzuzählen, wie viele Schränke es dort gab, welche Menge von Stühlen aus Samt, mit Beschlägen aus Gold und Silber, oder euch die auserlesenen Farben der Gemälde zu schildern, in Rahmen aus Ebenholz, aus Elfenbein und mit Vergoldung. Auch schweige ich von den schönen Kästen, voll mit Silberzeug, den Truhen mit Leinwand, den großen Zimmern mit all den Wandteppichen und all den anderen Sachen, die aufzuzählen, hundert Jahre und hundertunddreizehntausend Ries Papier nicht ausreichten. Denn wollt' ich diesen Reichtum in allen Einzelheiten beschreiben, ich besäße nicht das Hirn, das dieser Probe standhielte.

Nun fragten sich aber die Feen, als sie sich wieder am Ufer des Flusses vergnügten: »Wer weiß, ob Nunziella, da sie nun im Vollen sitzt, sich noch der Armen besinnt? Denn da gibt es manche, die sehr zu bemitleiden sind und viele lobenswerte Dinge tun, bis sie das erreicht haben, was sie wollten. Sind sie aber oben angelangt, so berühren sie die Erde nicht mehr mit den Füßen, wie Affen auf dem Ständer, und würden einem armen Menschen nicht helfen, einen Strohhalm vom Boden aufzuheben. Wie wird sich zum Beispiel ein armer Mann verhalten, der einen Groschen am Tag verdient? Dieser Groschen bleibt nicht lange sein, denn der Mann ist allen gegenüber großzügig, und zu jedem sagt er: ›Gehen wir ein halbes Maß Wein trinken!‹ Ihn findet man zu allem bereit, solange er etwas hat. Aber laß' denselben einen Dukaten zusammenkratzen; gleich kommt es ihm in den Sinn, daraus zwei zu machen, und wenn er Glück hat, will er drei daraus machen, aus dreien vier und so weiter. Und so wirst du ihn nicht mehr bereit finden, etwas herzugeben, und sei es auch nur ein halber Tornese.«

Aber Nunziellas Fee widersprach: »Nicht alle Finger der Hand sind gleich, nicht alle Menschen von einem Schlag. Ich hoffe, Nunziella ist nicht von dieser Sorte. Um sie aber auf die Probe zu stellen, habe ich ihr meinen Palast leihweise überlassen, für acht Tage nur; denn ändert sie ihr Betragen, so ändere ich ihren Stand. Es ist schon wahr, daß man für gewisse arme Leute, die ihren Nachbarn jeden Gefallen erwiesen, nichts mehr bedeutet, sobald sie zu Größe gelangt sind. Gleich trübt der Rauch der Ehre ihre Augen und läßt sie den Freund nicht mehr erkennen; die Höhe des neuen Standes bewirkt, daß sie ihn nur von weitem sehen, sobald sie ihn erblicken. Und was noch schlimmer ist: sie halten es für eine Schande, mit jenen von früher zu verkehren, da sie glauben, es könnte ihren Stand mindern. So aber handeln Weiber, die bloß vorgeben, Gutes zu tun, ein Mensch von herzlicher Wesensart ändert hingegen nur schwerlich den Charakter, wie ich es auch bei Nunziella für gewiß halte.« Hierauf antwortete eine der anderen Feen: »Wem nützen die vielen Worte? Durch Probieren sucht man die Melonen aus und mit der Hölzchenprobe den Schinken. Ich werde hingehen und um ein Almosen bitten, so kann ich sehen, was sie machen und wie sie mich behandeln wird. Beträgt sie sich gut, so benehmen wir uns noch besser, und wenn nicht, soll sie uns kennenlernen.«

Nach diesen Worten verkleidete sie sich als Bettlerin, besudelte sich über und über mit dem Blut eines Hundes, den sie getötet hatte, und nachdem sie sich obendrein ein Pflaster auf eines ihrer Augen gelegt hatte, begab sie sich vor Nunziellas Palast und begann, laut zu schreien: »Gebt mir ein Almosen, ach, meine guten Herrschaften, habt Mitleid mit einer armen Frau, die mit Wunden übersät, verkrüppelt, aus der Fabrik des Glücks gefallen und vom Pech verfolgt ist!«

Die Pagen, die dieses Geflenne hörten und dieses Schauspiel sahen, kamen, anstatt Mitleid zu empfinden, mit einem Stock heraus und wollten sie verjagen, indem sie ihr zuriefen: »Wenn du dir den Hals brächest und stürbest, so könnte dich das ins Grab bringen! Wozu mußtest du den ganzen Palast mit deinem Geschrei betäuben, und warum zeigst du keinen Respekt vor den Herrschaften, die beide schlafen? Geh' arbeiten, dreckige Dienstmagd, Tagediebin, unverschämtes Weib! Nimm dieses Pflaster fort, denn du bist fett wie eine Sau und gibst vor, den Hungertod zu sterben! Arbeite, mach dich ans Werk, finde dir eine Herrin, geh' waschen, diene in den Krankenhäusern, mache den Unheilbaren die Betten, geh' Latrinen ausleeren, Schmutzfink, Klatschbase, Klugscheißer, Fürzesieb, Eigenbrötlerin, liederliches Weib, Spitzbübin, Wrack, Rotzsaugerin, Dirne, Rinnauge, Hüftlahme, Lendenlahme, Pfifferling, Hasenfuß, Bettlerin, zerlumptes Weib, halbes Hemd, Lästerweib, albernes Weib, liederlicher Trampel, Kröpfige, geborstenes Faß, Kinderersäuferin, blutsaugerische Hexe, Hexenmeisterin, Gänsefuß, Mutter des Satans, schlechtes Omen, Kupplerin, Betrügerin armer Kinder, Lästerin, Klatschmaul, Verleumderin, Schreihals, lasterhaftes Weibsstück, Hure, Flickensäerin, Schurkin, Lausige, ekelhaftes Weib, Krankmacherin, häßliche Scheißäffin, Furzscheißerin, Plattnase, Gaunerin, Angepißte, Bepisserin, Schandweib, Bordellbrut, unfreundliches Frauenzimmer, Bestie, Furzerin, Dreckstück, pfui, pfui, Ekelhafte!« Und mit diesen Worten warfen sie den Stock nach ihr.

Nunziella, die sich auf diesen Lärm hin am Fenster zeigte und sah, wie sich die Pagen über die arme Bettlerin aufregten, benahm sich nicht wie eine Dame, sondern wie eine höllische Furie, indem sie, zu den Burschen gewandt, rief: »Wollt ihr wohl aufhören, ihr ungezogenen Bengel, ihr Winzlinge, ihr Hüpf-mich-an, ihr heulenden Rotzbuben, ihr Besessenen, ihr Feiglinge, ihr Teufelchen, ihr Zuchthäusler, ihr Lumpenpack, ihr Gesindel! Still! Daß ihr verrecken mögt! Behandelt man so die Armen in meinem Haus?« Und hierauf wandte sie sich gegen die Höflinge, die lachten und ihren Spaß an dem hatten, was die Pagen taten, und hielt ihnen eine ordentliche Standpauke: »Und ihr lacht darüber, he! Tiere, Erzesel, Tölpel, Einfaltspinsel, Rüpel, Dummköpfe, Bauernlümmel, Unglückstränen, Schmutzfinken, Stammväter der Hölle, Nichtsnutze, Faulpelze, Tagediebe, Saukerle, Trottel, Riesenflegel, Schufte, Schnaken, Schweine, Maccheroni ohne Salz, Aasgeier, Lumpengesindel, Tröpfe, Lasagnefresser, Ochsen, Brüheschlürfer, Dummiane,

Faultiere, lahme Enten, Hosenzerreißer, übriggebliebener Kastanienbrei, Wracks, Würmer, vertrottelte Taugenichtse, Brüder des Jakob, Ochsen, Mütterchen-füttere-mich, Maccheroni-springt-mir-in-den-Schlund, kalte Bratspieße, Halbstarke, Höflichkeitenscheißer, Tölpel, Mylords, Stutzer! Iß kalt und trink warm! Siebenbrötler[5], sauber und gemalt, mit dem Spieß im Hintern, sobald du mich siehst, schreib mir! Schießpulver des Hofes, Streithammel, Lotterbuben, Quälgeister, Haufen Unrat, Abschaum der Betrüger, Aufschneider erster Wahl, Freßsäcke, Nasenbohrer, Frechlinge, Gesindel, Schurken, Stümper, Plünderer der Gehenkten, Verschwender, Latrinenausleerer, Abfallgruben, abtrünnige Spitzbuben, Schlamphanse, Pack, Krüppel, Rüpel, Bastarde, Küchenschaben, Hurensöhne, Gezeichnete, Diebe, Würmer, Hahnreie, niederträchtige Kerle, Blutsauger! Ist dies das gute Beispiel, das ihr den Pagen gebt? Lebt ihr so auf Kosten anderer? Was habt ihr dem Himmel gegenüber dieser armen Frau voraus, daß ihr euch nach Belieben sättigt, während jene nicht ein einziges Stück Brot besitzt, um sich satt essen zu können? Wenn ihr in meinem Haus bleiben wollt, müßt ihr die Armen so wie mich behandeln, sonst verschwindet von hier! Geht das Schleppnetz ziehen, geht als Lumpensammler, geht Unrat auflesen, geht Nägel suchen im Wasser, das auf den Straßen rinnt, geht mit dem Seil und dem Korb und verdingt euch am Zollamt als Träger; geht Wachs sammeln bei den Begräbnissen, geht Latrinenröhren ausräumen, werdet Totengräber, brecht euch den Hals, aber nähert euch nicht diesem Haus! Doch laßt mich nicht sagen, ich wollte euch eine Kopfwäsche ohne Seife verabreichen, und würde ich mich darauf einlassen, so gäbe ich euch was zu zählen, aber kein Geld!«

Die armen Höflinge, die sich so viel anhören mußten und davon nicht noch mehr hören wollten, zogen sich alle still und stumm und ohne ein Sterbenswörtchen, wie ein Hund, der den Schwanz zwischen die Beine klemmt, wie ein Ziegenbock, der den Wolf gesehen hat, betroffen, bestürzt, benommen und verwirrt in das Haus zurück, und Nunziella nahm die arme Frau bei der Hand, küßte sie und sprach: »Verzeih, meine Schwester, achte nicht auf das Gerede dieser Teufelchen und auf die Unvernunft dieser Biester, sondern komm mit mir, auf daß ich dich erquicke.« Sodann geleitete sie die Arme in das Haus und rief die Kammerzofen. Sie ließ sie waschen, legte sie in ein Bett, ganz aus goldenem Schaum, ließ ihr einen Kuchen backen und sorgte sich um sie in jeder Weise, das heißt: sie kleidete sie von Kopf bis Fuß ein wie eine Dame, gab ihr eine Handvoll Dukaten und behielt sie für drei Tage bei sich.

Aber als der vierte Tag herankam, der letzte der acht Tage, die Nunziella dort wohnen durfte, sprach sie zu ihr: »Sei gesegnet, meine Schwester, geh' mit Gott, denn auch ich begebe mich demnächst den Hang hinunter, da ich nur noch einen Tag in diesem Palast verweilen darf. Nimm diese paar Kleinigkeiten und bitte den Himmel, er möge mir Glück bringen.« Die arme Frau dankte ihr tausendmal und ging davon. Und als sie zu den anderen Feen zurückgekehrt war, erzählte sie ihnen, wie sich alles zugetragen habe, so daß alle vier nicht aufhören konnten, die Gutherzigkeit dieses braven Mädchens zu loben.

Als der achte Tag um war und Nunziella den Schlüssel der Besitzerin zurückgeben mußte, sagte sie zu dem Gemahl, vor dem sie eine Ausrede zu finden suchte: »Mein Gemahl, laß uns aus diesem Palast ausziehen und in unser Dorf zurückkehren, denn hier bekommt mir die Luft nicht, und unser Besitz ist ohnehin in Sicherheit. Wenn du mich nicht sterben sehen willst, so tue mir diesen Gefallen.« Der Gemahl, der sehr zartfühlend war und der Frau keinen Kummer bereiten wollte, machte die Wagen zurecht; und bevor sie aufbrachen, nahm Nunziella den Torschlüssel und sprach zu dem Gemahl: »Habe Geduld und warte ein wenig, denn ich komme gleich zurück.« Hierauf ging sie zum Fluß, um die Sardine aufzusuchen, und als sie ihr gedankt hatte und gerade den Schlüssel in sein Loch legte, sah sie eine alte Frau, die ihr bekannt vorkam, und die am Ufer des Flusses nach Krabben suchte. Diese beugte sich dabei zu weit vor, ein Stein brach unter ihr weg, und sie fiel in das Wasser. Als sie bereits zu ertrinken drohte, erschien die Sardine. Da kniete Nunziella nieder und bat sie, der armen Frau zu helfen, die unterdessen zappelte und im Begriffe war zu ersaufen.

Sogleich begann die Sardine, die den Kopf aus dem Wasser streckte, zu wachsen, und sie wuchs derart, daß aus ihr eine schöne Frau wurde, die die unglückliche Alte ergriff, sie festhielt, damit sie der Fluß nicht mit sich nehme, und sie heraus an das Ufer zog. Hierauf kehrte sie sich zu Nunziella um und sprach: »Wisse, meine Tochter, daß diese deine Mutter ist, jene häßliche Fratze, die dir so viele Stockhiebe gegeben und dich aus dem Haus gejagt hat. Und ich habe sie zur Strafe für ihre Gier in den Fluß gestürzt, um sie aus diesem Leben scheiden zu lassen und sie den Strom hinabzuschicken wie einen Baumstrunk in das Feuer der Hölle. Aber auf dein Bitten hin habe ich sie gerettet. Und damit du wissest, daß Gutes tun niemals umsonst ist – denn die Bettlerin, der du in diesen Tagen so viele Wohltaten zukommen ließest, war eine meiner Schwestern –, überlasse ich dir für dein gutes Betragen den Palast und alles, was sich darin befindet. Aber heute in acht Tagen sollst du wieder an den Fluß kommen, um dem König der Feen, von dem du so viele Wohltaten empfangen hast, ein wenig die Ehre zu erweisen. Nun sei gesegnet, geh' und gib acht, denn deinen Gemahl haben starke Kopfschmerzen befallen. Sei unbesorgt, denn ich habe sie ihm geschickt, damit er zu dir sage: ›Laß uns hierbleiben, meine Gemahlin, und ein anderes Mal fahren!‹ Und du sagst darauf: ›Ja, mein Gemahl, ich verlöre gern mein Leben, um nur das deine zu retten.‹ Kehre zurück und schließe den Palast wieder auf. Lebt glücklich, denn er wird dich noch mehr lieben als zuvor, und du wirst es besser haben als eine Königin. Und du, Rosecachiuove, danke deiner Tochter, die dir das Leben, das du ihr schenktest, zurückgegeben hat; und lasse dir nicht einfallen, ihr mit deiner Knausrigkeit Kummer zu bereiten, denn sonst wirst du es bereuen.«

Nachdem sich Nunziella bei der Fee bedankt hatte, ging sie mit der Mutter zum Palast, ohne von dem Riesen ein weiteres Mal angesprochen zu werden. Sie ließ die Wagen entladen und freute sich mit ihrem Gemahl, dem sie weismachte, sie habe jene Alte als ihre Gesellschaftsdame aufgenommen, um nicht gleich zu sagen, daß es ihre Mutter sei. Aber als diese nun all den Reichtum sah, wußte sie nicht, was tun. Anstatt sich vollaufen zu lassen und sich sattzuessen, wollte sie aufbewahren, einschließen und wegstecken. Sie ging und mauste die Rubine und Karfunkelsteine von der Mauer und vom Fußboden, tat haarsträubende Dinge und sagte unter anderem zur Tochter: »Wozu brauchst du so viele Lakaien, Pagen, Höflinge und Zofen? Ein Lakai ist mehr als genug, ein Mädchen muß auch genügen! Nicht wahr? Bist du's etwa leid, die Wäsche zu waschen? Hast du nicht bis gestern mit ein paar Lumpen auf dem Leibe gelebt? Laß uns das Geld und die Schätze aufbewahren; es kann noch so manches passieren!«

Die arme Tochter, die sich dies alles anhören mußte, konnte es nicht ausstehen, und es verdroß sie so sehr, daß ihr selbst das Süße im Hals steckenblieb. Und als der achte Tag gekommen war, an dem sie dem König der Feen ihre Aufwartung machen sollte, gab sie ein Gastmahl für eine Menge armer Leute, die am Ufer des Flusses essen und trinken durften und die Stanzen und Lieder zu Ehren der Herrschaften sangen.

Als gegen Abend das Fest zu Ende war und die Leute sich zurückzuziehen begannen, erschien die Fee in Gestalt einer Sardine und fragte Nunziella, was ihr denn fehle, da sie so betrübt sei. Und sie erzählte, was die Mutter ihr alles angetan habe. Die Fee, die darüber in Zorn geriet, verwandelte sich in die Frau, die sie war, und sprach zu Rosecachiuove: »Wann wirst du wohl satt sein, Ziegengezücht, Urgroßmutter des Teufels? Bist du es würdig, die Mutter solch einer guten Tochter zu sein, die, anstatt dir das Böse heimzuzahlen, das du ihr angetan hast, dir das Leben rettete und dich in einen Palast führte, der der Reichtum selbst ist, um dir das Leben einer Königin zu bieten? Und du, Mutter der Not, Geizkragen, du läßt sie so viele bittere Pillen schlucken, daß sie davon schon eine aufgeschundene Gurgel hat? Schnell, versinke! Verschwinde aus dieser Welt, denn ich will nicht, daß diese Pest sich hier verbreite.« Und mit diesen Worten schleuderte sie ihr einen Wasserstrahl in das Gesicht und ließ sie mit einem Male, ganz insgeheim, zu einer Kröte werden, ohne daß Nunziella davon etwas merkte. Jene Rubine und Diamanten aber, die sie gestohlen hatte, verwandelten sich zu lauter Höckern. Sodann wandte sich die Fee Nunziella zu und sprach: »Sei gesegnet, meine Tochter, geh' und vergnüge dich mit deinem Männlein und nimm dir den Lohn für das Gute, das du getan hast; und deine Mutter möge sich einen Zahnstocher nehmen und Erde fressen, wenn sie Hunger hat, denn so hat sie es verdient.«

Also kehrte Nunziella mit ihrer Begleitung nach Hause zurück, und als sie vor dem Tor standen, sagte der Gemahl zu ihr: »Meine Gemahlin, ich kann die Statue dieses Riesen hier davor nicht mehr ansehen. Wenn es dir recht ist, werden wir sie entfernen, denn sobald ich das Tor öffne, scheint es mir, als wolle er mir eine Kopfnuß verabreichen und mir mit seiner schweren Hand den Schädel in den Körper stauchen.« – »Das ist eine Kleinigkeit«, erwiderte Nunziella. »Du bist der

Besitzer, tu, was du willst!« Nun befahl der Gemahl, da er ein Freund des Königs von Neapel war, der wiederum Statuen liebte und sie in der ganzen Welt suchen ließ, daß man ihm die Statue des Riesen schicke, was auch geschah. Und jener behandelte sie, als wäre sie eine Statue Gottes, obgleich sie nach geraumer Zeit ein weiteres Mal zum Bewacher eines Palastes wurde; denn es handelt sich um jene, die man heute vor dem Schloß stehen sieht, und die Neapolitaner nennen sie den Giganten.

Und um zu der Kröte zurückzukehren, die sich noch immer aufbläht: Was glaubt ihr, tut die verfluchte Alte? Als Kröte, die sie nun ist, treibt sie es ärger als zuvor und ist noch heute voller Gier. Und obgleich sie Erde frißt und davon so viel hat, wie die Welt groß ist, frißt sie auch davon nur ganz wenig, aus Angst, sie könnte ihr ausgehen und sie müßte Hungers sterben. So kann also eine schlechte Gewohnheit einem zur Natur werden, wie uns dieser Ausspruch lehrt:

Die Bosheit des Wolfes ist so beständig,
Daß er die Haut, nicht aber sein Wesen wechseln kann.

SCHLUSS DER POSILECHEATA
DAS HEISST
DES FESTES AUF DEM POSILLIPO
AM 26. JULI 1684

Diese Geschichte der Cianna war, wenn man das Alter der Erzählerin berücksichtigt, wirklich lobenswert, und alle bewunderten ihr Gedächtnis, das ihr half, sich sogar der Beleidigungen zu erinnern, welche die Pagen der Fee und Nunziella den Pagen und den Höflingen an den Kopf geworfen hatten.

Währenddessen war die Feluke angekommen, um mich abzuholen; und da auf dem Meer draußen von dem Herrn Vizekönig ein wunderschönes Fest gegeben wurde, schlug ich Freund Petruccio und dem Doktor vor, anläßlich dieses Festes bei Mergoglino mit mir auf die Feluke zu kommen, um sich an jenen Späßen zu erfreuen. (Wahrlich, der Vizekönig ist ein Mann vom Format eines Vespasian und eines Titus; einer der jene schöne Lobrede auf die »Wonne des menschlichen Geschlechtes« verdiente; denn er hält die Waage der Gerechtigkeit gerade und sorgt dafür, daß jeder das Seine bekomme, und er versäumt auch nicht, mit Lustbarkeiten und Zerstreuungen die Leute zu unterhalten, die unter ihm jenes Zeitalter genießen, das von denen, die darüber schrieben, eher erträumt als gesehen wurde. Denn falls es je existiert haben sollte, so ist es jenes, das man heute unter der Regierung dieses sowohl durch seine Abkunft als auch durch seine Eigenschaften und sein Wissen hervorragenden Gebieters genießt.) Und so dankte ich Cianna und ihren Töchtern für die schönen Märchen, die sie erzählt hatten, und damit sie mich ein andermal noch bereitwilliger erfreuen würden, gab ich allen fünfen je einen halben Dukaten, und sie sagten, sie wären gerne bereit. Hierauf stiegen wir zur Küste hinab und begaben uns voll Vergnügen auf das Boot, denn es blies ein leichter Wind, der einen erfrischte, der Sommerhitze zum Trotz.

Da war nun das Meer von dichtgedrängten Feluken bedeckt; denn nicht nur von Neapel, sondern auch von den Inseln und den Nachbarorten, die den schönen Krater der Sirene[1] bilden, waren alle gekommen, so daß es mir schien, als sei keine Menschenseele in Neapel zurückgeblieben, so viele Leute waren hinausgefahren, um das Fest zu sehen.

Als erstes sah man nahe dem Palast der Medina einen Triumphwagen, ein wahres Prunkstück, denn er war über und über vergoldet, mit vier roten Rädern, gezogen von zwei Seepferden, die wie lebendige aussahen. Oben auf dem Wagen befand sich eine große Muschel aus Silber, die dem Neptun samt seiner Gemahlin als Thron diente. Der ganze Wagen war umringt von Gestalten, die Tritone und Nereiden und andere Nymphen und Meeresgöttinnen darstellten, und die mit verschiedenen Arten von Instrumenten musizierten und sangen und so die klare Luft mit einem wunderbaren Wohlklang erfüllten. Aber rings um diesen Wagen drängten sich eine Menge Feluken, Kähne und Boote, so daß es den Anschein hatte, als sei eine Armada aufgefahren.

Weiter vorne, genau vor Mergoglino, befand sich eine Art Gebäude, das, mitten im Meer stehend, einem Theater glich und mit grünen Zweigen bekränzt war, die das Auge ergötzten. Dies war eine Vorrichtung für Feuerwerke, in dessen Umkreis sich ebenfalls eine Unzahl von Booten, Kähnen und Feluken aufhielt, und selbst die mit Leuten vollbesetzten Tartanen waren dorthin gekommen. Entlang der Küste standen zudem die Kutschen der Damen und Kavaliere aufgereiht, so weit das Auge reichte, und Zuckersachen, Sorbet und Eiswasser wurden gebracht.

Währenddessen erschien die Feluke des Herrn Vizekönigs, begleitet von zwei Galeeren und weiteren Feluken der Garde, die am Ort des Festes eine Kanonensalve abfeuerten. Und welch ein Vergnügen war es, all die Fenster, die Terrassen und Dächer voll von Leuten zu sehen, die in ihrer großen Zahl so gedrängt standen, daß sie Sardinen glichen; und alle standen mit offenem Munde da: einige um zu sehen, was das schöne Kunstwerk aus Zweigen darstelle, einige um den prachtvollen Triumphwagen zu betrachten, einige um der Musik zu lauschen, einige um fremden Käse mit Steuern zu belegen[2] und einige um die Großzügigkeit desjenigen zu loben, der das Fest veranstaltete. Hier verweilten auch wir, um es den anderen gleichzutun. Und kaum hatte die Nacht den schwarzen Mantel ausgebreitet, obgleich der Mond, der im fünften Zehntel stand, ihn halb zerriß, um auch dem Feste zusehen zu können, da entflammten in all den Häusern und Palästen am Küstensaum des Posillipo, der einem wunderschönen Theater gleichkam, so viele Lichter und Fakkeln, daß der Mond sich schämte, sein Licht von jenen irdischen Sternen übertroffen zu sehen, während er doch alle jene des Himmels überstrahlt.

Hierauf wurde Feuer an das schwimmende Gebäude gelegt, und da bekam man die schönste Sache der Welt zu Gesicht: so viele Feuerwerkskörper waren darin, daß ich es nicht glauben würde, hätte ich's nicht selbst gesehen. Jeder Schuß erfüllte die Luft mit Sternen, und jeder dieser Sterne gebar hundert andere; hier entstiegen Flammenfontänen, dort bildeten sich Regenbogen aus Feuer; so lange währte dies, bis das Meer den Atem anhielt, vor Staunen darüber, daß das Feuer im Wasser bestehen könne. Und da es glaubte, Vulkan und Neptun hätten sich versöhnt, begann es, anstatt das Feuer zu löschen, die Flammen zu verdoppeln, indem es sie an seiner Brust widerspiegeln ließ. Und die Berge von Somma waren ganz bestürzt, da sie glaubten, dort werde ein weiterer Vesuv geboren.

Dieser schöne Anblick währte fast eine gute Stunde; und weil die Feluken den Kiel zu wenden begannen und Freund Petruccio mit dem Doktor in das Boot eines anderen Freundes umgestiegen war, um auf den Posillipo zurückzukehren, fuhr ich mit dem meinen den eigenen Angelegenheiten nach. Und als ich um drei Uhr nachts freudensatt und todmüde an der Mole ankam, ging ich an Land. Und nachdem ich den Diener vorausgeschickt hatte, damit er etwas kaltstelle, ging ich heim, einen Fuß vor den anderen, mit einem Löffelchen Honig dazu.

ENDE DES BUCHES

Anmerkungen zu »An die tugendhaften Leser«

1 Dieser von Grazzini 1582 in Florenz gegründete Gelehrtenverein zur Reinigung der italienischen Sprache trug die Bezeichnung *Crusca* (Kleie), da dessen Mitglieder in Sprache und Literatur gleichsam die Kleie vom Mehl sondern sollten. Dieser Aufgabe diente die 1612 erfolgte Veröffentlichung des *Vocabolario degli Accademici della Crusca*, das überwiegend auf den Texten der Trecentisten Dante und Boccaccio aufgebaut ist.
2 G. A. Summonte, Autor einer *Historia della Città e Regno di Napoli*, gilt als einer der bedeutendsten, aber auch umstrittensten Historiker des Mezzogiorno (16. Jh.).
3 *Pan, pa*: Spanische und katalanische Bezeichnung für Brot.
4 Giulio Cesare Cortese, bedeutendster neapolitanischer Mundartdichter, Freund Basiles.
5 Anagramm des Namens *Giannbatista Basile.*

Anmerkungen zur Einleitung

1 F. Alunno, *Della Fabbrica del Mondo*, Venedig, 1560.
2 Spanisches Sprichwort, das heute nicht mehr gebräuchlich ist: *Auf etwas Rundem läßt sich kein standfestes Gebäude errichten.*
3 Volkstümliche Gestalt, deren Abenteuer in *Opera nuova piacevole et da ridere de uno villano lavoratore nomato Grillo, el quale volse diventar medico* erzählt werden.
4 Volkstümliche Redensart, deren Sinn nicht mehr exakt wiederzugeben ist.
5 Der neapolitanische Dialekt kennt für das Wort *pala* zwei Bedeutungen: Schaufel und Leibschüssel.
6 Eine im Neapolitanischen gebräuchliche Umschreibung, die zum Ausdruck bringen soll, daß man eine Tatsache zwar zugibt, aber deren übertriebene Darstellung in Abrede stellt.
7 Gemeint ist G. B. Basiles *Pentamerone.*

Anmerkungen zum ersten Märchen

1 Umschreibung für eine besonders köstliche und in Wahrheit unerreichbare Speise.

2 Das Zitat stammt aus Tassos *Gerusalemme*. Der Poet schrieb zwar in toskanischer Sprache, war aber, 1544 in Sorrento geboren, praktisch schon Neapolitaner.

3 Auch im Italienischen sagt man *Aspettare il corvo*, auf den Raben warten, im Sinne von »auf jemanden warten, der nicht zurückkehrt (wie jener Rabe, den Noe aus seiner Arche absandte)«.

4 Typisches Kleidungsstück der Neapolitaner im 16. und 17. Jahrhundert.

5 Cava dei Tirreni, in der heutigen Provinz Salerno.

Anmerkungen zum zweiten Märchen

1 *Sanzaro* (= Vermittler): Scherzhafte, dialektale Verstümmelung des Namens *Sannazaro*. (Vgl. B. Croce, *La chiesetta di J. Sannazaro*, in: *Storie e leggende napoletane*, 5. Ed., Bari 1959, pp. 213f.)

2 Eine wahrscheinlich wohlschmeckende Obstsorte, die eine Zeitlang in Neapel verbreitet gewesen sein dürfte, deren Vorkommen aber nur bis zum 18. Jahrhundert belegt ist. U.a. wurde sie als *Pyrus malus*, als *Celtis australis* und als *Ziziptus lotus* identifiziert.

3 Euphemismus für *sterben*.

4 Der Begriff umfaßte als Synonym auch die Bedeutungen *junge Frau, anmutiges Mädchen*.

5 1652 ließ der Herzog von Ognatte nicht nur den alten Brauch der Karnevalsmaskerade wieder aufleben, sondern führte auch das Musikschauspiel in Neapel wieder ein, auf dessen Basis im 18. Jahrhundert die *Opera buffa neapolitana* begründet werden sollte.

6 Marco und Fiorella werden auch von Basile zitiert (Vgl. *Pentamerone*, I,2; II,7).

Anmerkungen zum dritten Märchen

1 Zu jener Zeit war es in Neapel Brauch, Gebärende in eine Flasche blasen zu lassen, um so den Geburtsvorgang zu beschleunigen und zu erleichtern.
2 In der neapolitanischen Literatur des 15. und 16. Jahrhunderts war die Schlagkraft der katalanischen Waffen sprichwörtlich.
3 *Monte Somma*: Name der Nordspitze des Vesuv.
4 *Piperno*: Vulkanisches Gestein.
5 Eine Art Honiggebäck.
6 Feine, zumeist hausgemachte Nudeln.
7 Muskatellertrauben.

Anmerkungen zum vierten Märchen

1 Ein in Neapel von alters her gebräuchlicher Stichtag für Mietverträge, an dem Kündigungen und Umquartierungen vorgenommen wurden.
2 *Grotta de'pipistrelli*: In dieser Grotte wurde während der Pest von 1656 ein Großteil der Toten bestattet.
3 *Vozzoloso* (neap.): kröpfig.
4 Hierbei handelt es sich wahrscheinlich um eine Anspielung Sarnellis auf den in Neapel populären Griselda-Stoff.
5 *Papara* (neap.): Gans.

Anmerkungen zum fünften Märchen

1 Dieses den Namen der Protagonistin bildende Scherzwort – es bedeutet so viel wie *Nage-die-Nägel* – entlieh Sarnelli aus Basiles *Pentamerone*, wo es in der den zweiten Tag beschließenden Ekloge aufscheint.
2 »*Spring-übern-Graben*«.
3 Auch hier bezieht sich Sarnelli auf die oben erwähnte Ekloge Basiles.
4 In dem von ihm verfaßten Stadtführer, *Guida de' forestieri per Na-*

poli, erwähnt Sarnelli auch den *Cavalleriza* benannten Reitplatz, der, in der Nähe der Madallena-Brücke situiert, eine Länge von 313 Spannen und eine Breite von 92,3 Spannen aufwies.

5 Der eine scherzhafte Umschreibung für *Diener* darstellende Ausdruck *Settepanelle* entsprang der Gepflogenheit, sonntags an jeden der Diener sieben Brote zu verteilen, mit denen sie die folgende Woche ihr Auslangen finden mußten.

Anmerkungen zum Schluß

1 Poetische Umschreibung des Golfs von Neapel.

2 Scherzhafte Redensart, die ausdrücken soll, daß dem Kritiker ein Urteil gar nicht zustehe.

NACHWORT

Aus seiner Vorliebe für das Anagramm machte Masillo Reppone, recte Pompeo Sarnelli, kein Hehl, als er im Prolog zu seiner »Posilecheata« feststellte, es habe nach Giannalesio Abbatuto – soll heißen Giannbattista Basile – niemand mehr Geschichten in neapolitanischer Sprache geschrieben. Und weil er damit sagen wollte, es sei nun an der Zeit, daß wieder einmal in diesem vollmundigen Dialekt erzählt werde, und sich selbst beim Wort genommen hat, erschien im Jahr 1684, genau ein halbes Jahrhundert nach dem Erstdruck des »Cunto de li cunti« oder »Pentamerone« Basiles eben jene »Posilecheata«, eine Sammlung von fünf in neapolitanischem Dialekt verfaßten und mit einer Rahmenerzählung umgebenen Märchen.

Die, gemessen an vergleichbaren Erzählzyklen, ungewöhnlich geringe Zahl von Geschichten wird von der Rahmenfiktion selbst bestimmt: Eine akademische Herrenrunde, zu deren drei Teilnehmern auch der Autor zählt, hat sich auf dem Hausberg Neapels, dem Posillipo, zusammengefunden und bei einem opulenten Mittagessen den Nachmittag verbracht. Im Anschluß daran lassen sich die drei von der Haushälterin des Gastgebers und deren vier Töchtern Märchen erzählen, so lange, bis nach Einbruch der Dunkelheit ein wunderbares Fest mit Feuerwerk, das der Vizekönig von Neapel auf dem Wasser des Golfs veranstalten läßt, die Zuhörer fortlockt. Den Frauen verbleibt somit als Erzählzeit eine Spanne, in der nur fünf Märchen zum Vortrag gelangen können. Darüber hinaus mochte es auch dem Autor selbst aufgrund seiner gesellschaftlichen Stellung und seiner Profession angebracht erscheinen, es vorerst bei diesem kleinen Strauß von Prosastücken bewenden zu lassen; schließlich gehörte er einem Stand an, für dessen Mitglieder es keine Selbstverständlichkeit war, sich mit »derlei Kurzweil« die Zeit zu vertreiben.

Denn Pompeo Sarnelli, 1649 in Polignano (Apulien) geboren, kam mit sechzehn Jahren nach Neapel und widmete sich dort dem Studium der Rechte und der Theologie. 1669 wurde er zum Priester geweiht und erhielt bald darauf den Titel eines Apostolischen Protonotars. Fortan führte sein Weg innerhalb der Kirchenhierarchie steil bergauf: er fand Aufnahme in der Accademia degli Spensierati di Rossano, trat wenig später in den Dienst des Kardinals Vincenzo Maria Orsini, des späteren Papstes Benedikt XIII., und wurde schließlich als »Aulae Lateranensis et Sacri Palatii Apostolici Miles et Comes« in den Adelsstand erhoben. Das Angebot, Bischof von Termoli zu werden, schlug er aus, folgte aber dann dem Ruf auf den Bischofssitz von Bisceglie in Apulien, wo er dreißig Jahre später, im Juli 1724, starb.

Doch seine bedeutende gesellschaftliche Stellung war nicht allein durch seinen hohen geistlichen Rang begründet, Sarnelli hatte auch als Autor wissenschaftlicher Werke einen Namen. Dazu zählten neben anderem eine lateinische Grammatik, die lange Zeit an den Schulen Neapels als Lehrbehelf verwendet wurde, sowie vor allem die bekannte »Guida de' forestieri per

Napoli e per Pozzuoli«, eine Art Fremdenführer durch Neapel, mit dem er sich auf dem Gebiet der Kunstgeschichte als Autorität ausweisen konnte.

Für den Kenner seiner kunsthistorischen und kirchengeschichtlichen Werke wird sich die Frage stellen, wie es Sarnelli mit seinem Ruf als Geistlicher und als bedeutende wissenschaftliche Kapazität vereinbaren konnte, sich einem Genre zu widmen, das zu seiner Zeit bestenfalls der leichten Muse zugezählt wurde. Nun, Sarnelli wußte recht gut, was sich für ihn ziemte, und war auch nicht der einzige seines Standes, der sich von den Musen hatte küssen lassen, denn im Italien des 17. Jahrhunderts waren Kirchenfürsten, die sich mit Kunst und Literatur beschäftigten, keine Seltenheit, und als bestes Beispiel hierfür kann Kardinal Rosignoli, der spätere Papst Clemens IX., genannt werden, der als Begründer der geistlichen Oper gilt[1].

Dennoch schien es Sarnelli angeraten, die Frage der Schicklichkeit seiner literarischen Lockerungsübungen im Prolog der »Posilecheata« seinen tugendhaften Lesern zu stellen und auch gleich selbst zu beantworten. Dabei bewies er, wie gut er wußte, was es mit den Vorreden auf dem weiten Feld novellierenden Erzählens für eine Bewandtnis hat, und auch über die Art und Weise, wie sie etwa von Autoren der Boccaccio-Nachfolge eingesetzt wurden, um ihre poetologischen Vorstellungen dem Diktat literarischer, kirchlicher und politischer Autorität zu entziehen. Doch Sarnelli war selbst literarische Autorität genug und sich seiner Sache viel zu sicher, um sein belletristisches Schaffen ernsthaft verteidigen oder bemänteln zu müssen. So wird denn auch der Vertreter der Zensur oder »Literaturpapst« zu einem unbedeutenden »Schreiberling« diminuiert, dessen Vorhaltungen der Autor polternd vom Tisch wischt und dem er unmißverständlich klarlegt, daß auch die einfachen Formen in der Literatur Daseinsberechtigung haben und ihren Zweck erfüllen.

Weiter auszuholen, sieht er sich bemüßigt, sobald es gilt, für den neapolitanischen Dialekt als literarisches Ausdrucksmittel eine Bresche zu schlagen und sich gegen die Verfechter des Toskanischen als allübergreifende Hoch- und Literatursprache zur Wehr zu setzen. Er widmet der Verteidigung des Neapolitanischen eineinhalb Seiten, argumentiert voll Temperament und läßt es sich auch nicht nehmen, seine Ausführungen durch zwei Anekdoten zu bekräftigen, deren deftigheitere Wortspiele selbst den hartnäckigsten Verächter der neapolitanischen Mundart überzeugen mußten. Nun könnte man zwar Sarnellis Hinwendung zum mundartlichen Idiom damit erklären, daß dazumal die Dialekte der italienischen Hauptstädte in ihrer Funktion nicht auf die Umgangssprache beschränkt waren, sondern bis in die wissenschaftliche Korrespondenz hinein ihre Gültigkeit besaßen[2], doch dürfen wir annehmen, daß der Autor das Neapolitanische als gattungsspezifisches Kriterium dieser Erzählform mit Vorbedacht eingesetzt hat.

Volksmärchen frei nachzugestalten, und dies in der Sprache, in der sie ihren Ursprung hatten, war auch für Sarnellis zeitgenössische Leserschaft ein Kuriosum, jedoch ein Kuriosum mit Tradition: Während die offizielle Poetik Ende des 17. Jahrhunderts und auch noch danach für die Kunst des Erzählens die metrische Form vorschrieb, hatten bereits Straparola im 16. Jahrhundert und nach ihm Basile Kunstmärchen kreiert, deren wesentlichstes Stilprinzip die Abfassung in regionalen Idiomen gewesen war. Sarnelli konnte somit in diesem Punkt weder Urheberrechte für sich geltend machen, noch mußte er sich ernsthaft gegen ein poetologisches Diktat auflehnen; an ihm war es vielmehr, das Kunstmärchen in Italien noch für kurze Zeit fortleben zu lassen, nachdem Basile mit seinem »Pentamerone« eine Form der Literarisierung des Märchens vorgegeben hatte, die als mustergültig anzusehen war.

Es steht außer Zweifel, daß dieses umfangreiche Erzählwerk bei der Entstehung der »Posilecheata« Pate gestanden hat. Sarnelli kannte es durch und durch, da er Jahre zuvor im Zuge einer Nebentätigkeit, die er bei einem Verleger ausübte, die vierte und dann zum ersten Mal unter dem Titel »Pentamerone« edierte Auflage des »Cunto de li cunti« korrigiert hatte und auf diese Weise nicht nur dessen barocke inhaltliche und stilistische Struktur kennenlernte, sondern auch in die Erzählweise des neapolitanischen Märchens eingeführt wurde.

So kann auch der Vorwurf der Imitation nicht ausbleiben, wie ihn zum Beispiel Enrico Malato mit Vorbehalten erhebt, indem er feststellt, Basile habe Sarnelli nicht nur die Idee der Märchensammlung und ihr strukturelles Schema vorgegeben, sondern ihm gemeinsam mit Cortese sogar das sprachliche Material geliefert, aus dem die »Posilecheata« entstanden sei[3]. Sarnelli dürfte sich selbst der Gefahr eines abwertenden

Effektes bewußt gewesen sein, den die thematische und sprachliche Nähe seiner Märchen zum »Pentamerone« mit sich brachte, und stellte sie deshalb mehrmals, sowohl in der Vorrede als auch innerhalb der Rahmenerzählung bewußt dem Werk Basiles gegenüber.

Eine vergleichende Interpretation von Struktur und Ideologie beider Erzählzyklen, wie sie uns von Volker Klotz in seinem Band »Das europäische Kunstmärchen« äußerst erhellend vorführt, bestätigt zwar die Funktion von Basiles »Pentamerone« bei der Entstehung der »Posilecheata«, offenbart aber zugleich, welch unterschiedliche Wege die Autoren bei der Anlage der Makrostrukturen ihrer Werke, der Vorrede, des Rahmens und schließlich des ursprünglichen Erzählfundus gingen[4]. Daß hierbei dem Rahmen besondere Aufmerksamkeit zukommt, ergibt sich aus den unterschiedlichen Rezeptionsweisen, die den beiden Gattungen »Volksmärchen« und »Kunstmärchen« eigentümlich sind. Denn das Kunstmärchen muß, um das Fehlen des dem mündlich tradierten Volksmärchen durch den direkten Kontakt von Erzähler und Hörer in einer Erzählrunde gegebenen außerliterarischen Kontextes wettzumachen, einen belangvollen Erzählanlaß mittels des Rahmens fiktiv inszenieren; und bereits die orientalische Erzähltradition gestaltete in diesem Sinne die ihre Märchenzyklen umgebenden Rahmenfiktionen in Form einer sogenannten »Halserzählung«, einer Geschichte, in der der Vortragende erzählend um sein eigenes oder das Leben anderer kämpft. Wir finden diese Form des Halsrahmens in orientalischen Sammlungen wie »1001 Nacht«, dem »Papageienbuch« oder dem »Sindbadbuch«, in denen die eingerahmten Erzählungen die Funktion der »Märchenprobe« übernehmen und bei richtiger Ausführung den glücklichen Ausgang des Geschehens bewirken.

Diesen epischen Kunstgriff der Wechselbeziehung von Erzählanlaß und Erzählinhalten zu dynamisieren und ihm eine »sinnreiche Rondoform«[5] abzugewinnen, hat Basile verstanden, indem er – der Titel seiner Sammlung, »Cunto de li cunti«, drückt es aus – das Rahmengeschehen selbst als Märchen anlegt, als »das Märchen schlechthin«, durch das die Vielzahl der anderen hervorgebracht wird, das aber selbst auch der anderen bedarf, um zu seinem Abschluß zu gelangen; oder wie V. Klotz es formuliert: »... die Personen im Rahmen kommen nicht weiter, falls das Erzählen aufhört oder stockt. Mehr steht auf dem Spiel, als nur eine erzwungene Zeit der Untätigkeit sinnvoll zu bewältigen.«[6] Diesem Erzählen weiß aber Basile noch erkleckliche Dramatik abzugewinnen, indem er das Wirkungsschema des orientalischen Halsrahmens umkehrt und die verräterische Protagonistin der Geschichte mit jedem vorgetragenen Märchen ihrem Verderben näherbringt. Solchermaßen bewirkt der Rahmen des »Pentamerone«, daß die Aufmerksamkeit des Lesers wachgehalten wird, bis das Märchenerzählen endet und seinen Zweck erfüllt hat.

Gänzlich anders präsentiert sich uns sowohl in Gestaltung, Inhalt und Funktion als auch in ihrem Verhältnis zu den fünf Binnenerzählungen die Rahmenfiktion der »Posilecheata« von Sarnelli. Sogleich ins

Auge fällt, wie schon eingangs erwähnt, die kurze Zeitspanne des Spätnachmittages und Abends, die den Erzählerinnen für den Vortrag ihrer Märchen zugestanden wird. Nun mag sich Sarnelli bei der Fünfzahl seiner Geschichten auch an dem fünf Tage umspannenden Handlungszeitraum des »Pentamerone« orientiert haben; wie er uns aber seine Rahmenanekdote schildert, befreit ihn gänzlich vom Vorwurf des Epigonentums. Hierin geht es nicht um Kopf und Kragen, wie in den orientalischen Halserzählungen oder deren funktionaler Umkehrung, dem »Pentamerone«, auch nicht um eine aus den Fugen geratene Welt, die der polarisierenden Ethik des Volksmärchens bedarf, um wieder ins Lot zu kommen, hier schildert sich vielmehr der Autor selbst in einer Episode, wie sie alltäglicher und belangloser nicht sein könnte, die aber weder der Dramatik noch des märchenhaft Wunderbaren bedarf, um das Zustandekommen einer geselligen Runde und den Anlaß für das Reihumerzählen plausibel erklären zu können.

Hiermit nähert Sarnelli die Rahmenhandlung wieder dem außerliterarischen, realen Zusammenhang des mündlich tradierten Märchens, der Erzählrunde, die sich aus dem Bedürfnis nach geselligem Zeitvertreib zusammenfindet und deren Mitglieder dem Erzählen keine andere Bedeutung beimessen als die der anspruchslosen Unterhaltung. Wenn nun der Autor dem Gaumenkitzel der Mahlzeit den Ohrenschmaus des Märchenhörens und diesem zuletzt die Augenweide des Feuerwerks auf dem Golf von Neapel folgen läßt, so finden wir das Bedürfnis nach Zerstreuung auf einem höheren ästhetischen Niveau verwirklicht; und wenn uns vom Märchenerzählen berichtet wird, dann aus dem distanzierenden Blickwinkel eines Genießers, dem der Sinn nicht nach Erzählern steht, deren Phantasie die Todesangst beflügelt, sondern einzig und allein nach zweckfreiem Erzählen und nach dem daraus zu schöpfenden Genuß. Und da der Genießer Genüsse gegeneinander abzuwägen versteht, weiß er, daß das Speisen und das Erzählen einander suchen und entsprechen. Auch V. Klotz ortet realistische Züge in Sarnellis Märchenwelt: »... das handfeste Rahmengeschehen, eingebettet ins zeitgenössische Neapel; das ausgeprägt sinnliche Widerspiel von Essen, Reden und Zuhören, das ähnlich und anders die ausgeprägten Sinnlichkeiten des Märchens einholt, den Verzicht auf lebensbedrohliche Anlässe für instrumentales Erzählen nach Art von Boccaccio und Basile, das sich hier zum nur noch praktischen Erzählen verharmlost.«[7]

Aber man täte Sarnelli Unrecht, würde man allein von der Ideologie des Rahmenteils auf die des Autors schließen und in ihm nur einen genüßlich den Genuß beschreibenden Prälaten erkennen wollen. Erst bei der Lektüre der Binnenerzählungen, dem Herzstück der »Posilecheata«, enthüllt sich der wahre schöpferische Fundus des Autors, der sich im praktischen Erzählen als ein guter Beobachter und Psychologe zeigt und das Volksmärchen originell aber auch seelenvoll umzudeuten versteht.

Daß er kein Volkserzähler war, liegt auf der Hand, daß er aber mit der oralen Erzähltradition Italiens und insbesondere Neapels vertraut war und aus deren reichhaltigem Themen- und Motivreservoir zu schöpfen verstand, beweisen die Märchen aus seiner Feder, die er der Hauswirtin Cianna und deren vier Töchtern in den Mund legt, um sich zugleich, da er sich zu den Zuhörern zählt, selbst dafür zu beklatschen. So bestimmt die Spielart eines weitverbreiteten Motivs den Handlungsverlauf des zweiten Märchens, in dem die sechste von sieben Feen über die neugeborene Prinzessin einen bösen Zauber spricht, der bewirkt, daß sich diese in eine Schlange verwandeln muß, sobald sie zum ersten Mal das Bett ihres Gemahls berührt. Dieses Motiv ist uns in abgewandelter Form aus Perraults »La belle au bois dormant« und als dessen deutsche Variante »Dornröschen« aus den »Kinder- und Hausmärchen« der Brüder Grimm bekannt.

Außerordentlich weit verbreitet sind die zahlreichen Motive im dritten Märchen. Tragende Funktion hat hier – wie im ersten Märchen – das Motiv der unschuldig verfolgten Frau, das recht eigenwillig variiert wird und den Rahmen für eine ganze Reihe weiterer Motive bildet. Hiervon ist das Motiv der Zwillinge mit wunderbaren Kennzeichen, die von der grausamen Großmutter verfolgt werden, in der italienischen Volksliteratur besonders häufig vertreten. Auf Sarnellis Version dürfte jedoch auch Straparola eingewirkt haben, dessen Märchen sich schon früh über Frankreich und Spanien ausbreiteten und in einigen Fällen sogar in den gemeineuropäischen Märchenschatz übergingen, wie etwa »Das tanzende Wasser, der singende Apfel und der leuchtendgrüne Vogel« entsprechend KHM 96[8], das von Sarnelli als Stoff in das dritte Märchen interpoliert wurde. Innerhalb der »Posilecheata« ist dieses Märchen das einzige, das über den süditalienischen Raum hinaus bekannt wurde, und zwar durch Carlo Gozzi, dem Verfasser der »Turandot«, der die Erzählung von der betrogenen Betrügerin achtzig Jahre nach ihrem Erstdruck dramatisierte und hiermit wohl als einziger Schriftsteller gelten darf, der eine Erzählung Sarnellis verwertet hat[9].

Aber auch schon in der Rahmenhandlung hat Sarnelli ein verschlüsseltes Märchenmotiv verborgen, dessen inhaltlicher Ursprung im Motiv-Index von Aarne und Thompson unter 1567 C erfaßt wird: Eltern geben ihrem Sohn einen kleinen Fisch zu essen und behalten für sich selbst einen großen. Der Knabe, der dies bemerkt, hält den kleinen Fisch an sein Ohr und sagt, wegen seines sonderbaren Verhaltens zur Rede gestellt, er habe ihn etwas gefragt, der Fisch wisse aber keine Antwort und habe ihm daher den Rat gegeben, den großen Fisch zu fragen, der sich unter dem Bett befinde. In der Rahmenerzählung der Posilecheata wird daraus eine Eskapade des freßwütigen Arztes Marchionno, der im Verlauf des Gastmahles zu dieser Finte greift, um den Meeraal kredenzt zu bekommen, den er in der Küche vermutet.

Da nun solchermaßen Essen und Trinken nicht nur die Ideologie des Rahmens, sondern auch dessen Motivik bestimmen, müssen bei der Verteilung der Rollen auch jene bevorteilt werden, die im wahren Leben für die Verköstigung zu sorgen pflegen – die Frauen. Denn »die Frauen sind den Männern nicht nur im materiellen Bereich der Küche überlegen, sondern auch im immateriellen der Poesie«, weiß V. Klotz[10], und auch Sarnelli war sich wohl bewußt, daß in der mündlichen Volkstradition vor allem den Frauen das Tradieren und Bewahren des Erzähl- und Liedgutes oblag. So führt er seine Fiktion ganz nahe an die Wirklichkeit heran und läßt seine Märchen ausschließlich von Frauen, der Hauswirtin Cianna und ihren Töchtern, vortragen. Er weiß, was und wie die Frauen aus dem Volk zu erzählen pflegen, und läßt seine Protagonistinnen Geschichten mit weiblichen Hauptgestalten den Vorzug geben, deren Fühlen und Denken ja auch das ihre ist.

Doch das Frauenbild, das Sarnelli vermittelt, unterscheidet sich ganz und gar von dem des Volksmärchens, ja, es hat selbst mit den Frauengestalten anderer Kunstmärchensammlungen wenig gemein. Im Gegensatz etwa zu Basile, der in seinem »Pentamerone« eine pittoresk häßliche Altweiberschar aus der Gosse erzählen läßt, sind Sarnellis Cianna, Frau eines reichen Gemüsehändlers, und deren Töchter allesamt »höflich, liebenswürdig und von ausnehmend gutem Betragen«, und da sie den Part der Erzählenden übernehmen, geben sie auch den Heldinnen ihrer Geschichten andere Züge als die, welche den Frauengestalten der Volksmärchen in der Regel eigentümlich sind.

Zwar entwickeln die Frauen aus den Märchen der »Posilecheata« ihr schicksalbestimmendes Verhalten aus den simplifizierenden Gesetzmäßigkeiten der Volksmärchenwelt; auch können sie ihr Geschick nicht ohne die Mithilfe des Wunderbaren zum Guten wenden. Was sie aber eindeutig von den heteronom bestimmten Protagonisten der Volksmärchen unterscheidet, ist ihre Bereitschaft zu autonomer Entscheidungsfindung und autonomem Handeln. Diese Charakterzüge kommen besonders in der Gestalt der Cecca aus dem vierten Märchen zum Ausdruck, deren Vertrauen in ihre eigene Geschicklichkeit und Umsicht einem, man könnte fast sagen, bürgerlichen Selbstbewußtsein zu entspringen scheinen.

In diesem Punkt entfernt sich Sarnelli sowohl vom Volks- als auch vom Kunstmärchen, um sich in der Ideologie seiner Hauptgestalten der Abenteuernovelle Boccaccios zu nähern, die es dem Helden durchaus überläßt, Initiativen zu ergreifen, auch wenn der Ausgang des Geschehens noch ungewiß bleibt. Novellesk, ja dem »Decamerone« entnommen, erscheint das Szenarium dieses vierten Märchens der »Posilecheata«: die Schilderung der durch die Pest entvölkerten Stadt Neapel, in der es zwei durch die Seuche ihrer Eltern und ihres Erbes beraubten Kindern gelingt, wieder zu ihrem Besitz und zu gesellschaftlichem Ansehen zu gelangen. Dieses Geschehen spielt sich in der Sphäre des »popolo grasso« ab, in der Welt des kaufmännisch geschickten und daher reichen und angesehenen Großbürgertums der italienischen Stadtstaaten, in der sich auch Boccaccios Novellengestalten bewegen.

Nun fehlt zwar auch in dieser Erzählung nicht das hilfreiche Zauberwesen, die kleine Eidechse, aber deren visionäre Ratschläge bedürfen erst der Klugheit und Zielstrebigkeit der Heldin des Märchens, um das glückliche Ende herbeizuführen.

So entwirft Sarnelli sein Märchen nach den Kriterien novellistischen Erzählens und erfüllt dessen Forderung nach dem Außergewöhnlichen und Unerhörten, indem er die dem Wunderbaren verpflichtete Märchenhandlung vor dem historisch realen Hintergrund der Pestepidemie des Jahres 1656 ablaufen läßt.

Aber auch bei den übrigen vier Märchen bemüht sich der Autor, das sich jeglicher Orts- und Zeitbestimmung entziehende Volksmärchenmuster aufzubrechen und es mit gattungsfremden Inhalten zu füllen. Hierbei kommen ihm seine Gelehrsamkeit und seine kunsthistorischen Kenntnisse zustatten, indem er Sehenswürdigkeiten von Neapel, Figuren aus Stein, die die Brunnen der Stadt bevölkern und auch in seinem ein Jahr nach der »Posilecheata« erschienenen Werk »Guida de' forestieri per Napoli ...« beschrieben werden, mythisch umdeutet und sie in die Schar der Akteure seiner Märchen einreiht. Sie haben zumeist die Bösewichte zu stellen, die am Schluß der Geschichten zur Strafe für ihr unschönes Betragen zu Stein erstarren und solcherart als Statuen noch heute in Neapel zu bewundern sind, falls das Denkmalamt sie nicht entfernen ließ.

V. Klotz vermutet darin »mehr als nur mutwillige Trugspielerei zwischen Fiktion und Wirklichkeit«, auch etwas anderes als einen »Verschnitt von Märchen mit Sage, die sich vorzugsweise an lokalen Absonderlichkeiten festhakt, um sie allen Ernstes auf übernatürliche Vorkommnisse zurückzuführen«[11]. Daß sich Sarnelli hierbei aber doch ein wenig an sagenähnlichen literarischen Vorgaben orientiert haben dürfte, geht aus den Volksballaden des Giulio Cesare Cortese hervor; ihn erwähnt Sarnelli in seinem Prolog zur »Posilecheata«, und er erklärt in seinem »Cerriglio 'ncantato« die Entstehung einiger zum Teil berühmter und volkstümlicher Denkmäler Neapels als Folge von Zauberei und Verwandlung. Auch konnte Sarnelli als literarisch umfassend Gebildeter ähnliche Motive in Werken wie Ovids »Metamorphosen«, Boccaccios »Ninfale fiesolano« oder Sannazaros »Eclogae piscatoriae« aufgespürt und für seine Märchen adaptiert haben. Schließlich erscheint aber diese thematische Facette der versteinerten Protagonisten auch durchaus volkstümlich und charakterisiert eine ganze Reihe von süditalienischen und katalanischen Volksmärchen[12].

Überhaupt erweist sich Sarnelli als ein Autor, der, obgleich er die Märchen seiner »Posilecheata« als schöpferische Eigenleistung verstanden wissen will, niemals das essentiell Volkstümliche an ihnen zu verdecken sucht. Diese Tendenz geht, wie schon dargelegt wurde, zum einen aus der Alltäglichkeit der Handlung des Rahmens hervor, zum anderen zeigt sie sich noch deutlicher in der Sprache, die zwar Basiles Stil zu imitieren scheint, aber dessen für die Volkserzählung untypischen Plauderton vermeidet. Basiles Sprache ist besonders künstlich; das zeigt sich nicht nur in der Häufung barocker syntaktischer Verkrümmungen und verwirrender Perioden, die die Lektüre des »Pentamerone« in der Originalsprache stellenweise recht mühsam erscheinen lassen, sondern auch in seinem Reichtum an oft moralisierenden Sentenzen und geistreich-heiteren Metaphern und Allegorien, die der Volkserzählung fremd sind. Auch die Funktion der Mundart ist nicht, die Volksnähe seines Märchenopus zu unterstreichen, sie entspricht vielmehr der Aufgabe einer übergreifenden linguistischen Ordnung, die bewußt durchaus geläufige gemeinitalienische Elemente durch künstliche Dialektwörter ersetzt, um so zum Schein den Tonfall des kleinen Mannes aus dem Neapel des 17. Jahrhunderts anzuschlagen[13].

Auch Sarnellis »Posilecheata« strotzt vor sprachlichen Bravourstücken, zweideutigen Anspielungen, bildhaften Umschreibungen, vor Schimpfwortkanonaden und Kraftausdrücken. Aber erscheinen sie bei Basile als unverzichtbarer Teil des Ganzen, so stehen sie bei Sarnelli, seltsam aufgepfropft, in einem deutlichen Kontrast zu dessen ruhig fließender, ausgewogener Sprache, in der er seine Märchen, ohne auf schönende Effekte abzuzielen, erzählt.

Wenn nun etwa die berühmte, die epische Anlage des »Pentamerone« prägende und vertiefende Sonnenmetaphorik[14] aus der zeitlichen Gliederung des vorgeordneten Erzählrahmens nach Tagen und Nächten abzuleiten ist, so scheint sie in der »Posilecheata«, deren Märchen innerhalb eines einzigen Abends erzählt werden, nicht so recht am Platz zu sein und läßt sich, geht man von dieser Interpretation aus, nur notdürftig aus der in den Geschichten selbst geschilderten Aufeinanderfolge von Tagen und Nächten ableiten; und liegt der tiefere Sinn der Bildersprache Basiles in der Handlung selbst – dem dunklen Treiben der Mohrin, das durch das Märchenerzählen ans Tageslicht gebracht wird –, so lassen sich Sarnellis metaphorische Schilderungen des Tag- oder Nachtwerdens bestenfalls im Sinne des optimistischen Volksmärchens deuten, das dem Leser garantiert, daß sich das Schicksal des Helden nach einer Periode der Dunkelheit dem lichtvollen Glück zuwenden wird.

Was für Sarnellis Metaphorik gilt, gilt auch für seine rabelaisianischen Anhäufungen von oft allzudeftigen Schimpfwörtern: sie entstehen für den in die heile Märchenwelt versunkenen Leser zumeist so unvermittelt und kommen aus so unberufenem Munde, daß sich die Frage erhebt, ob Sarnelli nicht zuweilen den vordergründig effekthaschenden Stil Basiles ganz bewußt karikierte. Zu dieser Annahme verleitet unter anderem eine Textstelle im fünften Märchen, worin der Autor ganz nach dem Vorbild Basiles zu einer wortschwallartigen Aneinanderreihung von Verbalinjurien ansetzt, es jedoch alsbald mit gespielter Resignation bei einem »und so fort« bewenden läßt, so als wollte er sagen: Ich habe euch nun Deftiges genug vorgesetzt, und wollt ihr noch mehr, so lest bei Giannalesio Abbatuto nach.

Die Annahme einer gewissen ironischen Distanz des Gelehrten und Klerikers Sarnelli gegenüber Basiles sprachlich und inhaltlich kuriosem Erzählwerk ist wohl auch schon deshalb berechtigt, da ihm kaum unterstellt werden kann, daß er dem »Pentamerone« in seiner vulgärpoetischen Eloquenz nachzueifern oder es gar darin zu übertreffen suchte. Ganz im Gegenteil: Sarnelli gibt von Anbeginn seinem Bestreben Ausdruck, bei *seinem* Versuch der Literarisierung von Volksmärchen eigene Wege zu gehen, gerade weil ihm durch den »Pentamerone« ein so nachhaltig wirkendes Beispiel vorgegeben war. Wie nun Sarnelli die »Posilecheata« gestaltete, um dem unabwendbaren Vergleich mit Basiles »Märchen der Märchen« standhalten zu können, wurde bereits erörtert: das ereignisarme, doch realistisch aus dem Alltag gegriffene Rahmengeschehen, das durch seinen Verzicht auf jegliche Dramatik dem Leser den Abstand zur Fiktion der Märchen erhält; die Märchen selbst, die, losgelöst von der Rahmenerzählung, in den Handlungsverlauf des Gesamtgeschehens nicht eingreifen, sondern eine pur ästhetische Funktion erfüllen; und letztlich die humorvolle Distanz des Autors selbst zu seinem Werk und dem Genre, dem es zuzuzählen ist, die es ihm erlaubt, vorgegebene stilistische und sprachliche Kriterien nachzuahmen und durch die Übertreibung ins Komische zu verkehren.

So liegt uns mit der »Posilecheata« des Sarnelli eine liebenswerte Erzählsammlung vor, deren reizend erzählte fünf Märchen den Leser den geringen Umfang des Bändchens bedauern lassen. Zwar hatte es Sarnelli in seinem Prolog nur als einen »Versuch« bezeichnet und angekündigt, daß diesem bei entsprechendem Erfolg – hier schwebte ihm vielleicht die Auflagenzahl des »Pentamerone« vor – ein großes Buch folgen würde, doch er löste dieses Versprechen nie ein, sei es, weil den bedeutenden Kirchenmann und Gelehrten wichtigere Dinge davon abhielten, oder sei es, weil ihm das geringe Echo, das seinen Märchen folgte, die Lust dazu verleidet hatte. Denn aus Gründen, die vielerlei Erklärungen erlauben, ohne recht einzuleuchten, war der »Posilecheata« nicht jener durchschlagende Erfolg beschieden, wie ihn vergleichbare Kunstmärchenzyklen – etwa auch Straparolas »Piacevoli notti« –

verzeichnen konnten. Nun entsprach im Falle der »Piacevoli notti« vielleicht die harmlos gedeutete Obszönität der den 137 Novellen jeweils angefügten Rätsel den Bedürfnissen eines Publikums, das sich seit dem Konzil von Trient in das Korsett der Sittenstrenge eingeschnürt fühlen mußte, und im Falle des »Pentamerone« könnte Basiles Flucht in eine übertriebene und verzerrte Märchenwelt die enorme Verbreitung seines Werkes in einer Zeit bewirkt haben, in der in den katholischen Ländern Europas die religiöse Repression der Gegenreformation und die politische der absolutistischen Herrscher zusammenwirkten und die Literatur die Aufgabe der Wirklichkeitsbewältigung nicht mehr erfüllen konnte.

Für Sarnelli hingegen war die Welt heil und wohlgeordnet – zumindest jene, welche er uns im Rahmengeschehen seiner »Posilecheata« schildert, da darin der Vizekönig von Neapel es nicht versäumt, »... mit Lustbarkeiten und Zerstreuungen die Leute zu unterhalten, die unter ihm jenes Zeitalter genießen, das von denen, die darüber schrieben, eher erträumt als gesehen wurde.« Lustbarkeit und Zerstreuung durch Lese- oder Hörvergnügen möglichst vielen seiner Zeitgenossen zu vermitteln, war die Absicht, die Sarnelli mit der Abfassung seiner Märchen verbunden hatte und für die er unbedankt bleiben sollte: Die Erzählungen wurden zwar bis heute siebenmal aufgelegt, haben aber über den lokalen Bereich hinaus kaum Verbreitung gefunden. Nur wenige Nachschlagewerke erwähnen sie, und auch der Autor selbst wird in den einschlägigen Enzyklopädien fast immer nur als bedeutender Gelehrter genannt, während sein belletristisches Schaffen verschwiegen wird.

Und schließlich und endlich wurde die »Posilecheata« auch – und dies obwohl sie einen letzten Höhepunkt des Kunstmärchens in Italien darstellt – von der mit den einfachen Formen der Prosa befaßten Literaturforschung bis vor kurzem gänzlich ignoriert. Während Basiles »Pentamerone« bereits durch zahlreiche Übersetzungen in die Literaturen verschiedenster Länder Eingang gefunden hatte, bevor es 1846 in der Übersetzung Liebrechts auch dem deutschsprachigen Leser vorlag, hatten selbst Märchenforscher wie Grimm und Brentano keine Ahnung von der Existenz der Märchensammlung Sarnellis.

V. Klotz weist in seinen hier schon mehrmals zitierten Ausführungen ausdrücklich darauf hin, in welch entscheidendem Maße Felix Karlinger dazu beigetragen hat, die Aufmerksamkeit der Forschung auf dieses »attraktive Märchenwerk« zu lenken[15]. Auch dieser erste Versuch einer Übersetzung der Märchen ins Deutsche ist seiner Anregung und Initiative zu verdanken. Zuerst in bescheidener Form publiziert[16], haben sie nur einen kleinen aber kompetenten Rezipientenkreis erreicht; nun mögen sie in anspruchsvoller und gefälliger Buchform möglichst vielen deutschsprachigen Lesern zur Lektüre dienen und drei Jahrhunderte nach ihrem Entstehen dem Autor Pompeo Sarnelli jene Anerkennung einbringen, die er nicht gesucht, aber doch verdient hat.

Johannes Pögl

1 Vgl. Felix Karlinger, »Beobachtungen zu Pompeo Sarnellis ›Posilecheata‹ oder zum neapolitanischen Märchen im ausgehenden 17. Jahrhundert«, in: Österreichische Zeitschrift für Volkskunde, Heft 3 (1982), S. 221.

2 Ibid., S. 221.

3 Vgl. Pompeo Sarnelli, Posilecheata, Hrsg. Enrico Malato, Firenze 1962, S. 5.

4 Vgl. Volker Klotz, Das europäische Kunstmärchen. Stuttgart 1985, S. 41-64.

5 Ibid., S. 45.

6 Ibid., S. 42.

7 Ibid., S. 61.

8 Vgl. Felix Karlinger, Einführung in die romanische Volksliteratur, 1. Teil, München 1969, S. 65.

9 Felix Karlinger (1982), op. cit., S. 229.

10 Volker Klotz, op. cit., S. 63.

11 Ibid., S. 60.

12 Vgl. Felix Karlinger, op. cit., S. 226.

13 Vgl. H. H. Wetzel, Die romanische Novelle bis Cervantes. Stuttgart 1977, S. 123.

14 Vgl. Volker Klotz, op. cit., S. 52.

15 Vgl. ibid., S. 374.

16 Johann Pögl, Pompeo Sarnelli: Posilecheata (dt. Übersetzung mit einem Vorwort von Felix Karlinger). Texte romanischer Volksbücher, Heft 8 (Hrsg. Dieter Messner), Salzburg 1982.

Herbert Haag

BIBLISCHES WÖRTERBUCH

Herder
Freiburg · Basel · Wien

Die Initiale *l^e^fikach* = „deshalb" gehört zum Ritus der Pesachfeier (Mischna Pesachim X, 5) und ist das Schlüsselwort für den Sinn des Pesach (Pascha) als Fest der Befreiung und schliesslich der ganzen Bibel als Urkunde der Freiheit:

„*Deshalb* sind wir verpflichtet zu danken, zu preisen, zu loben, zu verherrlichen, zu erheben, zu erhöhen den, der an unseren Vätern und uns alle diese Wunder getan. Er hat uns herausgeführt aus der Knechtschaft in die Freiheit."

Umschlagmotiv: Ornamentale Initiale.
(Das kleine Buch der Gebote). R. Isaac Cobeil, 13. Jh.
Österreichische Nationalbibliothek, Wien.

Aktualisierte und erweiterte Neuausgabe

Herstellung: Freiburger Graphische Betriebe 1994
ISBN 3-451-23396-7

Vorwort

Das *Biblische Wörterbuch,* in neuer Ausgabe überarbeitet und auf den aktuellen Forschungsstand gebracht, informiert straff und präzis über alle 72 biblischen Bücher sowie über Personen, Sachen und Orte, die in der Bibel vorkommen oder mit ihr zu tun haben. Bewußt ausgespart sind bibeltheologische Fragen und eine Auseinandersetzung mit der Fachliteratur. Diese Einschränkung gewährt nicht nur Übersichtlichkeit und Klarheit der Informationen, sondern ermöglicht auch für Nichttheologen einen einführenden Zugang und ein klares Verständnis der biblischen Welt. Damit kann dieses Sachwörterbuch der Bibelkunde allen Anforderungen der praktischen Bibelarbeit entsprechen. Denn die über 800 Stichwörter sind mit Bedacht für die persönliche Lektüre, für Predigt und Bibelgespräch, für Unterricht und Studium ausgewählt und bearbeitet.

Zum tiefen Dank an die früheren Mitarbeiter Katharina Elliger, Winfried Elliger, Meinrad Limbeck, Thomas Thompson und Peter Welten kommt ein solcher an das Biblische Institut der Universität Freiburg/Schweiz neu hinzu. Er betrifft nicht nur die Artikel „Siegel“ (Othmar Keel) und „Turm zu Babel“ (Christoph Uehlinger), sondern auch vielfältige Hinweise, Ergänzungen und Beiträge zur Illustrierung

Aus technischen Gründen konnte die Schreibung der Ortsnamen in den Abbildungen nicht immer mit der im Text (ökumenische Richtlinien) in Übereinstimmung gebracht werden.

Luzern, im Juli 1994 *Herbert Haag*

ZEITTAFEL I

	PALÄSTINA	SYRIEN	ÄGYPTEN
2100	**Frühbronze IV / Mittelbronze I** (ca 2200–2000/1950)		**Erste Zwischenzeit** 11. Dynastie
2000	**Mittelbronze II A** (bis ca 1750)		**Mittleres Reich** 12.–13. Dynastie (1991–ca 1730)
1900			
1800	ca 1800 Ächtungstexte		
1700	**Mittelbronze II B/C** (bis ca 1550)	Alalach	**Hyksos** (bis ca 1550)
1600	**Spätbronze I** (bis ca 1400)	Ugarit	**Neues Reich** 18. Dynastie (1552–1347)
1500			Thuthmosis III. 1490–1436
1400	**Spätbronze II** (bis ca 1200) Amarnazeit 1420–1360		
1300		1285 Schlacht bei Kadesch	19.–20. Dynastie (bis 1070) Seti I. 1304–1290 Ramses II. 1290–1224 Merenptah 1224–1204
1200	**Eisenzeit I** (bis ca 900)	**Hethitische Nachfolgestaaten**	
1100			**Übergangs- und Spätzeit** 21.–26. Dynastie (bis 525)
1000	Saul ca 1012–1004 David ca 1004–965 Salomo ca 965–926	Hiram	
900	926 Reichsteilung **Eisenzeit II** (bis ca 600)	**Aramäer**	Schischak 945–924
800			
700	721 Eroberung Samarias; Wegführung ins Exil		664 Zerstörung Thebens Necho 609–594
600	587 Zerstörung Jerusalems; Wegführung ins Exil		
500	**Perserzeit** (ab 538)		

2100–550 vC

HETITER	BABYLONIEN	ASSYRIEN	
			2100
		Altassyrisches Reich	2000
Stadtstaaten	**Altbabylonisches Reich** (ca 1830–1530)	Kappadozische Kolonien	1900
	Mari (1750–1697)		1800
Althetitisches Reich (ca 1600–1400)	Hammurapi	Šamši-Adad I.	1700
			1600
1530 Mursili I. erobert Babel **Reich Mitanni** (ca 1520–1350)	1530 Zerstörung Babels **Kassiten**		1500
Neuhetitisches Reich (bis ca 1200) Suppiluliuma 1375–1340		**Mittelassyrisches Reich**	1400
			1300
Hetitische Nachfolgestaaten in Nordsyrien			1200
			1100
		Neuassyrisches Reich (912–612)	1000
			900
			800
717 Sargon II. erobert Karkemisch		Tiglatpileser III. 745–726 Sargon II. 722–705	700
	Neubabylonisches Reich Kaldäer (626–539) Nebukadnezzar 605–562	Sanherib 705–681 Asarhaddon 681–668 Assurbanipal 668–631? 612 Zerstörung Ninives	600
			500

ZEITTAFEL II 550 vC – 70 nC

	JUDA	SYRIEN	ÄGYPTEN	PERSIEN
500	**Persische Zeit** Nehemia/ Esra?		525 Ägypten wird persische Satrapie	Cyrus 559–529 539 Eroberung Babels Darius I. 521–485 Xerxes 485–465
400	Esra?			Artaxerxes I. 464–424 Artaxerxes II. 404–358
300	**Hellenistische Zeit**	**Hellenistische Zeit** **Seleukiden** (312–64)	**Hellenistische Zeit** 332 Alexander d. Gr. erobert Ägypten **Ptolemäer** (323–30)	333 Alexander d. Gr. erobert Persien
200	**Makkabäer** Judas 166–160 Jonatan 160–143 Simon 143–134	Antiochus IV. 175–164		
100	**Römische Zeit** Johannes Hyrkan II. 63–40 Herodes 37–4	64 **Römische Provinz**	30 **Römische Provinz**	
	JUDAÄ-SAMARIA	GALILÄA-PERÄA	BATANÄA	ROM
0	Archelaos 4 vC – 6 nC	Herodes Antipas 4 vC–39 nC	Herodes Philippus 4 vC–34 nC	Augustus 30 vC–14 nC Tiberius 14–37
25	Pontius Pilatus 26–36			Caligula 37–41
50	Herodes Agrippa I. 41–46	Herodes Agrippa I. 39–44	Herodes Agrippa I. 37–44	Claudius 41–54
75	Jüdischer Krieg 66–70 70 Zerstörung Jerusalems	Herodes Agrippa II. 53–100		Nero 54–68 Vespasian 69–79

ZEITTAFEL III

Die Könige von Juda und Israel

JUDA			ISRAEL	
		926 Reichsteilung		
Rehabeam	926–910	Dyn. 1	Jerobeam I.	926–907
Abija	910–908			
Asa	908–868		Nadab	907–906
		2	Bascha	906–883
			Ela	883–882
		3	Zimri	882
		4	Omri	882(878)–871
Joschafat	868–847		Ahab	871–852
			Ahasja	852–851
			Joram	851–845
Joram	847–845			
Ahasja	845			
Atalja	845–840	5	Jehu	845–818
Joasch	840–801			
			Joahas	818–802
Amasja	801–773		Joasch	802–787
Asarja	787–736		Jerobeam II.	787–747
Jotam	756–741		Secharja	747
		6	Schallum	747
		7	Menahem	747–738
Ahas	741–725		Pekachja	737–736
			Pekach	735–732
Hiskija	725–697		Hosea	731–723
				721 Eroberung Samarias
Manasse	696–642			
Amon	641–640			
Joschija	639–609			
Joahas	609			
Jojakim	608–598			
Jojachin	598/97			
Zidkija	597–587			
	587 Zerstörung Jerusalems			

A

Aaron (Bedeutung unbekannt). Der Name kommt fast ausschließlich in den jüngeren Schichten der pentateuchischen und priesterlichen Literatur vor. Nach den wenigen älteren Aussagen war A. Bruder der →Mirjam (Ex 15, 20) und der Erste unter den →Ältesten (17, 10. 12 18, 12 24, 14), gelegentlich der Gegenspieler des Mose (32: läßt Goldenes Kalb anfertigen; Num 12, 1–15: lehnt sich, zusammen mit Mirjam, gegen Mose auf). In der späteren Überlieferung wird er der „Mund" (Ex 4, 16) und „Prophet" (7, 1) des Mose, schließlich sein (älterer) Bruder (6, 20) und Wundertäter (7, 10. 19 u. ö.); vor allem aber ist er →Eponym der „Söhne Aarons" (→Priesterklasse) und der erste →Hohepriester. Mit Noth (ÜP 198) muß gesagt werden, „daß das erhaltene Material nicht mehr dazu ausreicht, den Ursprung und die Geschichte dieser Überlieferungsgestalt wirklich zu erklären".

Abba (aram.: Vater), im NT Anrede Gottes als Ausdruck eines besonders innigen Verhältnisses zwischen Gott und seinen Kindern (bei Jesus: Mk 14, 36; bei den Christen: Röm 8, 15 Gal 4, 6).

Abel, im AT Personen- und Ortsname.

(1) A. (hebr.: Hauch, Vergänglichkeit), Gen 4, 2–8 der zweite Sohn Adams und Evas, der als erster Hirt Gott wohlgefällige Tieropfer darbringt und aus Neid von seinem Bruder →Kain, dem Ackerbauern, erschlagen wird. Da →Ackerbau erst seit dem Mesolithikum betrieben wurde, kann die Erzählung nicht als chronologisch an den Bericht über den Sündenfall anschließend verstanden werden. Sie will vielmehr auf dem Hintergrund des kulturhistorischen Gegensatzes zwischen nomadischen Hirten und seßhaften Bauern das Umsichgreifen der Sünde in der Welt illustrieren, wobei nach alter hebr. Auffassung dem Nomadendasein die fortgeschrittenere Stufe der Zivilisation als böse gegenübergestellt wird. – Im NT wird A. zum Prototyp des Märtyrers (Mt 23, 35 par), der um seines Glaubens und seiner Gerechtigkeit willen gehaßt wird (Hebr 11, 4 1 Joh 3, 12), und zum Typus von Christus (Hebr 12, 24).

(2) A. (hebr.: Wasserlauf, Bach), ist Element mehrerer bibl. Ortsnamen. Der bedeutendste dieser Orte ist A.-Bet-Maacha

in N-Palästina. Er wurde von Joab belagert, weil der gegen David aufständische Scheba dorthin geflüchtet war (2 Sam 20, 14–22), von Ben-Hadad verheert (1 Kön 15, 20) und unter Pekach von Tiglatpileser III. erobert (2 Kön 15, 29). Heute arab. Dorf *ābil* in Israel, 2 km s von Metulla.

Abend →Tag.

Abendmahl, gebräuchliche Bezeichnung für das Abschiedsmahl, das Jesus mit seinen Jüngern am Abend vor seiner Gefangennahme und seinem Leiden gefeiert hat (Mk 14, 17–26 Mt 26, 20–30 Lk 22, 14–20 1 Kor 11, 23–25).

Aus den bibl. Texten geht nicht klar hervor, ob das A. zugleich ein jüd. →Paschamahl oder ein feierliches Abschiedsmahl war, das nachträglich aus theologischen oder gottesdienstlichen Gründen als Paschamahl stilisiert wurde. Nach Mk/Mt/Lk hat Jesus das A. an dem Abend, an dem die Juden das Pascha aßen, gefeiert, nach Joh (13, 1) jedoch *vor* dem Paschafest. Äußerst unwahrscheinlich ist, daß Jesus das A. als Paschamahl nach dem Kalender der Gemeinschaft von →Qumran gefeiert hat, da sich in seinem übrigen Verhalten keine Nähe zu dieser Gemeinschaft erkennen läßt.

Die Unklarheit über den äußeren Charakter des A. ist jedoch ohne sachliche Bedeutung, da sich die Deuteworte Jesu nicht auf die Besonderheiten des jüd. Paschamahles beziehen, sondern auf Brot und Wein, die zu *jeder* (festlichen) Mahlzeit gehören, wobei das Austeilen des gesegneten Brotes (und Weines) die Anteilgabe am gesprochenen Segen bedeutet.

Das Austeilen des (gebrochenen) Brotes und des Weines war eine prophetische Zeichenhandlung (vgl 1 Kön 11, 29 ff), in welcher das durch das Wort Verkündigte als Geschehen vorweggenommen wurde. Jesus gab also den Jüngern durch das ausgeteilte Brot und den Wein wirklichen Anteil an seinem Sterben, und eben darin erfuhren und empfingen sie den Segen Gottes. Auf diese Weise nahm Jesus die Jünger in das Kommen der Gottesherrschaft hinein (Mk 14, 25).

Aus diesem Grund hat bereits die Urchristenheit ihre eucharistischen Mahlzeiten, das „Herrenmahl" (1 Kor 11, 20), nicht einfach als Erneuerung eines Paschamahles Jesu, sondern als Fortsetzung der vielfältigen Mahlzeiten Jesu mit seinen Jüngern verstanden und begangen (Apg 2, 42. 46 20, 7. 11).

Die beim eucharistischen Mahl entscheidenden Worte, die sog. Einsetzungsworte, erhalten ihren Sinn und ihre Gestalt von der Bedeutung des Todes Jesu. Dabei ist jedoch zu beachten, daß „Leib" und „Blut" kein geläufiges, zusammengehöriges Begriffspaar bilden (dafür steht „Fleisch und Blut": Mt 16,17 Hebr 2,14). Beide Begriffe bezogen sich ursprünglich nicht aufeinander, sondern bildeten jeweils ein abgeschlossenes Ganzes, wobei Brot- und Kelchwort durch eine ganze Mahlzeit voneinander getrennt waren (1 Kor 11,25 Lk 22,20). „Leib" bezeichnet hier also nicht „das Fleisch", sondern die Person selbst, das „Ich".

Die verschiedenen Fassungen der Einsetzungsworte geben jeweils den liturgischen Text wieder, der dem Schreiber aus der eigenen Gemeinde vertraut war. 1 Kor 11,23–25 ist die literarisch älteste Fassung, Mt 26,26–29 ist eine erweiterte Fassung von Mk 14,22–25, und Lk 22,19 f ist das Ergebnis einer gegenseitigen Beeinflussung von Mk 14,22–24 und 1 Kor 11,23–25.

Der uns geläufige Text der Einsetzungsworte ist von drei Gedanken bestimmt:

1. *„Dies ist mein Leib. Dies ist mein (vergossenes) Blut für die Vielen":* Wo von (vergossenem) Blut die Rede ist, dort ist an ein gewaltsames Sterben gedacht (vgl Gen 9,5 Jer 51,35). Das freiwillig übernommene (gewaltsame) Sterben hatte aber nach jüd. Verständnis sühnende Kraft (vgl Jes 53,11 f), so daß diese Form des Deutewortes besagen will: Das gewaltsame Sterben Jesu ist zugleich seine stellvertretende, sühnende Hingabe an Gott. An dieser Hingabe erhalten die Jünger nun Anteil.

2. *„Dies ist mein Blut des Bundes":* Israel erwartete (seit Jer 31,31 ff) einen *neuen* Bund. Dieser Bund hatte mit Jesus begonnen, so daß nun der Gedanke nahelag: Wie der Alte Bund am Sinai durch das Blut der Opfertiere bekräftigt worden war (vgl Ex 24,5–8), so wird auch die neue Bundesschließung durch das Blut Jesu in Kraft gesetzt. Hierbei ist jedoch zu beachten, daß der →Bund für Israel eine Heilsordnung war (→Dekalog), die von Gott gewährt und aufgerichtet wurde. Innerhalb dieser Ordnung konnten die Menschen ihr Leben unter dem Beistand und gemäß der Weisung Gottes gestalten. Damit will diese Form des Deutewortes sagen: Der Neue Bund ist die neue Heilsordnung, die im Tode Jesu, d. h. in Jesu Lebenshingabe, begründet ist. Der Glaubende und Kommunizierende tritt in diese Ordnung ein (Lk 22,24–27!).

3. *„Dies ist mein Blut des Bundes, das für viele vergossen wird, zur Vergebung der Sünden":* Israel hatte in seiner Geschichte

erfahren, wie sehr der Mensch trotz der von Gott gegebenen Ordnung immer wieder in Schuld fällt. Deshalb erhoffte es vom Neuen Bund auch Gottes Sündenvergebung (vgl Jer 31,33f). Diese wurde durch Jesu Hingabe bewirkt. Deshalb empfängt der Glaubende Gottes endzeitliche Sündenvergebung stets aufs neue im Herrenmahl. Das →Johannesevangelium kennt kein A. im Sinne von Mk/Mt/Lk. Dies dürfte damit zusammenhängen, daß Joh bewußt alles vermeidet, was das letzte Mahl Jesu als ein Paschamahl erscheinen lassen könnte, da er, wie Paulus (1 Kor 5,7), die Pascha-Typologie in Jesus erfüllt sieht: Jesus ist „das Lamm Gottes, das die Sünden der Welt hinwegnimmt" (1,29). Daß dem Gekreuzigten kein Bein zerbrochen wird, ist eine Erfüllung des Schriftwortes, das verbietet, dem Paschalamm einen Knochen zu brechen (19,36; vgl Ex 12,46). Joh kommt deshalb bereits 6,51–58 auf die Eucharistie zu sprechen. Die an die Stelle des A. gesetzte Fußwaschung (13,2–20) versteht Joh als Zeichen für die Notwendigkeit der Hingabe Jesu in den Heilstod am Kreuz.

Abendmahlssaal →Coenaculum.

Abigajil (Bedeutung unsicher), die schöne und kluge Frau des Nabal zu Karmel in S-Juda. Als David mit dem geizigen Nabal in Streit geriet, wußte sie ihn auf liebenswürdige Weise zu besänftigen. Nach Nabals Tod nahm David sie in seinen Harem auf. Die Geschichte (1 Sam 25) ist eine Perle hebr. Erzählkunst.

Abihu (hebr.: Vater ist Er [Gott]), wie Nadab →Eponym einer →Priesterklasse, die sich nicht durchzusetzen vermochte, was in der späteren Überlieferung dadurch erklärt wird, daß die beiden Brüder wegen einer rituellen Verschuldung kinderlos starben (Lev 10,1–5 Num 3,2–4).

Abija (hebr.: Vater ist Jahwe)
(1) 2. König von Juda (910–908), Sohn des Rehabeam und der Maacha: 1 Kön 15,1–8 2 Chr 13; gleichzeitiger König in Israel war Jerobeam I. Während A. nach 1 Kön 15,3 „in all den Sünden, die seine Väter begangen hatten", wandelte, beurteilt ihn der Chronist günstiger. Im Verlauf der immer wiederkehrenden Grenzstreitigkeiten zwischen Juda und Israel eroberte er nach Chr die Städte Bet-El, Jeschana und Efron. Sein Nachfolger war sein Sohn (oder Bruder?) →Asa.

(2) Sohn des Königs Jerobeam I. von Israel, dessen frühen Tod der Prophet →Ahija vorhersagte (1 Kön 14, 1–18).

Abilene, das Gebiet des Ortes Abila, nw von Damaskus, war ein Teil →Ituräas, das 34 vC zerstückelt wurde. 37 nC kam A. an Agrippa I.; zwischen 44 und 53 wurde es von röm. Prokuratoren verwaltet, wohl im Jahr 53 Agrippa II. geschenkt und nach dessen Tod der röm. Provinz Syrien einverleibt. →Lysanias; vgl *Abb. 14.*

Abimelech (hebr.: Vater ist [der Gott] Malku)
(1) A., König der kanaan. Stadt Gerar (Gen 20 21, 22–33 26), anachronistisch auch „Philisterkönig" genannt (26, 1. 8), im Thema von der Gefährdung der Ahnfrau Gen 20 (Sara; E) und 26, 7–11 (Rebekka; J) Vertreter des nach den schönen Beduinenfrauen lüsternen Städters.
(2) A., Sohn des →Jerubbaal (Ri 9, 1) mit einer Sichemitin (8, 31), aufgrund der späteren Identifizierung →Gideon = Jerubbaal (6, 32 7, 1 8, 29) auch Sohn des Gideon (8, 31), weiß sich vorübergehend zum König von →Sichem aufzuwerfen und einen Aufstand der Sichemiten niederzuschlagen, scheitert aber, als er seine Herrschaft noch weiter auszudehnen versucht (Ri 9). Die Erzählung scheint lokale Machtkämpfe zwischen dem kanaan. und dem israelit. Element Sichems im 12. Jh vC (?) widerzuspiegeln. Als erster Schritt zur Einführung der Monarchie in Israel kann die Episode nicht angesehen werden.

Abiram (hebr.: Vater [Gott] ist erhaben), Sohn des Eliab aus dem Stamm Ruben, lehnt sich mit seinem Bruder Datan gegen die Führerschaft des Mose auf. In einem Gottesurteil werden beide von der Erde verschlungen (Num 16 26, 9 f u. a.). Die alte jahwistische Erzählung ist uns nur in Verquickung mit der priesterschriftlichen Korachgeschichte erhalten. Welche historischen Rivalitäten sich darin widerspiegeln, wissen wir nicht.

Abischag (Bedeutung unsicher) aus →Schunem, ein ausnehmend schönes Mädchen, Pflegerin des alten David (1 Kön 1, 3. 15). Nach Davids Tod begehrte →Adonija sie zur Frau. Weil er sich aber nach damaliger Auffassung durch diese Heirat einen Rechtstitel auf den Thron erworben hätte (vgl 2 Sam 16, 21 f), wurde er auf Befehl Salomos getötet (1 Kön

2, 13–25). Manche Ausleger möchten Hld 7, 1 auf A. beziehen.

Abischai (Bedeutung unsicher), Enkel des →Isai, Bruder des Asahel, Neffe Davids (1 Chr 2, 16) und sein treuer Mitkämpfer gegen die Philister, Saul und Abner; wurde wegen seiner Beteiligung an der Ermordung Abners von David verflucht (2 Sam 3, 28–30), trat aber später wieder als Befehlshaber der Leute Davids auf (20, 6).

Abjatar (hebr.: Vater [Gott] gibt Überfluß], Sohn des Ahimelech, der als einziger →Priester dem Blutbad Sauls in Nob entrann. Er floh mit dem →Efod zu David (1 Sam 22, 20–23) und wurde dessen Priester (2 Sam 8, 17 corr. 1 Chr 18, 16). Im Kampf um Davids Thronfolge stellte er sich gegen Salomo auf die Seite des →Adonija, wurde deshalb abgesetzt und nach Anatot verbannt (1 Kön 2, 26 f).

Abner (hebr.: Vater [Gott] ist Leuchte), Sohn des Ner aus dem Stamm Benjamin, Neffe (1 Sam 14, 50 f), Heerführer (17, 55) und Mitkämpfer Sauls gegen David (26, 5 ff), trat später auf die Seite Davids über, wurde aber von seinem Rivalen →Joab ermordet (→Blutrache). David sang ihm ein Klagelied (2 Sam 3, 33 f).

Abraham (Dialektform von *'abrām*, westsemit. Ursprungs; Bedeutung umstritten; evt gleichbedeutend mit →Abiram. Gen 17, 5 volksetymologisch [Stammvater vieler Völker] als Umnennung erklärt).
(I) A. ist der erste der →Patriarchen (Gen 12–25). In seiner Gestalt werden – unter dem Motiv „Wanderungen" – die ursprünglich verschiedene Personen betreffenden Lokal- und Heiligtumslegenden, evt auch andere selbständige A.-Erzählungen, zusammengefaßt (12, 1–4. 6. 8 f 13, 1. 17 f 18, 1). Den Leitfaden bildet die göttliche Verheißung, A. werde das Land Kanaan besitzen, und zwar in der Ausdehnung des davidischen Großreiches (15, 18). Während Jakob als Vater des Volkes Israel gilt, verkörpert A. Israels Beziehungen zu den Nachbarvölkern, den Aramäern, Moabitern, Ammonitern und Ismaelitern (11, 28–30 16, 11–14 19, 37 f 22, 20–24). – Den geschichtl. Hintergrund der A.-Erzählungen bildet die Zeit zwischen dem 10. und 8. Jh, d. h. zwischen der Einwanderung der Aramäer und der Niederschrift der E-Quelle. Versuche,

A. in die Geschichte des 2. Jt einzuordnen (→Amrafel), können nicht überzeugen, zumal sich über den Ursprung der A.-Traditionen kaum etwas Genaues sagen läßt. Die einzelnen Motive der Patriarchenerzählungen stimmen mit den Volkssagen des alten Orients überein und sollten in Zusammenhang mit ihnen gesehen werden.

(II) In der späteren Überlieferung wird A. idealisiert. Die bruchstückhafte E-Quelle zeichnet ihn als Propheten (20,7), P stellt ihn als Gottesfürsten vor (23,6). Jes nennt ihn Vater Israels (51,2) und Freund Gottes (41,8). – Im NT ist A. Vorbild der Frömmigkeit (Mt 8,11 Lk 16,22–31) und des Glaubens (Röm 4 Gal 3,6–9 Hebr 11,8–19 Jak 2,21–24). Dennoch muß Jesus der jüd. Überheblichkeit entgegentreten, die in der leiblichen Abstammung von A. das Heil garantiert sah (Mt 3,9), und Paulus betont die geistige A.s-Kindschaft, die die Grenzen des Judentums sprengt (Röm 4,9–12 9,6–8 Gal 3,6–29).

(III) Unter dem Namen A. laufen mehrere apokryphe Schriften:

(1) Die Apokalypse A.s, jüd. Schrift aus dem 1. Jh nC. A. verurteilt die Abgötterei seines Vaters Terach und erfährt in einer Vision die Zukunft Israels.

(2) Das Testament A.s, jüd. Legende aus unbekannter Zeit, erzählt von A.s Weigerung zu sterben.

(3) Das Genesis-Apokryphon aus →Qumran, enthält midraschartige Erweiterungen zu Gen 12–15.

Abschalom (hebr.: Vater [Gott] ist Wohlergehen), dritter Sohn Davids, bekannt wegen seiner Schönheit. Aus Rache für die Schändung seiner Schwester →Tamar ließ er seinen Halbbruder Amnon ermorden, mußte aber vor David fliehen. Nach Jahren mit ihm versöhnt, betrieb er durch Machenschaften und Verschwörung seine Thronfolge und ließ sich in Hebron zum König ausrufen. Dem flüchtigen David gelang es, im Ostjordanland sein Heer zu reorganisieren und A. im Wald von Efraim zu schlagen. Entgegen Davids Weisung wurde er von →Joab getötet und wie ein Verbrecher begraben (2 Sam 13,1–19,9).

Abschiedsrede. Unter A. versteht man die letzten Worte hochgestellter Persönlichkeiten, in denen sie, meist einen Rückblick auf die Vergangenheit mit Anweisungen für die Zukunft verbindend, ihre Erfahrungen und Erkenntnisse als Vermächtnis der Nachwelt hinterlassen. Beispiele aus der klassischen gr. Literatur: Platon, Apol. 39C und Phaid. 85B (Sokrates), Her. 3, 65 (Kambyses), Xen. Kyrop. VIII 7, 6 (Kyrus).

(1) *Im AT* stehen die A.n innerhalb der Geschichtserzählung und gehören zu der sehr frei behandelten Gattung der politischen Rede oder Predigt. Große Führer wie Jakob (Gen 49; →Jakobsegen), Mose (Dtn 31 ff), Josua (Jos 23 f), Samuel (1 Sam 12), David (1 Kön 2, 1–9) stellen ihren Zeitgenossen das Eingreifen Gottes in die Geschichte ihres Volkes vor Augen, treffen Anweisungen für die Zukunft und fordern zur Treue gegenüber Jahwe auf.

(2) *Im NT* sind die bekanntesten Beispiele die A.n Jesu (Joh 14–17 Lk 22, 21–38) und die A. des Paulus vor den Ältesten von Ephesus (Apg 20, 17–38). Im weiteren Sinn könnte man auch 1/2 Tim und 2 Petr dazu rechnen (paränetische Unterweisung in Briefform). Während im rückblickenden Teil jetzt die Bedeutung des Scheidenden und seine Lehre in den Vordergrund rücken, besteht der zweite Teil oft aus Prophezeiungen (Verleugnung, Verrat, Verfolgung). Vor allem bei den Aposteln liegt der Nachdruck auf den inneren Gefahren, die der zurückgelassenen Gemeinde durch Irrlehrer und Abfall drohen. Ihr Stil erinnert an jüd. →Apokryphen, in denen die A.n eine große Rolle spielen (Test. Adam, Ijob, Isaak, 12 Patr. u. a.) und bei denen ebenfalls der Verweis auf Gottes Wirken in der Geschichte des ganzen Volkes durch die Überbetonung der Bedeutung einer einzelnen Person ersetzt wird.

Achaia, seit 27 vC von einem Prokonsul verwaltete röm. Provinz in Griechenland (Apg 18, 12), Hauptstadt →Korinth. Paulus besuchte A. auf seiner 2. und 3. Missionsreise und nennt es als lobenswertes Beispiel in der Kollektenangelegenheit (2 Kor 9, 2; vgl 1 Thess 1, 7 f).

Achämeniden →Kyrus.

Achikar, Kanzler der assyr. Könige (→) Sanherib und Asarhaddon, durch die Machenschaften seines (Adoptiv-?)Sohnes und Nachfolgers Nadin in Ungnade gefallen, aber durch seine →Weisheit rehabilitiert, Hauptperson einer in der antiken Literatur verbreiteten Erzählung.

Achsib (hebr.: [Ort] am trügerischen [d. h. wasserlosen] Bachbett).

(1) Kanaaniterstadt am Mittelmeer, von den Israeliten vergeblich angegriffen (Ri 1, 31), aber dennoch zu Ascher gerechnet (Jos 19, 29). Hauptblüte 10.–6. Jh vC, am Ende der hellen. Zeit völlig zerstört. Arab. Dorf *ez-zīb*, 15 km n von Akko (zerstört).
(2) A. in Juda (Jos 15, 44), öfter mit Kezib (Gen 38, 5) und Kozeba (1 Chr 4, 22) gleichgestellt.

Achtzehngebet, aus 18 Lobsprüchen bestehendes jüd. Gebet, das in Teilen bis in die vorchristl. Zeit zurückgeht, eine längere Entstehungsgeschichte durchlief und um 100 nC seine endgültige Fassung erhielt. Die Juden nennen das A. auch *t^e-fillāh*, *das* Gebet (schlechthin). Es wird dreimal täglich gebetet und hat seinen festen Platz im synagogalen Gottesdienst. Dt. Text u. a. Rießler 7–10.

Ackerbau. Das außergewöhnlich hohe Alter der Seßhaftigkeit (→Stadt) hängt in Palästina mit dem A. zusammen. Schon im Mesolithikum (10000–8000 vC) wurde dort wildes Getreide eine Hauptnahrung und ermöglichte größere Bevölkerungsagglomerationen. Zwischen 8000 und 7000 läßt sich, vor allem in →Jericho, der Übergang von der Jäger- und Sammlerkultur zum Anbau von Nahrung feststellen. Im Chalkolithikum (4000–3000) lebten selbst die Siedler von *tell abu maṭar* bei →Beerscheba vom A. Zahlreiche Kornspeicher bezeugen, daß in der Frühbronzezeit (3000–2200) in Jericho und →Arad eine blühende A.kultur herrschte. →Bet-Schemesch war in der Königszeit Öl- und Weinzentrum.
Als klassische Erzeugnisse des A.s gelten Korn, Wein und Öl (Dtn 7, 13 u. a.). Den Ablauf der Feldarbeit zeigt der Kalender von →Geser. Mit der Landnahme gingen die Israeliten vom Nomadentum zum A. über, was tiefgreifende politische, soziale und religiöse Veränderungen zur Folge hatte (→Fest).

Adam (hebr.: Mensch) ist im Hebr. ein Kollektivbegriff. Von ganz wenigen Ausnahmen abgesehen, bedeutet das im AT ca 510mal vorkommende Wort den Menschen als Gattung und in beiden Geschlechtern, also die Menschen schlechthin (vgl Gen 1, 26 f). Bedingt durch die Komposition der →Paradieserzählung, wurde A. in Gen 2–4 als männliches Individuum verstanden und erscheint 4, 25–5, 5 (Stammesliste) als Eigenname des ersten Menschen. Dies entspricht durchaus der hebr. Gepflogenheit, eine kollektive Gruppe in deren

→Eponym zu typisieren, und kann daher nicht als bibl. Begründung einer Lehre vom Monogenismus beansprucht werden. Da für den alten Orientalen der Name stellvertretend für die Person steht und deren Wesen ausdrückt, weist die wörtliche Übereinstimmung von Mensch *('ādām)* und Erde *('ădāmāh)* auf den wesentlichen Zusammenhang hin, den die Bibel aussagen will: Durch Ursprung (2, 7) und Bestimmung (3, 19. 23) ist der Mensch der Erde zugeordnet, er muß sie bearbeiten, sie ist sein natürlicher Lebensraum (2, 5 3, 17, vgl 1, 28 f).
Erst in späteren Büchern des AT, als die Paradieserzählung ihren jetzigen Platz in Gen erhalten hatte, wird auf A. als Person angespielt (z. B. Tob 8, 6 Weish 10, 1). Weiterhin wurde A. zum Objekt frommer Neugier, was zu einer Reihe apokrypher Schriften und zu einer eigenen rabbinischen A.-Theologie führte, deren Tendenz dahin ging, in der Sündenfallgeschichte A. auf Kosten Evas zu entschuldigen.
Im NT begegnet A. vor allem in der paulinischen Lehre von der Universalität der Gnade (Röm 5, 12–21) und von der Auferstehung (1 Kor 15, 21 f. 45–49). Paulus verwendet in der Typologie A. – Christus Elemente aus der rabbinischen Theologie, die auf der Linie des AT liegen. In der prophetischen Vision von der Heilszukunft als einer Wiederherstellung des davidischen Reiches und einer zweiten Befreiung aus Ägypten trägt der Messias bereits die Züge eines neuen David und eines neuen Mose. So gehört ein neuer A. zur Erwartung einer neuen Schöpfung und einer Rückkehr der Paradieseszeit.

Adonija (hebr.: Herr ist Jahwe), Sohn des David und der Haggit, zu Hebron geboren (2 Sam 3, 4 1 Chr 3, 2). Als ältester noch lebender Sohn Davids suchte er sich hinter dem Rücken des alternden Vaters mit Hilfe des Heerführers Joab und des Priesters Abjatar des Thrones zu bemächtigen. Die Gegenpartei (Natan, Zadok, Batseba) vereitelte sein Unternehmen, indem sie bei David die sofortige Inthronisation Salomos durchsetzte. A. floh zum Altar (als →Asyl) und wurde von Salomo geschont (1 Kön 1, 5–53). Als er aber später beabsichtigte, die →Abischag zu heiraten, ließ ihn Salomo durch Benaja töten (2, 13–25).

Adullam (hebr.: abgeschlossener Ort), kanaan. Stadtstaat in der →Schefala, zu Juda gerechnet, mit gemischter Bevölkerung (Jos 12, 15 15, 35 Gen 38, 1–20). Bei A. verbarg sich David vor Saul, Rehabeam befestigte die Stadt, nach dem Exil siedelten hier Judäer.

Agape. Das gr. Wort A. ist in nachapostolischer Zeit terminus technicus für das brüderliche Liebesmahl, das die Einheit der Gläubigen und die Unterstützung der Armen fördern sollte (seit Ende des 2. Jh gesichert). Wahrscheinlich ging der Eucharistiefeier ein Sättigungsmahl voraus (vgl 1 Kor 11, 17–22. 33 f Apg 2, 42. 46), das allmählich liturgischen Charakter und eine eigene Bezeichnung (A.) annahm. Wegen der schon früh einsetzenden Mißbräuche wurde die A. jedoch wieder abgeschafft.

Agrapha, Einzelworte Jesu, die nicht in den kanonischen Evv, sondern in den übrigen ntl Schriften (z. B. Apg 20, 35) und vor allem in anderen Quellen (Kirchenväter, Papyrusfragmente) überliefert sind. Die meisten A. können einer ernsthaften Kritik nicht standhalten.

Agrippa, Eigenname zweier jüd. Könige.
(1) A. I. (Markus Julius Agrippa Herodes, im NT Herodes genannt), geb. 10/9 vC. Kinder: Bernike, Mariamne, Drusilla, Agrippa (2). Nachdem er schon unter Caligula König zweier →Tetrarchien gewesen war, wurde er von Claudius im Jahre 41 zum König der seit 4 nC von röm. Prokuratoren verwalteten Gebiete Judäa und Samaria eingesetzt, war also bis zu seinem Tod (44) König von ganz Palästina. Durch peinliche Observanz der jüd. Orthodoxie wollte er seine leichtlebige Vergangenheit vertuschen. Daher auch seine Maßnahmen gegen die Christen (Apg 12, 1–3: Hinrichtung Jakobus' d. Ält.; 12, 4–7: Einkerkerung des Petrus). Er strebte nach größerer Unabhängigkeit von Rom, übernahm aber dessen Kampfspiele und Theater (Apg 12).
(2) A. II. (Markus Julius Agrippa Herodes II.), Sohn von (1), geb. ca 27 nC in Rom, wurde im Jahr 48 von Claudius zum König von Chalkis am Libanon, 49 zum Aufseher über den Tempel in Jerusalem und 53 zum König der Tetrarchie des Philippus und Lysias eingesetzt. Unter seiner Regierung wurde der herodianische →Tempel vollendet (62/64). Während des jüd. Krieges (66–70) hielt er treu zu Rom, wofür Vespasian sein Reich vergrößerte. Sein Privatleben war anstößig (Inzest mit seiner Schwester Bernike). A. wird im Zusammenhang mit dem Prozeß des Paulus vor dem Statthalter

Festus erwähnt (Apg 25,13–26,32). Er starb um 93 oder 100, sein Land fiel an die Provinz Syrien.

Ägypten. (I) LAND. Ä. ist eine langgestreckte Oase zwischen der libyschen und der arab. Wüste, in ihrer ganzen Länge durchschnitten vom →Nil. Anfang Juni beginnen die Wasser des Nils zu den regelmäßigen Überschwemmungen anzusteigen und erreichen im September ihren höchsten Stand (niedrigster Wasserstand vom März bis Juni). Durch zu geringe Überschwemmung entsteht →Hungersnot. Der Fluß versieht das Land nicht nur mit Wasser und Dünger, er ist zugleich seine große Verkehrsader. Heute werden die Wasserverhältnisse durch die Assuan-Staudämme (1902 und 1971) geregelt.
(II) EINWOHNER. Die Ägypter gehören zur hamitischen Rasse. Trotz mehrfacher Blutmischung (z. B. →Hyksos, Libyer, gr.-röm. Zeit, arab. Invasion) sind die heutigen Einwohner physiognomisch von ihren vier Jtt älteren Vorfahren kaum zu unterscheiden.
(III) GESCHICHTE. Die eigentliche Geschichte Ä.s (bis 332 vC: Eroberung durch Alexander d. Gr.) umfaßt 26 Jhh. Nach dem ägypt. Priester Manetho werden die regierenden Fürsten in 31 Dynastien eingeteilt. Eine andere Gliederung der ägypt. Geschichte ist die in ein Altes Reich (AR: 3.–6. Dyn.; 2600–2200), ein Mittleres Reich (MR: 11.–13. Dyn.; 2100–1700) und ein Neues Reich (NR: 18.–20. Dyn.; 1550 bis kurz nach 1100). Der Gründer der 1. Dyn., Menes, stammt vom oberägypt. This und vereint die beiden Landesteile.
(1) *Altes Reich* (3.–6. Dyn.). Mit Dschoser (3. Dyn.) fängt ein Zeitalter großer, auch kultureller Blüte an (Stufenpyramide von Sakkara). Die 4. Dyn. (Snefru, Cheops, Chephren, Mykerinos) verkörpert den Höhepunkt des AR (Pyramiden bei Giza, Handelsbeziehungen zu →Byblos). Die 5. Dyn. fördert den Sonnenkult und ist besonders außenpolitisch sehr aktiv (regelmäßige Expeditionen in den Libanonraum).
Erste Zwischenzeit (7.–10. Dyn.), ein Jh völliger Verwirrung und Anarchie.
(2) *Mittleres Reich* (11.–13. Dyn.). Die 12. Dyn. stellt eine Blütezeit dar (Wasserbauten im Fajjum). Die wachsende semit. Einwanderung macht einen starken Grenzschutz erforderlich. Zweite Zwischenzeit. Nach 1700 fällt das Reich den Hyksos zu (Zentrum in Avaris im ö Nildelta). Die weithin beliebte Ansetzung der Einwanderung Jakobs und seiner Familie in diese Zeit scheitert an der grundsätzlichen Unmöglichkeit

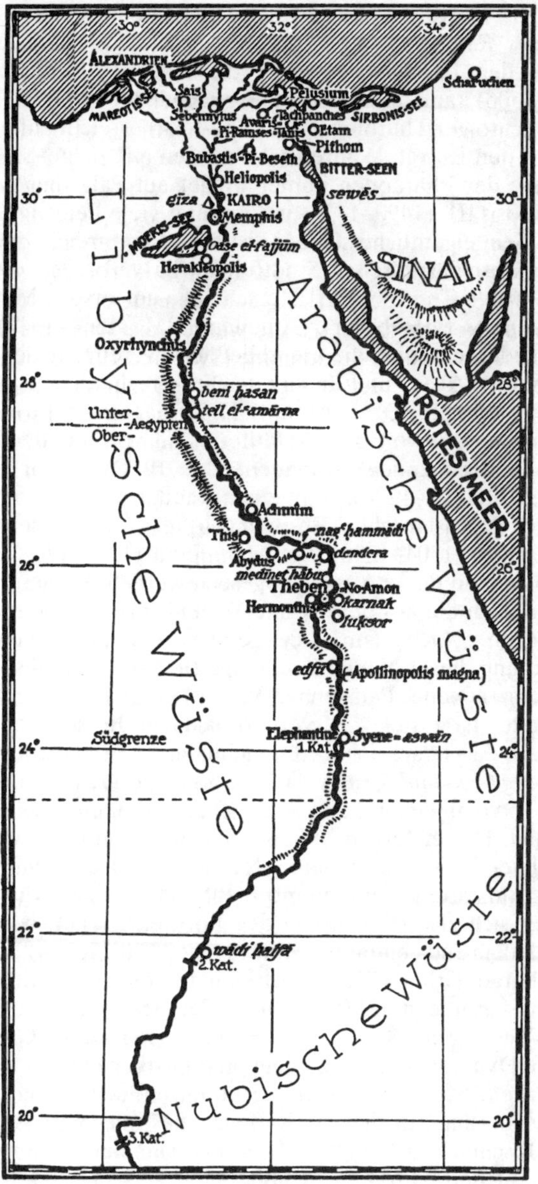

Abb. 1: Das Niltal

einer Historisierung der →Josefsgeschichte (→Patriarchen). (3) *Neues Reich* (18.–20. Dyn.). Amosis (1552–1527), erster Pharao der 18. Dyn., vertreibt die Hyksos. Amenophis I. (1527–1506) kann das Reich wieder nach innen konsolidieren. Sein Nachfolger Thuthmosis I. (1506–1494) erreicht auf einem Feldzug den Eufrat. Während des ganzen NR richtet sich das Interesse der Pharaonen immer wieder auf Palästina/Syrien. Thuthmosis III. (1490–1436) unternimmt viele Feldzüge nach Asien. Sein eigentlicher Gegner ist das Mitannireich, das sich die syrisch-palästinischen Stadtfürsten zu verbinden gewußt hatte. Unter Thuthmosis III. erscheint zum ersten Mal das Wort *'aperu* (→Hebräer). Amenophis IV. (1364–1347) betreibt leidenschaftlich die ausschließliche Verehrung der Sonnenscheibe (Aton) und ändert dementsprechend seinen Namen in Echnaton (→Amarna). Die asiatischen Provinzen werden bedroht von den →Hetitern und von aus der arab. Wüste eindringenden Nomaden. Die 19. Dyn., vor allem Ramses II. (1290–1224), ist in einen ständigen Kampf um den Bestand der asiatischen Besitzungen verwickelt. Hier, zwischen Seti I. (1304–1290) und Merenptah (1224–1204), können Mose und der →Auszug angesetzt werden. In dieser Zeit werden auch die aus dem N und W eindringenden Seevölker geschlagen. Nach dem Sieg fördern die Pharaonen die Ansiedlung dieser Neuankömmlinge (u. a. der →Philister) in der Küstenebene Palästinas. Von Merenptah stammt die berühmte „Israelstele". Ä. verliert bald jede Jurisdiktion über Asien, so daß Israel sich jetzt ungehindert entwickeln kann.
(4) *Übergangs- und Spätzeit.* Vom N aus wird das Reich, das in der 21. Dyn. in einen n und einen s Teil gespalten war, wieder vereinigt. Der erste vom AT mit Namen genannte Pharao ist der Libyer Schischak, zu dem →Jerobeam nach einem mißlungenen Aufstand gegen Salomo flieht. Nach seiner Rückkehr wirft er sich als erster König des Nordreiches auf, während Schischak in Juda einfällt (1 Kön 14, 25 f 2 Chr 12, 2–4). Gegen den Pharao Tirhaka (25. Dyn.) kämpfen die Assyrer, die im Jahre 671 zum ersten Mal ägypt. Boden betreten und die alte Stadt Theben niederbrennen. Psammetich I., dem Gründer der 26. Dyn., gelingt es, das ägypt. Selbstbewußtsein wieder zu stärken. Sein Nachfolger Necho erhebt sogar wieder die alte Forderung auf den Besitz Palästinas und Syriens, stößt mit →Joschija von Juda bei Megiddo zusammen, erhebt →Jojakim auf den Thron, wird aber selbst (605?) bei →Karkemisch von →Nebukadnezzar geschlagen.

Nach der Zerstörung Jerusalems (587) siedeln sich zahlreiche Juden, die auch →Jeremia mitführen, in Tachpanhes (ö Nildelta) an. Dem Perserkönig Kambyses gelingt es, Psammetich III. zu schlagen und Ä. zu einer persischen Satrapie zu machen (525). Erst Alexander d. Gr. bereitet der persischen Herrschaft ein Ende und gründet →Alexandrien als neue Hauptstadt. Das Ptolemäerreich fällt nach der Schlacht von Actium (30 vC) als Provinz an das röm. Weltreich. Die Ä.er sinken durch die Ausbeutung des Landes kulturell und politisch-wirtschaftlich immer weiter ab. Sehr früh wurde das Land (durch den Evangelisten Mk?) christianisiert und bald Schauplatz wichtiger theologischer Diskussionen (Klemens von Alexandrien, Origenes) und der Ausbildung des Einsiedlertums. *Abb. 1 und 38.*

Ahab (hebr. vielleicht: Bruder des Vaters, d. h. ihm ähnlich; wahrscheinlich aber nichtisraelit.)
(1) A., der 7. König Israels (871–852), Sohn des Omri, 1 Kön 16, 29–22, 40. Unter seiner glücklichen und, abgesehen von Kriegen gegen die Aramäer am Ende seiner Regierungszeit, auch friedlichen Herrschaft wurde Israel zur Großmacht. Durch eine geschickte Familienpolitik festigte er die Freundschaft mit Juda und Phönizien, das den Reichtum ins Land brachte. Davon zeugen die Bauten, die sich in →Samaria nachweisen ließen, z. B. der Palast Omris (1 Kön 22, 39: der Elfenbeinpalast), und die befestigten Städte, u. a. (→) Megiddo und Jericho. – Das harte Urteil, das Kön über ihn fällt, hängt mit seiner religiösen Nachgiebigkeit zusammen: er duldete den →Baalkult seiner phönizischen Gemahlin →Isebel und ihren Haß gegen die Propheten. A. selbst scheint jahwegläubig geblieben zu sein, er befragte Propheten (u. a. Micha ben Jimla), fügte sich Elija, als dieser gegen den Baalkult vorging, und bereute die von Isebel angestiftete Tötung Nabots. Er wurde in Samaria begraben.
(2) A., falscher Prophet unter den Israeliten in Babylonien, von Jeremia verflucht (29, 21 ff).

Ahas (hebr., wohl Kurzform für Joahas: Jahwe hat [bei der Hand] ergriffen), 12. König von Juda (741–725), 2 Kön 16, 1–20 2 Chr 28, 1–27 Jes 7. A. wure von den verbündeten Syrern und Israeliten hart bedrängt (syro-efraimitischer Krieg), weil er sich ihrer assyrienfeindlichen Koalition nicht anschließen wollte. Die Weissagung des Jesaja mißachtend, opferte er seinen Sohn dem →Moloch und erkaufte sich mit Tempel- und Palastschätzen die Hilfe Tiglatpilesers III. – A. wird in Kön und Chr schlecht beurteilt, weil er sich, vielleicht mit Rücksicht auf Assyrien, dem →Höhenkult und der Abgötterei hingab und verschiedene Neuerungen in Tempel und Palast (Sonnenuhr) einführte. 2 Chr 28, 24 behauptet sogar, er habe den Tempel in Jerusalem ganz geschlossen.

Ahasja (hebr.: →Ahas)
(1) A., 6. König von Juda (845), 2 Kön 8, 25 ff 2 Chr 22, 1 ff. Er kämpfte gegen Hasael von Damaskus, wurde auf der Flucht vor →Jehu nach dessen Staatsstreich getötet und in Jerusalem begraben. Seine tolerante Religionspolitik trug ihm in Chr ein ungünstiges Urteil ein.
(2) A., 8. König von Israel (852–851), 1 Kön 22, 52 – 2 Kön 1, 18. Seine Absicht, nach einem schweren Sturz den Orakelgott →Baal-Sebub in der Philisterstadt Ekron zu befragen, wurde von →Elija vereitelt.

Ahija (hebr.: Bruder ist Jahwe), ein Prophet aus →Schilo, der unter Salomo durch symbolische Handlung und Gottesspruch die Reichsteilung und das Königtum Jerobeams über die zehn Stämme des Nordreichs Israel weissagte (1 Kön 11, 29–39 12, 15). Alt und blind geworden, kündete er, um ein Orakel befragt, den frühen Tod des Königssohnes Abija sowie den Untergang des ganzen Geschlechts Jerobeams an (14, 1–18 15, 29 f).

Ahiram (hebr.: Bruder [Gott] ist erhaben), König von →Byblos (13. oder 10. Jh vC), bekannt durch seinen Sarg (AOT 440), der 1923 in Byblos gefunden wurde, und in dessen Inschrift uns das lineare phönizische →Alphabet erstmals voll entwickelt entgegentritt.

Ai (hebr. stets mit dem bestimmten Artikel: *der* Trümmerhaufen), kanaan. Stadtstaat in der Nähe von Bet-El (Jos 7, 2 12, 9), fast einstimmig mit dem heutigen *et-tell* (ö von Bet-El) gleichgesetzt. Nach Jos 7 f hätte Josua die Stadt erobert und sie auf ewig zu einem Trümmerhaufen gemacht. Indes war nach dem Ausgrabungsbefund Ai zwar in der Frühbronzezeit eine der größten und bestbefestigten Städte Palästinas; auf diese folgte jedoch unmittelbar eine bescheidene und unbefestigte eisenzeitliche Siedlung. Somit lag Ai zur Zeit der israelit. Landnahme schon rund 1000 Jahre in Trümmern, so daß sich die Frage aufdrängt, in welchem Sinn die Jos-Erzählung zu verstehen ist: als völlig unhistorisch oder als lokale Tradition mit ausgesprochen ätiologischen Zügen.

Ajalon (hebr.: Hirschen[-Ort]), Eigenname zweier Städte.
(1) A., Kanaaniterstadt, bereits in den →Amarnabriefen erwähnt, wird unter Salomo israelit. (1 Kön 4,9), schließlich von den Philistern erobert (2 Chr 28,18). Arab. *jālō*, drei km ö von *'amwās*, Juni 1967 von den Israeliern grundlos vernichtet.
(2) A., in Sebulon (Ri 12,12).

Akkad, Akkadisch. (I) Im Lande Sinear, gehört im AT zum Herrschaftsgebiet Nimrods (Gen 10,10; gemeint ist das nordbabyl. Agade). Im babyl. Sprachgebrauch bedeutet A.:
(1) die nordbabyl. Stadt A. (sumerisch Agade), vermutlich in der Nähe des heutigen *abu ḥabba* (Sippar).
(2) Das rund 2350 vC von Sargon I. gegründete und von der Stadt A. ausgehende Reich A. Die Akkader, die ersten semit. Herrscher Mesopotamiens, die nach den Königslisten an die 200 Jahre regiert haben, waren sehr einflußreich, auch auf kulturellem Gebiet.
(3) Die nordbabyl. Landschaft mit den Städten A., Sippar, Babel, Barsippa u. a. *Abb. 9.*
(II) Das AKKADISCHE ist eine ostsemit. Sprache, die sich unter Einfluß der →sumerisch sprechenden Urbevölkerung Mesopotamiens, von der auch die →Keilschrift übernommen wurde, gegenüber dem West- und Südsemitischen (→Semiten) relativ selbständig entwickelt hat (Lautbestand, Vokabular). Man unterscheidet zwei Dialekte: den assyr. im N und den babyl. im S. Weil die assyr. Königslisten am besten bekannt waren, nannte man die ganze Sprache früher Assyrisch. Lange Zeit war Akkadisch internationale Diplomatensprache (→Amarna).

Akko, Kanaaniterstadt am Mittelmeer, der beste natürliche →Hafen Palästinas, Verkehrsknotenpunkt und Handelszentrum (bereits in den →Amarnabriefen erwähnt). A. war nie israelit. Besitz (Ri 1,31), wird aber Jos 19,30 trotzdem zu Ascher gerechnet. Nach dem ägypt. König Ptolemäus II. Philadelphus (285–247) hieß die Stadt später Ptolemais. Seit dem Untergang von Tyrus und Sidon (4. Jh vC; →Phönizien) war A.s Bedeutung gewaltig gewachsen. Im Jahre 219 von den

→Seleukiden erobert (1 Makk 10, 51–66 11, 20–27), in hellen. Zeit mit judenfeindlichen Tendenzen (5, 15), 47 vC der röm. Provinz Syrien einverleibt. Auch von Paulus besucht (Apg 21, 7). Arab. *'akka*, heute israelische Stadt A.

Alabastergefäß, Mk 14, 3 par Lk 7, 37, jedes henkellose Salbgefäß, gleich welchen Materials. In gr.-röm. Zeit Glasfläschchen, die man beim Öffnen am Hals abbrach. Im AT nicht erwähnt. Sämtliche A.funde in Palästina sind von Ägypten importiert oder nach ägypt. Modellen gefertigt und stammen meist aus vorisraelit. Zeit. Bei den „Säulen aus A." (Hld 5, 15 Est 1, 6) dürfte Marmor gemeint sein.

Alalach, das heutige *tell aṭschana,* nö von *anṭakja* (Antiochia), 1937 bis 1949 von L. Woolley ausgegraben. Etwa 1187 vC zerstörten die Seevölker die Stadt, die dann nicht mehr besiedelt wurde.
Die Tontafelfunde stammen vorwiegend aus dem 18. und dem 15. Jh. Etwa 100 Tafeln sind bis jetzt noch unveröffentlicht geblieben. Inhaltlich umfassen diese Tontafeln vor allem politische Verträge, Rechtsfälle, Privatverträge, Schenkungsurkunden, Heiratsurkunden, Briefe, Opferanweisungen, Personenlisten, Listen über Gebrauchsgegenstände, lexikographische Texte, hurritisch abgefaßte Listen, sumerisch-akk. literarische Texte und einen hetitischen mantischen Text.
Aus diesen Tontafeln wird ersichtlich, daß A. seine weitreichende Bedeutung erst in mittelbabyl. Zeit bekam. Die Beziehungen der Stadt sind wahrscheinlich auf ihre Verbindungen mit dem nö Vorderasien durch das hurritische und indogermanische Bevölkerungselement zurückzuführen. Ihre semit. Sprache wurde ebenfalls durch die hurritischen und indogermanischen Dialekte stark unterwandert. Es ist zu hoffen, daß künftige Ausgrabungen auf dem *tell atschana* von der Bedeutung der Stadt ein noch besseres Bild vermitteln werden. *Abb. 24.*

Alexander (gr.: Männerabwehrer)
(1) A. der Große (356–323), im AT nur 1 Makk 1, 1–9 und 6, 2 mit Namen genannt, gemeint aber auch in mehreren Visionen Daniels (z. B. 2, 32c. 39b 8, 5–8 11, 3 f). Weil sich viele Juden seiner Armee anschlossen, förderte er die jüd. →Diaspora.
(2) A. Balas, König von Syrien (150–145), warb um die Unterstützung Jonatans des Makkabäers. Dieser erlangte von ihm

die hohepriesterliche Würde und die Bestätigung seiner Herrschaft, konnte aber den endgültigen Sieg von A.s Feind Demetrius nicht verhindern (1 Makk 10, 1–11, 19).
(3) A., Sohn des Simon von →Zyrene, Bruder des Rufus (Mk 15, 21).
(4) A., →Hoherpriester, dem Petrus und Johannes vorgeführt wurden (Apg 4, 6).
(5) A. aus Ephesus, spielte eine Rolle im Aufstand des Silberschmieds Demetrius (Apg 19, 33 f).
(6) A., abtrünniger Christ (1 Tim 1, 20).
(7) A., der Schmied, Gegner des Paulus (2 Tim 4, 14).

Alexandrien. Am bedeutendsten: A. im Nildelta, 332/31 von Alexander d. Gr. gegründet, Verkehrsknotenpunkt zwischen Orient und Okzident, Residenz der →Ptolemäer, Zentrum hellen. und jüd. Wissenschaft (→Bibliotheken; gr. Übersetzung des AT [→Aristeasbrief; Septuaginta], Buch der →Weisheit, mehrere →Apokryphen), mit gemischter Bevölkerung (nach Philo eine Million Juden). Heimat des Apollos (Apg 18, 24). Paulus benutzte Schiffe aus A. (Apg 27, 6 28, 11–13). Die Alexandriner, die mit Stephanus stritten (Apg 6, 9), waren wegen einer Judenverfolgung nach Jerusalem ausgewandert. Abb. 1.

Alkimus (hebr.: Gott möge aufrichten), Führer der griechenfreundlichen Partei in Juda, 161 vC den Juden von →Demetrius I. als →Hoherpriester aufgezwungen und aufgrund seiner beruhigenden Zusicherungen anerkannt, aber von Judas bekämpft (1 Makk 7, 5–25). Erlag einem Schlaganfall, als er die Mauer des inneren Tempelvorhofs einreißen wollte (9, 54–57).

Alleluja (hebr.: preiset Jah [=Jahwe]; →Hallel), alter liturgischer Zusatz, ursprünglich vom Vorsänger oder Priester angestimmt und vom Volke (im Wechsel?) wiederholt, besonders in den A.-Pss (111 f am Anfang; 104 f 115–117 am Ende; 106 113 135 146–150 am Anfang und am Ende) und in Tob 13, 18. Im NT (Offb 19, 1–6) ist A. das himmlische Preislied auf den Anbruch der Königsherrschaft Gottes.

Allerheiligstes →Tempel.

Almosen (von gr.: Mitleid), Unterstützung armer Menschen aus Mitleid. Im AT hat A. eine ähnliche Bedeutungsentwicklung durchgemacht wie Gerechtigkeit, dem es begrifflich nahesteht. So werden beide Begriffe öfter nebeneinander genannt (z. B. Dan 4, 24), auch kann A. durch Gerechtigkeit ersetzt werden (Sir 3, 14 u. a.). Vor allem durch Unglück Geschädigte, Fremde und – nach der Reform des →Joschija – auch Landpriester waren auf die private Hilfe einzelner angewiesen. Welch große Rolle das A. in der jüd. Frömmigkeit gespielt hat, zeigt die →Weisheitsliteratur (Tob 4, 7–11 12, 8 f Sir 4, 1–6 u. a.). – Im NT kennzeichnet A.geben zusammen mit Gebet und Fasten den gottesfürchtigen Juden und Christen (Apg 9, 36 10, 2. 4. 31), Jesus verbindet es, wie schon Dan, Tob und Sir, mit der Sündenvergebung (Lk 11, 41) und mit eschatologischer Weltverleugnung (Mt 19, 21 Lk 12, 33).

Alphabet. Das Prinzip des A.s ist die Wiedergabe der einzelnen Laute einer Sprache durch feste Schriftzeichen. Die antike Überlieferung schreibt die Erfindung des A.s gewiß mit Recht den →Phöniziern zu, von denen es (wohl im 9. Jh) die Griechen und die Aramäer übernahmen. Dabei fügten die Griechen die dem semit. A. fehlenden Vokalzeichen hinzu. Die ältesten in alphabetischer Schrift abgefaßten phönizischen Inschriften dürften etwa aus der Mitte des 2. Jt vC stammen (vgl auch →Ahiram). Um weniges jünger als das lineare phönizische A. ist das Keilschrift-A. von →Ugarit, eine Adaptation des bereits erfundenen alphabetischen Prinzips auf die →Keilschrift. Die Form der Buchstaben des linearen A.s (dessen sich auch die Israeliten bedienten; →Hebräisch; Lachisch; Schiloach) wurde entweder den ägypt. →Hieroglyphen entlehnt oder ad hoc erfunden.

Altar. (1) *Begriff.* Im allgemeinen ist A. eine Opferstätte. Er kann aber auch Denkmal sein, d. h. an eine besondere Gotteserfahrung erinnern (A.e markieren die Wanderungen der Erzväter: Gen 12, 8 13, 4 26, 25 33, 20). Durch den A. tritt Gott mit seinem Volk in Verbindung; deshalb strebte man nach einem einzigen A., den man als Kraftbrunnen und Bild der Einheit Israels verstand (2 Chr 32, 12). Im NT verliert der A. zunächst an Bedeutung, weil jetzt die Gemeinschaft mit Gott in der Gemeinschaft mit Christus besteht (Hebr 13, 10 ist mit A. wahrscheinlich Christus gemeint). Während der A. im AT nur selten als Tisch bezeichnet wird, wohl im Gegensatz zu den heidnischen A.en, an denen die Götter essen (vgl Jes

Abb. 2a: Steinblockaltar bei Zora in der Schefela

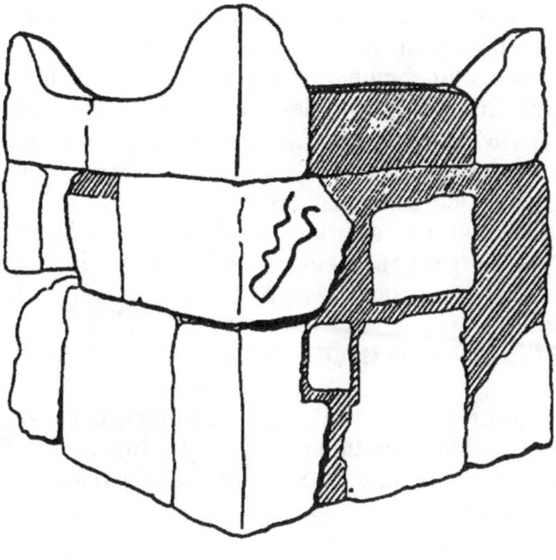

Abb. 2b: Hörneraltar

65, 11), wird im Christentum sein Tischcharakter betont: Eucharistiefeier ist Herrenmahl (1 Kor 11, 20).
(2) *Typen.* Die Israeliten verwendeten im Unterschied zu ihren Nachbarn nur ausnahmsweise einen Findlingsblock oder Opferstein als A. (Ri 6, 20 13, 19 1 Sam 6, 14 14, 33; *Abb. 2a).* Ex 20, 24 f verlangt eine Aufschüttung von Erde oder eine Anhäufung von unbehauenen, d. h. nicht durch Bearbeitung entweihten Steinen (vgl den archäologisch erforschten israelit. A. in →Arad). Der A. war stufenlos und hatte (archäologisch mehrfach bezeugt) an den vier Ecken Hörner (1 Kön 1, 50 f 2, 28 f), die als Symbole der göttlichen Macht galten; Beispiele (→) Beerscheba, Dan, Ekron, Megiddo, Sichem; *Abb. 2b.* Ihr Ergreifen sicherte den Schutz der Gottheit. Am →Versöhnungstag wurden sie mit →Blut bestrichen (Lev 8, 15 16, 18).

Altes Testament →Kanon (II).

Älteste. (I) IM JUDENTUM. Ursprünglich bezeichnet Ä. die Häupter eines Stammes oder Geschlechtes, denen Rechtsprechung und Kriegführung unterstand (Ex 18, 13–26). Nach der Landnahme, als das Zusammenleben mehr und mehr durch den gemeinsamen Wohnort bestimmt wurde, wandelten sich die Ä.n zu einer Art Stadtaristokratie (Dtn 19, 12 Jos 9, 11 Ri 8, 14 1 Kön 21, 8 u. a.; →Richter Israels) mit Verwaltungs- und Gerichtsbefugnissen. Obwohl sie unter den Königen Autoritätsverluste hinnehmen mußten, stellten sie eine immer noch zu respektierende Macht dar (z. B. 1 Kön 20, 7–9). In der nachexilischen Gemeinde bildeten die Ä.n (mit den Obersten) die lokale Behörde (Esra 10, 8. 14). Später wurden sie neben den Hohenpriestern und Schriftgelehrten in den Hohen Rat aufgenommen (Mt 27, 41 Mk 11, 27 Lk 22, 66).
(II) IM CHRISTENTUM. (1) Vorsteherkollegium in den lokalen Gemeinden (Antiochien: Apg 11, 30; Ephesus: 20, 17; Jerusalem: 21, 18 u. a.).
(2) In 2 Joh und 3 Joh ist „der Ä." Selbstbezeichnung des Verfassers.
(3) Die 24 Ä.n in Offb sind eine Art himmlischer Senat, u. a. mit priesterlichen Funktionen (7, 13 ff 11, 16 ff u. ö.). Über den Sinn ihrer Zahl und ihre Bedeutung lassen sich nur Vermutungen anstellen.

Amalek, Amalekiter, Nomadenstamm oder -stämmeverband, nach Gen 36, 12 Gruppe der →Edomiter. Ihr Wohnsitz war die

Wüste zwischen dem Sinai und dem SW Palästinas. Die A. lebten mit den Israeliten ständig im Kampf. Erste Schlacht bei Refidim (Ex 17,8–13), weitere Kämpfe in der Richterzeit (→Gideon). Von Saul geschlagen, ihr König Agag von Samuel getötet (1 Sam 15). Unter David gegenseitige Raubzüge (1 Sam 27,8 30,1 f). Dann nicht mehr erwähnt; wahrscheinlich sind sie in den benachbarten Stämmen aufgegangen. Der A.spruch →Bileams (Num 24,20) stellt ihre Vernichtung fest. *Abb. 7.*

Amarna. (I) EL AMARNA *(tell el-'amārna)*, am rechten Ufer des mittleren Nil, stellt die Ruine der Residenz des ägypt. Königs Amenophis IV. (1364–1347) dar. Um den Einfluß des mächtigen Reichsgottes Amon zu brechen und den alleinigen Kult des Gottes Aton (Sonnenscheibe) zu fördern, verlegte Amenophis seine Residenz von →Theben in die neue Stadt, der er den Namen Achetaton (Lichtberg des Aton) gab. Nach seinem Tode verfiel die neue Religion, und Achetaton wurde vergessen. In den Ruinen des Palastes fand man 1887 das vorwiegend aus Briefen bestehende Archiv von Amenophis III. und Amenophis IV.: die Korrespondenz (auf Tontafeln mit →Keilschrift in akk. Sprache), die vorderasiatische Könige und syrische und palästinische Stadtfürsten mit den Pharaonen führten, sowie neun Abschriften von Briefen, die die beiden Pharaonen an die Könige von Babel und Arzawa und an Vasallen in Kanaan und Syrien richteten. Mehr als die Hälfte der Texte befindet sich in den Museen von Berlin (beste Gesamtausgabe: J. A. Knudtzon, Die El-Amarna-Tafeln, Leipzig 1907/15, Nachdruck Aalen 1964; 2 Bde). Im Laufe der letzten vier Jahrzehnte wurden noch weitere elf Briefe entdeckt; damit sind bis heute insgesamt 379 Texte bekannt. *Abb. 1.*
(II) Die A. BRIEFE stellen für die Kenntnis der Geschichte, Geographie, Kultur und Sprache Vorderasiens, besonders Kanaans, im 15./14. Jh vC eine Quelle von unschätzbarem Wert dar. Sie zeigen, daß →Akkadisch internationale Diplomatensprache war. Kanaan. Glossen zum akk. Text der Briefe führten zur (inzwischen durch Funde von →Ugarit bestätigten) Erkenntnis, daß die Israeliten die →hebr. Sprache bei der Landnahme nicht mitbrachten, sondern im Lande vorfanden und übernahmen. Die A.briefe geben auch Aufschluß über die politische und ethnische Situation Kanaans. Es gab eine Unmenge von Stadtstaaten (genannt sind u. a. Byblos, Beirut, Sidon, Tyrus, Akko, Aschkelon, Megiddo, Geser, Lachisch,

Jerusalem), deren Fürsten sich Könige nannten (vgl Jos passim) und gegeneinander intrigierten. Ägypt. Kommissare und Offiziere übten die Kontrolle über diese Vasallenfürsten aus. Es gelang den Kanaanitern aber weder das ägypt. Joch abzuschütteln noch Hilfe gegen das Vordringen der →Hetiter (und Chabiru) zu erhalten.

Amasja (hebr.: Jahwe hat [schützend auf seinen Armen] getragen)
(1) A., der 9. König von Juda (801–773), 2 Kön 14, 1–22 2 Chr 25, 1–28. Schlug die Edomiter, die den Weg zum Seehafen Ezjon-Geber sperrten, eroberte die Festung Sela und befestigte →Elat. Bei Bet-Schemesch vom israelit. König →Joasch geschlagen. Obwohl A. selbst sehr gemäßigt war und in religiöser Hinsicht sogar von Kön gelobt wird (anders Chr), wurde er von Verschwörern in Lachisch ermordet.
(2) A., →Priester von Bet-El, der den Propheten →Amos bei Jerobeam II. des Hochverrats bezichtigte und ihn des Tempels und Landes verwies. Amos weissagte ihm daraufhin Unheil (Am 7, 10–17).

Amen (hebr., unverändert ins Gr. und Lat. übernommen: so sei es, wahrlich)
(1) *Im AT* gilt es als Ausdruck der Zustimmung (1 Kön 1, 36 Jer 11, 5), der Verwünschung (Num 5, 22 Dtn 27, 15–26 u. a.) und der Bekräftigung (Tob 8, 8 Jer 28, 6). Im letzten Sinn (meist doppelt) zum Lobpreis Gottes, besonders am Schluß einer Doxologie oder einer Bitte (1 Chr 16, 36 und Schluß des 1. und 4. Buches der Pss).
(2) *Im NT* Akklamation in der Liturgie (1 Kor 14, 16 Offb 5, 14); am Schluß der Gebete und Doxologien (z. B. Röm 1, 25 9, 5 11, 36) nicht Bestätigung, sondern Bitte um Erfüllung der Verheißungen. Als einziger führt Jesus seine Aussprüche auch mit A. ein („fürwahr") und verbürgt damit deren Wahrheit.

Ammon, Ammoniter (hebr., vielleicht: kleiner Oheim), aram. Stamm, im 12. Jh seßhaft geworden im Bereich des Jabbok-Oberlaufes, wo er die einheimische Bevölkerung vertrieb oder vernichtete. Hauptstadt →Rabba. Die volkstümliche Erzählung Gen 19, 30–38 führt ihn über Ben-Ammi auf Lot zurück, erkennt also die aram. Herkunft an. Kriegerische Auseinandersetzungen mit Israel erst seit der Richterzeit (→Jiftach), dann unter Saul (1 Sam 11, 1–11) und David

(2 Sam 10, 1–11, 1 12,26–31). Obwohl sich David in Rabba krönen ließ, bleibt das Verhältnis der A. zum davidischen Reich unklar. Dann (ab Mitte des 9. Jh vC) geriet A. in die Abhängigkeit der Assyrer und zahlte ihnen (Tiglatpileser III., Asarhaddon, Assurbanipal) Tribut. Es war ein abhängiger Vasallenstaat mit eigener Dynastie. In neubabyl. Zeit bedrängte A. Jojakim (2 Kön 24, 2). Der A.könig Baalis dingte Ismael zum Mörder Gedaljas (Jer 40, 14 41, 1 f). Nach dem Untergang Babels gerieten die A. unter persische und später unter gr. Oberhoheit (1 Makk 5, 1–3 berichtet von kriegerischen Auseinandersetzungen mit dem Makkabäer Judas), seit 64 vC unter röm. Herrschaft.
Die Propheten richteten viele Drohsprüche gegen A.: Am 1, 13–15 Zef 2, 8–11 Jer 9, 25 49, 1–6 Ez 21, 33–37 25, 1–7. Ihr Nationalgott war →Moloch, für den Salomo eine Opferhöhe (→Höhenkult) errichtete (1 Kön 11, 7). Abgesehen von wenigen Siegeln besitzen wir von den A.n keine schriftlichen Denkmäler. *Abb. 7*

Amoriter, eine im AT nicht mehr eindeutige Bezeichnung der vorisraelit. Bevölkerung Palästinas.
Ägypt. Quellen erwähnen diesen semit. Typ schon seit Beginn des 3. Jt vC, als Amurru (Nomadenstamm) tauchen sie im 23. Jh in akk. Keilschrifttexten auf. Es gelingt ihnen, sich nahezu des ganzen mesopotamischen Kulturlands zu bemächtigen; in →Turm zu Babel gründet Sumu-abu die 1. babyl. Dynastie der A. (1830 vC), der auch →Hammurapi angehörte. Ein zweites mächtiges A.reich hatte sich in →Mari am Westufer des mittleren Eufrat gebildet. Auch im W finden sich Staatengebilde der A., z. B. (→) Alalach, Qatna und Aleppo; im vorisraelit. Palästina das Reich des A.königs Sihon (Num 21, 21–35) und amoritische Stadtstaaten (Jerusalem, Hebron, Lachisch, Debir u. a.); im Negeb bildeten die A. mit den Kanaanitern und anderen Völkern die vorisraelit. Landbevölkerung (Gen 14, 7).
Wie sich die beiden bibl. Bezeichnungen A. und Kanaaniter zueinander verhalten, ist noch immer umstritten. Dem abwertenden Urteil der bibl. Berichte über die A. liegen wahrscheinlich nur religiöse Motive zugrunde. Die A. verehrten einen Gott unter dem Namen Amurru, dessen Kult auch in Babel Eingang fand. Problematisch ist auch die Herkunft der amoritischen Sprache.

Amos (hebr.: Jahwe hat getragen)
(I) A., der dritte der sog. Kleinen →Propheten, aus Tekoa, will nicht als Prophet gelten, sondern betont seinen Beruf als Vieh- und Maulbeerfeigenzüchter (Am 1, 1 7, 14). Trat auf unter Jerobeam II. von Israel (783–743). Da die Schrift eine Periode nationalen Selbstbewußtseins und Wohlstands widerspiegelt, darf man annehmen, A. habe 760/50, nach den Siegen über die Aramäer, seine Prophetenlaufbahn begonnen. Was ihn als Judäer ins Nordreich Israel führte, ist nicht klar. Er trat in Bet-El (7, 10–17) und Samaria auf (3,9–12 4, 1–3 6, 1–7). Von →Amasja wurde er aus dem Tempel und aus Israel vertrieben. – Er ist ein Meister der Form, der seine Visionen knapp und anschaulich und seine Drohsprüche prägnant und scharf formuliert.
(II) AMOS (BUCH). (A) *Inhalt.*
(1) Drohsprüche gegen die Völker sowie gegen Juda und Israel (1, 3–2, 16).
(2) Vier Drohsprüche „Höret das Wort" gegen Israel (3, 1–5, 6 8, 4–14).
(3) Drei „Wehe"-rufe gegen Israel (5, 7–6, 14).
(4) Fünf Visionsberichte (7, 1–9, 4). Sie sind durch einen Er-Bericht (Begegnung mit Amasja in Bet-El: 7, 10–17) und durch den Drohspruch 8, 4–14 auseinandergerissen.
(5) Ein Hymnus (9, 5 f, wohl auch 4, 13 und 5, 8 f).
(6) Ein Drohspruch gegen Israel (9, 7–10).
(7) Eine Verheißung (9, 11–15).
(B) *Entstehungszeit.* Die Echtheit der Visionsberichte und der meisten Sprüche ist unbestreitbar. Sie wurden von einem Redaktor mit dem nicht von A. stammenden Er-Bericht verbunden. Angezweifelt werden die Drohsprüche gegen Tyrus (aus zeitlichen) und gegen Juda (aus stilistischen Gründen), Hymnus und Verheißung. Die letzte Redaktion ist also wohl nachexilisch.
(C) *Theologie.* Nach der Befreiung von den Aramäern war der Wohlstand gestiegen, der soziale Gegensatz im Volk und der religiöse Formalismus gewachsen. A. richtet sich gegen den äußerlichen Kult und ruft nach Recht und Gerechtigkeit. Durch Rechtsverletzung bereitet sich Israel den eigenen Untergang. Der „Tag Jahwes" (hier zum ersten Mal) wird furchtbar sein. Nur der Rest Josefs (5, 15; vgl 9, 11 f; auch hier „Rest" [sofern authentisch] zum ersten Mal in heilsgeschichtl. Bedeutung) wird Gnade finden.

Amrafel, König von Sinear, bekämpfte und besiegte mit seinen Verbündeten die Refaiter, Susiter, Emiter, Horiter, Amalekiter sowie die Könige der →Pentapolis (Gen 14, 1–12). Das Ziel der Verbündeten war vielleicht die Kontrolle der großen Handelsstraße zwischen Syrien und Arabien. Eine sichere Identifizierung A.s ist nicht möglich. Man vermutete in ihm den babyl. König →Hammurapi, einen Akkader Amur-pí-ìl oder Amût-pí-ìl, den in den Briefen von →Mari genannten König von Qatna. Dies würde ins frühe 17. Jh vC führen. Aber auch abgesehen von diesen Unsicherheiten kann A. nicht zur Datierung →Abrahams dienen, weil die Verknüpfung Abrahams mit dem Zug der Ostkönige sicher sekundär ist.

Amulett →Schmuck; Siegel.

Anatot (hebr.: Ort der [ug. Göttin] Anat), Ort zwischen Michmas und Jerusalem (Jes 10, 29–32), Wohnsitz der Priesterfamilie Abjatars (1 Kön 2, 26 u. a.) und des Propheten Jeremia (Jer 1, 1 32, 7–9). Heute *'anāta*, nö Jerusalem.

Andreas (gr.: der Mannhafte), von Betsaida (Joh 1, 44), Bruder des Simon, wohnhaft in Kafarnaum, Fischer, gehörte mit seinem Bruder zu den ersten Jüngern Jesu (Mk 1, 16–18 par Apg 1, 13), vorher Jünger Johannes' des Täufers (Joh 1, 35–42). Tritt dreimal besonders hervor: Mk 13, 3 Joh 6, 8 (Brotvermehrung) und 12, 22. Im NT sonst nicht genannt. Nach alter Tradition soll er in Südrußland und auf dem Balkan gepredigt und in Patras (Griechenland) den Kreuzigungstod erlitten haben. Ihm werden die apokryphen Acta Andreae (und Matthiae) zugeschrieben.

Anna →Hanna.

Antilibanon →Hermon.

Antiochia. Die Bibel erwähnt zwei Städte dieses Namens.
(1) A. in Syrien, am unteren Orontes, 300 vC von Seleukus I. Nikator gegründet, reiche Handelsstadt, Brennpunkt hellen. Kultur (→Hellenismus), Residenz der →Seleukiden, seit 64 vC Hauptstadt der röm. Provinz Syrien. Mischbevölkerung aus Syrern, Griechen und (meist reichen, religiös aktiven) Juden (vgl Apg 6, 5). Jünger aus Palästina, Zypern und Zyrene, die sich nach einer Zeit der Verfolgungen in A. gesammelt hatten,

bildeten eine Heiden und Juden umfassende Gemeinde, deren Mitglieder zum ersten Mal Christen genannt wurden (11,19–26); von Barnabas und Paulus besucht, war sie Ausgangs- und Endpunkt der 1. und 2. Missionsreise. Die Gemeinde von A. gab den Anlaß zum →Apostelkonzil. Seit dem 3. Jh entwickelte sich hier eine bekannte Exegetenschule (Johannes Chrysostomos, Theodor von Mopsvestia u. a.). Heute *anṭāḳja* in der südlichsten Türkei.
(2) A. in Pisidien, Grenzstadt am Meander, seit Augustus röm. Kolonie. Die jüd. Gemeinde wurde auf der 1. Missionsreise von Paulus und Barnabas besucht, aber ohne dauernden Erfolg (13,50 f), die Christengemeinde (14,21) bestand wohl aus Heiden.

Antiochus (gr.: der Standfeste), Königsname in der Dynastie der →Seleukiden. Im AT werden erwähnt:
(1) A. IV. Epiphanes (175–164), Sohn Antiochus' III. d. Gr. Bemächtigte sich nach Ermordung seines Vorgängers und Bruders des Thrones (Dan 11,21). Die Historiker fällen im allgemeinen über seinen Charakter kein gutes Urteil: er gilt als despotisch, exzentrisch, unberechenbar und grausam. Drei Momente bestimmten sein Leben: der röm. Einfluß, die Faszination der gr. Kultur und Religion (→Hellenismus) und die orient. Vorstellung von einem Gott-König. Die jüd. Beurteilung ist seiner Religionspolitik entsprechend negativ. A. wurde anfänglich von den Hellenisierungsbestrebungen in Jerusalem (→Alkimus) begünstigt und 175 vom Hohenpriester feierlich empfangen. Nachdem er den Römern in Ägypten unterlegen war (167 vC), beschleunigte er die Hellenisierung, plünderte den Tempelschatz, entweihte den Tempel, schändete den Sabbat, verbot die Beschneidung u. a. Als er den Kult des olympischen Zeus einführen wollte (1 Makk 1,57. 62), erhoben sich die →Makkabäer. 1 Makk 1,11 bis 6,16 2 Makk 4,7–9,29 Dan 7,8–11 (elftes →Horn des vierten Tieres), 8,9–14 (kleines Horn des Widders), 11,21–45. Starb auf einem Feldzug gegen die Parther.
(2) A. V. Eupator (164–162), unmündiger Sohn von (1), beherrscht von seinem Vormund Lysias und mit ihm ermordet. Lysias hatte mit dem Makkabäer Judas Frieden geschlossen (1 Makk 6,17–7,4 2 Makk 10,9–14,2).
(3) A. VI. Dionysos, von seinem Vormund Diodotus Tryphon, der ihn später ermordete, 145 als Gegenkönig gegen Demetrius II. aufgestellt.

(4) A. VII. Sidetes (139/38–129), suchte im Kampf gegen Tryphon durch Gunstbeweise (Bestätigung früherer Privilegien) die Unterstützung Simons des Makkabäers, nahm aber nach seinem Sieg über Tryphon eine judenfeindliche Haltung ein (1 Makk 15f).

Antipas (gr.: Ebenbild des Vaters)
(1) Herodes A., jüngster Sohn →Herodes d. Ält. und oft mit ihm verwechselt, geb. um 22 vC, mußte sich mit Galiläa, Peräa und dem →Tetrarchentitel begnügen (Lk 3, 1 Mk 6, 14: populär „König"). A. war vermählt mit einer Tochter des Araberkönigs Aretas IV., lebte dann aber mit Herodias (Gemahlin seines Halbbruders Herodes →Philippus [5]) zusammen (Mk 6, 17 par). Dies führte zum Krieg mit Aretas und zur zeitweiligen Eroberung der Festung →Machärus.
A. war schlau (vgl Lk 13, 31 f), ehrgeizig, prachtliebend, aber orthodoxer Jude (23, 7), setzte sich bei Pilatus für die Juden ein. Befestigte oder erbaute die Städte Sepphoris, Livias und Tiberias. Johannes den Täufer ließ er festnehmen und auf Machärus hinrichten (Mk 6, 17–29 par). Ob er auch Jesus töten wollte, ist nicht sicher (Lk 13, 31–33). Im Prozeß gegen Jesus zeigte er erst großes Interesse für ihn, machte ihn aber dann lächerlich (23, 8–12). A. wurde 39 beim Kaiser Caligula verdächtigt und nach Lyon verbannt. Sein Todesjahr ist unbekannt.
(2) A., christl. Märtyrer in Pergamon (Offb 2, 13).

Antipater (gr.: Ebenbild des Vaters)
(1) A., wurde mit Numenius von Jonatan dem Makkabäer nach Rom gesandt, um den mit Judas geschlossenen Freundschaftsvertrag zu erneuern (1 Makk 12, 1–4. 16). Knüpfte auch mit Sparta freundschaftliche Beziehungen an (12, 5–23).
(2) A., Vater →Herodes d. Ält.

Antonia, Burg in Jerusalem n des Tempels, zum erstenmal Neh 2, 8 7, 2 erwähnt, später von Herodes d. Ält. umgebaut und nach seinem Gönner Antonius A. genannt (Ant. 15, 8, 15 u. a.). Eine röm. Besatzung bewachte von der Burg aus ständig den Tempelplatz (Apg 21, 31–37 u. a.). Im jüd. Krieg zunächst von den Aufständischen besetzt (66 nC), aber von Titus erobert und geschleift (70 nC). Seit dem 12. Jh sucht eine Überlieferung zu Unrecht hier das →Prätorium des Pilatus. →Gabbata. *Abb. 43.*

Apokalyptik (von gr.: enthüllen, offenbaren), eine vom 2. Jh vC bis zum Ende des 1. Jh nC stark verbreitete Bewegung im jüd. Denken, die verschiedene Elemente der israelit. Tradition (Prophetie, Weisheitsliteratur) in sich vereinigte und zu einer eigenen Literaturgattung (A. im engeren Sinne) führte. Die Lebensumstände des bedrängten frühen Judentums (besonders unter →Antiochus IV. Epiphanes) stärkten die Hoffnung auf Verwirklichung der Verheißungen, die Gott seinem auserwählten Volk gegeben hatte. Das erklärt die an der Zukunft orientierte Tendenz dieser Schriften: die Erlösung Israels als Vollendung der Geschichte. Kennzeichnend ist eine oft bizarre Phantasie, die mit uralten Bildern, Symbolen, Schöpfungsmythen und Zahlenspekulationen arbeitet. Zu den Gesetzen der Gattung gehört ferner die Rückführung des Wissens auf Visionen und die Pseudonymität (die Autorschaft wird Adam, Abraham, Mose u. a. zugeschrieben). Aus welchen Kreisen diese Literatur hervorgegangen ist, läßt sich kaum feststellen, und auch die außerbibl. Einflüsse (babyl. Astrologie, gr. Mythologie) sind unsicher. Auf jeden Fall stellt auch die apokalyptische Literatur, die in den →apokryphen Apokalypsen ihren Niederschlag gefunden hat (besonders 1 Hen, AssMos 4 Esra, syrBar), ein wichtiges Bindeglied zwischen AT und NT dar. Zwei Apokalypsen haben kanonische Geltung erlangt: (→) Daniel und Offenbarung.

Apokryphen (von gr.: verborgen, geheim), im heutigen kath. Sprachgebrauch die nicht-kanonischen jüd. und altchristl. Schriften (in der prot. Theologie „Pseudepigraphen" genannt). Die A. weisen teilweise gewisse Ähnlichkeiten mit den kanonischen Büchern auf, teilweise sind sie unter dem Namen eines inspirierten Schriftstellers überliefert. Die neuen Funde von →Qumran und *nag'ḥammādi* haben das Material bedeutend vermehrt.

(I) DIE A. DES AT (2. Jh vC bis 1. Jh nC).

(1) Die *erzählenden* A., großenteils legendären Charakters, jedoch für die Auffassungen der Verfasser und ihrer Zeit aufschlußreich. Titel: Jubiläenbuch, Himmelfahrt des Jesaja, Apokalypse des Mose, →Aristeasbrief, Prolog zu Sir, Josef und Asenat, 3 Esra, 3 Makk.

(2) Die *didaktischen* A., z. T. von den ethischen Anschauungen des AT beeinflußt. Titel: Testament der zwölf Patriarchen, Ps 151, Psalmen Salomos, 4 Makk.

(3) Die *apokalyptischen* A., Zeugen der jüd. →Apokalyptik

und Eschatologie. Titel: 1. Henochbuch, 4 Esra, syr. Baruch, Testament Abrahams, Sibyllinen.
(II) DIE A. DES NT (seit dem 2. Jh nC).
(1) Die apokryphen *Evv* wollen die Lücken in der Darstellung der kanonischen Evangelien ausfüllen. Ihre theologischen Auffassungen deuten auf gnostische Herkunft hin. Titel: Evangelium der Hebräer, der Ägypter, der Ebioniter, Protoevangelium des Jakobus, Evangelium des Tomas.
(2) Die apokryphen *Akten* erzählen ausführlicher über die Wunder und Reisen der Apostel, öfters mit ketzerischen Tendenzen. Titel: Petrus-, Paulus-, Andreas-, Johannes-, Barnabasakten.
(3) Die apokryphen *Briefe* sind z. T. als Bestätigung vermeintlicher Privilegien bestimmter Kirchen oder als Ersatz verlorengegangener Briefe des Paulus gedacht. Titel: Laodizeerbrief, Alexandrinerbrief, Briefe von und an die Korinther.
(4) Die apokryphen *Apokalypsen* stellen Offenbarungen dar, die Aussicht auf eine bessere Zukunft eröffnen. Titel: Apokalypse des Petrus, des Paulus, des Johannes, Marias.

Apollos (Kurzform von Apollonios), gebildeter alexandrinischer Jude (Apg 18, 24–19, 1; →Hellenismus). Kam von Ephesus nach Korinth und erwarb sich unter der Christengemeinde eine eigene Gefolgschaft, die in gewissem Gegensatz zu den „paulinischen" Christen stand (1 Kor 1, 12 3, 4–6. 22 4, 6). Paulus scheint ihn kritisch beurteilt zu haben (3, 10–15). Apg 18, 24–28 will A. enger an die apostolische Linie anschließen (Unterweisung durch Aquila und Priszilla). Viele betrachten ihn als Verfasser von Hebr.

Apostel. (1) Mit diesem Wort können „die →Zwölf" (Mk 6, 30 Mt 10, 2 Lk 6, 13 Gal 1, 17), die Gesandten Gottes (Apg 13, 3 f), die Gesandten der Kirche (Apg 14, 2 2 Kor 8, 23 Phil 2, 25), die bevollmächtigten Boten (Joh 13, 16), die Missionare (Röm 16, 7 1 Kor 12, 28 Offb 2, 2), ja Christus selbst (Hebr 3, 1) bezeichnet werden.
(2) Nach den ältesten ntl Zeugnissen, nach den Briefen des Apostels Paulus, ist „Apostel Jesu Christi", wer 1. Zeuge des Auferstandenen ist und wer 2. vom Herrn zur missionarischen Verkündigung beauftragt wurde, um durch die Verkündigung des Ev Glauben zu wecken und die Gemeinschaft der Glaubenden zu sammeln (Gal 1, 15–17 1 Kor 9, 1 f 15, 7–11 2 Kor 10, 13–16). So verband sich mit dem Begriff A. die Idee des

Missionars. Den echten A.n setzt Paulus die „Pseudoapostel" gegenüber (2 Kor 11, 13), die sich als A. ausgeben, ohne von Christus beauftragt zu sein.

(3) Das Verhältnis der „Zwölf" zu den A.n: Die Namenlisten der „Zwölf" weisen gewisse Schwankungen auf (Mk 3, 16–19 Mt 10, 2–4 Lk 6, 13–16 Apg 1, 13). Bei Mk 3, 14 werden die „Zwölf" noch nicht A. genannt, bei Mk 6, 30 scheint es sich noch nicht um einen dauernden Titel zu handeln. Erst nach Lk 6, 13 hatte Jesus selbst die „Zwölf" A. genannt. Es ist jedoch auffällig, daß gerade nach den ältesten ntl Texten auch andere als die „Zwölf" A. heißen (Röm 16, 7 1 Kor 9, 5 f), während innerhalb des Zwölferkreises Petrus der einzige ist, von dem historisch eine missionarische Tätigkeit eindeutig feststeht.

Offensichtlich wurde der Titel A. zunächst unbetont von Missionaren und Gemeindeoberen als den Bevollmächtigten Christi gebraucht und erst allmählich auf die „Zwölf" (und Paulus) eingeschränkt.

Apostelgeschichte. Der Titel Apg ist erst um 180 nC nachweisbar. Weder die gr. (πράξεις ἀποστόλων) noch die lat. (acta apostolorum), noch die dt. Bezeichnung trifft den Inhalt des Buches. Wie Lk, zu dem die Apg eine Art Fortsetzung bildet, keine Biographie Jesu gibt, so ist auch diese keine Geschichte der Apostel und des Urchristentums. Sie stellt vielmehr dar, wie sich das Ev von Jerusalem über Judäa, Samaria, Antiochien und die paulinischen Gemeinden bis nach Rom ausgebreitet hat. Im Mittelpunkt der Darstellung steht zuerst Petrus und ab 13, 4 Paulus (der zudem nur zweimal →Apostel genannt wird: 14, 4. 14). Vollständigkeit ist nicht erstrebt, wichtige Ereignisse, die aus den Paulusbriefen bekannt sind, fehlen, andere, unbedeutende Details (z. B. die Korneliusgeschichte) werden ausführlich geschildert. Auswahl und Art der Darstellung dürften somit von der Zielsetzung des Verfassers abhängen. Sie kommt besonders deutlich zum Ausdruck in der Idealisierung der Urgemeinde (2, 42–47 4, 32–37), die in Eintracht und Gebet ein Leben der Mahl- und Besitzgemeinschaft verwirklicht, und in den zwar typisierten, aber doch auf historischer Grundlage beruhenden Reden: der Siegeszug des Ev in der Kraft des Heiligen Geistes trotz aller Widerstände (Verfolgungen durch das ungläubige Judentum, Widerstreben der Judenchristen, Anzeigen bei röm. Behörden, Haft, Schiffbruch, Prozeß). Die Diskrepanz zwischen der Apg und manchen Angaben der Paulusbriefe (Verschweigen oder Verharmlosung innergemeindlicher Spannungen) erklärt sich jedoch nicht nur aus der Tendenz der Schrift, sondern ist auch eine Frage der vom Verfasser benutzten Quellen. Man nimmt allgemein an, daß er die Paulusbriefe nicht gekannt hat, daß ihm aber für den zweiten Teil Reisenotizen eines uns unbekannten Autors (sog. Wir-Quelle antiochenischer Herkunft?) vorgelegen haben. Schon in der altkirchlichen Überlieferung gilt der Verfasser von Lk auch als Verfasser der Apg, eine Annahme, die von der Textkritik aufgrund von Übereinstimmungen zwischen Lk und Apg in Wortschatz, Stil und Theologie bestätigt worden ist. Da die Apg aus sprachlichen Gründen nach Lk geschrieben sein muß, die Sammlung der Paulusbriefe aber, die der Verfasser sicher benutzt hätte, wären sie ihm bekannt gewesen, sehr wahrscheinlich erst gegen Ende des 1. Jh. anzusetzen ist, dürfte die Apg zwischen 80 und 90 entstanden sein.

Apostelkonzil, die Zusammenkunft von Paulus und Barnabas als Abgesandte der antiochenischen Gemeinde mit der Jerusalemer Gemeinde um das Jahr 49 nC (Apg 15, 1–29). Thema des A.s war die Frage, ob die →Beschneidung für getaufte Heiden heilsnotwendig sei. Petrus trat der Forderung judenchristl. Eiferer entgegen; Jakobus schlug die sog. „Jakobusklauseln" vor: Enthaltung von Götzenopferfleisch, Blutgenuß, Genuß von erstickten Tieren und von Unzucht. Dieses *Aposteldekret* erscheint dann als einzige Auflage für die Heidenchristen in Antiochien, Syrien und Zilizien. Die Entscheidung des A.s wahrte die Universalität und die Einheit der Kirche und verhinderte eine Entwicklung zu einer jüd. Sondergemeinschaft.

Aquila (lat.: der Nördliche?)
(1) A., Jude aus Pontus, wanderte mit seiner Frau Priszilla während der Judenverfolgung unter Claudius von Rom nach Korinth aus, beide waren schon sehr früh Christen. Paulus wohnte bei ihnen auf der 2. Missionsreise (Apg 18, 2f), in Ephesus bekehrten sie →Apollos (18, 18–26), kehrten später nach Rom zurück (Röm 16, 3–5).
(2) →Bibelübersetzungen (I. 1.b).

Arabien, Araber, eine sehr weit gefaßte Bezeichnung für die Nomaden der syrisch-arab. Wüste; ungewiß, ob mit Chabiru

(→Hebräer) zusammenhängend. In Neh und Chr erscheint die Bezeichnung A. für die (edomitischen) Bewohner der persischen Provinz A. Für die auf der heutigen Halbinsel A. wohnhaften Stämme kennt das AT Sonderbezeichnungen (Ismaeliter, Joktaniter, Keturiter u. a.). Listen arab. Stämme in Gen 10, 26–29 25, 1–4. 12–16.
Aus der persischen Provinz A. bildet sich später das Königreich der →Nabatäer, dessen Bewohner im NT als A. gelten (Apg 2, 11). Noch für Paulus ist A. die an das palästinische Kulturland angrenzende Wüste (Gal 1, 17 4, 25).
Die arab. Sprache ist erst nach der Zeit des alten Orients zur Literatursprache geworden; weil sich in ihr aber der ursemit. Laut- und Formenbestand weitgehend erhalten hat, ist sie für die Erforschung der alten semit. Sprachen von großen Bedeutung. →Bibelübersetzungen (I. 5).

Arad (hebr.: harter [Boden])
(1) Num 21, 1 33, 40 erwähnt einen kanaan. König von A. in der s Wüste Juda. Ri 1, 16 nennt A. im Zusammenhang mit der Landnahme (Keniter). Als Ortslage gilt der heutige *tell el-milḥ*, 12 km sw von *tel ʻărād*. Im Unterschied zu *tel ʻărād* (→2) war *tell el-milḥ* in der Mittel- und Spätbronzezeit besiedelt.
(2) Israelische Ausgrabungen erforschen seit 1962 den sog. *tel ʻărād* im nö Negeb. Nachgewiesen wurde eine erstaunlich große Unterstadt (10 ha) aus dem Chalkolithikum und der frühen Bronzezeit. Die Funde deuten auf Handel mit Ägypten und Kontakte mit der mesopotamischen Kultur hin, die für die Datierung der Frühbronzezeit in Palästina sehr wichtig sind. Nach einer Siedlungslücke von ca 2700 bis ins 11. Jh vC wurde A. zu einer kleinen königlichen Garnison ausgebaut. Häufig zerstört, aber immer wieder aufgebaut, wurde es schließlich um 700 und vermutlich unter Joschija endgültig vernichtet. Die Fülle gut erhaltener →Ostraka (vom 9. Jh an) versprechen neue Aufschlüsse über die Entwicklung der althebr. Schrift. In A. konnte erstmals ein →Tempel (10.–7. Jh) archäologisch erforscht werden, der als Analogon zum salomonischen Tempel in Jerusalem dienen kann. Damit ist ein bedeutender Beitrag zur Kunde der vorexilischen Kultverhältnisse in Juda gegeben. →Altar.

Aramäer. Die älteste *Geschichte* der A. liegt noch sehr im Dunkeln. Nach Am 9, 7 stammen sie aus Kir (NO-Arabien?). Um 2000 vC tritt im mesopotamischen Kulturraum ein Volkselement auf, dessen Personennamen westsemit. sind, wohl die ersten Vorboten der Bevölkerungsschicht, die später in Palästina unter dem Namen A. erscheint. Auf aram. Herkunft israelit. Sippen weist Dtn 26,5 hin (vgl die Bezeichnung „→Laban der A." Gen 25,20 u. a.). In diesem Zusammenhang spricht das AT von Aram-Naharaim (Aram der zwei Ströme), dem Gebiet zwischen dem Oberlauf von Tigris und Eufrat. *Abb. 5.*

Zur Bildung von aram. Kleinstaaten kam es erst seit Anfang des 1. Jt. Das AT erwähnt die folgenden:

(1) Die *A. von Zoba*, zwischen Antilibanon und der syrisch-arab. Wüste. Bekannt ist der König Hadadeser, den David schlug (2 Sam 8,3–8).

(2) Die *A. von Bet-Rehob* (2 Sam 10,6), ein Zwergstaat nö des Ammonitergebietes.

(3) Die *A. von Maacha* (2 Sam 10,6 Jos 13,11), zwischen den Südenden von Libanon und Antilibanon. Die Stadt →Abel-Bet-Maacha war schon früh israelit. Besitz (2 Sam 20,14–22), wurde aber später durch Ben-Hadad erobert und von Tiglatpileser III. Assyrien einverleibt.

(4) Die *A. von Geschur*, den A.n von Maacha benachbart (vgl 2 Sam 3,3 13,37 f 15,8).

(5) Die *A. von →Damaskus*, vorübergehend von David unterworfen (2 Sam 8,5). Reson-ben-Eljada, König von Damaskus, nahm unter Salomo eine israelfeindliche Haltung an (1 Kön 11,23–25); er erscheint als Führer der aram. Unabhängigkeitskriege. Unter Ben-Hadad wurde Damaskus die wichtigste Macht in Syrien. Bereits seit etwa 800 wurde es von Assyrien bekämpft, aber erst Tiglatpileser III. eroberte die Stadt (734). Andererseits errangen die A. einen kulturellen Sieg: ihre Sprache wurde Handelssprache in Assyrien. Das gleiche geschah in Babylonien, wo die →Chaldäer das Reich aramaisierten und später auch politisch beherrschten. Die Verbreitung der aram. Sprache, u. a. in Palästina, wurde entscheidend gefördert durch ihre Erhebung zur Kanzleisprache für weite Teile des persischen Reiches. Dieses sog. Reichs-Aramäisch ist im AT vertreten in Esra 4,8–6,12 und Dan 2,4–7,28. Jesus hat seine Frohbotschaft auf aram. verkündet. Erst die arab. Sprache vermochte die aram. als Weltsprache endgültig zu verdrängen.

Ararat, Bezeichnung einer Landschaft Armeniens, am mittleren Araxes. Zuflucht der Söhne Sanheribs nach Ermordung ihres Vaters (2 Kön 19, 37 Jes 37, 38). A. ist das alte keilschriftlich bekannte Urartu (Blütezeit 9.–7. Jh vC; Jer 51, 27), mit eigener nichtsemit. Sprache. Erst später wurde der Name der Landschaft auf einen einzelnen Berg (Gen 8, 4, auf dem die Arche Noachs festlief) übertragen. *Abb. 5.*

Arbeit →Ackerbau; Handwerk; Sklave; Tagelöhner.

Archäologie →Ausgrabung(en).

Arche (hebr.: Kasten), Fahrzeug Noachs während der →Sintflut (Gen 6, 1–9, 19); Kästchen aus Papyrusschilf, in das Mose gelegt wurde (Ex 2, 3. 5). 1 Petr 3, 20 f ist die durch das Wasser hindurch rettende A. Typus der Taufe.

Archelaos (gr.: Volksherrscher), Sohn Herodes' d. Ält., Bruder des →Antipas, von Augustus zum →Tetrarchen (nicht König) von Judäa, Samaria und Idumäa ernannt (4 vC bis 6 nC; Mt 2, 22). Prachtliebend, grausam und leichtlebig wie sein Vater. Ernannte auch die →Hohenpriester. Wurde auf Drängen der Juden von Augustus nach Gallien verbannt. Sein Gebiet verwaltete ein röm. Prokurator.

Archiv →Bibliothek.

Areopag (gr.: Ares [= Mars]-Hügel), Apg 17, 19 Felsenhügel nw der Akropolis in Athen, wo seit uralten Zeiten der Gerichtshof über schwere Verbrechen Rat sprach; später, davon abgeleitet, hieß so auch eine Halle am Töpfermarkt, wo die Stadtherren ihren Amtssitz hatten. Erwägungen, ob Paulus seine A.-Rede (Apg 17, 22–31) auf dem Hügel oder in der Markthalle gehalten hat, werden gegenstandslos, wenn man die A.-Szene als eine von Lk frei entworfene Komposition mit athenisch-hellen. Motiven versteht.

Aristeasbrief, Bericht des Aristeas (eines angeblichen Beamten des Königs Ptolemäus II. Philadelphus, 285–247) an seinen Bruder Philokrates über die Entstehung der gr. Übersetzung des hebr. →Pentateuch in →Alexandrien (→Septuaginta): Aristeas habe auf Wunsch des Königs 72 Männer (sechs aus jedem Stamm) aus Jerusalem auf die Insel Pharos bei Alexandrien geholt, die innerhalb von 72 Tagen in gemeinsamer Arbeit eine einheitliche, von der alexandrin.

Judengemeinde gebilligte Übersetzung des Pentateuch anfertigten. Der Brief ist eine Fälschung aus dem 2. Jh. vC (nach anderen aus dem 1. Jh nC). Auch wenn er einen historischen Kern über die Entstehung der LXX enthält, ist seine Absicht doch, das jüd. →Gesetz zu verherrlichen und die Überlegenheit jüd. →Weisheit über die gr. Bildung darzutun. Vielleicht war er auch als Propagandaschrift für eine bestimmte Übersetzung des Pentateuch innerhalb der alexandrin. Gemeinde gedacht.

Armut. (1) *Im AT*. Sowohl A. wie Reichtum werden in letzter Instanz auf Jahwe zurückgeführt, beide Begriffe sind korrelativ und werden nicht so sehr wirtschaftlich als vielmehr ethisch verstanden (Spr 30, 8 f u. a.). Vom natürlichen Standpunkt aus ist A. freilich ein Übel, an dem, abgesehen von der immer waltenden Kausalität Gottes (1 Sam 2, 7 Spr 22, 2 29, 13), der Mensch selbst schuld sein kann (Müßiggang: Spr 6, 9–11 24, 30–34 Koh 10, 18; Genußsucht: Spr 21, 17 Sir 18, 33 u. a.). Im allgemeinen jedoch tritt das AT für die Armen ein (Ijob 5, 15 Ps 72, 12–15 Sir 35, 13–24), die →Propheten nehmen sie in Schutz, das →Gesetz sucht ihre Not zu lindern. Freiwillige A. kennt das AT nicht.
(2) *Im NT* kein Werturteil, aber ausgesprochene Sympathie für die Armen (vgl Jak 2, 2–6 Lk 16, 19–31 Mk 12, 41–44 par). Paulus wendet, unter Hinweis auf die A. Jesu, für die Armen viel Sorge auf (Röm 15, 26 f 2 Kor 8, 9; vgl Mt 8, 20 par). Nicht sozial, sondern religiös zu verstehen sind die Armen, denen die Frohbotschaft verkündet wird (Mt 11, 5 Lk 4, 18), die Armen im Geiste (Mt 5, 3). Sie sind wie in Pss und Jes 29, 18 f die Demütigen, sich ihrer Unzulänglichkeit Bewußten (Offb 2, 9). Das NT kennt die freiwillige A. (Mk 10, 21 f par). →Almosen.

Arnon, Zufluß zum Toten Meer, entspringt auf der Hochebene der syrisch-arab. Wüste, tief eingeschnittenes Bett. Im AT Grenze zwischen Moab und dem →Amoriterreich Sihons (Num 21, 13. 24. 26 Dtn 2, 24. 36), S-Grenze des von den Israeliten besiedelten Ostjordanlandes (Jos 12, 1 f Ri 11 passim).

Aroër (hebr.: Wacholdergebüsch)
(1) A., moabitische Stadt am N-Rand der →Arnonschlucht (Dtn 2, 36 u. ö.), dann israelit. Grenzort, Ausgangspunkt der davidischen Volkszählung (2 Sam 24, 5), wechselte häufig den Besitzer. Span. Grabungen auf *chirbet el ʿarāʿir* 1964–1966,

Besiedlung (mit Unterbrechungen) vom Ende der Frühbronze- bis zur römischen Zeit.
(2) A., ammonitische Stadt „gegenüber" Rabba (Ri 11,26.33), genaue Lage unbekannt.
(3) A. im Negeb, schon in den →Amarnatafeln erwähnt, freundschaftliche Beziehung zu David (1 Sam 30,28). Israel.-amerikan. Grabungen ab 1978. Besiedlung endet mit Zerstörung der herodian. Festung im röm. Krieg.

Artaxerxes →Esra; Nehemia.

Abb. 3: Stele aus Zendschirli (ANEP 447), zeigt Asarhaddon als Sieger mit zwei gefangenen Königen

Arzt. (1) Die Heilkunst stand im alten Orient mit der Magie in Verbindung, deshalb wird *im AT* wenig vom A. gesprochen. Jahwe macht krank und heilt (Ex 9,15 Dtn 32,39). Heilungen und Totenerweckungen zählen zu den Wundern der Propheten (1 Kön 17,17–24 2 Kön 4,18–37 u. a.), aber diese werden niemals A. genannt. Erst Sir 38,1–15 wird der A. eingeordnet: seine Fähigkeiten und Mittel (→Balsam) stammen von Gott.
(2) *Im NT.* Auch für Jesus ist Krankheit noch Strafe Gottes (Joh 5,14), aber der Kausalzusammenhang Sünde–Krankheit ist nicht mehr notwendig (9,3 11,4). Jesus heilt Kranke, wird jedoch nur im übertragenen Sinne A. genannt (Lk 4,23 par Mk 2,17 par). – Nach der Überlieferung war Lukas A. (Kol 4,14).

Asa (hebr.: Gott hat geschaffen), 3. König von Juda (908–868), 1 Kön 15,9–24 2 Chr 14–16. Kön rühmt sein Einschreiten gegen die Tempeldirnen und den Götzendienst. A. bewog den Aramäerkönig Ben-Hadad I., gegen den ihn bedrängenden König von Israel, →Bascha, einzuschreiten. Nach Chr errichtete er Festungen und ein stehendes Heer; Sieg über die Kuschiten und feierliche Bundeserneuerung. Unter dem gr. Namen 'Ασάφ im →Stammbaum Jesu.

Asarhaddon (assyr.: Assur hat einen Bruder gegeben), König von Assyrien (681–668), 2 Kön 19,37 Jes 37,38 als Sohn Sanheribs erwähnt. Führte mehrere Feldzüge gegen Ägypten und ließ Babel wieder aufbauen. Nennt →Manasse, König von Juda, seinen Vasallen (TGI 41). *Abb. 3.*

Asarja (hebr.: Jahwe hat geholfen)
(1) 10. König von Juda, auch Usija genannt (787–736), 2 Kön 15,1–7 2 Chr 26. Er führte glückliche Kriege gegen die Philister, Araber, Meuniter und Ammoniter und machte sich durch seine Bautätigkeit, seine Sorge um die Landwirtschaft und die Sicherung des Landes verdient. 2 Chr 26,16–21 erzählt, er sei vom →Aussatz befallen worden, weil er sich die Darbringung des Räucheropfers angemaßt habe.
(2) Einer der drei Freunde Daniels, von Nebukadnezzar zum königlichen Dienst in Babel bestimmt (Dan 1,3–7 3,12–30). Sein babyl. Name war Abed-Nego. Das angeblich von ihm gesprochene Gebet (3, [26–45]) kann aus formalen und inhaltlichen Gründen nicht von ihm stammen, es ist ein Volksklagelied.

Aschdod, enakitischer (Jos 11,22), seit dem 12. Jh philistäischer Stadtstaat. Als Philisterstaat von vielen Propheten bedroht (Jer, Am, Zef, Sach). Bis zur Eroberung durch Tiglatpileser III. und Sargon II. war A. unabhängig. Psammetich I. brachte die Stadt unter ägypt. Herrschaft, später aber wurde A. wahrscheinlich Hauptstadt einer persischen Provinz. Die Makkabäer griffen die Stadt wiederholt an und eroberten sie schließlich, bis sie endlich unter röm. Herrschaft geriet. Arab. *isdūd*, 7 km s der neuen israelischen Hafenstadt A. Ausgrabungen seit 1962 unter Leitung von M. Dothan ergaben u. a., daß in A. vor allem das Purpurgewerbe blühte. *Abb. 22; 36.*

Ascher (Gen 30,13 mit dem hebr. Wort für: glücklich sein erklärt). Sohn von Jakob und Lea (Genealogie: Gen 46,17 Num 26,44–47 1 Chr 7,30–40; Charakterisierung: Gen 49,20 Dtn 33,24 f). Der Stamm A. saß am W-Rand des galiläischen Gebirges, von den anderen israelit. Stämmen getrennt (Ri 5,17). Unter Salomo bildete er einen Bezirk mit Bealot (1 Kön 4,16). Teilnahme am →Mazzotfest des Hiskija (2 Chr 30,11).

Aschera. (1) A., Vegetationsgöttin, weibliches Gegenstück zu →Baal, deren Kult auch in Juda und Israel verbreitet war. Ihr Kultbild wurde in Jerusalem (1 Kön 15,13 par, sogar im Tempel: 2 Kön 21,3.7) und Samaria (2 Kön 10,26) verehrt. Sie hatte eigene Propheten, Geräte und Wohnungen, in denen Dirnen Kleider für sie webten. Inschriftl. belegt „Jahwe ... und seine A.“, Deutung umstritten. *Abb. 4.*
(2) A., Kultbaum oder Kultpfahl neben dem Altar, aus Holz (Ri 6,26), Symbol der Göttin A.

Aschkelon, kanaan. Stadtstaat, bereits in den ältesten Quellen (→Ugarit; Amarnatafeln) erwähnt. 1280 von Ramses II. erobert, um 1200 philistäisch, blieb (trotz Ri 1,18) unabhängig (Jos 13,3 Ri 14,19) bis zur Eroberung durch Tiglatpileser III. (734). Sanherib vergrößerte A.s Gebiet. Als Philisterstadt von den Propheten häufig bedroht (Jer 25,20 47,5.7 Am 1,8 Zef 2,7 Sach 9,5). In persischer Zeit gehörte A. zu Tyrus, in hellen. war es judenfeindlich (1 Makk 10,86 11,60). Seit 104 vC Freistaat. Ausgrabungen haben bis jetzt nur röm. Reste freigelegt; daneben die moderne israelische Stadt A. →Astarte. *Abb. 22.*

Aseka, Stadt in der →Schefela, als vorisraelit. Fluchtort (Jos 10,10) und als Lagerstätte der Philister (1 Sam 17,1) erwähnt,

Jos 15, 35 zu Juda gerechnet. Als Grenzposten des judäischen Reiches wurde es von Rehabeam befestigt (2 Chr 11,9), später von Nebukadnezzar bekämpft (Jer 34, 7) und erobert (587), in diesem Zusammenhang auf einem →Ostrakon von →Lachisch erwähnt, nach dem Exil von Judäern besiedelt (Neh 11, 30).

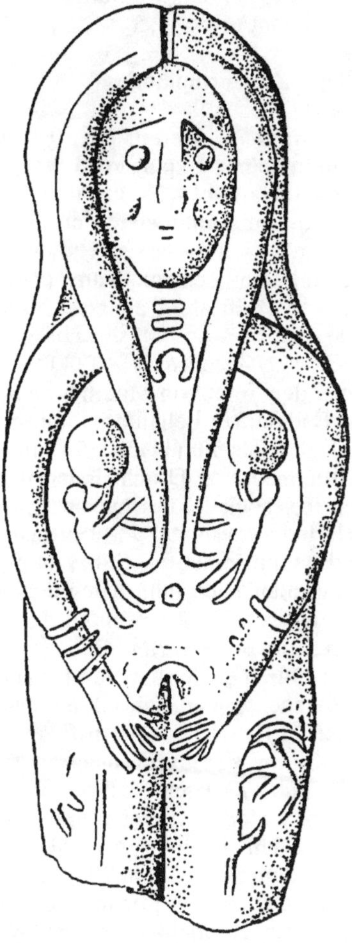

Abb. 4: Aus einem Model gepreßte nackte Göttin: geöffnete Scham, auf beiden Oberschenkeln ein von Capriden flankierter Palmettbaum, an jeder Brust ein saugendes Kind (Revadim, Sorek-Tal, 13. Jh vC)

Asphalt, schwarzes, harzartiges, natürlich vorkommendes Umwandlungsprodukt des Erdöls. In Kanaan gab es A.gruben am Toten Meer und im obersten Jordantal (Gen 14, 10 Jes 34,9; daher „A.see“ und „Judenpech“). Der A. handel ging über →Arad. Die Israeliten verwendeten A. zum Abdichten (Gen 6, 14 Ex 2, 3), als Bindemittel und (durch Verbrennen) gegen Ungeziefer im Weinberg. In Babylonien als Bindemittel für Backsteine bekannt (Gen 11, 3).

Assyrien, im N des Zweistromlandes.
(I) GESCHICHTE
(1) *Das altassyrische Reich.* Bereits um 1900 vC führte A. unter König Ilušumma einen Expansionskrieg gegen N-Babylonien. Šamši-Adad I. (ca 1749–1716) annektierte das Reich von →Mari und führte damit einen ersten politischen Höhepunkt herbei. Bedeutsam waren die assyr. Handelsniederlassungen in Kappadozien mit dem Zentrum Kaniš (heute Kültepe), wo Tausende von Keilschrifttafeln altassyr. Kaufleute entdeckt wurden.
(2) *Das mittelassyrische Reich* (ca 1380–1076) mußte sich lange Zeit gegen den Staat von Mitanni, aber auch gegen die →Hetiter und Babylonier behaupten. Tukulti-Ninurta I. eroberte Babel, Tiglatpileser I. (1115–1076) drang bis zum Van-See und ans Mittelmeer vor. Durch eindringende Aramäer jedoch wurde das Reich wieder geschwächt.
(3) *Das neuassyrische Reich* (909–612). Adadnerari II. führte mit zunehmender Grausamkeit (Mißhandlungen Gefangener, Deportationen großen Stils) Feldzüge gegen Babylonien und die Aramäer, seine Nachfolger dehnten die Grenzen nach N und O weiter aus und unterwarfen die aram. Kleinstaaten bis zum Mittelmeer. Durch ein System von Provinzen (neue Residenz Kalchu) versuchte man, ein einheitliches Reich aufzubauen. Salmanassar III. (858–824) griff als erster Israel an (Schlacht bei Karkar 854) und machte es tributpflichtig. Tiglatpileser III. (745–727) schloß Babylonien dem Reich in Personalunion an. Unter der von Sargon II. gegründeten Dynastie der Sargoniden gelangte A. schließlich zu höchster Macht: 721 wurde Samaria erobert; 701 belagerte Sanherib erfolglos Jerusalem, 689 zerstörte er nach einem Aufstand Babel und verlegte die Residenz nach →Ninive. Asarhaddon (681–668) und Assurbanipal (668–631?) beherrschten ein Reich, das sich bis nach Ägypten erstreckte. Der Verfall trat jedoch rasch ein: Der babyl. General Nabopolassar erkämpfte

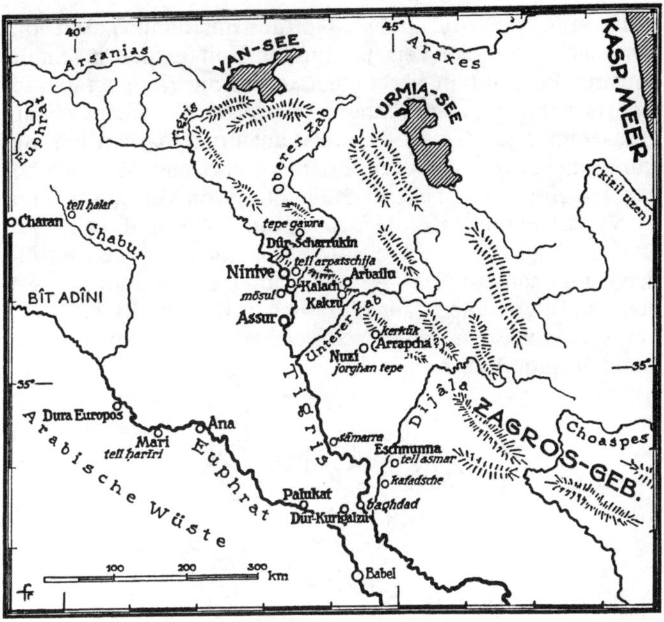

Abb. 5: Assyrien

sich den Thron in Babel und eroberte, zusammen mit dem Mederkönig Kyaxares, Assur (614 vC) und Ninive (612 vC). Damit verschwand A. aus der Geschichte. Sein Erbe trat das neubabyl. Reich an. *Abb. 5.*

(II) KULTUR

Wie die Akkader übernahmen auch die Assyrer die →sumerische Kultur. In späteren Perioden standen sie unter babyl. Einfluß, brachten jedoch auch bedeutende Eigenleistungen hervor. So sind die mittelassyr. Gesetze, die im Unterschied zum Codex →Hammurapi eher der →hurritischen Kultur nahestehen, von besonderer Wichtigkeit für die Entwicklung des Keilschriftrechts. Berühmt ist die neuassyr. Monumentalkunst (Wandreliefs in Ninive und Chorsabad). Assurbanipal besaß in seiner →Bibliothek in Ninive 8000–10000 Tontafeln mit bedeutenden Zeugnissen der Weltliteratur (Gilgamesch-Epos, Enuma eliš u. a.).

Astarte (hebr.: Frau; die tendenziöse Vokalisierung *ăštōret* statt *'aštart* ist Anspielung auf „Schande"), semit. Fruchtbarkeitsgöttin, der assyr.-babyl. Göttin Ištar ähnlich. Wie die zahlreichen A.bilder zeigen, war ihr Kult sexuell bestimmt und mit Prostitution verbunden. Auch die (ikonographisch mehrfach belegte) Wendung „Astarte(n) der Kleinviehherden" (Dtn 7,13 28,4. 18. 51) weist auf Fruchtbarkeit hin. Sie wurde im ganzen Vorderen Orient verehrt und war auch bei den Israeliten sehr beliebt; Stadtgöttin von Aschtarot (Gen 14,5 u. a.), Sidon (1 Kön 11,5. 33 2 Kön 23,13) und Aschkelon (1 Sam 31,10; vgl. auch die mit A. zusammengesetzten kanaan. Ortsnamen). Das AT hat häufig die Pluralform A.n, meist neben den ebenfalls pluralischen Baalen (Ri 2,13 10,6 1 Sam 7,3 f u. ö.), wobei die zahlreichen →Götterbilder (II. 2) gemeint sind. *Abb. 6.*

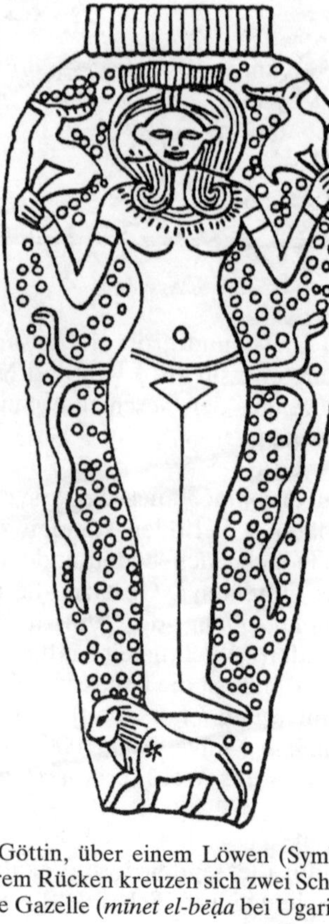

Abb. 6a: Nackte Göttin, über einem Löwen (Symbol weiblicher Kraft) stehend, hinter ihrem Rücken kreuzen sich zwei Schlangen, in jeder Hand hält sie eine Gazelle (*mīnet el-bēḍa* bei Ugarit, ca. 1350 vC)

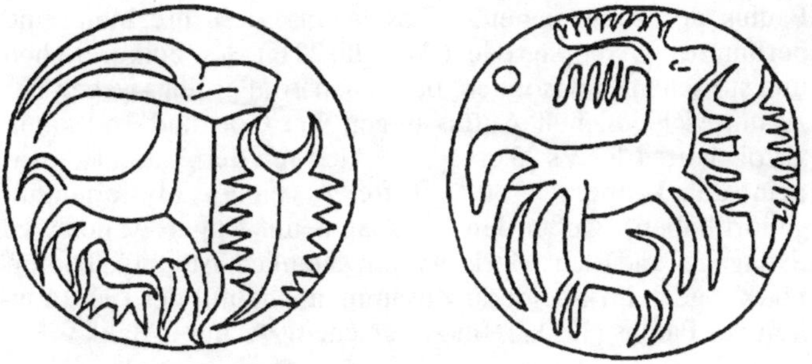

Abb. 6b und *c:* Säugende Muttertiere, Motiv „Astarte der Kleinviehherden“ (Palästina 10./9. Jh vC)

Asyl. Bei allen antiken und orient. Völkern bot das Heiligtum den Verfolgten Schutz und Unverletzlichkeit. In Israel war das A.recht auf den unfreiwilligen Totschläger beschränkt (Dtn 4, 41–43 19, 1–13). Neben dem Tempel in Jerusalem gab es anfänglich noch drei A.städte, offenbar alte Heiligtümer, im Ostjordanland: Bezer, Ramot, Golan (Dtn 4, 43). Später kamen Kedesch, Sichem und Kirjat-Arba (Hebron) hinzu (Jos 20, 7f). Num 35, 13–29 verbindet das A.recht mit dem Gemeinderecht und begrenzt es auf die Lebenszeit des jeweiligen Hohenpriesters.

Atalja (hebr.: Jahwe hat seine Erhabenheit bekundet), Königin über Juda (845–840), Tochter des Israel-Königs Ahab (oder Omri?; 2 Kön 8, 18). Nach dem Tode ihres Gatten Joram und ihres Sohnes Ahasja bestieg sie den Thron. Sie ließ die gesamte königliche Familie (bis auf ihren Enkel und Nachfolger →Joasch) umbringen und förderte nach dem Beispiel ihrer Mutter →Isebel den →Baalkult. Im 6. Regierungsjahr wurde sie durch eine Verschwörung des Priesters Jojada gestürzt und getötet (2 Kön 11 2 Chr 22, 10–23, 21).

Athen. Hauptstadt Attikas. Nach einem allmählichen Aufstieg im 6. Jh. erlebt es nach den Perserkriegen (490/480) unter Perikles († 429) seine höchste Blüte in Politik, Handel und Kultur. Während die Stadt in der Folgezeit politisch immer mehr zur Bedeutungslosigkeit herabsank, blieb sie auch nach der Eroberung durch die Römer (unter Sulla 86 vC) ein wichtiges geistiges Zentrum mit bedeutenden Philosophenschulen.

Paulus, der A. auf seiner 2. Missionsreise besuchte, hielt seine berühmte →Areopagrede (Apg 17,22ff) vor epikureischen und stoischen Philosophen, bei denen er allerdings wegen der zu unterschiedlichen Auffassungen von Gott und Tod kaum Erfolg hatte (der Vs 23 erwähnte Altar mit der Aufschrift „Einem unbekannten Gott“ dürfte zu einem Mysterienkult gehört haben). Außer den Areopag nennt Apg in A. noch die Synagoge und den Markt (wahrscheinlich ist der „Töpfermarkt“ gemeint), beide in Zusammenhang mit der Lehrtätigkeit des Paulus (17,17). Im AT erscheint A. nur 2Makk 9,15.

Äthiopien (hebr.: *kūš*), gräzisierter Name für das Gebiet des oberen Nil vom 2. Katarakt bis etwa zur Insel Sai. Nach dem Zusammenbruch des Mittleren Reiches in →Ägypten bildet sich hier ein Reich (Residenz in Kerma) mit eigener Kultur. Das AT überträgt den Ländernamen auch auf die rassisch uneinheitliche Bevölkerung, die s Ägyptens wohnt.
Seit dem 3. Jt. unterhielt Ägypten mit Ä. vor allem wegen des Goldreichtums und des Transithandels mit afrikanischen Produkten lebhafte Handelsbeziehungen. Als Ägypten von Libyern erobert wurde, gründeten orthodoxe Auswanderer in Napata ein Königreich, dessen Herrscher Pianchi Ägypten wieder eroberte. Einer seiner Nachfolger, Tirhaka (751–716), war Verbündeter des Hiskija gegen Sanherib (2Kön 19,9). Die Äthiopier waren als Sklaven (2Sam 18,21), aber auch als hohe Beamte am Hofe israelit. Könige geschätzt (Jer 38,7). Das Reich bestand bis ins 4. Jh. nC. Aus diesem Reich, dessen Königinnen den Titel Kandake trugen, stammte der jüd. Kämmerer, den Philippus bekehrte (Apg 8,27). *Abb. 1.*

Ätiologie. (1) Ein „ätiologischer Mythus“ ist in der Fachsprache der vergleichenden Religionsgeschichte eine Erzählung, die eine Erklärung (gr. αἰτία = Ursache) eines Brauches oder eines Ritus, eines Bauwerkes, einer Naturerscheinung oder lebender Wesen geben will, deren ursprüngliche Bedeutung nicht mehr verstanden wird. Dieses rationalisierende Suchen nach den Ursprüngen und Grundformen des Lebens deutet auf ein historisches Interesse hin, und sehr oft beruht die erzählende Erklärung tatsächlich auf wirklichen Ereignissen, wie sie als unmittelbares Geschehen im Kult immer wieder neu erfahren werden.
(2) Die Bibel enthält mehrere ätiologische Erzählungen. Das Hauptproblem ist, worin die eigentliche Aussage einer sol-

chen ätiologischen Erzählung besteht. Zwei Gruppen von Ä.n lassen sich dabei unterscheiden:
(a) Ä.n für eine Institution meist religiösen oder kultischen Bereichs, z. B. Gen 28, 11–19 (Bet-El), Ri 6, 24 (Kultort), Ex 12, 11 (Pascha) oder Gen 2, 1–3 (Sabbat). Solche Ä.n beruhen auf einer echten Begründung eines tatsächlichen (wenn auch eingekleideten) Ereignisses in der Frühzeit.
(b) Ä.n von Personen- oder Ortsnamen sind anders zu bewerten. Im ersten Fall geht es meistens um Wortspiele, ohne daß ausdrücklich von einer ätiologischen (d. h. ursächlichen) Beziehung die Rede ist. Bei den Ortsnamen handelt es sich entweder um ein volkstümliches Wortspiel (Gen 11, 9 Babel), es kann aber der Ä. auch ein im Kern historisches Ereignis zugrunde liegen (Gen 50, 11 Abel-Misrajim).

Augustus (lat.: erhaben, ehrwürdig), seit 27 vC Cognomen des ersten röm. Kaisers G. Octavius Caesar (63 vC–14 nC). Nach seinem Sieg bei Actium (31) Alleinherrscher, betrieb von da an eine äußerst erfolgreiche Friedenspolitik. Die dankbare Begeisterung für die Pax Augusta feierte ihn als „Gott" und „Erlöser" (vgl Vergils 4. Ekloge, Horaz' Carmen saeculare). A. war Herodes und den Juden wohlgesonnen. Die Schätzung (Lk 2, 1) diente Verwaltungszwecken.

Ausgrabung(en). (I) Als Ergänzung und Überprüfung unseres Wissens von antiker Geschichte und Kultur, das sich sonst nur auf literarische Zeugnisse stützen könnte, aber auch als eigenständige Primärquelle für unsere Kenntnis antiker Kultur und Geschichte, ist die archäologische Forschung auch für die Bibelwissenschaft von unschätzbarem Wert. Sie hat die bibl. Berichte in ungezählten Einzelheiten bestätigt, sie aber vor allem präzisiert und ergänzt. Sie hat den religiösen und kulturellen Hintergrund der Bibel aufgehellt, die bibl. Geschichte aus ihrer Isolierung herausgelöst und sie in den Kontext der Gesamtgeschichte des alten Orients hineingestellt. Im einzelnen hat sie uns ein ganz neues Bild vermittelt von Alter und Entwicklung der Schrift (→Alphabet; Hieroglyphen; Keilschrift; Phönizien; Ugarit), der (→) Gesetzgebung, Geschichtsschreibung, religiösen Poesie. Zugleich hat sie unseren Blick geschärft für die Eigenheiten und Freiheiten gewisser literarischer Gattungen in der Bibel (vgl. z. B. →Ai; Jericho; Josua).
(II) In der Geschichte der A. lassen sich fünf Perioden unterscheiden:

(1) *Die Zeit der Pioniere* (bis 1890). Mit den Oberflächenuntersuchungen des Amerikaners E. Robinson (1838 und 1852) beginnt die gezielte Erforschung Palästinas. Wenn auch seit 1850 verschiedentlich Grabungsarbeiten durchgeführt wurden (F. de Saulcy, Ch. Warren, Ch. Clermont-Ganneau), so waren diese doch kaum mehr als eine Jagd nach Museumsstücken. Erst W. M. Flinders Petrie schenkte sowohl der Stratigraphie als auch den Keramikformen die schuldige Beachtung. Seine A. auf dem *tell el-ḥesi* (1890) bezeichnet den Anfang der palästinischen Archäologie im eigentlichen Sinn.
(2) *Die Zeit vor dem ersten Weltkrieg* (1890–1914): Zahlreiche große, teilweise nach dem Krieg fortgesetzte Unternehmungen (u. a. →Jerusalem; Geser; Taanach; Megiddo; Jericho; Samaria; Sichem) führen mangels sicherer Datierungsmöglichkeiten nur zu lückenhaften Ergebnissen. L.-H. Vincent versucht mit Erfolg, von der Entwicklung der Keramikformen her eine feste Chronologie zu gewinnen.
(3) *Die Zeit zwischen den Kriegen* (1920–1939). Es wird mit besseren Methoden und (dank der Förderung durch die britische Mandatsregierung) unter günstigeren Umständen gearbeitet. Anläßlich seiner Grabung auf *tell bēt mirsim* stellt F. W. Albright einen Maßstab für die Chronologie von Gesamt-Palästina auf. Wenn auch Institute verschiedener Nationen und Konfessionen sich beteiligen, wird die archäologische Forschung doch in erster Linie von den Amerikanern getragen. Leider wird die Veröffentlichung der Grabungsberichte öfters verzögert. Die meisten Ausgräber folgen der von G. A. Reisner und C. Fisher entwickelten, vor allem bei der A. von →Megiddo angewandten „Stratum to Locus"-Methode, wonach die Schichten nach der Chronologie der Keramik festgestellt werden.
(4) *Die Zeit nach dem zweiten Weltkrieg* (seit 1945). Die britischen Nachgrabungen in (→) Samaria, Jericho und Jerusalem unter Leitung von Kathleen Kenyon bringen eine grundlegende Änderung der A.stechnik. Die Methode Kenyons ist von der Archäologie Europas übernommen und versucht, in sorgfältiger Arbeit die verschiedenen Phasen eines →*tell* einzeln aufzunehmen und – besonders in den früheren Strata – die Geschichte einer Stadt auf sichere Basis zu stellen. Ein in den 70er Jahren anschließender Methodenstreit, bei dem v. a. israel. Archäologen gegenüber extrem engen Schnittgrabungen auf der Bedeutung der Flächengrabungen insistierten, weil diese mehr Informationen zur Kulturgeschichte liefern

können, hat sich heute insofern beruhigt, als moderne A. nun generell beide Prinzipien von Schnitt- und Flächengrabung zu verbinden suchen.
(5) Die *80er Jahre* sind durch die wachsende Bedeutung naturwissenschaftl. Untersuchungsmethoden geprägt (z. B. Carbon 14 für die Datierung organischer Materien, Analyse von Knochen- und Pflanzenresten, Sedimentproben). Gleichzeitig entwickelte sich die Archäologie immer weiter von einer „biblischen" zu einer allgemeinen Archäologie Palästinas, die sich bei ihren Grabungszielen und -interpretationen nicht mehr von biblischen Vorgaben leiten lassen will, sondern dezidiert sozialwissenschaftliche und kulturanthropologische Modelle anwendet.
(III) Überdies wurde zwischen den beiden Weltkriegen die bibl. Topographie (und Oberflächenforschung) besonders von F.-M. Abel, W. F. Albright, A. Alt, M. Noth, K. Elliger und N. Glueck betrieben. Nach dem zweiten Weltkrieg wurde diese Arbeit mit größerer Sicherheit weitergeführt, besonders durch N. Glueck, B. Rothenberg, Y. Aharoni, S. Mittmann, das Deutsche Evangelische Institut für Altertumswissenschaft des Heiligen Landes und vor allem das israelische Department of Antiquities. Im Rahmen des Archaeological Survey of Israel wurden seit 1967 im gesamten Landesgebiet einschließl. Westbank neue Oberflächenuntersuchungen durchgeführt. Daraus ergibt sich auch unabhängig von kostspieligen A. ein immer differenzierteres Bild der Siedlungsgeschichte des Landes.

Aussatz (gr.: Lepra), Bezeichnung für verschiedene Hautkrankheiten.
(1) *Im AT* auch für Stockflechten, Schimmel und Salpeterfraß an Häusern (Lev 14, 33–53). Der Aussätzige, dessen Erkrankung (Lev 13) und Heilung (14, 1–32) der Priester feststellen mußte, wurde stets als unrein aus der Gemeinschaft der Gesunden ausgestoßen (Lev 13, 45 f). Als aussätzig galten im AT u. a. Mose (Ex 4, 6), Mirjam (Num 12, 9 f), Naaman (2 Kön 5), Asarja (2 Kön 15, 5 par) und wahrscheinlich auch Ijob (2, 7 f).
(2) *Im NT.* Auch hier geschieht die Feststellung der Heilung, die zugleich die kultische Reinheit verleiht, durch den Priester. Jesus heilt viele Aussätzige durch Handauflegung (Mk 1, 40–42 par) oder aus der Ferne (Lk 17, 11–19).

Auszug. (I) DER BIBL. TEXT. Der Autor von Ex 1, 6 f setzt voraus, daß seit dem Tod Josefs eine längere Zeit verstrichen ist. Ein neuer König, der von Josef nichts mehr weiß, ist an die Regierung gekommen und ergreift Maßnahmen, um ein weiteres Anwachsen der Jakob-Sippe zu verhindern. In dieser Zeit der Bedrängnis wird →Mose von Jahwe beauftragt, das Volk aus Ägypten nach Kanaan zu führen. Ex 1–12 ist eine bunte Komposition von sehr verschiedenartigen literarischen Gattungen, unter denen man jahwistische, elohistische und priesterschriftliche Traditionen findet. Die folkloristischen Elemente, die epische Form, die liturgische Struktur (12,1–13,16) und die Vorliebe für das Wunderbare tun der Historizität des A.s aber keinen Abbruch. Die Erinnerung an einen Aufenthalt Israels in Ägypten und an die Befreiung aus diesem „Sklavenhaus" ist ein immer wieder ausgesprochener und unersetzlicher Bestandteil der Überlieferung. Innerhalb der heterogenen Gruppe der Auswanderer erwies sich der Jahweglaube immer deutlicher als beherrschende Größe. Das der historischen Kritik sich entziehende Wunder am Meer erwies die Realität Jahwes als eines mächtigen Gottes, bestätigte die Auserwählung durch ihn und beglaubigte für immer die Autorität des Mose als eines echten Propheten.

(II) Die Route. Von Pi-Ramses begaben sich die fliehenden Israeliten zunächst nach →Sukkot (Ex 12,37 13,20), dann brach man nach Etam am Rande der Wüste auf. Die topographischen Angaben des AT über die Durchzugsstelle sind verwirrend. Die Literarkritik legt die Annahme nahe, daß in Israel über die Route des A.s zwei verschiedene Überlieferungen im Umlauf waren, denen auch verschiedene historische Tatbestände zugrunde liegen dürften. Für eine s Route spricht 13,17f und die Tradition, die den Horeb im s Teil der Halbinsel Sinai lokalisiert (vgl. Num 33 Dtn 1,2 1 Kön 19,3f. 8), sowie die Identifizierung des *jam-sūf* (Schilfmeer) mit dem →Roten Meer. Für eine n Route des Durchzugs spricht das Element *sūf* in dem Namen *jam-sūf* (ägypt. *p³-ṯwf*), das auf das ägypt. Schilfland nö des Deltas hinweist. Dieselbe Gegend wird in Ex 14,2. 9 vorausgesetzt. Auch der Name Baal-Zefon verlegt den ganzen Bericht an die Küste des Mittelmeers. *Abb. 7.*

(III) Bedeutung. In der Geschichte Israels bedeutet der A. die Geburt des Jahwevolkes. Das gemeinsame Unternehmen schloß die verschiedenen Nomadengruppen zu einer Einheit zusammen, aus der nach der Landnahme in Kanaan der Zwölfstämmebund entstand. Wenn es auch unwahrscheinlich ist, daß sämtliche Stämme am A. teilgenommen haben, so verdankt Israel doch zweifellos seinen besonderen religiösen und sozialen Charakter jenen Gruppen, die unter Mose nach Kanaan gekommen waren.

Über die Identität der Pharaonen der Bedrückung und des A.s, die im AT beide anonym bleiben, gehen die Meinungen auseinander. Die Datierung in die 19. Dynastie kommt den literarischen, historischen und archäologischen Gegebenheiten am besten entgegen (→Ägypten III. 3).

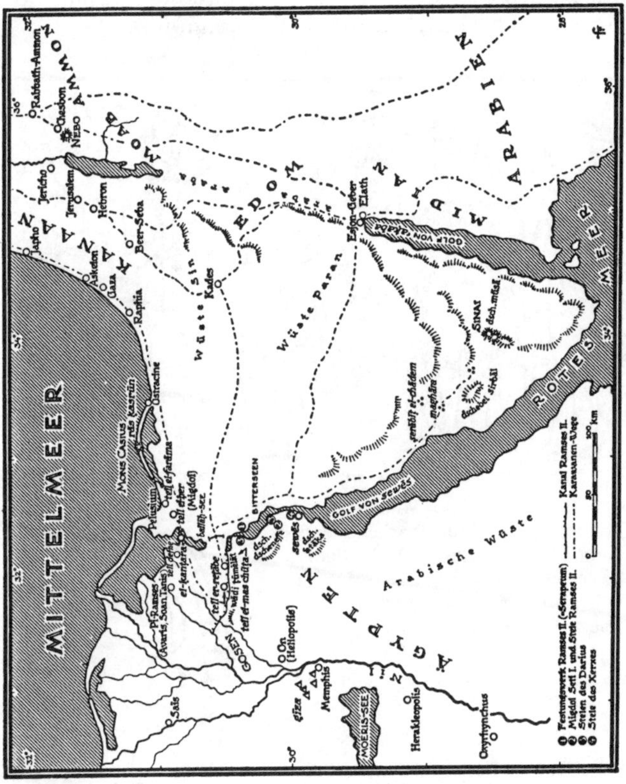

Abb. 7: Der Schauplatz des Auszugs

B

Baal. Die lokalgebundenen Gottheiten (von heiligen Bäumen, Quellen, Berggipfeln, Felsen u. a.) wurden in Syrien/Palästina als B. (d. h. Besitzer, Herr) der betreffenden Stätte bezeichnet. Ihrem Wesen nach sind sie somit Naturgottheiten. In Syrien ist B. Eigenname des Herrn des Himmels (B.-Schāmēm). Er ist der Gott des Wetters und der Fruchtbarkeit; sein heiliges Tier ist deshalb vor allem der Stier, aber auch die →Schlange, sein Emblem der Blitz. Sein Kult war weit verbreitet; in Israel wurde er von mehreren Königen gefördert, was die heftige Reaktion der Propheten auslöste (→Elija, Hosea, Jeremia, Ezechiel). →Götterbild (I. 2). *Abb. 8.*

Abb. 8a: Baal als Gott des Wetters (mit Axt und Keule) und der Fruchtbarkeit: eine vor ihm stehende, von zwei Verehrern flankierte Göttin schiebt ihr Kleid zur Seite, um ihre Liebesbereitschaft zu demonstrieren (Rollsiegel aus Megiddo, 18. Jh vC)

Abb: 8b: Baal als Retter, überwindet die gehörnte Schlange, Symbol des Bedrohlichen (Südpalästina, 13. Jh. vC)

Baal-Zefon →Auszug (II).

Babylonien. (1) *Land und Volk.* B. ist die Bezeichnung für das fruchtbare Alluvialland am Unterlauf von Eufrat und Tigris bis zum persischen Golf. Die Fruchtbarkeit des Bodens ist durch die periodischen Überschwemmungen der Hauptflüsse bedingt.
Die Babylonier sind mit den →Assyrern eng verwandt, von den →Sumerern jedoch völlig verschieden, auch wenn sie kulturell zahlreiche Anleihen bei ihnen machten.
(2) *Geschichte.* Über die Geschichte B.s informieren Königsinschriften, Königslisten, Chroniken und Privatdokumente, daneben auch assyr. Quellen. Die Stadt Babel war eine sumerische Gründung, machte sich aber allmählich von →Ur unabhängig und gelangte zu voller Bedeutung, als um 1830 vC der →Amoriter Sumu-abum das altbabyl. Reich begründete (1. Dynastie von Babel). Der 6. König dieser Dynastie ist →Hammurapi (1728–1686), der einen wohlgeordneten Staat schuf und vor allem durch sein Gesetzeswerk (Codex Hammurapi) bekannt ist. Er weitete das Reich bis nach Mari, Assur und Ninive aus. Der Raubzug des Hetiterkönigs Mursili I. (um 1530) bereitete dieser Dynastie ein Ende. Von O her errangen die Kassiten die Herrschaft. Unter Aššur-uballiṭ I, (ca. 1364–1328) wird Assyrien Großmacht. B. wird zeitweilig ein Vasallenstaat Assyriens, außerdem wird es von den Elamitern angegriffen. Mit Nebukadnezzar I. (ca 1123–1101) erreicht B. nochmals einen Höhepunkt. Dann setzt eine wechselvolle Geschichte ein, in der das Schicksal B.s eng mit dem Assyriens verbunden ist. Mit Nabopolasssar (626) beginnt das neubabyl. Reich. Gemeinsam mit dem Mederkönig Kyaxares erobert er 612 Ninive. Unter Nebukadnezzar II. (605–562) erlebt das Reich seine Glanzzeit: er schlägt die Ägypter, erobert 587 Jerusalem und bringt die ganze Ostküste des Mittelmeeres unter babyl. Herrschaft. Unter seinen Nachfolgern bereitet sich aber ein rascher Zerfall vor, und 539 erobert →Kyrus die Stadt Babel. B. wird eine Provinz des persischen Reiches. 127 wird Babel von den Parthern erobert. – Der Name Babel (akk. *babili* = Tor Gottes) wird im AT volksetymologisch mit hebr. *bālal* (verwirren) erklärt (Gen 11,9). Im NT ist Babel symbolische Bezeichnung für Rom (1 Petr 5, 13 Offb). *Abb. 9.*

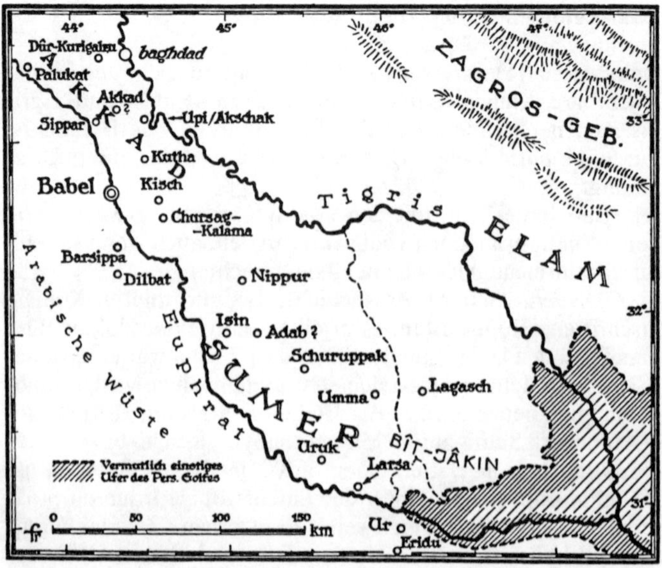

Abb. 9: Babylonien

Bad. Das Baden ist im Orient eine Selbstverständlichkeit. Man badet im Fluß (2 Kön 5, 10), im Quellwasser (Lev 15, 13), auf dem Dach des Hauses (2 Sam 11, 2) oder im Garten (Dan 13, 15). Öffentliche B.er gab es erst in röm. Zeit (Joh 5, 2; →Betesda); damals wurden auch die Heilquellen am Toten Meer, bei Tiberias und Gadara bekannt. Über rituelle oder kultische B.er →Qumran; Rein und Unrein.

Balsam, im engeren Sinn: wohlriechendes Harz des B.baumes, →Myrrhe. Im weiteren Sinn: dickflüssiger Ausfluß aus den Stämmen gewisser Bäume, Gemisch von Harz und ätherischem Öl (Hld 5,1.13 6,2 8,14), wurde im Jordantal und bei →En-Gedi gewonnen. Geschenk der Königin von Saba an Salomo (1 Kön 10, 2. 10 par). Es war ein kostbares Handelsgut (Ez 27, 22), galt als Schönheits- (Hld 4, 10. 14. 16 Jes 3, 24) und Heilmittel (Jer 8, 22 u. ö.) und wurde auch bei der Totenpflege verwendet (2 Chr 16, 14; vgl. Mk 16, 1 u. a.).

Bann. Das hebr. Wort für B. *(ḥērem)* bedeutet das Abgetrennte, der profanen Verfügung Entzogene. Das AT kennt drei Arten von B.: (1) als *Gelübde*, mit dem man Jahwe jeden beliebigen Gegenstand (Mensch, Tier, Besitz) unwiderruflich weiht (Lev 27, 28 f);
(2) als *theokratische Todesstrafe*, vor allem wegen Götzendienst, für Einzelpersonen (Ex 22, 19 Lev 27, 29) und ganze Städte (Dtn 13, 13–19). Die gefährliche Kraft, die man den durch Abgötterei unrein Gewordenen zuschrieb, sollte dadurch unschädlich gemacht werden. In späterer Zeit galt auch jeder Besitz von Götzenbildern als *hērem* (Dtn 7, 26), jedoch trat an die Stelle der Todesstrafe die Konfiszierung des Besitzes (Esr 10, 8);
(3) als *militärische Maßnahme* (Num 21, 1 Jos 6 Ri 1, 17 1 Sam 15): Um Jahwes Hilfe zu gewinnen, weihte man ihm die Beute, d. h., man tötete die Menschen und vernichtete alles eroberte Gut, verzichtete also auf eigene Bereicherung (Jos 7, 1). Nach der Zeit Sauls verliert der Begriff seine religiöse Bedeutung und wird im Sinne von vernichten, ausrotten gebraucht (Jes 34, 2. 5 Jer 25, 9 u. a.). Dtn 7, 1–5 20, 16–18 und die deuteronomistischen Stellen von Jos (6, 18. 21. 26 10, 28 ff 11, 11 ff) verstehen den B. wieder vom Religiösen her: Ausrottung als Mittel zur Bewahrung der reinen Religion.
(4) Im Judentum schloß der sog. *Synagogenbann* für bestimmte Zeit vom Gemeindeleben aus (Esra 10, 8). So auch in →Qumran (1QS VI, 24 – VII, 25).

Barabbas (aram.: Sohn des Vaters), Verbrecher oder Aufrührer. Pilatus stellte den Juden anläßlich des Paschafestes seine oder Jesu Freilassung zur Wahl (Mk 15, 6–15a par Joh 18, 39 f).

Barnabas (nach Apg 4, 36: Sohn des Trostes), Beiname des Leviten Josef aus Zypern, der in der christl. Urgemeinde wegen seiner Wohltätigkeit bekannt war (4, 36 f). Von Antiochien aus, wohin ihn die Apostel gesandt hatten, begann er zusammen mit Paulus auf der 1. Missionsreise mit dem Heidenapostolat (Zypern, Zilizien, Lykaonien; 13–14). Auf dem →Apostelkonzil von Jerusalem waren beide den Anliegen der Heidenchristen aufgeschlossen (15, 2–35). Nach Antiochien zurückgekehrt, zog er sich jedoch auf den Grundsatz des Petrus zurück und distanzierte sich von der Tischgemeinschaft der Heidenchristen (Gal 2, 13), trennte sich von Paulus und ging mit Johannes →Markus nach Zypern (15, 36–39). – Der sog. B.brief ist nicht authentisch, er wurde wahrscheinlich um 125 nC in Alexandrien geschrieben.

Bart →Haar.

Bartolomäus (aram.: Sohn des Tolmai), nur in den Apostellisten (Mt 10, 3 par Apg 1, 13) erwähnt, häufig mit →Natanael identifiziert. Unter seinem Namen läuft seit Hieronymus ein apokryphes Ev, dessen Beziehung zu den „Fragen des B." und dem „Buch der Auferstehung Jesu Christi von B. dem Apostel" noch ungeklärt ist.

Baruch (hebr.: [von Jahwe] gesegnet), Name jetzt auch auf Tonsiegel belegt, Sohn des Neria, aus vornehmem Geschlecht, der vertraute Gehilfe des Jeremia (Jer 32, 12–16 36, 4–32 43, 1–7 45). Im Jahr 605 diktierte ihm Jeremia seine Prophetenworte. Diese →Buchrolle verlas B. im Tempel. Nach ihrer Verbrennung durch König Jojakim fertigte er eine Zweitschrift an. Jeremia widmete ihm den Segensspruch Jer 45, 1–5. Nach der Zerstörung Jerusalems und der Ermordung Gedaljas wurde er mit Jeremia nach Ägypten verschleppt, wo er wahrscheinlich auch gestorben ist. Im späteren Judentum gilt er als Verfasser mehrerer Schriften.
(1) Das *Buch Baruch*, deuterokanonisch, nur in gr. Übersetzung überliefert. Er besteht aus drei Teilen: (a) einer erzählenden Einleitung, nach der das Buch im babyl. Exil von B. verfaßt und mit einer Kollekte nach Jerusalem geschickt wird (1, 1–14), (b) einem langen Bußgebet (1, 15–3, 8), das mit Dan 9 verwandt ist, (c) zwei poetischen Abschnitten: ein didaktischer Preis auf die Weisheit und das Gesetz (3, 9–4, 4) und Trost- und Klagelieder, die sich z. T. mit PsSal 11, 2–7 decken (4, 5–5, 9). Alle Teile wurden wohl in hebr. Sprache geschrieben; (a) ist gesondert entstanden und wahrscheinlich sekundär, vielleicht erst aus der Mitte des 1. Jh nC, während (b) und (c) schon aus dem 2./1. Jh vC stammen dürften.
(2) Die *syrische Baruchapokalypse*, eine jüd. mit 4 Esra verwandte Schrift, um die Wende des 1./2. Jh nC in hebr. oder aram. Sprache entstanden, nur syrisch vollständig erhalten.
(3) Die *griechische Baruchapokalypse*, um 130 nC entstanden, eine ursprünglich jüd. Schrift, später christl. überarbeitet, auch in slawischer Fassung erhalten.

Bascha (Bedeutung unbekannt), 3. König von Israel (906–883), Heerführer und Nachfolger des Königs Nadab, den er bei Gibbeton samt seiner Familie ermordete (1 Kön 15, 27–16, 7 2 Chr 16, 1–6). Der Versuch, sein Gebiet gegen Juda zu erweitern, scheiterte an der kriegerischen Haltung des Aramäerkönigs Ben-Hadad I. Weil er am Schisma Jerobeams festhielt, weissagte ihm der Prophet Jehu den Untergang seines Hauses.

Baschan (hebr.: der ebene Boden), fruchtbare Hochebene am mittleren und oberen Jarmuk (Dtn 3, 10 Jos 20, 8 u. ö.). Später wird unter B. auch das Gebirge des heutigen *dschōlān* verstanden (vgl Jos 21, 27). Der Name lebt weiter im gr.-röm. Batanäa. B. war bekannt wegen seiner Weiden (Jer 50,19 Mi 7, 14), seines fetten Viehs (Dtn 32, 14 Ez 39, 18 Am 4, 1) und seiner Wälder (Jes 2, 13 Ez 27, 6). Nach Dtn 3, 4 waren die Ureinwohner Refaiter. Die deuteronomistische Überlieferung vom König Og von B. (Dtn 3, 1–11 Num 21, 33–35 u. a.) läßt sich historisch nicht beweisen. Nach der Reichsteilung gehörte B. zuerst zum Nordreich und war dann Streitobjekt zwischen den Aramäern und den Israeliten (1 Kön 22, 3 2 Kön 8, 28 10, 33). Im 2. Jh nabatäisch, dann zum Reich Herodes' d. Ält., des Philippus und Agrippas II. gehörig. *Abb. 14.*

Batseba (hebr.: die Üppige), Gattin des Hetiters Urija; während dieser an der Belagerung von →Rabba teilnahm, verführte David B., schickte Urija an die vorderste Front, wo er fiel, und heiratete B. (2 Sam 11, 1–12, 24). Auf Anstiften des Propheten Natan setzte sie durch, daß ihr zweiter Sohn Salomo Davids Mitregent und Thronfolger wurde (1 Kön 1, 11–31). Mt 1, 6 ist sie im →Stammbaum Jesu erwähnt.

Baum. Alleinstehende, immergrüne oder markante Bäume wurden von den Kanaanitern verehrt (→Aschera; Baal) und blieben auch den Israeliten heilig. Unter B.en hielt man Versammlungen, Gerichts- und Volkstage ab (Ri 4, 5 1 Sam 14, 2 22, 6), in ihrer Nähe wählte man den Begräbnisplatz für bedeutende Menschen (Gen 35, 8 1 Sam 31, 13). Das AT nennt u. a. die Orakeleiche bei Sichem (Gen 12, 6 35, 4), die Eiche am Denkmal von Sichem (Ri 9, 6), die Wahrsagereiche bei Sichem (Ri 9, 37), Bet-El (1 Kön 13, 14) und Jabesch (1 Chr 10, 12), die Deborapalme zwischen Rama und Bet-El (Ri 4, 5). Mythische Vorstellungen verbinden sich mit dem →Lebensbaum, dem Baum der Erkenntnis von Gut und Böse

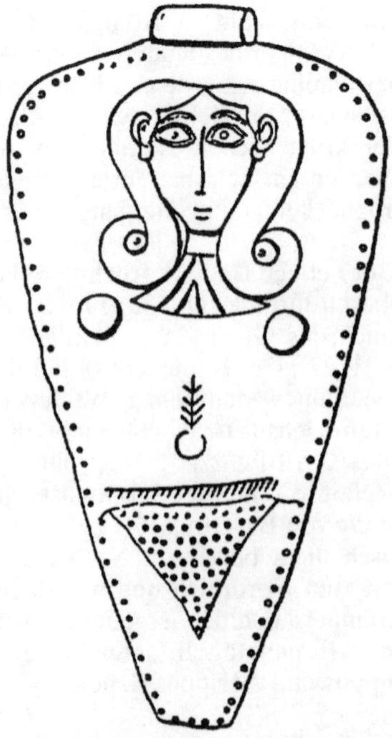

Abb. 10a: Aus dem Nabel der (Erd-)Göttin wächst ein Baum (Goldanhänger, Südpalästina, 15. Jh vC)

Abb. 10b und *c*: Verehrung heiliger Bäume: stilisierter Baum, je von zwei Menschen flankiert (Stempelsiegel, Palästina, 10./9. Jh. vC)

(Gen 2,9.17) und den Zedern, den Bäumen Jahwes (Num 24,6 Ps 104,16). Bestimmte B.e. werden als Ausdruck der Fruchtbarkeit der Erde verstanden. Der B. wächst aus dem Nabel oder der Scham der (Erd)göttin. B.e werden personifiziert; sie klatschen in die Hände (Jes 55,12), jubeln (Ps 96,12), beneiden (Ez 31,9) u. a. – Wie hoch man den Obstbaum schätzte, zeigt das Verbot, ihn während einer Belagerung zu fällen (Dtn 20,19). Man kannte das Aufpfropfen neuer Äste (Röm 11,17); alte B.e wurden geschlagen, damit der Wurzelstock nachtreiben konnte (Ijob 14,7; vgl. Jes 11,1). *Abb. 10.*

Beamte. Eine staatliche Organisation mit allein dem →König verantwortlichen B.n kennt Israel erst seit David und Salomo (wohl nach kanaan. Vorbild; vorher →Älteste). Listen von obersten B.n: 2 Sam 8,15–18 20,23–26 1 Kön 4,1–6 1 Chr 18,14–17, wobei die Funktionen nicht immer scharf getrennt sind. Genannt werden:

(1) Der *mazkīr* (= der an etwas erinnert), d. h. der Herold oder Vertrauensmann. Es wird nur eine seiner Amtshandlungen erwähnt: der *mazkīr* des Hiskija verhandelt mit den Offizieren Sanheribs über die Kapitulation Jerusalems (2 Kön 18,17–37 Jes 36).

(2) Der Schreiber oder Kanzler. Er hatte großen Einfluß in öffentlichen Angelegenheiten: Er redigierte die Staatsakten, wog die Steuer ab (2 Kön 12,11) und besaß vielleicht auch militärische Kompetenzen.

(3) Der Palastvorsteher. Anfänglich mit geringer Befugnis. Jes 22,21 f setzt jedoch voraus, daß seine Funktion bedeutend war. Er trägt ein Amtsgewand, Zeichen seiner Würde sind die Schlüssel des Hauses David, er fährt im Prunkwagen und verkörpert den Vater des Volkes. Vielleicht bekleidete Josef am ägypt. Hof eine ähnliche Stellung.

(4) Der Fronvogt. Namentlich genannt ist nur Adoniram unter David und Salomo (2 Sam 20,24 1 Kön 4,6), →Frondienst.

(5) Der „Freund“, d. h. Berater des Königs (z. B. 2 Sam 15,32).

(6) Die militärischen Würdenträger, Oberbefehlshaber des Heeres und der Leibwache (vgl 1 Chr 27,1–24).

(7) In den Listen nicht erwähnt sind die Vögte unter Salomo (1 Kön 4,7–19), die König und Hof aus Steuermitteln versorgten, sowie Kämmerer (1 Kön 22,9) und Mundschenk (1 Kön 10,5 Neh 1,11).

Becher. Der Nomade benützt zum Trinken einen Schlauch (Ri 4, 19), der Bauer, der Vornehme und sogar Jahwe (Jer 51, 7) einen B. Sie waren aus Ton, Stein, Silber oder Gold (1 Kön 10, 21 u. ö.), in hellen. Zeit auch aus Glas; ein lilienförmiger Rand wird 1 Kön 7, 26 par erwähnt. Beim Trauermahl wird der Trost-B. gereicht (Jer 16, 7), beim Dankopfer der Dank-B. des Heils (Ps 116, 13); der Zorn-B. (Jahwes) geht vielleicht auf mythologische Vorstellungen zurück; ihn bis zur Neige leeren heißt das äußerste Unheil erdulden. So wird der B. zum Sinnbild des von Jahwe zugemessenen Schicksals (Ps 75, 9 Jes 51, 17–23 Jer 25, 15. 17 Ez 23, 31–34 u. ö.). – Im NT ist der B. konstituierendes Element der Abendmahlsgemeinschaft (Mk 14, 23 par 1 Kor 11, 25–29), Zeichen der Nächstenliebe (Mt 10, 42), aber auch pharisäischer Haltung (Mt 23, 25 f). In Getsemani versinnbildet er das Leiden (Mt 26, 39. 42 par), Offb 17, 4 Verführung.

Beelzebub (Beelzebul, Beezebul), Etymologie und Bedeutung unsicher. Vielleicht dem atl Baal-Zebub („Herr der Fliegen"), dem Gott von Ekron, gleichzusetzen, vielleicht eine rabbinische Verballhornung: Herr des Mistes, d. h. der Teufel, dem letztlich jeder Götzendienst gilt. Die →Pharisäer nennen B. den obersten der bösen Geister (→Dämonen), mit dessen Hilfe Jesus die bösen Geister austreibe (Mk 3, 22 par; vgl. Mt 10, 25).

Beerot (hebr.: Grundwasserbrunnen), nördlichste Stadt der Gibeoniten (Jos 9, 17); zu Benjamin gerechnet (18, 25 2 Sam 4, 2), nachdem die Einwohner aus Gittajim geflohen waren (2 Sam 4, 3). Aus B. stammte Naarai, einer der Mitkämpfer Davids (23, 37 1 Chr 11, 39). Die gleiche Stadt ist vielleicht 1 Makk 9, 4 (Berea) gemeint. Ihre Lage ist umstritten.

Beerscheba (hebr.: Grundwasserbrunnen der Fülle), alte kanaan. Kultstätte (Gen 21, 33) im Negeb, mit Abraham (21, 22–33 22, 19), Isaak (26, 23–33) und Jakob (28, 10 46, 1–5) verknüpft und von den Israeliten als Kultort übernommen (1 Sam 8, 2), aber von Amos verpönt (5, 5 8, 14). Jos 15, 28 rechnet es zu Juda, 19, 2 zu Simeon. In der häufigen Redensart „von Dan bis B." (1 Sam 3, 20 u. ö.) erscheint B. als Grenzstadt Kanaans. Das bibl. B. wird in dem ca 5 km vom modernen entfernten *tell es-seba‘* vermutet; dort israel. Ausgrabungen seit 1969. Besiedlung seit dem Chalkolithikum,

Blüte in israelit. Zeit: mächtige Stadtmauern und -→tore; Hörner-→Altar weist auf Heiligtum hin.

Befestigung. (1) Das erste bekannte Beispiel einer *B.s-Mauer* ist diejenige von →Jericho (ca 8000 vC). Der Ursprung der typischen palästinischen B.s-Mauer liegt jedoch in der Frühbronzezeit (3. Jt vC). Sie dient zur Verstärkung der Verteidigung des natürlichen Siedlungshügels und besteht aus einem Fundament aus unregelmäßigen Steinen mit einer darüber gebauten Ziegelmauer, durch Türme verstärkt, und einer vorgelagerten Böschungsmauer *(glacis)*. Beispiele aus der Frühbronzezeit: Jericho, *tell el-fār'a* (→Tirza), *tel gat* (→Gat), →Ai und →Taanach.
(2) Die B.en der *mittleren Bronzezeit* (1950–1600) setzen diese Grundform fort, sind aber viel mächtiger gebaut als irgend etwas in der Frühbronzezeit (die Mittelbronzemauer von →Geser ist 15 m dick). Neben der freistehenden (oft durch einen Graben gesicherten) Mauer gab es den bloßen Erdwall wie auch die Kombination von beiden.
(3) Diese Form der B. wird in der *Spätbronzezeit* (1600–1200) noch weiter entwickelt durch Mauern mit Vorsprüngen, Einsprüngen und Türmen. Unterirdische Zugangstunnel zu den Quellen sichern die Wasserversorgung während einer Belagerung (2 Sam 5, 8).
(4) In der ersten Zeit *nach der Landnahme* waren die Israeliten im B.swesen noch unerfahren. Erst unter Salomo erreichen die B.en bessere Qualität (Megiddo, Ezjon-Geber). Die B. von Mizpa ist die beste aus der Zeit der Monarchie. →Tor. *Abb. 45.*
(5) In *röm. Zeit* errichtete vor allem Herodes B.en, von denen besonders die Festung →Machärus und die Burg →Antonia bekannt sind. Agrippa I. begann mit dem Bau der dritten Stadtmauer von →Jerusalem. Nach der Zerstörung Jerusalems konnte sich die Festung →Masada noch über zwei Jahre lang halten.

Begräbnis. (1) *Vorgang.* Der Brauch, dem Toten die Augen zu schließen, ist früh bezeugt (Gen 46, 4). Die Einbalsamierung Jakobs und Josefs (Gen 50, 2 f. 26) ist ägypt. Brauch (→Mumifizierung). In Israel wurde der Verstorbene in seinen Kleidern zu Grabe getragen (1 Sam 28, 14 Ez 32, 27). Erst in ntl Zeit wird der Leichnam auch gewaschen (Apg 9, 37) und in Leinentücher gewickelt (Mk 15, 46 par Jo 19, 40). Gewöhnlich begrub man den Toten am Sterbetag (Mt 27, 57 ff Joh 11, 39 Apg 5, 6 u. ö.). Er wurde ohne Sarg in ausgestreckter Haltung bestattet (2 Sam 3, 31 Lk 7, 14 u. ö.). Das →Grab wurde mit wohlriechenden Kräutern ausgestreut (2 Chr 16, 14), bei vornehmen Toten verbrannte man auch Räucherwerk (2 Chr 16, 14 21, 19 Jer 34, 5). Als Beigaben beliebt waren Gegenstände des täglichen Lebens (Geschirr, Waffen, Schmuck, Spezereien, Lampen). Die Toten wurden nicht nur von ihrer Familie, sondern auch von dafür bezahlten Klageleuten, meistens Frauen (Jer 9, 16. 19 2 Sam 1, 24 u. ö.) beklagt. Diese saßen auf dem Boden in Trauergewändern (Sack und Asche, zerrissene Kleider), mit entblößten Brüsten und aufgelöstem Haar und priesen, von Flötenspielern begleitet, die Tugenden des Verstorbenen, beklagten sein Schicksal und bedauerten die Hinterbliebenen. Nach Ablauf der siebentägigen Trauerzeit (Gen 50, 10 1 Sam 31, 13 u. ö.) hielt man ein Totenmahl (Jer 16, 7 Tob 4, 17). Leichenverbrennung ist nichtsemit. Brauch (nur 1 Sam 31, 12 f). Die davon zu unterscheidende Einäscherung galt als Missetat (Am 2, 1) oder wurde als Strafe verhängt (Gen 38, 24 Lev 20, 14 21, 9). *Abb. 11.*

Abb. 11: Gruppe ägypt. Klageweiber, mit zwei Kindern (19. Dyn.)

(2) *Bedeutung.* Unbegraben zu bleiben galt als großes Unglück (Koh 6, 3), gefürchtetste Kriegsfolge (Jes 34, 2 f Ps 79, 2) und Strafe Gottes (Dtn 28, 26 Jer 7, 33 u. ö.). Selbst der Feind wurde bestattet (1 Kön 2, 31), damit er der Ruhelosigkeit in der Unterwelt entgehe. Das Fortleben nach dem Tode stellte man sich weitgehend körperlich, zumindest irgendwie an die sterblichen Reste gebunden vor. So erklärt sich das Verlangen, bei den Vätern begraben zu sein (Gen 47, 30 2 Sam 19, 38). Die allmähliche Verdrängung der materiellen Nahrungsbeigaben durch Symbole (Lampe), etwa seit dem Ende der Bronzezeit, weist auf eine vergeistigtere Vorstellung vom Leben nach dem Tod.

Belagerung →Befestigung; Kriegswesen.

Ben-Hadad (hebr.: Sohn des Hadad = semit. Gott Adad), aram. Könige von Damaskus.
(1) B. I. (gest. um 875 vC), Sohn des Tabrimmon (1 Kön 15, 18 11, 23), Verbündeter des israelit. Königs →Bascha gegen Juda und des judäischen Königs →Asa gegen Israel (15, 16–21 2 Chr 16, 1–5).
(2) B. II., wahrscheinlich Sohn und Nachfolger von (1), kämpfte um 857 gegen →Ahab von Israel und belagerte Samaria. Nach einem 2. Einfall in Israel wurde er bei Afek geschlagen und gegen Gebietsrückgabe und Zulassung israelit. Handelshäuser in Damaskus freigelassen (1 Kön 20, 1–34). Von einem 3. Zug gegen Samaria zog er sich auf die Nachricht einer bevorstehenden Einmischung der Hetiter oder Ägypter zurück (2 Kön 6, 24–7, 16). Von Salmanassar III. bei Karkar geschlagen, zwischen 845 und 841 ermordet. Nachfolger Hasael.
(3) B. III. (um 797–773), Sohn Hasaels (2 Kön 13, 3. 19. 24 f), dreimal vom israelit. König →Joasch (2) geschlagen, wohl Jer 49, 27 Am 1, 4 gemeint.

Benjamin (hebr.: Sohn der rechten [Hand], d. h. des Südens; andere Erklärung: Glückssohn), israelit. →Stamm, der sich vom jüngsten Sohn des Jakob und der Rahel herleitete (Gen 35, 16–19). In den Patriarchenerzählungen wird er öfter mit Josef zusammen genannt (Gen 42, 4. 36 43, 14). Eine Charakteristik des Stammes findet sich im →Jakobsegen (Gen 49, 27: reißender Wolf) und im →Mosesegen (Dtn 33, 12: Liebling Jahwes), Ri 20, 16 nennt die Benjaminiten tüchtige Schleuderer. Im Gegensatz zu 2 Sam 19, 21 f setzt Jos 2–9 eine eigene Landnahme B.s voraus. Die Beteiligung B.s an der Schlacht am →Kischon (Ri 5, 14) und der geschichtl. Kern der Erzählung von einem Krieg aller israelit. Stämme gegen B. (19–21) sind unklar. Mit dem ersten israelit. König Saul übernimmt B. eine führende Rolle. Nach dem Tode seines Sohnes Ischboschet mußte er sich, wenn auch widerwillig (vgl Haß des Schimi: 2 Sam 16, 5–14; Aufstand des Scheba: 20, 1–22), David unterwerfen (5, 1–5). Über die Stellung B.s nach der Reichsteilung schwankt die Überlieferung (vgl 1 Kön 12, 20 und 11, 31–36 u. a.). Nach dem Exil kehrten die Benjaminiten nach Palästina zurück (Esra 1, 5 4, 1 u. ö.). Noch Paulus rühmt sich seiner Abstammung aus dem Hause B. (Röm 11, 1 Phil 3, 5).

Berg. (1) *Im AT* versteht man unter B. eine große Einzelerhebung oder auch ein ganzes B.land. So heißt das Palästina durchziehende Gebirge „der B.“. Es wird unterschieden von (→) Libanon, Negeb, Schefela und Araba (Dtn 3, 25 Jos 9, 1 10, 40 u. ö.) und eingeteilt in das B.land von Naftali (Obergaliläa), Efraim (samarisches B.land) und Juda (Jos 20, 7). Im Ostjordanland unterscheidet man das B.land von Baschan, Gilead und Seïr (Gen 36, 8 f). Die wichtigsten erwähnten Einzelberge sind (→) Ebal, Garizim, Hermon, Horeb, Karmel, Morija, Nebo, Ölberg, Sinai, Tabor, Zion. B.e sind Zufluchtsstätten (Gen 19, 17. 19; vgl Mt 24, 16 par u. a.), Wohnstätten der Götter (→Höhenkult); auf einem B. wird das Gesetz Gottes gegeben (Ex 19, 11 ff 20, 18 ff) und der Bund geschlossen (24, 1 f. 9–11 34, 27 f).
(2) *Im NT* werden die B.e Sinai, Zion und der Ölberg namentlich genannt. Joh 4, 20 f meint den B. Garizim. Der B. der Versuchung (Mt 4, 8), der B.predigt (5, 1 8, 1 Joh 6, 3), des Gebetes (Mt 14, 23 par) und der Verklärung Jesu (Mt 17, 1. 9 par) sind nicht lokalisierbar, z. T. liegt wohl eine metaphorische Ausdruckweise vor.

Bergbau →Metall.

Beschneidung. (1) Die Sitte der B. ist wahrscheinlich über die Ägypter zu den Israeliten gekommen; den (indogermanischen?) →Philistern war sie unbekannt (1 Sam 14, 6; vgl Jer 9, 24 f Ez 32, 22–32). Auf das hohe Alter dieser Sitte weist die Verwendung eines scharfen Steins als Beschneidungsmesser hin (Ex 4, 25 Jos 5, 2). Im Gegensatz zur *incisio* (Einschnitt) besteht die *circumcisio,* wie sie auch die Israeliten praktizierten, in der vollständigen Wegnahme der Vorhaut. Es genügt nicht, die B. mit hygienischen oder medizinischen Gründen erklären zu wollen, sie ist letztlich eine Initiationszeremonie (Mannbarkeitsweihe) und wird deshalb auch meist in der Pubertät vollzogen. Über die ursprüngliche Bedeutung der B. in Israel äußert sich die ältere Überlieferung nicht eindeutig (Gen 17, 23–27 Ex 4, 25 Jos 5, 2–10); schon früh wurde sie als Zeichen des →Bundes (Apg 7, 8), der Zugehörigkeit zu Jahwe oder zur israelit. Kultgemeinde (Ex 12, 48 Röm 4, 11) und als Unterscheidungsmerkmal gegenüber anderen Völkern (Ri 14, 3 1 Sam 14, 6 2 Sam 1, 20 u. ö.) aufgefaßt. Ein besonderes Gesetz für die B. fehlt, die priesterlich beeinflußten Stellen Gen 17, 12 Lev 12, 3 setzen sie auf den 8. Tag nach der Geburt fest. Ursprünglich vollzog sie der Hausvater; in ntl Zeit verband man damit die Namengebung (Lk 1, 59). *Abb. 12.*

(2) „Unbeschnitten" hat schon im AT den übertragenen Sinn: untauglich, unnütz (Fruchtbäume: Lev 19, 23; Lippen: Ex 6, 12. 30; Ohren: Jer 6, 10; Herzen: Lev 26, 41 Jer 9, 25). Man spricht deshalb von der Vorhaut des (verstockten) Herzens (Jer 4, 4) oder der B. des Herzens (Dtn 10, 16 30, 6 Röm 2, 29). Durch den Glauben in Christus ist nach Paulus die B. überholt (Gal 5, 6 6, 15 Kol 2, 11). Diese Ansicht wurde vom →Apostelkonzil übernommen (Apg 15, 1–20 Gal 2, 2 f Röm 4, 12).

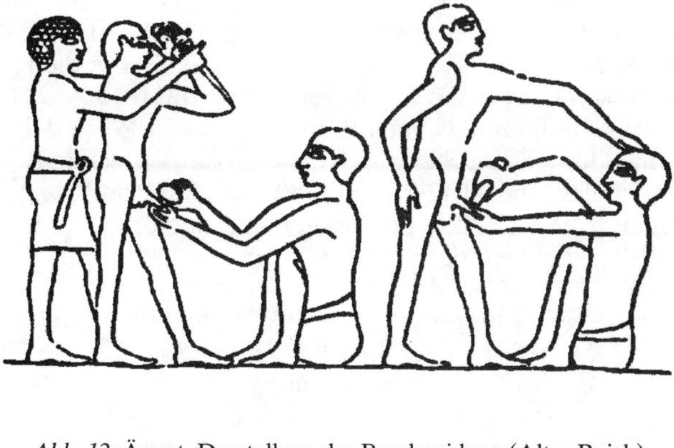

Abb. 12: Ägypt. Darstellung der Beschneidung (Altes Reich)

Betanien (hebr.: Haus des Armen oder des Ananja)
(1) Dorf am Osthang des Ölbergs an der Straße nach Jericho. Im AT Ananja (Neh 11, 32), benjaminitische Siedlung. Heimat von Lazarus, Maria und Marta (Lk 10, 38 Joh 11, 1. 18 21, 1) sowie von Simon dem Aussätzigen (Mt 26, 6 Mk 14, 3), erwähnt im Bericht vom Einzug in Jerusalem (Mk 11, 1. 11 par) und von der Himmelfahrt Jesu (Lk 24, 50). Heute *el-'āzarīje*, nach dem angeblichen Grab des Lazarus.
(2) Ortschaft jenseits des Jordan, wo Johannes taufte (Joh 1, 28). Die Änderung des Origenes in Betabara, einer viel weiter s gelegenen Stelle, besteht kaum zu Recht.

Bet-Awen (hebr.: Haus der Nichtigkeit), bewußte Entstellung von →Bet-El (Hos 4, 15 5, 8 10, 5; vgl. Am 5, 5). Mehrere Stellen erwähnen jedoch neben Bet-El noch eine Ortschaft B. (Jos 7, 2 1 Sam 13, 5 u. ö.). Am wahrscheinlichsten ist die Annahme, daß der Name des kanaan. Heiligtums Bet-El in israelit. Zeit auf die anliegende Stadt Lus überging und das Heiligtum den Spottnamen B. erhielt.

Bet-El (hebr.: Haus Gottes), nach Jerusalem die in der Bibel am häufigsten erwähnte Ortschaft Palästinas, 19 km nö von Jerusalem. B. war vermutlich der Name der Kultstätte des Gottes →El bei der Stadt Lus (Gen 28, 19), der später auf diese Stadt übertragen wurde. Die Stadt fiel durch Verrat in die Hände der Efraimiten (Ri 1, 22–26) und war in der Richterzeit zeitweilig Sitz der Bundeslade und somit nationales Heiligtum (Ri 20, 27 21, 2 ff). Auch zu Beginn der Monarchie wird B. als populärer Wallfahrtsort bezeugt (1 Sam 10, 3) und wurde nach der Reichsteilung zum ersten Staatsheiligtum des Nordreiches (1 Kön 12, 26–33 Am 7, 10–13). Gegen die Kultstätte polemisierten die Propheten (1 Kön 13, 1–10 Am Hos) und wandelten ihren Namen B. in →Bet-Awen. Nach der Eroberung des Nordreiches durch die Assyrer ließ sich in B. ein Jahwepriester nieder (2 Kön 17, 28); der judäische König Joschija ließ die Kultstätte profanieren und zerstören (23, 4. 15). Nach dem Exil wurde B. von Benjaminiten besiedelt (Esra 2, 28).
Ausgrabungen wurden von W. F. Albright (1934) und J. L. Kelso (1954–1957) ausgeführt. Beginn der Siedlung um 2200 vC. Die spätbronzezeitliche Siedlung weist eine großartige Stadtmauer und eine vollkommene Technik des Häuserbaus auf. Sie endet im Lauf des 13. Jh. durch eine grauenhafte

Einäscherung. In der Königszeit nimmt der Wohlstand wieder zu. Die Babylonier vernichteten B. um 550 vC, die Stadt lebte wieder auf in persischer und kam zu neuer Blüte in hellen. Zeit.

Betesda (hebr.; Bedeutung ungeklärt), Doppelteich beim Schaftor in Jerusalem, mit fünf Hallen. Hier lagen ständig Kranke (Joh 5, 2–3a), die vom Wasser Heilung erhofften. Der Engel, der das Wasser in Bewegung setzt (5, 3b–4), ist eine nachträglich eingefügte volkstümliche Erklärung für das intermittierende Aufsteigen des Brunnenwassers. Der Teich ist bei der Annakirche teilweise freigelegt worden. Das n der beiden unregelmäßigen Becken israelit., das s hellen., Hallen archäologisch nicht festgestellt. Seit 1961 wurden ö der beiden Bassins in den Felsen gehauene Badewannen gefunden, die von einem Netz kleiner Kanäle gespeist wurden. Schon zur Zeit Jesu dürfte der Komplex sakralen Charakter gehabt haben. *Abb. 27.*

Betfage (aram.: Feigenort), Ort bei Jerusalem am Ölberg (Mt 21, 1), von wo Jesus den Esel für seinen Einzug in Jerusalem holen ließ (Mk 11, 1 par).

Bet-Horon (hebr.: Haus des [Gottes] Horon)
(1) Ober-B. (617 m), Grenzstadt Efraims (Jos 16, 5) gegen Benjamin, auf einem zum Gebirge ansteigenden Bergrücken, von großer strategischer Bedeutung (Jos 10, 10 f 1 Makk 3, 16–24: Steige von B.).
(2) Unter-B. (399 m), am Beginn des Gebirgspfades (Jos 16, 3 18, 13), zwei km von (1) entfernt, von Salomo befestigt (1 Kön 9, 17 2 Chr 8, 5).

Betlehem (hebr.: Brothaus oder Haus der [Göttin] Lachama).
(1) B. in Juda, kanaan. Stadt 7 km s von Jerusalem, vom Geschlecht →Efrat besiedelt (1 Chr 2, 51 4, 4) und deshalb auch Efrata genannt (Mi 5, 1 Rut 4, 11), Heimat berühmter Männer, z. B. von Boas (Rut 2, 1), Isai (Rut 4, 22) und vor allem von David (1 Sam 17, 12 u. ö.) und dem Mi 5, 1–4 angekündigten Herrscher in Israel. Von Rehabeam befestigt (2 Chr 11, 6), nach dem Exil von Judäern besiedelt (Esra 2, 21 Neh 7, 26). B. gilt als Geburtsort Jesu (Mt 2 Lk 2, 1–20). Über der schon von Justinus Martyr (160 nC) bezeichneten Höhle (Lk 2, 7; →Krippe) errichtete Konstantin eine Basilika.

(2) B. in Sebulon (Jos 19, 15), wohl die Heimat des Richters Ibzan (Ri 12, 8–10), zwischen Nazaret und Haifa.

Betsaida (aram.: Ort der Fischerei), am See →Gennesaret (Mk 6, 45), von Herodes Philippus zur Stadt erhoben und nach der Tochter des Augustus Julias genannt. Die Ortslage auf *et-tell* an der N-Spitze des Sees kann als gesichert gelten. B. ist Heimat des Philippus, Andreas und Simon (Joh 1, 44 12, 21); hier findet die Heilung des Blinden statt (Mk 8, 22–26). Wegen seines Unglaubens wird es zusammen mit (→) Chorazin und Kafarnaum von Jesus verflucht (Mt 11, 21 par). *Abb. 19.*

Bet-Schean (hebr.: Haus der Schlangengottheit Schachan?), uralte kanaan. Stadt, wegen ihrer strategisch wichtigen Lage an der Straße von Ägypten nach Damaskus seit Thuthmosis III. in ägypt. Texten und den →Amarnabriefen erwähnt. Trotz Ri 1, 27 zu Manasse gerechnet (Jos 17, 11. 16 1 Chr 7, 29). Noch unter Saul im Besitz der Philister (1 Sam 31, 10), unter Salomo mit anderen kanaan. Städten zu einem Verwaltungsbezirk zusammengeschlossen (1 Kön 4, 12). Später für Israel verloren. In hellen. Zeit hieß die Stadt Skythopolis (2 Makk 12, 29; →Skythen) und wurde zur →Dekapolis geschlagen. Ausgrabungen legten Spuren einer chalkolithischen Besiedlung frei und erweisen schon in der frühen Bronzezeit ägypt. Einfluß. Funde: Tempel, Stele des Gottes Michal (→Götterbild I. 3), zwei Stelen von Seti I., eine von Ramses II., Statue Ramses' III., Löwenrelief, Masseben, Astartebilder, Tonhäuschen mit Schlangenbildern u. a. *Abb. 14.*

Bet-Schemesch (hebr.: Sonnenhaus)
(1) Auch Ir-Schemesch (Jos 19, 41) und (wahrscheinlich) Har-Heres (Ri 1, 35), alte kanaan. Stadt in der →Schefela w von Jerusalem, zu Juda gerechnet (Jos 15, 10), aber kaum vor David israelit. (Ri 1, 33), Schauplatz der Schlacht zwischen Joasch von Israel und Amasja von Juda (2 Kön 14, 11–14 par), unter Ahab vorübergehend von den Philistern erobert (2 Chr 28, 18). Ausgrabungen (sechs Schichten) bestätigten das hohe Alter der Stadt: Besiedlung seit der mittleren Bronzezeit.
(2) Ägypt. Stadt On-Heliopolis (Jer 43, 13).

Bett. Der einfache Mann schlief auf dem Boden unter seinem Mantel (Ex 22, 25 f Dtn 24, 12 f) oder einer Decke (Ri 4, 18

1 Sam 19, 13 u. ö.). Von Ägypten her wurde das B. in Palästina bekannt, zunächst bei den Vornehmen (1 Sam 19, 13. 15 2 Sam 4, 7 11, 2 1 Kön 1, 47 u. ö.). Es war ein Holzgestell mit metallenen Verbindungsstücken, das tagsüber zum Sitzen und Liegen beim Essen verwendet wurde (1 Sam 20, 25 Ez 23, 41). Luxus-B.en, mit Leder bespannt oder elfenbeinverziert, nennt Am 3, 12 6, 4 Ez 23, 41.

Bibelgriechisch. Unter B. versteht man die Sprache, in der das NT und die alten gr. Bibelübersetzungen, vor allem die LXX, abgefaßt sind. Es gehört zur Koine, einer Art Commonwealth-Sprache, die sich nach Alexanders Eroberungszügen in hellen. Zeit aufgrund der ausgedehnten politischen und kulturellen Beziehungen herausgebildet hatte. Grundlage dieser Sprache ist das von Dialekteigentümlichkeiten gereinigte Attisch, das aber zahlreiche Elemente anderer Dialekte und viele Fremdwörter (Semitismen, Latinismen) aufgenommen hat. Der Sondercharakter des B. gegenüber der Koine erklärt sich vor allem aus zwei Tatsachen. Zum einen hat die Sprache der benutzten Quellen abgefärbt. So ist die LXX aus einem hebr. Original z. T. wörtlich übersetzt, für das NT kann man stellenweise aram. (Sammlung der Sprüche Jesu) oder hebr. Quellen annehmen. Zum anderen macht sich, für den Schreiber wohl unbewußt, die Muttersprache, für die meisten Autoren des NT also das Aram. und auch Hebr., bemerkbar, und zwar in Syntax, Semantik und Phonetik stärker als im Vokabular. Auch innerhalb der einzelnen Schriften gibt es z. T. erhebliche sprachliche Unterschiede. Lk und der Verfasser des Hebr schreiben das „klassischste" Gr., Mk wirkt eher volkstümlich, Paulus, von Jugend auf mit dem Gr. vertraut, schreibt einen recht nuancierten Stil, während Joh das Gefühl für die gr. Sprache abgeht. Trotz seiner Besonderheiten ist das B. jedoch nie eine vom profanen Gr. gesonderte „heilige" Sprache gewesen.

Bibelhandschriften. Vor der Erfindung des Buchdrucks wurde der Bibeltext in Handschriften (Hss) verbreitet, die sich nach Alter, Qualität, Vollständigkeit, Schrift und Material oft erheblich voneinander unterscheiden. Ihre Zahl geht in die Tausende. Hier sollen nur die wichtigsten Hss des hebr. AT, des gr. NT und des gr. AT genannt sein.
(1) *Hss des hebr. AT.* Sie gehen auf die Arbeit der Masoreten (→Bibeltext) zurück und werden, nach den zwei führenden

Masoretenschulen mit ihren abweichenden Vokalisierungssystemen, in eine ö (babylonische) und eine w (palästinische) Gruppe eingeteilt. Zu offizieller Gültigkeit im Judentum gelangte die palästinische Tradition. Die wichtigsten Hss dieser Gruppe sind: der Kairoer Prophetenkodex des Mosche-ben-Ascher (895; älteste datierte Hs) und der sog. Aleppo-Kodex des Aharon-ben-Mosche-ben-Ascher (um 930; bis vor kurzem älteste vollständige Hs der hebr. Bibel; durch die polit. Wirren von 1947/49 und die Dislozierung der Hs nach Israel ging ca ein Viertel davon verloren). Der Cod. B 19A der öffentl. Bibliothek von Leningrad (1008; jetzt die älteste vollständige Hs) ist Grundlage der 3. Aufl. der Kittelschen Biblia Hebraica (1937) und der Biblia Hebraica Stuttgartensia (ab 1968). Die →Genisa von Kairo hat ein ansehnliches Material älterer (z. T. bis ins 6. oder 5. Jh. zurückreichender) Hss geliefert. Aber auch sie bieten einen Text, dessen Konsonantenbestand bereits um 100 nC festgelegt war. Um so größere Bedeutung kommt den Hss-Funden von →Qumran zu.
(2) *Hss des gr. NT.* Man unterscheidet Papyri, Majuskel- und Minuskel-Hss sowie Lektionare (Perikopensammlungen für den liturgischen Gebrauch). Die wichtigsten Majuskeln sind: der Codex Vaticanus (B oder 03; 4. Jh), der Codex Sinaiticus (א oder 01; 4. Jh) und der Codex Alexandrinus (A oder 02; 5. Jh). Die Papyri stehen den Majuskeln zwar an Umfang nach, übertreffen sie aber in vielen Fällen an Alter (bes. hervorzuheben sind die Papyri aus den Sammlungen Chester-Beatty und Bodmer). Am häufigsten vertreten ist Joh.
(3) *Hss des gr. AT* (→Septuaginta). Heute sind mehr als 1500 Hss bekannt. Die wichtigsten sind: der Codex Vaticanus, der Codex Sinaiticus, der Codex Alexandrinus und mehrere Papyri aus den Sammlungen Chester-Beatty und Bodmer.

Bibeltext, der in Hss (→Bibelhandschriften), Übersetzungen (→Bibelübersetzungen) und Ausgaben überlieferte Text der Heiligen Schrift. Obwohl die bibl. Originale verlorengingen und der uns heute vorliegende Text das Ergebnis eines oft jahrhundertelangen literarischen Prozesses darstellt, ist uns, im ganzen genommen, der ursprüngliche B. der Autographen ohne wesentliche Entstellungen überliefert.
(1) *B. des AT.* Der wichtigste Zeuge der hebr. Bibel ist der Masoretentext (MT), Ergebnis der Arbeit der Masoreten, jüdischer Textkritiker (ca 750–1000 nC), die es sich zur Aufgabe gemacht hatten, den B. nach Orthographie, Aussprache und

Vortrag bis ins Letzte zu fixieren, um ihn vor jeder Entstellung zu schützen. Es gilt als sicher, daß der hebr. B., was den Konsonantenbestand betrifft, bereits seit ca 100 nC uniform und in der Hauptsache mit dem MT identisch war. Allerdings setzt die →Septuaginta an zahlreichen Stellen einen hebr. Text voraus, der nicht nur in Kleinigkeiten, sondern gelegentlich auch in der Anordnung und durch Zusätze erheblich vom MT abweicht. Die 3. Aufl. der Biblia Hebraica von Kittel (1937) und die Biblia Hebraica Stuttgartensia sind zur Zeit die maßgebenden Ausgaben des MT.
(2) *B. des NT.* Die enorme Zahl von Hss wurde nach Gruppen geordnet, deren jede einen eigenen Texttypus repräsentiert. So unterscheidet man eine alexandrinische (B), eine abendländische (D) und eine antiochenische (A; auch Koine genannt) Rezension. Seit dem 19. Jh wird fast allgemein angenommen, daß der B-Typus dem Urtext am nächsten steht. Der A-Typus beherrschte jedoch die spätere handschriftliche Überlieferung, war der Prototyp des sog. Textus receptus und lag den ersten gedruckten Ausgaben zugrunde.

Bibelübersetzung(en). (I) DIE ALTEN B. haben für die Textkritik sehr unterschiedlichen Wert.
(1) *Griechische B.*
(a) →Septuaginta (LXX).
(b) Aquila, Zeitgenosse des Kaisers Hadrian (117–138), aus Sinope in Pontus, jüd. Proselyt, fertigte eine Übersetzung an, die besonders bei den Juden im röm. Reich großes Ansehen hatte und weite Verbreitung fand. Die hebr. Vorlage wurde sklavisch übersetzt, manchmal unter Mißachtung der gr. Sprachgesetze.
(c) Theodotion, ebenfalls jüd. Proselyt (2. Jh nC). Seine Übersetzung scheint eine Revision der LXX aufgrund des hebr. Textes zu sein.
(d) Symmachus übersetzte das AT Ende des 2. Jh nC. Seine Übersetzung ist freier, Anthropomorphismen schwächt er ab.
(2) *Aramäische B.* →Targum.
(3) *Syrische B.*, für die aram.-christl. Leser bestimmt.
(a) Die Peschitta (syr.: die Einfache) ist die verbreitetste syr. Übersetzung. Für das AT liegt allerdings kein einheitliches Werk vor; gewisse Teile schließen sich an den MT an, andere weisen Einflüsse der Targume, wieder andere der LXX auf. Der Text des NT ist sehr einheitlich und steht dem gr. Reichstext (D) nahe.

(b) Die altsyrischen Evv. Das Diatessaron (Evv-Harmonie Tatians), nur durch einen auch in armenischer Übersetzung erhaltenen Kommentar des Ephrem bekannt.

(4) *Koptische B.* Besonders für das NT liegen alte und wichtige Versionen vor. Als Grundlage diente die alexandrinische Textform (B, S).

(5) *Andere alte B.* sind die armenische (1. Hälfte des 5. Jh, aus dem Syrischen), die georgische (aus dem Armenischen), die äthiopische, die gotische des Bischofs Ulfila († 383) und die arabische.

(6) *Lateinische B.*

(a) Altlateinische B. →Vetus Latina.

(b) Die →Vulgata.

(II) Von den NEUEREN B. seien nur die wichtigsten deutschsprachigen genannt. Nach den dt.-lat. Evv-Harmonien und Interlinearübersetzungen des Mittelalters, die alle auf die Vg zurückgingen, war Martin Luther der erste, der sich in seiner B. (NT 1522, AT und NT 1534) auf den gr. und hebr. Grundtext stützte. Wenn diese auch zahlreiche Unvollkommenheiten aufweist, so war sie doch in ihrer kraftvollen und treffsicheren Ausdrucksweise und der ihr eigenen urtümlichen Bildkraft ein Markstein auf dem Weg zur neuhochdeutschen Volkssprache. Die Revision des Luthertextes kam 1984 zum Abschluß. Eine vorzügliche Leistung ist die neue Zürcher-(Zwingli-)Bibel (1931, jetzt in Revision), die die Tradition der ersten Ausgabe von 1525/29 fortsetzt. Besondere Erwähnung verdient die sprachlich sehr eigenwillige jüd. B. von M. Buber/F. Rosenzweig (neue Gesamtausgabe 1954/62). – Die kath. B. (J. Eck 1537, die „Mainzer Bibel“ 1662, J. F. Allioli 1830/32 u. a.) fußten bis ins 20. Jh auf der Vg. Heute gibt es mehrere gute Übersetzungen der Grundtexte. Weiteste Verbreitung fand die Ausgabe der Gesamtbibel von V. Hamp/M. Stenzel/H. Kürzinger und die des NT von O. Karrer. Eine von den Bischöfen Deutschlands, Österreichs und der Schweiz herausgegebene, in einzelnen Teilen ökumenische Einheitsübersetzung für den kirchenamtlichen und liturgischen Gebrauch kam 1980 zum Abschluß.

Bibliothek, eine im Vorderen Orient seit alters bekannte Einrichtung. Tontafeln wurden in Tonkrügen oder -kisten, Papyrusrollen in Holzbehältern oder Krügen aufbewahrt. Man unterscheidet drei Arten: Tempel-, Schul- und Königs-B.en. Nach 2 Makk 2, 13 f gründeten Nehemia und Judas Makkabäus eine B., in der sie die Schriften der Könige, der Propheten und Davids sowie Urkunden über Weihegeschenke sammelten. Wahrscheinlich ist hier eine Tempel-B. gemeint. – Große B.en gab es vor allem in Ägypten (Giza und →Amarna), Mesopotamien (seit der 3. Dynastie von Ur), Phönizien (→Ugarit). Das klassische Beispiel einer B. im Vorderen Orient ist die 1853 in Ninive gefundene B. des Assyrerkönigs Assurbanipal (668–631?) mit 8000–10000 Tontafeln, darunter das Gilgamesch-Epos (→Sintfluterzählung) und das babyl. Schöpfungsepos „Enuma eliš". →Ebla; Haran.

Biene →Honig.

Bier →Getränke.

Bileam (hebr.; Bedeutung unsicher), Sohn Beors aus Petor. Ursprünglich als heidnischer Seher verstanden, erscheint er in der späteren Überlieferung als Prophet. Er wurde vom Moabiterkönig Balak zur Verfluchung Israels entsandt, mußte aber Segen verheißen (Num 22, 5–24, 25). Die Vermischung verschiedener Quellen läßt den genauen Vorgang im Dunkel. Eine andere Überlieferung (Num 31, 8. 16 Jos 13, 22) sieht in B. einen Verführer zum Götzendienst. Daher erscheint er in 2 Petr 2, 15 f Offb 2, 14 als Typus des Irrlehrers. Die hochpoetischen B.sprüche in Num 23–24 können sehr alt sein, enthalten aber jüngere Zusätze (z. B. 24, 20 ff). Name und Gestalt des „Göttersehers B., Sohn Beors" sind jetzt durch Inschriften (wohl 8. Jh) belegt, die 1967 in *tell dēr ʿallā* im mittleren Jordangraben gefunden wurden.

Bischof (gr. ἐπίσκοπος: Aufseher). Im NT einmal für Christus (1 Petr 2, 25), viermal zur Bezeichnung von Würdenträgern in der christl. Gemeinde verwendet (Apg 20, 28 Phil 1, 1 1 Tim 3, 2 Tit 1, 7), wobei ἐπίσκοπος wahllos mit πρεσβύτερος (Ältester) wechselt (ob mit den „Engeln" der sieben Kirchen Kleinasiens [Offb 1–3] B.e gemeint sind, ist fraglich). Beide Funktionen können in einer Gemeinde von mehreren Personen versehen werden. Die höchste Autorität behielten sich jedoch die Apostel vor oder übertrugen sie vertrauten Mitarbeitern (z. B. [→] Timotheus, Titus). Später gewannen die B.e an Einfluß (apostolische Sukzession), es entwickelte sich der monarchische Episkopat (vgl die Briefe des Ignatius von Antiochien). →Älteste.

Blei →Metall.

Blut. (1)*Im AT* gilt das B. (wie in fast allen alten Religionen) als Sitz des Lebens (Gen 9, 5 Lev 17, 11 u. ö.). Weil das Leben Gott gehört, ist B.genuß streng verboten (1 Sam 14, 31–44 Gen 9, 3 f; Gesetz: Lev 3, 17 Dtn 12, 23 u. ö.). Andererseits kennt Israel verschiedene B.riten: In der Besprengung des Altares wird das B. Jahwe zugeeignet, es wirkt Versöhnung (Hebr 9, 22) und besiegelt den →Bund zwischen Jahwe und seinem Volk (Ex 24, 3–8), indem es die Partner gleichsam zu B.sverwandten macht. Vergossenes B. schreit zu Jahwe um Rache (Gen 4, 10; →Blutrache).
(2) *Im NT.* Der ntl Ausdruck „Fleisch und B." bezeichnet das menschliche Wesen in seiner Schwäche und Sündhaftigkeit (Mt 16, 17 1 Kor 15, 50 Gal 1, 16 u. a.). Eines der wichtigsten Theologumena des NT ist das vergossene B. Christi (Eph 2, 13 Hebr 9, 14 u. a.): Wie der Alte Bund durch das B. der Opfertiere, so wurde der Neue Bund durch das B. Christi besiegelt (Mk 14, 24 par 1 Kor 11, 25). Es ist der Preis, für den er die Menschen von der Sünde loskauft (Eph 1, 7), mit Gott versöhnt (Röm 3, 25), heiligt (Hebr 13, 12) und rechtfertigt (Röm 5, 9). Die Gemeinschaft des B.es Christi (Joh 6, 54–56 1 Kor 10, 16) ist Ausdruck der innigen Verbindung mit Christus (→Abendmahl). Hier findet die atl Vorstellung von der B.sverwandtschaft zwischen Gott und Mensch ihre letzte Verwirklichung.

Blutrache, die aus der Kulturstufe des Kollektivs stammende heilige Pflicht der Stammes- oder Sippenangehörigen, einen gewaltsam Erschlagenen zu rächen (Gen 9, 5 f Ri 8, 18–21 2 Sam 3, 27. 30 u. a.). Sein Blut schreit zum Himmel (Gen 4, 10 Ez 24, 6–8 u. ö.), und Jahwe fordert es durch den Bluträcher zurück. Die Einrichtung des →Asyls und die Möglichkeit, Schadenersatz zu leisten (Ex 21, 30), sind Schritte, die B. abzuschaffen. – Der der B. zugrunde liegende Vergeltungsgedanke (ius talionis) wurde dann von Jesus aufgehoben (Mt 5, 38 ff).

Boas (hebr.: in ihm ist Kraft)
(1) B., wohlhabender Einwohner Betlehems, Sohn des Salmon (Rut 4, 21) und der Rahab (Mt 1, 5), zweiter Gatte der →Rut (Rut 2, 1–4, 13). Rut 4, 17. 18–22 reihen B. in das davidische Geschlecht ein (vgl Mt 1, 5).

(2) Name einer der zwei Säulen im salomonischen Tempel (1 Kön 7, 21 2 Chr 3, 17).

Brandopfer →Altar.

Braut, Bräutigam, Brautpreis →Hochzeit.

Brief. (1) *Im AT.* Während vom übrigen Vorderen Orient B.e aus ältester Zeit bekannt sind (altbabyl. Keilschrift-B.e, umfangreiche assyr.-babyl. und ägypt. [→Amarna] Korrespondenz), kommt der eigentliche B. im AT erst in der Königszeit vor: Der B. Davids an Joab (2 Sam 11, 14), der Isebel (1 Kön 21, 8), des Jehu an die Ältesten von Samaria (2 Kön 10, 1), zwei B.e des Jeremia (Jer 29, 1 Bar 6); ferner Empfehlungsschreiben (2 Kön 5, 5), Glückwunsch- (2 Kön 20, 12 Jes 39, 1) und Droh-B.e (2 Kön 19, 14 ff), schließlich der Kauf- (Jer 32, 10) und der Scheide-B. (Dtn 24, 1 u. ö.). Nachexilisch sind bekannt die B.e, Akten und Erlasse in Dan und Esra; in gr. Zeit die B.e von Juden, syrischen Fürsten, Römern und Spartanern in 1/2 Makk.
(2) *Im NT.* Der B.stil hat nur geringe Änderungen erfahren, im wesentlichen behält man die alte Form bei: Präskript mit Absender, Adressat, Gruß; eigentlicher B.; Schluß mit Grüßen und Segenswunsch. Die B.e des Paulus entstammen einer konkreten Situation und sind an bestimmte Adressaten gerichtet. Trotz ihres literarischen Charakters sind sie also B.e im eigentlichen Sinn. Dagegen gehören die anderen ntl B.e – die „Katholischen B.e“ (außer 2 und 3 Joh), Hebr und die sieben B.e in Offb – weitgehend der Gattung des Kunst-B.es an. Das bedeutet nicht, daß es sich hier lediglich um literarische Fiktionen handelt, aber der Verfasser richtet sich in ihnen an ein allgemeines Leserpublikum.

Bronze →Metall.

Brot, meist aus Gerstenmehl (Ri 7, 13 Joh 6, 9 u. ö.), Weizen-B. war Luxus. Backen gehörte zur täglichen Arbeit der Frau. Das Mehl wurde in einer Mulde mit Sauerteig vermengt und gesalzen, der Teig in einen Ofen oder einfach auf heiße Asche gelegt (1 Kön 19, 6 Ez 4, 12. 15). Später benützte man eiserne Backplatten (Lev 2, 5) oder zylinderförmige Tonöfen (Hos 7, 4), an deren Innenfläche die Teigfladen geklebt wurden. Die fertigen B.e wurden auf einen Stock gereiht oder in Körben aufbewahrt (Gen 40, 16 Ex 29, 3. 23 Mk 6, 43 par). B. wurde nicht geschnitten, sondern gebrochen (Jes 58, 7). – Mit jemandem das B. essen steht für: →Mahl halten (besonders Bundesmahl; Gen 31, 54 Lk 14, 15). In Ps 80, 6 versinnbildet das Tränen-B. das Strafgericht Gottes. Jesus bezeichnet sich als B. vom Himmel (Joh 6, 30–36), als B. des Lebens (6, 35. 48), als das lebendige B. (6, 51; →Manna).

Bruder, bezeichnet neben dem leiblichen (Gen 24, 29) oder Stief-B. (Gen 20, 5) auch Familienangehörige, Freunde, Nachbarn und Glaubensgenossen (im NT 160mal) sowie Amtskollegen (als Anrede hochgestellter Persönlichkeiten untereinander 1 Kön 20, 32). Jesus nennt seine Jünger B. (Mk 3, 35 Joh 20, 17), weshalb er als „Erstgeborener unter vielen B.n" gilt (Röm 8, 29).

Buch. (I) BUCHROLLE. Schriftstücke wurden in bibl. Zeit zu einer B.rolle aufgerollt (Jes 34, 4 Sach 5, 1 f Ps 40, 8); erst in nachbibl. Zeit kam der →Kodex auf. Eine B.rolle war etwa 25 cm breit; sie konnte bis 10 m lang werden und somit ein ganzes Ev fassen. Die Rollenenden waren auf Stäbe gewickelt. Eine Rolle wurde normalerweise einseitig beschrieben (Ausnahmen: Ez 2, 9 f Offb 5, 1), wobei man den in Spalten (Kolumnen) angeordneten Text (Jer 36, 23) von rechts nach links las. Bisweilen wurden die B.rollen versiegelt (Jes 29, 11 Dan 12, 4). Die Lesung aus der Tora erfolgt noch in heutigen Synagogen aus B.rollen. →Megillot; Bibliothek; Qumran.

(II) HIMMLISCHE B.ER. In der semit. Welt war der Gedanke, Gott habe alle Beschlüsse und die Taten der Menschen in ein B. geschrieben, weit verbreitet. Die schriftliche Fixierung sollte die Unfehlbarkeit göttlicher Weltlenkung bekräftigen.

(1) *Das B. göttlicher Beschlüsse.* 1 Hen 81, 1 f 93 ff u. ö. spricht von „himmlischen Tafeln", auf denen die Geschichte der Menschheit im voraus aufgezeichnet ist. Im Unterschied zu den babyl. Schicksalstafeln, auf denen der Gott Marduk jährlich das Schicksal der Menschen festhielt, bezeugen Ps 139, 16 Jer 22, 30 Ez 2, 9 Dan 10, 21 Offb 5, 1 ff 10, 2 ff den Beschluß eines allmächtigen Gottes, der die Geschichte beherrscht.

(2) *Das B. des Lebens.* Ex 32, 32 setzt voraus, daß die Namen der Menschen von Gott in einem B. eingetragen sind; daraus gestrichen zu werden bedeutet Sterben. Da Gott aber nur den Sünder streicht und dieser trotz seiner Sünde weiterlebt,

während der Gerechte stehen bleibt (Ps 69, 29 Offb 3, 5), gewinnt diese Vorstellung messianische oder eschatologische Bedeutung (Dan 12, 1 Phil 4, 3 Offb 13, 8): Das durch das B. verheißene Leben vollzieht sich in einem neuen Himmel und auf einer neuen Erde (21, 27). – Daneben gibt es auch die Vorstellung vom B. der Auserwählten, entlehnt den Volks- (Neh 7, 5 f) oder Einwohnerlisten, in die man als Bürger einer Stadt eingetragen sein mußte (Ps 87, 6 Jes 4, 3 Ez 13, 9). Sie kommt der praedestinatio ad gloriam nahe (vgl Lk 10, 20).
(3) *Das Gedächtnis-B.* Nach Neh 13, 14 Ps 109, 14 Jes 65, 6 Mal 3, 16 werden die Taten der Menschen im Himmel aufgezeichnet (deshalb die Bitte Ps 51, 3: „Tilge meine Sünden!"). Nach diesem B. fällt Gott sein Urteil (Dan 7, 10 Offb 20, 12). Solche Gedanken sind vor allem in der apokryphen apokalyptischen und in der rabbinischen Literatur verbreitet.

Bund. (I) DER BEGRIFF B. (hebr.: *b^{e}rīt*) meint die gesellschaftliche und rechtliche Wirklichkeit eines Vertrages, und zwar Vertragsschluß wie Vertragsverhältnis. Meist geschah der Abschluß durch →Eid (Gen 21, 23 f Dtn 29, 11 Jos 9, 15 1 Sam 20, 42). Als Garant des B.es wurde die Gottheit angerufen. Das bundesgemäße Verhalten *(ḥesed)* fordert Treue, B.esbruch ist Frevel gegen die Gottheit und entfesselt die beim B.esabschluß für diesen Fall ausgesprochenen Flüche. Wichtiges Vergleichsmaterial für den atl B. bietet die altorient. Umwelt, vor allem die Suzeränitätsverträge der hetitischen Großkönige.
(II) DAS AT kennt B.nisse zwischen Einzelnen und Gruppen (z. B. zwischen König und Volk) und Verträge mit Nachbarkönigen. Zentral aber steht der B. Gottes mit Israel. Er bindet Israel in rechtlich-personaler Weise, und andere Kulte ausschließend, an Jahwe.
(1) Konstitutiv für die Religion Israels ist der *Sinaibund* (Ex 19–24 32–34), in dem Jahwe, aufgrund seines vorgängigen Gnadenhandelns an Israel die grundlegende B.esforderung der ausschließlichen Jahweverehrung stellt. An die B.esformel („Du wirst mein Volk sein, ich werde dein Gott sein") schließen sich kultische und ethische Einzelverpflichtungen an. Sie wachsen im Laufe der Zeit durch Aufnahme immer weiteren Rechtsstoffes zur Fülle der →Gesetze des Pentateuch an.
(2) Das →*Deuteronomium* und die deuteronomistische Literatur entwickeln eine echte B.es-Theologie. Durch die ge-

schichtl. Erwählung wird Israel zum Gottesvolk konstituiert, dem Jahwe dann am Horeb grundsätzlich, durch die Vermittlung des Mose im einzelnen seinen Willen verkünden kann. Thema des deuteronomistischen Geschichtswerkes ist gerade der Verlust der Heilsgabe durch den fortgesetzten B.esbruch Israels.

(3) Für die *Propheten* der Exilszeit ist der alte Sinaibund völlig zerbrochen, doch zeichnet sich ihnen für die Zukunft ein neues Heilshandeln Gottes ab, welches das alte weit übertrifft. In dieser Zukunftstheologie ist allerdings der präzis-juristische Sinn des Wortes B. aufgegeben, es wird zur typologischen Chiffre.

(4) Eine andersartige Loslösung vom Vertragsdenken, nämlich ohne jede Hinwendung zur Zukunft, geschieht in der B.es-Theologie der *Priesterschrift*. Das menschliche Versagen kann den B. nicht zunichte machen, da er allein in Gottes Gnade begründet ist. Ein gewaltiges System genau festgelegter Sühneeinrichtungen ist von Gott eingesetzt, um den Menschen im B. zu erhalten.

(5) Für die *Gemeinde von Qumran* ist der B.esgedanke von besonderer Bedeutung, da sich nach ihrem Verständnis die prophetische Verheißung des Neuen B.es, vom Lehrer der Gerechtigkeit vermittelt, in der eigenen Gemeinschaft verwirklicht. Im Gegensatz zum Sinai-B. gilt dieser Neue B. jedoch nicht dem ganzen Volk, sondern nur jenen, die sich der qumranischen Gemeinschaft anschließen.

(III) Nach der BOTSCHAFT DES NT hat Gott in Christus den von den Propheten verheißenen Neuen B. mit der Menschheit geschlossen und damit den Sinai-B. endgültig abgelöst, während der Neue B. selbst eschatologisch und damit unüberholbar ist. In den →Abendmahlsberichten bezeugt das Kelchwort die Stiftung des Neuen B.es. Paulus weiß sich selber als „Diener des Neuen B.es" (2 Kor 3, 6): durch seinen Dienst an den Heiden erfüllt er die Verheißungen der Propheten. In Abrahams Rechtfertigung ohne Gesetz aus reinem Glauben sieht Paulus eine Vorwegnahme der Rechtfertigung in Christus (Gal 3, 15–25). Im Hebr wird B. (διαθήκη) zum Zentralbegriff. Die typologische Entsprechung von Altem und Neuem B. wird in kultischen Kategorien aufgezeigt und dient zur Entfaltung der Christologie.

Bundesbuch, die Gesetzessammlung Ex 20, 22–23, 19, die Bürgerrecht und Strafrecht, liturgische, religiöse, soziale und moralische Gesetze in sehr verschiedenen literarischen Formen enthält. Die meisten bestehen aus einem den Rechtsfall erörternden Konditionalsatz, andere Gesetze sind in Befehlsform redigiert, und zwar in kurzen Partizipialsätzen oder in strengen Verboten und Geboten. In seiner vorliegenden Gestalt wird das B. meistens im 9. oder 8. Jh vC angesetzt, obwohl es sicher viel ältere Elemente enthält. Die meisten Gesetze weisen noch auf eine einfache Hirten- und Bauernkultur hin, so daß das B. im wesentlichen auf die Zeit der beginnenden Seßhaftwerdung zurückgehen dürfte. Bereits vor Mose wurden bestimmte Elemente der orient. Gesetzbücher in das israelit. Gewohnheitsrecht übernommen. Die israelit. Gesetze unterscheiden sich allerdings von den anderen altorient. dadurch, daß sie keine polytheistischen Auffassungen aufweisen, öfters milder und humaner sind und ein höheres sittliches Empfinden bezeugen. Im heutigen Text wird das B., als ein Gesetz des Sinaibundes, mit dem →Dekalog zusammengefaßt; diese Verbindung scheint aber künstlich zu sein. Daß das B. ursprünglich in den Sinai-Kontext gehörte, ist kaum anzunehmen.

Bundeslade →Lade.

Byblos, alte phönizische Stadt an der Mittelmeerküste zwischen Tripolis und Beirut. Im AT Gebal (heute *dschebēl*), zweimal erwähnt: Jos 13,5 Ez 27,9. Bereits im 4. Jt war B. kommerzieller und religiöser Mittelpunkt. Die Ägypter bezogen von B. Holz und Kupfer, der hier verabeitete →Papyrus machte die Stadt berühmt und bewirkte, daß die Griechen ihren Namen als Bezeichnung für „Buch“ verwendeten. Am Ende des 3. Jt gehörte B. zum Großreich der 3. Dynastie von Ur. In der Amarnazeit ist der aus den →Amarnabriefen bekannte Rib-Addi König, im 13. (oder 11./10.?) Jh →Ahiram, dessen 1923 entdeckter Sarkophag eine in phönizischer Buchstabenschrift abgefaßte Inschrift trägt (→Alphabet). Im 12. Jh macht sich der Einfluß der Seevölker bemerkbar, im 8. Jh wird B. von den Assyrern, 537 von den Persern erobert. Später kommt es unter seleukidische und röm. Herrschaft. – Die Bedeutung von B. als religiösem Zentrum geht ebenfalls bis ins 4. Jt zurück. Die Götter von B. waren bis nach Ägypten bekannt, die Ägypter bauten in B. Tempel und lokalisierten hier ihren Isis-Osiris-Adonis-Mythus (in röm. Zeit war der Adonistempel von B. weithin berühmt). Franz. Ausgrabungen (seit 1921, mit Unterbrechungen) förderten eine neolithische und chalkolithische Siedlung, mehrere Tempel, einen Teil der phönizischen Stadtmauer, Königsgräber und Inschriften zutage. *Abb. 24.*

C

Cäsarea, Name zweier Städte.
(1) C. Palaestinae oder Stratonis, Hafenstadt am Mittelmeer zwischen Jafo und Dor auf dem Handelsweg nach Jerusalem (Apg 9, 30 18, 22 21, 8). Zwischen 20 und 9 vC von Herodes d. Ält. beim alten Stratonsturm zu Ehren des Augustus gebaut. Nach dem Tode Agrippas I. (Apg 12, 20–23) Sitz der röm. Prokuratoren. Vorwiegend heidnische Bevölkerung. Wohnsitz von Philippus (Apg 8, 40 21, 8) und Kornelius, in dessen Haus Petrus predigte (10). Paulus war in C. gefangen und redete dort vor Agrippa II. (23, 23–35 24, 27 25, 1–4. 6. 13). Vespasian wurde hier zum Kaiser ausgerufen (B. J. 4, 10, 1 f). Israel., italien. und amerikan. Ausgrabungen (seit 1956) haben die Kreuzfahrerstadt, das Theater des Herodes mit der bisher einzigen Inschrift über Pontius →Pilatus und Hafenanlagen freigelegt.
(2) C. Philippi, früher wegen des dem Gotte Pan gewidmeten Heiligtums Panias, an der Jordanquelle von Herodes Philippus 2 oder 3 vC erbaut. Die synopt. Evv lokalisieren hier das Messiasbekenntnis des Petrus (Mk 8, 27–30 par). Unter Agrippa II. kurze Zeit Neronias genannt. Arab. *bānijās*, 1967 von den Israeliern ausgelöscht. *Abb. 14.*

Chabiru →Hebräer.

Chaldäer, ostaram. Stämme im SW Mesopotamiens, gründeten mit den Babyloniern unter Nabopolassar (626–605) das neubabyl. Reich (Texte der späteren Königszeit; Dan 1, 4). Nach Jdt 5, 6 f stammen die Israeliten von den Ch.n ab (→Ur: Gen 11, 28. 31 15, 7 Neh 9. 7). Weil Traumdeutung und Astrologie aus Babylonien kamen, nennt Dan 2, 4 f. 10 4, 4 5, 7. 11 auch Sterndeuter, Zauberer und Wahrsager Ch. (→Magie).

Chorazin, ntl Stadt in Galiläa nw vom See Gennesaret, im NT zweimal erwähnt (Mt 11, 21 par): Jesus verflucht die Stadt wegen ihres Unglaubens. Arab. *chirbet keräze.* Reich dekorierte Synagoge (2./3. Jh nC, mit „Lehrstuhl des Mose"). Israel. Ausgrabungen 1962–1964; 1980–1984. *Abb. 19.*

Chronist. (I) PERSON. Der unbekannte Autor von Chr hat wahrscheinlich auch Teile von Esra/Neh verfaßt (Übereinstimmung in Stil, Wortschatz, theologischer Intention). Besonders wegen der stark aramaisierenden Sprache wird Chr um 300 datiert. Der Ch. stellt die Geschichte Israels auf ganz besondere Art dar. Die Zeit vor David wird in Form von Genealogien zusammengefaßt, während in der Geschichte Davids seine Leistungen für Tempel und Kult bevorzugte Berücksichtigung finden. Auch die spätere Königszeit wird immer unter dem Aspekt gesehen, was die Könige in religiöser Hinsicht Gutes oder Schlechtes getan haben. Die Reformen des Joschafat, Hiskija und Joschija stehen dabei im Vordergrund. In Esra/Neh berichtet der Ch. über die Wiederherstellung des theokratischen Staates nach dem Exil und über die zwei Reformversuche von Esra und Nehemia.
Weil der Ch. starkes Interesse für Liturgie und Tempel zeigt, seine Sympathien aber auffällig den Leviten auf Kosten der Priester zuwendet, nimmt man an, er habe zur Levitengruppe des Jerusalemer Kultpersonals gehört. Sein Werk stellt ihn als Exponenten des Judentums heraus, mit großer Liebe zu seinem Volk und starkem, sich auf Gottes Verheißungen stützendem Vertrauen in die Zukunft.
(II) WERKE (A) Chronik. (1) *Name.* Hebr.: *dibrē hajjāmīm* (Annalen), gr.: Paraleipomena (das Übergangene), Hieronymus: Chronica. Das Buch wird in den Bibelausgaben in 1 Chr und 2 Chr unterteilt.
(2) *Inhalt.* Chr beginnt bei Adam und endet mit dem babyl. Exil. Die Herrschaft Davids über ganz Israel wird idealisiert, seine Tätigkeit für Kult und Tempelbau steht im Mittelpunkt. Nach Salomo werden nur noch die Könige Judas behandelt (vor allem die Kultreformer, vgl I).
(3) *Quellen.* Der Ch. beruft sich für seine Darstellung auf verschiedene Quellen, von denen aber keine erhalten ist. Die kanonischen Bücher (Gen–Jos, Sam–Kön) waren dem Verfasser sicher bekannt. Ein Vergleich zeigt nämlich, daß der Ch. diese Quellen selbständig verwendete und vom Text der älteren Bücher nur abweicht, um eine eigene theologische Intention deutlicher zu machen.
(4) *Absicht.* Das Thema von Chr ist der theokratische Staat, seine Vorbereitung, seine Gründung unter David, sein Niedergang und die Versuche, ihn zu reformieren und wiederherzustellen. David ist dabei das ideale Vorbild, nach dem sich die späteren Könige richten sollen. Der Ch. erhofft die neue

Verwirklichung dieses Ideals und versucht, trotz der ungünstigen Zeitumstände (um 300 vC) Glauben und Vertrauen auf Gottes Verheißung wachzuhalten (I, 17, 11–14).
(5) *Historizität.* Wegen seiner religiösen Tendenzen und Idealisierungen wurde die historische Zuverlässigkeit des Chr. lange bezweifelt. Heute ist man eher geneigt, ihm – vor allem für die Aussagen über seine eigene Zeit – größere Autorität zuzuerkennen.
(6) *Wirkungsgeschichte.* Da Chr Israel als eine Religionsgemeinschaft darstellt, die im Zentrum der an David ergangenen Verheißung steht, wurde sie vor allem von den →Pharisäern, von der →Qumransekte und von der judenchristl. Gemeinde (Anklänge an Chr in Mt und Hebr) sehr geschätzt.
(B) Esra/Nehemia, ursprünglich nur ein Buch, Fortsetzung von Chr.
(1) *Inhalt.* Esra 1–6 berichtet von der Wiederherstellung der jüd. Gemeinde nach dem Exil und vom Wiederaufbau des Tempels, der am Paschafest 515 eingeweiht werden konnte. Esra 7–10 erzählt von der Rückkehr einer weiteren Gruppe Verbannter. Im Auftrag des Perserkönigs sorgt Esra für die Einhaltung der Gesetze. Neh 1–13 stellt das Wirken des Nehemia, besonders den Wiederaufbau der Stadtmauern von Jerusalem dar.
(2) *Historizität.* Die persischen Urkunden und die Memoiren des Esra und Nehemia enthalten zuverlässige Angaben und stellen eine wichtige Quelle für die Kenntnis des nachexilischen Judentums dar. Die größte Schwierigkeit in Esra/Neh bereitet jedoch die Chronologie. Es ist nicht ausgeschlossen, daß der Ch. die Dokumente in sein Werk aufgenommen hat, ohne eine klare Vorstellung von der chronologischen Folge zu haben.
(3) *Intention.* Im Wirken des Esra und Nehemia sieht der Ch. den Beweis dafür, daß Gott seiner Verheißung von der Wiederherstellung der jüd. Gemeinde treu geblieben ist. Der Wiederaufbau von Tempel und Stadt und die Verkündigung des Gesetzes sind somit der Anfang einer neuen hoffnungsvollen Zeit.

Coenaculum, in Vg Übersetzung sowohl für gr. ἀνάγαιον (Lk 22, 12, vgl Mk 14, 15: Abendmahlssaal) wie für ὑπερῷον (Apg 1, 13, Versammlungsraum der Urgemeinde in Jerusalem). Offenbar wollte Lk die beiden Orte unterscheiden. – Wo in Jerusalem Jesus das letzte →Abendmahl gefeiert hat, wird aus Mk

14, 13–16 nicht deutlich. Auch ist eine feste frühchristl. Tradition nicht festzustellen. Um 400 wird für den Donnerstag vor Ostern eine außerordentliche nachmittägliche Eucharistiefeier beim Felsen von Golgota bezeugt, frühestens in der 2. Hälfte des 5. Jh gedenkt eine Jerusalemer Ortstradition in der Zionskirche der Stiftung der Eucharistie, vor allem aber geschieht dies in einer Grotte im Kidrontal. Erst seit dem 7. Jh setzt sich die (bis heute populäre) Lokalisierung auf dem SW-Hügel Jerusalems durch und zugleich die Identifizierung des Abendmahlssaals mit dem Versammlungsgebäude der nachösterlichen Christengemeinde, das die gesamte Tradition von Anfang an auf dem SW-Hügel findet. Seit dem 7. Jh gesellt sich noch das Motiv des Heimgangs Marias am gleichen Ort hinzu. Der heute gezeigte gotische „Abendmahlssaal" ist eine Restauration des 14. Jh.

D

Dagon (Etymologie unsicher), vorderasiatischer Gott, dessen Verehrung im Zweistromland, Kappadozien, Ugarit und (schon vorisraelit.) Palästina bezeugt ist (Ortsname Bet-Dagon und Jos 15, 41 19, 27). Im AT ist D. der Gott der Philister mit einem Tempel in Gaza (Ri 16, 23) und Aschdod (1 Sam 5, 1–5 1Chr 10, 10). Der Charakter des Gottes ist schwer zu bestimmen: Bisweilen aufgrund populärer Etymologie als Fischgott verehrt, ursprünglich aber wohl Wettergott, trug er auch Züge eines Unterweltgottes. Man stellte ihn sich halb als Mensch, halb als Tier vor.

Damaskus (hebr. u. akk.: gut bewässerte Ortschaft?), sehr alte und bedeutende Stadt in einer fruchtbaren, wasserreichen Ebene (2 Kön 5, 12 Jer 49, 24 f), in strategisch wichtiger Lage an den großen Karawanenstraßen, deshalb schon in ältesten ägypt. und assyr. Texten sowie in den →Amarnabriefen erwähnt. Seit der Zeit Davids, als D. ein mächtiger →Aramäerstaat war, berührt sich seine Geschichte mit der Israels. Seine Könige (z. B. →Ben-Hadad) werden häufig in den Texten der frühen Königszeit genannt, die Stadt selbst auch bei den Propheten (Jes 17, 1–3 Jer 49, 23–27 Ez 27, 18 Am 1, 3–5 u. ö.). Tiglatpileser III. eroberte D. 734 für die Assyrer (2 Kön 16, 9). Ihre Blütezeit erlebte die Stadt unter den Persern. Noch unter den →Seleukiden spielte D. eine große Rolle, wurde dann aber nach der Eroberung durch die Römer der →Dekapolis eingegliedert und verlor damit seine politische Selbständigkeit. Zur Zeit des Apostels Paulus lebten sehr viele Juden in D. (vgl Apg 9, 2–25 22, 5–16 26, 12–20 u. a.). Die „gerade Straße", in der er bei Judas wohnte (Apg 9, 11), war eine von O nach W verlaufende Prachtstraße, heute ist sie eine enge Geschäftsgasse. *Abb. 22.*

Damaskusschrift, eine jüd., hebr. abgefaßte Schrift, etwa um die Zeitenwende entstanden. Sie wurde 1896/97 in zwei mittelalterl. Hss von S. Schechter in der →Genisa der Karaitersynagoge zu Kairo entdeckt. Der Verfasser und seine Schüler waren aus Furcht vor gesetzlicher Verunreinigung nach „Damaskus" (symbolischer Name für Qumran?) ausgewichen, wo sie die „Gemeinde des Neuen Bundes" gründeten. Mit dieser

Schrift nah verwandt sind Hss-Fragmente von Qumran. Die D. behandelt den Gegensatz zwischen den erwählten Frommen und den abgefallenen Gottlosen und sieht die Geschichte Israels im Zeichen dieser Auseinandersetzung; sie enthält zudem gesetzliche Bestimmungen über Eid, Zeugenschaft, Sabbatheiligung, kultische Reinheit u. a. Deutsche Übersetzung u. a. bei Rießler 920–941.

Dämonen. Unbegreifliches, schicksalhaftes Geschehen schrieb man schon früh dem Eingreifen guter oder böser übermenschlicher Mächte zu, die sich im späteren gr. Volksglauben zu Zwischenwesen zwischen Menschen und Göttern, Geistern der Verstorbenen und Gespenstern, d. h. zu D. entwickelten.

(1) *Im AT.* D.glaube ist an sich mit dem Jahweglauben nicht vereinbar. Ein persönlich gedachter böser Geist (1 Sam 16, 14. 23 18, 10 19, 9 1 Kön 22, 21) ist deshalb immer noch ein Geist Gottes (→Elohim; 1 Sam 28, 13 Jes 8, 19). Wenn man auch nicht in Beziehung zu ihnen trat, indem man sie verehrte oder besänftigte, so rechnete man doch mit ihrer Existenz. Dtn 32, 17 kennt die „Schwarzen", eine verächtliche Bezeichnung für heidnische Götzen; Lev 17, 7 2 Chr 11, 15 Jes 13, 21 34, 14 nennen neben allerhand Getier bockartige Gestalten, die in der Wüste oder in Trümmern hausen; Jes 34, 14 erwähnt die wohl dem babyl. Sturm-D. Lilîtu entsprechende weibliche D.gestalt Lilit, ein Nachtgespenst. Azazel nimmt den Sündenbock in der Wüste auf (Lev 16, 8. 20. 26). Krankheits- und Seuchen-D. sind Ps 91, 6 belegt. – In den atl →Apokryphen spielen die D. eine viel größere Rolle, sie fungieren hier in weit stärkerem Maße als Verführer des Menschen und Feinde Gottes. In den Henochbüchern z. B. sind sie gefallene Engel und dem Satan untertan.

(2) *Im NT* tritt der D.glaube trotz der vielen Besessenheitsberichte im Vergleich zur rabbinischen Literatur, nach der die D. dem Menschen an Leib und Seele zu schaden trachten, stark zurück. Sie sind dem Satan unterstellt (Mt 25, 41 2 Kor 12, 7 Eph 2, 2 Offb 12, 7) und werden mit der spezifisch jüd. Formel vor allem als „unreine Geister" bezeichnet, die an wüsten Stätten hausen und Besessenheit verursachen. Jesus vertreibt sie (Mk 7, 26 u. ö.); sie bedrohen die Gläubigen (Eph 6, 12 1 Joh 4, 1), auch Paulus wird vom „Engel Satans" bedrängt (2 Kor 12, 7). Der heidnische Kult gilt letztlich den D. (1 Kor 10, 20 f 2 Kor 6, 15 f u. a.). In der Endzeit ist ihr besonders

starkes Eingreifen zu erwarten (1 Tim 4, 1). Durch Christus aber ist der Mensch von der D.furcht endgültig befreit. Die ntl D. aussagen gehören dem zeitgebundenen Weltbild an und haben mit verbindlicher Offenbarung nichts zu tun. *Abb. 13.*

Abb. 13: Ein dämonisches Mischwesen hat einen Ziegen- oder Steinbock überfallen. Man kann sich den Wüstendämon Asasel so vorstellen, zu dem nach Lev 16, 10. 21 f der Bock mit allen Sünden Israels hinausgejagt wurde (Ritzzeichnung auf einem Elfenbeintäfelchen aus Megiddo, 13./12. Jh vC)

Dan (hebr.; Bedeutung unsicher, nach Gen 30, 6 volkstümlich: Recht verschaffen)
(1) Israelit. →Stamm, vom Sohn des Jakob und der Bilha hergeleitet (Gen 30, 4–6; Rahelstamm). Eine Charakteristik findet sich im →Jakobsegen (Gen 49, 16–18), im →Mosesegen (Dtn 33, 22) und im →Deboralied (Ri 5, 17). D. war ein sehr kleiner Stamm, dessen ursprünglicher Wohnsitz zwischen Zora und Eschtaol (Jos 19, 40–48 Ri 1, 34) im N der →Schefela lag. Er siedelte sich dann im oberen Jordangraben an, wo er die Stadt Lajisch eroberte (Ri 18) und den Verkehr zwischen Phönizien und Damaskus erschwerte (vgl. Gen 49, 17).
(2) Stadt an einer der Jordanquellen, ursprünglich Lajisch (Jos 19, 47 Ri 18, 29). Ihr altes Heiligtum wurde neben Bet-El von Jerobeam I. als Reichsheiligtum anerkannt (1 Kön 12, 29 2 Kön 10, 29 Am 8, 14). Der formelhafte Ausdruck „von D. bis →Beerscheba" (Ri 20, 1 1 Sam 3, 20 u. ö.) bezeichnet D. als n Grenzstadt Kanaans. Arab. *tell el-ḳāḍi*. Israel. Ausgrabungen (1966 ff) erbrachten Spuren frühbronzezeitlicher Besiedlung und legten vor allem die Stadtmauer der mittleren Bronzezeit frei. Vom hohen kulturellen Niveau der Spätbronzezeit zeugt der lautenspielende „Tänzer von D." Kühne Erweiterung der Stadt unter Jerobeam I. Das ihm zuzuschreibende doppelte Stadttor ist das größte je in Palästina festgestellte (inneres Tor 29 x 17 m, mit zwei Türmen).

Daniel (hebr.: Gott ist mein Richter), häufiger Name im AT.
(I) PERSON. (1) Am bedeutendsten ist D., der Held des Buches Dan (siehe III).
(2) Der Ez 14, 14. 20 28, 3 genannte D. ist nicht mit (1) identisch. Da er neben Noach und Ijob erwähnt wird, handelt es sich wohl um eine Gestalt der Frühzeit, die wegen ihrer Weisheit und Gerechtigkeit in der Erinnerung des Volkes fortlebte. Es ist denkbar, daß Ez auf die mythische Gestalt Dan'el anspielt, die in einem hymnisch-epischen Text aus →Ugarit genannt wird: ein weiser König und gerechter Richter, der Witwen und Waisen beschützt.
(II) BUCH. (1) *Stellung im →Kanon.* Der christl. Kanon rechnet Dan (neben Jes, Jer und Ez) zu den Großen Propheten, während der jüd. Kanon das Buch in die dritte Gruppe der „Schriften" *(keṯūbīm)* einreiht. Wir können daraus schließen, daß es erst kanonische Geltung erlangte, als der Prophetenkanon bereits abgeschlossen war, was für die Datierung von Bedeutung ist (vgl 4). Tatsächlich gehört Dan auch nicht

zur Gattung der Prophetie, sondern der →Apokalyptik. Die protokanonische Schrift enthält deuterokanonische Zusätze, die nur gr. überliefert sind: 3, 24–90 (Gesang der Männer im Feuerofen); 13 (Geschichte der Susanna); 14 (Geschichte von Bel und dem Drachen mit einer zweiten Version der Löwengrubenerzählung).

(2) *Inhalt.* Dan zerfällt deutlich in zwei Teile: einen erzählenden (1–6), worin von D. immer in der 3. Person die Rede ist, und einen visionären (7–12), worin D. selbst in der 1. Person spricht.

(a) Der erzählende Teil (1–6) handelt von einem vornehmen jungen Juden D., der von Nebukadnezzar nach Babel deportiert und an seinem Hof erzogen wird (2–4). Wir finden ihn auch noch unter Belschazzar (5), Darius „dem Meder" (6) und Kyrus dem Perser (6, 29) am Hof. Er legt dort den Beweis vollkommener Gesetzestreue ab. Zugleich wird ihm eine außergewöhnliche Weisheit verliehen, die ihn befähigt, dem König einen Traum zu deuten (wie einst Josef in Ägypten) und eine geheimnisvolle Schrift zu lesen und zu erklären, was seine Erhöhung zur Folge hat.

(b) Der zweite Teil des Buches enthält Vier Visionen, die alle um das gleiche Thema kreisen: Vier sich ablösende irdische Reiche münden aus in eine Zeit äußerster Bedrängnis, die die Aufrichtung des endzeitlichen Gottesreiches ankündigt. Die vor der Endzeit Entschlafenen „werden aufwachen (d. h. auferstehen), die einen zu ewigem Leben, die anderen zu Schmach, zu ewigem Abscheu" (12, 2).

(3) *Sprache.* Dan hat die Eigentümlichkeit, daß es teils hebr., teils aram. geschrieben ist (1, 1–2, 4a hebr., 2, 4b–7, 28 aram., 8–12 hebr.). Eine befriedigende Erklärung ist dafür noch nicht gefunden worden. Vermutlich hat in der Makkabäerzeit ein aram. schreibender Apokalyptiker die aufgrund alter Überlieferungen zirkulierenden D.-Erzählungen gesammelt und ihnen als eine Art Kommentar die Vision von Kap. 7 beigegeben. Einem späteren, hebr. schreibenden Bearbeiter genügte diese Vision nicht; er fügte ihr drei weitere hinzu (8–12) und versah die ganze Apokalypse mit einer hebr. Einleitung.

(4) *Absicht und Entstehung.* Im zweiten Teil von Dan wird so deutlich auf die Ereignisse der Makkabäerzeit und besonders die Verfolgung Antiochus' IV. Epiphanes angespielt, daß die Annahme zwingend ist, der Verfasser der Visionen sei ein Zeitgenosse der Ereignisse gewesen und habe die Geschichte,

selbst anonym bleibend, dem berühmten D. in den Mund gelegt. Pseudonymie ist ja ein Charakteristikum der Apokalyptik. In den Erzählungen des ersten Teils werden wir in die babyl. und persische Zeit verwiesen. Da sie jedoch eine ganze Anzahl von Irrtümern über die babyl. und persische Geschichte enthalten und das Hebr. des Buches aus der Dekadenzperiode der Sprache stammen muß und mit zahlreichen persischen und gr. Fremdwörtern durchsetzt ist, dürften die Erzählungen in hellen. Zeit redigiert worden sein (etwa nach Art von Heiligenlegenden). Sie wurden jedoch, als Zeugnisse der Glaubenstreue, in den Makkabäerkämpfen neu auf die Situation adaptiert und um die in dieser Zeit entstandenen Visionen erweitert.

Darius →Perser.

David (hebr.: der Geliebte [?]), bedeutendster König Israels (1004 bis 965).

(1) *Person.* Efratäer aus Betlehem, jüngster Sohn des Isai (1 Sam 16, 11 17, 12 1 Chr 2, 15). Nach den bibl. Quellen 1 Sam 16 – 2 Sam 5, 9 verlief sein Aufstieg zum Königtum folgendermaßen: Saul machte den Knaben wegen seines Zitherspiels oder seines Sieges über Goliat zu seinem Waffenträger. Da D. beim Volke beliebt war, erregte er die Eifersucht Sauls und floh vor ihm in die judäische Wüste, wo er die Gunst der dortigen Stämme gewann. Er heiratete Ahinoam, Abigajil und später Michal. Nach dem Tode Sauls wurde D. in Hebron König über Juda, nach dem Tode Abners über ganz Israel. Er eroberte das von den Jebusitern besetzte Jerusalem und errichtete dort seine Residenz. Hier heiratete er Batseba. Um seine Stellung zu behaupten, mußte D. die kanaan. Stadtstaaten unterwerfen oder in die israelit. Stämme integrieren und die selbständigen israelit. Stämme (vor allem die N- und S-Stämme) zu einer Nation vereinigen. Deshalb sein großmütiges Verhalten gegenüber der Familie Sauls (2 Sam 1, 1–16 3, 13–16), die Wahl einer auf nichtisraelit. Gebiet liegenden Residenz, die Überführung der Lade (6, 1–19), die Vorbereitungen zum Zentralheiligtum (7 24, 18–25). Die Zentralisierungstendenz zeigt sich auch in der Volkszählung (24, 1–9), dem Aufbau eines Beamtenapparates (8, 15–18 20, 23–26) und der Errichtung eines stehenden Heeres (1 Chr 27, 1–15). D. unterwarf fast das ganze Westjordanland und machte Edom, Aram, Moab und Ammon abhängig. Seine glänzende

Regierung wurde jedoch getrübt durch private Affären und Intrigen: Vergehen gegenüber Urija und Batseba (11), Vergewaltigung seiner Tochter Tamar durch Amnon (13, 1–22), Aufstand und Tod Abschaloms (15 18, 1–19, 9), Machenschaften um die Thronfolge. D. starb mit ca 70 Jahren an Altersschwäche; sein Grab war zur Zeit des Nehemia (3, 16) und Christi (Apg 2, 29) noch bekannt.
(2) *Bedeutung*. Der unabhängige eine Staat, den D. gegründet hatte, ist immer das Ideal der Israeliten geblieben. D. selbst wurde später idealisiert und zum Maßstab für die nachfolgenden Könige. So erklärt sich die Verbindung D.s mit dem messianischen König, dem Retter und Erfüller nationaler Hoffnungen, der nicht nur als Abkomme D.s (2 Sam 7, 12–15 Jes 11, 1. 10 u. a.), sondern auch als D. redivivus (Jer 30, 9 Ez 34, 23–31) erscheint. Die bibl. Überlieferung schreibt ihm Klagelieder (2 Sam 1, 19–27), einen Hymnus (22 Ps 18), das sog. Testament D.s (2 Sam 23, 1–7) und die Verfasserschaft von 73 Pss zu.

Debora (hebr.: Biene), Name zweier Frauen.
(1) Amme Rebekkas, unter der Klageeiche von Bet-El bestattet (Gen 24, 59 35, 8).
(2) Prophetin („Mutter in Israel“ Ri 5, 7), von der sich die Israeliten Recht sprechen ließen. Sie wohnte unter der D.palme zwischen Rama und Bet-El und forderte Barak zum Kampf gegen die Kanaanäer auf (Ri 4, 4–14); den Sieg besingt das D.lied (5, 2–31), eine der ältesten Dichtungen des AT.

Dekalog (gr. δέκα = zehn, λόγος = Wort), bei den christl. Schriftstellern (anscheinend erstmals bei Klemens von Alex.) gebräuchliche Bezeichnung für die Ex 20, 2–17 Dtn 5, 7–21 formulierten sog. Zehn Gebote (vgl den Ausdruck „die zehn Worte“ Ex 34, 28 Dtn 4, 13 10, 4).
(I) Form. Die beiden Fassungen Ex 20, 2–17 und Dtn 5, 7–21 stimmen im wesentlichen miteinander überein. Abweichungen finden sich vor allem in den Erweiterungen, durch die sich das 2., 3., 4., 5. und 10. Gebot von den kurzen Imperativen des 1., 6., 7., 8. und 9. Gebots abheben. Nicht nur der ungleiche Wortlaut, sondern auch Stil (deuteronomisch!) und kultureller Hintergrund (z. B. beim Sabbatgebot „der Fremdling in deinen Toren“) erweisen diese Erweiterungen als spätere Zutat. Sie stammen aus der regelmäßigen Verkündigung und Erläuterung des D.s vor dem Volk, besonders im Kult. Dennoch

muß die Meinung aufgegeben werden, man könne durch bloße Abstreifung der Erweiterungen den mosaischen „Ur-D." rekonstruieren. Wir wissen nicht einmal sicher, ob es sich schon um einen D., d. h. um eine Zehnerreihe von Geboten, handelte, da die Stellen, die von „zehn Worten" sprechen (vgl oben), relativ jung sind. Immerhin ist der Brauch, eine Totalität durch die Zehnzahl auszudrücken, sicher alt und kommt dem Fassungsvermögen des einfachen Volkes entgegen (zehn Finger!). Jedenfalls ist anzunehmen, daß alle Gebote ursprünglich die Form kurzer, leicht einprägsamer Imperative hatten. Ob anfänglich *alle* negativ gefaßt waren, wie manche Ausleger annehmen, muß dahingestellt bleiben.

(II) SINN. Nach bibl. Überlieferung verkündete Mose dem Volk den D. während der Zeremonie des Bundesschlusses am Sinai (Ex 24, 3–8). Diese Darstellung zeigt, daß Israel den D. immer in unlöslicher Verbindung mit dem →Bund gesehen hat. Wir wissen (vor allem durch die hetitischen Vasallenverträge), daß im damaligen alten Orient Bündnisse durch Überreichung und Entgegennahme einer Bundesurkunde geschlossen wurden. Der D. galt Israel als die Urkunde des Sinaibundes. Dieser wird geschlossen „auf Grund all dieser Worte" (24, 8). Darum wird der D. „Buch des Bundes" (24, 7) oder „Worte des Bundes" (34, 28 Jer 11, 6) genannt und heißen die Tafeln, auf die er geschrieben ist, die „Tafeln des Bundes" (Dtn 9, 9. 11. 15 1 Kön 8, 9 par Hebr 9, 4), die Lade, in die sie gelegt werden, die „Lade des Bundes" (Dtn 31, 9. 25 f Jos 3, 3 ff Jer 3, 16 u. ö.). Deshalb galt den Propheten die Übertretung des D.s stets als Bundesbruch (Jer 11, 6–8 u. ö.). Vom Verständnis des D.s als Bundestext erklärt sich auch die negative Formulierung der Gebote. Der D. will nur Grenzen abstecken; wer sie überschreitet, verläßt den Bereich des Bundes. Darum wurde im alten Israel jede Übertretung des D.s mit dem Tod bestraft. Der D. ist somit nur ein Rahmengesetz und kein Kompendium atl Sittlichkeit. Er stellt keine Maximal-, sondern nur Minimalforderungen auf, die jedermann leicht erfüllen konnte. Nicht in ihnen artikuliert sich die atl Ethik, sondern in den anspruchsvollen positiven Pflichten der Sittlichkeit, wie sie sowohl von den älteren und den jüngeren Gesetzeswerken als auch von den Propheten formuliert werden (vgl z. B. Ex 23, 4 f Dtn 24, 19–21 Lev 19, 18 Jes 58, 6 f). Wie sehr dennoch der D. im Zentrum der Frömmigkeit stand, zeigt sich darin, daß die Juden in bibl. Zeit beim *šᵉmaʿ jisrāʾēl* den

D. mitsprachen und ihn in die →Gebetsriemen und die →Mesusa einbezogen.
(III) DER D. IM NT. Jesus stellt sich einerseits vorbehaltlos hinter den D. (Mk 10, 17–19 par). Aber schon die Beschränkung auf die zweite Gruppe der Gebote, die sich die ntl Anführungen des D.s auferlegen (vgl bes. Röm 13, 9), weist auf eine verschärfte Wertung der mitmenschlichen Pflichten hin. Zugleich deckt die Predigt Jesu in den Geboten des D.s einen seinen jüd. Zuhörern verborgen gebliebenen tieferen Sinn auf (Mt 5, 21 f. 27 f). Trotz dieser Verschärfung gibt aber das NT deutlich zu verstehen, daß, wie schon für den Juden, so erst recht für den Christen, der D. ein bloßes Rahmengesetz bleibt und daß der entscheidende Maßstab der christl. Sittlichkeit die Liebe ist (Röm 13, 8–10 Joh 13, 34).

Dekapolis (gr.: Zehnstädtegebiet), Verband hellen., fast ausschließlich im Ostjordanland gelegener Städte (Mt 4, 25 Mk 5, 20), 63 vC von Pompeius befreit und dem Statthalter von Syrien unterstellt. Die einzelnen Orte besaßen große kommunale Freiheiten. Als 106 nC mehrere Städte der röm. Provinz Arabia angegliedert wurden, löste sich die D. allmählich auf, ihre Zahl jedoch schwankte bereits vorher. Plinius (Hist. nat. V, 18, 74) nennt zehn Städte: Damaskus, Dion, Gadara, Gerasa, Hippos, Kanatha, Pella, Philadelphia, Raphana, Skythopolis (Bet-Schean). Sicher aber gehörte auch Abila dazu. *Abb. 14.*

Demetrius (gr.: der Demeter [Erdmutter] gehörig)
(1) D. I. Soter (162–150), →Seleukidenkönig, Sohn Seleukus' IV., begünstigte den Hohenpriester →Alkimus. In seinem Kampf gegen Alexander Balas versuchte er vergeblich, Jonatan den Makkabäer für sich zu gewinnen (1 Makk 7, 1–10, 50 2 Makk 14, 1–14).
(2) D. II. Nikator (145–140. 129–125), Sohn von (1), versuchte vergeblich, seine Herrschaft gegen den Partherkönig Mithridates I., gegen Alexander Balas und Antiochus VII. zu verteidigen, warb um die Gunst des Makkabäers Jonatan, der aber zu Alexander Balas hielt, und wurde schließlich ermordet (1 Makk 10, 67–14, 3).
(3) Silberschmied in Ephesus, arbeitete für den Artemistempel, erregte mit seinen Zunftgenossen einen Aufruhr gegen Paulus (Apg 19, 23–20, 1).

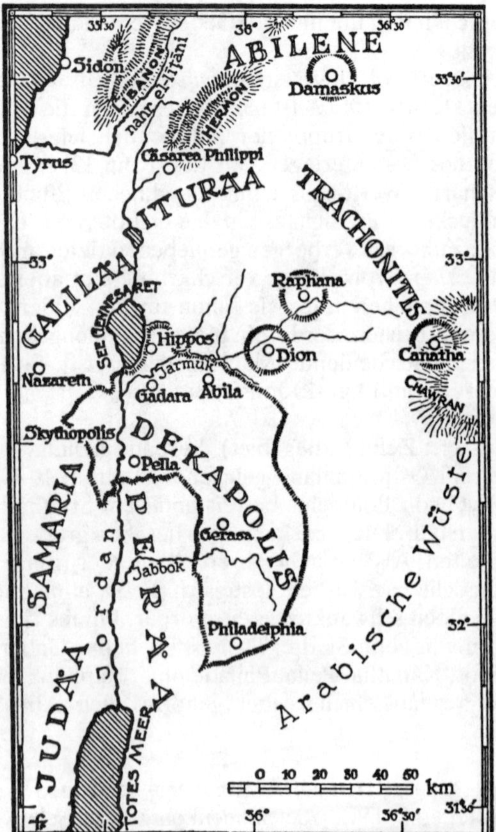

Abb. 14: Die Dekapolis

Deuterojesaja. Seit dem Ende des 18. Jh wird der 2. Teil des Jes-Buches (Kap 40–66) einem Propheten des Exils zugesprochen, der als D. bezeichnet wird. Duhm hat später (1892) den Anteil des D. auf die Kap 40–55 eingeschränkt und die Kap 56–66 einem →Tritojesaja zugewiesen, eine These, die sich weithin durchgesetzt hat.

(I) CHARAKTERISTIK. Die Unterschiede zwischen Jes und D. zeigen sich sowohl im Stil als auch in der Lehre.

(1) Der *Stil* von Jes ist kraftvoll und gedrängt, D. neigt, bei allem Sinn für das Grandiose, zu Pleonasmus und Abundanz im

Ausdruck. Häufig werden Schlüsselworte verdoppelt (so gleich zu Beginn: „Tröstet, tröstet mein Volk" 40,1). Jahwe wird „Schöpfer des Himmels" genannt (42,5 u. a.), „der die Erde gebildet hat" (45,18), „Erlöser Israels" (43,14 u. a.). Für Israel finden wir die Formel „Israel mein Knecht, Jakob mein Erwählter" (41,8 u. ö.). Charakteristische Wendungen, wie sie bei Jes kaum vorkommen – „alles Fleisch" (40,5 f u. ö.), „die Inseln" (40,15 u. ö.), „die Enden der Erde" (40,28 u. ö.) –, zeigen, daß sich der geographische und heilsgeschichtl. Horizont stark ausgeweitet hat. Dagegen fehlen bei D. Ausdrücke, die für Jes kennzeichnend sind, wie „der Herr, Jahwe der Heerscharen". Auch sind bei D. die Aramaismen zahlreicher als bei Jes.

(2) In der *Lehre* bestehen tiefgreifende Unterschiede zwischen Jes und D. Der Blick des Jes ist auf die davidische Dynastie geheftet: Der Messias wird als ein zweiter David erwartet, der, mit Geist und Kraft Jahwes ausgerüstet, glanzvoll herrschen wird. Bei D. ist von einem persönlichen Messias überhaupt nicht die Rede, es sei denn in den Liedern vom Knecht (Ebed) Jahwes (42,1–4 49,1–6 50,4–9 52,13–53,12), die zahlreiche Ausleger als nachträgliche Einfügung ansehen (→Gottesknecht). Das davidische Königtum interessiert D. nicht mehr.

(II) Zeit. Auch die historische Situation, die bei D. durchscheint, ist eine andere als bei Jes. Das Exil wird nicht mehr angekündigt, es dauert schon lange an, ja neigt sich seinem Ende zu (40,1 f). Die Zerstörung Jerusalems und des Tempels wird vorausgesetzt. Der Prophet kündigt ihre Wiederherstellung an (44,26–28 49,14–19 52,9). Er rühmt die Größe und Stärke des Kyrus, vor dem die Enden der Erde erzittern (41,5.25 45,1–5), und richtet seine Landsleute auf, indem er ihnen weitere Großtaten des Persers ankündet, die schließlich zu ihrer Befreiung führen sollen. Der Prophet ist mit der Lage der Exulanten aufs beste vertraut. Er spricht von ihrer Mutlosigkeit, ihrem Mangel an Glauben (40,27 u. ö.), ihrem Hadern gegen den Geschichtsplan Gottes (45,9–13). Er rechnet sich selber zu ihnen (Wir-Form: 42,24) und scheint Babylonien aus eigener Anschauung zu kennen, das von Strömen durchzogene Land (43,14 44,27 47,2) mit seinem üppigen Reichtum, seinen glanzvollen Prozessionen von Götterbildern, seinen Magiern und Sterndeutern (45,20 47,1 ff). Die in Jes 40–55 gesammelten Prophetensprüche sind somit zwischen 550 und 538 in Babylonien entstanden.

(III) THEOLOGIE. Im Zentrum der Verkündigung des D. steht der Geschichtsplan Jahwes, der sich allen menschlichen Berechnungen zum Trotz erfüllen wird. Sein Ziel ist die Erlösung des Volkes, die in einem neuen Exodus besteht und die letzte Heilszeit heraufführt. D. ist in der atl Literatur der erste, der *expressis verbis* die Lehre des Monotheismus entfaltet. Dabei entwickelt er eine eigentliche Schöpfungstheologie, die allerdings seiner Geschichtstheologie untergeordnet wird: wie die Allmacht des einen Gottes sich in der Schöpfung erwies, so wird sie sich auch in der Geschichte erweisen. Das eine wie das andere geschieht durch das schaffende Wort Jahwes (55, 10 f). Hierin – wie in anderen theologischen Positionen – zeigt D. enge Verwandtschaft mit dem ungefähr gleichzeitigen priesterlichen →Schöpfungsbericht.

Deuteronomistisch (dtr.) nennt man die mit dem →Deuteronomium verwandten atl Literatur; mehrere Bücher des AT wurden in seinem Geist geschrieben oder überarbeitet, so besonders Jos, Ri und Kön. Gegen das Verständnis von Jos bis Kön als eines einheitlichen sog. dtr. Geschichtswerkes spricht vor allem die unterschiedliche Geschichtsauffassung von Ri und Kön: Ri läßt immer wieder Abfall, Buße und Rettung aufeinander folgen (zyklisch), in Kön führen stetig wachsende Untreue und Schuld zum unausbleiblichen Untergang (linear). Jedoch sind beide Bücher zweifellos dtr. beeinflußt. Auch die heutige Gestalt von Jer, Chr und Makk weisen dtr. Einfluß auf. Ob auch die ersten vier Bücher des →Pentateuch dtr. bearbeitet sind oder dtr. Passagen enthalten (u. a. Ex 12, 24–27 13, 1–16 19, 3–8 23–33), bleibt umstritten. Da sie nur geringe Elemente dtr. Theologie enthalten und in ihren Formulierungen noch nicht festgelegt sind, könnten sie eher ein Vorstadium des späteren Dtn darstellen.

Deuteronomium, fünftes und letztes Buch des →Pentateuch. Die Bezeichnung Dtn („Wiederholung des Gesetzes" oder „Zweites Gesetz") beruht auf einer falschen LXX-Übersetzung von Dtn 17, 18, wo von einer Abschrift des Gesetzes die Rede ist.

(I) *Das Buch* gibt Reden wieder, die Mose am Ende der Wüstenwanderung kurz vor seinem Tod gehalten haben soll. Während das Hauptstück des Buches (12–26) aus Gesetzen besteht, enthält der Einleitungsteil (1–11) geschichtl. Rückblicke und Mahnungen zur Treue gegenüber Jahwe, der

Schlußteil (31–34) den Bundesschluß und die schriftliche Fixierung seiner Satzungen, Ankündigung von Fluch und Segen und Erzählteile, in die später das Moselied (32) und der →Mosesegen (33) eingefügt wurden. Das Dtn hat einen ganz anderen Charakter als die übrigen gesetzlichen Abschnitte des Pentateuch. Hier werden Gesetze nicht nur aufgestellt, sondern mit Erläuterungen und Ermahnungen verbunden und in zugleich feierlicher wie volksnaher und werbender Sprache vorgetragen. Durch die Autorität des sterbenden Mose (alte literarische Stilform) erhält es Vermächtnischarakter: Es will Israel zur bewußten Bejahung des →Bundes mit Gott führen, denn nur so ist Israel der Besitz des verheißenen Landes sicher. Immer wieder wartet Jahwe „heute" (5, 1 6, 1–6 8, 1. 11 u. ö.) auf die Antwort seines Volkes. Um die Gefahr der Verehrung kanaan. Götter zu bannen, wird der Gedanke der Erwählung besonders betont (4, 37 7, 8 9, 5 f u. ö.); sie verlangt Absonderung von anderen Völkern, absolute Gesetzestreue und Kultreinheit, die nur ein Zentralheiligtum gewährleisten kann.

(2) *Entstehung.* Da der Inhalt die Seßhaftigkeit im Westjordanland mit einem Staatsapparat und kultischen Einrichtungen voraussetzt und die Zentralisierungsidee eine Verbindung zur Reform des →Joschija nahelegt (Dtn könnte im Kern das Buch sein, das [2 Kön 22, 8] bei Restaurierungsarbeiten im Tempel gefunden wurde), darf man annehmen, das Buch sei im 8.–7. Jh vC, und zwar, wegen seiner gedanklichen Nähe zu Hos, im Nordreich entstanden.

Diakon. (1) Das gr. Wort διάκονος, das den Boten, Diener, Hausverwalter, den Untersteuermann und Kultassistenten, vor allem aber den Diener bei der Mahlzeit bezeichnen kann, wird auch im NT in mehrfacher Bedeutung gebraucht: (a) Im allgemeinen Sinn bezeichnet es den Diener eines Herrn (Mt 22, 13) oder seiner Mitmenschen (Mk 9, 35 10, 43 Mt 20, 26). (b) Im engeren Sinn wird jeder Christ als Diener Christi (Joh 12, 26 2 Kor 11, 23) oder Gottes (2 Kor 6, 3 ff) verstanden. (c) Im übertragenen Sinn kann der Mensch Diener Satans oder der Gerechtigkeit (2 Kor 11, 14 f), des Ev (Eph 3, 6 f Kol 1, 23), der Sünde (Gal 2, 17), der Beschneidung (Röm 15, 8), des Neuen Bundes (2 Kor 3, 6) genannt werden.

(2) D. bezeichnet ferner den Träger eines ständigen Gemeindedienstes, der dem →Bischof beigeordnet ist und vor allem auf hellen. Anregungen zurückgehen dürfte (während in den

Diensten der →Apostel, →Propheten und Lehrer vor allem jüd. Tradition nachwirkt). Das älteste Zeugnis für die Existenz des christl. Diakonats ist Phil 1, 1. Der Tätigkeitsbereich des D.s ist aus dieser Stelle jedoch nicht genau zu bestimmen. Nach 1 Tim 3, 8–13 haben die D.e vornehmlich Verwaltungsaufgaben und die Liebestätigkeit in der Gemeinde zu betreuen.

(3) Die in Apg 6, 1–6 berichtete Bestellung der „Sieben" muß sich nicht auf die D.e im Sinne von Phil 1, 1 oder 1 Tim 3, 8–13 beziehen. Eher dürften die „Sieben" mit den späteren Presbytern identisch sein, da ihnen neben der Armenpflege auch Predigen und Taufen zukommt (Apg 8, 14. 40 19, 31) und Lk in auffälliger Weise den Ausdruck D. für sie vermeidet (Apg 6, 1–6 21, 8).

Auch wenn der Ort und die Umstände der Begründung des Diakonats sowie seine ursprüngliche Funktion im unklaren bleiben, so läßt sich doch mit Sicherheit sagen, daß es sich dabei um ein typisch christl. Amt handelt. Weder das Amt noch der Amtstitel ist von jüd. oder hellen. Vorbildern übernommen.

Diaspora. (1) *Wortbedeutung*. D. (gr.: Zerstreuung) ist in der LXX terminus technicus für die hebr. Ausdrücke: verstoßen, vertrieben werden (Dtn 30, 4 Neh 1, 9 Ps 147, 2). Die Milderung des Ausdrucks in der LXX zeigt an, daß die zurückliegenden Deportationen (721, 597, 587) und das Exil nicht mehr so hart empfunden wurden und jüd. Minderheiten überall in der Welt D. hießen. D. wurde sogar als Verheißung verstanden und als Gelegenheit zur Missionierung begrüßt.

(2) *Geschichte*. Die Anfänge der D. liegen schon beim Zusammenbruch des salomonischen Reiches (vgl 2 Chr 8, 2–6). Auch siedelten sich bereits vor den großen Exilierungen jüd. Kaufleute in Syrien und vielleicht auch Kleinasien an. Die eigentliche D. war jedoch eine Folge der Zerstörung Jerusalems 587 (Jer 42) und des babyl. Exils. Nach dem Edikt des Kyrus blieben viele Juden in Babylonien ansässig; diese Kolonie hielt sich bis ins Mittelalter. Besonders bekannt sind ferner Kolonien in Elephantine, Alexandrien (vgl 1 Makk 15, 16–23) und Antiochien.

In apostolischer Zeit gab es etwa 150 jüd. D.gemeinden. Mit viereinhalb Millionen machten damals die Juden 8 % der Gesamtbevölkerung des röm. Reiches aus. In Rom selbst wuchs ihr Einfluß durch die Gunst Cäsars und die Intrigen am Hofe

Neros. Köln besaß bereits im 4. Jh eine beachtliche Judenkolonie.
(3) *Einfluß*. Nach der Zerstörung des Tempels in Jerusalem (70 nC) beeinflußte die D. die Entwicklung des Synagogalwesens (→Synagoge). Zwar bestand noch Kontakt mit der Zentralbehörde (gleicher Kalender, Wallfahrten, Tempelsteuer, Kollekten), aber die Auffassungen in der D. wurden liberaler. Der Gedanke eines universellen Gottes, der in der D. leicht Eingang fand, führte nicht nur viele Heiden zum Monotheismus, sondern förderte auch die rasche Verbreitung des Christentums; die Apostel verkündeten zunächst das Ev in den Synagogen.

Diatessaron →Bibelübersetzungen (I. 3.b).

Dibon. Name zweier Städte. Die wichtigere ist D. in Moab, vorübergehend von den Amoritern erobert (Num 21, 30), später zu Ruben oder Gad gerechnet (Num 32, 3 Jos 13, 9), schließlich zu Moab gehörig (Jes 15, 2 Jer 48, 18. 22). Aus D. stammte der Moabiterkönig →Mescha (um 840), dessen berühmte Stele 1868 gefunden wurde. Heute *dībān*, 20 km ö vom Toten Meer. Amerikan. Ausgrabungen (1950/55) stießen bis zur Frühbronzezeit vor. Moabitische Stadt, mit hoch entwickelter Kultur, 582 von Nebukadnezzar zerstört. Nabatäische, römische, byzantinische und arabische Besiedlung.

Dirne. Käufliche Liebe war in Israel üblich (Gen 38, 15–23), es gab stadtbekannte D.n (Jos 2, 1 Ri 16, 1 1 Kön 3, 16), deren Verhalten man nicht als tadelnswert empfand. Das atl Gesetz (Dtn 23, 18 f) wendet sich aber entschieden gegen die kultische Prostitution, bei der sich Männer und Frauen im Heiligtum zu Ehren eines Gottes darboten. – Im NT gehören die D.n zu den sozial Verachteten: Der verlorene Sohn verpraßt sein Vermögen mit D.n (Lk 15, 30); Paulus warnt vor ihnen (1 Kor 6, 15 f). Offb 17, 1–6 19, 2 stellt Rom (Babylon) als Ort des Götzendienstes unter dem Bild der „großen“ D. vor. Gerade die D.n aber werden (neben den Zöllnern) ihres Glaubens und ihrer ungeschminkten Ehrlichkeit wegen eher gerechtfertigt als die Pharisäer (Mt 21, 31 f Hebr 11, 31 Jak 2, 25).

Divino afflante spiritu („Unter Eingebung des göttlichen Geistes“), Anfangsworte des Rundschreibens Papst Pius' XII.

über die zeitgemäße Förderung der bibl. Studien (30. 9. 1943). Die Enzyklika betont die Notwendigkeit, die schwierigen exegetischen Probleme mit allen modernen wissenschaftlichen Hilfsmitteln anzugehen. Damit wurde eine neue Ära kath. Bibelforschung eröffnet. Der erste, historische Teil stellt die Entwicklung der Bibelwissenschaft seit dem Rundschreiben „Providentissimus" Leos XIII. (1893) dar (Gründung der Bibelschule in Jerusalem, Bibelkommission, Bibelinstitut, Bibelbewegung). Der zweite, lehrhafte Teil umreißt die Aufgaben der Bibelwissenschaft in heutiger Zeit. Er empfiehlt die Benutzung der Urtexte, das Studium der bibl. Sprachen und weist auf die Wichtigkeit der Textkritik hin. D. betont den Primat des Literalsinnes und stellt Richtlinien für die Anwendung des typischen Sinnes auf. Als besondere Aufgabe des Bibelwissenschaftlers wird die Berücksichtigung der Eigenart der bibl. Schriftsteller und der literarischen Gattungen bezeichnet. Schließlich drängt D. energisch auf die Lösung der noch schwebenden Fragen. Das Rundschreiben hat einen entscheidenden Einfluß ausgeübt auf die Instructio der Bibelkommission über die historische Wahrheit der Evv und auf die Konstitution „Dei verbum" des Vaticanum II. Dennoch haben manche seiner Forderungen in der offiziellen Kirche zuwenig Gehör gefunden. Das Lehrschreiben der Päpstl. Bibelkommission „Die Interpretation der Bibel in der Kirche" vom 15. 4. 1993 bekräftigt diese Forderungen und erweitert sie.

Doppelberichte nennt die Literarkritik Textabschnitte, die dieselbe literarische Einheit (Erzählung, Spruch, Gesetz) mit mehr oder weniger großen Abweichungen behandeln, z. B. die beiden Schöpfungsberichte: Gen 1, 1–2, 4a und 2, 4b–7; die Erlebnisse der Sara (oder Rebekka) in Ägypten (oder Gerar): Gen 12, 10–20 20, 1–18 26, 1–11; die mißlungene Überführung der Lade; 1 Sam 6, 19–7, 2 2 Sam 6, 6–11 1 Chr 13, 9–14. Diese D. sind zu unterscheiden von den Paralleltexten, die einen Text wörtlich wiederholen. Aus den D.n erschließt die Literarkritik die verschiedenen Quellen und ihre Verarbeitung.

Dor (hebr.: Wohnung), alte Kanaaniterstadt an der Mittelmeerküste s vom Karmel, im 14. Jh vC gegründet, um 1190 von den seeräuberischen Tjekern erobert, nach der Schlacht am Merom-See (Jos 11, 1–9) zu Manasse gerechnet (17, 11 1 Chr 7, 29). Salomo stellt „das Hügelland von D." unter einen

Vogt (1 Kön 4, 11). Die Assyrer erobern es im 8. Jh; nach wechselvoller Geschichte wird es von Pompeius befreit und als selbständiger Stadtstaat unter röm. Herrschaft gestellt. Heute *tel dōr*, 29 km s von Haifa. Ausgrabungen stellten Besiedlung von Bronze III bis zur röm. und byzant. Zeit fest (Theater, Kirche) und bestätigen die Rolle von D. als maritime Handelsstadt.

Drache →Leviatan; Urflut.

Drachme →Münzen.

E

Ebal, Berg n von Sichem (940 m) gegenüber dem →Garizim, arab. *dschebel islāmīje*. Beide Berge sind Schauplatz der in Dtn 11, 29 f 27, 4–26 dargestellten und Jos 8, 30–35 berichteten Segen- und Fluchzeremonie. Demnach standen auf dem E. die fluchenden, auf dem Garizim die segnenden Stämme. Im samaritanischen Pentateuch (Dtn 27, 4) sind allerdings die beiden Berge vertauscht, vielleicht weil der Garizim als heiliger Berg der →Samaritaner galt; vielleicht handelt es sich aber auch um eine antisamaritanische jüd. Korrektur, um den E. kultisch aufzuwerten.

Ebla, heute *tell mardich*, auf das 4. Jt zurückgehende polit. und wirtschaftl. Metropole ca 70 km s Aleppo, seit 1964 von italien. Gelehrten archäol. erforscht, größte Ausdehnung ab ca 2000, endet um 1700 als Stadt endgültig durch Zerstörung. Königl. Archive (3. Jt) mit ca 18000 Tontafeln (davon ca 1500 veröffentlicht, überwiegend Wirtschaftstexte in ideograph. und syllab. Keilschrift und einer dem Akkad. nahestehenden semit. Sprache). Bedeutung für AT noch zu wenig geklärt, darf nicht überschätzt werden.

École Biblique. Die „École pratique d'études bibliques établie au couvent des Dominicains Saint-Étienne de Jérusalem" wurde 1890 auf Wunsch Leos XIII. von P. M.-J. Lagrange (1855–1938) an der Stelle gegründet, wo nach einer Überlieferung Stephanus gesteinigt wurde (ca 350 m n des Damaskustores). Sie hat die Aufgabe, mit den Mitteln moderner Wissenschaft die kath. Bibelstudien zu fördern. In einem zweijährigen Kurs vermittelt sie ein bibl. Fachstudium (Einleitung und Exegese des AT und NT, bibl. Geschichte, Geographie, Archäologie, Topographie Jerusalems, bibl. und orient. Sprachen sowie praktische archäologische Forschungen, Exkursionen und Studienfahrten). Seit 1920 zugleich École archéologique française. Zu ihrer Aktivität gehört die Herausgabe der Revue Biblique und des Kommentarwerks „Études Bibliques". Unter ihrem Direktor R. de Vaux (1903–1971) hat sie sich in letzter Zeit besonders um die Erforschung von →Qumran verdient gemacht.

Edelsteine. Im AT wird zweimal eine Reihe von 12 E.n aufgeführt: auf dem Brustschild des →Hohenpriesters (Ex 28, 17–20 = 39, 10–13) und auf dem Gewand des Paradiesmenschen (Ez 28, 13); eine ähnliche Gruppe bietet Offb 21, 19 f. Ausgrabungen in Palästina haben folgende E. zutage gebracht: Karneol, Amethyst, Jaspis, Malachit, Saphir, Achat, Onyx, Türkis, Chrysolith, Bergkristall, Hämatit, Nephrit, Steatit, Serpentin, Obsidian, Diorit und Lazurstein. Die Steine wurden zu (→)Schmuck, Skarabäen und Siegeln (Sir 32, 5 f) verarbeitet. In der Bibel werden als Fundorte Arabien (1 Kön 10, 2. 10 Ez 27, 22), Ofir (1 Kön 10, 11), Hawila (Gen 2, 12) und Saba (1 Kön 10, 1 f) erwähnt. Die meisten dieser Orte waren aber wohl nur Umschlagplätze für E. aus Ägypten. In Palästina selbst kommt kein E. vor.

Eden. (1) (akk.: Wüste). In der →Paradieserzählung der Garten, in dem die ersten Menschen wohnten (Gen 2, 8–15). Der Hagiograph faßte offenbar den Gattungsnamen der Wüste als Namen einer Landschaft auf. Sie kann nicht identifiziert werden, vielmehr handelt es sich um eine mythische Größe. Allmählich wurde aus dem Garten „in“ E. ein Garten „von“ E., was man mit hebr. *'ēden* = Wonne zusammenbrachte (Ez 31, 9. 16. 18 Sir 40, 27).
(2) Ein unter assyr. Herrschaft stehendes Gebiet (2 Kön 19, 12 Jes 37, 12) beiderseits des Eufrat, seit 884 vC in assyr. Texten erwähnt.

Edom, Edomiter. (1) Semit. Volk, das am Ende der Bronzezeit (14./13. Jh) aus der syrisch-arab. Wüste in die angrenzenden Kulturländer, besonders nach Syrien/Palästina, einströmte und hier seßhaft wurde. Gen 25, 30 36, 1. 8. 19. 43 verknüpft die E. sekundär mit dem ostisraelit. Jäger →Esau (Edom = rötlich wurde mit dem „roten Gericht“, für das Esau sein Erstgeburtsrecht verkaufte, verbunden: 25, 29–34). Südlich vom Toten Meer beiderseits der Araba sicherten sie ihr Land durch starke Grenzbefestigungen und hatten eher als die Israeliten ein festes Staatswesen (Gen 36, 31–39 1 Chr 1, 43–54 bieten eine Königsliste der E., „bevor ein König [der Israeliten?] über Edom herrschte“). Zwischen den beiden Völkern kam es bald zu kriegerischen Auseinandersetzungen um den Zugang zum Meer und die Erzvorkommen (Num 20, 14–21). Saul kämpfte gegen die E. (1 Sam 14, 47), David unterwarf sie (2 Sam 8, 13 f: Edom statt Aram); ein Aufstand

unter Salomo mißlang (1 Kön 11, 14–22. 25b), aber nach der Reichstrennung errangen sie die Unabhängigkeit. Um 800 vC wurden sie den Assyrern tributpflichtig, später von Nebukadnezzar unterworfen (Jer 27, 6 49, 7–22 Ez 32, 29). Nach der Zerstörung Jerusalems drängten sie nach N, daher die Drohsprüche der Propheten (Obd 6–21 Ez 25, 12–14 Jes 34, 5–17). Unter dem Namen →Idumäer tauchen die E. in der späteren Geschichte auf.
(2) Die Kultur der E. war wahrscheinlich höher entwickelt, als die nicht-edomitischen Angaben vermuten lassen. Wenn auch bisher keine edomitische Literatur bekannt ist, darf man doch annehmen, daß ihre Sprache mit dem Hebr. verwandt war. Offenbar gab es bei ihnen eine nicht unbedeutende →Weisheitsliteratur (Obd 8 Jer 49, 7 Bar 3, 23). Sie verehrten mehrere Götter (2 Chr 25, 14). *Abb. 7.*

Efod, liturgischer Gegenstand, Teil der Priesterkleidung, den man „trug" (1 Sam 2, 28) oder umband (1 Sam 2, 18 2 Sam 6, 14 1 Chr 15, 27), der also wohl die Form einer Schürze hatte. Am deutlichsten ist das E. in P beschrieben (Ex 28, 6–14 39, 2–7) als Kleidungsstück des amtierenden →Hohenpriesters. Es ist aus mehrfarbigem, mit Goldfäden durchzogenem Wollstoff, mit Edelsteinen geschmückt und wird über dem Obergewand getragen. Das E. wird aber auch im Zusammenhang mit einem Schnitzbild, einem Gußbild und dem ebenso rätselhaften →Terafim erwähnt (Ri 18, 17 f); es wird in der Stadt aufgestellt (Ri 8, 27), zur Orakelbefragung herbeigeholt (1 Sam 23, 9–12). Vielleicht ist hier ein Götterbild nach seinem Überzug aus Metall benannt, so daß man das E. als Kleidungsstück oder Attribut (Orakeltasche?) der Gottheit und von daher auch des ihr dienenden Priesters verstehen darf.

Efraim (hebr., wahrscheinlich Orts- oder Landschaftsname). (1) Zweiter Sohn Josefs (Gen 41, 52 46, 20), als Eponym des israelit. →Stammes E., charakterisiert im (→) Jakob- (49, 22–26) und Mosesegen (Dtn 33, 13–17). E. wurde seßhaft auf dem mittleren westjordanischen Gebirge (Jos 16, 4–10), hatte in der Richterzeit Auseinandersetzungen mit den Nachbarstämmen (Ri 7, 23–8, 3 12, 1–6). Unter Salomo bildete er einen eigenen Gau (1 Kön 4, 8) und wurde zum Führer der N-Stämme, weshalb die Propheten das Reich Israel einfach E. nannten.

(2) Stadt in der Wüste, wohin sich Jesus vor den Juden zurückzog (Joh 11, 54), das atl Efron (2 Sam 13, 23) ö von Bet-El.

Efrat, Efrata (Gen 48, 7 1 Chr 2, 19), judäisches, kalebitisches Geschlecht, das sich in Betlehem ansiedelte, weshalb Betlehem Rut 4,11 Mi 5, 1 als E. bezeichnet wird. Gen 35, 16–19 meint eine Ortschaft in Benjamin (vgl 1 Sam 10, 2 Jer 31, 15).

Ehe. (I) IM AT. (1) Sowohl in der hebr. als auch in der gr. Sprache fehlt ein Wort für E. Wie überall im alten Orient ist die E. weder eine religiöse noch öffentliche, sondern eine rein private Angelegenheit zwischen zwei Familien. Der Vater wählt die Braut für den Sohn (Gen 24, 2 ff 38, 6 Dtn 7, 3) und erwirkt die Einwilligung vom Vater der Braut durch Zahlung des →Brautpreises. Umgekehrt wird auch der aus der Familie scheidenden Tochter eine Mitgift – u. U. der Brautpreis selbst – gegeben (Ri 1, 14 ff 1 Kön 9, 16). Gelegentlich trifft auch der Sohn selber die Wahl gegen den Willen seiner Eltern (Gen 26, 34 f), oder man heiratet aus spontaner Liebe (Gen 29, 11. 20 1 Sam 18, 20 f Hld). Von einem schriftlichen E.vertrag ist erst Tob 7, 13 die Rede. Als heiratsfähiges Alter gilt im Frühjudentum das 12. Jahr für Mädchen, das 13. für Jünglinge, in der Regel jedoch heiratet man erst mit dem 18. Jahr. Hat der Mann den Brautpreis bezahlt, so gehört ihm die Frau als Eigentum. Sobald sie das Haus des Bräutigams betritt, ist sie verheiratet. Der Mann hat die Verpflichtung, für ihren Lebensunterhalt aufzukommen und sie zu schützen. Trotz dieser verkaufsähnlichen Formen ist die E. in Israel doch keine Kauf-E., weil der Mann nicht in der gleichen Weise über seine Frau verfügen kann wie über ein käuflich erworbenes Eigentum.
(2) Im allgemeinen dominiert die Sippe und Großfamilie mit ihren Interessen über die einzelne E. Deshalb findet die E. erst in der Nachkommenschaft für die Familie des Mannes ihre Vollendung (Gen 29, 31–30, 24 Ps 113, 9). Aus diesem Grunde gilt Unfruchtbarkeit als schweres Unglück und Strafe Gottes (Jer 18, 21). Diese Auffassung erklärt das Phänomen der Vielehe und der →Schwagerehe. Dennoch wird die Frau als Partnerin (Gen 2, 23 f) und nicht nur als Gebärerin der Kinder ernst genommen und geliebt. Sowohl im personalen Sinn (Gen 1, 27 f) als auch im wirtschaftlichen Bereich (Gen 2, 18b) ist sie Gehilfin des Mannes.

(3) Die E. ist polygam (Gen 4, 19–25 u. ö.). Dtn 21, 15 setzt beim Mann den Besitz von zwei Frauen als normal voraus. Die Zahl der Frauen ist allein durch die wirtschaftlichen Verhältnisse bedingt. Gen 2, 24 empfiehlt jedoch die Einehe und sieht die E. nicht primär im Erfordernis der Fortpflanzung begründet, sondern in der Einsamkeit des Menschen, der auf sich gestellt ist. Zwar steht ihm in der bildhaften Erzählung Gen 2, 18–24 zunächst die Gemeinschaft mit den Tieren zur Wahl. Aber nicht hier, sondern erst in der Frau findet der Mann das ihm Entsprechende. Auch die prophetische Darstellung des Verhältnisses zwischen Jahwe und Israel stützt sich auf die Einehe (Hos 2, 18–23 Jer 2, 2 Ez 16, 8 Jes 50, 1). Im Zeitalter Jesu ist die Vielehe fast ganz zurückgedrängt, der Gedanke, daß Jahwe der E. herr des Volkes sei und jede Verletzung seines Willens E.buch, allgemein geläufig (Mt 12, 39 16, 4).

(4) Der Gedanke, ein Mann oder eine Frau solle sich der E. enthalten, ist dem AT fremd. Erst in späterer Zeit (Jdt 16, 22) wird eine Witwe gepriesen, weil sie eine zweite E. ablehnt. Weshalb spätere religiöse Gruppen (Essener u. a.) teilweise auf die E. verzichteten, ist noch nicht befriedigend geklärt.

(II) Im NT. (1) Für Jesus, selbst unverheiratet, ist die E. auf Einheit und Bindung hin geschaffen (Mk 10, 6–9). Nur menschliche Herzenshärte, die auf das Eigene (Mk 10, 5) anstatt auf Gottes Willen (Mk 10, 9) bedacht ist, kann zur mosaischen E.scheidungspraxis führen. Deshalb wird auch schon das tätige Begehren einer anderen Frau verurteilt (Mt 5, 27 f). Um des Reiches Gottes willen wird es immer Menschen geben, die auf die E. verzichten (Mt 19, 12. 29). Von kirchlichen Vorstehern und →Diakonen wird jedoch nur verlangt, daß sie ein vorbildliches E.leben führen (1 Tim 3, 3 f Tit 1, 6). Nach Lk 14, 20 darf die Bindung an den E.partner nicht von solcher Ausschließlichkeit sein, daß dadurch der Mensch für Gott unverfügbar wird. Mt 19, 9 (5, 31 f) zeigt, daß schon die früheste Kirche versuchte, das Scheidungsverbot Jesu mit der konkreten Wirklichkeit der Gemeinde zu vereinbaren.

(2) Für Paulus ist E. wie Ehelosigkeit eine Gnadengabe Gottes (1 Kor 7, 7). Obgleich selbst nie verheiratet (1 Kor 7, 7) und aus seinem Glauben an die Wiederkunft des Herrn zur fortwährenden Ehelosigkeit entschlossen (1 Kor 7, 26–35), nimmt Paulus doch die Partnerschaft in der E. sehr ernst (1 Kor 7, 4 f. 11 f 11, 11 f). Auch er rechnet mit der Scheidung; „denn zum Frieden hat Gott uns berufen“ (1 Kor

7, 15), d. h.: nach Paulus darf das E.band nicht naturhaft, sondern nur von der Berufung des Menschen her verstanden werden. Daher kennt Paulus auch kein E.gesetz, sondern nur eine Weisung für die zur E. Berufenen (1 Thess 4, 3 ff Eph 5, 25).

Eid. Durch den E. ruft man zur Beteuerung Gott als Zeugen an und schwört für den Fall des Wortbruchs Unheil und Fluch auf sich herab (z. B. 1 Sam 14, 44 20, 13 2 Sam 3, 35), weshalb für E. und Fluch öfter derselbe Ausdruck steht. Man beruft sich auf das Leben Gottes (Ri 8, 19 1 Sam 14, 39. 45) oder der angeredeten Person (1 Sam 1, 26), später auch auf den Himmel, den Namen (Gottes), den Tempel u. ä. (Mt 23, 16–22); gelegentlich wird auch ein Gegenstand als Zeuge angerufen (Gen 21, 30 33, 5–8 u. a.). Der E. kann durch Gesten bekräftigt werden: Man erhebt die Hand zum Himmel (Gen 14, 22 Ex 6, 8), klatscht in die Hände (Ijob 17, 3 Spr 6, 1) oder legt die Hand unter jemandes Lende (Gen 24, 2 47, 29; Euphemismus für Geschlecht als Sitz der Kraft). E.e werden geleistet vor Gericht (Ex 22, 7 f u. a.), beim Abschluß eines Vertrages (Gen 21, 23–32) und bei Versprechen. Meineid war durch das Gesetz (Lev 19, 12 Dtn 5, 11) und die Propheten (Ez 16, 59 17, 13–21) verboten. Im Judentum wurde man dem E. gegenüber zurückhaltender (Sir 23, 9–11), die Essener hielten ihn sogar für unstatthaft (B. J. 2, 8, 6); die Pharisäer hingegen entwickelten eine spitzfindige Kasuistik, um die Gültigkeit eines E.es festzustellen. Jesus verlangt von seinen Jüngern vollkommene Zuverlässigkeit, der E. wird damit überflüssig (Mt 5, 33–37 Jak 5, 12). Dennoch waren im praktischen Leben Konzessionen nötig; so hat Jesus den vom Hohen Rat verlangten E. nicht verweigert (Mt 26, 63 f), und Paulus fügt seinen Beteuerungen öfter E.esformeln bei (Röm 1, 9 9, 1 2 Kor 1, 23 u. ö.).

Eisen →Metall.

Ekron, bekannte Philisterstadt mit einem Heiligtum des Baal-Sebub, durch eine Straße mit Bet-Schemesch verbunden (1 Sam 6, 12), im Zusammenhang mit der →Lade erwähnt (1 Sam 5, 10 6, 16). Die Ri 1, 18 1 Sam 7, 14 17, 52 berichtete Eroberung der Stadt durch die Israeliten mag eine Tributforderung gewesen sein, denn die Propheten betrachten E. immer als Philisterstadt. Erst als der Syrer Alexander Balas die Stadt dem Makkabäer Jonatan schenkte (1 Makk 10, 89), wurde sie jüdisch. Israel.-amerikan. Ausgrabungen seit 1981 auf *ch. el-mukanna' (miknē 'ekrōn)*. Blüte (Befestigung) Philisterperiode, Zerstörung Anfang 10. Jh (David?), neue Blüte 7. Jh, Zentrum der Olivenöl-Industrie, Hörner-→Altäre.

El. (1) Älteste semit. Bezeichnung für Gott. Etymologie unsicher, am wahrscheinlichsten die Ableitung von *'wl* (stark sein). Erhabenheit und Überlegenheit machen sein Wesen aus (vgl Hos 11, 9 Jes 31, 3 Ez 28, 2). El ist sowohl Gattungsname (Plural: Elim, Elohim, s. u.) als auch Eigenname einer bestimmten Gottheit. In babyl. und assyr. theophoren Personennamen ist Ilu gewöhnlich Gattungsname, in den besonders zahlreichen aram. ist wahrscheinlich der im 8. Jh von diesem Volk verehrte Gott El gemeint. In den ug. Texten erscheint El als der oberste Gott. Er wird als Greis („Vater der Jahre") und König der Erde (vgl Jos 19, 38) dargestellt, wurde allmählich jedoch von dem jugendlichen, vitalen →Baal verdrängt. In Arabien sind die mit *ilāh* zusammengesetzten Namen so häufig, daß man daraus trotz der später übernommenen fremden Götter auf die Verehrung eines einzigen Gottes El geschlossen hat. Die Israeliten verwendeten den Namen El als Gattungsnamen (z. B. Gen 31, 13 Ex 15, 11 20, 5 Dtn 5, 9 6, 15 Ps 58, 2) oder zur Bezeichnung des einen Gottes (z. B. Jes 40, 18 Ps 10, 11 f), ferner in vielen Personennamen, z. B. (→)Elija, Elihu, Elischa, Ismael. Nähere Bestimmungen wie El-Schaddai, El-Olam (der uralte Gott, Gen 21, 33), El-Roï (der Gott, der mich sieht, Gen 16, 1), El-Bet (der sich in Bet-El offenbarende Gott, Gen 28, 12–22) geben die Erscheinungsweise oder den Wohnsitz des Gottes an. Noch häufiger sind Formeln wie: der El deines Vaters (z. B. Gen 26, 24 28, 13). Sie weisen auf die enge Verbindung zwischen Gott und den Gliedern eines Stammes hin. Seit dem Bund mit Abraham galt El als der Gott Israels (Gen 33, 20) und alle Götter als „fremde Götter" (Gen 35, 2. 4 Jos 24, 20. 23 Ri 10, 16).
(2) Vom selben Stamm wie El wird *'ĕlōah* (fast ausschließlich in gehobener Sprache verwendet) und der dazugehörige Plural *'ĕlōhīm* (im AT über 2000mal) abgeleitet. Dieser Plural kann eine Vielheit von Göttern bezeichnen (z. B. Ex 18, 11 Dtn 10, 17 Ri 9, 13), im allgemeinen wird er jedoch mit einem Verb im Singular verbunden und daher als Einzahl verstanden. Mit Elohim bezeichnet man nicht nur den israelit. Gott, sondern auch Kemosch, den Gott der Moabiter (Ri 11, 24), Ischtar, die Göttin der Sidonier (1 Kön 11, 5), oder Baal-Se-

bub, den Gott von Ekron (2 Kön 1, 2). Die Pluralform ist nicht ein Relikt aus polytheistischer Zeit (Jos 24, 2. 14 f), sondern eine Begriffserweiterung, die Erhebung einer Person zum generellen Repräsentanten (im Sinne eines Abstraktums: Gottheit): Elohim ist der wahre, eine Gott, der alle El-Eigenschaften besitzt. In dieser Bedeutung verwendet das Wort vor allem der →Elohist.

Elam, Elamiter, ö Nachbarn Babyloniens an der N- und NO-Seite des Persischen Golfs mit der Hauptstadt Susa, gehörten zu den sog. asianischen Völkern; Gen 10, 22 1 Chr 1, 17 werden sie aus geographischen Gründen zu den Semiten gerechnet. Seine größte Zeit erlebte E. in der mittleren Epoche, als z. B. Šutruk-Naḫḫunte (ca 1185–1155) Babel eroberte und die Gesetzesstele Hammurapis als Siegestrophäe nach Susa brachte. Später (ca 590) wurde E. dem Reich der iranischen Meder und schließlich durch Kyrus dem Persischen Großreich einverleibt. Ihre eigenartige und unzugängliche Sprache (→Keilschrift II) hat sich bis in ntl Zeit erhalten (Apg 2, 9). Abgesehen von dem Gen 14, 1. 9 genannten, historisch nicht nachweisbaren König Kedor-Laomer erscheinen die E. im AT vor allem in der prophetischen Literatur. Sie gehören zu den Fremdvölkern (Jes 11, 11), sind Gegner Babyloniens (Jes 21, 2), aber auch Söldner im assyr. Heer (22, 6; daher die Drohsprüche Jer 49, 34–38). Nach Esra 4, 9 wurden auch E. in Samaria angesiedelt. *Abb. 9.*

Elat oder **Elot**, edomitische Hafenstadt am N-Ende des Golfs von Akaba. Als Zugang zum Meer und Ausgangspunkt für den →Handel nach S-Arabien und O-Afrika war E. für die Israeliten wichtig. David bezwang die dort ansässigen Edomiter (2 Sam 8, 13), Salomo und Joschafat legten in →Ezjon-Geber eine Festung an und stellten eine Handelsflotte auf (1 Kön 9, 26 22, 48 f), aber erst unter Asarja ist der Name E. mit Sicherheit belegt (2 Kön 14, 22). Unter Ahas ging die Stadt den Israeliten endgültig verloren. Noch in röm. Zeit war sie (unter dem Namen Aila) eine blühende Handelsstadt. Die Lage von E. ist beim heutigen Akaba anzunehmen, während der benachbarte *tell el-chulēfi* mit →Ezjon-Geber identisch sein dürfte.

Elephantine →Papyri II.

Elfenbein wurde in Tyrus, Kanaan und bei den ägäischen Völkern aus Ofir (1 Kön 10, 22 2 Chr 9, 21) und Put, also wohl aus Afrika eingeführt und für Luxusgegenstände verwendet. Das AT nennt den E. thron Salomos (1 Kön 10, 18), einen Palast aus E. (1 Kön 22, 39), E.ruhelager (Am 6, 4), einen E. turm (Hld 7, 5). Hld vergleicht den Leib des Geliebten (5, 14), den Hals der jungen Frau (7, 5) mit E. Aufschlußreich sind die Funde in Samaria (8. Jh vC) und Megiddo (13. Jh): Götter- und Tierfiguren, Einlagen für Holzkästchen, Reliefs, Spielgeräte, Kämme und Waagschalen. *Abb. 13.*

Eli (hebr.: Jahwe ist erhaben)
(1) →Priester des Ladeheiligtums in Schilo, mit der Kindheitsgeschichte Samuels und den Philisterkriegen verknüpft (1 Sam 1, 1–4, 18). Für den deuteronomistischen Bearbeiter gilt er als letzter →Richter. Er ist Ahnherr des Priestergeschlechtes, das von →Zadok verdrängt wurde. Bei der Nachricht, die Philister hätten die →Lade erbeutet und seine beiden Söhne Hofni und Pinhas getötet, stirbt der greise E.
(2) Im lukanischen →Stammbaum Jesu Vater des Josef (Lk 3, 23), dagegen Mt 1, 16.

Elihu (hebr.: Er ist Gott), häufiger Eigenname. Der wichtigste Namensträger ist E. aus Bus, Freund Ijobs. In den vier E.reden des Buches Ijob (32, 4–33, 33 34 35 36 f) vertritt er die Ansicht, das Leiden sei eine Läuterung, es solle zur Selbsterkenntnis und letztlich zum Segen führen. Weil E. unvermittelt auftritt, seine Reden den Zusammenhang stören und zudem stilistisch und gedanklich herausfallen, hält man sie für spätere Zutat.

Elija (hebr.: Jahwe ist Gott), aus Tischbi in Gilead. Entschiedener Verfechter der Jahwereligion unter König →Ahab und dessen Gemahlin Isebel, die den Baalkult förderte, →Prophet im Nordreich. Wegen seiner Popularität wurde er zu einer legendären Gestalt. Ein Zyklus von Erzählungen und Wundern des E. sind in Kön aufgenommen (1 Kön 17, 1–19, 21 21, 17–29 2 Kön 1, 3–2, 12). Vier davon erwähnt das NT: das Ausbleiben des Regens und die Sendung zur Witwe von Zarefat (Lk 4, 25 f), E.s Flucht (Röm 11, 2–4) und Gottesgericht (Lk 9, 54). Sein hohes Ansehen zeigt sich darin, daß man ihn in den Himmel entrückt werden ließ (2 Kön 2, 11). Im Judentum galt E. als Wundertäter und Retter. Man erwartete seine

Wiederkunft (Sir 48, 10–12 Mt 16, 14 par 17, 10–13 par Lk 9, 8) als Messias oder als dessen Vorläufer. Johannes der Täufer stellte sich selbst nicht mit E. gleich (Joh 1, 21. 25), wurde aber von Jesus als E. redivivus bezeichnet (Mt 11, 14 17, 12 par). Mk 9, 4 par ist E. mit Mose Zeuge der Verklärung Jesu. Das Frühjudentum entwickelte die Wundergeschichten weiter. Es ist daher verständlich, daß drei *E.-Apokalypsen* erhalten sind:

(1) eine vorpaulinische, der Paulus das 1 Kor 2, 9 zitierte Apokryphon entnommen haben soll;

(2) eine E.-Apokalypse aus dem 3. Jh nC;

(3) eine ursprünglich jüd., im 4. Jh christl. überarbeitete, in koptischer Sprache erhaltene E.-Apokalypse.

Elischa (hebr.: Gott hat geholfen), Sohn des Schafat, aus Abel-Mehola, →Prophet um 850–800, Nachfolger des Elija, an den er jedoch nicht heranreicht, auch wenn seine legendenhafte (viele auffällige Wunder) und z. T. dem Elija nachgebildete Geschichte in 1 Kön 19, 19–21 2 Kön 2, 13–8, 15 9, 1–13 13, 14–21 aufgenommen wurde. Durch Salbung des Königs Jehu führte er den Sturz des Hauses Ahab herbei.

Eljakim →Jojakim.

Eljon →El.

Elohim →El (2).

Elohist (E), Verfasser der Elohimquelle im →Pentateuch, so genannt nach der bis Ex 3, 15 verwendeten Gottesbezeichnung Elohim (statt Jahwe; andere sprachliche Besonderheiten: statt Kanaaniter Amoriter, statt Sinai Horeb). Obwohl die Quellenscheidung im einzelnen oft unsicher ist, stimmt man darin überein, daß E seine Erzählung mit Gen 15 (Abraham) beginnt und – mit Unterbrechungen durch andere Quellen – bis Dtn 34 weiterführt. Gewisse Widersprüche innerhalb von E lassen auf ältere Überlieferungsschichten (E^1, E^2, E^3) schließen. E. selbst gilt als vordeuteronomisch und ist gegen 750 anzusetzen. Seine Erzählweise ist flüssig und lebendig, seine Denkweise universalistisch und prophetisch. Deshalb will man ihn gewöhnlich in den religiös lebendigen Kreisen des Nordreichs ansiedeln.

Emmaus, arab. *'amwās*, 24 km Luftlinie wnw von Jerusalem, strategisch wichtig am Übergang der Küstenebene ins judäische Bergland gelegen; in den Makkabäerkriegen (161 vC; 1 Makk 3, 57–4, 25) erwähnt, von Bakchides 160 vC befestigt; 4 vC von Varus eingeäschert, im 1. jüd. Krieg Lager der V. Legion (B. J. 4, 8,1), später in Nikopolis umbenannt. Trotz der falschen Distanzangabe von 60 Stadien (die schon Eusebius und Hieronymus in 160 Stadien berichtigen) ist dieses E. das Ziel der beiden Jünger Lk 24, 13. Das vielfach für E. ausgegebene *el-ḳubebe* hätte zwar die Distanz von 60 Stadien, aber Überlieferung und archäologischer Befund sprechen dagegen. Das anmutige arab. Dorf *'amwās* wurde 1967 von den Israeliern dem Erdboden gleichgemacht. *Abb. 22.*

En-Gedi (hebr.: Böckchenquelle; neuestens auch: Quelle der üppigen Wasser), Quelle am Osthang der Wüste Juda (–200 m) und gleichnamige Oase in Ufernähe des Toten Meeres. Chalkolithische (kultische?) Anlage; Fluchtbereich Davids (1 Sam 24); Festungsanlage im Wüstenbezirk (Jos 15, 62) und blühende Siedlung bis zum Exil. Zerstörung durch die Babylonier, neue Blüte in der Perserzeit; 3./2. Jh vC Herrschaftsbereich der Ptolemäer; 40–37 vC Parthereinfälle, nach 70 nC kaiserliche Domäne; im 2. jüd. Krieg Zentrum der Bar-Kochba-Leute. E. ist berühmt wegen seiner klimatisch begünstigten Erzeugnisse: Palmen (Sir 24, 14; Plin. Hist. Nat. 5, 17), Henna (Hld 1, 14), →Balsam (Plin. Hist. Nat. 12, 118). E. hatte nachweislich Handelsbeziehungen mit den Bewohnern am Ostufer des Toten Meeres und mit den →Nabatäern. Synagoge 5./6. Jh über Synagoge 3. Jh nC, Hakenkreuze im Mosaikboden.

Epheserbrief. (1) *Bestimmung und Zweck.* Eph erscheint im heutigen NT als Brief des Paulus an die Gemeinde zu →Ephesus. Dennoch ist beides nicht vollkommen sicher; denn (a) scheint der Verfasser des Eph die Leser nicht zu kennen (1, 15 4, 21) und auch selbst bei ihnen unbekannt zu sein (3, 2 ff), während Paulus doch wenigstens drei Jahre in Ephesus wirkte (Apg 19) und nach Apg 20 mit den Einwohnern sehr gut bekannt war; (b) fehlt die Ortsangabe „in Ephesus" (1, 1) in den ältesten Hss aus dem 4./5. Jh. Auch Origenes, Basilius und Hieronymus berichten, daß diese Angabe in Hss ihrer Zeit fehlte. Bedenkt man ferner, daß sich Eph sowohl nach seiner Wortwahl als auch nach seinem Stil deutlich von

den früheren großen Paulusbriefen (Gal 1/2 Kor Röm) unterscheidet, jedoch auffallende Parallelen zur jüd. (qumranischen) Paränese zeigt, und daß er nicht mehr (wie Paulus sonst) um das Recht des Heidenchristentums innerhalb der Kirche kämpfen muß, sondern die Einheit der Kirche aus Juden und Heiden betonen kann, dann liegt die Annahme näher, der Brief sei von einem (Juden?-)Christen – ohne besonders erkennbaren Grund – verfaßt worden, der die Paulusbriefe sowie den →Kolosserbrief kannte, ihre Gedanken aufnahm und in diesem Brief entfaltete.
(2) *Inhalt.* In einem ersten, lehrhaften Teil (1–3) schildert der Verfasser die Größe der den Heiden in ihrer Berufung zum Christentum zuteil gewordenen Begnadigung sowie die besondere Aufgabe der Kirche, die Menschheit, die in Juden und Heiden geteilt war, zu einen. In der einen Kirche ist die Einheit der Menschheit wiederhergestellt. Zugleich ist die Kirche das Mittel zur Verbindung der Menschen mit Christus, da in ihr als Christi Leib jedes Glied mit Christus als dem Haupt wesenhaft verbunden ist. In einem zweiten, ermahnenden Teil (4–6) führt er die Konsequenzen aus, die die Gläubigen aus dieser Lehre ziehen müssen: Einheit untereinander (4, 1–16), geistliche Erneuerung (4, 17–5, 20), häusliche Tugenden (5, 21–6, 9) und Kampf gegen die Mächte des Bösen (6, 10–24).

Ephesus, antike Weltstadt an der Kaystrosmündung in Kleinasien. Um 1000 vC von ionischen Einwanderern besiedelt, entfaltete sich E. zur reichen Handelsstadt von kulturellem Rang (Heraklit). Seit 133 vC Zentrum der röm. Provinz Asia. Der Artemistempel mit dem vom Himmel gefallenen Bild der Göttin gehörte zu den Weltwundern der Antike (Apg 19, 35). Während unter der Bevölkerung das Zauberwesen blühte (19, 19), fand in der jüd. Kolonie, die sich besonderer Privilegien erfreute, die christl. Predigt ein starkes Echo (Apg 18, 24 ff 19, 1 ff). Paulus wirkte in E. auf seiner 1. und 2. Missionsreise, bis ihn der Protest der Silberschmiede vertrieb (18, 19–21 19, 1–20, 1). Höhepunkt im Leben der frühchristl. Gemeinde, deren Bedeutung auch Offb 2, 1–7 unterstreicht, bildete das 3. Ökumenische Konzil 431. (Die Nachricht vom Tod Mariens in E. ist legendär.) Heute *selçuk.*

Eponym. (1) Ahne, von dem eine Stadt, eine Familie oder ein Stamm Ursprung und Namen herleitet.

(2) Staatlicher Würdenträger, nach dem in der Antike, vor allem auch in Assyrien, die Jahre benannt wurden. Die E.en-Listen sind für die altorient. Chronologie von großer Bedeutung.

Erben. (1) *Im AT.* Das hebr. Verb für „erben" hat einen viel umfassenderen Sinn als das dt. So erbt das Volk Israel das Land Kanaan, das Jahwes Besitz ist (Jos 22, 19 2 Chr 20, 11). Zur Kennzeichnung Kanaans und Israels als Jahwes unveräußerlicher Besitz dient der Terminus „Erbbesitz" (Ex 15, 17 Dtn 9, 26–29 u. ö.). Im gleichen Sinn werden Gesetz (Ps 119, 11), Kinder (127, 3) und Jahwe selbst (Num 18, 20 Ps 16, 5) als Erbe empfangen. – Zum Erbrecht hat das AT nur zwei Gesetzesbestimmungen überliefert: über das Recht der Erstgeborenen (Dtn 21, 15–17) und über das Erbrecht der Töchter (Num 27, 1–11 36). Die Rechtssitten sind deshalb aus der erzählenden Literatur oder aus anderen orient. Gesetzbüchern zu rekonstruieren. E. waren die Söhne, wobei der Erstgeborene den doppelten Anteil erhielt, wahrscheinlich, weil er für den Unterhalt der Mutter zu sorgen hatte. Das →Erstgeburtsrecht war unübertragbar (trotz Gen 48, 13–19 1 Kön 1, 13). Die Söhne der Nebenfrauen wurden in alter Zeit mit Geschenken abgefunden (Gen 25, 6). Töchter erbten nur, wenn keine Söhne vorhanden waren (Num 27, 1–11); fehlten auch Töchter, ging der Besitz auf die Verwandten über. Erblassung durch →Testament wird nicht erwähnt.
(2) *Im NT* nimmt der Begriff häufig religiöse Bedeutung an und meint die Beziehung zwischen Mensch und Gott. Hebr 1, 2 ist Christus selbst Erbe Gottes, die Gläubigen sind „Miterben Christi" (z. B. Röm 8, 17) kraft ihrer geistigen Gotteskindschaft. Die Erbschaft ist das Reich Gottes (Mt 21, 43): als Verheißung (Hebr 6, 12), Erbteil (Apg 20, 32), Heil (Hebr 1, 14), ewiges Leben (Mk 10, 17) und, nach atl Sprachgebrauch, als das Land (Mt 5, 5) oder die heilige Stadt (Offb 21, 7). Anrecht auf diese Erbschaft verleiht die Taufe (1 Petr 1, 3–5).

Erdbeben. Tektonische (nicht vulkanische) E. waren in Palästina häufig. Im AT werden E. zur Zeit Sauls (1 Sam 14, 15) und des Königs Asarja (Am 1, 1 Sach 14, 5) erwähnt. Sie galten als Selbstoffenbarung Jahwes (Ex 19, 18 1 Kön 19, 11). Er erschüttert die Säulen der Erde (Ijob 9, 6) bei seinem Erscheinen oder beim Gericht (Num 16, 31 Am 8, 8 Jes 13, 13 u. ö.). –

Im NT bebt die Erde beim Tode Jesu (Mt 27, 51) und bei der Befreiung des Paulus aus dem Gefängnis (Apg 16, 26). E. gehören zu den eschatologischen Schrecken (Mt 24, 7 Mk 13, 8).

Erstgeburt. Das israelit. Gesetz enthält mehrere Bestimmungen über die E. bei Mensch und Tier. Aufgrund der polygamen →Ehe unterscheidet man zwischen der E. des Vaters (Gen 49, 3 Dtn 21, 17) und der E. der Mutter (Ex 13, 2). Der Erstgeborene des Vaters besaß das E.srecht (→Erben): Er erhielt den doppelten Anteil des Vermögens, besaß eine gewisse Autorität bei den Geschwistern und empfing den besonderen Segen des Vaters (Gen 27, 33–36). Der Erstgeborene der Mutter mußte Jahwe geweiht werden (Ex 13, 2. 11–16 22, 28 34, 19 f); dieser Brauch wurde damit begründet, daß Jahwe in Ägypten die E. Isrstatic geschont habe (13, 14 ff Num 3, 12). Die Erstgeborenen wurden für ein Lösegeld ausgelöst (Ex 34, 20 u. ö.). Nach Num 3, 41 ff leisteten die →Leviten beim Dienst am Heiligtum für sie Ersatz. – Auch auf die männliche E. der Tiere hatte Jahwe Anspruch (Ex 34, 19 f). Es durften jedoch nur reine und makellose Tiere sein, die übrigen wurden getötet oder ersetzt (Dtn 15, 21 ff). – Im übertragenen Sinn bedeutet E. den Vorrang unter Gleichen (Ps 89, 28 Ijob 18, 13 Jes 14, 30). So bezeichnet Jahwe Israel als seinen Erstgeborenen (Ex 4, 22 Jer 31, 9), Christus ist der Erstgeborene unter vielen Brüdern (Röm 8, 29), der Erstgeborene der Schöpfung (Kol 1, 15).

Erstlinge. Als Dank für die Ernte brachte der israelit. Bauer einen Teil der Früchte Gott dar. Waren es zunächst die ersten Früchte, so gab man später auch oft das qualitativ Beste (besonders Getreide, Weintrauben, Oliven, Wolle). Die E. wurden dem Heiligtum oder den Priestern (als eine Art →Steuer) vor allem an den Erntefesten entrichtet. Das Gebet, das dabei gesprochen wurde (Dtn 26, 5–10), ehrte Gott als Geber des fruchtbaren Landes (Einzelbestimmungen Num 15, 17–21 18, 12 f Lev 19, 24 u. a.). – Im NT begegnet der Begriff E. nur im übertragenen Sinn, auf Christus (1 Kor 15, 20. 23), den Geist (Röm 8, 23) und die Christen (16, 5 1 Kor 16, 15 Jak 1, 18) bezogen. →Erstgeburt.

Esau (hebr.: roh, behaart?), Sohn von Isaak und Rebekka, älterer Bruder →Jakobs (Gen 25, 19–26 Geburt; 25, 27–34 Verkauf des →Erstgeburtsrechts; 27 Erschleichung des Segens; 32 f Aussöhnung der Brüder). In der ostisraelit. Jahwetradition vertritt E. eponymisch den Jäger im Gegensatz zum Hirten Jakob. Wenn auch die Verbindung E. →Edom eine sekundäre Kombination ist, so hat sie sich doch durchgesetzt (Jer 49, 8–10 Obd 6. 9. 18 Mal 1, 2 f). – Im NT gilt E. als Beweis für die freie Gnadenwahl Gottes (Röm 9, 10–13). Hebr 12, 16 f bezeichnet ihn dagegen in Übereinstimmung mit rabbinischen Aussagen als egoistisch.

Esel, das traditionelle Karawanentier der semit. Halbnomaden (Gen 12, 16 u. ö.), diente als Last- (Gen 42, 26 u. ö.), Arbeits- (Dtn 22, 10 Jes 30, 24) und Reittier (Ex 4, 20 Num 22, 22 ff) und war vor allem im Gebirge wegen seiner Vorsicht geschätzt. Der E. war kein Opfertier (Ex 34, 20), sein Fleisch wurde nicht gegessen. Mit dem Ochsen zusammen zählte er zunächst zum Besitz des Vornehmen (Ri 10, 4), erst später hatte auch der einfache Mann einen E. (Ex 20, 17). – Zur Charakterisierung als Friedensfürst reitet der Messias auf einem E., weil der E. im Kriegsdienst vom Pferd verdrängt worden war (Sach 9, 9 Mk 11, 1–11 par). Bei der Geburt Jesu erscheint der E. (in Anspielung auf Jes 1, 3 und Hab 3, 2 [LXX, Vg]) erst in der Literatur der Kirchenväter und in der Ikonographie. *Abb. 15.*

Abb. 15: Semit. Einwanderer in Ägypten, mit Eseln (Mittleres Reich)

Esra. (I) PERSON. E. (hebr.: [Gott ist] Hilfe), →Priester aus der babyl. Judenschaft (Esra 7, 1–5), Sachberater für jüd. Angelegenheiten in der persischen Regierung, wurde im 7. Jahre des Königs Artaxerxes nach Jerusalem gesandt mit dem Auftrag, die Verhältnisse der nachexilischen Juden in Palästina zu ordnen (ob es sich dabei um Artaxerxes I., also das Jahr 458 vC, oder Artaxerxes II. und das Jahr 398 vC handelt, ist umstritten). Ihn begleiteten Rückwanderer, Leviten und Tempeldiener. In Jerusalem verpflichtete er die Juden bei einer Bundeserneuerung auf „das" Gesetz (Neh 8–10; um welches Gesetz es sich dabei handelt, ist unklar); dann bekämpfte er die Mischehen (Esra 9 f). E.s Rechenschaftsbericht an die persische Regierung wurde vom Chronisten bearbeitet und ins Esrabuch aufgenommen.
(II) Unter seinem Namen laufen mehrere SCHRIFTEN:
(1) Das kanonische Buch Esra, →Chronist.
(2) Das kanonische Buch Neh, →Chronist.
(3) Das apokryphe Buch 3 Esra, weitgehend parallel zu Esra, galt bei Hieronymus als kanonisch.
(4) Eine apokryphe Apokalypse (in Vg 4 Esra), zusammen mit christl. Zusätzen 5 Esra und 6 Esra. Sie enthält sieben Visionen, die E. im Jahre 557 vC in Babel geschaut haben soll: Ein Engel unterrichtet ihn am Schicksal Israels über die Gerechtigkeit Gottes und das kommende Zeitalter. Dann folgt eine Erzählung, nach der E. die verlorengegangene Heilige Schrift rekonstruiert und kanonisiert. Das Buch wurde im 1. Jh nC in hebr. oder aram. Sprache geschrieben.

Essener, jüd. Sekte mit stark asketischer Tendenz. Der Name (wahrscheinlich aram.) bedeutet „die Frommen"; in der Bibel nicht erwähnt. Nach dem Zeugnis des Philo von Alexandrien und Flavius Josephus lassen sie sich für die Zeit zwischen 150 vC (unter Jonatan dem Makkabäer) und 70 nC (jüd. Krieg) nachweisen. Sie lebten hauptsächlich bei En-Gedi am Toten Meer in ordensähnlicher Gemeinschaft. Gehorsam gegenüber selbstgewählten Oberen, Zölibat, Verzicht auf Besitz und Handel, Ackerbau, strenge Befolgung des Sabbatgebots, rituelle Waschungen, Noviziat und Arkandisziplin charakterisieren den Geist der Sekte. Die E. lehnten den Tempelkult ab und enthielten sich der Tieropfer. Wenn auch die wichtigsten Elemente ihrer Lehre jüd. sind, so wird doch auch mit fremden Einflüssen (Parsismus, Neupythagoreismus?) gerechnet. Die Zugehörigkeit der Qumrangemeinde zur E.bewegung wird mit guten Gründen angenommen. Die Funde von →Qumran haben unser Wissen über die E. erheblich bereichert.

Essig →Getränke.

Ester. (I) (hebr.: [babyl. Göttin] Ištar?), auch Hadassa genannt, Tochter des Abihajil, Nichte und Pflegetochter des →Mordechai, Heldin des nach ihr benannten Buches.
(II) ESTER (BUCH). (1) *Inhalt.* Nachdem der Perserkönig Ahaschwerosch (Xerxes 485–465) seine Gemahlin Wasti wegen ihres Ungehorsams verstoßen hat, erwählt er sich die Jüdin E. zur Königin. Ihr Pflegevater Mordechai entdeckt eine Verschwörung gegen den König, weigert sich aber, dem Großwesir Haman zu huldigen. Dieser beschließt daraufhin mit Einwilligung des Königs die Vernichtung der Juden. E. gibt sich dem König als Jüdin zu erkennen und erwirkt von ihm die Gunst, daß die Juden ihr Leben verteidigen dürfen. Sie rächen sich im ganzen Lande an ihren Feinden. Haman wird gepfählt, und Mordechai nimmt seine Stelle als Großwesir ein. Zur Erinnerung an diese Ereignisse begehen die Juden das →Purimfest.
(2) *Charakter.* Das hebr. Est gehört wie die übrigen →Megillot der Kunstprosa an. Es will eine Begründung für das Purimfest geben, das offenbar aus der persischen →Diaspora übernommen wurde, und hält vielleicht die Erinnerung an einen Pogrom wach, dem die Vorfahren in Persien entkommen sind. Zudem tragen die für die Erzählung gewählten Typen Züge weisheitlicher Paränese. Die theologische Aussage bleibt verhüllt, das Wort „Gott" kommt nicht vor. Dennoch ist der Autor von Gottes Walten in der Geschichte überzeugt. In der Gleichung: Volksfeind = Gottesfeind zeigt sich eine nationale Gesinnung, wie sie im altisraelit. heiligen Krieg lebte. – Das Buch dürfte in der Zeit zwischen 300 und 80 vC entstanden sein. Dafür spricht der allgemeine Sprachbefund, aber auch die Notiz 2 Makk 15, 36, die den Mordechai-Tag um 50vC bezeugt. Das in der Zeit der Makkabäerkämpfe besonders ausgeprägte Volksbewußtsein könnte mit durch Est motiviert sein.

Eufrat (sumer., akk., hebr.: der große Strom), größter Fluß Vorderasiens, mit vielen Nebenarmen und Kanälen, die sich im Laufe der Jhh häufig verlagerten. In bibl. Zeit mündeten

E. und Tigris getrennt in den Persischen Golf, viele Städte (Sippar, Nippur, Schuruppak, Uruk, Larsa, Ur, Eridu, Babel) lagen damals am Ufer des Flusses. In der Bibel wird der E. öfter einfach „der Fluß“ genannt. Gen 2, 14 ist er einer der vier Paradiesflüsse. *Abb. 5; 9; 24.*

Eva, Name der ersten Frau (Gen 3, 20). Er wird volkstümlich mit *ḥajjāh* = lebendig (Mutter aller Lebendigen) verbunden, während „Frau“ (2, 23) als „Männin“ erklärt wird. Diese Bezeichnungen sollen ihr Wesen erhellen: sie bildet mit dem Mann eine partnerschaftliche Einheit. Die Vorstellung, E. sei aus dem ersten Menschen gebildet, sagt nichts über ihre Entstehung aus, sondern betont lediglich die enge Bindung von Mann und Frau. Nach Gen 4, 1 f. 26 ist E. Mutter von Kain, Abel und Set, sonst wird sie im AT nur noch Sir 25, 24 erwähnt. Paulus nennt E. als Beispiel einer Irregeleiteten (2 Kor 11, 3 1 Tim 2, 13). Als Ergänzung zur Parallele Adam–Christus hat er die Typologie Eva–Kirche/Maria vorbereitet und beeinflußt.

Evangelien. (I) EINLEITENDES. (1) *Zahl.* Die christl. Kirche hat von Anfang an nur vier E. als kanonisch anerkannt; diese vier bilden eine innere, geistige Einheit und stellen das „eine, vierförmige Ev“ dar. Die apokryphen E., die viel stärker den Einfluß hellen. Gattungen verraten und manchmal häretische Tendenzen aufweisen, sind von der Kirche verworfen worden. (2) *Literarischer Charakter.* (a) Die E. sind keine Biographien; sie sind weder von einem primär historischen Standpunkt aus abgefaßt worden, noch bieten sie eine Charakterskizze der Person Jesu. Sie sind sehr unvollständig, topographische und geographische Angaben sind selten und vielfach schematisch. (b) Die E. sind nicht so sehr das Ergebnis individueller schriftstellerischer Arbeit. Stoff und Formulierungen sind mündlichen Überlieferungen entnommen, die zum großen Teil bereits vor der schriftlichen Festlegung der E. fixiert waren. Doch zeigt jedes Ev eine besondere Eigenart (Stil, Plan, unmittelbarer Zweck). (c) Die E. entstanden im Dienst der christl. Verkündigung, als Niederschlag und Hilfsmittel der mündlichen Predigt, aus dem Bedürfnis, für einen größeren Leserkreis und für künftige Geschlechter festzulegen, was Augenzeugen und Prediger von Anfang an überliefert hatten (vgl Lk 1, 1–4). Wahrscheinlich sind die Nöte der urchristl. Gemeinde – auch ihres Kultes – auf die Formulierung der E.-

Texte (z. B. auf die Berichte über die Einsetzung der Eucharistie; →Abendmahl) nicht ohne Einfluß gewesen.
(II) PLAN UND AUFBAU der synopt. E. sind in großen Linien identisch. Sie beginnen mit dem Auftreten des Täufers (die sog. Kindheitsgeschichte gehört nicht zur ursprünglichen Katechese), der Taufe und Versuchung Jesu; dann folgt das Auftreten Jesu in Galiläa; darauf eine Reise nach Jerusalem und die Vorgänge der letzten Tage daselbst; schließlich die Erzählung von Jesu Leiden und Sterben, die Berichte über das leere Grab und die Erscheinungen Jesu vor seinen Jüngern. Das Verhältnis zwischen den synopt. E. untereinander, ihre Übereinstimmungen und Abweichungen, ist Gegenstand der „synopt. Frage“.
(III) ENTSTEHUNG. Joh ist um 100 nC entstanden, d. h. 60–70 Jahre nach den von ihm berichteten Vorgängen. Es zeigt eine weitgehende Unabhängigkeit von der urchristl. Katechese. Sein Verfasser komponierte das Ev als eine festgefügte Einheit. Es muß angenommen werden, daß auch die schriftliche Fixierung der synopt. E. einige Zeit nach der ursprünglich ausschließlich mündlichen Verkündigung erfolgt ist. Die „Augenzeugen von Anfang an“ (Lk 1, 2) haben ein bestimmtes Schema der Katechese über die Worte und Taten Jesu aufgestellt: Die Logia (Sprüche und Aussagen) Jesu und viele evangelische Stoffe wurden in eine Form gefaßt, die durch Rhythmus, Wiederholung, Inklusio, Bildersprache, Spruchform, Kristallisierung um einen Kerngedanken u. ä. für die mündliche Weitergabe besonders geeignet war. Diese Katechese der Apostel, naturgemäß in aram. Sprache überliefert, wurde aber schon sehr bald auch in gr. Versionen in Umlauf gebracht. So dunkel die Überlieferungsgeschichte auch ist, scheint es doch sicher zu sein, daß die eigentliche Heilspredigt über Jesus, die Verkündigung seiner Worte, seiner Wunder, seines Todes und seiner Erhöhung in den Hauptlinien und in vielen Einzelheiten nach einem festgefügten Lehrtypus erfolgte. Insofern ist es möglich, von einem „Urevangelium“ zu sprechen, zu dem – so darf man vermuten – das gemeinsame Gut von Mt und Mk und vielleicht auch die Logia des ursprünglichen Mt gehört haben. Die schriftliche Fixierung setzte ein, als das Ev in steigendem Maße außerhalb des ursprünglichen jüd.-palästinischen Raumes gepredigt wurde und die Generation der Augenzeugen auszusterben begann.
(IV) HISTORIZITÄT. Die historische Zuverlässigkeit der E. im

allgemeinen Sinn ist groß; technische Historizität (Quellenkritik, Verbindung mit der Profangeschichte) wird von den E. nicht bezweckt. Zwischen den erzählten Ereignissen und deren schriftlicher Fixierung liegt ein gewisser Zeitraum (eine Generation). Andererseits muß man die einzigartige Überlieferung des E.stoffes richtig bewerten (hochentwickelte Mnemotechnik der Überlieferer). Die E. liegen jenseits der literarischen Gattungen des Hellenismus und geben die Logia Jesu wieder, die sich ausgezeichnet zur mündlichen Überlieferung eigneten. Die Abweichungen in Einzelheiten vergrößern eher den historischen Wert der Synoptiker, als daß sie ihn verringern.

Exil. (I) Die Exilierung der Oberschicht besiegter Völker war eine im alten Orient übliche Maßnahme, um die Volkskraft zu schwächen, Aufstände zu verhindern oder eigene menschenleere Gebiete zu besiedeln. Seit dem 2. Jt sind solche Deportationen historisch bezeugt. Israel wurde öfters von Exilierungen betroffen.

(1) Das *assyr. E.* Nach dem Krieg zwischen Pekach von Israel und Tiglatpileser III. von Assyrien wurden die Einwohner der eroberten Städte nach Assyrien geführt (734; 2 Kön 15, 29). Als nach Tiglatpilesers III. Tod König Hosea die Tributzahlung einstellte, eroberte Salmanassar V. Samaria (721) und deportierte viele Israeliten (assyr. Quellen nennen die Zahl 27290) nach Mesopotamien und Medien (2 Kön 17, 6 18, 11 1 Chr 5, 6–26). An ihrer Stelle wurden Kolonisten aus Kuta, Awa, Hamat und Sefarwajim in Samaria angesiedelt (2 Kön 17, 24).

(2) Das *babyl. E.* Nach dem Niedergang Assyriens fiel Palästina bald dem babyl. Reich zu. Der Versuch König Jojakims, sich von der fremden Herrschaft zu befreien, führte 597 zur Eroberung Jerusalems durch Nebukadnezzar und zum E. Es betraf die königliche Familie, den Adel, die Beamten, Soldaten und Handwerker (etwa 10000 Israeliten mit ihren Familien), aber nicht die Priester (2 Kön 24, 8–17). Jeremia (Jer 29) riet ihnen in einem Brief, sich zu fügen und sich in Babel einzurichten. Als auch König Zidkija nach Unabhängigkeit strebte, wurde Jerusalem 587 zerstört und das E. auf weitere Kreise ausgedehnt. Zurück blieben nur die Besitzlosen. Die Zahl der Gefangenen, die wahrscheinlich in einigen Orten gemeinsam angesiedelt wurden, wird auf etwa 15000 Männer mit Familien geschätzt.

Abb. 16: Judäische Exilierte aus Lachisch in ihrer typischen Tracht, die Männer mit einer Art Turban, die Frauen mit Kopftüchern (um 700 vC)

(II) Die Verbannung wurde von den Betroffenen als schwere Strafe aufgefaßt. Sie litten vor allem unter dem Heimweh nach der Heiligen Stadt und dem Tempel (Ps 137). Rechtlich nahmen sie eine Mittelstellung ein zwischen den babyl. Bürgern und den Sklaven, trieben zunächst Ackerbau und Viehzucht, später auch Handel, so daß viele zu hoher Stellung und Reichtum gelangten. Deshalb blieben viele Juden auch nach dem Edikt des →Kyrus, das ihnen die Rückkehr gestattete, in der →Diaspora. *Abb. 16.*

Exodus (Buch), das zweite Buch des →Pentateuch.
(I) INHALT. (1) Die Befreiung aus Ägypten (1, 1–15, 21). (2) Der Beginn des Wüstenzuges (15, 22–18, 27). (3) Israel am Sinai; Bund und Gesetz (19–40).
(II) ENTSTEHUNG. Wie der ganze Pentateuch, enthält auch Ex die vier Quellen-Schriften J, E, D (wenig vertreten) und P. P ist in der kultischen Gesetzgebung vom Sinai (25–31 35–40) zu erkennen, aber auch im historischen Teil: Beschreibung der Lage der Israeliten in Ägypten (1, 1–7. 13 f), Gottes Offenbarung an Mose (6, 1–13), Geschlechterliste (6, 14–26), teilweise auch die →Plagenerzählung und Gesetze (im Kap 11–13). P betont stärker die Rolle des →Aaron (7, 1–13), bringt eine eigene Version des Meerwunders und benützt das

→Mannawunder, um das Sabbatgebot vorwegnehmen zu können (Kap 16).
E beginnt mit der Erzählung von den hebr. Hebammen; ihr folgt die Geschichte von der Geburt und Erziehung des Mose, seine Rückkehr zu den Brüdern und Flucht nach Midian, seine Berufung und Beauftragung beim Pharao. Eigene Motive sind die Überbringung der Gebeine Josefs und das Murren des Volkes. Von den Wüstenereignissen kennt E das Wasserwunder von Mara, vielleicht auch den Kampf gegen Amalek und die Begegnung mit Jitro. Wahrscheinlich ist E beteiligt an der Erzählung über die Theophanie, die Gesetzgebung, den Bundesschluß, den Abfall des Volkes und seine Versöhnung mit Jahwe. Die E-Tradition in Ex endet mit der Erwähnung des „Zeltes der Offenbarung".
J läuft im großen ganzen mit E parallel und ist oft schwer zu unterscheiden. Diese Quelle bringt die Unterdrückung Israels in Ägypten, Moses Aufenthalt in Midian, seine Heirat mit Zippora, die Offenbarung Jahwes, Moses Sendung und große Teile der Plagengeschichte. Eigengut von J ist die nächtliche Begegnung zwischen Jahwe und Mose (4, 24–26) und ein altes →Pascharitual. Wie P bringt J eine relativ geschlossene Darstellung vom Durchzug durchs Meer. Sehr wahrscheinlich kennt auch J die Theophanie, die Gesetzgebung und den Bundesschluß. Umstritten ist die Frage, ob die Auszugs- und die Sinaitradition ursprünglich voneinander unabhängig waren und verschiedenen theologischen Tendenzen entsprechen. Sicher scheint jedoch zu sein, daß Mose von Anfang an in beiden Traditionen eine zentrale Rolle innehatte. Es ist auch wahrscheinlich, daß der Bundesschluß in Israel regelmäßig im Gottesdienst vergegenwärtigt wurde, wozu die kultische Theophanie Jahwes, die Verlesung des Gesetzes und die Gehorsamsbezeugung des Volkes gehörte. Diese Riten haben wesentlich zur Gestaltung der Sinaierzählung beigetragen, so daß eine Art Wechselbeziehung zwischen Kult und Bericht anzunehmen ist.
(III) THEOLOGIE. Gotteserkenntnis ist für Israel eine konkrete historische Erfahrung. Ein wesentliches Stück dieser Erfahrung hat sich in Ex niedergeschlagen, so daß uns hier Theologie in Erzählform vorliegt. Der →Auszug war für Israel das grundlegende Heilsereignis, das Urbild aller Erlösung. In dem, was einmal geschehen war, sah es die Garantie für Gottes bleibende Nähe und zugleich den Aufruf, Jahwes Wegen treu zu bleiben.

Ezechiel. (I) Person. E. (hebr.: Gott macht stark), Sohn des Priesters Busi (Ez 1, 3), wahrscheinlich selbst Priester und verheiratet. Er wurde 597 mit König Jojachin nach Babel deportiert, dort durch eine Vision zum →Propheten berufen und kündete in vielen Drohreden und symbolischen Handlungen den nahen Untergang Jerusalems an. Als die Stadt 587 tatsächlich von Nebukadnezzar zerstört wurde, zeigten die Verbannten mehr Verständnis für E.s Wirken. Den zweiten Teil seiner Botschaft (25–38) bildet die Hoffnung auf Rückkehr und die große Zeit des Heils, während die Feinde dem Strafgericht anheimfallen sollen. E. soll in Babylonien gestorben sein. Außer einigen umstrittenen Angaben – z. B. über den plötzlichen Tod seiner Frau (24, 18) – gibt es keine persönlichen Nachrichten über ihn. Er ist der Verfasser des nach ihm benannten Buches.
(II) Ezechiel (Buch). Es enthält den in der Ich-Form geschriebenen Bericht über E.s prophetische Erlebnisse, die „Worte Jahwes“ (1, 3), die er gehört, und die „göttlichen Gesichte“ (1, 1) die er gesehen hat. Die Frage, ob das Buch, das sich als während der Gefangenschaft geschriebene Autobiographie ausgibt, eine authentische Einheit bildet, später überarbeitet wurde oder gar ein Pseudepigraph ist, ist noch nicht geklärt. Es gehört zu den schwierigsten Büchern des AT. – Seine Theologie ist dieselbe wie die der Priesterschrift (P). Sie betont die Transzendenz Gottes: Seine am stärksten hervortretende Eigenschaft ist die wesenhafte Heiligkeit. Ziel seines Heilshandelns ist die Manifestation oder Wiederherstellung dieser Heiligkeit. Deshalb findet der Gedanke der Erwählung (nicht Berufung) breiten Raum. Aus seiner Bevorzugung vor allen anderen Völkern darf Israel die Sicherheit ableiten, daß sich alles zum Besten wenden (16, 55) und Jahwe einen Friedensbund mit ihm schließen wird. Dann wird Israel ein Volk unter einem Hirten sein (37, 22), in dessen Mitte für immer Jahwe wohnt. Diese Gestalt des Hirten ist wohl heilsgeschichtlich, nicht aber messianisch zu deuten, wenn sich auch Jesus (Joh 10, 11–16) in Anspielung auf Ez 34, 11–23 als guter Hirt bezeichnet. Gerade in seiner Einseitigkeit (es fehlt z. B. jede gefühlsmäßige Komponente) ist das Gottesbild von Ez überaus eindrücklich.

Ezjon-Geber, Hafenstadt in Edom, am N-Ende des Roten Meeres, Station auf dem Wüstenzug der Israeliten (Num 33, 35 f Dtn 2, 8). Salomo legte in E. einen Hafen an und baute eine Handelsflotte (1 Kön 9, 26 2 Chr 8, 17). Joschafats Versuch, den inzwischen verlorengegangenen Stützpunkt wiederzugewinnen, mißlang (1 Kön 22, 49 f). Amerikanische Ausgrabungen führten zur Identifizierung des alten E. mit dem heutigen *tell el-chulēfi*, 3 km w von Akaba. Die älteste Schicht aus der Zeit Salomos zeigt Getreidespeicher. Dreimal brannte die Stadt ab und endete im 5./4. Jh. Neuestens wird E. auf der kleinen „Pharaoneninsel“ am NW-Ende des Golfes von Akaba gesucht. *Abb. 7.*

F

Familie. Nach dem →Stamm als der größten und der Sippe als der mittleren ist die F. die kleinste soziale Einheit. Sie heißt „Haus“ oder „Vaterhaus“, ist also die Gemeinschaft, die in einem (→)Haus oder Zelt zusammenlebt. Ihr Haupt ist der Vater, bei seinem Tode der Erstgeborene (Gen 27, 29; →Erstgeburt). Das Ansehen der Mutter wächst mit der Zahl ihrer Söhne. Die F. spielt eine wichtige Rolle im rechtlichen und religiösen Leben, denn sie ist zugleich auch die kleinste Kultgemeinschaft mit dem Vater als Liturgen (Ex 12, 3 Ijob 1, 5 u. ö.). Im allgemeinen zeichnet sie sich durch ein starkes Zusammengehörigkeitsgefühl aus (vgl Spr 17, 1 19, 26 20, 20 u. ö.). →Ehe; Frau; Schwagerehe.

Farben. Sie wurden aus Mineralien (Mennige), Pflanzen (Granatapfel) oder Tieren (Schildlaus, Purpurschnecke) gewonnen. →Schminke. Die hebr. Farbwörter sind wahrscheinlich Materialbezeichnungen: weiß = „milchfarben“, schwarz = „rußfarben“ oder „verbrannt“ u. ä. Im AT werden vier F. erwähnt:

(1) Weiß sind z. B. Milch (Gen 49, 12), Zähne, Schnee, Flecken des Aussätzigen (Lev 13 passim), der Mond („die Weiße“: Jes 24, 23 30, 26), Personen (→Laban) und Orte. Symbolisch ist Weiß die Farbe der Freude (Koh 9, 8), der Unschuld (Jes 1, 18) und der himmlischen Herrlichkeit (Mt 17, 2 Mk 16, 5 Offb 3, 5 u. ö.).

(2) Schwarz sind Schafe (Gen 30), Pferde, gebräunte (Hld 1, 5) oder kranke (Ijob 30, 30) Haut. Übertragen gilt Schwarz als Farbe des Unheils und Verderbens (Sach 6, 2. 6 Offb 6, 5).

(3) Rot sind das Linsengericht (Gen 25, 30), Blut (2 Kön 3, 22 Jes 63, 2), Wangen, Edelsteine, die Hautfarbe bestimmter Personen (Gen 25, 25 1 Sam 16, 12 u. a.). Symbolisch ist Rot die Farbe der Schuld (Jes 1, 18).

(4) Grün ist die Farbe der Pflanzen; ihr Hinwelken ergibt die Varianten fahl (Jer 30, 6) und gelblich (von kranker Haut: Lev 13, 49).

Fest. (1) *Im AT.* Als Familien-F.e gelten →Beschneidung (Gen 17), Entwöhnung des Kindes (Gen 21, 8), →Hochzeit (Gen 29, 22 u. a.) und →Begräbnis (Gen 50, 10 u. ö.). Im öf-

fentlichen Leben feierte man Sieges-F.e (Ex 15 u. a.) und die Thronbesteigung des Königs (1 Kön 1, 38–40 u. a.). Als religiöses F. scheint das nomadische Israel einzig das →Pascha gekannt zu haben. Nach der Landnahme erlangten die F.e im Kreislauf der Natur größere Bedeutung. Zu ihnen gehörten außer (→)Sabbat und Neumond (vielleicht auch Neujahrs-F., Jobel- und Sabbatjahr) vor allem die großen F.e im Frühling, Sommer und Herbst: das F. der ungesäuerten Brote (→Mazzot), das Wochen-F. (→Pfingst-F.) und das →Laubhütten-F., dazu die Schafschur (1 Sam 25 u. ö.). Diese Naturfeste, ursprünglich wohl nicht an bestimmten Daten, sondern je nach der Zeit der Ernte gefeiert, verbanden sich (z. T. sehr früh) mit heilsgeschichtl. Motiven: Das Volk erlebte Jahwes geschichtl. Heilstaten als gegenwärtiges Ereignis, als Zusicherung seiner Hilfe und knüpfte daran eine messianische Heilserwartung. Unsere Kenntnis der F.gebräuche ist sehr gering, weil sie als bekannt vorausgesetzt werden. Nach dem Exil wurde der Kalender durch Erinnerungs-F.e erweitert: (→)Purim, Tempelweih-F. (→Hanukka), Nikanor-F. Auch der →Versöhnungstag stammt trotz alter Elemente aus jüngerer Zeit. Er spielte in der Qumrangemeinde, die im übrigen die gleichen F.e wie die orthodoxen Juden feierte, eine große Rolle.
(2) *Das NT* erwähnt von den jüd. F.en (→)Sabbat, Pascha, Pfingsten, Laubhütten-F., Tempelweihe und regelmäßiges Fasten. Jesus feierte diese F.e mit, bezeichnete sich aber als Herrn des Sabbats (Mt 12, 8) und gab dem Pascha-F. durch seine Heilstat (Tod und Auferstehung) und deren eucharistisches Gedächtnis eine neue Bedeutung. Mit der Ablösung des Sabbats durch den Sonntag bildete sich dann ein eigener christlicher Kalender heraus.

Fisch (Fischfang). F. ist im Hebr. ein Sammelwort für allerlei Wassertiere.
(1) *Das AT* spricht nur selten von F.en. Immerhin weist das F. tor in Jerusalem (Neh 3, 3 Zef 1, 10) auf die Bedeutung des F. handels hin: F.e vom Mittelmeer wurden über Phönizien eingeführt (Neh 13, 16), allerdings durften nach dem Gesetz (Lev 11, 9–12 Dtn 14, 9 f) nur F.e mit Flossen und Schuppen gegessen werden. Einige Propheten entlehnten ihre Bilder dem F.fang (Jes 19, 8 Jer 16, 16 Ez 26, 5. 14 29, 4–6 32, 3–5).
(2) *Im NT* bildet der fischreiche See Gennesaret den Rahmen vieler Erzählungen (Mt 4, 18–20 par 13, 47 14, 17 Lk 24, 42

Joh 21, 3–14). Damals gab es am See eine Pökelei (→Magdala). F.fang betrieb man mit Angeln (Am 3, 2 Mt 17, 27), Wurf- (Mt 4, 18) oder Schleppnetzen (Mt 13, 47). – Im Urchristentum wurde der F. Symbol für Christus (das gr. Wort ἰχθύς = F. ergab die gr. Anfangsbuchstaben für Jesus Christus, Gottes Sohn, Retter).

Formgeschichte. (1) Der *Begriff* F. wurde erstmals von M. Dibelius („Die F. des Evangeliums", 1919) gebraucht und von H. Gunkel (1933) auf die Psalmenexegese angewandt. Die formgeschichtliche Methode unterscheidet in der Bibel, wie in jeder anderen Literatur, eine große Anzahl von literarischen Gattungen oder Literaturformen (z. B. Hymnus, Klagelied, Gleichnis), die sie als die kleinsten Einheiten betrachtet, aus denen die bibl. Bücher zusammengewachsen sind. Durch Einzeluntersuchungen stellt man zunächst Charakter und Umfang der vorkommenden Literaturformen fest. Dann erschließt man die literarischen Gesetze, denen jede Literaturform unterliegt: die gesellschaftlichen, kulturellen und religiösen Verhältnisse, in denen die Form entstanden und beheimatet ist (den sog. „Sitz im Leben"). Dabei kann ein Vergleich mit anderen, vor allem vorderorient. Literaturformen hilfreich sein. Auch die Erforschung der oft sehr komplizierten Geschichte, die ein Stoff durchlaufen hat, bevor er sich schriftlich niederschlug (Überlieferungsgeschichte), ist erforderlich.

(2) *Ergebnisse.* Die formgeschichtliche Methode zeigte, daß der Stil der bibl. Schriftsteller weniger durch ihre eigene Persönlichkeit als durch die konventionellen und stereotypen Formen, von denen die damalige Literatur beherrscht war, bedingt ist. Erst die Kenntnis dieser Formen erhellt die Absicht des Schriftstellers. Auf dem Gebiet der Evv-Kritik hat die Anwendung der formgeschichtlichen Methode schnell zu einer extremen Position geführt: Man schaltete die literarische Persönlichkeit des bibl. Schriftstellers nahezu ganz aus, indem man ihm nur die chronologische und topographische Umrahmung des Stoffes zuschrieb, und führte die Entstehung der Evv einzig auf die urchristl. Gemeinde zurück. Weder Rahmen noch Einzelgeschichte hätten dann historischen Wert und wären bloß die Erklärung eines bereits vorhandenen Glaubens sowie einer Liturgie, die Erbauung und Mission bezweckte. Diese Handhabung machte die F. lange Zeit in kath. Kreisen verdächtig. Erst die Enzyklika →*Divino afflante Spi-*

ritu (1943) und vor allem die Instructio *De historica Evangeliorum veritate* (1964) betonen die Wichtigkeit der Berücksichtigung literarischer Gattungen (vgl die Konstitution „Dei Verbum", Kap V, 19, des 2. Vatikanischen Konzils).
Als Ergänzung zur F. kann die Redaktionsgeschichte (Begriff zum ersten Mal bei W. Marxsen: „Der Evangelist Markus", Göttingen 1956, ²1959) verstanden werden. War für die F. die Frage nach der Einheit und den theologischen Voraussetzungen und Tendenzen der einzelnen Bücher ohne Belang, so wurde nun ihre Gesamtkonzeption und -komposition stärker beachtet, ohne dabei auf Methodik und Ergebnisse der formgeschichtlichen Arbeit zu verzichten. Für die Evv ergab sich daraus als wichtigste Erkenntnis, daß Komposition und Einordnung der einzelnen Traditionen in einen geographischen und chronologischen Rahmen unter ganz bestimmten theologischen Gesichtspunkten als das eigene Werk des planenden und gestaltenden Evangelisten anzusehen ist. Mit seinen redaktionellen, oft den Sinn verändernden Interpretationen dient er seiner Theologie (vgl z. B. die vier Erzählungen von der Tempelreinigung bei Mk 11, 15–18 Mt 21, 12–13 Lk 19, 45 f Joh 2, 13–17).

Frau. Grundsätzlich betrachtet das AT die F. als dem Manne wesensgleich (Gen 1, 27 2, 18), tatsächlich jedoch ist sie ihm untertan (3, 16: „Er soll über dich herrschen"). Sie tut untergeordnete Arbeit, ihre Rechte und ihre Teilnahme am Kult sind beschränkt. Auch noch in den ntl Briefen wird sie ermahnt, sich den Männern unterzuordnen (1 Kor 11, 3–15 14, 34–36 Eph 5, 22–33 1 Tim 2, 9–15 Tit 2, 4 f 1 Petr 3, 1–6). Diese Einschätzung der F. ist sicher zeitbedingt, sie betont besonders stark die unterschiedlichen Funktionen und Verantwortungsbereiche von Mann und F. Wie selbständig, auch finanziell, eine F. schalten und walten konnte, zeigt Spr 31, 10–31. Die F. konnte auch ihr eigenes →Siegel besitzen. Im Gemeindeleben der Urkirche spielt sie eine wichtige Rolle (Apg 16, 13–15 Röm 16, 1 f u. ö.). →Ehe; Jungfrau.

Fremder. Das AT unterscheidet zwischen dem Volks- oder Landes-F.n *(zār)*, dem sich vorübergehend im Lande aufhaltenden F.n *(nokrī)* und dem im Lande ansässigen F.n *(gēr)*. Während der *zār* immer als Feind betrachtet wird und der *nokrī* rechtlos und auf die →Gastfreundschaft angewiesen bleibt, kann der *gēr* in die israelit. Volksgemeinschaft eingegliedert werden. Ex 22, 20 23, 9 ermahnt, die F.n nicht zu bedrängen, sie werden der Nächstenliebe anheimgestellt (Lev 19, 33 f), Dtn 14, 29 u. a. versucht ihre rechtliche Stellung festzulegen. Auf religiösem Gebiet werden sie immer stärker einbezogen (Proselyten), aber erst durch die →Beschneidung können sie als vollgültige Glieder aufgenommen werden.

Frondienst war im alten Orient allgemein üblich, er unterschied sich vom Sklavendienst darin, daß er für einen König (nicht Privatmann) und meist auf Zeit geleistet wurde. Man zog dafür Kriegsgefangene (Jes 31, 8), unterworfene Fremdvölker (Dtn 20, 11 Jos 16, 10) oder auch die eigenen niederen Volksschichten heran. In Ägypten bauten die Israeliten unter Aufsicht von Fronvögten neue Städte (Ex 1). Zur Zeit des Königtums führte man auch in Israel den F. ein. Unter David und Salomo wurden viele Fronarbeiter (z. B. beim Tempelbau) eingesetzt, wobei auch freie israelit. Bürger nicht verschont wurden (1 Kön 5, 27 11, 28; dagegen 9, 20–22). Das war einer der Gründe für die Abspaltung des Nordreiches. Ob der F. in Israel auf ägypt. Vorbild zurückgeht, bleibt offen. Immerhin gibt Dtn gerade die Erinnerung an den F. in Ägypten als Begründung für die Forderung nach Barmherzigkeit gegenüber den Fremden und Sklaven an (15, 15 16, 12 u. ö.).

G

Gabbata (wohl von aram.: *die* Anhöhe), gr. Lithostrotos („Steinpflaster"), Name des Ortes, auf dem der Richterstuhl des Pilatus stand (Joh 19, 13). Gegen die Annahme, es handele sich um den Pflasterboden des Binnenhofes der Burg →Antonia spricht u. a., daß der Name „Anhöhe" für den hochgelegenen Platz vor dem →Prätorium im ehemaligen Herodespalast (heute Zitadelle) paßt. *Abb. 27.*

Gad. (1) Semit. Glücksgott unbekannter Herkunft, im AT nur einmal (Jes 65, 11) erwähnt. Aus Orts- (Baal-Gad Jos 11, 17; Migdal-Gad Jos 15, 37) und Personennamen (Gad?, Gadi, Gaddiël) ist zu schließen, daß G. auch in Israel verehrt wurde.
(2) Prophet (1 Sam 22, 5), „Seher Davids" in der Erzählung von der Volkszählung (2 Sam 24, 11–14 1 Chr 21, 9–13), an der Kultorganisation beteiligt (2 Chr 29, 25) und Verfasser einer Geschichte des Königs David (1 Chr 29, 29).
(3) Israelit. →Stamm, auf den Sohn von Jakob und Silpa zurückgeführt (Gen 30, 10 f). Charakterisierung Gen 49, 19 und Dtn 33, 20 f. G. siedelt sich im Ostjordanland zwischen Jabbok und Arnon an (Num 32, 34–36), wird unter →Mescha als Nachbar der Moabiter genannt, scheint aber zur Zeit des Jeremia (Jer 49, 1) von den Ammonitern verdrängt worden zu sein. Ez 48, 27 f. 34 und Offb 7, 5 zählen ihn unter die zwölf Stämme Israels.

Gadara, hellen. Stadt im Ostjordanland, ca 10 km sö vom See Gennesaret und diesen beherrschend, politisch zur →Dekapolis gehörig. Das Gebiet der Stadt erstreckte sich möglicherweise bis an den See (Mk 5, 1 par). Heute heißen die Ruinen *mukēs* oder *umm ḳēs*. Dt. Grabungen seit 1976. *Abb. 14; 19.*

Galater, keltischer Volksstamm aus Asien, der sich um 530 vC Mitteleuropas (besonders Galliens) bemächtigte und nach dem Tod Alexanders d. Gr. (323) allmählich nach Kleinasien überwechselte. Als Lohn für die Hilfe gegen König Mithridates VI. (120–63) erhielten die G. von den Römern neue Gebiete. Ihr Reich dehnte sich nun bis nach Pisidien, Lykaonien, Phrygien, Isaurien und Zilizien aus. Damit kamen die Städte Antiochia, Ikonium, Lystra und Derbe, die Paulus auf der

1. Missionsreise besuchte, in ihren Besitz. 25 vC wurde das ganze Gebiet zur röm. Provinz Galatien. Ihre Bevölkerung war stark gemischt. Neben den eigentlichen G.n und den Gallo-Griechen gab es Griechen, Römer und einen kleinen Prozentsatz Juden (vgl Gal 2, 15 3, 13 1 Petr 1, 1).

Galaterbrief. (1) *Empfänger*. Gal ist wahrscheinlich an die Bewohner der Stamm-Landschaft Galatien im N Kleinasiens gerichtet (nordgalat. oder Landschafts-Hypothese), wo Paulus während der 2. und 3. Missionsreise wirkte (Apg 16, 6 18, 23). Dagegen steht die These, Paulus meine die Bewohner der ganzen röm. Provinz Galatien, also die auf der 1. Missionsreise gegründeten Gemeinden Antiochia, Ikonium, Lystra und Derbe (südgalat. oder Provinz-Hypothese). Die Auseinandersetzung mit Petrus in Antiochien (Gal 2, 11–21), die das →Apostelkonzil (um 49) voraussetzt, und die Nähe zu Rom sprechen für eine spätere Abfassungszeit und damit für die nordgalat. Hypothese; denn der Brief dürfte um 56–57, wahrscheinlich in Korinth, geschrieben sein.
(2) Auch über den *Anlaß* gibt es verschiedene Meinungen. Sicher ist nur, daß Judaisten nach Galatien gekommen waren, um den Heidenchristen die jüd. Gesetze, vor allem die Beschneidung, aufzuzwingen. Es geht dabei um eine prinzipielle Frage (2, 21 5, 2–4), um ein anderes Ev (1, 6). Um die Galater von dieser Irreführung, der sie schon erlegen sind, zu befreien, schreibt Paulus diesen seinen schärfsten und leidenschaftlichsten Brief. Die polemische Tendenz führte zu einer Einseitigkeit, die Paulus im sachlicheren Röm teilweise korrigierte.
(3) *Inhalt*. Im ersten, autobiographischen Teil (1–2) verteidigt Paulus seine Autorität. Er wendet sich gegen den Vorwurf der Judaisten, ein Neuerer zu sein und das Ev zu verfälschen. Seine Selbständigkeit, die auf dem Apostelkonzil gebilligt worden war, begründet er mit seiner Berufung. Der zweite, belehrende Teil (3–4) zeigt die Notwendigkeit der Freiheit vom Gesetz. Die Rechtfertigung ist nicht an das Gesetz gebunden, denn nur der Glaube erlangt das Heil aufgrund der Verheißung. Das bezeugt Abraham und das ganze AT. Durch Christus sind die Menschen vom Gesetz befreit und der Liebe unterstellt. Der dritte, ermahnende Teil (5, 1–6, 10) ruft auf zur Bewährung im Geist der Freiheit und gibt konkrete Anweisungen. Es folgt das Schlußwort (6, 11–18). – Echtheit und Einheit des Briefes werden allgemein anerkannt.

Galiläa, gr. Namensform für den nördlichsten Teil des westjordanischen Gebirges. Das hebr. Wort *gālīl* (Kreis), ursprünglich eine Landschaftsbezeichnung, ist jedoch schon Jos 20, 7 21, 32 1 Chr 6, 61 als Eigenname gebraucht. Die Geschichte G.s ist wechselvoll. Salomo mußte zwanzig Städte „im Lande des *gālīl*„ (1 Kön 9 11–13) an den tyrischen König Hiram abtreten. Wegen der starken Verschmelzung der ursprünglichen Bevölkerung mit heidnischen Elementen nach der Eroberung durch Tiglatpileser III. unter König Pekach (2 Kön 15, 29) konnte man vom „Galil der Heiden" (Jes 8, 23 Mt 4, 15) reden. Zur Zeit der →Makkabäer wohnten hier nur wenige Juden. Nachdem Pompeius Palästina erobert hatte, wurde G. ein Bezirk im Reich des Johannes Hyrkan, später des Herodes, bildete mit Peräa die Tetrarchie des Herodes Antipas (4 vC–37 nC) und wurde schließlich der röm. Provinz Judäa einverleibt. Das Christentum hat in G. erst im 4. Jh Wurzeln schlagen können. – Viele Angaben stammen von Flavius Josephus, der hier den jüd. Widerstand gegen die Römer organisierte. Zum galiläischen See (Mt 15, 29 Mk 1, 16 Joh 6, 1) →Gennesaret.

Garizim, ein s von Sichem gegenüber dem →Ebal gelegener Berg (868 m) des Efraimgebirges, Stätte des Tempels der →Samaritaner (Ende 4. Jh vC), der von Johannes Hyrkan zerstört wurde (nach samaritanischer Überlieferung Dtn 27, 4–8 auch Ort des Altarbaues unter Josua). Doch blieb der Berg Kultstätte der Samaritaner (Joh 4, 20), die auf ihm bis heute alljährlich ihre →Paschafeier begehen. Neuer Zeustempel Hadrians, byz. Kirche (Ende 5. Jh).

Gastfreundschaft. In der Antike war man auf Reisen weitgehend auf G. angewiesen, die deshalb auch ohne Lohn jedem Fremden gewährt wurde. G. verweigern oder verletzen galt als Schande (Gen 19, 5–7 Ri 19, 22 f), geschah aber bisweilen trotzdem (Ri 4, 17–22 Lk 9, 53). Als beispielhafte Gastgeber gelten Abraham (Gen 18, 1–8), Ijob (31, 31 f) und die Sunamitin (2 Kön 4, 8–11). Zur G. gehörten Aufnahme, Fußwaschung, Bewirtung, Schutz und Begleitung beim Abschied. – Jesus preist die Tugend der G. in seinen Gleichnissen (Lk 10, 34 f 11, 5 f 14, 12 u. ö.), ist Gast (Lk 7, 36 12, 37 Joh 2, 2 12, 2) und Gastgeber, der seine Gäste verschwenderisch bewirtet (Mk 6, 41–44 Joh 13, 2–17 u. ö.). In der G. offenbart sich die Liebe (Mt 25, 35–40).

Gat, kanaan. Stadt, in den →Amarnabriefen erwähnt, nach Jos 11, 22 von den Enakitern besiedelt. Heimat des →Goliat und anderer Helden (1 Sam 17, 4 2 Sam 21, 19. 22). In späterer Zeit Hauptstadt der Philister (Jos 13, 3 1 Sam 5, 7–10), von David erobert (1 Chr 18, 1), von →Rehabeam befestigt (2 Chr 11, 8) und von →Asarja geschleift (2 Chr 26, 6). 711 eroberte Sargon II. die Stadt, und damit endete ihre Geschichte. Lage unsicher, kaum der israelische *tel gat*, heute wieder am wahrscheinlichsten *tell eṣ-ṣāfi*.

Gattung →Formgeschichte.

Gaza (hebr.: die Starke?), alte kanaan. Stadt im SW Palästinas in Küstennähe, mit einem Tempel des →Dagon (Ri 16, 23), Stapelplatz für Getreide, Wein, Silber und Gewürze. In den →Amarnabriefen und ägypt. Texten erwähnt. Nach Dtn 2, 23 waren die Ureinwohner Awiter. Seit Thuthmosis III. war G. Ausgangspunkt für ägypt. Unternehmungen in Palästina. Im 13. Jh eroberten es die Philister (Ri 16, 1. 21 1 Sam 6, 17). Noch unter Salomo (1 Kön 5, 4) und Hiskija (2 Kön 18, 8) mußten die Israeliten um G. kämpfen, das ihnen in Wirklichkeit nie gehörte; unter Tiglatpileser III. assyr., unter Necho ägypt. (Jer 47, 1. 5), wurde G. durch Alexanders Eroberung (332) schließlich eine bedeutende hellen. Stadt mit wichtigen Handelsstraßen nach Jerusalem (Apg 8, 26) und Petra. *Abb. 22.*

Gebetsriemen. In wörtlicher Ausführung des Befehls Dtn 6, 8: „binde sie (die Worte des Gesetzes) dir als Denkzeichen auf deine Hand, trage sie als Merkzeichen auf der Stirne“ (vgl →Mesusa), müssen von jedem männlichen Israeliten beim Morgengebet zwei G. getragen werden. Sie dienen zur Befestigung einer Kapsel (an der Stirne und am linken Oberarm), die vier auf Pergament geschriebene Abschnitte des mosaischen Gesetzes (Ex 13, 1–10. 11–16 Dtn 6, 4–9 11, 13–21) enthält. Zur Zeit Jesu (bis gegen Ende des 1. Jh nC) gehörte noch der →Dekalog dazu. Mt 23, 5 beschuldigt Jesus die Pharisäer, ihre G. besonders breit zu machen, um als fromm zu erscheinen. Im späteren Judentum verwendet man die G. auch als eine Art Amulett. *Abb. 17.*

Abb. 17: Jüd. Beter mit Kopfbedeckung, Gebetsmantel und Gebetsriemen

Gefangenschaftsbriefe nennt man Eph, Kol, Phil und Phlm, weil Paulus sich in ihnen als Gefangener bezeichnet (Eph 3, 1 6, 20 Kol 4, 18 Phil 1, 13 f Phlm 1. 9 f u. ö.). Die allgemeine Ansicht, wonach alle Briefe in Rom (61–63) verfaßt wurden, stützt sich auf die Anwesenheit von Aristarchus und Lukas (Kol 4, 10. 14 Phlm 24), auf die relative Freiheit, die Paulus genießt (Eph 6, 19 f Phil 1, 12. 20) und auf die Hoffnung auf baldige Freilassung (Phil 1, 23 ff Phlm 22). Die Argumente für die Annahme, Paulus habe die G. in Cäsarea (Apg 23, 35 24, 27) oder Ephesus geschrieben, reichen nicht aus. Eine genaue Datierung der Briefe ist nicht möglich, lediglich dürfte Phlm wegen der Abweichungen in Ton und Inhalt aus etwas späterer Zeit stammen.

Geißelung. Im AT sind als Strafe für Vergewaltigung, Verleumdung u. ä. Stockschläge (bis zu 40) bekannt (Dtn 25, 2 f Spr 10, 13). Die eigentliche G. mit Riemen oder Peitsche wird wahrscheinlich auch 1 Kön 12, 11. 14 noch nicht vorausgesetzt, wohl aber 2 Makk 7, 1. Im Judentum durften Gesetzesübertretungen durch sofortige G. in der Synagoge bestraft werden (Mt 10, 17 23, 34 Mk 13, 9 Apg 5, 40). Zunächst wurde zwischen der jüd. und der röm. G. unterschieden (2 Kor 11, 24 f Apg 16, 22), später kannte man nur noch die röm. Geißel aus drei Riemen, so daß man sich auf 13 Schläge beschränken konnte. Die röm. G. wurde angewandt (a) zur Züchtigung von Sklaven und bei schweren militärischen Verbrechen, (b) zur Erpressung von Geständnissen, (c) vor der Kreuzigung. (a) und (b) durften nicht bei röm. Bürgern Anwendung finden (Apg 16, 22. 37 22, 24 ff: Paulus). Die G. (c), die an Jesus vollzogen wurde (Mk 15, 15 par), galt als unmenschliche Mißhandlung, die öfter zum Tod führte. Die dabei verwendete Geißel bestand aus Lederriemen und Stricken, die gelegentlich mit Knochenstücken oder Metallkugeln durchsetzt waren. *Abb. 18.*

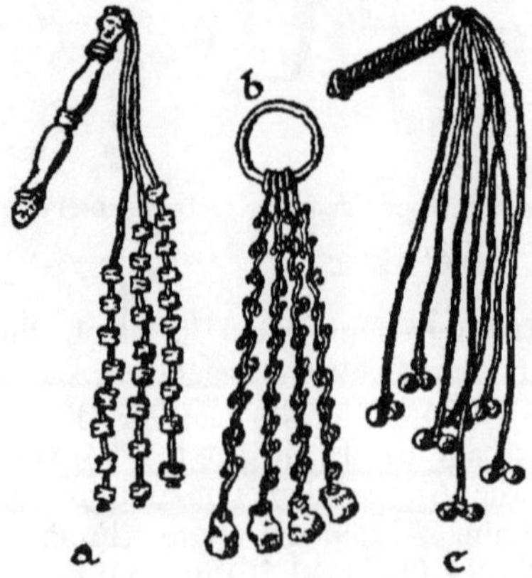

Abb. 18: Röm. Geißeln, (a) mit Knochenstücken durchsetzt, (b, c) mit Bleikugeln versehen

Geld →Maße und Gewichte (III); Münzen.

Genesis, erstes Buch des →Pentateuch und der gesamten Bibel.

(1) *Inhalt und Aufbau.* In Gen handelt es sich (a) auf allgemein-menschlicher Ebene um Entstehung und Schicksal von Welt und Menschheit – die sog. Urgeschichte (1–11) – von

Adam (Stammvater der Menschheit) bis Abraham (Stammvater Israels) und (b) auf nationaler Ebene um die Urgeschichte Israels – die Patriarchengeschichte (12–50). In diesen großen Rahmen ist die Entstehungsgeschichte von zahllosen Natur- und Kulturerscheinungen, von verschiedenen religiösen und sozialen Bräuchen und bestimmten politischen und geographischen Gegebenheiten eingearbeitet.
(2) *Entstehung.* Der Erzählstoff hat eine lange Entwicklung durchgemacht. Die Endredaktion von Gen erfolgte nach dem Exil in jüd.-priesterlichen Kreisen (P). Sie nimmt schriftliches Traditionsgut auf, das schon viel früher in einer Synthese hauptsächlich mündlicher Überlieferungsgruppen feste Gestalt angenommen hatte: Der J-Bericht beschreibt zuerst das Paradies und zeigt dann, wie durch die Sünde auf Mensch und Erde ein Fluch kommt, der sich in Sintflut und Sprachverwirrung auswirkt, aber durch den Segen über Noach, Sem, Abraham und seine Nachkommen aufgehalten wird. Bestimmte Ergänzungen sind vielleicht einer selbständigen elohistischen Synthese (E) entlehnt. Der P-Bericht gestaltet das Buch zu einem systematischen Ganzen. Einzelne Punkte (Schöpfung, Sabbat, Bund, Beschneidung) führt er noch weiter aus. Die deuteronomistische Tradition (D) fehlt in Gen, obwohl deutlich prophetischer Einfluß spürbar ist (2–3 11, 1–9 u. a.).
(3) *Literarische Gattung und historischer Gehalt.* Gen bietet keine Wiedergabe des tatsächlichen Ablaufs der Ereignisse, sie ist keine Quelle naturwissenschaftlicher oder historischer Informationen, sondern vermittelt Glaubenseinsichten. Die erzählten Geschichten sind auf spontane menschliche Wahrnehmung zurückzuführen, auf gemeinsame oder lokale Erinnerungen, die oft von ätiologischen und folkloristischen Sagen überwuchert sind. Dennoch gibt Gen ein in vieler Hinsicht zuverlässiges Bild israelit. Lebens; die Geschichten sind situationsecht und charakterisieren reale Verhältnisse.
(4) *Theologie.* Der Bericht über „die ersten Dinge" (von Welt, Menschheit, Israel), Protologie genannt, bezieht sich nur scheinbar auf die Vergangenheit; in Wirklichkeit ist er Ausdruck des Glaubens, daß der Mensch und Israel eine Zukunft haben. Die bibl. Protologie ist Eschatologie. Ausgangspunkt ist die nationale Gegenwart Israels und die reale Situation des Menschen; in der menschlichen Geschichte zeigen sich aber zugleich immer die eigentlichen Absichten Gottes: das, was der Mensch und Israel an sich sein sollten und trotz allem noch werden können.

Genisa (von aram.: kostbar sein, verbergen), eine Kammer in der Synagoge, in der die Juden alte Buchrollen der heiligen Schriften ablegten, um sie nach gewisser Zeit zu begraben und so vor Verunehrung zu schützen. In der vergessenen G. von Alt-Kairo entdeckte man seit der Mitte des 19. Jh rund 200 000 Hss-Fragmente (heute größtenteils in Cambridge). Von besonderer Bedeutung für die Bibelwissenschaft waren die Fragmente mit dem hebr. Text von Sir und verschiedene Bibel-Hss, durch die die Geschichte des masoretischen Textes, der hebr. Sprachwissenschaft und der alten Bibelübersetzungen in ein neues Stadium trat. →Bibeltext.

Gennesaret, im hebr. AT →Kinneret genannt (Num 34, 11 Jos 12, 3 13, 27); die gr. Bibel kennt den Namen Gennesar (1 Makk 11, 67) oder Gennesaret (wohl sekundäre Angleichung an Kinneret) für die fruchtbare Ebene auf der W-Seite des Sees (Mk 6, 53 Mt 14, 34) mit der gleichnamigen, in der Bibel nicht genannten Ortschaft. Das NT spricht (außer Lk 5, 1) nur vom See von Galiläa (z. B. Mt 4, 18 u. ö. Mk 1, 16) oder Tiberias (Joh 6, 1 21, 1). Der sehr fischreiche See (21 x 12 km und –208/212 m) ernährte die zur Zeit Jesu viel zahlreichere Bevölkerung. *Abb. 19.*

Gerasa, Stadt im Ostjordanland, nach einer unbedeutenden Vorgeschichte in hellen. Zeit – wohl von Alexander d. Gr. – neu gegründet, von Alexander Jannäus um 80 vC erobert. Gehörte nach der Befreiung durch Pompeius zur →Dekapolis. Heute *dscherasch.* Die eindrucksvollen röm. Ruinen stammen größtenteils aus dem 1. und 2. Jh nC (Stadtmauer, Forum, Säulenstraße, zwei Tempelanlagen, Theater u. a.). *Abb. 14.*

Geschichtsschreibung. (I) Die israelit. G. wurzelt in der altorient. Kultur: Zu ihren Voraussetzungen gehören die Annalistik des Zweistromlandes, das kanaan. Kunstepos, ägypt. Romanliteratur und Weisheit und die dem Wüstenbereich entstammende jahwistische Religion. Die späteren Werke, teilweise in aram. Sprache, beziehen den persischen Kulturkreis ein, sie finden in den Makkabäerbüchern den Anschluß an die gr.-hellen. Welt. Die aus dem alten Orient bekannten Formen für politisch-historische Dokumente und historiographische Literatur sind fast alle für Alt-Israel bezeugt. Die ältesten Formen sind Listen und Kataloge verschiedenster Art (Königslisten; Beamten- und Heldenlisten; Itinerarien; Ortsli-

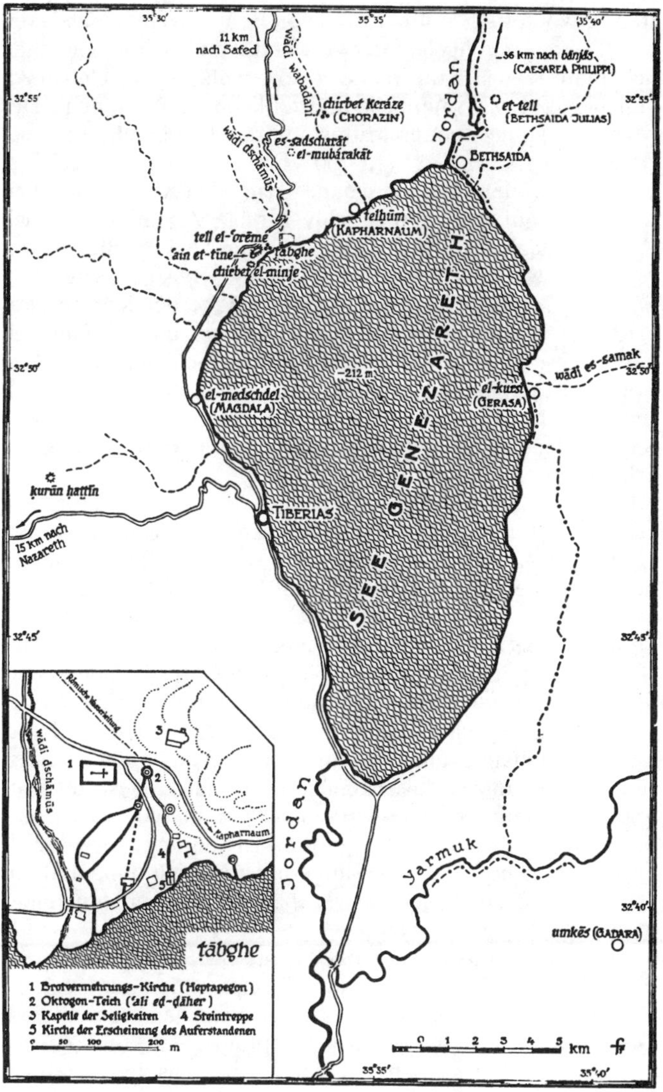

Abb. 19: See Gennesaret und Umgebung

sten; Bevölkerungslisten; Listen von Beute, Weihegeschenken u. ä.). In der durchgehenden Verwendung von genealogischen Schemata zeigt sich die Tendenz der israelit. G. zur Universalgeschichte (große räumliche und zeitliche Dimensionen). Der wichtige Typ der Bauinschrift ist nur durch den außerbibl. bezeugten Schiloach-Text (ca 700 vC) vertreten; Bauberichte, wie der über den salomonischen →Tempel (1 Kön 6–8), gehen wohl eher auf das Tempelarchiv zurück. Annalen, die nach Regierungsjahren oder Feldzügen (2 Sam 11, 1) gegliedert waren, sind seit David bezeugt („Buch der Begebenheiten von Salomo; Buch der Begebenheiten der Tage der Könige Israels/Judas"). In welcher Form die Königs- und Hofannalen ediert wurden (offizielle Redaktion des Archivmaterials; Ich-Form?) ist unbekannt. Die im alten Orient so alte und geläufige Form historischer Berichte von Königen oder Beamten in Ich-Form ist im AT erst aus persischer Zeit (Esra – Nehemia) erhalten.

(II) Ein Charakteristikum israelit. G. ist das Verhältnis von Handlung und Rede. Die Rede dient zur Motivation der Handlung, das Handeln selbst ist ein vom handelnden Subjekt her gesehener, durch menschlichen Willen und Verstand bewirkter Zusammenhang. Diese wesentlich anthropozentrische Geschichtsbetrachtung ist einerseits der tiefere Grund für das starke genealogische Moment in aller israelit. G., andererseits die Voraussetzung dafür, daß die Geschichte als sinnhaltiger Prozeß theologisch gedeutet werden kann. Allein in Israel kam es zur Darstellung von handlungsübergreifenden Prozessen. Der aus Jahwismus, Themen der Bundes-, Gesetzestheologie, Prophetie und Weisheit entwickelte theologische Überbau (Plan und Gerechtigkeit Gottes; Erwählung, Verheißung, Erfüllung; Gericht, Strafe, Sühne u. ä.) ist nicht eine äußerliche Zutat oder eine sekundäre, spätere Überfremdung einer in ihren Anfängen profanen G.

(III) Das AT enthält zwei große historische Sammelwerke, die beide nach der Katastrophe von 586 entstanden und noch bis tief ins 4. Jh vC hinein mit Zusätzen versehen worden sind. Das ältere beginnt mit der Weltschöpfung (Gen) und schließt mit der hoffnungsvollen Erhebung Jojachins (561 vC) am Ende von 2 Kön. Das jüngere beginnt mit Adam (1 Chr) und schließt mit der Wiederherstellung der gesetzlichen Ordnung in Jerusalem durch Nehemia. Aus der Gen-Kön-Reihe lassen sich die verschiedenen Gesetzeskorpora, die Priesterschrift (P), die besonders in Jos und Kön nachweisbaren deuterono-

mistischen Geschichtswerke herausheben. Der verbleibende, keineswegs einheitliche Bestand scheint sich in zwei, vielleicht drei Erzählfäden (J, E, L) aufteilen zu lassen, die mit dem Anfang der Welt einsetzen und bis in die Zeit der Verfasser (950 bis 700 vC) herabführen.
(IV) Das Königtum Judas über Gesamt-Israel, dessen Höhepunkt z. Z. des jahwistischen Geschichtswerks (J) wohl schon überschritten war (9. Jh), ist der politische Kern des jahwistischen G. Auf dieses politische Leitbild hin ist die Vergangenheit dargestellt, offenbar mit einer politischen Zielsetzung auch für Gegenwart und Zukunft. Hauptmittel der Integration dieser Räume und Zeiten sind die Genealogien, die Wanderungsmotive, die Anordnung von isolierten Stoffen nach geographischen Gesichtspunkten u.a.m. Das Wirken Jahwes ist nicht so sehr ein punktuelles, wunderbar von Fall zu Fall eingreifendes, sondern vielmehr ein das Geschehen als Ganzes erfassendes, totales und kontinuierliches. Diese theologischen und historischen Konsequenzen sind der Grund dafür, daß J in einem distanzierten und rationalen Verhältnis zur Überlieferung steht. Sein Werk ist die bedeutendste Leistung der altorient. und wohl auch der uns erhaltenen israelit. G. →Pentateuch.

Geser (hebr.: abgesperrter Raum), alte Stadt in Kanaan in fruchtbarer, wasserreicher Landschaft, beherrschte die Karawanenstraße von Ägypten nach N, von Thuthmosis III. erobert und befestigt, in der →Amarnazeit unabhängig, später wieder ägypt. Entgegen Jos 10, 33 12, 12 16, 3 u. a. haben die Israeliten G. bei der Landnahme nicht erobert (Jos 16, 10 Ri 1, 29). Erst Salomo bekam die Stadt vom Pharao geschenkt und befestigte sie (1 Kön 9, 15–17). Nach der Reichsteilung gehörte sie zum Nordreich (Jos 16, 1), wurde ca 918 von Schischak zerstört und schließlich (734) mit der übrigen →Schefela dem assyr. Reich einverleibt. In den Makkabäerkriegen wurde G. wegen seiner strategischen Lage hart umkämpft (1 Makk 9, 52 13–16 passim). Englische und amerikanische Ausgrabungen ergaben Besiedlung, mit Unterbrechungen, von der chalkolith. bis zur israelit. Zeit; erste Befestigung ca 1700 vC, vierzangiges salomon. Stadttor. Von Einzelfunden sind besonders bedeutsam eine bronzezeitliche Kultstätte mit Masseben, ein Wassertunnel und der →Kalender von G. *Abb. 28.*

Gesetz (des Mose). *(1) Im AT.* G. (hebr.: *tōrāh*) ist die Gesamtheit der religiösen und bürgerlichen Rechtsnormen, die im →Pentateuch gesammelt sind und dem Mose zugeschrieben werden. G. heißen auch die vielen, nicht unbedingt juridischen Anweisungen, die Jahwe durch die Priester oder Propheten erteilt. Manchmal gebrauchen Judentum und NT das Wort G. (gr. νόμος) für die gesamte Heilige Schrift des AT (1 Kor 14, 21). Wie man aus seiner schriftlichen Fixierung schließen kann, ist das G. allmählich gewachsen und zeigt viele Parallelen zur G.gebung anderer altorient. Völker (besonders zum babyl. G. des →Hammurapi). Man unterscheidet folgende literarische Sammlungen:
(a) den →Dekalog (Ex 20, 1–17 Dtn 5, 6–21); einen rituellen Dekalog enthält nach manchen Autoren Ex 34, 11–26,
(b) das →Bundesbuch (Ex 20, 22–23, 19),
(c) die priesterlichen Gesetze (Ex 25–31 36–40 Lev 1–16 23–27 Num 1–10 17–19 28 f); →Priesterschrift,
(d) das →Heiligkeitsgesetz (Lev 17–26),
(e) die G.gebung des →Deuteronomium (Dtn 12–16). Weil diese Sammlungen zu verschiedenen Zeiten und an verschiedenen Orten sukzessiv entstanden sind, werden sie im Pentateuch nicht systematisch, sondern bei entsprechendem Anlaß wiedergegeben.

(2) *Bedeutung.* Das G. ist die geoffenbarte Richtschnur für das gesamte religiöse und bürgerliche Leben, eine unbedingte Forderung Jahwes an alle Glieder seines Volkes. Beim Bundesschluß hatte das Volk feierlich gelobt, alles zu tun, was Jahwe gebieten würde (Ex 24, 3). Alle sieben Jahre mußte am Laubhüttenfest das G. vorgelesen werden (Dtn 31, 10–13). Bei seiner Auslegung und Anwendung hatten die Priester großen Einfluß. Anfänglich war das G. nicht ein hartes Joch, sondern Freude für das Herz (Ps 19), erst die späteren Schriftgelehrten haben es schwer und unerfüllbar gemacht, indem sie es zu einer Unzahl peinlich einzuhaltender Einzelvorschriften ausweiteten.

(3) *G. und NT.* Christus bringt die vollständige Verwirklichung der atl Verheißungen (vgl vor allem Mt) und ist somit das Ende des G.es (Röm 10, 4). Bei Paulus begegnet uns eine ausgearbeitete Theologie des G.es: Das Ziel des G.es ist es, die Bosheit der Sünde aufzudecken und dem Menschen seine Erlösungsbedürftigkeit zu zeigen. Ein Fluch ruht auf dem Menschen, weil er das G. nicht einhalten kann, und von diesem Fluch kann das G. selbst nicht befreien (Röm 8, 3), son-

dern nur Christus. Alle, die an ihn glauben, sind der Sklaverei des G.es enthoben und besitzen die Freiheit der Kinder Gottes. Christi neues G. ist in der Liebe begründet (Gal 5, 14).

Getränke. Wie in allen heißen Ländern ist →*Wasser* das lebensnotwendigste G., das auch mit Essig (Rut 2, 14) oder Wein (2 Makk 15, 39) vermischt wurde. Man bot es dem Gast oder Fremden gleich bei seiner Ankunft an (→Gastfreundschaft). – Daneben ist *Milch* von Ziegen, Schafen und Kühen eines der wichtigsten Nahrungsmittel (Sir 39, 26 Dtn 32, 14). Sie wurde in Schläuchen aufbewahrt (Ri 4, 19) oder zu Dickmilch und Käse verarbeitet. Überfluß an Milch war ein Zeichen von Wohlstand (Gen 49, 12) und ein Bild für das messianische Glück (Jes 55, 1 60, 16 u. ö.) und die unverfälschte christl. Lehre (1 Kor 3, 2 Hebr 5, 12 f). – →*Wein* ist schon zur Zeit der Erzväter ein bekanntes G. (Gen 14, 18 27, 25). Sir 39, 26 rechnet ihn zu den lebensnotwendigen Dingen. Er gehörte zum Mundvorrat auf der Reise (Ri 19, 19) und fehlte bei keinem Mahl (1 Sam 25, 36 Joh 2, 1–11). Um ihm einen kräftigen Geschmack zu verleihen, gab man duftende Kräuter bei. Es wird jedoch auch vor Mißbrauch gewarnt (Spr 23, 31–35 Sir 18, 33); Paulus rechnet die Trunkenheit sogar zu den Werken des Fleisches (Gal 5, 21 1 Kor 6, 10), die vom Reich Gottes ausschließen. – *Essig* ist eigentlich saurer Wein; mit Wasser verdünnt tranken ihn das einfache Volk, Arbeiter (Rut 2, 14) und Soldaten, die ihn auch Jesus zur Erfrischung reichten (Mk 15, 23 par). – Ob das *Bier* in der Bibel erwähnt wird, ist noch immer umstritten.

Getreide →Ackerbau.

Getsemani (aram.: Ölkelter), Garten am →Ölberg (Lk 22, 39 Joh 18, 1), wo Jesus verhaftet wurde (Mk 14, 32 par). Die genaue Lage ist unsicher, die heute verehrte Stätte (G.kirche auf den Resten einer um 380 erbauten Kirche) entspricht jedoch der Überlieferung am besten. *Abb. 27.*

Gewichte →Maße und Gewichte.

Gewitter kommen in Palästina in der Regel nur im Herbst (November – Dezember, Einleitung der Regenperiode) und im Frühjahr (März – April) vor. Im AT sind sie Zeichen der

Gegenwart Jahwes (Ijob 38, 1). Er erscheint bei Theophanien in Blitz und Donner (Ex 19, 16 Ps 77, 19 Jes 29, 6), die als direkte Auswirkungen Jahwes gelten (Ps 29, 3 ff 104, 4 135, 7 Jer 25, 30 u. ö.).

Gibea (hebr.: Höhe), häufiger Ortsname.
(1) In Benjamin (Jos 18, 28), zwischen Jerusalem und Rama, spielte in der Richterzeit eine große Rolle (Ri 19 f, vgl Hos 9,9 10,9) und war die Heimat Sauls (1 Sam 10, 26 22, 6 Jes 10, 29). Bald jedoch verlor es an Bedeutung und wird erst während der babyl. und röm. Kriege wieder erwähnt. G. ist identisch mit dem heutigen *tell el-fūl* n Jersualem. Amerikan. Ausgrabungen (zuletzt 1964) erwiesen, daß die Stadt aus dem 13./12. Jh vC datiert.
(2) In Juda (Jos 15, 57 1 Chr 2, 49).
(3) In Efraim (Jos 24, 33). Genaue Lage ist nicht bekannt.

Gibeon (hebr.: Hügel-Ort), zu Benjamin gerechnet (Jos 11, 19), Priesterstadt (21, 17), ursprünglich von →Hiwitern besiedelt, die durch List mit den landnehmenden Israeliten ein Bündnis schlossen (9, 3–15 10, 1) und von Josua gegen die Kanaaniter verteidigt wurden (10 11, 19). Den Versuch Sauls, die Gibeoniten auszurotten, sühnte David durch das Opfer von sieben Sauliden (2 Sam 21, 1–14). Dann verschwindet die Stadt aus der israelit. Geschichte. Erwähnt werden nur noch der Teich (2 Sam 2, 12–17) und die Höhe von G. (2 Sam 21, 6), auf der das Heiligtum Jahwes stand (1 Kön 3, 4 f u. a.). Die Lage von G. kann nur im Zusammenhang mit der Lage der drei weiteren im Bereich von G. liegenden Städte Kefira, Beerot und Kirjat-Jearim geklärt werden. Immerhin darf die Identifizierung mit *ed-dschīb* seit den amerikan. Grabungen 1956–1962 als gesichert gelten. Raffinierte →Wasserversorgung.

Gideon (Bedeutung unsicher), Held einer Rettergeschichte im →Richterbuch (Ri 6–8), Sohn des Joas aus der Sippe Abiezer in Manasse. Nach der älteren Überlieferung bietet er seine Sippe auf (6, 34), zieht mit 300 Mann gegen die →Midianiter (7, 7 f) und ergreift und tötet deren Fürsten Zebach und Salmunna (8, 10–12. 18–21). In der jüngeren Überlieferung wird diese Sippenblutrache zu einer gesamtisraelit. Sache ausgeweitet (6, 35), G.s Heer ist 32 000 Mann stark (7, 3), und zu den Feinden gesellen sich noch die →Amalekiter und die

„Söhne des Ostens" (6, 3. 33 7, 12; vgl 8, 10). Die Berufungsgeschichte G.s (6, 11b–18) zog die Heiligtumslegende von Ofra (6, 11a. 19–24) und die Legende eines anonymen Heiligtums (6, 25–31) nach sich. Die Erzählung über den Midianiterzug wurde um die Anekdoten 7, 24–8, 3 und 8, 4–9. 13. 17 bereichert. Durch Identifizierung mit →Jerubbaal (6, 32 7, 1 8, 29) wurde G. mit der →Abimelech-Geschichte (Ri 9) verknüpft.

Gihon (hebr.: die sprudelnde?)
(1) Einer der Paradiesflüsse (Gen 2, 13), wohl mit dem Nil identisch, was Jer 2, 18 [LXX] Sir 24, 27 Jub 8, 15 nahelegen.
(2) Quelle bei Jerusalem, am ö Fuß des alten Stadthügels im →Kidrontal, wo Salomo zum König gesalbt wurde (1 Kön 1, 33. 38. 45). Die judäischen Könige waren stets bemüht, der Stadt die Quelle zu sichern. Als letzter ließ Hiskija den →Schiloachtunnel bauen, wodurch unweit dem ersten ein neuer Teich entstand, der noch zur Zeit Jesu von Bedeutung war (2 Chr 32, 30; vgl Jes 7, 3 2 Kön 18, 17 = Jes 36, 2). *Abb. 27.*

Gilboa (Bedeutung unbekannt), nö Ausläufer des Efraimgebirges, Wasserscheide zwischen Mittelmeer und Jordan, in atl Zeit reich bewaldet (Jos 17, 15–18). Hier fand der Sieg Gideons (Ri 7, 1–22) sowie die Niederlage und der Tod Sauls durch die Philister (1 Sam 31,1 2 Sam 21, 12 1 Chr 10, 1) statt.

Gilead (vielleicht von arab.: rauh sein; volksetymologisch: Steinhaufen des Zeugnisses, Gen 31, 45–53). Ursprünglich gehörte der Name wohl einem Berg in einer Bucht s des Jabbok (Gen 31) und wurde dann auf die ganze Landschaft übertragen. Spätere Stellen verstehen unter G. das Gebiet der Stämme Ruben, Gad und O-Manasse, noch spätere setzen es dem Ostjordanland gleich. Im 8. Jh vC fiel es an Assyrien, nach 1 Makk 5,9. 17–54 hatte es eine heidnische Bevölkerung. G. war von alters her berühmt wegen seiner Wälder (Jer 22, 6 f) und Heilkräuter (Gen 37, 25 Jer 8, 22 46, 11), es besaß gute Weideplätze, besonders für Kleinvieh (Num 32,1 Mi 7, 14 Hld 4, 1). Deshalb wurde die Landschaft als kostbarer Besitz betrachtet (Jer 50, 19 Ps 60,9 u. a.).

Gilgal (hebr.: der Steinkreis). Zahl und Lage der mit G. bezeichneten Orte sind noch ungeklärt.
(1) Jos (vielleicht auch Dtn 11, 30 Ri 2, 1) erwähnt öfter ein G.

als Lagerplatz der Israeliten und Ausgangspunkt der Eroberung Palästinas. Diese schon damals heilige Stätte (kanaan. Ursprungs?) wurde noch von Samuel als heilig betrachtet (1 Sam 10, 8 13, 7 f u. ö.), aber von den Propheten verworfen (Mi 6, 5). Dieses G. liegt in der Jordanebene bei Jericho.

(2) Die Propheten verwerfen ebenfalls eine heilige Stätte G. neben →Bet-Awen (Hos 4, 15) oder →Bet-El (Am 4, 4 5, 5). Ob sie mit (1) identisch ist, bleibt unsicher.

(3) Dasselbe gilt für das in der Elija-Erzählung genannte G. (2 Kön 2, 1 4, 38), das im Efraimgebirge gesucht oder mit (1) identifiziert wird.

(4) Das Jos 12, 23 erwähnte G. ist wohl aufgrund des Kontextes in der →Scharon-Ebene zu suchen.

Gleichnis. (I) Sprachgebrauch und Vorkommen im NT. Mit dem gr. Begriff παραβολή bezeichnet das NT die G.reden Jesu (48mal) in den synopt. Evv (Joh hat statt dessen 4mal den inhaltlich entsprechenden Begriff παροιμία). Die LXX gibt damit das hebr. *māšāl* wieder, das Bildworte und Vergleiche verschiedenster Art bezeichnen kann. Während aber *māšāl* meist den kurzen Spruch vorwiegend allegorischer Art meint, sind eigentliche G.se im AT selten und werden nie als *māšāl*/παραβολή bezeichnet.

(II) Die Gleichnisse Jesu. (1) *Ihr ursprünglicher Sinn.* Im Anschluß an die Lehrmethoden der Rabbinen liebt Jesus es, seine Verkündigung in die Form von Bildreden zu kleiden, die das Gemeinte sowohl enthüllen als auch in einem eigentümlich unbestimmten Zustand belassen. Es geht Jesus in den G.sen um streng religiöse Wahrheiten, über die er belehrt und die er zugleich offenbart. Er wendet sich an die zeitgenössischen Juden, die nicht an seine Sendung glauben. Die G.e sollen ihnen einsichtig machen, daß und wie er der Messias Israels ist und mit seinem Kommen die Herrschaft Gottes anbricht. Es sind situationsbezogene Aussagen und Aufforderungen, die auf Zustimmung und Glauben zielen. Ihren Stoff beziehen die G.se deshalb aus der Welt der Zuhörer. Bildhälfte und Sachhälfte treffen sich, im Unterschied zur Allegorie, nur im Grundgedanken, der beide Ebenen miteinander verbindet *(tertium comparationis)*. Zwar hat Jesus nach Ausweis des NT nie in reinen Allegorien gesprochen. Doch finden sich in den G.sen auch allegorische Elemente, weil Jesus öfter vom AT vorgegebene, feststehende Vergleiche (z. B. Weinberg für Israel, Abrechnung für Ernte und Gericht) verwendet. Joh hat nur die G.rede vom guten Hirten (10, 1–5. 11–13) und das G. von der gebärenden Frau (16, 21). Die Bildrede vom Weinstock (15, 1–6) gehört zu den Offenbarungsreden.

(2) Der *Form* nach unterscheidet man: einfache G.se mit einem Grundgedanken; G.se mit zwei Grundgedanken, wobei der Schwerpunkt der Aussage stets auf dem zweiten Gedanken liegt („Achtergewicht", z. B. beim G. vom verlorenen Sohn, Lk 15, 11–32); Doppelgleichnisse, bei denen zwei parallele, im Bildstoff jedoch verschiedene Erzählungen denselben Grundgedanken zum Ausdruck bringen (z. B. G.se vom Senfkorn und Sauerteig, Mk 4, 30–32 par); sie stellen zugleich eine gewisse Totalität im Geltungsbereich der Aussage heraus. – Dem Bildstoff und der Argumentationsweise nach kann man die G.se einteilen in Parabeln (der Aussage liegt ein Geschehen zugrunde, das einzigartig verläuft), Beispielerzählungen (nur bei Lk; eine vorausgesetzte Aussage wird beispielhaft illustriert) und in G.se im engeren Sinn (die Bildhälfte ist ein Sachverhalt aus der Natur oder dem Alltagsleben). Das Unverstehbare liegt jedoch nicht in der Form dieser Verkündigung, sondern im

(3) *Inhalt.* Es lassen sich folgende Gruppen zusammenfassen:

(a) Die Reich-Gottes-G.se handeln von Art und Kommen der Herrschaft Gottes, die mit Jesu Kommen bereits anbricht, aber erst bei der Parusie vollendet wird (G.se vom Sämann, vom großen Gastmahl u. a.).

(b) Die Entscheidungs- und Gerichts-G.se zeigen den Entscheidungscharakter auf, der mit Jesu Kommen gegeben ist, und fordern Umkehr und Glauben (das G. von den spielenden Kindern, von den anvertrauten Talenten u. a.).

(c) Die Wachsamkeits-G.se beziehen sich auf die Vollendung der Gottesherrschaft (das G. vom klugen Verwalter, von den zehn Jungfrauen u. a.).

(d) G.se vom rechten Verhalten gegen Gott (das G. vom reichen Kornbauern, vom Pharisäer und Zöllner u. a.).

(e) G.se vom rechten Verhalten gegen den Mitmenschen (das G. vom barmherzigen Samariter, vom Prasser und dem armen Lazarus u. a.).

(4) *Die ntl Überlieferung* hat die in sich geschlossenen G.se relativ getreu tradiert. Während die G.se jedoch ursprünglich organischer Teil einer Rede Jesu waren, stehen sie jetzt meist in einem anderen Zusammenhang, in den sie mit Hilfe von Einleitungs- und Schlußformeln eingefügt wurden. Dabei handelt es sich um Auswertungen oder Anwendungen durch

die urkirchliche Tradition: Nach dem Osterereignis gewinnen die G.se mehr und mehr den Charakter einer innerkirchlichen Lehr- und Mahnrede. Die letzte Prägung (in Auswahl, Kontext und Endgestalt) erfahren sie aber durch die Aufnahme in die einzelnen Evv: verwandte G.se werden zu Sammlungen zusammengeschlossen (Mt 13), religiös-ethische Mahnungen hinzugefügt (Lk), bisher unbetonte Züge allegorisiert (Mt), bestimmte theologische Tendenzen treten stärker hervor. Dies alles zeigt, daß die G.se Jesu für die Kirche lebendiges Wort, nicht tote Überlieferung waren.

Gold →Metall; Münzen; Schmuck.

Golgota (vielleicht von aram. Schädel; Schädelstätte), Ort der Kreuzigung Jesu (Mt 27, 33 par Joh 19, 17). Der Name stammt von der schädelähnlichen Rundung des Geländes. Als Hinrichtungs- und Begräbnisstätte lag G. außerhalb der Stadtmauer. Diesen Angaben entspricht die traditionelle Lokalisierung: Hadrian ließ bei einer Stadtvergrößerung das Gelände zuschütten und errichtete hier das Forum der Aelia Capitolina, Kaiser Konstantin legte den Ort wieder frei und erbaute auf ihm die Auferstehungskirche. →Jerusalem. *Abb. 27.*

Goliat (vgl gr. Alyattes?), ungewöhnlich großer Philister aus →Gat, der nach 1 Sam 17 19, 5 21, 10 von David im Zweikampf, nach 2 Sam 21, 19 von Elhanan (= David?) getötet wurde. Der theologisch überhöhte Bericht ähnelt den Richtererzählungen, in denen Jahwe Israel durch einen begnadeten Führer rettet. 1 Chr 20, 5 versucht die abweichenden Überlieferungen auszugleichen.

Gomorra →Sodom.

Götterbild. Durch Ausgrabungen sind uns heute aus Syrien und Palästina zahlreiche Götterdarstellungen bekannt, zwar nur ganz wenige Großplastiken, dafür aber zahlreiche →Stelen sowie Metall- und Tonfiguren. Meistens handelt es sich um Weihgaben, die aus Tempelbezirken stammen; kleinere Ton- und Metallfiguren fand man aber auch in Gräbern und Privathäusern. Als Kultbilder hat man sich kleine, gegossene Bronzestatuetten vorzustellen (vgl Ex 34, 17). Eine Identifizierung mit den aus Mythen, Inschriften und dem AT bekannten Göttern ist wegen der typisierenden Darstellungen nicht immer möglich, oft weiß man nicht einmal, ob die Figur einen Gott oder einen König repräsentiert. Jedoch helfen häufig besondere Kennzeichen wie Krone, Hörnermütze, Waffen, Postamenttiere weiter. Als wichtigste Grundtypen gelten:

(I) GÖTTER. (1) Der *Typus des alten Gottes.* Als Beispiel sei auf eine unvollendet geliebene Stele aus →Ugarit (47 cm hoch; ANEP 493) hingewiesen: Ein bärtiger Gott sitzt auf einem Thron, die Füße auf einem Schemel (vgl Ps 110, 1). Er trägt ein langes, gegürtetes Gewand, auf dem Kopf eine Krone mit Hörnerpaar. Der linke Arm ist – wohl zu einer Segensgebärde – erhoben. Davor steht eine adorierende Gestalt, durch die Krone mit Uräusschlange als König ausgewiesen. Wichtigster Repräsentant des „alten Gottes" ist →El.

(2) Der *Wettergott-Typus.* Eine 1,42 m hohe Kalksteinstele aus Ugarit (14. Jh vC, ANEP 490) zeigt eine Gestalt mit einem kurzen ägypt. Schurz; der Oberkörper ist nackt, auf dem Kopf trägt sie einen Spitzhelm mit zwei Hörnern. Die Haare hängen in zwei unten eingerollten Zöpfen über die Schultern herab. In der erhobenen Rechten hält der Gott eine Keule, in der Linken einen Speer, mit der Spitze nach unten, dessen Schaft in zahlreichen Flammen endet (als Blitz gedeutet). Vor dem Gott steht, beträchtlich kleiner und ihm den Rücken zuwendend, der adorierende König. Eine Gruppe von Stelen zeigt den gleichen Gott auf einem Postamenttier – teils Stier (ANEP 500 f 531), teils Löwe (ANEP 486) – stehend. Diesem Typus entspricht der jugendliche Gott →Baal.

(3) Der *Reschef-Typus*, besonders zahlreich durch Kleinbronzen vertreten. Ein charakteristisches Beispiel stammt aus Megiddo (ANEP 481; ähnliche Darstellungen auf Stelen auch in Ägypten): Die schreitende Figur (mit Zapfen zum Einstecken in Holz oder Stein) trägt eine hohe Göttermütze und ein kurzes Gewand. Die rechte Hand ist erhoben und trug wohl eine Waffe. Zum Teil zeigen Figuren dieser Art noch Spuren eines Gold- oder Silberbelages. Reschef ist ursprünglich ein Gott der Feuersglut, dann Herr der Seuchen. Diesem Typus entspricht der Gott Michal, der durch eine Stele aus →Bet-Schean belegt ist (ANEP 487). *Abb. 20.*

(II) GÖTTINNEN. Die Zahl der weiblichen Götterdarstellungen überwiegt die der männlichen bei weitem, allerdings ausschließlich durch die Terrakotten. Die Identifizierung ist hier noch schwieriger, weil sich die Gestalten – vor allem im 1. Jt vC – einander angeglichen haben.

(1) Die *kriegerische Göttin.* Eine charakteristische Darstellung

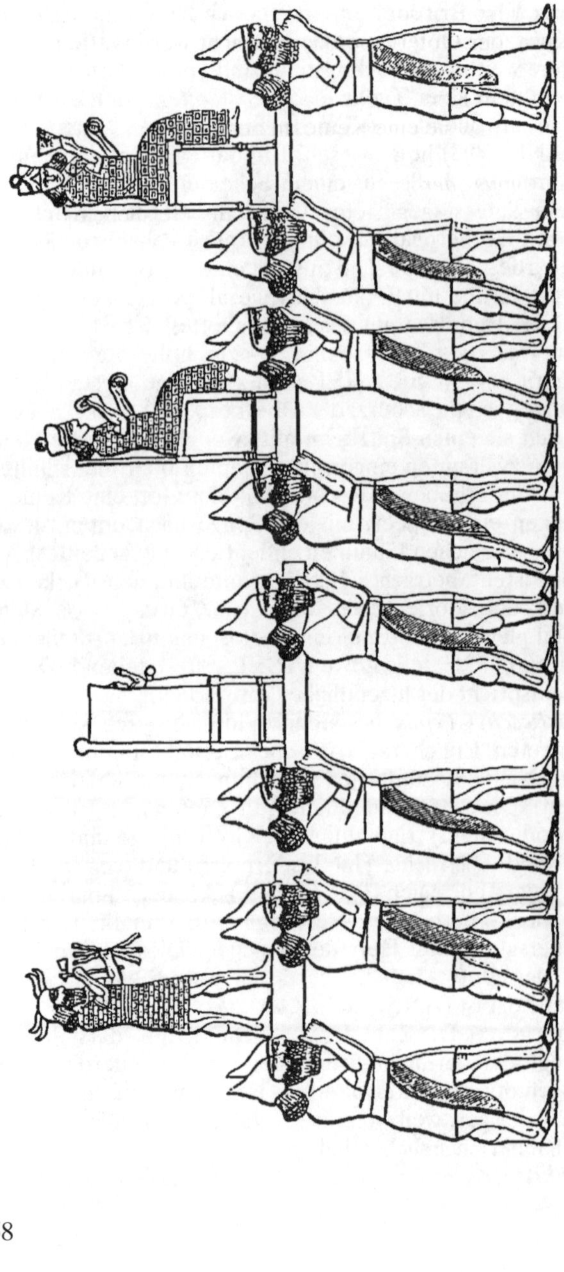

Abb. 20: Deportation nordsyr. Götterstatuen durch assyr. Soldaten
(Relief aus dem Palast Tiglatpilesars III. in Nimrud/Kalchu, um 730 vC)

der Kriegsgöttin Anat findet sich auf der unteren Hälfte einer Stele aus dem Britischen Museum (13. Jh vC; ANEP 473). Die Göttin, der Opfergaben dargebracht werden, sitzt auf einem Thron. Sie trägt ein knöchellanges, eng anliegendes Gewand, auf dem Kopf die oberägypt. Krone. In der erhobenen Linken schwingt sie eine Keule, in der Rechten hält sie Lanze und Schild.

(2) Der *Typus der Fruchtbarkeitsgöttin*, vor allem durch →Astarte repräsentiert. Eine Stele aus Bet-Schean (37 cm; ANEP 475) diene als Beispiel: Die Göttin, mit einem über den Rücken bis zu den Füßen hinunterfallenden Gewand, die ägypt. Atefkrone mit den Widderhörnern auf dem Kopf, hält in der Rechten ein Lebenszeichen und stützt die Linke auf ein Zepter. Eine vor ihr stehende nackte Frauengestalt reicht ihr eine Lotosblüte. Eine ägypt. Stele (19. Dyn.; ANEP 471) zeigt die Göttin in Frontalansicht auf einem Löwen stehend, mit Hathorfrisur und Krone, in den Händen je eine →Schlange. – Am häufigsten wurden diese Figuren in Privathäusern gefunden. Man darf sie wohl kaum lediglich als Amulette für eine glückliche Mutterschaft deuten. Die enge Verwandtschaft mit den Darstellungen auf Stelen ist eher ein Hinweis dafür, daß sie mit in den religiösen Bereich gehören. Die Frage, wie sich diese privaten Hauskulte mit dem Jahweglauben vertrugen, ist noch nicht gelöst. In den Bereich der persönlichen Frömmigkeit gehören vor allem die zahlreichen G. und Symbole auf →Siegelamuletten.

(III) GÖTTERGRUPPEN. Alle diese Typen begegnen gelegentlich auch in Gruppen von zwei oder drei Gestalten auf Stelen (ANEP 488), Rollsiegeln (→Siegel, I. 1) (ANEP 468) oder als kleine, vollplastische Bronzen (ANEP 482).

Gottesdienst →Kult.

Gottesknecht. In den Reden des →Deuterojesaja fallen als eigene Größe vier „Lieder" auf, die von einem anonymen Knecht *(ʻebed)* Jahwes, zweifellos einem Propheten der ausgehenden Exilszeit, handeln: Jes 42, 1–4 49, 1–6 50, 4–9 52, 13–53, 12. Er hat, mit Gottes Geist ausgerüstet, einen Auftrag nicht nur an Israel. Vielmehr soll er den Völkern die Offenbarung *(mišpāṭ, tōrāh)* bringen (42, 1. 3 f 49, 6). Dafür läßt er sich jeden Morgen von Jahwe belehren (50, 4 f). Er stößt jedoch auf zunehmenden Widerstand (49, 2–4), wird mißhandelt (50, 6 52, 14 53, 2 f. 7), vor Gericht gestellt (50, 8 f

53, 8) und hingerichtet (von den Babyloniern? von seinen eigenen Landsleuten? 53, 7–10). Sein Leiden und Tod wird als Stellvertretung und Sühne für die Sünden seines Volkes verstanden (53, 4–6. 8. 11 f: „durch seine Striemen sind wir geheilt"). Offenbar wird aber mit seiner Auferstehung oder zumindest mit der Fortdauer seines Werkes gerechnet (53, 10–12). Die Lieder vom G. gehören zu den ergreifendsten Texten der Bibel. Der G. ist vermutlich Deuterojesaja selbst, der sein Schicksal beschreibt. Das 4. Lied würde dann von seinen Jüngern stammen.

Grab. (I) LAGE. Eine eigentliche Bestattung der Toten kann erst für das Mittelpaläolithikum, die Neandertal-Zeit, nachgewiesen werden. Die aufgefundenen G.er liegen in oder bei der Wohnhöhle. Später (seit dem Chalkolithikum bezeugt) werden G.er in Nekropolen außerhalb der Siedlung bevorzugt. Der Brauch, natürliche Höhlen zu Begräbnisstätten umzugestalten, ist auch in der Bibel belegt: von Abraham (Gen 23, 19 25,9; →Machpela), Jakob (50, 5) und Josef (Jos 24, 32), von Samuel (1 Sam 25, 1) u. a. (vgl auch das G. des Josef von Arimatäa Mk 15, 46 par).
In der neolithischen Phase Jerichos begrub man die Toten unter dem Fußboden der Wohnung. – Nur Wohlhabende konnten sich in den Fels gehauene Familien-G.er leisten. Für die einfachen Leute gab es die „G.er des gemeinen Mannes" (Jer 26, 23), wohl Massen-G.er, die für Jerusalem im Kidrontal gelegen haben dürften (2 Kön 23, 6).
(II) FORM. Nach der Art des Zugangs, Verschlusses und der Einrichtung unterscheidet man verschiedene Typen.
(1) Vom Chalkolithikum bis zur Spätbronzezeit benutzte man unterirdische oder an Berghängen gelegene Höhlen, die mit Steinen oder Sand verschlossen wurden.
(2) Aus der Mittel- und Spätbronzezeit stammen die eigens angelegten Schacht-G.er: Ein enger Schacht führte senkrecht nach unten, von wo aus eine seitliche Öffnung, die mit einem Stein verschlossen wurde, Zugang zu den G.kammern gewährte. Der Schacht wurde mit Steinen zugeworfen.
(3) In der Spätbronzezeit kommt (unter Einfluß der Seevölker?) das Diwan-G. auf. Durch die Vertiefung der G.kammermitte gewann man an den Wänden entlang Bänke, auf denen die Toten gebettet wurden. Zum unterirdischen Eingang, der mit einem vertikalen Stein verschlossen wurde, gelangt man auf einer offenen Treppe.

(4) In der frühen und mittleren Eisenzeit haben die G.er meist einen zentralen Raum, von dem aus man durch kleine, mit Steinen verschließbare Öffnungen in die einzelnen G.kammern gelangte. Von jetzt an sind G.kammern immer mit einem Vorraum ausgestattet.

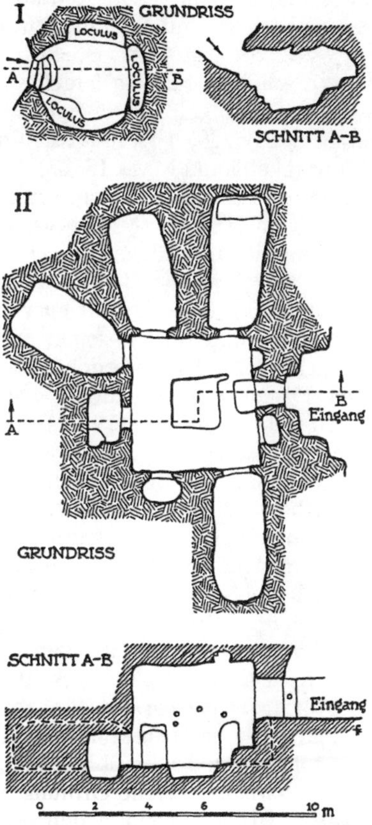

Abb. 21: Grabanlagen. Fig. I: Bronzezeitliche, künstlich erweiterte Grabhöhle aus Lachisch; um 900 und nach 600 vC für über 50 Bestattungen benützt; Bankgrab. Fig. II: Aus dem Felsen gehauenes jüd. Kammergrab aus Jerusalem (1. Jh vC) mit vier Stollen; die kleineren Vertiefungen dienten der Sammelbestattung (Zweitbestattung) der Gebeine. Der beigegebene Maßstab gilt für Fig. I. Für Figur II sind die m-Zahlen zu halbieren (0 bis 5 m)

(5) In gr.-röm. Zeit findet dieser Typus seine höchste Vollendung: Die Vorderseite wird zur monumentalen Fassade ausgebaut. Die G.kammern sind genau quadratisch oder rechteckig, die Bänke mit steinernen Kopfkissen versehen. Seit dem 2. Jh vC kommen tiefe, senkrecht zur Wand in den Felsen gehauene Nischen auf, die sog. Rohrnischen. – Daneben gab es von jeher die normale Erdbestattung in einfachen Löchern. Später wurden sie mit Steinplatten ausgelegt und überdeckt.
(III) G.MONUMENTE scheinen bei den Israeliten selten gewesen zu sein. Nur von Jakob heißt es, er habe einen Stein auf Rahels G. gesetzt (Gen 35, 20). Erst in gr. Zeit hören wir von einem G.mal der Makkabäer (1 Makk 13, 27). Nach röm. Sitte wurde die Vorhalle mit Fries und Säulen verziert. In ntl Zeit tünchte man die G.er im Frühjahr (Mt 23, 27), um nicht durch zufälliges Betreten unrein zu werden. *Abb. 21.*

Gruß. Für „grüßen“ und „segnen“ steht im Hebr meist dasselbe Wort. Der G. verleiht dem, der seiner würdig ist, Kraft (vgl Mt 10, 13); den G. vorenthalten bedeutet daher soviel wie „fluchen“. – Der Orientale grüßt auf verschiedene Weise. Beim einfachen G. steht er auf (Lev 19, 32), steigt vom Reittier (Gen 24, 64), geht entgegen (Gen 18, 2). Beim feierlichen G. berührt er mit der Stirn den Boden (Gen 33, 3). Auch der Kniefall ist gebräuchlich (2 Kön 1, 13 Mt 27, 29). Einem Propheten umfängt man wie einem übernatürlichen Wesen die Füße (2 Kön 4, 27; vgl Mt 28, 9). Der Kuß war nur bei nächsten Verwandten (Gen 29, 11) und Freunden (Ex 4, 27) üblich. Unter Umständen gehörte er auch zum höfischen Zeremoniell. – Als *G.formeln* waren gebräuchlich: „Friede sei mit dir“ (Ri 19, 20), „Friede diesem Hause“ (Lk 10, 5), „Jahwe sei mit dir“ (Ri 6, 12) u. ä. Jesus trägt den Jüngern ausdrücklich auf zu grüßen, wenn sie in ein Haus kommen (Mt 10, 12), verbietet ihnen aber unnötige und zeitraubende G.gespräche (Lk 10, 4). Er tadelt die Pharisäer, die sich auf öffentlichen Plätzen zuerst grüßen lassen (Mt 23, 7), um ihre Würde hervorzukehren.

H

Haar. Galt Kahlköpfigkeit als Schmach, so war langes, wallendes H. eine Zierde für Frau und Mann (Ri 16, 13. 19 2 Sam 14, 26), der dazu noch einen Bart trug. Bildlich wird es von der Fürsorge Gottes gebraucht (1 Sam 14, 45 Mt 10, 30 Apg 27, 34). Die Frau liebte üppiges H. und pflegte es sorgfältig (2 Kön 9, 30 Hld 4, 1). Paulus verurteilt das lange H. der Männer als unnatürlich (1 Kor 11, 14). Lose hängendes H. kennzeichnet die Sünderin (Lk 7, 38. 44 Joh 11, 29). Zur Zeit der Trauer wurde das H. nicht gepflegt (2 Sam 19, 25), sondern geschoren (Ijob 1, 20 Jes 15, 2) oder ausgerissen (Esra 9, 3). Aus religiösen Gründen waren den Israeliten gewisse H. trachten verboten (Lev 19, 27 21, 5 Dtn 14, 1).

Habakuk. (I) (Der Name bezeichnet ein Gartenkraut). Einer der sog. Kleinen Propheten, nicht zu verwechseln mit dem Propheten aus Juda, der Daniel in der Löwengrube aufsuchte (Dan 14, 33–39). Verfasser von
(II) HABAKUK (BUCH). (1) *Inhalt.* (a) Auf eine zweifache Klage des Propheten (1, 2–4. 12. 17) erfolgt eine zweifache Antwort Jahwes (1, 5–11 2, 1–5), an die sich (b) fünf Wehrufe gegen die gottlosen Bedränger anschließen (2, 6–20); (c) Kap 3 ist ein Hymnus oder eine hymnisch gestaltete Vision auf eine Epiphanie Jahwes, der gegen die Gottlosen vorgeht, mit der vielleicht aus späterer Zeit stammenden Überschrift: Gebet des Propheten H.
(2) *Einheit und Entstehungszeit.* Schon früh wurde der Abschnitt über die Zuchtrute (1, 5–11) als störend empfunden. Deshalb strich man ihn ganz, stellte ihn hinter 2, 4, hielt ihn für den Teil eines individuellen Klagepsalms oder verbesserte „Chaldäer“ (1, 6) in „Kittäer“. Heute kehrt man zu der Ansicht zurück, daß Kap 1–2 eine Einheit bilden. Weil Kap 3 auf liturgischen Gebrauch hinweist, war man der Meinung, dieser „Psalm“ sei aus einer Kultliedersammlung übernommen. Mit mehr Recht nimmt man heute an, daß der Hymnus wegen seiner allgemeinen Tendenz aus Hab in die Liturgie übernommen wurde. – Die Datierung ist unsicher. Hält man (wie die meisten Exegeten) an „Chaldäer“ (1, 6) fest, kann man unter den Bedrängern die Vorgänger der Chaldäer, die Assyrer un-

ter Necho oder die Chaldäer selbst verstehen. Hab wäre dann um 600 entstanden.
(3) H.s *Botschaft* ist Heilsprophetie: Gott selbst befreit sein Volk aus der Bedrängnis der gottlosen Feinde. Der Kernsatz „Der Gerechte wird leben durch seine Treue“ erfuhr durch Paulus (Gal, Röm) eine neue Sinngebung.

Hafen. Für den Überseehandel kam am Mittelmeer nur der H. der nichtisraelit. Stadt →Jafo in Frage (1 Kön 5,9 Esra 3,7), der erst unter Simon dem Makkabäer an die Juden fiel (1 Makk 14,5). Deshalb schafften die Israeliten am Golf von Akaba in →Ezjon-Geber (1 Kön 9,26 2 Chr 8,17 f 20,36) einen Ersatz.

Hagar, ägypt. Sklavin der Sara, Mutter des →Ismael. Der →Doppelbericht (Gen 16,1–16 21,9–33 erzählt, wie H. mit ihrem Sohn von der eifersüchtigen Sara verstoßen wird; Gen 25,12 ist sie die Stammutter von zwölf ismaelitischen Stämmen. Paulus erklärt Gal 4,21–31 an H. und Sara sowie deren Kindern das Verhältnis zwischen Altem und Neuem Bund: Die Söhne der Magd H. sind unfrei und stehen unter dem Gesetz, die Kinder der freien Ehefrau Sara versinnbilden die auf der freien göttlichen Gnade und dem bedingungslosen Glauben gründende Heilsordnung des Neuen Bundes.

Haggai. (I) H. (hebr.: am Festtag geboren), Kleiner Prophet, nachexilisch, forderte die Juden zum Neubau des Tempels auf (Esra 5,1 6,14), Verfasser der gleichnamigen Prophetenschrift.
(II) HAGGAI (BUCH). (1) *Inhalt.* Fünf aus dem 2. Regierungsjahr Darius' I. (520 vC) datierte Prophetensprüche. (a) 1,1–15 wendet sich gegen die Lässigkeit der Juden im Tempelbau und berichtet von der Wiederaufnahme der Bauarbeiten. (b) 2,1–9 tröstet die Bauenden mit der Herrlichkeit des neuen Tempels. (c) 2,10–14: Gleichnis für die Unreinheit des Volkes. (d) 2,15–19 verspricht den Segen Jahwes. (e) 2,20–23: Verheißung an den Statthalter Serubbabel.
(2) *Entstehungszeit.* Die Schrift muß kurz nach den dargestellten Ereignissen (520 vC) entstanden sein. Sie gilt allgemein als echt.

Hallel (hebr.: lobsingen), eine Gruppe von Psalmen (113–118), mit denen bei besonders festlichen Anlässen das Gotteslob gesungen wurde: beim Schlachten der Paschalämmer im

Tempel am 14. Nisan, bei →Paschamahl am Abend desselben Tages, am Ostertag (15. Nisan), Pfingsttag, Laubhüttenfest und Tempelweihfest. Besonders feierlich geschah das am Laubhüttenfest, wo das Volk, →Hosanna rufend (Ps 118, 25), grüne Zweige schwenkte. – Verse aus dem H. sang das Volk beim Einzug Jesu in Jerusalem (Mk 11, 9 par).

Ham →Noach; Völkertafel.

Hamat, alte bedeutende Stadt am Orontes (Am 6, 2), vorübergehend Epiphania genannt, heute *ḥama*. Stereotype Bezeichnung der N-Grenze Kanaans (Num 13, 21 34, 8 1 Kön 8, 65 u. ö.). Die Geschichte der Stadt reicht bis in neolithische Zeit.
Seine Glanzzeit erlebte H. als Hauptstadt der Aramäer (Stele des Zakir, Elfenbeinplaketten, altaram. Graffiti). Um 740 wurde es von den Assyrern erobert (2 Kön 18, 34 Jes 10, 9 u. ö.), wobei Einwohner von H. in Samaria (2 Kön 17, 24) und umgekehrt (Jes 11, 11) angesiedelt wurden. Dänische Ausgrabungen 1931–1938. *Abb. 24.*

Hammurapi, Name verschiedener Könige im Vorderen Orient während des 2. Jt. Der bedeutendste ist der König von Babel (wahrscheinlich 1728–1686) aus der Dynastie der →Amoriter. Er machte aus seinem ursprünglich kleinen Gebiet ein Weltreich, das fast ganz Akkad, Sumer, Elam, Ešnunna, Mari und Assur umfaßte. Die zahlreichen Briefe H.s zeugen von einer vorbildlichen, zentralisierten Regierung: Er förderte den Kult, beschützte Freiheit und Recht der Untertanen, baute Bewässerungsanlagen und Kanäle für die Schiffahrt. Berühmt wurde er jedoch vor allem durch das am Ende seiner Regierung promulgierte Gesetzbuch, den Codex H. Eine in H.s Zeit von ihm angefertigte Kopie wurde 1901/2 in Susa aufgefunden, wohin sie der elamitische König Šutruk-Naḫḫunte um 1160 vC nach der Eroberung Babels als Siegestrophäe entführt hatte. Die 282 Paragraphen umfassen das ganze damals gültige öffentliche und private Recht. – Die Übereinstimmungen zwischen dem mosaischen Gesetz und dem Codex H. beruhen nicht auf direkter Entlehnung, sondern auf der Gleichartigkeit bestehender Rechtsnormen in einem ähnlichen semit. Milieu, so z. B. das Zeugen von Kindern mit einer Magd der Frau Gen 16, 2 30, 3 (vgl CH §§144–147), die Behandlung von Hagar und Ismael Gen 21, 9–14 (vgl CH §170 f).

– Eine Identität H.s mit →Amrafel (Gen 14, 1) ist unwahrscheinlich.

Hananias (Gräzisierung von hebr. Hananja: Jahwe hat sich erbarmt), häufiger Eigenname.
(1) Tob 5, 13 nennt sich der Engel Rafael „Asarja, der Sohn des großen Hananja." Diese Bezeichnung ist symbolisch zu verstehen.
(2) H., ein Christ in Jerusalem, der seine Verfehlung gegen den Heiligen Geist zusammen mit seiner Frau Saphira mit dem Tode büßte (Apg 5, 1–11).
(3) H., Jünger der Christengemeinde in Damaskus, der Saulus die Hände auflegte und ihm das Herrenwort über seine Erwählung brachte (Apg 9, 10–19 22, 12–16).
(4) H., →Hoherpriester um 47–59. Spielte eine Rolle im Prozeß gegen Paulus vor dem →Hohen Rat (Apg 23, 2–5) und klagte ihn bei Felix an (24, 1–9). Als Römerfreund wurde er zu Anfang des jüd. Krieges (Sept. 66) von den →Zeloten ermordet.

Handel. Der internationale H. im ö Mittelmeer lag in atl Zeit weitgehend in den Händen der Phönizier. Israels Anteil war gering, weil es am Meer keine Häfen hatte und ihm der Zugang zum Golf von Akaba (Ezjon-Geber, Elat) von den Edomitern verwehrt wurde. Der Transitverkehr auf den großen, das Land durchziehenden Karawanenstraßen war deshalb viel wichtiger (1 Kön 10, 15). Erst Salomo konnte sich vorübergehend am internationalen H. beteiligen (1 Kön 5 9, 10–14. 26–28). Phönizien lieferte Getreide, Hölzer, Öl, Wein, Wachs, Honig; Ägypten Schmuck, Geräte und Textilwaren; Arabien Gold, Silber, Edelsteine, Elfenbein, Räucherwerk und exotische Tiere. Erst zur Zeit der Diaspora (Ägypten, Alexandrien, Babylonien) blühte der eigene H. wieder auf. – Der Inlandhandel beschränkte sich auf den Warenaustausch zwischen Hersteller und Verbraucher. Er spielte sich auf dem Markt in der Nähe des Stadttores ab (2 Kön 7, 1). Berufshändler waren meistens Kanaaniter (so daß Kanaaniter oft die Bedeutung Händler annahm, vgl Jes 23, 8 Sach 14, 21 Spr 31, 24 Ijob 40, 30). H.sgesetze sind unbekannt, es wird lediglich Ehrlichkeit im H. gefordert (Lev 19, 35 f Dtn 25, 13–16 Spr passim). *Abb. 22.*

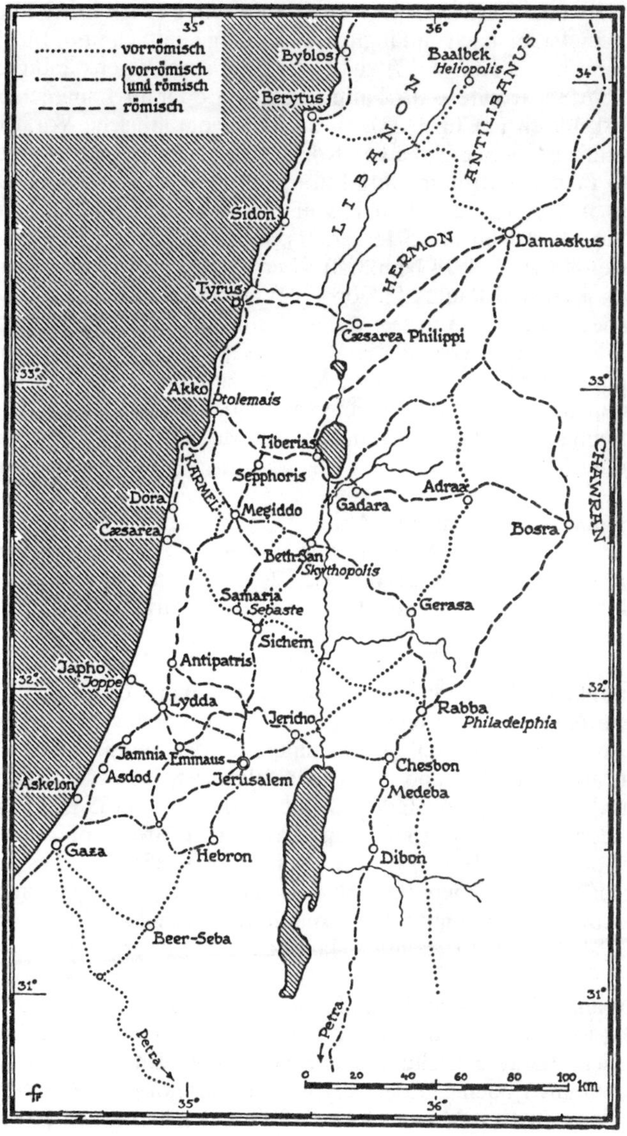

Abb. 22: Handelswege

Handwerk. Wirtschaftlicher und kultureller Fortschritt führten in Israel nach anfänglicher Abhängigkeit (1 Sam 13, 19 2 Sam 5, 11 1 Kön 7, 13) zur Entfaltung eines eigenständigen H.s. Man arbeitete im Familienbetrieb oder in königlichen Werkstätten (1 Chr 4, 23). Wirtschaftsgeographische Voraussetzungen wie die Nähe von Rohstoffen oder Produktionsmitteln (Wasser, Brennmaterial u. ä.) führten zur Konzentration von Arbeitern desselben H.s in Dörfern oder Stadtvierteln (1 Chr 4, 21 Neh 11, 35 Jer 37, 21). Zünfte sind nach dem Exil bezeugt (1 Chr 4, 14 Neh 3, 8), aber älteren Ursprungs. Jesus (Mk 6, 3) und Paulus (1 Kor 4, 12) ehrten das H. durch ihre Arbeit.

Hanna (hebr.: Erbarmung), Mutter Samuels (1 Sam 1), bekannt durch ihren Lobgesang (2, 1–10), ein zur Gattung der →Hymnen gehöriger Psalm, der dem Magnifikat zum Vorbild diente.

Hannas (Kurzform für Ananias), sehr einflußreicher jüd. Hoherpriester (6–15), von Quirinius eingesetzt, im NT dreimal erwähnt (Lk 3, 2: Auftreten Johannes des Täufers; Joh 18, 13. 19–24: Vorverhör Jesu; Apg 4, 6: Verhör des Petrus und Johannes).

Hanukka (hebr.: Einweihung), in allgemeiner Bedeutung bereits Num 7, 11, unter Salomo 2 Chr 7, 5, unter Esra Esra 6, 16 f. Später spezielle Bezeichnung für das Tempelweihfest, das am 25. Kislew und den sieben folgenden Tagen begangen wurde, eingesetzt nach dem Sieg über die Syrer (165 vC) zum Gedenken an die Errichtung des neuen Brandopferaltars (1 Makk 4, 54–59 u. ö.). In ntl Zeit (Joh 10, 22) wurde es als Lichtfeier begangen (bei Fl. Jos. φῶτα = Lichter genannt). Noch heute zünden die Juden an diesen Tagen der Reihe nach den achtarmigen Leuchter (Hanukka-Menora) an.

Haran. (1) Nach Gen 11, 26 f Bruder Abrahams.
(2) (akk.: Weg) Alte nordmesopotamische Handelsstadt am Balich, Verkehrsknotenpunkt an den Karawanenwegen von Babylonien nach Syrien, Ägypten und Kleinasien. Zentrum eines intensiven Mondkultes, Wohnsitz der Vorfahren Abrahams und nach einer Pentateuchüberlieferung Ausgangspunkt seiner Wanderungen (Gen 11, 31 12, 5 24, 4. 8 27, 43). 2 Kön 19, 12 erwähnt die Eroberung durch die Assyrer (1951

wurde u. a. eine bedeutende spätassyr. →Bibliothek gefunden). *Abb. 24.*

Hasmonäer, nur bei Fl. Jos. bezeugter Name des Geschlechtes und der Dynastie der →Makkabäer von Simon (143–135) bis Antigonus (40–37) nach dem angeblichen Ahnen Hasmon (Ant. 12, 6,1). Vielleicht war H. auch nur eine andere Form des verbreiteten Namens Simon.

Haus. (1) Vom H. als Wohnung der seßhaften Israeliten können wir uns mangels literarischer Angaben nur aufgrund archäologischer Befunde eine Vorstellung machen. In der Bronzezeit dominierte der einräumige, rechteckige Breitraumtyp mit einem Fenster und einer Tür, das Fundament aus unbehauenen Feldsteinen, der Sockel aus Steinen, darüber eine Lehmmauer aus ungebrannten Ziegeln und ein flaches Dach. Größere Häuser hatten mehrere Zimmer um einen offenen Hof und ein Obergeschoß (Ri 3, 20 2 Sam 19, 1 Jer 22, 14). In der späteren Eisenzeit wurde nach syrisch-phönizischer Sitte der Hof durch Pfeiler unterteilt. Im wesentlichen wurde jedoch der Hofhaustyp beibehalten. Erst in späthellen. Zeit tauchen Säulen, Stuckverkleidungen und Mosaikböden auf. In röm. Zeit gibt es auch Gewölbedecken.
(2) Im übertragenen Sinn bedeutet H. im AT und NT Hauswesen, Familie, Geschlecht (z. B. Gen 7, 1), des weiteren den Herrschaftsbereich (z. B. Haus der Knechtschaft = Ägypten: Ex 13, 3). Das Heiligtum oder Bethaus ist H. Gottes (Gen 28, 17 Mk 2, 26 Joh 2, 16 f). Dieser Ausdruck wird dann auch bildhaft von der christl. Gemeinde gebraucht (1 Kor 3, 16 6, 19 1 Petr 2, 5), wobei H. im pneumatischen Sinn das göttliche Bauwerk bedeutet (vgl 2 Kor 5, 1–10).

Hawila (Bedeutung unbekannt), Landschaftsname.
(1) Gen 2, 10–14 am Fluß Pischon, reich an Gold, Bdelliumharz und Edelsteinen. Viele Forscher suchen es in Indien.
(2) In der →Völkertafel Gen 10, 29 1 Chr 1, 23 südarab., Gen 10, 7 1 Chr 1, 9 nordarab. Stamm oder Landschaft, Gen 25, 18 Wohnsitz der Ismaeliter, 1 Sam 15, 7 der →Amalekiter.
Ob damit zwei verschiedene Landschaften oder nur eine (Südarabien) gemeint ist, bleibt umstritten.

Hazor (hebr.: eingehegter Ort), alte kanaan. Stadt am O-Rand des obergaliläischen Gebirges; seit den Ächtungstexten in ägypt. Quellen, Mari- und Amarna-Briefen erwähnt. Nach der Eroberung (Jos 11, 10 12, 19) zu Naftali gerechnet (19, 36), von Salomo zusammen mit Megiddo und Geser befestigt (1 Kön 9, 15), unter Tiglatpileser III. assyr. (2 Kön 15, 29). Die Ebene von H. (1 Makk 11, 68 Asor) war Schauplatz eines Sieges Jonatans. – H. wurde 1926 mit *tell el-ḳedaḥ* 4 km n des Sees Gennesaret an der Autostraße Tiberias–Metulla identifiziert. Israel. Ausgrabungen 1955 – 1958, mit Nachgrabungen (zuletzt 1990). Die Siedlungsschichten reichen bis ca 4000 vC zurück. Im 18. Jh wird die Oberstadt durch eine riesige Unterstadt vergrößert, beide im 13. Jh zerstört, davor hohe kulturelle Blüte.

Hebräer. (1) *Verwendung des Namens.* In der hebr. Bibel kommt die Bezeichnung H. relativ selten vor. Entweder wird sie von Nichtisraeliten für Israeliten gebraucht (Ägypter: Gen 39, 1. 17 Ex 1, 16 u. a.; Philister: 1 Sam 4, 6. 9 u. a.) oder von Israeliten (bzw vom bibl. Erzähler) selbst gegenüber Nichtisraeliten (Gen 40, 15 Jona 1, 9 u. a.). Die Gesetzgebung enthält eigene Bestimmungen für hebr. Schuldsklaven (Ex 21, 2–6 Dtn 15, 12 Jer 34, 9. 14). Gen 14, 13 wird Abraham H. genannt. Die LXX und die rabbinische Literatur gebrauchten H. als Ehrennamen (Jdt 2 Makk). Im NT bezeichnet H. den in Palästina von jüd. Eltern geborenen Juden (Apg 6, 1 2 Kor 11, 22 Phil 3, 5) im Unterschied zum Hellenisten.

(2) *H. und ʻApiru.* Die Bibel leitet H. von Eber, einem Nachkommen Sems ab (Gen 11, 14–26). Weil diese Bezeichnung mehr bedeuten muß als die Zugehörigkeit zum auserwählten Volk (zwischen Eber und Abraham liegen fünf Generationen), wollte man die H. mit den aus hetitischen und akk. Texten bekannten Chapiru identifizieren, die mit den ʻApiru der ägypt. und den *ʻprm* der ug. Texte identisch sind. Tatsächlich melden die Profandokumente überall, wo nach der Bibel die H. eine bestimmte Zeitlang gewesen sind, für dieselbe Zeit die Anwesenheit von ʻApiru. Die H. wie auch die ʻApiru sind Fremdlinge in den Gebieten, wo sie sich jeweils aufhalten. Die Praxis der Razzia, eine bevorzugte Tätigkeit der ʻApiru, ist auch den H.n nicht ganz fremd (Gen 14, 13 ff). Wie die ʻApiru dienen auch die H. in fremden Heeren (1 Sam 14, 21 29, 2). Schließlich zeigt die Situation der H. in Ägypten viele Übereinstimmungen mit den Verhältnissen der ʻApiru dort (Zwangsarbeit; beide in Unterägypten). Sprachlich bereitet die Identifizierung ʻApiru/H. jedoch einige Schwierigkeiten

(insbesondere der Übergang von *p* zu *b*), ausgeschlossen ist sie allerdings nicht. Man nimmt heute an, daß die H. nur eine Gruppe der ʻApiru bildeten.

(3) *Bedeutung des Namens H.* Der Ursprung des Wortes H. bleibt ungeklärt. Die Juden brachten es in Zusammenhang mit dem Stamm *ʻābar* (herüberziehen: „der von drüben", Anspielung auf die mesopotamische Herkunft Abrahams). Eine moderne Deutung denkt an *ʻāfār* = Staub, Sand („Menschen, die von der Steppe kommen"). Der Name ʻApiru scheint indessen kein Gentilicium, sondern ein Appellativum zu sein (etwa unserem Begriff „Nomaden" entsprechend). Zwar mag es sich ursprünglich um den Eigennamen einer bestimmten Volksgruppe gehandelt haben, später wurde er dann aber wegen ihrer übereinstimmenden Lebensweise auch auf andere Gruppen übertragen.

Hebräerbrief. (1) Über den *Verfasser* des Briefes herrscht Unklarheit. Während die O-Kirche Hebr seit dem 3. Jh zu den Paulusbriefen zählt, wurde er im W erst in der 2. Hälfte des 4. Jh unter ö Einfluß in den Kanon aufgenommen. Die neuere Forschung ist sich jedoch darin einig, daß der Brief nicht von Paulus stammt. Nicht nur in Sprache und Stil unterscheidet er sich beträchtlich von den paulinischen Briefen – der Verfasser von Hebr schreibt ein rhetorisch geschultes, differenziertes Griechisch –, auch die Theologie ist nicht paulinisch. Zwar enthält Hebr zweifellos paulinisches Gedankengut (z. B. Christus als Mittler bei der Schöpfung 1, 2 f; vgl Kol 1, 15), aber sein zentrales Thema, das Hohepriestertum Christi, ist für Paulus kein Problem; umgekehrt finden sich wichtige paulinische Themen (Rechtfertigung aus dem Glauben, Dualismus von Fleisch und Geist) nicht in Hebr. Trotz der verschiedensten Vermutungen (Paulusschüler Apollos oder Barnabas?) läßt sich mit Sicherheit nur sagen, daß der Verfasser ein hellen. Judenchrist gewesen sein muß, der der zweiten christl. Generation angehört hat. Hebr dürfte demnach (vgl 1 Klem) zwischen 80 und 90 entstanden sein.

(2) Der Brief hat das *Ziel*, seine Leser vor Abfall und Glaubensmüdigkeit zu warnen. Dabei bezieht er seine Argumente durchgängig aus dem AT und beweist eine genaue Kenntnis jüd. Opferbräuche. Hebr ist der erste größere Versuch, das AT durch allegorische Auslegung (Deutung von Eigennamen 7, 2, Beziehung auf Christus 2, 6 ff) und typologische Exegese (Melchisedek als Typ des ntl Hohenpriesters: Kap 7) christo-

logisch zu deuten. In immer neuen gegensätzlichen Begriffspaaren (Schatten – Wirklichkeit; irdisch – himmlisch; vergänglich – bleibend u. ä.) hebt er die neue Gottesordnung von der alten ab.
(3) Wegen dieser Beweisführung glaubte man lange Zeit, Hebr habe zum *Empfänger* eine judenchristl. Gemeinde in oder außerhalb Palästinas. Weil sich jedoch der Verfasser verschiedentlich auf den Gottesglauben ganz allgemein bezieht (3, 12 u. ö.) und zudem keinen Unterschied macht zwischen Juden und Heiden – der Titel „An die Hebräer" ist sicher spätere Zufügung –, darf man vermuten, daß er sich an Christen gleich welcher Provenienz (evt Rom?) wendet. Fraglich bleibt dabei, ob es sich überhaupt um einen Brief handelt. Der fehlende Briefkopf läßt eher auf eine Predigt schließen, die einer bestimmten Gemeinde, mit einem Briefschluß versehen, zugeschickt wurde.

Hebräisch. (I) SPRACHE. (1) Das H.e gehört zur w Gruppe der semit. Sprachen und ist die von den ursprünglich aram. sprechenden Israeliten nach ihrer Landnahme übernommene und weiterentwickelte kanaan. Sprache. Nach dem Exil wurde es als Umgangssprache allmählich vom →Aramäischen verdrängt, blieb aber als Schrift- und Gelehrtensprache noch lange Zeit in Gebrauch. Erst der Zionismus hat die sog. neuhebr. Sprache („Iwrit") hochgebracht. Die Bezeichnung „hebräisch" begegnet zum ersten Male im Prolog zu Sir (im 2. Jh vC); sonst spricht die Bibel von der „Sprache Kanaans" (Jes 19, 18) oder von „jüdisch" (Jes 36, 11 2 Kön 18, 26 Neh 13, 24).
(2) Die Sprache ist überliefert in den Büchern des AT, den →Ostraka von Samaria (um 800 vC), Lachisch und Arad, dem Bauernkalender aus Geser (10./9. Jh), der Schiloach-Inschrift von Jerusalem (um 700 vC), mehreren →Siegeln, →Krugstempeln (Königs- und Makkabäerzeit), Inschriften auf Denkmälern, Synagogen, Gräbern, Münzen sowie den Hss aus der Wüste Juda (→Qumran).
(3) Die Entwicklung der hebr. Sprache ist kaum zu rekonstruieren, da die bibl. Bücher sprachlich beständig modernisiert und dem Sprachgebrauch Jerusalems angeglichen wurden. Wir kennen die Sprache im wesentlichen so, wie sie in der ausgehenden Königszeit geschrieben wurde. Wichtigstes Zeugnis des vorisraelit. Kanaanäisch sind die Texte von →Ugarit.
(II) SCHRIFT. H. wurde mit dem phönizischen →Alphabet von

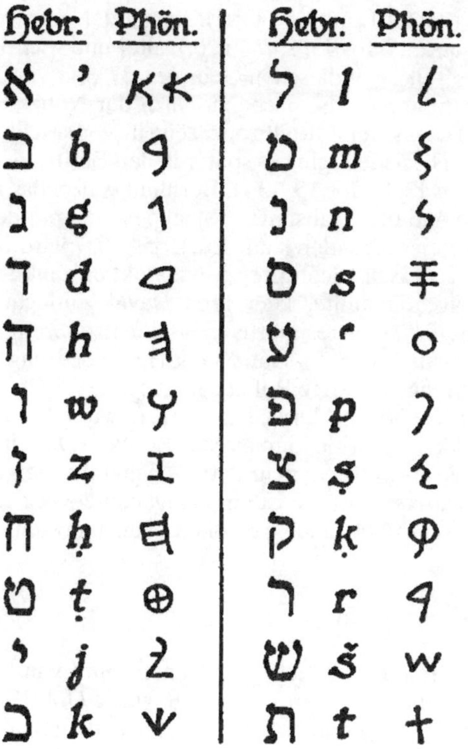

Abb. 23: Phönizische Schrift im 10. Jh. vC

22 Konsonanten geschrieben. Die hebr. Konsonantenschrift ist in der althebr. (phönizischen) und in der seit dem 5. Jh aufgekommenen sog. Quadratschrift bekannt. Erst die Masoreten haben zwei Systeme erfunden, um sämtliche Vokale durch Punktzeichen wiederzugeben: das babyl. (supralinear) und das tiberiensische (hauptsächlich infralinear; hat sich später allgemein durchgesetzt). Es ist aber zweifelhaft, ob die masoretische Aussprache mit der alten, ursprünglichen Aussprache übereinstimmt. →Bibeltext. *Abb. 23.*

Hebron (hebr.: Bündnis [-Ort]), jüngerer Name von Kirjat-Arba (Gen 23, 2 Jos 15, 13. 54 u. ö.), alter und wichtiger Stadtstaat im s Teil des judäischen Gebirges, 37 km s von Jerusalem an der Straße nach Beerscheba. Nach der Notiz Num 13, 22 stammt H. aus der Mittelbronzezeit; in vorisraelit. Zeit von Anakitern besiedelt, ging es später in den Besitz der Kalebiter über (Num 13, 22 Jos 15, 13 f). Berühmt waren das Heiligtum →Mamre und die Grabstätte →Machpela, die mit den Namen der Erzväter verbunden sind. Jos 15, 54 20, 7 wird H. zu Juda gerechnet, dessen wichtigsten Stützpunkt es dank seiner günstigen Lage darstellte. Hier fand David Zuflucht vor Saul (1 Sam 30, 31), hier residierte er bis zur Eroberung von Jerusalem (2 Sam 2, 1–5, 5). Dann sank H.s Bedeutung. Nach der Reichsteilung befestigte Rehabeam die Stadt (2 Chr 11, 5–12), nach der Zerstörung Jerusalems fiel sie wohl den Edomitern zu. 1 Makk 5, 65 ist sie idumäischer Besitz. – Das alte H. sucht man w von *el-chalīl*, wo man Patriarchengräber zeigt. Die darüber errichtete Moschee ist eine umgebaute Kreuzfahrerbasilika, die sich über einer herodianischen Umwallung erhebt. *Abb. 22.*

Heer →Kriegswesen.

Heiliges Grab. Das Grab Jesu lag nach dem Ev in einem Garten nahe dem Ort, wo er gekreuzigt wurde (Joh 19, 41), nicht weit vor der Stadtmauer (19, 17. 20). 41 nC umgab Herodes Agrippa I. die n Ausweitung Jerusalems mit einer monumentalen Mauer, wodurch auch →Golgota und der Garten Josefs von Arimatäa in die Umwallung einbezogen wurden. Der traditionelle Ort wird heute durch die *Heiliggrabkirche* bezeichnet. Nach Mt 27, 60 war das Grab in einen Felsen gehauen. Es wurde mit einem großen runden Stein (Mk 16, 4), den man vor die niedrige Öffnung (Lk 24, 12 Joh 20, 5. 11) wälzte, verschlossen. In der Grabkammer selbst befand sich eine steinerne Bank oder Nische, worauf oder worin man den Leichnam bettete (Joh 20, 5–7. 12; →Grab II. 4. 5). – Beim Wiederaufbau Jerusalems duch Kaiser Hadrian verschwand das H. unter dem Forum. 325 legte Konstantin es wieder frei und erbaute darüber eine Kuppelkirche, die Anastasis. Von Kalif Hākim wurde es 1009 zerschlagen. *Abb. 27.*

Heiligkeitsgesetz. Wegen der in Lev 17–26 öfter belegten Formel „Seid heilig, denn heilig bin ich, Jahwe, euer Gott" u. ä.

wird dieser Komplex H. genannt. Hinsichtlich seiner langen, komplizierten Vorgeschichte überwiegt die Meinung, daß das H. ein selbständiges Corpus war, das erst in exilischer oder nachexilischer Zeit seine Endredaktion erfahren hat. Wenn auch der Umfang des H.es umstritten ist, so herrscht Einigkeit darüber, daß darin älteste Stoffe (wie z. B. Dekaloge in Lev 18 und 19) aufgenommen worden sind. Kontrovers bleiben die Übereinstimmungen zwischen dem H. und Ez. – Es empfiehlt sich eine Zweiteilung: Ein nachdeuteronomisches, aber vorexilisches Ur-H. und ein exilisches H. Als Ur-H. sind die alten Reihen von Lev 18–20 anzusehen, die ähnliche Bestimmungen an sich gezogen haben. Die für diese Sammlung charakteristische Formel „Ich bin Jahwe" erweist es als Gottesrecht, an das Israel als geheiligtes Volk des heiligen Gottes gebunden ist. Im Exil wurde das Ur-H. um die alten Satzungen des Festkalenders (Lev 23), Restitutionsbestimmungen (24, 16–22), paränetische Stellen und den Grundbestand des Segen-Fluch-Kapitels (26) erweitert. Das so entstandene H., historisierend zwischen Sinai und Landnahme fixiert (vgl 18, 2b–4), identifiziert die exilische Situation mit jener der ersten Landnahme. Die häufige Formel „Ich bin Jahwe, euer Gott" zeigt ein reges Interesse am Bundesgedanken, sie verpflichtet das Volk zu bundesgemäßem Verhalten, weist aber auch auf Jahwes Treue hin. – In exilischer oder nachexilischer Zeit wurde das H. in P eingegliedert, wiederholt priesterlich überarbeitet und dabei um Lev 17 und andere Zusätze erweitert.

Heliopolis, gr. Name einer berühmten ägypt. Stadt (hebr.: On, Ez 30, 17), 10 km n von Kairo, Kultzentrum des Sonnengottes. Es gab in H. viele Obelisken (spezifische Sonnensymbole), von denen der granitene Obelisk Sesostris' I. (Anfang des 20. Jh vC, 20, 5 m hoch) den bedeutendsten Fund von H. darstellt. Unter der 5. Dyn. waren die theologischen Auffassungen der Priester von H. bestimmend. Zur Zeit Herodots (5. Jh vC) war die Stadt noch unversehrt, zur Zeit Strabos (Ende 1. Jh vC) als Siedlung aufgegeben. *Abb. 1.*

Hellenismus. (1) Mit dem auf den Historiker J. G. Droysen zurückgehenden *Begriff* H. bezeichnet man im allgemeinen den Zeitraum zwischen Alexander d. Gr. (gest. 323) und dem Ende des →Ptolemäerreiches (30 vC), also jene Epoche, die „aus dem Griechentum zum Christentum hinüberführt"

(Droysen). Obwohl sich der Begriff als äußerst praktikabel erwiesen hat, gibt es im einzelnen zahlreiche Unklarheiten. So läßt sich in zeitlicher Hinsicht – vor allem für Dichtung und Philosophie – ein früherer Ansatz (ca 360) mit guten Gründen rechtfertigen. Räumlich begrenzt man den H. entweder auf Griechenland und das Reich Alexanders (bzw die Staaten seiner Nachfolger) oder bezieht auch die Außenbereiche in O (Indien) und W (Karthago, Rom) mit ein. Inhaltlich schließlich kann H. einfach die betreffende geschichtl. Epoche bezeichnen, ebenso aber auch als kultur-, geistes- oder religionsgeschichtl. Begriff verwendet werden (gemäß dem Sprachgebrauch der antiken Literatur, die mit dem Terminus meistens die Beherrschung der gr. Sprache oder den Besitz gr. Bildung meint). Kennzeichnend für den H. ist im machtpolitischen Bereich die Auflösung der gr. Stadtstaaten sowie die Bildung souveräner Territorialstaaten. Der Verlust des nationalen Charakters des Griechentums wurde kompensiert durch ein z. T. auch von der Philosophie propagiertes Weltbürgertum. Die Gründung oder Hellenisierung zahlloser Städte durch Alexander und seine Nachfolger führte nicht nur zu einer weltweiten Ausdehnung des Handels und zur Bildung einer einheitlichen gr. Weltsprache (→Bibelgriechisch), sondern auch zu einer Annäherung und gegenseitigen Beeinflussung auf kulturellem und religiösem Gebiet (Synkretismus: Assimilation oder Identifikation von Göttern verschiedener Religionen, z. B. Zeus = röm. Jupiter = ägypt. Amon und Serapis = syrisch Baal). Während in der Philosophie der gr. Einfluß vorherrschend blieb (die beiden wichtigsten Schulen: Stoa und Epikureismus) und in den Residenzstädten ([→] Alexandrien, Pergamon) gr. Kunst und Wissenschaft blühten, war im Bereich der Religion der Einfluß aus dem O unvergleichlich viel stärker, so daß sich insgesamt eine eigenartig reizvolle Mischkultur entwickelte. Gewisse Nivellierungstendenzen lassen sich nicht verkennen, jedoch ergab sich andererseits eine zumindest äußerliche Einheit der Zivilisation, die auch der Verbreitung des Christentums zugute kam.

(2) Während in der Diaspora, wo man weitgehend gr. sprach und z. B. auch das AT ins Gr. übersetzte (→Septuaginta), die Haltung gegenüber dem H. naturgemäß großzügiger war, gab es *in Jerusalem*, das von einer ganzen Zahl hellen. Städte umgeben war, mehrere sich hinsichtlich ihrer Einstellung zum H. befehdende Parteien. Die eine verwarf das jüd. Gesetz als veraltet und erreichte die Anerkennung Jerusalems als einer gr.

Polis, aber – um wenigstens ein Beispiel aus den z. T. heftigen Auseinandersetzungen zwischen den einzelnen Parteien zu nennen – im Jahr 164 vC wurde auf Betreiben der →Makkabäer im Jerusalemer Tempel, der zuvor auf den Zeus Olympios umgeweiht worden war, der Jahwedienst wieder hergestellt. Insgesamt jedoch läßt sich auch in Jerusalem ein allmählich wachsender Einfluß des H. feststellen.
(3) Über den Umfang hellen. Elemente *im NT* gehen die Meinungen auseinander, da sich scheinbar hellen. Lehrgut z. T. auch aus dem Judentum erklären läßt. Jedoch gibt es einige Fakten, bei denen kaum Zweifel aufkommen dürften. So betont Lk, der Gebildetste unter den Evangelisten, im Unterschied zu Mt und Mk, die stark gegen die Pharisäer polemisieren, den universalen Charakter des Heils (2, 11. 14 3, 15–18 4, 24–28) und erwähnt auch für Nichtjuden Bedeutsames (7, 1–10 9, 51–55 10, 25–37 17, 13 ff 19, 1–10). Eindeutig berücksichtigt Paulus die hellen. Mentalität (vgl 1 Kor 9, 19–23); sein Vokabular ist durch Begriffe der philosophischen Diskussion des H. mit geprägt (z. B. zitiert er Apg 17, 28 Arat; vgl ferner die Bedeutung von Begriffen wie σοφία, μυστήριον, παρουσία, ἐπιφάνεια für die paulinische Theologie, dazu in formaler Hinsicht seine Neigung zu antithetischen Formulierungen und zur Diatribe, einer volkstümlichen Dialog- oder Vortragsform). Auch Joh zeigt hellen. Einfluß: die Bevorzugung abstrakter Begriffe, der stark dualistische Einschlag und vor allem seine Logoslehre (zahlreiche Übereinstimmungen mit der Gnosis).

Henoch (hebr. Bedeutung unbekannt, kanaan. Form = Gefolgsmann)
(1) In der Kainitenliste (Gen 4, 17–24; →Set) ist H. der Sohn des Kain und Vater des Irad, in der Setitenliste (Gen 5; →Set) der Sohn des Jared und Vater des Metuselach. Nach 365 Jahren wurde er entrückt (5, 23 f; vgl Sir 44, 16 49, 14 Lk 3, 37). Er spielte in der späteren jüd. Legende und in Qumran eine große Rolle (vgl Hebr 11, 5).
(2) Das *Henochbuch* (1 Hen; →Apokryphen I. 3), ursprünglich hebr. oder aram. geschrieben (wahrscheinlich im 2. Jh vC) ist nur in gr. und äthiopischer Übersetzung bekannt (die äthiopische Kirche rechnet es zum Kanon). Das slawische H.buch (2 Hen), von einem Juden in gr. Sprache verfaßt (1. oder 2. Jh nC), wurde nachträglich christl. überarbeitet.

Hermon (Bedeutung unbekannt), die ö der beiden Ketten des mittelsyrischen Gebirges (sog. Antilibanon), nach Dtn 3,9 von den Phöniziern *sirjōn*, von den Amoritern *s*[e]*nīr* genannt (Hld 4,8 1 Chr 5,23 scheint mit H. nur die s Spitze des Antilibanon gemeint zu sein). Er wird als N-Grenze Kanaans genannt und ist eine uralte Kultstätte des Gottes H. (1 Chr 5,23). Noch im 4. Jh nC wurden auf den H. höhen zahlreiche Tempel errichtet. *Abb. 14.*

Herodes (gr.: Heldensproß). Im NT steht der Name für verschiedene Personen.
(1) Tetrarch →Antipas I. (Mt 14,1–12 par Mk 6 passim 8,15 Lk 3,1. 19 8,3 9,7. 9 13,31 23 passim Apg 4,27 13,1).
(2) König →Agrippa I. (Apg 12 passim).
(3) König H. d. Ält. (ca 73–4 vC; Mt 2 passim Lk 1,5). Dieser war als Sohn des Idumäers Antipater und der Araberin Kypros nicht-jüd. Abstammung und wurde am Hofe des Hohenpriesters Johannes Hyrkan II. (63–40) erzogen. Sein von Cäsar begünstigter Vater ließ seine beiden Söhne als Strategen einsetzen, H. über Galiläa, Phasael über Judäa. Nach Cäsars Tod trat H. zur Partei des Pompeius über und bewarb sich später genauso erfolgreich um die Gunst des Antonius. Als die Parther Syrien besetzten (40), floh H. nach Rom, ließ sich auf dem Kapitol zum König erheben, schlug den Partherfreund Antigonus (38) und eroberte Jerusalem. Nach der Schlacht bei Actium (30) erwarb H. die Gunst Octavians und erhielt zu dem jüd. Staat des Antigonus Jericho, Gadara, Samaria, Gaza und später (28) von Augustus Batanäa, Trachonitis und Auranitis hinzu. Inzwischen hatte er die Hasmonäer ausgerottet und das Prinzip der Lebenslänglichkeit des Hohenpriesteramtes durchbrochen. – H.' Regierung war beherrscht von glanzvoller Bautätigkeit. Er gründete viele hellen. Städte und schuf neue Befestigungswerke; in Jerusalem entstanden der herodianische →Tempel, die Burg →Antonia, der Königspalast und zwei Theater. Obwohl selbst Hellenist, war H. doch klug genug, das jüd. Staatswesen nicht mit Gewalt zu hellenisieren. Er respektierte die Anschauungen des Volkes und vor allem der Pharisäerpartei. Dennoch wurde er wegen seines intrigenreichen Privatlebens (von seinen zehn Frauen wird in der Bibel keine erwähnt), der Förderung des →Hellenismus und der durch den Baueifer drückenden Steuern nur murrend ertragen.
Abgesehen von Lk 1,5 werden die im NT genannten Bege-

benheiten unter seiner Herrschaft (Weise aus dem Osten und Kindermord) in profanen Quellen nicht erwähnt, entsprechen aber seinem mißtrauischen und rücksichtslosen Charakter.

Herodianer, Anhänger des Herodes →Antipas (Mk 3, 6 12, 13 par), im NT neben den Pharisäern als Gegner Jesu erwähnt. Sie sind nicht mit der jüd. Sekte gleichzusetzen, die Herodes d. Ält. als Messias ansah.

Herodias, Tochter des Aristobul, Gattin des Herodes Philippus, später Geliebte des Herodes →Antipas. Auf ihr Anstiften wurde Johannes der Täufer hingerichtet (Mk 6, 17–29 par). Sie folgte Antipas in die Verbannung nach Lyon.

Hetiter (Chatti). (1) Bevölkerungselement in Kleinasien und Syrien. Historisch zuverlässige Angaben über die H. wurden erst möglich nach den großen dt. Ausgrabungen in Bogazköy (Türkei, ab 1893; ehemalige Hauptstadt Chattusa). Spätestens seit dem 19. Jh vC sind die auf unbekanntem Weg nach Kleinasien eingewanderten H. in Kappadozien ansässig und gewinnen allmählich die Oberherrschaft über die älteren einheimischen Stadtstaaten. Um 1600 begründet Labarna Chattusili I. das sog. Alte Reich. Sein Nachfolger Mursili I. nimmt Aleppo ein und erobert 1530 sogar Babel. Thronwirren reduzieren das Reich aber bald danach auf sein anatolisches Kerngebiet. Erst eine neue Dynastie unbekannter Herkunft vermag den Staat wieder zu festigen. Suppiluliuma I. (um 1370) greift Syrien an und setzt sich gegen den hurritischen Mitanni-Staat durch. Die Auseinandersetzung um eine Abgrenzung der hetitischen gegen die ägypt. Machtsphäre in N-Syrien führt zur Schlacht bei Kadesch (1285). Unter Chattusili III. regelt ein Friedensvertrag (1270) die Grenzen. Das aufkommende Assyrerreich und der Ansturm einer neuen Völkerbewegung aus dem W um 1200 bereiten dem H-Reich ein Ende. Nur einzelne Kleinfürstentümer in N-Syrien überleben und vermögen sich teilweise noch etwa 500 Jahre zu halten, bis sie, von aram. Dynastien abgelöst, ins neuassyr. Reich eingegliedert werden. – Das AT läßt die H. von einem angeblichen Stammvater Het (Gen 10, 15) abstammen und lokalisiert sie in N-Syrien. Die assyr. Inschriften jedoch bezeichnen mit „Chatti“ oft den gesamten palästinischen Raum. *Abb. 24.*
(2) *Religion und Kultur.* Im anthropomorphen Pantheon der H. spielen die (proto-)chattischen Gottheiten die wichtigste

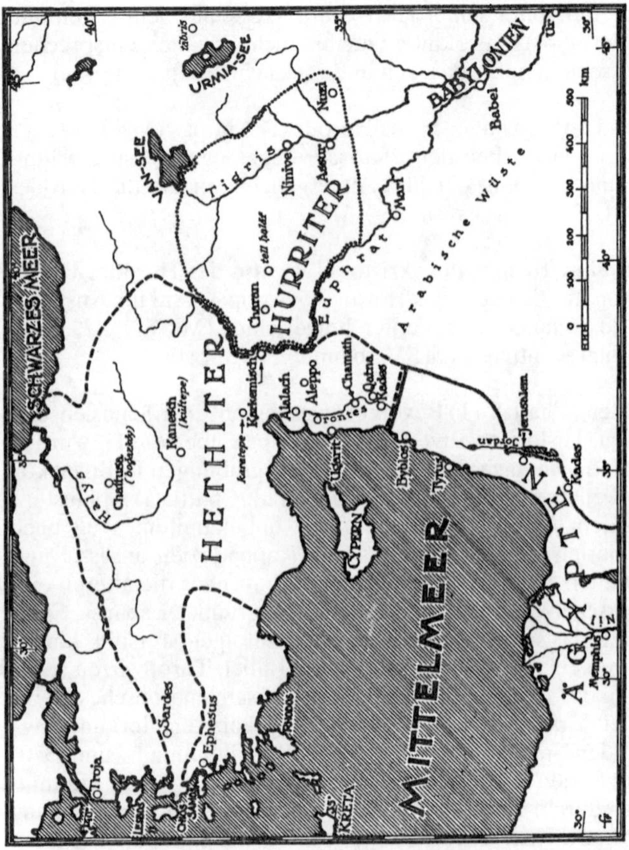

Abb. 24: Das Reich der Hetiter um 1270 vC

Rolle, an der Spitze ein Wettergott (mit vielen Lokalkulten) und seine Gemahlin. Der König fungiert als oberster Priester und wird nach seinem Tode vergöttlicht. (Proto-)chattisch oder hurritisch ist auch der Ursprung der meisten Mythen und der zahlreichen magischen Rituale. Aber auch babyl. Mythen (Gilgamesch) und Riten sind bekannt. In vielen wesentlichen Kulturerrungenschaften (z. B. Schrift) sind die H. von ihren Nachbarn abhängig, während ihr eigenes indogermanisches Erbe fast nur in der Sprachstruktur und in einem Teil des Wortschatzes erhalten blieb. Selbständige Leistungen vollbrachten die H. vor allem durch ihr ausgeprägtes Rechtsdenken und ihr historisches Bewußtsein (Chroniken, Annalen).

Heuschrecke. Welche Plage die H.n für Palästina bedeuten, geht aus den Schilderungen der von ihnen angerichteten Schäden und aus den zehn verschiedenen Bezeichnungen für H. im AT hervor (vgl bes. Joel 1, 2–12 2, 2–11), die im einzelnen nicht sicher auf verschiedene Arten oder Entwicklungsstadien festzulegen sind. Die in Palästina auftretenden H.n gehören der Gruppe der afrikanischen Zug-Hn. an. Ein solcher H.schwarm kann bis zu 50 Milliarden(!) H. umfassen, die pro Tag mindestens 100 000 Tonnen Nahrung benötigen. – Die H. wurden gelegentlich gegessen (Lev 11, 22 Mk 1, 6 par); man kochte sie in Salzwasser oder mischte sie, getrocknet und zermahlen, ins Brotmehl. Weil dieses Brot bitter schmeckte, aß man Honig dazu.

Hexateuch (gr.: Sechsbuch), Bezeichnung für die Bücher Gen bis Jos. Dabei setzt man voraus, daß Jos die gleichen literarischen Quellen zugrunde liegen wie dem →Pentateuch.

Hieroglyphen, gr. Bezeichnung für die Schriftzeichen der Ägypter. Sie sind eine Lautschrift, die ihren Bildcharakter bewahrt hat. In der klassischen Zeit waren etwa 700 Zeichen in Gebrauch. Sie legten lediglich das Konsonantengerippe der Wörter fest, wobei die Schriftrichtung beliebig war. Man schrieb zunächst mit einem Binsenstengel, dann mit einem Schreibrohr, auf →Papyrus, aber auch auf Scherben (→Ostraka), Brettchen und Leder. Die ältesten H. stammen vom Ende des 4. Jt vC, die jüngsten von 394 nC. *Abb. 25.*

Himmelsrichtungen. Im AT werden die vier H. nach verschiedenen Grundsätzen bezeichnet. Orientierte man sich nach dem Aufgang der Sonne, war der O vorn, der Sonnenuntergang (= W) hinten, der N links, der S. rechts. Nach topographischen Gesichtspunkten ergibt sich: Mittelmeer oder Meer = W, Negeb = S, „die Wüste" = O. Für den N ist in diesem System keine Bezeichnung bekannt, vielleicht nannte man ihn „das Verborgene". In der Praxis wurden die systematischen und topographischen Bezeichnungen nicht getrennt (z. B. Gen 13, 14). – Das NT hat die gr. Bezeichnungen übernommen.

Abb. 25: Hieroglyphen. Szene aus einem Grab des Alten Reiches (ca 2500 vC). Links stehend der Eigentümer des Grabes, rechts in drei Reihen die Schreiber seiner Verwaltung an der Arbeit, einige mit Schreibbinsen hinter dem linken Ohr, die sie beim Schreiben zwischen Zeige- und Mittelfinger nehmen. In der linken Hand halten sie das Papyrusblatt und die Palette mit schwarzem und rotem Schreibstoff. An zwei Stellen sind zu Bündeln zusammengeschnürte Papyrusrollen sichtbar, oben rechts ein Futteral, unten links der gleiche Gegenstand in Form eines Bierkrugs.

Hinnomtal (hebr. *gē-hinnōm)*, Tal s und w von Jerusalem. Es beginnt am Mamilla-Teich, biegt um den SW-Hügel Jerusalems und läuft dann ins Kidrontal aus. Eine klare topographische Begrenzung ist nicht möglich. Nach Jos 15, 8 18, 16 bildet es die Grenze zwischen Juda und Benjamin, wäre also nur der s Teil des Tals. – Das H. war vermutlich seit uralter Zeit der Ort des →Molochkultes, bei dem man Kinder verbrannte (Jer 7, 31 f 19, 5 f). Joschija (2 Kön 23, 10) „verunreinigte“ die Kultstätte Tofet, um diese Opfer, an denen auch Ahas (2 Chr 28, 3) und Manasse (33, 6) beteiligt waren, zu unterbinden. Wegen dieser Greuel und des Fluches, den Jeremia über das Tal aussprach (Jer 7, 32 19, 6), wurde der Name immer mehr zur Bezeichnung für einen Ort der Strafe und des Gottesgerichtes (Gehenna). *Abb. 27.*

Hiob →Ijob.

Hiram (hebr.: Bruder [Gott] ist erhaben), auch Hirom (1 Kön 5, 24 f. 32) oder Huram (1/2 Chr), Eigenname zweier Phönizier.
(1) König von Tyrus, Zeitgenosse Davids und Salomos; weil er Baumaterial lieferte und Künstler zur Verfügung stellte, war er von großer Wichtigkeit für die israelit. Baukunst (2 Sam 5, 11 1 Chr 14, 1 2 Chr 2, 3–16 1 Kön 5, 15–26) und Schiffahrt (1 Kön 9, 26–28 2 Chr 8, 17 f).
(2) Tyrischer Künstler aus dem Stamme Naftali (1 Kön 7, 13 f) oder Dan (2 Chr 2, 13 f), stellte bronzene Gegenstände für den Tempel und Palast Salomos her (1 Kön 7, 13–46); vielleicht fiktiver Doppelgänger von (1).

Hirt. Kleine Viehzüchter hüteten ihr Vieh selbst (Ez 34, 15) oder ließen es ihre Söhne (Gen 31, 38–40) oder Töchter (Gen 29, 6) hüten. Für größere Herden nahm man H.n in Dienst. Der H. wurde mit Geld (Sach 11, 12) oder einem Anteil an der Herde (Gen 30, 28–43 1 Kor 9, 7) bezahlt. Er mußte Weide- und Wasserplätze suchen (Ps 23, 2 f) und die Herde vor Raubtieren und Dieben schützen (1 Sam 17, 34 f Joh 10, 12), weshalb er mit H.nstab, Stock und Schleuder ausgerüstet war. Verlorengegangene Tiere hatte er zu ersetzen (Gen 31, 39; nähere Bestimmungen Ex 22, 9–12). Wegen seiner Zuverlässigkeit und Sorge um die Tiere wurde der H. zum Bild für den Herrscher: H. ist häufiger Titel assyr. und jüd. Könige (Ez 34, 1–10 Sach 11, 4–14) und für Gott (Ps 23, 1–4 Ez 34, 11–22). Die Propheten übernahmen das Bild für den davidischen König der Heilszeit (34, 23 f 37, 24). Im NT wird nicht Gott, sondern Jesus H. genannt (Mt 2, 6 Joh 10, 11–16). Der H. ist auch eine beliebte Figur zur Verbreitung von Wundererzählungen (Lk 2, 8–20; Mk 5, 1 ff).

Hiskija (hebr.: Jahwe ist meine Stärke), 13. König von Juda (725 bis 697), Sohn des Ahas, 2 Kön 18–20 2 Chr 29–32 Jes 36–39 Sir 48, 17–23. H. war ein starker, international anerkannter kluger Fürst. Außenpolitisch stand er vor der Frage, ob er sich Assyrien oder Ägypten anschließen sollte. Nachdem er sich zehn Jahre lang neutral verhalten hatte, trat er

712 unter Führung von →Aschdod einer assyrienfeindlichen Koalition bei, aus der er sich aber rechtzeitig zurückziehen konnte. 702 verband er sich mit Ägypten gegen Assyrien und wurde von Sanherib bei Elteko geschlagen, kam aber mit einer Tributzahlung davon. H. befestigte Jerusalem (Jes 22, 10) und sicherte die Wasserversorgung der Stadt. Seine Innenpolitik war durch eine religiöse Reform gekennzeichnet, der der (→) Höhenkult, Masseben, Ascheren und sogar die eherne Schlange zum Opfer fielen (→Arad).

Hiwiter, eines der sieben im AT genannten vorisraelit. Völker Kanaans. Sie bewohnten das Gebirge bis zum Fluß des Hermon (Num 13, 29 Jos 11, 3) und Libanon (Ri 3, 3), als Einwohner der Städte Sichem (Gen 34, 2), Gibeon (Jos 9, 1. 7) und zuletzt bei der davidischen →Volkszählung (2 Sam 24, 7) neben den Kanaanitern erwähnt. Ursprung und Rassenzugehörigkeit sind unbekannt; vielleicht sind sie mit den Hurritern identisch.

Hochzeit wurde mehrere, gewöhnlich sieben (Gen 29, 27 Ri 14, 12 Tob 11, 19) Tage mit Essen, Trinken, Tanzen, Rätselraten (Ri 14, 12) und allgemeiner Geselligkeit laut und fröhlich gefeiert. Höhepunkt war der Brautzug. Aus dem Haus der Eltern wurde die Braut dem Bräutigam verschleiert (Gen 24, 65) und geschmückt (Offb 21, 2) zugeführt. Ihr entgegen ging (Hld 3, 6–11), begleitet von Gästen und Freunden (Ri 14, 11 Mt 9, 15), der von seiner Mutter mit der „Krone" geschmückte Bräutigam (Jes 61, 10 Hld 3, 11). Gelegentlich gingen der Braut Gespielinnen voraus (Mt 25, 1). Beim Fest selbst blieben Männer und Frauen getrennt, so heute noch bei streng orthodoxen jüd. H.en.

Höhenkult. Von den Kanaanitern, die ihre Gottheiten mit Vorliebe auf Anhöhen und Bergen verehrten, übernahmen die Israeliten die H.stätten, die keinen Tempel hatten, sondern (→) Altäre, Masseben und Ascheren. Samuel opferte z. B. in Rama (1 Sam 9, 12), Salomo in Gibeon (1 Kön 3, 4) und Elija auf dem Karmel (1 Kön 18, 30). Wegen der immer stärkeren Vermischung mit kanaan. Kultsitten (Verehrung von Baal und Astarte: Ri 6, 25 Ez 20, 28; Fruchtbarkeitsriten und Hierodulen) galt der H. immer mehr als Götzendienst (2 Kön 23, 8 Am 7, 9) und wurde von den Propheten verurteilt (Jes 1, 29 Jer 2, 20 Ez 6, 13 Hos 4, 13 u. ö.). Das Dtn erkennt allein den Tempel in Jerusalem als Kultstätte an. Aber trotz der Reform des →Joschija bereitete erst das Exil dem H. ein Ende.

Hoherpriester. (1) *Funktion.* In der priesterschriftlichen Literatur, die die Verhältnisse des nachexilischen Tempels widerspiegelt, steht an der Spitze des Kultpersonals (Priester und Leviten) der hohe oder große (Lev 21, 10), der gesalbte (Lev 4, 3. 5) →Priester, der auch Priesterfürst (2 Kön 25, 18) oder einfach „der Priester" (Ex 29, 30) genannt wird. Er hatte die Aufsicht über Tempel, Kult und Kultpersonal und war Mittler zwischen Jahwe und Volk. In dieser Eigenschaft brachte er das tägliche Opfer dar (Ex 29, 42). Der H. war der Vorsitzende des →Hohen Rates und trat vor allem unter den Hasmonäern als politischer Führer auf. Sein Amt führte er auf Lebenszeit. Bei den gleichzeitig amtierenden H.n des NT sind wahrscheinlich die höheren Tempelbeamten und die ehemaligen H. mitgemeint.
(2) Die *Festtagskleidung* des H.s bestand aus einem dunkelblauen Oberkleid, mit goldenen Glöckchen umsäumt. Darüber trug er das von einem bunten Gürtel zusammengehaltene →Efod. Auf dem Diadem standen die Worte „Jahwe heilig". Am Versöhnungstag trug der H. ein linnenes Gewand (Lev 8, 7–9 16, 4. 23 u. a.).
(3) Die *Geschichte* des H. tums ist sehr lückenhaft. Auffallend ist die politische Rolle der späteren H. Führten bis Onias III., der unter Antiochus IV. Epiphanes (175–164) hingerichtet wurde (2 Makk 4, 33 ff), die H. ihre Abstammung auf Aaron-Eleasar-Zadok zurück, so wurde nun die hohepriesterliche Würde von den syrischen Königen dem Meistbietenden übertragen. Später riß Herodes das Recht zur Ernennung des H.s an sich, und die Römer folgten seinem Beispiel. Der erste im NT erwähnte H. ist Hannas (6–15 nC Lk 3, 2), der seine fünf Söhne und seinen Schwiegersohn Kajafas (18–36) zu Nachfolgern hatte. Mit der Zerstörung des Tempels hört das H. tum auf. Nach Hebr 5, 1–10 7, 1–8, 5 ist das Amt in Christus erfüllt.

Hoher Rat, das höchste Regierungskollegium des jüd. Volkes in gr.-röm. Zeit, oft auch Sanhedrin, Senat (γερουσία: Jdt 4, 8 1 Makk 12, 6 Apg 5, 21) oder Rat der Ältesten (πρεσβυτέριον: Lk 22, 66 Apg 22, 5) genannt. Zum erstenmal wird er 1 Makk 12, 6 unter dem Hohenpriester Jonatan (160–143) erwähnt, der ihn wohl aus dem Ältestenkollegium, das zur Zeit des Nehemia für das jüd. Gemeinwohl verantwortlich war (Esra 5,9 6,7 10,8), reorganisierte. In ntl Zeit bestand der H. aus 71 Mitgliedern unter dem Vorsitz des →Hohenpriesters (in Anlehnung an Ex 24,1.9 Num 11,16). Sie kamen aus drei Klassen: den Ältesten (angesehenste Vertreter des Volkes aus nichtpriesterlichem Geschlecht), den Hohenpriestern (zurückgetretene Hohepriester und die Mitglieder der vier Familien, die gewöhnlich die Hohenpriester stellten; vgl Apg 4,5 f) und den Schriftgelehrten (meistens aus der Partei der Pharisäer). Der Rat tagte in der „Halle der Quadersteine" an der SW-Ecke des inneren Tempelvorhofs. Sitzungen im Palast des Hohenpriesters werden in der rabbinischen Literatur nicht erwähnt; Mt 26,57.59–66 Mk 14,53–64 handelt es sich vermutlich um eine literarische Kombination des nächtlichen Verhörs Jesu durch Hannas in dessen Palast mit dem Verhör vor dem H. am anderen Morgen (Mt 27,1 Mk 15,1 Lk 22,66–71). – Die Kompetenz des H.s war abhängig von dem politischen Herrn des Landes. Unter Herodes d. Ält. führte er ein Schattendasein, unter den röm. Prokuratoren jedoch bildete er die oberste Verwaltungs- und Justizbehörde, die auch die religiösen Angelegenheiten frei regeln konnte, nicht aber die politischen. So durften Todesurteile sehr wahrscheinlich nur nach Bestätigung des Prokurators vollzogen werden.

Hoheslied (= Lied der Lieder; Hld seit Luther gebräuchlich)
(I) Literarische Gattung. (1) Nach der am besten begründeten Auffassung ist das Hld eine *Sammlung von Hochzeits- und Liebesliedern*. Ein Endredaktor schloß sie zusammen, wobei die mehrmalige Wiederaufnahme des Themas (das Verlangen der Liebenden nach einander) dramatische Spannung erzeugt.

(2) Andere Exegeten sehen im Hld ein bewußt konzipiertes *Drama*, in dem die Erlebnisse eines Hirtenmädchens besungen werden. Eine aufsteigende Linie oder eine Lösung am Ende läßt sich jedoch nicht nachweisen (vgl z. B. 1,2–4. 9–17).

(3) Eine weitere Gruppe versteht Hld als Sammlung von Liedern, in denen die Hochzeit orient. Vegetationsgottheiten (ἱερὸς γάμος) besungen und die Festlegende für das im Frühjahr gefeierte altisraelit. →Mazzotfest übernommen wurde. Es ist jedoch unwahrscheinlich, daß *heidnisch-religiöse Lieder* in den jüd. Kanon gelangen konnten.

(4) Viele Exegeten sehen das Hld als eine schon ursprünglich gewollte *Allegorie* an: Mann und Frau als Bild für das Verhältnis Jahwes zu Israel. Dagegen spricht jedoch u. a., daß der Autor des Hld nirgends seine Absicht durchblicken läßt (im Gegensatz zu anderen atl Stellen wie Jes 54, 4 62, 4 Hos 1, 2), daß die meisten bibl. Parallelen des Hld die eheliche Liebe besingen und Bilder aus der Sexualsphäre nicht auf Jahwe bezogen werden.

(II) BEDEUTUNG. Die meisten kath. Exegeten erkennen heute den Wortsinn des Hld an (Lobpreis und Bewunderung der menschlichen Liebe) und weisen ihm darüber hinaus einen tieferen Sinn zu: die Liebe Jahwes zu seinem Volk und, im Lichte ntl Erfüllung, die Liebe Christi zur Kirche. Jedenfalls beruht die religiöse Wirksamkeit des Hld und seine Aufnahme in den Kanon auf dieser typologischen Interpretation.

(III) ENTSTEHUNG. Bei aller Unsicherheit im einzelnen läßt die Sprache mit ihren Aramaismen (z. B. 1, 12 2, 7), Parsismen (4, 13) und Gräzismen (3, 9) an eine Entstehung zu Beginn der hellen. Zeit denken, obwohl ein hohes Alter einzelner Lieder wahrscheinlich ist (Verwandtschaft mit ägypt. Liebesliedern). Daß Salomo (1, 1) der Verfasser sei, ist dennoch auszuschließen.

Holz. Das hebr. Wort für H. bezeichnet jede Art von Bauholz (Hag 1, 8), Brennholz (Lev 1, 7) und Nutzholz (Dtn 10, 1), auch den Pfahl (Gen 40, 19 u. ö.), Schaft und Stiel. Das AT kennt das H. der Akazie, Eiche, Kiefer, Sykomore, Zeder und Zypresse. Die Israeliten lernten die H.bearbeitung z. T. von den Phöniziern (2 Sam 5, 11 1 Kön 5, 20); unter Joasch und Joschija dürften sie selbständig gearbeitet haben (2 Kön 12, 12). Als Geräte dienten Axt, Bohrer, Hammer, Meißel, Säge und Nägel.

Durch das dem Wort H. bereits im Profangr. anhaftende Moment des Schmachvollen (Strafwerkzeug) wurde die ntl Bedeutung H. = Kreuz vorbereitet (Apg 5, 30 10, 39 u. a.). Offb 2, 7 22, 2 greift auf die atl Vorstellung vom →Lebensbaum zurück.

Honig gehörte im AT zu den wertvollsten Erzeugnissen und wurde auch exportiert (Gen 43, 11 Ez 27, 17). Er war so geschätzt, daß man ihn einem Propheten schenken (1 Kön 14, 3) und Jahwe opfern (Lev 2, 11 f) konnte. Im Kult durfte man ihn jedoch nicht verwenden (Lev 2, 11). Man aß H. allein

(1 Sam 14, 25–27 Jes 7, 15) oder brauchte ihn zum Süßen. Er wurde von der wilden Biene (Dtn 32, 13 Ri 14, 8 Mk 1, 6 par u. a.) gewonnen; ob es vor der hellen. Zeit schon Bienenzucht gab, ist unsicher.
Der das ganze AT durchziehende Ausdruck „Milch und Honig“ ist eine Hyperbel, die Kanaan als gesegnetes Land darstellt.

Horeb (hebr.: der Dürre, Einsame), Name des Berges der Gesetzgebung, sonst →Sinai. Die Wellhausen-Schule sieht in H. die elohistische und deuteronomistische, in Sinai die jahwistische und priesterliche Tradition. *Abb. 7.*

Horn. (1) Blasinstrument aus gebogenem Widderhorn (Jos 6, 5), ursprünglich nur im Kult, später auch im profanen Bereich gebraucht.
(2) Das H. vom Widder oder Stier galt als Sinnbild der Kraft: Sein H. erheben (Ps 75, 5 f) heißt Kraft und Selbstbewußtsein zeigen; das H. eines anderen erheben (1 Sam 2, 10 Ps 148, 14 u. ö.) ihm Kraft verleihen. Das Gegenteil: das H. abhauen (Jer 48, 25 Ps 75, 11) oder senken (Ijob 16, 15). Die Lichtstrahlen sind die H.er der Sonne (Hab 3, 4).
(3) H. am →Altar.

Hosanna (hebr.: hilf doch) ist Ps 118, 25 eine Bitte um bleibende Hilfe. Als Bestandteil des →Hallel wurde es allmählich zu einer kultischen Akklamationsformel, die man u. a. Jesus bei seinem Einzug in Jerusalem zurief (Mk 11, 10 par).

Hosea (hebr.: Jahwe hat gerettet)
(I) Einer der Kleinen Propheten, stammte aus dem Nordreich, wo er auch zwischen 750 und 735, einer Zeit politischer Wirren und religiös-sittlichen Verfalls, wirkte (die Dynastie des Jehu war noch an der Regierung [1, 4], Samaria noch nicht gefallen). Seine Ehe nahm einen tragischen Verlauf (s. u.). Kompliziertheit und starke Emotionalität machen ihn oft schwer verständlich, seine lyrische Sprache übertrifft sogar die des Jesaja an Intensität.
(II) HOSEA (BUCH). Der *Inhalt* gliedert sich in drei Teile: (1) Geschichte von H.s Ehe (Kap 1–3): H. heiratet eine leichtfertige Frau, die ihn betrügt. Ihren drei Kindern gibt er symbolische Namen. Die Frau verläßt ihn und wird dann als Sklavin von ihm losgekauft. In einer Probezeit soll sie ihre Treue

erweisen. – Man neigt heute dazu, die Geschichte als wirkliches Schicksal H.s (und nicht nur als Allegorie) aufzufassen. (2) Anklagen gegen Israel und seine Priester und Fürsten wegen der Mißstände in Kult und Politik (4, 1–9, 9). (3) Reden über Israels sündige Vergangenheit (9, 10–14, 1) und Bußliturgie (14, 2–10).
Gegen die *Echtheit* des Buches, das zu den schwierigsten des AT gehört, werden kaum Einwände erhoben. Möglicherweise sind zwei Sammlungen zu unterscheiden (Kap 1–3 und Kap 4–14), die ein Redaktor vereinigt hat.
Das *Hauptthema* (im Bild der Ehe) ist Jahwes enttäuschte Liebe zu seinem Volk. Nachdem dieses auserwählt war, blieb es nur kurze Zeit treu (Wüstenidylle) und beging dann Verrat auf Verrat. Jahwe aber fordert Liebe und Treue. Seine Strafe soll Israel zum Bund der Wüstenzeit, der ersten bräutlichen Liebe, zurückführen.
(III) letzter König Israels (732–724), Usurpator des Thrones →Pekachs (2 Kön 15, 30). Nachdem Tiglatpileser III. H. zum Vasallen erklärt und sein Nachfolger ihn tributpflichtig gemacht hatte (2 Kön 17, 3), fiel er später von Assyrien ab und verschwor sich mit Ägypten, was zu Belagerung und Fall Samarias führte (2 Kön 17, 4–6).

Hund, als Jagd- und Haustier auch in Israel von altersher bekannt. Der herrenlose, streunende H. jedoch, der sich von Aas nährt (Ps 68, 24), gilt als unrein (Ex 22, 30) und gefährlich (Spr 26, 17 Ex 11, 7). H. als Schimpfwort 1 Sam 17, 43 2 Sam 3, 8 Jes 56, 10 f u. a., für männliche Prostituierte Dtn 23, 19 Offb 22, 15, für den Abschaum der Menschheit Spr 26, 11 2 Petr 2, 22. Im NT wird der Unwürdige mit dem H. verglichen (Mt 7, 6). Paulus nennt so die Judaisten (Phil 3, 2), die die Gemeinde verwirren. Mt 15, 26 vergleicht Jesus die Rechte des Kindes mit denen des H.es.

Hungersnot. Im Vorderen Orient gab es infolge von Kriegen und Dürren nicht selten H. Besonders groß war die H. zur Zeit Josefs (Gen 41, 54. 56). Die Völker Palästinas suchten dann in Ägypten Hilfe (Gen 12, 10: Abraham; Gen 42, 5 Ps 105, 16: Jakob). Bekannt ist eine H. unter David (2 Sam 21, 1) und in Samaria unter Ahab (1 Kön 18, 2). H. als Thema der prophetischen Drohung Jer 14, 1–22 u. ö.

Hurriter (auch Churriter) erscheinen im AT als Vorbewohner des edomitischen Gebirges Seïr (Gen 14, 6 36, 20 f Dtn 2, 12). Sie sind ein nichtsemit. Volk, das seit der Mitte des 3. Jt die Berge ö des oberen Tigris bewohnte, dann aber von der reicheren Ebene angezogen wurde. Seit dem 18. Jh vermischten sie sich mit der Bevölkerung des oberen Eufrat und N-Syriens. Es scheint, daß die →Hyksos mit ihnen teilweise identifiziert werden müssen. Am besten sind uns die H. des 15./14. Jh bekannt, vor allem durch die zahlreichen Texte von →Nuzi, eine der reichsten Sammlungen altorient. Familienverträge, die je gefunden wurden. Seit ca 1530/20 bildeten die H. das Reich Mitanni, das durch eine indo-europäische Oberschicht beherrscht wurde. In der →Amarnazeit sind sie nicht nur in Mesopotamien und N-Syrien, sondern auch in Kappadozien, Babylonien und Palästina zu finden. In den Amarnabriefen tragen zahlreiche palästinische Beamte und Fürsten hurritische Namen. Die Erforschung der hurritischen Sprache (in syllabischer und alphabetischer →Keilschrift) ist noch im Gang. *Abb. 24.*

Hyksos, Sammelname einer Völkergruppe, die vielleicht unter Führung der →Hurriter stand. Zwischen 1700 und 1580 vC beherrschten sie einen Teil von Ägypten, in dessen Königsgeschichte sie die 15. und 16. Dynastie bilden. Aus den Eigennamen geht hervor, daß es unter ihnen auch Semiten gab. Es war ihr Bestreben, sich dem ägypt. Leben soweit wie möglich anzupassen. Unter Führung der thebanischen Dynastie setzte der Befreiungskampf gegen die H. ein, der schließlich zur Eroberung Palästinas und Syriens führte. Die jüd. Apologeten und frühchristl. Kirchenschriftsteller setzen die H. mit Josef und seinen Brüdern gleich.

Hymnus, Preislied auf die sich in Natur und Geschichte Israels offenbarende Herrlichkeit Jahwes, ursprünglich im Kult beheimatet, später auch Ausdruck individueller Frömmigkeit (besonders in den Pss, Deutero-Jes und Sir). – Im NT wirken Benedictus, Magnificat, Nunc dimittis atl. In der Briefliteratur werden stellenweise altchristl. Kulthymnen angeführt (Eph 1, 3–14 Kol 1, 15–20 Offb 11, 15–18 u. a.).

I

Idumäa, gr.-röm. Name für →Edom, bezeichnet jedoch auch die südjudäische Gegend um Hebron, die wahrscheinlich nach 586 von den Edomitern besetzt wurde (vgl Am 1, 11 Obd Ez 25, 12 35, 10–15 u. a.), während ihr Stammland an die arab. →Nabatäer verlorenging (vgl Jes 34, 5 Jer 49, 7). In syrischer Zeit stand I. unter einem „Strategen" (2 Makk 12, 32–37). Antipater und sein Sohn Herodes d. Ält. waren Idumäer.

Ijob (nichtisraelit., nw-semit. Name: Wo ist der Vater?)
(I) Hauptgestalt des Buches Ijob. Seine Heimat Uz (1, 1) lag vermutlich sö von Damaskus. Die Verbindung mit Noach und Daniel Ez 14, 14. 20, die Namen seiner Freunde sowie die ökonomischen, sozialen und religiösen Verhältnisse, die stark an die Patriarchengeschichten erinnern, lassen auf eine alte, vielleicht sogar vor- bzw. außerisraelit. Tradition schließen.
(II) Das Buch Ijob gehörte von jeher zur Weltliteratur. Wegen seiner gedrängten, aram. beeinflußten Sprache und der verschiedenen literarischen Gattungen (Streitgespräch der Weisen, Prozeß vor Gericht, Klagelied und Hymnus) gehört es jedoch zugleich zu den schwierigsten Sprachkunstwerken. Es ist kein Lehrgedicht, aber die Tendenz ist lehrhaft, es ist kein Drama, entbehrt aber nicht dramatischer Züge. Sprachlich bleiben noch viele Fragen offen: Die Textüberlieferung ist ungenau, die Vokalisierung z. T. falsch, sogar der Konsonantentext unzuverlässig. Der LXX-Text war ursprünglich etwa 180 Verse kürzer.
(1) *Aufbau.* (a) Die Rahmenerzählung. Der Prolog 1–2 schildert I.s Glück, die Audienz des Satans im Himmel, I.s zweifache Prüfung und den Besuch der Freunde; im Epilog 42, 7–17 verurteilt Jahwe die falschen Ansichten der Freunde und rehabilitiert I. (b) Der Dialog in drei Redegängen zwischen I. und seinen Freunden (3–27) enthält die wiederholte Klage I.s, das Bekenntnis seiner Unschuld und die Anklage Gottes; als Antwort darauf die Vorwürfe, Beschuldigungen und Argumente der Freunde. (c) Das Loblied auf die Weisheit (28). (d) Die Herausforderung Gottes durch I. (29–31). (e) Die später eingefügten →Elihu-Reden (32–37). (f) Die Antwort Jahwes (38–41, 26) und die Unterwerfung I.s (40, 3–5 42, 1–6).
(2) *Entstehung.* Trotz der Differenzen zwischen dem auf eine

alte Volkserzählung zurückgehenden Rahmen und dem Dialog bilden beide Teile eine vom Verfasser gewollte Einheit. Nur die Elihu-Reden, die sprachlich, stilistisch, strukturell und inhaltlich (sie korrigieren die Aussage des ursprünglichen Buches, indem sie den erzieherischen Wert des Leidens betonen) herausfallen, das Lob auf die Weisheit und wohl auch die Exkurse über Nilpferd (40, 15–24) und Krokodil (40, 25–41, 26) sind sekundär. Sprachliche Besonderheiten, Anspielungen auf Jer und nicht zuletzt die Thematik machen eine nachexilische Datierung (nicht nach 200 vC; vgl Sir 49, 9) und einen jüd. Verfasser wahrscheinlich.
(3) Das *Thema* des Buches ist nicht in erster Linie ein Problem der Theodizee, wie das unverdiente Leiden mit Gottes Gerechtigkeit in Einklang zu bringen sei, sondern eine Frage des Lebens: Wie ist das Leiden in die menschliche Existenz zu integrieren? Die ältere, traditionelle Auffassung der Freunde, Leiden seien Strafen für Sünden, entspricht zwar der atl Vergeltungslehre, sie wird jedoch verworfen durch die Zuwendung Gottes zum leidenden Menschen.

Isaak (hebr. Kurzform: Gott hat gelacht). Der Name wird auf das Lachen Abrahams, Saras oder der Leute (Gen 17, 17 18, 12–15 21, 6) als Ausdruck der Freude über die Geburt I.s bezogen. In der Genealogie ist I. der verheißene Sohn von Abraham und Sara (21, 1–8), der sich Rebekka zur Frau nimmt (24). In den →Patriarchenerzählungen bleibt er farblos; sein Name haftet an Beer-Lahaj-Roï (24, 62 25, 11) und an Quellen bei Gerar und Beerscheba (26, 12–33). Nach 35, 27–29 wird er in →Machpela, der Gruft seiner Familie, begraben. Die Opferung I.s (22, 2–14) in der Gegend des →Morija bedeutet u. a. die Ablehnung der kanaan. Menschenopfer und die Bewährung Abrahams im Glaubensgehorsam. – Im NT gilt I. als „unser Vater“ (Röm 9, 10), Kind der Verheißung (9, 7–9) und Glaubensheld (Hebr 11, 20).

Isai (hebr. Kurzform: Mann Jahwes), Efratäer aus Betlehem, Vater Davids (1 Sam 16, 18–22). Als David sich gegen Saul auflehnte, brachte er seine Eltern bei den Moabitern in Sicherheit (1 Sam 22, 3 f). Auf Beziehungen zu dem Moabitern weist auch die Notiz Rut 4, 22, I. sei der Enkel der Moabiterin Rut gewesen. Als Vater Davids steht er im →Stammbaum Jesu; der Messias wird als „Reis aus dem Wurzelstock I.s“ (Jes 11, 1) oder „Sproß I.s“ (11, 10 Röm 15, 12) bezeichnet.

Isebel (hebr.: es ist ein Herr?), Tochter des Etbaal von Tyrus, Gattin des Ahab (1 Kön 16, 31), der den von ihr geförderten →Baalkult tolerierte: In Samaria wurde ein Baaltempel errichtet (16, 32), am Hof erschienen syrische Ekstatiker (18, 19). I. veranlaßte Ahab auch zum Mord an Nabot (21, 1–16). Elija richtete sich mit Drohreden gegen sie. Beim Einzug des Jehu in Jesreel wurde sie zum Palastfenster hinausgeworfen (2 Kön 9, 30–37). Offb 2, 20 steht ihr Name (symbolisch) für eine Frau, die zum Götzendienst verführt.

Iskariot, Beiname des →Judas (3). Drei Deutungen des Namens werden erwogen: Mann aus Kariot, Sikarier (= Dolchträger, eine fanatische Judensekte) oder aram. Heuchler, Verräter.

Ismael (hebr.: Gott hört, Name öfters inschriftlich bezeugt)
(1) Sohn Abrahams und seiner ägypt. Sklavin Hagar (Gen 16), mit ihr von Abraham verstoßen und in die Wüste Paran geschickt (16, 6–15 21, 9–20), →Eponym der Ismaeliter (17, 20 21, 13. 18 25, 12–16). Da diese vom Ertrag ihrer Herden, von gelegentlichen Überfällen ins Kulturland (z. B. Ri 6, 3–5) und vom (Sklaven)handel lebten (Gen 37, 25. 28), wird I. als Mensch, der dem Wildesel gleicht, d. h. als Beduine, charakterisiert (16, 12).
(2) Mörder des Gedalja (2 Kön 25, 22–26 Jer 40, 7–41, 18), den Nebukadnezzar nach der Zerstörung Jerusalems zum Statthalter über das ehemalige judäische Reich eingesetzt hatte.

Israel (Bedeutung umstritten: Gott möge sich als Herr erweisen, oder: Gott strahlt)
(1) Der Name I. wurde nach bibl. Darstellung →Jakob von dem geheimnisvollen Wesen, mit dem er am →Jabbok einen nächtlichen Kampf zu bestehen hatte (Gen 32, 23–33 Hos 12, 4 f), oder von Gott (Elohim), der ihm in Bet-El erschienen war (Gen 35, 10), gegeben. Jakob wird so zum →Eponym der Söhne I.s. Die Volksetymologie deutet den Namen als Gotteskämpfer (32, 29). Als Personenname (auch in Ugarit bezeugt) wechselt I. mit Jakob (Gen 37, 13 43, 6. 11 u. ö.).
(2) Der Name I. bezeichnet (a) die Familie Jakobs (Gen 34, 7 47, 27); (b) die Israeliten: im AT bis zu David und nach der Zerstörung Samarias, im NT sowie in der außerbibl. Merenptah-Inschrift (→Ägypten) und auf Münzen seit der Has-

monäerzeit; (c) das Nordreich (2 Sam 2, 9 u. ö.) seit David und vor allem seit der Reichsteilung 926; (d) das Volk in Ausdrücken wie „die Ältesten I.s“ (Ex 3, 16 u. ö.), „die Stämme I.s“ (Ex 24, 4 u. ö.), „das Haus I.“ (Ex 16, 31 Mt 10, 6), „der Gott I.s“ (Ex 5, 1 u. ö.). In den paulinischen Briefen bedeutet I. auch das neue Gottesvolk (Gal 6, 16 Röm 9, 6).

Issachar (hebr.: Gott gibt Lohn). Sohn von Jakob und Lea (Gen 30, 17 f), →Eponym des Stammes I., der (nach Jos 19, 17–23) auf dem Gebirge zwischen Bet-Schean, Jesreel, Tabor und Jordan ein kleines, aber günstig gelegenes Gebiet besiedelte. Über die Einwanderung des Stammes und seine Geschichte ist wenig bekannt. Dtn 33, 18 f nimmt er mit Sebulon an Siegesopfern auf dem Berg Tabor teil, zur Zeit Salomos bildet er einen Gau unter dem Statthalter Joschafat (1 Kön 4, 17). Der →Richter Tola (Ri 10, 1) und der König Bascha (1 Kön 15, 27) stammen aus I.

Ituräa, Landschaft und Reich (Lk 3, 1) der Ituräer mit der Hauptstadt Chalkis. Im AT gilt Jetur, einer der 12 Söhne →Ismaels, als Ahnherr dieses arab. Stammes (Gen 25, 15), der bei seinem Vordringen nach N aramaisiert wurde. Die ältere Geschichte ist unbekannt; 105 vC eroberte der jüd. König Aristobul I. einen Teil von I. Zwischen 85 und 40 regierte hier Ptolemäus, der Sohn des Mennaios. Sein Nachfolger Lysanias wurde 34 vC von Antonius hingerichtet. Danach zerfiel das Reich in vier Teile. *Abb. 14.*

J

Jabbok, ö Nebenfluß des Jordan, entspringt bei der früheren Ammoniterhauptstadt Rabba, wendet sich erst nach N, später nach W und windet sich in tiefeingeschnittenem Bett (Gefälle von +758 bis –350 m) dem Jordan zu, in den er 40 km n des Toten Meers in einer Furt mündet, die Gen 32, 23 Jakob überschreitet.

Jafet →Noach; Völkertafel.

Jafo (hebr.: Hafen?), bereits in der Steinzeit besiedelte Stadt am Mittelmeer; von Thuthmosis III. (1490–1436), in den →Amarnabriefen und assyr. Zeugnissen inschriftlich erwähnt. Trotz Jos 19, 46 gehörte J. den Philistern oder Kanaanitern, aber die Israeliten durften den Hafen der Stadt, den einzigen an der palästinischen Küste, benutzen. Jona soll sich hier nach Tarschisch eingeschifft haben (Jon 1, 3). Erst Simon dem Makkabäer gelang es 144 vC, die Stadt zu erobern (1 Makk 10, 75 f u. ö.). Von Pompeius der röm. Provinz Syrien einverleibt, von Cäsar den Juden zurückgegeben. Petrus, der lange Zeit in J. wohnte (Apg 9, 43), soll hier Tabita auferweckt haben (9, 36–42). Israel. Ausgrabungen (1955 ff): Besiedlung seit 5. Jt, mächtige Befestigung in der Bronzezeit (seit 17. Jh vC).

Jagd. Obwohl die J. im AT relativ selten erwähnt wird, spielte sie auch in Palästina eine große Rolle. Nimrod galt als „ein gewaltiger Jäger vor Jahwe“ (Gen 10,9); Dtn 14, 5 führt einen ganzen Wildbretkatalog auf: Hirsch, Gazelle, Damhirsch, Steinbock, Antilope, Wildochse und Bergziege. Esau war als Jäger Isaak lieb (Gen 25, 27 27, 3–40). Zugleich macht die Jakob-Esau-Erzählung (Gen 27) jedoch den kulturgeschichtl. Wechsel vom Jäger zum Ackerbauern deutlich. Im allgemeinen jagte man zur Nahrungsbeschaffung; Ri 14, 6 (Simson) jedoch zur Selbstverteidigung und 1 Sam 17, 34–36 (David) zum Schutz der Herde. Als J.geräte verwendete man Pfeil und Bogen (Gen 27, 3), Fallgruben (Ps 9, 16 Ez 19, 8), Netze (Ijob 18, 8 19, 6 Ps 64, 6 u. ö.), Stellhölzer (Am 3, 5), Stellnetze (Jes 51, 20), Schleudern, Wurfholz und Lanze (Ijob 41, 18–21).

Jahr →Kalender.

Jahwist (J), eine der vier Quellen des →Pentateuch, benannt nach dem von ihr verwendeten Gottensamen Jahwe. Sie setzt mit Gen 2, 4b (Sündenfallerzählung) ein und reicht mit Unterbrechungen durch die anderen Erzählstränge bis Dtn 34 (Moses Tod). Die meisten Forscher unterscheiden zwischen einem älteren J^1, der dem Kult zurückhaltend gegenübersteht und noch nicht von den Propheten beeinflußt wurde, und einem jüngeren J^2, der lebhaftes Interesse für den Kult zeigt und vom aufkommenden Prophetismus berührt ist. Der Stil von J ist anschaulich und naiv, seine Geschichtsauffassung universalistisch (→Urgeschichte), seine Gottesvorstellung anthropomorph. Fast allgemein wird angenommen, daß J sein Werk vor 721 im Südreich beendet hat und daß dieses im folgenden Jh mit dem Werk des →Elohisten vereinigt wurde.

Jakob (wohl Kurzform von hebr.: Gott schützt; volksetymologisch nach Gen 27, 36: er betrügt)
Patriarch, Sohn von Isaak und Rebekka (Gen 25, 20–28 27), Vater der zwölf Söhne, auf die sich die zwölf Stämme zurückführen, und somit Ahnherr des Volkes Israel. Die J.geschichten lassen sich in Betrugs- und Segensgeschichten teilen: J. erkauft (25, 27–34) oder erschleicht sich von Esau das Erstgeburtsrecht (27) und wird selbst von Laban betrogen (29, 23–30). Mit der Erzählung vom nächtlichen Kampf am Jabbok (32), in dem er sich Gottes Segen erringt und den Namen Israel erhält, setzen die (älteren) Segensgeschichten ein. In ihnen werden viele Ortschaften mit der Gestalt J.s verbunden, ein Hinweis auf den teilweise ätiologischen Charakter dieser Sagen: in Bet-El die Vision der Himmelsleiter, Altarbau und Aufrichtung eines Steines; in Haran Beziehungen zu Laban, dem Aramäer; in Gilead der Grenzvertrag mit Laban; in Mahanajim die Aussöhnung mit Esau; in Sukkot der Hüttenbau; in Penuel der nächtliche Kampf; in Sichem der Kauf eines Grundstückes und Altarbau (28–33). Die Erzählungen in J.s Übersiedlung nach Ägypten setzen Hebron als Wohnort voraus (37, 14). 49, 29–33 stirbt er in Ägypten, 50, 12–14 wird er in →Machpela begraben. Aus allem darf man auf eine doppelte Traditionsreihe schließen: eine vor allem kultisch bedingte westjordanische und eine weitgehend territorialgeschichtliche ostjordanische. – In der außerpentateuchischen Literatur wird J. kaum erwähnt; im NT erscheint er in der formelhaften Wendung „Abraham, Isaak und J." (Mt 8, 11 Lk 13, 28).

Jakobsbrunnen, Schauplatz des Gespräches Jesu mit der Samariterin am Fuß des Garizim bei Sichem (Joh 4). Die archäologische und literarische Identifizierung des J.s mit dem 2 km ö von *nāblus* liegenden Brunnen enstpricht den bibl. Angaben.

Jakobsegen, Sammlung von elf Segens- und Fluchsprüchen über die zwölf Stämme Israels, die dem sterbenden Jakob sekundär in den Mund gelegt werden (Gen 49, 3–27; Ruben, Simeon und Levi werden verflucht). Es handelt sich um ursprünglich selbständige Sprüche – daher ihr uneinheitlicher Charakter –, die wohl spätestens z. Z. des Jahwisten zusammengefaßt und durch zeitgemäßere Sprüche (z. B. über Juda und Josef) ergänzt wurden.

Jakobus (gr. Form für →Jakob)
(1) Der Ältere, Sohn von Zebedäus und Salome (vgl Mk 15, 40 mit Mt 27, 56), Bruder des Apostels Johannes, mit dem er zum Jünger berufen wurde (Mt 4, 21). Beide gehörten zusammen mit Petrus zu den bevorzugten Jüngern Jesu (Mt 17, 1 26, 37 Mk 5, 37 13, 3). Im Jahre 44 erlitt J. unter Herodes Agrippa I. den Martertod (Apg 12, 2).
(2) Der Jüngere, Sohn des Alfäus (Mt 10, 3 Mk 3, 18 Apg 1, 13), einer der zwölf Apostel. Seinen Beinamen verdankt er der seit Hieronymus feststellbaren Verwechslung mit (3).
(3) Der Bruder Jesu (Mk 6, 3 par), mit dem Beinamen „der Kleine", später auch Herrenbruder genannt, Sohn von Klopas und Maria (vgl Mk 15, 40 mit Joh 19, 25). Wahrscheinlich hat er sich erst bei der Christophanie 1 Kor 15, 7 bekehrt; er nennt sich nicht Apostel (Jak, 1, 1). Nach der Flucht des Petrus (Apg 12, 17) trat er als Haupt der Gemeinde in Jerusalem auf (Gal 1, 19 2, 9. 12) und spielte auf dem →Apostelkonzil eine führende Rolle. Er erkannte grundsätzlich die Freiheit vom Gesetz an (Gal 2, 1–10). Vielleicht trug ihm seine Reserviertheit gegenüber den Heiden das hohe Ansehen bei den Juden ein. Im Jahre 62 wurde er auf Betreiben des Hohenpriesters Ananos II. gesteinigt (Ant. 20, 9, 1). Verfasser des →Jakobusbriefes.
(4) Das „Protoevangelium des J." stellt sich als „Enthüllung" eines J. vor, womit wohl einer der Brüder Jesu aus Josefs erster Ehe gemeint sein soll. Die Schrift ist vermutlich von einem Heidenchristen in Ägypten geschrieben und in der 2. Hälfte des 2. Jh griechisch redigiert worden. Unter Ver-

wendung atl Motive wird die Geschichte Marias von ihrer Geburt bis zur Verfolgung durch Herodes erzählt. Manche Züge dieser volkstümlichen Mariologie sind später dogmengeschichtlich, liturgisch, ikonographisch und lokal wirksam geworden. Im W verurteilt, erfreute sich die Schrift im O großer Beliebtheit.

Jakobusbrief, der erste der →Katholischen Briefe, deuterokanonisch (Eusebius z. B. lehnt seine Kanonizität ab), aber unter dem Einfluß von Hieronymus und Augustinus im 4. Jh allgemein anerkannt. Als Verfasser kommt nur Jakobus (3) in Frage. Stil und Inhalt lassen trotz des einwandfreien Griechisch auf einen jüd. Verfasser schließen. Die Reaktion auf die paulinische Lehre von der Rechtfertigung aus dem Glauben (vgl Jak 2, 24 mit Röm 3, 28) würde jedoch voraussetzen, daß Röm vor 62, dem Todesjahr des Jakobus, schon entsprechend weit verbreitet war, was fraglich ist. Deshalb ist damit zu rechnen, daß der polemische Abschnitt 2, 14–26 von einem gr. Redaktor in den ursprünglich rein paränetischen Brief eingefügt wurde. Da der Brief sich an die „Christen in der Zerstreuung" richtet, muß er vor 70 geschrieben sein (nach 70 gab es keine judenchristl. Gemeinde mehr), und zwar in Jerusalem, wo Jakobus Bischof war. Jak enthält eine Sammlung von Sprüchen, die wegen ihres moralischen Inhalts zusammengestellt wurden, es fehlt jeder dogmatische Gedanke: also eher eine Homilie über Versuchungen (1, 2–18), Glauben (1, 19–2, 26), Nächstenliebe (3, 1–4, 12), Reichtum, Sorge für die Kranken u. ä. (4, 13–5, 20).

Jebusiter, eine vorisraelit. Völkerschaft Kanaans (z. B. Jos 3, 10) im Stadtstaat von Jerusalem (Ri 19, 11 Jos 15, 8 u. ö.). Nach der Eroberung der Stadt durch David wurde sie allmählich in das israelit. Volk eingegliedert. Die ethnische Zugehörigkeit (Gen 10, 16) ist unsicher. Auf hetitische Abkunft deutet der Name des J.s Arawna, dagegen ist der Name des Königs Melchisedek von Jerusalem (Gen 14) amoritisch.

Jehova, falsche, um 1100 aufgekommene und nur von den Christen gebrauchte Lesart des Jahwenamens, veranlaßt durch den Bibeltext (1) der Masoreten, die den unvokalisierten Namen *jhwh*, den sie nicht auszusprechen wagten, mit den Vokalen von Adonai (Herr) punktierten.

Jehu (hebr.: Jahwe ist er [der Gott ist])
(1) 10. König von Israel (845–818), Begründer der 5. Dynastie (2 Kön 9 f 2 Chr 22, 7–9). Er war zunächst Heerführer der Könige Ahab und Joram. Die Verwundung Jorams bei Ramot (im Krieg gegen Damaskus) benützte J., um sich zum König ausrufen zu lassen, (→) Joram, Ahasja, Ahab und Isebel in Jesreel zu töten und deren Familien in Samaria auszurotten (2 Kön 9, 1–10, 17). Dieser Umsturz erfolgte weniger aus politischen als aus religiösen Gründen und dürfte von den Propheten Elija und Elischa (1 Kön 19, 16 f 2 Kön 9, 1–12) veranlaßt worden sein, die in J. den geeigneten Mann sahen, den stetig wachsenden Einfluß des →Baalkultes im Nordreich zu beenden. J. ließ denn auch die Baalpriester hinrichten und ihren Tempel zerstören (10, 18–30). Außenpolitisch mußte er sich zunächst den Assyrern verpflichten und ihnen Tribut zahlen, später das Ostjordanland an Hasael von Damaskus abtreten (Am 1, 3 2 Kön 10, 32 f). *Abb. 26.*
(2) Prophet, der gegen die Könige Bascha (1 Kön 16, 1–4) und Joschafat (2 Chr 19, 2 f) auftrat.

Abb. 26: Jehu von Israel zahlt dem Assyrerkönig Salmanassar III. Tribut

Jeremia (hebr.: Jahwe richte auf)
(I) Um 650 vC in Anatot als Sohn des Priesters Hilkia geboren, im 13. Jahre des Königs Joschija (627) zum Propheten berufen; seine letzten überlieferten Worte datieren nach der Zerstörung Jerusalems (587/6; vgl. Jer 44). Aus der Zeit zwischen 622 und 609 (Tod des Joschija) gibt es keine Rede von

ihm. Offenbar betrachtete er die deuteronomische Kultreform als Erfüllung seiner Postulate. Über die Zeit der letzten Könige Judas, vor allem über die Belagerung Jerusalems, sind wir hingegen aus dem Buch Jeremia gut unterrichtet. J. drohte Strafe für Judas Sünden an, bekämpfte die herrschende Volksmeinung und die offizielle Politik, versuchte, Zidkija (597–587) zur Unterwerfung unter Babylonien zu bestimmen. Nach der Einnahme der Stadt wurde er von Babyloniern befreit, sein Freund Gedalja zum Statthalter gemacht. Nach dessen Ermordung zwangen ihn die Israeliten, mit nach Ägypten zu fliehen. Ihm folgte sein getreuer Gefährte →Baruch. Damit enden die Nachrichten über J. – In den sogenannten Bekenntnissen oder Monologen (Jer 11, 18–12, 6 15, 10–21 17, 12–18 18, 18–23 20, 7–18) erweist sich J. als frommer und sensibler Mensch von restloser Aufrichtigkeit, der in seiner prophetischen Berufung ganz aufging (16, 1–9). – An Schriften werden ihm zugeschrieben:

(1) das Jeremiabuch (s. III),
(2) der Jeremiabrief (s. II),
(3) die →Klagelieder.

(II) Jeremiabrief, deuterokanonisch, erscheint in alten Übersetzungen als 6. Kap. des Buches →Baruch; das Original wurde wahrscheinlich in hebr. Sprache gegen Ende der persischen oder zu Beginn der hellen. Zeit von einem babyl. Juden geschrieben.

(III) Jeremia (Buch). (1) *Inhalt und Text.* Für Jer charakteristisch ist die Verbindung von prophetischen „Worten“ mit Erzählungen, von denen einige in der Ich-Form, die meisten jedoch in der Er-Form stehen. Auffallend ist die Verschiedenheit der Textgestalt bei MT und LXX. Der LXX-Text ist um 1/8 kürzer, aber nicht alle Auslassungen gehen zu Lasten von Übersetzungs- oder Abschreibfehlern, z. T. sind sie absichtlich erfolgt. Gliederung der MT-Überlieferung: (a) 1–39 bis zum Fall Jerusalems (in chronologischer Reihenfolge 1–25; Zukunftsverheißungen 26–35; Leiden des J. 36–39); (b) 40–45 die Zeit danach; (c) 46–51 Fremdvölkerorakel; (d) historischer Anhang 52 (= 2 Kön 24, 18–20 25, 21. 27–30). – Die stilistischen, kompositorischen und z. T. theologischen Unterschiede der einzelnen Teile lassen auf verschiedene Quellen schließen. Nach traditioneller Auffassung wurden die Worte des J. und die autobiographischen Notizen von →Baruch gesammelt (vgl Kap 36); moderne Forscher verteilen den Text auf drei bis vier Quellen (mit späteren Interpolationen).

Der genaue Bestand der „Urrolle“ ist jedoch nicht auszumachen.
(2) Die *theologische Bedeutung* von Jer liegt vor allem in seinem ausgeprägten, mit Hos verwandten Gottesbegriff. Gott ist der Bräutigam des abtrünnigen Volkes, das er mit ewiger Liebe liebt; Gnade bietet er für Recht. Das sonst eher juristisch gesehene Bundesverhältnis deutet er geistig und persönlich, indem er es nicht auf nationaler Zugehörigkeit, sondern auf dem persönlichen Verhältnis zu Gott gründen läßt. Der neue Bund kennt keine Gebote und Verpflichtungen, sein Inhalt (Gott kennen) ist so unbegrenzt wie die Liebe.

Jericho (Bedeutung unsicher; „Mondstadt“?), Stadt im Jordantal, ca –250 m, 12 km n des Toten Meeres. Das atl J. ist auf dem Ruinenhügel *tell es-sulṭān* lokalisiert. Herodes d. Ält. baute sw dieser alten Stadt, am Ausgang des *wādi el-ḳelt*, ein neues J. als Winterresidenz (heute *tulūl abu el-ʿalājik*).
(I) BIBLISCHE ANGABEN. Jos 6 gibt eine alte Überlieferung wieder, die die Verwüstung J.s mit der Landnahme Kanaans durch israelit. Stämme verbindet. Das Alter dieses Berichtes geht u. a. daraus hervor, daß er noch von einer trostlosen Verlassenheit des Trümmerhügels weiß und diese mit einem von Josua ausgesprochenen Fluch in Verbindung bringt. Nach 2 Sam 10, 5 suchten Gesandte Davids in J. Zuflucht. Um 870 vC war der Ort wieder bewoht; man stellte die Umwallung und andere wichtige Bauwerke wieder her (1 Kön 16, 34). Zu dieser Zeit war J. Mittelpunkt prophetischer Aktivität (Elija, Elischa). Nach dem Exil wurde J. erneut von den Israeliten besiedelt (Esra 2, 34). Das neue, herodianische J. war eine bedeutende Residenzstadt und ein Grenzort mit Zollamt (Lk 19, 1–5). Auf seinem letzten Weg nach Jerusalem heilte Jesus dort den blinden Bartimäus (Mk 10, 46–52 par).
(II) Erst die AUSGRABUNGEN haben Licht in die Geschichte von J. gebracht.
(1) In *tell es-sulṭān* (K. Kenyon, 1952–1958) wurden, nach ältesten Besiedlungsspuren aus dem Mesolithikum (ab ca. 9700 vC), mehrere neolithische Schichten gefunden, von denen wenigstens zwei der vorkeramischen Zeit angehören. Aus den frühesten Phasen dieser Siedlung wurde eine freistehende Mauer mit einem Befestigungsturm von mehr als 9 m Durchmesser freigelegt. Man datierte sie ins frühe 7. Jt vC, wodurch J. zur ältesten uns bekannten befestigten Stadt aufrückte. Etwa zu Beginn des 4. Jt wurde die Stadt aufgegeben. Das be-

deutete das Ende der neolithischen Siedlung. Der *tell* war dann vom Beginn der Frühbronzezeit (Ende 4. Jt) bis gegen Ende der Mittelbronzezeit (ca 1550 vC) – möglicherweise mit kurzer Unterbrechung am Ende der Frühbronzezeit, ca 2300 vC, und unbefestigter Siedlung außerhalb der Mauern ca 2200–2000 – wieder besiedelt. Aus dieser Zeit datieren zahlreiche Gräber mit einer großen Zahl von Beigaben, wie sie vorher in Palästina nie gefunden worden waren: hölzerne Tische, Stühle, Schalen, geschnitzte Tierköpfe u. a. Auf der W-Seite des *tell* folgen auf die Mittelbronzezeit sofort eisenzeitliche Funde (ca 900–600 vC).
(2) In *tulūl abu el-ʿalājik* am Ausgang des *wādi el-ḳelt* fand sich viel chalkolithische Keramik, jedoch ohne zugehörige Baureste. Vor allem legten die Ausgrabungen (1950/51, 1973–1986) einen hasmonäischen Palast und von Herodes d. Ält. einen frühen (mit Gymnasium?) und einen luxuriösen, das *wādi* überquerenden späteren Winterpalast (mit Schwimmbecken 40 x 90 m) frei.

Jerobeam (hebr.: es mehre sich das Volk)
(1) J. I. (926–907), erster König des Nordreiches (1 Kön 11, 26–14, 20), Sohn des Nebat, Efraimit aus Zereda, von Salomo zum Aufseher über die Fronarbeiter des Hauses Josef bestellt. Nach einem mißlungenen Aufstand floh er zu Schischak nach Ägypten und blieb dort bis zu Salomos Tod. Dann kehrte er zurück und wurde zum König der N-Stämme ausgerufen (→Rehabeam). Um die politische Reichsteilung ideologisch zu untermauern, schaffte er in Konkurrenz zum jerusalemischen Tempel zwei Staatsheiligtümer in (→) Bet-El und Dan. Diese und andere kultische Maßnahmen (12, 26–32) entfremdeten ihm die prophetischen Kreise, die ihn ursprünglich unterstützt hatten. Nach außen mußte er sich ständig gegen die Ansprüche der judäischen Könige verteidigen, die das verlorengegangene Gebiet zurückzugewinnen suchten. Der Feldzug Schischaks gegen J. (922) ist bei den freundschaftlichen Beziehungen zwischen beiden merkwürdig. Wahrscheinlich wollte Schischak den Bürgerkrieg in Palästina benutzen, um die ägypt. Herrschaft wieder aufzurichten.
(2) J. II., 13. König Israels (787–747), aus der Dynastie des →Jehu (2 Kön 14, 23–29), ein sehr tüchtiger Herrscher, der den Niedergang von Damaskus und Assyrien benutzte, um das Nordreich in seinem alten davidischen Umfang wieder-

herzustellen. Wie schwierig jedoch die Situation im Innern war, zeigen die Reden von Am und Hos.

Jerubbaal (hebr.: Baal möge sich groß zeigen), Vater des →Abimelech, wird Ri 6, 23 als Beiname →Gideons volksetymologisch mit „Baal kämpfe wider ihn“ erklärt (Baal = Jahwe; vgl 1 Sam 12, 11 2 Sam 11, 21). Jedoch ist J. erst später mit Gideon identifiziert worden.

Jerusalem (wahrscheinlich: Gründung des [Gottes] Schalem)
(I) TOPOGRAPHIE. J. liegt auf dem palästinischen Zentralgebirge, ca 760 m ü. M. und 1145 m über dem Toten Meer. Die Stadt ist im O begrenzt durch das →Kidrontal, das etwa 100 m unterhalb des Tempelgeländes von N nach S verläuft, im W und S durch das →Hinnomtal. Mitten durch die Stadt zieht sich das Tyropöontal und teilt diese ungleichmäßig in einen breiteren und höheren W-Hügel und einen schmaleren und niedrigeren O-Hügel. Die N-Partie des O-Hügels, an die sich s der →Ofel anschließt, heißt arab. *ḥaram esch-scherīf*, die S-Partie *eḍ-ḍahurah*. Im N des W-Hügels liegt die Grabeskirche (→Golgota), die S-Partie des W-Hügels wird „christlicher Zion“ genannt.
Die Stadt ist von höheren Hügeln umgeben (vgl Ps 125, 2), im O vom →Ölberg (ca 810 m), im N vom Scopusberg (834 m), im W von der Wasserscheide des westjordanischen Gebirges (830 m). Der Hügel im S von J. wird in der christl. Sprache „Berg des bösen Rates“, der im SO „Berg des Ärgernisses“ genannt. Die einzige Quelle des Geländes ist die →Gihonquelle im Kidrontal, ca 300 m s des Tempels. Indes finden sich in der Stadt fünf große Teiche zur Speicherung des Wassers: der →Schiloachteich (550 m s des Tempelgeländes), der Mamilla- und der Sultansteich im w Hinnomtal, der Hiskija- und der *isrā'īn*-Teich in der Altstadt.
J. liegt etwas abseits der großen N-S-Verkehrsstraße, die direkt w von J. auf dem Kamm des westjordanischen Gebirges verläuft. *Abb. 27; 36.*
(II) AUSGRABUNGEN. Ein Jh archäologischer Tätigkeit hat erwiesen, daß das vordavidische und das davidische J. auf *eḍ-ḍahurah* lag. Damit ist die bis zum Ende des 19. Jh herrschende Überlieferung widerlegt, die das alte J. auf dem SW-Hügel (dem „christlichen Zion“) lokalisierte. Die alte Stadtmauer, die J. ungefähr vom 18. bis zum 8. Jh vC umgab, verlief wahrscheinlich nicht am oberen Rand des Hügels, son-

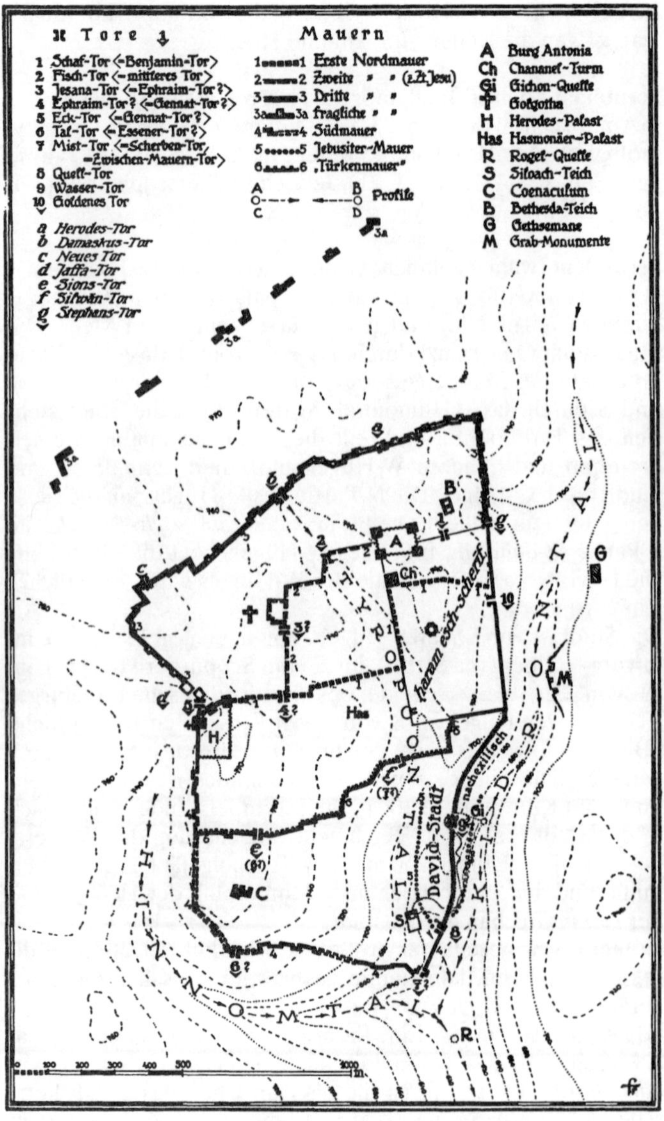

Abb. 27: Jerusalem, Mauern und Tore

dern an dessen Abhang, ca auf Drittel-Höhe. Ein unter der Mauer durchlaufender Kanal führte das Wasser der (außerhalb der Mauer liegenden) Gihonquelle in das Innere der Stadt.
In der 2. Hälfte des 10. Jh vC dehnte sich die Stadt nach N in Richtung auf das mächtige Felsplateau aus, das später den →Tempel des Herodes trug und auf dem jetzt die Omar-Moschee liegt. Von der davidischen Zeit und vom salomonischen Tempel selbst wurde bisher nichts gefunden. Indes bestehen gute Gründe für die Annahme, daß der salomonische Tempel an der gleichen Stelle stand wie der nachexilische, etwa 260 m n der Jebusiterstadt. Die Jebusitermauer wurde am Ende des 8. Jh durch eine genau ö von ihr verlaufende Mauer ersetzt, die (mit wohl sechs verschiedenen Erneuerungen) bis zum 6. Jh bestand. Die Zerstörung Samarias 721 brachte J. einen starken Bevölkerungszuwachs. Sicher griff die Stadt schon in der späten vorexil. Zeit auf den mittleren W-Hügel über. Vermutlich in diesem Zusammenhang ließ Hiskija den Schiloachkanal ausführen, der wahrscheinlich ursprünglich das Wasser der Gihonquelle in ein überdecktes Reservoir oder eine Zisterne im Tyropöontal leitete und auf diese Weise den Bewohnern von Jerusalem eine verborgene Wasserzufuhr garantierte. →Gihon; Schiloach.
Die Zerstörung J.s 587 vC ließ diese Verteidigungsanlagen in Ruinen zurück, und offenbar wurden sie nach der Rückkehr aus dem Exil nicht wieder aufgebaut. Die neuesten Ausgrabungen legen die Annahme nahe, daß der Wiederaufbau der Stadtmauer unter Nehemia dem O-Rand des Hügels folgte und damit die Stadt auf die Höhe des O-Hügels eingrenzte. In der Makkabäerzeit griff die Stadt erneut über das Tyropöontal hinweg auf den W-Hügel über. Von hier weitete sie sich schon vor der Regierung Herodes' d. Ält. (37–4 vC) auf die N-Partie des W-Hügels aus. Hingegen gehörte der S-Teil des W-Hügels nicht vor der Mitte des 1. Jh nC zur ummauerten Stadt. In jüngster Zeit wurde die SW-Ecke des herodianischen Tempelplatzes ausgegraben und eine gepflasterte Straße und Stufen aus der Herodes-Zeit freigelegt. Der Verlauf der heutigen Altstadtmauer (Türkenmauer) wurde im 2. Jh nC festgelegt.
(III) Geschichte. Keramikfunde, Mauerreste und ein n vom Gihon in den Fels gehauener Graben deuten auf eine Besiedlung J.s um 3000 vC. Zum erstenmal erscheint *urušalim* (wahrscheinlich J.) als Feind Ägyptens in den Ächtungstexten (ca

1810–1770 vC). Aus den →Amarnabriefen geht hervor, daß im 14. Jh im Stadtstaat J. ein König mit dem hurritischen Namen Abdi-Chepa regierte. Die Stadt blieb kanaan., bis David sie eroberte. Er errichtete darin seine Residenz und machte J. zum religiösen Mittelpunkt seines Reiches (2 Sam 5 f). Salomo erweiterte die Stadt beträchtlich ([→] Millo, Tempel, Palast, Anlagen zur Wasserversorgung). Auch nach der Reichsteilung (926) wurde J. noch bedeutend erweitert. Die durch Joasch von Israel zerstörte Mauer (2 Kön 14, 13; 800 vC) wurde durch Asarja (2 Chr 26, 9) und seine Nachfolger wieder ausgebessert (vgl II). Nebukadnezzar eroberte J. 597 und verwüstete 587 Stadt und Tempel. Nach dem Exil wurden unter Nehemia und Esra beide wiederaufgebaut. Alexander d. Gr. bezog J. in das hellen. Reich ein. Wie er anerkannten auch die Seleukiden die jüd. Theokratie und sanktionierten ihre Privilegien, bis Antiochus IV. in seinen Hellenisierungsbestrebungen 169 vC den Tempel plünderte und ihn dem Zeus Olympios weihte. Um J. zu überwachen, bauten die Syrer die Akra-Burg. Obwohl Judas der Makkabäer 164 den Jahwedienst wieder einrichten konnte, blieb die Akra bis 141 in den Händen der Syrer. Später wurde sie Residenz der Hasmonäer. 63 vC besetzte der röm. Feldherr Pompeius J. Cäsar setzte 47 den Idumäer Antipater zum Prokurator ein, 40 wurde dessen Sohn, Herodes d. Ält., zum König ernannt. Mit röm. Hilfe eroberte Herodes J. (37). Sein Werk ist der Neubau des Tempels (63 nC vollendet) und die Burg →Antonia. Nach dem jüd. Aufstand (70 nC) wurde J. von Titus eingenommen, der Tempel ging in Flammen auf. Nach einem neuen Aufstand (132–135) machte Hadrian J. zur Aelia Capitolina und errichtete auf dem Platz des Jahwetempels einen Tempel des Jupiter Capitolinus. Den Juden war bei Todesstrafe verboten, diese neue Stadt zu betreten.

Jesaja (hebr.: Jahwe ist Rettung)
(I) Der erste der Großen Propheten, Sohn eines unbekannten Amoz, im Jahre 738, dem Todesjahr des Königs Asarja, zum Propheten berufen (6, 1). Die symbolischen Namen seiner Söhne („Ein Rest kehrt um" und „Raubebald-Eilebeute") sollten für Israel Zeichen und Lehre sein (8, 18). Er scheint aus Jerusalem zu stammen, zumindest lassen Sprache, Bilder und Beispiele an städtisches Milieu denken (Beschreibung der Kleider 1, 18, des Schmuckes 3, 16–23, des Gesanges 5, 1). Während in seiner Jugend Frieden und Wohlstand herrschten

(2, 7. 16), kündigte sich zur Zeit seiner Berufung eine Wende an (6, 11). Sein Auftreten fällt unmittelbar in die Zeit nach Amos und Hosea (Drohreden gegen Assyrien). Wie sein Zeitgenosse Micha (vgl Jes 2, 2 f 7, 14 11, 1 mit Mi 4, 1 f 5, 2) setzt er sich für soziale Gerechtigkeit ein. Im Hauptthema seiner Verkündigung, daß Gottes Gericht nahe bevorstehe und nur ein kleiner „Rest" gerettet werde, an dem sich jedoch die davidischen Verheißungen erfüllen sollen, spiegelt sich die politisch hochbedeutsame Zeit, in die J.s Wirken fiel. Während der Belagerungen von Jerusalem (735 von Rezin und Pekach, 701 von Sanherib) stärkte J. die Moral von Volk und Regierung (Jes 7 28–31 36 f). Bald nach 701 dürfte er gestorben sein. Talmud-Berichte von seinem Märtyrertod sind legendär. – J. werden zugeschrieben:
(1) Jesaja (Buch) (s. II).
(2) Das *Martyrium des J.*, apokryphe Schrift aus dem 1. Jh vC. Inhaltlich eine Ausgestaltung von 2 Kön 21, 1–18: J. wird von Manasse gefangengenommen und zersägt. Die Schrift weist auf die Märtyrerverehrung der Makkabäerzeit.
(3) Die *Himmelfahrt des J.*, christl.-apokryph, wahrscheinlich im 2. Jh geschrieben, verrät Einflüsse des Doketismus (11, 8–10) und ist für die Engel- und Dreifaltigkeitslehre von Interesse.
(4) Die *Vision des J.*, ein christl. Zusatz zu (2), handelt von Tod und Auferstehung Jesu, Verkündigung des Ev und Verfall der Kirche, Verfolgung durch den Antichrist und seine Überwindung durch Christus. Die Datierung steht nicht fest, wahrscheinlich 1. oder 2. Jh.

(II) JESAJA (BUCH). (1) *Textgestalt.* Stofflich zerfällt Jes in zwei Teile (1–35 und 40–66), die durch die Berichte über Hiskija (36–39) voneinander getrennt sind. Mit der Person des Propheten Jesaja können nur die Kap 1–35 verknüpft werden. Zu Kap 40–66 →Deuterojesaja; Tritojesaja. Auch Kap 1–35 stellen keine geschlossene Einheit dar, sie sind eine Sammlung von prophetischen Sprüchen. Die Vorgeschichte des Textes ist schwer feststellbar. Die meisten Orakel gehen auf J. selbst zurück, wie sich aus der Verquickung mit dem syroefraimitischen und dem assyr. Kriegsgeschehen ergibt. Zusätze und Einfügungen sind allerdings erkennbar. Späterer Herkunft sind sicher 13, 1–14, 23 (Untergang Babels), Kap 24–27 (die sog. Jes-Apokalypse) und Kap 34 f, die schon das Exil voraussetzen.
(2) *Inhalt.* Im Anschluß an Prolog (Kap 1) und Zionsprophe-

tien (2–5) eröffnet die Berufungsvision den biographischen Teil (6, 1 bis 9, 7), deren Kern die Immanuel-Prophetien bilden. Darauf folgen Drohsprüche gegen das Nordreich und gegen Assyrien (9, 7–10, 34) und eine davidisch-messianische Verheißung (11 f). Drohungen gegen verschiedene Völker und gegen Jerusalem (13 – 23) und die Schilderung einer totalen Verwüstung (24–27) werden abgeschlossen durch Wehrufe über Juda und Jerusalem (28–31) und die Verheißung des endlichen Heils (32–35).

(3) *Theologie.* In seiner Berufungsvision (6) erfährt J. die Allherrschaft und die Allheiligkeit Jahwes. Die Allherrschaft illustriert er gerne mit einem Hinweis auf die Schöpfung. Er nennt Jahwe mit Vorliebe „Jahwe der Heerscharen", (*jhwh ṣ*[e]*bā'ōt:* 1,9. 24 u. ö.) oder auch den „Starken Israels" (1, 24), der in seiner Kraft die Zedern des Libanon und die Eichen von Baschan demütigen kann (2, 13). Vor allem aber ist Jahwe Herr über die Völker. Er verfügt über sie, gebraucht sie als Werkzeug, um seinen Willen durchzuführen, wirft sie aber auch wieder weg und zerbricht sie, wenn er ihrer nicht mehr bedarf (7, 18–20 10, 5–19 30, 31–35). Angesichts des göttlichen Geschichtsplans, dessen Ziel die Heiligung Israels ist, kann auf seiten des Menschen nur vorbehaltloser Glaube bestehen (7, 9 30, 15). Diese Heiligung bedeutet jedoch negativ Gericht, und zwar nicht nur über die Völker (die – in ihrer Echtheit allerdings umstrittenen – Drohreden gegen die Völker nehmen bei Jes einen breiten Raum ein), sondern auch über das sündige Israel (1, 2 ff 6, 11–13 7, 16–24 u. a.); positiv ist sie die Aufrichtung eines Reiches des Lichtes und des Friedens im Königtum des Davidhauses (8, 23–9, 6). Indem man spätere Heilsweissagungen in Jes dem Propheten J. zuschrieb und das Drohwort 7, 14 fälschlicherweise als Heilswort verstand, wurde der Heilscharakter der jesajanischen Prophetie allerdings vielfach überbewertet.

Jeschua (hebr.: →Josua), beliebter bibl. Name, u. a. des ersten Hohenpriesters nach dem Exil (Esra 3, 2. 8 5, 2 Hag 1, 1 Sach 6, 11). Er wurde in Babylonien geboren, kehrte mit Serubbabel aus dem Exil zurück, leitete den Bau des Brandopferaltars (Esra 3, 1–6) und des Tempels (3, 8 ff). Das Verhältnis zwischen J. und Serubbabel, d. h. von geistlicher und weltlicher Macht, zeigt Sach 3, 1–10 6, 9–14. Wenn 6, 11, wie viele Forscher meinen, ursprünglich nicht von J., sondern von Serubbabel gesagt ist, darf man daraus schließen, daß in der

Gemeinde von Jerusalem nicht dem Hohenpriester, sondern dem Nachkommen Davids messianische Bedeutung zukam. Die Änderung des Namens in J. war dann die Folge davon, daß der Davidsohn die Hoffnungen nicht erfüllte. Die Vision 3, 1–7 (Investition des J.) betont die wichtige Position des Hohenpriesters im neuen Israel. Dieser Enthusiasmus für die Person J.s ist nur aus der aufflammenden Messiaserwartung nach dem Exil zu verstehen.

Jesreel (hebr.: Gott sät)
(1) Große Binnenebene Palästinas (Jos 17, 16 Ri 6, 33) zwischen Karmel, Gilboagebirge und galiläischem Gebirge. Die wichtige Verkehrsstraße von W nach O war seit alters durch Festungen gesichert (Megiddo, Taanach, Jibleam, Schunem, Bet-Schean). Die J.ebene war der klassische Kriegsschauplatz Palästinas (Ri 4, 12–5, 31 2 Kön 23, 29 f).
(2) Stadt am Ostrand der nach ihr benannten Ebene, wegen der günstigen Lage von König Ahab zur Residenz ausgebaut (1 Kön 18, 45 21, 1), Schauplatz des Mordes an Nabot (21, 1–16) und der Ausrottung der Familie Ahabs (2 Kön 9, 16–10, 11).

Jesus. Auch wenn die verschiedenen Angaben der einzelnen →Evangelien nicht zu einer Gesamtbiographie Jesu von Nazaret zusammengefaßt werden können, da es sich bei ihnen nicht um historiographische Darstellungen neutraler Beobachter, sondern immer schon um auswählende, deutende Berichte gläubiger Menschen handelt, die überzeugt waren, daß in Jesus das Heil der Welt gekommen sei, so ist es dennoch möglich, aufgrund der Evv zu bestimmten, historisch zuverlässigen Angaben über die Person und das Werk Jesu zu kommen.
(1) Das Ende der öffentlichen Wirksamkeit Jesu bildete sein gewaltsamer *Tod am Kreuz*. Da diese Tatsache „den Juden ein Ärgernis und den Heiden eine Torheit" war (1 Kor 1, 23), kann sie nicht von der gläubigen Gemeinde erfunden worden sein. Der Tod Jesu wurde verursacht durch die Außergewöhnlichkeit seines Verhaltens und durch den besonderen Anspruch, den er seinem Volk gegenüber erhob:
(a) Außergewöhnlich war das *Verhalten* Jesu insofern, als er gegen alle bisherige religiöse Überzeugung (vgl Mk 1, 4 f: das Wirken Johannes' des Täufers) von den Sündern, Zöllnern und Dirnen nicht zuerst die Umkehr verlangte, sondern sie

unmittelbar in seine Gemeinschaft rief (2, 13–17 par Lk 15) und sie so die nahegekommene Vergebung Gottes erfahren ließ (Lk 7, 36–50), der sie dann in ihrem weiteren Leben entsprechen sollten (Mt 18, 23–35). Außergewöhnlich waren aber auch die Wunder (in besonderer Weise Heilungen Besessener und Aussätziger), da Jesus durch sie sowohl die unmittelbare Nähe der allem Bösen überlegenen Gottesherrschaft verkündigte (Mk 3, 22–27 par) wie auch den unbedingten Heilswillen Gottes des Vaters, der selbstlos das Heil des ganzen Menschen will (vgl Mk 1, 21–28. 40–45; durch die Sabbatheilungen verneinte Jesus die Auffassung, Gott beanspruche eine bestimmte Zeit des Menschen für sich, in der der Mensch sein eigenes Heil zurückzustellen hätte: Lk 13, 10–17). Außergewöhnlich war schließlich auch die Freiheit, zu der Jesus seine Jünger ermutigte, als er sie lehrte, die Schöpfung jederzeit als fürsorgendes Geschenk des himmlischen Vaters zu verstehen und zu gebrauchen (Mt 12, 1–8). Diese von Jesus repräsentierte unbedingte Güte Gottes des Vaters, der „seine Sonne aufgehen heißt über Böse und Gute und regnen läßt über Gerechte und Ungerechte" (Mt 5, 45), hatte letztlich den für Jesus tödlichen Konflikt mit seinem Volk verursacht, da es sich durch ihn in seinem bisherigen Glauben radikal in Frage gestellt erleben mußte. (b) Denn das Verhalten Jesu war unlösbar mit seinem *Anspruch* verbunden, in besonderer, bis dahin nicht gekannter Weise von Gott, seinem Vater (Mt 11, 25 ff), zur vollkommenen, endgültigen Auslegung seines Willens (5, 21 f. 27 f. 31–34. 38 f. 43 f) gesandt und bevollmächtigt zu sein (Mk 1, 21 f 2, 10 12, 1–12).
(2) Trotz offensichtlicher (Anfangs-)Erfolge (Lk 6, 20 f 10, 1 ff 13 f 13, 25–29 14, 15 ff) scheiterte Jesus zuletzt in seinem Bemühen, sein Volk für die von ihm verkündigte und repräsentierte „Freiheit der Kinder Gottes" (Röm 8, 21) zu gewinnen. Von seinen Jüngern und Aposteln schmählich im Stich gelassen, starb er einsam außerhalb Jerusalems (Mk 15, 40 f). Nach dem Zeugnis seiner Apostel und Jünger wurde Jesus jedoch von Gott aus dem Tode erweckt (1 Kor 15, 3–8).
(3) Jesu *Heimat* war das in Galiläa gelegene Nazaret, das sprichwörtlich verachtet gewesen zu sein scheint (Joh 1, 46). Josef, der Zimmermann, der Mann Mariens, galt als sein Vater (Mk 6, 1–6). Jesu Wirksamkeit dürfte sich auf zwei bis drei Jahre erstreckt haben. Daß sie sich in jüd. Umgebung abspielte, kann angesichts des Kolorits der Evv-Berichte, das auch von anderen Geschichtsquellen (Handschriften von

→Qumran, Flavius Josephus, Talmud) bestätigt wird, nicht bezweifelt werden.
(4) *Außerchristl. Zeugnisse* über Jesus gibt es nur sehr wenige: eine Notiz in den Annalen des röm. Historikers Tacitus (Anfang 2. Jh), die sich auf die Verfolgung der Christen unter Nero bezieht (Ann. 15, 44); eine beiläufige Erwähnung von Prozeß und Steinigung des „Jakobus, des Bruders Jesu, der Christus genannt wird", bei Flavius Josephus (Ant. 20,9,1). Was später der Talmud über Jesus berichtet, ist unergiebig, da es sich hierbei nur noch um tendenziöse Entstellungen der christl. Überlieferung handelt.

Jiftach (hebr.: Jahwe möge befreien), aus Gilead, richtete Israel sechs Jahre, befreite seine Volksgenossen von den Ammonitern (oder Moabitern: Ri 11, 15–27), in Zafon (oder Mizpa) in Gilead begraben. Der Bericht über seine Kämpfe 10, 6–12, 7 setzt mehrere Quellen voraus. Zu seiner Sonderüberlieferung, vielleicht mit ätiologischem Charakter, gehört das Gelübde J.s (11, 30), das erste, was ihm nach dem Siege begegnet, zu opfern, wodurch er seine einzige Tochter verliert. Hebr 11, 32–34 nennt ihn dennoch ein Vorbild des Glaubens.

Joab (hebr.: Jahwe ist Vater), Sohn der Zeruja, Heerführer Davids gegen Abner (2 Sam 2, 13–32 3, 11–30), die Aramäer (10, 7–14), Ammoniter (12, 26–31) und Edomiter (1 Kön 11, 15 f). Er tötete seinen Rivalen Amasa (20, 4–13), strebte aber nie selbst nach der Krone. Im Aufstand →Abschaloms hielt er zu David (2 Sam 18, 1–19, 9), im Kampf um die Thronnachfolge ergriff er die Partei Adonijas (1 Kön 1, 7), suchte nach dessen Niederlage Schutz am Altar (→Asyl), wurde aber dennoch von Salomo hingerichtet (1 Kön 2, 28–35).

Joahas (hebr.: Jahwe ergreift [bei der Hand]), Eigen- oder Thronname.
(1) 17. König von Juda (609), Sohn des Joschija; sein eigentlicher Name war Schallum (Jer 22, 11). Nach dreimonatiger Regierungszeit wurde er wegen seiner feindlichen Haltung gegenüber Ägypten durch seinen Bruder ersetzt und nach Ägypten deportiert, wo er starb (2 Kön 23, 31–34 2 Chr 36, 1–4).
(2) 11. König von Israel (818–802), Sohn des →Jehu. Die Kriege mit den Aramäern unter Hasael und Ben-Hadad fielen

in seine Regierungszeit und machten ihm viel zu schaffen. Eine Besserung der Lage trat erst ein, als die Aramäer ihrerseits von den Assyrern angegriffen wurden (2 Kön 13, 1–9).

Joasch (hebr.: Jahwe hat gegeben)
(1) 8. König von Juda (840–801), Sohn des Ahasja. Obwohl Atalja seine Familie umbrachte, kam er mit dem Leben davon. Mit sieben Jahren zum König ausgerufen (2 Kön 11–12 2 Chr 22, 10–24, 27). Zunächst ließ er den Tempel Salomos restaurieren, später tolerierte er heidnisches Brauchtum und ließ sogar den Propheten →Secharja hinrichten (2 Chr 24, 20–22 Mt 23, 35 par). Die Bedrohung Jerusalems durch Hasael von Damaskus konnte J. nur abwenden, indem er ihm den Tempelschatz auslieferte. Das war wahrscheinlich der Grund für eine Verschwörung gegen ihn, die zu seiner Ermordung führte.
(2) 12. König von Israel (802–787) aus der Dynastie des →Jehu, Sohn des Joahas (2 Kön 13, 10–25 14, 15 f 2 Chr 25, 17–24). Besiegte dreimal →Ben-Hadad III. und gewann seinen ostjordanischen Besitz zurück. Kämpfte schließlich gegen Amasja von Juda.

Joel (hebr.: Jahwe ist Gott)
(I) Einer der sog. Kleinen Propheten, Sohn des Petuel. Über seine Lebensumstände sowie Zeit und Ort seines Auftretens ist nichts bekannt. Weil sich seine Predigt auf Juda und Jerusalem konzentriert, nimmt man an, er sei Judäer gewesen. Verfasser von
(II) JOEL (BUCH). Hauptthema ist der nahende „Tag Jahwes“. Anlaß und Grundlage der Bußpredigt ist eine →Heuschreckenplage (Kap 1–2), die wohl kaum allegorisch oder apokalyptisch zu deuten ist. Es schließen sich drei Verheißungen an: (1) der Ausgleich für alles von den Heuschrecken Vernichtete (2, 18–27); (2) ein zukünftiger Segen mit der Ausgießung des göttlichen Geistes (Kap 3; vgl Apg 2, 17–21); (3) eine apokalyptisch dargestellte Vernichtung der Feinde des Gottesvolkes und die Wiederaufrichtung Israels (Kap 4). Trotz einiger Bedenken gegenüber der Authentizität von Kap 3–4 sprechen sich die meisten Forscher für die Einheit des Buches aus. Während man früher seine Entstehung vor dem Exil ansetzte, stellen es die neueren Forscher wegen seiner völkischen (Fehlen des 10-Stämme-Reiches u. a.) und religiösen Eigenart richtiger in die nachexilische Zeit. Der Tag

Jahwes bedeutet nicht mehr wie bei den älteren Propheten eine moralische Scheidung, sondern Rehabilitation für das Volk Gottes und Schande für die Heiden. Die Segnungen bleiben auf Israel beschränkt. Diesem typisch nachexilischen Partikularismus entspricht es auch, wenn J. Israel als Gemeinschaft der Gerechten versteht.
Nicht die Verurteilung der Sünde, sondern die rituelle Buße hat Vorrang. Seine Berühmtheit verdankt das Buch der Prophetie der Geistsendung (3, 1 ff; vgl Apg 2). Zudem ist es die älteste jüd. Apokalypse.

Johannes (Apostel). In den synopt. Evv (Mk 1, 19 par) ist J. der Sohn des Zebedäus und galiläischer Fischer. Mit seinem Bruder Jakobus und Petrus gehört er zu den drei vertrauten Jüngern Jesu. Sie sind Zeugen der Auferweckung der Tochter des Jairus (Mk 5, 37 par), der Verklärung Jesu auf dem Berg (Mk 9, 2 par) und seiner Todesangst in Getsemani (Mk 14, 33). Die ungestümen Zebedäus-Söhne (Mk 3, 17: Donnersöhne) versuchten sogar, sich ihre bevorzugte Stellung auch für das Reich Gottes zu sichern (Mk 10, 35–41). Im 4. Ev wird J. namentlich nicht genannt. Nur im 21. Kap, das allgemein als späterer Zusatz angesehen wird, fällt der Ausdruck „Söhne des Zebedäus"; der Hinweis auf den „Jünger, den Jesus liebte" (Vs 20), kommt erst ab Kap 13 vor. Vielleicht ist dieser Jünger identisch mit dem nicht näher bezeichneten Jünger von 1, 40. In diesem Fall dürfte J. (aber nur nach dem 4. Ev) ein Jünger von Johannes dem Täufer gewesen sein, der ihn auf Jesus verwies (1, 36 f 2, 2. 12). – In der Urgemeinde nimmt J. eine führende Stellung ein (Apg 3–8). Paulus rechnet ihn zu den „Säulen" der Kirche (Gal 2, 9), in der →Apostelliste (Apg 1, 13) folgt er direkt auf Petrus. In der späteren Tradition gilt er als Verfasser von Offb und 1–3 Joh. Nach Offb 1, 9 hielt er sich auf der Insel Patmos auf; Irenäus bezeugt, daß J. in Ephesus gelebt hat und gestorben ist. Die apokryphe Literatur, die unter dem Namen des J. läuft, umfaßt: (a) das Apokryphon des J., ein gnostisches Evangelium des 2. Jh, und Fragmente eines Gesprächs des J. mit Jesus; (b) die Johannesakten aus dem 4. Jh über Reisen und Wunder des Apostels J.; (c) drei kleinere Schriften aus dem 5. und 6. Jh und (d) drei Apokalypsen.

Johannesbriefe. Die drei Joh-Briefe sind zwar untereinander und mit Joh verwandt und haben Zeit, Raum und Situation gemeinsam, dennoch steht 1 Joh dem Joh-Ev näher, während andererseits 2/3 Joh eng zusammengehören.

(I) Erster Brief. (1) *Inhalt und Zweck.* 1 Joh ist weder ein Brief (Briefkopf und -schluß fehlen) noch ein Rundschreiben (kein Adressat), sondern eine selbständige Schrift, die für eine bestimmte Gruppe von Christen oder Christengemeinden in einer heidnischen, gnostisch beeinflußten Umwelt Glaubensverkündigung (1, 1–3) und Glaubensverteidigung (4, 4–6 5, 4–12) vereint. Ein klarer Aufbau ist nicht zu erkennen. Dennoch lassen sich größere Einheiten herauslösen, die alle um die Gemeinschaft mit Gott aufgrund der Einheit mit Jesus Christus und um die brüderliche Gemeinschaft der Christen untereinander kreisen. Der Brief will vor Irrlehren warnen und den Glauben seiner Leser festigen. Die zeitlichen Hintergründe lassen ein fortgeschrittenes Stadium christlicher Gemeindebildung erkennen. Der Verfasser spricht als Zeuge des Heilsgeschehens (1, 1–3) zu einer Generation, die ihren Glauben nur auf das Hören (3, 11) stützen kann. Da er besonderen Wert auf die Unabdingbarkeit der Menschwerdung Jesu, des „im Fleische Gekommenen" (4, 2), legt, nimmt man an, daß mit den Irrlehrern, die er Antichristen (2, 19) und Pseudopropheten (4, 1) nennt, Vertreter einer gnostischen Richtung (Doketismus) gemeint sind, die eine reine Geistigkeit und eine unmittelbare Vereinigung mit Gott ohne den Menschen Jesus, ohne die Liebesgemeinschaft und ohne verpflichtende Gebote erstrebten.

(2) *Verfasserschaft.* Abgesehen vom späteren trinitarischen Zusatz 5, 7 f, dem sog. Comma Johanneum, darf die Schrift trotz gewisser stilistischer Unterschiede (kurze apodiktische Sätze neben prosaisch-paränetischen Abschnitten) als Werk eines Verfassers gelten. Wegen der nahen Verwandtschaft mit Joh in Wortschatz, Stil, Denkweise und Thematik (Licht 1, 5; Gerechtigkeit 2, 29; Liebe 4, 7; Wahrheit 5, 6 u. a.) schreibt man heute allgemein beide Schriften demselben Verfasser zu (→Johannesevangelium). 1 Joh dürfte dann zwischen 90 und 110 entstanden sein.

(II) Zweiter und Dritter Brief. *2 Joh* richtet sich an die „auserwählte Herrin", d. h. eine bestimmte kleinasiatische Gemeinde. Der Brief ermahnt zur Bruderliebe und Glaubenstreue und warnt vor Irrlehrern. – *3 Joh* ist an einen gewissen Gaius gerichtet, den er wegen seiner Gastfreundschaft lobt und in seiner Haltung gegenüber dem Gemeindevorsteher stärkt.

Der Absender beider Schriften – nach Umfang und Art wirkliche Briefe – nennt sich Presbyter und tritt als Autorität auf. Wahrscheinlich war er ein Schüler des Johannes und gab dessen Tradition weiter. Wie 1 Joh dürften die Briefe um 100 entstanden sein, gelangten aber erst im 5. Jh in den Kanon.

Johannesevangelium. (I) GLIEDERUNG UND AUFBAU. Stofflich gliedert sich Joh in drei große Teile: (1) 1, 19–12, 50: Jesu öffentliches Leben als die absolute Offenbarung, durch die Gott die Welt in die endgültige Entscheidung ruft. (2) 13, 1–17, 26: Jesu Selbstoffenbarung vor „den Seinen". (3) 18, 1–20, 29: Jesu Rückkehr zum Vater, seine Verherrlichung durch sein Leiden und seine Auferstehung. – Dem Werk geht ein Prolog voraus, in dem bereits die Hauptgedanken anklingen (1, 1–18). Der Schluß (20, 30 f) spricht das Anliegen des Buches aus. Kap 21 ist, literarisch gesehen, ein Nachtrag. Er mag von Schülern aus Stoffen, die auf den Evangelisten selbst zurückgehen, redigiert worden sein. Die Frage nach der eigentlichen literarischen Struktur des Werkes (d. h., ob in einer bewußten Anordnung des Stoffes die Grundgedanken des Verfassers zum Ausdruck kommen) ist bis heute ungelöst.
(II) THEOLOGISCHE EIGENART. Nicht anders als die Synoptiker will auch Joh vom geschichtl. Christus berichten (20, 30 f), doch noch entschiedener als jene bedenkt er die Person und das Werk Jesu Christi im Lichte der Ostererfahrung (2, 18 ff 7, 37 f 12, 6). So erkennt Joh in Christus nicht nur die Erfüllung der Heilserwartungen Israels (3, 14 6, 32. 49 f 8, 56), sondern die Erfüllung der menschlichen Sehnsucht überhaupt (das Wasser des Lebens 4, 14; das Brot 6, 35; das Licht 9, 5; der Hirt 10, 1; der Weg, die Wahrheit und das Leben 14, 6). Aus diesem Grund sind die von Christus gewirkten Wunder stets Zeichen einer tieferen Wirklichkeit (2, 11 6, 35 11, 25) und eine jede Begegnung mit Christus ein über Leben und Tod entscheidendes Ereignis: Der Nichtglaubende verschließt sich in die Finsternis (3, 19 ff), während der Glaubende in dem von Christus geschenkten Geist (3, 5 f 14, 26) schon jetzt (5, 24) des ewigen Lebens teilhaft wird (6, 63). In der vom Geist gewirkten Erkenntnis erschließt sich dem Glaubenden die Einheit mit Christus, seinem Herrn (15, 15), die zugleich die Einheit mit Gott dem Vater und allen Glaubenden ist (17) und die es in der Verwirklichung demütiger Liebe zu bewahren gilt (13, 1–14 15, 9–17).

Indem Joh bereits der irdischen Begegnung mit dem Offenbarer eine derart kritische Bedeutung zuschreibt (5, 25 f), kann er die in der Ablehnung Christi verharrenden Juden nur noch als „Teufelskinder" (8, 42 ff), als Verkörperung der widergöttlichen Welt (17, 25) verstehen, wobei freilich zu beachten ist, daß eine derartige Identifizierung dem geschichtl. Judentum nicht mehr gerecht wird.

(III) JOH UND DIE SYNOPTIKER. Das Verhältnis des Joh-Ev zu den synopt. Evv ist nicht einfach zu bestimmen. Einerseits finden sich unbestreitbare *Gemeinsamkeiten*, nicht nur im Gesamtaufbau des Ev, sondern auch in einzelnen Berichten: von der Wirksamkeit Johannes' des Täufers als des Vorläufers Jesu (1, 19–36), der Tempelreinigung (2, 13–22), der Speisung der Fünftausend und dem Seewandel (6, 1–21), von Jesu Salbung in Betanien (12, 1–8) und in seinem Einzug in Jerusalem (12, 12–19), vor allem aber in der Passionsgeschichte (18–19), bei der Joh in den entscheidenden Punkten mit den Synoptikern übereinstimmt. Andererseits müssen auch tiefgreifende *Unterschiede* festgestellt werden: im Erzählungsstoff (Jesus reist viermal nach Jerusalem: 2, 13 5, 1 7, 10, 12, 12; das Messiastum Jesu ist allen von Anfang an bekannt: 1, 29. 41, dagegen Mk 8, 27 ff 11, 1–11; Jesus heilt keine dämonisch Besessenen), vor allem aber im Redestoff (keine synopt. Gleichnisse, hingegen das Gleichnis vom Hirten und vom Weinstock: 10, 1–6 15, 1–8; keine scharf geprägten, leicht haftenden Sätze, sondern ausführliche Reden um Begriffe, die in den drei anderen Evv ohne Parallelen sind, wie Wiedergeburt, Lebensbrot, Herrlichkeit u. ä.; keine Ankündigung der anbrechenden Gottesherrschaft wie Mk 1, 14 f, sondern Verkündigung des sich jetzt vollziehenden Gerichts: 3, 19 5, 24 12, 31). Angesichts dieses Sachverhalts ist es letztlich unmöglich zu entscheiden, ob Joh die uns vorliegenden Synoptiker kannte und benutzte oder ob er bei der Abfassung seines Ev lediglich aus verwandten Quellen und einer gemeinsamen mündlichen Tradition schöpfte.

(IV) MILIEU UND EINFLÜSSE. Die typisch johanneische Gestalt der christl. Verkündigung ist unbestreitbar von dem religiösen und kulturellen Milieu mitbestimmt, in dem Joh entstand. Wenn auch die (lange Zeit behauptete) literarische Abhängigkeit des Joh von gnostischen Quellen kaum haltbar sein dürfte, so haben die Funde von →Qumran und *nag' ḥammādi* doch bestätigt, daß die Gnosis im Entstehungsmilieu des Joh-Ev mächtig war und dessen Vorstellungen und Terminologie wesentlich mitbestimmte. Damit wird Joh jedoch keineswegs zum Produkt dieses Milieus; es ist die Auseinandersetzung mit dessen Vorstellungen und Fragen von einer vertieften Christologie her.

(V) DER VERFASSER. Gegen Ende des 2. Jh herrschte in den Kirchen von Kleinasien (Ephesus), Ägypten und Rom die Auffassung, der Apostel Johannes sei der Verfasser des vierten Ev. Ihr bedeutendster Vertreter ist Irenäus. Die schnelle Verbreitung von Joh erklärt sich mit daraus, daß es mit dem Apostel Johannes zusammengebracht wurde. Das älteste Textzeugnis (Joh 18, 33. 37 f) stammt etwa aus dem Jahre 130. Ein Ev, das sich so stark von den vorhergehenden unterschied, mußte tatsächlich eine hohe apostolische Autorität aufzuweisen haben, um sich kaum eine Generation nach seiner Abfassung einen Platz in den Kirchen erobern zu können. Dennoch neigen heute auch kath. Forscher einer nuancierten Lösung zu, die einerseits dem Apostel Johannes als hinter dem Ev stehende apostolische Autorität gerecht wird und doch der traditions- und religionsgeschichtl. Entwicklung der christl. Verkündigung, die in Joh einen so vollkommenen Ausdruck fand, eher Rechnung tragen dürfte. Danach hätten ein oder mehrere Schreiber, die man jedoch nicht zu „Diktatschreibern" degradieren darf, den Apostel Johannes bei der Abfassung des vierten Ev unterstützt. Der (letzte) Schüler, dem das ganze Werk seinen Stil verdankt, wäre dann in unserem Sinn als Verfasser von Joh zu bezeichnen. Er könnte ein Diasporajude gewesen sein, der mit dem Apostel Johannes in enger Verbindung stand und eine gute geistige, der Kultur der Zeit gemäße Bildung besaß. Sein Name ist unbekannt. Wieweit dieser „Schreiber" nicht nur Gewährsmann der johanneischen Überlieferung und Verkündigung, sondern auch selbst Theologe und Verkündiger für seine Leser war, ist kaum festzustellen. Jedenfalls war er mehr als nur Kompilator johanneischer Traditionsangaben. Weil Inhalt und Form, Sprache und Gedanken sich nicht trennen lassen, muß man diesem unbekannten Schreiber eine große Selbständigkeit zuerkennen: Er hat die johanneische Tradition und Interpretation des Heilsgeschehens persönlich geprägt.

Johannes der Täufer, Sohn des Priesters Zacharias und der Elisabet (Lk 1, 5), dessen Geburt und Sendung von einem Engel angekündigt wurden (1, 15); bei der Beschneidung pries ihn sein Vater als Vorboten des Messias (1, 67–79). Er trat ca

28–30 als Wanderprediger in der Wüste auf, wo er die Bußtaufe zur Vergebung der Sünden als Vorbereitung für das kommende Gottesreich predigte (Mk 1,1–6 par). Beziehungen zur Gemeinde von Qumran sind möglich, aber nicht sicher nachweisbar. J. taufte am Jordan oder in Betanien (Joh 1,28). Auch Jesus ließ sich von ihm taufen (Mk 1,9–11 par), er sah in ihm einen Gesandten Gottes. J. selbst bezeichnete sich als Vorläufer des Messias (Joh 1,29–34). Das Auftreten des Täufers löste eine Volksbewegung aus, die von Herodes →Antipas mit wachsender Sorge verfolgt wurde (Ant. 18,5,2), zumal J. offen den Ehebruch des Königs tadelte. Herodes setzte J. gefangen und ließ ihn hinrichten (Mk 6,17–29 par; →Machärus). Er wurde von seinen Jüngern, die eine eigene Gebetsform (Lk 11,1) und Fastenpraxis (Mk 2,18 par) hatten, begraben. Später erscheinen in Ephesus zwölf Jünger, die nur „auf die Taufe des J." getauft waren und den Heiligen Geist noch nicht empfangen hatten (Apg 19,2–7).

Jojachin (hebr.: Jahwe möge Festigkeit verleihen), zweitletzter König von Juda (598), Sohn und Nachfolger Jojakims (2 Kön 24,8–17 2 Chr 36,9 f). Nach dreimonatiger Regierungszeit wurde er von Nebukadnezzar abgesetzt und mit seiner Mutter, Gattin und vielen vornehmen Judäern nach Babylonien deportiert. Amel-Marduk, der Nachfolger Nebukadnezzars, ließ ihn im 37. Jahr seiner Gefangenschaft frei (2 Kön 25,27 Jer 52,31). J. blieb aber in Babel. Jer 22,30 prophezeite, seine Söhne würden den Thron Judas nicht besteigen.

Jojakim (hebr.: Jahwe wird aufrichten). Der wichtigste Namensträger ist der Sohn des Joschija (2 Kön 23,34–24,7 2 Chr 36,5–8). Er wurde vom ägypt. König Necho anstelle seines Bruders Joahas zum König von Juda (608–598) eingesetzt, seinen Namen Eljakim änderte Necho dabei in J. Er mußte sich 603/2 Nebukadnezzar unterwerfen, ging jedoch drei Jahre später wieder zu den Ägyptern über. Er starb noch vor der Eroberung Jerusalems durch Nebukadnezzar. Jeremia, der unter seiner Regierung predigte, fällte ein hartes Urteil über J. und prophezeite ihm ein „Eselsbegräbnis" (Jer 22,13–19).

Jona (hebr.: Taube)
(I) Einer der Kleinen Propheten, Sohn des Amittai, der Jero-

beam II. (787–747) die Ausbreitung seines Reiches angekündigt hatte (2 Kön 14, 25) und aus Gat-Hefer in Sebulon (Jos 19, 13) nö von Nazaret stammte.
(II) JONA (BUCH). Jona ist nicht nach seinem Verfasser, sondern nach der Hauptgestalt benannt. Um sich dem Auftrag Jahwes, in Ninive Buße zu predigen, zu entziehen, schifft J. sich nach Tarschisch ein. Während eines Seesturmes wird er von den Schiffsleuten ins Meer geworfen und von einem Fisch verschluckt, der ihn nach drei Tagen wieder ausspeit. Nach erneuerter Aufforderung Jahwes zieht er nach Ninive und bewirkt die Umkehr des Volkes, so daß Jahwe die Stadt nicht vernichtet. Den darüber verärgerten J. belehrt Jahwe am Beispiel einer Rizinusstaude, daß Gott sich aller Menschen erbarmt. – Das Buch ist ein Protest gegen den – in J. verkörperten – jüd. Partikularismus (J. entzieht sich aus kleinlichen Gründen der Sendung an die Heiden) und ein Zeugnis für den universalen Heilswillen Gottes. – Die alte Auffassung, der Prophet J. habe das Buch geschrieben, ist heute aufgegeben. 3, 3 (Ninive zerstört), die vielen Aramaismen und die Grundidee lassen an eine Entstehung nach dem Exil zwischen 400 und 200 denken (vgl Sir 49, 10). Bis auf den Dankpsalm Kap 2 wird die Einheit des Buches allgemein anerkannt. Daß es kein historisches Geschehen darstellt, sondern als Parabel verstanden werden muß, ergibt sich u. a. aus den unmotivierten Wundern, den Imitationen (Jon 1 geht auf Ez 26–28, Jon 3 auf Jer 36, Jon 4 auf 1 Kön 19 zurück) und der Unwahrscheinlichkeit, daß Ninive sich durch die Predigt eines Ausländers bekehrt. Auch Mt 12, 38–42 verbürgt nur die literarische Typologie der Erzählung.

Jonatan (hebr.: Jahwe hat gegeben)
(1) Enkel des Mose, dessen Name Ri 18, 30 absichtlich zu Manasse entstellt ist, Priester am Heiligtum der Daniten.
(2) Sohn Sauls und Freund Davids (1 Sam 19 f). Seine Stellung in der Auseinandersetzung zwischen Saul und David ist unklar. Er kam in der Schlacht auf dem Gilboa-Gebirge ums Leben (31, 2) und wurde von David in einem Klagelied (2 Sam 1, 17–27) beweint.
(3) der →Makkabäer.

Joram (hebr.: Jahwe ist erhaben)
(1) 5. König von Juda (847–845), Sohn des Joschafat, Gatte der →Atalja (2 Kön 8, 16–24 2 Chr 21), die ihn völlig be-

herrschte (Tolerierung des →Baalkultes, Ermordung seiner sechs Brüder, Protestschreiben des Elija an J.). Seine Kriege verliefen unglücklich. Durch den Abfall Edoms wurde Juda vom Meer abgeschnitten (→Hafen; Handel), die Philister und Araber fielen ein, verheerten den Palast und verschleppten seine Familie.
(2) 9. König von Israel (851–845), Sohn des Ahab und Bruder des Ahasja (2 Kön 3). Er entfernte die Baalsäulen seines Vaters. Mit Joschafat von Juda und dem König von Edom ging er ein Bündnis gegen die unter →Mescha abgefallenen Moabiter ein. Nach seiner Verwundung im Krieg gegen Damaskus wurde er beim Aufstand →Jehus getötet. Mit ihm erlosch die Dynastie →Omris.

Jordan (von hebr.: fließen). Vier Quellflüsse s des Hermon vereinigen sich zum J. Er durchläuft eine sehr fruchtbare Ebene mit tropischer Vegetation, fließt dann in zahlreichen Stromschnellen durch ein steiniges, schluchtförmiges Bett und ergießt sich, durch eine von ihm selbst angeschwemmte Barre gehemmt, langsam in den See →Gennesaret. Vom Ursprung bis zur Mündung in den See (16 km) fällt der J. von +270 auf –208 m. In unzähligen Windungen schlängelt er sich dann südwärts zum →Toten Meer (–390 m). Von den ö Nebenflüssen sind Jarmuk und →Jabbok die wichtigsten. Im s Teil des J.grabens hausten zur Zeit des Jeremia noch Löwen (Jer 49, 19). Hier ermöglichten Furten das Überschreiten des Flusses, vor allem in der Nähe von Bet-Schean, Jericho (Jos 2, 7 Ri 3, 28 2 Sam 19, 19. 32), Bet-Bara (Ri 7, 24) und Betanien (Joh 1, 28). Dennoch bildete der J. immer die natürliche Grenze zwischen Kanaan und dem Ostjordanland und wirkte eher trennend als verbindend. *Abb. 19.*

Joschafat (hebr.: Jahwe hat gerichtet). Der wichtigste Namensträger ist der Sohn des Asa (1 Kön 22, 41–51 2 Chr 17–20), 4. König von Juda (868–847). Seine Regierung war glücklich. Durch die Heirat seines Sohnes Joram (1) mit der israelit. Königstochter Atalja besiegelte er die Freundschaft der beiden Königshäuser. Der Chronist weiß von einer Neuordnung der Rechtspflege und Verstärkung der Armee, Kön von dem mißglückten Versuch, die Ofirfahrten Salomos wiederaufzunehmen. Er beteiligte sich an den Kämpfen Ahabs gegen die Aramäer und unternahm mit Joram einen Kriegszug gegen →Mescha von Moab (→Joram 2). →Tal Joschafat.

Joschija (hebr.: Jahwe heile), 16. König von Juda (639–609), Sohn und Nachfolger des Amon (2 Kön 22, 1–23, 30 2 Chr 34 f), bestieg mit acht Jahren den Thron. Er benützte den Zerfall der assyr. Macht, um das Südreich nach N zu erweitern. Als König Necho 609 bis zum Eufrat vorrückte, um dem letzten König von Assyrien zu Hilfe zu kommen, stellte sich J. ihm aus Sorge um seine eigenen neuerworbenen Gebiete entgegen und wurde bei Megiddo geschlagen und tödlich verwundet. Die politische Sicherheit dürfte J.s Reformen im Inneren begünstigt haben; die Erneuerung des Kultes war darunter die bedeutendste. Das bei Ausbesserungsarbeiten im Tempel aufgefundene Gesetzbuch (→Deuteronomium) veranlaßte ihn zur Reinigung des Tempels von allen Bildern und Symbolen anderer Gottheiten und zur Beseitigung der →Höhenkultstätten im Land (z. B. →Arad), so daß der Kult auf den Tempel in Jerusalem zentralisiert wurde. Daher wird J. von der deuteronomistischen Überlieferung zu den besten und frömmsten Königen gezählt. Jeremia dichtete auf ihn ein Klagelied, das nicht erhalten ist (2 Chr 35, 25).

Josef (hebr.: [Gott] möge [zu dem soeben geborenen weitere Kinder] hinzufügen), Name mehrerer bibl. Personen. Zu erwähnen sind:
(1) Der Patriarch J., Sohn von Jakob und Rahel, Hauptgestalt der Geschichte „Joseph und seine Brüder“ (Gen 37 39–47 50). Sie ist ein Meisterwerk der Erzählkunst mit lehrhafter Tendenz: J.s Verhalten ist vorbildlich. In diesem Sinne wird er später (Sir 49, 15) als Fürst seiner Brüder und Stütze des Volkes gepriesen (vgl 1 Makk 2, 53 Ps 105, 17–22 Weish 10, 13 f). – J. ist →Eponym des Stammes J. (Num 13, 11 u. ö.), des Hauses J. (Jos 17, 17), der Söhne J.s (Num 1, 10) oder des J. schlechthin (Dtn 27, 12 Ez 47, 13 u. ö.). Darunter hat man die Stämme (→) Efraim und Manasse, gelegentlich auch alle N-Stämme (Ez 37, 16 u. ö.) oder ganz Israel (Ps 77, 16 u. ö.) zu verstehen. Ein selbständiger Stamm J. im Zentrum Kanaans ist Jos 16, 1–3 17, 14–18 bezeugt.
(2) Der Mann Marias, aus davidischem Geschlecht, Sohn eines Jakob (Mt 1, 16) oder Heli (Lk 3, 23), lebt als Handwerker in Nazaret, bei der Verkündigung mit Maria verlobt (Mt 1, 18 Lk 1, 27); als sie schwanger wird, beschließt er, sich heimlich von ihr zu trennen, nimmt sie jedoch auf Weisung des Engels zu sich. Nach der Geburt Jesu in Betlehem und der Flucht nach Ägypten siedelt er sich wieder in Nazaret an. J. spielt in

der Kindheitsgeschichte eine wichtige Rolle, wird aber sonst im NT nicht erwähnt.

(3) J. von Arimatäa, Ratsherr in Jerusalem (Mk 15, 43 Lk 23, 51), Jünger Jesu (Mt 27, 57), erwartet das Reich Gottes. Er erbittet sich von Pilatus den Leichnam Jesu und begräbt ihn in seinem eigenen Grab (Mk 15, 42–46 par).

Josua (hebr.: Jahwe ist/schenkt Heil)

(I) Sohn des Nun, Nachfolger des Mose und Führer in den Landnahmekriegen. Er handelt zunächst im Auftrag des Mose (Ex 17, 9 f 33, 11 u. ö.), wird von ihm als Kundschafter nach Kanaan geschickt (Num 13, 8) und führt schließlich die Israeliten über den Jordan. Nach der Eroberung Jerichos besetzt er das Innere des Landes, stößt nach N (Hazor) und S (Makkeda, Libna, Lachisch, Eglon, Hebron, Debir) vor und verteilt das Land unter die Stämme (Jos 1–19). Er stirbt nach der Bundeserneuerung in Sichem und wird in Timnat-Serach, 15 km sö von Bet-El, begraben (24, 29 f). Daß diese Darstellung recht schematisch ist, läßt Jos selbst durchblicken (vgl 15, 63 16, 10 17, 12. 15 ff u. ö.). Die historischen Vorgänge und die Rolle, die J. dabei gespielt hat, lassen sich nicht mehr sicher erkennen. Jedoch scheint J. bei den Ereignissen in Mittelkanaan führend gewesen zu sein. Mag auch die Landnahme im wesentlichen das Ergebnis eines allmählich friedlichen Eindringens gewesen sein, so sind doch nachweislich viele kanaan. Städte (z. B. Debir, Bet-El, Lachisch, Hazor) zur Zeit J.s (13. Jh) zerstört worden, was man mit kriegerischen Auseinandersetzungen bei der Landnahme in Verbindung bringen darf.

(II) JOSUA (BUCH). Trotz der Verschiedenartigkeit des verarbeiteten Materials weist Jos eine auffallende Einheit und klare Struktur auf. Der 1. Teil (1–12) berichtet von der Eroberung Kanaans unter Führung des J.: Aufbruch, Aussendung von Kundschaftern, Überschreiten des Jordan und erste Paschafeier, Eroberung von Jericho und Ai, Verkündigung des Gesetzes zwischen Ebal und Garizim, Vertrag mit den Gibeoniten, Eroberung des Südlandes und Sieg über die n Koalition. Der 2. Teil (13–24) berichtet die Aufteilung des Landes unter die Stämme, nennt die Priester- und Asylstädte und informiert über die Regelung der Beziehungen zwischen ost- und westjordanischen Stämmen. Den Schluß bildet die Abschiedsrede des J. und der Bericht über den Landtag in Sichem. – Das Jos zugrunde liegende Material weist verschiedene literarische Formen auf: ätiologische Sagen (2–9), Grenzbeschreibungen und Ortslisten (13–21), Heldenerzählungen (10, 1–11, 9), →Abschiedsrede (23), Protokoll (24, 1–28). – Die frühere Auffassung (Talmud, Kirchenväter u. a.), J. selbst habe das Buch geschrieben, ist allgemein aufgegeben, ebenso die Ansicht, in Jos setzten sich die vier Quellen des Pentateuch fort (→Hexateuch). Heute betrachtet man Jos als Teil des deuteronomistischen Geschichtswerkes (Jos – 2 Kön), dessen Endredaktion um 550 vC erfolgte.

Jotam (hebr.: Jahwe hat sich redlich gezeigt)
(1) Der jüngste Sohn Gideons, trug den Sichemiten als Spott auf die Königswahl des Abimelech eine Fabel vor (Ri 9, 5–21).
(2) 11. König von Juda (756–741, z. T. als Mitregent seines Vaters), Sohn des Asarja (2 Kön 15, 32–38 2 Chr 27, 1–9). Erwähnt wird nur, daß er das obere Tor am Tempel baute, Befestigungsanlagen errichtete und über die Ammoniter siegte.

Juda (volksetymologisch von hebr.: preisen): Der wichtigste Namensträger ist der Patriarch J., Sohn von Jakob und Lea (Gen 29, 35 35, 23). Er ist →Eponym des Stammes Juda (Charakterisierung Gen 49, 8–12 Dtn 33, 7). Dieser hatte sich im Negeb angesiedelt, vor allem auf dem judäischen Gebirge (Ri 1, 1–18). Obwohl er anfangs überhaupt keine Rolle spielte, gelang es ihm, sich durch Expansion auf Kosten der Nachbarstämme eine so hervorragende Stellung zu erobern, daß sich der Judäer David zum König von ganz Israel erheben konnte (2 Sam 5, 1–5) und dem Stamm eine messianische Erwählung zugesprochen wurde (Gen 49, 10–12). Die Aufzählung der judäischen Städte Jos 15, 20–63 (etwa z. Z. der Reichsteilung) zeigt J. während seiner größten Macht. Nach dem Tode Salomos warfen die N-Stämme das judäische Joch ab (1 Kön 12, 16–19). Das Reich J. konnte sich dann bis zum →Exil gegen alle Angriffe behaupten. Danach begann eine neue Entwicklung, die über die persische Provinz Jehud zum hellen. →Judäa führte.

Judäa, hellen.-röm. Bezeichnung für den von Juden bewohnten Teil Palästinas, der ursprünglich das Gebiet des israelit. Stammes →Juda umfaßte. Vor der Zeit der →Makkabäer war es ein kleines Gebiet, später wurden auch die Diasporagebiete gewaltsam judaisiert (Johannes Hyrkan I., Aristobul). Damit erhielt die Bezeichnung J. einen weiteren Sinn. Gemeint ist dann entweder das ursprüngliche Gebiet mit den samaritanischen Distrikten Afairema, Ramataim und Lod (so im NT, wenn J. neben →Galiläa und/oder →Samaria steht) oder das Reich der →Hasmonäer und des Herodes oder der Teil der röm. Provinz Syrien, der von röm. Statthaltern verwaltet wurde (Lk 3, 1).

Judas (gr.-lat. Form von →Juda)
(1) J. der Galiläer (Apg 5, 37), aus Gamala in der Gaulanitis, wiegelte zur Zeit der Volkszählung des Quirinius die Juden gegen die Römer auf, vertrat die absolute Theokratie und gründete die religiös-fanatische Bewegung der →Zeloten.
(2) J. der →Makkabäer.
(3) J. →Iskariot, einer der →Zwölf, Sohn des Simon. Die synopt. Evv berichten von seinen Verhandlungen mit dem Hohen Rat (Mt 26, 14–16 par), seinem Verhalten beim Abendmahl (26, 25), J.kuß (26, 48–50 par), Gewissensqual und Tod (27, 3–10). Der Verrat des J. war für die Urgemeinde ein Problem, das man mit dem Hinweis auf seinen Unglauben (Mt 26, 1–16 Mk 14, 1–11), seine Habsucht (Jo 12, 4–6) oder die Einwirkung Satans (Lk 22, 3 Joh 13, 2. 27) zu lösen suchte. Die verschiedenen Darstellungen seines Todes (Mt 27, 5: Erhängen; Apg 1, 18 f: Auseinanderbersten; Papias: lebendig Verfaulen) zeigen das Bedürfnis, den Verrat an Jesus entsprechend bestraft zu sehen.
(4) J., Sohn des Jakobus (Lk 6, 16 Apg 1, 13; bei Mk →Taddäus; bei Mt Lebbäus). Seit Tertullian und Origines wurde er mit dem Bruder des Jakobus und Verfasser des Judasbriefes identifiziert, was heute als unwahrscheinlich abgewiesen wird.
(5) J. von Damaskus, Bewohner der „geraden" Straße, vermutlich Judenchrist, der Paulus aufnahm (Apg 9, 11).

Judasbrief. Nicht an eine bestimmte Gemeinde gerichtet. Ob die Adressaten Judenchristen (atl Zitate, Verwendung von jüd. Apokryphen und Legenden), Heidenchristen (Auftreten libertinistischer Irrlehren) oder eine Gruppe in der Diaspora waren, ist unsicher. Die Verwendung von apokryphen Schriften (Hen, AssMos) ließ an der Echtheit des Briefes zweifeln. Gegen Ende des 2. Jh war er jedoch in Rom, Karthago und Alexandrien als kanonisch anerkannt. Als Verfasser ist der „Bruder des Jakobus" genannt; in Frage kommt nur →Jakobus (3), der Herrenbruder. Die Datierung hängt von der Echtheit von 2 Petr ab, weil beide Briefe z. T. übereinstimmen. Man wird ihn jedenfalls zwischen 70 und 90 nC anzusetzen haben.

Judentum. (I) BEZEICHNUNG. Ursprünglich versteht die Bibel unter Juden die Bewohner des Südreiches →Juda (2 Kön 16, 6 25, 25 Jer 32, 12 u. ö.) oder der Provinz →Judäa (Neh 1, 2 u. ö. Est passim). Weil aber den Judäern nach dem Exil die führende Rolle zufiel, wurde der Name Jude bald auf alle Angehörigen des israelit. Volkes übertragen. Zunächst jedoch scheint der Ausdruck Jude nur von Nichtjuden gebraucht worden zu sein, häufig sogar im pejorativen Sinn. Die Juden selbst nannten sich weiterhin Israeliten, um ihre Zugehörigkeit zum auserwählten Volke zu betonen; nur in der →Diaspora paßten sie sich dem allgemeinen Sprachgebrauch an. Die Zurückhaltung der Juden, sich selbst als Juden zu bezeichnen, hielt bis in die christl. Zeit an (vgl Mk 15, 32 Mt 27, 42: König von Israel). Noch bei den Synoptikern begegnet der Ausdruck Jude im allgemeinen nur im Mund der Nichtjuden (Mt 2, 2 27, 11 par Lk 32, 27 u. ö.); Joh verwendet ihn öfter im negativen Sinn, allerdings nicht um die Juden als Volk abzuwerten, sondern um sie als die ungläubigen Gegner Jesu zu charakterisieren (2, 18–20 6, 41 10, 31 u. ö.); bei Paulus steht das Wort Jude meist in der Einzahl ohne Artikel und dient, etwa zur Unterscheidung vom „Heiden" oder „Griechen", zur Bezeichnung eines religiösen Typus: ein Mensch, der an das Gesetz gebunden ist (1 Kor 9, 20 Gal 2, 4).
(II) GESCHICHTE. Dank der Aktivität des →Nehemia, der gegen innere und äußere Widerstände Jerusalem aufbaute und sicherte, neu besiedelte und Mißstände in Kult und Lebensführung durch Gesetze beseitigte, und dank dem religiösen Eifer seines Nachfolgers →Esra (religiöse Reformen: Verbindlichkeit der Tora; Schaffung neuer Institutionen: Amt des Hohenpriesters; Schriftgelehrte), erlangte die amtlich als „Jehud" bezeichnete persische Provinz Juda relative Autonomie (Münzrecht u. a.). Nach dem Untergang des Perserreiches (333 vC) geriet Palästina zuerst unter die Herrschaft der →Ptolemäer, 198 vC unter die der →Seleukiden. Von dieser Zeit an gewann der →Hellenismus immer stärkeren Einfluß. Als dann →Antiochus IV. Epiphanes die allgemeine Hellenisierung des Landes durchzusetzen versuchte (Verbot der Tora, Aufstellen eines Zeusaltars im Tempel), entlud sich die Spannung im Aufstand der →Makkabäer (166–162 vC).

Durch Expansionskriege dehnten die →Hasmonäer den jüd. Einflußbereich auf Galiläa und Idumäa aus (Zerstörung des Tempels in →Samaria), spätere Thronstreitigkeiten verursachten jedoch das Eingreifen des Pompeius (63 vC). Von da an stand Judäa unter röm. Oberhoheit. →Herodes d. Ält. (37–4 vC) regierte ganz im Sinne Roms. Nach seinem Tode zerfiel das Reich zwar in drei Teile, blieb aber der herodianischen Dynastie erhalten. Im Jahre 6 nC wurde Judäa röm. Provinz und seither von Prokuratoren verwaltet; der bekannteste von ihnen ist Pontius →Pilatus (26–36 nC). Die Spannungen zwischen Rom und Juden führten zu den jüd. Kriegen: 70 nC wurde Jerusalem mit dem Tempel zerstört; unter Trajan erfolgte außerdem ein Aufstand im O (116–117 nC). Als Hadrian schließlich Jerusalem als „Aelia Capitolina" aufbauen, einen Jupitertempel anstelle des alten Heiligtums errichten ließ und gar den Juden den Zutritt zu ihrer Stadt verbot, kam es unter Bar Kochba, in den die Juden messianische Hoffnungen setzten, zum zweiten jüd. Krieg (132–135), der zur endgültigen Niederlage führte. Das J. verlagerte sein Zentrum nach Galiläa (→Tiberias), Auswanderungen stärkten die jüd. Gemeinden in der Diaspora.
Neben diesen politischen Ereignissen, aber nicht unabhängig von ihnen, entwickelte sich das geistige J. Überzeugt, daß in der 587 vC geschehenen Zerstörung Jerusalems und seines Tempels sowie im babyl. Exil das von den Propheten oftmals angekündigte Gottesgericht (Jer 16, 5–7. 10–13) realisiert worden war, das Israel durch die Übertretungen der göttlichen Weisungen herausgefordert hatte, mußte das nachexilische J. in aller Gesetzlosigkeit letztlich auch eine Gefährdung der Existenz des ganzen Volkes sehen. Wer in der Zukunft das Heil des Volkes wollte, mußte die Gebote Gottes halten, vorab das Beschneidungs- und Sabbatgebot sowie die Speisegebote, die man in besonderer Weise als Ausdruck der Treue zu Jahwe verstand. Da das Heidentum auf diese jüd. Besonderheiten feindselig reagierte (1 Makk 1, 11 Tacitus, Hist. V, 4. 5), bildete sich im J. eine Bewegung zum Heidentum hin aus, die ihrerseits eine verstärkte Gegenbewegung zur Verteidigung des Erbes der Väter hervorrief (1 Makk 2, 49–68 Sir 44–49). Dieses Bemühen, den Bund mit Gott in Treue zu bewahren, führte freilich nicht nur dazu, daß sich die gläubigen Juden von den Heiden distanzierten. Es hatte auch innerhalb des J.s Auseinandersetzungen über die Frage zur Folge, wie die Weisungen, das Gesetz Gottes, verstanden und verwirk-

licht werden müssen, woraus die Parteien der (→) Pharisäer und Sadduzäer sowie die Gemeinschaft der Essener erwuchsen. Zugleich drängte die Sehnsucht nach einer besseren Zeit zur Eschatologie, →Apokalyptik sowie zu dem Bemühen, durch einen genauen Wandel auf den von Gott gewiesenen Wegen die erlösende Ankunft Gottes im „Heiligen Land" nicht länger aufzuhalten.
Nach dem nationalen Zusammenbruch ging die Führung von den Priestern auf die Schriftgelehrten über. Die →Synagoge wurde das Zentrum jüd. Geisteslebens. In den Schulen von Jamnia und Tiberias erfolgte in der Tradition Hillels die Reorganisation des J.s: Abgrenzung der Rechtgläubigkeit, Festlegung des →Kanons, Neuformung des Gesetzes (Halacha), schriftliche Fixierung der mündlich tradierten Lehrsätze (→Mischna) im →Talmud. Damit versiegte der jüd. Einfluß aus Palästina, das J. lebte in der Diaspora weiter.

Judit (hebr.: Judäerin, Jüdin)
(I) EIGENNAME. (1) Eine der hetitischen Frauen Esaus (Gen 26, 34).
(2) Hauptgestalt von
(II) JUDIT (BUCH). Es schildert, wie J., die schöne, reiche und fromme Witwe Manasses, bei der Belagerung von Betulia den assyr. Feldherrn Holofernes für sich gewinnt, ihm dann den Kopf abschlägt und dadurch die Juden rettet. Das Buch ist voller historischer, chronologischer und geographischer Widersprüche, seine gleichnishafte Funktion wird deshalb seit langem anerkannt. Den Anlaß für die Abfassung des Buches dürften die Ereignisse der Makkabäerzeit geliefert haben: Der Verfasser wollte durch das Beispiel der mutigen J. sein Volk stärken. Jdt macht in freier Darstellung und idealer Ausprägung jene Kräfte und Mächte sichtbar, durch die auch die empirische Geschichte des Gottesvolkes bestimmt wurde. Bei seiner Begegnung mit der widergöttlichen Hybris der Weltmächte zeigt sich ein Gegensatz, der nur vom Glauben her bewältigt werden kann. Gott offenbart sich zwar innerhalb der Geschichte Israels, tut aber zugleich seinen universalen Anspruch kund.

Jungfrau. Im altorient. Bereich scheint es kein besonderes Wort für das unberührte junge Mädchen gegeben zu haben. *b^etûlāh* (LXX meist παρθένος) begegnet häufig als Epitheton der ug. Göttin Anat, die auch als Fruchtbarkeitsgöttin verehrt wurde, meint also wohl eher Jugend und Macht einer Göttin. Etwas anders ist der Sprachgebrauch im AT. Obwohl *b^e^tūlāh* häufig wie *'almāh* einfach die junge Frau im heiratsfähigen Alter meint, ist die Virginität doch hoch geschätzt (Gen 24, 16 u. ö.) und auch gesetzlich geschützt (Ehevertrag: Dtn 22, 13–21; Verführung: Ex 22, 15 f u. ö.; Untreue der Verlobten: Dtn 22, 23 f). Die bei den Propheten begegnende Personifizierung einer Stadt oder eines Volkes als J. dürfte auf deren Glanz und Macht zielen (Jes 37, 22 Jer 31, 4 u. ö.; von Ägypten Jer 46, 11; von Babel Jes 47, 1). Die Bezeichnung J. für Israel, Zion oder Juda läßt auf die Brautsymbolik für den Bund zwischen Jahwe und seinem Volk schließen. Angesichts der Hochschätzung von →Ehe und Nachkommenschaft war der Tod einer J. besonders beklagenswert (Ri 11, 37–39), Ehelosigkeit bedeutete Schmach (Jes 4, 1). – Hellen. Einfluß führte allmählich zum Ideal der asketisch geprägten gottgeweihten Jungfrauschaft als Ausdruck des ständigen Bereitseins für das Kommen der Gottesherrschaft. Mt 19, 12 belehrt Jesus seine Jünger, daß man um des Himmelreiches willen auf die Ehe verzichten könne, Apg 21, 9 bringt Ehelosigkeit und Geistbegabung in Zusammenhang. Paulus äußert sich zur Jungfrauschaft vor allem unter dem Gesichtspunkt der Parusie-Erwartung (1 Kor 7); um die ausschließliche Zugehörigkeit zu Christus zu betonen, nennt er die Gemeinde „reine J." (2 Kor 11, 2; ähnlich Offb 14, 4).

K

Kadesch (hebr.: die Heilige)
(1) K., vollständiger Name K.-Barnea (Num 32, 8 34, 4 Dtn 1, 19 u. ö.), Ort an der S-Grenze Israels ö von Gerar (Gen 20, 1) mit einer Quelle (Num 20, 2–11), Aufenthaltsort der Patriarchen (Gen 16, 14) und israelit. Stämme (Num 13, 26 u. ö.). Die Quelle war wohl im Besitz der Amalekiter (Gen 14, 7) und wurde von den Israeliten erobert. Bemerkenswert ist eine aus dem 9. oder 8. Jh vC stammende Festungsanlage (zerstört am Ende der Monarchie). *Abb. 7.*
(2) K. am Orontes, mehrfach in den →Amarnabriefen erwähnt, Schauplatz der Kämpfe der Pharaonen Seti I. und Ramses II. gegen die Hetiter. *Abb. 24.*

Kafarnaum (hebr.: Dorf des Nahum), 4 km w der Mündung des Jordan in den See Gennesaret, Grenzstadt zwischen dem Staat des Philippus und des Herodes Antipas (Mt 9, 9), mit röm. Besatzung (Hauptmann: Mt 8, 5–13 par). Wohnort von Simon (3) und Andreas, Hauptwirkungsstätte Jesu und deshalb „seine Stadt" (Mt 9, 1): Lehre in der Synagoge (Mk 1, 21 par), Tempelsteuerfrage (Mt 17, 24), Heilung eines Lahmen (Mk 2, 1) u. a., wegen ihres Unglaubens jedoch verflucht (Mt 11, 23 par). Synagoge und „Haus des Petrus" stammen aus nachbibl. Zeit. *Abb. 19.*

Kaftor, Heimat der →Philister (Dtn 2, 23 Am 9, 7 Jer 47, 4), meistens mit →Kreta identifiziert. Unklar bleiben die Beziehungen zu Keftiu, das zwischen 1500 und 1350 vC in ägypt. Texten erscheint.

Kain (hebr.: Schmied?), der erste Sohn von Adam und Eva, erschlug aus Neid seinen Bruder →Abel, dessen Opfer Jahwe annahm, während er seines mißachtete (Gen 4, 1–16). Zur Strafe für den Mord mußte K. das ruhelose Leben eines Nomaden führen. Bei dem Mal, mit dem Jahwe ihn vor der →Blutrache schützte, ist an ein Stammeszeichen zu denken, eine Tätowierung, wie sie bei Beduinen öfters begegnet. Die Erzählung soll Entstehung, Eigenart und Sitten der unsteten Keniter erklären. Die spätere jüd. Exegese und auch das NT

(Mt 23, 35 1 Joh 3, 12 Hebr 11, 4) suchen den Grund für K.s Verwerfung in seiner Bosheit oder in seinem Unglauben.

Kaiser. Im NT werden folgende röm. K. erwähnt:
(1) →Augustus (30 vC–14 nC). Unter ihm wurde Jesus geboren (Lk 2, 1).
(2) Tiberius (14–37 nC). Während seiner Regierung traten Johannes der Täufer (Lk 3, 1) und Jesus auf (Mt 22, 17. 21 par Lk 23, 2 Joh 19, 12. 15).
(3) Claudius (41–54 nC), im Zusammenhang mit der Hungersnot (Apg 11, 28) und der Vertreibung der Juden aus Rom (18, 2) genannt.
(4) Nero (54–68 nC) ist Apg 25, 10–12 (Paulus) und Phil 4, 22 (Freigelassene oder Sklaven am Hofe) gemeint.

Kajafas (Bedeutung unbekannt), →Hoherpriester 18–36 nC, vom Prokurator Valerius Gratus eingesetzt (Ant. 18, 2,2) und vom syrischen Legaten Vitellius abgesetzt (Ant. 18, 4,3), amtierte z. Z. Johannes' des Täufers (Lk 3, 2). In seine Amtszeit fällt auch der Prozeß gegen Jesus (Mt 26, 3. 57 Joh 11, 49 18, 13–28), nicht aber der gegen Petrus und Johannes (Apg 4, 6).

Kalb, Goldenes →Stier.

Kalender. (1) Bildet als Einteilungsprinzip für das Jahr die Grundlage jeder Chronologie und Zeitrechnung. Da Israel dem Mond-Sonnen-System folgte, zählte das Jahr 12 Monate mit abwechselnd 29 und 30 Tagen; dazu kam ein periodischer Schaltmonat. Daneben war auch das ägypt. Sonnenjahr (12 Monate mit je 30 Tagen zuzüglich 5 Schalttagen) bekannt (belegt in Hen, Jub und den Schriften von Qumran), nach dem die Feste immer auf den gleichen K.- und Wochentag fielen. Jahresbeginn waren die Frühjahrs- und Herbstäquinoktien (1. Nisan; 1. Tischri), wobei die Zählung vom Herbstäquinoktium auf die bäuerliche, die vom Frühjahrsäquinoktium auf die Hirtenkultur zurückgeht (→Neujahr; Pascha). Der Monat begann mit der Neumondfeier (vgl Am 8, 5 2 Kön 4, 23 Jes 1, 13 Ez 46, 3), die durch besondere Opfer (Num 28, 11–15), Trompetenschall (Num 10, 10), Festmähler (1 Sam 20, 5. 24) und Kultfeiern (Jes 1, 13 f 66, 23 Ez 46, 1. 3) ausgezeichnet war. Die Siebentagewoche könnte ihren Ursprung im Wechsel der Mondphasen haben. Man hielt sich nachweislich schon sehr früh an eine strenge 7-Tage-Periode, so daß der →Sabbat (etymologischer Zusammenhang mit „sieben“ ist nicht auszuschließen) den Neumondtag allmählich verdrängte.

(2) Als Hilfsmittel zur Zeitbestimmung war der K. in Israel wenig bekannt. Man benutzte gelegentlich Tafeln mit 30 Löchern, in die man einen Stift steckte, der jeden Tag verschoben wurde (10.–7. Jh). Berühmt wurde der sog. K. von →Geser, ein Kalksteintäfelchen aus dem 10. Jh, der neben den Monaten die zu verrichtenden bäuerlichen Arbeiten aufzählt. *Abb. 28.*

Abb. 28: Der Kalender von Geser

Kamel, im Vorderen Orient gewöhnlich das einhöckerige arab. (in Assyrien auch das baktrische zweihöckerige) K., als Last- und Reittier bereits in der Väterzeit erwähnt (z. B. Gen 24, 10. 61 37, 25). Sonst auch im Krieg verwendet; in Mesopotamien seit dem 3. Jt bezeugt. Es gilt als unrein (Lev 11, 4 Dtn 14, 7), man verwendet jedoch seine Wolle und zitiert seine imponierende Größe (Mt 19, 24 par 23, 24).

Kana (hebr.: Schilfrohr), Ortsname.
(1) In Galiläa (Joh 2, 1: Hochzeitswunder; 4, 46: Heilung des Sohnes eines königlichen Beamten; 21, 2: Heimat des Natanael). Lage umstritten, wahrscheinlich *chirbet ḳānā*, ca 13 km n von Nazaret.
(2) Dorf 12 km s von Tyrus, an der N-Grenze des Stammes Ascher (Jos 19, 28).
(3) Tal zwischen Efraim und Manasse (Jos 16, 8 17, 9), heute *wādi ḳāna*.

Kanaan, bibl. Bezeichnung des von den Israeliten eroberten „verheißenen" Landes an der syrischen Küste bis etwa zum Jordangraben. Die Erklärung des Namens ist unsicher: niedriges Land; Land der untergehenden Sonne; Land der roten Purpurwolle (akk. *kinaḫḫu* = gr. φοῖνιζ, →Phönizien); Land der Kaufleute. Die Bezeichnung Kanaaniter haben die Israeliten für die Bevölkerung ohne Unterscheidung übernommen (Ex 15, 15 Ps 135, 11 Zef 1, 11), jedoch kannten sie ethnische Verschiedenheiten (Ex 3, 8. 17 13, 5 Ri 3, 5).

Kanon. (I) BEGRIFF. Die Grundbedeutung des gr. Wortes κανών ist dieselbe wie die des hebr. *ḳāneh*: Schilfrohr; über die Bedeutung „Meßrute" gewinnt es die übertragene Bedeutung „Maßstab", „Norm" (so im NT: 2 Kor 10, 13. 16 Gal 6, 16). Seit der Mitte des 4. Jh wird die Sammlung der Heiligen Schriften als K. bezeichnet. Inspiriert ist eine Schrift, insofern sie göttlichen Ursprungs ist; kanonisch, insofern ihr göttlicher Ursprung von der Kirche offiziell anerkannt wird. In der kath. Begriffssprache unterscheidet man zwischen protokanonischen (die Zugehörigkeit dieser Bücher zum K. wurde in der Kirche nie bezweifelt) und deuterokanonischen Büchern (die Inspiriertheit dieser Schriften wurde zu gewissen Zeiten oder an gewissen Orten verneint). Sieben Schriften des AT (Tob, Jdt, Bar, Weish, Sir, 1/2 Makk) wurden von den Juden am Ende des 1. Jh nC nicht in den K. aufgenommen und gelten deswegen in der kath. Kirche als deuterokanonisch. Der prot. Sprachgebrauch unterscheidet zwischen apokryphen (kath.: deuterokanonischen) und pseudepigraphischen (kath.: apokryphen) Büchern.
(II) DER KANON DES AT. (1) *Der jüd. K.* Um ihre Bibel zu bezeichnen, gebrauchen die Juden das künstliche Wort *t^enak* (nach den Anfangsbuchstaben von *torāh*, *n^ebī'īm*, *k^etūbīm*: Gesetz, Propheten und [übrige] Schriften). Die Tora (Penta-

teuch) gilt als Inbegriff der göttlichen Offenbarung und besitzt höchste Autorität. Bei den Propheten unterscheidet die jüd. Überlieferung zwischen den „früheren" (Jos, Ri, Sam und Kön) und den „späteren" Propheten (Jes, Jer, Ez und das Zwölfprophetenbuch). Die dritte Gruppe, die den vagen Namen „Schriften" führt, faßt zusammen, was an bibl. Schrifttum noch hinzukam, nachdem die beiden ersten Gruppen bereits abgeschlossen waren. Schon in der Vorrede des gr. Übersetzers von Sir (ca 130 vC) findet sich die Dreiteilung: Gesetz, Propheten, übrige (Väter-)Schriften. Sie ist auch dem NT geläufig. Oft steht dort allerdings „Gesetz" für das gesamte AT. Schon vom 4. Jh vC an wurden der Pentateuch und die Propheten (das später hinzugekommene Dan-Buch nicht dazugerechnet) als harmonische Größen angesehen. Ungewißheit herrscht über den Umfang der jüd. LXX, weil deren älteste Hss aus dem 4. Jh nC stammen, also christl. sind. Es ist sicher, daß die Übersetzer in ihre Ausgabe auch Schriften aufgenommen haben, die über den späteren offiziellen jüd. K. hinausgingen. Die gleiche Elastizität, die die jüd. Tradition im 3.–1. Jh vC in ihrer Auffassung vom Umfang des K.s besaß, kann man noch im 1. Jh nC beobachten: Einige Zitate im NT sind Anspielungen auf deuterokanonische Bücher, und wenigstens einmal wird sogar ein apokryphes Buch ausdrücklich als Prophetie angeführt (Jud 14: 1 Hen). Die Qumran-Gemeinde benutzte auch deuterokanonische Schriften und scheint überdies ihre eigenen Schriften den Heiligen Schriften des offiziellen Judentums gleichgestellt zu haben. Die jüd. Synode von Jabne (90/95 nC) legte den K. schließlich auf 24 Bücher fest: Gen, Ex, Lev, Num, Dtn, Jos, Ri, Sam, Kön, Jes, Jer, Ez, XII Proph, Pss, Ijob, Spr, Rut, Hld, Koh, Klgl, Est, Dan, Esra/Neh, Chr.

(2) *Der christliche K.* Trotz des Widerstandes einzelner Kirchenväter im 3.–5. Jh machte die Kirche sich den erweiterten LXX-K. zu eigen. Indes zeigt auch die LXX-Überlieferung keine Einheitlichkeit. In den heutigen Handausgaben von Swete und Rahlfs finden wir nicht nur alle deuterokanonischen Bücher samt den Zusätzen zu Dan und Est, sondern auch 2 Esra, 3/4 Makk, PsSal und Oratio Manassis. Melito von Sardes († um 190) ist der erste Kirchenvater, von dem wir ein K.verzeichnis besitzen; es enthält nur die protokanonischen Bücher, ohne Est. Weitaus die meisten gr. und lat. Kirchenväter hielten jedoch an den deuterokanonischen Büchern fest. Unter Einfluß von Augustinus erfolgten dann im 4. Jh die er-

sten konziliaren Entscheidungen: Die Aufstellung der bibl. Bücher auf dem Regionalkonzil von Hippo (393) und dem 3. und 4. Konzil von Karthago (397; 419) wurden vom Trienter Konzil übernommen. – Von den Reformatoren war Karlstadt der erste, der die Diskussion über den K. eröffnete (1520), und zwar aufgrund rein historischer Überlegungen. Luther machte die Nähe einer Schrift zur christl. Botschaft zum Kriterium der Kanonizität und schloß deshalb nicht nur die deuterokanonischen Bücher, sondern auch Est, Chr und Koh aus dem K. aus. Später hat er seine Auffassung revidiert. Die Bibel der orthodoxen Kirche hat den gleichen Umfang wie die der katholischen, sie enthält jedoch überdies noch 3 Esra sowie 3 Makk.
(III) Der Kanon des NT. Die Urkirche betrachtete das AT nicht nur als unaufgebbares Zeugnis der in Jesus Christus zum Abschluß gekommenen Offenbarung, sondern beanspruchte, je mehr das Judentum das AT gegen den Christusglauben ausspielte, um so nachdrücklicher das AT als ihre Heilige Schrift. Die Verwendung der ältesten christl. Schriften (Briefe, Evv) als gottesdienstliche Vorlesebücher und die nach und nach erfolgende Übertragung der Autorität des Wortes Jesu, seiner Apostel und ihrer Schüler auf die ihr Wort und ihr Handeln bezeugenden Schriften führten dazu, daß diese allmählich als „heilige Schriften" der Kirche verstanden und dem AT gleichgestellt wurden. Während die vier Evv um die Mitte des 2. Jh bereits kanonisches Ansehen genossen, wurden die Paulusbriefe erst seit ca 180 nC als Heilige Schrift zitiert. Sowohl das Streben des Marcion nach einer Reduzierung der Offenbarungsdokumente als auch eine Flut neuer Schriften zeigten die Notwendigkeit, die apostolische Paradosis gegenüber verfälschenden Tendenzen zu sichern. Erst in der 2. Hälfte des 4. Jh beendeten kirchliche Instanzen die herrschende Unsicherheit. Die erstmals von Athanasius (367) aufgezählte Sammlung von 27 kanonischen Büchern setzte sich sehr bald im W sowie nach und nach auch im O durch und wurde durch das Tridentinische Dekret von 1546 nach Zahl und Umfang der Schriften definitiv festgelegt.

Karkemisch, bedeutende, schon um 1800 vC erwähnte Stadt am Eufrat, im Neuen Reich der →Hetiter (ca 1340–1200) Sitz eines Unterkönigs, erst 717 von Sargon II. (Jes 10,9) erobert. Hier schlug 605 Nebukadnezzar II. den Ägypterkönig Necho (2 Chr 35, 20 Jer 46, 2). *Abb. 24.*

Karmel (hebr.: Baumgarten)
(1) Stadt in Juda (Jos 15, 55), 11 km s von Hebron. Saul errichtete hier ein Denkmal (1 Sam 15, 12). Heimat von Nabal (25, 2 ff) und Hezrai (2 Sam 23, 35).
(2) Ein 20 km langer, vom heutigen Haifa aus in sö Richtung verlaufender Bergrücken am Mittelmeer (Jer 46, 18), an der Südgrenze von Ascher (Jos 19, 26). Besiedlungsspuren bereits aus der Steinzeit. Schon früh galt der Berg als heilig. Der alte Baalkult lebte unter Ahab wieder auf. Elija gewann den Berg für Jahwe zurück (1 Kön 18, 19–46). Auch Elischa wohnte auf ihm (2 Kön 4, 23–25). Der K. wird im AT häufig wegen seiner Schönheit und seiner Wälder gerühmt (Jes 35, 2 Hld 7, 5). Ein öder K. ist deshalb Zeichen von Not und Zerstörung (Jes 33, 9 Am 1, 2 Nah 1, 4).

Katholische Briefe, Sammelname (seit Apollonius, 197) für sieben Briefe des NT: Jak, 1/2 Petr, 1/2/3 Joh, Jud. Die Deutung der Bezeichnung „katholisch“ ist unsicher. Meist wird sie als Unterscheidung von den paulinischen Briefen verstanden; während diese sich an bestimmte Gruppen oder Gemeinden wenden, sprechen jene einen breiteren Leserkreis an (trifft jedoch nicht zu für 2 und 3 Joh).

Keilschrift, eine in Mesopotamien und zeitweise auch in anderen Bereichen des Vorderen Orients gebräuchliche Schriftform.
(1) Die →*sumerische K.* wurde wahrscheinlich gegen 3000 vC im s Mesopotamien geschaffen. Ursprünglich dienten die abbildlichen (Gefäße, Tiere u. ä.) und auch symbolischen Zeichen zur Darstellung ganzer Wörter, aber schon bald ging man vom Bedeutungswert eines Zeichens zum Lautwert über (Silbenschrift). Um Verwechslungen zu vermeiden, benutzte man außerdem verschiedene Klassenzeichen (Determinative). Diese drei Elemente: Wortzeichen, Silbenzeichen und Determinative behielt die K. bis zu ihrem Erlöschen bei. – Schreibmaterial waren Tontäfelchen. Die Schriftrichtung verlief gewöhnlich von oben nach unten. Gerundete Linien wurden in kurze Striche zerlegt, die dann allmählich Keilform annahmen. Dadurch und durch eine Drehung der Schriftrichtung um 90° verwischte sich schon bald die Bildhaftigkeit zahlreicher Zeichen. Der ursprüngliche Bestand von ca 2000 Zeichen schrumpfte auf rund 500 zusammen.
(2) Die →*Akkader* übernahmen von den Sumerern die K. zur

Schreibung ihrer eigenen semit. Sprache (um 2350 vC). Für manche Laute, die dem Sumerischen fremd waren, wurden neue Lautwerte aus den vorhandenen abgeleitet. Die Zahl der Zeichen verringerte sich nochmals auf 325, und die Zeichenformen wandelten sich im Lauf der Jtt noch weiter. Als normativ gilt die neuassyr. Schrift der Kanzlei Assurbanipals. Die elastische K. wurde auch zur Schreibung anderer Sprachen (z. B. der [→] Elamiter, Hetiter, Hurriter, der palästinischen Kleinfürsten der →Amarnazeit, der Urartäer am Van-See) verwendet.
(3) Die *altpersische K.* war eine künstliche Schöpfung des Darius. Die 41 Zeichen fungieren nicht nur als Silbenzeichen, sondern auch als Buchstaben.
(4) Die *ugaritische K.* entstand unter dem Einfluß der protokanaan. →Alphabetschrift. Ihre 30 Zeichen und sogar die Reihenfolge der Buchstaben stimmen mit dem späteren phönizischen Alphabet überein. Die ug. K. fand jedoch nur geringe Verbreitung und verschwand nach dem Untergang der Stadt.

Kelter →Öl; Wein.

Keniter, Nomadenstamm, dessen Eponym →Kain darstellt, im äußersten S Palästinas, zum Verband der →Amalekiter gehörig (Num 24, 21 f Ri 1, 16). Zur Zeit Sauls schlossen sie sich Judäa an (1 Sam 15, 6), nomadische Gruppen durchstreiften auch Galiläa (Ri 4, 11. 17). Sie dürften sich als Handwerker (Kain = Schmied?) hervorgetan haben und waren Jahweverehrer. Mose soll mit ihnen verwandt gewesen sein (Ri 4, 11).

Keramik, alle aus Ton hergestellten Gefäße wie Flasche, Krug, Lampe, Napf, Schale, Topf. K.funde sind nicht nur für die Kulturgeschichte, sondern noch mehr für die Datierung der Siedlungsschichten einer →Ausgrabungsstätte von Bedeutung, weil sie in den einzelnen Perioden klar unterscheidbare Merkmale in Herstellungstechnik, Material, Form und Oberflächenbehandlung zeigen. Durch den Vergleich mit datierbaren Inschriften oder Importwaren läßt sich relativ schnell eine absolute Chronologie aufstellen, die es erlaubt, die Siedlungsstufen eines Ortes zu bestimmen. – Am Anfang der palästinischen K. in neolithischer Zeit (ca 5000 vC) werden die Gefäße mit der Hand aus grobem Ton hergestellt und am offenen Feuer, später im Ofen gehärtet. In der Frühbronzezeit

(3100–2200) erfindet man die Töpferscheibe, die Gefäße sind reicher und schöner modelliert. In der Übergangszeit zur Mittelbronze (2200–2000/1950) ist die K. von ärmlicherer Qualität, meist von Hand gefertigt, mit Kammstichverzierung und bauchiger Form. In der Mittelbronzezeit (1950–1550) erscheinen Standfuß, Henkel und Bemalung, erst mit linearen und geometrischen Mustern, später mit figürlichen Darstellungen (vor allem Vögel und Fische). Die K. der Spätbronzezeit (1550–1200) ist stark von zyprischen und mykenischen Erzeugnissen beeinflußt und wirkt eher dekadent. Einen eindeutigen Rückgang in Material, Form und Bemalung weist die früheisenzeitliche K. (1200–900) auf. Das gleiche Bild bietet die persische (600–300) und hellen. Zeit. Schöne Importware aus Griechenland regt aber gelegentlich die einheimische Industrie in den hellenisierten Städten an. →Palästina.

Kerub. Das Wort *k*^{e}*rūb* hängt wahrscheinlich mit dem akk. Verbum *karābu* (segnen) zusammen; das Partizip *kāribu* ist in Mesopotamien Bezeichnung einer Gottheit zweiten Ranges.
(1) *Im AT* treten K.e in verschiedenem Zusammenhang auf. Gen 3, 24 bewachen sie den Weg zum Lebensbaum (vgl Ez 28, 14. 16). Plastisch dargestellte K.e stehen auf oder bei der →Lade (Ex 25, 18–20. 22 37, 8 f 1 Kön 8, 6 u. a.) und deuten die Anwesenheit Jahwes an (daher das Epitheton „der über den K.en thront“: 1 Sam 4, 4 2 Sam 6, 2 Jes 37, 16 u. ö.); ihnen entsprechen die zwei K.e im Tempel Salomos (1 Kön 6, 23–28). K.e sind Träger Gottes in den Theophanien (2 Sam 22, 11 Ps 18, 11), in der Vision des Ezechiel (1, 4 ff 9, 3 10 11, 22) bilden sie den lebendigen Thronwagen für Jahwe. Von dieser Darstellung der K.e (Tierwesen mit vier Flügeln und vier Gesichtern) sind die vier Wesen von Offb 4, 6–8 abhängig. *Abb. 29.*
(2) *Im alten Orient* gibt es zahlreiche Parlleleln zu den bibl. K.en: In Assyrien vor allem die *kāribi*, untergeordnete Götter, Schutzgeister, die den Gläubigen zum Hauptgott führen; ursprünglich als Menschen dargestellt, später mit Flügeln und den Kennzeichen von Adler, Löwe oder Stier. In Ägypten kauernde Genien, die mit ausgespannten Flügeln und einander zugewandten Gesichtern einen (Toten-)Schrein schützen. Die in Palästina selbst aufgefundenen K.gestalten sind von diesen beiden Typen beeinflußt. – Die *atl K.e* sind zweifellos ein Echo altorient. mythischer Vorstellungen (vgl das Motiv des →Lebensbaumes). Sie besitzen jedoch keine göttlichen

Abb. 29: Kerubenthron als Träger der Gottheit. (Byblos, 11. Jh. vC)

Attribute und haben keine kultische Mittlerrolle. Sie sind vielmehr Begleiterscheinungen des Göttlichen, das sie zugleich vor der Berührung mit dem Profanen schützen sollen. Seit der jüd. Apokalyptik werden sie als höchste Engel betrachtet und haben als solche, ungeachtet ihrer mythologischen Herkunft, in der kath. Theologie und Liturgie Heimatrecht erhalten. *Abb. 29; 31.*

Kidron, Bach und Tal zwischen Jerusalem und dem Ölberg, das sich zum Toten Meer hin öffnet (Ez 47, 8 Joel 4, 18 2 Sam 15, 23 Sach 14, 8). Schon zur Zeit der Könige Begräbnisstätte; deshalb verbrannten hier die Könige Asa und Hiskija die heidnischen Kultgeräte (1 Kön 15, 13 2 Kön 23, 4). *Abb. 27.*

Kinneret, Grenzstadt von Naftali (Dtn 3, 17 Jos 11, 2 19, 35), auch in ägypt. Texten erwähnt, am NW-Ufer des Sees →Gennesaret, der nach ihr im AT „Meer von K." genannt wird, heute *tell el-'orēme.* Dt. Ausgrabungen 1982–1985: befestigte Stadt Frühbronzezeit II, zwei sich ablösende Städte 10.–8. Jh, Zerstörung durch →Tiglatpileser III. Zur Zeit Jesu war K. aufgegeben und nach →Gennesar(et) am Fuß des Hügels gewandert.

Kischon, Fluß unterhalb des Karmelgebirges, führt nur im Unterlauf ständig Wasser, mündet nö von Haifa ins Mittelmeer. Die zur Regenzeit stark morastige Umgebung des K. konnte den Streitwagen gefährlich werden (Ri 4, 7. 13 5, 21 Ps 83, 10). Hier rottete Elija die Baalpriester aus (1 Kön 18, 40).

Kittäer, in der →Völkertafel (Gen 10, 4 1 Chr 1, 7) Söhne Jawans, Seefahrer, vielleicht w-kleinasiatische, später phönizische und zuletzt gr. Einwohner Zyperns. Sie haben Handelsbeziehungen zu Tyrus (Jes 23, 1. 12) und liefern Holz am Schiffsbau (Ez 27, 6). Jer 21, 10 stehen die Inseln der K. für den äußersten W, 1 Makk 1, 1 8, 5 für Mazedonien, Dan 11, 30 sogar für die Römer. Solche Deutungen finden sich auch in der Literatur von Qumran.

Klagelieder, vierte der fünf →Megillot, in LXX und Vg Anhang zu Jer. Klgl ist eine Sammlung von fünf Liedern. 1–4 sind im Klageliedmetrum abgefaßt und akrostichisch angeordnet, der Gattung nach stellen sie Mischformen dar; das 5. ist ein Volksklagelied. Sie beklagen das zerstörte und verlassene Jerusalem (586 vC), bekennen die Schuld des Volkes, rufen zur Buße auf und erbitten die Gnade Jahwes. Das 5. Lied ist eine allgemeine Klage und Bitte um Hilfe. – Die jüd. und kirchliche Überlieferung betrachteten Jeremia als Verfasser, was jedoch von der neueren Forschung bestritten wird (vgl Jer 37, 7 mit Klgl 4, 17; Jer 37, 17 ff 38, 22 mit Klgl 4, 20; 2, 9 5, 7 u. a. sind unjeremianisch). Wahrscheinlich stammen die Klgl von mehreren Verfassern. Sicher ist jedoch, daß sie unter dem unmittelbaren Eindruck der Ereignisse von 587/6 und vor 516 (Wiederaufbau des Tempels) entstanden sind.

Klageweiber →Begräbnis.

Kleidung. Als Ursprung der K. betrachtet das AT das von der Sünde wachgerufene Schamgefühl (Gen 3, 7. 21). Da die K. als Ausdruck der Persönlichkeit angesehen wird, gilt Nacktheit (schon ohne Oberkleid oder mit ungenügender K. wie die Armen: Jes 58, 7 Ijob 22, 6 Mt 25, 36) als Schande (Gen 9, 22–25) und ist das Schicksal der Gefangenen und Flüchtlinge (Jes 20, 4 Am 2, 16). – Die bibl. Angaben über die K. der Israeliten sind spärlich und unklar. Aus den Darstellungen anderer Völker und dem Vergleich mit der K. der Beduinen und Fellachen läßt sie sich jedoch weitgehend erschließen. Die wichtigsten K.stücke sind: Schurz, Unterkleid, Oberkleid, Mantel, Gürtel, Kopftuch, Schleier und Sandalen.

(1) Die *Männerkleidung* bestand schon in ältester Zeit aus dem Schurz, wie er Ex 20, 26 Joh 21, 7 vorausgesetzt und in vielen ägypt. Darstellungen bezeugt ist. Das Unterkleid aus Leinen oder Baumwolle, mit oder ohne Ärmel, wurde auf dem Leib getragen und reichte bis zu den Waden. Bei der Arbeit wurde es hochgezogen (Ex 12, 11 2 Kön 4, 29). Eine besondere Form des Unterkleides stellt das Wickelkleid dar: ein langer Streifen Stoff mit wechselndem Muster, der um den Körper gewickelt wurde. Das Oberkleid (oder Mantel), ein viereckiges Tuch aus grobem Garn, wurde über die Schulter geworfen und hatte seitliche Öffnungen für die Arme. Es diente beim Schlafen als Decke und durfte deshalb nicht gepfändet werden (Ex 22, 25 f Dtn 24, 13). Bei der Arbeit wurde es abgelegt (Mk 10, 50 Mt 24, 18).

(2) Die *Frauenkleidung* besteht aus den gleichen Teilen, muß sich aber doch unterschieden haben (Dtn 22, 5). Wahrscheinlich war der Schnitt länger, der Stoff feiner, die Farben bunter. Orient. Abbildungen zeigen die Frau in einem langen weißen oder bunten Hemd, zu dem gelegentlich ein langes Kopftuch getragen wurde. Einzelheiten in Jes 3, 18–23 lassen sich nicht deuten.

(3) Die *Festkleidung* unterschied sich wohl durch feineren Stoff (Gen 27, 15 Mt 22, 11 f Lk 15, 22), sie war mit Vorliebe weiß (Koh 9, 8 Mk 9, 3); bei Frauen waren Byssus, Purpur und Scharlach begehrt (Spr 31, 22 Klgl 4, 5 Jer 4, 30).

(4) Zum Zeichen von *Trauer und Buße* band man sich den „Sack“ um (Gen 37, 34 2 Sam 3, 31), ein grobes, ungeformtes Stück Zeug. Außerdem zerriß man die K. (2 Sam 3, 31 Ijob 1, 20 2, 12), was man auch bei Unglück (2 Sam 13, 19) oder Gotteslästerung (Jer 36, 24 Mt 26, 65 Apg 14, 14) tat.

(5) *Priesterkleidung* →Priester.

Kodex. Zu einem Buch aufeinandergelegte und geheftete Blätter verdrängten seit dem 2. Jh nC die →Buchrolle. Daß die Christen sich als erste die K.form zunutze gemacht, wenn nicht gar erfunden haben, hängt aufs engste mit der →Kanonbildung zusammen. Wegen der größeren Kapazität konnten in einem K. leichter mehrere Schriften zu einer Sammlung vereinigt werden.

Kohelet →Prediger.

Kolossä, phrygische Stadt am Lykos, an der großen Handelsstraße von Sardes nach Apamea. In ntl Zeit hatte das benachbarte Laodizea das vordem durch seinen Woll- und Textilhandel wohlhabende K. überflügelt. Die dort von Epaphras gegründete Christengemeinde dürfte hauptsächlich aus Heidenchristen bestanden haben.

Kolosserbrief, einer der →Gefangenschaftsbriefe, setzt sich mit einer in Kolossä eingedrungenen Irrlehre auseinander, die sich im Streben nach spekulativer Erkenntnis, in bestimmten asketischen Formen und einem übertriebenen Engelkult ausdrückte. Paulus stellt ihr die absolute Autorität Christi gegenüber, der über Kosmos und Himmelsmächte herrscht. Aus der Teilnahme an der Freiheit vom Gesetz erwächst den Christen die Forderung nach einem neuen Leben. – Die Echtheit von Kol wurde vielfach aus literarischen (→Epheserbrief) und religionsgeschichtl. (Spuren eines Gnostizismus) Gründen bezweifelt; die paulinische Herkunft läßt sich jedoch nicht überzeugend bestreiten.

König. Eine Vergöttlichung des K.s, wie sie im altorient. Raum, besonders in Ägypten, üblich ist, ist in Israel wegen der Idee eines einzigen persönlichen Gottes nicht möglich. Alle Argumente, die einen göttlichen K. beweisen sollen (Verbindungen zwischen Jahwe und dem Fürsten, göttliche Sohnschaft, Spuren eines K.s-Kultes), besagen nur, daß der israelit. K. als Repräsentant des Gottes Israels (2 Sam 14, 7) ausschließlich durch Gottes Gnade existiert (vgl Sir 10, 4). Vor allem der Messias ist ein „Doppelgänger Jahwes" (Mowinckel), denn niemand steht Gott so nahe wie er (Jes 9, 5). Durch Salbung und Investitur wird der K. zu einem anderen Menschen umgeschaffen (1 Sam 10, 6) mit der Heiligkeit und Unantastbarkeit Gottes bekleidet. Das gilt besonders für David, aber seinetwegen auch für alle Nachfolger (Ps 18, 51 45, 7 u. ö.). Die königliche Autorität ist verankert im Königtum Jahwes. Insofern ist der K. auch der Rechtsbringer für die „Armen" (Ps 45, 7 72, 1 f. 4. 12). Er bedeutet Rettung und Sieg im heiligen Krieg (1 Sam 8, 20) und ist in gewissem Sinn – als erster, stellvertretender Bevollmächtigter im Kult – auch Priester. Als „Hirte" der Seinen (2 Sam 5, 2) schafft er seinem Volke die Bedingungen zur Existenz (Klgl 4, 20). Darin vor allem ist der Messias der ideale K. (Ps 72, 7. 16 Jer 23, 5 Ez 34, 23 f u. ö.).

Könige (Bücher der), ursprünglich ein Buch, in der LXX geteilt und als 3. und 4. Königsbuch an die Samuelbücher angehängt, heute 1 Kön und 2 Kön. Sie berichten die Geschichte der Könige Judas und Israels vom Tod Davids bis zur Zerstörung Jerusalems (587). Der Bericht über jeden König ist in folgendes Schema gefaßt: (a) Bestimmung des Regierungsantritts durch das Regierungsjahr des jeweils im Nachbarreich herrschenden Königs (Synchronismus); (b) Lebensalter des Königs bei der Thronbesteigung (nur für Juda); (c) Regierungsdauer; (d) Name und Abstammung der Mutter des Königs (nur für Juda); (e) theologische Beurteilung; (f) Hinweis auf Quellen; (g) Tod und Begräbnisort; (h) Name des Nachfolgers. Außer diesen schematischen Berichten enthält Kön große Abschnitte aus alten Quellen: (1) Davids letzte Tage und Geschichte Salomos (1 Kön 1, 1–11, 40); (2) Geschichten prophetischen Ursprungs (über Jerobeam, Elija, Elischa, Jesaja und über Ahabs Kriege); (3) Auffindung des Gesetzbuches durch Hilkija und Reform des Joschija (2 Kön 22, 3–23, 24). – Der *Verfasser* von Kön in seiner jetzigen Form ist eher Kompilator und Kommentator als Autor. Wie viele Quellen er benutzt hat, ist trotz der deutlichen literarischen und gedanklichen Unterschiede zwischen Annalen, Prophetengeschichten und anderen Berichten nicht auszumachen. Er muß das Buch unter dem Eindruck der Zerstörung Jerusalems, also kurz nach 587, wohl in Palästina, geschrieben haben. – Kön ist, wie unausgewogen und unvollständig es nach den Kriterien moderner →Geschichtsschreibung auch sein mag (die Jahreszahlen und Regierungszeiten stimmen mit unserer Chronologie nicht überein), das erste zusammenhängende Geschichtsbuch, das aus dem Vorderen Orient überliefert ist.

Korach (hebr.: Kahlkopf)
(1) Edomitisches Geschlecht, „Sohn“ des Esau (Gen 36, 5. 14 1 Chr 1, 35) oder Elifas (Gen 36, 16).
(2) Levit aus dem Stamm Kehat (Ex 6, 21 1 Chr 6, 7. 22), der sich gegen Mose (Aaron) auflehnte und durch ein Gottesgericht vernichtet wurde (Num 16, 1–17, 15; →Abiram).
(3) Söhne K.s, als Psalmendichter (Pss 42 44–49 84 f 87 f), Torhüter (1 Chr 9, 19 26, 1) und Tempelsänger unter Joschafat (2 Chr 20, 19) erwähnt. Es handelt sich wahrscheinlich um verschiedene Funktionen desselben untergeordneten (Num 16 f) Levitengeschlechts.

Korinth, gr. Stadt am Isthmus zwischen Peloponnes und Attika, nach 1000 vC gegründet. Eine erste Blütezeit erlebte die Stadt zur Zeit der Tyrannen (6. Jh), führend war sie in hellen. Zeit bis zu ihrer Zerstörung 146 vC. Auf den Ruinen der Stadt ließ Cäsar im Jahre 44 vC die Colonia Laus Julia Corinthiensis, Hauptstadt der Provinz Achaia und Sitz eines Prokonsuls (Apg 18, 12), errichten. K. wurde zur größten Hafen- und Handelsstadt des gr. Raumes, aber zugleich eine Stadt extremer sozialer Gegensätze (2/3 Sklaven, 1/3 Reiche). Verrufen war es wegen seiner Sittenlosigkeit, die durch die Tempelprostitution am Aphrodite-Heiligtum begünstigt wurde. Wie die Bevölkerung (Griechen, Römer, Orientalen, Juden), so war auch das religiöse Leben stark gemischt (Tempel von Melkart, Isis, Serapis, Zeus, Apollo, Aphrodite, Asklepios, Kybele). Paulus war mindestens zweimal (Apg 18, 1–18: 49/50 und Apg 20, 2: 57 oder 58) in K. Seine Bilder von der Rennbahn scheinen den Isthmischen Spielen entlehnt zu sein (1 Kor 9, 24).

Korintherbriefe. Nur zwei von den wahrscheinlich vier Briefen an die Korinther sind erhalten. Über historische Umstände und Abfassungszeit →Paulus.

(I) DER ERSTE BRIEF ist im wesentlichen eine Antwort auf Fragen und Probleme, die sich aus der Berührung mit dem →Hellenismus ergaben. (1) Die Korinther sahen im Christentum eine Art philosophisches System, das den Menschen durch Erkenntnis mit Gott in Verbindung bringt. Dem stellt Paulus bewußt die „Torheit des Kreuzes" entgegen, die alle menschliche Weisheit zunichte macht. (2) Das Streben nach Erkenntnis führt leicht zu übertrieben asketischer oder laxer Lebensführung. In Korinth gab es z. B. in der Gemeinde öffentliche Sünder (5, 1–13 6, 9–20), aber auch Eheverneiner (Kap 7). Paulus fordert Rücksicht auf die Schwachen und betont gegenüber einer rein spirituellen Auffassung die Realität der Auferstehung (15). (3) Der hellen. Mysterienkult beeinflußte auch die Gemeinde von Korinth (Emanzipation der Frauen beim Gottesdienst: 11, 2–16; an den Dionysioskult erinnernde Ausschreitungen bei den Agapemahlzeiten: 11, 17–34). (4) Der Verlust der sozialen Bindungen förderte einen Partikularismus, der sich auch in der Gemeinde auswirkte. Paulus warnt deshalb vor extremer Gruppenbildung (1, 11–17 3, 3–9). – Der *Aufbau* des Briefes entspricht wahrscheinlich der Reihenfolge der gestellten Fragen: (a) Mißbräuche, Parteiungen, falsche Toleranz, Mißbrauch bei

Rechtsgeschäften, Unzucht und Zügellosigkeit (Kap 1–6). (b) Ehe und Jungfräulichkeit, Frau im Gottesdienst, Sprachengabe, Auferstehung der Toten (Kap 7–15). (c) Persönliche Mitteilungen, u. a. Kollekte für Jerusalem (Kap 16). – *Echtheit* und *Einheit* werden, abgesehen von Zweifeln an 9, 1–11, 1 (Auseinandersetzung über die christl. Freiheit), nicht bestritten.

(II) DER ZWEITE BRIEF ist im wesentlichen eine Selbstverteidigung gegen die Angriffe von Judenchristen (1, 12–7, 16). Die folgenden Kap behandeln die Frage der Kollekte für Jerusalem (8–9) und die Vorbereitungen von Paulus' drittem Besuch (10, 1–13, 10). Die Echtheit des Gesamtbriefes ist unbestritten. Unklarheiten bestehen lediglich über 6, 14–7, 1, über die eingeschobene Kollektenfrage (8–9) und den verschärften Ton im letzten Abschnitt (10, 1–13, 10), in dem man den Teil eines verlorengegangenen Briefes sehen will. Möglicherweise sind verschiedene Briefe oder Fragmente ineinandergefügt worden.

Kosmetik →Schminke.

Krankheit. (1) *Im AT* kein physiologisches Phänomen, sondern eine von Gott verfügte Strafe (Ex 9, 14 f Num 12, 9–14), von Jahwe selbst (2 Sam 6, 7 Ps 69, 27) oder seinem Engel (2 Sam 24, 16 f) verhängt, auch das Werk eines →Dämons (1 Sam 16, 14 f) oder Satans (Ijob 2, 7). Als Strafe ist sie Folge der Sünde (Lev 26, 14–16 Dtn 28, 21 f u. ö.) und weist somit den Kranken als Sünder aus (Ijob 9, 29 Jes 53, 4). Er wird gemieden, verspottet, auch wie der Aussätzige als unrein von der Gemeinschaft ausgeschlossen. In der prophetischen Literatur ist die K. Bild für die Untreue und Sündhaftigkeit des von Jahwe abgefallenen (Jes 1, 4–6) oder gezüchtigten Volkes (Jer 8, 17 f Klgl 1, 13 f). Erst allmählich gestattet die Erfahrung, die K. als Prüfung (Ijob 2, 5 f), Zucht, Läuterung (Tob 11, 15) oder Warnung zu verstehen. Wie die K., so kommt auch die Heilung von Gott (Ex 15, 26). Der Kranke sucht sie durch Gebet (2 Kön 20, 2 f), Schuldbekenntnis (2 Sam 12, 13) oder Opfer (24, 18–25) zu erlangen. Auch die Kunst des Arztes (2 Kön 8, 29) und die Wirkung der Heilmittel (Öl, Balsam, Feigenpflaster, Salben) werden auf Gott zurückgeführt.

(2) *Im NT* finden sich weithin die atl Anschauungen über die K. und ihre Ursachen wieder (Lk 13, 11. 16 Joh 9, 2 1 Kor 11, 30–32 u. ö.). Doch weist Jesus auf eine neue Funktion der

K. hin: Durch sie sollen die Werke Gottes offenbar werden (Joh 9, 3). Krankenbesuch gehört zu den Werken der Barmherzigkeit (Mt 25, 34–45 Lk 10, 30–37). Die zahlreichen Wunderheilungen Jesu (und seiner Jünger) deuten zeichenhaft auf den Anbruch der messianischen Zeit (Mt 11, 4 f).

Kreta, Mittelmeerinsel. (1) Die wissenschaftliche Erforschung K.s seit 1900 erschloß eine Hochkultur, die durch Handelsbeziehungen mit der Ägäis, der syrischen Küste und vor allem Ägypten gekennzeichnet ist. Man hat die kretische Kultur in drei Epochen eingeteilt: frühminoisch (ca 3000–2000), mittelminoisch (2000–1500), spätminoisch (1500–1200). Dann erlischt ihre Eigenständigkeit. Ihre Kunst wird von Griechenland weitergeführt, ihre Schrift (Hieroglyphen, Linear A und B) durch die phönizische verdrängt.
(2) Daß im AT mit →Kaftor K. gemeint ist, darf heute als gesichert gelten. Die in engem Zusammenhang mit den →Philistern genannten „Kereter“ (Ez 25, 16 Zef 2, 5) scheinen zumindest indirekt von K. zu stammen (1 Sam 30, 14). In hellen.-röm. Zeit lebten viele Juden auf der Insel (1 Makk 15, 23 Apg 2, 11 Tit 1, 10–14). Paulus besuchte sie auf der 1. Romreise (Apg 27, 7–21), Titus wurde zum Vorsteher der Insel bestellt (Tit 1, 5). *Abb. 24.*

Kreuz. (1) Bereits in den ältesten Kulturen (Babylonien, Mexiko, Ägypten [Henkelkreuz], Germanien [Sonnenrad]) als Zeichen, Symbol oder Ornament bekannt. Das K. als Marterwerkzeug stammt wahrscheinlich aus Persien (Pfählung) und findet im Vorderen Orient erst in röm. Zeit Verbreitung. Das K. Jesu hatte wahrscheinlich einen kürzeren Querbalken (Mt 27, 37). Ein Sitzholz wird nur bei den Kirchenvätern erwähnt.
(2) Metaphorisch und theologisch ist das K. Inbegriff des christl. Lebens, das die Nachfolge von Christi Leiden und Tod darstellen soll (Mt 10, 38 16, 24 u. ö.), Symbol für Selbstverleugnung (Gal 5, 24), Schmach und Ärgernis (1 Kor 1, 18 Gal 5, 11), Weg zur mystischen Vereinigung mit Christus (Röm 6, 8 Gal 2, 20 u. ö.).

Kriegswesen. (I) IM AT. (1) Wenigstens in früher Zeit ist der *Krieg* wie bei den alten Arabern eine religiöse Angelegenheit. Im Krieg vollzieht der Israelit Jahwes Zorn (1 Sam 28, 18), bereitet sich durch kultische Reinigungen (Enthaltsamkeit) darauf vor (1 Sam 21, 6); Jahwe selbst oder seine →Lade ist im

Heerlager (Num 14, 42), er führt das Heer (Jos 10, 14) oder lähmt die Feinde (Ex 23, 27 f u. ö.). Israels Kriege sind Jahwes Kriege, deshalb ist die Beute →Bann, also Jahwe geweiht.
(2) Über Größe und Organisation des *Heeres* fehlen genaue Angaben. Ein feststehendes Berufsheer, hervorgegangen aus der Leibwache und angeworbenen Söldnern, gab es erst seit der Königszeit. Das spätere Gesetz verzeichnet Ausnahmen von der Wehrpflicht aus sozialen (Dtn 20, 1–9 24, 5) oder kultischen Gründen (Num 2, 33). Das Heer bestand aus dem Fußvolk (Schleuderer, Bogenschützen, Schwerbewaffnete) und (seit Salomo: 1 Kön 10, 25–29) den Wagenkämpfern. Der Kriegswagen, zweirädrig, aus Holz mit Eisenbeschlägen, von zwei oder drei Pferden gezogen, diente hauptsächlich Bogenschützen und Schildträgern. Sie galten als die vornehmste Truppe. Reiterei versah den Nachrichtendienst. →Waffen. *Abb. 30.*

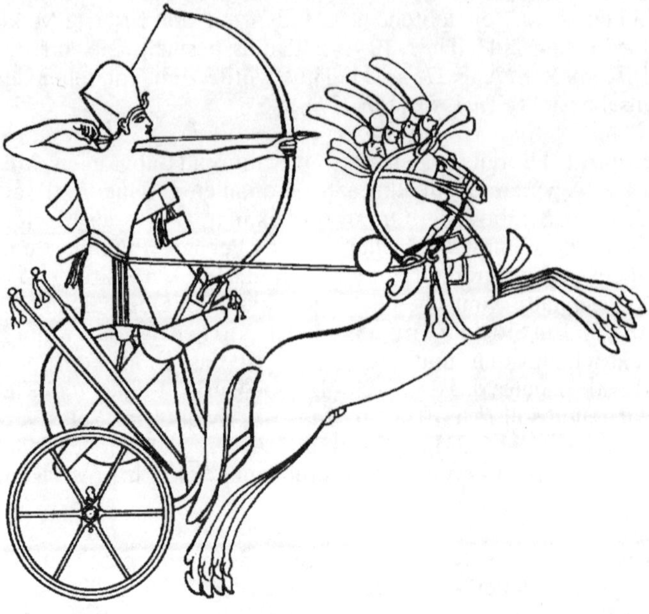

Abb. 30: Ramses II. in seinem Kriegswagen hinter doppeltem Gespann (19. Dynastie; 13. Jh vC)

(3) Erst mit einem organisierten Heer war *Belagerung* möglich. In der frühen Zeit: Errichten eines Walls (2 Sam 20, 15), Aushungern der Stadt oder Abschneiden der Wasserzufuhr. Die eigentliche Belagerungstechnik haben die Israeliten von den Assyrern gelernt (Ez 4, 2 21, 27 u. ö.): fahrbare Widdergestelle, Schutzdächer, Katapulte (2 Chr 26, 15) und Schanzen. Die Belagerten schützten sich mit Hakenketten und Brandfackeln. In der Makkabäerzeit verwendete man zudem fahrbare Türme mit Fallbrücken und Minen (1 Makk 11, 20 13, 44). →Befestigung.
(4) Die rohen Kriegssitten erlaubten es, *Kriegsgefangene* zu verstümmeln (Ri 1, 6 Jer 52, 11), zu töten (Num 31, 7 Dtn 20, 13 u. ö.) oder als →Sklaven zu verkaufen (1 Makk 3, 41; nicht jedoch Volksgenossen: Dtn 24, 7 Lev 25, 42 ff u. a.); Frauen und Kinder waren die Beute der Sieger (Ri 5, 30). Dtn 20, 10 f versucht, den Krieg zu humanisieren. →Bann. *Abb. 33*
(II) IM NT ist vom Krieg nur noch bildlich (Lk 14, 31 ff) oder als eschatologischem Geschehen die Rede (Mk 13, 7 par Offb passim).

Krippe, Futtertrog für das Vieh (Ijob 39, 9 Jes 1, 3). Nach der lukanischen Geburtsgeschichte wird Jesus in eine K. gelegt, die – vielleicht halb aus dem Fels gehauen, halb in Lehm ergänzt, wie in palästinischen Grotten üblich – als Ersatz für eine Wiege diente (2, 7).

Krug →Keramik.

Krugstempel →Siegel.

Kult. (I) SPRACHGEBRAUCH. Das AT besitzt kein eigenes Wort für K., sondern benützt meistens die Begriffe *šārēt* (Dienst) und vor allem *'ăbōdāh* (Werk, Dienstleistung); zunächst dem profanen Bereich angehörig, bezeichnen sie in der religiösen Terminologie jede Art von Gottesdienst. Die LXX gebraucht die Begriffe ἔργον, λατρεία, λειτουργία (terminus technicus für den Priesterdienst im Stiftszelt oder im Tempel). Im NT wird λατρεία für den K. im allgemeinen verwendet; nur Hebr bezieht es auf den priesterlichen Opferdienst, so wie auch λειτουργία im priesterlich-kultischen Sinn der LXX verwendet wird. Bei Paulus hat λειτουργία die profane Bedeutung „Dienstleistung“; nur Apg 13, 2 findet sich ein Ansatz für die spätere Bezeichnung des gemeinsamen christl. Gottesdienstes als „Liturgie“.

(II) Im AT. (1) Der K. im engeren Sinn wird von K.dienern (→Priester) vollzogen und ist an regelmäßige Zeiten (→Feste) gebunden. Er gilt als von Gott eingesetzt und ist daher „heiliger Dienst“ der Gemeinde, um die Verehrung Gottes zu feiern, seinen Zorn zu beschwichtigen oder Heil und Hilfe zu erlangen. Der gesamte Opferdienst sowie Anfertigung und Gebrauch der K.geräte ist genau geregelt.

(2) *Entwicklung.* Die →Opfer der vorgeschichtl. Zeit sind historisch nicht greifbar. Aber schon von den Patriarchen werden K. handlungen berichtet. Ob und wieweit in ältester Zeit noch Spuren primitiver K.formen (Magie, Tier-K., Mondfeiern, Fruchtbarkeitsriten) und -gegenstände (Eherne Schlange, Schaubrote, Lade) nachwirken, ist nicht erwiesen; allenfalls werden sie in den Jahwe-K. eingeordnet. Auch die vielen Bestimmungen über →Rein und Unrein entstammen alten Tabu-Vorstellungen. Sicher hat Mose den Grund zu einem organisierten K. gelegt. Aufgrund persönlicher Offenbarung ließ er Jahwe allein als Gott und damit als Objekt des K.es gelten. Alte Berichte aus der Richter- und ersten Königszeit lassen jedoch auf K.bräuche schließen, die mit der pentateuchischen Gesetzgebung kaum vereinbar sind (Menschenopfer, Darbringung von Opfern durch nichtlevitische Priester u. a.). Offenbar wurden nach der Landnahme die Opfer und Feste der Israeliten von den Kanaanitern beeinflußt. Prinzipiell aber wehrte sich der Jahwe-K. gegen heidnische Bräuche. Die Stellung der Propheten zum K. war grundsätzlich positiv, ihre Polemik richtete sich einzig gegen einen veräußerlichten K., der ohne Auswirkung auf das sittliche Leben bleibt. Übers Land verstreute K.orte blieben aber, wohl wegen des anhaltenden kanaan. Einflusses, trotz der Neuordnung und Zentralisation des K.es in Jerusalem, die David und Salomo mit dem Bau des Tempels bezweckt hatten, weiter bestehen. Nachdem der Opfer-K. an das Heiligtum gebunden war und heidnischer Boden als unrein galt, mußten die Israeliten im Exil auf jeden K. verzichten. Erst nach der Rückkehr konnte der offizielle K. wieder aufgenommen werden. Zugleich wurden in den →Synagogen Gottesdienste ohne Opfer gehalten. Beten, Fasten und Almosengeben galten als voller Ersatz. Diese Entwicklung macht begreiflich, wie das rabbinische Judentum nach der Zerstörung Jerusalems den Verlust des Opfer-K.es verschmerzen konnte.

(III) IM NT. Jesus hatte ein gebrochenes Verhältnis zum Tempelkult (Tempelaustreibung Mk 11, 15–17 par Joh 2, 12–17) und scheint sich daran nie beteiligt zu haben. Ex sagt die Zerstörung des Tempels und damit das Ende des K.es voraus (Mk 13, 2 par). Durch seinen Opfertod nimmt er die Stelle der Opfergabe und des Opferpriesters ein. Nach Paulus ist die ganze Existenz des Christen in das Opfergeschehen des Herrn einbezogen und wird damit zum dauernden Gottesdienst (Röm 12, 1). Entsprechend dieser Christologisierung des ganzen Lebens mußten mit der Verwirklichung des Neuen Bundes auch neue kultische und sakramentale Zeichen vollzogen werden (Taufe, Buße, Krankensalbung, Handauflegung und vor allem Eucharistie). In der Ausgestaltung konnte man an die jüd. Praxis anknüpfen. Letztlich ist der ntl Kult weniger aktiver Dienst gegenüber Gott als dankbare Entgegennahme seiner Heilsgaben in Sakrament und Wort. Die Amtsträger und Vorsteher der Gemeinde sind daher nicht selbständige „Liturgen", sondern nur „Diener Christi und Verwalter der göttlichen Geheimnisse" (1 Kor 4, 1).

Kupfer →Metall.

Kusch →Äthiopien.

Kyrus (elamit.: Hirt), Gründer des persischen Weltreiches, aus dem Haus der Achämeniden. Er schloß die persischen Stämme zusammen, schlug 550 vC den Mederkönig Astyages und wurde durch den Sieg über den Lyderkönig Krösus Herrscher über Kleinasien. 539 eroberte er Babel. Klug und tolerant, gewann er die Gunst seiner Untertanen, auch der exilierten Juden. 529 fiel er am Jaxartes. Jes 44, 28 45, 1–4 erscheint K. als Jahwes „Hirt" oder „Gesalbter (Messias)", auf den die Juden ihre Hoffnung setzen durften. 538 erließ er das berühmte Edikt, das ihnen die Rückkehr nach Jerusalem und den Wiederaufbau des Tempels erlaubte (2 Chr 36, 22 f Esra 1, 1–4).

L

Laban (hebr.: der Weiße), Sohn des Betuel, Bruder der Rebekka, Vater von Lea und Rahel, reicher Herdenbesitzer. In den Eheverhandlungen mit Isaak und Jakob zeigt er sich listig und verschlagen. Von der Sippe der Erzväter wird L. als →Aramäer (Gen 25, 20 28, 5 31, 20. 24) unterschieden. Der Grenzvertrag, den L. auf dem Berg Gilead mit Jakob schließt (31, 43–54), darf als Zeugnis der ersten geschichtl. Berührungen zwischen Aramäern und Israeliten gelten.

Lachisch, alte, wichtige Stadt in der →Schefela, bereits im 20. Jh. vC erwähnt. Unter Thuthmosis III. wurde sie ägypt. (1453), später von den Israeliten erobert (Jos 10, 3–35), vom König Rehabeam zur Festung ausgebaut (2 Chr 11, 9; →Befestigung). Sanherib nahm 701 die Stadt ein und benutzte sie als Stützpunkt für seinen Angriff auf Jerusalem (2 Kön 18, 14–17), 588 wurde sie als letzte Festung Judas von Nebukadnezzar II. erobert, nach dem Exil von Judäern besiedelt (Neh 11, 30). Ausgrabungen auf *tell ed-duwēr* (ab 1933 und wieder ab 1973) haben fünf Besiedlungsschichten ergeben, die früheste aus der Frühbronzezeit. Wichtiger Fund: 22 →Ostraka aus der letzten Zeit vor der Eroberung der Stadt durch Nebukadnezzar.

Lade, wichtiger Kultgegenstand der Israeliten. Die Nachrichten über sie stammen im wesentlichen aus zwei Quellen.
(1) In den historischen Büchern tritt die L. unvermittelt beim Überschreiten des Jordan (Jos 3 f) und bei der Eroberung Jerichos (6, 6–14) in Erscheinung. Danach steht sie im Tempel zu Schilo (1 Sam 3, 3 4, 4), wird in Kriegen auf den Kampfplatz geholt (4, 3–10) und von den Philistern erbeutet (4, 11–22), denen sie Unglück bringt. Nach vielen Zwischenfällen wird sie schließlich von David nach Jerusalem gebracht (2 Sam 6, 1–5) und von Salomo nach Vollendung des Tempels im Hinterraum des Heiligtums aufgestellt (1 Kön 6, 19 8, 1–9). Von da an ist sie aus der Überlieferung so gut wie verschwunden. Die genannten Stellen vermitteln den Eindruck eines furchterregenden Kriegspalladiums, das, vielleicht kanaan. Ursprungs, im Besitz der Priesterfamilie →Eli war und nach Elis Verdrängung durch Zadok in Vergessenheit

geriet. Über ihr Aussehen erfährt man wenig: Sie konnte auf den Schultern getragen oder auf einem Wagen gefahren werden; im Tempel standen zwei →Kerube neben ihr.
(2) Die zweite Quelle, die spätere Gesetzgebung, stellt die L. als Schrein dar, in den Mose die Gesetzestafeln legte (Dtn 10, 1–5). Sie war mit einem goldenen Deckel verschlossen, in den zwei Kerubfiguren eingelassen waren. Trotz der genauen Beschreibung in Ex 37, 1–9 ist eine Rekonstruktion wegen der aufgenommenen theologischen Interpretamente nicht möglich. Gegenüber der älteren Auffassung der L. als Kriegsheiligtum betont die priesterliche Gesetzgebung ihre Funktion als Stätte der Offenbarung Gottes.

Lamech (Bedeutung unbekannt), in der Setitenliste (→Set) Gen 5, 25–31 Sohn des Metuselach, Vater des Noach. In der Kainitenliste (→Set) Gen 4, 18–24 Sohn des Metuschael, Vater von Jabal, Jubal, Tubalkajin und Naama. Der bekannte Spruch L.s (4, 23) ist ein ursprünglich nichtisraelit. Prahlspruch über die Selbstherrlichkeit des Menschen (vgl Ri 15, 16 Sam 14, 12).

Lampe. Die älteste Form aus der Bronzezeit repräsentiert eine flache, offene Tonschale. In bibl. Zeit wird sie an einer Seite zum Auflegen des Dochtes eingekniffen. In der Eisenzeit kommt ein Standfuß dazu, oft auch ein gebogener Rand, der allmählich zur geschlossenen Form mit Einguß- und Dochtloch führt. Die fächerförmige Dochtschnauze charakterisiert die sog. herodianische L. der ntl Zeit. – Die L. brannte die ganze Nacht (1 Sam 3, 3 Spr 31, 18), wie heute noch bei den Beduinen, zur Abwehr der →Dämonen. Das Erlöschen der L. bedeutet Untergang (Ijob 21, 17 Spr 13, 19 Jer 25, 10).

Landnahme →Josua (I).

Laodizea, bedeutende Handelsstadt im Lykostal in Phrygien, von Antiochus II. (261–246 vC) zu Ehren seiner Gattin Laodike gegründet, später römisch. Bekannt wegen der Herstellung schwarzer Wolle und als Zentrum der Heilkunde. Das Christentum wurde in L. wie im benachbarten Kolossä von Epaphras eingeführt (Kol 4, 12 f). Nach Kol 4, 16 hat Paulus an die Gemeinde von L. einen Brief geschrieben, den sie mit dem an Kolossä gerichteten Brief austauschen sollte. Der apokryphe L.-Brief stammt jedoch aus viel späterer Zeit.

Laubhüttenfest, auch Fest der Lese (Ex 23, 16 34, 22), „das" Fest (1 Kön 8, 2. 65 Ez 45, 25) oder das Fest Jahwes (Lev 23, 39) genannt, war das letzte der drei →Feste, die nach Ex 23, 16 f jährlich gefeiert werden mußten.
Der Ursprung des L.es ist umstritten. Auf jeden Fall hat Israel das L. erst nach seiner Seßhaftwerdung übernommen. Die historische Motivierung in Lev 23, 42f ist ein späterer Versuch, die großen Feste mit bestimmten Ereignissen aus der Frühgeschichte Israels zu verbinden. In der Richterzeit war es wahrscheinlich ein Fest, das die Weinernte abschloß und mit einem Opfer im Tempel zu Sichem oder anderswo verbunden war. Vielleicht schloß es auch eine Erneuerung des Sinaibundes mit ein. Salomo wählte das L. als Termin für die Einweihung des Tempels. In Dtn 16, 13–16 wird das Fest zum erstenmal L. genannt, von siebentägiger Dauer. Auch Lev 23, 42 bestimmt, man solle während sieben Tage in Hütten wohnen. Beide Gesetze sehen eine Feier des Festes am Tempel vor. Das Neue des L.es, das Esra in Jerusalem veranstaltete (Neh 8, 17), bestand vermutlich darin, daß er nicht nur die Opferfeierlichkeiten, sondern auch die Laubhütten des Landvolkes nach Jerusalem verlegte. Die P-Tradition (Lev 23, 34 f Num 29, 12) band das L. endlich an einen bestimmten Kalendertag; das Fest bekam noch einen Oktavtag. Es wurde mit großer Freude gefeiert und war das beliebteste Fest des Jahres.

Lazarus (gr. Kurzform von Eleazar: Gott hat geholfen)
(1) L. von →Betanien, Freund Jesu, Bruder von Maria und Marta. Jesus erweckt ihn vom Tode (Joh 11, 1–44) und macht ihn sechs Tage später zu seinem Tischgenossen (12, 1–11).
(2) Der Arme im Gleichnis vom reichen Prasser (Lk 16, 19–31).

Lea (hebr.: Wildkuh oder Schlange), Tochter →Labans (Gen 29, 16 f), erste, untergeschobene Frau Jakobs (29, 23–28), Mutter von Ruben, Simeon, Levi, Juda, Issachar, Sebulon und Dina und von den beiden Magdsöhnen Gad und Ascher; sie ist also Ahnfrau der acht Lea-Stämme und wurde in der Höhle von →Machpela bei Hebron begraben (Gen 49, 31).

Lebensbaum. (1) Sammelbezeichnung für die im ganzen alten Orient verbreiteten *Darstellungen* von Bäumen mit kultischer Bedeutung. Botanisches Urbild ist meist die Dattelpalme. Neben Darstellungen mit einem L. zwischen sich gegenüberste-

henden Tieren (Ziegen), Mischwesen (Sphingen, Greifen) oder Menschen (Adoranten) gibt es auch Beispiele für den L. allein, gelegentlich in ornamental aufgelöster Form. Auch aus Syrien/Palästina sind aus dem 2. und 1. Jt zahlreiche Darstellungen bekannt. *Abb. 31.*
(2) Den Kern des *Mythos* vom L. bildet die Vorstellung, daß irgendwo ein Baum (oder Kraut) wächst, der dem Menschen, dem es gelingt, von seinen Früchten zu essen, ewiges Leben verleiht. Die Bibel will mit diesem Motiv Hoffnung und Verheißung ewigen Lebens in der Heilszeit ausdrücken. Besonders Gen 2,9 3,22.24 ist der L. vom Gesamtsinn der Sündenfallerzählung her zu verstehen (→Paradies). Eine ursprüngliche Unsterblichkeit des Menschen oder ein anderes Privileg des sog. „Urstandes“ kann aus dem L.motiv nicht abgeleitet werden.

Abb. 31:→Kerube als Hüter des Lebensbaumes. (Arslan Tasch, 8. Jh vC)

Leber, gilt im AT als Sitz des Lebens (Spr 7, 23 und wohl auch Jes 10, 16), der Empfindungen (Klgl 2, 11) und der Gedanken (Gen 49, 6). Eine Rolle im Kult hat sie jedoch nicht gespielt, im Unterschied zu Assyrien und Babylonien, wo man aus der Lage und Faltung der L. von Opfertieren den Willen der Götter oder die Zukunft erschloß (→Orakel). Der Brauch der L.schau ging von hier aus zu den Etruskern, Griechen und Römern über.

Leuchter, Lampenständer zur besseren Erhellung des Raumes (Mt 5, 15). Neben L.n mit einem Licht (1 Kön 7, 49 2 Chr 4, 7) ist vor allem der siebenarmige goldene L. (Ex

25, 31–40 37, 17–24) von Bedeutung, dessen Lampen ohne Unterbrechung für Jahwe brennen sollten (Ex 27, 20 f Lev 24, 3 f). Im Jahre 70 erbeuteten ihn die Römer (Titusbogen). Mit Vorliebe wurde er auf Mosaikböden (Synagoge von Bet Alpha und Jericho), als Fresko (in Dura-Europos), über Haustüren sowie auf Sarkophagen und Grabsteinen dargestellt.

Levi (Bedeutung unklar, volksetymologisch: begleiten, sich anschließen, Gen 29, 34 Num 18, 2. 4).
(1) *Eigenname* (a) mehrerer Personen (z. B. Gen 29, 34 34, 25. 30 Ex 1, 2 Mk 2, 14 par Lk 3, 24. 29; →Mattäus),
(b) eines israelit. Stammes (Gen 49, 5 Dtn 27, 12 1 Chr 21, 6 Offb 7, 7),
(c) der gesamten Priesterschaft (Mal 2, 4),
(d) der gesamten Levitenschaft (Ex 6, 16 Num 16, 1 1 Chr 5, 27).
(2) *Amtsbezeichnung:* Levit (Ex 4, 14 Ri 17–18), meist in der Mehrzahl: Leviten (Dtn 17, 9 Jos 3, 3 Jer 33, 18 Ez 43, 19 u. ö.). In der israelit. Überlieferung ist der Stamm L. die Nachkommenschaft des L., des Sohnes von Jakob und Lea (Gen 29, 34 35, 22–26). Nach heutiger Auffassung schloß sich der Stamm (als Priesterschaft des Heiligtums von Kadesch?) beim Auszug den Israeliten an (Ex 12, 38), begleitete die →Lade und hielt bei dem Streit um das Goldene Kalb zu Mose (Ex 32, 25–29). Nach Gen 34 erschlug L. zusammen mit Simeon die Einwohner der Stadt Sichem, um ihre Schwester zu rächen, weswegen beide im →Jakobsegen verflucht werden. Offenbar saß der Stamm L. in frühester Zeit in Mittelpalästina. Die spätere Überlieferung verbindet ihn mit den Leviten, die in Israel priesterliche Funktionen ausübten (Dtn 33, 8–11: Verwaltung des Orakels, Darbringung der Opfer, Segnen u. a.). Diese privilegierte Stellung wird auf besondere Jahwetreue zurückgeführt (Ex 32, 25–29). Nach der Kultzentralisation wurden die außerhalb Jerusalems amtierenden Priester zu niederen Kultdienern degradiert: Die Söhne Aarons stellten die Priester, die Leviten waren ihre Diener (Num 3, 5–9). Allmählich gelang es ihnen jedoch, ihre Position zu verbessern, sie wurden Sänger, Torhüter und Gesetzeslehrer.

Leviatan, mythologisches Seeungeheuer, das im AT als Personifikation aller Kräfte des Unheils erscheint: ein im Meer lebender Drache mit mehreren Köpfen, die von Jahwe zerschmettert wurden, als sich L. mit der →Urflut gegen ihn auflehnte (Ps 74, 13 f). Aus ug. Texten geht hervor, daß die atl L.gestalt der phönizischen Mythologie entnommen ist. Ijob 3, 8 ist L. als Himmelsdrache vorgestellt, der Sonne und Mond verschlingt; auch im apokalyptischen (Offb 12, 13) und apokryphen Denken erfährt er eine neue Mythisierung.

Leviratsehe →Schwagerehe.

Levit →Levi; Priester.

Leviticus, das dritte Buch des Pentateuch. (1) *Inhalt.* (a) Opfergesetze (1–7). (b) Einsetzung des Priestertums (8–10). (c) Reinheitsgesetze (11–15). (d) Der große Versöhnungstag (16). (e) Heiligkeitsgesetz (17–26). (f) Gesetz über Gelübde und andere Weihgaben (27).
(2) *Literarische Analyse.* Die Forschung rechnet Lev in seinem ganzen Umfang zur Pentateuchquelle P. Wie in den übrigen Teilen des Pentateuch ist auch in Lev die „Priesterschrift" keineswegs eine schriftstellerische Einheit. Besonders in den gesetzlichen Partien haben die Formen und Stoffe eine komplizierte vorliterarische Geschichte mündlicher, aber auch schon schriftlicher Tradition hinter sich. – Die sog. priesterliche Grundschrift (Pg) enthielt nur die erzählenden Partien und von gesetzlichen Stücken nur solche, die aus der Erzählung unmittelbar erwuchsen (8–10 16). – Die vielfältigen Schichten des →Heiligkeitsgesetzes (17–26) sind literarisch relativ jung und geben Aufschluß über Zustände und Tendenzen etwa des 6./5. Jh; sie verwenden aber alle auch beträchtlich älteres Material. Wahrscheinlich sollte das Heiligkeitsgesetz von vornherein als Grundgesetz für die Lebensordnung des heiligen Volkes fungieren. – In dem Korpus der Opfergesetze (1–7) sind Schichten erkennbar, die wohl schon im Exil entstanden sind, andererseits aber nachexilische kultgeschichtl. Entwicklungen widerspiegeln. Im Korpus der Reinheitsgesetze (11–16) hat jedes Gesetz seine gesonderte Entstehungsgeschichte, bevor es der Sammlung einverleibt wurde. Spätere Zusätze sind aber noch erkennbar (z. B. das ganze Gesetz über die Wöchnerin Kap 12). – Das jüngste Gesetz in Lev dürfte wohl das über die Ablösung von Gelübden (27) sein. Es ist im Hauptbestand aus einem Guß und zeigt nur am Schluß einige Zusätze.

Libanon (hebr.: der Weiße [nach dem Schnee oder Kreidefelsen]), Gebirgswall längs der Küste Syriens, 170 km lang und bis zu 3000 m hoch, verläuft in zwei parallelen Zügen, deren östlicher im AT →Hermon heißt. Der L. war berühmt wegen seiner Zedern, die z. B. beim Tempel- und Palastbau Salomos (L.waldhaus 1 Kön 7, 1–5) verwendet wurden. Seit dem 3. Jt vC blühte der Holzhandel mit Ägypten. Durch den Raubbau, den Assyrien, Alexander d. Gr., die Seleukiden und die Römer trieben, und die Mißwirtschaft von Türken und Arabern ist die L.zeder heute nur noch sporadisch vorhanden.

Libyen, Land an der n-afrikanischen Mittelmeerküste w von Ägypten. Der Name L. wird im Altertum nicht einheitlich verwendet. Im AT werden die Bewohner des Landes als Nachbarn (Dan 11, 43) und Hilfstruppen der Ägypter (2 Chr 12, 3 16, 8 Nah 3, 9) genannt und öfter mit den Lehabitern gleichgesetzt (Gen 10, 13 1 Chr 1, 11). Seit dem 13. Jh vC versuchten sie, in Ägypten einzudringen, aber erst am Ende des Neuen Reiches gewannen sie zunehmenden Einfluß (König Schischak 945–924).

Lied. Von dem sangesfreudigen Israel sind im AT neben vielen religiösen nur wenige profane L.er überliefert. Zu nennen sind vor allem Arbeits-L.er, die nach Sir 38, 25 Menschen und Tiere aufmuntern. Bei Ernte, Lese, Dreschen und Keltern waren L.er selbstverständlich (Ri 9, 27 21, 21 Jes 9, 2 16, 10). Num 21, 17 f enthält ein L., das beim Graben eines Brunnens gesungen wurde. Ein besonders wichtiger Anlaß waren Brautstand und Hochzeit (Jer 16, 9 25, 10 33, 11 und das →Hohelied, das seinem Ursprung nach eine Sammlung von Liebes-L.ern ist). Weit verbreitet waren auch die Wächter-L.er, die dann im übertragenen Sinn die Aufgabe der Propheten kennzeichneten (Ps 130 Jes 21, 11 f 52, 8 f Hab 2, 1–3). Das Spott-L. war im politischen Leben von ähnlicher Bedeutung wie später die prophetischen Drohreden (Num 21, 27–30 Jes 37, 22–29 44, 9–20 47). Bei den Trauerriten kam dem Totenklage-L. eine hervorragende Rolle zu (2 Sam 1, 17 3, 33 f Jer 9, 16 f). Wie die ägypt. und mesopotamischen Könige hielten sich schließlich auch die israelit. Könige Sänger und Sängerinnen (2 Sam 19, 36), die bei den Festen am Hofe Königs- und Sieges-L.er vortrugen (1 Sam 18, 6 f Ps 45 u. a.). Das älteste und zugleich bedeutsamste Kriegs- und Sieges-L. ist das Debora-L. Ri 5. – Das religiöse L. ist in den 150 →Psalmen überliefert, die ohne Zweifel schon früh kultische Verwendung fanden.

Lithostrotos →Gabbata.

Liturgie →Kult.

Lod, alte, bereits in ägypt. Texten erwähnte Stadt (1 Chr 8, 12 Esra 2, 33 Neh 7, 37) nw von Jerusalem an der Straße nach Jafo. 145 vC wurde sie von Demetrius II. Nikator an Jonatan abgetreten (1 Makk 11, 34). Im NT Lydda. Petrus heilte hier den lahmen Äneas (Apg 9, 32–35).

Lohn →Tagelöhner.

Lot (Bedeutung unbekannt), Sohn des Haran, Neffe Abrahams (Gen 11, 27 14, 12), wanderte mit diesem nach Kanaan aus (11, 31), wo er sich in der Jordanebene niederließ. Ahnherr (→Eponym) der israelfeindlichen Moabiter und Ammoniter (19, 30–38), der „Söhne L.s" (Dtn 2, 9. 19 Ps 83, 9). Nach einer anderen Überlieferung wohnte er in Sodom und entkam wegen seiner Gerechtigkeit dem Gottesgericht über die Stadt (Gen 19, 1–29; vgl Weish 10, 6 Sir 16, 8 Lk 17, 28 f). Die Erzählung von der zur Salzsäure erstarrten Frau L.s (Gen 19, 26 Weish 10, 7) dürfte die volkstümliche Deutung eines Salzkegels sw des Toten Meeres sein.

Löwe. Die hebr. Sprache besitzt sieben Wörter für L., ein Hinweis auf sein häufiges Vorkommen in bibl. Zeit (vgl 2 Kön 17, 25 f). Der einheimische L. war kleiner als der afrikanische und hielt sich mit Vorliebe im Dickicht auf (Ijob 38, 39–41 Jer 4, 7 5, 6), vor allem im Jordangraben (49, 19). Von da aus griff er die Herden an (1 Sam 17, 34 f Jes 31, 4 Am 3, 12). Man fürchtete sein Brüllen (Am 3, 8) und seine Kraft (2 Sam 1, 23 Ri 14, 18), der nur starke oder schlaue Männer gewachsen waren.
Deshalb sah man den Mächtigen unter dem Bild des L.n: Jahwe, Jesus (Offb 5, 5), den König (1 Kön 10, 19), den Feind (Jer 4, 7 50, 17) und sogar ganze Völker (Num 23, 24 Dan 7, 4 Nah 2, 12–14). Mit seiner Gefährlichkeit verglich man die Gefahren des Lebens (Ps 91, 13) durch den Gottlosen (Ps 10, 9), die Sünde (Sir 27, 10) oder den Teufel (1 Petr 5, 8). – Bei den babyl. Königen war die L.njagd so beliebt, daß man dafür eigene Tiergehege anlegte (vgl den L.ngraben Dan 14, 31 ff). *Abb. 6.*

Lukas (wahrscheinlich Kurzform von lat. Lucius), von Geburt Heide (Kol 4, 11 f), von Beruf Arzt (4, 14); einer späteren Tradition nach stammte er aus Antiochien in Syrien. 2 Tim 4, 11 nennt ihn als Gefährten des Paulus. Sollten die Wir-Berichte in Apg von ihm stammen (→Apostelgeschichte), dann schloß er sich (um 51) Paulus in Troas an (Apg 16, 10–17), begleitete ihn auf seiner 2. und 3. Missionsreise (20, 5–15 21, 1–18) und folgte ihm in die Gefangenschaft nach Rom (27, 1–18 Kol 4, 14 Phlm 24). Bereits seit der 2. Hälfte des 2. Jh (Kanon Muratori) gilt er als Verfasser von Lk und Apg.

Lukasevangelium. (I) GLIEDERUNG UND AUFBAU. Der Verfasser des dritten kanonischen Ev beginnt mit einem Vorwort über das Ziel seines Lk und Apg umfassenden Doppelwerkes (1, 1–4). Es folgt 1, 5 – 2, 52 die sog. Kindheitsgeschichte. An einen Bericht über die Tätigkeit des Täufers bis zu seiner Einkerkerung (3, 1–20) schließt sich 3, 21 – 24, 53 die Darstellung des öffentlichen Lebensweges des →Messias Jesus an. Dieser eigentliche Hauptteil schildert 3, 21 – 4, 13 den „Anfang" (vgl 3, 23 Apg 1, 22): Jesu Taufe durch Johannes; 4, 14 – 9, 50 Jesu Wirken in Galiläa; 9, 51 – 19, 27 (im sog. Reisebericht) seinen Weg von Galiläa nach Jerusalem; 19, 28 – 21, 38 seinen Aufenthalt nahe Jerusalem und im Tempel. 22, 1 – 23, 56 folgt die Leidensgeschichte. 24, 1–53 berichtet von den Erscheinungen des Auferstandenen während vierzig Tage bis zu seiner Himmelfahrt, da er sich von seinen Jüngern „trennte" (24, 51).
(II) THEOLOGISCHE EIGENART. Die Situation, der Lk gerecht zu werden sucht, ist bestimmt durch den allmählich größer gewordenen zeitlichen Abstand von den berichteten Ereignissen, die nun als abgeschlossen und nicht mehr als Anzeichen des unmittelbar bevorstehenden Gerichtes verstanden werden (vgl Lk 21 mit Mk 13). Die immer stärker in ihrer Dauer erfahrene Zeit zwischen dem Auftreten Jesu und der noch ausstehenden Parusie fordert eine stärkere Beachtung der Gegenwart mit ihrem Alltag. Diese stellt der Verkündigung eine dreifache Aufgabe:
(1) Die *Zuverlässigkeit* des Überlieferten ist sicherzustellen. Deshalb will der Verfasser dem ganzen Verlauf der Ereignisse von Anfang an und unter Einschluß der Überlieferungsgeschichte nachgehen, um so durch den Hinweis auf deren Kontinuität die „Zuverlässigkeit" der Überlieferung aufzuzeigen. In diesem Anliegen gründet auch sein Interesse für den fest umschriebenen Kreis der zum Zeugnis legitimierten Apostel (vgl Apg 1, 21 f).

(2) Es gilt, die bleibende *Bedeutung* des Auftretens Jesu *für die Gegenwart* herauszustellen. Deswegen wird das Leben Jesu betont in die gesamte Heilsgeschichte eingeordnet und in seinem zeitlichen und geographischen Verlauf deutlich gestaltet. Das ganze Leben und Wirken Jesu ist verstanden als die Erfüllung des geschichtsmächtigen Wortes Gottes (2, 15. 19. 50 f Apg 5, 20), wie es sich in der atl Heilsordnung schon durch das Gesetz und die Propheten (Lk 1, 70 24, 27. 44) angekündigt hat. Dennoch ist Jesus nicht einfach *nur* die Erfüllung der Verheißungen. Mit ihm fängt Gott noch einmal von der Wurzel her neu an (Jungfrauengeburt: 1, 26–38!). Dieser Neuanfang ist charakterisiert als der endgültige, wenn auch noch vorläufige Beginn der Überwindung der Macht des Satans durch die Gottesherrschaft, insofern einmal in Jesu Verhalten den „Armen", den Kranken und den von den Dämonen Besessenen, den Verachteten und Sündern gegenüber, zum anderen in seiner sein ganzes Leben durchziehenden Sohneshaltung, die in der Übergabe in die Hände des Vaters am Kreuz (23, 46) ihren Höhepunkt und in seiner Auferweckung von den Toten ihre Bestätigung erfährt, die Liebe Gottes wirksam und offenbar wird. Die Lebenszeit Jesu wird so innerhalb der ganzen Heilsgeschichte zur „Mitte der Zeit": Die atl Heilsgeschichte hatte sie vorbereitet, und die folgende Zeit der Kirche ist durch sie grundgelegt; denn an Pfingsten sind durch die Ausgießung des Heiligen Geistes die „letzten Tage" (Apg 2, 17) angebrochen, in denen der durch die Aufnahme in den Himmel zur Vollendung gelangte Heilsweg Jesu, ausgehend von Jerusalem, allen Völkern auf der ganzen Erde (vgl Lk 24, 47) als der endgültige Heilsweg eröffnet ist. So wird die ganze Geschichte des Lebens Jesu (vgl Apg 5, 20) auch zur orientierenden Wegweisung für die Verkündigung und deshalb auch, vor allem in den Leidensweissagungen (Lk 9, 22. 44 f 18, 31 ff) und in der Leidensgeschichte, über die historische Situation hinaus in ihrer bleibenden und vorbildlichen Gültigkeit herausgestellt. Das Leben Jesu als Urbild des Weges zum Heil zu charakterisieren, nicht aber historisch getreu die Wanderung Jesu darzustellen, ist das Ziel des „Reiseberichtes": Seine Orts- und Zeitangaben bleiben völlig im unklaren. Um so nachdrücklicher wird aber das dauernde Unterwegssein Jesu und seine zielstrebige Ausrichtung auf Jerusalem, den Ort der Gottesbegegnung, betont (9, 51 13, 22. 32 f u. ö.).

(3) Schließlich müssen die *Gefahren* berücksichtigt werden,

die, da das Ende ausbleibt, dem Glauben *im Alltag* drohen. Die Charakterisierung des Lebens Jesu als eines von zeitlicher Dauer und einem beständig im Auge zu behaltenden Ziel gekennzeichneten Weges bestimmt auch die lukanische Paränese. Das gläubige Bekenntnis zu Jesus hat sich zu bewähren im geduldigen Ausharren (Lk 8, 15 14, 28 f 21, 19), damit der Menschensohn bei seinem Kommen Glauben auf Erden finde (18, 8). Drangsale wie auch tägliche Sorgen bedrohen den Glauben gleichermaßen (vgl 8, 4–15). Darum ergeht an jeden Jünger Jesu die Aufforderung, „täglich" sein Kreuz auf sich zu nehmen (9, 23) und allezeit und ohne Unterlaß zu wachen und zu beten (18, 1–8 21, 34 ff) und sich zu hüten vor allem vor den Gefahren des Reichtums (12, 13–34 14, 33 18, 18–30). (III) ENTSTEHUNG. Bis ins 2. Jh läßt sich die christl. Überlieferung zurückverfolgen, die in dem auch Kol 4, 4 2 Tim 4, 11 Phlm 24 erwähnten Lukas, einem Arzt und Begleiter des Apostels Paulus, den Verfasser des dritten Ev sieht. Doch ist damit zu rechnen, daß wir es bei diesen Angaben lediglich mit einer damals üblichen Weise zu tun haben, das Ansehen des Ev als begründet herauszustellen. Die vom Zeugnis der Paulusbriefe abweichende lukanische Charakteristik des Paulus, seines Amtes und seiner Theologie spricht gegen die Annahme, daß der Verfasser des dritten Ev und der Apg ein Begleiter des Paulus war. Für den angesprochenen Leserkreis kann der Lk 1, 3 erwähnte Theophilus als repräsentativ gelten. Die Kenntnis der christl. Botschaft wie auch des AT in seiner gr. Übersetzung wird vorausgesetzt. Im lukanischen Verständnis des AT zeigen sich Tendenzen, die im hellen. Diasporajudentum – vor allem Alexandriens – nachzuweisen sind. So wird man sagen dürfen, daß Lk für hellen. Heidenchristen geschrieben ist, und zwar in einem gewissen zeitlichen Abstand von den berichteten Ereignissen, andererseits aber doch noch in einer Zeit, in der die Paulusbriefe noch nicht so sehr Allgemeingut waren, daß das lukanische Paulusbild keine Anerkennung mehr gefunden hätte, vermutlich also um die Mitte des letzten Drittels des 1. Jh. →Apostelgeschichte.

Lus →Bet-El.

Lydda →Lod.

Lysanias, →Tetrarch von Abilene 28 nC (Lk 3, 1). Neben L. I.

unter Antonius und Kleopatra, der 34 vC starb, erwähnt Fl. Jos. (Ant. 18, 6,10), daß die „Tetrarchie des L." 37 nC Agrippa I. übertragen wurde. Das berechtigt zu der Annahme, daß dieser Name bei den Herrschern von Abilene erblich war.

Lyzien, Landschaft und röm. Provinz im sw Kleinasiens mit der Hauptstadt Myra. Die alten Lyzier stammen (trotz Herodot 1, 173) aus Kleinasien. Ihre Sprache ist mit dem Lurischen, einem hetitischen Dialekt, verwandt. Das Land behielt trotz fremder Oberhoheit immer eine gewisse Selbständigkeit, bis es 43 nC zusammen mit Pamphylien zur kaiserlich-röm. Provinz gemacht und von einem legatus pro praetore verwaltet wurde. Patara, Xanthus und Phaselis hatten bedeutende Häfen. Paulus kam auf seiner Reise nach Rom auch nach Myra (Apg 27, 5 f).

M

Machärus, jüd. Festung ö des Toten Meeres, 57 vC vom röm. Prokonsul Syriens geschleift, zwischen 25 und 13 von Herodes d. Ält. (gegen die Nabatäer) befestigt. Nach Fl. Jos. (Ant. 18, 5,2) der Ort, wo Herodes →Antipas Johannes den Täufer gefangenhielt und töten ließ (Mt 14, 3–12 Mk 6, 21–29); im NT nicht erwähnt. Ital. Ausgrabungen (herod. und hasmon. Festung) ab 1978.

Machpela (wahrscheinlich hebr.: Doppelhöhle) bei →Hebron (angeblich an der Stelle der heutigen Moschee), Grundstück mit einer Höhle, das Abraham nach alter Tradition vom Hetiter Efron als Familiengrabstätte erwarb, gegenüber →Mamre (Gen 23,9. 17. 19 25,9 49, 30 50, 13). Hier wurden nach bibl. Überlieferung Sara, Abraham, Isaak, Rebekka, Lea und Jakob begraben.

Magdala, wohl identisch mit Taricheä („Fischpökeleien"), einem Fischerhafen am NW-Ufer des Sees Gennesaret, und Magadan (Mt 15, 39) sowie Dalmanuta (Mk 8, 10). Heimat der →Maria (II. 1) Magdalena (Mt 27, 56. 61 28, 1 par). *Abb. 19.*

Magie bezeichnet ursprünglich die Kunst der Magier, eines medischen Stammes und einer persischen Priesterkaste, die sich mit Astronomie und Astrologie beschäftigten und deshalb als Verwalter übernatürlicher Kräfte galten. Im pejorativen Sinn meint M. die Geheimkunst des Zauberers, Menschen, Gegenständen oder Riten geheimnisvolle zwingende Kräfte zuzuschreiben. Zwar war im Leben der Israeliten M. nicht unbekannt (Gen 30, 14. 37 f Jer 27,9 Ez 13, 18–20 Mi 5, 11 u. a.; Amulette: Jes 3, 18–21), im Gesetz jedoch wird Zauberei ausdrücklich verboten (Dtn 18, 9–13). Die Israeliten kannten genau den Unterschied zwischen den von Zauberern und den von Jahwe gewirkten Wundern. Handlungen wie die des Mose (Ex 7, 8–13 15, 22–25), Josua (Jos 8, 18), Elija (1 Kön 17, 17–24) und Elischa (2 Kön 2, 19–22 4, 18–44) mögen zwar magischen Praktiken ähnlich sein, jedoch sind sie im jahwistischen Sinn umgedeutet. Mit dem Glauben an den einen Gott Jahwe ist M. unvereinbar. Das gilt auch für Fluch und Segen, Reinigung und Opfer im Kult sowie für das Gottesurteil, die alle erst durch das Eingreifen Jahwes wirksam werden. In ntl Zeit waren aufgrund hellen. Einflusses jüd. Zauberer über die ganze gr.-röm. Welt verbreitet. In Ephesus wurden nach der Predigt des Paulus magische Bücher verbrannt (Apg 19, 18 f). Gal 5, 20 zählt M. zu den „Werken des Fleisches".

Mahl. Im AT bedeutet „Brot essen" (Gen 37, 25) das gewöhnliche M. im Unterschied zum Festessen. Im allgemeinen aß man zweimal am Tage (Ex 16, 8 1 Kön 17, 6). Man saß dabei auf dem Boden um eine gemeinsame Schüssel (Spr 19, 24), in die man sein Brot, das der Hausvater „gebrochen" (= geteilt) und zusammen mit dem Fleisch vorgelegt hatte, eintauchen konnte (Joh 13, 26). Tisch und Stühle wurden nicht verwendet. Später lag man nach gr.-röm. Sitte beim Essen auf Polstern (Est 1, 6 Am 6, 4 Joh 13, 23); man stützte sich auf den linken Ellenbogen und streckte die Füße nach hinten aus. Besteck benutzte man nicht, die rechte Hand und der Brotfladen dienten als Eßgerät. – Als Inbegriff der Gemeinschaft ist das M. Symbol der Gottesgemeinschaft (Ex 24, 9–11 Jes 25, 6 Mt 8, 11 f par 22, 1–14 par Lk 22, 16–18. 29 f). →Abendmahl; Agape; Gastfreundschaft; Pascha.

Makkabäer. (I) M. (von hebr. *makkābāh*: Hammer?), war zunächst Beiname des Judas, des dritten Sohnes des Mattatias (1 Makk 2, 4), später vermutlich von den christl. Autoren auf seine Brüder und die ganze von ihnen beherrschte Zeit (vgl 2 Makk 7) übertragen.

(1) Nach dem Tod des Mattatias organisierte *Judas* (166–160) zu Mizpa den jüd. Aufstand gegen die Syrer, um die Religionsfreiheit wiederzuerlangen. Er konnte Jerusalem mit Ausnahme der Burg besetzen und den jüd. Gottesdienst wieder einrichten. Um sich gegen den Druck der syrerfreundlichen Hellenisten behaupten zu können, schloß er einen Freundschaftsvertrag mit den Römern. Ihre Hilfe kam aber zu spät, er fiel in der Schlacht bei Elasa (1 Makk 3, 1– 9, 22 2 Makk 8–15 Ant. 12, 6–11).

(2) Sein Bruder *Jonatan* (160–143) übernahm die Führung und wußte das verlorene Ansehen wiederherzustellen. 153 wurde er von dem Syrer Alexander Balas zum Hohenpriester und 150 zum militärischen und zivilpolitischen Führer ernannt. Er bekam neben Juda noch andere Gebiete zugewie-

sen (Ekron, Efraim, Lod, Ramatajim). Als er zu mächtig wurde, ließ ihn Tryphon gefangennehmen und ermorden (1 Makk 9, 23–12, 53 Ant. 13, 1–6).
(3) *Simon* (143–134) schloß sich dem Gegner des Tryphon, Demetrius, an und erreichte von ihm die praktische Unabhängigkeit Judäas. Er vertrieb die syrische Besatzung aus der Burg von Jerusalem (142). Durch Volksbeschluß wurde er 141 „für allezeit" zum στρατηγός und ἐθνάρχης der Juden gewählt (1 Makk 14, 41). Damit war die hasmonäische Dynastie geschaffen. Simon wurde von seinem Schwiegersohn ermordet. Sein Sohn Johannes Hyrkan trat seine Nachfolge an (16, 11–24 Ant. 13, 6 f).
(II) Die Makkabäerbücher berichten über den Kampf des Judentums gegen den Hellenismus. Sie bieten keine fortlaufende Geschichte, sondern beschreiben beide dieselbe Periode (1 Makk: 175–135; 2 Makk: 175–161 vC).
(1) *Das erste Buch,* nur noch gr. erhalten, aber sicher eine Übersetzung aus dem Aram. (oder Hebr.?). Der unerwartete Abbruch des Buches in 16, 22 läßt vermuten, daß der Autor selbst sein Werk nicht vollendet hat und es noch durch die Hand eines Herausgebers ging. In 1 Makk sind eine große Zahl von Dokumenten und Briefen aufgenommen (z. B. 5, 10–13 8, 23–32 10, 18–20. 25–45). Da die Urkunden meistens mit dem damaligen diplomatischen Verkehr und mit den neueren Untersuchungen der Zeitgeschichte übereinstimmen, können sie als echt angesehen werden. Auch die aller Kritik standhaltende Genauigkeit topographischer und chronologischer Bemerkungen zeugt für die Historizität. Andere Quellen sind möglicherweise eine seleukidische Königschronik und ein „Leben des Judas". Wahrscheinlich ist 1 Makk um 100 vC veröffentlicht worden. Der Autor scheint ein gebildeter Jude aus Jerusalem und ein Bewunderer der Hasmonäerdynastie gewesen zu sein. Seine Haltung ist eher propagandistisch. In seinen Augen ist der M. aufstand ein weltbewegendes Ereignis (z. B. unglaublich hohe Zahlen der feindlichen Heere). Viele Exegeten betrachten 1 Makk als eine Profanschrift ohne theologischen Wert. Man vermißt den engen Kontakt zwischen Gott und Mensch, der für die anderen atl Bücher kennzeichnend ist (der Name Gottes kommt im ganzen Buch nicht vor). Dagegen nimmt das mosaische Gesetz einen zentralen Platz ein: Der tapfere und unverfälschte Eifer für das Gesetz führt zu Glück und Wohlfahrt (vgl besonders 14, 1–15).
(2) *Das zweite Buch* wurde in gr. Sprache herausgegeben. Der

uns unbekannte Verfasser wollte damit das fünfteilige Werk eines gewissen Jason von Zyrene zusammenfassen. Dieser Jason hatte sein Werk vermutlich vor 161 vollendet, 2 Makk selbst ist wahrscheinlich 124 vC geschrieben (vgl den Brief 1, 1–10). Das Buch ist ein typischer Zeuge der pathetischen Geschichtsschreibung (Satzbau, übertriebene Zahlenangaben, Schimpfkanonaden gegen die Feinde der jüd. Orthodoxie), die alle Mittel aufwendet, um Phantasie und Gefühl der Leser anzusprechen. Auch 2 Makk besitzt trotzdem verhältnismäßig großen historischen Wert. Betont 1 Makk die persönliche Aktivität des Menschen zur Erlangung seines Glücks, so legt 2 Makk besonderen Nachdruck auf die Notwendigkeit des Gebetes für die unentbehrliche Hilfe des Himmels. Außerdem spielt das Leben nach dem Tode eine große Rolle (7 14,46 15, 11–16).
(3) *3 Makk und 4 Makk* sind apokryphe Bücher. 3 Makk handelt von einer Judenverfolgung in Ägypten (Ende des 3. Jh vC). Die pathetische Erzählung (wohl im 1. Jh vC geschrieben) kann trotzdem auf einem historischen Kern beruhen. – 4 Makk ist ein didaktisches Werk, das die souveräne Macht der von Frömmigkeit geführten Vernunft über die Triebe behandelt. Es wurde vermutlich zum Beginn der christl. Zeitrechnung gr. verfaßt.

Maleachi (hebr.: mein Gesandter)
(I) M. war ursprünglich kein Name, sondern wurde von Mal 3, 1 („mein Bote“) nach 1, 1 übertragen und der anonymen Überschrift „Ausspruch. Das Wort Jahwes an Israel“ als Verfassername hinzugefügt. Einen Kleinen Propheten M. als Verfasser des gleichnamigen Buches hat es nicht gegeben.
(II) DAS BUCH gliedert sich in sechs Abschnitte, alle in Form eines Dialogs zwischen Jahwe oder dem Propheten und dem sich rechtfertigenden Volk. *Inhalt:* (1) die große Liebe Jahwes zu Israel (1, 2–5); (2) Kritik an den Priestern wegen ihrer Nachlässigkeit im Opferdienst (1, 6–2, 9); (3) das Übel der Mischehen (2, 10–16); (4) Ankündigung des Gerichtstages (2, 17–3, 5); (5) Segen für die Ablieferung des →Zehnten (3, 6–12); (6) das gerechte Urteil Jahwes über Fromme und Sünder (3, 13–21); (7) Schlußmahnung und Verheißung der Ankunft des Elija vor dem Tag Jahwes (3, 22–24). Man betrachtet Mal allgemein als Arbeit eines *Anonymus* aus der 1. Hälfte des 5. Jh vC, nach 515 (Wiederaufnahme des Tempelkults), aber vor der Neuordnung unter Esra und Nehemia.

Die *Echtheit* von 1, 11–14 (Verheißung eines reinen Opfers) und 3, 22–24 (Schlußmahnung) ist umstritten. – Im Unterschied zu den übrigen Propheten macht Mal die Eschatologie zu einer rein israelit. Angelegenheit. Das neue Israel kämpft um seine Existenz, der Fortbestand des reinen Gottesdienstes und der Gesellschaft (Ehe) ist ihm dringlicher als die ferne Zukunft.

Malta, Mittelmeerinsel, seit 218 vC unter röm. Herrschaft. Die Bevölkerung sprach neben ihrer punischen Muttersprache auch gr. und lat. Paulus strandet auf seiner Romreise in M. (Apg 28, 1), wird freundlich aufgenommen und gewinnt die Sympathie des Publius, der die Insel verwaltet.

Mamre (hebr. vielleicht: Haus des Mästenden = Baal), eines der wichtigsten Heiligtümer S-Palästinas, mit heiligen Eichen (Gen 13, 18 18, 1); in Gen mit Abraham, aber auch mit Isaak verknüpft. Beliebte Lokalisierung *rāmet el-chalīl*, 4 km n von →Hebron.

Manasse (hebr.: einer, der vergessen läßt)
(1) M., →Eponym des Stammes M., ältester Sohn Josefs (Gen 41, 51), später unter Verlust des Erstgeburtsrechts von Jakob adopiert (48, 1–20), →Efraim.
(2) Der Stamm M. fehlt im →Jakobsegen und wird im →Mosesegen mit Efraim unter Josef zusammengefaßt. Nach Num 32, 33 Dtn 3, 13–15 siedelte sich die eine Hälfte des Stammes im Ostjordanland an, z. T. bis in die Gegend des Libanon (1 Chr 5, 25–26), übernahm die Religion der einheimischen Bevölkerung und wurde von Tiglatpileser III. deportiert. Die andere Hälfte rückte zusammen mit Efraim (Ri 1, 27) ins Westjordanland vor (Jos 17, 1–10). Nach neuerer Ansicht verlief die Marschrichtung jedoch umgekehrt, vom West- ins Ostjordanland.
(3) 14. König von Juda (696–642), Sohn des Hiskija (2 Kön 21, 1–18 2 Chr 33, 1–10), zahlte Assur Tribut. Der assyr. Einfluß zeigte sich darin, daß er die lokalen Heiligtümer und die Kulte des Baal, der Astarte und des Himmelsheeres tolerierte (Jer 7, 18 8, 2 44, 19) und die Opposition schonungslos ausrottete. 2 Chr 33, 11 berichtet von einer vorübergehenden Deportation des M. nach Babel, wo er Buße tat und sich bekehrte. Auf dieses Ereignis bezieht sich ein apokryphes „Gebet des M." (als Anhang in die meisten Vg-Ausgaben auf-

genommen), ein Klagelied oder Bußpsalm jüd. Ursprungs, aus der Zeit zwischen dem 2. Jh vC und dem 1. Jh nC.

Manna, das „Brot vom Himmel" (Ps 105, 40), von dem sich die Israeliten in der Wüste nährten (Ex 16, 4–35 Num 11, 6–9 Ps 78, 24) bis zu ihrer Ankunft in Kanaan (Jos 5, 12), das sie aber nicht immer schätzten (Num 11, 6). Sie fanden es am Morgen in der Wüste. Es war weiß wie Koriandersamen, körnig (Num 11, 8 wird es mit Handmühlen zermahlen oder zerstoßen, gekocht und zu Kuchen verarbeitet) und süß wie Honigkuchen. Ein Krug mit M. mußte vor der →Lade stehen. – Das M. ist eine für die ganze s. Sinaiwüste charakteristische Erscheinung: ein durch Stiche von Schildläusen an den Blättern der M.-Tamariske hervorgerufenes Exkret, das zu Boden fällt und den Beduinen noch heute als Nahrung dient. In der rabbinischen Literatur entwickelt sich immer intensiver eine geistliche Deutung, im NT wird am M. das Besondere der eucharistischen Speise klargemacht (Joh 6, 32. 49), es gilt als Typus des Abendmahles (1 Kor 10, 1–22) und als Nahrung der künftigen Heilszeit (Offb 2, 17).

Marduk, ursprünglich Stadtgott von Babel, wurde unter →Hammurapi Reichsgott. Nach dem Prolog des Codex Hammurapi hatten die obersten Götter Anu und Enlil M. die Weltherrschaft übertragen, weil er – wie der Schöpfungsmythos Enuma Eliš begründet – als einziger aus dem Kampf gegen das Chaosungeheuer Tiamat als Sieger hervorgegangen war, was ihm den Titel Bel (= Herr) eintrug (vgl Jes 46, 1 Jer 50, 2 Dan 14, 1–22). M.s bedeutendster Tempel war das Esagila mit dem Tempelturm Etemenanki (→Turm zu Babel), sein größtes Fest das Neujahrsfest im Frühjahr, dessen alter Charakter als Vegetationsfeier im ἱερὸς γάμος der Griechen weiterlebte.

Marescha (hebr.: Ort auf der Kuppe), kanaan. Ort an einem wichtigen Straßenknotenpunkt in der →Schefela, zu Juda gerechnet (Jos 15, 44), Heimat des Propheten Elieser (2 Chr 20, 37) und vielleicht des Micha (Mich 1, 1). Im 3. Jh vC siedelten sich hier sidonische Kolonisten und Mazedonier an. Nachdem Judas Makkabäus 164 vC die Stadt vergeblich angegriffen hatte (1 Makk 5, 66 2 Makk 12, 35), wurde sie 110 vC von Johannes Hyrkan I. unterworfen, aber 63 vC von Pompeius befreit und 40 vC von den Parthern zerstört.

Mari, bedeutende altbabyl. Stadt am W-Ufer des mittleren Eufrat, schon in der sumerischen Königsliste genannt. Für die altbabyl. Zeit (ca 1750–1700 vC) besonders wertvoll ist das im Königspalast gefundene →Archiv von ca 20 000 Keilschrifttafeln; sie geben Aufschlüsse über die politischen Verhältnisse der Zeit (→Hammurapi) und die Handelsbeziehungen M.s zu Elam, Babylonien und Syrien, ferner über die Rolle und Stammesorganisation der →Nomaden (→Amoriter). Besondere Beachtung verdienen auch Texte über die Tätigkeit von →Propheten. M. wurde 1693 vC von Hammurapi zerstört und blieb danach verlassen. *Abb. 5.*

Maria (ntl Form für →Mirjam)
(I) M., DIE MUTTER JESU. Das NT macht folgende Aussagen über sie:
(1) *Paulus.* Die früheste Erwähnung M.s im NT (Gal 4, 4 f) steht in einem streng christologischen Zusammenhang. Paulus spricht von ihr, um die Wirklichkeit der Erlösung zu beschreiben: Der gesandte Sohn Gottes nahm die Natur („geboren aus der Frau") und die Geschichte („gestellt unter das Gesetz") der Menschen an.
(2) *Synoptiker und Apg.* Außerhalb der Kindheitsgeschichten berichten die synopt. Evv nur von einer einzigen Begegnung zwischen Jesus und seiner Mutter, die ihn zusammen mit seinen Brüdern und Schwestern in Kafarnaum sucht (Mk 3, 31–35 par). Jesus stellt hier der leiblichen Verwandtschaft die Verwandtschaft gegenüber, die der Gehorsam gegen Gott schafft (vgl Lk 11, 27 f). Trotz des befremdlichen Verhaltens Jesu in dieser Szene gehören M. und seine Brüder zur nachösterlichen Jüngergemeinde (Apg 1, 14).
Die meisten Aussagen über M. stammen aus den *Kindheitsgeschichten* Lk 1 f. Demnach lebte sie in Nazaret. Daß sie aus dem Haus Davids stammte, ist nirgends gesagt und war auch nicht erforderlich, da Josef aus dem Haus Davids war (Mt 1, 16 Lk 3, 23) und es in Israel gesetzlich nur auf die Vaterschaft ankam. Nach ihrer Verlobung (nach israelit. Recht bereits endgültige Bindung) wurde ihr die Geburt Jesu verkündet. Die Verkündigung enthält drei Motive: wer das Kind ist (Sohn des Allerhöchsten), wie es entstehen soll (schöpferischer Geist) und M.s Zusage. Auch Mt (1, 18) bezeugt unter Berufung auf Jes 7, 14 die Empfängnis Jesu aus Heiligem Geist.
Gegen ein historisch-biologisches Verständnis der *Jungfrauen-*

geburt werden folgende Einwände erhoben: (1) Die Kindheitsgeschichten seien keine historischen Berichte, sondern Erzählungen (Midraschim), die die Heilsbedeutung Jesu betonen sollen. (2) Nach verbreiteter antiker Vorstellung (bes. Ägypten) müsse der Retter des Volkes als Sohn Gottes jungfräulich geboren werden. (3) Das NT (besonders wichtig: Paulus und Mk) wisse sonst nichts von einer Jungfrauengeburt. (4) Theologisch sei ein so mirakulöses Eingreifen Gottes nicht haltbar. Jedenfalls hat die Diskussion um die Jungfrauengeburt deren einzig wichtige, theologische Bedeutung erhellt: Sie ist das vom Geist gewirkte Zeichen eines neuen Anfangs in der Geschichte des Heils (vgl Gen 1, 2). Dieses neue Handeln Gottes, seine neue Weise, „Gott mit uns" zu sein, ist das Wunder; das Zeichen der jungfräulichen Geburt Jesu steht ganz im Dienste der Christologie und Soteriologie.

Die Aussagen über M. in den weiteren Kindheitsgeschichten (Geburt Jesu in Betlehem, Flucht, Beschneidung, der zwölfjährige Jesus im Tempel) zeigen, wie sehr M. in das Heilshandeln Gottes einbezogen ist, preisen ihren beispielhaften Glauben, verschweigen jedoch nicht, daß ihr das Handeln Gottes letztlich fremd bleibt.

(3) *Johannesevangelium.* In Joh steht M. am Anfang und Ende des öffentlichen Wirkens Jesu. Beim Weinwunder (2, 1–11) muß M. als erste erfahren, daß die irdische Heilserwartung, mit der die Menschen Jesus begegnen, durch die größere Hoffnung auf Jesus selbst ersetzt werden muß. Sie ist Vorbild des Glaubens. Die Auslegung der Szene unter dem Kreuz (19, 25–27), in der Jesus M. seinem Lieblingsjünger anvertraut, ist umstritten. Wäre sie historisch, ist kaum erklärlich, warum die älteren Evv M.s Anwesenheit verschweigen. Auch die symbolische Deutung, M. vertrete das Judenchristentum, das in der heidenchristl. Kirche (Johannes) Heimat finden solle, befriedigt nicht. Vielleicht darf man annehmen, daß Joh mit M. einfach eine der wesentlichen Autoritäten christl. Glaubens unter das Kreuz, den Höhepunkt von Jesu Leben und Lehren, stellen wollte.

(II) ANDERE FRAUEN mit dem Namen M. sind:

(1) M. Magdalena (= aus →Magdala). Lk 8, 2 nennt sie unter den Frauen, die Jesus geheilt hatte und die ihm mit ihrem Vermögen dienten. Sie ist unter den Frauen am Kreuz (Mk 15, 40 f par), am Grabe Jesu (15, 47 par) und Zeugin des Auferstandenen (16, 1–8 par); ihr erscheint er allein (Joh 20, 14–18) oder zusammen mit anderen (Mt 28, 9 f).

(2) M. von Betanien, nach Joh Schwester der Marta und des Lazarus. M. wird (im Unterschied zu ihrer aktiveren Schwester) zur von der Umwelt nicht mehr verstandenen Törin, die Jesu Verteidigung bedarf (Lk 10, 41 f Joh 12, 17). Joh (12, 1–8) identifiziert sie mit jener Frau, die Jesus salbte. Viel diskutiert wurde die Frage der Identität von M. Magdalena, M. von Betanien und der Sünderin von Lk 7, 36–50. Die abendländische Kirche hat die drei Frauen seit Gregor I. gleichgesetzt, dagegen versucht die neuere Forschung, ihre Verschiedenheit zu erweisen.
(3) M., Mk 15, 40 eingeführt als die Mutter von →Jakobus (3) und Joses, auch an anderen Stellen durch ihre Söhne näher bestimmt. Sie ist nicht sicher mit der M. (Frau, Mutter oder Schwester?) des Klopas (Joh 19, 25) zu identfizieren, aber Schlüsselfigur in der Diskussion um die „Herrenbrüder".

Markus (lat. Vorname [= Mann?]). Bei den im NT genannten M. (Apg 15, 39 Kol 4, 10 Phlm 24 2 Tim 4, 11), Johannes M. (Apg 12, 12. 25 15, 37) und Johannes (13, 5. 13) handelt es sich um eine einzige Person mit einem Doppelnamen. M. war der Sohn einer Maria, in deren Haus die erste Christengemeinde in Jerusalem zusammenkam (12, 12). Vermutlich ist er in Jerusalem aufgewachsen und hat die Zeit Jesu erlebt, wenn er auch nicht an allen Begebenheiten teilgenommen hat und vielleicht nicht einmal Jesu Jünger war. Sein Vetter Barnabas (Kol 4, 10) und Paulus nahmen ihn mit nach Antiochien (Apg 12, 25) und auf die 1. Missionsreise. Er kehrte jedoch bald allein nach Jerusalem zurück. Seinetwegen trennte sich Paulus später von beiden, Barnabas und M. gingen nach Zypern, schlossen sich aber bald wieder den Hauptaposteln an: Kol 4, 10 Phlm 24 ist M. bei Paulus in Rom. Die Tradition betont sein enges Verhältnis zu Petrus (1 Petr 5, 13). M. gilt als Verfasser von Mk.

Markusevangelium. (I) Gliederung und Aufbau. Die Gliederung ist durch theologische Schwerpunkte bedingt, die ihr Gewicht aus ihrer Bedeutung im Leben Jesu oder aus der Sicht des Evangelisten erhalten. Das erste gilt für Mk 11–16: Jesus in Jerusalem, das zweite für den „Weg Jesu" nach Jerusalem 1–10, auf dem bestimmten Jüngerszenen (1, 16–20 3, 13–19 6, 7–13 8, 27–33) eine besondere Bedeutung zukommt. Mit ihnen beginnt jeweils ein neuer Abschnitt, wobei sich die folgenden Abschnitte und die vorausgehenden Jüngerperikopen je gegenseitig interpretieren. So zeigt Mk folgende Gliederung: 1, 1–15: Der Horizont; in Jesu Weg ereignet sich der Einbruch von Gottes Welt in die Welt des Menschen. 1, 16–3, 12: Die neue Situation des Menschen, begründet in der Vollmacht des ihn rufenden und erlösenden Wortes Jesu. 3, 13–6, 6a: Das Geheimnis der Herrschaft Gottes und das Unverständnis des Menschen. 6, 6b–8, 26: Das vollkommene und endgültige Heil des Menschen als Ziel des Wirkens Jesu. 8, 27–10, 52: Die Form glaubender Nachfolge ist der Kreuzweg. 11, 1–12, 44: Gott sucht (vgl 11, 12 f) in der Sendung seines Sohnes (12, 1–6) nicht das Geld des Menschen (12, 13–17) oder das menschliche Ansehen (12, 38 ff), sondern die Liebe des Menschen (12, 28–34. 41–44). 13: Da die Geschichte des Menschen dem Tag der letzten Ernte entgegengeht, ist vom Glaubenden große Wachsamkeit gefordert. 14–15: Jesus bezeugt durch die Annahme des Todesbeschlusses seiner Gegner die Wahrheit seines Ev, das im Bekenntnis des röm. Hauptmanns seine Antwort findet. 16, 1–8: Ausblick; durch Jesu Auferweckung sind alle Glaubenden zur lebendigen Nachfolge Jesu gerufen.

(II) THEOLOGISCHE EIGENART. Mk bildet den für uns erstmals greifbaren Versuch, nicht nur Jesu Worte wie die eines gelehrten Rabbi zu sammeln bzw einzelne Wundertaten als Taten eines „göttlichen Menschen", der allen anderen Wanderpredigern und Wundertätern überlegen war, zu überliefern, noch auch nur die Heilsbedeutung des Auferweckten und Erhöhten zu verkünden, sondern die machtvolle Wirklichkeit des Auferstandenen klar mit dem Lebensweg des irdischen Jesus zu verbinden. Damit erhielt auch das Leben der Glaubenden seine entscheidende Deutung. Das irdische Geschick Jesu wurde zum Anspruch des Erhöhten an die Gemeinde, die ihm nachfolgt und die in dieser deutenden Verkündigung die lebendige Gegenwart des Auferstandenen erfährt. Aus diesem Grund will Mk trotz der historisierenden Darstellung nicht einfach das vergangene Wirken Jesu berichten, sondern die (bedrängende) Gegenwart der Glaubenden von Jesu Weg her deuten, wobei er ein Doppeltes zu beachten gibt: Einerseits ist die Situation der Glaubenden dadurch bestimmt, daß sie kraft des von Gott in besonderer Weise (1, 22. 27 2, 12) bevollmächtigten Wirkens Jesu bereits des endgültigen Heiles, d. h. der sündenlosen Gemeinschaft mit Gott (2, 1–12. 14–17) teilhaft wurden und so aus der Kraft Gottes zu leben vermögen (4, 26–32). Nur weil der Mensch Gottes Macht nicht begegnen kann, ohne von Furcht ergriffen zu werden (4, 41 5, 15–17. 33. 42), ist Gottes Leben im Menschen zunächst so unscheinbar. Wer deshalb angesichts der scheinbaren Verlassenheit an der Treue des göttlichen Heilswirkens (6, 53–56) zweifelt, der zeigt, daß sein Herz noch nicht zur Einsicht gekommen ist (6, 45–52). Denn er hat noch nicht verstanden, daß Gott nur eines (7, 1–23) voraussetzt: das im Wissen um die eigene Unwürdigkeit gesprochene, vertrauende Wort zu Jesus (7, 24–30).

Andererseits läßt Mk die Gemeinde jedoch auch darüber nicht im Zweifel, daß der Glaubende nunmehr unter neuen, radikalen Forderungen steht (9, 32. 35. 42–50 10, 9. 21. 43 f), die nur vom Kreuzweg Jesu als des Messias her verstehbar sind. Da Jesus als Messias in seinem Gehen ans Kreuz Gottes Gedanken auslegt (8, 31 ff 9, 30 ff 10, 32 ff), muß der Glaubende verstehen, daß es auch für ihn keinen anderen Weg zu Jesus Christus in Gottes Herrlichkeit gibt (8, 34 – 9, 1 10, 39). Daß Gott in seinem Sohn nahegekommen ist (9, 2–13), bedeutet keine Verkürzung des Weges durch die Welt (9, 5 f), auf dem die Macht des Bösen durch die Macht der Glaubenden gebrochen werden soll (9, 14–29). Diese Entmachtung des Bösen geschieht konkret im selbstlosen Dienst des Glaubenden (9, 33–42 10, 1–12. 41–45), der auch die oft schmerzhafte Trennung von allem Bösen im eigenen Leben um des anderen willen (9, 42–50) in sich schließt. Diese Konsequenz bleibt jedem unverständlich, der nicht begreift, daß man nicht anders als wie ein Kind in die Gemeinschaft mit Jesus kommt, da man Gott nur ganz angehören kann (10, 13–31; vgl 35–40); denn Gott als der Lebendige (12, 18–27) erwartet nichts anderes als die unbedingte Liebe und Hingabe des Menschen (12, 13–17. 32 f. 38–44). Nur sie führt zu seinem Reich (12, 28–34).

(III) Entstehung. In Übereinstimmung mit der bis auf Klemens von Alexandrien zurückgehenden Tradition gilt bei der Mehrzahl der Exegeten Rom als Abfassungsort. Jedoch wäre auch eine heidenchristl. Gemeinde des O denkbar. Geschrieben wurde Mk wohl vor 70, da sich noch keine Anspielung auf die Zerstörung des Jerusalemer Tempels findet. Mk 13 läßt jedoch im gesamten an die Nähe des jüd. Krieges denken. Nach dem Zeugnis des Bischof Papias von Hierapolis (um 130) ist Mk von →Markus, „dem Dolmetsch des Petrus“, nach dessen Tod redigiert. Trotz gewisser Bedenken gegen diese Notiz (Markus scheint die palästinische Geographie nicht klar zu kennen; antijüd. Tendenzen) halten noch viele Forscher die Abfassung von Mk durch Johannes Markus für sicher, da es kaum erklärbar wäre, weshalb das Ev einem Nichtjünger und Nichtapostel hätte zugeschrieben werden sollen.

Masada (hebr.: Felsenfeste), Burg am ö Abhang des judäischen Gebirges in der Nähe des Toten Meeres, nicht weit von En-Gedi, auf einem steil abfallenden Felsplateau gelegen, von Herodes großartig ausgebaut, letzter Stützpunkt im jüd. Krieg gegen Rom (66–73 nC).

Masoreten →Bibeltext (1).

Maße und Gewichte.
(I) LÄNGENMASSE
(1) *hebräische* (Ezechiel hat hier z. T. eigene Maße):
Elle *('ammāh)*: 0, 4 (Ez: 0, 5) m
Spanne *(zeret)*: 1/2 Elle: 0, 2 (Ez: 0, 25) m
Handbreite *(ṭofaḥ)*: 1/6 Elle: 0, 07 m
Fingerbreite *('eṣba')*: 1/24 Elle: 0, 018 m
(2) *griechische:*
Meile (μίλιον): 1572 m
Stadie (στάδιον): 213 m
Klafter (ὀργυιά): 1/750 Meile: 2, 13 m
Elle (πῆχυς): 1/3000 Meile: 0, 53 m
Fuß (πούς): 0, 35 m
(II) HOHLMASSE
(1) *hebräische* (zwei verschiedene Umrechnungsmöglichkeiten):
für Trockenes: *ḥomer (kōr):* 393 (oder 229) kg
letek: 1/2 *ḥomer:* 196 (oder 114) kg
'ēfāh: 1/10 *ḥomer:* 39 (oder 22) kg
s^e'āh: 1/30 *ḥomer:* 13 (oder 7, 6) kg
'omer (oder *'iśśārōn):* 3, 9 (oder 2, 2) kg
ḳab: 2, 18 (oder 1, 27) kg
für Flüssiges: *kōr:* 393 (oder 229) l
bat: 1/10 *kōr:* 39 (oder 22) l
hīn: 6, 5 (oder 3, 8) l
lōg: 0, 54 (oder 0, 31) l
(2) *jüd. palästinische* zur ntl Zeit:
für Trockenes: Malter (κόρος): 218 kg
Scheffel (σάτον): 7, 28 kg
Scheffel (μόδιος): 8, 73 kg
Maß (χοῖνιξ): 1, 31 kg

für Flüssiges: Bat (βάτος): 21, 8 l
Krug (ξέστης): 0, 54 l
Maß (μετρητής): 39, 29 l

(III) GEWICHTE

Mine zu 50 Schekel (oder zu 60 Schekel):
Talent *(kikkār):* 34 272 (oder 41 126) gr
Mine *(māneh):* 571, 2 (oder 685, 44) gr
Schekel *(šekel):* 11, 42 gr
beḳa': 5, 71 gr
gērāh: 0, 57 gr
Pfund (λίτρα): 327 (oder 273) gr
Abb. 32.

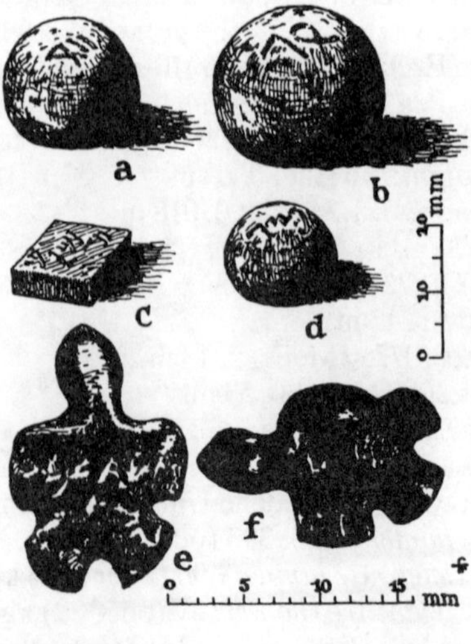

Abb. 32: Beschriftete Gewichtsteine. (a) und (b) aus Stein. Die offene 8 ist vermutlich das Zeichen für (königlichen) Schekel, die beigegebenen Striche bezeichnen das Gewicht als das Zwei- und Vierfache der Einheit. (c) aus Bronze, mit Aufschrift: 2 (Einheiten zu 11,14 g) dem König. (d) aus Stein. (e, f) Bronzegewicht in Schildkrötenform (16 x 12 mm, 2,63 g).

Massebe (hebr.: was aufrecht steht), ein meist unbehauener, aufrecht stehender Stein, als Denkstein (2 Sam 18, 18), Grabstein (Gen 35, 20), Obelisk (Jer 43, 13) oder Grenzstein (Gen 31, 45) verwendet. Am häufigsten dienten M.n jedoch zu kultischen Zwecken, sei es als Denkstein (Gen 28, 18 35, 14 Jos 4, 3) oder Weihestein, der in Verbindung mit einem Altar oder selbst als →Altar benutzt wurde (Ex 24, 4 Dtn 27, 2), sei es als Sinnbild einer männlichen Gottheit (wahrscheinlich in Phallusform als Reminiszenz an den kanaan. Fruchtbarkeitskult). Diese Verwendung von M.n wurde als heidnische Sitte bekämpft (Ex 34, 13 Dtn 16, 22 2 Kön 17, 10 und oft bei den Propheten).

Mattäus (gr. Form von hebr. Mattai, Kurzform von Mattanja: Geschenk Gottes, oder: der Getreue). Aus den Berufungsgeschichten zu schließen, hatte er wohl den Doppelnamen M. Levi. Er war der Sohn des Alfäus und von Beruf Zöllner in Kafarnaum (Mk 2, 14–17 par), also im Gebiet des Herodes Antipas. Ob er in dessen Diensten stand (vgl Lk 8, 3 Joh 4, 46) oder den Zoll der Stadt selbst gepachtet hatte, ist ungewiß; röm. Beamter war er jedenfalls nicht. Sonst wird M. nur noch in den Apostellisten (Mk 3, 18 par) genannt. Unter seinem Namen laufen:
(1) das →Mattäusevangelium,
(2) das sog. Pseudo-Mattäusevangelium (erste Erwähnung von Ochs und Esel an der Krippe),
(3) die späten Mattäusakten.

Mattäusevangelium. (I) INHALT UND AUFBAU. Mt folgt im wesentlichen dem historisch-chronologischen Bericht des Mk, erweitert ihn jedoch, reichert ihn mit Redestoff an und ordnet ihn systematisch. Folgende Gliederung läßt sich erkennen:
(1) Die *Vorgeschichte* vom Vorläufer des Messias und der Taufe Jesu (3, 1–4, 11), erweitert durch den →Stammbaum Jesu und die Kindheitsgeschichte (Kap 1 f).
(2) Das *Wirken in Galiläa* (4, 12–13, 58; nach der Vorlage Mk 1, 14–6, 6a) mit einer Zusammenfassung der Messiaslehre und der Taten Jesu, dazu die Jüngeraussendung mit entsprechenden Unterweisungen.
(3) *Jesu Weg zum Leiden* (Kap 14–20; nach Mk erzählt) mit dem Messiasbekenntnis des Petrus, drei Leidensvorhersagen, der Verklärung Jesu und einer Rede über die Nachfolge.
(4) *Jesus in Jerusalem* (Kap 21–28; mit erheblich mehr Redegut als Mk) mit den wichtigen Reden gegen die Pharisäer und Schriftgelehrten sowie über Weltende und Gericht, die Leidensgeschichte, Berichte vom leeren Grab und Erscheinungen des Auferstandenen.

(II) LITERARISCHE UND THEOLOGISCHE EIGENART. (1) Die schriftlichen *Quellen* von Mt sind Mk und die Redequelle Q. Etwa die Hälfte des Mt-Stoffes hat keine Parallele in Mk, etwa ein Viertel ist Sondergut (wahrscheinlich mündliche Überlieferungen der Urkirche), der Rest stimmt mit Lk überein, der ebenfalls Q benutzt hat (Lk selbst war Mt unbekannt). Es spricht alles dafür, daß Mt in gr. Sprache verfaßt wurde.

(2) Mt *bearbeitet* seinen Stoff durch Auslassungen, Umstellungen und „Kompositionen". Sachlich Verwandtes wird ohne Rücksicht auf historische Abläufe zusammengefaßt. Typisch sind die sechs Redekompositionen: Bergpredigt, Jüngerunterweisung, Parabelrede, Reden über kirchliche Gemeinschaft, gegen die Pharisäer und Schriftgelehrten und über das Ende. Ähnlich verfährt er mit den Wunderberichten (z. B. Kap 8–9: 3 Wunder + 2 Reden + 3 Wunder + 2 Reden + 3 Wunder). Auf chronologische und geographische Genauigkeit legt er keinen Wert (vgl 15, 21. 29 par). Die Taten Jesu werden zu Erfüllungsbeweisen des AT verkürzt, seine Worte dagegen in großer Treue gegenüber der Tradition wiedergegeben.

(3) Die *theologische Eigenart* des Mt zeigt sich vor allem in den Erweiterungen: Er aktualisiert den Traditionsstoff (z. B. 18, 4. 14. 35). Da offenbar das brennendste Problem der Mt-Kirche der Messiasglaube war, betont Mt die Messiasprädikate Jesu und die Erfüllung aller atl Weissagungen in seiner Person. Das alte Gesetz ist nicht aufgehoben, sondern lebt in der neuen Ordnung weiter (5, 21 f). So dienen auch die Antithesen der Bergpredigt der Aktualisierung und Radikalisierung des göttlichen Willens, der im Liebesgebot gipfelt (7, 12 9,13 12,7 22,40 23,23).

(4) Weil Mt das Ev einer Kirche ist, die ihre jüd. Herkunft nicht verleugnet, streicht er Erläuterungen des Mk für heidenchristl. Leser (Mk 7, 3 f) und ergänzt ihn im Sinne *judenchristl. Denkweise* (24, 20 par). Zugleich aber ist die Kirche des Mt Weltkirche (vgl Texte der Kirchengründung; der Ehrentitel Ekklesia; der universalistische Titel „der Herr" für Jesus u. a.).

(III) ENTSTEHUNG. Mt ist für die zweite christl. Generation geschrieben, in der die Unterschiede von Juden- und Heidenchristen keine Rolle mehr spielen. Die Kirche besitzt ein ausgeprägtes Selbstverständnis, kennt Ämter und Ordnungen, aber auch Lieblosigkeit und Verrat, Titelsucht, Lauheit und Welthaftigkeit. – Das älteste Zeugnis über die Verfasserschaft des Mattäus stammt von Papias (um 130). Nach ihm identifizierten die Kirchenväter den Verfasser des Mt mit →Mattäus Levi. Jedoch weisen die Abhängigkeit des Mt von nichtapostolischen Schriften, die literarischen und theologischen Eigenarten, sein „Sitz im Leben“ und die gr. Sprachform auf einen unbekannten Christen, der als „christl. Schriftgelehrter“ (13, 52) wirkte. Wegen der Benutzung von Mk kann Mt nicht vor 70, wegen der Benutzung durch Ignatius nicht nach 100 entstanden sein. Die Trennung von der Synagoge und Hinweise auf den Untergang Jerusalems lassen die Endredaktion von Mt zwischen den Jahren 80 und 90 nC vermuten.

Mattias (hebr. Kurzform von Mattatias: Geschenk Jahwes) wurde durch das Los als Ersatz für Judas Iskariot zum →Apostel gewählt (Apg 1, 23. 26).

Maultier, Kreuzung zwischen Pferd und Esel. Obwohl die Zucht von M.en in Israel verboten war (Lev 19, 19) – sie wurden über Tyrus eingeführt (Ez 27, 14) –, waren sie wegen ihrer Stärke und Vorsicht als Reit- (2 Sam 13, 29 1 Kön 1, 33) und Lasttier (2 Kön 5, 17 1 Chr 12, 40 Jes 66, 20) sehr beliebt. Salomo bekam M.e geschenkt (1 Kön 10, 25 2 Chr 9, 24), Abschalom wurde auf einem M. sitzend getötet (2 Sam 18, 9).

Mazedonien, Landschaft an der N-Küste des Ägäischen Meeres, deren Bevölkerung auf gr. Stämme zurückgeht, die an den älteren Wohnsitzen zurückgeblieben waren. Im AT wird M. erwähnt als Heimat von Alexander d. Gr. (1 Makk 1, 1) und Haman (Est 16, 10. 14 [Vg]). Im Heer des Antiochus d. Gr. dienen mazedonische Truppen (2 Makk 8, 20). In ntl Zeit ist M. röm. Provinz, die Paulus auf seiner 2. (Apg 16, 9–12 18, 5) und 3. Missionsreise (20, 1–3) besucht und öfter erwähnt.

Mazzot, dünne, ungesäuerte Brotfladen, die man bei unvorhergesehenem Bedarf (Gen 18, 6 19, 3), in der Erntezeit (Jos 5, 11 Rut 2, 14), beim Opfer (Ex 23, 18 Lev 2, 4. 11 u. ö.), als Schaubrote und während der sieben Tage des M.festes (Ex 12, 15–20 23, 15 Dtn 16, 1–8) verwendete. Ex 23, 15 nennt das M.fest als erstes der drei Hauptfeste, an denen jeder Israelit vor Jahwe zu erscheinen hatte (vgl Ex 34, 23 Dtn 16, 16). Wie die beiden anderen (Ernte- und Sammelfest) gehörte es wohl zum Kreis der Erntefeiern und dürfte ursprünglich das Erstlingsfest der Gerstenernte gewesen sein. Die Israeliten übernahmen es von den Kanaanitern, historisierten es später und verbanden es mit dem →Paschafest. – Die im Kult verwendeten Brote mußten ungesäuert sein, da man Gärung als Fäulniserscheinung auffaßte. Im übertragenen Sinn bezeichnet Sauerteig daher den verderblichen Einfluß (Mt 16, 6. 12 par) oder die Laster des Heidentums (1 Kor 5, 7 f).

Medeba, moabitische Stadt im Ostjordanland, s von Hesbon (Jos 13, 16 zu Ruben gerechnet), zunächst von Omri für Israel erobert, von Mescha befreit (Jes 15, 2) und befestigt, später nabatäisch und judenfeindlich (1 Makk 9, 36), von Johannes Hyrkan I. unterworfen (um 128 vC), aber von Hyrkan II. aufgegeben. Wichtig für die Topographie Palästinas sind die 1896 auf dem Fußboden einer byzantinischen Kirche entdeckten Bruchstücke (15 x 6 m) einer Mosaikkarte aus dem 6. Jh nC.

Meder, Volksstämme aus den Bergen des nw Iran. Sie erscheinen zunächst als assyr. Untertanen, wurden jedoch bald zu einer Großmacht (Herodot bezeichnet den Gründer der Dynastie als Dejokes, um 700 vC) mit der Hauptstadt Ekbatana. Mit ihrer Hilfe eroberte der neubabyl. König Nabopolassar die assyr. Hauptstadt Ninive (612 vC); sie dehnten ihre Herrschaft bis Armenien und an den Halys aus. 550 vC wurde ihr König Astyages vom Perserkönig Kyrus gestürzt und Medien dem Perserreich einverleibt. *Im AT* werden die M. auf Jafet zurückgeführt (Gen 10, 2). Von der assyr. Zeit der M. sprechen 2 Kön 17, 6 18, 11. Jes 13, 17 Jer 51, 11 spielen auf ihren Kampf gegen Babylonien an; Ez 27, 3 ist vom Handel mit Tyrus die Rede; in Dan werden die M. häufig erwähnt. →Perser; Skythen.

Meer. Die Aussagen der Bibel beschränken sich auf (1) das Mittelmeer, das im AT „das große M." (Num 34, 6), „das M. der Philister" (Ex 23, 31) oder „das w M." (Dtn 11, 24) genannt wird; (2) das →Tote M.; (3) das →Rote M. und (4) das Galiläische M. (= See →Gennesaret). →Hafen; Handel; Schiff. – Nach orient. Vorstellung, die auch in der Bibel durchscheint, liegen im Urmeer die Anfänge des Seins. →Leviatan; Urflut.

Megiddo, alte kanaan. Festung am w Zugang zur Jesreelebene, beherrschend an der großen Handelsstraße von Ägypten nach Babylonien gelegen. M. wurde von Thuthmosis III.

(um 1468 vC) erobert und spielte fortan in der ägypt. Geschichte eine große Rolle. Wahrscheinlich fiel die Stadt erst unter David an Israel (Jos 17, 11). Salomo baute sie zur Gauhauptstadt aus (1 Kön 4, 12 9, 15). 733 wurde M. von den Assyrern erobert, zur Zeit des Joschija war es jedoch noch einmal kurzfristig in judäischem Besitz (2 Kön 23, 29 f). In persischer und hellen. Zeit wird M. nicht erwähnt, zur Zeit der Römer, die ganz in der Nähe die Kolonie Legio gründeten, dürfte es schon verlassen gewesen sein. – Die Archäologen unterscheiden 20 Besiedlungsschichten, die bis in die 1. Hälfte des 4. Jt zurückreichen. Für die Bibelwissenschaft interessant ist die von Salomo erbaute Ringmauer mit dem Zangentor und ein Tunnel für die →Wasserversorgung der Stadt, während die berühmten Pferdeställe (1 Kön 9, 15) der Zeit Ahabs zuzuweisen sind. *Abb. 22.*

Megillot (→Buch) werden seit dem →Talmud die fünf Bücher des AT genannt, die an den fünf Hauptfesten der Juden ganz gelesen werden: (→) Hld am Paschafest, Rut am Pfingstfest, Klgl am 9. Ab (babylon. Monatsname) zum Gedenken der Tempelzerstörung, Koh am Laubhüttenfest und Est am Purimfest.

Melchisedek (hebr.: König ist [der Gott] Zedek oder: [der Gott] Melek ist gerecht)
(1) *Im AT* ist zweimal von M. die Rede. Nach Gen 14, 18 war er König von Salem (= Jerusalem?) und Priester des →El Eljon (des höchsten Gottes). Die Gestalt des M. dient hier dazu, die Abraham-Tradition mit Jerusalem zu verknüpfen und die Abgabe des →Zehnten an die Jerusalemer Priesterschaft zu begründen. Die Episode des M.opfers (Brot und Wein) ist wahrscheinlich eine Kultlegende des Jerusalemer Heiligtums, das unter David israelisiert wurde. Daß sich die israelit. Könige wie alle orient. Könige zugleich als Priester in der Nachfolge der Jerusalemer Priesterschaft verstanden, zeigt die zweite Stelle, der Gottesspruch Ps 110, 4. →Zadok.
(2) *Im NT.* Hebr (5, 6. 10 6, 20 7 passim) deutet diesen Gottesspruch christologisch. Die Parallele Jesus–M. wird so weit gezogen, daß M. ein vollkommenes Vorherbild Jesu darstellt. Damit gilt die Erhabenheit der Priesterschaft Jesu über die levitische Priesterschaft, die in Abraham M. den Zehnten zahlte, als erwiesen.

Memfis (ägypt.: Seelenhaus des Ptah), berühmte Stadt in Ägypten am linken Nilufer s von Kairo. Es übernahm den Namen von der Pyramide und der dazugehörigen Stadt Pepis I. (um 2400 vC). Als Ort des großen Ptahtempels und Metropole Unterägyptens war M. im Alten Reich Residenz. Wegen ihrer Bedeutung wurde die Stadt nacheinander von Äthiopiern (Pianchi 730 vC), Assyrern (Asarhaddon 671, Assurbanipal 666) und Persern (Kambyses 525) erobert. In religionsgeschichtl. Hinsicht ist M. wichtig wegen seiner Schöpfungslehre (Schöpfung durch das Wort) und des heiligen Stiers des Ptah, Apis, der im Serapeum begraben wurde. Seit dem 7. Jh vC siedelten sich viele Ausländer, nach der Zerstörung Jerusalems auch viele Juden (Jer 44, 1) in M. an. Abb. 1.

Menahem (hebr.: Tröster), 16. König von Israel, 747–738 (2 Kön 15, 14–23), aus Tirza, bemächtigte sich des Thrones, indem er mit Hilfe Tiglatpilesers III., dem er tributpflichtig war, seinen Rivalen Schallum tötete. Wegen seiner Grausamkeit wird er von Kön abgelehnt.

Mescha (hebr.: Hilfe [Gottes] oder Retter), Moabiterkönig um 840. Die 1868 in Diban entdeckte Inschrift-Stele, die zur Einweihung eines Höhenheiligtums für Kemos-in-Kericho aufgestellt wurde (heute im Louvre), berichtet von seinem Sieg über Israel und der dabei gemachten Beute. Der 2 Chr 20, 1–30 erwähnte Kriegszug Joschafats und der gemeinsame Feldzug Joschafats und Jorams gegen M. (2 Kön 3, 4–27) haben wohl nach der Abfassung der M.stele stattgefunden. →Moab.

Messias, die nur Joh 1, 41 4, 25 vorkommende gräzisierte Form des aram. *m^{e}šîḥā'* (= Gesalbter). In dieser Bedeutung wird das Wort verwendet:

(1) für den regierenden König, der bei der Inthronisation mit Öl gesalbt wurde (1 Sam 10, 1 2 Sam 2, 4 1 Kön 1, 39 u. ö.). Weil die Salbung eine besondere Beziehung zur Gottheit herstellte und göttliche Autorität verlieh, wurde der König der „Gesalbte Jahwes" genannt und war sakrosankt (1 Sam 24, 7 2 Sam 1, 14 u. ö.);

(2) für den Hohenpriester (Lev 4, 3. 5. 16), weil auch er, analog zu den Königen, gesalbt wurde (vgl Ex 29, 7 Lev 8, 12);

(3) für die →Patriarchen (1 Chr 16, 22 Ps 105, 15) als Charakterisierung ihres Verhältnisses zu Gott;

(4) für den verheißenen Erlöser, abgesehen von Ps 2, 2 erst in den Schriften seit dem 1. Jh vC.

Mesusa (hebr.: Türpfosten), das am Türpfosten jüd. Wohnhäuser befestigte Kästchen mit einem Pergamentstreifen, auf dem nach Vorschrift von Dtn 6,9 11, 20 in 22 Zeilen der Text von Dtn 6, 4–9 und 11, 13–21 geschrieben war. Auf der Rückseite des Streifens, durch ein Loch im Behälter sichtbar, stand der Gottesname. Beim Herein- und Herausgehen berührte man ihn mit den Fingerspitzen, die man dann küßte. Eine zusätzliche Reihe von Buchstaben sollte die Vertauschung der beiden Seiten verhindern. Die Sitte der M., die auf einem zu buchstäblichen Schriftverständnis beruht, ist erst nach dem Exil aufgekommen und wird weder im AT noch im NT erwähnt, ist jedoch durch Fl. Jos. (Ant. 4, 8,13) und einen Fund in Qumran belegt. Sie lebt bis heute im Judentum fort. →Gebetsriemen.

Metall. In der Reihenfolge des „M.katalogs" (Num 31, 22): Gold, Silber, Bronze, Eisen, Zinn, Blei kommt die damalige Wertschätzung zum Ausdruck. Fast alle M.e mußten eingeführt werden, z. T. aus Transjordanien (Dtn 8,9), vor allem aber aus Kleinasien, Kupfer besonders aus →Zypern. Sie wurden aus Schächten und Stollen von Kriegs- oder Strafgefangenen gefördert, die, an Seilen hängend, das Gestein lockerten, indem sie es erhitzten (Ijob 28, 5). Im Schmelzofen, der mit Holzkohle geheizt wurde, prüfte man das M. auf seine Reinheit (Jes 1, 25 Spr 17, 3). Er erscheint öfter in der Bildersprache (Dtn 4, 20 Jer 11, 4 Ez 22, 18–22 Sach 13,9), Jes 48, 10 spricht sogar vom Schmelzofen des Leidens. Das flüssige M. kam in Gußformen, in denen es erkaltete. Die Rohform bearbeitete dann der Schmied. Im Schmieden des Eisens waren die →Philister den Israeliten überlegen (1 Sam 13, 19–22).

Micha (hebr. Kurzform von: Wer ist wie Jahwe?)
(I) Der wichtigste Namensträger ist einer der sog. Kleinen Propheten, Zeitgenosse des Jesaja. Er stammte aus Moreschet-Gat (1, 14) und trat unter den judäischen Königen Jotam (756–741) bis Hiskija (725–697) auf (Jer 26, 18). Wie Jesaja prangerte er die sozialen Mißstände in Samaria und vor allem in Jerusalem an.
(II) MICHA (BUCH). Der Inhalt gliedert sich in vier Teile: 1–3 Gerichtsverkündigung; 4–5, 8 Verheißungen an Juda; 5, 9–

7, 7 Gerichtsverkündigung; 7, 8–20 Verheißung und Gebet. In seiner jetzigen Gestalt kann das Buch nicht von M. stammen. Aus dem Kontrastschema Heils- und Unheilspredigt, das jedoch in sich Unstimmigkeiten aufweist, aus der Übereinstimmung von Mich 4, 1–5 mit Jes 2, 2–4 (wohl der Spruch eines Anonymus, der in beide Schriften aufgenommen wurde) u. a. darf man schließen, daß zwei oder drei Textsammlungen von einem Redaktor zusammengefaßt und um sekundäre Stücke (z. B. 2, 12 f, das meiste von Kap 4–7) erweitert worden sind, die aus nachexilischer Zeit (Diaspora, Zerstörung von Jerusalem, Ende des Königtums werden vorausgesetzt) stammen dürften. – Von den Eigenschaften Jahwes werden sein Zorn und seine Barmherzigkeit hervorgehoben. M. ist weniger Theologe als Ethiker; er mißt der Religion nur insofern einen Wert bei, als sie bei Individuum und Gemeinschaft soziale Gerechtigkeit bewirkt. Seine eschatologischen Gedanken gipfeln in der Efrat-Weissagung (5, 1–5), eine der konkretesten im AT.

Michal (hebr.: Wer ist wie Gott?), Tochter Sauls (1 Sam 14, 49) und Frau Davids (18, 20–27), die er bei seiner Flucht in Jerusalem zurücklassen mußte (19, 11–17), später aber zurückforderte (2 Sam 3, 13–16). Weil sie sich bei der Überführung der →Lade über den vor Jahwe tanzenden David ärgerte, blieb ihre Ehe kinderlos (6, 16. 20–23 1 Chr 15, 29).

Midian, Midianiter, Verband arab. (Gen 25, 2) Nomadenstämme, deren Weideplätze auf der O-Seite des Golfes von Akaba zu suchen sind. Mehrfach (Ptolemäus VI, 7, 2. 27 u. a.) wird eine Ortschaft Madian erwähnt. Charakteristisch für die M., die als Karawanenführer auf den Wüstenstraßen nach Ägypten (Gen 37, 28. 36 37, 25. 27 f) und Palästina (Num 10, 31) dienten, sind im AT ihre Kamele. Beziehungen zwischen Israel und den M.n sind schon für die Frühzeit bezeugt. Mose läßt sich auf der Flucht vor dem Pharao in M. nieder, heiratet dort die Tochter eines Priesters (Ex 2, 15–22) und hält mit ihm „am Gottesberg“ ein Opfermahl (18, 1–12). Von kriegerischen Auseinandersetzungen berichten Num 25, 16–18 31, 1–12 Jos 13, 21 Ri 6–8: Gideon; vgl Jes 9, 3: „Tag Midians“. →Keniter; Mose. *Abb. 7.*

Midrasch, erbauliche Erklärung der Heiligen Schrift durch die späteren Rabbinen in Form von Kommentaren oder Predigten. Der Grundbestand datiert aus dem 2. Jh nC; nach Abschluß des babyl. →Talmud (6. Jh) entstand kein M. mehr, die vorhandenen wurden im 11. Jh gesammelt.

Milch →Getränke; Viehzucht.

Milet, an der kleinasiatischen Küste am Meander, während ihrer Blütezeit (7./6. Jh vC) eine der bedeutendsten gr. Städte, Handelsmittelpunkt, Zentrum der Naturphilosophie (Thales, Anaximander) und der Geschichtsschreibung, Sitz von Haupttempeln des Dionysos und Apollon. Paulus hielt auf der 3. Missionsreise in M. seine →Abschiedsrede an die Ältesten der Gemeinde von Ephesus (Apg 20, 15. 17–38). Später ließ er hier seinen Gefährten Trophimus krank zurück (2 Tim 4, 20).

Millo (hebr.: Aufschüttung, Höhe)
(1) Stück der Befestigungsanlage Jerusalems, die auf Salomo zurückgeht (1 Kön 9, 15. 24); Hiskija ließ Restaurationsarbeiten ausführen (2 Chr 32, 5). Es bleibt jedoch unklar, ob es sich dabei um einen Wall oder Turm, um die Aufschüttung an der SW-Ecke der Stadt oder um eine große Terrasse für den Bau von Tempel und Palast handelt.
(2) Der M. in Sichem (Ri 9, 6. 20) dürfte eine künstlich angelegte Akropolis sein, auf der auch der Tempel des Baal-Berit stand (9, 4. 46).

Mirjam (Bedeutung unsicher), gilt als Tochter des Amram und Schwester von Mose und Aaron (Num 26, 59), wohl kaum mit Moses anonymer Schwester (Ex 2, 4–10) identisch. Ex 15, 20 f bezeichnet sie als Prophetin, die das Siegeslied am Schilfmeer sang. Num 12, 1 ff lehnt sie sich mit Aaron gegen die Ehe des Mose mit einer Kuschitin auf und wird mit dem Aussatz bestraft. Sie wurde in Kadesch begraben (Num 20, 1). Die Gestalt M.s wurde wahrscheinlich erst nachträglich mit Mose in Beziehung gebracht.

Mischna (hebr. *šānāh*: wiederholen, lehren), bezeichnet den ganzen Bestand mündlich überlieferter Lehrsätze, die im 2. Jh nC schriftlich fixiert und mit ihrem Kommentar, der Gemara, den →Talmud bilden. Das mosaische Gesetz (die Tora) mußte im Lauf der Zeit immer wieder von neuem erläutert, präzisiert und veränderten Lebensbedingungen angepaßt werden.

Solche Erklärungen der Schriftgelehrten wurden in den rabbinischen Schulen weitergegeben und schließlich in Sammlungen zusammengefaßt, z. B. in der „Überlieferung der Alten“ (Mt 15, 2), die mit dem Namen des Rabbi Akiba (um 130 nC) und Rabbi Meïr verbunden ist. Auf sie stützt sich die zu offizieller Bedeutung gekommene Sammlung des Rabbi Jehuda Hannasi, der als der Rabbi schlechthin galt (um 200 nC). Die M. gliedert sich in sechs Teile mit insgesamt 63 Traktaten, 523 Kapiteln und 4187 Paragraphen. Sie zeigt das Bestreben, selbst in Kleinigkeiten den Willen Jahwes zu erfüllen.

Mizpa (hebr.: Warte). Der bekannteste Ort dieses Namens ist M. in Benjamin, 13 km n von Jerusalem. Er erscheint als politischer und religiöser Mittelpunkt der israelit. Stämme (Ri 20 f 1 Sam 7 10). Vom judäischen König Asa befestigt (1 Kön 15, 22), nach der Zerstörung Jerusalems Sitz des Statthalters Gedalja (2 Kön 25, 23–25), der hier auch ermordet wurde (Jer 40 f), nach 1 Makk 3,46 Mittelpunkt des Aufstandes gegen die Seleukiden. Ausgrabungen auf *tell en-naṣbe* legten die beste Verteidigungsanlage aus der Zeit der israelit. Monarchie frei (→Befestigung; Tor). *Abb. 45.*

Moab, Moabiter, ein mit den Israeliten verwandter Stammesverband (vgl Gen 19, 30–37). Ursprünglich Nomaden, siedelten sie sich um das 13. Jh vC im Ostjordanland an auf der fruchtbaren Hochebene zwischen dem Toten Meer, der syrisch-arab. Wüste und dem Arnon (vgl 1 Sam 22, 3 f Rut 1, 1 f). Sie drangen zeitweise nach N (Num 21, 26–30 32) oder W bis Jericho vor (Ri 3, 12–30). Die Betonung des Unterschieds zwischen Israeliten und M.n zeigt das Gesetz Dtn 23, 4: Kinder von M.n und Israeliten dürfen nicht einmal im zehnten Glied in die israelit. Volksgemeinschaft aufgenommen werden. Dennoch waren solche Ehen häufig (Esra 9, 1 Neh 13, 23; →Rut).
Nach mehreren Kämpfen unter Saul (1 Sam 14, 47) wurden die M. von David unterworfen (2 Sam 8, 12). Erst der M.könig →Mescha (9. Jh) drängte die Israeliten zurück (2 Kön 3, 4–27 2 Chr 20, 1–20), was die Propheten zu Unheilsdrohungen gegen M. veranlaßte (Jes 15 Jer 48 Ez 25, 8–11 u. a.). Später wurde M. von Assyrien unterworfen und ging schließlich im arab. Reich der →Nabatäer auf. – Die M. waren vor den Israeliten zur Staatenbildung gelangt; ihre Religion war polytheistisch (Hauptgott Kemos; Aschtar und →Baal-Peor: Num

25, 3 31, 16), ihre Sprache vom →Hebräischen nur geringfügig unterschieden.

Moloch (semit.: König). Eine semit. (wohl chthonische) Gottheit *mlk* ist seit dem 21./20. Jh nachweisbar. Durch das Vordringen der Assyrer im 8./7. Jh gewinnt der Kult dieses Gottes auch in Israel stärkeren Einfluß (2 Kön 23, 10 Jer 32, 35): Kinderopfer im Kidron/Hinnom-Tal (2 Kön 16, 3 17, 17 2 Chr 33, 6 Ez 16, 21), jedoch dürfte er schon früher in Israel bekannt gewesen sein (vgl Gen 22 Ri 11, 30–40; Kultverbot Lev 18, 21 20, 2–5). Theophore Namen zeigen seine Verbreitung bis Malta und Sardinien.

Monat →Kalender; Mond.

Mond. (1) *Zeitmaß.* Der Zyklus der M.phasen war für den Menschen nicht nur das erste Zeitmaß, er hat auch zur Entwicklung eines Maßgefühls überhaupt beigetragen (vgl die etymologische Verwandtschaft von M., Maß und Monat). Im AT und NT hat der M. als Zeitmaß noch seine ursprüngliche Funktion (Gen 1, 14 f Ps 104, 19 Sir 43, 6 ff): Der Monatsbeginn am Neumondtag, die Einteilung des Jahres und der Festkalender waren an die M.phasen gebunden (→Kalender).
(2) Der *Volksglaube* sah den M.rhythmus als Lebensrhythmus des Kosmos an, der die Fruchtbarkeit der Frau, den Pflanzenwuchs, Regen (Dtn 33, 14) und sogar das Schicksal des Menschen bestimmt (Ijob 38, 33). Halbmöndchen als Schmuck (Jes 3, 18) oder als Amulett für Tiere (Ri 8, 21) sollen Fruchtbarkeit garantieren. Ps 121, 6 spricht vom schädlichen Einfluß des M.es. Daneben fühlt man sich aber auch angesprochen von seiner Schönheit (Hld 6, 10).
(3) *Mondkult.* Im gesamten Vorderen Orient hat die religiöse Verehrung des M.es eine bedeutende Rolle gespielt. (→) Ur und Haran, zu denen Abraham in Beziehung stand (Gen 11, 31), waren Zentren des M.gottes Sin. Die großen israelit. →Feste waren auf den M. ausgerichtet. Als im 8./7. Jh vC der Kult der Gestirne unter assyr. Einfluß die Jahwereligion zu überwuchern drohte (2 Kön 17, 16 21, 3 ff), versuchte Joschija vergeblich, ihn abzuschaffen (2 Kön 23, 5). Dtn 4, 19 Weish 13, 2 und die Propheten (Jes 13 f Hos 2, 13) warnen vor ihm.
(4) *Eschatologie.* Unter den kosmischen Schrecken, die den Zorn Gottes begleiten, nimmt die Verfinsterung des M.es einen festen Platz ein: beim Untergang Babels (Jes 13, 10) und

Ägyptens (Ez 32, 7), bei der Vernichtung Jerusalems und beim Weltende (Mk 13, 24 par).

Mordechai (hebr.: zu →Marduk gehörend), Pflegevater der →Ester (Est 2, 5. 7), Jude aus Benjamin, mit König Jojachin nach Babylonien deportiert. Seine Weigerung, Haman zu huldigen, führte zum Judendekret; aufgrund der Fürbitte Esters wird er jedoch für eine früher entdeckte Palastverschwörung (2, 21–23) mit der Stelle des inzwischen gestürzten Haman belohnt (3, 1–10, 3).

Morgen →Tag.

Morija (hebr. volksetymologisch: Gott sieht). Gen 22, 2 zieht Abraham in das Land M., um dort seinen Sohn zu opfern. 2 Chr 3, 1 baut Salomo auf dem Berge M. den Tempel an der Stelle, wo sich die Tenne Ornans befand. Die ursprünglich verschiedenen Orte sind in der späteren Überlieferung zusammengefallen.

Mose (Name etymologisch umstritten, wahrscheinlich von ägypt. *msj* = gebären; vgl Thuthmosis, Ramses u. a.). Einzige Informationsquelle über M. ist die Bibel, aber auch ihre Angaben bieten kein einheitliches Bild.
(1) *In →Ägypten.* Die Anwesenheit von Semiten im Neuen Reich ist historisch gut bezeugt. Es sind weitgehend Kriegsgefangene, die bei Minen- und Bauarbeiten eingesetzt werden. Aber sie erscheinen auch als Beamte und Militärpersonen. M. scheint für die Laufbahn eines ägypt. Schreibers bestimmt gewesen zu sein (vgl Apg 7, 22). Nach der Überlieferung (vor allem Ex 2, 10–Jos 24, 5) wird er in Ägypten von hebr. Eltern geboren. Die ägypt. Erziehung hat die Bande zu den Seinen aber offenbar nicht zerrissen. Er dürfte das überlieferte Brauchtum und den Gott Abrahams auch in Ägypten kennengelernt haben. Einen Wendepunkt in seinem Leben stellt seine Flucht zu den Midianitern (Stamm Kusch) dar. Hier findet er die vom ägypt. Einfluß unberührten Überlieferungen der Väter wieder (vgl Ex 4, 24–26). An diesen Aufenthalt knüpft die Bibel seine Beziehungen zur Offenbarung des Namens Jahwe an. Als das entscheidende Ereignis in der religiösen Entwicklung des M. betrachtet die bibl. Überlieferung jedoch seine Begegnung mit dem Gott am heiligen Berg (Ex 3).

(2) *Auszug und Wüstenzug.* Wahrscheinlich machte M. ein Thronwechsel die Rückkehr nach Ägypten möglich. Vom „neuen Pharao" (zum „Pharao der Bedrückung" →Auszug) verlangt er die Erlaubnis, mit seinem Volk drei Tagesreisen weit in die Wüste zu ziehen, um ein Opfer darzubringen (Frühlingsfeier der Nomaden; →Pascha). Die Umstände, unter denen der Auszug stattfindet und in denen die Israeliten handgreiflich den Schutz Gottes erkennen, lassen dieses Frühlingsopferfest zum Gedenktag der Befreiung aus Ägypten werden. Während des Wüstenzuges ist M. nicht Kriegsführer, sondern Orant und Wundertäter (Ex 15, 22 f). Unter den Wüstenstationen werden besonders der Sinai und Kadesch hervorgehoben. Der →Sinai (im Dtn und bei E Horeb) ist durch die Gegenwart Jahwes ausgezeichnet, der sich hier nach Art des semit. Gewittergottes offenbart (Ex 19). Hier schließt Jahwe den Bund mit den Israeliten, M. offenbart ihnen das →Gesetz Jahwes (→Dekalog) und schreibt es auf. →Kadesch (1) ist der Ort, an dem M. als Richter in Streitfällen zwischen Familien und Stämmen auftritt; von hier aus wird der Versuch unternommen, von S her nach Kanaan einzudringen. Vor seinem Tod, den eine feste Tradition auf den →Nebo (1) verlegt (Dtn 32, 49), scheint M. sich noch mit der Organisation der Stämme beschäftigt zu haben.

(3) Für das *Judentum* ist M. die wichtigste Gestalt der atl Heilsgeschichte, obwohl er in den prophetischen Büchern und in den Pss kaum noch erwähnt wird. Um seine Person ranken sich zahlreiche Legenden. Er wird verherrlicht als Vermittler der Offenbarung, als *der* Lehrer Israels. Er geht in die Eschatologie ein und wird zum Vorherbild des Messias; die Befreiung aus Ägypten wird als Vorherbild der messianischen Erlösung aufgefaßt.

(4) *Im NT* ist M. in erster Linie Diener Gottes, Vermittler des Gesetzes und der Prophet, der Christus geweissagt hat. Neu ist die von Jesus an ihm geübte Kritik (Mk 10, 1–12; „Antithesen" in der Bergpredigt Mt 5, 21 ff; Joh 6, 32 u. a.).

M. werden der →Pentateuch und die apokryphen Schriften „Apokalypse des M." und „Assumptio Mosis" (beide aus dem 1. Jh nC) zugeschrieben.

Mosesegen, Sammlung von zehn Segenssprüchen (Dtn 33, 6–25), die, eingerahmt von einem hymnischen Psalm, Mose in den Mund gelegt sind. Die einzelnen Stammessprüche (nur Simeon fehlt) existierten gesondert, ehe sie nachträglich zusammengestellt wurden. In seinen Elementen jünger als der →Jakobsegen (z. T. vermutlich aus der Zeit Jerobeams II., z. T. aus der Vorkönigszeit) dürfte der M. als Sammlung etwa gleichzeitig mit ihm abgeschlossen worden sein.

Mumifizierung (Einbalsamierung) der Leichen ist in Ägypten seit der 4. Dynastie belegt. Die Methoden wechselten in den verschiedenen Zeiten beträchtlich. Ursprünglich wurde die Leiche im Wüstensand getrocknet. Später entfernte man Gehirn und Weichteile, die in vier Gefäßen an den Ecken des Sarges aufbewahrt wurden, und legte den Körper in Natron oder füllte die Bauchhöhle mit harzgetränktem Leinen aus. Dann wurde der Tote umwickelt und eingesargt. In gr.-röm. Zeit goß man die Leibeshöhle mit Harz oder Asphalt aus. Jakob und Josef, die in Ägypten starben, sind die einzigen Beispiele von M. in der Bibel (Gen 50, 2 f. 26).

Münzen, Geldstücke, deren Gültigkeit der Staat durch seine Prägung garantiert. Die ersten in der Bibel erwähnten M. sind die persische Golddrachme (Esra 2, 69 Neh 7, 69 ff) und die Golddareike (1 Chr 29, 7), beide von gleichem Wert. Münzeinheit war der Schekel.

(1) *Jüd. M.* Nach persischem Recht konnte die Provinz Jehud (Juda) eigene Silbermünzen prägen. Die älteste jüd. M. stammt aus dem 5. Jh. Das Recht auf eigene Prägung hörte jedoch mit Alexander d. Gr. auf; es kamen Fremdmünzen in Umlauf. Erst nach 140 vC erhielt Simon der Makkabäer das M.recht von Antiochus VII. Sidetes (1 Makk 15, 6); von da an sind Bronze-M. mit hebr. Legende bekannt. Seit Alexander Jannäus tragen sie oft zweisprachige, seit Herodes d. Ält. nur noch gr. Aufschrift. Die M. zeigen im allgemeinen nicht jüd., sondern hellen. Motive. Seit Herodes kamen auch mythologische Darstellungen sowie der röm. Adler und Bildnisse aus der herodianischen Königsfamilie auf.

(2) *Fremdmünzen.* Seit Alexander d. Gr. bildete die gr. Silberdrachme die Einheit (Lk 15, 8 f). Im Umlauf waren goldene Doppeldrachmen, später auch silberne Doppel- und Tetradrachmen (Mt 17, 24). Mit der röm. Besatzung wurde der Silberdenar (Mt 18, 28) das Maß. Zur Zeit Jesu hatte er den Wert von 16 As (Mt 10, 29 Lk 12, 6), der As zu vier Quadranten (Mt 5, 26 Mk 12, 42). Der Denar trug das Bildnis des Kaisers (Mt 22, 20 f), die kleineren Bronzemünzen zeigten mit

Rücksicht auf die Juden andere Motive, z. B. Palme, Ähre o. ä. Die im NT genannten M. lassen sich für Datierungsfragen nicht auswerten. *Abb. 44.*

Musikinstrumente. Da die Melodie dem Text untergeordnet war, hatten M. nicht solistische, sondern begleitende Funktion. Bei der Dürftigkeit des archäologischen Materials lassen sich die hebr. Bezeichnungen für die einzelnen Instrumente nicht immer genau erklären. Als Blasinstrumente kannte man die Doppel- oder Längsflöte, die von Hirten, Prophetenchören (1 Sam 10, 5) und bei Festgelagen (Jes 5, 12) geblasen

Abb. 33: Kriegsgefangener Musikant mit Leier (Relief aus dem Palast Sanheribs in Ninive)

wurden, das Horn, zumeist für Signalzeichen bei wichtigen Ereignissen (Krieg: Jos 6, 5; Kampfbeginn: Jer 51, 27; Sieg: 1 Sam 13, 3 u. ä.), und den Dudelsack. Die Saiteninstrumente Leier, Zither und Harfe (Unterschied ungeklärt) dienten zur Gesangsbegleitung. Sistrum, ägypt. Schüttelinstrument, Zimbel, Trommel und Tamburin wurden hauptsächlich im Kult oder beim kultischen Tanz (1 Sam 18, 6 2 Sam 6, 5 1 Chr 13, 8 Ps 68, 26 u. ö.) als Rhythmusinstrumente gebraucht. *Abb. 33.*

Mutter →Ehe.

Myrrhe, wohlriechendes Harz vom Balsambaum, das aus S-Arabien eingeführt wurde. M. war ein Ingredienz des heiligen Salböls (Ex 30, 22–33) und galt als kostbares Geschenk (Mt 2, 11). Mit Olivenöl gemischt, ergab sie ein Parfüm, das vor allem Brautleute liebten (Hld 1, 13 5, 5. 13), als Beimischung zum →Wein lieferte sie einen berauschenden Trank (Mk 15, 23). Joh 19, 39 erwähnt eine Mischung aus M. und Aloe als Balsam für den Leichnam Jesu.

Mythus. (1) *Begriff.* M. ist nach dem Verständnis der gr.-röm. Antike eine – verschieden gut beglaubigte – Erzählung, die von den Taten der Götter, Heroen oder anderer Urgestalten in der fernen Vergangenheit berichtet. Da ihre Chronologie unsicher und die Tradenten unzuverlässig scheinen, wurde der M. von der strengen, sich auf die nähere Zeitgeschichte beschränkenden antiken Historiographie meist nicht behandelt. Ein Realitätsgehalt wird der mythischen Überlieferung jedoch nicht abgesprochen. – Für andere Kulturen sowie für die Ethnologie ist der M. eine für wahr gehaltene, sakrale Geschichte aus der Urzeit, die Phänomene der Umwelt, der Geschichte, der Gesellschaft und des Menschenlebens erklärt und begründet.
Im Unterschied zum M. spielt die Sage in einer bestimmten Vergangenheit. Ähnliches gilt auch für die Legende, bei der das religiös-erbauliche Interesse überwiegt. Das Märchen erzählt von einem zeitlosen, typischen Geschehen; es enthält häufig religiöse, mythische oder magische Motive, ohne jedoch den Wahrheitsanspruch des M. zu erheben.
(2) *Im AT.* Wegen des synkretistischen Charakters der israelit. Religion ist es von vornherein wahrscheinlich, daß sich im AT Spuren von M.en, vor allem kanaan. Herkunft, finden. Auf der monotheistischen Entwicklungsstufe wurde dann alles

Anstößige ausgeschieden oder umgedeutet. Die Übertragung mythischer Motive auf Jahwe bedeutet grundsätzlich eine Einschränkung des Machtbereichs fremder Götter. Die synkretistische Richtung, die im hymnischen Überschwang einiger Pss und vor allem in der Geschichtsschreibung (Identifizierung des Gottes der Väter mit El und Jahwe) repräsentiert ist, wurde von einer radikal jahwistischen Richtung (vor allem Amos und Hosea) bekämpft. Die Umdeutung und Eingliederung fremder religiöser Elemente hat bisweilen entmythologisierenden Charakter.

(3) *Im NT* (Entmythologisierung). Die neue Bibelwissenschaft arbeitet z. T. nicht mit dem antiken, materiell bestimmten, sondern mit einem viel weiteren, universell gefaßten M.begriff. Formaltheologisch ist „Mythologie“ nach R. Bultmann alles objektivierende und damit verfügbar machende Sprechen von Gott und seinem Wirken, vom Glauben als einem spekulativen Wissen, allgemein: die Verdiesseitigung des Jenseitigen. Als M.en gelten demnach die auf das orthodoxe oder gnostische Judentum oder hellen. Heidenchristen zurückführbaren Vorstellungen von Himmel und Hölle, von guten und bösen übernatürlichen Mächten, von Schöpfung und Wundern als Mirakelgeschichten. Vor allem wird die gesamte Eschatologie (z. B. Äonenlehre, Dualismus, Präexistenz, Auferstehung u. ä.) einer umfassenden Neuinterpretation unterzogen. Von Bedeutung ist der kosmische Erlösungs-M. der Gnostiker. Als eine besondere Weise der Entmythologisierung wäre die Ausbildung der sakramentalen Kirche zu verstehen, die den eschatologischen M. in der kultischen Epiphanie realisierte.

Die Entmythologisierung als Programm kann sich auf Uminterpretationen, Spiritualisierungen, auf gegenseitige Kritik innerhalb des AT und NT berufen. – Die Kritik an Bultmanns Vorstellungen betrifft Einzelfragen, wie die Richtigkeit seiner Quellenanalysen, und allgemeine Probleme, wie die Frage, ob die Grenzen des Entmythologisierens nicht willkürlich gezogen seien. Auch wird darauf hingewiesen, daß selbst die entmythologisierte Redeweise, den Gesetzen menschlichen Denkens und Sprechens gemäß, objektivierend ist. Dann wäre aber die relative Angemessenheit anderer objektivierender Redeweisen nicht grundsätzlich auszuschließen.

N

Nabatäer, semit. Stamm südarab. Herkunft. Ihre älteste Geschichte ist unbekannt. Zuerst begegnen sie im edomitischen Gebiet um →Petra (vgl Mal 1, 1–5), wo sie vom syrischen König Antigonus 312 vC bekämpft werden. Die Beherrschung der wichtigsten Karawanenstraßen ließ sie schnell von Nomaden zum bedeutendsten Handelsvolk N-Arabiens← werden. Ihre Blütezeit liegt zwischen dem 2. Jh vC und dem 1. Jh nC; in dieser Zeit spielen sie auch in der bibl. Geschichte eine große Rolle. Bekannt sind ihre Könige Aretas I. (2 Makk 5, 8), Aretas III. (87–62), der Damaskus eroberte, und Aretas IV. (9 vC – ca 40nC), vor dem Paulus aus Damaskus fliehen mußte (2 Kor 11, 32). Trajan machte 105 nC das Reich der N. zur röm. Provinz Arabia. – Zahlreiche Inschriften lassen die Sprache der N. als einen stark arab. gefärbten aram. Dialekt erkennen. Ihr Hauptgott Duschara war ein Sonnengott, neben ihm wurden die Göttinnen Allat und Uzza sowie der Himmelsgott Baal-Samin verehrt. Die Kunst der N. (→Petra) zeigt stark hellen. Einfluß.

Nadab →Abihu.

Naftali (hebr., Volksetymologie Gen 30, 8), Sohn von Jakob und (durch ihre Sklavin Bilha) Rahel, →Eponym des Stammes N. Die Stammessprüche (Gen 49, 21 Dtn 33, 23 Ri 5, 18) spiegeln die Entwicklung von einer kriegerischen Phase zu einem Zustand der Ruhe wider. Der Stamm saß am O-Rand des galiläischen Gebirges, w des Tiberiassees und des oberen Jordangrabens; die Grenzen des Gebietes (wichtigste Stadt Kedesch) beschreibt Jos 19, 32–39. Er trat wenig hervor (außer Ri 4) und wird nur selten erwähnt (z. B. Ri 7, 23 1 Kön 15, 20 2 Kön 15, 29 Jes 8, 23; vgl Mt 4, 13–16). Sein kultisches Zentrum dürfte der →Tabor gewesen sein (Ps 89, 13 Hos 5, 1). Der Held der →Tobias-Erzählung stammt aus N. (1, 1. 4 7, 3).

Nahum (hebr. Kurzform von: Jahwe tröstet)
(I) Einer der Kleinen Propheten, aus Elkosch, verkündete den Untergang Ninives in der Zeit zwischen 664 (vgl 3, 8 ff) und 612 vC. Verfasser von
(II) NAHUM (BUCH). Im Anschluß an die Überschrift (1, 1)

steht ein halb durchgeführtes akrostichisches Gedicht auf Jahwe, den Rächer seiner Feinde und Beschützer der Frommen (1, 2–8). Es folgt ein textlich sehr gestörter Abschnitt (1, 10–2, 3), der eine Verheißung an Juda und eine Drohung gegen Ninive enthält, die dann im Hauptteil (2, 3–3, 17) visionär entfaltet wird und in Jahweworten kulminiert. Das Ende bildet eine ironische Leichenklage (3, 18 f). Im Ganzen sind Lieder, Mahnungen, Heils-, Droh- und Spottreden so vereinigt, daß von einer redigierten Orakelsammlung, entstanden unter dem Eindruck des Untergangs der Stadt (612 vC), gesprochen werden kann. Bis auf den Anfangshymnus ist die Echtheit des Buches unbestritten; sieht man in N. einen Kultpropheten, könnte auch der Hymnus ihm zugesprochen werden. – In theologischer Hinsicht steht die universale Geschichtsmacht Jahwes im Vordergrund (bes. 2, 14). Als Patriot besingt Nah die Treue Jahwes zu seinem Weinberg (2, 3). Weil im Unterschied zu den großen Geschichtspropheten in Nah nicht von der Schuld Judas die Rede ist, hat man ihn weitgehend zu den von Jeremia bekämpften Heilspropheten gerechnet und geringgeachtet. – Zu Nah 1, 3b–6 2, 12b – 3, 13 wurde in →Qumran ein Kommentar gefunden, der wegen seiner genauen historischen Namen bedeutsam ist.

Narde, nichtsemit. Bezeichnung eines in Indien heimischen Grases, aus dessen Wurzeln und unteren Stengeln das kostbare N. öl gewonnen wurde. Häufig zur Salbe verarbeitet (Hld 1, 12 4, 13 f Mk 14, 3 Joh 12, 3).

Natan (hebr. Kurzform für: Geschenk Jahwes). Der wichtigste Namensträger ist der Prophet N., der großen Einfluß auf David ausübte (vgl 2 Sam 7, 11–16 Sir 47, 1). Er tadelte ihn wegen der Verführung der Batseba (2 Sam 12, 1–12), verwehrte ihm den Tempelbau (7, 1–7) und setzte die Nachfolge Salomos durch (1 Kön 1, 10–40). Offenbar war er Jerusalemer; jedenfalls finden wir ihn, im Gegensatz zu →Gad (2), erst in Jerusalem an der Seite Davids. 1 Chr 29, 29 ist er Verfasser einer Geschichte Davids, 2 Chr 9, 29 einer Geschichte Salomos.

Natanael (hebr. →Natan) aus Kana in Galiläa (Joh 21, 2), Jünger Jesu, zusammen mit Philippus berufen (Joh 1, 43–51), sonst nicht bekannt. Seit dem 9. Jh meist mit Bartolomäus identifiziert.

Nazaret, kleines Dorf in Galiläa, das erst durch die ntl Begebenheiten bekannt wurde. Hier empfängt Maria die Verkündigung der Geburt Jesu (Lk 1, 26–38), hier lebt Jesus vor seinem Auftreten (2, 39. 51 f Mt 2, 23 21, 11 Apg 10, 38). Die Szene Lk 4, 16–30 (feindselige Haltung der Einwohner N.s gegen Jesus) hat typischen Charakter und verbietet chronologische oder psychologische Rückschlüsse. Die bislang früheste inschriftliche Erwähnung N.s stammt aus dem 5. Jh nC, archäologische Untersuchungen ergaben jedoch eine Besiedlung in der mittl. Bronzezeit und seit der Eisen-II-Zeit.

Naziräer (von hebr.: abgesondert, geweiht), ursprünglich – wie die Propheten (vgl Am 2, 11) – ein Mensch, der von Gott berufen war und sich deshalb verschiedener Dinge enthalten mußte (Ri 13, 5. 14 1 Sam 1, 11). In späterer Zeit war das Naziräat gesetzlich geregelte Institution (Num 6, 1–21): ein Gelübde, das man auf Zeit (gewöhnlich 30 Tage) ablegte (vgl 1 Makk 3, 49 Apg 18, 18 21, 23). Frauen waren davon nicht ausgeschlossen. Im NT trägt Johannes der Täufer Züge eines charismatischen N.s (Lk 1, 15 7, 33).

Nebo. (1) Der Berg, von dem aus Mose das Gelobte Land sehen durfte. Dtn 32, 49 liegt der Berg in Moab, 34, 1 ist er ein Gipfel des Pisgagebirges gegenüber von Jericho. Der Berg hat seinen Namen vielleicht einem dem babyl. Gott Nabu (Sohn des →Marduk, Gott der Weisheit und Beredsamkeit) geweihten Heiligtum zu verdanken (vgl auch 2 Makk 2, 4–6). *Abb. 36.*
(2) Stadt am S-Abhang des N. (1), zu Ruben gerechnet (Num 32, 38 u. ö.), Station auf dem Wüstenzug (33, 47), von →Mescha erobert und zerstört, blieb jedoch moabitisch (Jes 15, 2).
(3) Stadt in Juda (Esra 2, 29 u. ö.).

Nebukadnezzar (babyl.: Nabû schütze den Erbsohn), Vg Nabuchodonosor, Name zweier babyl. Könige.
(1) Unter N. II. (605–562 vC) erlebte das neubabyl. Reich seinen Höhepunkt. Noch als Kronprinz besiegte er mit dem Heer seines Vaters Nabopolassar die Ägypter bei →Karkemisch entscheidend (605). Nach mehreren Feldzügen ins syrisch-palästinische Land nahm er 597 Jerusalem ein, deportierte König Jojachin, dessen Mutter und die Vornehmen des Landes (auch Ezechiel und Daniel? Vgl 2 Chr 36, 5 ff Dan 1, 1 f). Elf Jahre später eroberte N. Jerusalem nach zweijähri-

ger Belagerung zum zweiten Mal, zerstörte die Stadt und führte einen großen Teil der Bevölkerung ins Exil. →Daniel. Zum Feldzug gegen Ägypten im Jahre 568 vgl Jer 42, 8–13 Ez 29, 17. Zahlreiche Inschriften berichten von kultischen und profanen Bauten in Babel und anderen Städten unter seiner Regierung.
(2) Ein assyr. König N. (Jdt 1, 5) ist unbekannt. Der Verfasser von Jdt dürfte in freier Darstellung verschiedene Elemente altorient. Geschichte vermengt haben. →Judit.

Necho, König Ägyptens (609–594), förderte die gr. Immigration, wollte jedoch zugleich auch das alte Ägypten wiederherstellen. Er drang deshalb 609 in Palästina ein, schlug den judäischen König Joschija bei Megiddo (2 Kön 23, 29 2 Chr 35, 20 f) und eroberte Syrien bis zum Eufrat. Kurz danach machte er Juda tributpflichtig (2 Kön 23, 33–35). Gegen Nebukadnezzar verlor er 605 seine asiatischen Eroberungen (2 Kön 24, 7) und verlegte sich von da ab auf die Erschließung der s Nachbarländer.

Negeb (hebr.: trockenes Land), das Land s der Grenze des fest besiedelten palästinischen Kulturlandes, wegen der spärlichen Bewässerung nur strichweise kultivierbar, in vorisraelit. Zeit, vor allem unter ägypt. Einfluß, stärker besiedelt. Im AT unterschied man nach den dort wohnenden Stämmen den N. der Keretiter, der Keniter, von Juda, von Kaleb und von Jerachmeel. Wegen dieser politischen Uneinheitlichkeit war der N. das ideale Gelände für amalekitische und edomitische Banden (gelegentlich auch für David), die die wichtigen Karawanenstraßen unsicher machten. Nach dem Untergang des Reiches Juda wurde der N. vorwiegend von Edomitern besiedelt und von →Nabatäern, Römern und Byzantinern weitgehend fruchtbar gemacht. Später verfiel er jedoch wieder durch arab. Mißwirtschaft, heute werden israelischerseits neue Anstrengungen gemacht.

Nehemia (hebr.: Jahwe tröstet). Der wichtigste Träger des Namens ist der Sohn des Hakalja, Mundschenk des persischen Königs in Susa, einer der tatkräftigsten Reorganisatoren des nachexilischen jüd. Gemeinwesens. Von Artaxerxes I. (464–424) bevollmächtigt, baute er 445 vC die Stadtmauern von Jerusalem gegen den Widerstand der →Samaritaner und anderer Judenfeinde in 52 Tagen wieder auf (Neh 6, 15). Als persischer Statthalter zeichnete sich N. durch Uneigennützigkeit (5, 14–19) und Umsicht (7, 1–3) aus. Er verteidigte die Interessen der verarmten Mitbürger (5, 1–13) und sorgte für eine dichtere Besiedlung der Stadt. 433 kehrte er an den persischen Hof zurück, später traf er noch Maßnahmen gegen die Entweihung des Sabbats, zur Neuordnung des Steuerwesens u. a. (13, 15–31). Sein späteres Schicksal ist unbekannt. →Esra. Zum Buch N. →Chronist.

Neues Testament →Kanon (III).

Neujahr. Die alten Israeliten übernahmen, wie die Monatsnamen zeigen, das agrarische Jahr der Kanaanäer. Dieses setzte nach dem →Kalender von Geser mit der Lese ein. Das Fest der Lese (Ex 23, 16) war jedoch noch nicht auf den Tag genau festgelegt, man feierte es, wenn die Ernte eingebracht war, im 7. Monat (Tischri). Als Jojakim (608–598 vC) unter dem Druck der Babylonier den babyl. Kalender in Juda einführte, wurde der Jahresbeginn – wie schon früher in Israel unter assyr. Einfluß – vom Herbst auf den Frühling verschoben. Zu den frühesten Texten, die mit dem Jahresbeginn im Frühjahr rechnen, gehören Jer 36, 9. 22 und 2 Kön 25, 8 (vgl die Vorschrift über das →Pascha Ex 12, 2, die Festkalender Lev 23 Num 28 f und Ez 45, 18–25). Trotz des Kalenderwechsels wurde jedoch das N. im Herbst als kultisches Datum beibehalten (vgl Lev 23, 24 Num 29, 1): Tempelweihe (2 Chr 5, 3. 13) und Bundeserneuerung (Neh 8, 2) wurden am 1. Tischri gefeiert. Der Herbsttermin dürfte durch die Seleukiden, die in ihrem Bereich das Herbstjahr einführten, wieder aufgewertet worden sein, jedenfalls gilt in Qumran und im rabbinischen Judentum der 1. Tischri als N.stag (die Mischna weiß sogar von vier Jahresanfängen). Ein ausgesprochenes N.sfest läßt sich im AT nicht nachweisen. Das große Herbstfest (→Laubhüttenfest) markierte zwar den Jahresbeginn, wurde aber nicht als N.sfest gefeiert. Im Frühjudentum wurde das N.sfest dann allerdings zu den höchsten Festen des Jahres gerechnet. →Sumerer.

Neumond →Mond.

Nikodemus (gr.: der mit dem Volke siegt), →Pharisäer, Mitglied des →Hohen Rates, einer der wenigen offiziellen Vertreter des Volkes, die Jesus ernst nahmen (Typisierung ist nicht ausgeschlossen). Sein nächtliches Gespräch mit Jesus (Joh 3, 1–21) befaßt sich mit der Wiedergeburt des Menschen aus Wasser und Geist als notwendiger Voraussetzung für die Zulassung zum Gottesreich. Joh 7, 50 tritt er für Jesus ein, 19, 39 stiftet er für dessen Begräbnis Myrrhe und Aloe. – N. wird als Verfasser eines apokryphen N.-Ev genannt, der sog. Pilatusakten, die um 400 nC redigiert wurden.

Nil, einer der längsten Flüsse der Welt (6497 km), der „Strom", der Ägypten mit seinen regelmäßigen Überschwemmungen Wasser und Schlamm spendete und damit die Existenz des Landes sicherte. Als ordnendes, regulierendes und zentralisierendes Element gab er dem Land sein eigentümliches Gepräge. Er spielte eine wichtige Rolle als Verkehrsader, lieferte die Volksnahrung, den Fisch, und machte das Land fruchtbar. Dennoch wurde der N. nie als Gott mit eigenem Kult und Altar etabliert. Das Ansteigen des Wassers wurde bis in röm. Zeit mit einem großen Volksfest begangen. Im AT wird der N. vor allem in Ex (Aufenthalt der Israeliten in Ägypten) und bei den Propheten (Personifizierung Ägyptens) erwähnt. Abb. 1.

Ninive, ausgedehnte Ruinenstätte am O-Ufer des Tigris. Die älteste Geschichte N.s ist dunkel. Nach Gen 10, 11 hat Nimrod die Stadt gegründet. Hammurapi zählt sie zu den großen Städten seines Reiches, um das 16. Jh ist sie in den Händen der Hurriter, Mitte des 14. Jh in der Gewalt der Assyrer. Politisch bedeutsam wird N. erst unter König Sanherib (8. Jh), der die Stadt als Residenz bevorzugt (2 Kön 19, 36) und durch Prachtbauten vergrößert. 612 erliegt sie dem Angriff der Meder und Babylonier (vgl die Weissagung Nah 1–3 und Zef 2, 13–15). In N. predigte Jona (3, 1–4, 11) und wohnte der alte Tobias (Tob 1, 10). Die Ausgrabungen brachten u. a. die →Bibliothek Assurbanipals ans Licht. *Abb. 5.*

Nisan →Kalender.

Noach (hebr.: Ruhe), in der ältesten Überlieferung (J) als Weinbauer (Gen 9, 20–27), also kulturbeflissener Nachkomme Kains dargestellt; aber auch, vor allem in P, der gerechte Sintflutheld (als solcher mit Utnapischtim des babyl. Gilgamesch-Epos verwandt), Sohn des Lamech aus der Setitenliste (→Set), der zehnte der bibl. Urväter und Vater von

Sem, Ham und Jafet. Nach der Flut baut er einen Brandopferaltar (8, 20), und Gott schließt mit ihm einen Bund, als dessen Zeichen der Regenbogen gilt (9, 17 Jes 54, 9 Sir 44, 18). Die N.sprüche (Gen 9, 25–27) gehören ursprünglich kaum in diesen Zusammenhang. Das NT (Mt 24, 37–39 Lk 17, 26 f Hebr 11, 7 2 Petr 2, 5) arbeitet mit den bekannten atl Daten.

Nomaden (gr.: wandernde Hirten) oder Beduinen durchstreiften als Sammler-, Jäger- oder Hirtenvölker bestimmte Halbwüsten oder Steppen, um ihren Lebensunterhalt zu suchen. Die Anfänge der Geschichte Israels sind durch das Eindringen nomadischer Stämme gekennzeichnet und stehen in Zusammenhang mit den N.bewegungen im Vorderen Orient des 2. Jt vC. Die →Patriarchen sind keine eigentlichen N., sondern Kleintierzüchter (Gen 30, 37–43) in den Randgebieten der Wüste und beginnende Ackerbauern (26, 12 33, 19 37, 6), also Halb-N. auf dem Wege zur Seßhaftigkeit. In religöser und soziologischer Hinsicht wirken verschiedene Grundgegebenheiten des Nomadentums nach: Zusammenfassung zu einem (→) Stamm, Gastfreundschaft, Asylrecht, Blutrache, Verehrung des Himmelsgottes und ein transportables Heiligtum. Spuren eines „N. ideals" finden sich bei den Propheten (Jer 2, 2 Hos 2, 16 f u. ö. Am 2, 10), doch geht es dabei mehr um die Sittlichkeit als um die Lebensform der N. Nach Hebr 11, 13–16 13, 14 sind die Christen wie N. auf der Wanderung nach dem himmlischen Land.

Numeri, das vierte Buch des →Pentateuch.

(1) *Inhalt und Aufbau.* Num ist eine unzusammenhängende Mischung von Geschehnissen und Gesetzen. Aufgrund der recht spärlichen chronologischen und geographischen Angaben ergibt sich folgende Einteilung: Aufenthalt in der Wüste Sinai (1, 1–10, 10); Zug durch die Wüste nach Kadesch und Umgebung (10, 11–22, 1); Aufenthalt im Gebiet um Moab (22, 2–36, 13). Num setzt die Ankunft am Sinai und die dort erfolgte Gottesoffenbarung voraus.

(2) *Entstehung.* Obwohl eindeutige Dubletten fehlen, lassen sich die Pentateuchquellen auch in Num feststellen. Wahrscheinlich bildete Num für die Endredaktion des Pentateuch den Abschluß eines Ganzen. Darauf deuten der Tod Aarons (20, 22 ff) und Mirjams (20, 1), die Ankündigung vom Tod des Mose (27, 12), die Übertragung der Vollmacht auf Eleazar und Josua (27, 15–23). Die Redaktoren haben dabei ausgiebig

aus den Quellen der eigenen P-Tradition geschöpft, aber auch aus J und E. Für die Geschichte von Bileam (22–24) z. B. wurden sowohl E als auch J benutzt.

(3) *Theologie.* Der Pentateuch stellt Israel sein Idealbild vor, nicht in einer Zukunftsschau wie Ez 40–48, sondern durch die Konstruktion eines Idealzustandes in der Vergangenheit, besonders der Wüstenzeit. Num zeigt, wie sich das Volk nach Stämmen geordnet in aktiver Teilnahme um das Heiligtum mit seinem Kult gruppiert. Die Leviten werden nicht bei den zwölf Stämmen genannt, sondern bilden eine Gruppe für sich; sie sind für den Dienst am Heiligtum bestimmt, weil sie Jahwe als Ersatz für alle Erstgeborenen angehören, die eigentlich geopfert werden sollten. Sie stehen noch eindeutig unter den Priestern, den Söhnen Aarons. – Jahwe schreitet wiederholt strafend gegen das widerspenstige Benehmen („Murren") des Volkes ein. Auch der lange Wüstenaufenthalt und der vorzeitige Tod des Mose werden als Strafe und Sühne für Mißtrauen gedeutet. Andererseits läßt sich Jahwe nicht selten durch die Fürsprache des Mose und Aaron versöhnen. Damit ist schon auf die religiöse Autorität des Mose verwiesen (12, 7 f). Der Gedanke der Hierarchie und ihre Sukzession wird stark betont: Der Geist, der auf Mose ruhte, wird den 70 Ältesten mitgeteilt (11, 16 f); Mose übergibt Josua den Führerstab (27, 12 f) und bekleidet Eleazar mit der Priesterwürde Aarons (20, 25–29).

Nuzi, →hurritische Stadt in Mesopotamien, 12 km sw von Kerkuk. Archäologische Ausgrabungen (1925–31) förderten u. a. mehr als 4000 Tontafeln zutage, deren Masse aus hurritischer Zeit (zwischen 1480 und 1355 vC, dem Untergang von N.), z. T. aus dem Palastarchiv, z. T. aus Privatarchiven, stammen: Texte administrativer und juridischer Natur, die öfters zur Erklärung der Ehe- und Erbbräuche der Gen herangezogen wurden (Bezeichnung der Frau Abrahams als Schwester, Terafim u. a.). Die Parallelen sind jedoch weder auffällig noch einmalig, sondern rühren von der Harmonisierung durchaus verschiedener Praktiken her. Ähnliche Bräuche sind über den ganzen alten Orient hin durch Texte belegt. Indes sind die N.-Texte für das Studium des altorient. Rechts- und Vertragswesens von unschätzbarem Wert. *Abb. 24.*

O

Obadja (hebr.: Diener Jahwes)
(I) Wichtigster Namensträger ist einer der Kleinen Propheten, über dessen Person uns jedoch nichts bekannt ist. Ihm wird (II) Obadja (Buch) zugeschrieben, eine Sammlung prophetischer Sprüche gegen →Edom. Sie enden mit einem Ausblick auf den Tag Jahwes, der allen feindlichen Völkern Verderben, Israel aber den Anbruch der Heilszeit bringen wird. Als Entstehungszeit des Büchleins wird das 8. oder das 5. Jh vC angenommen, je nachdem ob man seine historische Veranlassung in der Auflehnung Edoms unter König Joram von Juda (2 Kön 8, 20–22) oder aber im Vordringen Edoms nach der Zerstörung Jerusalems (vgl Ps 137, 7 Klgl 4, 21 f) sieht.

Ofel (hebr.: Geschwulst), als Terminus des Festungsbaus: Anhöhe, im SO des Tempelberges von Jerusalem („der" O. Jes 32,14 Mich 4, 8). Jotam bzw Manasse und Nehemia führten Ausbesserungsarbeiten durch (2 Chr 27, 3 33, 14 Neh 3, 27), später wohnten hier Tempelknechte (Neh 3, 27). Auch Samaria (2 Kön 5, 24) und →Dibon besaßen einen O.

Offenbarung (des Johannes). Die in dieser Schrift enthaltene „Offenbarung Jesu Christi, die Gott ihm gegeben" (1, 1), richtet sich durch den Seher Johannes zunächst an die bedrängten Kirchen Kleinasiens, um sie durch die Deutung der sie bedrohenden Geschichte aufzurichten und zu stärken.
(I) Aufbau. 1, 1–20: Prolog und Berufungsvision des Sehers. 2, 1–3, 22: Die Sendschreiben an die sieben kleinasiatischen Gemeinden. 4, 1–5, 14: Die Vision Gottes und des Lammes. 6, 1–8,1: Die Eröffnung des göttlichen Planes. 8, 2–11, 19: Die Sieben-Posaunen-Vision. 12, 1–14, 5: Der Angriff der satanischen Mächte auf Gottes Volk. 14, 6–20: Das kommende Gericht. 15, 1–16, 21: Die Sieben-Schalen-Vision. 17, 1–19, 10: Das Gericht über Babel. 19, 11–22, 5: Das siegreiche Kommen Christi und die Vollendung. 22, 6–21: Die Beglaubigung des Sehers und nochmalige Verheißung des Kommens Christi.
(II) Inhalt. Wird in der apokalyptischen Literatur des Judentums die alles entscheidende Tat Gottes noch als zukünftig erwartet (→Apokalyptik), so schaut Offb auf das entscheidende

Heilshandeln Gottes, auf das Sterben und Auferstehen Jesu Christi, bereits zurück (Kap 12; vgl 1, 18 5, 5. 9–14).
Durch die erlösende Tat der Liebe (12, 10) gewann Christus als „das Lamm" die Herrschaft über die Geschichte (5, 6. 9 f. 12), weshalb auch der Glaubende nicht anders als in der Nachfolge des Lammes in der Geschichte bestehen kann (14, 1–5; vgl 7, 13 f 12, 11). Denn infolge jenes Kampfes, den Satan, im Grunde schon besiegt, mit steigender Wut gegen Gott und sein Reich führt (12, 9. 12–18 13), kann es auf Erden keine Neutralität (3, 16) mehr geben, sondern nur noch die „Knechte unseres Gottes" (7, 3) und die „Erdbewohner" (13, 8). Obgleich es für den Seher von Offb unvorstellbar ist, daß sich die Welt einmal mit der Existenz der Glaubenden abfinden würde (11, 7–10 13, 14–17), läßt er doch keinen Zweifel daran, daß die Glaubenden deshalb keinesfalls zu Feinden der Erdbewohner werden dürfen: Sie sind „Priester vor Gott" (1, 6 5, 10 20, 6) und „Erstlinge für Gott und das Lamm" (14, 4), die in der Geduld (1, 9 2, 2. 19 3, 10 13, 10 14, 12) ihren Glauben an Gottes Sieg in dieser Zeit bezeugen. Zugleich bekräftigen sie auf diese Weise, daß trotz aller Unheilsvisionen, die ja zur Umkehr rufen wollen (vgl 9, 20 f, 14, 7 16, 9. 11), ein „ewiges Ev" (14, 6 f) über dieser Welt ausgerufen ist. Daher sind die verschiedenen Hymnen von Offb die verständige Antwort der Kirche auf Gottes richterliches Walten, das einzig das Heil der Schöpfung zum Ziele hat (vgl 1,6f 5,13 11,17f 12,10ff). Dies zu übersehen ist der Irrtum all jener Gemeinschaften, die Offb als Drohung und zur Verwirrung unter den Menschen benutzen.
(III) Charakter. (1) Die *Form* von Offb erinnert stark an die Apokaylptik. Sie spricht in Geschichten, Bildreden und Symbolen, wobei häufig das gleiche Symbol verschiedene Personen oder Sachen versinnbildet, oder umgekehrt verschiedene Symbole ein und dieselbe Person oder Sache bezeichnen. Die drei Reihen von je sieben Siegeln (Kap 6), Posaunen (Kap 8–11) und Schalen (Kap 15–16) sowie die beständige Verwendung gewisser literarischer Stilmittel, wie Vorwegnahme, Gegensatz und Zahlensymbolik (vgl 1, 12. 16 3, 1 5, 3. 6 8, 2 u. ö.), lassen auf eine einheitliche, im voraus geplante Schrift schließen.
(2) *Quellen.* Obwohl Offb das AT nie ausdrücklich zitiert, ist sie doch durch Übernahme von Gedankengut, Bildrede und Vokabular sehr stark vom AT, vor allem von Eż, Sach, Joel und Dan beeinflußt. Andererseits ist Offb eine persönliche

Arbeit; öfters beruft sich der Verfasser auf eigene Erfahrungen (1, 19 4, 1 5, 1 u. ö.). Die atl Daten werden von ihm sehr selbständig verarbeitet. Sollten bestimmte mythologische oder astrologische Vorstellungen aufgezeigt werden können, so haben sie doch ihren ursprünglichen Sinn verloren und dienen dazu, die eigenen Gedanken der Offb zum Ausdruck zu bringen.

(IV) ENTSTEHUNG. (1) Der *Verfasser* nennt sich Johannes (1, 1. 4. 9 22, 8), ist Prophet (1, 1–20 22, 9) und ist um seines christl. Zeugnisses willen auf Patmos (1, 9). Dieser Johannes wird von der Überlieferung mit dem Apostel und Verfasser des 4. Ev gleichgesetzt. Nach anfänglicher Einstimmigkeit (Justinus, Murator, Fragment, Irenäus, Tertullian, Origenes) wurde der apostolische Ursprung der Schrift, vor allem wegen ihres Mißbrauchs durch die Chiliasten, bezweifelt. Offb fehlt daher im Kanon mehrerer orient. Kirchenschriftsteller. Später schloß sich die orient. Kirche jedoch der lat. an. Die Frage, ob Offb auf den Verfasser der übrigen sog. johanneischen Schriften zurückgeht oder nicht, muß auch heute noch als ungelöst gelten. Auffallenden Übereinstimmungen (Christus als das Wort Gottes: Joh 1, 1–14 1 Joh 1, 1 Offb 19, 13 bzw als das Lamm Gottes: Joh 1, 29 Offb 5, 6 u. ö.) stehen schwerwiegende Unterschiede (vor allem grammatikalischer und stilistischer Art sowie hinsichtlich der Eschatologie) gegenüber.

(2) Auch die *Entstehungszeit* läßt sich schwer mit Sicherheit bestimmen, da die meisten Anspielungen auf geschichtl. Daten zu unbestimmt sind. Einen besseren Anhaltspunkt bieten die Briefe an die kleinasiatischen Gemeinden, deren ursprüngliche religiöse Begeisterung zur Zeit der Offb längst erlahmt ist. Offensichtlich bestehen diese Gemeinden seit längerer Zeit; auch müssen bestimmte Verfolgungen bereits der Vergangenheit angehören und neue erwartet werden (Kap 13). Dies trifft weniger auf die Zeit Neros (13, 8. 18) als auf die letzten Regierungsjahre des Domitian (94–96) zu, in dessen Zeit Offb auch von der Überlieferung (Irenäus, Eusebius, Hieronymus) angesetzt wird.

(V) ERKLÄRUNG. Da der Gesichtspunkt von Offb theologischer Natur ist, wird die ausschließlich zeitgeschichtl. Erklärung, nach der die Schrift die Geschichte des 1. Jh in Form einer Weissagung darstellen würde, Offb nicht gerecht. Sollten da und dort Reminiszenzen an konkrete historische Vorgänge oder Personen (Römerreich, Rom, röm. Kaiser) vorkommen, dann sind diese zugleich als Symbole einer tieferen

Wirklichkeit gemeint. Aber auch die ausschließlich kirchengeschichtl. Erklärung (Joachim von Fiore, Bossuet, Holzhauser), die in Offb die verschiedenen Phasen der Kirchengeschichte entdecken zu können glaubt, ist unhaltbar. Vielmehr ist Offb eine Deutung *aller* Geschichte im Lichte der christl. Offenbarung (vgl II).

Ofir. Von →Ezjon-Geber aus fuhren israelit. Schiffe nach O., vor allem unter Salomo (1 Kön 9, 28 10, 11), um Gold und Silber (Jes 13, 12 Ps 45, 10), Elfenbein und Edelsteine, Sandelholz und vielleicht auch Affen und Pfauen zu holen. Das Land O. (vgl Gen 10, 29) dürfte am ehesten in S-Arabien← zu suchen sein.

Og (hebr., Bedeutung unsicher), „König von Basan“, erst von der deuteronomistischen Geschichtsschreibung eingeführt und fast immer zu →Sihon, dem „König der Amoriter“, in Parallele gebracht. Durch ihren Sieg über O. konnten die Israeliten das Ostjordanland in Besitz nehmen (Dtn 1, 4 Jos 2, 10 u. ö. 1 Kön 4, 19; Num 21, 33–35 ist späterer Zusatz). Die Herrschaft des Königs O. ist anderweitig jedoch nicht gesichert und läßt sich zeitlich nicht festlegen. Sein Riesengrab, ein Basaltdolmen, wurde in Rabba gezeigt (Dtn 3, 11).

Öl, Ölbaum, für das ganze Mittelmeergebiet charakteristischer immergrüner, zäher Fruchtbaum, in Palästina meist in Hainen an Hängen, vor allem in der Schefela (1 Chr 27, 28), der Bucht von Akko (Gen 49, 20 Dtn 33, 24) und in der Umgebung von Jerusalem (→Getsemani, Ölberg) angepflanzt. Sein hartes Holz ist sehr geschätzt; aus seinen Früchten, den Oliven, die im Oktober durch Schütteln und Abschlagen mit Ruten (Jes 17, 6 24, 13) geerntet werden, gewinnt man auf verschiedene Weise das Öl.
Das feinste Öl ergeben die mit einem Mörser zerquetschten und mit einem schweren Stein ausgepreßten Oliven. Diese älteste Art der Ölgewinnung bleibt im Kult üblich: als Brennstoff für die Lampen und Leuchter im Heiligen Zelt und im Tempel (Ex 27, 20 Lev 24, 2), als Salböl und als Beigabe zum Brandopfer (Ex 29, 40 f). Eine weniger gute Qualität ergibt das Zertreten der Oliven in der Kelter (Ölmühlen und -pressen werden erst in hellen.-röm. Zeit bekannt). Das gepreßte Öl verwendet man für Speisen, als Salbe, Heilmittel und Brennstoff. Es wird in Krügen (1 Kön 17, 12 ff 2 Kön 4, 2 ff),

Hörnern (1 Sam 16, 1) oder Alabastergefäßen (Mt 26, 7) aufbewahrt und ist wichtige Exportware (1 Kön 5, 25 Ez 27, 17). *Abb. 34.*

Abb. 34: Ölpresse (a) und Ölmühle (b)

Ölberg, Teil eines Höhenzuges (ca 800 m), der sich im N, NO und O um Jerusalem herumzieht; dazwischen liegt das Kidrontal. Er bietet der Stadt Schutz gegen die N- und O-Winde (vgl Ps 125, 2) und zwingt zugleich die Meerwinde, sich w des Jordan abzuregnen (→Wüste), wodurch Jerusalem die unentbehrlichen Niederschläge gesichert sind.
(1) *Im AT* schildert 2 Sam 15, 30–16, 14 die Flucht Davids über den Ö. Salomo errichtet auf ihm den fremden Göttern seiner Frauen Kultstätten (1 Kön 11, 7). Über dem (nicht mit Namen genannten) Ö. verweilt Ez 11, 23 die Herrlichkeit Gottes, und in der endzeitlichen Theophanie Sach 14, 4 treten die Füße Jahwes auf den Ö., der sich dabei spaltet (→Tal Joschafat). Hier wurde die rote Kuh (vgl Num 19, 1–10) verbrannt und der Monatsanfang durch Feuerzeichen zum Alexandreion signalisiert.

(2) *Im NT* wird der Ö. häufig im Zusammenhang mit Jesus erwähnt. Hier übernachtet er (Lk 21, 37 Joh 8, 1), von hier aus zieht er in Jerusalem ein (Mk 11, 1 par; →Betanien; Betfage), hier hält er seine Reden über die Endzeit (Mk 13, 3) und betet in →Getsemani vor seiner Gefangennahme. Schließlich lokalisiert Lk die Entrückung Jesu auf dem Ö. (Apg 1, 12).
(3) *Später* erbauten Helena und Konstantin über einer bereits vorher verehrten Höhle die Eleona-Basilika; schon vor 378 verselbständigte sich die Memoria der Himmelfahrt auf einer n gelegenen Kuppe (Imbomon-Kirche). Immer stärker zog der Ö. Erinnerungen an sich, die nichts mit ihm zu tun haben (Berg der Verklärung, der Bergpredigt, der Vater-Unser-Belehrung). Die zahlreichen monastischen Niederlassungen in byzantinischer Zeit litten unter dem Persereinfall von 614 und gingen in arab. Zeit unter.

Omri. Der wichtigste Träger des Namens ist der 6. König von Israel (882[878]–871), vielleicht arab. Herkunft, als Befehlshaber der israelit. Armee nach dem Tode des Ela zum König ausgerufen, aber erst vier Jahre später, nach dem Tode seines Rivalen Tibni, Alleinherrscher (1 Kön 16, 21 f), einer der tüchtigsten Könige Israels. Er baute in politisch und strategisch wichtiger Lage die Stadt →Samaria und gab damit dem Reich Israel ein Zentrum. Er beendete die Grenzstreitigkeiten mit Juda und knüpfte durch die Verheiratung seines Sohnes Ahab mit Isebel, der Tochter des Tyrerkönigs Etbaal, ein festes Band zu den mächtigen See- und Handelsstädten. Gegen die Aramäer war er nicht erfolgreich, dagegen erwähnt die →Mescha-Inschrift einen glücklichen Feldzug gegen Moab. In religiöser Hinsicht setzte er die Politik Jerobeams fort und fand daher in der bibl. Darstellung (1 Kön 16, 16–28) kaum Beachtung.

On →Heliopolis.

Opfer. (1) *Wesen.* Das O. ist eine rituelle Handlung, durch die der Gottheit eine Gabe dargebracht wird. Es wird verstanden als Zeichen der Unterwerfung oder Huldigung, als Bitte um Segen und zur Abwehr von Unheil; es kann Sühne bezwecken und Unreinheit sowie Sünde beseitigen. Nach antiker Auffassung bietet sich im O. der Mensch selbst der Gottheit an, es wirkt somit Gemeinschaft zwischen dem Opfernden und seinem Gott. Deshalb wird immer ein Teil von dem geopfert,

was dem Menschen am wertvollsten ist. Allmählich erst vertreten wertlosere oder symbolische Gegenstände die eigentlichen Gaben: Das O. tier ersetzt den Opfernden.
(2) *Im AT.* Im alten Orient war man ursprünglich der Auffassung, die Gottheit bedürfe der Nahrung, und glaubte aus diesem Grunde, ihr Speisen darbringen zu müssen. Obwohl die Jahwereligion das Menschen-O. verbot, brachte der Israelit in der Frühzeit gelegentlich auch seine Kinder als O. dar (Ri 11, 29–39 1 Kön 16, 34 u. ö.). Solange die Israeliten Nomaden waren, opferten sie von ihrem Vieh. Nach der Landnahme, dem Übergang vom nomadischen zum seßhaften Leben, veränderten sich auch die O.gaben und O.riten. Nun opferte man auch die →Erstlinge von den Früchten des Feldes. Obwohl an einem kanaan. Einfluß nicht gezweifelt werden kann, ist dieser schwer feststellbar. Die Propheten verurteilten nicht das O. an sich, sondern die von kanaan. Auffassungen und Sitten durchsetzten Formen des Kultes und eine formalistische Einstellung, die in dem O. nicht mehr Ausdruck der Unterwerfung unter den Willen Jahwes und verpflichtender Sittlichkeit sah. Im späteren Judentum wurde das O. mehr und mehr als eine von Jahwe auferlegte Pflicht aufgefaßt, die der Gerechte streng nach den Vorschriften des Gesetzes erfüllen mußte. – Das Gesetz unterscheidet nach der Materie Speise-O. (Mehl, Öl, Wein), Schlacht-O. (Fleisch der Haus- und Herdentiere), Trank-O. und Räucher-O.; nach der O.weise Brand-O., Feuer-O., Hebe- und Webe-O. und die Libation; nach der Absicht Sühn-O., Sünd-O. und Heils-O.; nach der Zeit das tägliche O., das Abend- und das Morgen-O.
(3) *Im NT.* Jesus lehnte das O. nicht direkt ab, er billigte die Lehre der Propheten. Joh 4, 24 spricht jedoch ausdrücklich von der Abschaffung der O. des Alten Bundes, und Jesus weissagt den Untergang des Tempels und damit des O.kultes. Für ihn ist das ganze Gesetz im Gebot der Liebe zusammengefaßt. Deshalb zieht er die Aussöhnung mit dem Nächsten jedem O. vor (Mt 5, 23 f). Seinen eigenen Tod stellt er als Lösegeld für alle dar (Mk 10, 45 par). Paulus bezeichnet Christus als das →Paschalamm, das am Kreuz geschlachtet worden ist (1 Kor 5, 7), damit es durch sein Blut das wahre Israel aus der Sklaverei der Sünde erlöse und mit Gott versöhne. Hebr betont nachdrücklich den Sühnecharakter des O.s Christi, der alle O. des Alten Bundes übersteigt. Auch in den johanneischen Schriften ist Jesus das wahre Paschalamm, das die Sünde der Welt hinwegnimmt (Joh 1, 29. 36).

Orakel. Wie andere alte Völker ihre Götter, befragten auch die Israeliten Jahwe über den Ausgang einer Unternehmung oder über die Zukunft im allgemeinen. Traf ein Ereignis, das man vorher bestimmt hatte, ein, so wurde dies als göttliches Zeichen betrachtet (Gen 24, 12–14. 27. 50 f 1 Sam 14, 8–10). Das O. war jedoch nur erlaubt, wenn es durch einen Priester (Dtn 33, 8), einen Propheten (18, 15) oder einen Traum (Num 12, 6) vermittelt wurde.

(1) Die Entscheidung des Priesters hatte die Gültigkeit eines göttlichen Spruches (Dtn 17, 8–12). Daneben vermittelte er das O. durch →Urim und Tummim (Dtn 33, 8) sowie durch das →Efod (1 Sam 14, 3. 8 u. a.). Beide gehören in den Bereich des Loses, das viel gebraucht wurde, um den göttlichen Willen zu erforschen (1 Sam 10, 19–21 Apg 1, 26), einen Schuldigen zu entdecken (Jos 7, 12–18) oder etwas zu verteilen (Jos 18, 11–20 19). O. in Verbindung mit einem Opfer kommen wahrscheinlich in liturgischen Psalmen vor (z. B. 60, 8–10 20, 7–9). – Neben den Priestern vermittelten vor allem Propheten und Seher die Antwort Gottes, so Samuel (1 Sam 10, 2), Natan (2 Sam 7, 1–7), Jesaja (Jes 38, 1–4) u. a. – Auch bei den Israeliten galt der Traum als göttliche Offenbarung der Zukunft (z. B. Gen 37, 5–10), verborgener Wahrheit (Ijob 4, 12–21) oder als Mahnung (Ijob 7, 14 Mt 27, 19). Inkubation ist möglich, aber nicht erwiesen.

(2) Andere Mittel waren die →Terafim; das Rauschen der Bäume (2 Sam 5, 24; vgl Gen 12, 6 u. a.); die →Leberschau (Ez 21, 26; bei den Israeliten wohl nicht üblich); die Totenbeschwörung, die in Israel zwar geübt (1 Sam 28, 3–25 Jes 8, 19), aber vom Gesetz verboten war (Dtn 18, 11 Lev 19, 31).

Ossuar, Behältnis aus Ton, Holz oder Kalkstein, in das die Gebeine nach der Verwesung der Fleischteile (etwa 12 Monate nach der Beerdigung) eingebracht und so ein zweites Mal bestattet wurden. Ton-O. ien, meist in Form von Häuschen oder Vorratskrügen aus dem Chalkolithikum (3400–3150 vC) fand man in der Küstenebene. Aus der Zeit vom 2. Jh vC bis 2. Jh nC wurden vor allem in den Nekropolen Jerusalems Hunderte von O. ien gefunden, die serienmäßige Herstellung mit eingekerbten geometrischen Schmuckelementen aufweisen. Entsprechend der Dreisprachigkeit z. Z. des NT finden sich auf ihnen hebr., gr. und aram. Inschriften. Durch sie ist die Alltäglichkeit der ntl Namen (Jaïrus, Lazarus, Natanael, Mattias, Simon, Maria, Marta u. a.) erwiesen. *Abb. 35.*

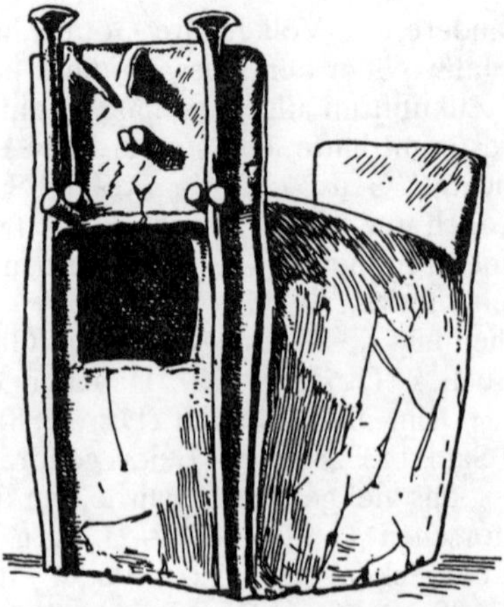

Abb. 35: Ossuar aus *'āzōr,* Ende des Chalkolithikums
(Länge 60 cm, ganze Höhe 67 cm)

Ostraka (gr.: Tonscherben), Bezeichnung für Tongefäßscherben, die als Schreibmaterial verwendet wurden. Die Funde in Palästina weisen von der protoalphabetischen bis zur arab. alle Schriften und Sprachen auf. Die wichtigsten älteren O.funde stammen aus →Arad (über die Verwaltung Judas). →Bet-Schemesch (Inschrift in voralphabetischen Vertikalzeichen), Jerusalem (Namensliste aus dem 7. Jh vC), *m^eṣad ḥăšabjāhū* (Festung bei Jabne-Jam, 7. Jh vC, u. a. Beschwerdeschreiben eines landwirtschaftlichen Arbeiters wegen ungerechter Behandlung), (→) Lachisch (6. Jh vC, Briefe militärischen Inhalts), Aschdod, Petra, Samaria, Ezjon-Geber (meist Wirtschaftstexte und Namenslisten), der →Wüste Juda (Fragmente aus der Zeit des Bar-Kochba-Aufstandes).

P

Palast. Archäologisch bezeichnet P. ein großes, durch seine Lage und Bedeutung besonders ausgezeichnetes →Haus. In der Bibel werden erwähnt oder vorausgesetzt:
(1) Der P. des Salomo in Jerusalem (1 Kön 7, 1–12). Aus der unvollständigen, ungenauen Beschreibung geht nur hervor, daß P. und Tempel von einer gemeinsamen Mauer umschlossen und die P.-gebäude um zwei Vorhöfe gruppiert waren. Erwähnt werden das Libanonwaldhaus (wahrscheinlich eine Art Zeughaus, aus Libanonzedern gebaut), der Wohn-P. Salomos und der P. der Tochter des Pharao – alle auf Unterbauten aus großen Quadern.
(2) Der „Elfenbein"-P. der Omriden (1 Kön 22, 39) in →Samaria.
(3) Der P. Herodes' d. Ält. in Jerusalem (vgl Fl. Jos., B. J. 5, 4. 3). Teilweise erhalten ist der Eckturm „Phasael". – Die Festungen (→) Machärus und Masada wurden mit königlichen P.en geschmückt (Mt 14, 3 f par), ähnlich die Winterresidenz in →Jericho.

Palästina, gr.-röm. Umbenennung der Provinz →Judäa; bereits im 5. Jh vC erscheint der Name Παλαιστινοί für die an der O-Küste des Mittelmeeres s des Karmel wohnenden →Philister.
(I) GEOGRAPHIE. Die morphologische Gestalt des Landes ist bestimmt durch die von N nach S verlaufende Jordansenke, die im →Toten Meer mit –392 m die größte Depression der Erdoberfläche darstellt und s als riesiges Trockental bis zum Golf von *el-'aḳaba* weiterläuft. Durch sie wird P. in zwei Teile gespalten. Das Ostjordanland stellt eine von mehreren Tälern durchschnittene, steil zur Jordansenke abfallende Tafel dar. Das Westjordanland ist durch einen nordsüdlich durchlaufenden, von der Jesreel-Ebene in zwei Teile geteilten Gebirgszug bestimmt. Das N-Massiv heißt das galiläische Gebirge (höchste Erhebung: *dschebel dschermaḳ* [israel. *har mērōn*], 1208 m), der s Gebirgszug wird vom samarischen Bergland, einem von Randgebirgen (Gilboamassiv, Karmel) umgebenen System von Ebenen und Kesseln (höchste Erhebungen: Ebal 940 m und Garizim 868 m), und dem judäischen Gebirge, einem Kammgebirge mit Scopus (819 m) und →Ölberg (818 m),

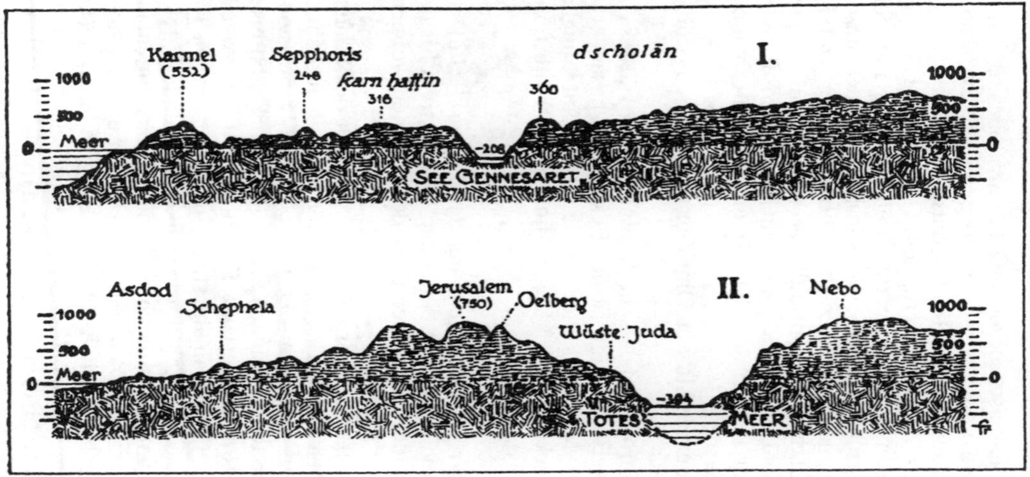

Abb. 36: Höhenprofile Palästinas auf der Linie des Sees Gennesaret und von Jerusalem

gebildet. Gegen O stürzt das Gebirge in Stufen zum Jordangraben ab, in seinem Regenschatten liegt die →Wüste Juda. S von Hebron läuft das judäische Gebirge in den →Negeb aus, ö bildet die →Schefela den Übergang zur breit ausladenden Küstenebene des Mittelmeers. Der ganze Gebirgszug bildet zugleich die Wasserscheide. Die bedeutendsten Nebenflüsse des Jordan auf der linken Seite sind Jarmuk und →Jabbok, auf dem rechten Ufer der *nahr dschālūd* (israel. *năḥal ḥărōd*). Zahlreich sind die Trockentäler, die nur zur Regenzeit Wasser führen. Im ganzen w Bergland gibt es keinen perennierenden Fluß. Diese Wasserarmut ist bedingt durch die geologische Struktur des Landes (durchlässiger Kalkboden), vor allem aber durch das Klima. Regen fällt nur zwischen Oktober und April. *Abb. 36.*

(II) KULTURGESCHICHTE. Unsere Kenntnis der Urgeschichte P.s beruht ausschließlich auf Ausgrabungsfunden. Die relativ einheitliche Kultur im gesamten Gebiet zwischen Amanosgebirge und Sinai gestattet es nicht, die späte politische Aufteilung in Syrien und P. auf die Geschichte des Landes zu übertragen. Die einzelnen Epochen lassen sich nach den wichtigsten Funden wie folgt kennzeichnen:

Paläolithikum (vor 10 000 vC): Jäger und Höhlenbewohner; meist Neandertaler, am Karmel auch der *homo sapiens*; Geräte und Waffen aus Stein und Feuerstein.

Mesolithikum (10000–7000): erste Häuser, erste Verwendung von Getreide und Korn; Verfeinerung der Steinwerkzeuge zu Messerklingen, Sicheln, Pfeilspitzen u. ä.

Neolithikum (7.–5. Jt): Ackerbau, Siedlungswesen, beginnende Keramik, erste Befestigungsanlagen (→Jericho).

Chalkolithikum (4. Jt): erster Höhepunkt in Siedlungs- und Ackerbaukultur; vereinzelte Geräte und Waffen aus Kupfer; mehrfarbige Freskomalereien in *telēlāt ghassūl*; hausförmige →Ossuarien.

Frühbronzezeit (3100–2200): →Stadt- und →Befestigungsanlagen, Bildung von Stadtstaaten nach fremdem Vorbild (Höhepunkt ca 2600), dann allmähliche Zerstörung fast aller größeren Städte und allgemein kultureller Abstieg; die schwarzrot glasierte „*chirbet-kerak*"-Keramik (ca 2600) läßt auf Verbindungen zu O-Anatolien schließen. – Die Übergangszeit zur Mittelbronze zeigt Kultur- und Wirtschaftsverfall: kleine Dörfer, offene Siedlungen, Nomaden, Gruppen- und Bandenbildungen (Chabiru; →Hebräer).

Mittel- und Spätbronzezeit (1950–1200): befestigte Stadtstaa-

ten, Höhepunkt der frühpalästinischen Kultur, ägypt., zyprische und ägäische Einflüsse; bedeutende Textfunde. Ächtungstexte (ca 1800), Texte von →Ugarit (15.–12. Jh) und →Amarna (14. Jh).
Eisenzeit (1200/1150–600): große Städte, z. T. mit Verwaltungszentren (Megiddo, Samaria u. a.) und starken Befestigungen. Verwendung von Eisen für Geräte und Waffen; Erfindung der Töpferscheibe; zahllose Funde von →Skarabäen, Rollsiegeln, Elfenbeinschnitzereien, Edelsteinen; Textfunde: →Ostraka von Lachisch, Arad u. a.
Perserzeit (600–300): Niedergang der Stadtkultur; Häuser klein und arm; Erfindung der gewölbten Decke, beginnender gr. Einfluß.
Hellen. und röm. Epoche (300 vC–300 nC): Der hellen. Einfluß erfaßt alle Bereiche: Keramik, Kunst, Architektur, Befestigung, Stadtanlage (rechtwinkliges Straßensystem), Geräte, Lampen, Schmuck u. a. Aus dieser Zeit stammen die →Qumranfunde. Die röm. Epoche ist durch eine reiche Bautätigkeit ausgezeichnet. Von Herodes d. Ält. (37–4 vC) stammen: Augustustempel, Forum und Stadion in Cäsarea; Tempel und Burg →Antonia in Jerusalem; Herodespalast in →Masada und →Jericho.
(III) GESCHICHTE. (1) *Vorbibl. Zeit.* Die Briefe von Amarna zeigen, daß P. im 15./14. Jh vC in eine Unzahl von Stadtstaaten zersplittert war, die außenpolitisch unter der Oberhoheit Ägyptens standen. Aber mindestens seit Amenophis III. (1402–1364) wird das Vasallenverhältnis mehr und mehr nominell. Ethnologisch ist die Bevölkerung P.s uneinheitlich. Das AT nennt drei (Ex 23, 28) bis zehn (Gen 15, 19–21) Völkerschaften, von denen die (→) Amoriter, Kanaaniter, Hetiter, Hiwiter, Perizziter, Jebusiter die wichtigsten waren.
(2) *Zeit des AT.* Mit den Israeliten kam ein neues völkisches Element nach P. Die Verdrängung der Urbevölkerung gelang nur langsam (Ri 1, 16–36). Erst Saul und David konnten aus den vielen Stammesgebieten, in die das Land zerfiel, ein einheitliches Reich schaffen, dessen Verwaltung dann Salomo (ca 965–926) organisierte (1 Kön 4, 7–19). Die Reichstrennung (926) spaltete das Reich in den kleinen Südstaat Juda und das größere Nordreich Israel, deren Grenze sich je nach den Machtverhältnissen verschob. 734 fiel Galiläa, 721 (nach der Eroberung Samarias durch Sargon II., 722–705) der Rest des Nordreiches an Assyrien. Ein Großteil der Bevölkerung wurde deportiert und durch assyr. Kolonisten ersetzt. Das

Südreich kam unter dem zunächst erfolgreichen König Joschija (639–609) nach der Niederlage bei Megiddo (609) zuerst unter ägypt., dann unter babyl. Oberhoheit. Wiederholte Erhebungen führten schließlich zur Zerstörung Jerusalems durch Nebukadnezzar und zum →Exil (587). Die Restauration unter Kyrus (559–529) schuf den persischen Verwaltungsbezirk Jehud. Nach der kurzen Regierungszeit Alexanders d. Gr. (332–323) fiel P. zunächst den Ptolemäern, dann den Seleukiden zu (198 vC). Das Land wurde in Eparchien eingeteilt. Die durch die gewaltsame Hellenisierungspolitik Antiochus' IV. Epiphanes (175–164) ausgelösten Aufstände der →Makkabäer waren zunächst erfolgreich. Doch veranlaßten Unfähigkeit und sittliche Degeneration der →Hasmonäer schließlich die Römer zum Eingreifen; Pompeius schlug 63 vC P. der Provinz Syrien zu.
(3) *Zeit des NT.* Nach schweren inneren Wirren gelang es dem Idumäer Herodes d. Ält. (37–4 vC) mit Hilfe Roms, König zu werden. Sein Herrschaftsgebiet umfaßte das Westjordanland und einige Gebiete ö des Jordan. Es war begrenzt im S vom Reich der →Nabatäer, im N von der →Dekapolis. Nach seinem Tod wurde das Reich unter seine Söhne geteilt : →Archelaos erhielt Judäa und Samaria, Herodes →Antipas Galiläa und Peräa, →Philippus Ituräa und die Trachonitis (vgl Lk 3, 1). Im Jahre 6 nC wurde jedoch Archelaos abgesetzt, Judäa und Samaria wurden röm. Verwaltungsbezirk, dessen bekanntester Prokurator Pontius →Pilatus (26–36) war. Die übrigen Provinzen änderten je nach Laune der röm. Kaiser Grenzen und Herrscher. Der jüd. Aufstand (66–70), der mit der Zerstörung Jerusalems und des Tempels endete, führte zum endgültigen Verlust der politischen Selbständigkeit. Daran konnte auch die Erhebung Bar Kochbas (132–135) nichts ändern. Jerusalem wurde zur röm. Kolonie Aelia Capitolina. →Judentum.

Palmyra, hebr. Tadmor, Stadt in der syrisch-arab. Wüste, angeblich von Salamo befestigt (2 Chr 8, 4; vgl 1 Kön 9, 18: Tamar), bei den Arabern Tadmur, bei den Griechen und Römern P. genannt.

Panzer →Waffen.

Papyri. Die Ära der Papyruskunde begann 1877, als im Fajjum (bei der alten Stadt Arsinoë) mehrere tausend Fragmente von P. ausgegraben wurden. Heute beläuft sich die Gesamtzahl der P. auf mindestens 10 000. Die ältesten stammen aus der 5. und 6. ägypt. Dynastie (2500–2200 vC), die meisten aber aus dem Zeitraum von ca 500 vC bis 1000 nC. Die P. sind eine wertvolle Informationsquelle über die Geschichte, die Literatur, das Rechtswesen und die wirtschaftlichen Verhältnisse der gr.-röm. Welt und des Frühjudentums. Sie haben wesentlich zur Kenntnis der gr. Umgangssprache und ihres Verhältnisses zum →Bibelgriechisch, der Überlieferung des →Bibeltextes, der jüd. →Diaspora und der Gnosis beigetragen. Für die Bibelwissenschaft sind folgende P. wichtig:

(I) Die bibl. P. (erst seit dem Ende des 19. Jh bekannt).

(1) Bis zu den Funden in der Wüste Juda (siehe III) war der kostbarste Papyrus des *hebr. AT* der Papyrus Nash (vermutlich aus der Makkabäerzeit). Er enthält auf einem Blatt, zum liturgischen Gebrauch, den Dekalog (Ex 20, 2–17) und das Schema (Dtn 6, 1–5).

(2) Für die P. des *gr. AT und NT* →Bibelhandschriften. Bibeltexte in koptischer Sprache ermöglichten die kritische Ausgabe des koptischen NT.

(II) Die P. von Elephantine. Hauptfunde 1898–1908, vorwiegend Ehe- und Geschäftsurkunden, größtenteils in aram. Sprache verfaßt. Sie erstrecken sich auf die Zeit von 494 bis 400 vC und stammen aus den Archiven der jüd. Militärkolonie, die unter der persischen Herrschaft auf der Nilinsel angesiedelt war. Sie ermöglichen uns, das interne Leben einer jüd. Gemeinde in der Diaspora zu rekonstruieren (eigener Jahwetempel [→Tempel II. 2] mit Opferpraxis!), und tragen viel zum besseren Verständnis der Bücher Esra/Neh bei. Aber weder Bibel-Hss noch Bibelzitate wurden in den P. gefunden.

(III) Die P. aus der Wüste Juda. (1) →*Qumran.* Von den 11 Höhlen in der Gegend von *chirbet ḳumrān*, in denen Hss gefunden wurden, enthielten die Höhlen 1, 4, 6, 7 und 9 P. Aus Höhle 4 besitzen wir ca 1600 nichtbibl. Papyrusfragmente. Im reichen Inventar von Höhle 6 herrscht der Papyrus überhaupt vor, und zwar ist er auch für hebr. Bibeltexte vertreten, ein Beweis, daß auch im palästinischen Judentum kanonische Texte auf Papyrus geschrieben werden durften.

(2) *murabbaʿāt:* hebr. und aram. P. aus dem 8. Jh vC, 1. Jh nC und aus der Zeit des 2. jüd. Aufstandes. Zwei Briefe stammen von Simon ben Kosba (Bar Kochba). Die übrigen P. sind Ehe- und Kaufverträge. Auch gr. und arab. Fragmente wurden gefunden.

(3) *chirbet mird* (1952/53): erster in Palästina selbst gefundener Papyrus in palästinisch-christl. Aramäisch (Brief eines Mönchs, 7. Jh nC).
(4) *naḥal ḥeber:* nabatäische und aram. P. Weiter 14 Briefe des Simon ben Kosba auf Papyrus (in aram., hebr. und gr. Sprache), ferner das persönliche Archiv der Babata, der Tochter des Bar Kochba (35 P. in nabatäischer, aram. und gr. Sprache) und mehrere P. aus dem 2. jüd. Aufstand.
(5) →*Masada:* lat. P. von der röm. Garnison.
(IV) Die P. von Nag' Ḥammādi: 13 koptische Kodizes (1014 Seiten), 1945 entdeckt, Veröffentlichung und Bearbeitung im Gang. Die Sammlung umfaßt hermetische, heidnisch-gnostische und christlich-gnostische Texte. Neue Darstellungen der Urgeschichte des AT, der Patriarchengestalten, Jesu und vieler anderer ntl Persönlichkeiten. Das Thomasevangelium weckte besonderes Interesse, weil es dem NT am nächsten steht.

Papyrus, im alten Ägypten verbreitet (Ex 2, 3), heute seltene Wasserstaude. Man brauchte sie zum Flechten (Ex 2, 3), zum Bau von Kähnen (Jes 18, 2), vor allem aber als →Schreibmaterial (vgl „Papier"). Aus dem kreuzförmig übereinandergelegten, gepreßten und geglätteten Mark ergaben sich Blätter, die zu Rollen zusammengeklebt wurden. *Abb. 37.*

Abb. 37: Einbringen von Papyrusschilf
(aus einem ägypt. Grab des 20. Jh vC)

Paradies (Lehnwort aus dem Altpersischen). Im AT steht P. für Park, Baumgarten, Lusthain (Hld 4, 13 Koh 2, 5 Neh 2, 8). Die LXX bezeichnet mit P. allein den Garten, in den Gott den ersten Menschen vor dem Sündenfall setzte (Gen 2 f).

(1) *Das P. der Urzeit.* Der jahwistische Bericht Gen 2, 4b–3, 24 versetzt den ersten Menschen in einen wasserreichen Garten, unter dessen prächtigen Bäumen auch der →Lebensbaum steht, der Unsterblichkeit verleiht. Dieses P. erwähnen Gen 13, 10 Jes 51, 3 Ez 31, 8 f Sir 40, 27 u. a. als Symbol üppigen Pflanzenwuchses; eine abweichende Vorstellung vermittelt Ez 28, 13 f. Doch auch in Gen 2 f passen nicht alle Elemente zusammen: Es gibt Dubletten (2, 8 und 2, 9; 3, 17–19 und 3, 23 f). Das aus der Erde quellende Wasser entspricht dem vierarmigen Strom von Eden, den man wegen der Namen Eufrat und Tigris im N (Reminiszenz an den Götterberg des Gottes El Jes 14, 13 Ps 48, 3?) suchte; dagegen setzen 3, 24 4, 16 voraus, daß das P. im W liegt. Das Nebeneinander von Lebensbaum und Baum der Erkenntnis (2, 9) dürfte auf eine Motivdoppelung zurückgehen. Dies alles (u. a.) läßt vermuten, daß in Gen 2 f verschiedene P.vorstellungen zusammengefaßt wurden: das Motiv der idyllischen Fruchtbarkeit der Erde, die durch den Sündenfall verlorenging (2, 5 f 9 3, 17 ff), und das Motiv eines Glücksortes (vgl das selige Land im Gilgamesch-Epos; die Inseln der Hesperiden in der klassischen Mythologie). →Eden. Höchstwahrscheinlich setzt 2, 10–14 ein primitives Weltbild voraus, nach dem die Erde durch vier Ströme, die den vier Weltteilen der orient. Kosmologie entsprechen, bewässert wurde. An ihrer gemeinsamen Quelle, dem Ursprung der Fruchtbarkeit, siedelte man das P. an. Diese Vorstellung dürfte bis zum 10. Jh geherrscht haben (vgl die Wahl der Stadt Assur als Orientierungspunkt). Da also ein beträchtlicher Teil des Materials volkstümliche Vorstellungen wiedergibt, kann es sich nicht um eine objektive Darstellung der realen Umwelt des ersten Menschen handeln. Vielmehr gebraucht der Autor das P.motiv als Einkleidung für die Vorstellung, daß Leiden und Tod die Folge der Sünde sind, daß es aber in der Endzeit Sünde und somit Leiden und Tod nicht mehr geben wird. In dieser Hoffnung liegt der spezifische Charakter von Gen 2 f.

(2) *Das P. der Endzeit.* Die israelit. Heilserwartung schildert das zukünftige Glück wiederholt in paradiesischen Farben (vgl die Charakterisierung des Fürsten Gen 49, 10 ff; Jes 11, 6 ff 51, 3 Ez 36, 35; das „lange Leben“ Jes 65, 17–25). In

der apokryphen und rabbinischen Literatur wird oft (1 Hen 61, 1 ff TestLev 18 4 Esra 7, 123 u. ö.) von einem P. gesprochen, in das die Gerechten in den Tagen des Messias oder im kommenden Äon nach dem Gericht geführt werden. Die meisten Texte setzen das P. der Urzeit mit dem der Endzeit gleich. – Im NT (Offb 2, 7) verheißt Christus dem Sieger die Frucht des Lebensbaumes, der im P. seines Gottes steht. Durch die Gemeinschaft mit Christus ist dieses Glück den Gläubigen schon jetzt erreichbar (antizipierte Eschatologie; vgl auch Offb 22, 1 ff).

(3) *Das P. der Zwischenzeit.* Die Identifizierung des P.es der Urzeit mit dem der Endzeit setzt seinen dauernden Bestand voraus. Die Vergeltungslehre, die das Schicksal der Toten differenzieren wollte, versetzte somit die Gerechten, Erzväter und Auserwählten, schon vor der Auferstehung ins P. (1 Hen 60, 8 Jub 4, 23). Auch im NT ist das P. der zwischenzeitliche Aufenthaltsort der Gerechten (Lk 23, 43). Während sie jedoch nach jüd. Auffassung dort im Schoße Abrahams ruhen (Lk 16, 23), bildet jetzt Jesus den Mittelpunkt der Gemeinschaft der Toten (Phil 1, 23). Aus Mk 13, 27 darf man ableiten, daß man sich dieses P. im Himmel dachte (vgl Lk 16, 26 2 Kor 12, 2 ff). →Urgeschichte.

Pascha (hebr.: *pesaḥ*, aram: *pasḥā'*, gr.: πάσχα. Grundbedeutung: hüpfen; demnach: im Kult hüpfen, tanzen; und [übertragen] Ex 12, 13. 23. 27 Jes 31, 5: überspringen, verschonen)

(I) Im AT. Die ältesten bibl. Texte erwecken den Eindruck, daß der P.ritus von den israelit. Stämmen schon zur Zeit des →Mose geübt wurde (Ex 3, 18 8, 21–24 10, 7–11. 24. 26 u. a.). Die Forschung sieht die Ursprünge des P. in einem Frühlingsfest wandernder Hirten, bei dem sie von ihren Herden opferten (ob es sich um ein Opfer der →Erstlinge handelte, ist umstritten). Das Blut wurde an die Türpfosten gestrichen, das Fleisch als gemeinsames Opfermahl der Familie zu ungesäuertem Brot gegessen, wobei dem Tier kein Knochen gebrochen werden durfte (apotropäische Bedeutung). An diesen Ritus knüpfte Israel an, als es das Nomadenfest mit dem →Auszug aus Ägypten verband und zur Gedächtnisfeier der Heilstat Jahwes machte. Die dadurch bedingte Umdeutung der Riten im heilsgeschichtl. Sinn war durchaus legitim (Ex 12, 14. 23. 27. 31). Die Vorschrift 12, 1–14, obwohl zur jüngsten Schicht P. gehörend, hat uns sicher den Ritus in seiner ältesten Form bewahrt: der Frühlingsmonat gilt nach nomadi-

schem Brauch als Jahresanfang (→Kalender); das Fest wird als Familienfest gefeiert, von einem amtlichen Priester ist nicht die Rede. Nach der Seßhaftwerdung wurde an die P.nacht die Festwoche der Ungesäuerten Brote (→Mazzot) angeschlossen, bei der es sich im Gegensatz zum nomadischen P. um ein bäuerliches Frühlingsfest handelt (zur Entwicklung vgl Ex 12, 21–23 mit Dtn 16, 1–8 und Ez 45, 21). In der deuteronomischen Gesetzgebung ging der familiäre und nomadische Charakter verloren, die Feier mußte am Tempel stattfinden. Neben dem bisher allein gestatteten Kleinvieh durfte auch Großvieh verwendet werden. Diese Neuerung setzte sich jedoch nicht durch (Ex 12, 1–14 Lev 23, 5–8; Brauch in Elephantine). In der nachexilischen Zeit feierte man das P. in einer Form, die die priesterliche mit der deuteronomischen Gesetzgebung kombinierte: Schlachtung des Opfertieres im Tempel, anschließend sakrales Mahl im Familienkreis oder in einer sich zusammenfindenden Gruppe, wie sie Jesus mit seinen Jüngern darstellte. Seit der Zerstörung des Tempels (70 nC) wurde der nomadische Ritus nur noch von den (→) Samaritanern auf dem Berg Garizim befolgt. Bei den Juden hatte das Mahl den Charakter eines gr. oder röm. Banketts angenommen: Beim Verzehren des Lammes trank man Wein (vier Becher) und aß Kräuter, Fruchtmus und ungesäuertes Brot. Dazwischen verlas man die Auszugsgeschichte und sang den →Hallel. Bei der Feier soll „in jedem Zeitalter jeder sich so verstehen, als wäre er selbst aus Ägypten gezogen" (Pes 10, 5): Die vergangene Heilstat Gottes wird im P. Gegenwart, verbunden mit eschatologischer Erwartung. Das P. hatte somit sakramentalen Charakter.
(II) IN QUMRAN. Daß die Gemeinde von Qumran das P. feierte, ist aus ihrem Festkalender bekannt. Da dieser Kalender jedoch nicht mit dem am Tempel von Jerusalem geltenden übereinstimmte und die Qumrangemeinde jeden Kontakt mit dem Tempel mied, muß das P. ohne rituell geschlachtetes P.lamm begangen und durch eine andere sakrale Mahlzeit ersetzt worden sein.
(III) IM NT. Für die synopt. Tradition ist die Eucharistie das P. des Neuen Bundes, da sie das Abschiedsmahl Jesu mit seinen Jüngern als P.mahl versteht (Mk 14, 12–16 par Lk 22, 14–16). Hingegen erfüllt sich für Paulus und Joh das atl P. im Kreuzestod Jesu (1 Kor 5, 7 Joh 19, 14. 30 f [Jesus stirbt, während im Tempel die P.lämmer geschlachtet werden] 36). Diese Tradition hat sich in der Kirche durchgesetzt: Der

Name P. ist dem Osterfest als dem Gedächtnis von Jesu Tod und Auferstehung verblieben. Weil aber dieses Gedächtnis in der Eucharistie sakramental begangen wird, kann sie mit Recht das ntl P.mahl genannt werden. →Abendmahl.

Pastoralbriefe. (I) NAME. Die beiden Briefe an Timotheus (1 Tim und 2 Tim) und der Brief an Titus (Tit) sind nach Form und Inhalt einander sehr ähnlich, bilden jedoch nicht nur innerhalb der paulinischen, sondern der ganzen ntl Briefsammlung eine Sondergruppe mit ausgeprägter Eigenart. Sind alle übrigen ntl Briefe (mit Ausnahme des Phlm) Gemeindebriefe, an eine Ortskirche gerichtet und zur Vorlesung in der dortigen Gemeindeversammlung bestimmt, so sind 1/2 Tim und Tit an Einzelpersonen gerichtet, die als Mitarbeiter des Paulus gelten und den Gemeinden von Ephesus und Kreta vorstehen. Und wird in den übrigen Gemeindebriefen das Ev neu ausgelegt bzw eingeschärft, so enthalten diese Briefe sehr direkte und umfassende Instruktionen über die Bekämpfung der Irrlehrer, über die Organisation der Gemeinden und besondere Anweisungen für die Seelsorge. Aus diesem Grund werden diese drei Briefe durch die seit dem 18. Jh übliche Benennung als Pastoralbriefe sehr zutreffend charakterisiert.

(II) INHALT. (1) *1 Tim:* Nach der Grußformel (1, 1 f) bezeichnet der Verfasser im 1. Teil die Bekämpfung der Irrlehrer als die besondere Aufgabe des Timotheus in Ephesus (1, 3–20). Im 2. Teil werden Fragen der Kirchenordnung behandelt (2, 1–3, 16): Weisungen für den Gottesdienst (2, 1–15), Anforderungen an die Amtsträger (3, 1–16). Im 3. Teil werden die Irrlehrer näher charakterisiert (4, 1–11). Der 4. Teil enthält Anweisungen über die rechte Amtsführung (4, 12–6, 2). Nach einer weiteren Auseinandersetzung mit den Irrlehrern (6, 3–19) folgt eine letzte Warnung und der Schlußgruß (6, 20 f).

(2) *2 Tim:* Nach der Grußzuschrift (1, 1 f) und einem persönlichen Wort an Timotheus (1, 3 ff) wird dieser im 1. Teil (1, 6–2, 13) zur Treue im Dienst des Ev ermahnt. Im 2. Teil gibt der Verfasser Weisungen über das rechte Verhalten gegenüber den Irrlehrern (2, 14–4, 8). Am Schluß des Briefes (4, 9–22) schildert er seine persönliche Lage und übermittelt seine Bitten, Aufträge und Grüße.

(3) *Tit:* Nach der feierlich gestalteten Grußzuschrift (1, 1–4) werden im 1. Teil (1, 5–16) die Aufgaben des Titus in Kreta dargelegt. Der 2. Teil behandelt Fragen der Kirchenordnung

(2, 1–3, 11). Der Schuß (3, 12–15) enthält Aufträge und Grüße.

(III) EMPFÄNGER. (1) *Timotheus*, Sohn eines heidnischen (gr.) Vaters und einer frommen, judenchristl. Mutter (Apg 16, 1), wurde von Paulus, wahrscheinlich auf seiner 1. Missionsreise (14, 6), in Lystra zum christl. Glauben bekehrt, auf seiner 2. Missionsreise als Gehilfe mitgenommen (16, 1–3) und beschnitten. Von da an blieb er fast ständiger Begleiter des Apostels. Auf der 2. Missionsreise betraute ihn Paulus mit einer wichtigen Sendung nach Thessalonich (1 Thess 3, 2–6), auf der 3. mit einem schwierigen Auftrag von Ephesus über Mazedonien nach Korinth (1 Kor 4, 17 16, 10 f Apg 19, 22). Er weilte bei Paulus auf der Rückreise von Korinth nach Jerusalem (Apg 20, 4) und bei seiner ersten Gefangenschaft in Rom (61–63; Phil 1, 1 2, 19 Kol 1, 1 Phlm 1). Sein Lob verkündet Paulus in Phil 2, 19–23. Hebr 13, 23 berichtet von einer Gefangenschaft des (eines) Timotheus.

(2) *Titus,* Sohn heidnischer Eltern (Gal 2, 3) und wahrscheinlich auch von Paulus bekehrt (Tit 1, 4), war Mitglied der antiochenischen Christengemeinde. Ohne die Beschneidung empfangen zu haben, reiste er mit Paulus und Barnabas nach Jerusalem zum Apostelkonzil (Gal 2, 1–5). Gegen Ende der 3. Missionsreise wurde er mit dem sog. Tränenbrief von Ephesus nach Korinth gesandt (2 Kor 2, 13 7, 6. 13–16 8, 6 12, 17 f) und brachte die für den Apostel schon fast verlorene Gemeinde zum Gehorsam zurück. Von Mazedonien aus sandte ihn Paulus bald wieder nach Korinth, um die dortige Kollekte zum Abschluß zu bringen und den 2 Kor zu übergeben (2 Kor 8, 6. 16–23 12, 18).

(IV) ECHTHEIT. (1) Die P. geben sich als Briefe des Apostels Paulus (1 Tim 1, 1. 3. 12–16. 19 f 2 Tim 1, 1. 11 f 3, 11 4, 9–18 Tit 1, 1. 3). Im ältesten erhaltenen Paulus-Kodex (Anfang des 3. Jh) fehlen sie, ebenso im Kanon des Marcion (etwa 150). Erst vom Ende des 2. Jh an werden sie als paulinische Briefe zum →Kanon des NT gerechnet. Seit Beginn des 19. Jh werden jedoch von prot. wie kath. Exegeten vom geschichtl., theologischen und sprachlichen Gesichtspunkt aus erhebliche Einwände gegen die paulinische Verfasserschaft der P. geltend gemacht.

(2) Die geschichtl. Schwierigkeiten.

(a) Die P. haben im geschichtl. Lebensgang des Paulus keinen Platz. Sie enthalten Situationsangaben, die sich in seine Lebenszeit, wie sie aus der Apg und den Paulinen bekannt sind,

nicht einreihen lassen (gemeinsame Wirksamkeit des Paulus mit Timotheus und Titus; wesentlich andere Charakteristik der röm. Gefangenschaft gegenüber den Berichten der Apg). Sie müssen darum in die Jahre nach 63 verlegt werden. Auch wenn es durchaus wahrscheinlich ist, daß Paulus nach seiner 1. röm. Gefangenschaft nochmals in Freiheit wirken konnte, war es nach Röm 15, 19. 23 und Apg 20, 25. 28 kaum möglich, daß Paulus, wie die P. voraussetzen, nach dieser Freilassung noch einmal in den O kam (Ephesus, Kreta, Troas, Korinth, Milet).
(b) Die Auseinandersetzung mit den Irrlehrern: Diese sind offensichtlich aus dem Judentum stammende (Tit 1, 10 f) Glieder der christl. Gemeinde (1 Tim 1, 4 6, 4 2 Tim 2, 23 Tit 1, 14), die sich auf ihre besondere Erkenntnis (= Gnosis) berufen (1 Tim 6, 20). Da klare Anspielungen auf typische Elemente der erst im 2. Jh entfalteten großen gnostischen Systeme fehlen, legt sich eine Frühdatierung dieser Häretiker auf Ende des 1. Jh nahe. Zudem läßt sich der Unterschied in der Einstellung zu den Häretikern kaum nur durch eine innere Entwicklung des Apostels erklären, sondern weist auf ein verändertes Verhältnis zur Lehre, zum Glauben und zur Kirche als Institution überhaupt hin.
(c) Die kirchliche Organisation, wie sie in den P.n in Erscheinung tritt, gehört einer späteren Zeit als der des Paulus an. Die P. kennen die Gemeindeämter der Episkopen (Tit 1, 5. 7; →Bischof), der →Diakone, der (beamteten) Witwen, vielleicht auch der weiblichen Diakone (1 Tim 3, 11), wenn hier nicht die Frauen der Diakone gemeint sind. Sie bilden ein Kollegium (1 Tim 4, 14). Demgegenüber treten die für Paulus überaus wichtigen Charismatiker (1 Kor 12!) sowie die Gemeinde auffallend zurück. Sie kann nicht bei der Auswahl und Bestellung der Amtsträger mitwirken (vgl dagegen Apg 13, 1–3), sondern ist eine betende und hörende Gemeinde (1 Tim 2, 8 4, 13. 16). Die Verantwortlichkeit ist auf die Gemeindeleiter übergegangen, was für das paulinische Denken nur sehr schwer annehmbar ist.
(3) Von noch größerer Bedeutung sind jedoch folgende theologische Bedenken: Im Mittelpunkt der P. steht das ethische Verhalten. Der Glaube ist nicht mehr das gläubige Ergreifen des Heils, sondern die gesunde Lehre (1 Tim 1, 10 2 Tim 4, 3 Tit 1, 9). Glaube ist Rechtgläubigkeit geworden. In der Gotteslehre und Christologie erscheinen neue Termini (Heiland, Epiphanie), die vom hellen. Herrscherkult und Mysterienwe-

sen genommen sind. Dazu werden alte, von der Tradition geprägte Bekenntnisformeln verwendet, die eine weniger ausgeprägte Christologie als die übrigen Paulusbriefe aufweisen (1 Tim 2, 5 f 6, 13–16 2 Tim 2, 8). Starkes Gewicht wird auf die Tradition gelegt (1 Tim 6, 20 2 Tim 1, 12. 14). Alle diese Unterschiede weisen auf eine gegenüber Paulus veränderte Grundhaltung hin. Die Kirche beginnt, sich in der Welt einzurichten (1 Tim 2, 2 Tit 2, 11; vgl. dagegen 1 Kor 7, 29 ff).

(4) Ebenso schwerwiegend sind auch die sprachlichen Bedenken, die gegen die Echtheit der P. vorgetragen werden. Eine Reihe dem Apostel eigentümlicher Worte und Wendungen fehlt in den P.n, Worte dagegen, die er in anderen Briefen verwendet, werden hier in anderer Bedeutung, Konstruktion oder Häufigkeit gebraucht. Dagegen haben die P. charakteristische Worte und Wendungen, die bei Paulus sonst fehlen. Die Sprache berührt sich stärker mit der gehobenen Alltagssprache der hellen. Welt und mit der Sprache der jüd.-hellen. Weisheitslehre, als es sonst bei Paulus der Fall ist. Beachtet man ferner, daß 2 Tim wegen der Länge und der Umstände von Paulus wohl unmöglich eigenhändig im Gefängnis geschrieben sein kann, dieser Brief aber nicht von den beiden anderen P.n losgelöst werden darf, so folgt, daß alle drei Briefe wohl nicht eigenhändiger Niederschrift des Apostels entstammen können.

(5) Die P. stehen also nicht im gleichen unmittelbaren Verhältnis zu Paulus wie etwa die großen Paulusbriefe (Röm 1/2 Kor Gal). Vielleicht hat ein Schüler und Sekretär des Apostels sie kurz vor seinem Tode (65/66) in seinem Auftrag abgefaßt. Wahrscheinlicher ist es jedoch, daß ein Christ in nachpaulinischer Zeit im Kampfe gegen die aufkommende Gnosis und beim Beginn einer Verfolgung die P. verfaßte und dabei in großem Ausmaß aus dem Vermächtnis des Apostels schöpfte. In diesem Fall müßte die Entstehung der P. gegen Ende des 1. Jh angesetzt werden, da die dreigliedrige Hierarchie (Diakon, Presbyter, Bischof), wie wir sie in den Briefen des Ignatius von Antiochien († etwa 117) finden, noch nicht vorliegt. Als Entstehungsort kommt entweder ein Ort in Mazedonien (1 Tim 1, 3) oder aber auch Rom (2 Tim 1, 17) in Frage.

(V) Die Bedeutung der P. liegt vor allem in den Darlegungen über den organisatorischen Aufbau der christl. Gemeinde in der 2. Hälfte des 1. Jh. Sie geben uns einen wertvollen Einblick in die Gemeinden, die um die Bewahrung des überlieferten Glaubensgutes kämpfen, die die christl. Ethik gegenüber der heidnischen Umgebung verteidigen und die sozial-karitativen Aufgaben der jungen christl. Gemeinde zu erfüllen suchen. Darüber hinaus zeigen sie, wie die folgende Generation den Völkerapostel sah und verehrte, wie sie aus seiner Botschaft die Richtlinien für die Leitung der Gemeinde und die Bekämpfung der Irrlehre zu schöpfen und die Kraft für die gefährdeten Christen zu gewinnen suchte.

Patmos, kleine Felseninsel der Sporaden im Ägäischen Meer vor der karischen Küste, Verbannungsort des Verfassers der Offb (1,9).

Patriarchen (gr.: Vater des Geschlechtes, Erzvater). Im gewöhnlichen Sprachgebrauch werden (→) Abraham, Isaak und Jakob P. genannt, im weiteren Sinn die je zehn Stammväter von Adam bis Noach (Gen 5) und von Noach bis Abraham (11, 10–26). Die entscheidenden Fakten der religiösen Existenz Israels treten keimhaft bereits bei den P. in Erscheinung: Erwählung, Jahweverehrung, Bund, Offenbarung, Landverleihung (Gen 12–50). Als Bindeglied zwischen den P. und dem Volk Israel spielt vor allem die Verehrung desselben Gottes eine große Rolle (Gen 12, 7 f 13, 14. 18 u. ö.): Jahwe ist der „Gott der Väter" (Ex 3, 6 6, 3 u. ö.), der ihnen eine zahlreiche Nachkommenschaft und den Besitz des Landes Kanaan verheißt. In ihnen ist das künftige Geschick Israels vorgezeichnet (Gen 15, 13–16). Dafür mußte zwischen den P. und den „Söhnen Israels" auch ein genealogisches Verhältnis bestehen. Es wurde hergestellt, indem man die zwölf Stämme Israels von den zwölf Söhnen Jakobs herleitete, damit auch von Jakob, Isaak und schließlich Abraham, der auf diese Weise zum universalen Stammvater des ganzen Volkes Israel wurde. Brüche innerhalb dieser unhistorischen und schematischen Darstellung wurden verkittet (z. B. Änderung des Namens „Jakob" in „Israel" Gen 32, 29, wobei es sich vermutlich um ursprünglich zwei getrennte Begriffe handelt; der Übergang von Jakob/Israel zum Volk Israel ist nicht mehr als ein Wortspiel Ex 1, 1–7). Die Gestalten der P. sind in der bibl. Darstellung mit alten kanaan. Heiligtümern (Sichem, Bet-El, Mamre/Hebron, Beerscheba) verknüpft. Offenbar wurden die alten Traditionen dieser Heiligtümer von den israelit. Stämmen bei der Übernahme und Jahwisierung mit übernommen und auch auf andere Heiligtümer übertragen, so daß z. B. in

Sichem und Bet-El, ursprünglich Jakobstätten, auch Abraham auftaucht. Gleichzeitig ist die Tendenz zu beobachten, alles, was an Überlieferung aus der Frühzeit umlief, mit den drei P.gestalten in Verbindung zu bringen. Unbekümmert um chronologische Verhältnisse wurden ältere und jüngere Überlieferungen vermengt und die Gestalten in ein genealogisches Verhältnis gebracht. Jedenfalls ist die Übertragung grundlegender Themen israelit. Theologie auf die P. das Ergebnis der Assimilierung vorisraelit. Stoffe und Überlieferungen durch die landnehmenden Stämme und ihrer Deutung durch die Redaktoren der Quellenschriften. Nach all dem ist es unmöglich, die P. einer bestimmten Zeit („P.zeit") zuzuordnen. Das AT selbst macht sich widersprechende Angaben für eine Datierung (vgl z. B. Ex 12, 40 mit Gen 15, 13 und Ex 6, 14 ff). Aufgrund von Orts- und Personennamen, geschichtl., völkischen und soziologischen Gegebenheiten, von vorausgesetzten Rechtsverhältnissen (→Nuzitexte) oder Völkerbewegungen siedelt man sie zwischen dem 19. und dem 14. Jh vC an. Jede versuchte Datierung dürfte einem Zeitabschnitt entsprechen, der an der Ausformung der P.erzählungen beteiligt war, und somit ein Stück Wahrheit enthalten.

Paulus. (I) QUELLEN UND CHRONOLOGIE.
(1) *Die Quellen* zur P.biographie sind vor allem die P.briefe und die Apg. Sicher stammen von P. Röm, 1/2 Kor, Gal, Phil, 1 Thess, Phlm. Auch bei 2 Thess und Kol nehmen die meisten Exegeten eine paulinische Verfasserschaft an, während die Auffassungen hinsichtlich des Eph geteilt sind (vgl die betreffenden Stichwörter). Die →Pastoralbriefe schließlich werden wohl sicher als nachpaulinisch zu gelten haben. Bei Divergenzen zwischen Apg und P.briefen wird man den Briefen den Vorzug geben.
(2) In keinem P.brief ist uns ein Datum überliefert, das eine sichere *Chronologie* für das Leben des P. ermöglichen würde. Fest stehen lediglich zwei Daten aus Apg: der Tod des Herodes Agrippa (44; Apg 12, 20–23) und das Prokonsulat des Gallio (51/52 oder 52/53; Apg 18, 12–17). Wurde P. im Juni/Juli 52 vor Gallio zitiert, so war er gegen Ende 50 oder Anfang 51 in Korinth angekommen (18, 11). Dann dürfte das Apostelkonzil (15 = Gal 2, 1–10) im Jahre 49 und die Bekehrung Pauli 14 (oder 17) Jahre früher zu datieren sein (Gal 2, 1; vgl 1, 18), also im Jahre 35/36 oder 33/34. Seine 3. Missionsreise mag dann 53 angefangen haben. Sie dauerte ungefähr

fünf Jahre, wovon etwa drei Jahre auf Ephesus entfallen (Apg 19, 8. 10 20, 31), und endete in Jerusalem, wo P. gefangengenommen wurde. In Jerusalem und Cäsarea wurde er von Felix (52–59) und Festus zwei Jahre festgehalten (24, 27). Dann wurde er nach Rom geschickt, wo er im Frühling des Jahres 61 ankam und noch zwei Jahre als Gefangener in leichter Haft verblieb (28, 17–31). Diese Gefangenschaft dürfte mit einem Freispruch geendet haben (Phlm 22). Für die weiteren Jahre bis zum Martyrium besitzen wir nur noch die Nachrichten der Pastoralbriefe. Meist wird 67 als Todesjahr genannt (so schon Eusebius). – Die ältesten Briefe (1/2 Thess) datieren aus 51/52, Gal und 1 Kor aus 54/57, 2 Kor aus 57; Röm wurde Ende 57 oder Anfang 58, die →Gefangenschaftsbriefe um 61/63 geschrieben.

(II) LEBENSGESCHICHTE. (1) *Herkunft und Jugend.* P. wurde in Tarsus in Zilizien, einem Mittelpunkt gr. Kultur und Wissenschaft, geboren (Apg 21, 39). Er stammte aus einer wohlhabenden (22, 28), aram. sprechenden (13, 9) jüd. (Phil 3, 5) Familie. Weil er beim Martyrertod des Stephanus (33/34 oder 35/36) noch „ein Jüngling", d. h. ca 30 Jahre alt war, mag er in den ersten Jahren der christl. Zeitrechnung geboren sein. Am 8. Tag nach seiner Geburt wurde er beschnitten (Phil 3, 5) und erhielt den Namen Saul (röm. Paulus: Apg 13, 9). Von Jugend an lernte P. Griechisch, die Umgangssprache in Tarsus. In Jerusalem, wohin P. mit ca 15 Jahren gekommen sein dürfte, wurde er ein begeisterter Anhänger der Pharisäer (22, 3 Gal 1, 14). Nach jüd. Sitte lernte P. ein Handwerk (er war Zeltmacher; Apg 18, 3), das er während seiner apostolischen Tätigkeit weiter betrieb, um seinen Lebensunterhalt zu verdienen (18, 3 1 Kor 4, 12 1 Thess 2, 9) und unabhängig zu bleiben (1 Kor 9, 15).

(2) P. war davon überzeugt, um seines Glaubens willen die Anhänger der urchristl. Botschaft verfolgen zu müssen. Wichtiger ist jedoch die *Bekehrung* des P. Sie wurde sowohl nach P. (1 Kor 15, 8 Gal 1, 15 f; vgl 1 Kor 9, 1) wie nach der Apg (9, 3–6 22, 6 ff 26, 13–18) durch eine besondere Offenbarung Christi bewirkt, in der er zugleich zum Heidenapostel berufen wurde (vgl Röm 15, 15 f Gal 2, 7 ff). Für P. begründet diese Offenbarung des Auferstandenen die Gleichwertigkeit seiner Apostelstellung gegenüber den Altaposteln (2 Kor 10–13 Gal 1 f).

(3) *Der Apostel.* Nach Gal 1, 17 ging P. sofort nach dem Damaskuserlebnis nach Arabien, d. h. in das Nabatäerreich.

Später kehrte er nach Damaskus zurück, von wo er nicht freiwillig schied, sondern vor dem Statthalter des Königs Aretas nach Jerusalem floh (2 Kor 11, 32 f). Von dort kehrte er nach kurzer Zeit in das Gebiet von Syrien und Zilizien zurück, ohne einen persönlichen Kontakt zu den judäischen Gemeinden gefunden zu haben (Gal 1, 18–24). Aus Tarsus wurde P. von →Barnabas nach Antiochien gebracht, wo beide ein Jahr lang eifrig und erfolgreich arbeiteten (Apg 11, 25 f). Von hier aus brach P. zu verschiedenen Missionsreisen auf.

(a) Die 1. Missionsreise (44–49; Apg 13, 1–14, 28) führte P. und Barnabas zunächst nach Zypern, sodann in Kleinasien über Ikonium und Lystra nach Derbe. Auf gleichem Weg kehrten sie nach Antiochien zurück. Die Streitfrage, ob auch von den Heidenchristen die Beobachtung des atl Gesetzes, vor allem die Beschneidung, verlangt werden könne, wurde auf dem sog. →Apostelkonzil (49) im Sinne des P. entschieden. Zugleich wurde P. als Apostel für die Heiden anerkannt, so wie es Petrus für die Juden war (Gal 2, 7).

(b) Auf seiner 2. Missionsreise (49–52; Apg 15, 36–18, 22) stieß P., von Silas und Timotheus begleitet, über Kleinasien auf das europäische Festland vor. In Philippi gründete er eine fast ausschließlich aus Heidenchristen bestehende Gemeinde (16, 11–40 1 Thess 2, 2), in Thessalonich zog er sich die besondere Feindschaft der Juden zu: Von ihnen bei der Stadtobrigkeit angeklagt, mußte er die Stadt verlassen und zog nach Athen weiter. Über seinen Mißerfolg in Athen war P. tief betrübt (1 Thess 3, 3 f) und entmutigt (vgl 1 Kor 2, 3). Fest entschlossen, auf menschliche Beredsamkeit und Weisheit zu verzichten, kam er in Korinth an (1 Kor 2, 2 f). Dort wohnte er bei Aquila und Priszilla. Er bekehrte einige Juden sowie viele Heiden, vor allem aus den niedrigen Volksschichten (1 Kor 1, 26). Wahrscheinlich Mitte 52 wurde er von den Juden bei Gallio als Verbreiter einer „gesetzwidrigen" Religion verklagt. Gallio wies jedoch die Anklage ab. Darauf zog P. nach Antiochien.

(c) Von hier aus brach er zu seiner 3. Missionsreise auf (53–58; Apg 18, 23–21, 14), die ihn durch Kleinasien bis nach Ephesus führte, wo er drei Jahre weilte und wo sich ihm eine „wichtige und große Tür auftat" (1 Kor 16,9). Hier entstanden auch Gal und 1 Kor. Verfolgungen zwangen ihn zur Abreise. Über Mazedonien kam er nach Korinth (Apg 20, 3). Mit einer Kollekte reiste er, voll schwerer Ahnungen (20, 13–21, 17), nach Jerusalem, wo er am Pfingstfest anwesend sein wollte. Dort wurde er wegen angeblicher Tempelschändung verhaftet (21, 27–34).

(4) *Gefangenschaft* (58–63; Apg 21, 17–28, 31). Von Jerusalem wurde P. unter starker Bewachung nach Cäsarea zum Prokurator Felix gebracht, wo er zwei Jahre in Gefangenschaft verbrachte. Als Festus Felix ablöste, appellierte P. an den Kaiser, weshalb er (60) nach Rom geschickt werden mußte (23, 23–28, 14). In Rom schrieb er die sog. Gefangenschaftsbriefe Eph, Kol, Phlm, vielleicht auch Phil. In den letzten beiden schimmert die Hoffnung auf baldige Freiheit durch (Phil 1, 26 2, 24 Phlm 22). Darauf scheint auch Apg hinzudeuten. Für die letzten Jahre sind wir, abgesehen von den Mitteilungen des Klemens von Rom, auf gelegentliche Äußerungen in den Pastoralbriefen angewiesen.

(III) PERSON. (1) Der *Mensch* P. läßt sich nur von dem sog. Damaskuserlebnis her verstehen. Bis ins Innerste durch Christi Offenbarung von Gott ergriffen (Gal 1, 15 f 2, 20 Phil 3, 12), als „Knecht Christi Jesu“ (Röm 1, 1 Gal 1, 1), wurde auch sein Verhalten zu den anderen Menschen ganz von dieser Gotteserfahrung her bestimmt (1 Kor 9, 22; vgl Röm 15, 1–3 Phil 2, 1 ff).

(2) Die *Briefe* des P. wollen in erster Linie Hilfe für die betreffenden Gemeinden sein. Daher kommen in ihnen jeweils nur bestimmte, ausgewählte Fragen zur Sprache, die u. U. sehr impulsiv beantwortet werden. Dadurch erklären sich nicht nur manche stilistische Unebenheiten, abgebrochene Sätze u. a., sondern auch scheinbare Widersprüche zwischen verschiedenen Aussagen einzelner Briefe.

(IV) DIE THEOLOGIE. (1) Die *Quellen.* Eine enge Beziehung zwischen dem paulinischen und dem palästinisch-pharisäischen Denken ist nicht zu leugnen (Denken in Gegensatzpaaren; Schriftauslegung: Röm 3, 10–18 1 Kor 10, 1–5 Gal 4, 21–26. 30). Auch ist mit einer Beeinflussung durch bestimmte apokalyptische Strömungen (Röm 5, 14 1 Kor 15, 26–28. 45) sowie durch jene Theologie zu rechnen, die uns in den Schriften von →Qumran entgegentritt. Im Gegensatz zu den Arbeiten des beginnenden 20. Jh wird heute die Abhängigkeit des P. von der Mysterienfrömmigkeit des →Hellenismus zurückhaltender beurteilt. Dagegen wird immer deutlicher erkannt, wie sehr P. auch von der altapostolischen Überlieferung bestimmt ist (1 Kor 11, 23–27 15, 3–7 Phil 2, 6–11; vgl Röm 1, 3 f), wobei freilich das Verhältnis des P. zum historischen Jesus problematisch bleibt (2 Kor 5, 8).

(2) *Die Botschaft.* Auch wenn es nicht möglich ist, aus den Briefen des P. ein System seiner Theologie zu entwickeln, so zeigen sie doch gewisse Grunderkenntnisse, die für P. bestimmend sind. Den Schlüssel zur gesamten Theologie bildet der gekreuzigte und auferstandene Christus. Zu dessen Apostel hat Gott ihn berufen und befähigt (Gal 1, 15). Deshalb ist er auch der einzige Inhalt seines Ev (Röm 1, 16 f 1 Kor 1, 17). Allein in ihm leuchtet für P. die wahre Erkenntnis Gottes auf (2 Kor 4, 6). In Christi Leiden und Sterben liegt die Offenbarung des unbedingten Heilswillens Gottes (Röm 3, 25 8, 3 f), in seiner Auferstehung und Erhöhung aber Zeichen und Unterpfand des endgültigen Sieges der göttlichen Barmherzigkeit (Röm 8, 31–39), die uns alle mit sich versöhnen will (2 Kor 5, 18–21). Aus diesem Grund wird P. nicht müde, die Gnadenhaftigkeit der Erlösung zu betonen (Gal 2, 16), durch die der Mensch aus dem unbarmherzigen Anspruch des Gesetzes befreit wurde (Gal 3, 10. 13 Kol 2, 14). Einzig der vertrauende Glaube des Menschen entspricht jetzt noch Gottes gnädigem Handeln (Röm 1, 17 3, 28 4, 18 ff u. a.). Daß es sich hier um keinen Gegensatz zu Jak 2, 14–19 handelt, ist durch Röm 7, 4 Gal 5, 22 Phil 1, 11 u. ä. sichergestellt und wird heute allgemein anerkannt. Die Grenzenlosigkeit des göttlichen Heilshandelns bedeutet für P. jedoch auch, daß der einzelne als Glied der einen Menschheit des göttlichen Heiles teilhaftig wird (Röm 5, 12–19 1 Kor 15, 21–23. 45–49), die Christus in seinem Leib zusammenfügt und auferbaut (Eph 2, 16 Kol 1, 18). Aus diesem Grund bildet die Einheit der Kirche eine der größten Sorgen des Apostels (1 Kor 1, 10 ff 3, 3 f 11, 17–22; vgl Röm 15, 5 Phil 2, 1–5 Eph 4).
Der ganze Dienst für Gott wird letztlich getragen von dem Bewußtsein, unterwegs zu sein zu diesem Gott des Heiles und zu Jesus Christus, seinem Herrn (Phil 1, 23 2, 16). Auch wenn sich seine Erwartung der Wiederkunft Christi wandelte (vgl Phil 1, 23 1 Thess 4, 15 ff), so bleibt für P. doch eines gewiß: daß Gott am Ende „alles in allem“ sein wird (1 Kor 15, 24–28).

Pekach (hebr. Kurzform von →Pekachja), 18. König von Israel (735 – 732), ursprünglich Leibwächter des Pekachja, den er durch eine Verschwörung beseitigte (2 Kön 15, 27–30). P. schloß sich einer assyrienfeindlichen Koalition unter Führung von Damaskus an, wurde aber schließlich, nachdem die Assyrer große Teile des israelit. Gebietes erobert und die angesehenen Bewohner deportiert hatten, von Hosea gestürzt und ermordet (2 Kön 16, 5–9 Jes 7, 1–16).

Pekachja (hebr.: Jahwe hat [die Augen] geöffnet), 17. König von Israel (737–736), Sohn des Menahem, wurde von seinem Leibwächter →Pekach ermordet (2 Kön 15, 23–26).

Pentapolis, Gebiet der „fünf Städte" (Weish 10, 6) in Transjordanien mit Sodom, Gomorra, Adma, Zebojim und Bela (Zoar). Sie bildeten eine gewisse Einheit, kämpften gegen den gemeinsamen Feind (Gen 14) und wurden – bis auf Zoar (Jer 48, 34) – durch eine Katastrophe zerstört (Gen 19). Die Lage der P. ist umstritten; die einen suchen sie, gestützt durch die späteren Schriftsteller (Ant. 4, 8,4; Onomastikon 42, 1; →Medebakarte), s, die anderen n (Gen 13, 10) des Toten Meeres.

Pentateuch. (I) CHARAKTER DES P. Die fünf Teile des jüd. Gesetzes (Tora), (→) Genesis, Exodus, Leviticus, Numeri und Deuteronomium, als deren literarischen Urheber die Überlieferung →Mose bezeichnet, bilden eine Einheit. Das gr. Wort πεντάτευχος bedeutet: das „fünfbehältrige" (d. h. das auf fünf Behälter verteilte, weil aus fünf Rollen bestehende) Buch. Der auffälligste Zug des P. ist die Vermengung von Erzählungen und Gesetzen. Die Erzählungen herrschen vor in Gen und der ersten Hälfte von Ex, während im zweiten Teil die überwiegende Zahl von Texten der gesetzlichen Gattung angehört. Sowohl Erzählungen als Gesetze sind hingeordnet auf den Aufbau des Gottesvolkes, auf die Offenbarung göttlicher Anordnungen, die ihm das Leben gewährleisten sollen (Dtn 6, 24). Die literarische Struktur des P. ist von sehr komplexer Art: schroffe Übergänge (Gen 20, 1 Ex 20, 1), Rückgriffe und Wiederholungen (Gen 2, 4b 5, 1) fallen sofort auf, wobei die Wiederholungen nie ohne Abweichungen ablaufen (Gen 12 20 26).
(II) PENTATEUCHKRITIK. (1) *Geschichte.* Im 16. Jh nahm die kritische Arbeit ihren Anfang. Mit R. Simon (1678) beginnen sich die eigentlichen Methoden abzuzeichnen: Suche nach Hss, abschnittweise Analyse des Textes u. a. Simon vertrat die Ansicht, der P. könne in seiner Gesamtheit nicht von Mose allein geschrieben sein. Allmählich entdeckte man, welche Bedeutung dem Fehlen des Gottesnamens Jahwe in Gen 1 und den literarischen Verschiedenheiten zwischen Gen 1 und Gen 2 f zukommt; die Jahwe-Stücke einerseits und die Elohim-

Stücke andererseits bilden je ein zusammenhängendes Ganzes innerhalb des P. (Urkundenhypothese). Andere faßten den P. als eine Sammlung von verschiedensten Fragmenten auf (J. S. Vater, 1802), während die Anhänger der Ergänzungshypothese (H. Ewald) wieder die Einheit des P. verteidigten und eine elohistische Grundschrift unterschieden, in die ein Redaktor jüngere jehowistische Ergänzungen eingefügt hätte. Die Urkundenhypothese bekam neuen Auftrieb durch die Abgrenzung eines ersten Elohisten als Grundschrift, eines zweiten Elohisten, eines Jehowisten und des Dtn (Hupfeld, 1853). J. Wellhausen goß 1876 die Hypothese der P.-Quellen in eine klassische Form: Die ehemalige elohistische Grundschrift wurde zum Priesterkodex (P) und war als die jüngste anzusehen; das Dtn (D) gehörte dem 7. Jh an; als dritte Quelle galt diejenige des Jehowisten: eine Verschmelzung der beiden ältesten Quellen J (9. Jh, Südreich) und E (8. Jh, Nordreich).

(2) *Ablehnung.* Mit seiner konsequenten Schematisierung der geistigen Entwicklung Israels erschien Wellhausens System vielen als Handhabe, mit der sich das Übernatürliche aus der bibl. Geschichte ausschalten ließ. Katholischerseits reagierte das kirchliche Lehramt. Auch in pietistischen Kreisen außerhalb der kath. Kirche zeigten sich Gegner dieser Hypothese.

(3) *Entwicklung.* Neben Überprüfungen der literarkritischen Ergebnissen wurden auch *neue Wege* eingeschlagen. Die Religionsgeschichte wurde stärker herangezogen, die palästinische Archäologie (für den P. wichtig: Codex →Hammurapi, die hetitischen und assyr. Gesetze) und die Erforschung der literarischen Gattungen (→Formgeschichte) lieferten neue Ansätze. Es wurde nun deutlich, daß man es beim P. mit einem organischen Werdegang zu tun hatte, bedingt durch die sozialen Erfordernisse der verschiedenen Kulturperioden, die das israelit. Volk durchlaufen hatte. In der P.-Exegese wurde die Religion nicht mehr nur auf ein blutleeres Entwicklungsschema zurückgeführt, weshalb die kath. Kirche ihre Zurückhaltung allmählich lockerte (→„Divino afflante Spiritu“, 1943; Bibelkommission in einem Brief an Kard. Suhard, 1948).

Viele frühere Ergebnisse werden heute jedoch wieder in Frage gestellt. Unsicherheit herrscht z. B. über die Entstehungszeit des Dtn; die skandinavische Schule (Engnell, Nyberg) betonte viel stärker die mündliche Überlieferung, aber die Literarkritik behält trotzdem ihre Berechtigung. J. Pedersen und M. Noth verstehen den Kern des P. als eine Kulterzählung, die an den israelit. Hauptfesten die Bedrängnis in Ägypten und die Befreiung in Erinnerung rief. Nach G. v. Rad hätte sodann die Theologie diese Erzählungen vom Kult losgelöst und zu einem Zeugnis über das Walten Gottes in der Geschichte entwickelt, und zwar in der Niederschrift von J.

Man hat versucht, die P.-Quellen in den sozialen und geschichtl. Gegebenheiten des israelit. Volkes zu situieren: J, der unbestritten mit der Erzählung von der Thronfolge Davids (2 Sam 13 ff) und den Problemen der Zeit Salomos verbunden ist, will die Legitimität Salomos und des von ihm gegründeten Tempels aufzeigen. Nur die Verheißungen an die Erzväter und die durch Mose gewirkte Befreiung sichern von Gott her das Heil für das Volk. E ist viel weiter von der monarchischen Ideologie entfernt (Beziehungen zur prophetischen Bewegung). Das Heil des Volkes und die göttliche Garantie versteht er in der Form eines Bundesvertrages. – Die Grundelemente des Dtn stammen, wie E, aus dem Nordreich. Die Königsbücher aber, die vom Dtn abhängen, sind auf das davidische Heiligtum in Jerusalem ausgerichtet. Die erste Redaktion scheint daher von Priester-Leviten aus dem N zu stammen, die an den Hof des Hiskija geflohen waren. – P behält die Heilsfunktionen dem Priestertum vor. Schematisierend zeigt diese Geschichte die Institutionen eines Israel, das inmitten der heidnischen Völker dem Glauben der Väter treu bleibt und einen neuen Exodus erwartet. Nach dem Exil wurde P noch ergänzt durch Zusätze, hauptsächlich liturgischen Inhalts. So fand die grundlegende Urkunde der israelit.-jüd. Religion, an deren Anfang – in welcher Form auch immer – Mose steht und deren literarische Geschichte sich über nahezu ein Jt erstreckt, ihren Abschluß.

Diese Sicht des P. findet – und gewiß mit Recht – noch immer ihre hartnäckigen Verteidiger, selbst wenn die neueste P.forschung gekennzeichnet ist durch Infragestellung alles Bisherigen und neue Versuche (z. B. extrem hohe und extrem tiefe Ansetzung von J; Reduzierung des P. auf zwei „Quellen“, einen deuteronomischen und einen priesterlichen Komplex). Positiv zu werten ist, daß die Aufmerksamkeit der Forschung sich wieder mehr dem P. als einem Ganzen zuwendet, seiner Endgestalt und geistigen Einheit, was freilich nicht ausschließt, daß wir darin eine Pluralität von Theologien versammelt finden.

Peräa (gr.: das Land jenseits), das Land ö des Jordan mit der Hauptstadt →Gadara. Von Johannes II. Hyrkan (135–104) und Jannäus (103–76) judaisiert. Nach der Neuordnung des jüd. Königreiches unter dem Römer Gabinius (63 vC) blieb von P. nur der Streifen von Pella bis Machärus übrig. Nach dem Tode Agrippas II. wurde es der röm. Provinz Syrien einverleibt. *Abb. 14.*

Pergament →Pergamon; Schreibmaterial.

Pergamon, alte Hauptstadt von Mysien, n von Ephesus, bis 133 vC Sitz der Attaliden, seit 129 Hauptstadt der röm. Provinz Asien, Sitz eines Prokonsuls und Mittelpunkt des Kaiserkultes. P. wurde berühmt wegen des Zeusaltars der Akropolis (heute in Berlin) und der dort heimischen Methode, aus Tierfellen →Schreibmaterial, „Pergament", herzustellen. Offb 1, 11 wird P. unter den sieben Christengemeinden Kleinasiens erwähnt (vgl 2, 12–16).

Perser, iranischer Volksstamm, zwischen 538 und 333 vC Vorderasien beherrschend.
(1) *Geschichte.* Die früheste Geschichte der Iraner (= Meder und P.) ist in Dunkel gehüllt. Die erste uns bekannte Staatenbildung ist die der →Meder. Daneben baute der Perser →Kyrus d. Gr. (559–529) seine Macht aus und stürzte 550 die Mederherrschaft. Mit der Eroberung Babels (539), des neubabyl. Reiches und Kleinasiens entstand das persische Großreich. Die darin geübte religiöse Duldsamkeit kam vor allem den nach Babel deportierten Juden zugute, die aufgrund des Edikts von 538 nach Juda zurückkehren durften (vgl Esra/Neh und Dan). Darius I. (521–485) dehnte die Grenzen am weitesten aus und teilte das Reich in 29 Satrapien ein, von denen eine Syrien und Palästina bildete. Sein Nachfolger war →Xerxes. Unter Darius III. endete die persische Großmacht: Durch die Schlacht bei Issos fielen Macht und Reich an Alexander d. Gr. Das AT erwähnt Kyrus, Darius, Xerxes und Artaxerxes (→Esra; Nehemia).
(2) *Kultur und Religion.* Die iranischen Sprachen gehören zum arischen Zweig der indogermanischen Sprachgruppe. Im Altertum unterschied man das Altpersische der Keilinschriften und die Sprache des Awestā, zu der die Gāthā, die Heiligen Gesänge Zarathustras, gehören. Obwohl erst in den ersten Jhh nC schriftlich fixiert, erweisen sich diese in

Sprache und Inhalt als sehr alt. – Die Verehrung altarischer Gottheiten der Vorzeit wurde relativ früh vom Propheten Zarathustra (Zoroaster) verdrängt. Er verkündete einen „Schöpfer aller Dinge", der die Guten nach dem Tod mit dem Paradies belohnt und die Bösen mit der Hölle bestraft. Während die guten und die bösen Regungen bei Zarathustra noch reine Funktionen oder Seelenkräfte sind, werden sie in der Folgezeit personifiziert und schließlich zu „Erzengeln". Weil ferner ein aus den Seelenkräften entwickelter Gott dem alten, inzwischen erstarrten Gott entgegentrat, entstand ein Dualismus, den man durch einen Übergott („Unendliche Zeit") zu überwinden trachtete (bereits 8./7. Jh vC).

Petra, gr. Name der Hauptstadt der →Nabatäer, die spätestens im 4. Jh vC die Edomiter ablösten. Wohl fälschlich, aber vielleicht schon seit der Zeit des Chronisten mit der Edomiterstadt →Sela gleichgesetzt. Die Nabatäer errichteten in P. prächtige Bauten, deren Stil assyr., ägypt., arab. und gr.-röm. Einflüsse verrät. Nach der Eroberung durch die Römer (106 nC) erlebte die Stadt zunächst eine neue Blüte, erlag dann aber der Konkurrenz des neugegründeten →Palmyra. P. wurde 1812 durch J. L. Burckhardt wiederentdeckt. Die archäologische Erforschung erbrachte imposante Ruinen: Felsengräber, Tempel, Opferstätten, Prachtstraßen, Triumphbogen u. a. Demgegenüber konzentrieren sich die neuen schweiz.-liechtenstein. Untersuchungen (seit 1987) auf die Wohnviertel.

Petrus (gr. Wiedergabe von aram. *kēfā'*: Fels), Jünger Jesu und Apostel, hieß eigentlich Simon. Sohn eines Jona (Mt 16, 17) oder Johannes (Joh 1, 42 21, 15), Bruder des Andreas (Mt 10, 2) und wie dieser Fischer (Mk 1, 16). Geboren in Betsaida (Joh 1, 44), wohnte er zur Zeit seiner Begegnung mit Jesus in →Kafarnaum (Mk 1, 29 Lk 4, 38). Mit Johannes und Jakobus gehörte er zu den bevorzugten Jüngern (Mk 5, 37 9, 2 14, 33); er verleugnete zwar Jesus (Mk 14, 66–72 par), wurde aber auch einer der ersten Zeugen seiner Auferstehung (Mk 16, 7 1 Kor 15, 5). Die Echtheit der P. gegebenen Verheißung (Mt 16, 13–20) wurde von prot. Exegeten, die in ihr eine Ausgestaltung der Urgemeinde sahen, lange bestritten, ist jedoch heute mehr und mehr anerkannt. Nach Jesu Tod übernahm P. die Führung der jungen Gemeinde in Jerusalem (Apg

1, 15–5, 32) und besuchte die Christen in Samaria, Lod, Jafo und Cäsarea (8, 14–11, 18). Nach der Hinrichtung Jakobus' d. Ält. (44) wurde auch P. gefangengenommen, ist aber Apg 15 wieder in Jerusalem. Wegen seiner unklaren Haltung in der Frage der Beschneidung widersetzte sich ihm Paulus öffentlich (Gal 2, 11). Über die weitere Tätigkeit des P. ist nichts bekannt. Sein Aufenthalt in Rom und sein Martertod unter Nero (zwischen 64 und 67) dürften als gesichert angesehen werden, auch wenn die 1940–49 unter der Peterskirche in Rom durchgeführten Ausgrabungen das P.grab nicht überzeugend haben nachweisen können. – Unter dem Namen des P. laufen zwei Briefe (→Petrusbriefe) und mehrere Apokryphen (P.-Akten, P.-Apokalypse, P.-Evangelium, P.-Predigt).

Petrusbriefe. Zwei Petrus zugeschriebene Briefe des NT (→Katholische Briefe).
(1) *Erster Brief*, ein in Form eines Rundschreibens gehaltener Trostbrief in schwerer Zeit. Eine klare Gliederung ist nicht erkennbar, jedoch könnte man zwei Hauptteile unterscheiden: (a) Das Heilswirken Gottes und die Antwort des Menschen (1, 3–2, 10). (b) Das Verhältnis des Christen zur Welt: seine Pflichten, das eschatologische Moment des Leidens, Ermahnungen (2, 11–5, 11). Der Brief wendet sich an die „Fremdlinge in der Zerstreuung" (Einwohner Kleinasiens). Die gegen die Verfasserschaft des Petrus (1, 1) angeführten Argumente (paulinische Abhängigkeit; Sprache, Stil und Kenntnis der LXX; die nicht vor Domitian [gest. 96] denkbare Situation) lassen sich weitgehend entkräften, vor allem, wenn man Silvanus (5, 12) als Sekretär gelten läßt. Unsicher bleibt, wann (um 60?) und wo („Babylon" = Rom?) der Brief geschrieben wurde.
(2) *Zweiter Brief.* Auf die Anrede und den Segenswunsch folgen Ermahnungen zu einem christl. Lebenswandel (1, 3–21), Warnungen vor Irrlehrern (2, 1–3, 16) und das Schlußwort (3, 17 f). Der Brief kreist um die Frage, wie die Gewißheit über das Endgericht mit dem Ausbleiben der Parusie zu vereinbaren sei. Die Antwort (spatium poenitentiae 3, 8 f) könnte man als judenchristl. bezeichnen. – Die Übereinstimmung zwischen Jud und 2 Petr (von 25 Vss des Jud stehen 19 ganz oder teilweise auch in 2 Petr) sind nur mit der Abhängigkeit des 2 Petr von Jud zu erklären. Die Einwände gegen die Autorschaft des Petrus sind begründet. Der Brief wird in der

2. oder 3. Christengeneration entstanden sein, jedenfalls nach dem Untergang Jerusalems und der Zerstörung des Tempels.

Pferd. Der Ursprung der P.ezucht dürfte bei indogermanischen Stämmen Zentralasiens zu suchen sein. Über die →Hurriter scheint das P. nach Ägypten, Syrien und Palästina gekommen zu sein. Die Hetiter waren auf P.ezucht geradezu spezialisiert. Bei den Israeliten fand das P. erst seit Salomo Verwendung, der P.e einführte (1 Kön 10, 28 f), nach dem Beispiel der Großmächte sein Heer mit Kavallerie verstärkte und die dazu notwendigen Garnisonen (Wagen- und Reiterstädte 1 Kön 5,6 9,19 10,26) einrichtete (die P.eställe in →Megiddo stammen jedoch aus späterer Zeit). Das P. wurde lange Zeit nur als Kriegsroß eingesetzt (Ijob 39, 19–25 Sach 6, 1–8 Offb 6, 1–8), Sach 1, 7–12 als Reittier von Gesandten. Als privates Reittier und als Zugtier wird es erst spät und selten erwähnt (Est 6, 8 ff Koh 10, 7).

Pfingstfest (von gr. πεντηκοστή = 50. Tag). Das P., das zweite der Feste, zu denen jeder Israelit vor Jahwe im Heiligtum erscheinen mußte (Ex 34, 23 Dtn 16, 16), führte im Lauf seiner Geschichte verschiedene Namen. Ex 23, 16 wird es Erntefest genannt, Ex 34, 22 Fest der Erstlinge der Weizenernte, Dtn 16, 10 Num 28, 26 Wochenfest, weil es sieben Wochen nach dem →Mazzotfest begangen wurde. Später erhielt es den Namen Fest des 50. Tages (nach der Darbringung des Garbenopfers [Lev 23,9–14] Tob 2, 1 2 Makk 12, 31 f Apg 2, 1). Ursprünglich ein agrarisches Fest, wurde das P. später (seit dem 2. Jh nC bezeugt) zum Erinnerungstag der Gesetzesverkündigung am Sinai historisiert und unter großer Beteiligung des Volkes begangen. Im Zeichen des Sinaifestes stand auch das P. in Qumran. Es wurde als Wochenfest am 60. Tag nach dem Pesach gefeiert und ist das einzige der in Qumran bezeugten Feste, für das ein Ritual erhalten ist. – Am ersten P. nach der Auferstehung Jesu geschah die Herabkunft des Heiligen Geistes auf die Urgemeinde in Jerusalem (Apg 2, 1–13).

Pharao (ägypt.: das große Haus), bezeichnet im Alten Reich ursprünglich den Palast des Königs, dann den König selbst (seit Thuthmosis III., 15. Jh vC, belegt). Dieser besitzt eine göttlich-menschliche Doppelnatur. Die im AT mit Namen genannten Ph.nen (Hophra, Necho, Schischak, Tirhaka) gehören der jüngeren Zeit an (ca 950–600), die Ph.nen aus der

Abb. 38: Pharao Amenophis III. auf dem Thron

Zeit der →Patriarchen, des →Auszugs (Gen und Ex) und der Königszeit (1 Kön 9–11) werden namentlich nicht genannt. *Abb. 38.*

Pharisäer, religiöse Partei im Judentum, die für eine gründliche Kenntnis der Tora und der Überlieferung der Väter (→Mischna; Talmud) eintrat und die strengste Auslegung, vor allem hinsichtlich des →Sabbat, der rituellen Reinheit (→Rein und Unrein und des Zehnten, forderte. Die wichtigsten Geschichtsquellen über die Ph. sind Fl. Jos., das NT und die rabbinische Literatur. – Struktur und Name der Ph. sind noch nicht hinreichend geklärt. Bei ihren Feinden hießen sie „Abgesonderte", sie selbst nannten sich „Genossen", der Spottname „die Perser" ist etymologisch unklar. Im allgemeinen werden die Chasidäer (Makkabäer-Bücher) als ihre Vorläufer angesehen, als Ph. ist die Gruppe zum ersten Male unter Jonatan (160–143) erwähnt. Sie dürften zunächst gegen die weltliche Politik der Hasmonäer aufgetreten sein. Allmählich gewannen sie die geistige Führung über das Volk, die sie bis nach der Zerstörung Jerusalems behaupten konnten. – Die Bestrebungen der Ph. konzentrierten sich auf die Religion, politisch vertraten sie (im Unterschied zu den →Zeloten) einen gemäßigten Standpunkt. Obwohl Laien, waren sie doch die eigentlichen religiösen Führer des Volkes. In kultischen, religiösen und rechtlichen Fragen standen sie im Gegensatz zu der priesterlichen Aristokratie der →Sadduzäer. Weil jedoch die meisten Schriftgelehrten zu ihrer Partei gehörten (vgl Mt 5, 20 12, 38 Mk 2, 16 Apg 23, 9 u. ö.), konnten sie ihren Grundsatz, die traditionelle Auslegung und Weiterbildung des Gesetzes, die „Überlieferung der Alten" habe neben und sogar über der Tora zu stehen, auch den Sadduzäern aufdrängen. Bei aller religiösen Ernsthaftigkeit führten die Einseitigkeit ihrer Grundsätze und ihr übertriebenes Eifern für Gesetz und rituelle Reinheit die Ph. zu hochmütiger Isolierung, Verachtung des Volkes und Partikularismus. Ihre juristische Einstellung erstarrte im Formalismus, so daß die Ph. schließlich nicht mehr Träger eines lebendigen Glaubens waren. – Das strenge Urteil Jesu über die Ph. betrifft weniger ihre Lehre als ihre Mentalität (Hoffart und Heuchelei) und ihr Tun (Mt 23, 13–36). Der unversöhnliche Gegensatz führte schließlich zur Hinrichtung Jesu (vgl Mk 3, 6 u. ö.).

Philemon (gr.: Liebender), wohlhabender Christ in der Gemeinde von Kolossä. Einer seiner Sklaven, Onesimus, floh nach Rom, wurde dort von Paulus bekehrt und mit einem Empfehlungsschreiben, dem Phlm, zu Ph. zurückgeschickt.

Philemonbrief. Paulus bittet →Philemon, Onesimus wieder aufzunehmen, und hofft sogar, ihn als Begleiter behalten zu dürfen. Echtheit und Einheit des Briefes sind unbestritten. →Gefangenschaftsbriefe.

Philipperbrief. Paulus gibt dem Boten Epaphroditus, der ihm in die Gefangenschaft von den Philippern eine finanzelle Unterstützung gebracht hat, einen Brief mit. Außer persönlichen Mitteilungen (1, 12–26 2, 19–30) und dem Dank (4, 10–20) geht es um zwei Themen:
(a) Ermahnung zur Einigkeit und gegenseitigen Liebe (1, 27–2, 18; 2, 5–11 ist wohl ein alter Hymnus), (b) Warnung vor den Judaisten (3, 2–21). Daran schließt sich ein persönliches Bekenntnis (4, 1–9) und das Schlußwort (4, 21–23). Die Echtheit des Briefes wird allgemein anerkannt, hinsichtlich der Einheit gibt es Vorbehalte. Der in Inhalt und Ton abweichende Abschnitt 3, 1–21 ist vielleicht das Stück eines älteren Briefes. Zu Ort und Zeit der Abfassung →Gefangenschaftsbriefe.

Philippi, benannt nach Philipp II., Stadt im O Mazedoniens, das 146 vC röm. Provinz wurde. Nach der Schlacht bei Ph. (42 vC) wurde die Stadt von Augustus zur röm. Kolonie erhoben und erhielt das *ius italicum.* Die Einwohner waren neben zahlreichen Einwanderern z. T. gr., mazedonischer und etwa zur Hälfte röm. Abstammung (Apg 16, 21). Zwar waren die Gold- und Silberminen z. Z. des Apostels Paulus erschöpft, Ph. blieb aber eine bedeutende Handelsstadt. Auf seiner 2. Missionsreise gründete Paulus um 51 die Gemeinde von Ph. (Apg 16, 13–40 1 Thess 2, 2), meist aus Heidenchristen. Er besuchte sie auf seiner 3. Reise um 57 (Apg 20, 1 f) und zu Ostern 58 (20, 6) und blieb ihr eng verbunden. – →Philipperbrief.

Philippus (gr.: Pferdefreund)
(1) Ph. II., König von Mazedonien (359–336 vC), Vater von Alexander d. Gr. (1 Makk 1, 1 6, 2).
(2) Ph. V. von Mazedonien (221–179 vC; Anspielung auf seine Niederlage 197 vC: 1 Makk 8, 5).
(3) Ph., Freund Antiochus' IV. Epiphanes (1 Makk 6, 14 f. 55–63 2 Makk 9, 29 13, 23).
(4) Ph., Sohn von Herodes und Kleopatra, Vierfürst von Ituräa, Trachonitis (Lk 3, 1), Gaulanitis, Batanäa und Auranitis, einem vor allem von Heiden besiedelten Gebiet; erhielt dem Land lange Zeit den Frieden, gründete Betsaida (Julias) und Paneas (Cäsarea Philippi; Mk 8, 27 par), heiratete Salome, die Tochter der Herodias (6, 22–28 par).
(5) Ph. (Herodes Ph.), Sohn des Herodes und der Mariamne II., Gatte der Herodias. Seine Tochter Salome heiratete Ph. (4), er selbst starb als Privatmann in Rom.
(6) Ph., Jünger Jesu (Mk 3, 18 par Apg 1, 13), aus Betsaida. Nur bei Johannes öfter erwähnt (Joh 1, 43–46 6, 5–7 14, 8–10), vor allem als Vermittler zu den Heiden (12, 21 f). Ihm werden ein apokryphes Ev und eine apokryphe Apg (Ende 4. Jh) zugeschrieben.
(7) Ph., einer der sieben →Diakone in Jerusalem (Apg 6, 5 f), predigte in Samaria (8, 5–13), in der Gegend von Gaza (8, 26–39), in Aschdod und wohnte schließlich in Cäsarea, wo er Paulus empfing (21, 8). Oft mit (6) verwechselt.

Philister. (1) *Geschichte.* Der Name der Ph., nach denen das Land →Palästina benannt ist, ist noch ungeklärt. Im Zuge der sog. „Seevölker"-Bewegung zogen die Ph. von ihrem Ausgangspunkt →Kaftor zunächst wohl nach SO-Kleinasien. Ca

1180 vC wurden sie von Ramses III. besiegt und siedelten sich in der palästinischen Küstenebene an. Gegen Ende der Richterzeit unterwarfen sie die Israeliten und vernichteten das Königtum Sauls (1 Sam 4, 1–12 13 14, 1–31 u. ö.). Erst David konnte sie auf ihr Kerngebiet beschränken (2 Sam 5, 17–25 21, 15–22). Später waren sie zusammen mit Juda, Israel und den syrischen Kleinstaaten am Abwehrkampf gegen Assyrien beteiligt und büßten gegen Ende des 8. Jh schrittweise ihre Selbständigkeit ein. 333 belagerte Alexander d. Gr. Gaza. Früh hellenisiert, nahmen sie in den Makkabäerkämpfen eine antijüd. Haltung ein (1 Makk 3, 41 5, 68).

(2) *Kultur.* Über die genuine Kultur der Ph. ist wenig bekannt. Schurz, Koller, Stichschwert oder Dolch, Lanze und Rundschild machten ihre Rüstung aus. (Bei Goliat handelt es sich eher um die Kriegsausstattung eines syrischen Fürsten.)

Nach ihrer Ansiedlung haben sie sich schnell der bodenständigen kanaan. Kultur, Sprache und Religion assimiliert. Im 10. Jh hatten sie das Eisenmonopol in Palästina (1 Sam 13, 19–22). Im AT wird besonders betont, daß sie unbeschnitten waren.

Phönizien. (1) *Geschichte.* Küstenstreifen des ö Mittelmeeres vom Karmelgebirge bis zum Eleutherosfluß, mit den Häfen Akko, Achsib, Tyrus, Sarepta, Sidon, Beirut, Gebal (Byblos), Tripolis und Arwad. Wichtigste Erzeugnisse: Zedernholz, Wein und Korn. Der Name („purpurrot“) dürfte das gr. Äquivalent zu akk. *kinaḫḫu* sein; damit verwandt ist →„Kanaan“, das in akk. und ägypt. Texten sowie im AT und NT für Ph. steht. Die Phönizier selbst nannten sich häufig nach Städten (im AT: Sidonier). Sie dürften sich im Zuge der großen kanaan. Völkerwanderung um 3000 vC am Mittelmeer angesiedelt haben; Herkunft und Abstammung (semit.?) sind ungewiß, jedoch erscheinen sie Gen 10, 15 völlig semitisiert. Zwischen 1500 und 1150 standen die Phönizier unter ägypt. Oberhoheit, gewannen aber allmählich ihre Unabhängigkeit zurück. Im 12. Jh vC ging die Führung von der Stadt Sidon auf Tyrus über. Schon seit dem 12. Jh gab es phön. Handelskolonien in Kreta und bis nach Sardinien und Spanien. Ob die Phönizier gar bis nach Brasilien kamen, ist umstritten. Im 9. Jh herrschten freundschaftliche Beziehungen zu Israel: Handel, Schiffahrt und Baukunst (Gen 49, 13–20), Freundschaft mit David, Salomo und Ahab, der die phönizische Prinzessin Isebel heiratete. Die prophetischen Orakel gegen Tyrus

(Jes 23 Jer 25, 22 Ez 26, 1–28, 19 u. a.) richten sich gegen den Baalkult. Zwischen den Großmächten Ägypten, Assyrien, Babylonien und Persien gelegen, machte es die wechselvolle Geschichte des syrisch-palästinischen Raumes mit, wobei die Küstenstädte teilweise ihre Selbständigkeit wahren konnten. Alexander d. Gr. schlug Ph. zu seinem Reich (333/32), Ptolemäerherrschaft bis 219, dann Seleukidenherrschaft. In den Makkabäerkriegen durch Sklavenhandel bekannt (2 Makk 8, 11. 25), 68 der röm. Provinz Syrien einverleibt (Apg 12, 20–23). Paulus durchzog Ph. in Begleitung des Barnabas (15, 3), später besuchte er Tyrus und Akko (21, 3–6). *Abb. 22.* (2) *Kultur und Religion.* Nach der Überlieferung gelten die Phönizier als die Erfinder des →Alphabets. Es sind heute zwei phönizische Alphabete bekannt, ein kursives und ein keilschriftliches. Die älteste Inschrift im voll ausgebildeten kursiven Alphabet steht auf dem Sarg des →Ahiram; die größte ist die zweisprachige (hieroglyphen-hetitisch/phönizische) Inschrift von Karatepe in O-Zilizien. Bedeutend umfangreicher sind die in alphabetischer Keilschrift geschriebenen Texte von →Ugarit, die deutlich machen, daß die phönizische Sprache mit der kanaan. und der hebr. verwandt ist (→Hebräisch). Über die phönizische Religion geben vor allem die ug. Texte Aufschluß. Man verehrte die Götter →El, →Baal, Melkart (Stadtgott von Tyrus; Sonnengott), Eschmun (Stadtgott von Sidon), Adonis, Aschirtu u. a.

Phrygien, Landschaft im w Kleinasien, benannt nach den Phrygiern, einem indogermanischen Volksstamm, der sich hier auf der ägäischen Völkerwanderung (12. Jh vC) niederließ. Ihr Reich, das auch Galatien, Lykaonien und halb Kappadozien umfaßte, wurde von den Kimmeriern (7. Jh) zerstört, von den Lydiern wieder aufgerichet und ging schließlich im Perserreich auf. Seit 192 vC röm. Die orgiastischen Kulte der Phrygier waren weit verbreitet. Verehrt wurden vor allem Sabazios, der phrygische Dionysos, und Kybele, die Magna Mater. – Schon um 200 vC wurden Juden in Ph. angesiedelt. Apg 2, 10 nennt Phrygier unter den Besuchern des Pfingstfestes, Paulus besuchte Ph. auf seiner 2. (Apg 16, 6) und 3. (18, 23) Missionsreise.

Pilatus (lat.: der Haarlose [?]), Pontius, röm. Prokurator (→Statthalter) von Judäa (26–36; Lk 3, 1). Die antiken Profanhistoriker (Philo, Fl. Jos., Tacitus) stellen ihn als rück-

Abb. 39: Bisher einzige Erwähnung des Pilatus in einer Bauinschrift (1961 im Theater von Cäsarea gefunden, wo der Stein als Stufe wieder verwendet worden war).
. . .]S TIBERIEVM
PO]NTIVS PILATVS
PRAEF]ECTVS IVDAE[AE

sichtslos und grausam dar. Er verletzte das religiöse Empfinden der Juden, indem er Standarten mit dem Kaiserbild durch Jerusalem tragen und Votivbilder mit dem Kaisernamen aufstellen ließ; den Tempelschatz verwendete er für den Bau einer Wasserleitung. Wegen seiner Grausamkeit gegen →Samaritaner wurde er schließlich nach Rom beordert und abgesetzt. In den Evv, wo er als Richter im Prozeß Jesu eine entscheidende Rolle spielt (Mk 15 par Joh 18 f), nimmt er, abgesehen von seiner Feindschaft zu Herodes →Antipas (Lk 23, 12), eine unschlüssige und unklare Haltung gegenüber den Juden ein. – In der frühen christl. Zeit waren mehrere apokryphe Schriften über P. im Umlauf: Mors Pilati berichtet von seinem Selbstmord, ein Brief des P. an Claudius (= Tiberius) von Jesu Unschuld (zu den Acta Pilati →Nikodemus), die „Überlieferung des P." schließlich von seiner Hinrichtung als reumütiger Christ. *Abb. 39.*

Pitom (ägypt. Tempel des Atum), ägypt. Stadt, als Vorratsstadt von Israeliten unter Ramses II. in Fronarbeit angelegt (Ex 1, 11). Es wird mit Heropolis im O des *wādi ṭumēlāt* gleichgesetzt. *Abb. 7.*

Plagen. Nach bibl. Vorstellung bestraft Gott seine Feinde durch P. oder Leiden, so die Ägypter, die den Auszug der Israeliten verhindern, durch Frösche, Stechfliegen, Finsternis, Heuschrecken, Hagel und andere teilweise für Ägypten charakteristische Katastrophen (Ex 7, 14–12, 36 Ps 78, 43–51 105, 26–36), die Philister (1 Sam 6, 4) oder die untreu gewordenen Israeliten (Num 11, 33 u. ö.). Die P. dienen zur Warnung und machen gleichzeitig die Macht Gottes deutlich. – Die P. der Offb (Kap 9 16) sind z. T. durch die ägypt. P. inspiriert.

Prätorium bezeichnet das Hauptquartier im röm. Heerlager, auch den Kriegsrat oder die Leibwache; im zivilen Bereich die Residenz des röm. Statthalters in der Provinz und schließlich jedes fürstlich eingerichtete Haus.
Im NT erscheint das P. in drei verschiedenen Bedeutungen: (1) als Residenz des Prokurators Pilatus (Mk 15, 16 par Joh 18, 28–33 19, 4 f. 9. 13). Das Verhör Jesu vollzog sich innerhalb des P.s, die Urteilsverkündigung und Geißelung jedoch auf dem Platz davor (→Gabbata), weil die Juden sich weigerten, das P. zu betreten. Welcher „Palast" (Mk 15, 16) mit dem P. gemeint ist, läßt sich nicht mit Sicherheit feststellen. Seit dem 12. Jh sucht man das P. mit Vorliebe in der →Antonia nw des Tempelplatzes. Als Bestätigung dieser Tradition wurde die Freilegung eines großen Steinpflasters an dieser Stelle ausgegeben, in dem man das Lithostroton von Joh 19, 13 sehen wollte. Andere sehen das P. unter Berufung auf Philo und Fl. Jos. richtiger im ehemaligen Palast des Herodes, der späteren türkischen Zitadelle auf dem W-Hügel, wo die röm. Prokuratoren nachweislich residierten, wenn sie nach Jerusalem kamen. *Abb. 27.*
(2) Das P. des Herodes in Cäsarea (Apg 23, 35), Residenz des röm. Prokurators, wo Paulus von Felix gefangengehalten wurde.

(3) Das Verständnis von P. Phil 1, 13 hängt davon ab, welche Stadt man als Ursprungsort des Briefes annimmt. War es Cäsarea oder Ephesus, dann handelt es sich um die Residenz des Gouverneurs; schrieb Paulus aus Rom, dann dürfte mit P. die Leibwache gemeint sein, die ihn während seiner Gefangenschaft in seiner Wohnung bewachte.

Prediger (hebr. Kohelet, gr. ἐκκλησιαστής: der in der Versammlung das Wort führt). Abgesehen von Überschrift und Epilog besteht Koh aus sieben Spruchreihen über die Eitelkeit alles Irdischen, die Kürze des Lebens, die Nutzlosigkeit alles Tuns u. a. Jede Reihe schließt mit der Mahnung, das Leben zu genießen. Diese materialistische und pessimistische Lebensauffassung entstammt weitgehend einer negativen Vorstellung vom Jenseits. – Der *Verfasser* ist unbekannt, fest steht nur, daß er ein palästinischer Jude war. Klagen über Staatsverwaltung und soziale Wirren (3, 16 4, 1 5, 7 8, 10), Anspielungen auf spätere Ereignisse (9, 13–16 4, 13–16 10, 16 f) und vor allem die Sprache (Aramaismen, späthebr. Ausdrücke und Formen) lassen auf eine Entstehung im 3. Jh vC schließen. Trotz der fehlenden logischen Gedankenführung wird die literarische Einheit heute allgemein angenommen (Verfasser legt seine Betrachtungen einer Kohelet genannten Person, mit der jedoch Salomo gemeint ist, in den Mund). Abhängigkeit von einem babyl. Vorbild oder von der gr. Philosophie ist kaum nachzuweisen. Die *Weltanschauung* von Koh schließt sich durchaus der atl Gedankenwelt an: Er empfiehlt eine religöse Lebenshaltung in Abhängigkeit vom Schöpfer. Und wenn er auch über den Sinn des Lebens keine befriedigende Antwort geben kann, so weckt er gerade dadurch die Sehnsucht nach größerer Erkenntnis und klarerer Offenbarung.

Priester. (1) *Im AT* gibt es zwei Arten von Quellen über das Priestertum. Die nichtpriesterlichen Quellen, die nur selten über P. und Priesterschaft reden, gestatten kaum ein lückenloses Gesamtbild. Die priesterlichen Quellen enthalten sehr ausführliche Angaben, neigen aber dazu, die Vergangenheit an der Gegenwart zu messen und Unebenheiten auszugleichen (vgl Jos 21, 4–42 mit 1 Chr 6, 39–66). In Israels ältester Zeit war das Familien- oder Stammeshaupt P., später treten die Könige als P. auf. Erst durch die Übernahme oder Gründung von Heiligtümern in der Zeit nach der Landnahme und dann vor allem mit dem Bau des Tempels in Jerusalem wird die Frage nach einem amtlichen Priestertum aktuell. Es ist von Anfang an erblich und verknüpft mit einzelnen P.familien, zunächst der des →Mose in Dan (Ri 18, 30) und der des →Eli in Schilo, Nob und Jerusalem. Beide Familien stammen aus Ägypten und gehören zum Stamm →Levi. Während von der priesterlichen Familie des Mose nichts bekannt ist, fand die P.familie des Eli Aufnahme in der Genealogie →Aarons. Unter David wurde sie durch das P.geschlecht des →Zadok verdrängt (1 Sam 2, 27–36). Die P. des Stammes Levi, de an anderen Heiligtümern ihren Dienst tat, durften nach der Reform des Joschija zwar zunächst noch am Tempel in Jerusalem bleiben, aber nach dem Exil nur noch untergeordnete Funktionen ausüben. An der Spitze der so entstandenen Priester- und Levitenschaft stand der →Hohepriester. Der Dienst der in 24 Klassen eingeteilten P. wurde durch das Los verteilt (1 Chr 24 Lk 1, 8 f). Ihnen oblag der Unterricht in religiösen und kultischen Fragen, der Opferdienst, die Verwaltung der Tempelgüter und die Aufsicht über den Tempel. Das älteste sakrale Kleidungsstück, das der P. beim Opferdienst trug, war das →Efod. Die einfachen P. trugen ein kurzes Unterkleid (Ex 28, 42 f Lev 6, 3), ein lang herabhängendes Gewand, eine Kopfbedeckung (Ex 28, 40), alles aus Leinen, und einen bunten Gürtel.

(2) *Im NT.* Jesus erkennt die Autorität der jüd. P. an (Mk 1, 44 par Lk 17, 14; vgl Lev 13, 49). Lk übt einmal indirekte Kritik an den P.n und Leviten (10, 31 f), erwähnt aber auch, daß sich viele P. dem Glauben unterwarfen (Apg 6, 7). Die Apostel und ihre Mitarbeiter werden nie P. genannt. Gelegentlich sind →Älteste erwähnt, denen die Apostel die Hände auflegten (14, 23). Sie waren Aufseher der Gemeinde (später →Bischof; 20, 17), predigten, unterrichteten (1 Tim 5, 17) und salbten die Kranken (Jak 5, 14). Zwar leitet sich das dt. Wort P. vom gr. Presbyter her, hat jedoch erst vom 3. Jh an einen sakral/sakramentalen Sinn. Lediglich in der umstrittenen Stelle 1 Petr 2, 5–10 ist vom „königlichen Priestertum" aller Gläubigen die Rede (vgl Offb 1, 6 5, 10).

Priesterkodex oder **Priesterschrift,** die jüngste der vier Quellen des →Pentateuch. P. ist kenntlich an seinem trockenen Stil, der Vorliebe für Daten, Listen und Genealogien und am Interesse für kultische und gesetzliche Fragen. P. zieht sich vom →Schöpfungsbericht (Gen 1, 1–2, 4a) bis zur Schilderung von Moses Tod (Dtn 34; nach manchen Forschern bis ins Josua-Buch: Jos 13–21; →Hexateuch) durch den Pentateuch. Man nimmt an, die Schrift sei während und nach dem Exil entstanden, später durch das →Heiligkeitsgesetz (Lev 17–26) und andere Abschnitte erweitert und schließlich (im 5. Jh vC) mit den drei älteren Pentateuchquellen (→) Jahwist, Elohist und Deuteronomium verbunden worden.

Priszilla →Aquila (1).

Prophet. (I) Im AT. (1) *Sprachgebrauch.* Das Wort P. kommt von gr. προφήτης: Orakeldeuter und -verkünder. Das hebr. *nābī'* hat zwar die gleiche Grundbedeutung; in den ältesten Zeiten jedoch war die Bezeichnung anscheinend auf die ekstatischen Verkündiger des Lobes Gottes beschränkt (1 Sam 10, 5. 10). Diejenigen, die ein Orakel Jahwes vermittelten, wurden Seher (*rō'eh* oder *ḥōzeh*) genannt. *Nābi'* wurde sogar ein Spottname, und die meisten Schriftpropheten distanzierten sich von diesem Titel. – Während rund eines halben Jt hat der Prophetismus das geistige Leben Israels entscheidend bestimmt. Eine Reihe von Propheten ist uns nur aus den historischen Büchern bekannt (Samuel, Natan, Ahija, Elija, Elischa).

(2) P.en *außerhalb Israels.* Jer 27, 9 zeigt, daß man in Israel auch bei den semit. Nachbarn mit prophetischen Erscheinungen rechnete. In Ägypten ist die „Prophetie“ Bestandteil der Weisheitslehre; es geht dabei nicht um eine charismatische Verkündigung, sondern um die Überzeugung, daß die Geschichte nach festen und erkennbaren Regeln abläuft, was einsichtige Männer auch zu Aussagen über die Zukunft befähigt. Das gleiche gilt wohl für die Hetiter. Der *maḫḫû* aus den akk. Texten hingegen scheint ein Ekstatiker zu sein. Der *maḫḫû (āpilum)* aus den Mari-Texten (ca 1700 vC) zeigt eine gewisse Ähnlichkeit mit den atl P.en (unaufgefordertes Auftreten), doch seine Botschaft bezieht sich nicht ausschließlich auf das Schicksal des Königs, er richtet sich mit ethischen Forderungen an das ganze Volk. Ein Vergleich mit dem außerisraelit. Prophetismus ist deshalb nur bei den atl Berufspropheten, nicht bei den Berufungspropheten möglich.

(3) Diese *Berufspropheten* wurden wie die Priester, Weisen und Könige zu den Führern Israels gerechnet; häufig waren sie mit dem Hof oder einem Heiligtum verbunden und verdienten ihren Unterhalt damit, daß sie das Wort Gottes ver-

kündigten. Wenn auch einzelne Berufspropheten bei besonderen Umständen einen Auftrag von Jahwe erhielten (Samuel, Elija, Elischa), so unterscheidet sie doch gerade das Fehlen dieser besonderen Berufung durch Jahwe von den Berufungspropheten.

(4) *Falsche und wahre P.en.* Einige Berufspropheten ließen sich offenbar mehr von der Gewinnsucht als von der Wahrheitsliebe leiten. Dtn 13, 6 18, 20 bedroht den P.en, der durch seine Verkündigung oder durch Wunder das Volk von Jahwe abbringt oder ohne Auftrag im Namen Jahwes redet. Ein wahrer P. ist nur daran zu erkennen, ob seine Verkündigung mit den Forderungen des Bundes übereinstimmt. Bei Weissagungen nationalen Heils bietet allerdings erst die Erfüllung ein sicheres Kriterium.

(5) *Offenbarungsformen.* Die P.en berufen sich selten auf Träume, öfter auf Visionen, die auch mit Ekstasen verbunden sein konnten (Jer, Ez, Dan). In den meisten Fällen sprechen die P.en aber von einem Wortempfang, der ihnen von Jahwe zuteil wurde.

(6) Die *Ausdrucksweisen.* Die Botschaft der P.en kann durch symbolische Gebärden oder Körperhaltungen unterstrichen werden. Die Reden der älteren P.en sind meist in Form von kurzen, rhythmischen Sprüchen gehalten. Charakteristisch ist die Einleitungsformel (Hört das Wort Jahwes; so spricht Jahwe). Die üblichen poetischen Gattungen sind gebräuchlich (Trink- und Spottlieder, Totenklage, Hymnen, Anklage- und Drohrede, Mahnsprüche, Streitgespräche). Zum Verständnis der P.en ist die Kenntnis ihrer geographischen und historischen Umgebung unentbehrlich.

(7) *Inhalt* der prophetischen Predigt sind die sittlichen Forderungen, die aus dem (→) Bund und dem Dekalog erwachsen. Der Untreue begegnen die P.en mit Rüge und Androhung des Gerichts; nur Treue zu Jahwe ist Israels Glück. Immer wieder stellen sie dem Volk aber auch die noch mögliche Rettung vor Augen. Gott straft nur zum Heil. In der späteren Prophetie tritt der Heilsgedanke noch stärker hervor, die Initiative des Menschen tritt mehr und mehr zurück, das Heil wird zum ausschließlichen Werk Jahwes erhoben.

(II) Im NT. (1) *Die atl Propheten* (besonders Jesaja) werden häufig als Zeugen für die in Jesus erfüllte Heilsoffenbarung angeführt. Die Deutung der einzelnen P.enworte ist weithin von der Glaubenseinsicht der Jesusgemeinde bestimmt. Die Worte von Zacharias, Elisabet, Anna und Simeon (bei Lk)

sind „prophetisch“, weil sie wie die atl P.ensprüche aus einer Gottesoffenbarung kommen und sich auf das Heilsgeheimnis Christi beziehen. Johannes der Täufer, „Prophet des Allerhöchsten“ (Lk 1, 76), „mehr als ein P.“ (Mt 11, 9), stellt durch sein Auftreten, seine Taufe und Gerichtspredigt zugleich den Abschluß und die Erfüllung der atl Prophetie dar. Jesus bekundet deutlich seine Gemeinsamkeit mit dem P.enschicksal (Mk 6, 15 Lk 13, 33). Sicher wurde er von seinen Zeitgenossen als P. angesehen (Mk 6, 15 par 8, 28 par Mt 21, 11. 46 Joh 4, 19 u. ö.).
(2) In der *christl. Gemeinde* erhielt das Prophetentum eine besondere Wirksamkeit durch die charismatische Gabe des von Jesus verheißenen und gesandten Geistes. Diese Gabe der erfüllten Heilszeit stand allen Glaubenden offen, wenn sie auch von einzelnen in besonderer Weise ausgeübt wurde. In der Apg werden einige Fälle von besonderer P.enbegabung bezeugt (Agabus, die vier Töchter des Evangelisten Philippus). Paulus stellt sich selbst nie als P. vor, sondern meist als Apostel, weiß aber doch um seinen Geistbesitz (1 Kor 7, 40). Die Gruppe ntl P.en hatte offensichtlich in der frühen Kirche eine amtsähnliche Stellung. Die späteren Schriften zeigen, daß das wirkliche Prophetentum bald hinter der sich mehr und mehr institutionalisierenden Kirche zurücktrat.

Psalmen (von gr. ψαλμός, hebr. *mizmōr*), von einem Saiteninstrument begleitete Lieder. Die Juden bezeichnen das Buch der Pss als *t^ehillīm* (Loblieder) oder *t^efillōt* (Gebete).
(1) *Inhalt.* Das Buch der Pss enthält in MT und Vg 150 Pss, in LXX, altlat. und syrischen Übersetzungen außerdem noch einen 151. Ps (nicht kanonisch). Die Zählung der kanonischen Pss ist verschieden, da LXX und Vg Ps 9 + 10 und 114 + 115 zusammenziehen, Ps 116 und 147 dagegen in zwei zerlegen. Das heutige Pss-buch ist in fünf Bücher eingeteilt, die je mit einer Doxologie enden.
(2) Die *Überschriften* der Pss dürften in der Regel von den Sammlern der Pss, nicht von deren Dichtern stammen. Gewöhnlich enthalten sie den Namen des angeblichen Dichters, die Umstände, unter denen der betreffende Ps verfaßt worden sei, Notizen über die musikalische Ausführung und über die Verwendung im Kult.
(3) Die *Verfasser* der Pss sind nicht alle bekannt. In MT werden 73 Pss dem David, 12 dem Asaf, 11 den Söhnen des Korach, 1 dem Mose, 2 dem Salomo, 1 dem Heman zugeschrie-

ben; 50 sind anonym. Die spätere jüd. und die christl. Überlieferung schrieb das gesamte Pss-Buch dem David zu. Zahlreiche Pss, vor allem die Kult- und Königslieder, sind in die Zeit der Monarchie anzusetzen. Es ist durchaus möglich, daß David, der den Kult in Jerusalem eingerichtet und organisiert hat, selber Kultlieder und vielleicht individuelle Gebete verfaßt hat.
Im Laufe der Jhh wurden viele Pss neu redigiert, ergänzt und dem liturgischen Gebrauch bzw. der historischen Situation angepaßt („relecture").
(4) *Text und Übersetzungen.* Der hebr. Text hat im Laufe der Jhh viel gelitten und ist stellenweise heillos verderbt. Die Hss-Funde von →Qumran, LXX und ältere Übersetzungen (besonders die Peschitta) bieten für die Textkritik der Pss in vielen Fällen eine wertvolle Hilfe.
(5) *Psalmengattungen.* Der *Hymnus* oder das Loblied preist Jahwes Herrlichkeit in der Natur oder in der Geschichte Israels; die meisten sind individuelle Hymnen; es gibt aber auch Kulthymnen (u. a. Danklieder bei der Darbringung der Dankopfer).
Die *Thronbesteigungslieder* sind eine besondere Gattung der Kulthymnen. Es ist nicht erwiesen, daß diese Lieder anläßlich eines alljährlich im Tempel gefeierten Thronbesteigungsfestes Jahwes gesungen wurden.
Die *Volksklagelieder* sind Kultlieder für Fast- und Bußtage. Die *individuellen Klagelieder*, meist Privatgebete, erflehen von Jahwe die Befreiung aus der Not oder die Vergebung der Sünden. Die drückende Not veranlaßte die Dichter nicht selten zu leidenschaftlichen Fluchworten gegen ihre Feinde (Fluchpsalmen). Andere Klagelieder bringen das Vertrauen des einzelnen oder des Volkes auf Jahwe zum Ausdruck. – Weiter gibt es noch *Pilgerlieder, Einzugslieder, Orakelpsalmen* und *Königspsalmen*. Einzelne Pss gehören der *Weisheits*literatur an, weil sie die Weisheit oder das Gesetz lehren oder preisen.

Ptolemäer hießen die ägypt. Herrscher der 31. Dynastie (323 bzw 305–30 vC) nach ihrem Stammvater Ptolemäus I. Soter, dem Leibwächter und Feldherrn Alexanders d. Gr. Im AT werden sie in den späteren Büchern erwähnt. Palästina stand im 3. Jh meist unter ägypt. Herrschaft, fiel jedoch nach mehreren Kriegen zwischen Ägyptern und Syrern (Dan 11, 6–30) im 2. Jh an die Seleukiden. Ptolemäus VI. Philometor

(180–145) griff in den Kampf zwischen Alexander Balas und Demetrius II. ein (1 Makk 10, 51–58) und gestattete den Juden, in Leontopolis einen Tempel zu bauen. An seinen Bruder und Nachfolger Ptolemäus VIII. Euergetes (145–116) richtet sich das Schreiben 1 Makk 15, 16–21.

Purim (von akk.: Los), ein jüd. Fest, das am 14. und 15. Adar (babylon. Monatsname) zur Erinnerung an die Rettung der Juden durch Mordechai und Ester unter dem Perserkönig Xerxes (485–465) gefeiert wurde (2 Makk 15, 36 wird P. als Mordechaitag erwähnt; →Ester). Die Errettungsgeschichte hatte ursprünglich nichts mit dem Festnamen und -datum zu tun. Wahrscheinlich haben die Juden der ö Diaspora im Monat Adar ein persisches Frühlingsfest mitgefeiert, das sie später judaisierten und dabei den Namen (eigentlich „erster"; vgl *primavera*) umdeuteten. P. war ein freudiges Fest und wurde mit Mahlzeiten und Geschenken an Freunde und Arme begangen (Est 9, 19. 22). Spätere Quellen berichten sogar von Mummenschanz und karnevalähnlichen Festsitten. In der Synagoge liest man die Esterrolle vor.

Q

Qatna (oder Qatana), 18 km nö von Homs. Ausgrabungen (1924–29) ergaben für das 3. Jt vC einen kleinen, befestigten Ort, der erst zur Zeit Hammurapis (etwa ab 1800) Bedeutung gewann (vgl Erwähnungen in den Mari-Briefen und in der Literatur aus Amarna, Ugarit und Alalach). Nach der Amarna-Zeit verlor er seine wirtschaftspolitische Führungsrolle an das →Hetiterreich. *Abb. 24.*

Qumran. Im Frühling 1947 fanden Hirten im ö Teil der Wüste Juda, 3 km n von *'ēn feschcha* und nahe der von den Arabern *chirbet ḳumrān* genannten Ruine eines großen Gebäudes am N-Ufer des Toten Meeres die ersten „Rollen von Q.". Später kamen weitere Hss aus dem 18 km weiter sw gelegenen *wādi murabba'āt* sowie aus *chirbet mird* hinzu. Nach einer systematischen Durchsuchung der Wüste wurden Hss (meistens Fragmente) in insgesamt 11 Höhlen entdeckt. Die Publizierung des gesamten Materials wird noch viele Jahre in Anspruch nehmen und hat sich, nach guten Anfängen, in letzter Zeit ungebührlich verzögert. Archäologische Forschungen (1952/56) erbrachten die Bestätigung, daß auf *chirbet ḳumrān* das Zentrum der „Qumran-Gemeinschaft" lag (von den meisten Forschern der Bewegung der →Essener zugewiesen). Eine israelische Expedition fand im *naḥal ḥeber* und in →Masada bibl. und profane Texte, u. a. Briefe von Bar Kochba aus dem 2. jüd. Freiheitskrieg (132–135; →Papyri). *Abb. 40.*
(I) HANDSCHRIFTENFUNDE. (A) Bibelhandschriften.
(1) Die wichtigste Hs ist eine fast vollständige Jes-Rolle, 1947 gefunden und 1950 veröffentlicht; außerdem der bibl. Text des Kommentars zu Hab 1–2. Höhle 4 erbrachte Fragmente von allen Büchern des hebr. AT mit Ausnahme von Est. In Höhle 11 fand man große Reste einer Pss-Rolle, jetzt die zweitgrößte der erhaltenen bibl. Q.-Schriften. Die anderen Höhlen enthielten kleinere Fragmente bibl. Texte. Das Gesetz (besonders Dtn), Jes und Pss sind am häufigsten vertreten, sie waren in der Gemeinschaft wohl auch die beliebtesten Bücher.
(2) Für die Bibelwissenschaft ist die Frage der *Datierung* überaus wichtig. Es gilt jetzt als gesichert, daß die meisten Hss aus den zwei letzten Jhh vC oder aus dem 1. Jh nC stammen. Al-

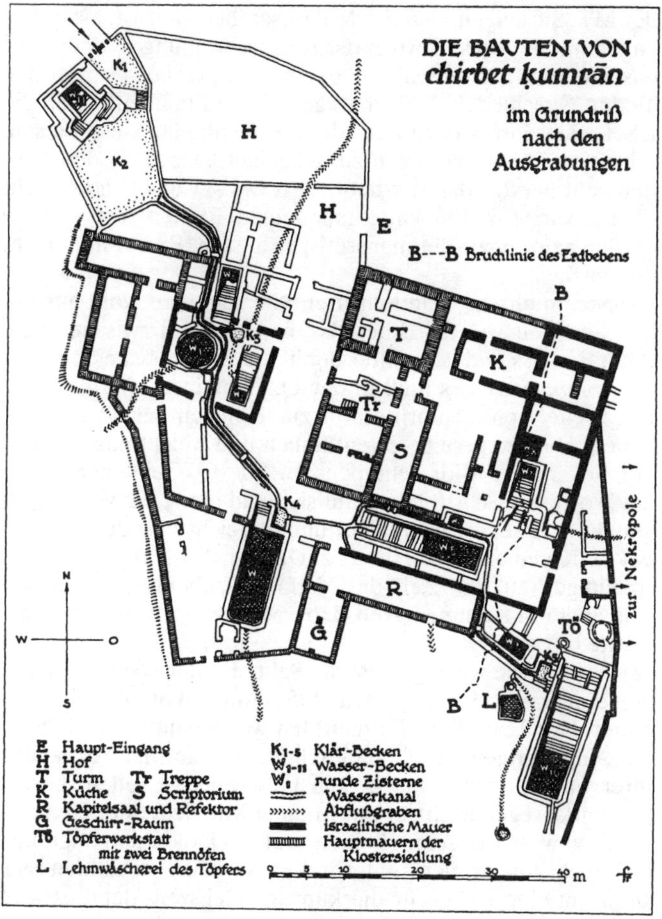

Abb. 40: Der Ausgrabungsbefund von chirbet ḳumrān

les deutet darauf hin, daß sie in oder vor 68 nC in den Höhlen deponiert wurden. Manche mögen wohl dem 1. oder 2. vorchristl. Jh angehören, einige Fragmente noch älter sein (3. oder 4. Jh vC).

(3) *Wert.* Die Hss von Q. bieten einen →Bibeltext, dessen Abschriften um ein Jt älter sind als die bisher ältesten hebr. Kodizes. Dennoch ist ihr Text im großen ganzen nicht besser als

der MT. Sie zeigen, daß der MT wesentlich älter ist, als bisher angenommen wurde. Auch die Rechtschreibung – wichtig für das Studium der Geschichte der hebr. Sprache – ist bei den Texten verschieden. Weiter zeigen einige Fragmente, daß die LXX auch dort, wo sie frei oder eigenwillig übersetzt zu sein schien, auf hebr. Vorlagen zurückgehen kann. Aus den Funden geht hervor, daß der hebr. Text des AT 68 nC noch nicht fixiert war; 132–135 hatte man einen Einheitstext, der im großen ganzen wie der masoretische aussah. Er war aber nicht der einzige.

(B) Nichtbiblische Handschriften. Sie stammen wohl aus der gleichen Zeit wie die Bibel-Hss; es ist jedoch zwischen dem Alter der Hss und dem Alter der Texte zu unterscheiden.

(1) *Kommentare.* Es muß in der Q.-Gemeinschaft eine ziemlich breite Kommentarliteratur zur Heiligen Schrift gegeben haben. Die Exegese ist eigentümlich und weicht von den bisher bekannten Midraschtypen ab. Die Q.-Gemeinde bezog die Worte der Schrift gerne auf sich und ihre Zeit, von der sie annahm, sie sei die letzte. Der umfangreichste ist der sog. *Habakuk*-Kommentar zu Hab 1–2. Der Inhalt ist wegen der Anspielungen auf die Zeit des Verfassers überaus interessant. Von anderen Kommentaren (Hos, Mi, Pss, Jes) sind nur Fragmente bekannt.

(2) *Regeln.* Die wichtigste ist die Sekten- oder *Gemeinderegel*, von den ersten Herausgebern (1951) Manual of Discipline genannt. Der Text (11 Kolumnen) hat wenig gelitten. Er belehrt die Angehörigen der Gemeinschaft, wie sie, der Auslegung ihrer Führer gemäß, nach dem Gesetz leben sollen. Dieser Gemeinderegel, nach der nur Männer Mitglieder der Gemeinschaft gewesen zu sein scheinen, war ein Dokument angefügt, das auch von Frauen und Kindern spricht. Es handelt sich wohl um eine Regel für die künftige Heilszeit, denn es wird darin u. a. über die Möglichkeit gesprochen, daß der Messias bei der Mahlzeit anwesend ist. – Daß die →*Damaskusschrift* inhaltlich und stilistisch zur Q.-Literatur gehört, wird durch die Tatsache bewiesen, daß Fragmente verschiedener Exemplare in den Q.-Höhlen gefunden wurden. Sie stammt wohl aus einer anderen Periode als die Gemeinderegel. Die sog. *Kriegsregel* versucht den Krieg zu beschreiben, den die Söhne des Lichts, d. h. die Mitglieder der Gemeinschaft, gegen die ganze übrige Welt in der Endzeit führen werden, wobei die Priester eine große Rolle spielen.

(3) *Psalmen.* Die Gemeinde von Q. betete außer den bibl. Pss

auch ihre eigenen. Es sind Hymnen, die zwar, literarisch gesehen, ein Mosaik aus bibl. Pss-Worten bilden, jedoch eine einheitliche theologische Konzeption verraten und daher wohl als das Werk eines einzigen Verfassers angesehen werden müssen. Als Ausdruck der religiösen Denkweise in Q. sind sie für uns von großer Bedeutung.

(4) *Übrige Texte.* Unter ihnen nehmen die Zeugen einer umfangreichen apokryph-apokalyptischen Literatur breiten Raum ein. Dazu gehören bereits bekannte (Jub, Hen, TestXII) wie bisher unbekannte Schriften, z. B. eine Beschreibung des Neuen Jerusalem, ein Gebete des Nabonid und drei weitere Fragmente des Dan-Zyklus. Auffallend zahlreich sind auch die liturgischen Texte, die in gewisser Weise als Vorläufer von Hebr und Offb angesehen werden können: Liturgie und Tempel im Himmel erscheinen als Modell für Liturgie und Tempel auf Erden.

(C) Bedeutung und Wert der Funde. Die Funde von Q. haben auf das Judentum Palästinas an der Wende von der atl zur ntl Epoche neues Licht geworfen. Wir wissen jetzt, daß das Judentum z. Z. Jesu mehr Aspekte hatte, als bislang angenommen worden war. Die Texte ermöglichen neue Einblicke in die Umwelt, in der das Christentum entstand. Bei manchen Stellen des NT, wo man früher hellen. Einflüsse annehmen zu müssen glaubte, denkt man jetzt eher an innerjüd. Beeinflussung.

(II) THEOLOGIE. Obgleich weder der Begründer der Q.-Gemeinschaft (er wird lediglich „Lehrer der Gerechtigkeit" genannt) noch der konkrete Anlaß der Gemeindegründung bekannt ist (offenbar spielte dabei die Frage nach dem „rechten Kalender" eine entscheidende Rolle), läßt sich in den gefundenen Schriften doch eine beeindruckende theologische Konzeption erkennen: Die Gemeinde von Q., überzeugt, daß Gott ihr seine Gemeinschaft sowie die Gemeinschaft mit seinen Engeln aufs neue eröffnet und geschenkt habe, war in besonderer Weise von dem Bemühen beseelt, sich in allem Gott anzugleichen. Aus diesem Grund fühlte sie sich nicht nur zur genauen Beobachtung der von Gott erlassenen Weisungen, sondern auch zur Trennung von allen Sündern und allem Sündhaften verpflichtet. Denn da Gott selbst den Geist der Finsternis haßte, konnten auch die Mitglieder von Q. alles Sündhafte nur hassen und von sich weisen. Deshalb wurden sogar jene Glieder, die ein Gebot des Gesetzes übertreten, d. h. dem Geist des Frevels Raum gegeben hatten, zeitweise oder für immer aus der Gemeinschaft ausgeschlossen. Zugleich bestimmte der Geistbesitz des einzelnen seinen jeweiligen Platz in der Ordnung der Gemeinschaft, in der sich die „himmlische Ordnung“ widerspiegeln sollte: Keiner sollte niedriger sein als die ihm zugewiesene Stellung, und keiner sollte sich über den Platz seines (von Gott bestimmten) Loses erheben. Doch die vom Geiste Gottes enthüllten Weisungen reichten als Norm nicht aus. Mit Hilfe eines reinen Sonnenkalenders, der als „himmlischer Kalender“ verstanden wurde, bemühte man sich, dem eigenen Leben eine Ordnungsstruktur zu geben. Er sollte der Gemeinschaft helfen, auf Gottes Entgegenkommen zur *rechten* Zeit zu antworten. Gerade weil Q. die Gemeinschaft, zu der es sich von Gott berufen wußte, als reines, gnädiges Geschenk verstand, waren seine Mitglieder bemüht, sich bei der Verwirklichung dieser Gemeinschaft keiner Selbstanmaßung schuldig zu machen, sondern auf jene Wege einzugehen, die ihnen Gott in seinem Gesetz eröffnet hatte.

R

Rabba oder Rabbat-Bne-Ammon, Hauptstadt der →Ammoniter, von David erobert (2 Sam 12, 27–29 1 Chr 20, 1), aber weiterhin mit eigenem König (2 Sam 17, 27). Im 3. Jh vC von Ptolemäus II. Philadelphus hellenisiert und in Philadelphia umbenannt, seit 63 zur →Dekapolis gehörig. Heute *'ammān*, Hauptstadt von Jordanien (mit jordan. Nationalmuseum). Die ansehnlichen Ruinen stammen meist aus röm. Zeit. Mehrfache Ausgrabungen, zuletzt franz.-jordan. (seit 1988) wiesen, nach Besiedlung schon im Neolithikum und in der Frühbronzezeit, Befestigungen der Mittelbronze- (mit mächtiger Ausdehnung der Stadt) und der Eisen-I-Zeit und einen Tempel aus der Spätbronzezeit nach, was auf eine Kontinuität über fünf Jtt schließen läßt. Auf einer 1950 gefundenen Statue wichtige ammonit. Inschrift (Ende 9. Jh vC).

Rabbi (hebr.: mein Herr; daneben die Formen *rabban, rabbōn, rabbōnī*: Mk 10, 51 Joh 20, 16), eine in ntl Zeit gebräuchliche ehrerbietige Anrede der Schriftgelehrten. Im NT manchmal unübersetzt (Mt 23, 7 f Mk 9, 5 Joh 1, 38 u. ö.), z. T. mit „Herr“ (Mt 8, 2. 6 u. a.), „Lehrer“ (Mt 8, 19 Joh 1, 38 u. a.) oder „Meister“ (Lk 5, 5 u. a.) wiedergegeben. Gegen Ende des 1. Jh nC wurde R. Titel der Gesetzeslehrer.

Rahab (Bedeutung unbekannt), →Dirne in Jericho (Jos 2), die zwei israelit. Kundschafter rettete und dafür mit ihrer Familie verschont blieb (6, 17–25). Im NT wird sie wegen ihres Glaubens gerühmt (Hebr 11, 31 Jak 2, 25), Mt 1, 5 erscheint sie im Stammbaum Jesu.
Die rabbinische Literatur macht sie zur Stammutter zahlreicher Priester und Propheten.

Rahel (hebr.: Schaf), Tochter Labans, Jakobs zweite, bevorzugte Frau, durch ihre Sklavin Bilha Mutter von Dan und Naftali, dann selbst Mutter von Josef und Benjamin, bei dessen Geburt sie stirbt (Gen 29, 6–30, 24 35, 16–18). Bei Efrat (Gen 35, 19 mit Betlehem gleichgesetzt) nahe Bet-El begraben. Nach 1 Sam 10, 2 lag ihr Grab bei Zelzach, nach Jer 31, 15 zwischen →Rama und Bet-El. Die historische Kritik faßt die Stämme Josef (Efraim und Manasse) und Benjamin unter dem Namen R.stämme – im Unterschied zu den →Leastämmen – zusammen.

Rama (hebr.: Höhe), Ortsname.
(1) R. in Benjamin (Jos 18, 25), n von Gibea und Jerusalem (Ri 19, 13 Jes 10, 29). König Basa von Israel suchte vergeblich, die Stadt gegen Juda zu befestigen (1 Kön 15, 17–22). Nach dem Exil von Judäern besiedelt (Esra 2, 26 Neh 7, 30).
(2) R. in Ascher (Jos 19, 29).
(3) R. in Naftali (Jos 19, 36), vielleicht mit (2) identisch.
(4) R. in Efraim, Heimat und Wohnort des Propheten Samuel (1 Sam 1, 1 7, 17 u. ö.), später Ramataim (1 Makk 11, 34) und Arimatäa (Mt 27, 57 Joh 19, 38). Lage umstritten.
(5) R. in Gilead (2 Kön 8, 29). →Ramot.
(6) R. im Negeb (Jos 19, 8).

Ramot (hebr.: Höhenort) in Gilead (2 Kön 8, 29 Rama) mit altem Heiligtum, daher →Asyl- (Dtn 4, 43 Jos 20, 8) und Priesterstadt (1 Chr 6, 65 Jos 21, 38). Hauptort eines Bezirkes Salomos (1 Kön 4, 13), zwischen Israeliten und Aramäern heftig umkämpft (1 Kön 22, 3–29 par) und erst von Jehu endgültig zurückgewonnen (2 Kön 9, 1–14). Die Lage der Stadt ist umstritten.

Ramses, bibl. Name einer ägypt. Speicherstadt (oder Gegend: Gen 47, 11), bei deren Gründung die Israeliten Fronarbeiten leisten mußten (Ex 1, 11); zugleich Ausgangspunkt ihres →Auszuges aus Ägypten (Ex 12, 37 Num 33, 3. 5). Die meisten Topographen identifizieren R. mit Avaris, der ehemaligen Hauptstadt der Hyksos *(kantir)*, die von Ramses II. großartig wiederaufgebaut wurde. *Abb. 7.*

Ras Schamra →Ugarit.

Räucheropfer →Weihrauch.

Rebekka (hebr. vielleicht: Kuh), Tochter Betuels (Gen 22, 23), Schwester Labans (24, 29), Frau Isaaks (24, 12–67 26, 7–11), Mutter der Zwillingsbrüder Esau und Jakob (25, 21–24). Mit ihrer Hilfe erschleicht sich Jakob den Estgeburtssegen (27, 5–17) und flieht vor Esau (27, 42–28, 5). Sie ist im Familiengrab der →Machpela begraben (49, 31).

Recht und **Rechtspflege.** (I) RECHT.
(1) *Im AT.* Seiner Herkunft nach ist das atl R. kasuistischer oder apodiktischer Natur. Apodiktisch formuliert sind die Gebote: „Du sollst (nicht) . . ." (vgl Ex 20, 2–17 23, 6–9), kasuistisch werden Einzelfälle behandelt: „Gesetzt Männer streiten, und der eine schlägt den anderen mit einem Stein . . ." (Ex 21, 18). R.ssätze finden sich fast nur im →Pentateuch. Sie umfassen Listen von Verbrechen (Dtn 27, 15–26), Bundesverpflichtungen gegenüber Jahwe (Ex 20, 2–17 u. a.), den →Dekalog, die allgemeinen Axiome des Blutrechts (Gen 9, 6 Ex 21, 23 ff u. a.), das →Bundesbuch, die Rituale (z. B. Ex 25, 10–39), Reinheitsgesetze (Lev 11–15 Dtn 14, 4–20) und das →Heiligkeitsgesetz (Lev 17–25).
Von den R.svorstellungen der Umwelt unterscheidet sich das atl R. trotz mancher Übereinstimmungen (Gottesurteil; Codex Hammurapi; Nuzitexte) grundsätzlich durch die Verankerung in Jahwe.
(2) *Im NT.* Jesus legt an das atl Gesetz den Maßstab des Doppelgebotes der Gottes- und Nächstenliebe an (Mk 12, 28–34 par). Je nachdem wird das atl Gesetz abgelehnt oder vertieft: Die Reinheitsgebote z. B. werden aufgehoben (Mk 7, 1–23), die bloße Befolgung der Norm wird zugunsten der sittlichen Haltung abgelehnt (Mt 5, 21–30). – Paulus widersetzt sich erfolgreich dem Versuch, die Christen auf das atl Gesetz zu verpflichten.
(II) RECHTSPFLEGE. In ältester Zeit lag die R.sprechung in den Händen der Stammes-, Geschlechts- und Familienhäupter oder auch der Gottesmänner (Ex 18, 13), die zu diesem Zweck ständig das Land bereisten (1 Sam 7, 16). Nach der Seßhaftwerdung standen den →Ältesten richterliche Befugnisse zu (Dtn 21, 18–21 22, 13–19 u. ö.), die sie öffentlich, am lokalen Heiligtum (Ex 22, 7 f Ri 4, 5) oder beim Stadttor (Dtn 21, 19 Am 5, 10), wahrnahmen. In den Städten traten sie ihre Funktion vielfach an →Richter ab. Vom König ernannte Richter und eine Gerichtsbehörde werden erst unter Joschafat erwähnt (2 Chr 19, 5–11). Während diese Behörde im wesentlichen aus Priestern und Leviten zusammengesetzt war und Laien nur eine geringe Rolle spielten (Dtn 17, 9), wird 1 Chr 23, 4 26, 29 Ez 44, 24 die R.sprechung als weltliches Amt bezeichnet. Die höchste Instanz war der König, dem auch Streitfälle vorgelegt werden konnten (2 Sam 14, 1–11 15, 2–4 1 Kön 3, 16–28) und dem das Begnadigungsrecht zustand (das später auch der röm. Statthalter für sich in Anspruch nahm: Mt

27, 15). Er saß zu Gericht in der Thronhalle seines Palastes (1 Kön 7, 7). Vom Gerichtsverfahren ist wenig bekannt: Anhören von Kläger, Beklagtem, deren Zeugen, Urteilsspruch und Vollzug. Wegen der Unzuverlässigkeit der Aussagen waren für falsches Zeugnis strenge Strafen vorgesehen (Ex 20, 16 Dtn 19, 16–19).

Regen →Palästina (1); Wasser.

Rehabeam (vielleicht hebr.: das Volk hat sich ausgebreitet), Sohn Salomos und erster König Judas nach der Reichsspaltung (926–910), bei der Israel Jerobeam zum König ausgerufen hatte (1 Kön 12, 1–19 2 Chr 10, 1–19). Auf Rat des Propheten Schemaja sah er von einem Krieg gegen Israel ab, befestigte aber sogleich sein Gebiet nach allen Seiten (1 Kön 11, 26 – 12, 24 2 Chr 10, 1 – 11, 12). 1 Kön 14, 25–28 berichtet von einem Raubzug des ägypt. Königs Schischak gegen Jerusalem.

Rein und Unrein sind Begriffe, die Israel mit den meisten antiken Religionen teilt. In magischer Hinsicht bezeichnen sie alles, was mit heiligen oder gefährlichen Kräften geladen und deshalb zu meiden ist (das Tabu): bestimmte Menschen (z. B. die Frau während der Menstruation oder Geburt, Verstorbene), Gegenstände, Tiere (Schlangen) oder Handlungen (Geschlechtsverkehr). In religiösem Sinn wird rituelle oder sittliche Unreinheit als Hindernis für die Annäherung der Gottheit aufgefaßt. Dabei ist oft noch ein magisches Verständnis mit im Spiel. Es besteht eine enge Beziehung zwischen Heiligkeit und Unreinheit: Wie das Heilige übertragbar ist (Ex 29, 37 30, 29 Ez 44, 19), so ist auch Unreinheit ansteckend (Lev 15, 4–12. 20–28 u. ö.); wie man durch Berührung heiliger Gegenstände (Num 19, 1–8) unrein werden kann, so bedeutet die Beseitigung der Unreinheit Heiligung (Jos 3, 5 1 Sam 16, 5), wobei „rein“ mehr die Bedingung, „heilig“ die innere Disposition bezeichnet, die den Zugang zur Gottheit gestattet. Unrein machte der Verkehr mit Toten und Geistern (Lev 19, 31), sakrale Prostitution (19, 29) und alles Fremde, wie Verehrung fremder Götter (Jer 2, 7 Ez 36, 17 Dtn 7, 5), Fremdvölker (Jes 52, 11), fremdartige Speisen (Ez 4, 13), Kultgegenstände und schließlich auch die Kriegsbeute (Num 31, 21–24).

(1) Die *Reinheitsgesetze des AT* beziehen sich vor allem auf

(a) sexuelle Vorgänge: Man brachte sie mit geheimnisvollen oder gefährlichen Kräften zusammen.
(b) Tod: Während man den Toten in alter Zeit nicht als unrein betrachtete (Gen 50, 1 1 Sam 25, 1 Ex 17, 16), verunreinigte er nach späterer Vorstellung sieben Tage lang (Num 19, 11 f) jeden, der ihn berührte (auch die Berührung eines Grabes machte unrein: 19, 16). Kriegsleute mußten nach der Schlacht ihre Kleider waschen (31, 19–21). Diese Gesetze erklären sich aus der Furcht vor der Seele des Toten und vor →Dämonen, die Krankheit und Tod bringen, schließlich aus der Scheu vor Verwesungserscheinungen, die mit dem Kult des lebendigen Jahwe unverträglich waren.
(c) →Aussatz (Lev 13 f 2 Kön 7, 3): wahrscheinlich, weil er als besondere Strafe galt, durch die der Sünder von Gott geschlagen wurde (Num 12, 9 f Dtn 28, 35 2 Chr 26, 20; Ijob).
(d) Tiere und Speisen (Lev 11, 1–31 Dtn 14, 3–10): Die unreinen Tiere durfte man weder als Opfer oder Erstlingsgabe (Lev 27, 27 Num 18, 15–17) noch als Speise verwenden; Getreide durfte erst nach Darbringung der Erstlingsgarbe (Lev 23, 14), Baumfrüchte erst im 5. Jahr (19, 23–25) gegessen werden.
Die Reinheitsgesetze hatten nicht den *Zweck*, Hygiene oder Sittlicheit zu fördern, sondern das Jahwe, dem heiligen Gott, gehörende Volk zu heiligen (Lev 11, 44 20, 7). Durch die Ablehnung alles Fremden trugen sie dazu bei, den Monotheismus zu erhalten. Andererseits bargen sie die Gefahr des Formalismus, gegen den bereits die Propheten protestierten (Jes 1, 10–17 Jer 7, 21–23 Hos 6, 6 Am 5, 21–25; →Opfer) und dem das spätere →Judentum in seiner übertriebenen Sorge um rituelle Reinheit erlag.
(2) Diesen Formalismus warf *Jesus* den →Pharisäern vor (Mt 23, 25–28 Mk 7, 1–13 par). Ihm bedeutete rituelle Reinheit nichts, ausschlaggebend war für ihn die sittliche Haltung. Er befreite vom Gesetz (Gal 5, 1), dem das Judentum unterworfen war (4, 3). In seiner Heilsökonomie gab es nichts an sich Unreines (Röm 14, 14 Apg 10, 15 11, 9).

Richter (Buch). Der Titel entspricht nur zum geringen Teil dem *Inhalt* des Buches. Einem vorgeschalteten Abschnitt über die Vorgänge bei der Landnahme (1, 1–2, 5) folgte eine religiöse Bewertung der anschließenden Epoche (2, 6–3, 6), dann der mehr oder weniger ausführliche Bericht von zwölf →Richtern nach dem Schema: Abfall von Jahwe, Beherrschung durch Feinde, Notschrei Israels, Hilfe durch einen Retter, Ruhe im Lande (3, 7 bis Kap 16). Den Schlußteil bildet die Gründung des Heiligtums in Dan (17 f) sowie der Krieg Israels gegen Benjamin (19–21). Während man früher die Uneinheitlichkeit des Buches in Analogie zum →Pentateuch durch das Weiterwirken der Pentateuchquellen J, E, D und P erklärte, stellt man sich heute die *Entstehung* von Ri weitgehend nach Art der Fragmentenhypothese vor, nach der verschiedene Einheiten nach und nach gesammelt und von einem Redaktor vereinigt wurden. Aus vorköniglicher Zeit stammen hauptsächlich das Deboralied und die Rettergeschichten, die später zu größeren Komplexen verbunden, der deuteronomistischen Chronologie und einem geschichtstheologischen Schema (z. B. 3, 12. 14. 15a. 30) unterworfen und schließlich in deuteronomistischem Stil durch Zusätze und Anhänge (Kap 17–21) erweitert wurden. Für die Forschung ist das Buch wegen seines literarischen *Formenreichtums* wichtig (Listen, Schemata, Stammes-, Helden- und ätiologische Kultsagen, Lied, Fabel, Rätselspruch). Eine Geschichte der Richterzeit läßt sich jedoch aus dem Buch nicht gewinnen, wenn es auch wichtige Einblicke gibt in Amt und Aufgabe der Richter, in die Begrenztheit ihrer Aktionen, in lokalpolitische, religiöse und kulturelle Gegebenheiten der Vorkönigszeit.

Richter Israels. Mit der Formel „Er richtete Israel" kennzeichnet das →deuteronomistische Geschichtswerk eine Reihe von Gestalten der vorköniglichen Epoche. Während die R. im ursprünglichen Sinne, die sog. „Kleinen R.", nur in formelhaften Angaben erwähnt werden (Ri 10, 1–5 12, 7–15), sind anderen, auf die die Bezeichnung „R. Israels" erst sekundär übertragen wurde, ganze Erzähleinheiten gewidmet, weshalb sie die „Großen R." genannt werden, unter ihnen Otniel, Ehud, Barak, Debora, Gideon, Abimelech, Jiftach und Simson (3–9 10, 6–12, 7 13–16). Unabhängig von der R.liste (10, 1–5 12, 7–15), die nach dem Schema: Sukzession, Dauer der R.tätigkeit, Angaben über den Reichtum des R.s, seine Herkunft, seinen Tod und sein Grab gebaut ist, muß das älteste Schema für einen R. bei Samuel (1 Sam 7, 15–17) vorliegen. Die übrigen Angaben der R.liste legen einen begrenzten Wirkungskreis des R.s für eine Stadt und deren Umgebung nahe, ein Zeichen für die Anpassung der eingewanderten Israeliten an die vorgefundenen städtischen Gegebenheiten.

Die Funktion des R. umfaßte – der Wortbedeutung nach – Regieren und Rechtspflege. Das Ende der R. hängt mit dem Übergang zum Königtum zusammen.

Rind →Viehzucht.

Rogelquelle, sö von Jerusalem auf der Grenze zwischen Juda und Benjamin (Jos 15, 7 18, 16), diente im Aufstand Abschaloms gegen David als Versteck (2 Sam 17, 17). 1 Kön 1,9 im Bericht über Adonijas mißlungenen Staatsstreich ist sie als Kultstätte erwähnt. *Abb. 27.*

Rom. Wie in vielen hellen. Großstädten des Mittelmeerraumes waren auch in R. bereits in der Mitte des 2. Jh vC Juden ansässig. Um diese Zeit trat auch das palästinische Judentum unter den →Makkabäern Judas, Jonatan und Simon (161–140) mit R. zum ersten Male in politisch-diplomatische Beziehung. Durch die Kriegsgefangenen, die nach dem Palästinafeldzug des Pompeius (63 vC) nach R. gelangten, wurde der jüd. Bevölkerungsanteil verstärkt. Cicero (pro Flacco 28) bezeugt für diese Zeit eine zahlreiche, vermögende, lat. sprechende Judenschaft. Ihr wachsender Einfluß führte zeitweilig zu einer feindlichen Haltung ihr gegenüber. So wurden 19 nC, wahrscheinlich auf Veranlassung des verhaßten Sejan, 4000 Juden nach Sardinien deportiert, die übrigen ausgewiesen, nach Sejans Sturz (31) wurden diese Maßnahmen jedoch wieder aufgehoben. Neue Ausweisungen und Kultverbote erfolgten unter Claudius (49/50); wahrscheinlich aus diesem Grund kamen →Aquila und Priszilla nach Korinth, wo sie mit Paulus zusammentrafen (Apg 18, 2). Inzwischen waren unter Nero die Christen in R. durch das Wirken von (→) Paulus und Petrus, die beide um 65 den Martyrertod erlitten, bereits so zahlreich, daß Tacitus (Ann. 15, 44) von einer „ungeheuren Menge“ sprechen kann, die Nero unter dem Verdacht der Brandstiftung umbringen ließ. Trotz des Verlustes seines nationalen Zentrums (70 nC) konnte das Judentum innerhalb des röm. Reiches eine gewisse Eigenständigkeit bewahren. Unter Domitian waren Judentum und Christentum bereits in die höchsten Kreise R.s eingedrungen. Die in dieser Zeit durch innenpolitische Spannungen ausgelösten Christenverfolgungen standen im Widerspruch zur röm. Rechtspraxis, da der polytheistische Staat alle Fremdkulte duldete, sofern ihre Mitglieder sich nicht strafbare Handlungen, Widerstand gegen die Staatsgewalt oder Förderung des Sittenverfalls zuschulden kommen ließen. Erst unter Decius und Diokletian wurde durch kaiserliches Edikt eine allgemeine Verfolgung befohlen. In konstantinischer Ära (311; 313) wurde das Christentum zur Staatsreligion.

Römerbrief. Brief des Apostels Paulus an die Gemeinde in Rom.

(I) Veranlassung und Zweck. Paulus sah sich angesichts seiner großen Missionspläne in Spanien (15, 24. 28) genötigt, seine theologische Position darzustellen und dabei heiden- wie judenchristl. Fehlinterpretationen seiner Lehre zu korrigieren. Zudem gab es Spannungen in der röm. Gemeinde wegen gewisser Abstinenzgebote und der Observanz bestimmter Tage. Eine Anfrage der Gemeinde dürfte Paulus zu der Mahnung veranlaßt haben, daß sich die „Starken" (vom Gesetz schon Befreiten, wohl Heidenchristen) der „Schwachen" (die vom Gesetz nicht loskommen, wohl Judenchristen) in Liebe annehmen sollten (14, 1–15, 13).

(II) Abfassung und Echtheit. Paulus schrieb Röm gegen Ende seines Wirkens im O (15, 25–28), um 58 nC, wahrscheinlich in Korinth. Die Echtheit des Briefes gilt als erwiesen, nur bei der Schlußdoxologie (16, 25–27) bestehen Zweifel. Hinsichtlich der Grußliste (16, 3–16), der Empfehlungen (16, 1 f) und Ermahnungen (16, 17–20) erhebt sich die Frage, ob dieser Teil ursprünglich zu Röm gehört hat oder später hinzugefügt worden ist.

(III) Darstellungsweise und Aufbau. Der in gr. Sprache einem Schreiber Tertius (16, 22) diktierte Brief (Paulus entwickelte seine Gedanken beim Diktieren) entschädigt durch seine lebendige Ursprünglichkeit und Dynamik für die fehlende Systematik und Vollständigkeit seiner Lehre. Im allgemeinen herrscht der Predigtstil vor, wobei theologische Darlegungen mit paränetischen Abschnitten wechseln (vgl 6, 1–14). Die uns mitunter fremd anmutende Auslegung des AT war im Judentum dieser Zeit ein durchaus legitimes hermeneutisches Vorgehen. Ein *Aufbau* ist klar erkennbar: (1) Einleitung: Gruß und Beziehung zu Rom (1, 1–17); (2) Hauptteil: (a) das Ev von der Gerechtigkeit Gottes und der Gerechtsprechung des Menschen aufgrund des Glaubens (1, 18–8, 39); (b) die Stellung Israels im Heilsplan Gottes (9, 1–11, 36); (c) praktische Weisungen (12, 1–15, 13). (3) Schluß: Grüße und Empfehlungen (15, 14–16, 24) sowie Doxologie (16, 25–27).

(IV) AUSSAGEABSICHT. Das Kernstück von Röm bildet der Satz: Nur durch Gottes Heilshandeln aus Liebe kann der Mensch gerechtfertigt werden (3, 21–26): ohne jüd. Observanz, allein durch den Glauben an Jesus Christus, der durch seinen Sühnetod alle erlöst hat. Dafür wird Abraham als Schriftbeweis herangezogen (Kap 4). Unter universalem Gesichtspunkt bringt Paulus das gesamte Menschengeschlecht in Zusammenhang mit Abraham und Christus (Tod und Leben). Da die Sündhaftigkeit jedoch immer wieder durchbricht, obwohl durch die Rechtfertigung das Heil gewonnen ist, ist der Christ vom ethisch-sittlichen Tun nicht entbunden. – Das zweite Thema (Kap 9–11) ergibt sich aus der besonders die Judenchristen bewegenden Frage, warum Israel, das zum Heil bestimmte, auserwählte Volk, das Heil in Christus nicht angenommen hat. Paulus glaubt, Gott werde sich am Ende seines Volkes erbarmen.

Rotes Meer. Die Bezeichnung R. (nach dem roten Gestein des angrenzenden Landes) steht in der LXX und im NT (Apg 7, 36 Hebr 11, 29) für das hebr. *jam-sūf*, worunter ein Meer ö der Sinai-Halbinsel, der heutige Golf von *el-'akaba* (Ex 23, 31 Num 14, 24 Ri 11, 16 Jer 49, 21), zu verstehen ist, oder für den Schauplatz des Meerwunders beim →Auszug der Israeliten aus Ägypten (Ex 13, 18 u. a.), der jedoch w der Sinai-Halbinsel zu suchen ist und ursprünglich einen sumpfigen Meerbusen des Mittelmeers bezeichnet haben dürfte. *Abb. 7.*

Ruben (vielleicht hebr.: sehen), ältester Sohn von Jakob und Lea (Gen 29, 32), verwirkte durch seinen Verkehr mit Bilha das Erstgeburtsrecht (35, 22), →Eponym des Stammes R., der sich ursprünglich wohl im Westjordanland niederließ (Jos 15, 6 18, 17), dann aber ins Ostjordanland vertrieben wurde (Jos 13, 15–23). R. trat in der Geschichte Israels wenig hervor (vgl 1 Chr 5, 1–10. 26 2 Kön 10, 33).

Rut (Buch). Die nach Moab ausgewanderte Judäerin Noomi kehrt nach dem Tode ihres Mannes mit ihrer verwitweten moabitischen Schwiegertochter R. nach Betlehem zurück. Nach einer Rechtsverhandlung, in der ein anderer Verwandter auf R. verzichtet, wird →Boas zu ihrem „Löser“ und erwirbt sie als seine Ehefrau. – Aufbau, Stil und Charakterzeichnung machen Rut zu einem literarischen Kunstwerk, sehr wohl könnte man von einer „Novelle“ sprechen. Das Buch ist verschieden gedeutet worden, jedoch liegt die theologische Aussage sicher darin, daß Gott jeden führt, der sich ihm anvertraut (2, 12). Bemerkenswert ist die Billigung des freimütigen Verhaltens der Rut gegenüber Boas (gemeinsames Schlafen im Schutz des Garbenhaufens). – Die Rut zugrunde liegende Volkserzählung mag in der Königszeit entstanden sein, das Buch selbst stammt aus nachexilischer Zeit (4. Jh vC). Als eines der fünf →Megillot wird Rut in der Synagoge als Festrolle dem Wochenfest (→Pfingstfest) zugeordnet.

S

Sabäer, Volk des s-arab. Reiches Saba, genealogisch verschieden eingeordnet (Gen 10, 7. 28 25, 3). Die Bibel kennt die S. als Handelsvolk und Lieferanten von →Weihrauch, Spezereien, Gold und →Edelsteinen (1 Kön 10, 1–13 par: Königin von Saba; Jes 60, 6 Jer 6, 20). Wahrscheinlich sind die S. im 2. Jt vC aus NW-Arabien eingewandert. Die ältesten sabäischen Inschriften (das Altsüdarabische gehört dem sw Zweig des Semitischen an) dürften bis ins 11. Jh vC zurückreichen. In den assyr. Quellen von 715 vC (Sargon II.) und 685 vC (Sanherib) werden Handelsbeziehungen zu König Salomo und zwei Fürsten als Tributpflichtige genannt. Nach vorübergehender Einigung S-Arabiens unter der Führung von Saba um 400 vC machten sich die einzelnen Teilreiche wieder selbständig. Im 1. Jh vC zerfiel Saba durch dynastische Streitigkeiten.

Sabbat, der 7. Wochentag. (1) *Ursprung.* Die Etymologie des Wortes ist nicht hinreichend geklärt. Viele Forscher leiten S. vom Verb *šābat* (= mit etwas aufhören) ab (Jos 5, 12 Neh 6, 3 Ijob 32, 1 Jes 24, 8 u. ö.), andere bringen es wegen des strengen 7-Tage-Rhythmus des S.s mit *šeba'* (= sieben) in Verbindung. Zudem besteht eine auffallende Übereinstimmung zwischen S. und akk. *šapattu* (der zweite 7. Tag?). In der Tat beweist der mesopotamische Kalender, daß die 7-Tage-Periode in gewissen Grenzen auch in Mesopotamien bekannt war. Im Gegensatz zum bibl. S. waren jedoch diese Tage keine festlichen Ruhetage, sondern Unglückstage *(dies nefasti)*. Möglicherweise fiel der S. in der nomadischen Zeit Israels mit den Mondphasen zusammen (vgl den Parallelismus von S. und Neumondfeier in 2 Kön 4, 23 Jes 1, 13 Ez 46, 1 u. a.), wurde jedoch mit dem Übergang zur agrarischen Lebensform (nach Ex 23, 12 schon in der Vorkönigszeit) von ihnen unabhängig.
(2) *S.gesetz und -praxis.* Alle Gesetzbücher des AT schreiben vor, den S. durch Unterbrechung der täglichen Arbeit zu feiern. Die älteste S.vorschrift (Ex 23, 12) begründet das Arbeitsverbot mit humanitären Erwägungen: Ruhe für Mensch und Tier. Daneben verbindet Dtn 5, 15 die Einsetzung des S.s mit dem Auszug aus Ägypten. Zur Zeit des Exils begannen

die Juden, den S. neben der →Beschneidung als das „Zeichen“ zu verstehen, durch das sich Israel von anderen Völkern unterschied (Ex 31, 13–17 Ez 20, 12. 20). Der S. war heilig und wurde durch Arbeit entweiht (Ex 20, 8–11 unter Bezug auf Gen 1, 1–2, 4a). Während der S. vor dem Exil festlich-frohen Charakter hatte – man besuchte das Heiligtum (Jes 1, 12 f) und befragte die Propheten (2 Kön 4, 23) –, mußte Nehemia (13, 15–22) nach dem Exil die strikte S.ruhe mit Gewalt sichern. Von da an wuchs die Bedeutung des S.s immer mehr (Jes 56, 2–6 Jer 17, 24–27). Zur Zeit der Makkabäer ließen sich Juden, ohne Widerstand zu leisten, vom Feind töten, um nicht durch Kämpfen den S. zu schänden (1 Makk 2, 37 f 2 Makk 6, 11 15, 1 f). Die rabbinischen Schriften vertreten eine übertrieben strenge Auffassung der S.ruhe, haarspalterische Kasuistik läßt den S. zur Last werden (vgl Jub 2, 17–33 50, 6–13). So waren 39 Tätigkeiten verboten, u. a. das Abreißen von Dingen (Mt 12, 2) und das Tragen von Lasten (Joh 5, 10); ein Arzt durfte nur in Todesgefahr helfen (daher der Widerstand gegen Jesu Heilungen: Mk 3, 1–5 par Joh 5, 1–16 u. ö.). In Qumran gilt der S. als bevorzugte Gebetszeit. Zwar sind auch hier die Bestimmungen streng (man durfte z. B. nicht mehr als 1000 Ellen aus der Stadt hinausgehen [Sabbatweg], Vieh aus einer Grube befreien [vgl. Lk 14, 5] oder über die Arbeit des folgenden Tages reden), aber es machen sich doch mildernde Tendenzen bemerkbar. – Jesus ging von dem Grundsatz aus, daß der S. seinen Zweck nicht in sich selbst hat, sondern eine Lebenshilfe sein soll (Mk 2, 27). Er forderte mehr als einmal Diskussionen über den S. heraus (Mt 12, 10–14 Lk 13, 10–17 Joh 5, 8–18) und nahm sich die Freiheit, auch am S. Gutes zu tun oder ihn ganz abzuschaffen (Mk 2, 28). Aus Mt 24, 20 darf geschlossen werden, daß die ersten Christen das S.gebot wie die anderen jüd. Bräuche befolgten (Apg 2, 1. 46 3, 1 10, 9). Paulus scheint die Heidenchristen nicht zur Feier des S.s verpflichtet zu haben (Gal 4, 9 f), bestimmte aber den 1. Tag der jüd. Woche für den Gottesdienst (Apg 20, 7 1 Kor 16, 2).

Sacharja (zur Bedeutung →Secharja)
(I) Prophet, Zeitgenosse des Haggai, nach Sach 1, 1 Sohn des Berechja und Angehöriger des Priestergeschlechtes Iddo (Esra 5, 1 6, 14). Er trat unter dem Perserkönig Darius I. (521–485) auf. Seine Sprüche sind gesammelt in dem nach ihm benannten

(II) SACHARJA (BUCH).
(1) *Inhalt.* (a) Kap 1–8: Drei datierte Weissagungen aus dem 2. und 4. Regierungsjahr des Darius, von denen die mittlere (1, 7–6, 8) die berühmten acht Nachtgesichte enthält: die vier Reiter, die vier Hörner, der Engel mit der Meßschnur, die Läuterung des Jeschua, der goldene Leuchter, die fliegende Schriftrolle, das Weib im Kornmaß, die vier Kampfwagen.
(b) Kap 9–14: Drei nicht datierte eschatologische Gottessprüche über das Kommen des Reiches Gottes nach entsprechenden Läuterungsprozessen (Hirtenallegorie).
(2) *Verfasser:* Beim 1. Teil, dessen Echtheit nicht bezweifelt wird, handelt es sich um den zeitlich fixierten, später durch einige Jahweworte (1, 16 f 2, 10–17 3, 8–10 4, 6b–10a) und eine Reihe nichtdatierter Gottesworte (6, 9–15 7, 4–8, 1 8, 2–17. 20–23) erweiterten Bericht des S. über seine prophetischen Erfahrungen. Gegen die Echtheit des 2. Teils erheben sich ernste literarische und sachliche Bedenken (Überschriften und Datierungen fehlen, der Tempelbau wird nicht erwähnt u. a.). Er stammt sicher von einem oder mehreren anderen Verfassern aus verschiedenen Zeiten.
(3) *Theologie.* In Kap 1–8 konzentriert sich Sach ganz auf den Tempelbau, die Grundlage seiner Messiaserwartung. Dabei ist er beeinflußt von den älteren Propheten (besonders Ez) und von seinem Zeitgenossen Hag: Mit dem Ruf nach sittlicher Erneuerung verbindet er das Hauptthema des Hag vom Kommen des Heils, das sich erst nach der Vollendung des Tempels verwirklicht. Zudem betont er die Transzendenz Gottes, Engel treten als Mittler zu den Menschen auf. Kap 9–14, eine Schilderung der eschatologischen Heilszeit, macht die Überflüssigkeit des Prophetentums deutlich. Der Messias erscheint hier vornehmlich als Beschützer der Armen.

Sadduzäer, neben den (→) Essenern und Pharisäern eine (vorwiegend politische) Partei im Judentum. Ihre Anhänger sind vor allem unter der priesterlichen Aristokratie der Hauptstadt zu suchen (wohl nach →Zadok benannt). Sie vertraten eine freiere und weltlichere Lebenshaltung als die Pharisäer, erkannten die Tora an, verwarfen aber in ihrer konservativen Haltung die „Überlieferung der Alten", die traditionelle Auslegung und Weiterbildung des Gesetzes. Sie leugneten die Auferstehung von den Toten (Mk 12, 18 par) und unterschieden sich auch in vielen rituellen und juristischen

Fragen von den Pharisäern. Der Ursprung der Partei liegt im Dunkeln, jedoch gewinnt sie schon beim Widerstand gegen Jonatan, der die politische und die religiöse Macht im Hohenpriestertum konzentrierte (153 vC), ein gewisses Profil. Im Hohen Rat behielten die S. stets ihren Einfluß bei, standen aber in ständiger Rivalität zu den Pharisäern. Zwar werden die S. in den Evv selten erwähnt (z. B. Mt 3, 7 16, 1 Mk 12, 18 Lk 20, 27), dennoch war ihre Macht bedeutend, weil sie die Hohenpriester stellten (damit verbunden Vorsitz im →Hohen Rat) und sich den Römern leichter anpaßten. Während sie zunächst mit Jesus kaum in Konflikt gerieten, fanden sie sich später mit den Pharisäern im gemeinsamen Haß gegen ihn zusammen (Mk 12, 18–27 par); der S. Kajafas setzte schließlich das Todesurteil durch. Nach 70 nC schweigen die Quellen über die S.

Salbung mit Öl wurde im täglichen Leben in der Schönheits- und Körperpflege vorgenommen (Dtn 28, 40 Est 2, 12 u. ö.). Sie war Zeichen der Freude und wurde deshalb bei Trauer und Buße unterlassen (2 Sam 14, 2 Mt 6, 17). S. der Kranken (Mk 6, 13 Jak 5, 13) bewirkte Heilung und Vergebung. – Seit alters salbte man auch heilige Steine (Gen 28, 18; vgl Hos 10, 1), Kultgegenstände und das Heiligtum (Ex 30, 26–28). Wie im ganzen Orient wurde auch in Israel der →König von einem Propheten gesalbt. Dadurch wurde er Sohn Gottes (Ps 2, 2 f), sakrosankt (2 Sam 1, 14), mit Geist begabt (1 Sam 10, 6). Die S. des Königs wurde später auch auf den Hohenpriester übertragen (Lev 4, 3 f). Im NT ist Jesus der Gesalbte (= Christus), mit Geist begabt (Lk 4, 18 Apg 4, 27 10, 38), und nach ihm sind auch die Christen „Gesalbte“ (2 Kor 1, 21 1 Joh 2, 20).

Salome. (1) Frau des Zebedäus und Mutter von Jakobus d. Ält. und Johannes, gehörte schon in Galiläa zur Anhängerschaft Jesu, stand unter dem Kreuz (Mk 15, 40) und war eine der Frauen an Jesu Grab (16, 1); gelegentlich mit der „Schwester seiner Mutter“ (Joh 19, 25) gleichgesetzt.
(2) Tochter der Herodias, die sich auf Anstiften ihrer Mutter das Haupt Johannes' des Täufers erbat (Mk 6, 21–29 par).

Salomo, König von Israel (ca 965–926).
(I) PERSON UND REGIERUNG. Zweiter Sohn Davids von der Batseba. Durch einen von seiner Mutter zusammen mit dem

Priester →Zadok, dem Propheten →Natan und dem Heerführer Benaja organisierten Staatsstreich bemächtigte er sich noch zu Lebzeiten Davids auf Kosten des älteren →Adonija des Thrones (1 Kön 1). Seine Gegner ließ er hinrichten (Adonija, Joab) oder verbannen (→Abjatar). Außenpolitisch konnte er den Bestand seines Reiches sichern, seine Beziehungen zum Ausland (zu Ägypten und Ammon durch Ehen, zu Phönizien und Arabien durch Handelskontakte) waren gut (1 Kön 5, 4 f). Später machten sich Edom und Damskus unabhängig (11, 14–25). S.s Innenpolitik war auf eine größere Zentralisierung ausgerichtet. Das Land wurde in zwölf Gaue eingeteilt, die dem Hof regelmäßig Abgaben liefern mußten (4, 7–19). Seine reiche Bautätigkeit, für die er israelit. und nichtisraelit. Fronarbeiter einsetzte, galt der Verteidigung, dem Hof und dem Kult. Er befestigte viele Städte, nahm in das Heer von Pferden gezogene Kampfwagen auf und gründete Garnisonstädte (9, 19 10, 26). In Jerusalem ließ er von phönizischen Fachleuten einen ringmauerumschlossenen Königspalast mit Libanonwaldhaus, Säulen- und Thronhalle sowie einen neuen →Tempel bauen. Die Kosten dafür bestritt er aus dem Überseehandel (9, 26–28), aus Zöllen, Steuern (12, 4) und der Metallindustrie. – Von all dem hatte nur wenig Bestand. Das Reich fiel nach seinem Tod auseinander, nur die Bauten und die Erinnerung an seinen Reichtum und seine Weisheit haben ihn überlebt.
(II) In späterer Zeit wurden S. mehrere LITERARISCHE WERKE zugeschrieben (1 Kön 5, 9–14; sein Urteilsspruch 3, 16–27 ist allgemeinorient. Motiv): von den kanonischen Schriften Hld, Koh, Weish und einzelne Pss, außerdem (1) die *Psalmen* S.s, eine Sammlung von 18 Pss aus der Zeit zwischen 63 und 30 vC, (2) die *Oden* S.s, eine Sammlung von 42 Liedern aus dem 2. Jh nC, (3) das *Testament* S.s, im 3./4. Jh nC von einem Christen in Anlehnung an eine jüd. Vorlage abgefaßt. Es handelt von Engeln und Dämonen.

Salz. Die bibl. Namen S.stadt (Jos 15, 62; →Qumran), S.meer (Gen 14, 3 Num 34, 3 Jos 3, 16 u. ö.; →Totes Meer) und S. tal (2 Sam 8, 13 1 Chr 18, 12 Ps 60, 2) bezeugen schon früh S.gewinnung und -handel. Es konnte am Toten Meer als Stein-S. gebrochen (→Lot; Sodom) oder in Ufernähe aus Tümpeln (Ez 47, 11) gewonnen werden. Die Lebensfeindlichkeit dieser Gegend galt als Fluch und versinnbildete Öde und Verwüstung (Dtn 29, 22 Sir 39, 23 Ez 47, 8–12). Der gr. Name von →Magdala bezeugt Fischpökeleien am See Gennesaret. – S. gehört zu den notwendigsten Lebensmitteln (Sir 39, 26). Gemeinsam S. essen bedeutet Gemeinschaft und gegenseitige Verpflichtung (vgl „das S. des Bundes deines Gottes": Lev 2, 13). Besondere Bedeutung hatte das S. im Kult: kein Opfer ohne S. (Lev 2, 13 Mk 9, 49). Der Tempel hatte eigene Lagerräume für das Opfer-S., das z. T. von König Antiochus III. auf Staatskosten geliefert wurde.

Samaria, Stadt (und Bergland) in Palästina, vom israelit. König Omri um 870 vC gegründet und anstelle von Tirza zur Hauptstadt des Nordreiches ausgebaut (1 Kön 16, 24). Die Lage war gut gewählt: S. überstand den Angriff der Syrer (2 Kön 6) und wurde erst nach dreijähriger Belagerung von den Assyrern erobert (721 vC), die 30 000 Einwohner deportierten und durch eigene Kolonisten ersetzen. Unter persischer Herrschaft blieb S. Provinzhauptstadt und auch für Jerusalem zuständig, bis →Nehemia die Verselbständigung Judas erreichte. 331 vC wurde S. von Alexander d. Gr. hellenisiert, 107 vC von Johannes Hyrkan I. erobert. Herodes baute S. zu einer der schönsten Städte seines Reiches aus. Zu Ehren des Kaisers Augustus wurde der Name S. in Sebaste (Augusta) umgeändert (heute arab. Dorf *sebaṣtje*). Der Diakon Philippus predigte in S. das Ev, dann besuchten Petrus und Johannes die Stadt (Apg 8, 5–25). – Ausgrabungen (1908/10, 1931/35 und 1965/67) förderten wertvolle Funde zutage: in der röm. Siedlungsschicht Reste des herodianischen Forums, Basilika und Hippodrom, Theater und Säulenstraße; aus israelit. Zeit den →Palast Omris (1 Kön 20, 43 2 Kön 1, 2), der auf assyr. Vorbilder zurückgeht, den Teich (1 Kön 22, 38), die Stadtmauer, eine große Anzahl von →Elfenbeinplaketten (1 Kön 22, 39 Am 3, 15) und →Ostraka.

Samaritaner. Nach der Eroberung →Samarias (721 vC) wurde die einheimische Bevölkerung zum großen Teil deportiert und durch assyr. Kolonisten ersetzt. So entstand eine Mischbevölkerung (2 Kön 17, 24), die zwar weiterhin Jahwe als Landesgott auffaßte (17, 25–28), aber auch assyr. Götter verehrte (17, 29–34). Ein Teil der jahwetreuen Einheimischen scheint sich am Kult in Jerusalem beteiligt zu haben (2 Chr 30, 1 34, 9 Jer 41, 5). Durch die Zurückweisung der S. durch Nehemia (Esra 4, 2 f) und die religionspolitischen Maßnahmen des Esra entfremdeten sich Juden und S. immer mehr und wurden schließlich bittere Feinde. Die S. bauten sich einen eigenen Tempel auf dem →Garizim, der unter Antiochus IV. Epiphanes geschont (2 Makk 6, 2), aber von Johannes Hyrkan I. zerstört wurde. Dennoch blieb der Garizim die Kultstätte der S. (Joh 4, 20). Zur Zeit Jesu war S. ein Schimpfwort (8, 48), die Juden verkehrten nicht mit ihnen (4,9). Jesus sprach viel wohlwollender von ihnen (vgl Begegnung mit der S. in Joh 4, 4–42 und das Gleichnis vom barmherzigen S. Lk 10, 30–37) und trug seinen Jüngern auf, das Ev auch in Samaria zu verkünden (Apg 1, 8; vgl 8, 5–8). Samaritan. Kolonien sind in Ägypten, Persien, Damaskus, Byzanz, Thessalonich und Rom bezeugt. Die S. erkannten nur den Pentateuch an und erwarteten den Messias als „Zurückkehrenden", als König und Priester, der die wahre Lehre verkünden sollte (Joh 4, 25).

Samuel (Bedeutung unsicher)
(I) PERSON. Efraimit aus Rama (1 Sam 1, 1), nach 1 Chr 6, 13 Levit. Sein Verdienst war es, daß das Volk aus der tiefen nationalen und religiösen Not gerettet wurde, die während der Richterzeit durch die fehlende Einheit der Stämme, das Vordringen der Philister, die Durchsetzung der Religion mit heidnisch-kanaan. Anschauungen und die Verwilderung der Sitten entstanden war und im Verlust der Bundeslade, des nationalen Heiligtums, ihren sichtbaren Ausdruck gefunden hatte. S.s persönliches Ansehen und die Einführung des Königtums brachten dem Volk die Einheit. Seine religiöse Haltung zeichnete sich aus durch bedingungslosen Gehorsam gegen den Willen Gottes (15, 22 ff). Im Kampf gegen die Veräußerlichung der Religion ging er den großen Propheten voran.
(II) SAMUEL (BÜCHER). In LXX und Vg sind sie mit Kön zusammengefaßt, d. h. 1 und 2 Sam erscheinen als 1 und 2 Kön, daran schließen sich die heutigen beiden Königsbücher als 3 und 4 Kön an. Erst 1448 wurden die S.-Bücher in den hebr. Hss getrennt.
(1) *Inhalt.* Sam behandelt das Ende der Richterzeit und die Anfänge des Königtums um die Jahrtausendwende. (a) Bericht über den Priester Eli und seine Söhne sowie über S.: Kindheit und Jugend am Heiligtum in Schilo, seine prophetische Begabung und seine Rechtsprechung, sein erfolgreicher Kampf gegen die Philister und die Einführung des Königtums (1 Sam 1–12). (b) Geschichte Sauls und Aufstieg Davids (1 Sam 13–31). (c) Königtum Davids (2 Sam).
(2) *Komposition.* Die beiden Bücher bieten schwierige litera-

rische Probleme. Doppelungen (z. B. 2 Sam 8, 16–18 und 20, 23–26), Widersprüche (1 Sam 8, 1–22 10, 17–25 12, 1–25 und 1 Sam 9, 1–10, 16 10, 26–11, 15) und andere Störungen (z. B. mangelnde Einheit in 2 Sam 21–24) lassen das Werk als Zusammenfassung mehrerer Einheiten erscheinen, über deren Beschaffenheit, Umfang und Redaktion (deuteronomistische Bearbeitung?) verschieden geurteilt wird. Dennoch läßt sich ein erzähltechnischer und innerer Zusammenhang nicht übersehen: der Gedanke, daß sich trotz Verrat, Schuld und Versagen einzelner die Absichten Gottes mit seinem Volk durchsetzen. Die Entstehungszeit muß nach 926 (Unterscheidung von Israel und Juda), aber vor 586 (Zerstörung Jerusalems) angesetzt werden.

Sanherib (assyr.: Sin ersetze die Brüder), König von Assyrien (705–681), Sohn des Großkönigs Sargon, wegen seiner militärischen und kulturellen Leistungen berühmt. Wichtig für die bibl. Geschichte ist sein Kriegszug nach Syrien und Phönizien sowie der nach Palästina (→Hiskija), den er vorzeitig abbrechen mußte (2 Kön 18, 13–19, 35 par). Im Nisroktempel von Ninive, den er zu seiner Residenz erhob und prächtig ausbaute (wichtig das Wandrelief im Palast mit der Eroberung von →Lachisch), wurde er von seinen Söhnen ermordet (19, 36 f par). *Abb. 33.*

Sara (hebr.: Fürstin)
(1) Halbschwester (Gen 12, 13) und Frau Abrahams (11, 29–31), Mutter des Isaak (21, 2 f), in der Höhle der Machpela begraben (23, 2 ff); Stammutter Israels (Jes 51, 2) und Vorbild des Glaubens (Hebr 11, 11).
(2) Tochter des Raguel in Ekbatana und Gattin des jungen Tobias (Tob 3, 7–17 6, 10–8, 19).

Sardes, alte Hauptstadt Lydiens, berühmt wegen ihrer Wollindustrie, 546 vC von Kyrus erobert und Sitz eines Statthalters; 17 nC durch Erdbeben zerstört und von Tiberius wiederaufgebaut. An die Christen in S. richtet sich das Sendschreiben Offb 3, 1–6, in dem die Gemeinde wegen ihres schlechten Rufes getadelt wird. Amerikan. Ausgrabungen 1958–1975 (u. a. Synagoge 3. Jh nC mit bedeutenden Mosaiken 4. Jh).

Saul (hebr.: der Erbetete), erster König Israels (ca 1012–1004). Genealogie 1 Sam 9, 1 1 Chr 8, 29–33 9, 35–39. Die bibl. Überlieferung über S. (1 Sam 9–31) ist eine anekdotische Erzählung von seinen Beziehungen zu David und Samuel. Die Wahl zum König (Residenz in →Gibea) verdankte er seinem energischen Auftreten beim Entsatz der Stadt Jabesch-Gilead von den Ammonitern (11 f). Von der Philisterherrschaft konnte er Israel jedoch trotz zahlreicher Feldzüge nicht befreien. Auf innenpolitischem Gebiet ist nur die Vertreibung der Totenbeschwörer und Wahrsager bekannt (28, 3–25). S., der immer im Schatten Samuels stand und sich schließlich mit ihm überwarf (1 Sam 13, 7–15 15, 1–35), war kaum ein vollwertiger König. Anfälle von Schwermut und Hysterie sowie Mißtrauen gegenüber David und Samuel bewogen ihn gelegentlich zu tyrannischen Maßnahmen (22, 6–19). Daß ihn jedoch auch seine Gegner schätzten, beweist das Klagelied Davids (2 Sam 1, 19–27).

Schaddai →El.

Schaf →Viehzucht.

Schale →Keramik.

Scharon (von gr.: Eiche), Küstenebene Palästinas zwischen Jafo und dem Krokodilfluß, Apg 9, 35 bei Lod; in atl Zeit mit Eichenwäldern bestanden (vgl Jes 35, 2: „Majestät" des Sch.; Hld 2, 1 f: Gegensatz zwischen Narzisse und dem wilden Sch). Die Weideplätze wurden bereits unter David benutzt (1 Chr 27, 29).

Schefela (hebr.: die Niederung), Zone zwischen dem judäischen Gebirge und der Küstenebene des Mittelmeers (300–400 m ü. M.), nicht immer scharf abgegrenzt. In bibl. Zeit wurden hier Oliven und Sykomoren angebaut (1 Kön 10, 27 1 Chr 27, 28). *Abb. 36.*

Scheidebrief →Ehe (II).

Schiff. Obwohl die Israeliten im Gegensatz zu den Ägyptern und Phöniziern zur Seefahrt offenbar weder Geschick noch Lust hatten (die Seefahrten Salomos wurden von phönizischen Seeleuten ausgeführt: 1 Kön 9, 26 f 10, 22; →Handel), kannten sie Sch.e (Jes 33, 21–23 Ez 27, 3–9), vor allem Tarschisch-Sch.e (1 Kön 10, 22 22, 49 Jes 2, 16 u. ö.). Ez erwähnt auch Ruderknechte, Steuerleute, Matrosen und Handwerker als Besatzung (vgl Jonas Seereise: Jon 1, 3–16 und die Romfahrt des Paulus: Apg 27). Auf dem See Gennesaret gab es nur Fischerkähne (Mt 8, 23 Mk 3, 9 Lk 5, 2). →Hafen.

Schild →Waffen.

Schilo (hebr.: bewässerter Ort), Stadt in Efraim n von Bet-El, in den ältesten Texten Standort der →Lade unter der Priesterfamilie Eli (1 Sam 1, 3. 9. 24). Ri 21, 19–24 erwähnt ein jährliches Jahwefest in Sch. mit Mädchenreigen. Das Heiligtum wurde wahrscheinlich schon von den Philistern zerstört (vgl Jer 7, 12. 14 26, 6. 9). In späteren Texten ist Sch. Standort des heiligen →Zeltes unter Josua (Jos 18, 1) und das letzte gemeinsame Lager der Israeliten, wo die unbesetzten Gebiete auf die Stämme aufgeteilt (18 f), die →Asyl- und Priesterstädte bestimmt (20 f) und Maßnahmen gegen die ostjordanischen Stämme getroffen wurden (22, 9–12). (→) Samuel und Achija (2) stammten aus Sch.

Schiloach (von hebr.: senden, loslassen), Kanal, der das Wasser des →Gihon (2) ins Innere von Jerusalem leitete. Unter Ahas noch offen am SO-Hügel entlanglaufend (Jes 7, 3 8, 6), wurde er unter →Hiskija als 533 m langer, S-förmiger Tunnel durch die Felsen gehauen (2 Kön 20, 20 Sir 48, 17). Diese Leistung feierte die 1880 zufällig entdeckte Sch.inschrift (→Hebräisch). Spätere Umbauten der Mündung haben die alte Anlage verdeckt (→Jerusalem II). – Zur Zeit des NT wurde unter Sch. der heutige gleichnamige Teich verstanden, dessen Zusammenhang mit dem Gihon nicht mehr bekannt war. Jesus schickte den Blindgeborenen zum Teich Sch. (Joh 9, 7), weil seinem Wasser heilende und reinigende Wirkung zugeschrieben wurde. *Abb. 27.*

Schlange. Welche Schn.arten die neun verschiedenen Bezeichnungen für Sch. in der Bibel meinen, ist ungewiß. Sie halten sich zwischen Steinen und Felsen oder im Wüstensand auf, einige bevorzugen feuchte Gegenden (Neh 2, 13: Sch.nquelle bei Jerusalem). Nach volkstümlicher Ansicht fraß die Sch. Staub (Gen 3, 14 Jes 65, 25). Sie wird wegen ihrer List (Gen 3, 1) und Giftigkeit (Ps 140, 4) erwähnt und dient als Sinnbild für Unehrlichkeit (Gen 49, 17), Verleumdung (Ps 140, 4), tödliche Gefahr (Spr 23, 32), Bosheit (Mt 3, 7 23, 33), aber auch für Klugheit (10, 16). Man kannte Sch.nbeschwörungen (Ps 58, 5 f Koh 10, 11 Jer 8, 17). Die populäre Darstellung von der Verwandlung eines Stabes in eine Sch. (Ex 4, 2–4 7, 8–13) dürfte jedoch vom schlangenförmigen Stab des Pharao beeinflußt sein. In der orient. Mythologie steht die Sch. im Zusammenhang mit →Dämonen (Gen 3, 1–5; →Leviatan; Ijob 3, 8 Ps 74, 13 f Jes 27, 1), ist aber auch das heilige Tier oder Symbol vieler Götter (z. B. Asklepios, Anat). Verehrt wurde sie in Babylonien, Kanaan, Griechenland und Kreta. Als Symbol des Baal und seines Fruchtbarkeitskultes kann sie in der Sündenfallerzählung als Widerpart Jahwes auftreten. Das Frühjudentum sah in ihr eine Verkörperung des Teufels (Weish 2, 24 Lk 10, 19 Offb 12, 9). – In der Ehernen Sch. verehrten die Israeliten vielleicht das Abbild des Leben und Heilung spendenden Jahwe (Hos 6, 1 f). Jedenfalls setzt die Ätiologie dieses Kultgegenstandes (Num 21, 4b–9) die Vorstellung von der Sch. als Lebenstier voraus. Die ursprünglich magische Wirkung wurde später vergeistigt (Weish 16, 7) und typologisiert (Joh 3, 14 f).

Schleier. Obwohl die Sitte, sich zu verschleiern, im alten Orient schon für die 2. Hälfte des 2. Jt bezeugt ist, wird sie in Palästina erst spät allgemein üblich. Ursprünglich blieb die Frau unverschleiert (Gen 12, 14 f 24, 15 f u. a.) und trug nur in den Brauttagen einen Sch. vor ihrem Mann (Gen 24, 65 Hld 4, 1. 3 6, 7). Paulus versuchte, diesen Brauch auch in der Kirche einzuführen.

Schminke, Mischung aus schwarzgebranntem oder zerstoßenem Antimon, wurde mit einem Stift auf Augenlider und Brauen gestrichen, ursprünglich wohl auch als Augenschutz bei starker Sonne (2 Kön 9, 30 Jer 4, 30 Ijob 42, 14 Ez 23, 40). Weish 13, 14 erwähnt eine rote Wangenschminke. Sch.schalen und -löffel sind archäologisch vielfältig belegt. *Abb. 41.*

Schmuck, möglichst aus Gold und Silber mit Edelsteinen und Perlen, war bei den israelit. Frauen und Männern sehr beliebt. Man trug Arm-, Finger-, Nasen- und Ohrringe, Fußspangen, Halsketten (z. T. mit Amulett), Spangen und Siegel. Einen Sch.katalog bietet Jes 3, 16–24.

Schönheit →Schminke.

Abb. 41a: Ägypt. Frau mit Spiegel und Puderschwämmchen

Abb. 41b: Schminkszene aus dem „Erotischen Papyrus"
(Neues Reich)

Schöpfungsbericht wird der Text Gen 1, 1–2, 4a genannt, der die Schöpfung als Sechstagewerk schildert und mit dem nicht nur die sog. Priesterschrift (P), sondern die ganze Bibel beginnt.

(I) GESTALT. Der Sch. ist umrahmt von einem Proömium, das den chaotischen Urzustand (1, 1 f), und einer Conclusio, die den Endzustand (2, 1–3) darstellt. Demnach soll die Schöpfung als Wandlung vom Chaos zum Kosmos verstanden werden. Sie ist eingespannt in das Wochenschema, so daß sich der Bericht in sechs Strophen teilt und durch den Refrain „und es ward Abend, und es ward Morgen", der jeden Schöpfungstag beschließt, einen straffen rhythmischen Aufbau erhält. Jedoch wäre es falsch, den Sch. eine Dichtung oder gar einen Hymnus zu nennen, denn es fehlt ihm alles Dichterische. Die Aufzählung ist eher nüchtern-rational als phantasievoll, von poetischer Inspiration ist nichts zu spüren. Auch Bilder und Anthropomorphismen sind sorgfältig vermieden. Der Sch. muß beheimatet sein in einem Milieu, das von dogmatischen und rituellen Interessen beherrscht war, in dem man es gewohnt war zu differenzieren, zu definieren und zu klassifizieren. Von daher kommt nur die Priesterschaft des jerusalemischen Tempels in Frage. Allerdings muß sich der Verfasser des Sch.s einem vorgegebenen älteren Bericht verpflichtet gefühlt haben, in dem von einem „Machen" Gottes und von acht Schöpfungen die Rede war. Aus theologischen Gründen bringt er diese acht Werke in sechs Tagen unter, was ihm sichtlich Mühe bereitet. Überdies ersetzt er an entscheidenden Stellen das auch vom menschlichen Tun gebrauchte „Machen" *('āśāh)* durch das Gott allein vorbehaltene „Erschaffen" (*bārā'*: 1, 21. 27; beide Verben nebeneinander in 2, 3). Dieses Schaffen Gottes aber geschieht durch sein Sprechen, durch sein Wort. Dabei stellt der Verfasser entweder vor die Aussage, Gott habe „gemacht" oder „geschaffen", die Aussage, er habe gesprochen (Vss 6. 14. 20. 24), oder er läßt ein Geschöpf durch Gottes bloßes Wort entstehen, so daß Gott es nur noch zu benennen und gutzuheißen braucht (Vss 3. 9. 11). Die Rückführung der ganzen Schöpfung auf Gottes Wort ist also die beherrschende Tendenz des P-Verfassers.

(II) Theologische Aussage. Das Verhältnis von Gott und Mensch, das entscheidende Thema der ganzen Bibel, wird im Sch. sogleich mit aller Intensität angegangen.

(1) Die wichtigste Aussage des Sch.s besteht darin, daß der ganze Kosmos zu dem einen und außerweltlichen Gott im Verhältnis des Geschöpfes steht. Diese Kreatürlichkeit wird in nicht überhörbarer Polemik gegen die Geschöpfe ausgesprochen, denen im alten Orient weithin göttliche Verehrung entgegengebracht wurde: den Gestirnen (Vss 14–18), den Tieren (bes. Vs 21) und der geschlechtlichen Fruchtbarkeit (Vss 22. 28).

(2) Die Herrschaft des Menschen über die ganze Schöpfung ist schon durch den Aufbau des Sch.s ausgesprochen: der Mensch als letztes und zugleich vollkommenstes Geschöpf Gottes. Dazu kommt der ausdrückliche Auftrag, sich die Erde untertan zu machen (Vs 28 f). Ein sog. „Kulturbefehl" kann allerdings aus diesem Text nicht herausgelesen werden.
(3) Die Frau steht von Anfang an als gleichberechtigte Partnerin neben dem Mann, auf der gleichen Stufe der Gottebenbildlichkeit. Im übrigen ist zu beachten, daß im ganzen Sch. nur von der Erschaffung von Gattungen die Rede ist, nicht von Individuen. Dies gilt auch hinsichtlich des Menschen. Ebenso schweigt sich der Sch. über das Wie der Entstehung des Menschen völlig aus, offenbar im Bewußtsein, daß dafür die Theologie nicht zuständig ist. Daher ist es methodisch falsch, moderne Fragestellungen wie Evolution, Monogenismus, Polygenismus vom Sch. her erhellen zu wollen.
(4) Indem der Sch. an die Spitze der Heilsurkunde gestellt ist, erscheint die Schöpfung als erste aller Heilstaten Gottes. Von einem Anfang ausgehend und in die Zeitlichkeit eingebunden (das Moment der Zeit wird durch das Wochenschema noch besonders hervorgehoben), bewegt sich das Werk Gottes auf ein Ende zu, auf die Vollendung der Schöpfung.

Schreibmaterial. Man schrieb auf Tonscherben (→Ostraka), Tontafeln (→Keilschrift), →Papyrus, Leder und Pergament. Seltener werden Metall (1 Makk 8, 22 14, 18 Ijob 19, 24), Holz (Jes 8, 1 30, 8 Ez 37, 16) und Stein (nur für monumentale Inschriften: Ex 32, 15 f Dtn 27, 2 ff) verwendet, obwohl Holz in alter Zeit, besonders in der hieroglyphischen Phase der Keilschrift, sehr verbreitet war.

Schrift →Alphabet; Hebräisch; Hieroglyphen; Keilschrift; Phönizien; Sumerer.

Schulammit →Abischag; Schunem.

Schunem (hebr., Bedeutung unbekannt), alte Ortschaft in der Nähe des Gilboa- (1 Sam 28, 4) und des Karmelgebirges (2 Kön 4, 25), in ägypt. Texten und in den →Amarnabriefen erwähnt, Jos 19, 18 zu Issachar gerechnet, in den Erzählungen über die Philisterkriege genannt (1 Sam 28, 4). Aus Sch. stammte →Abischag (1 Kön 1, 3–5 2, 17 f), eine Gönnerin des Elischa (2 Kön 4, 8–37) und vielleicht Schulammit (Hld 7, 1).

Schwagerehe (auch Leviratsehe) ist im alten Orient überall nachweisbar. Sie beruht auf dem Erbrecht, die Witwe in der Familie ihres Mannes weiterzugeben. Im AT steht der Gedanke im Vordergrund, daß der Bruder dem Verstorbenen Nachkommen schaffen soll (Gen 38, 8), damit sein Name erhalten bleibe. Dtn 25, 5–10 macht die Sch. zur Gesetzespflicht, deren Erfüllung die Witwe fordern konnte. Hatte der Verstorbene jedoch Kinder hinterlassen, trat bei Verkehr mit der Schwägerin das Inzestgesetz (Lev 18, 20) in Kraft. Der Brauch der Sch. bestand noch zur Zeit Jesu (Mt 22, 24).

Schwert →Waffen.

Sebulon (hebr., volksetymologisch: wohnen), Sohn des Jakob und der Lea (Gen 30, 20), Ahnherr und →Eponym des Stammes S. (seine Charakterisierung 49, 13 Dtn 33, 18). S. hatte sich neben Issachar am S-Rand des galiläischen Gebirges (Jos 19, 10–16) um das spätere Nazaret herum angesiedelt. Das Gebiet war klein, aber fruchtbar und beherrschte die Straßen vom Ostjordanland zum Mittelmeer (Jes 8, 23). S. nahm teil am Kampf Baraks gegen Sisera (Ri 4 f). In der späteren Geschichte wird es nicht mehr erwähnt.

Secharja (hebr.: Jahwe hat sich wieder erinnert). Die wichtigsten Träger dieses Namens sind:
(1) König Israels (743), Sohn Jerobeams II., regierte sechs Monate, wurde von Schallum gestürzt und in Jibleam ermordet (2 Kön 15, 8–12);
(2) Prophet →Sacharja;
(3) Sohn des Priesters Jojada (2 Kön 11, 4), der die Judäer wegen ihres Abfalls von Jahwe tadelte und auf Befehl des Königs Joasch im Vorhof des Tempels gesteinigt wurde (2 Chr 24, 20–22). In seiner Rede gegen die Pharisäer (Mt 23, 35 par) verweist Jesus auf die Ermordung des S;
(4) Sohn des Berechja, Freund und Zeuge des Jesaja (8, 2);
(5) der ntl →Zacharias.

Sela. (1) S. (hebr.: „der" Fels) ist Ri 1, 36 Grenzort der Edomiter, 2 Kön 14, 7 Festung (Stadt?), die von König Amasja erobert und in Jokteel umbenannt wurde; der Chronist (2 Chr 25, 11) dürfte (wohl fälschlich) an →Petra gedacht haben. Jes 42, 11 Jer 49, 16 meinen eher die Gegend von Bosra, der Hauptstadt der Edomiter.

(2) Nach Ableitung und Bedeutung umstrittenes Wort, das 71mal in den Pss und 3mal in Hab 3 begegnet. Da es nichts mit dem Inhalt des Textes zu tun hat, dürfte es sich um eine literarische (Refrain?), liturgische (Niederknien?) oder musikalische (Intervall? Antiphon?) Anweisung handeln.

Seleukiden, mazedonische, nach ihrem Gründer Seleukos I. benannte Diadochendynastie, die von 312 bis 64 vC über Syrien herrschte und öfter auch das Schicksal der Juden mitbestimmte. Im AT werden erwähnt:
(1) Seleukos I. Nikator (312–281), Heerführer Alexanders d. Gr., bemächtigte sich der Satrapien von Babylon (312) und Syrien (301), nahm den Königstitel an und genoß schon zu Lebzeiten göttliche Verehrung (Dan 11, 5).
(2) Antiochus II. Theos (261–246), heiratete die ägypt. Königstochter Berenike und wurde mit ihr zusammen ermordet (Dan 11, 6).
(3) Seleukos II. Kallinikos (246–226/5), Sohn von (2), wurde wegen der Ermordung Berenikes mit Ägypten in einen Krieg verwickelt (Dan 11, 7–9).
(4) Seleukos III. Keraunos (225–223), Sohn von (3), (Dan 11, 10).
(5) Antiochus III. d. Gr. (223–187), Sohn von (3), brachte den Krieg mit Ägypten zu einem siegreichen Ende, scheiterte dann aber am Widerstand der Römer und starb auf einem Kriegszug nach Elam (Dan 11, 13–19).
(6) Seleukos IV. Philopator oder Soter (187–175), Sohn von (5), trat despotisch gegen die nicht zur griechenfreundlichen Partei gehörenden Juden auf. In seine Regierungszeit fielen der Tempelraub des Heliodor und der Kampf zwischen Onias und Simon um die hohepriesterliche Würde (Dan 11, 20 2 Makk 3, 1–4, 7).
(7) Zu weiteren S. (→) Antiochus, Demetrius, Alexander Balas. Die letzten S. machten sich den Thron streitig, 83 vC fiel das Reich an Armenien, 64 wurde es röm. Provinz.

Sem →Noach; Völkertafel.

Semiten werden in Anlehnung an die →Völkertafel (Gen 10) einige Völker Vorderasiens wegen ihrer engen Sprachverwandtschaft genannt. Sie bilden nur einen Zweig eines weit größeren Sprachstammes, der Semitohamiten, der in seiner Hauptmasse in Afrika ansässig war. Man neigt heute zu der

Ansicht, daß die vorderasiatischen S. von ihrer Urheimat Afrika aus in verschiedenen Wanderungswellen die ö benachbarten Kulturlandschaften in Asien besetzten. Zunächst spalteten sich die →Akkader ab (O-S.). Der Rest, die sog. W-S., gliederten sich im Laufe der folgenden Jhh in (→) Amoriter und Aramäer (NW-S.) im Norden und Araber, Sabäer und Äthiopier (SW-S.) im Süden. *Abb. 15.*

Sepphoris, gr. Name einer Stadt in Galiläa, 5 km n von Nazaret, röm. (seit 2. Jh nC) Diocaesarea, hebr. Zippori, arab. *safurije*, Ende 2. Jh vC erstmals erwähnt, ab 55 vC Hauptstadt von Galiläa, ca 2–20 nC Residenz des Herodes →Antipas (vor →Tiberias), während der 1. Hälfte des 3. Jh Sitz des Sanhedrin (→Hoher Rat), Redaktion der →Mischna (unter Jehuda Hannasi). Amerikan. Ausgrabungen 1983/85, israel. seit 1990: Röm. Theater, Säulenstraße, Mosaiken, Kreuzfahrerkirche und -zitadelle. *Abb. 22 und 36.*

Septuaginta (LXX), älteste und wichtigste Übersetzung des AT ini die gr. Sprache. Ihr Name geht auf die im →Aristeasbrief überlieferte Legende zurück, wonach 72 Juden in 72 Tagen die Übersetzung angefertigt haben.

(I) Entstehung und Geschichte. (1) Die S. wurde für den Bedarf der gr. sprechenden →Diasporajuden in →Alexandrien gemacht. Zunächst wurde der →Pentateuch übersetzt (Mitte des 3. Jh vC), danach folgten allmählich die anderen Bücher des AT (bis gegen 100 vC). Die S. wurde rasch als die offizielle Bibel des hellen. Judentums in den Synagogen verwendet; auch die ntl Schriftsteller zitieren das AT vorzugsweise nach ihr. Erst nach der Zerstörung Jerusalems büßte die S. bei den Juden ihre bisher unbestrittene Geltung ein. In den Disputationen mit den Christen stellten die Juden die getreue Wiedergabe des hebr. Textes durch die S. in Frage (z. B. Jes 7, 14 und Ps 95, 10). Außerdem stimmte der Umfang der S. nicht mit dem →Kanon überein, auf den sich das Judentum festgelegt hatte (90/95 nC). Schließlich konnte der S. text den Bedürfnissen der Schule des Rabbi Akiba nicht genügen. Daher entstanden für die hellen. Juden neue Übersetzungen im 2. Jh (Aquila, Theodotion, Symmachus; →Bibelübersetzungen I. 1.b–d).

(2) Über die Geschichte der S. in der christl. Kirche vor Origenes ist sehr wenig bekannt. Um 200 war der S. text derart mitgenommen, daß Origenes mit der Hexapla (hebr. Text und

gr. Übersetzungen in sechs parallelen Kolumnen) versuchte, die entstandenen Textverschiedenheiten zu beseitigen und den ursprünglichen Text wiederherzustellen. Die Hexapla und die späteren Versuche, den S. text zu verbessern, führten zu weiteren Rezensionen und Textformen.
(II) WERT. Weil die S. keine Einheit bildet, ist der Übersetzungswert der einzelnen Teile sehr verschieden; z. B. ist der Pentateuch sehr gut übersetzt, Jes und die Kleinen Propheten sehr schlecht; Dan stellt eher eine freie Bearbeitung als eine Übersetzung dar. Die S. ist noch unberührt von den im 1./2. Jh einsetzenden Bestrebungen um einen vereinheitlichten →Bibeltext, andererseits ist sie das Resultat einer von liturgischen Interessen diktierten christl. Uniformierungsarbeit. Die Hss-Funde von →Qumran beweisen, daß im letzten Jh vC auch eine hebr. Textform im Umlauf war, die der Vorlage der S. nahestand. Jede einzelne Textvariante ist für sich zu prüfen. In der Vokalisation der Eigennamen z. B. scheint die S. den Vorzug vor MT zu verdienen; sonst ist der (ältere) S. text nicht immer besser als der uns erhaltene (jüngere) MT.

Serubbabel (hebr.: Sproß Babels), unter persischer Oberhoheit →Statthalter von Juda (ca 520 vC). Sein Name deutet auf babyl. Herkunft (vielleicht im Exil geboren). Alle Genealogien (Hag passim, Esra 3, 2. 8 5, 2 Neh 12, 1 Mt 1, 12; 1 Chr 3, 19; Lk 3, 27) behaupten trotz Abweichungen im einzelnen seine davidische Herkunft. Er war Zeitgenosse von Haggai und Sacharja (Hag 1, 1. 14 2, 2), die große Erwartungen in ihn setzten und ihn anregten, den Tempelbau zu forcieren (Hag 2, 20–23 ist er der Stammvater und Typ des Messias).

Set (von hebr.: ersetzen; Gen 4, 25), Sohn Adams. Die Setitenliste (5, 1–32: P) zählt die Namen von zehn Generationen von Adam bis Noach auf und operiert dabei mit sehr hohen Lebenszahlen, die im MT, im samaritanischen Pentateuch und in der LXX verschieden überliefert sind. Die Liste und der von ihr abweichende Kainitenstammbaum (Gen 4, 17–24: J) dürften auf eine gemeinsame vorisraelit. Überlieferung zurückgehen.

Sichar, eine samaritanische Stadt (Joh 4, 5 f) am →Jakobsbrunnen (vgl Gen 33, 19 48, 22), wohl kaum mit →Sichem identisch.

Sichem (hebr.: Nacken), alte Stadt zwischen den Bergen (→)Ebal und Garizim, wichtiger Verkehrsknotenpunkt, alte Kultstätte (heilige Terebinthe: Gen 12, 6 33, 20; Tempel des Baal-Berit: Ri 9). Seit dem 19. Jh in ägypt. Texten und in den →Amarnabriefen erwähnt. Von den Patriarchen stehen Abraham und Jakob mit S. in Verbindung (Gen 34). Offenbar war die Stadt zur Zeit der Landnahme schon von Israeliten besiedelt, die den Exodus nicht mitgemacht hatten. S. wurde zentrale Kultstätte Israels (Jos 24), an der das Bundesfest gefeiert wurde (Dtn 27), und Schauplatz des monarchischen Abenteuers →Abimelechs (Ri 9). Rehabeam provozierte hier die Reichsteilung (1 Kön 12). S. wurde die erste Hauptstadt des Nordreiches (1 Kön 12, 25). Im Unterschied zu Bet-El scheint S. aber immer eine Stätte des reinen Jahweglaubens geblieben zu sein (keine prophetische Polemik gegen S.). Ein vollständiges Bild über die Geschichte der Stadt erbrachten die amerikan. Ausgrabungen 1956–1973 (mit Unterbrechungen): Beginn der Siedlung um 4000 vC. In der Hyksoszeit Befestigung (Stadttore, Zyklopenmauer) und Bau eines nicht-kanaan. Festungstempels (ca 1600). Nach zwei ägypt. Eroberungen 1450/25 Neubesiedlung (Wiederaufbau der Tore und Mauern, Tempel im kanaan. Stil, gewaltige Massebe). Im 12. Jh Zerstörung durch Abimelech, gegen Ende des 10. Jh durch Schischak (?). Dann Getreidesilo anstelle des Tempels (das Heiligtum scheint nach Bet-El verlegt worden zu sein). Zerstörung durch die Assyrer 724/23, 107 vC Ende von S. im Zusammenhang mit der Zerstörung Samarias. In einiger Entfernung neue röm. Stadt Flavia Neapolis (heute *nāblus*). Israel. Ausgrabungen 1979–1988: Theater, Hippodrom, Amphitheater, prächtiges röm. Mosaik.

Sidon (hebr.: Ort des Fischfangs), in der ältesten Zeit führende Stadt der →Phönizier, die nach ihr Jes 23, 2. 12 f (wie schon bei Homer) Sidonier genannt wurden (Gen 10, 15 ist S. der Erstgeborene Kanaans). In den (→) Amarnabriefen und Ugarittexten erwähnt. Später von Tyrus überflügelt. Nach anfänglicher Begünstigung zerstörten die Assyrer S. (677). Jos 19, 28 rechnet S. zu Ascher, obwohl die Israeliten die Stadt niemals eroberten. Jesus stellt Tyrus und S. den unbußfertigen Städten Galiläas entgegen (Mt 11, 21 f par) und begibt sich selbst in ihre Gegend (15, 21 Mk 7, 24. 31). Paulus ist zu Beginn seiner Romreise in S. (Apg 27, 3). *Abb. 22.*

Siegel. In Palästina/Israel sind aus Schichten der Mittelbronze- bis Perserzeit (ca. 1750–330 vC) allein in legalen Grabungen 10 000 S. und S.abdrücke ans Licht gekommen.
(I) *Formen.* Man unterscheidet zwei Grundformen: das *Stempelsiegel,* das beim Siegeln wie ein Poststempel benützt wird, und das walzenförmige Zylinder- oder *Rollsiegel,* das über die zu siegelnde Fläche abgerollt ein rechteckiges Bild ergibt *(Abb. 42h).* Im Vergleich zum Stempelsiegel waren Rollsiegel in Palästina stets selten. In den Ausgrabungen wurden etwa 500 gefunden (= ca 5 % der Belege). Die in Palästina im 2. Jt häufigste Form des Stempelsiegels ist der *Skarabäus,* eine S.form ägypt. Herkunft in Gestalt eines Mistkäfers mit gravierter Basisplatte *(Abb. 42 a–c).* Der Skarabäus oder heilige Pillendreher war in Ägypten ein Symbol der Regeneration. Die von ihm gedrehte Kugel wurde mit der Sonne, die jeden Morgen neu über den Himmel rollt, in Beziehung gebracht. Seit ca 1750 vC ist eine einheimische palästin. Skarabäenproduktion nachweisbar. Im 1. Jt wird der Skarabäus zunehmend durch schlicht ovale (Skaraboide), kegelförmige, rechteckige und S. in anderen geometrischen Formen ersetzt, die weitgehend lokaler Produktion entstammen.
(II) *Motive.* Die Motive, mit denen die S. graviert wurden, wechseln von Periode zu Periode und manchmal auch von Gegend zu Gegend. Sie sind deshalb eine ganz wichtige Quelle für die Religionsgeschichte Palästinas/Israels. Auf den S.n sind oft – wie später auf Münzen oder Briefmarken – in Miniatur Elemente aus monumentalen Tempel- oder Palastreliefs abgebildet. Die massenweise hergestellten, nur 1,5–2,5 cm langen, leicht transportablen Bildträger waren so das erste visuelle Massenkommunikationsmittel.
Gottheiten wie der Wettergott und die nackte Zweiggöttin wurden zwischen 1500 und 1150 vC von ägyptischen Gottheiten wie Horus, Hathor, Ptah, Amon, Seth u.a. und Darstellungen des ägypt. Königs in verschiedenen Funktionen abgelöst. In der frühen Eisenzeit werden die ägypt. Motive durch Symbole pflanzlicher und tierischer Fruchtbarkeit (Lotosblüten, heilige Bäume, Löwe, Capride, säugende Muttertiere), dann durch Elemente der Sonnensymbolik ersetzt. Auf den ca. 2000 *Krugstempeln* aus der Zeit des →Hiskija (721–693 vC) findet sich der geflügelte Skarabäus und die geflügelte Sonnenscheibe *(Abb. 42 d–e),* wohl als Repräsentation des Wirkens Jahwes (vgl. Mal 3,20). Unter assyr.-arm. Einfluß dominieren im 7. Jh Darstellungen der nächtlichen Gestirne;

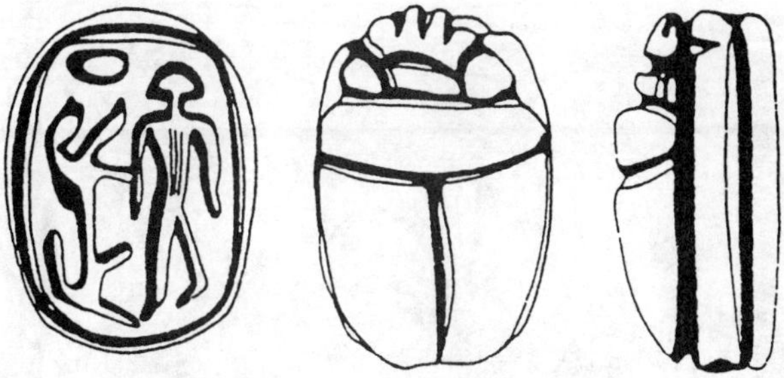

Abb. 42a–c: Skarabäus. Ramessidische Massenware: Löwe über Mensch. Beerscheba

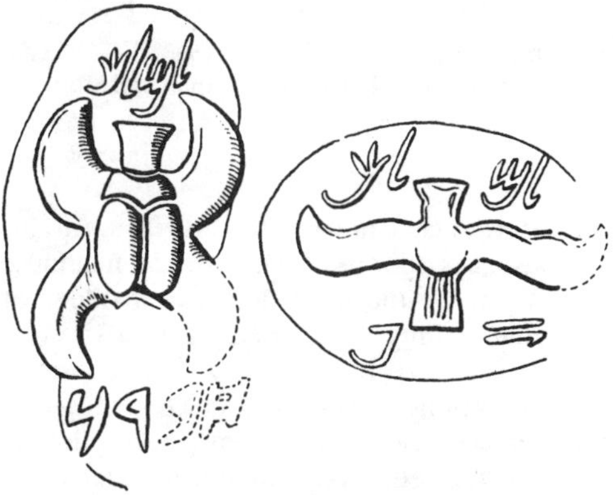

Abb. 42d–e: Krugstempel: Geflügelter Skarabäus und geflügelte Sonnenscheibe, mit althebr. Beschriftung

Abb. 42f–g: Krugstempel mit Inschrift *Jehud* und *Jerusalem* (zwischen den Zacken des Sterns)

Abb. 42h: Rollsiegel aus Sichem und sein Abdruck: geflügelter Stier, stilisierter Baum, Flügelsonne, Mond und Sterne.

Mond und Sterne. Seit dem 8. Jh findet man S., auf die der Name des Besitzers oder der Besitzerin, manchmal zusammen mit dem des Vaters und/oder dem Beruf oder der Stellung (z. B. „Sohn des Königs") genannt wird. Während diese *Namenssiegel* im 8. und zu Beginn des 7. Jh noch regelmäßig mit einem Bild kombiniert werden, verschwindet dieses gegen Ende des 7. Jh, vielleicht unter dem Einfluß der Reform des Joschija, zugunsten reiner Namenssiegel. Auch das S. der persischen Provinz Jehud *(Abb. 42 f)* ist ein reines Namenssiegel. In hellenist. Zeit ist ein S. der Tempelverwaltung mit einem fünfzackigen Stern und der Inschrift „Jerusalem" versehen *(Abb. 42g).*

(III) *Funktion.* Sie war in der Regel eine doppelte. Zu manchen Zeiten waren die S. mehr *Amulett.* Das legt schon die Skarabäenform nahe. Auch die eingravierten Zeichen und Bilder haben oft deutlich Schutz- und Segensfunktion. Für den Amulettcharakter spricht auch, daß den Tausenden von Skarabäen etwa aus 1750–1550 vC verhältnismäßig sehr wenige Abdrücke auf Gefäßhenkeln und -verschlüssen aus Ton gegenüberstehen. Obendrein ist fraglich, ob sie dort mehr unheilabwehrende und segenstiftende oder juristische Funktion (Besitzanzeige) hatten. Bei den Königs- und Namenssiegeln des 8. und 7. Jh überwiegt der juristische Aspekt. Bei den Königssiegeln Hiskijas (ca 2000 Abdrücke, kein einziges Original, s. o.), stand das Siegeln, nicht das S. als Anhänger und Amulett im Vordergrund. Das gilt auch von den Namenssiegeln nichtköniglicher Personen. Lehmklümpchen mit Abdrücken solcher Siegel (Bullen) dienten dazu, Papyrusurkunden zu siegeln und zu beglaubigen (vgl Jes 8,16 29,11 Jer 32,10). Aber auch im 7./6. Jh konnte das S. noch als Amulett verstanden werden. Hld 8,6 bittet die Frau den Geliebten, das S. amulett auf seiner Brust sein zu dürfen, das ihn vor Tod und allem Unheil schützt.

Sihon, Amoriterkönig mit Residenz in Hesbon (Ostjordanland), dessen Herrschaft sich zeitlich nicht festlegen läßt. Er dehnte sein Reich bis weit in das Gebiet der Moabiter aus und soll nach der deuteronomistischen Geschichtsschreibung (Num 21,21–30 Dtn 2,26–37 Ri 11,19–22) im Zuge der Landnahme zusammen mit →Og im Ostjordanland von den Israeliten besiegt worden sein. Jedoch wird der Sieg erst nach der Landnahme erfolgt sein.

Silber →Metall; Münzen; Schmuck.

Simeon (hebr.: Diminutivform für: Gott hat erhört)
(1) Sohn des Jakob und der Lea (Gen 29, 33), →Eponym für den Stamm S. (im →Mosesegen nicht erwähnt), Charakterisierung 49, 5–7. Ursprünglich hatte sich der Stamm wohl zusammen mit Levi bei Sichem angesiedelt, konnte sich aber nicht behaupten (34, 25–31) und wurde allmählich von Juda aufgesaugt (Jos 15, 21–32). S. war wohl ein Gemisch aus arab., edomitischen, kanaan. (Gen 46, 10) und vielleicht auch hurritischen Bevölkerungsanteilen (Num 13, 5). Trotzdem war der Stamm später noch bekannt (Jdt 6, 15 Ez 48, 24. 33 Offb 7, 7).
(2) Zeuge der Darstellung Jesu im Tempel (Lk 2, 25–35).

Simon.
(1) Hoherpriester (Sir 50, 1–24), wohl S. II. (um 200 vC);
(2) Sohn des Mattatias, →Makkabäer;
(3) Sohn des Jona, →Petrus;
(4) der Eiferer (Mk 3, 18 par), vielleicht ein Zelot;
(5) einer der Herrenbrüder (Mk 6, 3 par);
(6) der Aussätzige, in dessen Haus Jesus von einer Frau gesalbt wurde (Mk 14, 3 par);

(7) der Pharisäer, in dessen Haus Jesus von einer Sünderin gesalbt wurde (Lk 7, 36–50), wohl nicht mit (6) identisch;
(8) von →Zyrene, der Jesus das Kreuz trug (Mk 15, 21 par);
(9) Vater des Verräters Judas (Joh 6, 71);
(10) der Magier, Zauberer in Samaria, wurde durch Philippus gläubig (Apg 8, 9), suchte für Geld von den Aposteln die Gewalt zu erkaufen, durch Handauflegung den Heiligen Geist zu vermitteln (8, 18–24: Simonie);
(11) der Gerber in Jafo, bei dem sich Petrus aufhielt (Apg 9, 43 10, 6);
(12) mit dem Beinamen Niger, Prophet und Lehrer in der Gemeinde von Antiochien (Apg 13, 1).

Simri (hebr.: Jahwe hat geholfen). Der wichtigste Träger dieses Namens war Offizier des israelit. Königs Ela, Befehlshaber der Streitwagen. Er ermordete seinen Herrn, rottete das ganze Haus →Bascha aus und bemächtigte sich des Thrones, wurde jedoch schon nach 7 Tagen von →Omri verdrängt (1 Kön 16, 9–20).

Simson (hebr.: Sonne[nkind]), Held der Richterzeit. Die volkstümliche Geschichte (Ri 13–16) erzählt, wie der Engel Jahwes Manoach aus Zorea und seiner Frau die Geburt S.s verkündet und S. später die Philisterin von Timna heiratet. Bei der Hochzeit kommt es zum Streit mit den Philistern, der sich immer mehr verschärft. S. flieht, wird aber durch Delilas Verrat gefangen, geblendet und versklavt. Wieder zu Kräften gekommen, schlägt er die Philister durch seinen freiwilligen Tod härter als je zuvor. – S. ist der volkstümliche Held der Auseinandersetzungen zwischen den Philistern und den in der Schefela ansässigen israelit. Stämmen Dan und Juda. Der Erzählstoff wurde zunächst in mündlicher Tradition ausgestaltet, Verkündigungsgeschichte, Kultlegende, Märchen und Schwank verbanden sich zu einer Einheit. Interessant sind kulturgeschichtl. Einzelheiten, z. B. Brautwerbung (14, 1–9), Rätselspiel beim Hochzeitsmahl (14, 10–20), Naziräat (13 16, 17). Bei der Aufnahme in das deuteronomistische Geschichtswerk bekam die Geschichte eine theologische Tendenz: Die vom Volk verschuldete Philisternot (13, 1) wird durch die Rettergestalt S. gewendet.

Sinai. Bei J und P Name des Berges, auf dem Jahwe dem Mose erschien und den →Bund mit den dort versammelten

Stämmen schloß (bei E und Dtn →Horeb, sonst auch einfach „Berg“ oder „Gottesberg“). Der Name bezieht sich wahrscheinlich auf den dort geübten Sinkult (→Mond). Die christl. Überlieferung (seit dem 4. Jh nC) sucht den S. in den zwei Gipfeln des Bergmassivs im SW der S. halbinsel. Wenn auch die bibl. Angaben uneinheitlich sind, so muß man deswegen die Horeb-Tradition nicht unbedingt als ungeschichtl. betrachten und den „historischen“ S. außerhalb der Halbinsel (z. B. in Midian, bei Kadesch oder Petra) ansetzen; die vulkanischen Züge der Theophanie Ex 19 erfordern nicht notwendig einen vulkanischen Berg. Andererseits ist die Lage des S. von Ägypten her schwer zu bestimmen (Ex 3,18 5,3: drei Tagreisen; 15, 22 ff Num 33, 5–15: die Stationen der Wanderung; vgl die alten Texte Dtn 33, 2 Ri 5, 4 f Hab 3, 3). Insgesamt läßt sich aus den Texten kein sicherer Schluß ziehen. – Die Bodenschätze auf der Halbinsel weckten schon früh den Expansionsdrang der Ägypter. Die Kupferminen wurden schon seit den 3. Dyn. systematisch ausgebeutet. Man entdeckte zahlreiche Spuren, vor allem eine Reihe von Inschriften, Votivtexte semit. Bergleute, aus dem 19./18. und 15. Jh vC in Hieroglyphen, protoalphabetischer und vulgär-kanaan. Schrift von hoher kulturgeschichtl. Bedeutung. *Abb 7.*

Sintfluterzählung (aus mittelhochdt. Sintvluot = große Flut), die Beschreibung einer katastrophalen Überschwemmung, aus der sich allein Noach und seine Familie in der →Arche retten konnten (Gen 6, 5–9, 19).
(1) *Literarische Abhängigkeit.* Die S. ist aus den Quellen J und P zusammengefügt (verschiedene Bezeichnung Gottes, Unterschiede in Wort und Sprachgebrauch, Dubletten, Widersprüche, unterschiedliche Motive). Sie ist jedoch eine allgemein orient. Überlieferung. Am nächsten steht ihr der mesopotamische Bericht über Atraḫasis, der zu einem sumerischen Schöpfungsepos gehört (erhalten in akk. Fragmenten aus 2000–1800). Diese Version findet sich in dem assyr. fast vollständig erhaltenen 11. Gesang des Gilgamesch-Epos (in seiner babyl. Form Anfang 2. Jt datiert). Es bestehen zweifellos mehrere Übereinstimmungen zwischen den akk. Berichten und der bibl. S.: Name des Helden (Bedeutung: „verlängerter Lebenstag“); Ankündigung der Flut durch eine Gottheit; Aufforderung zum Bau eines Schiffes; Umkommen aller lebenden Wesen, außer denen, die im Schiff sind; Auflaufen des Schiffes auf dem Berg Ararat (das Land Urartu); dreifaches Aus-

schicken eines Vogels; siebentägiges Warten bis zum Aussenden einer Taube; Darbringung eines Opfers nach der Flut. Neben kleineren Unterschieden (Modell des Schiffes, Kurs, Zahl der Geretteten u. a.) bestehen allerdings in wesentlichen Punkten Divergenzen, die zeigen, daß die bibl. S. zwar auf eine altmesopotamische Überlieferung zurückgeht, aber auf der Basis einer ganz anderen Theologie neu durchdacht wurde (der krasse Polytheismus fehlt) und einen völlig neuen ethischen Sinn erhielt (Gott bestraft die Sünde).

(2) *Historischer Hintergrund.* Die bibl. S. scheint nichts anderes als die monotheistische und moralische Interpretation eines oder mehrerer historischer Fakten (geographisch und ethnologisch begrenzte Flutkatastrophen) zu sein, die durch die akk. Überlieferung stark verdichtet wurden. Das begrenzte geographische Blickfeld und die heilsgeschichtl. Perspektive des bibl. Erzählers erklären seine Aussage, wonach die ganze Erde betroffen wurde und alle Menschen umkamen. Demnach haben wir in der S. in erster Hinsicht den Einblick des Verfassers in die Heilsgeschichte und den religiösen Entwicklungsweg der Menschheit zu suchen.

(3) *Theologischer Gehalt.* Die S. offenbart das strafende Eingreifen Gottes, der über die sittliche Ordnung in seiner Schöpfung wacht. Sie zeigt jedoch zugleich seinen Heilswillen, der sich eines kleinen Restes bedient, um die Welt zu retten. Dieser Heilswille führt schließlich zur Auserwählung →Abrahams hin und läßt so die →Urgeschichte der Menschheit in die Urgeschichte Israels einmünden.

Sirach (Buch). (I) Der Text. Das deuterokanonische Buch Sir ist unter verschiedenen Namen bekannt: hebr. „Sprüche des Jesus, des Sohnes des Sirach“, gr. „Weisheit des Sirach“, bei den lat. sprechenden Christen „Ecclesiasticus“ (Kirchenbuch). Es gehört zur →Weisheitsliteratur. Man unterscheidet zwei Teile: (1) eine Sammlung von Mahnungen und Sprüchen (1, 1–42, 14), die die religiöse Lebensauffassung und die guten Sitten zum Thema haben, mit starken Übereinstimmungen mit Spr; (2) einen Hymnus auf die Weisheit (42, 15–43, 33), den „Lobpreis der Väter“ (44, 1–50, 26) sowie Schlußwort und Anhang (50, 27–51, 30). – Am häufigsten ist der zweizeilige Merkvers (oft strophenartig zu Exkursen erweitert), wobei Weisheit nicht nur eine von Gott verliehene religiöse Eigenschaft ist, sondern auch Eigenschaft oder Besitz der Gottheit selbst (Hypostasierung: Kap 24). Trotz des

Einflusses der gr. Philosophie treten Lebensklugheit und Nützlichkeitsmoral zurück zugunsten einer religiös-sittlichen Haltung: Selbstzucht, Keuschheit, Mäßigkeit, Hilfsbereitschaft, Wohltätigkeit, Opfer und Gebet. – Das Original wurde von Jesus Sirach hebr. abgefaßt, und zwar um 180 vC (50, 1–24 ist der Hohepriester Simon II. gemeint; die Wirren unter Antiochus IV. Epiphanes [175–164] stehen noch bevor), die erste gr. Übersetzung (vgl Prolog) entstand kurz nach 132 vC. Bis 1896 kannte man nur gr. und syrische Texte. Dann fand man in der →Genisa von Kairo, später auch in →Qumran und in einer Kasematte von →Masada hebr. Hss-Fragmente, die die Ungenauigkeiten und Mißverständnisse der Übersetzungen aufdeckten.
(II) KANONIZITÄT. Sir, ein Lehrbuch praktischer Lebensphilosophie, das der Verfasser auf dem Traditionsgut der israelit. Religion erstellte, wurde im Talmud mehrfach zitiert, aber nicht in den jüd. →Kanon aufgenommen. Für die kath. Kirche wurde seine Kanonizität erst auf dem Konzil von Trient bestätigt, während die prot. Bibel das Buch unter den →Apokryphen aufführt.

Skarabäus →Siegel.

Sklave. (1) *Im AT.* In Israel wurden nichtisraelit. Kriegsgefangene als S.n verkauft (Num 31, 98 Dtn 21, 10), ausländische S.n konnten in Tyrus gekauft werden (Ez 27, 13), als S.nhändler werden die Phönizier genannt (Am 1, 6. 9 Joel 4, 3). Ein Israelit konnte aus verschiedenen Gründen S. bei einem Volksgenossen werden (Ex 21, 4 22, 2 Lev 25, 39 2 Kön 4, 1–7 Mt 18, 25 u. ö.), auch sich selbst verkaufen (Ex 21, 6). Das Gesetz enthielt Bestimmungen zum Schutz der S.n (21, 7–11 Lev 19, 20–22). – Der einfache Mann nennt sich bescheiden S. seines Vorgesetzten (Gen 32, 19 33, 5 Num 31, 49 Rut 2, 13 u. ö.). Vor allem versteht sich der Mensch vor Gott als S. (oder Diener).
(2) *Im NT.* Zur Zeit Jesu war Sklaverei eine Selbstverständlichkeit (vgl die S.n in seinen Gleichnissen: Mt 24, 45–51 Lk 12, 42–48 u. a.), er hat sich nie für ihre Abschaffung ausgesprochen. Erst die Apostel betonen die Gleichheit aller Menschen vor Gott (1 Kor 7, 21 f Gal 3, 28 Eph 6, 8) und erörtern das Verhältnis Herr–Knecht (Kol 3, 22–24 Eph 6, 5–9 1 Petr 2, 18 f u. a.; vgl Phlm), machen aber auch keine Anstrengungen, die Sklaverei zu überwinden (vgl 1 Kor 7, 20–24 Tit

2,9 f). – Der atl Gedanke, daß der Mensch Diener Gottes ist, wird weiterentwickelt.

Skythen, wildes nomadisches Reitervolk iranischer Herkunft, drang aus der südrussischen Ebene um 625 vC bis an die Grenze Ägyptens vor (Herodot 1, 103–106). Viele Exegeten sehen in ihnen den Feind „aus dem Norden" bei Jer 4–6 und Zef 1. Sie galten allgemein als roh (2 Makk 4, 47) und barbarisch (Kol 3, 11).

Smyrna, Hafenstadt an der W-Küste Kleinasiens, ursprünglich äolische Kolonie, dann ionische Stadt. Um 300 vC wurde S. nach Plänen Alexanders d. Gr. wieder aufgebaut und entwickelte sich schnell zur reichsten Hafen- und Handelsstadt Kleinasiens. In röm. Zeit (seit 133 vC) war es zudem neben →Pergamon der wichtigste Sitz des Kaiserkultes in Kleinasien. Ende des 1. Jh nC gab es dort auch eine Christengemeinde (Offb 1, 11). Ignatius von Antiochien schrieb von S. aus seine Briefe an die Gemeinden von Ephesus, Magnesia und Tralles. Damals war Polykarp (gest. wahrscheinlich 156) Bischof von S.

Sodom, Stadt der →Pentapolis (Gen 10, 19 14, 2 f; →Amrafel), wird sw des Toten Meeres lokalisiert. Heimat des Lot (13, 12 f). Wegen seiner im AT sprichwörtlichen Freveltaten (13, 13 Dtn 32, 32 Jer 23, 14 Ez 16, 48–50) wurde S. zusammen mit Gomorra (Dtn 29, 22) zerstört (Gen 18, 20–19, 29). Es wird sich dabei um eine Naturkatastrophe (Erdbeben mit Gasexplosion?) gehandelt haben. Den Israeliten galt diese Zerstörung als Musterbeispiel eines Strafgerichtes (Dtn 29, 22 Ps 11, 6 Jes 1, 9 Jer 49, 18 Mt 11, 23 f u. a.). Der Name lebt weiter im arab. *dschebel usdum* und im israelischen S.

Sohn →Erben; Erstgeburt.

Sonne. (1) Nach atl Vorstellungen ist die S. eine Leuchte, die Gott ans Firmament setzte, um – zusammen mit dem Mond – Tag und Nacht zu scheiden (Gen 1, 14 f). Die wechselnde Intensität ihrer Wärme gibt die Tageszeit an (1 Sam 11, 9 Neh 7, 3). Ihre Kraft vertreibt den Nebel (Weish 2, 4), versengt die Erde (Mt 13, 6 par) und verbrennt Haut und Auge (Hld 1, 6 Sir 43, 2–4). Die versengende Glut der S. ist ein Argument für die Größe ihres Schöpfers. Das Gleichmaß ihres Laufes ist

aber für Koh 1, 5 auch ein Beweis für die monotone Unabänderlichkeit des Geschehens. Allen Stellen liegt das geozentrische Weltbild zugrunde.
(2) Im ganzen Orient, besonders aber in Ägypten spielte der *S.nkult* eine große Rolle. Die Vorstellung der S.ngottheit wurde dabei häufig verändert (ägypt. Re, sumerisch Utu, babyl. Schamasch, persisch Mithra, gr. Helios, Eos, Apollon, röm. Sol, Aurora). Daß die Israeliten von dem kanaan. S.nkult (vgl Namen wie [→] Simson, Bet-Schemesch) beeinflußt worden sind, ist anzunehmen. Im 8./7. Jh, als der →Sternkult unter assyr. Einfluß bei den Israeliten aufkam, spielte die Verehrung der S. nur noch eine geringe Rolle (2 Kön 17, 16 21, 3 ff). Obwohl dieser Kult verboten war und mit Steinigung bestraft wurde (Dtn 17, 3 ff), versuchte Joschija vergeblich, ihm ein Ende zu machen (2 Kön 23, 5–11). Ijob versichert, er habe nie der S. Kußhände zugeworfen, um sie zu verehren (31, 26 f).

Sparta, dorische Stadt der Peloponnes, im AT erwähnt als Bundesgenossin der →Makkabäer Jonatan (1 Makk 12) und Simon (1 Makk 14). Zwischen 152 und 143 verweist Jonatan in einem Brief an die Spartaner auf das gute Verhältnis, das nach einem früheren Brief des spartanischen Königs Arius I. (309–265) an den Hohenpriester Onias II. oder I. zwischen den beiden Völkern bestanden habe. Nach dem Tode Jonatans wurde das Bündnis mit seinem Nachfolger Simon erneuert. Die Echtheit der Briefe und des Bündnisses wird vielfach bezweifelt, ist aber angesichts der damaligen politischen Lage möglich.

Spruch. Allgemeine Wahrheiten oder Lebensweisheiten werden in sprichwörtlicher, aphoristischer, manchmal rhythmischer und feierlicher Redeweise, dem S., ausgedrückt. Als Anlaß können z. B. dienen: Geburt (Gen 35, 17), Hochzeit (24, 60), Tod (Ijob 1, 21). Verbreitet ist der Spott- oder Prahl-S. (1 Sam 14, 12 Ps 42, 4. 11). Die israelit. Stämme werden durch Sprüche, die an ihre Namen anknüpfen, charakterisiert (Gen 49). Rechtssprüche sind bisweilen mit einer symbolischen Handlung verbunden (Dtn 25, 9), apodiktische Rechtssprüche oft zu Zehner- oder Zwölfergruppen zusammengefaßt (so →Dekalog Ex 20, 2–17 und Dodekalog Dtn 27, 15–26). Unter den Kultsprüchen steht der Gottes-S. an erster Stelle: Gott redet durch einen Priester oder antwortet im Orakel. Daneben gibt es Selbstprädikationen Jahwes oder Forderungen an sein Volk (Lev 11, 44 u. ö.). Zu den Kultsprüchen gehört auch der Segens-S. (Num 6, 24–26). Allgemein religiöser Art sind Gruß-S. (Rut 2, 1 1 Sam 1, 17), Propheten-S. und Weisheits-S. (→Sprüche [Buch]; Weisheit). Im NT kleidet Jesus seine Vergleiche vom Reiche Gottes oft in kurze Sprüche.

Sprüche (Buch). Das Buch Spr enthält eine Sammlung von Sprüchen, die früher dem König Salomo zugeschrieben wurde (deshalb der Titel „Sprüche Salomos"). Sie sind der poetische Niederschlag (meist Distichen in antithetischem Parallelismus) des Unterrichts der Weisen. Inhaltlich ungeordnet, lassen sich der Form nach mindestens neun Sammlungen unterscheiden: (1) Kap 1–9 haben (außer der Einleitung 1, 2–9) zu Hauptthemen die Warnung vor der fremden Frau und die personifizierte →Weisheit neben der Torheit. (2) 10, 1–22, 16 zeigen Aspekte der praktischen Lebensklugheit am Beispiel des Weisen (Frommen) und Toren (Gottlosen). (3) 22, 17 bis 24, 22: meist mehrzeilige Dichtungen allgemeinen Inhalts, von denen ein Teil (22, 17–23, 12) auf das um die Wende des 1. Jt abgefaßte ägypt. Weisheitsbuch des Amen-em-ope zurückgeht. (4) 24, 23–34 über Parteilichkeit und Faulheit. (5) 25–29 formal und inhaltlich verwandt mit (2). (6) 30, 1–14 in Stil und Ton an Ijob erinnernd. (7) 30, 15–33 fünf Zahlensprüche. (8) 31, 1–9: Mahnungen einer Mutter an ihren Sohn in drei mehrzeiligen Sprüchen. (9) 31, 10–31: ein akrostichisches Gedicht zum Lob der tugendhaften Hausfrau. – Daß diese Sammlungen ursprünglich selbständig waren, ergibt sich aus den Überschriften und der abweichenden Reihenfolge in LXX (1–2–3–6–4–7–8–5–9). Dubletten in den einzelnen Sammlungen (vor allem in [2]) beweisen, daß diese ihrerseits durch Vereinigung kleinerer Spruchgruppen entstanden sind. Die Komposition des Buches läßt also auf mehrere Sammler schließen, die z. T. bis in vorexilische Zeit zurückreichen mögen. (2) dürfte neben (5) die älteste, (1) die jüngste Sammlung sein. Sprache und Stil weisen auf die Zeit nach dem 5. Jh vC.

Stadt. Der Übergang von der bäuerlichen zur städtischen Lebensform, die sich zwischen dem 7. und dem 3. Jt im Vorderen Orient vollzog, war für die kulturelle Entwicklung der Menschheit von epochaler Bedeutung. Die sich vornehmlich der Nahrungsproduktion widmende Dorfgemeinschaft wandelt sich zu einer differenzierten, arbeitsteiligen Gesellschaft mit neuen Berufsgruppen wie Handwerker, Händler, Krieger, Beamte, Schreiber, Priester, die ein nach Macht, Ansehen und Recht gestuftes System bilden, an dessen Spitze eine zentralistische Herrschaft theokratischer, monarchischer oder aristokratischer Art steht. Die bedeutendste geistige Leistung der erwachenden St.kultur ist die Erfindung der Schrift (→Alphabet; Hebräisch; Hieroglyphen; Keilschrift). – Eine frühe Vorform urbaner Hochkultur hat der Siedlungshügel von →Jericho enthüllt (7.–6. Jt). Echt städtischen Charakter trägt in Palästina sonst erst die bronzezeitliche Kultur. Die Städte dieser Periode (ca 3200–1200 vC) sind ausnahmslos durch starke Mauern gesichert (→Befestigung); es sind auf sich gestellte und häufig rivalisierende Zwergstaaten mit feudaler Gesellschaftsordnung. Der auf der Akropolis residierende Dynast gebietet über eine unfreie Bevölkerung, deren ärmliche Häuser sich im engen Mauerkreis zusammendrängen. (Jericho ist z. B. in der frühen Bronzezeit ca 225 x 80 m groß.) Es handelt sich weniger um Wohn- als um Flucht- und Vorratsstädte. – Den aus der Steppe einwandernden Israeliten bleibt das städtische Wesen lange Zeit fremd. Es erscheint ihnen als menschliche Hybris (Gen 11, 1–9) und Verderbtheit (19, 1–28). Ihre ersten stadtähnlich ummauerten Orte sind reine Ackerbürgersiedlungen, in denen die →Ältesten das Regiment führen. Erst mit der Staatenbildung setzt der Prozeß der Urbanisierung (und Kanaanisierung) um die Brennpunkte (→) Jerusalem und Samaria ein (Tempel, Palast, Verwaltungszentren mit einer Oberschicht königlicher Beamter). – Neuartig ist der St. typ der hellen. Epoche, der von der gr. Polis bestimmt ist: beiderseits der breiten Hauptstraße eine schachbrettartige Anlage regelmäßiger Quartiere mit bestimmten Bezirken für öffentliche Anlagen und Gebäude (→Marescha). Die röm. Städte (→Gerasa) zeigen die charakteristische Gliederung durch das Achsenkreuz und zeichnen sich durch eine Vielfalt monumentaler öffentlicher Bauten aus. Den autonomen Status der hellen. Zeit behalten die Städte unter den Römern mindestens in Religion, Jurisdiktion und Administration bei. Magistrat, Rat und Volksversammlung (oder Hoher Rat in Jerusalem) stehen nur demjenigen offen, der das Bürgerrecht besitzt. Daher die bildliche Redeweise von der himmlischen Stadt Jerusalem (Gal 4, 25 f Hebr 11, 10. 16 Offb 21, 2), in der die Christen Bürgerrecht genießen und sich nicht als Fremde und Beisassen betrachten müssen (Eph 2, 19 Hebr 11, 13 1 Petr 2, 11). →Befestigung.

Stamm, größte soziale Einheit der alten Kulturvölker. Er gliedert sich in Geschlechter und →Familien, an der Spitze steht das St.esoberhaupt. Weil ein St. nicht nur durch die Nachkommen eines St.vaters, sondern oft durch Zusammenschluß sehr verschiedener Volksgruppen gebildet wird (z. B. Ex 12, 38), ist die Geschichte der Stämme sehr verwickelt (vgl 1 Chr 1–9). Die zwölf Stämme Israels werden genealogisch auf die zwölf Söhne Jakobs zurückgeführt, historisch dürften sie sich jedoch erst zur Zeit der Landnahme zusammengeschlossen haben.

Stammbaum. (I) Weil die Stellung des Israeliten in der Gemeinschaft, seine Rechte und Pflichten größtenteils durch die Familie, das Geschlecht oder den Stamm bedingt waren, denen er angehörte, war das Interesse an der eigenen Herkunft besonders groß. Wer nach dem Exil nicht seine israelit. Abstammung nachweisen konnte, wurde nicht als Volksgenosse anerkannt. Für die Priesterschaft mußte man die Zugehörigkeit zu einem bestimmten Geschlecht nachweisen (1 Chr 23, 25). So werden neben den offiziellen →Volkszählungen (Num 1 26 1 Chr 7, 2 21, 1–6 u. a.) häufig private Geschlechtsregister erwähnt (1 Chr 5, 7 7, 5 Jer 22, 30 u. a.). Die israelit. Geschichtsschreiber haben solche Genealogien, Listen oder St.e aus Gen Num Rut Esra Neh 1 Chr ausgiebig benutzt und als Rahmen ihrer Erzählungen über Abraham, Isaak, Jakob und andere wichtige Persönlichkeiten verwendet. Dabei gingen sie großzügig mit dem St. um: Sie wählten aus, kürzten, schematisierten oder ergänzten. Meist sind die Genealogien in absteigender Linie abgefaßt, die Zahl der aufgenommenen Namen hat oft symbolische und mnemotechnische Bedeutung (z. B. 10 Urväter von Adam bis Noach, 10 von Sem bis Abraham). Die Abstammung wird mit den Verben „gebären“ oder „zeugen“ bezeichnet, wobei durchaus nicht immer die leibliche Abstammung gemeint ist; geographische, kulturelle und politische Beziehungen werden in genealogische Abhängigkeit gebracht (→Völkertafel).
(II) Der St. Jesu, der Jesus zweimal als Nachkommen Davids ausweist (Mt 1, 2–17 Lk 3, 23–38), ist wie die atl Genealogien eher ein literarisches Produkt als das Ergebnis einer Überlieferung. Dafür sprechen nicht nur die Differenzen in den Listen, sondern vor allem die unterschiedlichen Tendenzen bei Mt und Lk. Während der St. bei Mt, eine auf Zahlensymbolik beruhende Komposition, Jesus als „Abraham-Nachkommen der Verheißung“ und als David redivivus erscheinen lassen

will, führt Lk den St. bis auf Adam zurück, um zu zeigen, daß Jesus die Geschichte der ganzen Menschheit (nicht nur Israels) zur Vollendung bringt und als Welterlöser erscheint. Der St. ist also nicht historischer Nachweis der davidischen Abstammung, sondern Niederschlag des Glaubens der Urgemeinde, die in Jesus den verheißenen Davidsohn sah.

Statthalter, Träger der Regierungsgewalt in den von Römern besetzten Gebieten. Im NT werden erwähnt die Prokonsuln Sergius Paulus (Apg 13, 7 f. 12) von Zypern und Gallio (18, 12) von Achaia sowie der Legatus Quirinius (Lk 2, 2) als St. von Syrien. Prokuratoren, d. h. Verwalter eines kleineren Gebietes, dessen Verwaltung z. B. wegen der beibehaltenen einheimischen Dynastie besondere Schwierigkeiten machte, waren u. a. die St. Pontius →Pilatus (Mt 27 f passim par) sowie Felix und Festus (Apg 24) von Judäa mit Sitz in →Cäsarea.

Stein. (1) Im *profanen Bereich* fand der St. vielfältige Verwendung. Er diente als Werkzeug oder Waffe (Ex 21, 18 2 Sam 16, 6 Sach 4, 10), als Gewicht (Spr 16, 11 Jer 51, 63), Feuerstein (2 Makk 10, 3), Verschluß von Grube (Gen 29, 2–10), Kübel (Sach 5, 8) oder Grab (Mt 27, 60), als Mühlstein (Dtn 24, 6) und als Preßkufe der Kelter. Auch als Grenzstein oder zur Erinnerung (an einen Vertrag: Gen 31, 44–52, an die Überschreitung des Jordan: Jos 4, 3. 20 f) fand der St. Verwendung. Vor allem aber war er als Baumaterial wichtig. Schon im 7. Jt wurden Mauerbauten aus St. ausgeführt (→Befestigung; Jericho).
Besonders große St.e dienten als Fundament (1 Kön 5, 31) und als Eckstein. Die St.e des Tempels wurden besonders gepflegt (6, 7–7, 12 u. a.). – Von jeher hatten aber die St.e auch religiöse Bedeutung (→Masseben). Steinerne Kultobjekte waren u. a. die zwei Gesetzestafeln (Ex 24, 12) und das Messer für die Beschneidung (4, 25 Jos 5, 2). Der →Altar mußte aus unbehauenen St.en sein (Ex 20, 25 1 Sam 14, 33).
(2) In der *Bildsprache* symbolisiert der St. das Leblose, Ungenießbare, wie aus den Gegenüberstellungen Gott – St. (Apg 17, 29), Mensch – St. (Mt 3, 9 Lk 19, 40), Fleisch – St. (2 Kor 3, 3) und Brot – St. (Mt 4, 3) deutlich wird. Gott kann sich aus St.en Kinder erwecken (Mt 3, 9 par; vgl Jes 51, 1 f). Man vergleicht die Härte des St.s mit der Härte des Herzens (Ijob 41, 16 Ez 11, 19 u. a.). Jesus versteht sich als Eckstein, den die

Menschen verworfen haben (Mk 12, 10; vgl Ps 118, 22). Dieser Gedanke wird weitergeführt in Eph 2, 20–22, wo die Gemeinde als Tempel, Christus als Eckstein verstanden wird. Wer gegen den St. anrennt, stürzt ins Verderben (Lk 20, 18 par); an Christus als den „St. des Anstoßes" (Röm 9, 32 f 1 Petr 2, 8) entscheidet sich Heil oder Unheil des Menschen. In 1 Kor 10, 4 ist der wasserspendende Fels Bild für den präexistenten Christus.

Stele, aufgerichteter, freistehender →Steinblock mit geglätteten Seitenflächen, oben meist halbkreisförmig abgeschlossen, mit bildlicher Darstellung und Inschrift, in der Regel von einem Regenten zur Erinnerung an (militärische) Leistungen errichtet. Daneben gibt es auch – z. B. von einem hohen Beamten aufgestellte – Privatstelen. Die St. hat im Unterschied zur →Massebe (bild- und inschriftlose Steinsäule) profanen Charakter, mag sie auch in einem Heiligtum aufgestellt sein. Im AT werden eine St. Sauls (1 Sam 15, 12) und eine St. Abschaloms (2 Sam 18, 18) genannt; im gleichen Sinn („Denkmal") Jes 56, 5. Durch Ausgrabungen ist heute eine beträchtliche Zahl von St.n aus Palästina und seinen Nachbarländern bekannt, die wichtige Dokumente zur Geschichte Israels und zur Religionsgeschichte darstellen. Zu den wichtigsten gehören die Gesetzes-St. des altbabyl. Königs →Hammurapi, die Israel-St. des Pharao Merenptah (→Ägypten III. 3) und die →Mescha-St.

Stephanus (gr.: Kranz), einer der sieben Armenpfleger (→Diakon), die von den Aposteln in Jerusalem gewählt wurden (Apg 6, 5), hellen. Herkunft. Er zog sich den Haß der Juden zu (6, 8–12) und wurde nach einem Prozeß vor dem Hohen Rat gesteinigt (7). Saulus billigte seinen Tod, der eine Verfolgungswelle gegen die Gemeinde in Jerusalem einleitete (8, 1 11, 19). Die Stätte der Steinigung lag nach einer seit dem 5. Jh greifbaren Tradition n des heutigen Damaskustores (→École Biblique). *Abb. 27.*

Stern. (1) Was den Israeliten an den St.en am meisten auffiel, war ihre unendliche Zahl (Gen 15, 5 22, 17 26, 4 Ex 32, 13 Dtn 1, 10 u. a.). Trotzdem entging ihnen nicht, daß jeder St. seinen Ort (Weish 7, 19 Sir 43, 10 u. ö.) oder Weg (Ri 5, 20) hat und die St.e in bestimmten Konstellationen auftreten (Weish 7, 29). An St.bildern waren ihnen bekannt: Orion, den

sie wegen seiner Größe „Tölpel“ nannten (Ijob 9,9 38, 31 Am 5, 8; im Akk., Aram., Syrischen und Arab. hatte er den Beinamen „Riese“), Großer und Kleiner Hund (Ijob 38, 15 [?]), Aldebaran und Hyaden (38, 32), Plejaden (38, 31), die Tierkreiszeichen (38, 32) und die Morgensterne, die den Orientalen in besonderer Weise Symbol der Hoffnung waren (3, 9 38, 7; 2 Petr 1, 19: Bild für den eschatologischen Tag; Offb 2, 28: für Christus).
(2) *Theologie.* Die St.e sind von Gott geschaffen (Gen 1, 16) und seiner Hände Werk (Ps 8, 4), ihre Ordnung zeugt von seiner Macht (Ijob 38, 31). Es lag deshalb nahe, sich Gottes Thron über den St.en vorzustellen (22, 12). Da im alten Orient St.schnuppen und Meteore als unheilverkündende Zeichen galten, spielt das Erlöschen und Fallen der St.e, das die Offenbarung von Gottes Zorn begleitet, eine große Rolle: Beim Untergang Ägyptens und Babels (Jes 13, 10) und am „Tag Jahwes“ (Joel 2, 10) verlieren sie ihren Glanz, am Ende der Welt fallen sie vom Himmel (Mk 13, 25 par Offb 6, 13). – Von einem symbolischen Verständnis der St.e zeugt Josefs Traum (die Zeichen des Tierkreises stehen für die 12 Stämme), die 7 St.e in Offb 1, 16. 20 bedeuten die 7 Gemeinden Kleinasiens. Offb 12, 4 sind mit den St.en Engel gemeint, Num 24, 17 weist der St. als altes Königssymbol auf den Messias. – Wenn auch die St.e in der Regel nur als Lichtquellen verstanden wurden, schimmert Ri 5, 20 Ijob 38, 7 doch noch die Auffassung von beseelten St.en durch. Im 8./7. Jh fand unter assyr. Einfluß der St.kult in Palästina großen Anklang (2 Kön 17, 16 21, 3. 5 2 Chr 33, 3. 5); Joschija versuchte vergeblich, ihn abzuschaffen (2 Kön 23, 5). →Siegel (II).

Steuer. Seit der Zeit der Monarchie gab es in Israel die St.: zur Zeit Davids und Sauls auf freiwilliger Basis, seit Salomo, der für Hofhaltung und Bautätigkeit große Ausgaben hatte, geregelte Abgaben. Er teilte sein Gebiet in 12 Gaue, die je einen Monat lang die St. (in Naturalien) abzuliefern hatten. Die Beschwerden des Volkes nach seinem Tod (1 Kön 12, 3 f) zeigen die Ungewohntheit dieses Systems. Der Verlust der politischen Selbständigkeit führte zur jeweils geregelten Tribut- oder St.pflicht. Die Perser erhoben Zoll, Kopf- und Grund-St. (Esra 4, 13. 20), die Seleukiden Zoll, Salz- und Kron-St. (1 Makk 10, 29 11, 35), die Römer Zoll, Grund-St. und verschiedene Kopf-St.n (vgl St.münze: Mt 22, 19). →Zehnt.

Stier. Der St. als Symbol der Stärke (z. B. Num 23, 22 24, 8) und Zeugungskraft war beliebtes Motiv auf Siegel- und Elfenbeinbildern sowie Metall- und Tongefäßen. Häufige Bezeichnung von Gottheiten, die aber nicht alle in St.gestalt verehrt wurden. Die Israeliten betrieben keinen St.kult, stellten aber doch in der Wüste (Ex 32, 4. 8), in Bet-El und Dan (1 Kön 12, 25–33) St.bilder auf. Früher hielt man sie für Darstellungen Jahwes, heute versteht man sie, analog zu hetitischen, mesopotamischen und nordsyrischen →Götterbildern, allgemein als Postamenttiere, auf denen unsichtbar Jahwe stand. Gegen sie polemisieren Ex 32 (Episode vom Goldenen Kalb) Hos 8, 4–6 13, 2 und vielleicht Am 4, 4 5, 5 f.

Strafe →Rechtspflege.

Sukkot (hebr.: Hütten)
(1) Ort im Jordangraben in der Nähe des Jabbok, wo Jakob vorbeizog (Gen 33, 17), nicht weit von einer Furt (Ri 8, 5. 16) und von Zaretan (1 Kön 7, 46); Jos 13, 27 zu Gad gerechnet. Die Lage ist umstritten.
(2) Erste Wüstenstation der Israeliten bei ihrem →Auszug aus Ägypten (Ex 12, 37), zwischen Ramses und Etam (13, 20 Num 33, 5 f), der heutige *tell el-maschuṭa*. →Pitom. *Abb. 7.*

Sumerer. (I) BEGRIFF. S. ist die moderne Bezeichnung des Volkes, das seit der Mitte des 4. Jt vC das s Mesopotamien (Land Sumer) bewohnte und alsbald eine hohe Kultur entwickelte. Sprache weder indo-europ. noch semit., agglutinierend (keine Deklination und Konjugation, unveränderliche Wörter werden nach festen Regeln aneinandergereiht). Es läßt sich weder feststellen, welcher Rasse die S. ethnologisch angehörten, noch woher sie kamen. *Abb. 9.*
(II) GESCHICHTE. Die Quellen für die alte Geschichte dieses Gebietes sind fast ausschließlich archäologischer Art. Daher ist bis gegen 2700 vC keine absolute Chronologie möglich. Im Chalkolithikum wurde der S Mesopotamiens besiedelt. Die älteste Kultur ist gekennzeichnet durch die sog. *haddschi-muḥammed*-Keramik (polychrom mit vorwiegend geometrischem Dekor). Darauf folgte die *el-'obēd*-Periode (ca 4500 vC; monochrome Keramik), die ihrerseits abgelöst wurde von der *Uruk*-Periode (Schichten Uruk VI–IV), dem Höhepunkt der früh-sumerischen Kultur überhaupt. Zeugen dieser Zeit sind die monumentalen Tempel und Gebäude in →Uruk und

die von den S.n erfundene →Keilschrift. Die darauffolgende *dschemdet-naṣr*-Periode (Uruk III) bildet in Schrift und Baukunst eine sichere Kontinuität mit der vorhergehenden, obwohl noch umstritten ist, ob der Gegensatz in den figürlichen Darstellungen (abstrakt geometrisch: naturalistisch) eine gleichzeitige oder eine sukzessive Erscheinung war.
Erst mit der *Mesilim*-Periode (um 2700 vC) fängt die historische Zeit an, da man jetzt über Königsinschriften verfügt. Während im S ein langsamer Zerfall einsetzt, wird das semit. Element im N sehr stark. Hier sind in diese Zeit die sog. vorsargonischen Inschriften zu datieren (Mari, Dijâla-Gebiet). Die kleine Provinzstadt Lagasch gelangt zu großer Macht. Schließlich wurde der S unterworfen, als seine Lebenskräfte den Akkadern unter Sargon nicht mehr gewachsen waren. Danach folgte die barbarische Gewaltherrschaft der Guti. Die 3. Dynastie von →Ur leitete nochmals eine sumerische Renaissance ein. Durch die Infiltration der →Amoriter zerfiel das Land aber bald wieder in Zwergstaaten. Den zwei semit. Dynastien von Isin und Larsa ist es zu verdanken, daß die Überreste der sumerischen Sprache und Kultur der Nachwelt überliefert bleiben.
(III)Religion. Das religiöse Denken der S. wird beherrscht durch den Begriff *ME*, eine übersinnliche Kraft, die von den „großen" Göttern den Dingen hinzugefügt oder weggenommen wird („Sein" im Sinn von „Kraft haben"). Im Winter verlieren die Dinge ihre Kraft; am Neujahrsfest feiert der König die sakrale Hochzeit mit einer Priesterin, das Leben kehrt zurück. Wahrscheinlich spielte die Magie eine große Rolle in der sumerischen Religon. Das sumerische Pantheon hängt mit den Kosmogonievorstellungen der S. zusammen. Es besteht aus vergöttlichten Naturphänomenen. Der zugrunde liegende (vorhistorische) Gottesbegriff ist monistisch. In dem Pantheon, das wir in historischen Zeiten antreffen, treten die Götter anthropomorph auf. Nicht sie, sondern nur die Urprinzipien sind ewig. Auch die Architektur des Tempels ist nach dem Urzustand der Welt entworfen. Das ganze Gefüge des sumerischen Staates ist das einer sakralen Amphiktyonie; die Stadtstaaten sind einander hierarchisch untergeordnet wie die Götter im Pantheon. Erst durch die Vergöttlichung des Königtums konnte Sargon von Akkad eine politische Einheit schaffen.
Ein großer Teil der literarischen Texte der S. konzentriert sich um die „heilige Hochzeit", die ein Geschehen aus der Urzeit

versinnbildet (die Befruchtung der Erde durch den Himmel) und die am Neujahr unter großer Festlichkeit mit kultischen Spielen und Mahlzeiten gefeiert wurde. Obwohl die sumerische Gottheit den unvermeidlichen Ablauf der Naturkräfte verkörpert und für liebevolle Verehrung oder Mystik kein Raum bleibt, ist es doch vielfältig belegt, daß jeder einzelne S. auch einen „persönlichen" Gott hatte (vergleichbar dem „Schutzengel" und meist nicht zum „theologischen" Pantheon gehörend), an den er sich in ergreifenden Gebeten richtete. Da das gesamte Leben auf die kultische Ordnung aufgebaut war, galt ein bewußter oder unbewußter Verstoß gegen diese Ordnung als die größte Sünde.
Die sumerische Lebensauffassung hat auf die Umwelt einen enormen Einfluß ausgeübt. Die in den ersten Kap der Gen verwendeten sumerischen Elemente sind jedoch so stark aus ihrem ursprünglichen Zusammenhang gerissen und willkürlich verwendet, daß man – gemäß der ganz andersartigen Welt- und Lebensanschauungen der Bibel – geradezu von einer „Entmythologisierung" der sumerischen Weltphilosophie sprechen kann.
(IV) SPRACHE UND LITERATUR. Zum Begriff S. →I. Die Sumerologie ist vorläufig eine Wissenschaft im Werden. Das gilt vor allem für die Erforschung der Literaturgeschichte. Diese war überaus reich an Formen und Inhalten. Auch darin waren die S. die Lehrmeister des ganzen alten Orients. Das meiste Material wartet noch auf Deutung oder liegt unveröffentlicht in Museen.

Susanna (hebr.: Lilie)
(1) Tochter des Hilkija, spielt die Hauptrolle in der deuterokanonischen Legende Dan 13. Sie wird fälschlich des Ehebruchs beschuldigt, zum Tode verurteilt, aber im letzten Augenblick durch →Daniel gerettet.
(2) Anhängerin Jesu, die ihm mit ihrem Vermögen diente (Lk 8, 3).

Synagoge, gr. Bezeichnung für das dem jüd. Gebets- und Lesegottesdienst dienende Gebäude. Ihr Ursprung liegt in der tempellosen Zeit der Diaspora, in der die S. den Tempel ersetzte. Spätestens seit der endgültigen Zerstörung des Tempels (70 nC) bildete sie das geistige Zentrum des Judentums, das ihr entscheidend sein Überleben als religiöse Größe verdankt. Schon in der babyl. Exilsgemeinde (Ez 8, 1 14, 1 20, 1) ist von Zusammenkünften der Ältesten im Hause des Propheten die Rede. Dan 6, 10 erwähnt Gebete in Richtung Jerusalem, Neh 8, 1–8 zeichnet sich eine synagogale Liturgie ab. Das älteste schriftliche Zeugnis von einer S. liegt für Ägypten (→Alexandrien) aus dem 3. Jh vC vor, für Griechenland aus dem 2. Jh vC, für Palästina aus dem 1. Jh nC. Zur Zeit Jesu hatte jede größere Judengemeinde im Mittelmeerraum ihre S. Allein die Apg erwähnt mehrere S.n in Jerusalem (6, 9 24, 12), eine in Antiochien in Pisidien, dann eine in Ikonium, Philippi, Thessalonich, Beröa, Athen, Korinth, Ephesus, Damaskus und auf Zypern. Archäologisch sind allein in Palästina mehr als hundert S.n nachgewiesen. – In der *Anlage* lassen sich zwei Phasen unterscheiden: Zunächst ist der auf der Jerusalem zugekehrten Seite aufgestellte Tora-Schrein beweglich, so daß die Fassade mit den Portalen nach Jerusalem gerichtet werden kann, ohne daß der Eingang blockiert wird. Nachdem der Tora-Schrein befestigt wird (seit dem 4. Jh nC), richtet man für ihn eine Apsis ein; die Fassade kommt auf die Gegenseite zu liegen. Von dieser Zeit an werden die S.n mit Mosaiken, Fresken, Kapitellen u. a. ausgestattet. Spätestens seit dem 3. Jh nC übernimmt die S. die dreischiffige Basilikaform oder den Baustil der jeweiligen Zeit. Im Vorraum befindet sich meist ein Brunnen für kultische Reinigungen, im Inneren steht an der Rückwand der Tora-Schrein, in der Mitte das Lesepult. Der *Sabbatgottesdienst* besteht aus mehreren Teilen: „Höre Israel“, →Achtzehngebet, je eine Lesung aus Pentateuch und Propheten, Predigt eines beliebigen Gottesdienstteilnehmers (diese Möglichkeit benutzten Jesus und die Apostel zur Verkündigung des Evangeliums, z. B. Mt 4, 23 Lk 4, 44 Apg 13, 15 ff) und Priestersegen. Für den geordneten Ablauf des Gottesdienstes sind der Vorsitzende (Mk 5, 35 f Lk 8, 49) und der S.ndiener (Mt 10, 17 23, 34 Lk 4, 20) zuständig.

Synoptiker, Bezeichnung für Mt, Mk und Lk, deren drei Berichte sich in Aufbau und Wortlaut ähnlich sind und deshalb vielfach in einer Synopse, d. h. in nebeneinanderstehenden Spalten gedruckt werden. – Das AT hat eine parallele Berichterstattung in Kön und Chr.

Syrien. Der Name S., zuerst von Herodot als Kurzform für Assyrien verwendet, bezeichnet den Küstenstreifen zwischen Mittelmeer und syrisch-arab. Wüste. Er kommt im AT nicht vor, die Übersetzungen (LXX und Vg) setzen Syria für Aram. Im NT ist mit S. die röm. Provinz gemeint (Lk 2, 2 Apg 15, 23. 41 18, 18 u. ö.; Mk 7, 26 meint eine phönizische Frau aus S.). – Aus der frühen Zeit ist das Reich Idrimi von →Alalach-Mukiš (15./14. Jh vC) erwähnenswert. Sonst gibt es vor der Perserherrschaft eigentlich nur eine Geschichte syrischer Städte (Tyrus, Sidon u. a.). Die Perser nahmen S. in die 5. Satrapie auf, die zunächst Syria Mesopotamiae und Zölesyrien (das eigentliche S.) umfaßte. Nach dem Untergang des Perserreiches (331) machten sich Seleukiden und Ptolemäer den Besitz S.s streitig, bis 198 Antiochus III. die Seleukidenherrschaft sicherte. Der Versuch, Judäa zu annektieren, scheiterte am Widerstand der Makkabäer. Pompeius nahm S. schließlich im Jahr 64 für die Römer ein, es wurde röm. Provinz (Lk 2, 2).

T

Taanach (Bedeutung unbekannt), alte kanaan. Königsstadt, 8 km s von Megiddo, bereits in ägypt. Texten und in den →Amarnabriefen erwähnt, wurde (trotz Jos 12, 21) erst unter David unterworfen (Ri 1, 27 5, 19) und zu Manasse gerechnet (Jos 17, 11 21, 25 1 Chr 7, 29), bildete unter Salomo zusammen mit Megiddo einen eigenen Bezirk (1 Kön 4, 12). – Dt. Ausgrabungen 1902–1904. Mehr Klarheit über die Geschichte der Stadt brachten die amerikanischen Grabungen 1963–1968: Älteste Besiedlung 27./26. Jh vC, nach wechselnden Geschicken (Aufgabe, Neubesiedlung, mehrfache Zerstörung) endgültige Vernichtung durch Schischak (918). Wichtig sind unter den Einzelfunden vor allem 13 Keilschrifttafeln aus der Spätbronzezeit und ein Tontäfelchen mit einer alphabetischen, aber von der →ugaritischen abweichenden →Keilschrift.

Tabor, Einzelberg (588 m) im NO der Jesreelebene, sö von Nazaret an der Grenze von Issachar, Sebulon und Naftali (Jos 19, 22), wo Barak den Sisera schlug (Ri 4, 6. 12. 14); alte Kultstätte (Anspielung Dtn 33, 19), gegen die Hos 5, 1 Ps 89, 13 polemisieren. Christl. Überlieferung sieht den T. (wohl zu Unrecht) als Stätte der Verklärung Jesu an (Mk 9, 2–13 par).

Taddäus (hebr.: der Mutige?), einer der →Zwölf in den Listen Mk 3, 18 Mt 10, 3, in manchen Hss auch Lebbäus genannt. Sonst im NT nicht bekannt, später mit →Judas (4) (Lk 6, 16 Apg 1, 13 Joh 14, 22) zum Doppelnamen Judas T. gekoppelt (seit Origenes bezeugt). Nach den legendären apokryphen Akten des T. missionierte er in Edessa.

Tadmor →Palmyra.

Tag. Der T., die Zeitspanne vom Morgengrauen bis zur Abenddämmerung, ist durch das Licht gekennzeichnet (Gen 1, 5 8, 22 Ijob 24, 16 Joh 11, 9 f u. ö.). Die Nacht wird zum abgelaufenen T. gerechnet (Lev 7, 15 23, 5 f Ri 19, 4–9 u. a.). Daraus ergibt sich die Möglichkeit, den T. als 24-Stunden-Einheit (Etmal) zu verstehen, vom Morgen bis zum Morgen gerechnet (z. B. Gen 1, 5). Daneben gibt es die jüngere Abgrenzung, nach der ein Etmal mit dem Sonnenuntergang beginnt. Der Grund hierfür liegt in der Ausrichtung des jüd. Kalenders nach dem Mond. Viele jüd. Feste (Ex 12, 18: Mazzenfest; Lev 23, 32: Versöhnungstag; Jdt 8, 6 Jub 32, 16: Sabbat) beginnen am Abend. Die T.eszeit bestimmte man nach dem Stand der Sonne (Morgen, Mittag und Abend) und nach dem Mittags- (Gen 3, 8: 14–15^{h}) und Nachtwind (Hld 2, 17 4, 6: vor dem Morgengrauen). Auch die an bestimmte T.eszeiten gebundenen liturgischen Handlungen dienten als Fixpunkte (Zeit des Abendopfers zwischen 15 und 16^{h}: 1 Kön 18, 29 Dan 9, 21 Apg 3, 1). Die Stundeneinteilung, in Mesopotamien schon in sumerischer Zeit üblich, ist in Palästina erst in frühjüd. und ntl Zeit bezeugt. Nach Joh 11, 9 teilte man den T. vom Sonnenaufgang bis Sonnenuntergang in zwölf Stunden ein, deren Länge je nach der Jahreszeit wechselte (Mt 20, 3.5 f Joh 1, 39 4, 6. 52 u. a.). In der Praxis folgte man jedoch einer Teilung in vier Einheiten: Morgen (von 6–9^{h}), dritte Stunde (9–12^{h}), sechste Stunde (12–15^{h}) und neunte Stunde (15–18^{h}).

Tagelöhner oder Lohnarbeiter (Hag 1, 6), freie Leute, die sich als Hirten, Ernte- oder Weinbergarbeiter verdingten, aber im Unterschied zu →Sklaven für Lohn (Dtn 15, 18; zur Zeit Jesu bis zu einem Denar; →Münze; Mt 20, 2) arbeiteten. Ihr Los gilt als wenig erfreulich (Ijob 7, 1 f Lk 15, 17, der →Hirt haftet für seine Herde: Ex 22, 10–13), über Ausbeutung wird öfter geklagt (Sir 34, 22 Jer 22, 13 u. ö.). Erst die spätere Gesetzgebung nimmt sich der T. an (Dtn 24, 14 f Lev 19, 13).

Tal Joschafat, nur Joel 4, 2. 12, symbolischer Name („Jahwe richtet") für die Stätte des Letzten Gerichts (4, 9–14), vielleicht in Erinnerung an König →Joschafat (2 Chr 20, 1–30) so genannt. Seit dem 4. Jh nC (Eusebius) identifiziert man das T. mit dem →Kidrontal bei Jerusalem (vgl Ez 38 f Mi 4, 11–14 Sach 12, 2–6).

Talmud (von hebr. Lehre, Studium, Gelehrsamkeit), Bezeichnung für →Mischna und Gemara (= Diskussionen der Amoräer über die Mischna) zusammen. Man unterscheidet den älteren, vor allem historisch bedeutsamen palästinischen (jerusalemischen) T., der in den Gelehrtenschulen Palästinas entstand, und den um 500 nC abgeschlossenen babyl. T. der Diaspora, der noch heute die jüd. Praxis normiert. Der T. enthält nicht nur Regeln und Gebote für alle Situationen des Lebens (die Halacha), sondern auch Bibelauslegungen, Weisheitssprüche, Anekdoten und wissenschaftliche Abhandlungen (die Haggada). Er ist ein Lebensbuch, dem das Judentum sein Überdauern verdankt.

Tamar (hebr.: Palme), Personen- und Ortsname.
(1) Schwiegertochter Judas, Frau des Er. Nach dessen Tod weigerte sich Onan, mit ihr die →Schwagerehe einzugehen. Von ihrem Schwiegervater empfing sie, als Hierodule vermummt, zwei Söhne, Serach und Perez (Gen 38 1 Chr 2, 4), mit denen sie im Stammbaum Jesu erscheint (Mt 1, 3).
(2) Tochter des David und der Maacha, von ihrem Halbbruder vergewaltigt und von Abschalom gerächt (2 Sam 13).
(3) Tochter Abschaloms (2 Sam 14, 27).
(4) Stadt im S Kanaans (1 Kön 9, 18 Ez 47, 19).

Targum (hebr.: Übersetzung) ist die Übersetzung des AT ins →Aramäische. Der allmähliche Sprachwandel vom Hebr. zum Aram. machte für die synagogale Praxis eine zunächst mündliche, später schriftlich fixierte Übersetzung der Heiligen Schrift in die Umgangssprache des Volkes nötig. So erklärt sich der oft paraphrasierende und homiletisch-erbauliche Charakter der T.e, die für die Deutungsgeschichte des AT, für die Erforschung der Sprache Jesu und ganz allgemein für die Exegese des NT (religiös-geistiges Milieu) von Bedeutung sind.

Tarschisch, alte Stadt (Gen 10, 4) am Mittelmeer (Jon 1, 3 4, 2), mit regen Handelsbeziehungen zu →Tyrus (Ez 27, 12). Seine Lage ist noch nicht endgültig gesichert; am wahrscheinlichsten ist die Identifizierung mit Tartessos in Spanien, das im Altertum wegen seines Reichtums aus dem Handel mit Metallen berühmt war. Die großen, stabilen T.schiffe werden auch im Zusammenhang mit Metallieferungen erwähnt (1 Kön 10, 22).

Tarsus, alte, berühmte Stadt, eine phönizische Gründung am Kydnos, unter den Seleukiden hellenisiert und wegen seiner Blüte der Wissenschaft zu Ansehen gelangt, unter Antonius Hauptstadt der röm. Provinz Zilizien, Heimat des Apostels Paulus (Apg 9, 11 21, 39), der auch nach seiner Bekehrung einige Jahre in T. lebte (9, 30 11, 25 Gal 1, 21).

Tell (arab. *tell*), in den arab. sprechenden Ländern Bezeichnung für die niedrigen Hügel, die von den Ruinen alter Städte herrühren; hebr. *tēl*, vgl Jos 8, 28 Jer 30, 18.

Tempel. (I) IN JERUSALEM. (A) Der salomonische T. Von ihm fehlt archäologisch jede Spur (doch →B. 1). Er lag auf dem heutigen T.platz, umstritten ist jedoch, ob der „heilige Fels" der Omar-Moschee das Allerheiligste oder den Brandopferaltar trug. Eine Umfassungsmauer schloß T. und Palast ein. 1 Kön 6 (Bauanweisung oder Baubericht?) nennt Einzelheiten des T.gebäudes am ausführlichsten: ein Langhausbau, der durch Holzeinbauten in das Allerheiligste (kubischer Schrein ohne Fenster, 9 x 9 x 9 m) und das Heilige (18 x 9 x 13 m) geteilt und mit Zedern- und Zypressenholz ausgelegt war. 2, 5 m dicke Mauern aus Lehmziegeln trugen ein Terrassendach. Die Wände wiesen außen drei horizontale Rücksprünge auf, die die schwer deutbaren Umbauten (Galerien, Zimmer?) trugen. Zu den Kultgegenständen gehörten (→) Kerube, Lade, Leuchter, Räucheraltar, Schaubrote, Tempelschatz. Diesem gedeckten Hauptbau war nach O eine Halle vorgelagert, in der zwei Säulen standen; ö des T.s befanden sich im Vorhof der Brandopferaltar und das „eherne Meer" (riesiges bronzenes Waschbecken; 7, 23–26) sowie „Kesselwagen" (Becken auf Rädern für Waschungen der Priester; 7, 27–39). Ohne tiefgreifende Veränderungen stand dieser T., bis er 587 vC von →Nebukadnezzar zerstört wurde (2 Kön 25, 13–17 Jer 52, 17–23).

(B) Der zweite T.

(1) *Der T. Serubbabels.* Obwohl das Edikt des Perserkönigs →Kyrus bereits 538 vC den Wiederaufbau des T.s gestattet hatte (2 Chr 36, 23), kam der Bau (vgl die gut datierten Sprüche des Haggai) erst 515 unter der Leitung Serubbabels zum Abschluß (Esra 6, 15). Er stand an der alten Stelle und wies wohl auch die alten Maße auf. Persische Gelder (6, 4) und freiwillige Spenden (2, 68 f Neh 7, 69 ff) erlaubten einen stattlichen Bau (Reste seiner Grundmauern sind an der SO-Partie des *ḥaram* noch gut sichtbar, es sei denn, sie wären sogar salomonisch), jedoch fehlten die beiden Säulen, das „eherne Meer" und die Lade. Die früheren Lampen ersetzte der siebenarmige Leuchter, das Allerheiligste war nur noch durch einen Vorhang getrennt. Dieser T. war das unbestrittene religiöse Zentrum der nachexilischen Kultgemeinde, bis er von Antiochus IV. Epiphanes erobert, geplündert und in

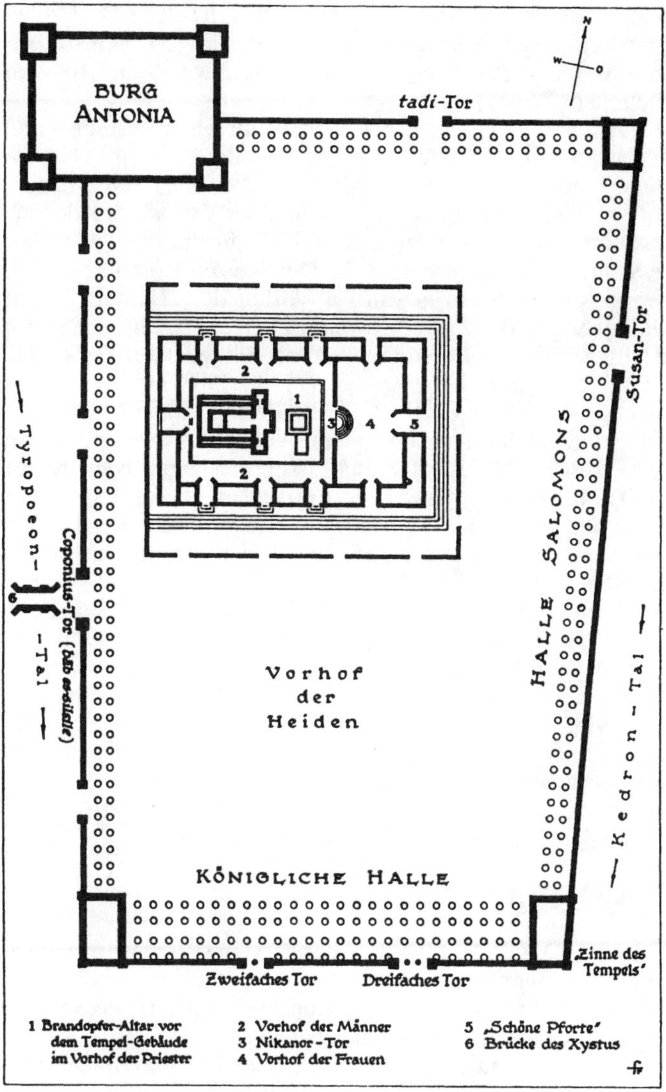

Abb. 43: Plan der herodianischen Tempelanlage

ein Zeusheiligtum umgewandelt wurde (169–167 vC; „Greuel der Verwüstung“: Dan 9, 27 11, 31 1 Makk 1, 54. 59 u. ö.). Judas Makkabäus eroberte ihn zurück und weihte ihn 164 von neuem (4, 36–61).

(2) *Der herodianische T.* Nach Abschluß seiner Festungs- und Palastbauten (→Antonia) begann Herodes d. Ält. 19 vC auch den T. zu erneuern. Es wurden seitliche Anbauten hinzugefügt und Obergeschosse eingezogen, die Vorhalle wurde vergrößert, der heilige Bezirk in Vorhöfe für Priester, jüd. Männer und jüd. Frauen aufgeteilt. Den ganzen Komplex umgab im N, O und S ein gewaltiger Vorhof der „Heiden“. Nach zehnjähriger Bauzeit eingeweiht, aber erst 64 nC endgültig fertig, wurde der T. bereits 70 nC von Titus zerstört. *Abb. 43.*

(II) AUSSERHALB JERUSALEMS. (1) Ein 1963 in →*Arad* entdeckter T., der ins 10. Jh vC reicht, weist eine ähnliche Einteilung auf wie der T. in Jerusalem. Auch die Anwesenheit von jahwistischen Priesterfamilien ist durch bibl. Namen auf →Ostraka nachgewiesen. Die Entdeckung dieses T.s aus der Zeit der Monarchie ist geeignet, neues Licht auf die Frage nach der Einheit des Kultes und der Kultzentralisation zu werfen.

(2) In der jüd. Militärkolonie *Elephantine* bestand schon beim Einfall des Kambyses in Ägypten (525 vC) ein Jahu-T., in dem jedoch auch die Gottheiten →Bet-El und Anat-Jahu verehrt wurden. Er wurde 410 vC von der benachbarten Priesterschaft des Widdergottes Chnum zerstört und geplündert.

(3) In *Leontopolis* im Nildelta machte um 160 vC der Priester Onias IV. mit Hilfe Ptolemäus' IV. aus einem verlassenen ägypt. T. einen schismatischen Jahwe-T. nach Jerusalemer Modell. Dieser hielt sich bis in die Zeit Vespasians (72/73 nC).

Tempelweihefest →Hanukka.

Terafim. Die Bedeutung des Wortes ist unsicher; ursprünglich wohl ein Begriff der Mantik, ist T. später ein verächtlicher Ausdruck für Götzenbilder (2 Kön 23, 24). Als Hausgott symbolisiert er das Eigentum einer Familie (vgl Ex 21, 6). Der Besitz des T. legitimiert außergewöhnliche Transferierungen des Erbgutes (Gen 31, 19. 34 f; bezeichnenderweise spricht der Erzähler vom „T.“, der Besitzer der Hausgottfigur vom „Gott“). Daneben dient er, wahrscheinlich in Form einer Gesichtsmaske (1 Sam 19, 13. 16), wie das →Efod (Ri 17, 5 Hos 3, 4) zur Orakelgewinnung (Ez 21, 26 Sach 10, 2).

02/03/96

Liebe Dani!

Sorry, daß ich mich
nicht bei Dir gemeldet
habe!
Ab dem 9. bin ich
wieder in Wgt. & laß'
etwas von mir hören.

Bis dann
Beate

Testament, letztwillige schriftliche Verfügung. Die Israeliten kannten kein T. in diesem Sinne. Es galten das Gewohnheitsrecht und entsprechende Gesetze (Num 27, 8–11). Erst die späteren Rabbinen übernahmen in der hellen. Zeit mit der Sache auch den Begriff (Gal 3, 15–17 Hebr 9, 16 f). Weil man hebr. „Bund" in Anlehnung an gr. διαθήκη lat. mit *testamentum* übersetzte, kam es zu den Begriffen Altes T. für die Heiligen Schriften der Juden und analog dazu Neues T. für die Evv und Apostelbriefe (vgl 2 Kor 3, 14 f). – Im Judentum war das T. eine beliebte Literaturform: Einer hohen Persönlichkeit wurden vor dem Tode Warnungen und Mahnungen an die Zurückbleibenden in den Mund gelegt, so z. B. in den T.en der 12 Patriarchen aus dem 1. Jh vC bis 1. Jh nC.

Tetrarch (gr.: Vierfürst), ursprünglich der Verwalter des 4. Teils eines Gebietes, später Titel der Statthalter von Kleinasien und Syrien, so im NT für Herodes Antipas (Mt 14, 1 par Apg 13, 1), Philippus und Lysanias (Lk 3, 1).

Theater. Die ersten Th. im syrisch-palästinischen Raum wurden unter hellen. Einfluß von Herodes d. Ält. in (→) Cäsarea, Sidon, Damaskus und Jerusalem gebaut. Das Apg 19, 29. 31 erwähnte Th. von Ephesus diente auch zu öffentlichen Volksversammlungen.

Theben, gr. Name der ägypt. Stadt *no(-'ămōn)*. Den Kern der alten Stadt bildete die Region um *karnak*, später wurde das Zentrum 2 km s nach *lukṣor* verlegt. Während des Neuen Reiches war Th. Hauptstadt von Ägypten, wie aus großartigen Tempelruinen und Pharaonengräbern hervorgeht. Im letzten Jt vC war die Stadt vor allem als Kultzentrum wichtig. Ihre Eroberung und Plünderung durch die Assyrer 664 machte auf die damalige Welt tiefen Eindruck (Nah 3, 8 Jer 46, 25 Ez 30, 14). Abb. 1.

Thessalonich, mazedonische Handelsstadt, am Thermäischen Golf und der Via Egnatia äußerst günstig gelegen. Kassandros gründete Th. gegen Ende des 4. Jh und nannte es nach seiner Gemahlin (einer Schwester Alexanders d. Gr.) Thessalonike. Erst unter den Römern (seit 146 vC Hauptstadt der Provinz Mazedonien) kam die Stadt zu voller Blüte. Nach der Schlacht bei Philippi (42 vC) wurde sie Freistadt (Apg 17, 6. 8). In der jüd. Synagoge (vermutlich gab es auch eine samaritanische) von Th. predigte Paulus auf seiner 2. Missionsreise ohne Erfolg, während er unter den Griechen eine Gemeinde gründete; auf Betreiben der Juden mußte er die Stadt verlassen (51–53; Apg 17, 1–9). Ein zweiter Besuch erfolgte wahrscheinlich auf der 3. Reise (20, 1–4). Paulus richtete an die Gemeinde von Th. die beiden →Thessalonicherbriefe.

Thessalonicherbriefe. Paulus konnte zwar auf seiner 2. Missionsreise (50 oder 51) in →Thessalonich eine weitgehend aus Heiden gebildete Gemeinde gründen (Apg 17, 1–4 1 Thess 1, 9), mußte aber auf Betreiben der Juden aus der Stadt fliehen. Von Athen aus schickte er Timotheus nach Thessalonich (1 Thess 3, 1–6), der ihm nach Korinth gute Nachrichten (3, 6) und bestimmte Fragen (4, 13) brachte, die Paulus zum 1 Thess veranlaßten.

(1) *1 Thess* zerfällt in zwei Teile. Im 1. Teil (1, 2–3, 13) dankt Paulus für den Glauben der Gemeinde (1, 2–10), rechtfertigt sein Auftreten in Thessalonich (2, 1–12), geht noch einmal auf das Glaubensleben der Gemeinde ein (2, 13–16) und charakterisiert sein Verhalten zu ihr (2, 17–3, 13). Der 2. Teil (4, 1–5, 28) enthält Ermahnungen und Belehrungen: Paulus erinnert an die übernommenen sittlichen Pflichten (4, 1–12), nimmt Stellung zum Schicksal der vor der Parusie Verstorbenen (4, 13–18), verbindet damit die Bitte um Wachsamkeit (5, 1–11) und fügt Mahnungen für das Gemeindeleben an (5, 12–22). Es folgen Segenswunsch und Grüße (5, 23–28). 1 Thess hat also vor allem ein pastorales Anliegen: Paulus möchte die Gemeinde von Thessalonich aufrichten und stärken, damit sie auf dem begonnenen Weg weiterschreite.

(2) In *2 Thess* setzt Paulus sich vor allem mit Mißverständnissen über die Parusie auseinander. Dem Eingangsgruß (1, 1 f) folgt der Dank an die Gemeinde und die Fürbitte (1, 3–12). Paulus warnt vor übertriebenen Parusieerwartungen: Vor dem Tag des Herrn muß der Antichrist kommen (2, 1–12). Er mahnt deshalb zur Treue (2, 13–3, 5) und gibt Hinweise für die Behandlung der Liederlichen und Faulen in der Gemeinde (3, 6–15), Briefschluß (3, 16–18).

(3) *Echtheit und Einheit* von 1 Thess wird kaum bestritten. 2 Thess hielt die ältere Kritik wegen der großen Übereinstimmung mit 1 Thess in Aufbau und Gedankengut sowie der apokalyptischen Korrektur der Parusievorstellung (Kap 2) für eine spätere Fälschung. Die meisten modernen Forscher sprechen sich hingegen für seine Echtheit aus, da es unwahr-

scheinlich ist, daß ein anderer die Sprache des Apostels so sicher beherrschte. Die Gemeinsamkeiten der beiden Briefe lassen sich vielleicht durch ihre rasche Aufeinanderfolge erklären. Schon Polykarp zitiert in seinem Philipperbrief aus 2 Thess. Der Brief war also zu Beginn des 2. Jh als paulinisch anerkannt.

Thron. (I) Die verschiedenen FORMEN des Th.es lassen sich auf drei Grundarten zurückführen. (1) Der einfachste und älteste ist der *Hocker-Th.*, zumeist ein durch Streben verspreiztes kubisches Gestell mit vier oft als Rinderklaue oder Löwenpranke gestalteten Beinen. (2) Der mit einer Rückenlehne versehene *Th.stuhl* (z. B. der traditionelle ägypt. Götter- oder Königs-Th. (3) Der *Th.sessel* mit Armlehnen, die oft zu geflügelten Schutzgottheiten oder -tieren ausgestaltet sind. – Der Th. Salomos (1 Kön 10, 18–20) hatte Rücken- und Armlehnen, war aus Holz, aber mit Goldblech verkleidet und mit Elfenbeinintarsien verziert. An den Außenseiten der Lehnen waren Löwenreliefs angebracht. Der Th. stand auf sechs Stufen, die von Löwen flankiert waren. *Abb. 38.*
(II) Im AT ist der Th. SYMBOL der königlichen Macht, dem Th. Davids wird ewige Dauer garantiert (Sam 7, 16 Ps 132, 11 f Jer 17, 25 u. ö.). Zu der vom Kanaanäertum übernommenen Idee vom Königtum Gottes gehört auch der Th. Jahwes (Ps 47, 9): Jahwe thront inmitten seines Hofstaates (1 Kön 22, 19) im Himmel (Ps 11, 4 Ez 1, 26 Jes 66, 1). Daneben symbolisiert der Th. auch die richterliche Gewalt des Königs. Die juridische Komponente tritt vor allem im apokalyptischen Bild vom Weltenrichter hervor (Dan 7, 9 1 Hen 45, 3). Diese Funktion hat im NT Christus bei der Parusie inne (Mt 25, 31 f Offb 22, 1. 3).

Tiberias, eine von Herodes →Antipas zwischen 17 und 22 am W-Ufer des Sees Gennesaret gegründete, nach dem damaligen Kaiser Tiberius benannte Stadt, Hauptstadt von Galiläa (anstelle von →Sepphoris) bis 61. In T. wurden zwangsweise Galiläer angesiedelt, denn die Juden hielten die Stadt wegen der in ihr entdeckten Gräber zunächst für unrein. Im NT nur Joh 6, 23 (→Gennesaret) erwähnt. Seit dem 2. Jh nC wichtigstes Zentrum des jüd. Geisteslebens (Redaktion der →Mischna, des jerusalemischen →Talmud, des MT [→Bibeltext]). *Abb. 19.*

Tiberius, röm. Kaiser (14–37), Adoptivsohn und Nachfolger des Augustus. In seinem 15. Regierungsjahr trat Johannes der Täufer auf (Lk 3, 1), Münzen zur Zeit Jesu zeigten sein Bild (Mk 12, 14–17 par). Pilatus fürchtete T. (Joh 19, 12 f), dessen letzten Regierungsjahre voll Denunziationen und Hinrichtungen waren. *Abb. 44.*

Abb. 44: Denar des Tiberius.
Vorderseite (links): TI[berius] CAESAR DIVI AVG[usti] F[ilius] AVGVSTVS.
Rückseite (rechts): PONTIF[ex] MAXIM[us]

Tier. (1) Die Bibel kennt keine exakte zoologische Systematik. Schwankender volkstümlicher Sprachgebrauch macht die genaue Identifikation der einzelnen T.e oft unmöglich, jedoch lassen sich folgende vier Gruppen unterscheiden: Wassertiere (größere: Krokodil, Nilpferd; kleinere: Fische), Vögel, Kriechtiere (z. B. Schlangen, Eidechsen, Schnecken, Frösche, Würmer, Mäuse) und T.e des Feldes (wilde und zahme T.e, Klein- und Großvieh). Im religiösen Bereich unterschied man zwischen →reinen und unreinen T.en (genaue Einteilung Lev 11, 1–47 Dtn 14, 3–20), sei es aus hygienischen Gründen (Aasgeier), sei es, weil man manche T.e (z. B. Schlangen) mit Dämonen in Zusammenhang brachte.
(2) Das T. steht dem Menschen von der sichtbaren Schöpfung am nächsten. Es ist wie der Mensch von Gott geschaffen (Gen 1, 20–25) und ihm wesensähnlich (2, 18–20). Andererseits besitzt der Mensch die Verfügungsgewalt über das T., das ihm

als Nahrung (9, 3 Neh 5, 18 Dtn 14, 3–20) oder Opfertier (z. B. Schaf, Ziege, Rind, Taube) dient. – Nach israelit. Vorstellung betrieb der Mensch von der Urzeit an Viehzucht (Gen 4, 2. 20); man benutzte Pferd und Rind als Zugvieh vor Pflug und Wagen, Kamel, Pferd, Esel und Maultier zum Reiten. Der Mensch lebte von tierischen Produkten (Fleisch, Milch, Butter, Wolle und Fell), verwendete Mist als Brennmaterial und manche Innereien (Galle, Herz und Nieren der Fische; →Tobias) als Arznei. Auch spielt man mit Vögeln (Ijob 40, 24) und sieht ihrem Flug zu (Jer 8, 7), kennt aber auch die Todesstrafe und ein strenges Haftrecht für T.e (Ex 21, 28 ff 22, 9 ff). – Gott gebraucht T.e als Zuchtmittel (Ex 7 ff 1 Kön 13, 18–28), gelegentlich werden sie zu Symbolen widergöttlicher Mächte (Gen 3 Dan 7 Offb 13 16). Sie charakterisieren bestimmte Menschentypen (Gazelle) oder dienen als Kosename (Taube: Hld 2, 14). Viele Personennamen sind T.namen (z. B. Rahel = Mutterschaf, Lea = Kuh, Debora = Biene).

Tiglatpileser III., einer der größten assyr. Könige (745–726), im AT auch Pul genannt. Nach seinem Feldzug gegen NW-Syrien (738) entrichtete ihm auch Menahem von Samaria (2 Kön 15, 19) Tribut. Unter Pekach fiel T. in Israel ein und deportierte die Bevölkerung der eroberten Städte (2 Kön 15, 29 1 Chr 5, 6. 26). Der Versuch, das assyr. Joch abzuschütteln, führte zum syrisch-efraimitischen Krieg, in dem Ahas von Juda T. um Hilfe anging. Dieser eroberte Samaria, löste Pekach durch Hosea ab (2 Kön 15, 30) und machte Ahas tributpflichtig (16, 7. 10). Damit war er Herrscher auch über Syrien und Palästina.

Timotheus →Pastoralbriefe.

Tirza (hebr.: Richtpunkt), alte Kanaanäerstadt, wegen ihrer Schönheit berühmt (Hld 6, 4); Jos 17, 3 zu Manasse gerechnet. Seit Jerobeam Residenz der israelit. Könige (1 Kön 14, 17), bis Omri das neugebaute Samaria bezog (16, 23 f). T. war Ausgangspunkt von Menahems Staatsstreich gegen Schallum (2 Kön 15, 16). Lage unsicher; Ausgrabungen der →École Biblique 1946–1960 (mit Unterbrechungen) haben die Identifizierung mit *tell el-fār'a* nö von *nāblus* als sehr wahrscheinlich erwiesen.

Titus →Pastoralbriefe.

Tobias (hebr.: Jahwe ist gut)
(I) PERSONENNAME. Die wichtigsten Träger sind:
(1) der Ammoniter, der mit dem Statthalter von Samaria gegen Nehemia den Wiederaufbau der Mauern Jerusalems verhindern wollte (Neh 2, 16–6, 19);
(2) der alte und der junge T., Hauptgestalten des nach ihnen benannten Buches.
(II) TOBIAS (BUCH). Tob ist eine deuterokanonische Schrift, die, um 200 vC (wahrscheinlich in aram. Sprache) verfaßt, in mehreren Fassungen umlief.
(1) *Inhalt.* T., ein gesetzestreuer Naftalit, wird unter Salmanassar V. (726–722) nach Ninive deportiert, wo er zu Ansehen und Reichtum gelangt. Weil er die von Sanherib (705–681) erschlagenen Juden begräbt, muß er fliehen, kehrt aber unter Asarhaddon (681–668) zurück. Er erblindet und wünscht sich von Gott den Tod (1, 1–3, 6). Gleichzeitig bittet in Ekbatana Sara, die Tochter seines Vetters Raguel, Gott um den Tod, weil man sie des Mordes an sieben Männern beschuldigt, die ein Dämon in der Hochzeitsnacht getötet hat. Gott beschließt daraufhin durch den Engel Rafael Hilfe für T. und Sara (3, 7–17). Der Sohn des T., ebenfalls T. genannt, reist in Begleitung Rafaels nach Ekbatana, fängt am Tigris einen großen Fisch, mit dessen Herz und Leber er auf den Rat Rafaels den Dämon vertreibt und Sara heiratet. Nach Ninive zurückgekehrt, heilt er mit der Galle des Fisches den Vater von der Blindheit (4, 1–14, 15).
(2) *Gattung.* Die kunstvolle „Novelle" ist spannend, lebensnah und mit psychologischem Einfühlungsvermögen geschrieben. Sie ist reich an Paränesen, Gebeten, Hymnen, aber auch an Motiven des Märchens (Brautnacht), der Legende und Folklore; auch Dämonenglauben und Angelologie hat der Verfasser seiner Idee dienstbar gemacht. Hauptthema ist Gottes Vorsehung für die Frommen: Wer das Gesetz befolgt, betet und Nächstenliebe übt, steht in Gottes Huld, sein Leid dient zur Prüfung. Ob dem Buch geschichtl. Ereignisse zugrunde liegen, läßt sich nicht feststellen.

Tod. (1) *Physiologisch.* Im AT ist T. nicht (wie bei uns im Gefolge gr. Denkens) die Trennung von Leib und Seele, sondern Verlust der Lebenskraft (Gen 35, 18 Lev 17, 11 2 Sam 1, 9 1 Kön 17, 21 Jer 15, 9 u. a.). Der Verstorbene ist nur noch ein Schatten im Totenreich (Ps 28, 1 30, 4 Jes 14, 15 38, 18 u. ö.). Die jüngere Literatur betrachtet das Leben häufig als Wir-

kung des göttlichen Geistes; nimmt Gott ihn weg, bedeutet das den T. (Ijob 34, 14 Ps 104, 29 f Koh 12, 7 u. a.). In Weish macht sich hellen. Einfluß bemerkbar, hier besteht der Mensch aus Leib und Seele, die sich im T. voneinander trennen (3, 1 ff 8, 19 f 9, 15). Im NT leben die atl Auffassungen fort. Auch hier ist Prinzip des Lebens der von Gott geschenkte Geist, der im T. zurückgegeben wird (Mt 27, 50 par Joh 19, 30 Apg 7, 59). Kehrt der Geist zurück, dann lebt der Tote wieder (Lk 8, 55). Hellen. Einfluß ist Mt 10, 28 spürbar.
(2) *Theologisch.* Der T. des Menschen bedeutet auch das Ende seiner religiösen Aktivität: Er denkt nicht mehr an Jahwe (Ps 6, 6 88, 13 Jes 38, 18), aber auch Gott, obwohl Herr der Unterwelt (Ijob 26, 6 Ps 139, 8 Jes 7, 11), scheint sich um den Toten nicht zu kümmern (Ps 88, 6). Gerade darin liegt der Schrecken des T.es für den Frommen. Diese Auffassung erklärt sich aus Israels kollektivistischer Einstellung, nach der der einzelne nur als Glied der Gemeinschaft Gegenstand von Jahwes Huld war. Leben ist eine Wohltat Gottes (Dtn 30, 15–20), die man durch die Sünde verliert (Ijob 15, 32 Spr 2, 18 Jer 17, 11 u. ö.), aber durch Gerechtigkeit und Almosen wiedererlangen kann (Tob 4, 10 Spr 10, 2 u. ö.). Als Strafe für persönliche Sünden bezeichnet der T. an vielen Stellen ein Verworfensein von Gott, eine Verfluchung. Er ist Ausdruck für den Zustand der Feindschaft mit Gott, die auch im anderen Leben fortdauert (vor allem in Weish). Im NT hat das Wort T. oft diesen geistigen Sinn: Folge von Unglauben und Sünde (Joh 5, 24 Röm 7, 10 2 Kor 7, 10 u. a.).

Tomas (gräzisierte Form von hebr.: Zwilling), einer der →Zwölf, bei den Synoptikern nur beiläufig erwähnt (Mk 3, 18 par Apg 1, 13). Bei Joh ist er als Zweifler und Angefochtener gezeichnet (11, 16 14, 5 20, 24–29), legt jedoch auch das tiefste Bekenntnis zum Auferstandenen ab. – Nach der späteren Tradition (Abgarsage, Eusebius, T. akten) missionierte er Parthien oder Indien und wurde in Edessa begraben.
Mehrere apokryphe Schriften laufen unter seinem Namen. Die bedeutendste von ihnen, das T.-Ev, ist eine lose Aneinanderreihung von 114 Logien Jesu (ist also nur an der Lehre Jesu, nicht an seinen Taten interessiert) und hat einen stark asketischen Zug. Die Frage der Einheitlichkeit (Dubletten), Quellen (synopt. Evv, Logienquelle) und Charakter (gnostisch?) geben so große Probleme auf, daß die Schrift, die um 140–150 angesetzt wird, unsere Kenntnis über Jesus nicht erweitert.

Tor. Das T. bildete einen wesentlichen Teil der →Befestigung einer Stadt. Ursprünglich war es nur ein Durchlaß in der Mauer, spätestens seit der Mittelbronzezeit wurde es durch Überdachung zu einem eigenen Baukörper (S-Tor von Geser), der wie in Bet-Schean (15./14. Jh vC) häufig zum sog. *migdōl* (= Turm) ausgebaut wurde.
Zangenförmige Vorsprünge turmartigen Charakters, oft mit Kammern uand Wachträumen versehen (Ez 40, 10), verstärkten die Anlage (Mizpa, Sichem, Megiddo, Geser). Dieser Typ herrschte von der Mittelbronzezeit bis zur persischen Zeit vor. Daneben gab es Doppeltore und T.e mit einem Vorwerk (eine Art ummauerter Vorhof). Die T.flügel bestanden gewöhnlich aus Holz und trugen häufig Bronzebeschläge. Der freie Raum vor dem T. war in der Regel der einzige Platz der Stadt, weshalb man sich dort zu politischen, geschäftlichen und gerichtlichen Angelegenheiten versammelte (Gen 23, 18 Rut 4, 1–11 Ps 127, 5 u. ö.). *Abb. 45.*

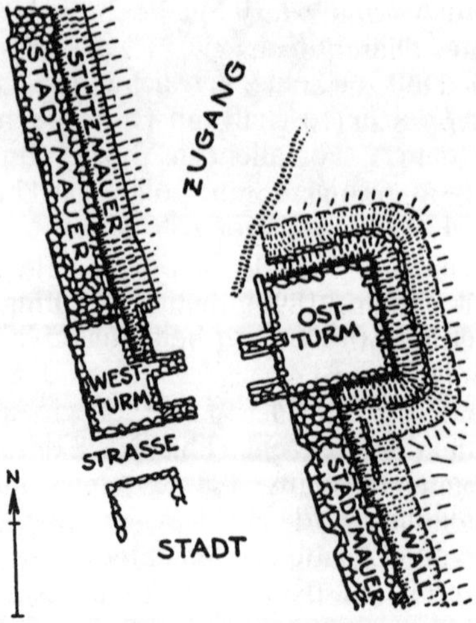

Abb. 45: Stadttor von Mizpa

Totes Meer, Binnenmeer in Palästina (85 x 15,7 km, bis 491 m tief). Die Bezeichnung T. (es gibt kein tierisches oder pflanzliches Leben in ihm) stammt aus dem 2. Jh nC, in der Bibel heißt es Wüstenmeer (nach der Araba), östliches Meer (zum Unterschied vom Mittelmeer) oder Salzmeer. Der arab. Name *(baḥr lūt)* spielt auf die →Lot-Erzählung (Gen 19, 23–29) an. Das Wasser schmeckt ölig und bitter, sein Salzgehalt ist wegen der Hitze und Trockenheit sechsmal so hoch wie der des Ozeans. Der Spiegel (1965: –398 m) blieb trotz des großen Wasserzuflusses (6 1/2 Millionen Tonnen in 24 Stunden) von Jordan und anderen Flüssen konstant, fällt aber in jüngster Zeit infolge der systematischen Ausbeutung der Mineralien und der Ableitung des Jordanwassers. Aus röm. Zeit sind zwei kleine Häfen am N- und O-Ufer bekannt, die den Seeweg zu den herodianischen Badeanlagen in Kallirhoë ermöglichten. →Asphalt; Pentapolis; Salz; Wüste Juda. *Abb. 7.*

Trachonitis, die Gegend zwischen Damaskus und dem Haurangebirge. In röm. Zeit hauptsächlich von raubgierigen Nomaden bewohnt. Augustus überließ sie 23 vC zusammen mit Batanäa und Auranitis dem Herodes, damit er Ruhe und Ordnung schaffe. Dieser siedelte in der T. 3000 Idumäer an und förderte die Hellenisierung. Nach seinem Tod fiel sie dem Tetrarchen Philippus zu (Lk 3, 1). *Abb. 14.*

Trauerbräuche →Begräbnis.

Tritojesaja, Bezeichnung für den anonymen Propheten, dem die Kritik (seit Duhm, 1892) den 3. Teil des Jes-Buches (Kap 56–66) zuschreibt.
(1) *Zeit.* Jes 56–66 kann nicht das Werk des →Deuterojesaja sein. Der Schauplatz ist Palästina, nicht Babylonien. Die Heimkehr aus dem Exil wird nicht mehr erwartet, sondern ist bereits, wenigstens teilweise, Wirklichkeit geworden. Der Tempel ist wieder aufgebaut. Hingegen liegen in der Stadt viele Häuser noch in Trümmern, und vor allem ist die Stadtmauer noch nicht wiederhergestellt. Mit Ungeduld erwartet man ihre Restauration (58, 12 60, 10 61, 4 62, 6 f). Die Reden müssen demnach aus der Zeit zwischen Abschluß des Tempelbaus (515) und des Mauerbaus (445) stammen.
(2) *Thematik.* (a) Die Gemeinde, an die sich der Prophet wendet, ist eine nachexilische Gemeinde, in der Gerechte und Sünder zusammenleben. Er geißelt den Eigennutz der Volks-

führer (56, 10–12), das Wiederaufflackern des Götzendienstes (57, 5–10 65, 3–5. 11 f), den leeren Formalismus (man fastet, vergißt aber soziale Gerechtigkeit und Liebe: 58, 3–7), Gewalttat, Unterdrückung und Lüge. Auffällig stark beschäftigt diese Gemeinde das Problem der Proselyten. Während des Exils war das fremdländische Element im Lande stärker geworden. Angesichts der Förderung der jüd. Religion durch die persische Regierung drängten zahlreiche Fremde in die Kultgemeinde, sahen sich aber ständig in Gefahr, wieder aus ihr ausgeschlossen zu werden, wenn die Integralisten die Oberhand gewännen. Der Prophet ergreift Partei für sie (56, 3–8).

(b) Dennoch läßt das T.-Buch eine einheitliche Thematik vermissen. Vor allem wird in den Kap 60–62 ein ganz anderer Ton angeschlagen als in 56–59 63–66. In den letztgenannten Kap ist der Blick des Propheten völlig gebannt von der Sündhaftigkeit seiner Landsleute, die das Dunkel verlängert und das Aufleuchten des messianischen Lichtes verzögert (58, 9 f 59, 9 f). Hingegen wird in 60–62 nicht nur der Tempel idealisiert, nicht nur Jerusalem, sondern ganz Israel, das trotz seiner Sünden im Glanz der messianischen Glorie erstrahlt. Die Schrift dürfte somit Reden von verschiedener Herkunft enthalten. Mit Sicherheit kann nur die geschlossene Größe Kap 60–62 dem T. zugeschrieben werden. Seine Botschaft gipfelt in der Verheißung an Jerusalem: „Sie werden heißen: heiliges Volk, Erlöste Jahwes, und du wirst heißen: begehrte, nimmerverlassene Stadt“ (62, 12).

Turm zu Babel. Die Erzählung vom T., die eigentlich vom nicht zu Ende geführten Bau einer *Stadt* und eines Turms und von der Aufhebung einer der ganzen Menschheit gemeinsamen „Rede/Sprache“ handelt, wird in Gen 11,1–9 als wichtige Episode der Frühgeschichte der Menschheit überliefert (→Urgeschichte).

(1) *Äußerer Anlaß.* Die Geschichte spielt im Lande Sinear, d. h. in der babyl. Tiefebene. Die dorthin von O eingewanderten Menschen erfanden die Technik, nicht nur mit sonnengetrockneten, sondern mit gebrannten Lehmziegeln zu bauen und diese mit Asphalt zu binden. Das Erscheinungsbild der großen babyl. Städte war beherrscht von einem stufenförmig sich verjüngenden Tempelturm (der sog. Zikkurat, von „hoch erhoben“), dessen Spitze ein Heiligtum krönte. Mehr als 30 solcher Tempeltürme sind archäologisch festgestellt bzw.

durch literarische oder ikonographische Quellen (Rollsiegel, Reliefs) bezeugt. Ihnen scheint vor allem der Gedanke an die Erhabenheit der Gottheit zugrunde zu liegen; gleichzeitig gilt die Zikkurat als privilegierter Ort der Kommunikation zwischen dem himmlischen und dem irdischen Bereich. Dem bibl. Erzähler könnte die Zikkurat von Babel vor Augen gestanden haben, die 91 x 91 x 91 m maß und nach einem neubabylonischen Text und der Beschreibung durch Herodot (1, 181) aus acht Stockwerken bestand.
Die traditionelle Interpretation der Erzählung krankt allerdings daran, daß sie sich fast ausschließlich für den „Turm" interessiert, andere Motive aber vernachlässigt hat. Berücksichtigt man alle Motive (die durch „eine Rede/Sprache" zu „einem Volk" geeinte Menschheit, Umsiedlung nach Mesopotamien, Bau von Stadt und himmelhohem „Turm", Aufhebung der „einen Rede" durch Jahwe, was zur Aufgabe des Bauprojekts führt) und löst man sich vom exklusiven Verständnis des „Turms" als Zikkurat, so legt sich eine andere Deutung nahe: Die Entstehung der Erzählung könnte ursprünglich mit dem Bau einer neuen Hauptstadt und einer gewaltigen Palastzitadelle durch den assyr. König Sargon II. in Dur-Scharrukin stehen. Dieser Bau wurde nach dem Schlachtentod des Königs sofort eingestellt und die noch unfertige Hauptstadt gleich wieder aufgegeben. In exilischer oder frühnachexilischer Zeit dürfte die Erzählung dann überarbeitet und auf die gigantischen Baumaßnahmen Nebukadnezzars II. von Babylon umgemünzt worden sein.
(2) *Religiöser Sinn.* Die bibl. Erzählung hat mehrere Sinnspitzen. Vordergründig wird eine typisch babylonische Kulturerrungenschaft eingeführt sowie der Name Babel und die Vielzahl der menschlichen Sprachen ätiologisch erklärt. Hintergründig bietet der Erzähler eine kritische Reflexion über babyl. Weltmachtsansprüche, die sich in den multikulturellen Großstädten besonders deutlich manifestieren. Der judäische Verfasser läßt Jahwe gegen diesen Anspruch, der für ihn mit Gottferne und menschlichem Hochmut zusammengeht, korrigierend eingreifen. Damit führt er die faktisch vorfindliche Verschiedenheit der Sprachen, Kulturen und Lebensräume, ohne sie umgekehrt zu idealisieren, ausdrücklich auf Jahwes Willen zurück.

Tyrus (hebr.: Fels), phönizische Stadt auf einer Felseninsel an der O-Küste des Mittelmeeres (Stadtgöttin →Aschera: 1 Kön

18, 19). Nach einer Zeit ägypt. Vorherrschaft wurde diese bedeutende Stadt (Schiffahrt, Metall-, Web-, Farbstoff- und Glasindustrie) selbständig. Die Beziehungen zu Israel waren zunächst freundschaftlich: Ahab heiratete Isebel, die Tochter des tyrischen Königs Etbaal; es herrschte reger Handelsverkehr (5, 1–12 7, 13. 40; vgl Apg 12, 20). Als sich T. jedoch Israel außenpolitisch dienstbar machen wollte, protestierten die Propheten energisch (Jes 23 Am 1, 9 f Ez 26, 1–28, 19 Sach 9, 3 f). Erst unter Alexander d. Gr. wurde T. unterworfen und ging in seleukidischen Besitz über, erklärte sich aber 198 vC wieder für unabhängig. Mk 3, 8 Mt 15, 21 dürfte mit T. das Hinterland dieser Stadt, der obergaliläische Jordangraben, gemeint sein (→Sidon). Paulus blieb bei den Jüngern in T. sieben Tage (Apg 21, 3 f). *Abb. 22.*

U

Ugarit, phönizische Stadt an der nordsyrischen Küste, heute Ras Schamra, 11 km n des alten Laodizea. U. wird zwar nicht im AT, wohl aber in der Korrespondenz von (→) Amarna und Mari als wichtige Hafenstadt erwähnt, Handelszentrum zwischen Ägäis und Orient (mit Goldbörse!). Es war seit ca 2000 vC von Semiten besiedelt, in einer Blütezeit (15.–12. Jh) stand es zunächst unter ägypt., dann unter hetitischem Einfluß und erlebte im 13. Jh den Zuzug ägäomykenischer Bevölkerungselemente. Die in ihrer Bedeutung kaum zu überschätzenden Ausgrabungen, die (mit Unterbrechungen) 1929–1975 durchgeführt wurden, brachten nicht nur die Stadt selbst, ihre Nekropole und das dazugehörende Inventar ans Licht, sondern eine ausgedehnte Literatur, die uns ein ziemlich vollständiges Bild eines phönizischen (und damit indirekt eines kanaan.) Kulturzentrums liefert aus der Zeit, in der die Israeliten in →Kanaan seßhaft wurden.

(1) *Die Texte* von U. sind in den klassischen Sprachen des alten Orients (Sumerisch, Akkadisch, Ägyptisch) sowie in Hurritisch abgefaßt. Die einheimische Sprache war Ugaritisch, ein semit., zur kanaan. Gruppe gehörender und mit dem Hebr. des AT verwandter Dialekt. Die sumerischen Texte sind in der bekannten syllabischen →Keilschrift, die ägypt. und hetitischen in →Hieroglyphen, die akkad. und hurritischen teils in der syllabischen, teils in einer vorher unbekannten alphabetischen Keilschrift geschrieben. In dieser letztgenannten liegen auch die ug. Texte vor. Sie ist als ein Versuch zu betrachten, die komplizierten Schriftsysteme durch ein bequemeres, auf dem Prinzip des →Alphabets beruhendes System zu ersetzen, konnte sich jedoch gegenüber dem wahrscheinlich älteren linearen phönizischen Alphabet nicht durchsetzen. Die Texte sind hauptsächlich mythisch-epischer oder administrativer Art (Listen, Briefe, Rechtsurkunden). *Abb. 46.*

(2) Weil die Texte von U. viele sprachliche und religiöse *Übereinstimmungen mit dem AT* aufweisen, konnten sie schon zahlreiche dunkle Stellen der Bibel aufhellen. Die beherrschende Stellung in der ug. Götterwelt hat →El inne. Als eigentlicher Staatsgott galt jedoch →Baal. Das Chaosungeheuer →Leviatan kehrt als Lotan im Mythos von Baal und Mot wieder und wird mit den gleichen Ausdrücken beschrieben wie

Abb. 46: Tontäfelchen (Länge: 51 mm) mit vollständigem keilschriftlichem Alphabet aus 30 Buchstaben (Ugarit; 14. Jh vC)

Jes 27, 1. Der in Ez 14, 14. 20 28, 3 erwähnte Daniel entspricht einer der beiden Hauptpersonen des Aqhat-Epos. Auf kultischem Gebiet sind Entsprechungen in der Wahl der Opfertiere und in der Bezeichnung der Opferarten zu beobachten, aber auch Reaktionen auf ug. Sitten (Ex 23, 19 par).

Unrein →Rein und Unrein.

Unzucht. Im AT wird U. (jede Art von Vergehen auf sexuellem Gebiet oder gegen die →Ehemoral) streng bestraft. Die Gesetze (→Heiligkeitsgesetz Lev 18 20), die vor allem den Zweck verfolgen, das Zusammenleben innerhalb der Großfamilie zu ordnen, verurteilen Ehebruch, Vergewaltigung, Blutschande, Homosexualität, Tierschande und bestimmte Praktiken anderer Religionen. – Von den beiden wichtigsten Ausdrücken des NT für U., ἀκαθαρσία und πορνεία, hat der erste nur selten seine ursprüngliche Bedeutung von kultischer Unreinheit behalten, meistens bezeichnet er den sittlich-religiösen Verfall der hellen. Zeit (Röm 1, 24 2 Kor 12, 21 Gal 5, 19 u. ö.). Die Verwendung von πορνεία dagegen bezieht sich grundsätzlich auf die käufliche Liebe (Prostitution: Mt 5, 32 1 Kor 6, 13–18 7, 2 Eph 5, 3 u. a.; inzestuöses Verhältnis: 1 Kor 5, 1). →Dirne.

Ur (oder „Ur der →Chaldäer"), bedeutende Stadt in Südbabylonien, nach einer Überlieferung Heimat →Abrahams (Gen 11, 27 ff), Kultort des Mondgottes Sîn. Die Stadt, die zwei Häfen besaß und durch den Eufrat mit dem Persischen Golf verbunden war, verdankte ihren Reichtum dem Handel mit dem Ausland. Bereits um 4300 vC war Ur besiedelt. In der folgenden Periode (bis ca 3400) wurden Teile der Stadt durch eine lang anhaltende Überschwemmung zerstört („Sintflut-

Schicht“). Die altbabyl. Königslisten zählen drei Dynastien, von denen die dritte (ca 2047–1939) die bedeutsamste ist: Ur übernimmt die politische Führung im s Mesopotamien (zentrale Verwaltung, Blüte sumerischer Literatur, Kultbauten). Die zuwandernden →Amoriter und ein verheerender Einfall →Elams machen Ur bedeutungslos. →Sumerer. *Abb. 9.*

Urflut (im Hebr. wie ein Eigenname ohne Artikel gebraucht), befindet sich unter dem Festland (Gen 49, 25 Dtn 33, 13), das Gott auf ihr verankert hat. Sie dringt in starken Quellen an die Oberfläche (Gen 7, 11 8, 2) ein mächtiger Baum erreicht sie mit seinen Wurzeln (= Grundwasser: Ez 31, 4), vor allem aber manifestierte sie sich in den Wassermassen des Meeres (Ex 15, 8 Jes 63, 13 Ps 135, 6). In ihrer Tiefe wird sie oft mit dem Totenreich gleichgesetzt (Ps 71, 20 Jon 2, 6 Ez 31, 15). Unheilsträchtig erscheint sie, wo sie den von Jahwe zwar bezwungenen, aber immer noch rebellischen Ungeheuern, die das Chaos repräsentieren (Drache; →Leviatan; vgl die altbabyl. Mythen), assoziiert wird (Jes 51, 10 Ps 148, 7). Im NT tritt an die Stelle der U. der Abgrund als Aufenthaltsort der →Dämonen (Lk 8, 31 Offb 9, 1. 11 11, 7 u. ö.). Im endgültigen Heilszustand hat das Meer keinen Ort mehr (Offb 21, 1).

Urgeschichte (Gen 1–11) ist die schematische und anekdotische Erzählung von der Urzeit der Menschheit. Sie umfaßt: →Schöpfungsbericht, →Paradieserzählung, Brudermord (→) Kains an Abel, Ehen der Göttersöhne mit den Menschentöchtern, →Sintfluterzählung, →Turmbau zu Babel und Sprachverwirrung, dazwischen Geschlechterlisten (4, 17–22 5, 1–32 11, 10–26) und die →Völkertafel (10). Die sachliche Einheit der U. wird gestört durch Unebenheiten, Widersprüche (z. B. bei der Gestalt Kains) und Dubletten (z. B. in Schöpfungsbericht und Sintfluterzählung), die nicht nur auf die Verschiedenheit des verarbeiteten Materials (J und P), sondern auch auf divergierende Gottes- und Weltbilder zurückzuführen sind. – Daß die U. *keine Wiedergabe historischer Fakten* ist, zeigen u. a. folgende Beobachtungen: Adam ist *der* Mensch, Kain der Typ des Ackerbauers, Abel der des Hirten; die Eisenverarbeitung (4, 22) und der Städtebau (4, 17) sind Anachronismen; die lange Lebensdauer der Patriarchen widerspricht den Befunden der Prähistorie; eine Überschwemmung im Ausmaß einer Sintflut (7, 19 f) ist nicht nur geologisch unbelegt, sondern auch unmöglich. Viele Erzählungen tragen ätiologischen Charakter, sie sollen bestimmte Erscheinungen des Lebens erklären, wie z. B. die Liebe zwischen Mann und Frau, Schmerzen der Mutterschaft, Fluch der Arbeit, Ursprung der Bekleidung und des Todes, Deutung des Regenbogens, die verschiedenen Rassen und Sprachen. Die Geschlechterlisten von 4, 17–22 und 5, 1–32 zeigen auffällige Parallelen, die von 11, 10–26 enthält eine Anzahl Namen, die als mesopotamische Städte bekannt sind, und die Völkerliste schließlich ist nichts anderes als eine Ineinanderschachtelung geographischer Namen, die in eine Abstammungsreihe gebracht sind. Das alles weist darauf hin, daß das genealogische Material, womit der Hagiograph die Kluft von Adam bis Abraham überbrücken wollte, sehr begrenzt und zu diesem Zweck nicht bestimmt war. Die U. ist *Heilsgeschichte*. Sie ist geboren aus dem Glauben, daß das Heil der Menschheit eine von Gott gelenkte Geschichte hat. Zu diesem Glauben kam Israel durch das Bewußtsein seiner Erwählung. Die U. betont zwar zunächst die fortschreitende Verderbtheit und Desintegration (Zerrüttung des Individuums, Zerstörung der Gemeinschaft durch Mord und Polygamie, Untergang der prädiluvialen Weltordnung, nationale Zerrissenheit der postdiluvialen Menschheit), schafft aber auch – nicht in theologischen Formulierungen, sondern in bildhaften Erzählungen – den Hintergrund für die Berufung Abrahams, in dem die Menschheit ihr verlorenes Heil wiederfinden soll (12, 3). Die U. ist also insgesamt der Versuch, die durch den sittlichen Verfall des Menschen bestimmte Geschichte vom Heilsplan Gottes her zu deuten.

Urim und Tummim (unklare Bedeutung), ein Losorakel, durch das die Priester (Dtn 33, 8) oder der Hohepriester (Ex 28, 30 Lev 8, 8 Num 27, 21) Gott befragten. Die meisten Exegeten sind der Ansicht, daß U. zwei Stäbchen (vgl Num 17, 17) oder Steinchen von gleicher Form waren, die sich aber in Farbe oder eingeritztem Buchstaben unterschieden, so daß sie Alternativfragen beantworten (1 Sam 14, 41) oder Auslosungen treffen (Jos 7, 13 ff Ri 20, 18 ff u. a.) konnten. Gelegentlich wurde gar keine Antwort erteilt (1 Sam 14, 36 f). Nach dem Tode Davids, sicherlich schon vor dem Exil (Esra 2, 63 Neh 7, 65), werden U. nicht mehr verwendet.

Uruk, Gen 10, 10 unter dem Namen Erech als Stadt Nimrods genannt, heute die Ruine *warkā* in Südbabylonien, die für die

Erforschung der sumerischen Frühgeschichte von besonderer Bedeutung ist (→Sumerer). Die früheste Besiedlung fällt in die *el-'obēd*-Zeit (ca 4300 vC). An den einzelnen Ausgrabungsschichten läßt sich die rasche Entfaltung zur Hochkultur verfolgen, die gewaltige Kultbauten, verschiedenartige Kleinkunst, Plastiken, Reliefs und Siegel und erste Keilschrifttafeln aus der Zeit um 3000 vC bezeugen. Auf der Zikkurat des Himmelsgottes An regierten ab 2800 vC die noch sagenhaften Könige Dumuzi (Tammuz), Gilgamesch u. a., die in episch-mythischen Texten ihre Spuren hinterlassen haben. Politisch bedeutsam war U. später selten. Erst in neubabyl. und persischer Zeit gewann die Stadt wieder Ansehen als Zentrum von Literatur und Wissenschaft (Astronomie). *Abb. 9.*

V

Verlobung →Maria (I. 2).

Versöhnungstag, der allgemeine Sühne- und Bußtag Israels, gefeiert am 7. Tag des 10. Monats (Tischri), ein Fast- und Ruhetag. Die komplexen Vorschriften Lev 16 zur Feier dieses Festes enthalten sehr alte Elemente: (a) Den wahrscheinlich in die Nomadenzeit zurückreichenden Sündenbockritus. Während man ursprünglich dem Wüstendämon Asasel beim Weidewechsel einen Ziegenbock in die Wüste schickte, um ihn gnädig zu stimmen, legte später der Hohepriester dem für Asasel bestimmten Bock die Hände auf und bekannte dabei die Sünden des Volkes, legte sie also gleichsam auf den Kopf des Tieres, das danach in die Wüste geführt wurde. Später stürzte man den Bock von einem Felsen hinab (vgl auch Lev 14, 4–7. 49–51: Entfernungsritus bei der Reinigung Aussätziger). (b) Mit diesem Ritus wurde ein Lustrationsritus des Heiligtums (Allerheiligstes, Heiliges Zelt und Brandopferaltar) verbunden. Dabei war der Hohepriester die wichtigste Person. Er allein durfte das Allerheiligste betreten; den Dienst verrichtete er in einem einfachen weißen Gewand. Wenn sich auch nicht nachweisen läßt, ab wann der V. gefeiert wurde (die prophetischen und historischen Bücher erwähnen ihn nicht), so darf man doch annehmen, daß die vorher vielleicht einzeln begangenen Sühne- und Reinigungsriten nach dem Exil zu einem glanzvollen Sühne- und Bußtag zusammengefaßt wurden.

Vetus Latina ist die Sammelbezeichnung für die lat. Bibeltexte, die vor und teilweise neben der →Vulgata im Umlauf waren. Sie beruht für das AT auf dem Text der LXX und entsprang dem Bedürfnis, den nicht gr. sprechenden Ländern des W einen verständlichen Text für den Gottesdienst zu schaffen. Der früher übliche Name „Itala“ gilt nur für einen Zweig der V. Belege für die V. bieten neben wenigen Hss-Fragmenten Bibelzitate bei Cyprian (gest. 258), Tertullian (gest. nach 220) u. a. Als der älteste Text darf der afrikanische (2. Jh) gelten. Die V. wurde durch den von Hieronymus revidierten Text, die Vulgata, abgelöst, lebte jedoch in einzelnen Abschnitten bis ins Mittelalter weiter. Die erste wissenschaftliche

Ausgabe der V. schuf P. Sabatier (gest. 1742). Heute widmet sich das V.-Institut der Erzabtei Beuron der Sammlung und Edition der V.-Reste.

Viehzucht. Nach der Seßhaftwerdung gingen die Israeliten im allgemeinen zur Großviehzucht über. Nur ein kleiner Teil trieb als Halbnomaden, vor allem im Ostjordanland und im Negeb, die alte Kleinviehzucht weiter. Reiche Besitzer zählten ihren Bestand nach Tausenden: Moab war berühmt wegen seiner Schafzucht (2 Kön 3, 4), die Herden Kedars und der Nebajot waren sprichwörtlich (Jes 60, 7). Für die einfache Bevölkerung spielten Schaf und Ziege auch als Haustier eine große Rolle. Sie lieferten nicht nur alles, was man für das tägliche Leben brauchte: Milch und Fleisch (Gen 38, 17. 23 Ri 6, 19 u. a.), Wolle (Hos 2, 7), Felle und Häute (für Wasserschläuche), sie dienten auch als bevorzugte Opfertiere (Lev 3, 6 Num 7, 16 u. ö.). Auch das Rind wurde in Herden gezüchtet, und zwar in den größeren Ebenen von Scharon (1 Chr 27, 29), Jesreel und Baschan (Am 4, 1), oder vom einzelnen Bauern als Haustier gehalten. Es war Opfertier, lieferte Milchprodukte und diente als Zugtier. Das Hüten des Viehs war Aufgabe der Söhne und Töchter des Besitzers (Ex 2, 16), aber auch gemieteter Hirten. →Ackerbau; Hirt; Pferd; Tier.

Vierfürst →Tetrarch.

Völkertafel, Liste in Gen 10, in der 71 (LXX: 73) Völker, Stämme und Städte des Vorderen Orients und angrenzende Länder genealogisch von den drei Söhnen Noachs, Sem, Ham und Jafet, abgeleitet werden. Nach allgemeiner Ansicht bildet die V. keine literarische Einheit (Doppelungen; verschiedene Formeln: „Söhne von“ und „A zeugte B“; Wechsel von Singular und Plural; anekdotischer Zug von Vss 8–12 u. a.). Man sieht Vss 1–7. 20. 22 f. 31 f als die eigentliche V. an und schreibt sie P zu, die restlichen Vss dürften verschiedener Herkunft sein. Die Zuteilung zu den drei Gruppen erfolgt nicht nach ethnographischen, sondern geographischen Gesichtspunkten, wobei auch die politische und historische Situation eine Rolle spielt. Soweit man die Söhne Jafets identifizieren kann, gehören sie in die Gebiete, die man sich am weitesten n und w von Kanaan dachte (bis zum Schwarzen Meer und zu den nö Randgebieten des Mittelmeers). Als Söhne Hams sind die s Völker zusammengefaßt (Ägypten,

Äthiopien). Zwischen beide Gruppen stellt P die Söhne Sems: Elam, Assyrien und das in „Arpachschad“ vermutete Babylonien. Die V. spiegelt im wesentlichen die Lage der Zeit des Verfassers wider. Gewisse Kriterien schließen eine Datierung vor dem 7. Jh aus. Die weltweite Sicht läßt an die Zeit des Exils denken, als die Israeliten ihre nationalreligiösen Traditionen vor einem universalen Hintergrund zu sehen begannen. Die genealogische Rückführung aller Völker auf Noach macht die Sonderstellung und heilsgeschichtl. Sendung Israels deutlich.

Volkszählung wird im alten Orient (z. B. Ugarit, Mari) zur Feststellung des Vermögens und zur Einstufung in eine Steuergruppe durchgeführt.
(1) *Im AT* hat sie verschiedene Bedeutung. Nach Num (1, 17–2, 34 und 26, 1–56) hat Mose zweimal eine V. abgehalten, zuerst vor dem Zug durch die Wüste, um die wehrfähigen Männer zu erfassen, dann vor dem Einzug in Kanaan als Voraussetzung für die Landverteidigung. Beide Male werden die Leviten für sich gezählt. Die 2 Sam 24 von David angesetzte V. wird als Fehlentscheidung gewertet und mit einer Pestepidemie gesühnt: Dem Menschen ist es nicht erlaubt, Gottes Segnungen nachzuzählen und durch eine allgemeine Aushebung die Idee des alten Heiligen Krieges zu korrigieren. In Esra 2, 2–69 und Neh 7, 7–67 nennt der Chronist die Zahlen der zurückgekehrten Exulanten.
(2) *Im NT.* Die im Römerreich für röm. Bürger durchgeführten V.en zur Feststellung des Zensus dehnte Augustus auch auf die Nichtbürger in den Provinzen aus. Dabei mußten die Einwohner persönlich vor der Behörde erscheinen und Angaben zur Person und zu ihrem Vermögen machen. Nach Lk 2, 1–3 fällt die Geburt Jesu in die Zeit dieser augusteischen V. Während Lk jedoch auf eine V. um 6 vC hinzuweisen scheint, fand die historisch bezeugte (Ant. 18, 1, 1 Apg 5, 37) V. unter Quirinius erst 6 nC statt. Man darf die Lk-Angaben also nicht als historisches Datum werten.

Vulgata (Vg), lat. Bibeltext, der die →Vetus Latina ablösen sollte. Sie geht auf Hieronymus (gest. 420) zurück. Er veröffentlichte 383 eine Revision der altlat. Evv-Texte, wobei er nicht nur falsche Lesarten ausmerzte, sondern auch stilistische Korrekturen vornahm (der zweite Teil des NT kann dagegen nicht von Hieronymus stammen). Das AT übersetzte Hieronymus seit 390, wobei er im Unterschied zu den bisherigen Übersetzungen nicht der LXX folgte, sondern den hebr. Text zugrunde legte. Auch hier löste er sich nicht nur in stilistischer Hinsicht vom Original, er stellte z. B. mehrfach eine messianische Beziehung her (Weish, Sir, Bar, 1/2 Makk hat Hieronymus nicht bearbeitet, die Vg übernimmt hier den Vetus Latina-Text). Die mittelalterliche Überlieferung der Vg weist eine Fülle von Ausgaben auf, in denen die verschiedensten Tendenzen wirksam sind. Das Konzil von Trient erklärte 1546 die Vg für authentisch und maßgeblich für die lat. Kirche. Das 2. Vat. Konzil (1962–1965) und Papst Paul VI. (1963–1978) gaben eine Revision der Vg im Sinne des heutigen Standes der Bibelwissenschaft in Auftrag („Neovulgata").

W

Waffen. Man unterscheidet üblicherweise zwischen (1) *Abwehr-* und (2) *Angriffs-W.*

(1) Zur Rüstung des Schwerbewaffneten im Nahkampf gehörte der Schild. Er war aus Holz oder Rohrgeflecht, mit Leder überzogen, das mit Öl eingerieben wurde (2 Sam 1, 21 Jes 21, 5), bisweilen mit Buckeln beschlagen (Ijob 15, 26). Der Panzer war zunächst Vorrecht des Adels (1 Sam 17, 38 1 Kön 22, 34), später gehörte er zur allgemeinen Kampfausrüstung (z. B. 2 Chr 26, 14). Der Name („der Glänzende") läßt an Metall- oder Schuppenpanzer (1 Sam 17, 5) denken, daneben gab es den Lederkoller (Ex 28, 32) und später den Kettenpanzer (1 Makk 6, 35) oder das Panzerhemd. Der Helm war ursprünglich eine lederne Sturmhaube, später aus Metall (1 Sam 17, 5 2 Chr 26, 14).

(2) Der Leichtbewaffnete benutzte im Angriff Pfeil (z. T. vergiftet, mit Widerhaken oder als Brandpfeil) und Bogen (aus Holz, durch Sehnen und Horneinlagen verstärkt), ferner die Schleuder, ein Lederriemen- oder Wollgeflecht, in dessen Mittelstück, der 5–6 cm breiten Schleuderpfanne, das Geschoß (Stein oder Kugel) eingelegt wurde. Der Schwerbewaffnete kämpfte mit Schwert, Lanze oder Dolch. Kriegswagen wurden in der Ebene eingesetzt, bis sie von der Reiterei abgelöst wurden. Bei der Belagerung verwendete man Rammböcke, Sturmleitern und später auch fahrbare Belagerungstürme. *Abb. 30.*

In der *Bildsprache* spielen die W. eine bedeutende Rolle. Jahwe erscheint in voller Rüstung (Jes 42, 13), er schießt mit seinen Pfeilen auf die Gottlosen (Dtn 32, 23 Ps 7, 14) und legt die Gerechtigkeit an wie einen Panzer (Jes 59, 17). →Kerube bewachen das Paradies mit zuckendem Flammenschwert (Gen 3, 24). Paulus stellt seine Missionsarbeit als *militia Christi* dar (2 Kor 6, 7). Aber auch das Leben jedes Getauften ist ein geistig-religiöser Kampf gegen die gottfeindlichen Mächte. Seine geistige W.rüstung (Eph 6, 10–17) entspricht der Bewaffnung des röm. Legionärs zur Zeit des Paulus.

Wald. Das AT erwähnt den W. recht häufig: den Heret-W. im s Juda (1 Sam 22, 5), das „Wäldergebirge" bei Kirjat-Jearim (Jos 15, 10), den W. bei Bet-El (2 Kön 2, 24), in der Scharon-ebene und auf dem Karmel (Jes 35, 2) u. a. Das palästinische Bergland war also in bibl. Zeit weithin von W. bedeckt, während es heute eine kahle Karstlandschaft mit nur spärlichen W.resten darstellt. Auch auf dem Libanon sind die im Altertum sprichwörtlichen Hochwaldbestände an Kiefern, Tannen, Zedern und Zypressen auf ein Minimum zusammengeschrumpft. Die heutige W. armut ist in erster Linie das Ergebnis einer rücksichtslosen Abholzung, die sich geschichtl. weit zurückverfolgen läßt und bis zum Beginn unseres Jh anhielt. Mit der Besiedlung des Landes wuchs der Bedarf an Brennholz (Jes 44, 15 f) sowie an Nutzholz für Geräte (Ez 15, 3) und Bauten. Schon das AT beklagt den Raubbau am Libanonwald (Jes 14, 8 Hab 2, 17). Die seit alters betriebene W.weide vernichtete den Jungwuchs und hinderte die Regeneration des W.es. Schließlich dürften auch wiederholte Brände (Ps 83, 15 Jes 9, 17 Jer 21, 14 u. ö.) ihren Teil zur Ausrottung beigetragen haben. Heute ist man in Israel bemüht, durch Aufforstung den Schaden zu heilen.

Waschung →Bad; Rein und Unrein.

Wasser steht von den lebensnotwendigen Dingen an erster Stelle (Sir 29, 21 39, 26). Wo Quellen fehlten, wurde das Regen-W. für die Trockenzeit in Zisternen gesammelt, die in den Fels gehauen (Dtn 6, 10–12 Neh 9, 25) und abgedichtet (Jer 2, 13) wurden; sie hatten eine enge Öffnung und verbreiterten sich nach unten. Man baute sie nicht nur in oder bei Orten, sondern auch auf freiem Feld, um W. für das Vieh zu haben (2 Chr 26, 10). Leere Zisternen dienten als Versteck (1 Sam 13, 6), als Gefängnis (Jer 38, 6–13) oder als Aufbewahrungsort für Lebensmittel im Kriege (41, 8). Daneben gab es Brunnen, die das Grund-W. erreichten. Um zu verhindern, daß eine Stadt bei einer Belagerung von den meist in der Ebene gelegenen Brunnen abgeschnitten wurde, trieb man Stollen und Schächte bis zur Quelle. Solche W.systeme wurden durch Ausgrabungen vor allem in (→) Hazor (das gewaltigste), Gibeon, Megiddo und Taanach festgestellt (vgl auch →Schiloach). Schließlich wurde Regen-W. auch in Teichen und Bassins gesammelt (2 Sam 2, 13 1 Kön 22, 38 Hld 7, 5). W. holen war Aufgabe der Frauen (Gen 24, 11. 15 1 Sam 9, 11 Joh 4, 7). – W. war das übliche Getränk, das mit Essig (Rut 2, 14) oder Wein (2 Makk 15, 39) vermischt wurde. Im Sakralbereich brauchte man es für rituelle Waschungen. Erste Zeugnisse hierfür sind

Gen 35, 2 und Ex 19, 10. Später wurden die Reinigungsriten immer komplizierter (Mt 15, 2 Mk 7, 3 f). Die Fußwaschung, eine ursprünglich profane Handlung, bekam beim Letzten Abendmahl religiösen Sinn (Joh 13, 1–17). Die lebenerhaltende und reinigende Kraft des W.s führte zu einer reichen Bildsprache: Der Mund des Gerechten (Spr 10, 11), seine Weisheit (16, 22) und Lehre (13, 14) werden „Quelle des Lebens" genannt; Jahwe (Jer 2, 13 17, 13) und Jesus (Joh 7, 37–39 4, 10. 13 f) nennen sich „Quelle lebendigen W.s". Göttliche Segnungen und messianische Güter erscheinen unter dem Bild überströmenden W.s (Jes 11, 9 32, 2. 20 u. ö.). Das Verlangen nach Gott ist ein Dürsten und Verschmachten (Ps 63, 2 143, 6).

Weihrauch war im atl Kult der wichtigste Bestandteil des Räucherwerks, das auf dem Räucheraltar dargebracht wurde (Ex 30, 34–38). Man fügte ihn auch den Speiseopfern bei (Lev 2, 1. 15) und streute ihn auf die Schaubrote (24, 7). Er kommt nur im südlichsten Arabien vor und wurde aus Saba (→Sabäer) eingeführt (Jes 60, 6 Jer 6, 20). Brennender W. ist Symbol für die Gebete der Heiligen (Offb 5, 8).

Wein. Im AT wird der W.bau auf Noach zurückgeführt (Gen 9, 20 f), den Patriarchen war W. ein bekanntes Getränk (14, 18 27, 25 u. ö.). Wiederholt wird Palästina als W.land gerühmt (Dtn 6, 11 8, 8), besonders gelobt werden die Trauben aus dem Eschkol-Tal bei Hebron (Num 13, 23 f) und der Libanon-W. (Hos 14, 8). Man zog den W. an Hängen (Jes 5, 1 Jer 31, 5 u. ö.), schützte ihn gegen Vieh und wilde Tiere (Num 22, 24 Mt 21, 33) durch Mauern und Hecken und baute Türme oder Hütten für die Wächter (Ijob 27, 18 Jes 1, 8 Mt 21, 33). Der Boden wurde umgegraben und von Steinen befreit (Jes 5, 2). Die Ranken stützte man durch Stäbe oder band sie an Feigenbäumen hoch; sie mußten regelmäßig geschnitten und gesäubert werden (Jes 5, 6 Spr 24, 31). Die W.ernte war eine Zeit der Freude (Jes 16, 10 Jer 48, 33). In der Kelter, die meist im W.garten selbst ausgehoben wurde, zertrat man die Trauben mit den Füßen (Neh 13, 15 Jes 63, 2 f Jer 25, 30 Klgl 1, 15) und sammelte den Saft in Krügen oder Schläuchen (Mt 9, 17). Sir 39, 26 rechnet den W. zu den lebensnotwendigen Dingen. Er gehörte zum Mundvorrat auf Reisen (Ri 19, 19) und zur Grundnahrung des Heeres (2 Chr 11, 11), selbstverständlich fehlte er bei keinem Fest (1 Sam 25, 36 Joh 2, 1–11 u. ö.). Zur Verstärkung des Geschmacks gab man ihm duftende Kräuter bei (→Myrrhe). Im Kult spielte er nur eine geringe Rolle. Lk 10, 34 gilt er als Medizin. – Die Bedeutung des W.s im Leben Israels fand in der Bildsprache vielfältigen Ausdruck: Israel ist ein von Jahwe gepflanzter W.stock (Ps 80, 9–12), ein W.berg, der von ihm angelegt und gehegt wird (Jes 5, 1–4). Aufrichtige Haltung ist wie unverfälschter W. (Jes 1, 22). Im NT taucht der W.berg häufig im Gleichnis auf (Mt 20, 1–16 21, 33–46, vgl auch die Allegorie vom W.stock und seinen Reben Joh 15, 1–8). Die erhabenste Bedeutung erhielt der W. in der Einsetzung des →Abendmahls.

Weisheit. (I) Im AT. Die israelit. W.slehre zeigt viele Übereinstimmungen mit der W. der Nachbarvölker. Man schätzte die W. →Edoms (Jer 49, 7), Ägyptens (Gen 41, 8 1 Kön 5, 10 Jes 19, 11 Apg 7, 22), Babyloniens (Jes 44, 25 Jer 50, 35 Dan 1, 20) und Arabiens (Spr 30, 1). Mit Sicherheit darf man daraus schließen, daß diese W.slehren Israel beeinflußt haben (Spr 22, 17–23, 11 z. B. ist mindestens indirekt abhängig vom ägypt. W.sbuch des Amen-em-ope). W. ist einerseits das durch Erziehung und Erfahrung bedingte Verhalten des Menschen, andererseits eine den Göttern vorbehaltene und nur aus Gnade einzelnen Menschen mitgeteilte Eigenschaft (vgl Gen 2, 17 3, 5. 22 Ijob 15, 8 Ez 28, 1–7). Beide Vorstellungen scheinen im AT gleichaltrig zu sein und nebeneinander zu gehen, sind jedoch verschiedenen Ursprungs. Die erste entwickelte sich aufgrund praktischer Lebenserfahrung in der Aristokratie und ging dann auf die Schulen der Schriftgelehrten über, die zweite entsprang einer bestimmten Gottesvorstellung; sie kommt hauptsächlich bei den Propheten und Volkserzählungen vor. Erst in den W.sbüchern (Ijob Spr 1–9 Koh Weish Bar) werden beide Vorstellungen verschmolzen.
(1) W. ist zunächst praktisches Wissen und Können, eine Lebenskunst (Spr 21, 20 u. ö.). Weise ist der Tüchtige (Ex 28, 3 1 Kön 7, 14 Ez 27, 8), der kluge Ratgeber (2 Sam 13, 3), der Gelehrte (Jer 2, 8 8, 8 f), der „Schreiber" am Hof (2 Kön 25, 19). Die Weisen gehören zu den führenden Volksschichten (Jes 3, 2 f u. ö.) und geben ihre Erfahrung gern in Sprüchen an die Söhne weiter (Tob 4, 2 Spr 13, 1). Später rekrutieren sich die Weisen aus den Schriftgelehrten. Sie lehren Vernunft, Einsicht, Klugheit und die Kunst, das Lebensglück zu gewinnen (z. B. 14, 15 f). Zugleich ist W. aber auch sittlich-religiöses Verhalten. Der Weise tut, was Jahwe gefällt (6, 16), er vollbringt das Gesetz (Tob 4, 6 Ps 1, 2).

(2) Gen 2 f wird die „Erkenntnis von Gut und Böse" dem Menschen versagt, weil sie ihn gottähnlich machen würde. Die Propheten preisen die W. Gottes (z. B. Jes 28, 29 31, 2; vgl Ijob 12, 13–24), die er einzelnen privilegierten Menschen verleiht: Josef (Gen 41, 8. 38), Mose (Num 11, 17), David (2 Sam 14, 17), Daniel (Dan 1, 17) u. a. W. ist hier ein übernatürliches, von Gott gewirktes Wissen, dem Geist Gottes analog (Gen 41, 8 Jes 11, 2–5 u. ö.).
(3) In den jüngeren W.sbüchern (s. o.) bleibt die W. natürliche Eigenschaft des Menschen, durch Erfahrung und Unterricht entwickelt, aber als Gabe von Gott verliehen (Ijob 11, 6 Ps 32, 8 u. a.), so daß die Weisen die Stelle der Propheten einnehmen (Weish 7, 27). In späterer Zeit wurde die W. wie viele andere Begriffe (z. B. Torheit) konkret als Person verstanden (Spr 9, 13), die beratende Funktion bei der Weltschöpfung (Weish 7, 22–8, 1; vgl Sir 24, 1–24) übernimmt. Dabei handelt es sich nicht um eine wirkliche Person neben Gott, vielmehr um eine personifizierte Eigenschaft Gottes.
(II) Im NT wird die menschliche W. selten gepriesen (Mt 12, 42 Apg 7, 22 1 Kor 3, 10), Paulus verwirft sogar Klugheit, Erkenntnis und Wissenschaft (Röm 1, 22 1 Kor 1, 17–29). Wie im AT ist W. eine Eigenschaft (Offb 7, 12), aber auch eine Gabe Gottes (Lk 21, 15 Apg 6, 3 1 Kor 12, 8 Eph 1, 8 f u. ö.), die den Menschen für die Offenbarung empfänglich macht (1 Kor 2, 6 Eph 1, 8 f). Dem Gläubigen ist Christus (1 Kor 1, 23 f mit der W. Gottes identisch) die Quelle der wahren W.

Weisheit (Buch). Das Buch Weish (Vg: Buch der Weisheit, gr. Hss: Weisheit Salomos) gliedert sich in drei Teile: Kap 1–5 empfiehlt die W. wegen der Belohnung, die sie einträgt; 6–9 stellt ihr Wirken im Leben Salomos dar; 10–19 preist sie als Führerin der Menschheit. Das Buch will die Überlegenheit der jüd. W. vor der gr. Philosophie darstellen. Sein Verfasser – nicht Salomo, wie man ursprünglich meinte – ist unbekannt. Wahrscheinlich handelt es sich um einen gr. sprechenden Juden aus Alexandrien (vgl die Verurteilung des ägypt. Tierkultes 11, 15 12, 23–27 13, 10 15, 18 f). Jedenfalls ist er mit der gr. Sprache (7, 22), gr. Sitten (4, 2) und gr. Philosophie (7, 22 f 9, 15) vertraut. Da das Buch auf Judenverfolgungen (11, 5–19 12, 23–27) und Abfall der Juden zum Heidentum (2, 10–20 5, 1–14) anspielt und der Verfasser die LXX benützt, ohne den seit Philo üblichen Logos-Spekulationen zu verfallen, kommt als Zeit der Abfassung das 1. Jh vC in Frage.

Wind. Durch die vier W.e (Dan 7, 2 Sach 6, 5) können in der Bibel die →Himmelsrichtungen, die Weltgegenden oder die Seiten eines Bereiches bezeichnet werden (Ez 42, 16–20). Am häufigsten ist der erwünschte W-W., der Regen bringt (1 Kön 18, 44 f). Der aus dem O kommende Wüstenwind versengt die Ähren (Gen 41, 6) und läßt die Quellen versiegen (Hos 13, 15). Als kalt (Ijob 37, 9) und stürmisch (Ez 1, 4) gilt der unbeliebte N-W. Vielfältig wie die Erfahrungen mit dem W. sind die bibl. Aussagen über ihn: voller Bewegung (Koh 1, 6), unaufhaltbar (11, 5), dem Menschen verborgen im Woher und Wohin (Joh 3, 8), geheimnisvoll entweichend (Ps 78, 39). Sanft spielt er im Haar (Ijob 4, 15), bringt Erfrischung (Gen 3, 8) oder kommt als verheerender Sturm (Ijob 15, 30 Ps 48, 8 Mt 7, 27 u. a.). Von Gott geschaffen und verwaltet, lassen die W.e als Sturm (Apg 2, 2) oder Säuseln (1 Kön 19, 12) Gott oder seinen Geist (Joh 3, 8) erfahren. Häufiger ist der W. Sinnbild für alles Eitle, Trügerische und Unbeständige (z. B. Ijob 6, 26 15, 2 Koh 1, 14. 17).

Woche →Kalender; Sabbat.

Wüste. (I) Die W.n im Bereich von Palästina sind keine Sand-W.n, sondern Kalksteingebirge mit minimaler Vegetation (Gras, Dornsträucher [Ri 8, 7. 16 Jer 17, 6], Tamarisken), die nur vom Tau lebt, oder vegetationslose Feuerstein- und Salz-W.n. Ihre Bewohner sind →Nomaden. Nach der Bibel ist die W. eine menschenleere (Ijob 38, 26), verlassene (Jes 27, 10), dürre (35, 1. 6 f 41, 18) Öde, unsicher und von →Dämonen bewohnt (Ijob 24, 5 Jes 30, 6).
(II) Die *W. Juda*, oft einfach *die W.* genannt, dehnt sich w des Toten Meeres aus und geht ohne scharfe Grenze ins Kulturland über. Auf einer bis zu 600 m dicken Cenoman-Turon-Schicht dunklen, harten Gesteins (obere Kreide) lagert das weichere, weiße Senon, das die sanft welligen Geländeformen prägt. Die kärgliche Flora gewährt im Frühjahr Kleinviehherden Nahrung, das Regenwasser stürzt ungenützt in tiefen Schluchten ins →Tote Meer ab. Quellen bilden erst in Ufernähe kleine Oasen (→En-Gedi). – In den Höhlen einzelner Täler ließ sich die Besiedlung durch Jäger und Kleinviehzüchter aus dem Chalkolithikum nachweisen. Löwen und Bären konnten die Hirten bedrohen (1 Sam 17, 34 f). Das AT erwähnt die W. Juda vor allem als Fluchtgebiet (David: 1 Sam 23, 14. 24; Zidkija: 2 Kön 25, 4 f u. a.). Schon im 8. Jh hatte

König Asarja in der W. Juda Türme errichten und Zisternen aushauen lassen (2 Chr 26, 10). Besiedlungsversuche waren jedoch nicht von Dauer (vgl Jos 15, 61 f). Herodes gründete am Rand der W. Burg und Stadt Herodeion und baute gegen Räuber und Aufständische (Apg 21, 38) →Masada, Hyrkania und den Eingang zum *wādi el-ḳelt* bei →Jericho aus. Von den später hier siedelnden byzantinischen Mönchsgemeinschaften ist nur das Kloster Mar Saba übriggeblieben. Die intensive archäologische Erforschung der W. Juda hat mit den →Qumran-Funden eingesetzt.

Wüstenzug →Mose (2).

X

Xerxes, persischer König (485–465), Sohn Darius' I. Aus der Profangeschichte sind vor allem sein Ägyptenfeldzug, die Zerstörung Babels und Kriege gegen die Griechen erwähnenswert. In der bibl. Geschichte interessiert seine Haltung gegenüber den Juden (Esra 4, 6). Die Charakterisierung in Est (Hof- und Haremsintrigen) stimmt mit dem Bild, das Herodot (z. B. 9, 108–113) von X. entwirft, überein.

Y

Ysop, kleine, an Mauern wachsende Pflanze (1 Kön 5, 13), deren Zweige sich als Sprengwedel eigneten (Joh 19, 29 würde allerdings einen langen Stengel voraussetzen). Sie wurde beim Reinigungsopfer gebraucht (Ex 12, 22 Lev 14, 4. 6 Hebr 9, 19 u. ö.).

Z

Z siehe auch S.

Zacharias (zur Bedeutung →Secharja), Priester aus der Klasse des Abija (1 Chr 24, 10), Gatte der Elisabet, Vater Johannes' des Täufers (Lk 1, 5–25 3, 2).

Zachäus (hebr. Kurzform für →Secharja; oder: der Reine). Der bekannteste Namensträger ist der Oberzöllner aus Jericho, der auf einen Baum kletterte, um Jesus zu sehen, und ihn dann bei sich aufnahm (Lk 19, 1–10).

Zadok, Hauptpriester unter David und Salomo (2 Sam 8, 17–1 Kön 4, 4; →Abjatar), Ahnherr des später allein herrschenden Priestergeschlechts der Zadokiden (Ez 40, 46 u. ö.). Vielleicht war Z. Priester des vorisraelit. Jerusalemer Stadtgottes Zedek (→Melchisedek), dem David seine Funktionen beließ. Das würde seine spätere Legitimation als Sohn Ahitubs, eines Nachfahren Aarons, erklären (1 Chr 5, 38).

Zauberei →Magie.

Zeder →Baum; Libanon.

Zefanja (hebr.: Jahwe verbirgt, schützt)
(I) PERSON. Einer der sog. Kleinen Propheten, Nachkomme des (Königs?) Hiskija (Zef 1, 1), predigte in Juda unter Joschija (nach Zef vor 622), Zeitgenosse des Nahum und des jungen Jeremia. Unter seinem Namen läuft das Buch Zef und eine nur in Fragmenten bekannte Apokalypse.
(II) ZEFANJA (BUCH). Zef ist nach dem üblichen Schema der Prophetenschriften (Unheilsprophetie, Orakel gegen Fremdvölker, Heilsprophetie) aufgebaut: (a) Gegen Jerusalem (1, 2–2, 3): 5 Orakel, die den „Tag Jahwes" als Strafgericht ankündigen, 2 Sprüche und eine Ermahnung. (b) Drohreden gegen Philister, Moab, Ammon, Kusch und Assur (2, 4–15). (c) Gegen Jerusalem (3, 1–8), vor allem gegen seine Führer. (d) Zwei Verheißungen (3, 9–13). (e) Epilog (3, 14–20). Die Echtheit und Einheit der Schrift werden, abgesehen von einigen nachexilischen Ergänzungen, allgemein anerkannt. Zef ist

sprachlich (urtümlich, dicht, suggestiv), kulturgeschichtlich (religiöser Synkretismus zur Zeit des Joschija) und theologisch (gegen die Hybris, für die absolute Souveränität Jahwes) interessant; es vertritt eine dem göttlichen Willen ergebene Lebenshaltung.

Zehnt, Abgabe an den König (1 Sam 8, 15. 17) oder an das Heiligtum für den Lebensunterhalt von Priestern und Leviten (Gen 14, 20 28, 22 1 Makk 3, 49). Grundlage der kultischen Abgabe ist der Gedanke, daß Gott als Eigentümer alles Landes Anspruch auf die ersten und besten Erträge (→Erstlinge) erheben kann. Art und Höhe der Abgaben wechseln: Saat- und Baumfrüchte wie Korn, Most, Öl und Wein (Dtn 12, 6. 11. 17 Tob 1, 6 Jdt 11, 13) oder Vieh (2 Chr 31, 6), statt dessen aber auch eine entsprechende Geldabgabe (Dtn 14, 22–27). Die Pharisäer dehnten die Z.pflicht auch auf die kleinsten Früchte aus (Mt 23, 23). Zur Zeit des NT kennt man drei Z.en, den ersten Z., den zweiten Z. und den Armen-Z. Der Ertrag aus diesen Abgaben muß bedeutend gewesen sein.

Zeloten. Von den Z., Mitgliedern einer fanatischen Partei, die sich vor allem beim jüd. Aufstand (67–70) betätigte, ist im NT nicht die Rede. Gelegentlich wird der Apostel Simon der Kanaanäer als Zelot betrachtet. Manche Autoren wollen die Sekte von →Qumran zu den Z. rechnen.

Zelt, die Wohnung der →Nomaden, also auch der Israeliten bis zu ihrer Seßhaftwerdung (Gen 13, 5 Ex 16, 16 Num 19, 14). Die Z.bahnen (aus Fellen: Ex 36, 19, oder schwarzen Ziegenhaaren: Hld 1, 5) wurden mit Stricken und Pflöcken im Boden befestigt (Jes 54, 2). Nach der Seßhaftwerdung wohnten mehrere Sippen auch weiterhin in Z.en (z. B. die Rechabiter: Jer 35, 7–10; Z.dörfer Jaïrs: Num 32, 41 Ri 10, 4). Im Bild- und Sprichwort lebte die Erinnerung an das Z. fort (2 Sam 20, 1 1 Kön 12, 16). – Das heilige Z. oder Bundeszelt (Num 9, 15) ist (in P) der Mittelpunkt des vorsalomonischen Heiligtums, es beherbergt die Lade und die steinernen Gesetzestafeln (vgl Ex 26 36, 8–37).

Zidkija (hebr.: Jahwe ist meine Hilfe), letzter König von Juda (597–587), hieß ursprünglich Mattanja. Seine Genealogie ist dunkel: Er war entweder der Sohn (2 Kön 23, 31 24, 18 Jer 52, 1) oder der Enkel (2 Chr 36, 10) des Joschija. Sein Thronname Z. wurde ihm vom babyl. König auferlegt, nachdem dieser Jojachim abgesetzt und deportiert hatte (2 Kön 24, 17). Z. schloß sich später einer babylonfeindlichen Koalition an (2 Kön 24, 20 par Jer 27), die zur Zerstörung Jerusalems führte. Er wurde auf der Flucht ergriffen, geblendet und nach Babel deportiert, wo er starb (2 Kön 25, 4–7 par Jer 52, 11).

Zion, vorisraelit., etymologisch nicht geklärter Name für den SO-Hügel →Jerusalems, vielleicht einschränkend für die Festung unterhalb des →Ofel, die David eroberte (2 Sam 5, 7) und in Davidstadt umbenannte. Im prophetischen Schrifttum (nicht bei Ez Hos Jon Nah Hab Hag Mal) und in den Liedern (Pss Klgl) begegnet Z. an die 150mal, freilich nicht mehr als topographischer Name, sondern auf den Tempelberg und Gottessitz bezogen, auf ganz Jerusalem (Jes 60, 14) als Wallfahrtsziel (Jer 31, 6). Die Bevölkerung heißt Tochter Z. (2 Kön 19, 21). In der exilischen und nachexilischen Zeit bezeichnet Z. vorwiegend Jerusalem als Stadt des endzeitlichen Heils, die Jahwe in ihrer Erniedrigung nicht vergißt (Jes 49, 14 f). Im NT wird Z. hauptsächlich in atl Zitaten erwähnt (Mt 21, 5 Joh 12, 15 Röm 9, 33 u. ö.). Fl. Jos. (B. J. 5, 4,1) hält (fälschlich) den W-Hügel Jerusalems für den ursprünglichen Z. Die Christen übernahmen diese Version, zumal hier nach glaubwürdiger Überlieferung das frühchristl. Zentrum gelegen hatte. →Coenaculum. *Abb. 27.*

Zöllner. Zoll, eine auf eingeführten Waren liegende →Steuer, war in Israel seit der persischen Zeit bekannt (Esra 4, 13. 20 7, 24), wurde aber erst in röm. Zeit systematisch erhoben. Er floß in die Staatskasse, jedoch hatten bestimmte Städte oder von Rom autorisierte Fürsten (z. B. Herodes Antipas; vgl Mk 2, 14) auch eigenes Zollrecht. Der Zoll wurde an Privatpersonen verpachtet, die selber wieder Beamte in ihren Diensten hatten (Ober-Z. und Z.). Da die Tarife oft willkürlich festgesetzt wurden, waren die Z. bei der Bevölkerung verhaßt (vgl „Z. und Sünder“: Mk 2, 15 par; „Z. und Heiden“: Mt 18, 17; „Z. und Dirnen“: Mt 21, 31). Umgang mit ihnen galt als Ärgernis. →Zachäus.

Zwölf, die: Von Jesus aus dem Kreis der Jünger ausgewählt (Mk 3, 16–19 Mt 10, 2–4 Lk 6, 13–16 Apg 1, 13), jedoch ursprünglich nicht mit den →Aposteln identisch (vgl 1 Kor 15, 5, wo die Z. noch neben den Aposteln als Auferstehungszeugen erwähnt werden; ebenso werden sie Mk 3, 14 noch nicht Apostel genannt). Über den genauen Zeitpunkt der Bildung des Zwölferkreises ist nicht viel auszumachen; dennoch kann seine Historizität nicht begründet angezweifelt werden. Da die Z. im Leben der späteren christl. Gemeinden sehr rasch verschwinden (Paulus erwähnt sie nicht von sich aus, Lukas berichtet von ihnen nur im Anfangsstadium der Kirche: Apg 1, 13. 15. 26 6, 2), sind sie als Gemeindebildung unwahrscheinlich, zumal ihnen immer ein „Verräter" beigegeben ist (Mk 14, 10. 20. 43 Apg 1, 17. 25 f). Indem Jesus die Z. aus dem Kreis der Jünger beruft, drückt er das Bewußtsein aus, das Zwölf-Stämme-Volk werde endzeitlich wiederhergestellt werden (vgl Lk 22, 30 Mt 19, 28). Durch die Offenbarung des Auferstandenen werden sie zu „Stammvätern eines neuen Gottesvolkes" und damit auch zu Aposteln, die aber zahlenmäßig einen größeren Kreis als die Z. bilden. Deshalb wird den Z.en in ntl Zeit zunächst nur zaghaft der Aposteltitel gegeben. Erst im späteren kirchlichen Sprachgebrauch kommt es zur Identifizierung von Z. und Aposteln (vgl Lk 8, 1 9, 1. 12 9, 10).

Zypern, Insel im ö Mittelmeer, bis 1200 Alaschija, später Kypros genannt, in der →Völkertafel Gen 10, 4 1 Chr 1, 7 als Sohn des Jawan (d. h. zum gr. Inselreich gehörig) dargestellt. Ihre Bewohner werden →Kittäer genannt (Gen 10, 4 1 Chr 1, 7 Jes 23, 1. 12 Ez 27, 6). Der Name Z. taucht im AT zuerst 2 Makk 10, 13 auf. Damals gehörte die Insel zum Ptolemäerreich, 58 vC wurde sie röm. Provinz (Apg 13, 4–12). Auf Z. wohnten auch Juden, u. a. Barnabas (Apg 4, 36 f). Das Christentum führten dort aus Jerusalem geflüchtete Christen ein (11,19 f), die Paulus und Barnabas auf ihrer 1. Missionsreise besuchten. *Abb. 24.*

Zyrene, gr. Kolonie an der nordafrikanischen Mittelmeerküste, heute Barka oder Cyrenaika, seit 75 vC röm. Provinz. In Z. wohnten viele Juden (1 Makk 15, 23 Apg 2, 10), die in Jerusalem ihre eigene Synagoge hatten (6, 9). Zyrenäer predigten in Antiochien den Heiden das Ev (11, 20).

Verzeichnis der Abkürzungen

1. Schriften des Alten Testaments

Gen	Genesis	Tob	Tobias	Ez	Ezechiel
Ex	Exodus	Jdt	Judit	Dan	Daniel
Lev	Leviticus	Est	Ester	Hos	Hosea
Num	Numeri	1 Makk	1 Makkabäer	Joel	Joel
Dtn	Deuteronomium	2 Makk	2 Makkabäer	Am	Amos
Jos	Josua	Ijob	Ijob	Obd	Obadja
Ri	Richter	Ps (Pss)	Psalm(en)	Jona	Jona
Rut	Rut	Spr	Sprüche	Mi	Micha
1 Sam	1 Samuel	Koh	Kohelet (Prediger)	Nah	Nahum
2 Sam	2 Samuel	Hld	Hoheslied	Hab	Habakuk
1 Kön	1 Könige	Weish	Weisheit	Zef	Zefanja
2 Kön	2 Könige	Sir	Sirach	Hag	Haggai
1 Chr	1 Chronik	Jes	Jesaja	Sach	Sacharja
2 Chr	2 Chronik	Jer	Jeremia	Mal	Maleachi
Esra	Esra	Klgl	Klagelieder		
Neh	Nehemia	Bar	Baruch		

2. Schriften des Neuen Testaments

Mt	Mattäusevangelium	1 Tim	1. Timotheusbrief
Mk	Markusevangelium	2 Tim	2. Timotheusbrief
Lk	Lukasevangelium	Tit	Titusbrief
Joh	Johannesevangelium	Phlm	Philemonbrief
Apg	Apostelgeschichte	Hebr	Hebräerbrief
Röm	Römerbrief	Jak	Jakobusbrief
1 Kor	1. Korintherbrief	1 Petr	1. Petrusbrief
2 Kor	2. Korintherbrief	2 Petr	2. Petrusbrief
Gal	Galaterbrief	1 Joh	1. Johannesbrief
Eph	Epheserbrief	2 Joh	2. Johannesbrief
Phil	Philipperbrief	3 Joh	3. Johannesbrief
Kol	Kolosserbrief	Jud	Judasbrief
1 Thess	1. Thessalonicherbrief	Offb	Offenbarung des Johannes
2 Thess	2. Thessalonicherbrief		

3. Apokryphe Schriften

AssMos	Assumptio Mosis	PsSal	Psalmen Salomos
3 Esra	3. Esrabuch	syrBar	syrische Baruch-Apokalypse
4 Esra	4. Esrabuch	TestXII	Testamente der zwölf Patriarchen
Hen	Henochbuch	TestLev	Testament des Levi
Jub	Jubiläenbuch		

4. Weitere Abkürzungen

Abb	= Abbildung	kanaan.	= kanaanitisch, kanaanäisch
ägypt.	= ägyptisch	Kap	= Kapitel
akk.	= akkadisch	kath.	= katholisch
Ant.	= Antiquitates	Klem	= Klemensbrief
arab.	= arabisch	lat.	= lateinisch
aram.	= aramäisch	LXX	= Septuaginta
assyr.	= assyrisch	MT	= Masoretischer Text
AT	= Altes Testament	N n	= Norden, nördlich
atl	= alttestamentlich	nö nw	= nordöstlich, nordwestlich
babyl.	= babylonisch	nC	= nach Christus
bzw	= beziehungsweise	NT	= Neues Testament
bibl.	= biblisch	ntl	= neutestamentlich
B. J.	= Bellum Judaicum	O ö	= Osten, östlich
ca	= circa	orient.	= orientalisch
christl.	= christlich	par	= und Parallelstellen
d. Ält.	= der Ältere	prot.	= protestantisch
d. Gr.	= der Große	QS	= Qumran-Schrift, Gemeinderegel
d. h.	= das heißt		
dt.	= deutsch	röm.	= römisch
Dyn.	= Dynastie	S s	= Süden, südlich
E	= Elohist	semit.	= semitisch
Ev, Evv	= Evangelium(-en)	sö sw	= südöstlich, südwestlich
evt	= eventuell	sog.	= sogenannt
f, ff	= folgende(r)	synopt.	= synoptisch
Fl. Jos.	= Flavius Josephus	u. a.	= und andere
geschichtl.	= geschichtlich	u. ä.	= und ähnlich
gr.	= griechisch	ü. M.	= über dem Meerespiegel
hebr.	= hebräisch	u. ö.	= und öfter
hellen.	= hellenistisch	ug.	= ugaritisch
Hs, Hss	= Handschrift(en)	vC	= vor Christus
israel.	= israelisch	Vg	= Vulgata
israelit.	= israelitisch	vgl	= vergleiche
J	= Jahwist	Vs, Vss	= Vers(e)
Jh, Jhh	= Jahrhundert(e)	W w	= Westen, westlich
jüd.	= jüdisch	z. B.	= zum Beispiel
Jt, Jtt	= Jahrtausend(e)	z. T.	= zum Teil

→ Verweiszeichen, das sich oft nur auf den ersten Teil eines zusammengesetzten Wortes bezieht und manchmal nicht buchstäblich, sondern sinngemäß angewendet wird

← Verweiszeichen, das sich nur auf den letzten Teil eines zusammengesetzten Wortes bezieht

(→) Verweiszeichen, das sich auf mehrere im gleichen Satz genannte Stichwörter bezieht

5. *Werke*

ANEP = J. B. Pritchard, The Ancient Near East in Pictures (Princeton ^{2}1965).

AOB = H. Gressmann, Altorientalische Bilder zum Alten Testament (Berlin/Leipzig ^{2}1927).

AOT = H. Gressmann, Altorientalische Texte zum Alten Testament (Berlin/Leipzig ^{2}1926).

KAI = H. Donner/W. Röllig, Kanaanäische und aramäische Inschriften (Wiesbaden 1962/64).

Rießler = P. Rießler, Altjüdisches Schrifttum außerhalb der Bibel (Augsburg 1928, Nachdruck Heidelberg 1966).

TGI = K. Galling (Hg.), Textbuch zur Geschichte Israels (Tübingen ^{3}1979).

ÜP = M. Noth, Überlieferungsgeschichte des Pentateuch (Stuttgart ^{3}1966).

Verzeichnis der Abbildungen

1 Niltal: Originalzeichnung von Prof F. P. Rehor (Abk.: FPR)

2 *Altar (a):* Zeichnung Inés Haselbach-Lutz nach Foto H. Haag.
Altar (b): Othmar Keel/Max Küchler, Orte und Landschaften der Bibel. Band II, Zürich/Göttingen 1982, Abb. 164.

3 Asarhaddon: ANEP 447.

4 *Aschera:* Othmar Keel/Christoph Uehlinger, Göttinnen, Götter und Gottessymbole. (Quaestiones disputatae 134), Freiburg i. Br. 1992, Abb. 82.

5 Assyrien: FPR

6 Astarte (a): Othmar Keel, Das Hohelied. Zürich 1986, Abb. 45.
Astarte (b): Keel/Uehlinger, aaO., Abb. 175a.
Astarte (c): ebd., Abb. 175b.

7 Schauplatz Auszug: FPR.

8 Baal (a): Keel/Uehlinger, aaO., Abb. 30.
Baal (b): ebd., Abb. 87b.

9 Babylonien: FPR.

10 Baum (a): Keel, Das Hohelied, aaO., Abb. 97a.
Baum (b): Keel/Uehlinger, aaO., Abb. 179a.
Baum (c): ebd., Abb. 179b.

11 Klageweiber: M. Werbrouck, Les pleureuses dans l'Egypte ancienne. Bruxelles 1938, 25.

12 Beschneidung: nach AOB, 158.

13 Dämonen: G. Loud, The Megiddo Ivories. Oriental Institute Publications 52, Chicago 1939, Pl. 4b.

14 Dekapolis: FPR.

15 Esel: A.-G. Barrois, Manuel d'archéologie biblique I. Paris 1939, 476 Abb. 183.

16 Exil: D. Ussishkin, The Conquest of Lachish by Sennacherib. Tel Aviv 1982, 86 Abb. 70.

17 Gebetsriemen: FPR, nach Foto H. Haag.

18 Geißelung: FPR, nach Ch. Daremberg/E. Saglio, Dictionnaire des Antiquités Grecques et Romaines II. Paris o. J., Abb. 3091 und 3093.

19 See Gennesaret: FPR.

20 Götterbild: Neues Bibel-Lexikon. Hrsg. von Manfred Görg und Bernhard Lang, Zürich 1991, Sp. 873/74.

21 Grabanlagen (a): FPR, nach O. Tufnell, Lachish III. London 1953, Abb. 29.
Grabanlagen (b): FPR, nach 'Atiqot 3. Jerusalem 1961, Abb. 8.

22 Handelswege: FPR.

23 Hebräisch: FPR.

24 Hetiter: FPR.

25 Hieroglyphen: J. M. A. Janssen, Hierogliefen. Leiden 1952, Abb. 9.

26 Jehu: E. Lindl, Entstehung und Blüte der altorientalischen Kulturwelt - Cyrus. Münster 1903.

27 Jerusalem: FPR.

28 Kalender: FPR, nach Revue Biblique, 1909, Tafel bei S. 243.

29 *Kerub:* Othmar Keel, Mit Cherubim und Seraphim, in: Bibel heute 112 (1992), 173.
30 *Kriegswesen:* FPR, nach AOB, 105.
31 *Lebensbaum:* Keel, Mit Cherubim..., aaO., 173.
32 *Maße und Gewichte:* FPR, nach K. Galling, Biblisches Reallexikon. Tübingen 1937, 185f *(a–d)*; nach S. Moscati, L'epigrafia ebraica antica, 1935–1950. Rom 1951, Taf. XXIV/1 und 2 *(e–f)*.
33 *Kriegsgefangener:* FPR, nach M. A. Beek, Bildatlas der assyrisch-babylonischen Kultur. Gütersloh 1961, Abb. 219.
34 *Ölpresse:* FPR, nach K. Galling, Biblisches Reallexikon. Tübingen 1937, 401f.
35 *Ossuar:* FPR, nach 'Atiqot 3, aaO., Pl. III, 2.
36 *Palästina:* FPR, nach R. Koeppel, Palästina. Tübingen 1930, Abb. 17.
37 *Papyrus:* Janssen, aaO., Abb. 6.
38 *Pharao:* Bijbelsch Woordenboek. Roermond 1941, Abb. 55.
39 *Pilatus:* FPR, nach Foto W. Baier, Aarau.
40 *Qumran:* FPR, nach Archiv für Liturgiewissenschaft V/2, Regensburg 1958, 247.
41 *Schminke (a):* S. Schoske, Schönheit - Abglanz der Göttlichkeit. Kosmetik im Alten Ägypten. München 1990, Abb. 20.
Schminke (b): ebd., Abb. 21.
42 *Siegel (a-c): Skarabäus* - O. Keel/M. Shuval/Ch. Uehlinger, Studien zu den Stempelsiegeln aus Palästina/Israel. Bd. III, Freiburg-Schweiz/ Göttingen 1990, 346.
Siegel (d–g): Krugstempel – FPR, nach Y. Aharoni, Excavations at Ramat Rahel. Seasons 1959 und 1960. Rom 1962, Abb. 15,1 und Pl. 7,1 *(= d)*, Abb. 15,2 *(= e)*, Abb. 22,1 *(= f)* und Israel Exploration Journal 6, 1956, Abb. 18,4 *(= g)*.
Siegel (h): Rollsiegel - FPR, nach Bible et Terre Sainte 44, 1962, 13.
43 *Tempel:* FPR.
44 *Tiberius:* FPR, nach Fotos des Archäologischen Instituts der Universität Tübingen.
45 *Tor:* FPR, nach RB 58, 1951, Pl. VI.
46 *Ugarit. Keilschrift (a):* Mission de Ras Shamra VII. Cl. F. A. Schaeffer, Le palais royal d'Ugarit II. Paris 1957, Nr. 184.
Ugarit. Keilschrift (b): ebd., Nr. 189